Mörkrets makter

ALEPH
Bokförlag

Bram Stoker (1847-1912) i svensk bearbetning av A–e: *Mörkrets makter*. Texten är oförkortat återgiven från följetongspubliceringen i tidningen Dagen 10 juni 1899 – 7 februari 1900. Stavningen har moderniserats. I original presenterades romanen som ”*Mörkrets makter:* Roman af Bram Stoker: Svensk bearbetning för Dagen af A–e”. Fotnoterna är skrivna av Rickard Berghorn, när inget annat anges.

Bilden på titelsidan föreställer ett populärt vaudevillenummer
från c:a 1906 av Florenz Ziegfeld Jr (1867-1932),
”Death and the Lady”.

Omslaget är tecknat och formgivet av Nicolas Krizan.

© 2020 Aleph Bokförlag och respektive upphovsman. Inlagan formgiven av Rickard Berghorn. Andra, inbundna upplagan. Tryckt och distribuerad av Ingram Content Group LLC i La Vergne, TN, USA 2020.

ISBN 978-91-87619-38-0

– Innehåll –

MÖRKRETS MAKTER

John Edgar Browning

Förord

För lite mindre än två år sedan hjälpte jag Hans de Roos att förbereda publiceringen av den engelska utgåvan av *Makt myrkranna* – en isländsk översättning från år 1900 av Bram Stokers *Dracula*, som publicerades i följetongsform och hade fler skillnader än likheter med texten från 1897. Tolkningen tillbaka till engelska avslöjade att Valdimar Ásmundsson, som översatte *Makt myrkranna*, tagit sig ordentliga friheter i översättningsprocessen. Tyvärr var hans försök ofullständigt, och slutresultatet av *Makt myrkranna* var inte mycket mer än en kort summering av handlingen. Trots allt var det ett betydelsefullt fynd, eller skulle ha varit det, ifall historien hade slutat där. Det visade sig att den isländska versionen endast var en ofullständig översättning av något mycket större: en svensk version från 1899 med titeln *Mörkrets makter*, utifrån ett tidigt utkast till Stokers roman som aldrig var avsett att publiceras.

Mörkrets makter är en av de största upptäckterna i *Draculas* långa historia och ger ytterligare dimension åt ett i övrigt komplext och mångfacetterat gotiskt mästerverk. Min vän författaren och Stoker-experten David J. Skal och jag själv har blivit övertygade om att den hittills okända *Mörkrets makter* är, eller ligger mycket nära, den första versionen av Bram Stokers vampyrroman – på hela 1 625 800 tecken är *Mörkrets makter* nästan dubbelt så lång som den färdiga engelska versionen och fylld med en mängd märkliga skillnader liksom paralleller till texten från 1897. Stokers fragmentariska anteckningar om tillkomsten av *Dracula* lämnar mycket i övrigt att önska för att kunna förstå hur romanen utvecklades till sin slutliga form, varför det är synnerligen anmärkningvärt att finna vad som kan jämföras med ett förlorat utkast till *Dracula*. *Mörkrets makter* representerar, av allt att döma, den ursprungliga *Dracula*, och karaktärerna och innehållet skiljer sig så mycket från den slutliga engelska versionen att det framstår som en helt annan roman.

Mörkrets makter återupptäcktes nyligen av Rickard Berghorn, men kunde först läsas som följetong i de svenska tidningarna Dagen och Aftonbladets Halfvecko-Upplaga med början i juni 1899, i en (sannolikt) icke auktoriserad översättning. Enligt Skal konsulterade Stoker år 1894, fyra år in i arbetet med *Dracula*, en författare och journalist från Boston för att hjälpa honom att revidera det otympliga manuskriptet, men mötet utmynnade i intet. På något sätt måste ett exemplar av detta tidiga manuskript ha hamnat i Stockholm – en stad där Stokers syskon hade bekanta. Sverige, noterar Skal, hade ännu inte anslutit sig till Bernkonventionen för skydd av litterära och konstnärliga verk, och utländska verk kunde ostraffat översättas och publiceras där.

Originalmanuskriptet som hamnade i Stockholm har aldrig hittats, men även en summarisk översättning av *Mörkrets makter* till engelska avslöjar Stokers omisskännliga röst. Den preliminära och den slutliga versionen av *Dracula* uppvisar en generös mängd av skillnader, varför fans av Stokers *Dracula* kommer att förälska sig i romanen på nytt.

Övers. Ann-Ewa Arvidsson

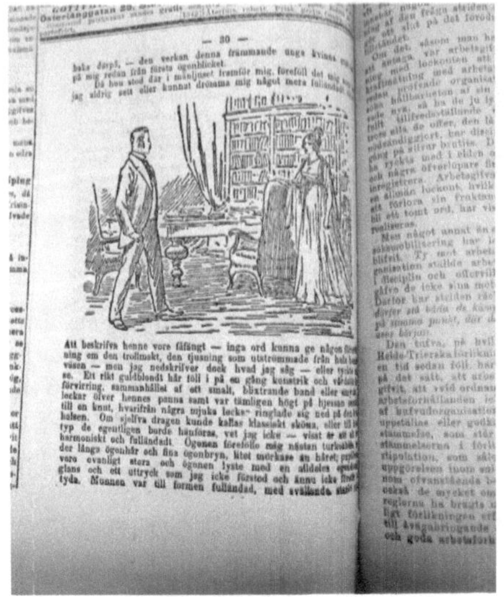

höllo den mellersta af fångarna — den ljusa unga kvinnan — med en
plötslig rörelse, så snabb att jag ej ens hunnit iakttaga den, förrän den
redan var utförd. slagit sina långa hårbevuxna armar omkring den olyck-
liga, lyft upp henne och med brutal kraft kastat henne raklång på ryg-

gen på det stora svarta stenblocket. där de fasthöllo henne utsträckt
emellan sig, ehuru hon med förtviflans kraft kämpade emot och vred

*Några exempel på illustrationerna till Mörkrets makter i tidningarna Dagen
och Aftonbladets Halfvecko-Upplaga 1899-1900.
Alla teckningar publicerades anonymt.*

Rickard Berghorn

Draculas väg till Sverige

I januari 2017 blev det en stor nyhet världen över, mätt med kulturnyheters mått, att Bram Stokers "förlorade" version av Dracula hade upptäckts på Island, där den hade legat bortglömd i över 100 år. Den hade nu utgivits på engelska: *Powers of Darkness: The Lost Version of Dracula*. Detta var en isländsk översättning av *Dracula* som följetongspublicerades i tidskriften Fjallkonan 13/1 1900 till 29/3 1901 under titeln *Makt myrkranna* ("Mörkrets makter" på isländska), för att sedan utges i bokform 1901. Översättaren till isländska angavs vara författaren och publicisten Jóhann Valdimar Ásmundsson (1852-1902). Men detta var en drastiskt annorlunda version av 1897 års *Dracula*.

Det var den nederländske konsthistorikern och Dracula-forskaren Hans Corneel de Roos som gjorde upptäckten. Tillsammans med de internationellt kända experterna Dacre Stoker (släkt med Bram) och John Edgar Browning sammanställdes den engelska utgåvan. De Roos, Browning och Dacre kom fram till att *Makt myrkranna* visade uppenbara tecken på att ha skrivits i samarbete med Bram Stoker själv, eller hade bearbetats utifrån ett tidigt utkast av Stoker till den klassiska vampyrromanen. Också David J. Skal förespråkade detta i sin stora biografi över Stoker, *Something in the Blood* (2016).

Makt myrkranna är nästan hälften så lång som 1897 års *Dracula*, fastän den inledande avdelningen med Harkers besök och fångenskap i Draculas slott är betydligt längre än motsvarande avsnitt i 1897 års version. Resten består egentligen inte av mycket mer än ett handlingsreferat, i stora stycken skissartat skrivet. Däremot innehåller den åtskilliga av de ingredienser som Stoker planerade att använda i sin roman, men som sedan ströks till slutversionen. Upp-

täckten av denna "förlorade" version ledde till ingående spekulationer om hur det kunde komma sig att ett utkast av *Dracula* hade hamnat på Island, och vem som var den förmedlande länken mellan Stoker eller hans romanutkast, och redaktören Valdimar Ásmundsson.

Så snart jag hörde talas om den engelska utgåvan, slog det mig att den första svenska översättningen av *Dracula* också gick under titeln *Mörkrets makter*. När jag kollade upp den i Kungliga Bibliotekets databas på internet, visade det sig att den publicerades som följetong i tidningarna Dagen och Aftonbladets Halfvecko-Upplaga med start sensommaren och hösten 1899, alltså året *innan* den isländska utgåvan började publiceras. Redan detta var anmärkningsvärt nog. Jag uppmanade min medarbetare Jan Reimer att beställa fram utgåvan och skicka mig kopior på sidorna, eftersom jag själv bor i Bangkok.

Det blev jackpott. Svenska *Mörkrets makter* är betydligt mer än bara originaltexten till Ásmundssons översättning. Versionen som publicerades i Dagen är en fullgången roman utan refererande och skissartade avdelningar – och nära nog dubbelt så lång som 1897 års *Dracula* med sina 1 625 800 tecken (inkl. blanksteg)! Här finns dessutom åtskilliga scener och karaktärer som inte ens omnämns i den isländska utgåvan och än mindre i den klassiska versionen.

Romanen publicerades i tidningen Dagen från 10 juni 1899 till 7 februari 1900 som *"Mörkrets makter:* Roman af Bram Stoker: Svensk bearbetning för Dagen af A–e". Parallellt publicerades den i Aftonbladets Halfvecko-Upplaga (en billighetsupplaga av Aftonbladet) från 16 augusti 1899 till 31 mars 1900. Aftonbladet med dess halvveckoupplaga och

Dagen hade vid denna tid samma chefredaktör, Harald Sohlman, och delvis samma redaktion.

Texterna är identiska fram till och med första avdelningens slut, när Harker beslutat sig för att fly från Draculitz slott med hjälp av ett lakan som rep. Därefter tar den refererande och skissartade stilen vid i Aftonbladets version, och som sedan återkom i *Makt myrkranna*. Men den isländska versionen har förkortats ytterligare. Aftonbladets version har exempelvis kvar Renfield som en betydande bikaraktär, medan han är helt utraderad i *Makt myrkranna*.

En smula ironiskt är det allt. Så mycket akademisk möda och forskning har lagts på en isländsk text, som egentligen bara är en blek förkortning av en redan förkortad svensk version, byggd på ett original som publicerades i tidningen Dagen runt sekelskiftet 1900. Det skulle inte ha varit särskilt svårt att hitta den svenska grundtexten, ifall man bara hade besökt fler skandinaviska nationalbibliotek på nätet och slagit i deras databaser. När den engelskspråkiga dagstidningen Iceland Monitor 6 mars 2017 skrev om upptäckten av den svenska versionen, förklarade professor Guðni Elísson att isländska litteraturvetare sedan länge misstänkt att *Makt myrkranna* är just en översättning från ett annat skandinaviskt språk, och inte en isländsk originaltext – tanken existerade alltså redan.

Det finns dock ingen anledning att vara elak. Trots allt går det inte att förneka att Hans Corneel de Roos och hans team var på rätt spår – och att spåret är både fascinerande och ovärderligt för Dracula-forskningen.

Versionen i Aftonbladets Halfvecko-Upplaga återtrycktes aldrig i Sverige. Den fullständiga versionen i Dagen återpublicerades en andra och sista gång i Tip-Top nr 40 1916 till nr 4 1918, en billig veckotidskrift för nöjesläsning. Där presenterades den som "Roman av Bram Stoker. Svensk bearbetning för Tip-Top av A–e". Men förutom detaljer som bortrensade tankestreck och några ordval, samt ett fåtal strukna meningar och stycken, är texten identisk med Dagens text.

Romanen förseddes i Dagen och Aftonbladets Halfvecko-Upplaga med anonymt teck-

nade illustrationer. De föreställer i regel bara personer som samtalar med varandra och är ofta inte ens särskilt välgjorda, men några mer intressanta exempel kan hittas i denna artikel.

MÖRKRETS MAKTER

1899 års *Mörkrets makter* var inte helt okänd i Sverige, den finns noterad i Sam J. Lundwalls *Bibliografi över science fiction & fantasy*. Däremot är det uppenbarligen ingen forskare som har uppmärksammat hur drastiskt denna version skiljer sig från 1897 års *Dracula*, och än mindre förstått betydelsen av det. Här är det inte bara vampyrsläktet som Dracula vill sprida över världen, utan han konspirerar med politiker och makthavare världen över för att införa en ny världsordning utifrån ett slags rasbiologiska och direkt fascistiska idéer om "de starkas" naturliga rätt att härska. Greve Dracula – eller Draculitz som han heter här – uppfattar vampyrsläktet som nästa steg i mänsklighetens utveckling, en ny "härskarras" som Hitler snart skulle kalla det. *Mörkrets makter* kan delvis läsas som en satir över – och varning för – de socialdarwinistiska teorier som frodades runt sekelskiftet 1900. På ett fascinerande mörkt sätt förebådar romanen det fördärv som nazismen och fascismen skulle föra med sig på 30- och 40-talen.

Mot slutet spelar romanen starkt på 1890-talets sekelskiftespessimism och det oroliga tillstånd som västvärlden befann sig i. De politiska spänningarna lade grunden för Första världskriget och ledde indirekt till Andra världskriget. Dr Seward reflekterar över världsläget när han läser en tabloidtidning:

Tidningens telegramavdelning meddelar förresten åtskilliga egendomliga nyheter – dårhusmässiga uppträden och pöbelupplopp, föranstaltade av antisemiter, både i Ryssland, Galizien och södra Frankrike – plundrade butiker, ihjälslagna människor – allmän osäkerhet till liv och egendom – och de vidunderligaste amsagor om "ritualmord", bortrövade barn och andra onämnbara förbrytelser, vilka alla på fullt allvar skrivs på de stackars judarnas räkning, under det att inflytelserika tidningar hetsar till ett allmänt utrotningskrig mot "israeliterna". Man skulle tro sig vara mitt i mörkaste medeltiden! [...] Nu har man åter, tycks det, kommit en s.k. "orleanistisk" komplott på spåren – och samtidigt hyllar de fria republikanerna i Frankrike med hänförelse slaveriets och despotismens representant i Östern [...] Det är en underlig tid vari vi lever, det är visst och sant. – – – Ibland förefaller det mig som alla de vansinniga fantasier, alla de galna idéer, hela den värld av förryckta och sönderstyckade föreställningar, vari jag som dårhusläkare under åratal varit nödsakad att intränga vid vården av mina stackars patienter, nu börjar ta form och gestalt och vinna praktisk tillämpning i de stora världshändelsernas gång och utveckling.

Med "en s.k. 'orleanistisk' komplott" avses mer eller mindre välgrundade rykten om en planerad militärkupp mot Frankrike, som åren 1898-99 omgav den person som gjorde anspråk på att vara Frankrikes kung: Ludvig Filip Robert, hertig av Orléans (1869-1926). En detalj som denna visar att i alla fall delar av bearbetningen gjordes efter att *Dracula* hade utgivits 1897.

Mörkrets makter satiriserar också tidens vurm för ockultism och nykonstruerade religioner, där såväl det magiska sällskapet Golden Dawn som madam Blavatskys teosofi var angelägenheter för samhällets besuttna klasser i England. Allra djupast under slottet, uthugget i själva klippan, finns hålor där greve Draculitz som översteprästpraktiserar en motbjudande hednisk religion med människooffer, tillbedd av djuriskt degenererade grottmänniskor. En religion som han nu också planerar att sprida över världen.

BRAM STOKER
OCH SAMTIDENS DRACULA

Irländaren Abraham "Bram" Stoker (1847-1912) var under sin livstid känd som den berömde skådespelaren sir Henry Irvings assistent och ständige följeslagare. Han var också chef för Lyceum Theatre i London, i vars pampiga byggnad Irving uppträdde när han inte var på turné. Stokers författarskap var en bisyssla under denna tid, men han tvingades in i rollen som yrkesförfattare efter 1905 när Irving dog och hans engagemang vid Lyceum Theatre upphörde.

Stokers ekonomi blev lidande och han behövde periodvis läkarvård p.g.a. överansträngning. Mot slutet av sitt liv lär han ha drabbats av flera blodproppar i hjärnan. Dödsorsaken har varit höljd i dunkel, men David J. Skal argumenterar starkt för den kontroversiella uppfattningen att Stoker dog av syfilis som angripit nervsystemet (och därmed också orsakade det som har tolkats som blodproppar).

Dracula blev en framgång hos såväl kritiker som publik när den publicerades av Archibald Constable & Co., Westminster, även om det skulle dröja innan den uppnådde den monumentala klassikerstatus som den har idag. Stoker hade låtit publicera teaterrecensioner och noveller dessförinnan samt fyra romaner mellan 1890 och -95, dock hade bara några av novellerna haft skräckmotiv. Efter vampyrorgien med den transsylvanske greven återvände han till skräckgenren med *The Jewel of Seven Stars* (1903) och den gotiska *The Man* (1905). Hans sista skräckromaner närmar sig *Dracula* dels med en kvinna som tros vara en vampyr i *The Lady of the Shroud* (1909) och dels med ett vampyrliknande monster i *The Lair of the White Worm* (1911), där en förförisk och mordisk kvinna egentligen är en gigantisk orm som lever gömd i hålorna under ett slott.

Redan med start 1 januari till 29 mars 1898 publicerades en ungersk översättning av *Dracula* i tidningen Budapesti Hírlap, direkt efter texten i 1897 års roman. Året därpå publicerades *Dracula* som följetong i amerikanska Charlotte Daily Observer, med start 16 juli 1899 och fullbordad 10 december samma år. Också denna text överensstämmer med originalromanen och finns i avscannat skick på nätet.

Dessförinnan, med start 7 maj 1899, hade dagstidningen Inter Ocean i Chicago börjat trycka romanen under titeln *The Strange Story of Dracula*. När Hans Corneel de Roos tidigare i år upptäckte denna amerikanska följetongspublicering gick han överentusiastiskt ut och hävdade att det var förlagan till svenska *Mörkrets makter*, en slutsats som han baserade på en enda detalj: att Lucy Westenra i en serie annonser för följetongen fick namnet feltryckt som Lucy

Western. Detta skenspår har han dock fått ge upp, och de kopior på följetongstexten som han själv publicerat, liksom en innehållsbeskrivning i en annons, visar att Inter Ocean helt enkelt publicerade texten från 1897 års *Dracula* ännu en gång. De Roos är en naturkraft när det kommer till att göra ambitiösa utgrävningar i databaser och arkiv, men hans entusiasm tar ibland överhanden.

Detta är de kända förekomsterna av *Dracula* i tryck fram till tiden för originalpubliceringen av *Mörkrets makter* i tidningen Dagen. Ingenting utesluter att *Mörkrets makter* är en översättning eller bearbetning av en snarlik version publicerad i något annat land, men det finns inget som tyder på det. *Mörkrets makter* står kvar som en unik version av *Dracula*.

HARKER OCH DEN BLONDA MANSLUKERSKAN

En av de mest intressanta skillnaderna mellan *Mörkrets makter* och *Dracula* är förekomsten av en blond och blåögd vampyrkvinna som ständigt söker förföra Harker i Slottet Draculitz och lockar honom mot fördärvet. I 1897 års text är det istället tre kvinnor, två mörka och en blond, som i en scen visar erotisk blodlust för Harker. De spelar överhuvudtaget en tämligen obetydlig roll i romanen, till skillnad från Harkers blonda manslukerska i *Mörkrets makter*. Det handlar om ångande erotik:

> I detsamma upplystes allt av det skarpa elektriska ljuset av två stora, flammande kornblixtar, nästan omedelbart följande på varandra – – I dessas sken stod hon plötsligt framför mig –, helt nära – – – bländande – som en vit låga – med samma gåtlikt frestande leende, som då jag första gången såg samma hennes ögon av blå eld, som liksom brände sig in i min hjärna och kom min kraft och min vilja att smälta som vax. – Blott ett par sekunder såg jag henne så, smärt och likväl yppig, mot rummets dunkla belysning – därpå blev det åter mörkt […] Ännu en gång blänkte det tysta, flammande skenet till, spöklikt och överjordiskt – det visade mig hennes underbara ansikte tätt inpå mitt, lutat över mig, med ögonen fasthållande mina ögon, de röda,

svällande, trånande läpparna halvöppna, det gnistrande smycket på hennes vita blottade barm – jag såg – hur hon sjönk på knä, bredvid bänken där jag låg – i nästa ögonblick var det åter mörkt och jag tyckte mig svindlande och halvt medvetslös sjunka i en avgrund […] – – jag kände hennes andedräkt varm och berusande, på mitt ansikte – – kände ett par svällande läppar pressas mot min hals i en lång, brännande kyss som kom varje fiber i min varelse att skälva av rysande lust och kval – och slöt i besinningslös yrsel den sköna gestalten i min famn – –

Jämför denna scen med motsvarande i *Dracula*, där den blonda av kvinnorna stiger fram för att ge Harker "vampyrkyssen". Scenen är klassisk för sin "sexighet", men framstår som lam i jämförelse.

DRACULAS MYSTISKA GÄST

Bram Stokers novell "Dracula's Guest" kastar ett intressant ljus över den blonda vampyrkvinnan. Novellen publicerades 1914 i samlingen *Dracula's Guest and Other Weird Stories* redigerad av Brams änka Florence. I förordet hävdade hon att det var ett dittills opublicerat avsnitt ur *Dracula* som hade strukits p.g.a. utrymmesskäl. Under lång tid satte texten myror i huvudet på Dracula-forskare, eftersom den helt enkelt inte passar in i romanen.

Berättelsen utspelar sig utanför München under valborgsmässoafton, som infaller 30 april varje år, medan *Dracula* inleds med att Jonathan Harker anländer till Bistritz från München några dagar senare, 3 maj. "Dracula's Guest" antogs därför vara ett struket inledningskapitel. Men händelserna i noveller har inget att göra med intrigen i romanen och språkstilen är helt annorlunda från Jonathan Harkers övriga anteckningar. Slutet med dess anspelning på Dracula verkar dessutom vara påklistrat.

Engelsmannen i novellen (Harker, men namnet är inte utsatt) ger sig ut i vildmarken utanför München för att besöka en sägenomspunnen övergiven by. Han överraskas dock av en våldsam snöstorm och letar sig fram mot ett gravvalv för att söka skydd. Där vilar en grevinna Dolingen af Gratz från Steiermark i Österrike, som begick

självmord 1801. I skenet av en blixt ser Harker
innanför dörren en vacker kvinna liksom sovan-
de på en likbår. Nästa blixt utplånar gravvalvet
i samma ögonblick som kvinnan reser sig upp.
Harker hittas sedan medvetslös vid spillrorna av
några soldater, där han vaktats och hållits varm
av en väldig varg som slickat på hans hals. Som
händelserna utvecklas antyds det mer än up-
penbart att det var greve Dracula som skyddade
sin blivande gäst mot den odöda grevinnan ge-
nom att skapa elementens raseri, och i gestalt av
vargen höll honom vid liv i vinternattens kyla.

Idag vet vi att "Dracula's Guest" verkligen var
ett struket avsnitt i en tidigare version av *Dracu-
la*. Detta främst p.g.a. ett oväntat fynd i början
av 1980-talet i en lada i nordvästra Pennsylva-
nia, USA: Stokers maskinskrivna manuskript
till vampyrromanen, som ligger mycket nära
slutversionen 1897. Manuskriptet hade tillhört
Thomas Corwin Donaldson (1843-98), en ju-
rist i Philadelphia som varit god vän med Bram
Stoker.

"Dracula's Guest" finns inte heller att hitta
i detta manuskript – men däri finns meningar
och partier som direkt nämner det vådliga även-
tyret under valborgsmässoaftonen. Det är frag-
ment som ströks innan publiceringen och tyd-
ligen blev kvar i manuskriptet av misstag. T.ex.
nämner Harker sitt äventyr under valborgsmäs-
soaftonen i en diskussion med greve Dracula,
och här finns en mening där Harker beklagar sig
över att hans hals fortfarande värker efter att en
grå varg har slickat på den med sin skarpa tunga.

Episoden antyds också i Stokers arbetsan-
teckningar till *Dracula*: "Adventure snow storm
and wolf." [EM sid. 40.][1] I själva verket visar
anteckningarna att Stoker hade försett *Dracu-
la* med en utarbetad förhistoria innan Harker
anländer till Bistritz, som sedan ströks. Enligt
anteckningarna bor Harker i München på
värdshuset Quatre Saisons (där han också bor

i "Dracula's Guest", men som inte omnämns i
Dracula) och upplever bl.a. märkliga händelser
i ett bårhus i staden. Harker ledsagas under re-
san från London av brev från Dracula liknande
det som avslutar "Dracula's Guest". [EM sid. 10
& 40.]

Stokers maskinskrivna manuskript avslöjar
något ytterligare: Den självmördade grevinnan
i gravvalvet är identisk med den blonda av de
tre vampyrkvinnorna i Draculas slott. I scenen
där kvinnorna närmar sig Harker och den blon-
da vampyren försöker "kyssa" honom, finns
följande passage i manuskriptet som ströks till
slutversionen: "I was looking at the fair woman
and it suddenly dawned on me that she was the
woman – or her image – that I had seen in the
tomb of Walpurgis Night..."

Beskrivningen av denna blonda vampyr i *Dra-
cula* lyder: "The other was fair, as fair as can be,
with great wavy masses of golden hair and eyes
like pale sapphires." – Det är visserligen en kort-
fattad beskrivning, men det går knappast att
missta sig på att den överensstämmer med den
blonda vampyrkvinnan som vällustigt ansätter
Harker i *Mörkrets makter*. Recensenter och kom-
mentatorer har påstått att hon är tecknad som
en typisk blond, skandinavisk idealkvinna, och
att detta är ett exempel på en bearbetning som
Ásmundsson skulle ha gjort på eget bevåg. Men
beskrivningen finns alltså redan i *Dracula* 1897.

Något avsnitt liknande "Dracula's Guest"
finns inte heller i *Mörkrets makter*, men vi får en
fylligt tecknad bakgrund till den blonda vam-
pyren. Hon visar sig vara en grevinna "från se-
klets början" bosatt i Österrike, i överensstäm-
mande med den döda grevinnan i "Dracula's
Guest". Hur hon dog lämnas åt läsarens fantasi
– men det är mycket möjligt att hon drevs att ta
sitt eget liv.

Språket i "Dracula's Guest" skiljer sig betyd-
ligt från den koncentrerade och avskalade prosa
som Jonathan Harker använder i *Dracula* 1897;
däremot stämmer den överens med prosan i
Mörkrets makter.

Till detta kommer att Stoker, i arbetsanteck-
ningarna från 1892, under en period verkligen
planerade att bara ha en vampyrkvinna och inte

---

1 EM står för Eighteen-Bisang & Miller, duon som redige-
rade Stokers arbetsanteckningar; sidnumren represen-
terar den ordning som EM placerade sidorna i. Se *Bram
Stoker's Notes for Dracula* (2008). Anteckningarna hade
studerats av en handfull forskare sedan 70-talet men ut-
gavs av Eighteen-Bisang & Miller först 2008.

tre i Draculas slott [EM sid. 12] – en detalj som märkligt nog inte uppmärksammades i den engelska översättningen av *Makt myrkranna*. I de allra tidigaste anteckningarna förekommer flera kvinnor i Draculas slott, utan att deras antal specificeras. Till slutversionen bestämde sig Stoker för tre vampyrkvinnor, varav den blonda fortfarande gavs den mest framträdande rollen.

LOVECRAFTS FINGERVISNING

Att Stoker skrev tidigare versioner av *Dracula* framgår ganska väl av omständigheterna kring "Dracula's Guest". Men det finns mer direkta bekräftelser på detta från en oväntad källa, ingen annan än den klassiske amerikanske skräckförfattaren Howard Phillips Lovecraft (1890-1937).

I ett brev till Frank Belknap Long 7 oktober 1923 förklarade han: "Mrs. Miniter saw 'Dracula' in manuscript about thirty years ago. It was incredibly slovenly. She considered the job of revision, but charged too much for Stoker." (*Selected Letters* vol. 1.)

Mrs Miniter i citatet är Lovecrafts goda vän författaren och journalisten Edith Dowe Miniter (1867-1934). De knöts samman av deras gemensamma intresse för New Englands lokalhistoria och engagemang i United Amateur Press Association, en organisation för utgivning av amatörtidskrifter och amatörjournalistik. De umgicks personligen från 1920 fram till hennes död och Lovecraft bodde under korta perioder hos henne.

I ett brev till Donald Wandrei 29 januari 1927 upprepar Lovecraft ungefär samma uppgifter om Stokers manuskript: "... it is curious to note that one of our circle of amateur journalists – an old lady named Mrs. Miniter – had a chance to revise the 'Dracula' MS. (which was a fiendish mess!) before its publication, but turned it down because Stoker refused to pay the price which the difficulty of the work impelled her to charge." (*The Lovecraft Letters* vol. 1.)

Samt i brev till R.H. Barlow 10 dec 1932: "I know an old lady who almost had the job of revising 'Dracula' back in the early 1890s's – she saw the original MS., & says it was a fearful mess. Fi-nally someone else (Stoker thought her price for the work was too high) whipped it into such shape as it now possesses." (*O Fortunate Floridian.*)

I ytterligare ett brev till Barlow september 1933 tillägger Lovecaft att mrs Miniter inte själv hade kontakt med Stoker: "She never was in DIRECT touch with Stoker, a representative of his having brought the MS. & later taken it away when no terms could be reached." (Samma källa.)

Slutligen, i en minnestext över den nyligen bortgångna mrs Miniter, skriven 1934 men publicerad 1938, ger Lovecraft ytterligare uppgifter samt ett delskäl till varför mrs Miniter inte åtog sig uppdraget: "Notwithstanding her saturation with the spectral lore of the country-side, Mrs. Miniter did not care for stories of a macabre or supernatural cast; regarding them as hopelessly extravagant and unrepresentative of life. Perhaps that is one reason why, in the early Boston days, she had declined a chance to revise a manuscript of this sort which later met with much fame – the vampire novel Dracula, whose author was then touring America as manager for Sir Henry Irving." (Enligt citatet i David J. Skals *Something in the Blood.*)

Detta har påståtts visa att Lovecraft gav motstridiga uppgifter om händelsen, men det saknar grund; Lovecraft är öppen om att han spekulerar ("Perhaps that is one reason..."), och Miniter accepterade inte en lägre summa för ett uppdrag som inte intresserade henne. Att Stoker *också* avslog hennes motbud innebär naturligtvis inte någon motsägelse.

Ifall Lovecrafts uppgifter stämmer – det var trots allt 30 år efteråt som Edith Miniter berättade detta för honom – kontaktades mrs Miniter om uppdraget, när sir Henry Irving och hans ensemble var på turné i staterna uppbackade av Bram Stoker. David J. Skal förklarar i sin Stoker-biografi att turnén började 1893 och kom till Boston i januari 1894, där Edith Miniter arbetade för Boston Home Journal, en veckotidskrift för litteratur och konst. Irvings uppsättningar recenserades i Boston Home Journal – men på ett iögonenfallande nedgörande sätt; det var i själva verket bland de mest negativa recensioner som Lyceum fick under sin USA-turné. Bram

Stoker var presskontakt under turnén, och Skal antar att han sin vana trogen kontaktade redaktionen för "några diplomatiska ord". Med detta antyder Skal möjligheten av en kontakt mellan Stoker och Miniter utan att specificera hur, men det är tänkbart att Stoker fick god kontakt med i alla fall Edith Miniter på redaktionen. Det är också tänkbart att kontakten dem emellan förmedlades helt oberoende av Boston Home Journal – trots allt rörde de sig i Bostons konstnärliga och litterära kretsar samtidigt.

MÖRKRETS MAKTER
I STOKERS ANTECKNINGAR

I Eighteen-Bisangs och Millers *Bram Stoker's Notes for Dracula*, avdelningen "Limitations of the Notes", förklarar redaktörerna att Stoker mycket väl kan ha skrivit fler anteckningar till *Dracula* än de som föreligger. Redaktörerna tillägger: "Almost half the events in the novel are not mentioned in the Notes. Most of the interactions between human beings and vampires from chapters 16 to 27 [in *Dracula*] are missing." Det klargörs också att det är "highly unlikely that Stoker moved directly from the Notes to the typescript. He probably bridged the gap between them with one or more lost drafts of the novel."

En av de slående överensstämmelserna mellan Stokers arbetsanteckningar och *Mörkrets makter*, till skillnad från 1897 års *Dracula*, har redan nämnts: Förekomsten av en ensam vampyrkvinna som gör närmanden mot Harker i grevens slott. Här följer en rad andra överensstämmelser som saknas i Stokers färdiga roman:

I Stokers anteckningar finner Lucy en "mystisk brosch" på stranden utanför Whitby, antagligen menad att komma från det förlista skeppet som fört Dracula till England. Smycket spelar sedan en dunkel roll när Lucy går i sömnen till Whitbys kyrkogård och blir överfallen. [EM sid. 18, 19 & 34.] I *Mörkrets makter* hamnar hon under inflytande av ett liknande mystiskt smycke av zigenarna som står i maskopi med Draculitz, och som har slagit läger utanför Whitby. Samma slags smycke bär den förföriska blonda kvinnan i Draculitz slott; och Harker får

av greven en ring i gåva, försedd med samma suggestivt glimmande rubin som dessa smycken innehåller. De har något slags hypnotisk inverkan på Harker och Lucy.

I anteckningarna har greven en dövstum tjänarinna [EM sid. 1 & 7], medan greven själv tar hand om alla hushålleliga bestyr i *Dracula*. Anteckningarna ger vid handen att denna kvinna är grevens tjänare i England, men i *Mörkrets makter* är hon bara närvarande i greve Draculitz slott. Ytterligare en tjänare till Dracula nämns i Stokers anteckningar, en "tyst man", möjligen från början kusken som för Harker till slottet. I *Dracula* spelar greven själv rollen av kusk, liksom också i *Mörkrets makter*.

I anteckningarna förekommer en detektiv Cotford. [EM sid. 1 & 7.] Denna detektiv har under namnet Edward Tellet en betydande biroll i *Mörkrets makter*, där han efterhand får hjälp av ytterligare en yrkesbroder vid namn Barrington Jones.

I upprepade anteckningar nämner Stoker ett blodfärgat rum: "Secret room – coloured like blood"; "Count's house searched º blood red room"; "the blood room"; "Searching the Count's house – the blood red room"; "Secret search Count's house – blood red room". [EM sid. 7, 8, 15, 27 & 34.] I *Mörkrets makter* visar sig detta blodfärgade rum vara vampyrgrevinnan Ida de Gonobitz-Vàrkonys allra heligaste, där hon bor på Draculitz gods Carfax. Dr Seward beskriver det sålunda:

Jag befann mig i ett sovrum, inrett med stor lyx samt upplyst av en hängande taklampa med blodröd kupa. Allt i rummet hade samma färg, i mitt tycke föga lämpad för den lugna, rogivande stämning man gärna söker i en sängkammare – ett starkt lågande rött, vilket genomträngde och fyllde hela atmosfären. [...] Tak och väggar var klädda med rubinrött siden; två av de stora väggytorna täcktes nästan helt och hållet av ofantliga speglar, infattade i röd plysch – mattan hade samma röda färg, och såväl fönster som dörrar täcktes helt och hållet av röda draperier, under det att själva sängen var så beklädd, draperad och madrasserad med siden och sammet i denna djupa, lysande färg, att den mera liknade ett för något dyrbart smycke avsett etui än ett vanligt viloläger.

Det är tänkbart att detta djupröda rum ursprungligen var tänkt som Draculas orgiekammare, men det passar tvivelsutan bättre till en kvinna. I *Mörkrets makter* har Draculitz ett motsvarande rum i en annan byggnad där han förför sina offer, dock inrett på ett betydligt mer maskulint sätt.

I Stokers anteckningar beskrivs dr Seward, dårhusföreståndaren i grannskapet till Carfax, som en galen doktor, "the mad doctor". [EM sid. 1 & 5.] I *Dracula* har han inga problem med sin egen mentala hälsa, däremot är det en betydande "plot point" i *Mörkrets makter* att han förstår sig vara på gång att bli galen, och på slutet också blir det. Hans psyke blir lidande av sorgen efter Lucys död och de fabulösa upplevelser han tvingas genomgå i Carfax.

Var dr Seward och Renfield ursprungligen en och samma person, som Stoker sedan valde att dela upp i två karaktärer? Det vore logiskt ifall en galen doktor utvecklade teorierna om odödlighet och livskraftens flöde i arternas utvecklingsstege, vilka nu istället tänks ut av den vetenskapligt obildade Renfield. Dock nämns den galne doktorn och hans patient redan på den allra tidigaste sidan med anteckningar:

Mad Doctor – loves girl
Mad patient – theory of perpetual life

HUR MYCKET AV STOKER?

Alla detaljer som räknats upp här återfinns i Stokers anteckningar från 1890 till 1892, enligt deras egna dateringar och den ordning som Eighteen-Bisang och Miller placerat dem i. Efter 1892 blir dateringen av anteckningarna högst oklar, men noteringarna närmar sig slutversionen av *Dracula*. Det utkast som låg till grund för *Mörkrets makter* tycks ha skrivits i detta skede eller strax därefter.

Mörkrets makter kan dock omöjligt vara en direkt översättning av detta tidiga utkast. Jonathan Harker, Mina Murray, Lucy Westenra och Dracula benämns med sina slutgiltiga namn redan i dessa tidiga anteckningar 1890-92, men

har till den svenska bearbetningen ändrats till Thomas Harker, Vilma Murray, Lucy Western och greve Draculitz respektive. I *Mörkrets makter* anspelas på världshändelser som skedde efter Draculas originalutgivning 1897, med exempel som den "orleanistiska komplotten" 1898-99. I avsnittet med människooffren under Draculas slott jämförs den av eldsflammor upplysta scenen med kinematografens flimrande bilder; kinematografen (den första filmprojektorn) patenterades inte förrän 1895 och började användas kommersiellt från 1896.

Den stora frågan är hur mycket som har blivit bearbetat av "A–e". Stokers tidiga utkast måste ha innehållit den nämnda förhistorien innan Harker anländer till Bistritz. Att den strukits här antyder att redaktören lät sig inspireras av 1897 års *Dracula* under arbetet. Hela delintrigen om Draculitz politiska konspiration med fascistiska förtecken kan vara ett svenskt tillägg utifrån de socialdarwinistiska antydningar som redan finns i *Dracula*,[1] vilket i så fall förklarar det skvaderliknande intryck som ges av vampyrtemat i kombination med politisk thriller och satir. Temat med *fin de siècle* – förra sekelskiftets pessimism och dekadens – i sista fjärdedelen av romanen tycks vara tillagt för att göra romanen dagsaktuell; denna avslutande del publicerades i tidningen Dagen från december 1899 till början av februari 1900.

Dock finns det en märklig anspelning på odödlighet och storpolitik också i Stokers tidiga anteckningar: "Immortaliable – Gladstone". [EM sid. 6.] William Gladstone var Storbritanniens premiärminister samt god vän med sir Henry Irving. Och trots allt är språkstilen märkvärdigt konsekvent romanen igenom. Texten är också inte så lite bemängd med översättningsmisstag i form av anglicismer.

På detta stadium är det helt enkelt inte möjligt att veta hur mycket av texten som återspeglar Stokers originalutkast, och hur mycket som är struket, tillagt och omarbetat av "A–e".

---

1 Mathias F. Clasen analyserar detta på djupet i sin avhandling *Darwin and Dracula: Evolutionary Literary Study and Supernatural Horror Fiction* (Department of English, Århus universitet 2007).

Syster och bror, vänner med familjen Stoker: T.v. dramatikern Anne Charlotte Leffler. T.h. matematikern Gösta Mittag-Leffler.

BRAM STOKER OCH SVERIGE

Dracula hade redan blivit uppmärksammad utomlands. Varför såg inte redaktionen bakom Dagen och Aftonbladets Halfvecko-Upplaga till att bara översätta den redan utgivna romanen rakt av? Det skulle dels bli billigare–Sverige hade ännu inte ingått Bernkonventionen vid denna tid, varför piratöversättningar av utländska författare var mer regel än undantag – och dels betydligt enklare, än att betala signaturen A–e för en "svensk bearbetning" dubbelt så lång som ursprungsromanen. Att i alla fall A–e fick betalt för jättearbetet kan man tryggt utgå ifrån. Detta var inte någon enkel piratutgivning i mängden.

Redaktionen bakom Dagen och Aftonbladets Halfvecko-Upplaga förväntade sig säkert att de med Stokers utkast som grund hade en garanterad litterär succé, en blivande alternativklassiker till 1897 års *Dracula.*

Förhoppningen om succé kom dock på skam. Bara den isländska översättningen av Aftonbladets förkortade text kom till stånd, och de två svenska versionerna trycktes aldrig i några separata bokupplagor.[1] Romanen publicerades bara ännu en gång 16 år senare i den billiga veckotidskriften Tip-Top – för att därefter falla i glömska. Att följetongen i Aftonbladets Halfvecko-Upplaga förkortades radikalt efter att första avdelningen hade tryckts, kan också tolkas som att den inte slog så bra som redaktionen hoppades; man ville så snabbt som möjligt lämna utrymme för nya följetonger som förhoppningsvis skulle tilltala publiken bättre.

Hur hamnade då Bram Stokers utkast i Sverige? Här kommer vi till författaren och dramatikern Anne Charlotte Leffler (1849-92) och hennes bror, matematikern och kulturpersonligheten Gösta (Gustaf) Mittag-Leffler (1846-1927).

Den idag ganska bortglömda författaren Anne Charlotte Leffler behandlade i huvudsak kvinnosaksfrågor i sin dramatik. Hon var en mycket framgångsrik, omdiskuterad och kontroversiell författare också internationellt sett under sin livstid; i England lär hon ha varit mer uppmärksammad än Henrik Ibsen. Hennes bror Gösta Mittag-Leffler var å sin sida en internationellt känd professor i matematik, ledamot av Kungliga Vetenskapsakademien samt hedersledamot av Royal Society. Icke förty var han starkt intresserad också av kultur och litteratur och umgicks flitigt i Stockholms litterära kretsar, där han också verkade som debattör i kulturella och politiska frågor. 1914 åtalades

---

1 Det kan dock nämnas att följetongen publicerades i boksidesformat i Dagen och Aftonbladets Halfvecko-Upplaga, på ett sätt som gjorde det möjligt att skära ut arken och lämna över dem till en bokbindare. Detta var ett vanligt sätt att publicera följetonger på i Sverige under 1800-talet.

och fälldes han för förtal av statsministern Karl Staaf, en dom som dock rivdes upp av Högsta domstolen p.g.a. formella felaktigheter i åtalet.

I Kungliga Bibliotekets handskriftssamling finns brev och meddelanden bevarade, som visar att Anne Charlotte Leffler och Gösta Mittag-Leffler var goda vänner med Bram Stokers syskon, och därmed i all förmodan också med Bram själv. Från Bram Stokers bror George Stoker (1854-1920) finns ett brev till Anne Charlotte Leffler bevarat, daterat 1887, liksom ett odaterat visitkort från honom till Gösta Mittag-Leffler. Hos KB hittar man dessutom sju brev till Gösta Mittag från Brams syster Margaret Dalrymple Stoker (1853-1928), skrivna från c:a 1874 till 1883. Vidare finns tre odaterade brev 1875 till Gösta från en Mathilde Stoker. Det är oklart om detta är Bram Stokers mor Charlotte Mathilda Blake Stoker (1818-1901) eller hans syster, konstnären Charlotte Matilda Stoker Petitjean (1846-1920). Korrespondensen är alldagligt hållen och innehåller inte något av speciellt intresse för en litteraturvetare, men den visar att kontakten mellan syskonen Leffler och syskonen Stoker var omfattande och familjär.

Men det slutar inte där. Anne Charlotte Leffler hade överhuvudtaget omfattande kontakter med vänner till Bram Stoker; hon rörde sig helt enkelt i samma kretsar. Hos KB finns ett brev till henne, odaterat 1884, från Francisca Elgee Wilde, mer känd som Jane Wilde (1821-96) – Oscar Wildes färgstarka mor. I Dublin drev hon en litterär salong där den unge Bram Stoker varit flitig besökare. Han började umgås med familjen och blev god vän med hennes son. David J. Skal skildrar ingående deras vänskap i *Something in the Blood*. Bram Stokers fru Florence hade också haft ett förhållande med Oscar Wilde innan hon gick över till Bram.

I ett av Anne Charlotte Lefflers brev till Adam Hauch, som finns återgivet i brev- och dagbokssamlingen *En självbiografi* (1922), beskriver hon sitt möte med lady Wilde under en vistelse i London 1884:

Jag har gjort bekantskaper i en massa litterära kretsar. Häromdagen fick jag en inbjudning till en lady Wilde, en mycket känd litterär dam, som just håller på att publicera en bok över Skandinavien, där hon nämner mig som en av de ledande förf. därhemma, och som då hon fick höra talas om att jag var här, nödvändigt ville se mig. Det var den kostligaste bjudning jag någonsin varit på. Hennes son, Oscar Wilde, känd poet och ledare för den s.k. estetiska rörelsen här, brukar gå klädd i knäbyxor och spansk kappa, hon själv visar sig aldrig vid dagsljus, varför hennes rum voro förmörkade mitt på dagen och endast upplysta av ett konstlat rött sken, – klädd i djupt dekolleterad ljus sidenklänning (på en förmiddagsmottagning) mycket målad, möblerna det brokigaste bric-à-brac, kvarlevor av deras förra härlighet, men trasiga, vilket ej var ämnat att synas i halvdunklet – – –.

Lady Wilde som vampyr? Den irländska författarinnan levde vid denna tid i misär i London, sedan hennes make dött bankrupt några år tidigare. Leffler väljer ordet "kostlig" på ett ironiskt sätt; speciellt på 1800-talet användes ordet både i betydelsen lustig och dråplig, och i betydelsen dyrbar och påkostad.

Var Oscar Wilde själv närvarande vid bjudningen? Det går att tyda hennes brev på det sättet. I Lefflers dagbok 9 maj samma år finns till och med omnämnt att hon och Oscar Wilde besökte ett "mystiskt sällskap" i London: "Mystiskt drawing-room meeting. Hermetiskt, teosofiskt sällskap i evening-dress. Doktor Mrs. Kingsford intagande, vacker, intelligent, mycket medveten, gulrött hår, lång och slank, blekt ansikte. Oscar Wilde med 'nasty looks' på haltande, koppärriga miss Lord. Talare två hermetiska celebriteter."

I Monica Lauritzens biografi *Sanningens vägar: Anne Charlotte Lefflers liv och dikt* (2012) berättas att Leffler under samma period i London var flitig teaterbesökare, där hon blev allra mest imponerad av sir Henry Irvings version av Shakespeares *Mycket väsen för ingenting*, vilken hon måste ha sett på Lyceum Theatre. Lauritzen ger dock inte många konkreta detaljer om denna händelse. Blev Leffler introducerad till den store skådespelaren efter föreställningen? Det vore hur som helst dålig etikett ifall hon på Lyceum inte växlade några ord med Bram Stoker, vars bröder och systrar hon och hennes bror hade sådan god kontakt med. Överhuvudtaget måste man utgå ifrån att Leffler umgicks med syskonen Stoker under sin tid i London, även om det inte framgår i de brev och dagboksanteckningar som hittills är kända.

Exakt hur det gick till när Bram Stokers utkast till *Dracula* hamnade på Aftonbladets redaktion i Stockholm vet vi inte, men det är en mycket stark arbetshypotes att detta skedde genom Anne Charlotte Leffler och Gösta Mittag-Leffler. Det behövs betydligt mer forskning än den som hittills varit möjlig att göra.

Anne Charlotte dog i oktober 1892 av blindtarmsinflammation, men Gösta fortsatte att vara aktiv inom Stockholms litterära kretsar fram till sin död 1927.

SIGNATUREN A–E

Vem var då signaturen "A–e", som tog på sig uppdraget att revidera Stokers utkast till en läsbar roman? Det är kort sagt höljt i dunkel och ännu något som kräver mer forskning. Signaturen var en engångsföreteelse i Dagen och Aftonbladets Halfvecko-Upplaga. Att ett tankestreck förbinder A:et med e:et tyder på att det handlar om ett maskerat namn, exempelvis Alice eller Anne. Men att Anne Charlotte Leffler skulle ha varit redaktören bakom *Mörkrets makter* är förstås helt osannolikt, inte minst för att hon dog redan 1892.

Det kan också vara ett förkortat smeknamn. En skribent på landsortstidningar vid namn Algot Agelborg använde då och då signaturen A–e efter sitt smeknamn "Agge", men född 1894 var han bara fem år när följetongen publicerades. Birger Landén (1846-1927) var en smärre debattör i religionsfrågor som ibland använde signaturen A..e. Han producerade till synes ingen skönlitteratur eller översättningar och inget tyder på att han hade koppling till Dagen eller Aftonbladet.

När det gäller signaturen A.E. och varianter på den, finns det däremot ingen brist på kandidater: exempelvis författarna Albert Andersson-Edenberg (1834-1913), Albert Engström

(1869-1940) och Daniel Bergman (1869-1932). Alla dessa hade kopplingar till Aftonbladet. Albert Engström skrev till och med en gotisk skräckroman i form av *Ränningehus* (1920). Men det behövs mycket till för att tro att Kolingens skapare låg bakom signaturen A–e.

Sin vana trogen har Hans Corneel de Roos spekulerat livligt om vem A–e kan ha varit. Enligt hans första förslag i en artikel i mars 2017 var A–e en förkortning för "Aftonbladets editor" (sic!), med andra ord Aftonbladets och Dagens chefredaktör Harald Sohlman. Detta resonemang faller förstås på sin egen orimlighet. Nästa förslag, i maj 2017, framställde han som otvivelaktigt: att A–e var Aftonbladets medarbetare Albert Andersson-Edenberg, baserat på att denne ibland signerade sina artiklar och översättningar med A.E. och A.-E. – och hade skrivit en artikel i Svenska Familj-Journalen om antika järnbeslagna dörrar. Också i Draculas slott i *Mörkrets makter* förekommer antika järnbeslagna dörrar! Men en sådan detalj är just vad man kan förvänta sig i ett uråldrigt slott. De Roos påstod att han funnit många fler liknande paralleller mellan *Mörkrets makter* och Andersson-Edenbergs artiklar, vilka han redovisade i en uppsats i december 2017; men inte heller denna lista håller för en granskning. Åtskilliga av artiklarna innehåller inte det som de Roos påstår att de gör, och i övrigt är kopplingarna mycket långsökta och t.o.m. obegripliga (som att artikelserien "Fosterländskt bildgalleri", med kortfattade biografier över kända svenskar, i Svenska Familj-Journalen skulle ha inspirerat Andersson-Edenberg till Draculitz släktgalleri – trots att Andersson-Edenberg inte ens själv skrev artikelserien. Och likt järnbeslagna dörrar är ett släktgalleri förstås bara väntat i ett anrikt slott). Jag kommer att granska de Roos argument i en separat artikel.

Det är ännu alldeles för tidigt att utnämna någon till identiteten bakom A–e. Allt detta, inklusive efterforskningarna kring syskonen Lefflers koppling till Stoker, behöver omsorgsfull och eftertänksam research innan några sanningar slås fast.

Hur denna historia utvecklar sig kan följas

på nätet: <www.weirdwebzine.com>. Där finns också en engelsk version av denna presentation.

———

REFERENSER

Stort tack till Jan Reimer och Martin Andersson för hjälp med referensuppgifter. De omnämnda breven etc. från syskonen Stoker och Jane Wilde till syskonen Leffler finns i Kungliga Bibliotekets handskriftsavdelning och tillhör huvudsakligen Gösta Mittag-Lefflers arkiv, de flesta ännu ej registrerade i KB:s databaser men letades fram vid förfrågan i februari 2017. Tack också till Karin Sterky vid KB för hjälp med detta.

- Bygdén, Leonard: *Svenskt anonym- och pseudonym-lexikon* vol. I (Uppsala: Akademiska Boktryckeriet 1898-1905). Finns på nätet <runeberg.org/sveanopse>. Läst 2017-09-28.
- De Roos, Hans Corneel: *Next Stop Chicago! Earliest U.S. serialisation known so far discovered. Was it the source for Mörkrets Makter?* Finns på nätet <vamped.org/wp-content/uploads/2017/05/HansCorneelDeRoos-NEXT-STOP-CHICAGO-24May2017-For-Vamped-org_FINAL.pdf>. Läst 2017-09-28.
- De Roos, Hans Corneel: *The True Source of Makt Myrkranna?* (Children of the Night Dracula Congress. Official Bulletin of the Braşov Congress Initiative. Nr 1, mars 2017). Finns på nätet <dracongress.jimdo.com/conference-bulletin>. Läst 2017-09-28.
- Eighteen-Bisang, Robert & Miller, Elizabeth: *Bram Stoker's Notes for Dracula: A Facsimile Edition* (London & Jefferson, NC: McFarland & Company, Inc. 2008. ISBN 9780786 434107).
- ”Icelandic version of Dracula, *Makt myrkranna*, turns out to be Swedish in origin.” Artikel i Iceland Monitor 6/3 2017. Finns på nätet <icelandmonitor.mbl.is/news/culture_and_living/2017/03/06/icelandic_version_of_dracula_makt_myrkranna_turns_o>. Läst 2017-09-28.
- Lauritzen, Monica: *Sanningens vägar: Anne Charlotte Lefflers liv och verk* (Stockholm: Bonniers 2012. ISBN 9789100130275).
- Leffler, Anne Charlotte: *En självbiografi: Grundad på dagböcker och brev* (Red. Jane Gernandt-Claine & Ingeborg Essén. Stockholm: Bonniers 1922).
- Lovecraft, Howard Phillips: *Selected Letters I: 1911-1924* (red. August Derleth & Donald Wandrei. Sauk City, WI: Arkham House 1965).
- Lovecraft, Howard Phillips: *The Lovecraft Letters: Mysteries of Time & Spirit: Letters of H.P. Lovecraft & Donald Wandrei* vol. 1 (red. S.T. Joshi & David E. Schultz. Night Shade Books 2005. ISBN 1892389509).
- Lovecraft, Howard Phillips: *H.P. Lovecraft's Letters to R. H. Barlow* (red. S.T. Joshi & David E. Schultz. Tampa, FL: University of Tampa Press 2007. ISBN 9781597320344).
- ”Orleans, Louis Philippe Robert, Duke of.” Artikel i *Encyclopædia Britannica* vol. 20, 1911. Finns på nätet <en.wikisource.org/wiki/1911_Encyclop%C3%A6dia_Britannica/Orleans,_Louis_Philippe_Robert,_Duke_of>. Läst 2017-09-28.
- ”Pretenders Watching the French Throne.” Artikel i Chicago Tribune 13/11 1898.
- ”Pseudonym- och signaturregister” i Lundstedt, Bernhard: *Sveriges periodiska litteratur* (Stockholm: Idun 1895-1902). Finns på nätet <www.kb.se/Sverigesperiodiskalitteratur>. Läst 2017-09-28.
- *Publicistklubbens porträttmatrikel* (Stockholm: Publicistklubbens förlag 1936). Finns på nätet <runeberg.org/pk/1936/0005.html>. Läst 2017-09-28.
- Skal, David J: *Something in the Blood: The Untold Story of Bram Stoker, the Man Who Wrote Dracula* (London & New York: Liveright/W.W. Norton 2016. ISBN 9781631490118).
- Stoker, Bram: *Dracula* (New York: Grosset & Dunlap 1897). Finns på nätet <www.gutenberg.org/ebooks/345>. Läst 2017-09-28.
- Stoker, Bram & Ásmundsson, Valdimar: *Powers of Darkness: The Lost Version of Dracula* (London & New York: Overlook Duckworth 2017. ISBN 9781468313376).
- *Svenskt biografiskt lexikon*. Finns på nätet <www.riksarkivet.se/sbl>. Läst 2017-09-28.

Bram Stoker
MÖRKRETS MAKTER

Förord av utgivaren.

Hur dessa papper blivit samlade samt ordnade till ett sammanhängande helt torde bli läsaren klart under berättelsens gång. Min uppgift har endast varit att så vitt möjligt utesluta överflödiga detaljer, samt för övrigt låta de handlande personerna själva meddela sina erfarenheter i den okonstlade form vari de från början blivit upptecknade. Jag har även av lätt förklarliga skäl tillåtit mig ändra åtskilliga såväl orts- som personnamn, men för övrigt överlämnar jag, enligt de personers önskan, som därmed ansett sig uppfylla en bjudande plikt, det hela oförändrat och i sitt ursprungliga skick åt offentligheten.

Det finns enligt min övertygelse inte en skymt av tvivel att de här skildrade tilldragelserna *verkligen ägt rum*, hur osannolika och oförklarliga de än måste förefalla, sedda ur den vardagliga erfarenhetens synpunkt. Oförklarliga måste de, enligt min övertygelse, dock delvis alltid förbli – ehuru det ju ingalunda är otänkbart att fortskridande forskningar på det dolda själslivets och naturkrafternas område förr än man väntat skulle kunna kasta ett bjärt ljus över såväl denna som många andra hemligheter, vilka hittills envist trotsat både vetenskapsmannens och detektivens av erfarenhet skärpta blick. Jag upprepar emellertid än en gång, att hela den hemlighetsfulla tragedi, som här skildras *till sina yttre drag är fullkomligt sann*, även om mitt eget omdöme i vissa fall kommit till andra slutsatser och förklaringar än de vilka synts de handlande personerna själva antagliga. Men fakta är obestridliga samt därtill i huvudsak kända av alltför många för att kunna betvivlas. Den serie av –

som det tycks – fullkomligt oförklarliga brott, alla tydande på samma ursprung, vilka på sin tid upprörde allmänheten lika mycket som de något senare så beryktade Whitechapelmorden,[1] torde ännu inte vara fullkomligt glömda; en och annan torde även påminna sig de båda intressanta främlingar, vilka under ett par säsonger spelade en glänsande roll inom societeten och av vilka åtminstone den ena helt plötsligt och på ett hittills oförklarat sätt försvann, utan att lämna något spår efter sig. Alla de personer, vilkas redogörelser för den roll de – med eller mot sin vilja – spelat i denna underliga historia, här blivit sammanförda, är väl kända och allmänt aktade. Såväl Thomas Harker som hans älskvärda hustru och dr Seward är sedan många år tillbaka mina personliga vänner, på vilkas sanningsenlighet jag vet mig obetingat kunna lita; och den vördnadsvärde vetenskapsman, som här uppträder under ett fingerat namn, torde i själva verket vara alltför känd och uppburen inom hela den civiliserade världen, för att hans verkliga namn – vilket jag dock ej velat utsätta – skulle kunna förbli en hemlighet för de många, vilka av erfarenhet lärt uppskatta och vörda såväl hans snille som hans ädla och människoälskande sinnelag, även om de – i likhet med mig själv – ej alltid kan dela hans världsåskådning och de slutsatser, vartill en livlig fantasi och en naturlig benägenhet för mystik i vissa fall fört honom. Emellertid torde det i våra dagar mer än någonsin vara klart för allvarligt tänkande människor, att det verkligen ”gives mycket mellan himmel och jord, varom vår filosofi ej kunnat drömma”. Mer än någonsin gäller det nu att med fördomsfritt sinne pröva allt, som kommer inom kretsen

---

1 Jack the Ripper-morden benämndes ursprungligen och i polisens utredning som "the Whitechapel Murders".

för ens iakttagelser, med livlig hågkomst av de många stora vetenskapliga upptäckter och den vidgade kännedom om naturens lagar, vartill första väckelsen givits av iakttagelser, vilka av en trångsynt och alltför materialistisk samtid endast mötts med hån och förföljelse. För den verklige forskaren är lättrogenhet och vidskepelse lika – men inte mer – förkastliga som den torra skepticismens eviga hångrin gentemot allt obekant och tills vidare oförklarligt. Det är därför som jag utan tvekan i enlighet med mina vänners önskan åt offentligheten överlämnar följande anteckningar, vilkas intresse – ur vilken synpunkt man föredrar att bedöma dem – ingen torde kunna förneka.

London, – – Street, aug. 1898.

B.S.

Första avdelningen.

Slottet i Karpaterna.

FÖRSTA KAPITLET.

TOM HARKERS DAGBOK.
(UPPTECKNAD MED SNABBSKRIFT.)

Bistritz 3 maj. Så långt har jag alltså hunnit på min brådstörtade iltågsfärd genom Europa. Lämnade München 8.30 e.m. den 1 maj, anlände till Wien påföljande morgon – vidare till Budapest, en förunderlig stad, som jag tyvärr dock endast såg i förbifarten. Jag fick dock ett livligt intryck av att man i själva verket redan här lämnar Västern och dess civilisation bakom sig och övergår till Orienten. Låg över natten i Klausenburg och anlände hit först i mörkningen i afton, för att i morgon med diligens fortsätta till Borgopasset. Färden har hela dagen idag gått genom starkt kuperade trakter, vilka syntes ännu mera tilltalande efter det enformiga ungerska slättlandet. Här och där syntes små städer eller slott på toppen av spetsiga, fantastiskt formade kullar, sådana som man ser på gamla träsnitt från medeltiden; ibland passerade vi strömmar, vilka att döma av deras breda, steniga bäddar på ömse sidor om strömfåran ofta svällde till rasande forsar. Vid de små stationerna var vanligen en hel hop lantfolk församlat, i de mest olikartade och egendomliga dräkter. Några av dem var högst pittoreska. Kvinnorna var vackra, ehuru väl grovt byggda. De flesta hade mycket vida, vita lintygsärmar av ett eller annat slag, rutiga, släta eller broderade i brokiga färger, bjärt färgade korsettliv (tror jag det kallas) eller också oformligt breda bälten från vilka en massa brokiga band eller tygstrimmor föll ned över de korta kjolarna – en riktig balettkostym med ett ord. Jag önskade jag varit målare, i stället för en prosaisk jurist, som varken med ritstift eller penna kan göra rättvisa åt allt det intressanta som möter en under en sådan färd. De egendomligaste av alla egendomliga figurer jag minns var slovakerna, vilka föreföll mig om möjligt mera ociviliserade än det övriga sällskapet. De begagnade ofantliga slokhattar, vida, säckliknande benkläder (som åtminstone en gång *varit* vita), liknande skjortor eller blusar med vida ärmar, samt häruppå fotsbreda läderbälten, tätt besatta med mässingsstift eller knappar. Byxorna bar de instuckna i höga läderstövlar; det svarta, sträva håret föll långt och oordnat över deras axlar och de långa svarta mustascherna samt de blixtrande svarta ögonen i förening med allt det övriga gjorde dem till riktigt idealiska teaterrövare. Emellertid lär de, efter vad jag hör, vara tämligen fromsinta och ofarliga och ingalunda så pockande, trotsiga och påträngande som en del av den övriga befolkningen här. – – – Medan jag i London inväntade vidare instruktioner från min principal, passade jag på att göra ett besök i British Museum för att ur där befintliga böcker och kartor skaffa mig litet närmare upplysningar om Siebenbürgen, angående vilket storfurstendöme mina geografiska studier hittills endast givit mig de dimmigaste begrepp. Jag fann då att den trakt, dit jag i enlighet med grevens önskan skulle bege mig, ligger i landets östligaste del, någonstans uppe i Karpaterna och nästan på gränsen mellan Siebenbürgen, Moldau och Bukovina – på det hela taget, inväntade jag ett av Europas vildaste, minst tillgängliga och minst kända hörn. Jag lyckades ej upptäcka slottet Draculitz på någon karta, ty här i landet finns överhuvudtaget inga kartor som i noggrannhet kunna jämföras med dem som hos oss utarbetats av generalstaben. Postadressen är emellertid Bistritz och själva stället lär ligga någonstans i närheten av Borgopasset. I etnografiskt hänseende utmärker sig Siebenbürgen – så påstår åtminstone de lärda herrar som jag rådfrågade på museum – liksom överhuvudtaget hela Ungern för en i hög grad blandad befolkning. Här finns tyskar, valaker, magyarer, tjecker, slovaker, zigenare, slovener m.m. m.m. i brokigaste blandning. Trosbekännelserna är nästan lika många som nationaliteterna, och dessutom innesluter – jag citerar mina sagesmän – "Karpaternas stora halvcirkel så gott som varje form av vantro och vidskepelse som påträffats inom den kända världen, jämte en mängd dunkla sägner och uråldriga, högst intressanta traditioner och bruk. De stora folkvandringarnas skaror ha här i fordomtima drabbat samman, västerlandets kultur brytes där ännu med österns mysticism som när tvenne floder mötas och det hela bildar ännu idag så att säga en sjudande virvel, vari otaliga spillror av mycket som eljest för länge sedan sjunkit i glömskans natt driver omkring eller helt oväntat slungas upp ur djupet." – Allt detta är ju högst intressant, och jag kan endast beklaga att mina juridiska studier så föga förberett mig för de iakttagelser jag här eljest vore i tillfälle att göra. Möjligen torde greven vara i stånd att lämna mig sådana upplysningar.

Greven, som sänt mig de noggrannaste förhållningsorder i avseende på min resa, hade givit mig anvisning på "Gyllene Kronan" som det lämpligaste värdshuset här. Jag begav mig alltså genast dit och fann mig vara väntad, ty redan vid porten möttes jag av en godmodig gammal kvinna, iklädd den vanliga bonddräkten – vit underklänning med ett långt kulört förkläde både fram och bak. Hon neg djupt och frågade på någorlunda begriplig tyska om jag var *"der Herr Engländer?"* – "Ja", sade jag, "mitt namn är Thomas Harker." Hon betraktade mig nyfiket och yttrade på ett eller annat främmande tungomål några ord till en äldre man, som stod något längre in i den gammaldags klent upplysta förstugan. Han avlägsnade sig genast, men kom strax tillbaka med ett brev, på vars utanskrift jag genast igenkände grevens högst egendomliga stil. Det var – liksom hans föregående meddelanden till Byrån – på engelska och innehöll dessa rader:

"Bäste Sir!

Välkommen till Karpaterna! Jag väntar er med otålighet. Klockan tre i morgon eftermiddag avgår diligensen från Bistritz till Bukovina; plats å densamma är redan reserverad för er. Mitt ekipage möter i Borgopasset för att föra er hit.

I förhoppning att resan ej varit allt för ansträngande samt att ni torde trivas i vårt sköna land så länge våra gemensamma affärer kräver ert uppehåll här, har jag äran teckna

vänligen *Draculitz."*

Detta är ju mycket tillfredsställande. Jag motser verkligen med nyfikenhet vårt sammanträffande. En ungersk, eller rättare siebenbürgisk magnat, som bor i en gammal borg någonstans uppe i vildaste bergstrakten vid världens ände, men ändå uttrycker sig flytande på oklanderlig engelska samt med en världsmans hela förbindlighet, på samma gång som han genom en engelsk advokatbyrå och egendomsagentur träffar avtal angående ett större fastighetsköp i själva hjärtat av London, bör ovillkorligen vara ett original.

Jag har skrivit detta på mitt rum efter att ha intagit en tämligen välsmakande, men något väl starkt pepprad supé. Det är rätt sent och jag slutar därför mina anteckningar för idag.

Bistritz 4 maj. Jag tillägger några ord före avresan, då jag under förmiddagen haft ett par rätt egendomliga erfarenheter. Tyvärr sov jag inte så gott i natt som jag skulle önskat efter den tröttande resan, ty en större del av stadens hundar tycktes ha stämt möte under mitt fönster, varest de ömsom samfällt och ömsom var för sig uppstämde de ömkligaste tjut. Slutligen lyckades jag av ren trötthet somna ifrån den avskyvärda konserten, men väcktes snart åter av – som jag tyckte – ett egendomligt krafsande ljud på mitt fönster. Detta lät sig emellertid lätt förklaras, ty då jag steg upp och drog upp rullgardinen såg jag en stor läderlapp, som klängt sig fast vid fönsterbågen och nu i stora ljudlösa kretsar fladdrade bort. Hundarna tjöto emellertid värre än någonsin, och det var först framemot morgonen som jag somnade på allvar. Jag sov också tämligen sent – –.

Vid frukosten lyckades jag inhämta att min värd dagen förut fått brev från greven, som anmodat honom att försäkra sig om den bästa platsen i diligensen för min räkning. Han hade även sänt penningar för att betala biljetten. Jag sökte utfråga både honom och hans beskedliga hustru angående greven och hans förhållanden m.m., men de var tämligen förbehållsamma och jag lyckades just inte få veta något mer än att greven var mycket rik, eller åtminstone påstods vara det – att de sett honom ett par gånger, men att han sällan visade sig i staden o.s.v. För övrigt hade jag nästan lika svårt att göra mig förstådd av dem som att förstå deras rådbråkade tyska dialekt. Då jag talade om hur jag blivit störd av läderlappen och de tjutande hundarna, märkte jag att de förstulet växlade blickar samt att de korsade sig då de trodde sig vara obemärkta av mig. Vidskepelsen är tydligen starkt inrotad i dessa bygder och det förargar mig, att jag så dåligt skall kunna meddela mig med folket; det vore högst intressant att ta litet närmare reda på dessa förhållanden, denna övertro som här ännu tycks vara levande verklighet, ehuru det mesta därav för en praktisk nutidsmänniska – som jag till exempel – ter sig som idel amsagor. Deras egentliga betydelse för vår tid är väl att man i dessa sägner och allt detta gamla skrock kan spåra kvarlevorna av hedniska plägseder och en försvunnen tid. – –

Jag passade på att bese staden under förmiddagens lopp – den är gammal och har mycket av intresse. Då den ligger så nära gränsen har den under tidernas lopp fört en ytterst stormig tillvaro – utstått långa belägringar och mer än en gång härjats av stora eldsvådor, vilket allt lämnat ännu märkbara spår. Jag hade den lyckan att påträffa en tysk skollärare som beredvilligt visade mig omkring och redogjorde för alla sevärdheter. Jag frågade om han kände greve Draculitz – han såg ytterst förvånad ut då jag omtalade att jag var på väg till slottet och under ett par veckor skulle vistas där som gäst, men han förklarade sedan att han blivit så överraskad därför att greven i hela trakten var känd som en enstöring, som levde i nästan människoskygg enslighet, och att han för sin del aldrig ens hört talas om att han inbjudit några gäster till slottet. ”Under sådana förhållanden går det väl åtskilliga underliga historier i svang om honom?” anmärkte jag, ”folk tål i allmänhet inte att någon vill gå sin egen väg här i världen.” Härpå svarade han endast att det nog pratades åtskilligt, men att ingen upplyst människa naturligtvis fäste sig vid sådant. Några vidare upplysningar om greven och hans familj kunde han inte ge mig. Släkten tillhörde de förnämsta och äldsta i landet, så mycket visste han – männen hade utmärkt sig för stor tapperhet och kvinnorna för ovanlig fägring, och det hade alltid funnits en hel del romantiska sägner om dem. Huruvida den nuvarande greven, som, enligt vad han trodde sig veta, varit gift trenne gånger, men nu var änkling, var barnlös eller ej visste han inte.

Som det nu var nära den tid då diligensen skulle avgå, brydde jag mig ej om att vidare utfråga honom, utan återvände till värdshuset för att äta middag.

Då jag slutat gick jag upp på mitt rum för att lägga ihop mina saker, men hit följde mig till min stora förvåning den välvilliga värdinnan, som efter åtskilliga tafatta försök att anknyta ett samtal, plötsligt med nästan hysterisk häftighet utbrast:

"Skall ni verkligen resa? – Käre unge herre, skall ni verkligen resa?"

I sitt upprörda tillstånd tycktes hon helt och hållet tappa bort den smula tyska hon kunde, och utgöt sig till en början i en ström av för mig helt och hållet obegripliga ord. Då jag svarade att jag verkligen måste resa, och det genast, då jag hade ett viktigt uppdrag att utföra, betraktade hon mig tyst några ögonblick och sade därpå med högtidligt röst:

"Ni vet inte vilken dag det är idag?" –

Jag svarade sanningsenligt att det var den fjärde maj. Härtill genmälde hon med många skakningar på huvudet:

"Den fjärde maj, den fjärde maj – ack, det vet jag väl att – – men vet ni inte *vilken* dag det är? –"

Jag måste förklara att jag inte förstod henne, varpå hon ivrigt svarade på sin brutna tyska, vilken jag dock ej försöker återge.

"Men varifrån kommer ni då, stackars unge herre som inte vet att detta är kvällen före den heliga Georges dag och att i natt, då klockan slår tolv, har alla mörkrets makter lov att fritt driva sitt spel med oss arma syndiga människor" – hon korsade sig andäktigt. "Vet ni väl, vart ni skall fara och vad ni kan komma att uppleva där? – Tro en gammal kvinna som vill er väl, käre unge herre – uppskjut er resa åtminstone till i morgon – det är en dödssynd att trotsa Gud och själv kasta sig i fördärvet!" Tårarna störtade utför hennes kinder och innan jag kunde hindra henne kastade hon sig på knä framför mig, vred sina händer och besvor mig vid den heliga jungfrun och en hel hop helgon, vilkas särskilda förtjänster är mig obekanta, att åtminstone för ett par dagar avstå från den tillämnade resan. Situationen var ju på det hela ytterst löjlig, men jag kan inte neka att hennes sinnesrörelse ändå gjorde ett visst intryck på mig och jag vill inte påstå att jag kände mig särdeles väl till mods – men det säger sig också självt att jag inte kunde fästa något avseende vid dessa galenskaper. Jag tvang därför den hederliga gumman att stiga upp, turkade hennes ögon , så gott sig göra lät och förklarade allvarligt för henne, att jag verkligen måste resa – att min plikt fordrade det. Se-

dan hon något lugnat sig, tog hon ett radband med vidhängande krucifix ur barmen och räckte det åt mig. Jag kände mig onekligen en smula besvärad, ty som rättrogen medlem av engelska kyrkan har jag naturligtvis från barndomen blivit lärd att betrakta dylika fromma leksaker med en viss motvilja – men jag ville inte göra den välmenta gamla damen ledsen och då hon märkte min tvekan gjorde hon utan vidare slag i saken genom att hänga klenoden om min hals, i det hon halvgråtande sade: – "För er mors skull, käre unge herre!" – varpå hon lämnade rummet. Vidskepelsen är i alla fall en förunderlig sak – en sjukdom av epidemisk art – ty jag kan inte neka att jag kände mig en smula nervös efter detta teatraliska uppträde. För att lugna mig har jag roat mig med att nedskriva detta medan jag väntade på diligensen, vilken då allt kom omkring befanns vara betydligt försenad. Detta är så mycket mer förargligt som grevens hästar till följd av detta missöde antagligen får vänta längre än beräknat var på den utsatta mötesplatsen. – – Emellertid hann jag, tack vare de goda Siebenbürgarnas söl, även sända Vilma några rader, vilka jag hoppas skall bereda henne en glad överraskning. Jag skrev sist från Wien och bad henne inte vänta något vidare brev förrän jag hunnit målet för min resa.

Här kommer äntligen diligensen – få se vad jag har att anteckna då jag härnäst skriver här! –

Slottet Draculitz d. 5 maj – Tidigt på morgonen.
Det är redan full dager, strax före soluppgången – de toppiga, skogbevuxna bergen avteckna sig skarpt mot den starkt guldfärgade horisonten och genom dimman, som ännu döljer dalen, skymtar den ena långsträckta skogsåsen bakom den andra. Det är en förunderlig utsikt här uppe – – Klockan är omkring fyra – jag har ännu inte varit i säng, men känner mig detta oaktat fullt vaken; det skulle vara mig omöjligt att somna nu, och då greven hänsynsfullt givit mig lov att sova så länge jag behagar, samt lovat att ingen skulle störa mig förrän jag var fullt utvilad, har jag nu packat upp mina saker och sätter mig att skriva, i hopp att i sinom tid bli sömnig – – Jag vet emellertid knappt vad jag skall skriva, ty

då jag tänker på vad jag upplevt under de sista tolv timmarna, förefaller mig det hela så vilt och fantastiskt, att jag nästan är färdig att tro att jag drömt åtminstone en del därav. Jag vill emellertid så samvetsgrant som möjligt uppteckna allt från början, såsom jag minns det – – Då jag steg upp i diligensen i Bistritz hade kusken ännu ej intagit sin plats på kuskbocken och jag såg honom inbegripen i ett synbarligen ytterst intressant samtal med min värdinna. Det var kanske inbillning, men jag skulle kunnat svära på att de talade om mig, ty de såg allt emellan åt det håll, där jag satt, och så småningom skockade sig även folket som setat på bänken utanför porten kring dem tillika med de övriga passagerarna. Alla tycktes ivrigt lyssna och det föreföll mig onekligen som om de allt emellanåt förstulet betraktat mig med ett undrande och medlidsamt uttryck. Jag låtsade emellertid om intet, men kunde ej undgå att uppsnappa åtskilliga ofta återkommande ord som väckte min nyfikenhet. I all tysthet tog jag därför upp mitt polyglott-lexikon ur resväskan och slog upp de uttryck som fäst sig i mitt minne. De var just ej av den mest lugnande beskaffenhet – *"Ordog"* (djävulen) – *"pokol"* (helvetet) – *"stregoica"* (köpa)[1] och *vrolok*, vilket sistnämnda ord tycktes göra tjänst som benämning på något slags sagovidunder av varulvens, lindormens och vampyrens älskvärda släkte – samt åtskilliga andra i samma stil – föga smickrande smeknamn ifall det verkligen tillämpats på, mig själv och ännu mindre tillfredsställande ifall de, som jag nästan misstänkte, innebar en hänsyftning på min blivande värd, greve Draculitz – – Då vi äntligen begav oss av hade gruppen kring värdshusets port svällt ut till en ansenlig folkmassa och jag kände mig oneklingen betydligt besvärad då hela sällskapet samtidigt gjorde korstecknet och pekade på mig – omisskännligen på mig,

Tom Harker, som för tillfället kände mig oskyldig som ett nyfött barn – med två framsträckta fingrar. Det var blott med svårighet och efter mycket övertalande som jag förmådde min enda tysktalande reskamrat att säga mig vad de egentligen menade med denna demonstration. Han försäkrade att den visst ej innebar något sårande för mig, utan "tvärtom" var ett uttryck av välvilja, avsett att skydda mig mot "onda ögon". Jag vet ej om jag kände mig fullt så tacksam som jag kanske bort göra, men visst är att jag aldrig skall glömma den sista skymt jag uppfångade av det gammaldags portvalvet och de många människorna i sina brokiga dräkter fromt korsande sig och på det mest pittoreska sätt avstickande mot den gröna bakgrund som bildades av de i stora gröna baljor planterade orangeträden, rosenlagern och granatäppelträden inne på gården. Kusken, vars vida, vita benkläder betäckte hela kuskbocken, klatschade ännu en gång med piskan, de fyra små hästarna satte sig i trav och snart var vi utom staden.

Några ögonblick senare hade jag glömt både korstecknen och vidskepliga olycksförebud i min förtjusning över traktens skönhet. Framför oss höjde sig en rad av sluttande kullar, strålande i friskaste vårgrönska, delvis beströdda med lantgårdar, vilka, egendomligt nog, alla vände gaveln, som var helt och hållet utan fönster, mot vägen. Vart man såg, stod fruktträden överhöljda av blom – äppelträd, päron-, plommon- och körsbärsträd i otrolig rikedom; på sina ställen var det vårgröna gräset helt och hållet betäckt av de fallna blombladen. Mellan dessa kullar slingrade sig vägen i oändliga krökningar under ständig stigning. Kusken piskade alltjämt på sina hästar på ett sätt som föreföll mig obarmhärtigt både mot dem och passagerarna, ty väglaget var ingalunda det bästa och vi bokstavligen flög fram över stock och sten med en rent av halsbrytande fart. Man försäkrade mig – som om detta varit en tröst – att vägen var alldeles förträfflig om sommaren, men att den ännu inte blivit lagad och omsedd efter vintern. Jag fattade egentligen ej vartill denna brådska skulle tjäna – men kusken hade tydligen föresatt sig att till vad pris

---

1 1897 års *Dracula* förklarar här "stregoica" med "häxa". Rumänskans *stregoica* (eg. strigoaică) är femininum av *strigoi*, vilket i folktron är en levande död med magiska krafter, eller ibland en levande människa med samma krafter. En strigoi är i praktiken en vampyr: de har förmågan att göra sig osynliga och förvandla sig till djur, och tappar sina offer på blod. Kvinnliga strigoier jämställs ofta med häxor.

som helst inom kortaste möjliga tid hinna fram till Borgo Prund.

Bortom de gröna kullarna höjde sig ur ofantliga mörka skogar de klippiga Karpaternas toppar. Snart hade vi dem både till höger och vänster; i den sjunkande solens belysning tycktes de mig skimra i alla färger – djupblått och violett i skuggan, grönt och brunt, gult och rött där klipporna framträdde i full belysning, och ett oändligt perspektiv av turkosblått och grått skiftande, taggiga och sönderslitna klipphöjder så långt ögat nådde i fjärran, till dess de majestätiska snöfjällen reste sig kring horisonten. Här och där passerade vi djupa rämnor, i vilka forsande vita bäckar störtade ned. Då vi vände vid en krökning av vägen och plötsligt såg en skyhög, snöklädd alpspets resa sig mot himmelen mitt framför oss, vidrörde en av mina reskamrater min arm med utropet: "Le! – *Isten Szek!*–" (Guds säte) varvid han korsade sig. Solen sjönk allt mer och skuggorna bredde sig allt vidare över landskapet, under det att de snöklädda bergstopparna ännu glödde i en nästan överjordisk rosenfärg. Allt emellanåt mötte vi grupper av lantfolk i pittoreska dräkter, och jag såg mycket som var nytt för mig – t.ex. höstackar uppe i träden, där de anses vara bättre skyddade mot fukt och regn – och verkliga skogar av de vackraste hängbjörkar, vilkas vita stammar glänste som silver mellan de ljusgröna löven – något som jag aldrig sett i England. Ett par gånger for vi förbi en *"leiter wagen"*, – böndernas vanliga fordon i dessa trakter, synnerligen väl lämpade för de ojämna vägarna. Även dessa var fullastade med hemfarande bondfolk – tjeckerna med vita och slovakerna med färgade fårskinn över axlarna; de senare bar också lansliknande långa stavar med en yxa i ena ändan.

Då det började skymma, blev det ganska kallt, och ju högre vi kom på aftonen såg vi kvarliggande snö blänka mellan de svarta furorna. Ett par gånger var backarna så branta att jag ville stiga ur och gå för att skona hästarna, som man vanligen gör hemma hos oss – men kusken ville inte höra talas därom. "Nej, nej", sade han på sin brutna tyska, "inte stiga av – inte gå här – mycket onda hundar här, mycket farligt",

och han blickade och suckade menande åt mig. Det enda uppehåll han gjorde var för att tända vagnslyktorna. – Allt som mörkret tilltog, tycktes passagerarnas oro växa; den ena efter den andra talade med kusken och tycktes, att döma av miner och åtbörder, mana honom att ytterligare påskynda farten. Han drev också obarmhärtigt på hästarna med sin långa piska och utstötte allt emellanåt underliga skarpa skrik för att mana på dem.

Slutligen tycktes det ljusna något framför oss, som om bergen öppnat sig, på samma gång som de slöt sig allt brantare intill oss på ömse sidor. De resandes oro tilltog; det gamla murkna åkdonet gungade upp och ned på sina läderfjädrar och vaggade som en båt i storm. Vägen var jämnare nu och vi rusade framåt med rasande fart, så att jag måste hålla mig fast för att inte slungas från min plats. Jag är i allmänhet just inte rädd av mig, men denna vanvettiga färd på okända vägar i ständigt tilltagande mörker kunde satt starkare nerver än mina på prov. Uppriktigt sagt föreföll det mig som om jag varit omgiven av idel galningar. Man lät mig förstå att vi nu var vid ingången till Borgopasset, och liksom för att fira denna lyckliga tilldragelse började mina reskamrater till min ytterliga förvåning med vänlig iver påtruga mig åtskilliga besynnerliga presenter – två eller tre tarvliga krucifix, en blommande nypongren, en rönnkvist och en stor knippa halvvissna vita blommor som jag ej vet mig ha sett förr, men som har en avskyvärd löklukt, jämte åtskilligt annat smått och gott. Jag hade ej hjärta att avvisa de välmenta gåvorna, men passade senare på att göra mig av med det mesta, då jag omöjligt kan inse vad nytta eller nöje jag skulle kunna ha av att släpa en hop halvvissna blad och blommor med mig kring landet. Vederbörande tog emellertid saken mycket högtidligt, sökte genom åtskilliga tecken göra tydligt för mig, att skänkerna var i hög grad värdefulla samt korsade sig därunder oändligt många gånger. Förmodligen stod det hela på något sätt i samband med den vidskepliga rädsla som folket enligt min beskedliga värdinnas utsago hyser för just denna natt; då man enligt deras övertygelse är mer än vanligt utsatt för Hin ondes illsluga anslag och anfäktelser. – – Emellertid virvlades den knakande gamla diligensen alltjämt framåt med samma rasande fart, utan avseende på stenar och gropar – träd och klippor tycktes flyga oss till mötes och åter försvinna i det grå töcken som mer och mer sänkt sig över trakten, allt eftersom de för ett ögonblick upplystes av skenet från våra lyktor – och under tiden steg passagerarnas upphetsning allt högre och högre, så att de till hälften hängde ut ur vagnen på båda sidor för att se framåt vägen under det att själva kusken satt framåtlutad med varje nerv spänd, pådrivande de arma hästarna. På mina frågor erhöll jag blott undvikande eller rent av obegripliga svar, men då man omöjligt kunde misstaga sig på att man antingen fruktade någon fara eller väntade att något i hög grad intressant skulle inträffa, greps även jag av den allmänna spänningen och stirrade ivrigt ut i den spöklika skymningen. Äntligen tycktes de tvärbranta bergväggarna dra sig något tillbaka på ömse sidor om oss och man snarare kände än såg att passet vidgade sig mot öster och att terrängen åter började sänka sig. För min del började jag nu undra varför vi ännu inte mött grevens ekipage, som ju enligt överenskommelse skulle avhämta mig här. Jag väntade varje ögonblick att se vagnslyktor dyka upp ur mörkret, men intet syntes till.

Äntligen höll kusken in hästarna, från vilkas svettiga och flämtande sidor ångan steg upp som en tät, vit rök. Månen tycktes ha gått upp, ehuru den doldes av bergen, ty luften var ljusare och vi kunde se den sandiga vägen, som en vit strimma mellan de mörka träden ett gott stycke både framför och bakom oss – men ingenstans syntes spår av något åkdon.

Jag började undra vad jag under sådana förhållanden egentligen skulle ta mig till – ty att stanna där i vilda skogen med all utsikt att få tillbringa natten under fri himmel i den redan nu rätt skarpa kylan, hade jag alls ingen lust. Jag stod just i begrepp att rådfråga mig med min tysktalande reskamrat och med kusken (de övriga kunde jag på intet sätt meddela mig med) – då den sistnämnde framtog sin klocka, tittade på den samt med belåten ton sade något åt res-

sällskapet, som jag ej lyckades uppfånga och förresten ej skulle ha förstått, – varefter han hövligt vände sig till mig och på bruten tyska yttrade:

”Den nådige herrn kan själv se, att här inte finns någon vagn. Han är inte väntad i kväll – – det vara något misstag. Bäst att nådige herren följer med till Bukovina och återvänder hit i morgon – eller en annan dag. Bäst en annan dag – –”

Medan han ännu talade, ryckte hästarna häftigt till, stegrade sig och började fnysa och gnägga som i yttersta förskräckelse, så att han måste anstränga sig till det yttersta för att hålla in dem. Bland passagerarna uppstod en allmän villervalla; somliga skrek högt, andra åkallade antagligen alla helgon, ty jag såg, att de korsade sig och grep efter sina krucifix. Mitt under allt detta oväsen körde en hög gammaldags kalesch, förspänd med fyra hästar och kommande från motsatta hållet, upp bredvid oss och stannade där. Skenet från våra lyktor föll på hästarna och jag lade märke till, att de var praktfulla svarta hingstar, utomordentligt väl skötta, ehuru de silverbeslagna, tunga seldonen, som var tämligen nötta och medfarna, bättre skulle passat i ett museum än på deras blanka, eleganta kroppar.

Kusken var en högväxt man med stort svart skägg; han bar ej livré men var iklädd något slags nationaldräkt med mycket pälsverk och åtskilliga glittrande broderier och knappar. På huvudet hade han en stor, bredskyggig filthatt, som delvis dolde hans ansikte. Jag lade dock märke till, att han hade mycket vita tänder och ovanligt lysande ögon, vilka ett par gånger nästan skimrade röda i lampskenet – något som ju för resten inte är ovanligt, men alltid gör ett egendomligt intryck. Min fantasi var verkligen för ögonblicket så uppjagad av den vilda färden genom natten och mina reskamraters underliga beteende, att jag skulle föredragit om hans utseende varit en smula mera alldagligt.

I detsamma som han höll in hästarna yttrade han på tyska till vår kusk:

”Du är före din tid i kväll, broder.”

”Den nådige herr engelsmannen hade bråttom”, svarade diligenskusken förlägen.

”Och det var väl därför som du rådde honom

att följa med till Bukovina. Jag har goda öron – mig lurar ingen – och snabba hästar –."

Han smålog hånfullt, så att de stora vita tänderna blänkte i det svarta skägget, och jag märkte, att flera av de resande förstulet sträckte ut pekfingret och långfingret mot honom "till skydd mot onda ögon" samt korsade sig. Ingen sade ett ord.

"Giv hit nådige herrns saker", sade han därpå kort och befallande. Alla hjälptes brådskande åt; och inom få sekunder var min resväska och kappsäck m.m. överflyttade till kaleschen. Därpå steg jag själv ur diligensen; kusken sprang från kuskbocken och hjälpte mig upp i kaleschen, varvid jag ej kunde undgå att lägga märke till hans oerhörda styrka. Därpå svingade han sig åter upp på sin plats, skakade tömmarna – och i nästa ögonblick rullade vi bort på den mörka vägen. Då jag såg mig tillbaka, såg jag diligensen med de ångande hästarna stå kvar på samma ställe, den vita röken upplystes av lyktskenet och mot densamma avtecknade sig skarpt mina medpassagerares siluetter. De tycktes alla ha stigit ur för att se efter oss, och jag såg hur de gjorde korstecknet för – jag vet inte vilken gång under de sist förflutna timmarna. Ett ögonblick senare doldes de alla för mina blickar av en framskjutande klippa.

Då de försvann, skakades jag av en ofrivillig rysning, på samma gång som jag greps av en nästan ängslande känsla av ensamhet; det föreföll mig som om jag lämnat hela den civiliserade världen bakom mig och nu genom natt och mörker fördes in i det stora okända, där så gott som vad som helst kunde inträffa. Mina reskamraters vidskepliga upphetsning hade onekligen påverkat mig – det ligger en hel del omedveten suggestion i sådant – och jag måste verkligen uppbjuda all min viljekraft och allt mitt sunda förnuft för att komma i jämvikt igen, i det jag påminde mig själv om att jag i själva verket alls inte var hjälten i någon fantastisk rövarroman, där spöken och sataniska vidunder grasserar, utan den lugne, praktiske Tom Harker, välbeställd juris kandidat med vackra betyg och för närvarande anställd som biträde på advokaten Peter Hawkins juridiska byrå och

egendomsagentur, samt i denna egenskap – så föga romantiskt som möjligt – sänd av byrån till greve Draculitz i Siebenbürgen för att förmedla ett av dem inlett fastighetsköp i London. Jag tänkte även på Vilma, min lilla, kära fästmö, till vilken jag avsänt mitt sista brev samma eftermiddag, och med tanken på henne kom så många kära hågkomster och ljusa minnen, att hela den överspända stämning, vari jag nyss befunnit mig, försvann och jag kände mig helt lugn och glad, endast en smula nyfiken på det mottagande som väntade mig i den tydligen ytterst originella grevens hus. Jag hade just tänt en cigarr, då vagnen plötsligt stannade. Kusken sprang ned från bocken och kom fram till mig, i det han omsorgsfullt bredde en stor skinnfäll över mina knän och därpå svepte en vid pälsfodrad kappa om mina axlar samt vördnadsfullt yttrade på god tyska: "Det är kallt bland bergen i natt, nådige herrn, och hans nåd greven tillsade mig, att jag skulle se till, att ni inte förkylde er. Det ligger en flaska *slivovitz*, (ett slags stark plommonlikör, vanlig där i landet) under sätet, ifall ni behöver något värmande."

Jag tackade honom och han intog åter sin plats samt manade på hästarna, vilka raskt travade vidare. Intet ljud förnams utom vagnens rullande, hästfötternas taktfasta slag mot den hårda marken (där det allt emellanåt blixtrade till och sprakade gnistor, då någon sten träffades av hoven) – och skogens enformiga sus. Jag var nära att somna, då vagnen gjorde en tvär vändning, varpå vi åter rullade vidare med fart. Detta upprepades ett par, tre gånger och i mitt halvsovande tillstånd föreföll det mig till slut, som om vi oupphörligt färdats fram och åter över samma väg. Detta var naturligtvis bara inbillning, men inte dess mindre var jag en stund nästan färdig att svära på, att det verkligen förhöll sig så – –. Då en tämligen lång stund förgått drog jag eld på en tändsticka och såg på klockan. Den felade endast några minuter i tolv. Detta påminde mig om vad min hederliga värdinna berättat mig på förmiddagen och jag småskrattade för mig själv vid tanken på det intryck hennes ord för ögonblicket gjort på mig, i det jag svepte den varma kappan helt om mig, lutade mig bekvämt tillbaka och beredde mig på en ny lur, väl behövlig efter de sista dagarnas tröttande järnvägsslammer, för att inte tala om den sista vilda hetsjakten i diligensen, efter vilken jag kände mig ordentligt mörbultad.

Jag hade emellertid knappast hunnit sluta ögonen, förrän en hund började tjuta i någon avlägsen bondgård – ett långt, klagande tjut, fullt av obeskrivlig ångest och förfäran. Strax upptogs tjutet av någon annan något längre bort, så av en tredje något närmare, så av en fjärde, en femte, till dess det ohyggliga ljudet tycktes fylla hela luften, hela landet, så långt som min fantasi kunde sträcka sig i nattens mörker – en enda långdragen, skärande och jämrande ton som steg och föll med vinden. Nu var det mig omöjligt att sova längre, så mycket mer som hästarna började krångla och visa sig oroliga, som om de vädrat någon fara. Kusken lugnade dem dock snart med vänligt tilltal på något för mig, främmande språk och vi fortsatte obehindrat vår väg. Blåsten tog till; vi hade inga lyktor, men i det svaga månljuset kunde man, sedan man väl hunnit vänja sig vid mörkret, fullkomligt urskilja vägen. och även till en del de omgivande föremålen. Då och då skrek en uggla uppe i de svarta träden – det prasslade i buskarna och ett par gånger både såg och kände jag, hur en läderlapp snuddade vid mitt ansikte för att genast åter försvinna. Hundskallet fortfor alltjämt och började åter på nytt, om det slappat av för några sekunder. Men plötsligt sällade sig därtill ett nytt och främmande, egendomligt skarpt och gläfsande tjut, som kom mig att rycka till med en känsla av att håret reste sig på mitt huvud.

"Vad var det där?" frågade jag häftigt kusken, i samma ögonblick som samma ljud, men mångdubblat, upprepades längre in i skogen.

"Vargen, nådig herrn – Tatrabergets vargar –", svarade han nästan med triumferande ton. "De är ute i natt – – men var lugn, nådig herre, *oss* gör de intet."

Hästarna tycktes dock vara av annan tanke, ty de började stegra sig och slå bakut, som om de varit halvt vansinniga av skrämsel; jag såg, att kusken måste anstränga hela sin jättekraft att hålla dem, och som kaleschen samtidigt sköts bakut och vred sig på tvären över vägen, väntade jag varje ögonblick, att vi skulle störta ned i det bråddjup som jag mera anade än såg invid oss. Jag hade redan handen på vagnsdörren för att med ett raskt språng svänga mig ur åkdonet, då kusken äntligen lyckades få bukt med de uppskrämda djuren, åtminstone så pass att han kunde hoppa av kuskbocken och gå fram till dem. Han ställde sig mitt framför dem, strök och klappade dem lugnande och tycktes viska några ord i deras öron, som jag sett hästtämjare göra. Verkan var utomordentlig, ty de syntes strax därpå spaka som lamm och visade intet tecken till rädsla, ehuru det vedervärdiga tjutet allt emellanåt upprepades. Kusken återtog sin plats, skakade tömmarna, och vi rullade åter framåt.

Några minuter senare vände han ännu en gång, men nu såg jag tydligt, att han vek av i rät vinkel åt höger och att vi befann oss i en helt ny omgivning. Ofantliga träd växte så tätt på ömse sidor om vägen, att deras grenar bildade en välvd tunnel över densamma – och där träden upphörde, reste sig branta, skyhöga klippväggar. Vi var i detta skyddade för blåsten, men jag märkte, att den tilltog och jag såg trädens grenar piskas och böjas av den, där de avtecknade sig mot den dunkla himmelen, och jag hörde de avlägsna skogarnas djupa, fulltoniga brus, nästan påminnande om havets. Stormen växte så småningom till orkan – det pep och ven kring klipporna och allt emellanåt hörde man grenar knäckas eller träd med ett rasslande dån falla till jorden inne i skogen. Vitgrå skyar, upplysta av den osynliga månen, ilade med svindlande fart över den kolsvarta himmelen, kölden blev allt mera bitande och snart började trindsnö falla, som inom några ögonblick betäckte oss och allt omkring oss med ett vitt täcke. Blåsten medförde ännu stötvis, ehuru allt svagare, det klagande hundtjutet från dalen – men i stället hördes vargarnas tjut och gläfsande allt närmare och det föreföll mig nästan som om de närmat sig oss från alla sidor. Jag kände dock inte någon egentlig rädsla, ty kuskens lugn hade meddelat sig åt mig – men mitt hjärta slog hårt, och jag önskade innerligt, att jag haft ett par goda jaktgevär med mig – ett par, tre vargskinn skulle just varit passande troféer att som bröllopsgåva hemföra till Vilma, och jag måste skratta för mig själv, då jag tänkte på hur många sportsmän bland mina kamrater som varit färdiga att ge en månad av sitt liv för ett sådant tillfälle. –

Hästarna visade sig åter oroliga och skyggade till då och då – men kusken satt lugn som en bildstod och tycktes ej finna situationen i ringaste mån ovanlig. Emellertid märkte jag, att han vände huvudet än till höger, än till vänster, som om han sett efter något inne i skogen.

Plötsligt såg jag ett svagt, blåaktigt fosforescerande sken på marken inne mellan tallarna. Kusken varseblev det tydligen också; utan ett ord höll han in hästarna, lade ifrån sig tömmarna, steg ned och försvann i skogsvägen. Jag visste ej rätt vad jag skulle tänka om detta, men medan jag ännu undrade, uppenbarade han sig lika plötsligt som han försvunnit, intog sin plats utan att säga ett ord eller synas höra mina frågor, och fortsatte färden.

Jag måste erkänna att jag ej vet om jag – trött som jag var – verkligen slumrat in efter detta och drömt åtminstone en del av vad som sedan följde – men visst är att det nu förefaller mig som om jag varit fullt vaken och som om samma händelse under den återstående vägen upprepats åter och åter, till dess jag blev till mods som om jag ridits av maran. En gång – om jag nu drömde det eller verkligen såg det – syntes det blåaktiga skenet så nära vägen, att jag tydligt kunde iaktta kuskens rörelser. Jag såg honom samla några stenar och med dessa bygga ett slags kaj eller något i den vägen kring skenet, som dock i själva verket knappast kunde kallas ett sken, då det alls inte upplyste de kringliggande föremålen – nej, inte ens karlens ansikte och händer, då han böjde sig ned däröver – – Det förefaller mig som om jag åter sovit en stund då vagnen än en gång stannade. Kusken blev denna gång längre borta än vanligt och efter några sekunders förlopp visade hästarna åter tecken till oro. Detta förvånade mig, då vargarnas tjut för ögonblicket tystnat, men de blev slutligen så bångstyriga att jag fattade tömmarna och stod i begrepp att stiga ur vagnen för att lättare kunna hålla dem, då månen i detsamma bröt fram mellan de blixtsnabbt

ilande molnen mellan tvenne skarpa klippspetsar. Vid dess sken varseblev jag plötsligt – med vilka känslor vet jag knappt själv, ty allt gick så fort att jag ej hann tänka – fyra – fem *sex* stora, raggiga, gråaktiga bestar, som långsamt smög sig fram mot vagnen med ljudlösa steg, hängande tunga och grinande vita tänder. *Vargar!* – de tog sig onekligen en smula annorlunda ut här, mitt i vilda skogen och i den vinande stormen, än i zoologiska trädgårdens välvårdade burar, där jag förut gjort deras älskvärda stamförvanters bekantskap. Jag kände instinktlikt efter min revolver, som jag under hela resan burit i bröstfickan, men mindes att jag samma morgon lagt ned den i kappsäcken. Piskan var mitt enda vapen och även den var jag knappast i stånd att använda, då hästarna tog alla mina krafter i anspråk. Nu var goda råd dyra. Jag uppstämde ett vilt *hallå!* med uppbjudande av mina lungors hela styrka; det gav genljud i skogen och jag smickrar mig med att det även gjorde en smula intryck på vargarna. Plötsligt hörde jag kuskens röst på vägen framför oss. Han ropade högt och befallande några ord som jag inte förstod och då jag böjde mig litet åt sidan, såg jag honom slänga med armarna på ett besynnerligt sätt, som om han röjde något ur vägen. Till min ytterliga häpnad såg jag i detsamma hur vargarna hukade sig ned som skrämda hundar med svansen mellan benen och därpå långsamt drog sig tillbaka mellan buskarna. Jag stirrade efter dem som hypnotiserad av deras gröna blänkande ögon – men i detsamma förmörkades åter månen av ett svart snömoln och innan jag rätt visste hur det tillgått, satt kusken åter på kuskbocken som om ingenting hänt.

”Hur kunde ni lämna vagnen på det viset?” – sade jag en smula häftigt – hans kallblodighet tycktes mig verkligen gå litet för långt. ”Här kunde ju ha hänt en stor olycka. Jag skulle inte ha kunnat hålla hästarna mycket längre.”

”Jag sade er ju, nådig herre, att det inte var någon fara”, svarade han hövligt, ehuru hans ton inte riktigt behagade mig. ”Hästarna är unga och ovana och krånglar därför i onödan – – men lita ni på en gammal jägare”, han skrattade med ett egendomligt tonfall – ”ni behöver inte vara rädd. Vargarna gör oss intet. Ni såg ju själv hur lätt de lät skrämma sig – – bara man känner dem. Mig vågar de sig inte på. Men det medger jag gärna, att det finns värre otyg än dem i skogen en natt som denna och för en fin, ung herre som ni vore det nog intet värt att ensam våga sig ut i mörkret här. Svep nu i alla fall omkring er pälsen och försök sova en stund; nu är vi snart framme."

Jag följde hans råd och måtte verkligen ha somnat – ty då vagnen härnäst stannade såg jag i månskenet, som nu lyste tämligen klart, att vi befann oss på en stor borggård, omgiven av höga, som det föreföll mig, delvis förfallna murar, vilkas krenelerade bröstvärn svart avtecknade sig mot den blåsvarta himmelen, där stora stjärnor gnistrade. – –

7 maj på morgonen. – – Jag fortsätter där jag slutade, för att sedan beskriva vad jag under dagen upplevt. –

Borggården föreföll mig ovanligt stor och syntes troligen ännu större därför att flera stora mörka valv tycktes leda därifrån åt olika håll. Lustigt nog har jag, fastän jag nu varit här i nära tjugofyra timmar, ännu inte haft tillfälle att se den vid full dager.

Då kaleschen stannade, hoppade kusken ned och hjälpte mig att stiga ur – varvid jag åter måste lägga märke till hans oerhörda styrka. Jag är själv mina goda sex fot och ingen klen karl, men det föreföll mig, som om han kunnat lyfta mig från marken som en vante om han velat. Därpå lyfte han ned mina saker och ställde dem på marken bredvid mig. Jag märkte nu, att jag stod framför en trappa som förde upp till en, så vitt jag kunde se i den ovissa belysningen, särdeles praktfullt skulpterad stenportal med ett par stora, gammaldags portar, beslagna med järn och stora platta spikar.

Kusken drog i en klocksträng, och jag hörde en ringklocka klinga långt borta. Därpå svängde han sig upp på kuskbocken och manade på hästarna. De satte sig genast i rörelse och inom en sekund hade hela ekipaget försvunnit i ett av de mörka portvalven, under det slamret av hjul och hovar ännu genljöd från de gamla murarna med nästan spöklikt dån.

Intet ljud förnams inne i huset och inte en ljusglimt syntes i något av fönstren. Jag vill ej neka att jag kände mig rätt underlig till mods där jag stod fullkomligt ensam på detta främmande ställe, framför den stängda porten och på alla sidor innesluten av de mörka, hemlighetsfulla murarna. Ett par ugglor skrek någonstans uppe vid takåsen och då jag såg uppåt, märkte jag, att tre eller fyra läderlappar i fladdrande ljudlösa kretsar oupphörligt korsade varandra i luften över mig tydligt urskiljbara i månljuset, som dock inte trängde ned på gården utan blott återspeglades i några fönsterrutor högt upp på motsatta muren, vilken glänste som silver. Som en dekoration till en romantisk opera var det hela oförlikneligt, men i en trött och hungrig resandes ögon tog det sig för ögonblicket inte synnerligen uppmuntrande ut. Jag började just bli otålig och funderade att väcka alla den gamla borgens högförnäma gastar genom ett väldigt bultande på porten, då jag äntligen hörde steg genljuda på ett stengolv innanför. Det skramlades med kedjor, tunga riglar drogs från, en nyckel sattes i låset och vreds om med ett skorrande ljud som visade, att den inte ofta begagnades – och portarna slogs upp på vid gavel.

Den som först mötte min blick var en gammal kvinna, i något slags magyarisk – ungersk – rutenisk, valakisk eller slovakisk nationaldräkt (jag fritar mig en gång för alla att hålla reda på dessa invecklade rasförhållanden!) av högst operamässig verkan, ehuru tämligen nött och urblekt. Hon neg djupt och höll dörren öppen för mig, i det hon stirrade på mig med ett förskrämt, halvidiotiskt leende som lät ana vad jag sedan fann vara verkliga förhållandet – att hon var dövstum. Min blick gled dock om blott en flyktig sekund över hennes gestalt, ty bakom henne visade sig en annan person, som genast tilldrog sig min hela uppmärksamhet.

Det var en smärt, högrest gammal man, slätrakad, med långa, vita mustascher och vitt hår samt en ytterst imponerande hållning. Även han bar något slags nationaldräkt – mörk och prydd med en hel del snören; mer hann jag inte för ögonblicket uppfatta. I vänstra handen höll han en liten silverlampa av egendomlig gammaldags form, där veken utan glas eller kupa flammade och rökte i draget från dörren och kastade fantastiska skuggor i den stora välvda vestibulen. Innan jag ännu hunnit uppför trappan gjorde han med högra handen en hovmannamässig hälsande åtbörd och ropade till mig på flytande engelska, ehuru med något utländsk betoning:

"Välkommen till mitt hus! – Må ni frivilligt och med glädje träda under dess tak! –"

Han gjorde inte en rörelse för att gå mig till mötes, utan stod som en staty till dess jag verkligen stigit över tröskeln. Då skyndade han däremot ivrigt fram, räckte mig handen och tryckte min med sådan kraft, att jag blott med svårighet återhöll en grimas i synnerhet som hans hand var så isande kall att jag hade en förnimmelse av att dess vidrörande kylde mig ända till benen. Han upprepade ännu en gång med gammaldags, nästan högtidlig artighet:

"Välkommen till mitt hus. Kom fritt. Gå i frid – och kvarlämna under detta tak något av den glädje ni ditfört!" –

Ehuru jag knappast hyste något tvivel om att jag såg min värd framför mig, ansåg jag mig dock böra fråga –

"Greve Draculitz –?"

Han böjde lätt på huvudet och svarade förbindligt:

"Jag är Draculitz. Ännu en gång hjärtligt välkommen, herr Harker – jag har väntat er med otålighet. Men ni är trött, ni fryser – – vägen har varit lång i natten och ni är inte van vid sådant. Ni behöver vila och förfriskning."

Han vände sig till den gamla kvinnan och gjorde några tecken åt henne, varpå hon med darrande skyndsamhet hämtade mina saker, ställde dem ifrån sig medan hon riglade och låste porten, samt följde oss uppför en bred, rätt förfallen stentrappa, genom en långvälvd korridor, där våra steg gav ett nästan ohyggligt genljud och slutligen fram till en stor järnbeslagen dörr, som greven, vilken hela tiden gått förut med lampan, slog upp på vid gavel, därvid uppenbarande för mina förtjusta blickar ett upplyst rum, ett dukat bord och en stor flammande stockeld i den öppna spiseln – med ett ord, allt vad jag för ögonblicket livligast eftertrådde.

Greven gick emellertid tvärt över rummet och öppnade en dörr, vilken förde till ett litet åttkantigt kabinett, så vitt jag kunde se, utan fönster, men upplyst av en gammaldags hänglampa. Här öppnade han ännu en dörr och inbjöd mig med en artig åtbörd att stiga in. Även här väntade mig en välkommen syn – rummet var ett stort sovrum, upplyst av ett par vaxljus i tunga silverstakar. De tjocka sängomhängena var tilldragna och även här flammade en präktig brasa i en stor, öppen spis.

Greven gjorde tecken åt gumman, var hon skulle ställa sakerna, varpå hon ljudlöst försvann samma väg som vi kommit. Greven avlägsnade sig även, sägande:

"Ni är trött, ni önskar kanske göra litet toalett efter resan – så snart ni är färdig, väntar jag er därute."

Ljuset, värmen och framför allt grevens vänliga mottagande hade med ens skingrat alla nattens obehagliga och ängslande intryck. Jag upptäckte först nu, hur ohyggligt hungrig jag var samt gjorde därför en hastig toalett och skyndade att uppsöka greven i det yttre rummet.

Supén stod redan på bordet. Greven, som stod lutad mot den skulpterade kaminhyllan, gjorde en artig åtbörd mot bordet och sade:

"Var god och tag plats samt håll till godo med vad som smakar er. Ni torde ursäkta att jag inte gör er sällskap – det är sent och jag har redan superat."

Jag räckte honom det förseglade brev som min principal, advokaten Hawkins, lämnat mig för hans räkning.

Han läste det uppmärksamt och räckte det därpå med ett älskvärt leende åt mig. Jag upptecknar innehållet, som onekligen gjorde mig nöje:

"Herr Greve! –

Tyvärr är jag, som jag redan har äran meddela, genom ett svårt anfall av gikten, som allt emellanåt ansätter mig, för närvarande hindrad att företa någon resa; men lyckligtvis kan jag sända en ställföreträdare, till vars pålitlighet och skicklighet jag sätter fullaste förtroende. Det är en ung, mycket lovande jurist, som jag känt sedan barndomen och som för närvarande är anställd som biträde å min byrå. Jag kan fullkomliga ansvara såväl för hans sakkännedom som för hans tystlåtenhet och diskretion, och ni torde utan betänkande kunna konferera med honom angående det ifrågavarande fastighetsköpet. Jag har noga instruerat honom och han har dessutom själv på ort och ställe inhämtat alla nödiga upplysningar. Jag har således den äran att på det bästa rekommendera honom, på samma gång som jag med största högaktning tecknar

Ödmjukligen

Peter Hawkins."

Då jag genomögnade skrivelsen lyfte greven med egen hand locket av ett fat på bordet och bad mig ännu en gång sitta ned, vilket jag med stor beredvillighet gjorde. Den förträffligt stekta, om ock väl starkt pepprade hönan, en god sallad (vars ingredienser dock var obekanta), ost, smör och bröd jämte en flaska gammal utsökt tokajer, utgjorde måltiden, vilken smakade mig som gudarnas ambrosia i mitt uthungrade tillstånd. All trötthet var som bortblåst; och då min värd, sedan jag slutat äta, bad mig sitta ned i en stor länstol bredvid brasan samt bjöd mig en cigarr, kände jag mig fullt ut lika villig att prata en stund som han själv tycktes vara. Han hade tagit plats mitt för brasan och dessutom i det fulla skenet från vaxljusen i den gamla trearmade silverstaken på bordet, och jag hade således det bästa tillfälle att grundligt studera hans utseende.

Detta var märkligt nog. Hans ansikte var, vad man kallar ett verkligt rasansikte, med något av rovfågel i den ovanligt starkt böjda näsan, de rörliga näsborrarna och de täta, framskjutande ögonbrynen över skarpa, djupt liggande ögon. Pannan var bakåtlutande och det tjocka, lockiga vita håret föll yvigt och långt ned åt axlarna. De ovanligt långa hängande, vita mustascherna dolde till en del munnen, men jag tyckte mig dock finna, att de slutna läpparna hade ett trotsigt och hårt, för att inte säga, grymt uttryck, vilket dock förändrades så snart han talade eller smålog. Tänderna var utomordentligt väl bibehållna, starka och vita, ehuru inte jämna –

ögontänderna[1] var ovanligt långa och spetsiga, vilket gav något egendomligt och inte behagligt åt hans eljest älskvärda och artiga leende. Hyn var blek och gulaktig, ehuru inte sjuklig och hela gestalten full av en kraft och spänstighet, som skulle anstått en man i sin ålders blomma. Som ett av de egendomliga rastecken man ofta finner hos gamla släkten lade jag märke till hans öron, vilka visserligen var tämligen små och på det hela taget välbildade, men dock förunderligt tunna, nästan genomskinliga, som om de varit utskurna i pergament, samt därtill, vad övre delen beträffar, av en högst ovanlig, nästan spetsig form. Överhuvudtaget vet jag mig knappast någonsin ha sett en människa med ett intressantare och mera frappant utseende. Jag har ju ej egentligen haft tillfälle att bedriva några etnografiska studier och kan således inte bedöma i vad mån det som förefaller mig överraskande helt enkelt beror på egendomligheter, tillhörande en främmande ras – men vi jurister kommer ju tillsammans med en hel hop folk och måste, till följd av vårt yrke, ovillkorligen lära oss att noga studera människor samt göra oss reda för deras karaktär, egendomligheter och bevekelsegrunder – med ett ord bli en smula människokännare. Dock söker jag i detta fall fåfängt göra mig reda för det högst egendomliga intryck grevens personlighet gör på mig. Han är, som man säger, i varje tum en ädling, för att inte säga en fulländad romanhjälte, ståtlig att skåda och intressant att tala med – och ändå – jag kan omöjligt förklara den känsla av något främmande, rent av frånstötande och oroande, som han inger mig. Hans sätt mot mig är själva älskvärdheten – och detta oaktat känner jag en nästan kväljande vedervilja, då han vidrör mig eller kommer mig nära. Det är, som vore han ett väsen av en annan art eller rent av en annan planet. Men allt detta är egentligen bara fantasi. Medan jag är inne på detta kapitel måste jag emellertid annotera ännu en egendomlighet som jag lade märke till under vårt första samtal. Hans händer föreföll mig, då de vilade på hans knän i eldskenet, vita och välvårdade – men då han en gång reste sig för att bjuda mig ännu en cigarr, märkte

1 Mindre vanlig synonym för *hörntänder*.

jag, att de i själva verket var tämligen grova, breda och med korta fingrar; naglarna var däremot långa och spetsiga och hela handen dessutom ovanligt hårbevuxen, ej blott på de ställen där detta ofta förekommer, men även, märkvärdigt nog, i mitten av handens insida – något som jag förr aldrig vet mig ha sett.

Vi talade om åtskilligt, om min resa, om en del politiska frågor för dagen, i vilka han tycktes vara synnerligen väl underrättad, samt, ehuru blott i största allmänhet, om den angelägenhet som fört mig dit och som greven förklarade sig först följande dag vilja avhandla med mig.

Slutligen inträdde en paus i samtalet. Då jag såg mot fönstret, märkte jag den första bleka gryningen av en kommande dag. En djup tystnad härskade över allt; men plötsligt hördes långt borta, liksom djupt nere i dalen, först en och sedan flera vargar uppstämma sitt hemska, klagande tjut. Det blänkte till i grevens rovfågelsögon i det han utbrast:

"Hör dem – hör dem – – nattens barn! – Vilken musik!" –

Jag ryste ofrivilligt och han tillade med ett förbindligt leende:

"Åh, min bäste sir – ni städernas inbyggare kan inte fatta en jägares känslor –"

Därpå reste han sig och sade artigt:

"Ni måste vara trött – jag ber tusen gånger om ursäkt, att jag uppehållit er alltför länge. – Ert sovrum är i ordning och jag hoppas, att ni sover, så länge ni behagar. Sov hela förmiddagen – ni behöver vila ut! – För egen del måste jag resa bort litet och återkommer troligen ej förrän mot kvällen. Ni kan således vara fullkomligt obesvärad. Sov gott och dröm angenämt!" –

Han öppnade själv dörren, artigt bugande, och jag sade honom god natt. Egendomligt nog var jag nu inte det minsta sömnig, utan sysselsatte mig med uppackande av mina reseffekter och med nedskrivande av en del av dessa anteckningar till dess solen redan stod ett gott stycke över bergen, då jag plötsligt överväldigades av trötthet och knappt hann lägga mig förrän jag föll i en blytung sömn.

Det var långt lidet på dagen då jag äntligen vaknade; jag hade bokstavligen lytt grevens uppmaning och "sovit hela förmiddagen". Det var ett egendomligt uppvaknande; till en början var det omöjligt att fatta, var jag egentligen befann mig. Allt vad jag upplevt under den föregående dagen och natten föreföll mig som en dröm och jag måste skratta, då jag så småningom återkallade allt i minnet och tänkte på hur äventyrligt det hela skulle ta sig ut, då jag berättade det för Vilma, gubben Hawkins eller kamraterna på klubben. Hur jag – den lugne, prosaiske Tom Harker – blivit på okända vägar, mitt i djupa natten, under vargars tjut, spöklikt uppflammande ljus och rytande storm – ungefär som i *Friskytten*[1] – förd till en hemlighetsfull borg djupt inne i ödemarken, där jag, liksom i sagorna, funnit ett dukat bord och en bäddad säng, i vilken senare jag sovit i nära tolv timmar utan en aning om hurudana mina omgivningar verkligen var! Greven hade, trots all sin älskvärda meddelsamhet, inte nämnt ett ord om sin familj eller sina husliga förhållanden. Medan jag omsorgsfullt klädde mig, undrade jag vilka nya erfarenheter och bekantskaper denna dag skulle tillföra mig. Kanske fanns här en grevinna Draculitz, kanske en hel familj – i så fall hade dessa troligen länge sedan gjort sig lustiga över den resande engelsmannens grundliga sömn, eller kanske förargat sig över hans brist på artighet. Emellertid kunde jag, hur mycket jag än ansträngde mig, ej höra ett enda ljud, en enda rörelse i slottet, vars välvda korridor igår afton dock visat sig i stånd att med åsklikt genljud upprepa varje steg. Antagligen låg dessa rum i någon avsides belägen flygel, dit intet ljud av vad som eljest föregick i slottet nådde.

Jag tog mitt sovrum i närmare skärskådande. Det lönade verkligen mödan. Sängomhängena var av något slags tjockt, gammalt siden, och väggarna täckta med gobelänger, vilka, så vitt jag kunde förstå, måste vara av omätligt värde, jag har sett något liknande på Hampton Court, men dessa befann sig i ojämförligt bättre skick, ehuru de ovillkorligen måste vara otroligt gamla. Rummet har två fönster med oerhört djupa fönsternischer och små grönaktiga, blyinfatta-

---

1 *Der Freischütz*, klassisk skräckromantisk opera av Carl Maria von Weber (1786-1826).

de rutor. Golvet är utan matta, av enkla furu-
plankor, nötta av generationers steg och med
stora spikar här och där. Överhuvudtaget råder
här över allt, så vitt jag kan se, på en gång en bar-
barisk prakt och en barbarisk enkelhet. Av möb-
ler finns i allmänhet endast det allra nödvändi-
gaste, ehuru dessa är massiva och dyrbara samt
alla mycket gamla. Min tvättställning är t.ex. en
högst egendomlig liten pjäs, ett slags med dyr-
bara träslag inlagt kabinettsskåp på höga fötter
– på den gråaktiga marmorskivan, knappast så
stort som ett vanligt fruntimmerssybord, står
tvättfatet och kannan, båda av tungt massivt
guld, utomordentligt vackert arbetat, orienta-
liskt arbete, förefaller det mig, men vad storle-
ken beträffar löjligt otillräckliga för moderna
begrepp. Av toalettspegel syns intet spår – jag
måste begagna mig av den lilla rakspegeln i min
resväska för att göra min morgontoalett. Allt
annat är i överensstämmelse med detta. –

Då jag var färdig, begav jag mig ut i det rum
där vi superat kvällen förut. Jag såg nu, att detta
rum var betydligt större, än det förefallit mig i
nattens svaga belysning – i själva verket en rätt
stor sal, med tre höga fönster, lika dem i mitt
sovrum, men med utsikt åt borggården. De
delvis vitmålade väggarna var för övrigt klädda
med på väv utförda målningar i grått, föreställ-
lande jaktscener, att döma av kostymerna före-
skrivande sig från 1600-talet och ytterst naivt
utförda. Taket är högt och nästan överlastat med
gipsornament, vilkas huvudfigur är en ofantlig
drake, som i sina klor håller en gammaldags
ljuskrona med stora, tunga glas, sådana som
jag någon gång sett i antikvitetsbodar. Några få
tunga stolar och ett stort bord utgjorde hela den
övriga möbleringen. På bordets ena ända var en
duk utbredd, på vilken några kalla rätter och en
flaska vin jämte övriga tillbehör var framställda.
Sedan jag väl sett mig om för att förvissa mig
om, att verkligen ingen fanns i rummet, gick jag
fram till bordet, som blott var dukat för en per-
son, och varseblev då genast en sammanviken
biljett, adresserad till mig med grevens stil. Den
innehöll blott dessa rader:

"Jag blir frånvarande större delen av dagen samt
hoppas ni godhetsfullt förlåter denna ofrivilliga
ohövlighet. Om ni ville vara god och ordna alla
nödiga papper, etc. får vi en hel del att tala om
vid min hemkomst. Till denna – må väl! –

Er förbundne

D–z."

Då jag ätit – maten var god, ehuru egendomligt
kryddad och anrättad, och vinet över allt beröm
– såg jag mig om efter någon ringklocka, med-
elst vilken jag kunde meddela mig med tjänst-
folket, men ingen sådan stod att upptäcka. Jag
försökte öppna dörren till korridoren – men till
min överraskning fann jag denna låst. Husets
vanor är onekligen högst originella. Allt var
fortfarande tyst som i en grav; men då jag kas-
tade en blick genom fönstret, såg jag verkligen
den gamla gumman i sin fantastiska dräkt stulta
över gården, bärande ett par vattenämbar. Hon
försvann genast i en av de djupa valvgångarna,
som överallt mynnar ut på gården, men detta,
åsynen av en levande och därtill – trots kosty-
men – högst alldaglig varelse, gjorde mig gott.
Det hela började verkligen eljest bli en smula
alltför sagolikt och romantiskt för en nykter nu-
tidsmänniska. Klockan var nu mellan fyra och
fem, och jag återvände därför till mitt sovrum
samt framtog och ordnade omsorgsfullt alla
papper angående husköpet samt lade dem, väl
hopbuntade, på bordet, så att jag ögonblickli-
gen skulle kunna hämta dem, då greven så öns-
kade. Därpå gick jag åter ut i salen. Dörren till
korridoren befanns fortfarande låst och denna
ofrivilliga fångenskap började förefalla mig en
smula ledsam. Jag försökte öppna en av dör-
rarna på motsatta väggen – motsvarande min
egen – men även denna var låst. Förargad ryckte
jag i en tredje, på samma sida och motsvarande
ingången – och denna gång gav verkligen låset
vika. Jag öppnade utan betänkligheter dörren
och befann mig till min stora glädje i ett stort
hörnrum, med två fönster åt gårdssidan och
tre åt väster, genom vilka den sjunkande efter-
middagssolen lyste in. Rummet var runt som
ett slags bibliotek; alla väggar var helt och hållet
täckta med bokhyllor, utom väggen mellan de
båda fönstren åt gården, som fylldes av ett stort

gammaldags skåp vars glasrutor var täckta av ett fint ståltrådsgaller och som – vid flyktigt påseende – tycktes mig innehålla en hel del kemiska instrument samt andra föremål, vars namn och bruk var mig helt och hållet okända. Skåpets nedre del upptogs för resten helt och hållet av en liten egyptisk mumie, vilken stelt upprättställd i sina dyrbara svepningskläder gjorde en nästan spöklik effekt. Jag började genast granska böckerna. En del av dem var tydligen mycket gamla, delvis t.o.m. handskrivna eller präntade, i tjocka band av läder eller läderklätt trä – deras titlar och innehåll till stor del för mig fullkomligt ofattliga, ehuru några, så vitt jag kunde bedöma, avhandlade sådana ämnen som astrologi, alkemi m.m. En del var på latin eller grekiska, andra på för mig helt och hållet främmande språk. Om jag kunnat förstå dem, skulle de möjligen intresserat mig, men nu lämnade jag dem snart åt sitt värde och sökte vidare. I skåpen mellan fönstren på vänstra väggen stötte jag slutligen, till min lika stora överraskning som glädje, på en stor samling av uteslutande engelska böcker, såväl äldre som nyare, samt både skönlitteratur och historiska som vetenskapliga arbeten i rikt urval. Då jag vidare såg mig omkring, fann jag det stora bordet mitt i rummet fullt av engelska tidningar och tidskrifter, samt ytterligare en särskild hylla full av geografiska och statistiska verk, resebeskrivningar, politiska avhandlingar och t.o.m. en stor samling juridiska böcker – allt på engelska samt ägnade åt engelska plägseder och förhållanden. Till och med Londons adresskalender, "Röda" och "Blå" böcker från de senaste åren, Whitakers almanacka, Arméns och Flottans Rangrullor samt – den föreföll mig nästan som en gammal kär bekant – senaste juristmatrikeln, fann jag där bland en massa andra upplysningsböcker, vilka alla tydligen var grundligt studerade samt försedda med märken och anteckningar.

Högst intresserad, road och förvånad över detta oväntade fynd, sysslade jag så länge bland böckerna, att jag först då solen stod omedelbart vid horisonten, märkte hur lång tid som jag stått vid fönstret för att njuta av det skådespel som där erbjöds mig och som i skönhet överträffade nästan allt vad jag sett i den vägen. Solen sjönk långsamt bakom de höga bergen i väster, under att dess strålar ännu färgade alla högt belägna punkter i dalen – som för övrigt låg svept i en genomskinlig, gråblå dimma – rosenröda. Otaliga åsar och kullar förtonade sig bort mot horisonten i grönt, mörkblått och ljusblått och violett – hela landskapet med sina tvärbranta, fantastiska klippor, sina skogbevuxna höjder och djupa raviner, hade något på en gång vilt och ljuvt, som inte kan beskrivas. Över allt detta stod vårhimmelen genomskinligt rosenröd, med den gula månen ännu liksom höljd i blekrött flor, färdig att inom kort träda fram och inta solens plats.

Jag slog upp fönstret på vid gavel för att obehindrad kunna njuta av allt detta och dessutom få insupa den friska aftonluften, efter vilken mina lungor trängtade. Efter den soliga dagen slog en stark, nästan berusande ånga av björklöv, tall, gran och alla skogens örter och träd i sin första saftiga vårgrönska, upp mot mig ur den djupa, under mig liggande dalen. Ibland förde vinden med sig en särskild, stark och dövande doft från något blommande träd – möjligtvis hägg eller rönn – under det att trasten med långdragna flöjtlika toner tycktes anställa något slags sångartävling i furudungarna därnere. Blott i skotska högländerna vet jag mig en gång ha sett något som i någon mån kunde jämföras med detta – men allt här var oändligt mycket mera storslaget, egendomligt och romantiskt. Jag tänkte på min kära lilla Vilma och hur hon skulle njutit av allt vad jag såg – hon som under dessa sköna vårdagar alltjämt är fängslad vid sin skola och dess evigt enahanda, tröttande göromål. – – Då solens sista gnista slocknat bakom den svarta bergkammen, förändrades allt som med ett trollslag – luften blev sval och fuktig och landskapet förlorade sin färg, under det att månen framträdde i ökad silverglans på den mörknande himmelen. Svalorna, som alltjämt vinande svävade fram och åter över bråddjupet, begav sig så småningom till ro och ersattes av de ljudlöst kretsande läderlapparna, vilka i otaliga skaror tycks bebo detta gamla slotts alla skrevor och sprickor – ty allt som skymningen tilltog, tycktes de mig myllra fram överallt som en bisvärm och deras egendomliga kvittrande läte rent av fyllde luften. Som jag alltid haft en särskild motvilja mot dessa djur, fann jag det vara tid att stänga fönstret, men ännu i sista ögonblicket lyckades ett av de obehagliga kräken, snuddande vid mitt huvud, med en snabb kastning svinga sig in i rummet, utan att jag kunde se, vart det tog vägen, vilket förargade mig, då jag ingalunda var angelägen om ett sådant sällskap i min ensamhet. – – –

Då jag stängt fönstret och vände mig om, fann jag emellertid till min bestörtning, att jag inte var allena. Det var ännu inte mer än skymning och månen lyste för övrigt redan klart in i rummet, så att jag fullkomligt urskilde allt därinne, om också konturerna var en smula mindre skarpa och tydliga än vid fullt dagsljus.

Borta vid det stora bordet mitt i rummet stod en smärt, ljusklädd fruntimmersgestalt. Hon stödde ena handen mot en av de tunga stolarna vid bordet och sammanhöll med den andra över bröstet något slags duk eller lång schal, vars ändar föll ned ända till klänningsfållen framtill. Hon var ung och blond och tycktes betrakta mig med en nyfiken och forskande min – så mycket hann jag se i första överraskningen och på det avstånd, varpå vi befann oss från varandra.

Jag gjorde en tafatt bugning och stammade på den bästa tyska jag i häpenheten kunde åstadkomma:

”Min fröken – ni förlåter väl – jag – jag väntade greven –”

Medan jag talade, kom hon långsamt närmare. Nu stod hon blott ett par steg framför mig, belyst av månens fulla glans.

”Välkommen hit –”, sade hon på tyska, ehuru med något främmande brytning. ”Ni är ju den främmande, som väntades. Välkommen! Det är ensligt här på slottet – ensligt på bergen!” –

Hennes röst hade en högst förunderlig, spröd och hög, men ändå tjusande klang – jag kan endast likna den vid en glasharmonika, men detta uttrycker ändå alls inte dess verkliga karaktär. Det föreföll mig, då hon talade, som om jag känt hennes ord i varje nerv på ett sätt som inte kan beskrivas – jag vet ännu i denna stund inte, om

det egentligen var smärta eller njutning denna stämma vållade mig, jag vet blott, att den anslog strängar inom mig som hittills varit stumma och att den försatte hela min varelse i uppror, för vars egentliga art jag inte – åtminstone då – kunde göra mig reda. Mitt hjärta slog häftigt och jag kände som om jag plötsligt gripits av ett feberanfall, på samma gång som en underlig domning omtöcknade mina sinnen.

Medan hon talade, betraktade jag henne oavvänt, och under hela den tid som hon sedan befann sig i min närhet, skulle det varit mig fullkomligt omöjligt att lösgöra min blick från henne. Jag hör i allmänhet inte till dem, vilkas temperament och fantasi gör dem synnerligen känsliga för den kvinnliga skönhetens inverkan, vilken för somliga karlar är absolut oemotståndlig och till och med tycks i stånd att förändra hela deras karaktär, förleda dem till de största brott och de största dårskaper samt helt och hållet störta sig i fördärvet blott för att vinna det de åtrår. Tvärtom anser jag mig själv och anses som jag tror av de flesta av mina vänner för en tämligen torr och kylig natur. Härtill kommer att själva begreppet kärlek alltifrån det jag var gosse för mig varit oskiljaktigt från min sunda, varma, renhjärtade Vilma med hennes klara engelska hy, kloka, ärliga grå ögon och på en gång kraftiga och mjuka gestalt – hon som med sin blotta närvaro sprider ro och trevnad omkring sig och som för mig med åren allt mer och mer blivit idealet av vad en kvinna bör vara, så att jag knappast haft ögon eller tankar för någon annan.

Så mycket underbarare föreföll mig nu – då jag lugnt ser tillbaka därpå – den verkan denna främmande unga kvinna utövade på mig redan från första ögonkastet.

Då hon stod där i månljuset framför mig, föreföll det mig som om jag aldrig sett eller kunnat drömma mig något mera fulländat skönt. Att beskriva henne vore fåfängt – inga ord kan ge någon föreställning om den trollmakt, den tjusning, som utströmmade från hela hennes väsen – men jag nedskriver dock vad jag såg – eller tyckte mig se. Ett rikt guldblont hår föll i på en gång konstrik och vårdslös förvirring, sammanhållet av ett smalt, blixtrande band eller smycke, i lockar över hennes panna samt var tämligen högt på hjässan samlat till en knut, varifrån några mjuka lockar ringlade sig ned på den vita halsen. Om själva dragen kunde kallas klassiskt sköna, eller till vad typ de egentligen borde hänföras, vet jag inte – visst är att allt var harmoniskt och fulländat. Ögonen föreföll mig nästan turkosblåa, under långa ögonhår och fina ögonbryn, litet mörkare än håret; pupillerna var ovanligt stora och ögonen lyste med en alldeles egendomlig glans och ett uttryck som jag inte förstod och inte förstår att tyda. Munnen var till formen fulländad, med svällande, starkt röda, mjuka läppar – halvöppna, som trånande efter något –! Hyn var bländande vit i månskenet och syntes mjuk som sammet. Den dräkt hon bar bidrog också på ett särskilt sätt att förhöja hennes skönhet. Våra unga damer nu för tiden koketterar ju rätt mycket med sina s.k. "cupidokostymer", vilka förhåller sig till det de skall föreställa ungefär som skuggan till verkligheten. Denna underbara unga flicka hade emellertid föredragit att ta steget fullt ut; den mjuka, vita dräkt, som smög sig efter hennes lemmar, liksom draperierna på en grekisk staty, liknade i minsta detalj de kostymer man ser på porträtt av skönheter från seklets början – madame Récamier, kejsarinnan Josephine och otaliga andra. Det korta, mjukt draperade livet lämnade hals, barm och de undersköna armarna så gott som fullständigt bara; en smal gördel, sammanhållen av ett litet gnistrande smycke, smög sig omedelbart under bröstet, och därifrån föll kjolen i långa, graciösa veck ända till golvet. Axlarna doldes dock delvis av den långa, himmelsblå, halvt genomskinliga schal eller slöja jag förut nämnt, vilken hon, då hon först framträdde ur skuggan, sammanhöll över bröstet, men sedan lät hänga fritt. Kring halsen bar hon en liten smal kedja med ett hjärta av briljanter, i vars mitt en stor rubin lyste med nästan blodigt sken.

Jag upptecknar alla dessa enskildheter nu, medan jag har dem i friskt minne, därför att de senare fick en egendomlig förklaring. I själva verket gjorde jag dessa iakttagelser på vida kortare tid än som behövts för att nedskriva dem – t.o.m. med snabbskrift.

Emellertid stammade jag något – jag vet inte vad – till svar på hennes hälsning samt yttrade något i hög grad banalt om den vackra utsikten.

"Ni beundrar utsikten?" ljöd åter den förunderliga rösten. "Ja – de säger, att våra berg är vackra – – men ödsliga, ödsliga! – – Man är som en fånge här – man längtar, längtar, längtar – efter den stora världen därborta – efter *människor!* här finns inga *människor* – och jag *älskar, älskar* människor! –"

Hon bredde ett ögonblick ut de vita armarna som i ett slags extas och det föreföll mig som om ögonen i månljuset en sekund lyst med ett vilt, nästan fosforescerande sken.

"Jag är glad, att ni kommit hit", återtog hon därpå med ett nästan smekande tonfall. "Ni ser vänlig ut – och mänsklig – här uppe i Karpaterna passar endast manliga män – inga veklingar. Ert sällskap blir oss välkommet."

Jag visste i min förlägenhet knappt vad jag skulle svara på detta i hög grad okonventionella, om ock smickrande tal – överhuvudtaget hade jag förlorat all sinnesnärvaro och kände mig ur stånd att tänka en enda tanke; hennes röst, hennes anblick fyllde mig helt och hållet, och – om jag skall säga sanningen – var min enda känsla en vansinnig längtan att sluta henne i mina armar och överhölja dessa lockande, trånande läppar, denna mjuka ungdomliga barm med heta kyssar – – I denna stund var jag inte längre mig själv – jag svindlade och tyckte mig vara nära att förlora medvetandet. Jag tänker nu tillbaka på allt, vad jag under dessa få ögonblick genomlevde, med samma vedervilja som den, varmed man, återkommen till full besinning, tänker tillbaka på ett rus. – Omedvetet närmade jag mig henne – hon stod stilla, med den underbart skinande blicken oavvänt fäst på mig – dessa ögon, tillika med de långa blixtrande strålar, som i månljuset utgick från det smala, juvelbesatta bandet i hennes hår, det gnistrande hjärtat med sin nästan olycksbådande rubinglans i mitten, som vilade på hennes barm, och den lilla juvelprydda orm eller slinga, som utgjorde spännet på hennes bälte, strax under bröstet, verkade på mig rent av hypnotiskt, och jag kände mig viljelös dras mot henne, som av en makt, jag inte kunde motstå. – – Som jag vände ryggen åt ljuset, kunde hon omöjligt iaktta uttrycket i mitt ansikte; möjligen gjorde hon sig i tysthet lustig över den resande engelsmannens stela otymplighet – visst är att leendet på hennes sköna läppar blev allt mera gåtlikt och gäckande ju mera avståndet mellan oss minskades. Om jag sade eller försökte att säga något, vet jag verkligen ej, liksom jag är alldeles oförmögen att säga hur lång tid som förgick mellan det ögonblick då jag först varseblev henne och det då hon försvann ur min åsyn.

Ty försvann är rätta uttrycket. En hand vidrörde plötsligt tämligen hårdhänt låset, dörren öppnades och ett ljussken trängde in i rummet – det var greven som inträdde, bärande samma lilla lampa som jag sett kvällen förut. I samma ögonblick drog sig den okända hastigt tillbaka i skuggan, och bländad som jag var av det plötsliga ljusskenet, yr i huvudet och ännu halvt svindlande av vad jag nyss genomlevt, var det mig omöjligt att se, om hon försvann genom någon av mig hittills obemärkt eller synnerligen skickligt dold sidodörr, eller om hon stannade i något av det stora rummets dunkla hörn och sedan blixtsnabbt smög sig ut bakom grevens rygg. Att hon var och blev borta är allt vad jag vet.

"Min bästa herr Harker", började greven livligt, "jag är förtvivlad – vad skall ni tänka om gästfriheten under vårt gamla tak? – jag blev uppehållen – och nu finner jag er här i mörkret! – jag ber er tusen, tusen gånger om ursäkt – trodde mig vara tillbaka för länge sedan – mina tjänare är gamla och ovana vid att mottaga främlingar – ni måste överse med alla brister här i Karpaterna." – Han tände medan han talade, själv hastigt vaxljusen i de stora mångarmade silverstakarna på bordet och på kaminhyllan, så att rummet inom få ögonblick var fullt upplyst, samt sköt därpå till luckorna för de stora fönstren. "Jag hoppas, ni vilat ut ordentligt efter er långa resa? – Det gläder mig att ni hittat hit – här är mycket som torde intressera er. Dessa –", han visade på de engelska böckerna – "har i många år varit mina bästa vänner – – allt sedan jag först fick den tanken att möjligen en gång bege mig till London. Tack vare dem, känner jag redan England, ert sköna mäktiga land – som man

blott behöver känna för att älska. Jag längtar att få se ert London med dess människovimmel, dess pulserande liv, dess oerhörda verksamhet, dess växlingar – med ett ord, allt som gör det till vad det är. Jag har haft nog av ensligheten – jag längtar efter *människor!*" –

Det var nästan ord för ord detsamma som den sköna okända yttrat några minuter förut, men det låg något vilt, jag skulle nästan vilja säga glupskt, i hans tonfall och uttryck, som verkade egendomligt frånstötande på mig – det föreföll mig ett ögonblick, som om jag sett något vilt djur, som krökt sig till språng för att kasta sig över sitt rov, och jag ryste ofrivilligt. Ännu hade jag inte varit i stånd att yttra ett ord; jag tänkte mig som en människa som nyss blivit uppväckt ur sömnen och inte hunnit sansa sig. Greven tycktes nu först lägga märke till mitt tillstånd, min tystnad och tankspriddhet. Jag märkte, att han gav mig en genomträngande blick med sina underliga, orientaliska ögon under de tjocka ögonbrynen. Därpå sade han med förändrad ton, försiktigt och nästan smekande:

"Och hur har ni, min käre unge vän, tillbringat tiden under min bortovaro?" –

Jag omtalade, att jag sovit större delen av dagen, vartill han förnöjd nickade bifall, sägande:

"Det är som jag önskade – ni behövde vila ut och jag sade till, att ingen fick störa er. Nå – än sedan?"

Jag redogjorde, så gott jag kunde, för hur jag sysselsatt mig, hur jag ordnat mina papper och hur jag sedan funnit utgångsdörren låst samt av en händelse kommit in i detta rum, vilket jag hoppades han inte misstyckte. Han svarade artigt:

"Hit är ni *alltid* välkommen och jag hoppas, ni skall tillbringa så mycket av er tid här som möjligt. Detta är också mitt favoritrum – mina enskilda rum ligger åt andra sidan. Jag ber er tusen gånger om ursäkt för min tanklöshet att låsa dörren till korridoren – det är min vana då jag går ut och jag gjorde det idag av ren glömska. Naturligtvis står det er fritt att ströva omkring och bese vår gamla borg – som ju har sina intressanta punkter – så mycket ni behagar, om det roar er. De flesta av rummen står tyvärr tomma och obegagnade nu – sedan många år – och dammet faller över många vackra minnen. En del rum är låsta – – det har sina skäl, som ej kan vara av något intresse för er. Ett gammalt hus som detta har naturligtvis sina hemligheter, som ej är för främlingars ögon – det förstår ni väl och tar ej illa upp. Siebenbürgen är inte England och här händer mycket som ni engelsmän kanske ej skulle förstå – –"

Jag böjde hövligt instämmande på huvudet, men märkte att han alltjämt förstulet iakttog mig och att han liksom noga övervägda varje ord. Efter ett ögonblicks betänkande återtog han:

"Själv lever jag här numera som en gammal enstöring i mina fäders borg – lever dels i mina minnen, dels i intresse för allt som sker därute i den stora världen, vars genljud når ända hit till vår avskilda vrå – – Ni tycker kanske, att det ligger en motsägelse däri, men fastän mitt hår är vitt är mitt hjärta ännu ungt, och det sjuder ibland av längtan att få ta del i det stora livet därute – där nationernas öden avgörs och världsstrider utkämpas – – jag har också en gång varit med om sådant och hållit många trådar i min hand" – hans röst fick åter en vild, lidelsefull, men på samma gång iskall klang – "att *härska*, min unge herre, att *härska*, det är dock det enda som ger tillvaron värde – vare sig man härskar över människornas vilja eller deras hjärtan!"

Han teg ett ögonblick och återtog därpå med mera dämpad ton och som det föreföll mig, åter noga övervägande och försiktigt väljande sina ord, i det han alltjämt förstulet iakttog mig –

"Ni tillbringade således det övriga av aftonen här – ja, tiden blir inte lång med mina kära böcker! – men jag måste ännu en gång bedja er om ursäkt för att jag, till följd av en tillfällighet, som ej stod i min makt att ändra, måste lämna er ensam så länge – – det var redan mörkt då jag kom – ni hade tyvärr måst tillbringa en längre tid i skymningen – jag hoppas, att ni slumrade? –"

Det låg något egendomligt lurande i det sätt varpå han gjorde mig dessa frågor; och ehuru jag kände mig allt annat än benägen att tala om vad som passerat, insåg jag att blotta skymten av något som liknade hemlighetsmakeri å min sida skulle försätta mig i en ytterst falsk ställning, varför det bästa vore att lugnt och som det naturligaste i världen omtala det hela.

"Jag beundrade den härliga solnedgången över era berg", sade jag. "Jag vet mig knappast någonsin ha sett något skönare. Och luften – ångan från skogen var rent av berusande. Jag kunde inte på länge slita mig från fönstret – –"

"Fönstret! –", avbröt han mig häftigt. "Hade ni fönstret öppet? – Jaså – utsikten är härlig, våra berg har inte sin like i världen – – men, för all del, min käre unge vän – – ni stängde väl fönstret före solnedgången?"

"Några minuter senare – kanske fem, kanske tio – jag minns inte så noga –", sade jag, förvånad över den iver och oro han lade i dagen.

"Satan! –" svor han till med brutal ton, i det han till hälften reste sig i stolen – det föreföll mig ett ögonblick verkligen, som om han velat flyga mig i strupen och jag sprang ofrivilligt upp och ställde mig i försvarsställning, på en gång häpen och förolämpad av denna opåkallade häftighet. Han lugnade sig emellertid genast och sade med sin vanliga artiga ton: "Förlåt, förlåt, min bäste Harker – min olycksaliga häftighet – – men ser ni, unge vän – det är en regel, en oföränderlig regel här i slottet – i synnerhet då någon gäst gör oss den äran att uppehålla sig här – – att intet fönster får stå öppet eller öppnas efter solnedgången. Det är" – – han sökte efter ord, "ångor – miasma – – malaria – – vad vi kallar det – som gör luften här ytterst ohälsosam för främlingar efter solens nedgång. Mången har dött därav. Jag borde sagt er detta förut, men jag glömde det – kom inte att tänka på det – – – Glöm det emellertid inte för framtiden. Och medan vi nu är på det kapitlet, så råder jag er på det bestämdaste att inte heller efter solnedgången ströva omkring i de gamla rummen och gångarna här. För det första kan ni lätt gå vilse – denna gamla fästning är en hel värld för sig – och för det andra är luften i de gamla rummen inte hälsosam – ni är inte van därvid. Och framförallt – – det är ju inte sannolikt, att det ens kan komma i fråga, men man kan aldrig vara för försiktig – – framförallt, lova mig – lova mig, käre unge vän, att aldrig låta er överraskas av sömnen i de obebodda rummen! – Jag försäkrar, att både ni och jag, som ju för ögonblicket har ett visst faderligt ansvar för er, skulle få ångra det. För ögonblicket hoppas jag emellertid att ingen skada skett. Ni stängde fönstret – –"

"Ja, jag stängde det, därför att luften blev kall och fuktig och svärmande av fladdermöss, de avskyvärdaste djur jag vet", sade jag frimodigt – "men uppriktigt sagt lyckades en av de otäcka bestarna verkligen flyga hit in – han är förmodligen ännu här någonstans –." Jag såg sökande uppåt takkornischerna, dit jag förmodade, att det lilla odjuret tagit sin tillflykt, men lyckades ej få syn på det.

Greven satt nu alldeles stilla och gned långsamt sina händer under det han med en egendomlig, på en gång stel och lurande blick betraktade mig.

"En fladdermus – såå – –", sade han långdraget. "Ja, där ser ni själv faran av att ha fönstren öppna efter solnedgången. Här hos oss anser man dem för farliga djur, och vem vet – i morgon skall jag emellertid låta undersöka saken; i kväll tjänar det till intet."

"Jag stod just i begrepp att söka efter den –", återtog jag med den mest obesvärade ton, det var mig möjligt att åstadkomma, "då jag överraskades av den unga damen –"

Det for ett underligt uttryck över grevens ansikte, vilket jag ej hann tyda, och jag var nästan beredd på ett nytt utbrott – men han upprepade blott med kylig artighet:

"Den unga damen –?"

"Den unga damen, som var inne i rummet då ni kom – ni såg henne naturligtvis", sade jag oförskämt. "Ni kom ju omedelbart efter henne."

Det dröjde ett ögonblick, innan greven svarade. Mitt hjärta slog hårt, men jag bibehöll ett obesvärat lugn till det yttre. I själva verket var ju vad som intet att tala om – jag skulle ej, även om jag velat, kunnat beskriva för honom, vad jag verkligen genomlevt under denna stund.

"Nej – jag såg henne inte –", sade han slutligen, liksom vägande varje ord. "Jag – är tämligen tankspridd och – – för ögonblicket var jag helt och hållet upptagen av min ofrivilliga ohövlighet mot er. Men – – – jag borde varit beredd på detta – borde ha förutsett det – –."

Han satt några ögonblick tyst och gned alltjämt sina händer på ett sätt som, utan att jag kan förklara varför, gjorde ett obehagligt nervretande intryck på mig. Han såg stelt framför sig ut i luften, och jag kände tydligare än någonsin, att jag här hade framför mig en varelse av en annan ras, ett annat blod och troligen med helt andra begrepp än jag, så att jag lika litet kunde sluta till hans själsrörelser av mina egna som om han varit ett för mig okänt djur.

Slutligen sade han med sin vanliga, nästan smekande artiga världsmannaton:

"Min käre, unge vän, käre Harker Thomas – förlåt – Jag glömde att ni engelsmän enligt ert språkbruk sätter dopnamnet före familjenamnet! – Käre Thomas Harker – jag måste tala helt uppriktigt med er. Jag talade nyss om att ett gammalt hus som detta naturligtvis har sina hemligheter – ni har kommit en av dem på spåren. Den dam varom ni talar – var hon blond? –"

"Ja."

"Och vitklädd – möjligen i en något ovanlig, kanske litet excentrisk stil? –"

Jag bejakade även detta.

"Hon bar på bröstet ett hjärta av briljanter med en stor rubin i mitten?"

"Ja."

"Och hon var – låt oss säga – – rätt vacker? –"

"Mycket vacker", instämde jag.

"Mycket vacker – ha, ha! – *skön*, min käre Thomas Harker – skön som Venus, skön som Helena – ett skapelsens underverk, må ni väl säga. Har ni sett en sådan hals, en sådan barm, sådana armar, sådana läppar förr – för att inte tala om allt det övriga! – stackars gosse, stackars dygdige, unge engelsman – en sådan sirén har ni nog aldrig förr råkat på er väg. Ha, ha, ha! –" Det var något obeskrivligt cyniskt i hans ton och skratt och ett ögonblick tyckte jag mig se ett grinande faunansikte titta fram under den örnlika krigaremasken. I nästa minut hade han emellertid återtagit sin vanliga ton och utseende.

"Förlåt att jag skämtade litet – ni unga nu för tiden tar allt så allvarsamt som vi på min tid skrattade åt", sade han. "Här är emellertid i själva verket intet att skratta åt – mitt skämt gällde endast er egen betagna och andäktiga min, min unge vän – det får ni ursäkta. Men sanningen är sorglig nog. Den dam ni såg", han sökte ett ögonblick efter ord, "sade hon något till er?"

"Som jag vill minnas, yttrade hon ett par vänliga ord, om att jag var välkommen till slottet. Jag tog för givet, att hon hörde till husets damer –"

"Hon gör så även, fastän – – på sitt eget sätt. Hon är en ung släkting till mig – – skön som en gudinna, som ni ser, men tyvärr – – tyvärr – – obotligt sinnesrubbad."

Jag gjorde en rörelse av fasa.

"Hon är fullkomligt oskadlig – – men lider av en fix idé. Hon tror sig vara sin egen farfarsmor och visar sig därför alltid i samma dräkt, vari denna är avbildad – – jag skall en annan afton ha nöjet att visa er vårt familjegalleri, och jag tror, att ni då skall finna en viss märklig likhet – – Det är ju förresten ett oskyldigt nöje – –. Hon bevakas i allmänhet rätt noga, men i skymningen händer det, att hon smyger sig ut och vandrar omkring i korridorerna här – – Hon har förstås haft en kärlekssorg – stackars toka – – och tror sig ständigt söka sin älskare. Nu vet ni det hela."

Han såg mig skarpt i ögonen med ett uttryck som tycktes säga: och mer får ni sannerligen inte heller veta. Men jag hade – måhända med orätt – en bestämd förnimmelse av att han inte sagt mig sanningen. Egentligen kan jag alls inte förklara den känsla av misstro och obehag som den gamle herrn väcker hos mig – den är egentligen helt och hållet utan verklig grund, som de flesta antipatier – men det är mig omöjligt att övervinna den, hur älskvärt hans bemötande – åtminstone med få undantag än är.

"Folket – bönderna här i trakten", återtog han med ett uttryck av obeskrivligt förakt och en omfattande handrörelse – "har naturligtvis en mängd historier om vår gamla borg och bland dem också en dum sägen om en vit fru, som spökar här och visar sig för dem som inom dessa murar hotas av någon dödlig fara – ni känner till den historien, den berättas om nästan alla gamla slott i Europa – – men här är detta verkligen – som ni själv sett – ett slags grund för historien, ehuru detta naturligtvis hör till sådant, som man inte berättar för hela världen."

Jag höjde instämmande på huvudet.

"Överhuvudtaget, min käre, unge vän", återtog han, "så behöver jag väl knappast be er inte fästa något avseende vid alla de historier som man förmodligen redan berättat er, " han såg skarpt på mig och jag kände med förargelse, att jag rodnade, "och kanske även framdeles kommer att berätta er om oss och vårt gamla stamgods. Folket här i bergsbygden är oerhört begivet på vad ni upplysta nutidsmänniskor kallar övertro, och som sagt gamla hus döljer ju många underliga historier. Möjligen kan ni själv under er vistelse här bli vittne till åtskilligt – som kommer att förvåna er – – men det är ju onödigt att försäkra en så upplyst ung man som ni" – jag kunde inte frigöra mig från intrycket av ett visst undertryckt hån i den ton varmed han uttalade dessa ord – "att allt har sin fullt naturliga förklaring – sin *fullt naturliga förklaring* och att ni ej det ringaste behöver oroa er över vad ni möjligen kan komma att se eller höra, även om det överskrider gränser av *er* vanliga erfarenhet."

"Ja, i alla händelser kan ni vara övertygad, att jag inte tror på spöken!" – sade jag i något lättare ton.

"Gott, gott, det kunde jag väl tänka mig", genmälde han med samma något retsamma ton. "England är ju upplysningens och den praktiska verksamhetens land. De ögon, som upplyses av den nutida kulturen, ser naturligtvis inga spöken."

"Naturligtvis –", sade jag med någon hetta. "Allt det där är ju nu för tiden helt enkelt en patologisk fråga. Jag tror på hallucinationer och överretade nerver – det är alltsammans. Kan det väl förresten finnas något vanvettigare – mer stridande både mot vanligt sunt förnuft och mot allt vad man kallar religion – än föreställningen att en frigjord ande – jag är visst ingen materialist, det försäkrar jag, om jag inte är fullt så ortodox som många andra – skulle i all evighet vandra omkring på samma ställe där densamme under livet varit som mest olycklig eller brottslig? – Och det till på köpet iklädd sina gamla kläder – som faktiskt längesedan är förtärda av mott och mal? – Hur man tar det, så blir det lika orimligt. Jag kunde ju *möjligen* tro på ett slags andeuppenbarelse – men omöjligt på vålnaden av en gammal sidenklänning eller t.ex. en tung järnstång, sådan som en hel del välkända s.k. spöken brukar roa sig med att uppträda i."

Greven hade åhört mig med ett halvt hånfullt, halvt gillande leende, utan att avbryta mig.

"Förträffligt", utbrast han, då jag tystnade. "Sådan lär ungdomen vara! Ni är en utmärkt ung man, min gode Thomas Harker. Vi kommer att passa varandra förträffligt. Vi gamla – som sett och upplevt mycket – vi kan ju i ett och annat ha våra tankar för oss – – men framtiden tillhör ungdomen! – Det är just därför som jag så brinnande längtar att få störta mig i den stora virvel, som kallas London. England representerar, trots alla sina traditioner, i alla fall ungdomen och framåtskridandet i vårt gamla Europa! – – Där tror man inte på spöken och människorna har annat att tänka på än att med hat och misstänksamhet betrakta allt, vad de inte är i stånd att förklara. Leve England! – – Men detta, min käre Thomas Harker, påminner mig om våra affärer. Kanske ni nu före supén skulle vilja hämta hit era papper, så får vi tillsammans genomgå dem – åtminstone ta oss en flyktig överblick tills vidare! –"

Jag skyndade in i mitt rum för att hämta papperen. Några ljus var tända i den gamla kronan i matsalen och då jag kom in till mig, fann jag även där ljus tänt och den gamla dövstumma sysselsatt med att bädda sängen. Hon neg djupt för mig och jag lade ännu en gång märke till hennes på en gång förskrämda och halvt idiotiska utseende. Hittills hade jag, – med undantag av kusken – inte sett spår av någon annan tjänsteande på slottet.

Jag tog portföljen med papper och återvände till biblioteket. Greven satt bekvämt tillbakalutad i en av de gamla stolarna, sysselsatt med att ivrigt studera Bradshaws engelska resehandbok jämte järnvägskartor och tidtabeller. Vad han för övrigt må vara – ett original är och blir han.

Han hade redan gjort plats på bordet och snart hade jag alla mina papper, planritningar, köpekontrakt m.m. utbredda framför honom.

Han tog med livligaste intresse del av allt, gjorde frågor och anmärkningar, som vittnade om stort skarpsinne, och jag förvånades över hur han kunnat vara i stånd att blott på teoretisk väg så noga sätta sig in i ett främmande lands förhållanden. Då jag anmärkte något liknande, sade han:

"Ack, min vän, jag har ju sagt er, att jag tillbringat år – *år*, säger jag er – med att inhämta dessa kunskaper – att studera själva hjärtat av ert stolta England, som med tiden också skall bli mitt. Men tyvärr! – allt vad jag har lärt, har jag lärt genom böcker – till och med ert språk! – Det är av *er*, min förträfflige unge vän, som jag hoppas lära mig tala."

"Ni talar engelska alldeles utmärkt, herr greve", sade jag.

Han svarade med en lätt bugning:

"Ni är alltför god, käre vän – men jag har ännu långt kvar. Jag har lärt mig språkets grammatik och jag kan uttrycka mina tankar med dess ord – men jag vet mer än väl att så snart jag satte foten i London, skulle varje människa igenkänna mig som en främling – en utlänning. Detta är inte nog för mig. Här bland mina egna berg är jag en ädling – folket känner mig, alla vet, att jag är född att härska. Men en främling i främmande land – vem frågar väl efter honom? – Vad betyder väl han? – Alla hånar honom. Ingen känner honom – och den man inte känner, bryr man sig inte om. Vad jag önskar, är att vara som alla andra, så att ingen, då jag öppnar min mun, vågar säga 'Aha! – en utlänning!' – Jag är – ni måste förlåta om jag är allt för uppriktig – alltför van att härska, att räknas bland de främste, för att inte fortfarande vilja härska – åtminstone vill jag inte att någon skall kunna anse sig mig överlägsen. Därför, käre vän, är ni mig dubbelt välkommen. Ni kommer inte bara som representant för min vän, den förträfflige Peter Hawkins i Exeter, för att träffa uppgörelse angående egendomsköpet. Jag hoppas att ni måtte stanna här någon tid, på det jag under samtal med er måtte lära mig det engelska uttalet. Jag ber er påpeka så fort jag begått något misstag – även det obetydligaste. Ni gör mig därmed en obeskrivlig tjänst, som jag skall veta uppskatta till dess fulla värde. – Men låt oss återvända till våra papper."

Vi fördjupade oss åter i frågan angående egendomsköpet, för vilket han var fullt bestämd. Sedan vi noga avhandlat alla enskildheter och han undertecknat de nödiga papperen samt jag själv efter hans anvisningar skrivit ett brev till notarien Hawkins, färdigt att avsändas med nästa post, frågade han hur jag lyckats upptäcka ett så passande ställe. Jag uppläste då för honom de anteckningar jag gjort angående saken och vilka jag insatt här:

"Den ifrågavarande fastigheten är belägen i förstaden Purfleet, vid en föga trafikerad bigata, och tycks någorlunda motsvara de av Greve D. framställda önskningarna. Har tydligen ursprungligen varit ett gammalt herregods, men är nu kringbyggt och mycket förfallet och torde kräva en genomgripande reparation. Den omgivande parken – i hög grad förvuxen och vanvårdad – innefattar omkring 12 tunnland. Hela tomten är omsluten av en hög mur, starkt byggd av stora, huggna stenar, men delvis rätt förfallen. Inkörsporten av smidjärn betydligt rostig.

Ställets namn är *Carfax*, vilket anses vara en förvrängning av det franska *Quatre Faces*, då manbyggnaden är fullkomligt fyrkantig och ligger rakt i de fyra väderstrecken. Träden är gamla och delvis mycket stora, men mossbevuxna och med många torra grenar. Marken något sumpig, troligen till följd av otillräcklig dränering, ty omedelbart bakom huset ligger en djup, mörk damm eller liten sjö, delvis igenvuxen, vilken ej tycks ha något egentligt avlopp.

Manbyggnaden är tämligen stor och tydligen av hög ålder; murarna ovanligt tjocka och fönstren i nedre våningen smala samt försedda med järngaller. Åtskilliga tillbyggnader av yngre datum och olika stilar förekommer även. Ett gammalt kapell står i samband med boningshuset, men detta kunde jag inte bese, då man glömt medtaga nyckeln.

Fastigheten har länge varit utbjuden till salu, men tycks varit svår att avyttra till följd av dess förfallna tillstånd samt mindre begärliga läge på Londons östra utkant. Nuvarande innehavaren lär varit betänkt på att nedriva huset samt försälja jorden till mindre byggnadstomter. Enligt, min uppfattning torde dock det begärda priset kunna betecknas som synnerligen lågt.

Det hela gör ett något dystert intryck, men detta beror huvudsakligen på det försummade skick, vari parken befinner sig, då träd och buskar fått växa alldeles inpå väggarna och skymma för fönstren, vilket lätt torde avhjälpas. Murarna är fullkomligt solida och rummen, ehuru förfallna, stora och väl proportionerade.

Som stadsdelen är jämförelsevis ny, finns endast ett fåtal bebyggda tomter i närheten. Bland dessa märks en större, privat vårdanstalt för sinnessjuka, vars närhet dock ej torde besvära, då den inte är synlig varken från parken eller boningshuset."

"Det passar mig, det passar mig förträffligt", sade greven livligt, då jag slutat. "Att det är gammalt och förfallet, som ni säger, är intet fel i mina ögon. Det är just den tillflykt jag behöver, ovan som jag är vid det brusande livet i er stora huvudstad. Och kapellet behagar mig – det var dess närhet som bestämde mig för köpet. Vi ädlingar här från gränslandet kan ej uthärda tanken att vårt stoft en gång skall kunna blandas med folkets – de usla jordträlarna, som blott levt för dagen! Att finna en sådan plats tillräckligt nära den stora staden, men omgärdad av höga murar och gamla träd, dold för mängden och förfallen som min egen fäderneborg, är vad jag önskar, men knappast hoppats på – jag har er påpasslighet, käre unge vän, att tacka för detta! –"

Han gjorde en lätt ursäkt och avlägsnade sig på några minuter. Under tiden lade jag ihop mina papper och tittade litet på böckerna på bordet, varvid en stor kartbok föll mig i handen; den öppnade sig av sig själv vid England och jag kunde av många tecken se, att detta blad blivit flitigt studerat. Då jag nogare betraktade kartan, såg jag att små röda ringar flerstädes tecknats med rött bläck. En sådan fanns på östra sidan av London, ungefär där grevens blivande egendom var belägen – en annan vid Exeter, och en tredje, om jag minns rätt, vid Whitby på kusten av Yorkshire.

Då greven strax därpå återkom, förkunnade han, att supén var serverad, tog mig vänskapligt under armen och förde mig ut i salen, där bordet åter var dukat och en flammande brasa tänd i spiseln. Två kuvert var framsatta, men greven ursäktade sig med att han superat hos en vän på hemvägen och att detta föranlett hans långa dröjsmål. Han slog sig ned bredvid brasan och vi samtalade rätt livligt medan jag åt, varefter samtalet ytterligare fortsattes vid en cigarr. Då jag i själva verket börjat min dag först sent på eftermiddagen, var jag inte det ringaste sömnig, och som greven tydligen var angelägen att få en liten extra lektion i engelska språket, hade jag intet emot att gå hans önskningar till mötes. Han är mig långt ifrån sympatisk, som jag redan flera gånger anmärkt, och det är emellanåt något i hans blick och uttryck som verkar rent av frånstötande på mig – men inte dess mindre är han ovanligt intressant att tala med och jag måste allt emellanåt häpna över hans myckna vetande och originella tankar.

Jag tog slutligen mod till mig och började tala om en del av vad jag upplevt under hitfärden, vilket tycktes roa honom synnerligen. Han försäkrade mig att kusken haft fullkomligt rätt i avseende på vargarna; de skulle möjligen kunnat angripa hästarna, såvida dessa varit allena, men för människor hyste de i allmänhet en panisk skräck. Då jag omtalade det egendomliga skenet, skrattade han gott och frågade om jag aldrig hört talas om lysved?[1] – Det var gott om sådan här i skogarna. Jag frågade då varför kusken stigit ur och gått fram till dessa lysande ställen, i det jag beskrev vad jag iakttagit av hans beteende. Han berättade då att, enligt folktron, en blå låga en viss natt på året – just den natten, med ett ord, då alla onda makter troddes vara lössläppta – visar sig över de ställen där skatter är begravna.

"Att skatter *finns* här i jorden – oerhörda, hemliga skatter – är otvivelaktigt", fortsatte han med sänkt röst och egendomligt stirrande blick. "Just den trakt varigenom ni färdades på vägen hit, utgjorde det land, om vilket turkar, valacker, szekler och saxare århundraden igenom utkämpat blodiga strider. Var fotsbredd jord – var fotsbredd jord, säger jag er – har druckit blod där – – inkräktares eller fosterlandsförsvarares blod! – – Och då inkräktarnas segrande skaror vältrade sig fram över landet, fann de intet

att plundra – – – guld och silver, smycken och klenoder – allt hade blivit anförtrott åt jordens heliga sköte, där det var väl bevarat! –"

"Men hur skulle det verkligen kunnat förbli dolt här så länge", frågade jag, "om det verkligen – som ni ändå själv tycks antyda – finns ett så säkert tecken på den plats där skatten blivit gömd? –"

Greven smålog på ett sätt som obehagligt påminde om ett vilt djur, vilket visar tänderna.

"Därför", – sade han med en ton av oändligt förakt – "därför att bonden alltid i sitt hjärta är och blir en feg usling! – Sniken är han, vad som helst gör han för ett eländigt guldstycke – men just den natten, då enligt hans egen övertygelse omätliga skatter vinkar en var som vill gripa dem – just den natten sitter han hemma i sin stuga och korsar sig och skulle inte för allt i världen vilja bege sig ut i vilda skogen. Och om han också gjorde det – – hur skulle han väl sedan återfinna skatten? – – Till och med han, karlen ni talar om, som utmärkte platsen där det blåa skenet syntes – skulle inte vid dagsljus kunna hitta de stenar han lagt till märke. Jag vågar svära på att ni, min unge vän, som åsåg det, inte skulle hitta dit igen?"

"Nej, det kan ni lugnt svära på", sade jag skrattande. "Det vore åtminstone som att söka en nål i en höstack."

"Ha, ha! – mycket riktigt sagt, mycket träffande!" skrattade han. "Och förresten – –", han ändrade helt och hållet ton, "förresten finns där inga skatter. Det är bara gamla sägner, ser ni, sägner som jag hört i min barndom och som därför hänger fast i huvudet ännu då jag är gammal. Vem tror på sådant nu! – Men härligt skulle det vara, inte sant, käre vän – härligt att träffa på en sådan där nedgrävd kista – höra spaden skrapa mot den – lyfta upp den vid de tunga, rostiga handtagen – spränga locket – – och så se guldet glänsa där, välta ut åt alla sidor – rött, gammalt guld – och röda stenar som blodsdroppar emellan det – härligt, härligt! – – att gräva i det, känna det falla mellan fingrarna, unge vän – tänk er bara – det blanka rena guldet – – – – det enda, enda varmed en människa kan behärska världen! –"

Under det att han talade tycktes han som i ett slags extas glömma allt – ögonen stirrade med en stel, lurande blick framför sig och händerna med de långa, spetsiga naglarna krafsade som klor i luften. I denna stund var han mig rent av ohygglig, det föreföll mig som om jag varit ensam med en galning. Fullt normal är han absolut *inte*; så mycket har jag sett och hört idag. Men även de flesta kloka människor kan ha någon svag punkt, och man kan väl lätt bli en smula vriden av att leva år ut och år in ensam i detta gamla spöknäste, vars verkan på de sundaste nerver till och med jag känner. För mig gäller nu blott att hålla honom vid gott lynne och gå in på hans idéer, samt – som det anstår en jurist – ständigt hålla ögonen öppna och inte låta överraska mig – –

Det hade under vårt samtal blivit mycket sent och jag började känna något av den genomträngande, egendomliga kyla som gryningen för med sig. Alla som vakat vid en sjukbädd eller eljest varit bundna vid en post, som de ej kunnat lämna, känner denna rysning, som tycks gå genom själva naturen. Det sägs ju, att de flesta dödsfall inträffar just vid den tiden![1] – – Även greven tycktes känna förändringen – han ryste till, och då en tupps galande plötsligt hördes någonstans långt borta, reste han sig hastigt, utropande:

"Men det är ju morgon! – Min käre Harker, det är ju oförsvarligt av mig att hålla er uppe så länge. Förlåt en gammal man, som sällan har tillfälle att njuta av en så intressant, så upplivande konversation som er. Godnatt, godnatt! – jag önskar er en god sömn! –"

Han bugade sig artigt och lämnade rummet, medan jag begav mig in till mig. Han tycktes fullkomligt ha glömt, eller också alls inte fäst sig vid, det egendomliga utbrott, vartill jag blivit vittne, då han alls inte hänsyftade därpå.

Nu, som föregående natt, var det mig fullkomligt omöjligt att somna då jag blivit ensam; därtill var mitt huvud alltför upphettat av allt

det myckna jag hunnit uppleva på denna dag, som jag ändock först börjat då den var halvliden. Jag satte mig därför åter att skriva, dels för att "samla mig", som det heter, och dels för att lugna mina nerver till den punkt, där de krävde vila. Det nästan påminner om min reportertid, då det blev en vana att göra natt till dag – – Emellertid har jag upptecknat allt som inträffa till nuvarande ögonblick. Jag föresatte mig att föra denna dagbok så utförligt som möjligt, dels därför att jag förutsåg, att den skulle komma att innefatta egendomliga och enastående erfarenheter, och dels helt enkelt av det prosaiska skälet, att jag ville öva mig i stenografi och inte förstöra vanan att noggrant i minnet kvarhålla även de minsta detaljer av vad man upplever. Detta är en konst som kan uppövas som alla andra. Saken har dessutom den fördelen att mina anteckningar bli obegripliga för de flesta, t.o.m. för min förträfflige men som det instinktlikt förefaller mig – något opålitlige och excentriske värd. Det kunde möjligen falla honom in att anställa en liten husvisitation – och i så fall blir nog de stenografiska tecknen en hård nöt att knäcka, till och med för hans vargtänder. –

Mötet i biblioteket stod alltjämt för mig som en dröm, eller snarare som en feberfantasi. Jag minns med häpnad det tillstånd vari jag då befann mig. Man har stundom förebrått mig en alltför stark vilja, som ej låtit böja sig av något, och jag vet med mig att det ligger en sanning i detta – ty gränsen mellan en kraftig vilja och skeptisk envishet är alltför lätt att överskrida. Men inför detta underliga väsen smälter hela min personlighet som vax för elden. Då jag tänker tillbaka, förefaller det mig, som jag under några minuter – eller timmar – jag vet sannerligen inte, hur länge det varade – förvandlats till en viljelös automat. – – –

Grevens förklaring lät ju sannolik nog – – men det var något i hans sätt – – jag kan ej hjälpa, att jag misstänker, att det måste ligga något under allt detta. Men vi jurister är ju så misstänksamma av oss – det hör till yrket.

Emellertid skulle jag gärna vilja se min sköna okända ännu en gång, helst vid full dager och i mindre romantiska omgivningar. – –

---

1 Vargtimmen. Bengt af Klintberg hävdade i Under Strecket SvD 7/9 2013 att tron kring vargtimmen var ett påhitt av Ingmar Bergman till hans film *Vargtimmen* (1968), men detta är ett exempel på motsatsen.

Nu lyser den första solstrålen in genom sprickan mellan de stängda luckorna. Det är hög tid att gå till sängs – och i morgon har jag föresatt mig att inte sova bort hela förmiddagen.

––––––––––––––––––––––––––––––

8:de maj, strax efter midnatt.

– – Högst egendomliga och delvis oroande erfarenheter att föra till protokolls – men bäst att gå i ordning med frågorna. – –

Trots alla föresatser sov jag återigen så tungt, som om jag förtärt en duktig dosis morfin, vilket eljest inte hör till mina svagheter. Ännu då jag skrev de sista orden av ovanstående, kände jag mig så vaken att jag starkt betvivlade, att jag skulle kunna sova alls – men knappt hade jag hunnit lägga huvudet på kudden, förrän ett slags tung dvala sänkte sig över mig och det var med nöd jag orkade släcka ljuset, som jag ställt bredvid sängen. Sedan vet jag av ingenting förrän jag vaknade. Min klocka visade till min obeskrivliga förargelse åter bortåt fem – lyckligtvis hade jag dragit upp den innan jag satte mig att skriva, eljest hade den naturligtvis stannat. Att störta upp ur sängen, slå upp innerluckor och fönster på vid gavel och sedan skölja över mig allt vatten som fanns i min lilla guldtillbringare, den s.k. tvättkannan var ett ögonblicks verk; därpå kastade jag i största hast på mig kläderna och begav mig ut i salen, nu utan oro för att generas av "husets damer". Frukosten stod – som vanligt – på bordet och bredvid min plats låg en stor bunt tidningar jämte ett brev från min kära, lilla Vilma, som för mig var den bästa kryddan på anrättningen. Att läsa hennes brev var som en fläkt från en sundare, verkligare värld. Vore jag väl hemma igen! – Denna resa börjar bli nästan *alltför* "intressant" för en vanlig prosaisk människa och det stilla vardagslivet här på slottet erbjuder nästan dramatiska episoder – dock härom vidare i sinom tid.

Jag var emellertid bra hungrig efter min långa sömn, varför min måltid – jag vet ej, om jag egentligen bör kalla den frukost eller middag – drog tämligen ut på tiden, i synnerhet som jag ej kunde motstå att emellanåt titta litet i tidningarna – jag hade ej sett någon sådan sedan i Wien och postgången här på platsen tycks inte höra till de "tidsenliga", ty den nu anlända packen innehöll jämte de nyaste, en del nummer som var nära fjorton dagar gamla. Sedan jag ätit, gick jag in i biblioteket – efter att först ha knackat, utan att erhålla något svar – men inte heller där fann jag greven. Han tycks i allmänhet tillbringa sina dagar ute, vilket ju är mindre underligt, då han dels har ett stort gods att sköta, dels efter egen utsago är ivrig jägare. Jag satte mig emellertid att läsa tidningarna och höll på därmed, till dess jag märkte att solen var nära att gå ned, vilket påminde mig om grevens stränga påbud angående fönstren, vilket jag väl först som sist måste ställa mig till efterrättelse, hur orimligt det än förefaller mig. Jag skyndade alltså in till mig och stängde dem med all vederbörlig ordentlighet. Därvid kom jag ihåg, att jag i min brådska och förargelse över att än en gång ha försovit mig, glömt att raka mig, och då jag just inte hade något bättre att göra, medan jag väntade på greven, hängde jag upp min lilla rakspegel i fönstret, tog av mig rocken och västen, lade fram mina knivar etc. och började operationen.

Det var ännu full dager (ehuru skymningen kommer betydligt tidigare och hastigare här än i England vid denna tid) och jag stannade emellanåt för att beundra det egendomliga, verkligen oförlikneliga landskapet, medan jag tänkte på Vilmas brev och alla de underrättelser det medfört. Det var troligen till följd av detta som jag – eget nog – alls inte märkte, att någon kommit in i rummet, ehuru jag i spegeln hade en fullkomlig överblick av detsamma, förrän jag hörde grevens röst utropa:

"God afton, käre unge vän! –" Det var hans vanliga, förbindliga tonfall.

Jag ryckte i min överraskning så häftigt till, att jag skar mig rätt illa, varvid jag kände blodet rinna ned över min haka och kind och instinktlikt sträckte jag ut handen efter min näsduk för att borttorka det, på samma gång som jag vände mig om för att besvara grevens hälsning.

Aldrig skall jag emellertid förgäta min häpenhet över den förvandling som hela hans utseende och väsen ögonblickligen undergick då han varseblev det rinnande blodet. Han blev likblek, ögonen vidgades ohyggligt och blänkte nästan röda, håret liksom reste sig och läpparna drog sig med ett vedervärdigt grin tillbaka från de vita tänderna – han liknade i denna stund bokstavligen intet annat än ett rasande vilddjur och innan jag ens hunnit tänka på att sätta mig till motvärn hade han gripit mig om strupen. Härvid slets min sportskjorta upp och hans fingrar trasslade in sig i min beskedliga f.d. värdinnas radband, som jag av en nyck alltjämt låtit kvarstanna där hon hängde det, kring min hals. Detta lilla hinder räddade faktiskt – som jag tror – mitt liv. Ty därmed var paroxysmen bruten – (jag är övertygad, att han var fullkomligt vansinnig i detta ögonblick) – och så helt och hållet förbi att jag nästan kunnat inbilla mig, att den aldrig existerat. Han grep själv efter min näsduk, som jag alltjämt hade i handen – det oväntade anfallet hade så gott som förlamat mig – och tryckte den hårt mot min blödande kind.

"Ursäkta min häftighet, käre, unga vän", sade han nästan smekande – "det är – – en ärftlig svaghet hos mig att blod – – åsynen av blod – – upprör mina nerver. Jag – mår illa därav. Och sådana där skåror kan bli högst farliga – högst farliga, det försäkrar jag – farligare än ni kan tro. Och detta –", han ryckte till sig spegeln – "detta usla redskap för den mänskliga fåfängan är orsaken till det hela. Dessa förbannade speglar! – hur mycket ont har de inte anstiftat! – Bort med dig – –!"

Han slog spegeln i spiselkanten så att den bräcktes i flera stycken, trampade därpå sönder den till små skärvor på hällen och kastade till sist omsorgsfullt alltsammans in i spiseln, bland aska och kolnade bränder Därpå nickade han vänligt åt mig med orden – "Jag väntar er därute, min käre Harker" – och avlägsnade sig, som det plägar stå i romanerna "ett rov för obeskrivliga känslor."

Ty om, som jag får allt mera skäl att misstänka, gubben (jag kallar honom gubben, tack vare hans vita hår och därför att han alltid talar om sig själv som en åldring, men i själva verket torde han vara min överman både i styrka och smidighet) om gubben, säger jag, verkligen har en eller ett par skruvar lösa, så att den ursprunglige barbaren (han berömmer sig själv av att Attilas blod flyter i hans ådror) vid minsta anledning eller t.o.m. utan all anledning är färdig att bryta fram i djurisk vildhet och ständigt ligger på lur bakom den polerade ytan – då är verkligen min ställning här tämligen riskabel. Så vitt jag kunnat upptäcka (ehuru jag visserligen inte haft tillfälle att grundligt genomsöka slottet), finns här knappast några andra tjänare än den gamla dövstumma gumman, som tycks hålla till någonstans i källarvåningen, och kusken, av vilken jag inte sett en skymt sedan den natten, då han förde mig hit. Byggningen är emellertid av så ovanlig storlek att ett dussin människor väl kunde vistas här en längre tid utan att ana varandras tillvaro, och den vackra okändas uppenbarelse och gåtlika försvinnande visar tydligt nog att här verkligen finns levande varelser i någon annan del av slottet, ehuru man i vardagslag varken ser eller hör något av dem. Borggården är som död och inte ett steg, inte ett ord har jag under dessa dygn hört genljuda i trappor eller korridorer. Jag är således faktiskt ensam med greven och på sätt och vis hans fånge – ty om det faller honom in, kan han mycket väl låsa alla dörrar och fullkomligt avstänga mig från den yttre världen; genom fönstren lär jag inte kunna undkomma, ty borgen är byggd på en klippa, vilken stupar bråddjup åt tre sidor. Då jag ser ut genom mina fönster, ser jag ned i en avgrund av trätoppar – den vägen blev nog i alla avseenden den sista jag kom att tillgripa. Jag hör visst inte till dem som roar sig med att mana fram spöken på ljusa dagen; därtill har jag gudskelov ett alltför lugnt temperament och alltför litet av den lyxartikel som kallas fantasi – men om greven verkligen skulle gå och ruva på en eller annan galenskap – t.ex. ha en liten mordmani, eller annat i den vägen som han kan ha ärvt av sina ärade förfäder, de älskvärda hunnerna – så är det bäst att vidta sina försiktighetsmått i tid. Jag skall emellertid noga observera honom och rätta mitt beteende efter omständigheterna. Hans ofta upprepade tal om de många hemligheter, en gammal borg som denna kan dölja under sitt tak, ger mig åtskilligt att fundera på – – Men nog om detta tillsvidare – kommer tid, kommer råd. I alla händelser är jag glad att Vilma inte vet något närmare om mina nuvarande omgivningar och förhållanden – det skulle blott vålla henne onödig oro. –

– – Då jag en smula hunnit hämta mig efter den obehagliga sinnesrörelse grevens oväntade utbrott förorsakat mig, lade jag mina saker i ordning, klädde mig ordentligt och försummade ej att sätta en bit muschplåster över såret. Förargligt i alla fall med spegeln. Hädanefter får jag väl begagna innersidan av min urboett eller någon av de blanka silversakerna i min resväska, då jag vill uppträda som en hyfsad människa. Undrar hur greven själv bär sig åt – han är alltid högst vårdad i sitt uppträdande och det skulle verkligen intressera mig att se honom göra toalett. Men dörren till hans enskilda rum är alltid omsorgsfullt stängd och nyckeln urtagen. – –

Jag fann honom i biblioteket, sysselsatt med att genombläddra tidningarna och till det yttre så lugn, sansad och aristokratiskt förnäm, som om det vilda utbrottet några minuter tidigare aldrig förekommit. Det föreföll mig i själva verket som om han själv inte ens haft någon håggkomst därav, ty han syntes inte det ringaste besvärad och hänsyftade under hela aftonen inte en enda gång därpå – – Då jag inträdde, hälsade han mig med sin vanliga, något siratliga artighet, hoppades att jag sovit gott, att maten smakat mig o.s.v., alldeles som om han sett mig för första gången den dagen. Därpå lade han ifrån sig tidningarna och reste sig.

”Då det ju ännu är rätt tidigt”, sade han, ”så skulle det kanske roa er, min värderade unge gäst, att i afton titta litet på vårt galleri av familjeporträtt – det vill säga, om ni överhuvudtaget intresserar er för sådant? –” –

Jag försäkrade, att intet kunde bereda mig ett större nöje, och han återtog:

”Det är måhända inte så alldeles lämpligt att bese porträtten vid ljus, men då jag för närvarande hela dagen är upptagen av många göromål och inte är herre över min egen tid, torde jag i alla fall nu, då jag verkligen är ledig, kunna ge er åtminstone de upplysningar, som kan sätta er i stånd att framdeles – vid dager, när det så faller sig – på egen hand med intresse kunna ta

samlingen i skärskådande. – – Om ni är god och ursäktar mig ett ögonblick, skall jag se till, att upplysningen blir någorlunda tillräcklig.”

Han avlägsnade sig, och jag hörde hans steg genljuda i korridoren samt uppför någon trappa längre bort, till dess de förklingade på avstånd – det var tydligen tämligen långt till galleriet.

Gripen av en plötslig tanke, gick jag hastigt in till mig och stoppade, halvt leende åt min egen försiktighet, min revolver på mig – hittills hade den i ostört lugn vilat i kappsäcken, men här tycktes man ständigt böra vara beredd på det oförutsedda.

Då jag efter ett ögonblick återkom in i biblioteket, ryckte jag häftigt till och det föreföll mig ett ögonblick som om allt gått runt för mina ögon, som då man fattas av en häftig svindel. Greven hade omedelbart innan han gick, tänt alla ljusen i de stora silverstakarna på kaminhyllan – ty det började redan skymma starkt, ehuru det ännu var långt ifrån mörkt. I skenet från alla dessa vaxljus, starkt belyst och skarpt avtecknande sig mot rummets mörka bakgrund av hyllor och böcker, satt grevens ”unga släkting” – min okända skönhet i en av de tunga karmstolarna framför kaminen. De vita armarna vilade lätt på stolens armstöd, den blå schalen var tillbakakastad, på den djupt blottade barmen gnistrade det smycke jag så väl mindes, och huvudet, vars förtjusande profil med det guldskimrande håret och den grekiska coiffuren vänt mot mig, höjde sig som en blomma mot dunklet där bakom.

Jag hade tänkt åtskilligt på möjligheten av ett sådant sammanträffande och gjort en hel del reflexioner över min egen oerhörda dårskap, då jag så helt och hållet låtit överväldiga mig av en smula månsken och en vacker flickas oväntade närhet. Vårt nästa möte, det hade jag fast föresatt mig, skulle bli helt annorlunda – i synnerhet då jag nu hade grevens förklaring som en åtminstone någorlunda antaglig utgångspunkt för mina iakttagelser. Inte desto mindre kände jag nu åter, då jag långsamt gick fram över golvet mot henne, något av samma, oförklarliga, halvt plågsamma, halvt nästan smärtsamt ljuva beklämning som jag förut erfarit. – Jag samlade hela min viljekraft till motstånd och lyckades verkligen också till en del återvinna mitt lugn. Men då hon, medan jag ännu befann mig på ett par alnars avstånd från henne, plötsligt vände huvudet och med ett alldeles obeskrivligt, halvt trånande, halvt gäckande uttryck, såg mig in i ögonen, verkade hennes blick – som man så ofta säger utan att egentligen mena något därmed – bokstavligen som en elektrisk stöt, som med en egendomlig, förlamande dallring genomilade alla mina lemmar.

Jag grep halvt omedvetet tag i närmaste stol och lutade mig med korslagda armar över dess ryggstöd, under det att hon fortfarande såg mig in i ögonen. Det föll mig för ögonblicket inte in att jag borde hälsa och att mitt beteende på det hela var betydligt tölpaktigt. Men inte heller hon tycktes finna någon hälsning nödig. Jag hade egentligen, då jag nu tänker efter, en egendomlig förnimmelse av att vi känt varandra sedan länge och att inga förklaringar behövdes oss emellan.

"Varför kommer ni inte dit upp?" sade hon – samma underbara, alldeles obeskrivliga stämma som förut! Jag vet intet ljud, med vilket jag kan jämföra den. "Jag trodde, att ni skulle komma dit upp – och hälsa på oss. Jag har mycket att tala med er om."

Jag stammade något slags ursäkt – att jag inte vetat, o.s.v.

"Gott, gott –", sade hon, utan att en sekund släppa min blick med ögonen; "ni kommer – ni kommer ju. Kom ihåg att ni är väntad!"

Hon smålog förtjusande, men vände inte en sekund bort blicken.

Dess blå glans var så intensiv, att det verkligen föreföll mig som om den som en skarp stråle – jag kan ej uttrycka mig annorlunda – trängt in i min hjärna och där med en känsla av rent fysisk smärta borrat sig allt djupare och djupare in.

Plötsligt hörde jag grevens steg åter genljuda i korridoren, först långt borta, så allt närmare.

"Han kommer!" sade hon lugnt. "Då är det tid för mig att gå. Men glöm inte!" Hon reste sig och stod ett ögonblick framför mig i det fulla ljusskenet – skönare än allt skönt som jag

hittills kunnat drömma om. Därpå gled hon så fort och tyst, att jag knappt hörde hennes steg, tätt förbi mig, lade sin vita, av ringar gnistrande hand på min, såg mig ännu en gång in i ögonen och viskade: *"Säg intet åt honom. Men kom!* – Och *akta er, akta er, akta er!* –"

Därmed var hon borta. Nu, som förra gången, hann jag inte se på vad sätt hon lämnade rummet, då jag var som bländad av det starka ljusskenet och hennes underbara blick, men det föreföll mig som hörde jag det lätta knäppandet av en fjäder i en vrå av rummet, där jag dock förut inte kunde minnas att ha bemärkt någon dörr.

Med en oerhörd ansträngning lyckades jag samla mig så pass, att jag vid grevens inträde ett par minuter senare helt lugnt (åtminstone till det yttre) satt vid bordet, fördjupad i betraktande av Englands karta, som låg uppslagen framför mig.

"Kom nu, käre vän", utropade han, "allt är i ordning däruppe. Ni ursäktar väl våra enkla anordningar – det elektriska ljuset, som jag läser om i skildringar av ert härliga London, lyser inte för oss här bland Karpaterna."

"Men ni känner inte heller till Londons dimmor här uppe i er rena luft" – sade jag, för att ändå säga något.

"Ah, dessa dimmor! –" inföll han livligt. "Också om dem har jag läst i mina böcker. Mig förefaller det som skulle de endast öka tjusningskraften av er underbara stad. Denna dimma, som gör dagen till natt – och då natten kommer, sänker sig som ett tjockt täcke över gator och torg och palats – överallt, överallt – – mörkare än mörkret – underbart, underbart! – Jag längtar att se den!"

"Jag fruktar mycket, att ni alltför snart får ert lystmäte. Dimman är helt enkelt Londons största olycka. Den smyger sig över staden som en fruktansvärd vampyr, suger kraft och must ur människorna, förgiftar barnens blod och lungor, för med sig oändliga sjukdomar – – för att inte tala om alla de fasansfulla brott, som sker i dess skydd och som till stor del vore otänkbara den förutan! –"

"Ah! –" han drog in andan, och jag misstar

mig bestämt inte, då jag påstår, att hans svarta, djupt liggande ögon tindrade under de vita ögonbrynen ungefär som en skolgosses då man räcker honom en ny, bloddrypande rövarroman. Det var emellertid med en allvarlig och djupt beklagande ton som han tillade: "Ja, dessa brott – dessa förfärliga mord – dessa sönderstyckade kvinnor som man finner i säckar i Themsen – detta blod som rinner och rinner, droppar och droppar i tillslutna rum, där döda ögon fåfängt söker mördaren"[1] – jag vill inte göra gubben orätt, men det *förefGÖll* mig som om han bokstavligen slickade sig om munnen i all hemlighet, medan han uppräknade dessa gräsligheter, och jag erkänner, att jag förstulet kände efter revolvern – "även om detta har jag läst! – det är sorgligt, mycket sorgligt! – Och de blir aldrig upptäckta – *aldrig*. – Er herr Conan Doyle skriver många intressanta – ah – högst intressanta böcker – jag har läst dem med nöje och de har lärt mig mycket om London – men jag läser också era tidningar, käre vän, och där ser jag, att knappast 3 à 4 procent av alla de brott som begås, verkligen blir upptäckta och straffade! – Ja, London är en underbar stad." –

"Och nog tror jag, det är bäst att laga, att du blir ställd under en smula polisuppsikt, min gode man, om du verkligen kommer dit –", var min hemliga tanke. Jag börjar verkligen få allvarliga betänkligheter angående det berättigade i att på något sätt bidra till denne mer än lovligt excentriske ädlings förflyttande till en ort, där hans egenheter – om man får kalla dem så – antagligen blir betydligt mindre oskadliga än här uppe i Karpaternas vildmarker. Men vad kan jag egentligen göra? – Affären är inte min, utan Peter Hawkins – även om jag kunde förmå

min hederlige, gamle principal – som troligen endast skulle skratta mig upp i ansiktet – att avbryta alla förbindelser med greven, ser jag nu, att denne är väl underrättad om engelska förhållanden och utan ringaste svårighet skulle få allt vad han önskade utfört genom någon annan agentur. –

Under tiden hade vi – lysta av en av de stora silverljusstakarna som greven tagit från biblioteket – passerat en rätt lång, välvd korridor med åtskilliga stängda dörrar. Ungefär mitt i densamma (så vitt jag kan beräkna) kom vi till en bred, gammal stentrappa, vilken vek av i rät vinkel åt höger och tydligen följde upp till en övre våning. Den kunde inte i vanlig mening kallas en vindeltrappa, men vred sig dock, indelad i grupper av tolv trappsteg, var och en slutande vid en liten trappavsats, kring ett slags fyrkantigt trapphus, i vars djup man vid varje avsats såg ned som i en brunn genom med järngaller försedda välvda fönster. Väggarna var vitmenade, men rappningen hade på stora fläckar fallit av och damm och spindelväv syntes i alla hörn. Här och där vid trappavsatserna hängde gamla rostiga rustningar, svärd eller halvt förmultnade fanor – på ett par, tre ställen även målade och utskurna vapensköldar, vars färger dock numera knappast kunde urskiljas. Jag iakttog allt detta med livligt intresse, ehuru jag samtidigt inte ett ögonblick glömde det underliga möte jag nyss haft i biblioteket och de varningsord, vilka – så förefГll det mig – liksom med eldskrift blivit inbrända i min hjärna och vilka grevens ord och beteende ej just var ägnade att utplåna.

Trappan slutade vid en stor ekdörr med konstrika gammaldags järnbeslag, liksom de flesta jag sett här i huset – men den var inte låst och greven sköt artigt upp den samt bad mig stiga in. Vi befann oss nu i en liten välvd försal med stengolv och inga andra möbler än några tunga ekbänkar – det förefГll mig troligt, att den förr gjort tjänst som vaktrum eller något liknande. Greven slog upp ett par tunga dubbeldörrar på vid gavel, och jag såg nu framför mig ett långt galleri med fönster åt samma sida som mitt eget (efter min beräkning) samt motsatta väggen betäckt av en mängd porträtt i gamla

---

1 Whitechapelmorden igen. Vid denna tid troddes Jack the Ripper vara ansvarig för betydligt fler kvinnomord än bara de "kanoniska fem" han tillräknas idag, och det spekulerades om flera gärningsmän i maskopi. I polisens utredning ingick 11 kvinnomord mellan 3 april 1888 och 13 februari 1891, bl.a. styckade kroppar som hittats dumpade i Themsen. Blodet som droppar i tillslutna rum med de döda ögonen är antagligen en anspelning på Mary Kelly, Jack the Rippers sista offer. Hon hittades stympad i ett tillslutet rum med ansiktet helt avskalat, där bara de oskadade ögonen stirrade ut ur det sargade köttet.

förgyllda, halvt svartnade ramar. Taket var indelat i skilda valv, och från mitten av varje valv hängde en gammaldags ljuskrona, liknande den jag sett i de nedre rummen, ehuru större och präktigare, om ock tämligen illa medfarna. I dessa kronor var några stycken vaxljus tända för att nödtorftigt upplysa galleriet, ehuru så svagt att dess bortre del för mig tycktes försvinna i ett slags dimma, vilken blev ännu mera spöklik genom månskenet, som samtidigt strömmade in genom de här ovanligt höga och av intet slags draperier skuggade fönstren. Det var över det hela en ödslighet, som rent av sammanpressade mitt hjärta, och de många ansikten, som i skymningen tycktes skocka sig tillsammans för att stirra ned på oss från väggarna, föreföll mig nästan som en här av spöken.

Greven syntes, som naturligt var, då han antagligen sett galleriet hundratals gånger under olika eller liknande förhållanden, fullkomligt oberörd. Han ställde lugnt ifrån sig armstaken på en marmorkonsol under en fläckig, dammig och anlupen venetiansk spegel, som hängde mellan ett par av fönstren, samt vände sig om för att stänga dörrarna, vilkas kalla luftdrag kom ljusen att fladdra och rinna.

I samma ögonblick tyckte jag mig se – eller rättare jag *såg*, ty jag kan svära på, att det inte var någon synvilla – ett stort ludet djur – i alla händelser en stor luden varelse av ett eller annat slag – hastigt springa tvärs över andra ändan av galleriet. Avståndet var för stort och belysningen för svag för att jag skulle kunna urskilja något med bestämdhet – men att *det var där* och att det *rörde sig* är fullkomligt säkert. Jag kan i detta ögonblick själv alls inte fatta, att denna syn ingav mig en så isande fasa, att jag bokstavligen tyckte mig känna, hur en krypande rysning kom håret att resa sig på min hjässa – men det var i alla fall så, och det var med ett häftigt utrop som jag tog ett steg tillbaka och vidrörde grevens arm.

”Vad fattas er, käre vän?” sade denne vänligt. ”Ett plötsligt illamående? – Ja, jag sade er ju, att jag fruktade att luften i dessa gamla rum – –”

”Nej, nej –”, avbröt jag häftigt – ”det var bara – – se dit bort!”

”Dit bort –? – men där finns ju ingenting, käre vän – eller är det det stora porträttet i fonden ni menar –?”

Märkvärdigt nog såg också jag nu ingenting mer, hur jag än ansträngde mina ögon.

Jag redogjorde emellertid för vad jag sett – inte utan en viss blygsel, ty mitt beteende föreföll mig själv nu barnsligt och löjligt, ehuru jag fortfarande kände mig fullkomligt säker på min sak. Greven åhörde mig också med det slags retsamma, överlägsna leende, varmed man lyssnar till ett barn som beklagar sig över någon inbillad fara.

”Jag vill inte påstå, att det endast var inbillning, min gode Harker”, sade han till slut med ett egendomligt leende, – ”nej, jag vill inte säga det, då ni så bestämt påstår det och ni ju alltid visat er som en klok och sansad ung man – – men om ni såg något, så var det endast – en råtta. Det är gott om dem i dessa gamla gemak.”

”En råtta!” utbrast jag förargad. ”Jag försäkrar, att det jag såg, var åtminstone så stort som – –”

”En katt alltså – säkerligen en katt”, inföll greven. ”Många delar av slottet är knappast mer än ruiner, och de har förvildats och förökats och gjort sig hemmastadda där. De stryker omkring överallt här, och varför skulle de inte göra det? – varför skulle de inte göra det? – Råttorna skulle eljest bli för många. Det är naturens underbart visa lag, att den starkare och klokare alltid lever på den svagares och mindre begåvades bekostnad.”

Under det att han talade, hade han åter börjat gnida sina händer – eller rättare endasr de långa, bleka, klolika naglarna – emot varandra på det sätt som var mig så särskilt förhatligt och verkade så enerverande på mig. ”Underbart, underbart! – Samma lag överallt. – Fladdermusen suger insektens blod och vinner därigenom något av dess lätthet och snabbhet – – – råttorna dödar fladdermössen och suger deras blod under sömnen – och katten förtär råttan, för att sedan själv bidra till någon högre varelses utveckling. Tusen underordnade liv för att bilda och underhålla *ett* högre! – *Det* är utvecklingens lag – den sanna utvecklingens! Ah! – era filosofer och lärda har ännu långt kvar – mycket långt kvar, min käre, unge vän – innan de hunnit fatta de lärdomar som naturens allvisa lagar innebär för dem som förmår fatta sanningen! –"

Hans filosofi gjorde intet vidare intryck på mig för ögonblicket, men antagligen var hans välvilliga avsikt helt enkelt den att genom dessa spekulationer ge mina tankar en annan riktning – vari han också verkligen lyckades, ty medan jag halvt motsträvigt lyssnade till honom, förjagades det intryck jag nyss mottagit och jag lyckades nästan inbilla mig, att alltsammans åtminstone till en del var en synvilla, framkallad av den svaga, fladdrande belysningen, som lätt kunnat förstora föremålen.

"Men låt oss nu göra en liten rond bland porträtten –", återtog greven hastigt med förändrad ton, i det han grep ljusstaken och förtroligt tog mig under armen för att långsamt föra mig nedåt galleriet.

Samlingen var ovanligt stor och en del av porträtten – de var, så vitt jag kunde förstå, kronologiskt ordnade – av mycket hög ålder. Vi passerade emellertid så hastigt förbi dem, att jag knappast hann ta något särskilt i närmare betraktande.

Slutligen hade vi hunnit galleriets bortersta ända. Jag såg nu, att här fanns två dörrar, båda öppna på vid gavel. Den till vänster förde in till ett stort, runt tornrum, klart belyst av månen – den till höger åter, så vitt jag kunde se, till en lång rad av stora rum, där endast en svag skymning spred sig genom de höga, obetäckta fönstren.

På själva fondväggen satt ett stort porträtt i en präktig, ehuru anlupen och illa medfaren ram i empirestil. I det svaga, osäkra ljuset hade jag hittills knappast lagt märke därtill, men då greven nu lyfte armstaken så att fulla skenet av dess fem vaxljus föll på tavlan, kunde jag inte återhålla ett utrop.

Det var – eller föreföll mig åtminstone i första ögonblicket att vara – min okända skönhet, som jag här såg framför mig på duken. De underbara blå ögonen blickade med samma halvt gäckade, halvt lockande, men helt och hållet gåtfulla uttryck in i mina – gestalten, håret, de svällande, trånande röda läpparna, själva klädseln – allt var

åtminstone i dess huvuddrag detsamma. Tavlan var tydligen målad av en mästares hand, i första kejsardömets stil och smak, figuren var i full kroppsstorlek, halvt liggande eller sittande, lätt stödd mot ena armbågen, på något slags vilsoffa eller divan, omedelbart bakom vilken syntes en blommande rosenbuske, några stora träd och ett par avbrutna och kullfallna kolonner, mellan vilka en blå himmel med fantastiska moln framskymtade. Allt detta bildade en högst effektfull, om ock något teatralisk bakgrund för den sköna, formfulländade gestalten. Målarens pensel hade för övrigt tagit sig åtskilliga friheter med den "klassiska" dräkt, som våra sedesamma stammödrar, underligt nog, tycktes ha funnit fullt överensstämmande med "anständighetens" krav (ehuru de troligen skulle svimma vid åsynen av nutidens bicykeldräkter), och de tunna, vita draperierna förrådde i själva verket så mycket mer än de dolde att man mycket förr skulle trott sig se en fantasibild av en vilande gudinna eller skogens nymf framför sig än ett verkligt porträtt.

Vald jag i första ögonblicket såg och vad som berövade mig all självbehärskning var emellertid blott den rent av förunderliga likheten mellan detta porträtt och den sköna varelse som redan två gånger på så hemlighetsfullt sätt uppenbarat sig för mig. Mitt förnuft och håg komsten av grevens förklaring första aftonen då jag träffat henne, sade mig så snart jag hunnit samla mig en smula, att denna bild inte var hennes, utan någon länge sedan avliden stammoders, vars drag genom någon naturens lek nästan i minsta detalj återgivits hos henne. Vid närmare betraktande av porträttet såg jag emellertid att även detta på sin vita barm bar diamanthjärtat med den glödande rubinen och att de lätta draperierna under bröstet sammanhölls av ett bälte, vars spänne var en briljanterad orm eller drake – jag kunde ej se vilketdera.

Jag hade några sekunder verkligen så gott som glömt greven, men märkte nu att han betraktade mig med en spänd, lurande blick, vilken dock, då den mötte min, genast blev välvillig (det är och blir alltid något i den blicken som jag inte *tror!*) om ock en smula gäckande.

"Ha, ha! käre vän –", skrattade han – "ni behöver inte vara förlägen. Ni är inte den förste, som hon där förvridit huvudet på – å nej – inte den förste, inte den förste! – Och kanske inte den siste heller – – – Men se nu riktigt på henne – – lägg noga märke till –", han höjde åter armstaken, vilken han trots dess betydliga tyngd, tycktes hantera så lätt som om den varit en vaxstapel, samt förde den långsamt fram och åter framför den stora tavlan, sålunda belysande än det ena, än det andra partiet – "barmen där – alabaster, skulle poeterna säga! – ha, ha! – deras matta språk har inga ord för sådant – stackars blodlösa dårar! – varken snö eller alabaster – bättre upp! – en kvinnas mjuka svala hud – – på en gång varm och frisk, fast och mjuk, len som dun under den smekande handen – och denna form, denna fulländade rundning –"

Jag såg förstulet på honom; – – denna gång hade masken fullkomligt fallit; en gammal vällustings lystna faungrin var allt vad jag såg.

"Och dessa läppar – ah! – tänk er –", han lät höra ett smackande ljud och formligen slukade den sköna gestalten på duken med ögonen – "tänk er bara – –"

Men jag vill inte orena mitt papper med de av en tygellös sinnlighet alstrade kommentarier, varmed han för min räkning och, som det tycktes, till min uppbyggelse, utpekade och uppehöll sig vid varje särskild fullkomlighet samt syntes frossa i de otuktiga bilder han med deras tillhjälp lyckades frammana. Hela hans väsen väckte hos mig ett formligt äckel. Om han varit engelsman skulle jag för länge sedan tystat munnen på honom och låtit honom höra mitt hjärtas ärliga mening; men här var det något som sade mig att all s.k. sedlig harm skulle vara fullkomligt bortkastad – han skulle med all säkerhet inte ens förstå mig. Medan han ännu talade – hans vältalighet formligen flödade över – stod plötsligt för mitt minne en tavla som jag såg på senaste utställningen; en slavhandlare, vilken för en vällustigt vilande, turkisk pascha (eller något i den vägen) förevisade sin handelsvara – en skön, naken kvinna, vars behag han med kännarens och affärsmannens vältalighet utbredde sig över och påpekade, i hopp att göra henne ännu mera begärlig för den tilltänkta köparen – och möjligen höja priset. Grevens uttryck påminde mig i denna stund om båda de män som var framställda på tavlan – och med det samma slog det mig, att jag möjligen dock, med min moderna, västerländska uppfattning på sitt sätt dömde honom för hårt, därför att det i själva verket var lika omöjligt för mig att förstå honom och hans livsuppfattning, som det för honom var omöjligt att förstå mig. Skillnaden mellan oss var för vid och djup för att någon brygga skulle kunna slås över den. Och ännu en gång kände jag denna underliga förnimmelse av halvt fasa, halvt vedervilja, som man erfar i ett okänt och antagligen farligt djurs närhet. Han var och blev dock i grunden, detta blev mig allt tydligare, innerst alltjämt den enligt våra begrepp sedeslöse, barbariske, opålitlige och despotiske österlänningen – eller rättare halvasiaten, vars dygder och laster, ett arv av urgamla, så gott som okända och under århundradens lopp underligt korsade raser – är oss lika obegripliga.

Allt detta hade emellertid inte tagit många minuter och greven tycktes i sin extas knappast ha lagt märke till min tystnad, än mindre gissat sig till de känslor som föranlett dem. Jag hade just i tanken återvänt till slavhandlaren och kommit till den slutsatsen att grevens uttryck på det hela snarare liknade den som vara ivrigt prisande *säljarens* än den lystne *köparens*, ehuru det var mig omöjligt att fatta varför han skulle göra sig denna otacksamma möda för min skull – då han plötsligt vände sig mot mig, och gav mig en skyggt forskande blick.

"Ni säger ingenting, käre vän –", anmärkte han.

"Ni är själv så vältalig, herr greve, att det inte återstår något för mig att tillägga", var allt vad jag kunde hitta på att säga.

"Ah, ni kallblodiga engelsmän!" utbrast han med ett egendomligt uttryck. "Man skulle nästan kunna tro, att ni inte vet vad kärlekens – vad skönhetens makt vill säga. Och dock har jag läst i mina böcker, att Englands kvinnor hör till de skönaste i världen!"

"Åhja – där finns rätt gott om vackra flickor", instämde jag.

"Sköna som *hon* däruppe? –" frågade han.

Jag svarade sanningsenligt, att jag verkligen inte kunde påminna mig att ha sett någon som kunde jämföras med henne – men att min erfarenhet ju ännu var tämligen begränsad, då jag endast kände aristokratins damer genom fotografier eller från i tidskrifter och tidningar reproducerade porträtt – och de största skönheterna påstods finnas bland dem.

"Åh, jag har sett dem, jag har sett dem", sade greven ivrigt, i det han ställde ifrån sig ljusstaken på en av de båda fordom vitmålade och förgyllda pelare som hade sin plats på ömse sidor om det stora porträttet och antagligen förr uppburit kandelabrar. "Skönheter, käre vän, verkliga skönheter – jag har låtit sända mig några sådana bilder för att fördriva tiden i min ensamhet – men en bild – en bild är ändå inte detsamma som kött och blod. Denna hy som jag läst om i mina böcker – dessa präktigt utvecklade gestalter - ah!! – hur skall inte allt detta ta sig ut i verkligheten!! –." Jag såg åter en skymt av det uttryck jag avskydde i hans underliga, asiatiska ögon, och som jag verkligen tyckte mig ha fått nog av österländsk erotik för denna gång, gjorde jag ett försök att byta om ämne.

"Och vem är egentligen denna dam?" frågade jag med en åtbörd mot porträttet.

"En dotter av vårt hus", genmälde han – "en kusin till min far. Vårt blod flöt mycket rent i hennes ådror, ty också hennes mor var av Draculitz stam – –. Det har länge varit sed bland oss att helst söka sig maka inom släkten, så vitt det låtit sig göra. – En och annan har brutit mot den seden – men det har sällan fört lycka med sig. Sköna kvinnor av andra släkter har många gånger trätt under vårt tak som brudar – men –"

"Men –?"

"Luften här uppe bland våra berg är för skarp för de lungor som inte vant sig att inandas den – och i våra gamla salar är ingen verklig trevnad för andra än dem i vilkas ådror vårt blod flyter. – – Alla dessa kvinnor av främmande stam har så småningom tynat bort här – – – och om de fött barn, så har blott sällan något av dem nått mogen ålder – – – – ingen av dem har blivit gammal."

Jag ryste utan att rätt veta varför – det låg ett visserligen dämpat men omisskännligt uttryck av triumf i hans ton, som på mig gjorde ett ohyggligt intryck.

"Men våra döttrar", fortfor han – "våra döttrar, då inte giften funnits för dem inom familjen och då de alltid varit utrustade med stor skönhet, har ofta hemförts av män ur främmande släkter – – – de förnämligaste i Europa – ehuru knappast någon med anor som kunnat mätas med våra. – Hon där" – han nickade åt porträttet, vars strålande, orörliga blå blick nästan började bli hemsk – "hon där hörde från sin spädaste ungdom till dem som håller mäns hjärtan i sina händer och leker med dem som barnet leker med druvorna innan det suger dess sötma – – –"

Han stack sin arm under min och vi började långsamt promenera fram och åter i galleriet medan han talade.

"Hon gifte sig som mycket ung med en österrikare, furst – – – ja, namnet gör intet till saken – ni kan läsa om det i många böcker om ni så vill, ty hon gjorde det ryktbart – hon gjorde det ryktbart! –

Hon förstod att varje egenskap som naturen skänker människan i dess högsta fulländning är detsamma som makt – – är henne given för att *härska!* – – Snille, tapperhet, klokhet, skönhet – allt, allt är *makt!* – Det går genom många släktled, käre vän – – naturen arbetar alltjämt, arbetar för att frambringa det fullkomliga – – förbrukar mycket material – ratar och väljer – – det svaga, det underhaltiga – – det – det får lämna sitt bidrag sådant det är, och sedan – på sophögen! –." Han gjorde en gest som om han kastade något åt sidan och hans rovfågelsansikte hade i denna stund ett uttryck av hårdhet, vars like jag aldrig skådat; det fanns inte en skymt av mänsklig känsla däri. "Men så – – kanske bara ett par gånger i en generation – lyckas arbetet, det långa, långa arbetet, och släkten slår ut i blom – typen, förstår ni, käre vän – *typen* – – –", han sökte litet efter ord, ty som vanligt då han blev livlig och talade mycket, svek honom hans eljest förvånande rika, engelska ordförråd till en viss grad och hans främmande brytning blev märkbarare – "*Hon* där – – hon var en av de farliga – och därför hade hon också rätt att härska. Hon hade allt. Skönhet – som ni själv ser, käre vän – och klokhet och snille – – börd, vilja och kraft! – Åh, hon styrde rikens öden, fastän endast få anade det – – furstar och kungar och kejsare och mäktiga män låg för hennes fötter – eller i hennes famn – – ty hon visste väl, att då en kvinna har det att skänka som allt guld på jorden inte kan köpa, då blir alla hennes slavar – – och allra mest slavar, böjliga redskap, då de inbillar sig, att de äger henne! – Åh, hennes vackra händer, käre vän, de har hållit trådarna – de har hållit trådarna! – Dansande dockor var de alla i hennes hand – –. Hon förstod att *härska!* Hon visste, att det är det högsta! –"

Vi hade hunnit tillbaka till porträttet. Han stannade, lyste åter några ögonblick på bilden och mumlade några ord på ett språk som jag inte förstod.

"Hon blev tidigt änka", fortsatte han därpå, i det vi åter började vår promenad nedåt galleriet. "Hennes man tynade bort – – en stackars svag usling alltifrån födelsen, fast av gammalt ädelt blod", han skrattade föraktligt. – "Hon älskade honom, sägs det – ja, han var en vacker gosse, hans porträtt sitter där borta – – men *våra* kvinnors kärlek är som en förtärande eld och han – ja, han smälte – förtärdes av den, ha, ha! – ungefär som ett vaxljus, då man kastar det i den lågande brasan. – – Vi av Draculitz släkt, av Szekelernas stam – vi räknar, som jag förut sagt er, käre vän, våra anor från de gamla hunnerna, vilka en gång som en rasande brand bredde sig över Europa och förtärde de döende folken, som eldslågan förtär torrt gräs – –. Sagan berättar, att de ledde sitt ursprung från skytiska trollkvinnor, vilka fördrivits ur landet och sedan i ödemarken bedrev älskog med djävlarna –." Han skrattade cyniskt. "Sagan kan ju vara så god som mången ann – – men vem kan påstå, att vare sig djävul eller trollkarl varit större och mäktigare än Attila, vars blod flyter i dessa ådror, och vem kan undra om vi, hans barn, är större både i hat och kärlek än andra dödliga." – Han sträckte med en våldsam rörelse armarna mot höjden och skakade dem. – "Men jag kommer bort från vårt ämne – förlåt en gammal enstörings pratsamhet, käre

vän, då han en gång får tillfälle att tala! – Som sagt, hon blev tidigt änka – men detta intresserar er kanske egentligen inte?"

"Jo, mycket –", sade jag. I själva verket slukade jag hans ord med en iver och ett intresse som nästan syntes mig själv oförklarlig. "Var god och fortfar."

"Hon blev änka – men ni förstår nog, käre vän, att *den* bagatellen inte betydde mycket för ett liv som hennes och det välde hon utövade – –. Hur stor den makten var, har ännu aldrig någon historieskrivare anat och därför blir också mycket oförklarat – för alltid – –. Jag kunde ju nämna namn, men vartill skulle det tjäna? – Kort sagt, *de vetande* – de är inte många – kan säga er att knappast någon politisk tilldragelse av vikt finns antecknad från den tiden utan att dess ledande trådar kunde spåras till hennes budoar – – där var hon drottning, därifrån behärskade hon i hemlighet världen! – Tänk er bara detta, käre vän – vilket liv! – vilket liv! – vilken härlig fullblodig tillvaro! – ingen annan lag än kärlekens och den egna viljans – ungdom – skönhet – styrka – – och en makt större än någon enväldshärskares på jorden! – – – Porträttet där –", han visade ditåt – "målades i Paris, ett par år före Napoleons kröning till kejsare – – – det var några år senare som hon i Wien sammanträffade med en man, i vars ådror flöt samma blod som i hennes egna – en av Draculitz ätt. Han var till åren yngre än hon – men kvinnor som hon har ingen ålder. Hon var skönare än någonsin – och han olik alla de män hon hittills älskat! – Ah! –", han drog ett djupt andetag –, "ni den kalla, kloka västerns barn – vad vet ni om kärlek, om lågande lidelse, så stark att den liknar hatet, om kyssar som bränner som glödande järn, om famntag som – – – men nog om detta! – Hon blev hans maka, följde honom hit – till ättens gamla hem, då mindre förfallet än nu – – och här levde de en tid som sammanslutna till en enda låga – en kärlek som brinnande hat och ett hat som förtärande kärlek – båda var skapade att härska, ingen att behärskas. Åh, dessa gamla salar, käre vän – de har sett saker som ni i er svala engelska dygd (som jag också värderar, ty också *den* är en makt!) säkerligen ej kan drömma om

– – men vi Attilas barn, vi är av en annan art än ni! – Ja, sannerligen –", han gav mig åter en av sina underliga, lurande blickar – "sannerligen av annan art! – – Ah. – Ni vill höra slutet av historien? – Ja, det är löjligt nog, men fullt konsekvent, käre vän, fullt konsekvent, om också en smula banalt", han skrattade med en hård, underlig klang. – "I era engelska böcker har jag läst om *evig kärlek* – kanske lär jag mig förstå det ordet då jag kommer till ert stora London – nu vet jag ej, vad som menas därmed – åtminstone i den betydelse ni tycks ge det! Kärleken har sin tid, som blomman på marken – när den nått sin högsta skönhet, är dess tid förbi – se'n kommer åter en vår, men det är inte samma blomma och från samma rot. – Det är naturens lag. I den stund då lidelsens låga slår högst, är den också närmast att slockna. Här gick det som det plägar gå. En vacker dag var elden nedbrunnen – åtminstone hos henne. Hon hörde till dem" – han sänkte rösten till en hemlighetsfull viskning – "hon hörde till dem, skall jag säga er, käre vän, *som har för många liv inom sig för att någonsin helt kunna tillhöra någon.* Det finns sådana varelser – – – men det hör inte hit. Nog av – hon tog sig en älskare – – – en vacker gosse från bergstrakten här – en simpel bonde om ni vill, men vi Szekeler är alla ädlingar; det var ingen vanära för henne, och det borde han – hennes man – ha förstått, och lugnt lämnat henne att leva sitt liv som hon *måste* leva det. Han gjorde det emellertid inte. Det var en stor svaghet av honom. Hon var i alla fall hans maka, styrde sitt hus och mottog hans gäster som det anstod en förnäm dam – med ett ord hon gjorde honom heder, gjorde sin plikt – det andra var något som inte angick honom."

"Som inte angick honom? –" undslapp det mig ofrivilligt.

"Absolut inte, käre vän. Kärleken är fri – den har intet med andra plikter och angelägenheter att skaffa. I den släkt, vi är stolta att tillhöra, har detta alltid gällt som en lag. Det var, som sagt, en stor, ja, en brottslig svaghet av honom att ej vilja erkänna detta. – – Möjligen var ju inte lidelsen fullt så utbrunnen hos honom som hos henne – den glödde ännu under askan.

Det kan ju tänkas, och förklarar något, om det också inte ursäktar det. Hans handlingssätt var verkligen ovärdigt en ädling – rent av borgerligt. Han nedlät sig att lura på dem båda – henne och hennes älskare – och en kväll överraskade han dem. Utan att inse det obeskrivligt löjliga i att vilja spela rollen av en bedragen äkta man – så helt och hållet under hans värdighet – tillät han sig att hämnas. Och hur, tror ni väl, käre vän? – Onekligen fyndigt nog. Han lät helt enkelt tillspika dörrarna till grevinnans enskilda våning och lämnade dem där tillsammans. – Ej för att hungra ihjäl – – åh nej – det sörjdes för att rikligt med mat och dryck sattes dit in – det sägs att han bestyrkte det själv – – och att intet fick fattas dem. Alla tjänare – utom en enda, hans förtrogne och honom obrottsligt hängivne – sändes bort. – Det blev tyst som graven i slottet. – – Kan ni tänka er denna tête-à-tête, käre vän? – Jag menar de båda älskandes därinne? – Jag tänker mig, att de till en början levde som i himmelen – ty hon var alltför stolt för att veta vad fruktan ville säga – *han*, stackars gosse, tyckte sig väl vara rikare än en kung, då han ägde *henne*. Men greven hade beräknat sin hämnd väl. Han kände henne och hennes omätliga lidelses förtärande brand – – och han visste väl att han – hennes celadon – hörde till de vaxljus som smälter vid sidan av hetta – – – liksom hennes förste make gjort. Somliga dör, andra blir vansinniga – stackars, svaga uslingar! – Greven bidade sin tid. Det gick ett par månader – så en kväll, då månen stod högt på himmelen, slogs ett fönster upp i den tillslutna våningen – – just i lilla tornkammaren där åt sydost – – man hörde en röst, berättas det – – skärande, vild som vansinnets förfäran – den ropade på hjälp, hjälp! – *'Hon dödar mig!'* – – och så – – i en sekund, ser ni – – en fot på fönsterblecket och så huvudet utanför – –. Har ni sett bråddjupet där? – Ni ser det utanför era fönster; men uppifrån tornet här är det många, många hundra fot – – det var inte mycket kvar av honom för smekande kvinnoarmar att famna, då han återfanns bland klipporna där nere! – –"

Det är mig omöjligt att med ord återge den på en gång dramatiskt gripande och fullkomligt känslolösa ton varmed han berättade detta. Han gjorde en liten paus, varunder han, som det föreföll mig, med ett slags omänskligt intresse iakttog den verkan hans skildring gjorde på mig.

"Vad *hon* företog sig, vet man inte. Det hördes ett skrik, sägs det – och fönstret slogs igen; men sedan var det tyst. – – Greven lät några dagar gå, – så gick han in till henne, just vid samma timme som hennes älskare störtat sig i bråddjupet. Ingen vet, vad som tilldrog sig där; men sedan besökte han henne – efter vad det påstås – varje kväll vid samma tid. Det var troligen ljuva stunder för *honom* på sitt sätt – – – kanske mindre för *henne*", han log ett cyniskt leende – "men – vem vet! – Ingen har sett, ingen har hört något! – Det var först en månad senare som han lät skicka efter kvinnor från byn och tillsade dem att göra henne de sista tjänsterna. Ingen vågade göra några frågor. Hon låg död på sin säng – det var allt. – De klädde henne – på hans befallning – i den dräkt som mest liknade den hon bar på porträttet och lade henne i kistan. Hon ligger begraven här nere i kapellet, där de flesta av Draculitz barn vilar. – – Men som ni ser, käre vän, är hon ännu alltjämt lika skön! –"

"Ohyggligt! –" var allt vad jag kunde säga. I själva verket kände jag hela min kropp skakas av en nervös darrning, som jag blott med ansträngande av hela min viljekraft lyckades behärska. Om jag vore fruntimmer, tror jag, att jag skulle säga, att jag var "hysterisk" – – i alla händelser var det för mig en alldeles ny förnimmelse. Om en lucka helt oväntat öppnat sig framför mig i jorden och jag plötsligt – som en levande och obestridlig verklighet – fått se en skymt av det medeltidshelvete med blå djävlar, gula svavelångor och gräsligt pinade människokroppar och annat tillbehör, som vissa gamla målare älskar att framställa – skulle det sannolikt på mig gjort samma verkan.

Greven höjde litet på axlarna och gjorde en betecknande gest med händerna.

"Ja!" – sade han beklagande. "Det var ett beklagligt felgrepp – ett beklagligt felgrepp av honom! – Befolkningen här i trakten – tsecher, zigenare, valaker – allt det andra packet som

slagit sig ned på den jord där vi Szekeler borde härska ensamma – ty åt *oss* var först den stolta plikten anförtrodd att bevaka gränsbygden mot turkarna – – – – allt det där packet har alltid hyst agg mot oss, liksom de fruktat oss – framför allt oss av Draculitz stam – – och detta gav ju ny fart åt deras ondska och deras giftiga tungor. Att man föraktar ormen som krälar i gräset, hindrar honom ej att stinga – –. Vi har fått erfara det –. Därför lever jag nu här som en ensling, medan ugglor och kråkor bygger bo i tornen av mina fäders borg. – – Även ert sinne, käre vän, har man kanske sökt förgifta – – tala uppriktigt – vad har man sagt er om Draculitz innan ni trädde under hans tak? –"

"Egentligen så gott som ingenting", genmälde jag sanningsenligt – "men –"

"Men antytt så mycket mer!" – utbrast han hånfullt och hårt. "Åh, dessa trälar, dessa landstrykare, dessa fega lögnaktiga uslingar! – Med rätta fruktar de Draculitz! – Hans hämnd och hans förbannelse skall träffa dem, långt sedan han själv gått för att söka ett nytt fädernesland! – – Men kom nu, käre vän –", tillade han plötsligt lugnare och med förändrad ton – "låt oss ännu ta en sista hastig överblick av porträtten, som ni ju en annan gång – *vid dager* – om det roar er, kan närmare beskåda – och sedan är det hög tid att supera. Sannerligen har vi inte varit ett par timmar häruppe! –"

Han tog armstaken, lyste ännu en gång, som till avsked, på det sköna anletet däruppe, vars hemlighetsfulla leende nu nästan kom mig att rysa, samt förde mig långsammare än första gången förbi de mångdubbla raderna av porträtt, i det han i korthet meddelade mig en och annan upplysning eller bad mig lägga märke till något.

Det var egentligen en underbar samling, representerande ättens historia många sekler tillbaka. En stor mängd av porträtten var högst medelmåttigt utförda, åtskilliga under medelmåttan, men även verkliga mästerverk fanns. Vad som dock intresserade mig mest, och som jag en annan gång närmare skall undersöka, var den oavbrutet fortgående utvecklingen av två eller tre bestämda typer, som beständigt återkommer, generation efter generation. De i vanlig mening intressantaste, liksom ovedersägligen de vackraste av dessa, kunde sägas ha funnit sin högsta utveckling i greven själv och den sköna furstinnan, vars mörka historia jag nyss hört. Gång på gång återsåg jag de underligt strålande ögonen och den gåtlikt leende munnen, än under vitpudrade, högfriserade lockar, än omgivna av sextonhundratalets yppiga locksvall, än under växlande tiders växlande "pärlskruvar" och andra fantastiska huvudprydnader. Även hos män från skilda tider återsåg jag samma karaktäristiska huvuddrag – – På samma sätt framträdde generation efter generation grevens rovfågelsansikte med de djupt liggande ögonen, ehuru hos de kvinnliga representanterna ofta mildrad till en ovanlig, på en gång yppig och befallande skönhet, samt även hos flertalet av männen med ett drag av mänsklig kraft och intelligens, som verkade imponerande. Tre à fyra av porträtten – ehuru från vitt skilda tider – visade i själva verket en så slående likhet med greven själv, att jag inte kunde återhålla min förvåning.

"Ni har rätt, käre vän – jag är en äkta Draculitz –", var det nästan liknöjda svaret.

Egendomligt nog återfann man verkligen bland dessa i fysiskt – och om man fick döma av utseendet, även i intellektuellt avseende – så lyckligt utrustade människor, oupphörligt även en helt annan typ, vilken till och med vid närmare påseende syntes vara den från början rådande om inte rent av ursprungliga – ty bland de äldsta porträtten var den nästan helt och hållet förhärskande. Detta kunde ju möjligen tillskrivas de gamla målarnas mer eller mindre felaktiga kunskaper och teknik, men faktiskt återfanns samma typ alltjämt, om ock i märkbart avtagande, genom flera århundraden, ända ned mot våra dagar – –. Att beskriva den nämnda, så att säga urspungliga familjetypen är på sätt och vis en lätt sak och kan göras med få ord: stora huvuden med strävt, svart hår, korta halsar, en oproportionerlig bredd över bröstet, låga pannor, gulbrun hy, fårad av egendomliga, djupa veck även hos tydligen helt unga människor, anletsdrag vilka i sin otympliga grovhet och formlöshet mera liknade vissa naturfolks klumpigt

tillyxade avgudabilder än någon mig bekant människoras, samt djupt liggande, stickande svarta ögon. Denna beskrivning är fullt riktig, men kan ändå ej ge någon föreställning om det oerhört frånstötande, vidriga intryck dessa ansikten gjorde på mig. De syntes mig knappast mänskliga – och fastän jag, som alla andra nu för tiden, sett tusentals fotografier av bushmän, eldsländare, papuas, tschutscher ooh andra på utvecklingens skala lågt stående folk, har jag aldrig ens på de enligt våra begrepp fulaste och mest motbjudande funnit det drag av kall och omänsklig brutalitet – jag kan ej finna annat ord – som utgjorde det förhärskande uttrycket hos dessa vedervärdiga varelser. Endast vid genombläddrandet av något förbrytaralbum har jag en eller annan gång haft en liknande förnimmelse – ty i dem återfinner man ofta de djupast sjunkna människotyperna. Men inte ens där vet jag mig ha sett något så i djupaste mening *djävulskt* – jag vill ej ens säga djuriskt – som hos dessa högborna anherrar "av huset Draculitz".

För att ändå säga något, gjorde jag greven en halvt skämtsam komplimang över den under varje århundrade tilltagande skönheten i hans familj.

Han upptog den mycket nådigt, men var därmed tyvärr genast åter inne på en av sina många fixa idéer, över vilka jag uppriktigt tror, att han skulle kunna orda i timtal utan att tröttna.

"Ja, käre vän –", började han, "ni ser där också ett bevis på sanningen av vad jag ständigt säger: *'segern tillhör de starkaste'* – världen är deras – – de svaga är blott skapade för deras behov och den som vet att begagna sin makt, den blir den härskande – honom tillhör *allt* – skönhet – och klokhet – och vetande! – – – – alldeles som det lilla ekollonet, vilket gror i kyrkogårdens mull, så småningom växer till ett väldigt träd, i vars safter hundra generationers styrka och skönhet och snille förenats – allt, allt är endast till för att betala tribut till de starkaste – att främja deras tillväxt – – –"

Jag vill ej påstå, att jag egentligen såg tillämpningen av denna hans filosofi på föreliggande fall – men, som sagt, detta är nu en gång en av hans fixa idéer och lönar ej mödan att varken resonera över eller motsäga. Så vitt jag kan förstå, är det något i samma väg som Darwins naturliga urval och utveckling som föresvävar honom, men han har ju på ett eller annat sätt skapat om den efter sitt huvud och jag fattar verkligen inte hälften av de antydningar han vid minsta anledning öser ur sig – antagligen därför att han själv ständigt är upptagen av dessa spekulationer.

Medan han talade, lämnade vi emellertid galleriet, sedan han medelst en lång, gammaldags ljussläckare omsorgsfullt utsläckt de brinnande vaxljusen i kronorna och lämnat det bleka månskenet att ensamt härska. Jag hade under det genealogiska föredraget över porträtten och ännu mer under det därpå följande filosofiska, helt och hållet lyckats bli herre över den nervösa sinnesrörelse, som hans berättelse, efter allt annat som jag under samma afton upplevt, framkallat. Jag var nu fullkomligt lugn och sansad, och då jag, efter att vi passerat den förfallna trappan, i korridoren tydligt hörde steg bakom oss, vände jag mig, halvt mekaniskt och utan att vidare tänka på saken, om för att se vem som kom – eller gick – ty det föreföll mig som om stegen avlägsnade sig. Det föreföll mig också som jag alldeles i detsamma sett en kortväxt, men ovanligt bredaxlad karl hastigt försvinna genom en av de många stängda dörrarna, men det var alltför skumt för att jag skulle kunna vara säker därpå.

Greven, som gått förut med armstaken, stannade i detsamma och såg efter mig.

”Vad var det, käre vän?” frågade han artigt. ”Ni stannade?” –

”Åh, det vara bara därför att jag hörde någon gå bakom oss – – det var en karl, som gick in genom någon av dörrarna därborta”, sade jag, ”åtminstone tyckte jag det.”

Jag kom nu först ihåg, att jag aldrig förr hört något ljud i denna korridor, som dock omedelbart måste gränsa till mitt eget sovrum.

”En karl! – och steg! – ni skämtar, käre vän! –” sade greven i det han skarpt fixerade mig. ”Här går ingen. Det var genljudet av våra egna steg – och er egen skugga ni såg.”

”Men jag tyckte ändå –”, började jag.

”Jag försäkrar er, käre vän, att ingen levande varelse vid denna tid på dygnet passerar denna korridor – utom möjligen gamla Natra – och hon går inte den vägen, utan en baktrappa. Men slottet är fullt av genljud – – – och i skymningen tycker man sig se som vid dager. Ni sade själv, att ni inte tror på spöken –”

”Ja, här kunde man nästan komma att tro på dem”, genmälde jag halvt skämtsamt, halvt förargad – ty jag var ändå inte så alldeles säker på, att han sade mig sanningen och att mina sinnen kunnat bedra mig så.

”Hallucinationer, endast hallucinationer, käre vän – var det inte så ni sade?”genmälde han skämtsamt, dock med en hemligt hånande klang i rösten, som retade mig.

Vi var nu framme vid matsalsdörren, som han öppnade; allt var ordnat som vanligt där, ljusen tända och bordet dukat till kvällsvard medan en brasa muntert sprakade i kaminen. Greven bad mig sitta ned, men förklarade själv, att han inte hade någon matlust, liksom att han i allmänhet sällan förtärde något om kvällarna. Överhuvudtaget har jag, då jag tänker efter, ännu inte sett honom förtära *något* – men som herre i huset kan han naturligtvis få mat och dryck när helst han behagar, och det vore för övrigt endast i överensstämmelse med hans andra egenheter, om han föredrog att äta ensam, som han förmodligen under sitt enstöringsliv vant sig att göra.

”Jag slår mig ner här, med er tillåtelse, och pratar under tiden”, sade han i det han tog plats i en av de stolta länstolarna vid brasan. ”Det är en god övning för mig.”

Detta var alltså möjligen den enkla förklaringen för hans stora meddelsamhet! Han har verkligen under dessa dagar mycket förkovrat sig i engelskan och hans språksinne är ovanligt fint, ty jag har lagt märke till att han genast ändrar sitt uttal i överensstämmelse med mig, så snart han finner någon olikhet.

Då jag slutat äta och intagit min plats mitt emot honom, sade han efter ett litet uppehåll:

”Vad ni nyss sade därute i korridoren, käre vän, påminde mig om något. Det okunniga folket här omkring – fega, vantrogna stackare!

– inbillar sig, att vårt gamla slott, som ju hyser många minnen och – ni förstår det nog – många hemligheter, som inte angår den yttre världen, är ett hemvist för vålnader och onda andar. De skyr därför dess närhet, och jag kan knappast få en tjänare, som mot betalning vill äta mitt bröd. Ni är klokare och mera upplyst än dessa stackars uslingar – ni är engelsman – i ert härliga stora London tror man inte på sådant. Men unga människor har en livlig inbillning och ett hett blod. Jag råder er därför att, *sedan skymningen fallit, hålla er inom dessa rum*, som ni känner och där jag hoppas att ni skall finna allt som är nödigt för er trevnad. Det skulle inte vara nyttigt för er att ströva omkring i de gamla salarna däruppe – luften är osund, som jag redan sagt er, och i ensamheten kan ni både se och höra mycket, som er inbillning kanske skulle framställa i en falsk dager. Jag önskar livligt, att ni måtte trivas hos mig och stanna några veckor – som jag redan sagt er. Det skulle bedröva mig, om något skulle föranleda er att lämna min bostad i förtid. Ert sällskap, käre vän, är mig angenämt – och därtill bereder ju dessa för övrigt så intressanta samtal mig det tillfälle jag önskar att så förkovra mig i ert ädla språk, att ingen skall tro mig vara en främling, då jag kommer till London. Ni stannar ju – låt oss säga – en månad från och med idag? –" Han fixerade mig skarpt.

Jag var alls inte angelägen att stanna så länge, men av en ren feghet – jag kan inte kalla det annat – kunde jag inte förmå mig att reta honom genom att säga nej. Jag stammade något om notarien Hawkins – –

"Honom skall vi underrätta. Jag har för övrigt redan meddelat honom min önskan", sade han med avgörande ton. "Alltså – ni stannar. Mitt bibliotek erbjuder åtskilligt av intresse – här finns även några små konstnärliga – med ett ord, jag hoppas, ni skall trivas. Men – inga spöken!" – han skrattade högt. "Som jag sagt er, pratar det dumma folket om en vitklädd dam – ingen annan än *hon däruppe* –", han gjorde en åtbörd mot taket – "som visar sig här; då någon fara hotar. Men jag ber er endast komma ihåg, ifall ni någon gång skulle se något vitt skymta, att det ej är någon vålnad, utan endast den

stackars unga anförvant jag nämnde för er. Hon är visserligen –", han log ett obehagligt leende – "tillräckligt skön för att vara *farlig* – – men naturligtvis inte för er, käre vän. Hon är, som jag sade – sinnesrubbad – och tror sig vara den person, som hon så märkvärdigt liknar. Därför strövar hon, så ofta hon kan, omkring i slottet för att söka sin älskare, – ha, ha! - ja, det är ju beklagligt, men hon har också sin löjliga sida."

Det var mig obeskrivligt obehagligt att höra honom tala, i synnerhet som jag omöjligt kunde värja mig för den känslan att hans ord hade en falsk klang – men jag tvang mig dock att säga:

"Er – unga anförvant – skall förmodligen följa er till London? –"

"Ack nej, nej, unge vän!" utbrast han livligt. "Tänk er bara – en sådan varelse – – så skön, så frestande – med denna fixa idé – hur lätt, hur alltför lätt kunde hon inte bli ett rov för någon samvetslös äventyrare – sådan som jag läst om i era böcker – era förträffliga böcker, som lärt mig så mycket! – Hon – ni har ju själv sett det" – han gav mig en lurande blick – "är ju, sådan hon är, tillräckligt vacker för att förvrida huvudet på vem som helst – och därtill vore hon – tyvärr – blott alltför benägen att helt och hållet hänge sig åt den förste bäste, som gjorde sig någon möda att vinna hennes kärlek – då hon alltid skulle tro sig i honom finna den älskare hon ständigt söker. Ja, ni ser, att jag talar uppriktigt med er, käre Harker – jag har förtroende för er. Jag känner av böckerna de ädla tänkesätt, vilka besjäla de unga män, vilka som ni äger rätt att bära det vackra namnet *gentlemen!* – Ack nej, den arma flickan är endast i säkerhet i en fullkomlig avskildhet från världen – en fullständig enslighet. Vår gamla borg passar bäst för henne. Ger ni mig inte rätt häri?"

Hans väsen var mig i denna stund åter så frånstötande, att jag knappast kunde svara honom, och dock kunde jag ju i själva verket egentligen inte annat än ge honom rätt i vad han sagt. Jag mumlade några ord om att han naturligtvis bäst förstod att bedöma, vad som lämpade sig att göra i detta fall.

"Naturligtvis", instämde han. "Men klockan

är ju nära tolv! – Jag får inte hålla er uppe längre i natt och har för övrigt själv åtskilliga angelägenheter att sköta. Godnatt, godnatt, käre vän! – sov gott och länge!" –

Han följde mig som vanligt till min dörr och tryckte på det vänskapligaste min hand.

Då jag blev ensam, greps jag av en obeskrivlig beklämning. Det föreföll mig, som om jag plötsligt träffats av en stor olycka, och hur jag än resonerade med mig själv för att bevisa mig, att intet av ringaste betydelse inträffat som personligen berörde mig, kände jag mig till mods som jag förmodar en människa skulle gjort, som med vett och vilja förskrivit sig till den onde. Jag ångrade bittert mitt förhastade löfte till greven, men såg ingen utväg att återta det – ty här i ensamheten, där posten tycktes båda komma och gå med ytterst långa och oregelbundna mellanrum, kunde jag omöjligt tillgripa det i vanliga fall så nära till hands liggande medlet och skylla på ett oväntat telegram eller brev, som bestämt påyrkade min snara hemkomst. Lika litet kunde jag säga greven att både han själv och hans gamla slott vid blotta tanken på att ännu i flera veckor nödgas kvarstanna här, föreföll mig outhärdliga. Vad skulle inte kunna inträffa under dessa veckor? – I själva verket var det ju nästan detsamma som att frivilligt instänga mig i ett dårhus – – – eller kanske något ännu värre? – Vad visste väl jag om arten av de "hemligheter", på vilka greven allt emellanåt antytt – hemligheter, vilka enligt hans eget medgivande kommit ortens befolkning att sky platsen som ett det ondas hemvist? – Mycket kunde försiggå inom dessa vidsträckta murar, varom jag inte hade en aning – och vem kunde svara för, att jag själv inte mot min egen vilja kunde bli invecklad i förhållanden, varom jag blott med svårighet, om det överhuvudtaget alls lät sig göra, skulle kunna befria mig. *Här* fanns med all säkerhet varken ministrar, konsul eller överhuvudtaget *några* lagliga myndigheter att vädja till – jag måste helt och hållet förlita mig på mig själv – på min egen sinnesnärvaro och klokhet, vilka svårigheter som än mötte mig.

Den tanken var emellertid styrkande och välgörande, och det dröjde gud vare lov inte länge, innan jag återvunnit min andliga jämvikt, så att jag med verklig blygsel tänkte tillbaka på den nervösa skrämsel, varav jag så omanligt låtit överväldiga mig. Detta är överhuvudtaget, kan jag väl utan skrytsamhet säga, alls inte likt mig, och jag anser mig delvis kunna tillskriva det onaturliga levnadssätt, jag de sista dagarna fört, denna överretade stämning, som gör mig benägen att finna något misstänkt och underligt i vad som troligen är helt naturligt och förklarligt. Att efter den långa, brådstörtade resan, som ju i sig själv var tämligen tröttande, tillbringa dygn efter dygn med att sova halva dagarna och vaka så gott som hela nätterna, utan att någon enda gång få andas frisk luft – och detta därtill i så högst ovanliga och egendomliga omgivningar som de närvarande – kan naturligtvis inte ens för den friskaste människa vara fullt hälsosamt.

För att lugna mig, och då klockan för ovanlighetens skull ännu inte var mer än tolv, satte jag mig att noggrant uppteckna aftonens händelser. Då jag emellertid fann dessa tillräckligt egendomliga för att förtjäna ett noggrannare utförande, skrev jag blott en del innan jag somnade och har nu under loppet av ett par dagar (en god övning i stenografi, men intet annat!) så småningom nedskrivit det övriga. Jag var i början en smula rädd att vara för omständlig, men är nu glad åt att jag verkligen tecknat mig allt till minnes, medan intrycket därav ännu var friskt. Det kan möjligen vara av nytta för mig framdeles, då bilderna hunnit blekna och de slutsatser, vartill jag själv kommit, fallit i glömska. – – –

De senaste dagarna har förflutit utan något särskilt anmärkningsvärt. Jag lever alltjämt som prinsen i det förtrollade slottet – osynliga händer sörjer för alla mina behov, bordet står dukat, när jag vill äta, sängen bäddad, då jag vill sova o.s.v., men ingen mänsklig varelse med undantag av den gamla dövstumma Natra, som jag ett par gånger överraskat sysslande i rummen – syns eller hörs till. Greven kommer alltid sent hem – eller visar sig i alla händelser först sent på dagen för mig, men har under dessa dagar varit själva älskvärdheten och ej visat andra prov på excentricitet än de som antagligen är en del av hans natur. Han är verkligen högst underhållande och intressant, då han vill, och tack vare sin stora iver att förkovra sig i engelska språket tröttnar han aldrig att tala, svara och berätta. I biblioteket finns åtskilliga gamla tyska folianter där såväl världshistorien som särskilt dessa staters historia finns behandlade av olika författare. De intressera mig mycket och förser oss för övrigt med aldrig sinande samtalsämnen – ty greven syns vara specialist på detta område och har oändligt mycket mer att meddela än vad som står att läsa i böckerna. Han tycks med verklig passion ha levt sig in i sitt lands, sitt folks och sin släkts historia, och då han skildrar forna tiders tilldragelser, framför allt de förhärjande strider som gång på gång utkämpats i detta gränsområde mellan länder och stammar, kommer han så in i sitt ämne, att han ofta talar som om han själv varit närvarande. En gång lade han själv märke till detta och yttrade något om att hans folks och hans släkts ära var hans egen, liksom deras öde och deras olyckor är hans. Han säger alltid "vi" – precis som en regerande konung – då han kommer på detta ämne, samt går med stora steg av och an i rummet, svänger med armarna som högg han in på fienden med ett slagsvärd, rycker i sina långa mustascher och lyfter möblerna som ville han krossa dem i sina järnhänder, under det att hans ögon rent av lyser röda då ljuset faller på dem. Gång på gång berättar han, hur han och hans släkt i rätt nedstigande led härstammar från en av Attilas söner, vilken med en skara av trogna anhängare slog sig ned här i bergstrakten, då hunnerna efter den store konungens död så småningom skingrades eller drevs öster ut.

"Här höll de stånd och förökades och härskade som konungar i tider, varom den skrivna historien knappast har något att berätta" – sade han en gång: "Ja, käre vän – vi Szekeler – – och vi av Draculitz stam som deras hjärteblod, deras hjärna och deras svärd! – vi kan räkna anor, i jämförelse med vilka Habsburgarnas, Wittelsbacharnas och Hohenzollarnas – för att inte tala om Romanoffernas! – är att räkna som svampar, uppväxta på en natt! – Ha! – – vårt folk är kringspritt, än här, än där, här i gränslandet – dess gamla stamborgar förfaller – men än lever Draculitz! – Västerns folk känner knappt vårt namn – men vår tid kommer – den kommer, lita på det, käre vän – *den kommer!*"

Han var verkligen imposant i detta ögonblick och jag unnar honom den smula glädje dessa framtidsfantasier bereder honom, liksom den stolthet varmed han betraktar den långa rad av förfäder vilka, så vitt jag kan finna, aldrig någonsin gjort något för att befrämja mänsklighetens framåtskridande eller lycka. Jag har ofta märkt hur benägna människor är att rent av berömma sig över vare sig yttre eller inre egenskaper, vilka under andra förhållanden skulle betraktas som verkliga lyten – så snart de kan adla dem med benämningen "släktdrag". Stackars Fred Robinson, som skelar så att han alltid tycks befinna sig i mitten av nästa vecka, talar ju till och med ibland med stolthet om "de Robinsonska ögonen" – – – och det är därför föga att förundra sig över att greven med oblandad stolthet skryter över sin förmenta eller verkliga härkomst från en av de vedervärdigaste folkstammar som någonsin smutsat ytan på vår arma jord med sin närvaro. – "*Utmärkta – – lika mycket för djurisk sinnlighet som för okuvlig tapperhet –*", säger min gamla världshistoria oförbehållsamt om grevens förfäder, de företagsamma hunnerna, jämte mycket annat som skulle göra mig – om jag vore i hans ställe – lika angelägen att tysta ned detta släktförhållande som han tycks vara att framhålla det – men var och en har sin smak. –

En annan kväll (min dagbok börjar på ett otrevligt sätt påminna om *Tusen och en natt*, ty hur jag än föresätter mig att föra ett sundare levnadssätt kommer jag sällan i säng förrän dagen gryr och det är mig alldeles omöjligt att vakna förrän långt fram på middagen) – en annan kväll överraskade han mig genom att plötsligt fråga, huruvida man i England ägde rättighet att använda mer än ett juridiskt ombud för sina angelägenheters skötande? – Jag svarade honom, att det stod honom fritt att begagna tjugo om han så behagade, blott inte de används i samma sak, vilket ur flera synpunkter vore olämpligt. Han tycktes fullkomligt inse detta, men frågade vidare om det inte lät sig göras att anförtro t.ex. penningaffärer, bankinsättningar o.s.v. åt *en* jurist, frakter och försändelser till eller från utrikes ort till en annan o.s.v. samt om det inte vore lämpligt att använda på platsen bosatta ombud i de fall, då man önskade översända varor m.m. till en eller annan avlägsnare hamnstad. Jag bad honom förklara sig litet närmare, och han svarade:

"Jo – för att ge er ett exempel, käre vän, er ärade principal, vår förträfflige Peter Hawkins, har nu för min räkning, genom er, ombesörjt inköpet av min fastighet i London. Han är, som ni bäst vet, bosatt i Exeter, i skuggan av den härliga katedral, varom jag läst i mina böcker. Gott! – I förbigående vill jag endast helt uppriktigt säga er, varför jag i en sådan angelägenhet hellre vände mig till *honom* än till någon i London praktiserande jurist: – detta var helt enkelt därför att en dylik ju lättare kunnat påverkas av ett eller annat lokalintresse, som möjligen inte varit förenligt med mitt eget. Ni förstår?" –

Jag nickade, inom mig häpnande över den slughet och praktiska skarpblick han ådagalade.

"Nå! – Vår förträfflige Peter Hawkins har således till min största belåtenhet fullgjort det värv jag anförtrott honom och jag hoppas framdeles själv få betyga honom min erkänsla – – men om jag, som har affärer av mångahanda slag, skulle vilja sjövägen sända varor eller dylikt till – låt oss säga Newcastle eller Durham, eller Harwick eller Dover – vore det inte bäst att då helt och hållet anförtro *denna* angelägenhet åt någon på platsen bosatt, praktiserande jurist –?"

Jag svarade, att intet kunde vara enklare, men att vi jurister i dylika fall med största lätthet kunde sätta oss i förbindelse med varandra, och att klienterna, om de föredrog detta, således genom en och samma juridiska byrå utan vidare besvär kunde få sina önskningar utförda även i de avlägsnaste delar av landet – ja även på utrikes ort.

"Förträffligt, förträffligt –", sade han – "men jag äger i alla händelser rättighet att i detta fall handla efter eget gottfinnande?"

"Naturligtvis –", sade jag. "Många affärsmän som ej önskar att alla deras transaktioner skall vara kända av samma person, använder två eller tre juridiska ombud i olika angelägenheter. Det är alls inte ovanligt – om också en smula besvärligare –"

"Gott, gott", sade han i belåten ton. Därpå började han på det noggrannaste utfråga mig angående de lagliga formerna för varuförsändelser, de svårigheter som möjligen kunde möta vid förtullningen, det sätt varpå försändelserna borde konsigneras till adressaten, m.m. m.m., vilket jag allt på det noggrannaste besvarade, under det han antecknade vad som syntes honom viktigast. Till slut bad han mig artigt ha godheten vid tillfälle uppsätta en promemoria angående allt detta, vilket jag med nöje lovade göra. Hans skarpsinne och den snabbhet varmed han rent av instinktlikt tycktes sätta sig in i varje möjligen förekommande svårighet, vilken genom en smula förutseende och omtanke skulle kunna undanröjas, fyllde mig med förvåning. Utan allt tvivel skulle han kunnat bli en utomordentligt skicklig jurist eller polisman, om han i ungdomen valt detta kall. Det är rent av häpnadsväckande att en person som aldrig varit i England och ureslutande inhämtat sitt vetande genom böcker kunnat uppnå en så i detalj gående kännedom om landets natur, plägseder och lagar. – – –

– – – Ikväll, då vi som vanligt pratat en stund, reste han sig, gick ett slag av och an på golvet och frågade därpå plötsligt:

"Har ni skrivit till vår gode Peter Hawkins – eller till någon annan – efter er hitkomst, käre vän ?" –

Jag svarade en smula spetsigt att jag verkligen inte gjort detta, då jag inte vetat, hur jag skulle få breven avsända.

Han ryckte med en egendomlig min på axlarna och strök sina långa mustascher.

"Ja – vad vill ni! – vi här uppe i bergen måste sakna många bekvämligheter varvid ni i ert härliga England blivit vana. Vägen till Borgo är lång och jag har tyvärr inte många tjänare att utföra mina ärenden. Men om ni skriver ikväll, har även jag många brev att sända och allt skall bli ombesörjt. Skriv då, käre vän –", han lade tungt sin hand på min axel, "skriv till den gode Peter Hawkins – och till vem ni för resten vill – säg dem att ni – som jag hoppas – finner er väl här, och att ni stannar som vi överenskommit."

Jag gjorde ett sista försök att återvinna min frihet.

"Ni är alltför god, herr greve, men önskar ni verkligen att jag skall stanna så länge? – Jag fruktar, att ni hinner bli alldeles utledsen vid mig!" sade jag med ett försök att anslå en skämtsam ton.

"Jag har ju redan försäkrat er, att jag önskar det – och vad mera är – jag vill ej veta av något avslag –", sade greven med ett tonfall som varnade mig att det ej lönade mödan göra några invändningar. "Då er herre – – principal – vad ni kallar det! – överenskom med mig, att ni skulle resa hit, var det naturligtvis under förutsättning att min önskan och bekvämlighet därvid först och främst skulle rådfrågas. Ni vet, att jag inte begär någon tjänst som jag inte är villig att återgälda – eller hur?"

Jag svarade med en tyst bugning. Det var i själva verket första gången under vår samvaro som han använde denna högdragna ton gentemot mig, och jag nekar ej, att blodet kokade en smula inom mig. Men han skyndade genast att så vitt möjligt utplåna det obehagliga intrycket genom att med sin vanliga förbindlighet tilllägga:

"Då jag beredde mig på att mottaga min gode Peter Hawkins juridiska biträde, väntade jag knappast att i honom finna en person, vars sällskap skulle vara mig så i alla avseenden angenämt och sympatiskt. Förlåt därför en gammal mans enträgenhet – och gör mig den glädjen att stanna."

Jag bugade mig åter. Vad tjänade det till att motsäga honom! – Jag var och är fortfarande fullt övertygad, att han, i trots av sin i vissa avseenden glänsande begåvning, har en eller annan skruv lös och att han, ifall man retar honom, kan bli verkligen farlig, vilket under nuvarande förhållanden är bäst att undvika. Förresten handlar jag ju även i min principals intresse, då jag stannar här. – Allt har för övrigt de övriga dagarna gått sin lugna vardagliga gång, och jag hoppas att det skall fortfara på samma sätt.

Jag skrev alltså till min lilla, kära Vilma, i det jag inskränkte mig till att i allmänna uttryck tala om slottets intressanta belägenhet, grevens artighet o.s.v. samt hans önskan att jag skulle kvarstanna några veckor. – Det kan naturligtvis ej falla mig in att meddela henne detaljer och förmodanden som blott skulle vålla henne onödig oro. Det kan bli tids nog att tala om allt detta, då jag kommer hem och vi tillsammans genomgår min dagbok.

Till Hawkins skrev jag helt kort, i det jag endast meddelade honom att jag befann mig väl, att greven tycktes nöjd med affären samt att han av åtskilliga skäl önskade behålla mig kvar ännu någon tid.

Då jag slutat, intog greven min plats vid bordet och skrev även åtskilliga brev, medan jag fördjupade mig i en av hans gamla folianter. Sedan han förseglat dem, reste han sig och gick ut. Jag kunde inte motstå frestelsen att kasta en blick på hans brev, som låg strax bredvid mig på bordet. Ett var adresserat till Samuel Billington, nr 7 –gatan, Whitby – ett annat till herr Lautner, skeppsredare, Varna – ett tredje till bankirfirman Corets & k:ni, London och det sista till Herrar Klopstock & Billreut, Bankirer, Wien. Jag hann nätt och jämt uppfatta detta innan greven åter inträdde med ännu ett brev i handen. Han lade detta till de övriga, slog in alltsammans i ett stort papper samt vände sig därpå till mig med de orden:

"Jag har åtskilliga enskilda göromål att sköta i afton och hoppas därför att ni, käre vän, förlåter om jag lämnar er tidigare än vanligt. Jag hoppas, att ni skall finna tillräckligt att sysselsätta och roa er med här –", han visade på bokhyllorna – "till dess ni finner det lämpligt att gå till vila. Godnatt, godnatt! – Er supé väntar er därute – men mina göromål brådskar – jag måste gå."

Han lämnade hastigt rummet, medförande breven. Först i sista ögonblicket kom jag verkligen att lägga märke till hur besynnerligt upphetsad han såg ut – läpparna rörde sig krampaktigt och ögonen hade en ovanlig glans. Detta är så mycket egendomligare som han just i afton visat sig ovanligt lugn och praktisk samt vårt samtal ju på intet sätt rört sig på områden, vilka kunde kallas nervretande. Emellertid kan ju det hela vara en tillfällighet, i synnerhet som han ju själv sade sig vara överhopad av göromål. Men det är i alla fall eget, hur svårt jag har att övervinna den besynnerliga misstro jag hyser för honom, och som åter vaknar vid minsta anledning. – –

Emellertid har jag nu avslutat dessa anteckningar vid skrivbordet i biblioteket. Allt är tyst och stilla – jag skall begagna mig av det ovanliga tillfället att gå till sängs i vanlig mänsklig tid – klockan är inte mer än elva – och jag känner mig verkligen sömnig. –

10 maj på e.m. (i biblioteket.)

Då jag igår genombläddrade mina anteckningar, fann jag att jag varit alltför vidlyftig samt föresatte mig att hädanefter fatta mig kortare och endast med få ord teckna mig det viktigaste till minnes. Men jag lever här som i en främmande värld och vet sannerligen knappast vad som bör kallas viktigt eller ej – därför fortfar jag att nedskriva allt vad jag upplever eller lägger märke till, i hopp att det hela en gång, likt många spridda, i sig meningslösa siffror, skall kunna hopsummeras till ett eller annat betydelsefullt tal. – – – Det är förresten något över hela detta hus som förefaller mig så olycksbådande, så misstänkt och oroande – att jag – ja, Gud allena vet vad jag egentligen skall tro eller tänka. Hela min belägenhet är på det hela rent av orimlig – jag är faktiskt en fånge här, därom har jag nu förvissat mig, och det är ej gott att veta arten av de faror som lurar där man minst anar dem – så mycket har jag nu sett. Då man lever hela sitt liv i ett civiliserat samhälle med en poliskonstapel alltid till hands vid närmaste hörn, och kringgärdad av samhällets hela fasta bålverk av lagar och förordningar, hävdvunna seder och bruk, vet man sannerligen knappast hur pass man kan lita på sitt eget mod, sin sinnesnärvaro och skarpsinnighet, ifall de skulle komma att ställas på helt och hållet oväntade prov. Jag kan endast hoppas, att jag skall bestå dem, som det anstår en man. – – Men det är, som vore själva luften här ohälsosam att inandas – laddad med något slags olycksalig elektricitet; – aldrig i mitt liv har jag haft så många underliga fantasier, känt mig så beklämd och orolig, så helt och hållet ur jämvikten. Det enda liknande jag vet mig ha erfarit har varit under en eller annan tryckande varm vecka i augusti där hemma, då det, som man säger, "är åska i luften" – – Men detta är ju rena barnsligheter – och sådana bör jag mindre än någonsin tillåta mig här, där det finns så mycket verkligt att – men därom i sinom tid. – –

Jag gick tidigt till sängs igår afton; klockan var inte stort mer än tolv då jag släckte mitt ljus. Det föreföll mig, som om jag somnat genast, ty jag minns ingenting förrän jag plötsligt vaknade i den grå gryningen – jag hade med flit inte stängt luckorna, då jag föresatt mig att stiga upp i god tid – och tyckte mig höra något. Det är eljest så tyst, så gravlikt tyst här om nätterna. Slottet ligger så högt, att man, då fönstren är stängda, knappast hör ens ugglornas skri nere i skogen – vargarna har jag knappast hört av sedan min första natt här. I denna stund kan jag inte med full säkerhet säga om det var något skogens djur jag verkligen hört, eller om jag drömt och ännu halvvaken tyckte mig höra ett mänskligt nödrop, först skärande gällt, så ett sakta bortdöende kvidande jämmer – ehuru jag tyvärr har goda skäl att tro det senare. Jag vet endast, att då jag blev fullt vaken, satt jag upprätt i sängen, våt av kallsvett, med vidöppna ögon och bultande hjärta, under det att skriket ännu tycktes återljuda i mina öron. I nästa sekund hade jag rusat upp, kastat på mig litet kläder och sprungit fram till fönstret, som jag slog upp på vid gavel. En fuktig kyla strömmade in i rummet. Det hade redan börjat ljusna mot soluppgången, men en tät, grå dimma täckte himmel och jord och gjorde det omöjligt att urskilja något. Jag lutade mig ut så långt jag kunde och lyssnade med varje nerv spänd till det yttersta. Luften var kall och rå som en höstnatt – till höger och vänster samt rätt nedåt såg jag slottets dystra, nu av dimman fuktdrypande murar, men även dessa försvann på något avstånd för min syn i det blygrå töcken som insvepte allt. Allt var tyst. Det intryck jag mottagit var dock så starkt och ohyggligt, att jag inte förmådde slita mig från fönstret – jag kunde inte befria mig från den föreställningen, att det skrik jag hört var verkligt samt kom från en människa i yttersta nöd och ångest, och jag väntade alltjämt, att det skulle upprepas. Slutligen, då jag väl stått där omkring en halvtimme eller så, började jag frysa och stod just i begrepp

67

att stänga fönstret för att åter bege mig till vila, då jag plötsligt blev stående orörlig. Det föreföll mig, som om något rörde sig därborta i dimman – grått som damm, men tätare, långt, smalt, formlöst, liksom krälande eller smygande utefter muren ett par manshöjder eller så nedanför mig. Det löper ett slags smal, framskjutande, kanske fotsbred list eller kant längs muren, som jag förut lagt märke till, av stora huggna stenar, antingen endast som en arkitektonisk prydnad eller för att beteckna skillnaden mellan två våningar. Det var på denna som den skugglika varelsen – vars verklighet jag efter det första ögonblickets nästan förstelnade häpnad inte kunde betvivla – långsamt och ljudlöst närmade sig. Då jag först varseblev den, var den ännu knappast urskiljbar, långt till vänster om mig och, som sagt, nästan sammansmältande med det grå töcken i vilket murarna försvann. Det är mig alldeles omöjligt att beräkna, hur lång tid som förgick mellan det ögonblick då den först väckte min uppmärksamhet och det, då den hunnit så nära, att jag verkligen kunde säga mig se den, ty i detta ögonblick kan jag bokstavligen säga att mina tankar stod stilla och att min enda förnimmelse var en rent av vidskeplig fasa, som höll mig liksom fastnaglad på platsen. Jag kunde inte ta ögonen från detta hemlighetsfulla, spöklika Något som kom allt närmare. Till en början förefoll det mig som ett stort djur – något nattens vidunder av för mig okänd art – men då det befann sig omedelbart under mig, tyckte jag mig, ehuru dimman gjorde alla konturer ovissa, med stigande häpnad finna, att det var en mänsklig varelse insvept i något slags grå, fotsid kåpa och med en spetsig kapuschong dragen över huvudet, som på händer och fötter, ljudlöst och varsamt som en katt, smög sig framåt på denna svindlande väg. Den rörde sig långsamt och jag hörde knappast ett ljud mer än då och då kappans svaga prasslande mot muren. På detta sätt kröp den som en skugga åter allt längre bort i dimman, till dess den plötsligt försvann – det förefoll mig som om den måste ha glidit in genom någon glugg eller spricka i muren, ty jag kunde med tämlig tydlighet se ett stycke bortom den plats där den försvunnit.

Hur jag fick fönstret stängt och luckorna förskjutna, vet jag knappast. Först då jag fått ljuset tänt, kom jag åter till full besinning och återvann i någon mån min kallblodighet. Jag skakade av köld, och min första handling var att ta mig en duktig klunk konjak ur den lilla resflaskan i min väska. Att bli liggande sjuk här vore verkligen bland de största olyckor som kunde träffa mig – – Därpå förvissade jag mig om, att dörren var låst, såg till att revolvern befann sig i brukbart skick, lade den på bordet bredvid sängen samt kröp åter under täcket.

Om jag under vanliga förhållanden – t.ex. hemma i Exeter – mitt i natten råkat bli vittne till att – låt oss säga – en hemlighetsfullt utstyrd person med alla tecken till varsamhet krupit utefter takrännan på ett hus och in genom en eller annan vindsglugg, så hade reflexionerna gjort sig själva, och jag skulle ögonblickligen ha anmält saken för närmaste patrullerande poliskonstapel för att med hans bistånd så fort som möjligt fasttaga – antingen en stackars sömngångare, eller en ovanligt skicklig inbrottstjuv, samt försäkrat mig om att vederbörande ofördröjligen förpassades i säkert förvar. Men här saknade jag varje tillstymmelse till förutsättning för det lämpligaste tillvägagåendet. Jag hittade ingenstans i slottet, visste knappast ens var grevens sovrum var beläget och hade anledning att förmoda, att utom han och jag, ingen levande varelse befann sig i denna del av huset. Att slå alarm och söka väcka upp honom för att omtala vad jag sett, förefoll mig, med min ringa kännedom om ställets förhållanden, tämligen riskabelt. Han skulle möjligen bli mig allt annat än tacksam, kanske rent av raka motsatsen. Med ett ord – jag fann efter moget övervägande, att jag alls intet kunde företa utom att tills vidare sörja för min egen säkerhet med de medel som stod mig till buds, och för resten – ta saken kallt och hålla min inbillning och mina nerver i styr, så att de inte tog sig några friheter på sunda förnuftets bekostnad. Ty av dess ledning har jag sannerligen för närvarande bättre behov än jag eljest haft under hela mitt liv – så mycket ser jag.

Jag föresatte mig att hålla mig vaken och var för övrigt, i trots av alla bemödanden att (som jag nyss föresatt mig), "ta saken kallt", så upprörd av vad jag nyss upplevt, att det föreföll mig omöjligt att somna – men inte dess mindre gjorde jag det samt vaknade först vid full dager. Klockan visade på tio – ute sken solen klart, och då jag hunnit få upp fönster och luckor inandades jag med förtjusning den härligaste vårdags rena luft och alla skogstraktens friska dofter. Nattens alla skräckbilder tycktes ha flytt med dimman; jag skulle kunnat inbilla mig att desamma varit en dröm, men därtill mindes jag det alltför tydligt, även om inte det i staken nedbrända ljuset och revolvern på nattduksbordet tjänstgjort som stumma vittnen av deras verklighet.

Jag böjde mig ut för att med mera uppmärksamhet än förut iakttaga terrängen och omgivningarna. Vid min första ankomst till slottet hade jag endast passerat *två* trappor, och den våning, vari mitt sovrum jämte den del av grevens våning, där jag hittills tillbringat större delen av min tid, var belägna, låg sålunda, från *gårdssidan* räknat, två trappor upp. Men då slottet, som jag redan anmärkt, var byggt på en klippa, vars yta antagligen var ojämn och sluttande, visade det åt denna sida – den södra – ytterligare ett par våningar, av vilka de båda nedersta dock endast tycktes vara försedda med gluggar eller skotthål. Nedanför stupade bergväggen nästan lodrätt, så att borgen i forna tider måste varit fullkomligt ointaglig från denna sida. Djupet måste vara ett par, tre hundra fot, och då bergväggen dessutom sluttar en smula inåt mot basen, torde det faktiskt vara omöjligt att klättra uppför densamma.

Den utstående kant eller list varom jag talat, bildade, som jag nu såg, ett slags avslutning av byggnaden; den lopp utefter hela muren ungefär ett par fot under de fönster som låg nedanför mina, och därunder fanns blott några få, helt små, fyrkantiga fönster, tydligen tillhörande en källarvåning, varefter de nyssnämnda gluggarna vidtog. Det avstånd varpå jag iakttagit den hemlighetsfulle nattvandraren var sålunda ungefär lika stort som från övre våningen i ett vanligt tvåvåningshus till marken. Vid månljus eller full dager skulle jag således fullkomligt väl

kunnat iakttaga allt – men i gryningens gråa halvdager och den förvillande dimman var det en helt annan sak. Jag återkallade i minnet mina intryck och ansträngde mig för att vara så noggrann som möjligt. Var det väl tänkbart, att jag misstagit mig – att någon smygande katt, någon stor uggla eller dylikt av en alltför livlig fantasi och med hjälp av mitt upprörda tillstånd och den ovissa belysningen omskapats till vad jag så bestämt tyckte mig ha sett? –

Men nej – jag visste alltför väl att ingen sådan förklaring var möjlig. Då jag slöt ögonen stod varje detalj så tydligt för mig som om den fotograferats på min hjärna och jag kände än en gång den isande fasa som synen injagat hos mig, hur orimligt den än syntes mig nu i majsolens fulla sken och med de blånande höjderna framför mig ända bort mot horisonten.

Åt höger och vänster begränsades utsikten av slottets båda framspringande torn, av vilka det till höger var fullkomligt väl bibehållet. Det vänstra däremot var mera förfallet med stora rämnor i muren och delvis infallet tak. Det var från detta håll som skepnaden – vem eller vad den var – kommit.

Jag lutade mig ännu litet längre ut, i det jag stödde mig mot fönsterposten för att kunna se ned i djupet.

Så vitt jag kunde se, var marken strax nedanför bråddjupet delvis betäckt av stora stenar som förmodligen under tidernas lopp lossnat från klippan; litet längre bort vidtog en gles, tovig snårskog, och denna övergick så småningom till verklig skog, vilken täckte en nedåt sluttande dalgång, bortom vilken marken åter började höja sig mot de avlägsna, skogbevuxna eller nakna bergen. På långt avstånd skymtade två eller tre små ensligt liggande bondgårdar – eljest syntes intet spår av människor eller odling åt något håll och varken väg eller stig märktes någonstans i skogen.

Plötsligt ryckte jag till och skuggade för ögonen med handen för att inte bländas av solljuset. Det skymtade något vitt bland buskarna strax till vänster, bjärt avstickande mot den eljest tämligen enformiga grönskan. Ett stycke linne, utlagt till torkning eller blekning – var min första tanke, som verkade riktigt välgörande i sin prosa, då den innebar en antydan om husliga sysslor och alldagliga mänskliga förhållanden, vilkas fullkomliga frånvaro bidragit till det intryck av något hemskt och främmande, som hela livet på slottet gav mig. Nästan utan att reflektera över saken grep jag efter min reskikare, som i sin rem hängde på en krok strax invid fönstret. Jag torkade av den och riktade den på det föremål som väckt min nyfikenhet.

Till min överraskning såg jag nu, att det var en människa – en kvinna – som låg utsträckt på rygg med utbredda armar, tydligen sovande, på en liten öppen plats mitt inne i ett tätt busksnår, men fullt belyst av solen.

Som det var första gången efter min ankomst till slottet som jag sett någon mänsklig varelse i dess närhet, kände jag mig nästan barnsligt intresserad och flyttade mig därför till det andra fönstret, från vilket jag hade en betydligt bättre utsikt över platsen.

Jag lyfte kikaren och höll den några ögonblick stelt riktad ditåt. Därpå lät jag den sjunka och sjönk själv ned på en stol, skälvande av sinnesrörelse. Jag hade sett nog.

Det var verkligen en kvinna som låg utsträckt där nere – med kikaren såg jag henne så tydligt, som om hon endast varit några steg ifrån mig. En ung, kraftigt byggd, svarthårig kvinna – men *död*. Huvudet var starkt tillbakakastat och halvt nedborrat i mossan; det svarta håret låg oredigt utslaget och liksom upprivet – munnen stod öppen som till ett skrik, ögonen, av vilka blott det vita syntes, stod även öppna, och hela ansiktet hade ett uttryck av outsäglig fasa. Kläderna var uppslitna över bröstet, så att hela barmen låg bar – och i strupen ett stort gapande sår, från vilket blod flutit i en lång strimma nedåt skuldran och färgat klänningen – en grov vit dräkt av ylle eller linne, sådan som jag sett någon bondkvinna bära – ohyggligt röd utefter hela ena sidan. Armarna var, som sagt stelt utsträckta och händerna tycktes i dödsångesten krampaktigt gripit tag i mossan, på vilken hon låg.

Det dröjde några minuter, innan jag kunde förmå mig att ännu en gång lyfta kikaren till ögonen och förvissa mig om, att jag inte misstagit mig i något avseende. Allt var fullkomligt och i minsta detalj så som jag nyss beskrivit det.

Här hade jag alltså förklaringen på det skärande nödropet i natten. Det hade nog inte varit någon inbillning, utan i stället en förfärlig verklighet. Hurdana hade väl detaljerna varit av det hemska drama, som utspelats på en plats så gott som i min omedelbara närhet och dock så helt och hållet oåtkomlig för mig, ifall jag velat komma till hjälp och räddning? –

Hade väl vargarna – – –? – Det fanns gott om dem här i skogarna, det hade jag både sett och hört – – men greven försäkrade ju, att de sällan angrep människor och minst av allt vid denna tid på året, då det fanns god tillgång på villebråd överallt.

Eller hade ett ohyggligt brott blivit begånget i skydd av natt och dimma – –? –

Vargarna skulle väl knappast ha nöjt sig med att blott och bart *döda* sitt offer – men en *mördare* kunde ha lämnat henne där – vid foten av bråddjupet och för varje förbigående – om någon överhuvudtaget passerade denna ödsliga plats – väl dold bland busksnåren. Inte ens från slottets fönster skulle man med *blotta ögat* kunna urskilja något ovanligt! –

– Tusen orediga tankar, misstankar och föreställningar korsade sig i mitt huvud, medan jag hastigt grep min hatt, stoppade på mig revolvern och rusade ut, för att på ett eller annat sätt leta mig väg till den plats där den döda låg. *Någon* stig måste naturligtvis alltid finnas utför klippan – vore jag väl en gång ute i det fria, skulle jag snart finna den – –

Med några språng var jag utför trapporna och nere i den stora vestibulen, som jag, egendomligt nog – jag kom nu först att tänka därpå – inte beträtt sedan den natt då jag anlände till slottet. Tack vare de sena timmarna och grevens outtröttliga begär att öva sig i engelska språket, hade jag verkligen inte en enda gång varit utom slottets murar sedan jag gjort mitt inträde där.

Säkerhetskedjan var nedfälld och den stora bommen av järnbeslagen ek, lämplig att trotsa en belägring, likaså. Men då jag försökte öppna porten, märkte jag till min obeskrivliga bestörtning, att den var låst och nyckeln urtagen. Jag såg mig kring åt alla sidor, övertygad att den måste hänga någonstans i närheten – men förgäves. Därpå försökte jag med ansträngande av alla mina krafter spränga upp den stora porten som öppnades inåt – det kunde ju vara möjligt, att den blott var tillskjuten och fasthölls av sin egen tyngd – men inte heller detta lyckades.

Vestibulen var tämligen stor, med flera dörrar åt ömse sidor! Jag skyndade nu till dessa, övertygad att på denna väg finna en eller annan utgång – naturligtvis måste det finnas många sådana i denna ofantliga byggnad!

Även dessa dörrar var låsta, och då jag häftigt bultade på dem, hörde jag intet annat svar än ett ihåligt eko, som talade om idel tomhet och ödslighet.

Van som jag är att alltid gå och komma efter eget gottfinnande kunde jag till en början knappast fatta den häpnadsväckande sanningen – att jag efter allt att döma verkligen var fånge. Och inte ens då det blev mig fullt klart att *denna* utväg var och förblev stängd, föreföll det mig tänkbart, att jag inte med lätthet skulle kunna finna en annan.

Förut hade jag blott varit ivrig att komma ut, utan att egentligen göra mig reda för vad jag ämnade företa; åsynen av den döda hade satt allt mitt blod i svallning och jag hade blott en tanke – att skynda dit ned, hjälpa om något stod att hjälpa, kalla till folk, uppsöka mördarens spår, påkalla lagens och rättvisans bistånd – – – – med ett ord, allt vad som under sådana omständigheter är en civiliserad människas naturliga instinkt att göra. Men nu först kom jag till medvetande om de utomordentliga förhållanden vari jag i själva verket befann mig; jag drog mig till minnes allt vad jag hittills hört och sett – och situationen började med ens synas mig allvarligare än jag hittills funnit den.

Men naturligtvis måste det finnas en annan – många andra utgångar; det var ju mycket möjligt, att denna endast användes vid högtidliga tillfällen och att folk (vilka de nu egentligen var – hittills hade jag ej sett andra än greven, hans unga släkting – som antagligen hade sin bostad i någon helt annan flygel av huset – den gamla

dövstumma –) i vardagslag begagnade sig av en annan. Det gällde blott att uppsöka dem.

Jag sprang åter upp för trappan och befann mig i en liknande, ehuru något lägre vestibul – som jag knappast lagt märke till vid min sena ankomst till slottet. Även här fanns flera dörrar – men alla låsta.

Nu återstod intet annat än att återvända till den våning varifrån jag kommit och där jag kände mig jämförelsevis hemmastadd. Blodet hade nu stigit mig åt huvudet, jag kände mig på det högsta uppbragt – ty då jag nu tänkte tillbaka på grevens beteende allt sedan min hitkomst, kunde jag knappas tvivla på, att han av en eller annan anledning med vett och vilja hittills lyckats hindra mig från att lämna slottet. De oändliga samtal, varmed han envist hållit mig vaken natt efter natt tills morgonen började gry, var kanske slugt beräknade för att låta mig försova mig större delen av dagen; av ren hövlighet hade jag därför ansett mig böra invänta den tid, då han själv behagade visa sig, – sedan hade vi åter tillbringat aftonen och större delen, för att inte säga hela natten i varandras sällskap, och på detta sätt hade tiden gått, så att dygn sammanflutit med dygn i mitt medvetande, utan att jag rätt fått klart för mig hur många dagar jag tillbringat på slottet. Greven var visserligen, därom blev jag mer övertygad, i vissa avseenden inte fullt normal och man kunde inte förvåna sig över de extravagantaste nycker från hans sida – men å andra sidan var det en fråga hur långt man borde underkasta sig desamma. Att han, då han verkligen tyckte sig ha nytta av mig, nästan tvungit mig att kvarstanna som hans gäst vida längre än jag hade lust att göra, liksom jag inte tyckt mig utan hövlighet kunnat avslå hans trängande inbjudning, var ju gott och väl – men att helt enkelt stänga in mig som en statsfånge eller en förbrytare, var något helt annat, som jag på intet sätt hade lust att finna mig uti.

Emellertid återstod det att se hur saken verkligen förhöll sig. Jag var nu så upphetsad och förargad för egen räkning att jag för ögonblicket glömt den ohyggliga anledningen till min iver att komma ut i det fria.

En helt kort undersökning var nog för att

visa mig, att det från grevens lilla våning – där mitt sovrum också var beläget – inte fanns någon annan utgång än genom korridoren och stora trappan. Korridoren lopp som det tycktes tvärs igenom större delen av flygeln, men både dörren vid den östra ändan och alla dörrar som förde till den från sidorna var låsta. Mitt för trappuppgången var en djup nisch, eller rättare ett utbyggt, välvt rum, med ett helt litet fönster från golvet – detta var den enda upplysning som bestods i den långa skumma gången.

Jag skyndade nu uppför den trappa som förde till tavelgalleriet och den därmed sammanhängande våningen. Jag såg nu, att trappan ej hade annat ljus än det som föll genom det nyss omnämnda fönstret i korridoren, samt att dess övre del således även mitt på dagen befann sig i djup skymning. Till min glädje fann jag de stora ekdörrarna olåsta. Där var det lilla välvda vaktrummet med den stora spisen, som jag sett då greven förde mig dit upp – och till vänster den dörr som förde in till tavelgalleriet. Även den var olåst och jag skyndade att öppna den.

Solen strömmade nu in genom alla fönster i det långa galleriet och det gjorde därvid ett helt annat intryck än då jag sist sett det i det svaga, fläktande skenet av några vaxljus samt en månskiva som ännu knappast hunnit hälften av sin fulla storlek. Men inte dess mindre blev jag i samma ögonblick jag beträdde detta rum medveten om en egendomlig, nervös beklämning som det är mig alldeles omöjligt att förklara. Det föreföll mig, som om jag inandats någon hemlighetsfull malaria – någon skämd, giftig gas, märkbar varken för lukt eller smak, men inte dess mindre förunderligt förslappande och enerverande, så att det blott var med uppbjudande av hela min viljekraft som jag kunde tvinga mig själv att fortfara med de spaningar som nyss synts mig så viktiga.

Jag gav mig inte tid att denna gång betrakta porträtten, ehuru den sköna bilden i galleriets fond nästan med kraften av ett fysiskt tvång, en oemotståndlig magnetism, tycktes dra sig till mig. Jag var dock fast besluten att inte låta uppehålla eller hindra mig av *något*, förrän jag

grundligt genomspanat så mycket av våningen som var mig möjligt.

Galleriets motsvarade, så vitt jag kunde förstå, grevens våning, och utgjorde sålunda slottets sydvästra hörn. Längst i fonden var dörrar både till höger och vänster – båda öppna på vid gavel. Dörren till vänster förde in i ett stort, runt tornrum med flera fönster, utan annat samband med den övriga våningen än dörren till galleriet. Mitt emot denna dörr förde en annan på motsatta långväggen in i en lång rad av rum, större och mindre, alla vettande åt väster och, som jag kunde förstå, upptagande större delen av västra flygeln. Jag gav mig inte tid att närmare bese dessa rum, utan förvissade mig blott att från dem – så vitt jag kunde se – ingen trappa förde ned till den övriga våningen. Att en sådan trappa *fanns*, ansåg jag otvivelaktigt – men de sista dörrarna i våningen, vilka troligen förde ut till någon förstuga eller dylikt, var låsta och trotsade alla mina ansträngningar att öppna dem.

Alla rummen var inredda som sådana vanligen är på gamla slott, d.v.s. med en blandning av möbler från olika perioder, utan spår av den känsla av "stilenhet" som utmärker vår egen. Allt var gammalt, nött och urblekt men inte egentligen förfallet. Jag har föresatt mig att en annan gång nogare bese allt detta; nu gav jag mig som sagt inte tid därtill. Så snart jag förvissat mig om att jag ej heller på denna sida kunde komma ut, skyndade jag tillbaka till galleriet. I dess motsatta ända, på samma vägg som ingångsdörren, var ytterligare en dörr. Även denna gav till min stora glädje vika för min tryckning, och jag fann mig i en stor präktig salong, med tre fönster, genom vilka solen sken in på det i grå och vita rutor målade golvet. Mellan fönstren var stora speglar med svartnade guldramar infattade i väggen – för resten var det hela hållet i den svalt förnäma stil som härskade i början av vårt århundrade, i bleka, blå, grå och vita färger, alla ytterligt urblekta eller fördunklade av tiden. Härpå följde åter en hel fil av rum, vilka jag hastigt passerade, halvt som i en dröm – ty den känsla av yrsel och mattighet jag känt genast vid mitt inträde tilltog alltmer och min enda tanke var att skynda framåt innan den blev mig övermäktig. Utan tvivel har dessa rum så länge stått obebodda att den instängda, förskämda luften verkligen är ohälsosam att inandas – i synnerhet vid denna årstid, då vårsolen ännu ej hunnit genomvärma de tjocka murarna. Hela denna våning gjorde för övrigt intryck på mig av att ha varit senare begagnad än de andra rummen och att troligen ha tjänat husets damer till vistelseort. Hit upp kunde varken pilar eller skott nå, och därför var fönstren större och taken högre än i de nedre våningarna.

Sedan jag passerat flera sammanhängande rum upptäckte jag äntligen en dörr på väggen mitt emot fönstren. Jag sökte öppna den; den gjorde motstånd, men vid närmare undersökning fann jag, att den inte var låst, endast en smula svälld eller sjunken, så att jag efter någon ansträngning lyckades få upp den. Den förde verkligen ut till en korridor, där den grova rappningen på långa sträckor var avfallen och där man genom smala fönster kunde se ned i den djupa, av en strid och ganska bred fors genomströmmande ravin som begränsade slottets östra sida. De rum, som låg utmed korridoren, antagligen med utsikt åt borggården, var alla stängda och låsta. Men vid dess bortre ända fann jag äntligen, till min stora glädje, en trappa, som förde nedåt – trång, smal och brant samt endast upplyst av smala gluggar, knappast mer än springor i de oerhört tjocka murarna.

Jag började nu åter känna mig bättre; luften här förefoll mig ehuru fuktig och kylig, friskare och lättare att andas, och jag kände inte längre den beklämmande ångest som plågat mig för en stund sedan. Men på samma gång vaknade också klarare hågkomsten av vad jag sett under natten och på morgonen, samt min pinsamma iver att finna en utgång ur detta ofantliga fängelse – ty så förefoll mig verkligen slottet i denna stund.

Trappan förde till en ny korridor, längre och mera förfallen än de andra jag sett. Jag förstod, att jag nu befann mig i slottets norra flygel, vilken mer än dess övriga delar var avsedd till försvar och helt och hållet liknade en fästning. Gången slutade snart vid en tung, järnbeslagen dörr, vars stora rostiga nyckel jag med någon svårighet lyckades vrida om i låset. Jag sköt upp dörren och befann mig i ett fyrkantigt, medelstort rum, snarlikt en källare. Ingen rappning dolde de ofantliga, grovhuggna stenar, som utgjorde väggar och tak: även golvet bestod av stora stenflisor. Allt var betäckt av damm och spindelväv, som tydligen samlat sig där sedan många år tillbaka. Hela belysningen kom från två högt upp sittande fönstergluggar, mellan vilka en egendomlig, klumpig avsats av järn och trä, kedjor och skruvar, var anbragt, vars ändamål jag inte förstod. En murken men ännu användbar stege förde upp till en av gluggarna, och jag skyndade att klättra upp för densamma, för att om möjligt få ett begrepp om var jag befann mig.

Jag förstod vid första blick ned i djupet att jag på många irrvägar letat mig fram till norra sidan av den stora fyrkant som slottet bildade kring borggården och till det stora tornet som reste sig över portvalvet. Gluggen var för liten för att jag skulle kunna böja mig ut eller se långt åt höger eller vänster – men jag såg dock, att slottsmuren på denna sida stupade rätt ned i ett slags vallgrav, fylld av bergsströmmens strida forsande vatten, som här bildade en skummande fors. Jag hade ofta nattetid lyssnat till ljudet av denna fors, men inte föreställt mig, att den var så nära. Från portvalvet till forsens andra strand förde en vindbrygga – eller var ämnad att föra, rättare sagt – ty för närvarande var den uppdragen och slottet således verkligen fullkomligt avskuret från hela den övriga världen på höjden av sin trotsiga klippa. Jag förstod också nu vartill den klumpiga mekanismen mellan fönstren var avsedd – den stod i samband med vindbryggan och var förmodligen inrättad för att dra upp eller fälla ned densamma. (Jag tecknar mig alla dessa detaljer så noga till minnes, då de möjligen framdeles kan vara mig till nytta och jag ej vill riskera att glömma något.) Så mycket var således tydligt – inte ens om porten till vestibulen varit öppen, skulle jag utan främmande hjälp kunnat komma längre än till borggården. Det var i min nuvarande ställning en allt annat än angenäm tanke.

Jag klättrade hastigt ned från stegen och såg mig nogare omkring i rummet. Vid närmare påseende märkte jag tydligt, att apparaten för brons höjande och sänkande inte var på långt när så dammig som det övriga – den tycktes t.o.m. tämligen nyligen ha blivit förstärkt med en ny bjälke och stoftet på stengolven visade åtskilliga spår av människofötter. Härav drog jag den naturliga slutsatsen, att vindbron allt som oftast fälldes ner eller drogs upp, och följaktligen måste detta rum vara tillgängligt för de personer eller den person som hade sig detta värv anförtrott. Det var föga sannolikt att dessa skulle begagna den långa omväg på vilken jag kommit dit; således måste det finnas en annan utgång. Mycket riktigt varseblev jag också nästan mittemot den dörr genom vilken jag inkommit, en annan betydligt lägre och smalare, knappast mer än manshög. Den hade intet lås, endast en ytterst primitiv klinka, sådan man även i England någon gång ser i mycket gamla bondgårdar. Att öppna den var en annan sak, ehuru den tungt och knarrande vände sig på de åldriga gångjärnen. En unken luft slog mig till mötes; jag såg de fyra, fem första trappstegen av en smal vindeltrappa, som sedan tycktes förlora sig i fullkomligt mörker. Hade jag varit mindre upphetsad och ivrig än jag var, hade jag säkert tvekat, innan jag vågade mig ned i detta okända djup, men för ögonblicket föreföll mig saken fullkomligt naturlig. Jag dröjde blott ett ögonblick för att i alla händelser försäkra mig om att ha reträtten fri, i det jag slog upp dörren på vid gavel och stödde en träklabb – som jag hittat i ett hörn – emot den, för att den skulle stanna i samma ställning.

Därpå började jag långsamt nedstigandet. Till en början hade jag ännu litet dager från den öppna dörren, men efter ett par minuter befann jag mig i fullkomligt mörker och måste försiktigt känna mig för vid varje steg. Trappstegen var ovanligt höga och obekväma och själva trappan så smal att omöjligt mer än en person i sänder kunde passera. Det hela var ungefär som att stiga ned i en brunn. Sedan jag på detta sätt, trevande med båda händerna på de ojämna fuktiga murarna samt omsorgsfullt med foten prövade varje trappsteg innan jag vågade sätta ned den, hunnit räkna till femtio sådana trappsteg, erkänner jag, att jag så smått ångrade mitt dumdristiga företag och funderade på att vända om – men gjorde det ej, ty på samma gång drogs jag framåt av en brinnande nyfikenhet och en fast föresats att genomtränga åtminstone *en* av de hemligheter varom greven talat – hemligheter, vilka jag nu dunkelt började ana kunde vara av den art, att en hederlig karl ej bör ha något med dem att skaffa. Och i så fall är det min plikt att så fort som möjligt varna Hawkins, lämna detta ställe och avbryta alla förbindelser med greven – – som under alla förhållanden ovillkorligen passar bäst *där han är.* –

– – Jag trevade mig alltså vidare i mörkret med en känsla av att jag snart borde ha nått jordens medelpunkt, och att jag under denna tid blivit flera år äldre – så länge tycktes det mig ha varat.

Plötsligt fick jag en ytterst obehaglig förnimmelse av att det var någon bakom mig i trappan. Jag hörde intet, och naturligtvis såg jag ännu mindre något – men en oförklarlig känsla sade mig, att någon följde efter mig – en stickande, kittlande känsla i nacken och nedåt ryggraden, som slutligen blev så outhärdlig att jag halvt ofrivilligt stannade och till hälften vände mig om, i det jag stödde ryggen mot muren med en fot på det lägre trappsteget.

I samma ögonblick kastade sig något över mig – djur eller människa, det vet jag knappast – jag kände blott – så vitt jag nu efteråt kan göra mig reda för mina förvirrade förnimmelser – att jag plötsligt blev angripen, ehuru, tack vare min ändrade ställning, inte bakifrån, då jag antagligen varit räddningslöst förlorad, utan från sidan och uppifrån, så att jag åtminstone hade någon möjlighet att värja mig. Jag kände en oerhörd tyngd på min vänstra axel, ett kvävande tag om min hals och ögonblicket därpå – jag ryser vid minnet – en het flåsande, vedervärdigt stinkande andedräkt och en stor gapande mun alldeles i ansiktet på mig. Jag kände svampiga, tjocka läppar vilka liksom trevande och sugande for över mitt öra, min kind, min mun och nedåt hakan, kände trycket av tänder, som dock inte bet, och framförallt, den heta, lystna, våta tungan spelande inne i gapet – vämjeligt över all beskrivning. Allt gick så blixtsnabbt och så tyst, att jag verkligen ej kan säga, att jag *då* kände eller tänkte något, utom på nödvändigheten av att uppbjuda alla krafter till självförsvar – men då jag nu sluter ögonen står allt åter klart för mig, in i minsta detalj. Ett ögonblick pressades den ohyggliga munnen mot min, tycktes vilja suga sig fast där och tvinga mig att öppna läpparna. – Jag kände något som ett knä på mitt och ett ben – eller något liknande ett ben – som sökte slingra sig kring mitt eget högra ben, under det att en tung kropp klämde sig fast vid mig och tryckte sig tätt inpå mig. Lyckligtvis hade jag armarna fria, och min ställning var någorlunda fast, då jag med högra foten kunde spjärna mot trappelaren. Revolvern kunde jag inte komma åt, men jag grep instinktlikt tag i de armar som kvävande slingrat sig om min hals – kände att de liknade nakna, starkt hårbevuxna människoarmar och att jag inte med uppbjudande av hela min styrka kunde rubba dem – kände i det samma med en döendes ångest, hur mitt huvud började svindla och hur den heta, fuktiga munnen nu med samma vilt sugande lystnad trevade över min strupe. – Jag släppte armarna och for halvt omedvetet med händerna mot halsen för att tvinga det vedervärdiga huvudet tillbaka – kände i mörkret ett strävt hår, öron som en människas, ehuru onaturligt stora, och något liknande ett ansikte. Jag förlorade mer och mer medvetandet, men grep med hela min återstående kraft om det ohyggliga huvudet, vars läppar nu som en sugapparat tycktes hänga fast vid min hals. Det blev några sekunders brottning – jag kände hur krage och skjorta slets upp, famlade ett ögonblick hjälplöst över – som jag tyckte en naken, hårig människokropp och kände i detsamma att vidundret plötsligt släppte sitt tag, men samtidigt gav mig en häftig stöt, varvid jag huvudstupa störtade ned i en bottenlös avgrund – – –

Jag vet inte hur lång tid som förgått, då jag åter vaknade till sans, och det dröjde en god stund, innan jag hann återfå tillräcklig besinning för att minnas vad som hänt och något så när göra mig reda för var jag befann mig. Då jag vaknade, låg jag framstupa på marken med halva kroppen utanför en smal dörr, innanför vilken jag såg en liten del av vindeltrappan förlora sig i mörkret. Framför mig sträckte sig en lång, smal gång, svagt upplyst av en rad små, parvis sittande, välvda fönster, alldeles uppe i takkanten. Golvet var inte stenlagt, utan bestod endast av jord, vilket var lyckligt för mig, ty då jag, som jag nu förstod, säkert störtat utför trappan och med min egen tyngd stött upp dörren för att sedan handlöst falla till marken, skulle jag med all säkerhet slagit ihjäl mig, eller åtminstone illa lemlästat mig, om jag med huvudet före fallit på ett hårt stengolv. Som det nu var, värkte mitt huvud våldsamt och jag kände smärtan i alla lemmar; men jag kunde dock utan svårighet sätta mig upp, stödjande ryggen mot muren och ena handen mot marken. Så satt jag några sekunder med slutna ögon; därpå reste jag mig helt och hållet och började nogare undersöka mig själv och min omgivning.

Huruvida det ohyggliga jag nyss upplevt var inbillning eller verklighet, därom gällde det i första rummet att förvissa sig. Min första tanke var att jag i trappan gripits av yrsel, svimmat och fallit, samt därvid lyckligtvis råkat stöta upp dörren, allt det övriga *kunde* ju vara ett fantastiskt hjärnspöke, alstrat av mörkret och den tunga, osunda luften i trappan, – men hur skulle jag då förklara att min *min skjorta och krage verkligen var uppslitna, halsduken borta, och radbandet med det lilla järnkrucifixet, som jag alltjämt till minne av min vänliga värdinna burit kring halsen, så djupt inpressats i huden, att det lämnat starka, blåröda märken?* – Detta kunde jag se, men dessutom erfor jag en egendomligt svidande känsla på strupen, där huden på en stor fläck var ömtålig för varje vidrörande, och jag förmodade att den vidriga, girigt sugande munnen också lämnat något märke där. Blotta tanken på denna mun, dessa läppar, som liksom förkroppsligade det mest bestialiska och vederstyggliga i naturen, väckte hos mig en sådan känsla av äckel, att jag ej vågade dröja därvid. Jag tog hastigt upp näsduken och gned därmed våldsamt ansikte och hals, liksom för att i någon mån rentvå dem från denna avskyvärda beröring, ordnade så vitt sig göra lät min dräkt och överlade med mig själv om vad jag nu borde företa. Min första handling var att tillsluta dörren till trappan, inte utan en rysning vid tanken på vad som ännu alltjämt kunde lura i mörkret däruppe. Jag är inte feg, men jag erkänner, att jag åtminstone just då knappast för allt i världen skulle velat gå uppför denna helvetesstege en gång till. – Dörren var liten men stark, av gamla, tjocka ekplankor, den hade intet lås, blott ett slags handtag av järn och öppnade sig utåt, vilket förklarade, att jag så lätt kunnat stöta upp den, då jag föll. Antagligen hade jag inte heller fallit synnerligen långt, ty då skulle jag dels av själva farten skjutits längre ut på golvet, dels gjort mig mera illa. Vidundret hade antagligen anfallit mig innan jag hunnit slutet av trappan. Vid närmare efterseende fann jag, att en tung ekbjälke passande till två grova järnkrampor på ömse sidor om dörrstolparna, stod lutad mot muren strax bredvid, och att dörren således medelst denna bom vid behov kunde tillspärras, så att den omöjligt kunde öppnas inifrån trappan. – Hurdant hade mitt öde blivit om den råkat vara stängd? – Men vid den föreställningen ville jag helst inte uppehålla mig. Skulle jag skjuta för bommen? – Jag kände mig ett ögonblick benägen därför, för att således helt och hållet avstänga mig från det vidriga väsen, som hade sitt tillhåll där. Men å ena sidan hade jag en instinktlik övertygelse att denna varelse ej skulle våga sig förfölja eller angripa mig vid fullt dagsljus – å andra sidan ville jag inte stänga denna väg, ifall jag – det kunde ju hända – en annan gång finge lust att närmare undersöka den – bättre väpnad och framförallt – försedd med ljus.

– En annan gång! – Först i detta ögonblick flög det som en blixt genom min av fallet ännu omtöcknade hjärna, att jag i själva verket *måste* återvända samma väg och det genast, såvida jag – inte lyckades upptäcka någon annan. Blotta tanken därpå gjorde mig halvt vansinnig. Jag kände mig som fångad i en ohygglig fälla och det var nästan besinningslöst som jag, ännu haltande efter fallet, skyndade framåt gången. Ju mera jag nalkades dess slut, ju mer sammanpressades mitt hjärta av en olidlig ångest. Om jag nu här skulle finna – – en låst dörr, eller något annat oövervinneligt hinder? – Då återstod mig, så vitt jag kunde se – Gud förlåte mig den tanken! – intet annat än att skjuta mig en kula för pannan, hellre än att antingen svälta ihjäl där i gången under långsamma plågor – eller åter trotsa de okända fasor, som den förfärliga trappan dolde och vilka jag nu vida mindre än förut kände mig i stånd att möta, så skakad som jag både andligen och lekamligen var, av vad jag nyss genomgått.

Gången slutade i ett långt valv utan fönster, snarlikt en tunnel, men öppet åt båda sidor. Då jag passerat detta befann jag mig i ett stort, runt rum med jordgolv, svagt upplyst av tre eller fyra högt sittande gluggar. Murarna bestod av ofantliga stenblock och tillhörde tydligen slottets djupaste grundvalar. Denna min förmodan bekräftades ytterligare av den tydlighet, varmed man här hörde forsens brus.

Jag blev några sekunder stående för att vänja ögonen vid den underliga skymningen som härskade i rummet, tack vare de blåaktiga dagrarna från de små ljusöppningarna högt uppe vid taket. Dessa var öppna, och ett friskt drag kom spindelvävarna uppe i takkanten att fläkta, men inte dess mindre kändes en egendomligt vämjelig, kvävande lukt därinne. Varifrån denna kom, skulle snart bli mig klart.

Min första tanke, då jag hunnit se mig litet omkring i rummet, var att jag befann mig i en för hushållsbehov avsedd källare; jag tyckte mig här och där kring väggarna skymta uppstaplade högar av rotfrukter, ved o.s.v., och härvid föll det mig genast in, att valvet enligt all sannolikhet borde äga en utgång åt borggården eller i alla händelser en, som vore lätt tillgänglig för husets folk. I skymningen varseblev jag också något till höger om mig en liten dörr eller lucka i muren. Jag skyndade genast fram till den, men märkte först nu att marken just här sluttade starkt nedåt, nästan bildande en ränna från valvets mitt till porten. Jag förlorade för ett ögonblick jämvikten, så att jag stötte till en av de utmed väggen uppstaplade högarna, varvid densamma med ett rasslande ljud rasade ut över golvet. Jag brydde mig emellertid ej om att närmare undersöka saken, utan gick rakt till dörren, vilken jag till min förvåning fann vara ett slags lucka löpande i en fals i muren samt avsedd att dras upp och fällas ned medelst en ytterst enkel mekanik, påminnande om en gammaldags pumpstång med en tung ekkloss i ena ändan. För att lätt kunna manövrera denna, måste man stiga upp på den högra, här högt uppmurade sidan av dörröppningen, vilken senare, som jag nu såg, befann sig nära en manshöjd djupare än mitten av det sluttande golvet.

Jag klättrade upp, därvid sparkande undan en del av det skräp som trillade mig om fötterna, samt hängde mig med hela min kraft fast vid hävstången. Först efter upprepade försök märkte jag, att luckan rörde sig litet. Jag vilade nu några ögonblick och tog därpå i med friska tag och med uppbjudande av mina yttersta krafter. Långsamt och knarrande steg luckan i höjden – en flod av dagsljus strömmade in, det blänkte snövitt för mina halvbländade ögon och forsens väldiga rytande tycktes med ens fylla hela valvet. Jag stod några ögonblick som bedövad, och det dröjde innan jag hann besinna mig så pass, att jag lyckades fastgöra hävstången vid den järnkrok som för detta ändamål var anbragt i muren. Därpå klättrade jag åter ned, ivrig att undersöka förhållandena, då jag äntligen lyckats finna en öppning som förde ut i fria luften. I hastigheten rubbade jag ytterligare något av det myckna lösa gods som låg hopat överallt, så att det ramlade ned bakom med ett ljud som av torr ved – och just då jag stödde handen mot muren för att luta mig fram och se genom öppningen, rullade två mänskliga huvudskallar, den ena endast en grinande, gulvit benstomme, den andra med bitar av pergamentartad hud och stripigt svart hår ännu fasthängande vid benet, förbi mig och försvann i djupet, utan att jag kunde se vart de tog vägen.

Intrycket av denna plötsliga uppenbarelse var ohyggligt – och det minskades ej, då jag vände mig om och såg, att det som rasat ned bakom mig så att det fyllde en del av den fördjupning som förde till dörren, i själva verket ej var annat än människoben – delar av skelett, sönderfallna, täckta av mögel, gulnade och förmultnade – bröstkorgar som ännu höll tillsammans, en och

ännu en hand eller fot, på vilka senorna ännu ej helt och hållet hunnit förtäras – – och stirrande, grinande skallar med tomma ögonhålor, vart jag såg, i ett enda stort, spöklikt förgängelsens kaos. Och den lukt som det skarpa luftdraget förde med sig var dödens och förruttnelsens egen andedräkt – så obeskrivligt vämjelig och motbjudande för den *levande*, att min första ofrivilliga impuls var att genast störta ut i det fria och lämna detta förfärliga benhus bakom mig.

Lyckligtvis hade jag dock nog besinning att se mig för, eljest hade det första steg jag tagit blivit mitt sista. Ty omedelbart nedanför den smala, djupa öppning i muren som på insidan täckts av luckan, skummade och rasade forsens vatten, vilket här pilsnabbt ehuru i kokande bränningar sköt fram genom en klyfta, vilken på andra sidan begränsades av en lodrät bergvägg.

Jag vågade mig ända ned till den tre à fyra alnar djupa dörröppningens yttersta rand och såg ned i djupet. Strax nedanför porten vidtog slottsmuren och ungefär en manshöjd längre ned den lodräta, svarta klippan, båda våta och slippriga av vattenstänket. Av denna väg kunde ingen levande begagna sig – och den var väl också egentligen avsedd för de döda –!

Grymt besviken i den förhoppning, som nyss vid åsynen av det klara dagsljuset synts mig så nära sitt förverkligande, samt gripen av ett slags förtvivlans raseri vid tanken på, att jag kanske ändå till slut skulle bli tvungen att återvända samma väg jag kommit, var jag knappast längre medveten om något obehag, då jag med ett par språng banade mig väg genom den vidriga benhögen bakom mig, som knastrande gav vika under mina fötter, samt därpå skyndade tvärs över golvet för att undersöka valvets motsatta sida.

Nu först, då dagsljuset i en lång strimma från den öppna luckan föll uppåt tak och väggar, märkte jag, att även här fanns en dörr, till vänster om den genom vilken jag inkommit i valvet.

Vid närmare påseende fann jag denna dörr omsorgsfullare utförd än de övriga samt betäckt med järnbeslag i egendomliga mönster. Nyckeln – även den konstrikt arbetad, ehuru stor och klumpig – satt i låset, och jag kände vid ett försök, att den lät vrida sig.

Jag tvekade ett ögonblick; de erfarenheter jag hittills gjort hade inte varit av uppmuntrande art. Vem kunde veta vilka dolda fiender eller ohyggliga upptäckter som kunde vänta mig bakom *denna* port?

– Knappast dock något värre än vad jag redan lämnat bakom mig! – Beslutsamt grep jag med båda händerna om nyckeln, vred med svårighet om den och öppnade dörren.

Dörrvalvet var så djupt som en gång, tack vare väggarnas oerhörda tjocklek, och det rum som skymtade därinnanför, föreföll mig tämligen skumt. Jag drog sakta till dörren efter mig, dock utan att låsa den, och smög mig försiktigt framåt.

Omedelbart innanför dörren stannade jag, häpen över det egendomliga och oväntade skådespel som visade sig för mina blickar.

Jag befann mig, så vitt jag kunde se, i något slags kyrka, kapell eller tempel – jag vet knappt hur jag skall beteckna det – ty ehuru det föreföll mig vara avsett till ett eller annat religiöst bruk, saknades så gott som alla de symboler, vilka vi kristna – såväl katoliker som protestanter – vant oss vid att anse som oskiljaktiga från de platser, där vi förrättar vår andakt.

Det var ett stort halvmörkt rum – enligt min uppfattning borde det sträcka sig under större delen av västra flygeln – indelat i låga, runda valv, uppburna av grovt uppmurade, oerhört tjocka pelare. De små varsamt fördelade rundbågiga fönstren satt högt uppe vid murens kant, just där valvet började runda sig, och det svaga ljus de insläppte gjorde det knappast möjligt att urskilja enskildheterna av de egendomliga, jag skulle vilja säga barbariska, målningar som täckte väggar och tak, ehuru nu bleknade och fläckade av fukt och mögel. Golvet var belagt med stora stenhällar, på vilka obegripliga bilder, symboler och inskrifter på något okänt språk var inhuggna; kyrkan – om jag skall kalla den så – var genom pelare delade i tre lika stora delar – mittelgången var fri, men i de genom pelarvalven bildade sidokapellen skymtade jag en rad av höga gravmonument eller rättare, ofantliga stenkistor, utan alla prydnader; bakom dessa tycktes fanor och vapen vara upphängda på väggarna här och där. Luften var unken och förskämd, full av förgängelsens vidriga andedräkt; jag hade svårt att andas och skyndade hastigt framåt gången utan att ge mig tid att närmare undersöka något. Långt i bakgrunden, mitt för stora gången, stängdes både vägar och utsikter av en kolossal sarkofag av gulnad och fläckig marmor, översållad av otympliga skulpturer, vilkas betydelse jag i skymningen ej lyckades uppfatta – uttryck av en barbarisk, mig helt och hållet främmande konst, vilken i den stämning, vari jag för ögonblicket befann mig, ej ens hade något intresse för mig, då min enda tanke och åtrå var att finna en utväg, för att ej behöva återvända samma väg som jag kommit. Inom mig förbannande den oförsiktighet som lett mig i denna avskyvärda fälla, gick jag runt sarkofagen, försiktigt trevande framför mig i halvdunklet bakom den.

Plötsligt stötte jag på en låg, välvd öppning i muren strax till höger, bakom en framspringande murpelare. Jag böjde mig ned och kände mig sakta för med händerna. Utan tvivel – här var åter en trappa, och det svala luftdrag som fläktade mig till mötes tycktes antyda att den förde upp till ett högre och luftigare rum.

Jag tvekade ett ögonblick ännu rysande vid hågkomsten av vad jag så nyss måst uppleva, men började därpå uppstigandet. Trappan var jämförelsevis bred och bekväm, och efter ett par sekunders förlopp började det ljusna runt omkring mig – jag hade tydligen inte långt kvar att stiga.

Det var dock med yttersta försiktighet jag smög mig uppför de sista trappstegen, oviss som jag var, om vad som kunde vänta mig däruppe.

Väl uppkommen stannade jag överraskad. Jag befann mig på ett slags galleri eller läktare, inbyggd i själva muren och försedd med smala rundbågiga fönsteröppningar utefter sin hela längd. Genom dessa öppningar såg man ned i en vacker, ehuru mycket förfallen gammal kyrka, genom vars i rött, gult och violett skiftande fönstermålningar en sparsam men färgrik dager föll in över de nötta golvstenarna och fyllde de åldriga valven. Jag förstod nu att jag på många omvägar letat mig fram till slottets kapell och att det valv jag nyss passerat bildade ett slags krypta till detsamma, vilken stod i omedelbar förbindelse med det galleri där jag nu befann mig. Från detta till själva kyrkan kunde jag, trots allt mitt sökande, inte finna någon nedgång; men däremot förde en annan trappa, strax invid den jag kommit, vidare uppåt.

Jag hade knappast något val och beslöt därför att följa den. Trappstegen var nötta, som av mycket begagnande; en svag dager föll uppifrån och snart såg jag till min överraskning och glädje en strimma av solljus på väggen – det föreföll mig som om jag under en hel kvalfull evighet vandrat omkring i idel mörker och skymning – och några ögonblick senare stannade jag på en trappavsats strax invid en tämligen stor, öppen glugg i den tjocka muren, genom vilken middagssolen sken in.

Aldrig har väl solen synts mig så ljuvlig och dyrkansvärd eller den friska luften så livgivande! – Jag inandades den med fulla lungor och kände mig till mods som den, som plötsligt vaknar ur en svår feberdröm till den kära förtroliga verkligheten. Ty som en dröm syntes mig nu nästan allt vad jag under de sista timmarna genomlevt.

För några ögonblick nästan glömde jag, att jag i själva verket ännu var långt från målet, och att många faror, vilka jag varken kunde ana eller förutse, möjligen väntade mig, innan jag hunnit så långt.

För att emellertid orientera mig och få någon bestämd föreställning om var jag verkligen befann mig, lade jag mig på knä i trappan och sträckte mig sedan i hela min längd – så oerhörd var väggarnas tjocklek – framåt, till dess jag kunde se ut genom gluggen.

En enda blick var nog för att visa mig, att jag befann mig alldeles i hörnet invid sydvästra tornet, och att jag härifrån kunde överse hela den östra fasaden, där även mina egna fönster var belägna. Jag såg dem också tydligt från den plats där jag var; de stod öppna som jag lämnat dem och skilde sig därigenom från alla andra på hela denna sida av slottet. Hade jag blott haft vingar, skulle jag kunnat vara där inom ett par sekunder – – nu måste jag tyvärr söka mig en annan väg med vida större besvärligheter.

I detsamma gjorde jag en annan upptäckt, som på det högsta intresserade mig, på samma gång som den gav mig en viss känsla av obehag.

Omedelbart under gluggen lopp den framskjutande stenkant, som jag uppifrån iakttagit och längs vilken jag under natten tyckt mig se den smygande skuggan passera! Det var just i grannskapet av tornet som jag förlorat densamma ur sikte i dimman. Det kunde knappast vara något tvivel att den försvunnit just genom denna glugg, ty någon annan öppning fanns, så vitt jag kunde se, inte i närheten. Hade den väl sedan begivit sig *utför* trappan – – eller *uppför* –? – Denna fråga var för mig av ej så liten vikt. I förra fallet kunde jag möjligen sätta vad jag sett under natten i samband med det lömska angrepp, som jag varit utsatt för under nedstigandet från porttornet, och jag kunde då i alla händelser hoppas att ha lämnat detta hemlighetsfulla och vedervärdiga väsen – vad och hurdant det nu var – *bakom* mig – i senare fallet måste jag måhända bereda mig på att trotsa en ännu större fara.

Jag övervägde just som bäst dessa möjligheter – fortfarande halvliggande i den djupa fönsternischen och stödd på armbågarna för att med någorlunda bekvämlighet kunna se ut – då något tilldrog sig som plötsligt kom mig att glömma allt annat.

I min sjudande harm över att finna mig bokstavligen vara en fånge i slottet och under den iver och oro, varmed jag sedan sökt en utväg, samt inte minst under intrycket av de skakande och egendomliga erfarenheter jag under mitt kringströvande gjort, hade jag – så underligt det låter – nästan glömt den döda flickan, vars åsyn så djupt upprört mig och varit ursprungliga anledningen till allt som sedan tilldragit sig. Nu blev jag emellertid med ens påmind om henne och det på ett sätt som ännu mer ökade det hemska intrycket av hennes första åsyn.

En medelålders kvinna i bonddräkt kom plötsligt, men ljudlöst framstörtande mellan buskarna där den döda låg. Hennes ansikte bar prägeln av den yttersta fasa och hennes läppar tycktes redan öppna sig till ett skrik – men hon återhöll det och vinkade blott med stora våldsamma åtbörder åt någon som jag inte kunde se, då det framskjutande tornet dolda utsikten åt det hållet för mig. Jag märkte dock nu, att en liten, föga trampad stig förde utmed foten av den klippa, på vilken slottet reste sig och kring tornet, där den tycktes föra nedåt till den ännu djupare ravin, som begränsade västra slottsfasaden.

Uppför denna stig kom nu en liten skara lantfolk, både män och kvinnor – jag räknade nio stycken – med brådskande steg och upphettade, ångestfulla ansikten. Då de hunnit fram till den första kvinnan, trängdes de omkring henne under det att hon med förtvivlade åtbörder ivrigt och med låg röst tycktes meddela dem något – vad, var lätt att gissa, då man såg de blickar varmed alla förfärade såg åt det håll där den döda låg. Intet rop eller högröstat ord förnams dock – de meddelade sig nästa viskande med varandra, och endast av deras åtbörder kunde man sluta till den sinnesrörelse som bemäktigat sig dem. Därpå skyndade alla bort till olycksplatsen. Här skymdes min utsikt av buskarna, och jag kunde blott otydligt se, vad de företog sig – men några minuter senare återkom de, bärande den döda emellan sig. De hade dock inte gått långt, förrän de åter stannade och tycktes betänka sig. En gammal man, som tycktes utöva en viss myndighet, sade tydligen något som gjorde intryck på de övriga; de lade varsamt ned sin börda och tycktes rådpläga, ehuru alltjämt viskande, så att knappast ett ljud nådde mina öron, ehuru jag nu befann mig nästan omedelbart över dem, om ock på en betydlig höjd. Jag såg tydligen den dödas ansikte – stelt och gråblekt i solskenet – såret på hennes strupe och blodet som färgat hennes dräkt – och jag kunde även iakttaga de övrigas upprörda och förfärade miner. Den gamle talade länge och gav med många uttrycksfulla åtbörder eftertryck åt sitt tal; det föreföll mig som om han yrkade på något, vartill de andra ej rätt ville lyssna. Slutligen såg jag dem allvarligt nicka, liksom instämmande. En av karlarna – en lång, ståtlig ung man, som förefallit mig mera överväldigad av sorg och fasa än någon av de andra – gick bort till närmaste busksnår och tycktes söka efter något. Jag såg honom efter några ögonblick stanna vid en ung

lönn, korsa sig och därefter omsorgsfullt välja en rak, tämligen smal gren, vilken han avskar, och vars ena ända han därpå med kniven omsorgsfullt täljde till en skarp spets, varefter han avskalade barken och avskar den motsatta ändan. Det hela bildade nu ett slags spetsig påle, omkring en halv aln lång. Med denna återvände han till de övriga och överlämnade den med en viss högtidlighet till den gamle, som lika tyst och allvarligt mottog den, varpå han sökande såg sig omkring, letade litet bland de nedfallna stenar som låg överallt i gräset och utvalde en, vilken han noga synade och liksom på prov slog mot en närliggande klippa, varefter han yttrade några ord till de kringstående. Dessa slog krets kring honom och den döda samt knäföll på det korta, fina gräset; alla huvudena böjdes andäktigt – kvinnorna fingrade på sina radband och männen sammanknäppte händerna kring sina avtagna, mjuka. filthattar – alla tycktes försjunkna i djup bön.

Gubben, som även blottat sitt huvud och knäböjt, ehuru tätt invid den döda, sträckte under tiden, liksom välsignande, sina händer över henne och uttalade därvid med tämligen hög och tydlig röst några ord – en kort formel – vilken han tre gånger med stor högtidlighet och med ansiktet mot höjden upprepade.

Därpå lutade han sig ned, sökte ett ögonblick – efter vad jag kunde finna – med stor omsorg efter rätta platsen på den dödas blottade barm, satte den spetsade pålen däremot och började med starka, långsamma slag av stenen, som han höll i högra handen, driva in den i bröstet, omedelbart över hjärtat.

Nästan förlamad av fasa och häpnad iakttog jag hela detta för mig lika ofattliga som hemska uppträde. Att de handlande själva ej däri såg ett barbariskt skändande av den döda kroppen, utan snarare tyckte sig fullgöra en allvarlig och bjudande plikt, kunde jag tydligt se på deras ansikten och den djupa andakt som var utbredd över deras miner och hållning. För dem var det hela tydligen en religiös ceremoni av djupt gripande innebörd.

Slag på slag drev den gamle pålen djupare i bröstet – jag tycker mig ännu höra detta dova, ohyggliga ljud, som svagt återupprepades av klipporna. Med ens vällde en ström av blod ur bröstet och sipprade ned på gräset – en ohygglig syn mitt i dessa av hela vårens första skönhet fyllda omgivningar! En lärka höjde sig i detsamma jublande ur gräset strax invid, och en stor vit fjäril fladdrade en sekund alldeles över den dödas stela, bleka ansikte samt svävade därpå högt upp i det gyllene solskenet. – –

Då blodströmmen bröt fram, såg jag, att de omgivande växlade betydelsefulla blickar samt allvarligt nickade åt varandra. Endast den gamle fortfor nästan mekaniskt med sitt fruktansvärda arbete, ända till dess han lyckats driva pålen i hela dess längd genom kroppen, där han lät den kvarstanna. Då sammanknäppte även han sina händer, böjde några minuter huvudet i tyst bön, gjorde korstecknet och reste sig. De övriga följde tysta hans exempel. Männen blev stående med sänkta huvuden och allvarliga blickar; men kvinnorna spridde sig ibland buskarna, varifrån de inom få minuter återkom, lastade med kvistar av blommande rönn och nyponrosor, med vilka de helt och hållet betäckte den döda. Först då detta skett lyfte karlarna åter upp henne emellan sig – två vid fötterna, två vid huvudet. Därpå vände sig alla på en gång mot slottet, sträckte med den avvärjande åtbörd, jag förut sett vid min avresa från Bistritz, ut händerna med de båda framsträckta pekfingrarna, korsade sig ännu en gång och avlägsnade sig med sin dystra börda. Tornet dolde inom få sekunder hela den lilla skaran för min syn.

Att jag hade bevittnat ännu ett utbrott av en uråldriga vidskepelse och vantro, vilken enligt allas vittnesbörd hade sitt stamhåll i dessa avlägsna trakter, var mig klart; men inte dess mindre gjorde det hela ett i högsta grad ohyggligt och oroande intryck på mig. Att allt inte står rätt till här på slottet har jag redan länge haft skäl att misstänka – jag kan blott inte finna någon bestämd form för de ohyggliga aningar som plågar mig. Efter vad jag redan sett och erfarit, är jag så gott som beredd på allt – kanske till och med – – – men jag måste fortfara med redogörelsen för vad jag under denna förmiddag upplevt. Jag anar att dessa anteckningar kan bli av yttersta

vikt för mig längre fram, och det är med avsikt jag gör dem så noggranna som möjligt.

Det hemska och egendomliga uppträde vartill jag så oväntat blivit vittne hade för en stund kommit mig att glömma allt annat, till och med den ovissa och halvt förtvivlade belägenhet, vari jag ännu befann mig; men knappt hade den underliga processionen hunnit försvinna bakom tornet, förrän min oro vaknade med fördubblad styrka. Jag satte mig några ögonblick på trappavsatsen för att andas ut i den friska luften och samla mina tankar, innan jag begav mig vidare. Nu först föll det mig in att se på klockan. Det föreföll mig själv som om jag en oändlig tid irrat omkring i den gamla borgens skumma gångar och hemlighetsfulla gömslen, men i själva verket hade, som jag nu såg, knappt tre timmar förgått sedan jag lämnade mina rum. Solen stod ju också ännu högt på himmelen, ehuru jag under mitt långa trevande i halvmörkret nästan fått det intrycket att det redan var afton. Dess sken väckte nya krafter och nytt levnadsmod inom mig, och jag beredde mig utan lång tvekan på nya undersökningar. Någonstans måste dock denna trappa till sist föra mig – och någonstans i den ofantliga byggnaden måste det väl i alla fall finnas människor. *Hon* måste ju finnas här, den sköna, underliga varelse som redan två gånger trätt i min väg – ej heller hon kunde vara ensam – här måste finnas tjänare, måste finnas bebodda rum, portar och dörrar, genom vilka man kunde komma ut och in, ehuru *jag* genom en underlig tillfällighet endast funnit min väg till de delar av slottet, som nu stod tomma obegagnade! –

Alltså vidare! –

Jag skyndade uppför trappan, som nu inte längre var mörk, utan på vissa mellanrum upplyst av trånga fönstergluggar. Redan efter några minuters förlopp såg jag framför mig en massiv dörr, vars anblick kom mitt hjärta att klappa så hårt att jag knappast kunde andas. Här skulle alltså mitt öde avgöras. Var *denna* dörr låst, då – jag förmådde knappast tänka ut tanken – då återstod för mig intet annat än att återvända samma väg jag kommit, om jag inte föredrog att dö, där jag var.

I det jag djupt drog efter andan sökte jag famlande efter låset, ty häruppe var skumt, då den sista fönsteröppningen befann sig ett gott stycke längre ned. Jag kände de tunga järnbeslagen, kände smidda prydnader och kantiga spikhuvuden – där måste det vara – – Store Gud! – *ett tomt nyckelhål* – – – dörren måste vara låst på insidan – mina värsta farhågor hade besannats! –

Ett ögonblick greps jag av svindel; jag sjönk ned på närmaste trappsteg och stödde huvudet mot muren, ur stånd att vare sig tänka eller handla. Den kroppsliga trötthet, jag hittills ej haft tid att märka, gjorde sig också gällande; för några ögonblick kände jag mig fullkomligt vanmäktig, liksom förlamad till kropp och själ.

Hur länge jag setat där vet jag inte, då min uppmärksamhet plötsligt väcktes av ett svagt, knarrande ljud. Jag satte mig genast upprätt, ansträngande min hörsel till det yttersta. Allt var tyst. Kunde jag ha misstagit mig? – Nej – – där hördes det åter – men åter samma tystnad! – Man skulle kunnat tro, att någon försiktigt gläntat på en dörr – –

Blixtsnabbt vände jag mig om, gripen av en tanke. Kunde det vara möjligt? – – – Jag reste mig tyst och började ännu en gång undersöka dörren. Jag sökte kanten, tog ett kraftigt tag med båda händerna – och kände nu tydligt att den i själva verket var öppen, ehuru tillsluten av sin egen tyngd och det starka luftdraget i trappan, vilket också var anledningen till att den då och då knarrade en smula på sina hakar. – Den som tagit ur nyckeln hade glömt vrida om den i låset! –

Hastigt tog jag pennkniven ur fickan och stack dess starkaste blad mellan dörren och dörrfodret, så att en springa bildade sig och jag fick fast grepp för fingrarna. Nu kom mig också luftdraget till hjälp så att öppningen vidgades av sig själv – min fruktan härvid var blott att mina händer på ett eller annat sätt skulle slinta och släppa taget, då det vore att befara, att den tunga dörren skulle slås igen så hårt, att den sprunge i lås, i vilket fall allt varit i dubbel bemärkelse förlorat. Dessutom måste jag gå ytterst tyst och försiktigt till väga, då jag ej visste om någon befann

sig inne i rummet, eller ens hade en aning om vart dörren förde. Allt gick dock lyckligt. Sakta, tum för tum, drog jag den stora dörren utåt, så att jag kunde sätta mitt knä emellan. Försiktigt tittade jag in genom springan, i det jag samtidigt med högra handen grep revolvern, för att vara beredd på ett angrepp, ifall någon lurade på mig därinne.

Vad jag först såg, var endast en del av ett rum, ett gammalt ekgolv, gobelinklädda väggar och ett par tunga, gammaldags stolar, ungefär liknande dem i mitt eget rum. Fönsterluckorna tycktes vara delvis tillslutna, ty det var tämligen skumt därinne. Någon levande varelse såg jag ej till.

Nu öppnade jag helt och hållet dörren och steg ljudlöst in i rummet, i det jag så sakta som möjligt åter drog till dörren bakom mig, så att den ej skulle smälla i lås, utan lämna mig reträtten fri i händelse av behov. Att den blivit lämnad öppen berodde naturligtvis blott på ett förbiseende – det hade tydligen varit meningen, att den skulle vara låst, och jag var fullkomligt medveten om, att jag befann mig på förbjuden mark samt att jag skulle få svårt att förklara och ursäkta mitt inträngande ifall någon skulle vilja ställa mig tillrätta därför.

Rummet erbjöd intet anmärkningsvärt. Det var sparsamt möblerat med möbler av tung, gammaldags form, hade två fönster åt söder, vilkas luckor var till hälften tillskjutna, samt tre dörrar, en åt höger och en åt vänster, vilka båda stod halvöppna. Intet ljud hördes, hur jag än ansträngde mig för att lyssna, och intet tecken angav att någon människa nyligen uppehållit sig här.

Mitt lokalsinne sade mig, att den *vänstra* dörren borde föra åt det håll där grevens och mina egna rum var belägna, och att jag på denna väg i alla händelser borde kunna komma tillbaka *dit*, vilket för närvarande var allt vad jag önskade, då jag tydligen ej här skulle finna den utväg jag sökt.

Innan jag begav mig ditåt, ansåg jag dock klokast att förvissa mig om att den *högra* dörren ej dolde någon fiende som oväntat kunde överfalla mig bakifrån.

Jag smög mig därför sakta över golvet och såg dit in. Dörren befann sig längst in i rummets hörn, vilket här var tvärt avskuret, så att själva rummet bildade en oregelbunden fyrkant. Varav detta berodde, förstod jag vid min första blick genom den halvöppna dörren; den förde in till hörntornet, som här bildade en stor, rund sal, motsvarande den jag sett en trappa upp i samband med porträttgalleriet. Inga dörrar syntes till, och själva fönstren var igenmurade till två tredjedelar av sin höjd; den övriga öppningen var försedd med starka järngaller. För övrigt var de murade väggarna och det lätt välvda taket nakna och utan alla prydnader samt fulla med spindelväv. Så mycket såg jag vid första ögonkastet. En närmare undersökning visade mig åtskilliga egenheter i rummets inredning. Omväxlande med fönstren var nischer anbragda i de tjocka murarna, bildande öppna väggskåp, på vilkas hyllor åtskilliga föremål var uppställda; och runt kring väggarna, på ett par meters avstånd från muren, lopp ett slags avplankning, genom tvärväggar avdelad i något som liknade de sädesbingar jag som barn sett i gammalmodiga spannmålsmagasin på landet. Min första tanke var också att rummet användes för detta ändamål, och jag hade redan vänt mig för att gå, då det föll mig in hur orimligt det i själva verket var att anbringa ett dylikt förvaringsrum i fjärde våningen på det otillgängliga slottet och omedelbart innanför rum som tydligen var bebodda eller åtminstone avsedda att bebos. Av ren nyfikenhet stack jag handen i närmaste binge. Den stötte på några små, runda föremål, hårda och kalla som metall. Jag drog upp handen full och höll den mot ljuset, samt fann då till min häpnad att den skörd som här förvarades var av vida dyrbarare art än jag förmodat. Det var guldmynt – gamla, mörknade och nötta, men inte dess mindre *guld* – därom vittnade både tyngd och klang! –

Jag gick nu hastigt kring salen och stack ned handen än här, än där – alltid med samma resultat. Alla bingarna – om jag får kalla dem så – var fulla av guld- och silvermynt, – några ända till randen, andra blott till hälften eller två tredjedelar. En del av mynten var blanka och glänsande, liksom nypräglade – andra svartnade, med ojämna nötta kanter och alla tecken till hög ålder; men så vitt jag kunde se fanns inga bland dem från vår tid, en stor mängd fanns vilkas stämpel och inskrifter var mig fullkomligt obegripliga, andra åter bar grekiska och romerska inskrifter.

Jag är inte myntsamlare och således föga kompetent att uttala mig om den här förvarade skattens värde ur antikvarisk synpunkt; – men så mycket förstår jag, att blotta metallvärdet av denna oerhörda guldmassa måste belöpa sig till miljoner.

Men inte nog med detta; då jag nu, sedan min nyfikenhet blivit väckt, började se mig nogare omkring, varseblev jag mitt på golvet två snidade och järnbeslagna kistor, vilka jag skyndade att närmare undersöka. Inte heller de var låsta, och då jag slagit upp de tunga locken, stod jag häpen inför den prakt som uppenbarade sig för mig. De var nästan till brädden fyllda av gammaldags smycken – guld, silver, stenar och pärlor – delvis utsökt fint arbetade, delvis klumpiga och nästan barbariska, men alla av högt värde. I den ena kistan låg föremålen omsorgsfullt ordnade och var, så vitt jag kunde se, mycket väl bibehållna; där fanns tunga dryckeskärl av guld, fat och skålar av guld och silver, kvinnosmycken av alla slag och ett stort skrin, särskilt nedsatt på ena sidan, fullt av äkta pärlor, trädda på långa snören, samt en mängd lösa, slipade stenar av bländande glans och skönhet. I den andra kistan låg allt om vartannat och de dyrbara föremålen syntes hopböjda, krökta och delvis sönderbrutna, samt svartnade och illa medfarna, som om de legat i jorden eller varit utsatta för eld.

Då jag omsorgsfullt lagt allt tillrätta, tillslutit kistorna och rest mig upp, bländades mitt öga av en lång, prismatisk stråle, utgående från den punkt, där solljuset träffade en av de i väggarna anbragda nischerna. Jag såg nu att även dessa nischer var så gott som från golv till tak fyllda av dyrbarheter, säkert ingalunda i värde understigande dem som förvarades i kistorna. Att närmare undersöka dem saknade jag nu emellertid både tid och böjelse. Ty på detta ställe hade jag ju i själva verket ingenting att göra – det insåg jag klart. Att ryktet ingalunda. överdrivit, då det talat om grevens rikedom, insåg jag nu; den kunde i själva verket väl kallas *sagolik* och själv hade jag aldrig ens kunnat drömma om att någonsin i verkligheten få skåda något sådant, men *min* närvaro i hans "skattkammare" kunde inte gärna anses som annat än opåkallad och kunde, ifall den upptäcktes, onekligen ge anledning till de obehagligaste misstydningar.

Åsynen av dessa oerhörda skatter, bokstavligen kringströdda på golvet i ett rum vars dörr man inte ens gjorde sig mödan att låsa (ehuru jag nu såg att den i själva verket var på båda sidor beslagen med tjock järnplåt) verkade, egendomligt nog, nästan lugnande på mig. Ty i detta förhållande fann jag i själva verket ett skäl, som alls inte hade något med *min* person att skaffa, för de överdrivna försiktighetsmått som förut oroat mig, liksom för åtskilliga andra egenheter i grevens hushåll och anordningar. Då husets herre var borta, kunde det under sådana omständigheter nog vara skäl att hålla vindbryggan uppdragen och stora porten låst, för att hålla alla kringströvande landstrykare på avstånd för att inte tala om ännu farligare tjuvar som kunde frestas av dessa skatter. Marken brände emellertid under mina fötter och jag lämnade lika hastigt och tyst som jag kommit den stora tornsalen, vars dörr jag lät stå som jag funnit den. Mer än någonsin var jag nu angelägen att så fort som möjligt och, så vitt sig göra lät, osedd komma härifrån.

Försiktigt sköt jag upp dörren till vänster. Den förde till en sängkammare, inte olik min egen, ehuru större. På väggen mitt emot fönstren stod en stor himmelssäng, draperad med tunga brokadgardiner – för övrigt såg jag där intet anmärkningsvärt. En dörr mitt emot den, genom vilken jag kommit, förde till ett ungefär liknande rum, men här fanns bokhyllor kring väggarna och ett stort skriv- eller arbetsbord mitt på golvet. Jag förstod nu att jag måste ha kommit till grevens enskilda rum, motsvarande matsalen och biblioteket på motsatta sidan; och känslan av det tvetydiga i min belägenhet, såvida jag här blev överraskad vare sig av greven själv eller någon annan, blev mig alltmera pinsam. Jag undvek omsorgsfullt att kasta så mycket som en blick på de på bordet kringströdda papperen och gav mig överhuvudtaget inte tid att nogare iakttaga något, då jag väl kände hur ogrannlaga mitt intrång på detta område måste synas envar, som kände hela dess förhistoria.

Två eller tre dörrar fanns i rummet. Jag gick till den största. Den var stängd – men låset gav vika för tryckning och ögonblicket därpå stod jag, med känslor som inte kan beskrivas, än en gång i den stora matsalen! Dessa rum, där jag känt mig som en fånge och som jag varit så ivrig att lämna, föreföll mig nu som en ljuvlig efterlängtad fristad – ett hem, dit jag var outsägligt lycklig att få återvända. Det kändes, som om månader förgått, sedan jag sist var där – och dock var det i själva verket endast några timmar. Allt var sig likt. Jag gick till fönstret och såg ut över borggården. Där, mitt emot, höjde sig det väldiga porttornet, från vilket den smala mörka vindeltrappan förde ned i slottets djupaste innandömen. Vid tanken på vad jag där upplevt, skakades jag av en rysning – det var ju ett underverk, att jag verkligen nu stod här, vid liv och välbehållen – det hade hängt på ett hår!

Hela den ohyggliga strid, som utkämpats i mörkret, stod med ens klart för mitt minne, ännu en gång tyckte jag mig känna den kvävande tyngden på mina axlar, greppet om min hals, den vedervärdiga, fuktiga, sugande munnen på mitt ansikte – fy! – Vid blotta tanken därpå greps jag åter av ett kväljande äckel och skyndade in till mig för att så fort som möjligt rentvå mig från denna avskyvärda beröring. Jag märkte också nu först, i vilket tillstånd min yttre människa befann sig; jag var betäckt av damm och spindelväv, mina kläder var fläckade av jord och mögel och mina händer likaså. Krage och halsduk hade jag förlorat under striden i mörkret och min skjorta var uppsliten – med ett ord, om någon sett mig just då, hade det ej behövts mycken skarpsinnighet för att gissa, att jag företagit mig något, som inte ingick i det vanliga programmet.

Nu saknade jag min spegel och förargade mig ännu en gång över grevens oförsynta tilltag, då han förstört densamma – ty i den lilla ovala spegeln i locket av min rakdosa kunde jag blott med svårighet göra de iakttagelser jag önskade. Så mycket såg jag emellertid, att på min hals – just över pulsådern – fanns en i rödblått skiftande fläck tre à fyra centimeter i genomskärning, i vars mitt syntes ännu djupt intryckta märken, som efter ett par spetsiga tänder eller huggbetar, vilka dock ej hunnit genomtränga huden. Fläcken var öm och syntes mig något uppsvälld. Radbandet, vilket jag, som sagt, burit om halsen, allt sedan jag lämnade Bistritz, hade även lämnat djupa märken i huden och av själva krucifixet syntes ett fullkomligt tydligt avtryck på bröstet – allt tecken på den förfärande kraft, varmed min okända angripare gjort sitt bästa för att kväva mig i sitt ohyggliga famntag.

Jag doppade med begärlighet hela mitt ansikte i tvättfatet, sköljde över mig med kallt vatten, gned och torkade – intet syntes tillräckligt för att utplåna och borttvätta varje spår av den vidriga varelsens beröring. Då jag äntligen blev färdig, återvände jag till matsalen, ty jag hade sett bordet dukat vid mitt inträde och märkte nu först, hur hungrig jag var.

Den gamla dövstumma befann sig, ovanligt nog, i rummet vid mitt inträde; hon höll just på att sätta en karott på bordet då hon varseblev mig. Jag misstar mig ej, då jag påstår att hennes ansikte uttryckte en för mig ofattlig överraskning och förfäran, då hon såg mig komma ut ur mitt rum; hennes häpnad var så omisskännelig, att jag ovillkorligen måste tänka att hon själv säkerligen *kort förut varit därinne* och sett att jag inte var där, samt att hon nu frågade sig själv hur jag kunnat komma dit. Jag såg hennes förskrämda blick flyga från mitt ansikte till den dörr, genom vilken jag kommit, och därpå åter till grevens dörr. Emellertid hade hon ställt anrättningen på bordet och inbjöd mig med en tafatt åtbörd att sitta ned, något som jag inte var sen att efterkomma, ty den stekta hönan doftade ytterst aptitretande och vinet gnistrade lockande i den gamla slipade karaffen.

Jag fyllde hastigt mitt glas till brädden och tömde det i ett drag. Men i detsamma ryckte jag till så hastigt, att jag fällde det i golvet, där det slogs sönder.

Jag hade hört nyckeln till grevens rum vridas om och rigeln skjutas för på insidan – någon hade låst dörren! –

Under andra förhållanden skulle detta varit en obetydlighet, åt vilken jag knappast skänkt en tanke, men i detta hus förefaller mig numera *intet* betydelselöst – den minsta småsak väcker min uppmärksamhet och mina misstankar.

Så vitt jag vet eller kunnat märka har denna dörr allt sedan min hitkomst ständigt varit låst och riglad på insidan.

Att den *idag* befunnits öppen, berodde således på en för mig synnerligen lycklig slump – – och att den *nu* stängdes betydde antingen:

– *Att* någon följt efter mig eller givit akt på mig då jag passerade rummet:

– *att* greven själv återkommit dit efter en tillfällig frånvaro och själv låst dörren; – eller

– *att* den dövstumma med snabbare uppfattning än jag tilltrott henne förstått att jag återkommit denna väg, samt därpå omedelbart smugit sig ut för att låsa den, på det att jag inte ännu en gång måtte förirra mig på ett område, som tydligen var mig förbjudet.

Att greven *inte* önskade se mig i sina enskilda rum framgick tydligt nog därav, att han, i trots av all den artighet han visat mig, aldrig inbjudit mig dit, samt att dörren alltjämt hållits omsorgsfullt låst.

Mitt intrång var också helt och hållet ofrivilligt – men tanken på att det *var* ett intrång, som kunde misstydas, var mig i högsta grad oangenäm.

Jag beslöt följaktligen att såvida anledning yppade sig öppet säga greven på vad sätt jag råkat förirra mig dit – d.v.s. att jag gått vilse i slottets gångar och att jag endast av en slump funnit denna utväg. Angående mina erfarenheter beslöt jag att tills vidare iakttaga tystnad. Jag känner alltför väl att jag här befinner mig på farlig mark, där varje steg fordrat eftertanke och klok beräkning. Här vore onekligen ett ypperligt tillfälle för en skicklig detektiv att utveckla all sin skarpsinnighet; vad *mig* beträffar har min juridiska praktik hittills knappast skänkt mig den övning eller vana som erfordras för att vinna verkliga ledtråden i den labyrint av oförklarliga tilldragelser, dunkla hemligheter och upprörande erfarenheter, vari jag plötsligt, utan eget åtgörande, finner mig försatt. Men allt bestyrker mig i min tro att – som man i korthet kan uttrycka det – *allt inte står rätt till här*, och att det är min plikt att så mycket som möjligt skaffa mig klarhet angående grevens karaktär, förhållanden och syften innan han, delvis genom mig och min principals bemedling, överflyttar till England.

Under dessa tankar slutade jag min måltid, reste mig från bordet och tände en cigarr, med vilken jag gick fram till fönstret. Luften i rummet – som vette åt norr – föreföll mig källarlik och obehagligt kylig och jag slog upp fönstret för att få in litet av den värme, som middagssolen kvarlämnat mellan borggårdens murar.

Medan jag stod där och såg röken långsamt ringla sig i höjden, hörde jag ett sakta gnisslande ljud, som av ett lås eller fjäder. Hastigt vände jag mig om. Den dövstumma var åter i rummet – ljudlös som alltid i sina mjuka filttofflor. *Hur* hade hon kommit in, och varifrån? Jag kom nu först att tänka på att jag, trött och hungrig som jag var, ej kommit att lägga märke till vilken väg hon lämnat rummet, men jag hade ett bestämt intryck av att hon ej gått genom den dörr, som leder till stora korridorerna. Ej heller hade hon nu kommit från det hållet, därom var jag alldeles säker, ty denna dörr – en stor tung, järnbeslagen ekdörr – har ett skramlande lås och ett par knarrande och gnällande gångjärn, vars ljud är mig välbekant och som jag ej skulle kunnat undgå att lägga märke till, hur upptagen jag än varit av mina egna tankar.

Som en blixt slog det mig, att jag inte heller förut *någonsin hört den gamla gå eller komma denna väg*, ehuru jag dagligen märkt att hon varit nära mitt sovrum för att bädda och städa samt i matsalen för att ordna allt till måltiderna.

Det *fanns* således verkligen en annan utgång från dessa rum – och om jag kunde finna den, hade jag troligen funnit nyckeln till min frihet – kanske också mycket annat!

Mitt hjärta slog hårt och jag måste göra våld på mig för att iakttaga den nödiga försiktigheten. Med gumman själv stod intet att uträtta;

jag hade upprepade gånger försökt att meddela mig med henne, men alltid förgäves – inga tecken, om än aldrig så uttrycksfulla och talande, tycktes vara begripliga för henne, och ett slött förskrämt stirrande var allt vad hon hade till svar. Alltså fanns ingen annan utväg än att i tysthet bevaka henne och sålunda söka komma hemligheten på spåren.

Jag såg att hon betraktade mig och sökte därför visa mig så likgiltig och ointresserad som möjligt, i det jag stod kvar inne i den djupa fönsternischen och lugnt rökte min cigarr med ryggen till hälften vänd mot rummet. Över axeln iakttog jag dock förstulet hennes rörelser.

Hon dukade hastigt och behändigt av bordet, satte in glas, porslin, duktyg m.m. i ett i panelen infällt väggskåp, som jag inte förut lagt märke till, samt ställde det övriga på en bricka på serveringsbordet. Därpå plockade hon omsorgsfullt upp skärvorna av det sönderslagna glaset och lade även dem på brickan. Då detta var gjort, märkte jag, att hon för ett ögonblick upphörde med sitt arbete, och då jag hastigt såg mig om mötte jag hennes blick; hon gav tydligen akt på mig och jag tyckte mig i hennes ögon läsa en viss lurande misstro, som manade mig till ytterligare försiktighet.

Jag såg därför åter bort och böjde nu lätt eller som för ett ögonblick ut genom fönstret, liksom för att iakttaga svalorna, som kvittrade över borggården, under det att jag med skenbar sorglöshet fortfor att röka.

Denna enda sekund förstod hon med häpnadsväckande snabbhet att begagna. Jag hörde åter samma lätt knäppande ljud och då jag vände mig om var hon redan borta. Men denna gång hyste jag intet tvivel om den riktning vari hon försvunnit. Ljudet kom från det lilla åttkantiga kabinettet, som skilde mitt sovrum från matsalen och till vilket jag som jag nu påminde mig lämnat dörren öppen då jag kom – vilket ytterligare förklarade att hon kunnat komma och försvinna. så hastigt och ljudlöst.

Alltså *där* skulle den hemlighetsfulla utgång befinna sig, som jag hela förmiddagen fruktlöst sökt? –

Med ett par språng var jag över golvet och

inne i det lilla rummet, vilket jag nu för första gången ägnade någon närmare uppmärksamhet.

Som jag förut antecknat, saknar detta kabinett, vilket helt och hållet har karaktären av en genomgång, fönster, samt upplyses om kvällarna nödtorftligen av en gammaldags hänglampa; om dagen har det intet annat ljus än det som faller in genom dörrarna, då man går i desamma. Jag har flera gånger i förbigående förargat och förvånat mig över denna opraktiska anordning; men jag förstår nu att den kan vara praktisk nog – förutsatt att avsikten i själva verket vore att man skall se så *litet som möjligt* och inte tvärtom.

Jag öppnade nu både dörren till mitt sovrum och till matsalen på vid gavel och fick därigenom någorlunda tillräcklig dager för att kunna undersöka lokalen.

Det lilla rummet kan beskrivas såsom en fyrkant med avskurna hörn och har således fyra större och fyra mindre väggytor. På en av de förra befinner sig dörren till matsalen, på den omedelbart till vänster om densamma utgången till mitt sovrum. Alla de övriga väggytorna är tomma. Den mitt emot matsalsdörren måste, enligt läget, utgöras av själva yttermuren och det återstår således endast *en* – den mitt emot min egen dörr, där något slags hemlig utgång kunde tänkas – ty hörnväggarna i den oregelbundna åttkanten är knappast breda nog till dylikt bruk.

Det var alltså på denna vägg jag riktade hela min uppmärksamhet.

Hela rummet är boaserat med gammal mörknad ek; väggarnas nedre del utgörs av en tung, ett par alnar hög panelning och ovanför densamma löper runt hela rummet en rad räfflade halvuppböjda pelare uppbärande valvbågens infallande släta fält – ett enkelt men rätt effektfullt ornament. Ingenstans syntes ringaste spår av gångjärn eller minsta spricka som kunde låta ana tillvaron av en maskerad dörr. Jag undersökte omsorgsfullt tum för tum hela väggytan, knackade än här, än där, men måste slutligen med bitter missräkning erkänna att denna hemlighet – såvida den verkligen existerade – vilket jag efter mina sinnens tydliga vittnesbörd

knappt kunde betvivla, – var så väl bevarad, att den trotsade all min skarpsinnighet.

Emellertid skall jag hädanefter med dubbel uppmärksamhet rikta mina iakttagelser åt detta håll samt så snart som möjligt företa en grundligare undersökning. Ty ju mer jag tänker därpå, ju mer tycker jag mig kunna svära på att det var denna väg gumman avlägsnade sig – och följaktligen *måste* utgången finnas här. Och denna utgång skall jag finna, kosta vad det vill!

–––––––––––––––––––––––––––––––

För ögonblicket uppgav jag dock vidare efterforskningar, ty jag kände nu först hur väl jag var i behov av vila efter förmiddagens ansträngningar och själsrörelser.

Jag lade mig på min säng och föll genast i sömn, men vaknade redan efter ungefär en timme, styrkt och utvilad. I hopp om att greven nu skulle vara återkommen, gick jag in i biblioteket, men fann honom ej. För att fördriva tiden har jag nu sysselsatt mig med att uppteckna detta, varvid jag bemödar mig om största noggrannhet in i minsta detalj, ty allt vad jag genomlevt sedan greven igår afton sade mig godnatt, föreföll mig då jag nu närmare genomgår detsamma verkligen delvis så fantastiskt och orimligt, att det väl behöver detta prosaiska underlag för att jag inte själv skall tro mig ha drömt det hela. Det plötsliga uppvaknandet under natten – den spöklika grå skepnaden, som plötsligt framträdde och åter försvann i dimman – morgonens klara solsken, upptäckten av den mördade flickans kropp därnere i bråddjupet som ett skärande missljud mitt i vårens ljusa harmoni – mitt fåfänga försök att lämna huset – irrandet genom de tomma gemakens bleknade prakt, genom de långa, genljudande korridorerna, upp och ned för trappor och gångar – porttornet, den mörka vindeltrappan med den namnlösa fasan – benhuset, kryptan, den sagolika skattkammaren i tornsalen, den hemska synen nere i hålvägen, – – allt har jag nu ännu en gång genomlevt och åter sett i tankarna. Det ger onekligen osökt anledning till åtskilliga betraktelser och förmodanden av ingalunda lugnande art. Jag är alls inte på det klara med, vad jag egentligen bör tro eller tänka, – men värst är att allt bidrog att öka den oförklarliga misstro som grevens egen personlighet från första stunden ingivit mig. Det är ju på det hela möjligt att han skulle kunna ge mig en förklaring på mycket som nu syns mig obegripligt – men inte dess mindre vet jag knappast, om jag gör klokt i att meddela honom mina upptäckter. Jag måste ovillkorligen tänka på hur ofta han talar om "det gamla husets hemligheter" och tydligt nog låter mig förstå, att jag under min vistelse här möjligen kunde komma att bli vittne till åtskilligt som skulle "förvåna" mig – –. Nå, däri har han då onekligen varit sannspådd, det är visst och sant; men hans samtidiga försäkran att jag ej borde oroa mig över något av vad jag kunde komma att se och höra då det samma har en *fullt naturlig förklaring*, verkar numera inte så hugnesamt på mig som den möjligen var avsedd att göra. Mycket är på så sätt naturligt nog här i världen, som därför inte kan kallas lovvärt – och framför allt torde det kunna hända, att mycket, som förefaller "fullt naturligt" i denna avlägsna laglösa bergsbygd, skulle bringa vederbörande i en obehaglig kollision med ett mera civiliserat samhälles lagar och rättsbegrepp. Vore inte det där fastighetsköpet i London och grevens uttalade avsikt att från siebenbürgisk magnat övergå till engelsk medborgare, skulle jag inte ta det hela så allvarsamt, – men nu kan jag inte frigöra mig från en viss känsla av allvar, som möjligen är överdriven men som – därom är jag fullt övertygad – även skulle delas av den gamle hedersmannen Hawkins, vars nästan sjukliga rädsla för varje affärstransaktion, på vars absoluta redbarhet någon skugga av tvivel kan falla, jag väl känner. Han skulle aldrig förlåta varken sig själv eller mig, ifall det längre fram skulle visa sig att genom vår bemedling en förstärkning tillförts den värld av dunkla och tvetydiga existenser, vilka utgör Londons förbannelse – – och jag kan inte neka, att mycket av vad jag här sett kommer mig att frukta något liknande – –. I alla händelser gäller det att hålla ögonen öppna och ej låta överrumpla sig – – – –.

Greven bör väl nu snart vara här; solen är nära sin nedgång, och den vackra dalen ligger åter fylld av kvällens dofter och vemodiga skönhet, som då jag såg den första gången. Från våningen en trappa upp – från tavelgalleriet och tornsalen måste utsikten vara ännu praktfullare. Om jag – – – –

* * *

Den 12 maj. – – Gud bevare mitt förnuft – jag vet knappt mer om jag är yrvaken eller yrar, om ensligheten och de ovana omgivningarna alstrar hallucinationer, eller om jag verkligen upplever vad som syns mig själv otroligt. Jag *måste* ha drömt, men – – Gud bevare en och var för sådana drömmar, säger jag åter en gång, ty mellan dem och vansinnet vore steget snart taget.

– – Greven har försäkrat mig att han vid sin återkomst i förgår kväll fann mig *fullt påklädd liggande i min säng* och tungt insomnad – att det föreföll honom som om jag plågades av någon obehaglig dröm, då jag stönat och vridit mig i sömnen, och att han därför väckt mig. Detta hans påstående bekräftas visserligen av det obestridliga faktum, att jag mellan ett och tu på natten plötsligt vaknade som ur en dvala, samt då till min häpnad verkligen fann mig liggande påklädd på min säng, utan en aning om hur jag kommit dit; ljus brann i rummet och greven stod bredvid bädden, skarpt fixerande mig med sina outgrundliga svarta ögon; jag kände mig matt och yr, som under inflytelsen av ett opierus eller något annat starkt narkotiskt ämne, och det var nästan mekaniskt och viljelöst som jag på hans tillsägelse steg upp och klädde av mig. Jag måste ha somnat igen, så fort jag lade huvudet på kudden, ty jag minns intet mer, förrän jag vaknade långt fram på förmiddagen. Men visst är, att minnet av allt som tilldragit sig dagen förut och ända *till en viss punkt på natten* då stod lika klart och tydligt för mig som det gör i denna stund, och att det ingalunda stämmer överens med grevens försäkran att det var i *mitt eget sovrum* som han först anträffade mig. Varför han skulle vilja föra mig bakom ljuset i detta avseende är mig fullkomligt ofattligt, då han väl aldrig kunnat finna en mera osökt anledning att ytterligare inskärpa den varning han redan en gång givit mig för att någon längre tid, och framför allt efter solnedgången uppehålla mig *ensam i*

de obebodda rummen en trappa upp – en varning
som tyvärr föll mig helt och hållet ur minnet i
förgår och vid vilken jag kanske till och med då
inte skulle fäst något avseende ifall jag kommit
att tänka därpå. Emellertid är jag nu fullkomligt
villig att ge honom rätt. *Atmosfären inom dessa
gamla murar är inte sund,* ehuru det kanske blev
svårt nog att upptäcka och klassificera de mikro-
ber varmed den är bemängd. Man talar om and-
lig pestsmitta – det är vad man kallar ett "bild-
likt" talesätt, men som kanske innebär mera
sanning än någon tror. Det är ju så många sidor
i naturens stora bok som vetenskapen ännu
inte på långt när hunnit dechiffrera. "Andliga
farsoter" tillhör ju redan de vedertagna begrep-
pen på suggestionens område men varför skul-
le man inte också kunna tänka sig vissa ännu
okända moraliska smittämnen, vilkas verkan
på fantasi och sinnen kunde vara lika fördärv-
bringande som kolera- eller difteribacillens på
den kroppsliga organismen? – och varför skulle
egentligen inte *dessa* sjukdomsfrön lika väl som
de andra kunna ligga slumrande åratal, ja sekler
igenom, till dess de lämpliga villkoren för deras
utveckling yppar sig? – För min del är jag varken
psykolog eller läkare, samt överhuvudtaget föga
hemmastadd på det s.k. fördolda själslivets om-
råde, – men jag resonerar helt enkelt från vad
jag själv erfarit. Jag varken kan eller vill förkla-
ra det, – men lika visst som jag vet och känner
att vissa yttre betingelser hos mig framkallar ett
kroppsligt illamående, lika visst känner jag att
jag alltsedan min ankomst hit varit utsatt för ett
inflytande, en andlig atmosfär om man så vill,
som hos mig alstrar föreställningar och känslor
som eljest är mig främmande och som ingalun-
da torde få hänräknas till vad en moralist skulle
kalla min "bättre människa". Men nog om detta
– – – ehuru det egentligen ganska nära samman-
hänger med de erfarenheter jag nu, för säkerhets
skull och för att klargöra mina egna intryck, går
att uppteckna. Enligt grevens påståenden skulle
det hela inte vara annat än en dröm, och denna
förklaring vore onekligen den enklaste. Jag var
trött den kvällen, mina nerver var troligen över-
retade och min fantasi starkt påverkad av vad jag
sett och upplevt under det senaste dygnet – det

kunde ju tänkas att jag verkligen under väntan
på greven lagt mig på sängen och somnat – –
men nej, jag kan svära på att jag inte gjorde det.
Då jag genomläser de sista raderna av mina före-
gående anteckningar står allt ännu en gång full-
komligt klart för mig. Låt mig punkt för punkt
här nedskriva vad jag minns.

– Jag satt här vid bordet i biblioteket, alldeles
som nu, då jag greps av en plötsligt och obe-
tvinglig lust att betrakta solnedgången från
fönstren i våningen en trappa upp, där utsikten
är betydligt vidsträcktare än här. Jag minns tyd-
ligt, att jag i största hast lade ifrån mig pennan
och tillslöt boken samt bar den in i mitt sovrum
(där jag också mycket riktigt återfann den på
bordet bredvid sängen) – och därpå skyndade
uppför trappan för att inte komma för sent att se
solen sjunka bakom bergen. Den stod ännu ett
stycke över horisonten, då jag kom in i den stora
tornsalen invid tavelgalleriet. Härifrån har man
en vida praktfullare utsikt än på någon annan
punkt i slottet; tornet är tämligen fristående
och skjuter långt fram samt lämnar därför inte
blott utsikt åt väster och söder, utan även över en
god del av den ännu pittoreskare bergstrakten
åt öster, vars vilda klippbranter och djupa ravi-
ner nu i solnedgångsbelysningen tedde sig som
övergjutna av skenet från en blodröd bengalisk
eld mot den blåsvarta bakgrunden av ett väldigt
åskmoln, vars övre lager tornade sig ända upp
mot zenit som en kedja av fantastiskt formade
jättealper, skiftande i de underbaraste, mest
överjordiska färgtoner. Jag gick från det ena till
det andra av de stora fönstren med sina små bly-
infattade rutor och djupa fönsternischer, men
stannade till sist vid det där jag bäst kunde nju-
ta av detta underbara skådespel. Alla fönstren
i denna sal är försedda med s.k. fönsterpallar,
upphöjda några tum över golvet, så att den dju-
pa nischen liksom bildar ett litet kabinett för
sig, kring vars tre sidor dessutom löper en bred,
med stoppade dynor försedd bänk eller divan,
på vilken man bekvämt kan både sitta och ligga
– –. På denna slog jag mig ned, öppnade fönst-
ret, vars dammiga och grönaktiga rutor snarare
skymde än visade det sköna naturskådespelet,
samt överlämnade mig helt och hållet åt dess

åskådande, glömsk av allt annat, i det jag, sedan
jag tänt en cigarr, bekvämt lutade mig tillbaka
mot ryggstödet och sträckte ut benen på sätet i
halvliggande ställning.

Luften var ännu mycket varm, nästan kval-
mig, och det föreföll mig inte osannolikt, att
vi skulle få åska under natten. Efter dagens an-
strängningar kände jag en angenäm domning i
alla leder, som gjorde mig ovillig att röra mig,
på samma gång som jag tyckte mig vara mer än
vanligt mottaglig för alla intryck från den yttre
världen, som om alla sinnen varit skarpare och
finare än eljest. Medan röken från min cigarr
sakta ringlade sig mot höjden, dröjde mina
ögon med verklig vällust vid molnens skiftande
färgspel och det föreföll mig som om detsam-
ma på ett sätt som jag inte med ord kan återge
haft en motsvarighet i mitt eget inre –. Sedan
solen gått ned (jag lade knappast märke till när
den gjorde det) – täcktes hela himmelen av en
glödande rodnad, på en gång hemsk och för-
underligt skön – det var som om hela världen
stått i brand, och på det svartblå, i kopparrött
skiftande molnet i öster avtecknade sig lätta rör-
liga brandgula skyar som fladdrande eldslågor,
svävande hit och dit, drivna av hemlighetsful-
la stormilar som inte nådde jorden. På samma
sätt rörde sig oklara föreställningar och fantas-
ier i min själ, burna av en stigande egendomlig
sinnesrörelse, på en gång pinsam och ljuv. Mitt
hjärta slog hårt och det föreföll mig alltjämt som
om jag väntade på något, jag visste inte vad. Ald-
rig i mitt liv vet jag mig ha varit så till mods.
Egendomligt nog kan jag nu efteråt vida klarare
göra mig reda för mitt tillstånd än det då var mig
möjligt; jag minns tydligt allt, men då för ögon-
blicket var jag knappast medveten om annat än
en känsla av egendomligt välbefinnande – nå-
got på en gång dövande och eggande, som inte
kan beskrivas.

Det började skymma, men luften var allt-
jämt lika varm och jag kunde inte förmå mig
att lämna fönstret, genom vilket en stark doft
av blommande kaprifolium nu steg upp från
dalen. Jag ordnade i stället kuddarna bekväma-
re och sträckte bättre ut mig på fönsterbänken,
under det att jag alltjämt stirrade ut i den allt

mera mörknande rymden, lättjefullt undrande
om åskvädret snart skulle bryta löst eller om det
skulle dra förbi. – Ännu stod det blåsvarta mol-
net som en jättemur vid östra horisonten och
tycktes knappast ha kommit närmare. Men nu,
då det hastigt blev mörkare i luften, flammade
det allt emellanåt till som om en dörr plötsligt
öppnats och stängts i detsamma, stora, ljudlösa
blixtar, som ofta följde två eller tre tätt på varan-
dra och upplyste nejden med sitt sken, så länge
det varade. – –

– Jag måste ha somnat, ty det sist jag minns
är, att jag plötsligt vaknade med en känsla som
om jag träffats av en elektrisk stöt och en alldeles
bestämd förnimmelse av att jag inte var ensam.
Det var nu betydligt mörkare, så mörkt som det
överhuvudtaget någonsin blir en sommarnatt
och på en höjd som denna. De sex stora fönst-
ren avtecknade sig som ljusare avlånga fyrkanter
mot den omgivande skymningen och jag kun-
de till och med svagt urskilja konturerna av en
del möbler i deras närhet. I min förvirring vid
detta plötsliga uppvaknande kunde jag emeller-
tid alls inte fatta var jag befann mig; det föreföll
mig som om jag blivit förflyttad till en okänd
värld, och hela min varelse skälvde ännu under
intrycket av några ord som – så tyckte jag – nyss
viskats i mitt öra och vilka jag halvt mekaniskt
upprepade för mig själv. ”– – *Vid hennes fötter
eller i hennes famn – – två förenande lågor – – kys-
sar, kyssar – som inte kan köpas för allt guld i värl-
den –*” ”– *En kärlek, lågande som hat, brännande
som kärlek – –! –*”

Det var grevens ord, då han berättade mig
porträttets historia, men med ett helt annat,
smekande, bedårande, frestande tonfall, som
kom mig att svindla och blodet att stocka sig
kring mitt hjärta, halvt medvetslös sjönk jag
åter tillbaka på kuddarna; kaprifoliumdoften
kändes kvävande i nattluften –.

I detsamma upplystes allt av det skarpa elek-
triska ljuset av två stora, flammande kornblix-
tar, nästan omedelbart följande på varandra – –
I dessas sken stod *hon* plötsligt framför mig –,
helt nära – – – bländande – som en vit låga – med
samma gåtlikt frestande leende, som då jag första
gången såg samma hennes ögon av blå eld, som

liksom brände sig in i min hjärna och kom min kraft och min vilja att smälta som vax. – Blott ett par sekunder såg jag henne så, smärt och likväl yppig, mot rummets dunkla belysning – därpå blev det åter mörkt och bländad som jag var, kunde jag inte urskilja – –. Men jag kände, kände i hela min varelse, att hon kom närmare, att hon böjde sig över mig – jag låg som förlamad, som bunden av en förtrollning, ehuru mitt hjärta och alla pulsar slog som i feber och en brännande lidelse, varom jag aldrig haft en aning, omtöcknade mina sinnen och mitt förnuft.

– Jag har hört män tala om sådant – känt män som blivit olyckliga, som svikit sin tro och sin heder och brutit mot Guds och människors lagar – – för en kvinnas skull! – – och föraktat dessas svaghet. Jag föraktar dem fortfarande – men även mig själv. – Jag vet nu, att jag inte är bättre än de. Det är till en evig påminnelse om detta som jag nu tvingar mig att nedskriva hela sanningen – ehuru jag å andra sidan knappast vet om jag gör rätt däri, då dessa anteckningar en gång kunde falla i Vilmas händer och vålla henne sorg – – Men även henne är jag ju skyldig sanningen. – – Vilma – min rena, trofasta Vilma. – Kunde jag väl någonsin tro att tanken på henne skulle bli mig en plåga?

* * *

– Ännu en gång blänkte det tysta, flammande skenet till, spöklikt och överjordiskt – det visade mig hennes underbara ansikte tätt inpå mitt, lutat över mig, med ögonen fasthållande mina ögon, de röda, svällande, trånande läpparna halvöppna, det gnistrande smycket på hennes vita blottade barm – jag såg – hur hon sjönk på knä, bredvid bänken där jag låg – i nästa ögonblick var det åter mörkt och jag tyckte mig svindlande och halvt medvetslös sjunka i en avgrund, där den dövande, täta kaprifoliumdoften blev till ett med de mjuka snärjande kvinnoarmar som skruvade sig om mig och den lidelsens eld som brann i mina egna ådror – – jag kände hennes andedräkt varm och berusande, på mitt ansikte – – kände ett par svällande läppar pressas mot min hals i en lång, brännande kyss som kom varje fiber i min varelse att skälva

av rysande lust och kval – och slöt i besinningslös yrsel den sköna gestalten i min famn – –

* * *

Hur lång tid som förgick, vet jag inte. Men plötsligt skakades jag av något liknande den pinsamma sprittning, med vilken man stundom, just då man håller på att somna, tycker sig falla från en omätlig höjd, så våldsamt att lem nästan tycks slitas från lem. – Jag kände henne liksom smälta bort ur mina armar; som maktlösa och domnande släppte sitt tag, kände mig genomilas av en skärande smärta – ett skarpt ljus, inte blixten denna gång, men skenet från en lampa – upplyste rummet. – Jag hörde ett häftigt utrop – det föreföll mig som en svordom – på ett främmande språk, igenkände grevens röst och såg i nästa ögonblick honom själv stå framför mig och lysa mig i ansiktet med den gammaldags lampa han brukade bära med sig.

– ”För djävulen, unge herre, understår ni er *att trotsa mig?*” – utbröt han på tyska med en stämma, så skälvande av knappast återhållet raseri, att den mera liknade ett rovdjurs morrande än något annat, även hans ansikte, med läpparna i ett krampaktigt grin tillbakadragna från de skarpa, vita tänderna, var i denna stund mer likt ett rovdjur än en människa. ”Vad gör *ni* här vid denna tid? – Ni skall få lära er att Draculitz är herre i sitt hus! –”

Medan han talade stängde han häftigt fönstren, som skälvde under hans kraftiga händer. Lampan hade han ställt ifrån sig på golvet och det nedifrån fallande ljuset gav ett främmande, demoniskt uttryck åt hans mörka ansikte, vars yviga vita man tycktes resa sig på huvudet som på ett retat lejon.

Jag hade rest mig till hälften, svindlande och huvudyr, och letade fåfängt efter ord vare sig till förklaring eller ursäkt.

Ett par sekunder blev han stående, stirrande på mig med ögon som bokstavligen blänkte röda i ljusskenet. Därpå sade han kort och befallande:

”Lägg er ned.”

Viljelöst och halvt mekaniskt sjönk jag tillbaka på kuddarna.

Han tog upp lampan, förde den tätt intill mitt huvud och granskade med ett egendomligt spänt uttryck ansikte och hals. Därpå drogs hans läppar till ett bistert leende.

– ”Min unge vän –”, sade han med den plötsliga övergång från brutal vildhet till förbindlig artighet, vid vilken jag nu nästan blivit van, – ”ni borde erinra er, att jag förut uttalat en varning – en varning vilken ni – med ungdomens vanliga lättsinne ej funnit för gott att beakta, eftersom jag till min förvåning finner er här vid denna tid på dygnet. – Jag upprepar än en gång på det bestämdaste att *ni torde göra bäst i att undvika dessa rum efter mörkrets inbrott*. Ni har varit nog oförsiktig att somna här – – med fönstren vidöppna, tvärt emot min bestämt uttalade önskan – – Fladdermössen svärmar här kring våra gamla murar som ni själv sett, och jag har sagt er, att de kan vara farliga – – Vad jag befarat har mycket riktigt inträffat, ni har blivit angripen under sömnen –”

– ”Angripen –?” stammade jag förvirrad.

– ”Angripen av fladdermössen. De suger blod. *Blod!* – Suger must och kraft av den som de överraskar under sömnen. Ni bär spår av deras tänder där på er strupe –”

Rysande förde jag med en ofrivillig rörelse handen till den punkt varpå han pekade – det var densamma där nyss två mjuka läppar vilat i en lång brännande kyss och jag kände hur blodet åter steg mig åt huvudet vid denna hågkomst. – –

Greven iakttog mig alltjämt med en halvt lurande, halvt gäckande blick.

”Ah, unge vän –”, återtog han med egendomlig tonvikt, ”tro mig här i Karpaterna känner vi nattens faror bättre än ni – – den civiliserade västerns barn! – Sådana sår är farligare än ni anar. De kan börja blöda igen – – – låt mig med van hand – – –”

Jag såg hans vaxgula, kloliknande händer liksom sväva i luften över mitt ansikte och tyckte mig känna att han med egendomliga lätta rörelser strök mig över panna och ögon samt sedan ned åt halsen – –.

Men ifrån denna punkt är det som mitt minne grumlar sig. Jag minns, som sagt, endast att jag plötsligt vaknade, liggande klädd på min säng, att greven stod bredvid mig och småleende omtalade att han funnit mig där och tagit sig friheten väcka mig då jag tycktes oroas av obehagliga drömmar, samt att han rådde mig att kläda av mig och gå till sängs, då klockan redan var mellan ett och tu på natten – samt att jag viljelöst och sömndrucken lydde honom. Då jag därnäst vaknade, var det långt fram på förmiddagen.

* * *

Jag har nu nedskrivit allt – – kort och fragmentariskt, men dock utförligt nog för att ännu ytterligare övertyga mig själv, att vad jag här skildrat inte kan ha varit någon dröm – åtminstone inte en dröm i vanlig mening. Till yttermera visso har jag varit där uppe ännu en gång, ehuru vid full dager. Jag fann tornsalen – som jag ju förut knappast sett, då jag endast i förbigående kastat en blick dit in – i minsta detalj sådan som den står för mitt minne från den ödesdigra timmen. Jag återfann varje möbel på sin plats, såsom jag mindes den, och varje liten egendomlighet i dekorationen stämde fullkomligt med min håkomst.

– Men vad som betyder mest – – – *Jag fann dynorna på fönsterbänken i oordning, alldeles som jag mindes mig ha lagt dem för min egen större bekvämlighet* – jag igenkände själva mönstret på det nötta och urblekta gula siden varmed de är beklädda – jag såg *askan av min cigarr på den breda vitmålade fönsterkarmen*, där jag slagit av den medan jag rökte – och jag såg *spår av fötter och av lätta släpande draperier* i det tjocka damm som täcker golvet och som tydligen inte på år och dag blivit rubbat. Jag kan således knappast tvivla mer, även om jag möjligen skulle kunna tvivla på mina egna sinnen och mitt minnes tydliga vittnesbörd. Det vill säga – jag kan inte betvivla att jag var *där* den aftonen, ehuru greven förnekade det. Varför han gör det kan jag egentligen inte fatta; men detta är en ringa obetydlighet bland alla de gåtor som omgiver mig. Om han öppet sade mig, att han påträffade mig sovande där vid det öppna fönstret, om han öppet förebrådde mig att jag brutit mot hans bestämda tillsägelser, vore det naturligare; jag skulle då möjligen kunna intala mig att det övriga – – att *hon* – – den okända, vars namn jag inte alls vet, men vars kyssar ännu verkar som smygande gift i mina ådror – – att *hon* varit en dröm – att allt detta, som jag återkallar med brännande blygsel och förödmjukelse, men vars blotta hågkomst ändå, ändå omtöcknar mina sinnen med en onämnbar vällusts feberrus – – att allt detta endast varit ett alster av min egen överretade fantasi och nattens kvalmiga hetsande åskluft – –. Det *kunde* ju tänkas – – men själva hans förbehållsamhet väcker min misstro.

Det ligger något under allt detta – men vad? – – Jag försjunker i lönlösa gissningar. – – – –

* * *

Igår afton, då vi träffades – han befann sig, ovanligt nog, redan i biblioteket då jag inträdde där – var han åter själva älskvärdheten, hade tagit ned en mängd gamla intressanta engelska och österrikiska lagböcker, som han med märkvärdig sakkunskap förevisade, och tycktes ivrig att göra aftonen så angenäm som möjligt för mig. Det är verkligen förvånande, hur mycket han på denna korta tid förkovrat sig i engelska språket; han måste ha ett märkvärdigt fint öra, ty han tillägnar sig med rent av underbar hastighet alla uttalets skiftningar, och den utländska brytning, som var högst märkbar vid min hitkomst, är redan nästan omärklig, utom i vissa ord, som hans tunga har svårare att uttala. Jag gjorde honom en komplimang härför, vilken tycktes göra honom stort nöje.

– "Det gläder mig, det gläder mig käre Harker", – sade han med nästan större iver än saken krävde. – "Ni tror således att jag – låt oss säga – – om några veckor – – en månad kanske – – skall kunna tala ert präktiga språk *som en engelsman* –? – Ni tror att man inte i ert stora London vid första ord jag yttrar skall märka främlingen? – Jag tackar er, tackar er obeskrivligt! Detta är er förtjänst, käre unge vän – – var övertygad att jag skall veta belöna den!"

Jag mumlade något artigt till svar, men tillfogade att han med all säkerhet vida snabbare och bättre skulle tillägna sig språket eller uttalet (ty själva språket behärskar han fullkomligt) i själva England, där han kunde höra flera människor tala och vänja sitt öra med olika dialekter, än här i ensamheten med mig.

"Nej, nej", sade han häftigt och bestämt. "Det skall vara som jag sagt; jag underkastar mig inte den förödmjukelsen, det obehaget, att genast vid mitt första uppträdande väcka uppmärksamhet – kanske stämplas av åtlöje, kanske mötas med misstro – – som en utlänning. Det skulle medföra stora olägenheter för mig. Ja, vad vill ni? – En gammal man som jag har sina idéer – – och är villig att *betala* för dem!"

Tonen var mera högdragen än jag var van att höra; det låg något kränkande i den, och jag kände hur blodet steg mig upp i kinderna. Grevens snabba blick uppfattade genast vad som föregick inom mig.

– "Men det ges så mycket här i världen som inte kan betalas", tillade han hastigt – "och dit räknar jag, var övertygad därom, min unge vän, den välvilja, varmed *ni* tillmötesgått mina önskningar och det nöje er närvaro skänker mig. Jag hoppas ni allt framgent skall trivas gott här i vårt stilla vardagsliv, som möjligen torde bereda er en välgörande vila efter en ansträngd verksamhet. Om ni är road av studier finns här materialier tillräckligt" – han gjorde en betecknande åtbörd mot bokhyllorna. "Den juridiska litteraturen är här rikt representerad och här finns en del kuriosa, som ni fåfängt torde söka i vida betydligare samlingar. För en intelligent ung man som ni, är här utan tvivel åtskilligt att inhämta – – med ett ord – – jag hoppas att vår gamla borg även i sitt nuvarande förfall skall kunna erbjuda *tillräckligt av intresse för att fängsla er* – – – – ni har ännu ej på långt när uttömt dess resurser – – och jag ger er mitt ord på att ni ej skall behöva finna tiden lång!"

Låg det en dubbelmening i dessa ord? Det föreföll mig nästan som om tonen haft en biklang av undertryckt hån – men jag var alltjämt alltför upprörd, alltför tankspridd och upptagen av mina egna tankar och hågkomster för att skänka mer än en flyktig uppmärksamhet åt något annat. Väl tjugo gånger kom mig de ord på läpparna med vilka jag ville meddela honom vad som oroade mig samt bedja honom tala fullt uppriktigt med mig, som man till man – men ständigt var det något som mot min vilja återhöll mig från att uttala dessa ord. Och kanske var det bäst så, det är inte gott att veta, hur han skulle upptagit ett sådant förtroende. – – Jag stammade i stället något osammanhängande om att vara övertygad o.s.v., men tillade att jag dock fruktade att min principal kunde bli missnöjd, ifall jag alltför länge och på obestämd tid utsträckte min bortavaro – ett par veckor på sin höjd. – – –

– "Jag har ju *sagt er* att ni blir min gäst tills vidare" – avbröt han med en röst som inte medgav någon motsägelse. "Ni har underrättat den gode Peter Hawkins i Exeter därom – några veckor mer eller mindre torde inte ha något att betyda. Jag önskar inte mera tala om denna sak."

Det kom ett uttryck i hans ögon, då han sade detta, som för mig var tillräcklig varning att inte driva mitt yrkande längre. Jag måste tillsvidare finna mig i att vara hans gäst – eller rättare hans fånge, vare sig jag ville eller ej. *Varför* han på detta sätt kvarhåller mig här, är och blir mig en gåta, som mer och mer oroar mig. Ty allt vad han säger om sin önskan att förkovra sig i engelska språket o.s.v., samt angående det nöje, mitt sällskap bereder honom, kan endast vara svepskäl och artiga fraser. Verkliga orsaken måste vara något helt annat – som jag fåfängt bryr min hjärna med att söka uttänka. Ibland har visserligen en förklaring föresvävat mig, som ur vissa synpunkter kan synas antaglig – – men denna förklaring är på samma gång så avskyvärd och så fantastisk, att jag inte ens vill nedskriva den här. I verkligheten sker inte sådant, om det också kan förekomma i franska kolportageromaner, beräknade att anslå en okritisk publiks sensationshunger och sämsta lidelser. – – – –

Emellertid är *jag* lika fast besluten att *inte* stanna här, som *han* tycks vara att kvarhålla mig. Goda ord – eller rättare en häftig antydan om min bestämda önskan att få lämna slottet – tjänar tydligen till intet; med våld kan jag intet uträtta – återstår att med list och klokhet lyckas finna en utväg! –

Har väl någonsin en civiliserad nutidsmän-niska varit i en på en gång så barock, så löjlig och så förtvivlad situation? –

Att bege sig av på en helt vanlig prosaisk affärsresa i en angelägenhet som borde kunnat expedieras på ett par dagar – – och så plötsligt befinna sig berövad sin frihet, sin självbestämmelserätt, se sig kvarhållen, mot sin vilja om också på det förbindligaste sätt i världen och känna sig fullkomligt maktlös, faktiskt fången och helt och hållet hemfallen åt en halvgalen österländsk despots oberäkneliga godtycke, vilket man inte utan verklig livsfara och dessutom utan någon utsikt att lyckas kan trotsa – – – allt detta är ju egentligen så rimligt att man kunde skratta däråt, om det inte i själva verket företedde andra sidor, vilka – – – jag känner det alltför väl – för mig kan bli så pass allvarliga, att ej blott mitt liv utan vad mera är – min heder och mitt förnuft därvid kan komma att stå på spel.

– – Nej jag *måste* härifrån – jag kan, jag vågar inte stanna. Denna overksamhet, denna både i bokstavlig och bildlig mening osunda atmosfär, i vilken jag lever, blir eljest min undergång. Jag känner redan med oro, att jag förlorat mycket av min vanliga självbehärskning, mitt lugna, sansade omdöme, min självtillit – jag känner inte igen mig själv. Jag, som alltid hittills ansett mig och även av andra ansetts som en mer än vanlig trygg, lugn och fantasilös människa – som satt min stolthet i att inga stundens hugskott, inga oberäkneliga "stämningar" någonsin kunnat bringa mig ur jämvikten! – Endast under denna förutsättning kan man bli en god jurist – det har gamle Hawkins inpräglat hos mig från första stunden jag började arbeta under hans ledning och jag har belitat mig att göra den regeln till mitt rättesnöre. Detta är också första gången som jag vet mig ha blivit överväldigad av något starkare än min egen vilja och mitt förnuft. – –

– Men nog om detta för idag! – Jag skriver egentligen blott för att sysselsätta mig. Men detta forskande i mitt eget inre – något som eljest inte varit min sak – är i sig självt på sätt och vis osunt. Jag måste finna något annat arbete – –

Den 15:de – –. Jag har börjat utarbeta en artikel för *Juridisk tidskrift* angående en del ungerska rättsförhållanden i nyare och äldre tider.

Greven hade rätt; biblioteket här erbjuder verkligen mycket av intresse för en jurist, och tillsvidare skall jag söka tillgodogöra mig dess resurser – vare sig hur och när det kan komma till nytta. Vetande är förresten alltid gott att ha – – och för övrigt är under förhållanden som dessa sysslolösheten den fiende, som man ivrigast måste bekämpa. Jag arbetar också med nästan feberaktig iver och med ansträngande av hela min viljekraft för att inte tänka på något annat. Dessa gamla lagböcker och författningssamlingar innehåller verkligen de kuriösaste saker och utgör en verklig kulturhistoria. Skada blott att så mycket är oåtkomligt för mig för språkets skull. Med tyska och latin reder jag mig, men ungerskan är och blir mig i ordets hela bemärkelse en tillsluten bok. – –

* * *

Greven har varit vid ett rysligt humör de sista dagarna samt även tillbringat mera tid än vanligt hemma; aftnarna och en god del av natten har han nu – liksom de första dagarna av min närvaro – hugnat mig med sitt sällskap, varvid han gjort sitt bästa för att underhålla mig – antagligen inte utan bitanke på den övning i engelska språkets talande, varvid han tycks fästa stor vikt. Han har berättat mig en hel del gamla historier ur familjekrönikan, till största delen av betydligt ruskig beskaffenhet och enligt vanliga engelska begrepp föga lämpade för återgivande vare sig i tal eller skrift. Vi engelsmän är visst inte några helgon, men jag kan ej annat än anse det som en del av vår naturs lycka och styrka, att vissa moraliska begrepp hos oss ännu i det stora hela gäller som obestridliga naturlagar och att den sedliga instinkten fortfarande äger sitt stöd i en viss yttre anständighetskänsla i tal, skrift och uppträdande. Moralisk ruttenhet har tyvärr existerat även under den vackraste yta, men för samhället i sin helhet är det dock ett livsvillkor att den stämplas som *ont* – liksom det finns smuts, sopor och orenlighet överallt; – med det är dock bättre beställt med den allmänna hygienen i det samhälle, där man blygs över orenligheten, än där man fräckt kastar den på gatan framför sin egen port och låter den bli liggande,

som vore den intet att blygas för. – – – Begreppet *sedlighet* i vår mening, tycks överhuvudtaget för greven vara ett tomt ord, och moral betyder för honom endast det mått av levnadsvishet som erfarenheten – av vad slag den vara må – för med sig. Det var löjligt av *mig* att vilja spela puritan – men jag kan inte neka att detta eviga spelande på *en* sträng den krassa sinnlighetens och de hejdlösa lustarnas lov, – väcker min leda och avsky. Då man hör greven tala, skulle man kunna tro att förhållandet mellan man och kvinna (n.b. i den lägsta och mest primitiva form!) vore det enda i världen av verkligt intresse, den axel kring vilken allting rör sig. Jag anmärkte halvt skämtsamt detta häromdagen under vårt samtal och framkastade därvid en lätt antydan, att jag ej kunde dela denna åsikt.

”Ah, min beundransvärde unge Josef! –” sade han med ett obehagligt menande leende. ”Jag högaktar era principer – – en sådan dygd är vacker – och sällsynt i våra dagar! – Men tror ni mig, käre vän – ni som jag kommer nog en gång att förstå hur sant det ordspråk är som säger: '*C'est l'amour, l'amour, l'amour, qui fait tourner la terre!*'[1] Ni kommer att förstå det – *lita på mig!* –”

Han slog mig på axeln och jag kände hur blodet steg mig upp i kinderna vid den blick han fäste på mig. – –

Gud bevare mig från att någonsin verkligen *förstå* honom – i den bemärkelse *han* tar det – ty då är också mitt liv – – – –

* * *

Den 18:de. – Mitt liv! – Ja, det är det, det gäller, och mer än det. Det är fåfängt att jag söker föra mig själv bakom ljuset genom ett tillkämpat intresse för annat – genom ett arbete åt vilket jag dock endast med uppbjudande av min yttersta viljekraft kan ägna halva min själ, medan tankar och fantasi oupphörligt dras åt annat håll – – som en drunknande av ett osynligt strömdrag oemotståndligt förs mot den svindlande fors, där han för evigt skall förlora sans och medvetande – – han kämpar mot strömmen, men vartill tjänar all hans kamp, den är för stark! –

1 ”Det är kärleken, kärleken, kärleken, som låter jorden gå runt.” [Orig. not.]

– O, Vilma, min brud, min trofasta, rena fästmö, jag åkallar ditt namn, jag frammanar din bild som den rättrogna katoliken kallar på madonnan i frestelsens ögonblick – men förgäves, förgäves! – En annan bild; en frestande, lockande bild, svävar ständigt för min inre syn och undanskymmer din ljuva, milda gestalt – och då jag söker skydd i minnet av de stunder, då vi varit som mest lyckliga, dessa stunder då vi utan några ord känt oss helt förstå varandra och med glad förtröstan sett framåt till ett långt liv tillbringat under gemensam strävan till allt gott och rätt, till egen utveckling och andras nytta – – då vaknar blott med fördubblad kraft ett annat minne, ett minne, vilket verkar som feber, som smygande gift, som rusande vin i mitt blod och på mina sinnen – och då jag ofrivilligt öppnar min famn är det ej för att sluta *dig* däri – – –.

Vakande och sovande förföljer hon mig – – – detta underbara väsen, för vilket jag nästan fasar och till vilket dock hela min varelse dras med en åtrå starkare än både förnuft och heder. Jag föraktar mig själv – jag känner mig så djupt förnedrad och vanärad, att förtvivlan däröver ibland – så förefaller det mig – är nära att omtöckna mina sinnen, – men likväl är jag maktlös mot denna allt förtärande brand. –

– Jag har återsett henne, fastän jag gång på gång svurit att aldrig göra det – men vartill tjänar mina eder? – Innan jag ens hunnit ana faran, har den smugit sig över mig. – –

Då jag sitter här vid mitt arbete, detta arbete som jag med avsikt söker göra så torrt, så fullt av fakta som möjligt, och vid vilket jag med uppbjudande av all den viljekraft, varav jag är mäktig, strävar att fjättra mina tankar – – då står hon plötsligt bakom mig – som hon gjorde då jag sist släppte pennan ur handen och lämnade dessa anteckningar oavslutade. Jag hör intet, märker intet, förrän hela min varelse plötsligt genombävas som av en elektrisk ström, skälvande i varje fiber – något tvingar mig att se upp, att vända mig om – och då – –.

Ibland – så förvirrad, så helt och hållet bragt från sans och samling känner jag mig – vet jag knappast om det är dröm eller verklighet det

hela. I vilketdera fallet som helst känner jag mig förlorad, om inte ett underverk sker och Gud ger mig det tillfälle att fly, i vilket jag ser min enda räddning. Ty detta uthärdar jag inte längre utan att bli vansinnig. – – –

Jag vill försöka anteckna mina intryck – de blir kanske lättare att bekämpa då – –.

– Som då –. Jag satt här i biblioteket och skrev, sedan greven sagt mig godnatt. Plötsligt – jag minns det – medan jag ännu nedskrev de sista raderna på föregående sida, greps jag av ett överväldigande begär att åter gå *dit upp* – – i tornrummet, bredvid galleriet. Det var något som drog mig dit, mot min vilja – jag kämpade däremot med alla mina krafter ännu medan pennan lopp över papperet – oupphörligt hörde jag i mina öron de ord hon uttalade vid vårt andra möte – hennes förunderliga stämma; "– – – – *varför kommer ni inte dit upp?* – – *Jag trodde att ni skulle komma dit upp* – – *jag har mycket att tala med er om – ni kommer ju!* – – KOM IHÅG ATT NI ÄR VÄNTAD!"

"– *Kom ihåg – att ni är väntad.*"

Hur de orden ljöd i min hjärna! – Hur de drar och lockar! – Hur smälter inte inför dem all min kraft, all min vilja! – Hur svag är jag inte – jag, som trodde mig vara så stark, som ännu aldrig förr – jag säger det med blygsel, inte med stolthet, – fallit för de frestelser av denna art, vilka jag, lika litet som andra män, kunnat undgå att möta på min väg – –.

Jag stred dock emot – *dit upp* går jag inte mer, så länge jag ännu i någon mån är herre över mitt förnuft och mina handlingar – men hur länge kan jag vara viss om att vara *det?* Ännu kan jag åtminstone befalla över min *kropp*; men det inre väsen som *utgör mitt verkliga jag*, tycks trotsa min vilja och gäcka mina ansträngningar – det är som om tvenne olika varelser stred om herraväldet inom mig.

Dit upp gick jag inte – åtminstone inte lekamligen. Men min tanke, min inbillning, min heta åtrå följde hennes kallelse, – och något inom mig darrade därpå, kallade *henne*, i stället med brännande längtan till min sida: min hand skrev orden på papperet, min tanke följde den till en viss grad, men en ström av helt andra tan kar, helt andra förnimmelser, flöt med stigande styrka fram, som så att säga drog mig med –.

Då var det som jag kände hennes närhet i alla fibrer av min varelse. Pennan föll ur mina domnande fingrar och jag såg upp – – *Då stod hon bakom min stol*, lutad över karmen – böjde sig alltmera över mig och såg mig in i ögonen med denna underbara blick vilken jag förut liknat vid en blå stråle som tränger sig in i min hjärna och där med en känsla av rent fysisk smärta borrar sig allt djupare och djupare in. –

De talar och skriver om hypnotism – själv har jag aldrig försökt att låta hypnotisera mig, men som jurist har jag haft att behandla några fall där hypnotisk suggestion anförts som urskuldande moment i avseende på lättsinniga handlingar. *Min* åsikt har städse varit att denna s.k. hypnotism egentligen ej är annat än ett namn för moralisk svaghet och brist på viljekraft. Jag har aldrig velat erkänna dess betydelse i dylika fall; ett sådant erkännande ur juridisk synpunkt skulle innebära ett upphävande av alla rättsbegrepp; av all ansvarighetskänsla; jag har kämpat däremot med alla krafter och jag kommer alltid att göra det. Fakta må vara hur obestridliga som helst (och så barnslig och efter min tid är jag naturligtvis ej att jag bestrider tillvaron av ett allmänt känt och av vetenskapen erkänt faktum – det är blott dess erkännande som *urskuldande moment* jag bestrider!). – Men det vore blott alltför bekvämt för alla moraliskt slappa eller förkomna individer om de en gång för alla ansåg sig äga rätt att skylla på en *oemotståndlig påverkan av en annans vilja och personlighet*, som ursäkt för sina handlingar. Det skulle leda till hela samhällets upplösning – – medföra oberäkneliga följder – –. Så har jag sagt och skrivit otaliga gånger och principiellt står jag ännu fast därvid. Ty om jag ock nu till min outsägliga förödmjukelse fått erfara vad det vill säga att känna sin *egen vilja smälta som vax inför en annans*, känna sig maktlös och moraliskt tillintetgjord gentemot en påverkan som man ej mäktar bekämpa, så känner och vet jag – till min skam vare det sagt – att detta är mitt eget fel. Vore min själ renare, min vilja till det goda starkare och mera härdad i kampen, skulle jag ej så lätt låta överväldiga

mig – – av detta namnlösa – – vilket jag dock fåfängt söker fatta inom den lugna reflexionens, det sunda, mänskliga förnuftets gränser. – – –

– Hon böjde sig, som sagt, över mig och jag kände hur hennes blick liksom sög mitt väsen, min självständighet, min motståndskraft till sig – kände det *då* utan att kunna göra mig reda för vad jag kände, ehuru jag nu bättre förmår det. Jag sjönk tillbaka mot stolens ryggstöd och såg på henne tillbaka. Ljusskenet uppfångades av rubinhjärtat på hennes barm och det föreföll mig som om det sprutade blod – – vad, sover jag? – – Det är förunderligt hur dessa intryck, varom jag knappast var medveten nu återkom i mitt minne. Jag såg glimten *endast i hennes ögon* – – och dock ser jag nu så tydligt för mig den vita barmen liksom övergjuten av detta blodiga skimmer och känner hur jag ryste därvid – allt som sedan följde minns jag som man minns en dröm, där sanning och overklighet smälter samman. – Hon gled ned på mitt knä – jag kände hennes smidiga kropp i min famn, kände de mjuka armarna omslingra mig, till dess jag knappast kunde andas, så tätt slöt hon mig intill sig – och kände ännu en gång med rysande vällust hennes läppar tryckas mot min hals i en lång skälvande kyss. – – Det stal sig som en domning över hela min varelse, det var som om jag smälte bort i en enda allt uppslukande förnimmelse, inför vilken tid och rum blev intet. – – Därpå förefaller det mig, som om jag vaknat till medvetande med en känsla av skärande smärta och som jag hört henne häftigt viska:

"Tag bort korset! – Korset! – Det gör mig illa! – Tag bort det! – –"

Jag förstod också, mera instinktlikt än medvetet, att det var krucifixet vid radbandet kring min hals hon menade – men här reste sig en egendomlig motståndskraft inom mig; något som jag omöjligt kan förklara – – ty själv fäster jag naturligtvis ingen vikt vid den lilla leksak, på sin höjd en vacker symbol, vilken jag som god protestant och förnuftig människa omöjligt kan tillskriva den nästan magiska kraft, som många fromma, men okunniga katoliker – sådana som min goda värdinna, vilken skänkte mig detta minne – tror det äger. Emellertid vet jag, som sagt, inte själv vad det var som i detta fall bestämt hindrade mig från att viljelöst lyda hennes lockande stämma; jag hade en oklar förnimmelse – förefaller det mig nu, då jag tänker tillbaka därpå – av att det gällde något mer och för mig mera ödesdigert än jag förstod – min domnade vilja vaknade åter till liv, och i detsamma var det som om ett osynligt band slitits av – lätt och snabb som en fjäder reste hos sig och stod upprätt framför mig med något som en hotande blixt i sitt öga – därpå sträckte hon med en befallande åtbörd ut armarna mot mig, höll handen ett ögonblick svävande över mitt huvud samt lät den långsamt sjunka och drog sig sakta mot dörren under det att hon alltjämt fasthöll mina ögon med sina. Ännu då hon försvunnit satt jag några minuter som förlamad, ur stånd att röra mig, ehuru jag på samma gång var medveten om brinnande lust att följa efter henne och se vart hon tog vägen. – – –

– Och sedan – men varför ytterligare pina och förödmjuka mig med att skriva därom! – – sedan dess är det som kände jag ständigt hennes närhet, och på samma gång som jag fasar och ryser och vämjes vid mig själv och min eländiga svaghet, kan jag inte lösgöra min själ ur de band, med vilka hon omsnärjt den – – dessa osynliga trådar, som jag från första dagen av min hitkomst känt spinnas omkring mig – till en början fina och lätta som spindelväv, men starkare dag för dag – det förefaller mig som vore de nu starka nog att kväva mig. Varje fiber i min varelse trår till henne. – –

Ytterligare tvenne gånger har jag sett henne under dessa dagar. En gång, då jag i skymningen – såsom första gången jag såg henne – stod vid fönstret i biblioteket och såg ut i den mörknande kvällen – – då stod hon åter alldeles bakom mig, när jag vände mig om, och innan jag hann besinna mig, slingrade sig de vita armarna hårt omkring mig, och den heta kyssen på halsens känsliga hud sände som en ström av eld genom mina ådror. – – Andra gången stod hon, vit och smärt, mitt under lampan i det lilla åttkantiga kabinettet, då jag öppnade min dörr. Jag mötte hennes blick – men hade den gången nog kraft att vackla tillbaka och stänga dörren mellan oss. – – –

Men vakande eller sovande ser jag henne ändå framför mig, och följde jag den tvingande maning, som ständigt ljuder i mitt inre, så sökte jag henne genom slottets förfallna salar och skumma korridorer, både dag och natt – till dess jag fann henne.

Det finns blott en tanke, som är starkare än denna – den, att jag måste fly, måste bort härifrån, om jag också skall sätta till livet därvid. Men hur – ? –

Porten är alltjämt låst, och ingen annan finns öppen. Greven bevakar mig inte, men inte dess mindre känner jag, att han genast skulle upptäcka varje verkligt försök till flykt. Han iakttar mig för övrigt numera med ett uttryck av nästan triumferande att ironi – – jag hade så när skrivit skadeglädje – som han knappast gör sig mödan att dölja. Ibland då han talat länge – ty han är alltjämt lika samvetsgrant ivrig att öva sig i engelska språket – och jag tankspridd glömmer att svara eller anmärka något, tystnar också han och fixerar mig några ögonblick med ett uttryck, som jag inte kan tyda, men som kommer mig att rysa, då jag blir uppmärksam därpå. Det ligger ett slags grym glädje däri, en hjärtlös nyfikenhet – som ett elakt barns, då det plågar ett värnlöst djur, måste jag emellanåt tänka. – Jag är nästan övertygad, att han anar, vet eller förstår – – – *allt* – och att det – hur märkvärdigt det kan låta – gläder honom. –

Ofta ljuder i mina öron de ord han sade mig en av de första dagarna av min närvaro: ”Hon är tillräckligt skön för att vara *farlig! – Men naturligtvis inte för er, unge vän. – – Tänk er en sådan varelse – så skön, så frestande – med denna fixa idé – blott alltför benägen att hänge sig åt den förste bäste, då hon i honom alltid skulle tro sig återfinna den älskare hon ständigt söker – – –. Hur lätt skulle hon inte bli offer för en samvetslös äventyrare – men – jag känner de ädla tänkesätt, vilka besjäla de unga män vilka som ni äger rätt att bära det vackra namnet gentlemän, och jag har förtroende till er – !*”

Jag minns ännu, hur frånstötande den lurande blick syntes mig som åtföljde dessa ord. Vore det möjligt, att jag fallit i en avskyvärd snara – ? – Mitt huvud svindlar, och jag vet inte vad jag bör tänka eller tro.

– *Är* hon verkligen sinnesrubbad, som han
påstod, är hon ett olyckligt offer i för ett obot-
ligt vansinne – då är jag ännu mera föraktlig – –
och ännu mer förbunden att med uppbindande
av all den hederskänsla, och all den smula kraft,
jag ännu äger kvar, fly hennes närhet. Och är
hon det inte – – – då – vad är hon, vad vill hon
väl då –? –

– Nej bort, bort härifrån, innan vansinnet
helt och hållet hunnit ta min själ fången – ! –

* * *

Den 21. Jag måste samla mig för att redigt och
klart uppteckna allt det oerhörda, som jag be-
vittnat och upplevt, sedan jag sist skrev här. –

Intet tvivel längre – detta slott är en passande
hemvist för onda andar, men inte för vanliga
människor, människor med hjärta och vad vi
kalla samvete.

Men jag vill börja från början och noga re-
dogöra för allt.

– Gång på gång har jag genomforskat det
åttkantiga kabinettet för att söka finna hem-
ligheten av den utgång, som enligt mina iaktta-
gelser alldeles bestämt *måste* finnas där, ehuru
det hittills inte varit mig möjligt att upptäcka
något spår därav.

I förrgår natt, då greven dragit sig tillbaka
och tillräckligt lång tid förgått för att han skulle
hunnit insomna, beslöt jag, driven av den pi-
nande oro, som aldrig lämnar mig, att gör ännu
ett försök.

Jag öppnade varsamt min dörr, tände den lil-
la taklampan och började med ytterligare hjälp
av mina egna ljus ännu en gång på det noggran-
naste syna rummet i alla fogar och vrår.

Jag har redan beskrivit dess inredning, de av
lätt träskulptur beklädda väggarna o.s.v., och
har nu intet därvid att tillägga. Min på föregå-
ende iakttagelser grundade övertygelse var, att
dörren – om den fanns – måste befinna sig på
den vägg, som var mitt mot dörren till mitt sov-
rum och till höger från motsatta hållet.

Mina skäl för denna förmodan var helt enk-
la. Det kunde i själv verket endast talas om *fyra*
väggar i rummet, ty de avskurna hörnen, som
bildade åttkanten, var för små för att någon

lönndörr, genom vilken människor av vanliga
dimensioner skulle kunna passera, kunnat rym-
mas i något av dem. Tvenne av de återstående
väggarna upptogs redan av dörrarna till mitt
rum och matsalen; den tredje utgjordes av själva
ytterväggen, åt samma sida som mina fönster,
endast den fjärde väggen, åt den sida där grevens
rum är belägna kunde således enligt min överty-
gelse komma i fråga.

Denna av skulpterade ekplankor samman-
satta vägg hade jag väl tjugo gånger på det nog-
grannaste undersökt i hopp att finna tecken
till någon förrädisk fog eller något märke, som
kunde antyda tillvaron av en hemlig fjäder –
men alltid utan något spår av framgång.

Jag började även denna gång det otacksamma
arbetet, omsorgsfullt synande tum för tum, tre-
vande och tryckande överallt. – Men plötsligt
tvärstannade jag, gripen av en tanke, som förut
inte fallit mig in.

Hastigt sprang jag in till mig, ryckte till mig
en handduk och mätte med den avståndet från
ytterväggen i mitt eget rum till dörren. Därpå
mätte jag på samma sätt avståndet i kabinettet.

Resultatet blev:

I sovrummet 5½ handdukslängder till dör-
ren,

I kabinettet endast 3 på motsvarande vägg.

Det förefaller mig nu nästan obegripligt, att
jag inte förut lagt märke till detta och dragit
mina slutsatser därav; men i själva verket hade
jag aldrig ens kommit att tänka därpå. Halv-
mörkret i det lilla rummet och alla andra, sam-
stämmande omständigheter hade förenat sig
att leda mig på villospår.

Men nu kunde jag ej betvivla, att den dörr
jag så länge sökt borde befinna sig i *denna* vägg,
mellan vilken och yttermuren i själva verket
sannolikt fanns ett mellanrum på ett par, tre
meter, vilket ytterligare kunde ökas om en del
av den oerhört tjocka muren på detta ställe bort-
tagits – eller om där t.ex. skulle finnas en föns-
teröppning med motsvarande nisch, vilket var
ytterst sannolikt.

Jag knackade försiktigt på väggen. Den ljöd
ihålig för mina öron. Nu tog jag ljuset och bör-
jade syna tum för tum lika omsorgsfullt som jag

förut synat den nyss omnämnda väggytan. Men inte heller här kunde jag märka några egendomligheter, som gav stöd åt min förhoppning att äntligen ha funnit det sökta.

Till sist började jag, halvt förtvivlad, även undersöka golvet.

Och nu varseblev jag verkligen något, vartill jag förut inte lagt märke.

Omedelbart invid väggen – eller rättare blott några tum från densamma, där man inte utan särskild avsikt kunde komma att sätta foten, – fann jag i golvet en större spik – eller rättare, ett ovanligt stort trekantigt spikhuvud, vilket till form och utseende betydligt skilde sig från de spikar, vilka eljest här och där stack upp ur de nötta, uråldriga golvplankorna.

Det kunde knappast vara utan avsikt som den blivit ditsatt.

Hastigt satte jag foten på den och tryckte till.

Blixtsnabbt och utan ett ljud drog sig en del av panelen in i väggen lämnande en dörröppning, tillräckligt bred och hög för vem som helst att passera utan ringaste svårighet.

Här var alltså tydligen nyckeln till gamla Natras hastiga och spårlösa försvinnande de gånger jag iakttagit henne.

Då jag nu försiktigt lyste in genom dörren, såg jag därinnanför en tämligen bred gång, tydligen om dagen upplyst genom en i den eljest tillmurade, stora fönsteröppningens övre del anbragt glugg. Strax innanför dörren syntes i golvet ett stift eller spikhuvud, liknande det i kabinettet och tydligen avsett att lika snabbt och ljudlöst öppna eller tillsluta dörren; längre bort såg jag början av en trappa, som förde nedåt.

Hastigt återvände jag till mitt sovrum, försåg mig med tändstickor och revolver, tände ljuset i min lilla järnvägslykta, samt begav mig därpå efter att ha släckt lampan och alla ljus, utan betänkande, ut på forskningsfärd i det okända.

Trappan var bekväm och snygg samt tydligen ofta begagnad – luften i densamma var torr och ren och gav mig ingen känsla av obehag. Överhuvudtaget hade jag en känsla av energi, hälsa och frihet denna natt som länge varit mig främmande – det var som om jag på ett eller annat sätt blivit befriad från ett tryckande tvång och

åtminstone för stunden återfunnit mitt forna jag med dess förmåga att tänka, iakttaga och kombinera. Jag var full av glädje över att äntligen ha lyckats upptäcka den så länge förgäves sökta utgången och såg däri ett lyckligt förebud om snar befrielse från en olidlig fångenskap –. Hastigt men tyst och med iakttagande av största försiktighet skyndade jag utför trappan.

Plötsligt tvärstannade jag med häftigt klappande hjärta.

Mitt öra hade träffats av egendomliga ljud, vilka utgjorde ett högst överraskande avbrott i den djupa, jag kan nästan säga gravlika tystnad, som eljest utan undantag sedan min hitkomst rått i slottet.

De tycktes komma djupt nerifrån, liksom ur själva jordens innandömen, men återskallade från de gamla murarna, och den smala trappöppningen med en obeskrivligt hemsk och förfärande verkan, ungefär som tonerna i en jättebasun kunde tänkas göra det, ifall man befinner sig *inne i själva instrumentet.* Jag kan också säga att jag nästan *kände* dessa ljud mer än jag verkligen hörde dem.

Som dova långt utdragna horn- eller trumpetstötar föreföll de mig, upprepade med regelbundna mellanrum. Jag stod orörlig, där jag blivit stående och ansträngde mig till det yttersta, för att lyssna. – –

Tolv sådana långa, dovt återskallande hornstötar räknade jag – skräckinjagande signaler från underjorden, som på ett oförklarligt sätt isade mitt blod och fyllde mig med vidskeplig fasa.

Om jag följt mitt första ingivande, hade jag otvivelaktigt vänt om, slagen av en skräck som endast kan förliknas med den, varmed förtappade syndare enligt medeltidstron borde höra yttersta domens basuner ljuda. Det var något över all beskrivning olycksbådande, jag skulle vilja säga hotande i dessa ljud – och min sinnesstyrka har blivit betänkligt rubbad av vad jag sedan upplevt här. För första gången i mitt liv har jag lärt mig, vad det vill säga att vara *rädd* – kanske därför att jag för första gången i mitt liv haft verkligt skäl därtill.

Men förakt för fegheten, vare sig hos en själv

eller andra, ligger alltför djupt rotad i den mänskliga naturen för att den utan kamp skulle lyda dess maning – och jag lyckades också efter få ögonblick bli herre över mina upprörda nerver samt återvinna kallblodighet och självbehärskning. Det var blott den första överraskningen som överväldigat mig.

Långt från att fly, ålåg det mig att med största noggrannhet utforska såväl betydelsen av dessa ljud som varje annan hemlighet, till vilken upptäckten av denna så omsorgsfullt dolda trappa kunde ge mig nyckeln. Under de förhållanden, vari jag här befinner mig, är det inte någon skam, snarare en bjudande plikt – det blir mig allt mer klart – att spela den eljest förhatliga rollen av huslig spion.

Jag hade vidtagit det försiktighetsmåttet att avlägga mina vanliga skodon och påtagit ett par mjuka filttofflor. Mina steg var således absolut ljudlösa och med iakttagande av behörig vaksamhet och försiktighet hoppades jag att själv osedd både kunna se och höra allt.

Långsamt och i det jag med största varsamhet lyste framför mig med den lilla lyktan fortsatte jag således nedstigandet.

Då jag enligt min beräkning hunnit vid pass en vånings höjd, avbröts trappan av en bred avsats, från vilken tvenne smala korridorer förde i motsatta riktningar. Men då jag fortfarande hörde ljud – nu mera liknande ett oredigt mummel eller en tjurs dova brummande – från djupet, avstod jag från att närmare undersöka dessa och fortfor att följa trappan, i det jag allt emellanåt stannade för att lyssna.

Ljuden tilltog i styrka, ehuru med längre eller kortare mellanrum av djup tystnad. Jag tyckte mig nu tydligt urskilja människoröster – egendomligt sträva och hårda röster, vilka alla ljöd tillsammans och därpå alla tystnade på en gång för att strax börja på samma sätt – ungefär som när barn i en folkskola av gamla sorten gemensamt upprepar en utanläxa.

Nu började jag även märka en egendomlig röklukt, och då jag höjde lampan såg jag fina strimmor av blåaktig rök som genom något omärkligt luftdrag fördes uppåt trappan.

Min nyfikenhet hade nu stigit till den grad, att jag inte hade en tanke övrig för de faror som möjligen – eller rättare troligen – väntade mig därnere i det okända djupet; kosta vad det ville måste jag genomtränga dess hemligheter.

Hastigt smög jag vidare utför trappan, vars längd började förvåna mig; den tycktes som en jätteskruv borra sig in i själva klippans innandömen och jag lade märke till, att väggarna i själva verket på tvenne sidor inte längre utgjordes av murverk, utan tycktes vara uthuggna eller sprängda i berget.

Plötsligt såg jag vid en ny krökning av den slingrande vinkeltrappan ett eldsken framför mig i djupet, på samma gång som rösterna ljöd med fördubblad styrka.

Hastigt blåste jag ut min lykta och blev stående där jag var, med uppmärksamheten spänd till det yttersta.

Det eldsken, jag sett, föll som en bred, röd strimma in genom en låg, välvd dörr vid trappans fot och upplyste de nedersta trappstegen samt färgade med ett egendomligt skimmer de lätta rökskyar, vilka här lägrat sig som en dimma. Med yttersta varsamhet smög jag mig utför den återstående delen av trappan, i det jag höll mig så mycket som möjligt intill den vägg, som inte upplystes av det snett fallande ljusskenet. Jag stannade vid varje steg för att lyssna och se mig för.

Slutligen nådde jag själva dörren – ett lågt, tämligen djupt valv. Tryckande mig tätt intill väggen, smög jag mig försiktigt fram och tittade ut, ehuru med en tydlig förnimmelse av, att jag därigenom satte mitt liv på spel, ifall någon skulle befinna sig i dörrens omedelbara närhet, då man ofelbart blivit mig varse.

Första blick lugnade mig dock till en viss grad.

Valvet förde inte omedelbart till det utanför liggande rummet, utan till ett litet kringbyggt galleri eller altan – mest liknande avantscenlogen eller oxögat på en teater – från vilken en ny trappa på ena sidan tycktes bilda nedgången till själva det rum eller den sal från vilken ljusskenet och de mumlande rösterna förnams. Mitt för den dörr, som ledde till den övre trappan, var en motsvarande välvd öppning i muren, och det var genom denna som ljuset föll in i trappan.

Det lilla galleriet var på sin höjd en meter i bredd och fyra eller fem meter långt.

Försiktigt hukade jag mig ned och kröp fram till öppningen. Över dess bröstvärn kunde jag, själv dold i skuggan, tydligt se ned i det upplysta rummet, ehuru luften var rökig och de avlägsnare föremålen blott oklart kunde urskiljas.

Om jag lever i hundra år, skall jag aldrig glömma den syn, jag nu såg.

Rummet utgjordes av en stor, välvd källare, vars låga tak – omedelbart över mitt huvud – uppbars av tvenne tjocka pelare, vilka delade densamma i tvenne hälfter. Väggarna föreföll mig inte murade, utan huggna i själva klippan. De var mörka, nästan svarta av ålder och fukt och ytterligare svärtade av röken från facklor, vilka säkerligen under århundraden intagit samma platser som nu, i de med regelbundna mellanrum anbragda järnkramporna. Det var dessa, starkt blossande, av några kedjor sammanbundna facklor från vilka såväl det röda skenet som den röklukt jag märkt i trappan, förskrev sig. De upplyste klart, ehuru med ett dystert flammande, jag skulle vilja säga olycksbådande sken det skådespel, som visade sig där nere och vars alla detaljer outplånligt inbränts i mitt minne, ehuru det blir för långt att nedskriva dem här.

Rummet, eller jag kanske snarare bör kalla det den underjordiska hålan, ty en sådan var det i själva verket, var fullt av människor, både män och kvinnor; de kunde väl vara halvtannat hundratal, männen för sig, kvinnorna för sig i skilda grupper. Deras ansikten var vända mot den del av valvet, som befann sig till höger om mig och jag kunde således tämligen väl iakttaga dem.

Jag gjorde det också med en känsla av obeskrivlig förvåning och vedervilja. Ty aldrig har jag sett fysionomier, mera präglade av de egenskaper och lidelser, som vi kallar *djuriska*, ehuru de i själva verket först syns oss rätt frånstötande och förnedrande då de uppträder hos *människan*. På samma gång föreföll mig dessa varelser märkvärdigt välbekanta och jag kunde till en början inte klargöra för mig, varifrån denna känsla förskrev sig. Men plötsligt slog det

mig: – i dessa undersätsiga, onaturligt bredaxlade och grova gestalter, dessa oproportionerligt långa nästan aplika armar, dessa stora huvuden, täckta av stripigt, tagelliknande hår, dessa låga pannor, dessa djupt liggande, stickande svarta ögon, denna gulbruna hy fårad av underliga, djupa veck, dessa tjocka läppar och breda käkar, igenfann jag till punkt och pricka alla de typiska släkt- eller rasmärken, som jag redan förut iakttagit i porträttgalleriet hos "anherrarna av huset Draculitz". Då jag bläddrar tillbaka i mina anteckningar ser jag att jag redan *då* ansåg uttrycket "djävulskt" mera betecknande än "djuriskt" för det intryck dessa vedervärdiga varelser gjorde på mig. Jag upprepar nu detta med mångdubbelt eftertryck och vida större skäl.

Alla, såväl män och kvinnor, var halvnakna, d.v.s. blottade till midjan – och blotta åsynen av alla dessa håriga gulbruna kroppar med råa, osköna former och nästan abnormt utvecklad muskulatur verkade obeskrivligt frånstötande på mig, nästan med en känsla av äckel. Den nakna människokroppen i sin fulla harmoniska utveckling, är ju eljest ett av naturens ädlaste mästerverk, med vilket endast en i sig själv oren själ kan förknippa orena tankar och föreställningar. Men dessa varelser hade knappast något mänskligt i sin nakenhet lika litet som i sitt ansiktsuttryck, sina röster och åtbörder.

Det föreföll mig nästan som om de varit inbegripna i något slags religiös ceremoni och för att söka en förklaring av dess innebörd såg jag mig uppmärksamt omkring i hålan.

Den bildade en avlång fyrkant, på vars ena långsida jag befann mig. På motsatta långväggen såg jag en utbyggnad motsvarande den, dit trappan från grevens våning ledde, även denna hade överst en halvrund fönsteröppning och där nedanför ett djupt dörrvalv, tillslutet av något slags draperier. Jag kunde blott delvis se detta, då de båda tunga pelare, som uppbar taket, befann sig i det närmaste mitt mellan dessa båda läktare och skymde utsikten från den ena till den andra – något varför jag för övrigt var glad, ty i annat fall hade jag lupit i större fara att bli sedd, ifall någon befunnit sig däruppe på samma sätt som jag befann mig här. Nu var jag, så fort jag drog mig litet åt ena sidan, fullkomligt dold bakom pelaren.

På högra kortväggen, dit allas ögon var riktade, syntes på en upphöjning, med några trappsteg skild från hålans huvudavdelning, (där församlingen befann sig), ett slags altare – eller vad jag skall kalla det – ett ofantligt block av svart sten, på vilket reste sig ett föremål av något mer än manshöjd – en rundad, trubbig obelisk av polerad svart marmor. På väggen bakom detta föremål, vilket intog den plats, som korset plägar inta i åtskilliga kristna kyrkor, syntes i skarpa råa färger ett vedervärdigt, skräckinjagande jättestort ansikte målat, omgivet av eldröda strålar eller lågor, skarpt avtecknande sig mot en kolsvart botten.

Några steg framför altaret, omedelbart invid de trappsteg som förde upp till detsamma, befann sig ännu ett väldigt, avlångt svart marmorblock. Nedanför detsamma, sittande på själva trappstegen med ansiktena vända mot församlingen, satt sex ohyggliga gestalter nedhukade med uppdragna knän och hakan vilande i händerna samt den stirrande, djuriskt slöa och vilda blicken fästad på motsatta väggen. Dessa varelser företedde, så att säga, i mångdubblad grad alla de avskyvärda egendomligheter, vilka utmärkte de övriga. Pannorna var plattryckta och knappast mer än tumsbreda samt fårade av djupa veck; ett strävt men glest tagelliknande hår betäckte deras missbildade, stora huvuden, uppburna av en tjurliknande hals och oproportionerligt breda axlar. Deras stora grodlika munnar med uppsvällda, dreglande läppar, stod öppna, och de hårbevuxna, rödblå öronen var av oerhörd storlek. De brungula, starkt håriga kropparna var fullständigt nakna.

Vid den rörelse av obehaglig vämjelse, som vid deras åsyn genomilade mig, stod det genast klart för mig, att det antagligen varit ett av dessa odjur – eller ett annat av samma art – som anfallit mig i den mörka trappan och som blivit mig övermäktigt. Jag ryste vid blotta tanken på detta fasansfulla famntag.

Följande riktningen av deras nästan hypnotiskt stelnade blickar, varseblev jag på den altaret motsatta väggen en stor grovt utförd målning av

så oerhört anstötlig och grovt oanständig art att jag ej vill smutsa mitt papper med någon beskrivning. I indiska tempel lär liknande bilder förekomma och vara föremål för dyrkan – för min del vet jag mig ej förr ha sett något som kan jämföras därmed. Den upplystes skarpt av tvenne på dess sidor anbragda, flammande och rykande facklor, instuckna i järnkrampor i muren. –

Med ökad fasa och vedervilja iakttog jag nu denna menighet, vilken – så vitt jag kunde förstå – i skyddet av olika gudomligheter, firade sin andakt.

Just vid min ankomst tycktes en paus ha inträtt. En djup tystnad rådde vid pass en sekund, därpå uppstämde kvinnorna plötsligt alla tillsammans, som på en given signal, ehuru jag ej varseblivit någon sådan, med röster, vilkas gälla, vilda skärpa jag endast kan likna vid hyenornas tjut i zoologiska trädgårdar då de är hungriga, en sång, vars vilda rytm och för mina öron onaturliga tongångar på mig gjorde en obeskrivlig verkan. Orden var mig obegripliga, men en del därav har stannat i mitt minne och jag antecknar dem här såsom de ljöd i mina öron, ehuru de antagligen borde stavas helt annorlunda:

"Jokala hai
Peresche wo! –
Sintala mai
Sintala ho
Dracula hai! – hai! – hai! –"

Den melodi – om det kan kallas så – på vilken dessa ord sjöngs, tycktes mig, även den, mera likna ett vilt djurs läte än någon mänsklig komposition. Då de skarpa rösterna tillsammans utstötte det sista *hai! – hai! hai! –* vilket med otrolig våldsamhet framslungades, måste jag ovillkorligen tänka på en skock hungrande vargars gläfsande, en isande rysning gav mig den känsla som man vanligen kallar att "håren reser sig på ens huvud".

I samma ögonblick som kvinnorna tystnat upptogs sången av karlarna med ett dovt rytande eller brummande, i början dämpat, men så småningom svällande till ett ohyggligt vrålande, avbrutet då och då av ett par korta, vilda strofer, vilka kvinnorna å sin sida beledsagade med sitt gällt gläfsande "*hai, hai, hai!*" till dess det hela bildade *en* verklig avgrundskör. Sången beledsagades av enformiga, men ohyggligt uttrycksfulla armrörelser, som hade alla på en gång velat störta graven och sönderslita något osynligt offer, på vilken de mest gnistrande, rovgiriga ögon stirrade i ett slags stigande, mordisk extas.

Då detta fortgått några minuter under ständigt stigande upphetsning, tystnade alla lika plötsligt som de börjat. Ögonblicket därpå genljöd hela valvet åter av de på nära håll ännu oändligt mycket mera förfärande toner, vilka jag först uppfångat på min väg utför trappan. Om de kopparlurar, över vilka Israels präster förfogade under deras minnesvärda vandringar kring Jeriko, var av samma art, som de instrument, från vilka dessa toner förskrev sig, undrar jag ej på att murarna ramlade. Jag tyckte mig bokstavligen känna hur själva klippan vibrerade under mig, i det att en namnlös skräck sammansnörde mitt hjärta och förlamade hela min varelse.

Ännu en gång räknade jag tolv långa, dystert hotande basunstötar, vilka tycktes mig komma ur själva jorden.

Då jag hämtat mig tillräckligt från den skakning, vari de första tonerna försatte mig, märkte jag med blandad förfäran och nyfikenhet, att en ny akt av det underliga skådespelet tydligen skulle börja.

Karlar och kvinnor hade hittills bildat tvenne endast av en smal gång skilda partier, alldeles som i gammaldags lantkyrkor; nu drog sig alla med en långsam rörelse tillbaka, männen åt ett håll, kvinnorna åt det motsatta, till dess de bildade tvenne stora halvkretsar på ömse sidor om den trappavsats, på vilken vad jag kallar altanen befann sig.

På samma gång reste sig långsamt de sex på trappstegen sittande vidundren. Jag kunde nu ännu bättre iakttaga i hur hög grad de förtjänade detta namn. Då de stod upprätt, nådde de långa, starkt hårbevuxna, otroligt muskulösa armarna ett gott stycke nedanför knät och bred-

den över axlar och bröst var så oerhörd i förhållande till kroppens längd att de i själva verket föreföll dvärglika, ehuru de egentligen blott var obetydligt under den vanliga medellängden. Med det stripiga, sträva håret, den långa, fårade pannan, det starkt utvecklade käkpartiet, de svarta, ludna kropparna och de vanskapligt stora händerna och fötterna liknade de de betydligt mera något slags jättelika apor, än människor.

Medan de tolv långa basunstötarna (jag kallar dem så i brist på ett bättre ord) ännu genljöd i valvet, stod de nästan orörliga kvar på sina platser, under det att de långsamt lyfte händerna till jämnhöjd med sina ansikten och med utspärrade fingrar liksom spelade eller krafsade i luften framför sig på ett sätt, som kom mig att rysa, ehuru jag ej skulle kunna ha sagt, varför denna rörelse egentligen föreföll mig så skräckinjagande.

Då basunstötarna tystnat, inträdde ett ögonblicks gravlik stillhet. Därpå började en trumma – eller något liknande – någonstans ljuda, först helt svagt men sedan allt starkare, i en entonig, men på samma gång egendomligt eggande takt.

De håriga vidundren började sakta föra fötterna i takt, utan att dessa flyttade sig från stället, under det att deras långa, kloliknande fingrar allt fortare spelade i luften framför dem.

Nu ljöd trumman starkare, och med ens satte de sig i rörelse. Tre vände sig åt höger, tre åt vänster. Med börja ryggar och krökta knän, framsträckta huvuden och händerna alltjämt i samma egendomligt dallrande eller spelande rörelser i luften framför sig, började de i motsatt riktning långsamt luffa – jag kan ej beskriva det annorlunda – kring det stora avlånga stenblocket på trappupphöjningen. Därunder framstötte de ett slags morrande läte, som ilskna hundar, allt emellanåt stigande till ett avskyvärt gläfsande tjut.

Då de på detta sätt, sju eller åtta gånger, passerat runt stenblocket, stannade de, då de åter möttes framför detsamma, på sina gamla platser, och blev stående där några sekunder. Trumman ljöd nu åter starkare och mera manande, och jag tyckte mig märka, hur en nervös upphetsning mer och mer bemäktigade sig hela församlingen. Mitt eget hjärta slog med plågsam häftighet och alla sinnen var spända till det yttersta.

Nu steg vidundren ned från trappan och begav sig i rad, med framböjda, nedhukade kroppar, och underligt smygande rörelser utför den breda gång, som lämnats öppen mellan de båda halvkretsarna. Deras hållning påminde mig ovillkorligen om framsmygande vilddjur, som lurar för att överraska sitt rov, och jag iakttog deras framåtskridande med nästan andlös spänning. Till slut försvann de ur min åsyn i djupet av ett slags stort, mörkt portvalv, som jag nu först lade märke till, omedelbart under den avskyvärda målning, jag nyss omtalat.

Hela församlingens blickar följde dem, och jag tyckte mig se en spänd och ivrig förväntan uttryckt på alla dessa otympliga, vidrigt fula och frånstötande ansikten, som med ett slags girig snålhet lutade sig framåt för att se mot valvet i fonden. Även jag böjde mig ofrivilligt framåt i överväldigande nyfikenhet och oro för att se, vad som komma skulle – en ångestfull aning sade mig att något fruktansvärt förestod.

Nu dånade åter de om domens basuner påminnande ljuden genom valvet – tre långa, genom märg och ben trängande stötar, denna gång omedelbart efterföljda av ett dovt brummande, som tycktes komma allt närmare, till dess det med ett åsklikt, nervskakande buller genljöd från och fyllde hela valvet. Nu märkte jag, att ljuden kom från porten i fonden, vilken i facklornas röda sken såg ut som en djup, svart tunnel rakt in i själva klippan.

Plötsligt visade sig mitt i denna portal en häpnadsväckande gestalt – en högrest gammal man, med yvigt, vitt hår och långa, vita mustascher, iklädd en fotsid eldröd dräkt, vilken lämnade de senfulla armarna bara, ävensom halsen. På bröstet sammanhölls denna egendomliga kåpa av ett i grönt gnistrande smycke, antagligen av smaragder, och så vitt jag kunde se, liknande en i S-form krökt orm. Kring huvudet bar han en smal guldring, mitt över pannan prydd med ett liknande smycke. I ena handen höll han en lång svart stav; den andra vilade lätt på huvudet av en

ofantlig varg, vilken lydigt som en hund tycktes följa honom.

Jag igenkände greven – ehuru det imponerande och skräckinjagande majestät, som i denna stund omgav honom, var något helt och hållet nytt för mig.

I samma ögonblick, som han visade sig, bugade sig alla de närvarande med över bröstet korslagda armar nästan till golvet, som då en plötslig vindstöt stryker fram över ett sädesfält och böjer de mognande axen till jorden.

Långsamt skred han framåt, besteg trappavsatsen och stannade på ena sidan om altaret, i det han vände sig om mot församlingen, som nu åter reste sig. Även hans blickar fästes nu förväntansfullt på det mörka valvet i hålans bortre ända.

Plötsligt upplystes detta av ett skarpt grönaktigt sken, som tycktes komma inifrån. Mot denna bakgrund avtecknade sig en rad av mörka gestalter, som långsamt närmade sig öppningen. I samma ögonblick som de nådde densamma och stod i begrepp att inträda i hålan, höjde greven med en befallande åtbörd staven. Inom en sekund hade överallt viga, om ock otympliga gestalter, svängt sig upp på den krans av stora stenar, vilken som ett slags panelning låg runt om hålan, gripit facklorna och med en skicklig svängning släckt dem mot muren. Det blev ett ögonblick mörkt; därpå såg jag ett egendomligt flammande sken, som lätta norrskenslågor över altaret; taggiga strimmor, blixtsnabbt utstrålande och åter försvinnande, tycktes allt mera samla sig kring och utgå från en gemensam medelpunkt; denna medelpunkt, till en början endast en matt i grönvitt lysande fläck, koncentrerade sig alltmer och tilltog i styrka, till dess jag till min outsägliga fasa plötsligt såg den ta gestalt av ett kolossalt ansikte – ett ansikte som jag omöjligt kan beskriva, därför att det inte liknade något jag sett i denna världen och därför att dess uttryck innebar något för vilken språket saknar ord – åtminstone är det *mig* omöjligt att finna några som kan återge *vad det egentligen var* som gjorde det för mig så oerhört skräckinjagande att – som gamla bekanta diktare uttrycksfullt säger: ”– mina ben försmäktade och mitt blod vändes i vatten." Om jag säger att det var till hälften mänskligt, till hälften djuriskt, men på samma gång föreföll mig som *Ondskan* personifierad, så är detta i alla fall endast en fras, som intet förklarar. Med den grovt tecknade och rått färglagda bild, som förut prytt väggen hade det på sin höjd de yttre konturerna gemensamt; men själva dessa konturer, liksom hela ansiktet, tycktes växla och flyta i varandras med något av kinematografbildernas[1] egendomligt dallrande rörelser, och den krans av strålar, av vilka ansiktet omgavs, växlade även blixtsnabbt form och färg som norrskenet och en del andra elektriska ljusutstrålningar gör; dess glans var alltjämt tillräckligt stark för att upplysa hela hålan.

Jag stirrade så helt och hållet fängslad och överväldigad på de underbara och förfärande uppenbarelserna, att jag för några sekunder helt och hållet glömde att ge akt på, vad som föregick i själva grottan. Då jag åter hann sansa mig tillräckligt för att se mig omkring, såg jag hela församlingen ligga framstupa på golvet med ansiktena mot jorden. Endast greven stod upprätt på sin plats med den långa staven alltjämt befallande utsträckt över det i stoftet krälande folket.

Den vilda trumningen hade tystnat och en verklig dödstystnad rådde några sekunder. Då greven lät staven sjunka, började den ånyo med fördubblad styrka, med ett ljud liknande åskans stigande och fallande i våldsamma skrällar och i ett bortdöende, olycksbådande mummel som den.

Församlingen reste sig hastigt, och i nästa ögonblick uppstämdes åter med vild, lidelsefull häftighet den sång jag förut hört – om orden alltigenom var desamma, kan jag inte bestämt säga, men det vilda omkvädet, kvinnornas gälla gläfsande *"hai! hai! hai!"* och männens tjurliknande brummande och bölande, igenkände jag.

Under tiden skred en underlig procession uppför gången.

Först kom en varelse – jag vet inte hur jag eljest skall beteckna honom, ty han föreföll mig såsom varken människa eller djur – – dock mera

djur än människa – dvärglik, knappast mer än meterhög, betäckt av strävt, gulvitt hår eller borst över hela kroppen, ehuru denna för övrigt hade något sånär mänskliga former. Ett stort huvud med oerhört utstående öron samt nästan utan hals på den uppsvällda kroppen, som med sin stora hängande buk och oproportionerligt tunna ben, med långa platta fötter, gjorde ett vidrigt intryck. Ansiktet kunde snarare kallas ett tryne, ty dess mest framträdande del utgjordes av de ofantligt blåröda läpparna, vilka oavlåtligt var i en smackande eller sugande rörelse. Han gick med släpande, vaggande gång och hängande armar, samt liknade i sin helhet mera något på bakbenen vandrande djur av svinsläktet än något annat, varmed jag kan jämföra honom.

Därpå följde de sex nästan lika vederstyggliga, om ock något mera mänskliga varelser, som jag förut sett. De gick två och två, och till min outsägliga fasa varseblev jag att varje par förde emellan sig en kvinna – en fånge tydligen, med bakbundna händer. Alla tre var så gott som nakna – unga, präktiga gestalter med yppiga former och ansikten, som helt visst varit vackra om de ej vanställt och förvridits av en fasa, som tycktes mig stå på vansinnets gräns. Dödsbleka såg de sig omkring med irrande, glasartade blickar, ur vilka varje annat uttryck än en gränslös förfäran försvunnit. Två av dem var mörka, med brun hy och tjockt svart hår, som upplöst och oredigt hängde över bröst och axlar; den tredje var ljus och av något spädare kroppsbyggnad.

Efter denna grupp kom åtskilliga karlar, vilka i intet anmärkningsvärt avseende skilde sig från den stora massan av församlingen. De första bland dem bar trummor eller pukor av egendomlig, uråldrig fason, som med underligt dov, jag skulle vilja säga hotande klang, påminde om åskans avlägsna mullrande, innan den bryter lös på allvar. Sist kom fyra män, av helt annat utseende och kroppsbyggnad än de övriga – kraftiga, ovanligt resliga gestalter med djärva drag och vilda, hårda ögon, under en skog av krusigt, korpsvart hår. De liknade greven, och tycktes, liksom han, medvetna om att tillhöra en överlägsen ras. Deras dräkt utgjordes av ett slags till knät räckande rockar eller blusar, eldröda till

<hr>

1 Kinematografen var den första filmprojektorn i modern mening, patenterad i Frankrike 1895.

färgen och kring midjan sammanhållen av ett brett bälte. Armar och ben var bara.

Dessa fyra män bar ett slags nästan manshöga lurar eller trumpeter av glänsande koppar – de instrument, vilka frambringat de skräckinjagande toner, vilka jag hört förut.

Hela processionen skred långsamt upp mot altaret, endast belyst av det egendomligt dallrande och emellanåt vilt flammande sken, som utströmmade från det fruktansvärda ansiktet därovanför.

Framkomna till upphöjningen, stannade de; trumslagarna ställde upp sig på ömse sidor om trappstegen, de fyra som bar lurarna gick upp och tog omedelbart plats framför altaret, med ansiktena vända mot församlingen, och samtidigt framträdde långsamt den högväxte, vithårige mannen i den fotsida kåpan, i vilken jag tyckte mig igenkänna greven (ehuru jag i denna stund ej är fullt säker, om det verkligen *var* han eller blott någon som i hög grad liknade honom) – samt ställde sig framför det avlånga svarta stenblocket på trappans översta avsats.

Omedelbart nedanför trappan, fullt belyst av det hemska, avgudalika ljus, varom jag talat, hade de långarmade håriga vidundren stannat med sina olyckliga fångar. Den ohyggliga varelse, som gått i spetsen för tåget, hade nu gått fram till själva altaret och hukat sig ned på dess trappsteg, där han med sin oformliga buk, sin trynlika mun och sina långa armar satt hopkrupen som en ofantlig groda.

Då alla ordnat sig, blev det tyst några ögonblick – en hemsk, olycksbådande tystnad, varunder jag kände mitt blod isas av en stigande, hart när olidlig ångest.

Därpå vände sig den vithårige, rödklädde mannen mot altaret och uttalade långsamt och högtidligt orden:

"Jokala! – – Jokala! – – Jokala!" – – –
– *"Sintala! – – Sintala! – – Sintala!"* – –
– *"Dracula! – – Dracula! – – Dracula!"*

Därvid svängde han med aplika rörelser staven över huvudet, beskrivande egendomliga, tydligen väl beräknade figurer i luften.

För vart och ett av de tre namn (om det var namn), han nämnde, växlade det fruktansvärda ansiktet färg, och belysningen förändrades – först vitblått, så mattgrönaktigt och sist ett lågande rött. Det föreföll mig – men detta kan ju ha varit en verkan av min nervöst uppjagade fantasi – som om själva ansiktet under denna besvärjelse även växlat uttryck, så att det från kall, isande grymhet så småningom övergått till girig, vilt flammande lystnad – en växling som även, så tycktes det mig, återspeglades på alla de närvarandes ansikten.

Nu höjde de högväxta, rödklädda männen kopparlurarna, och valvet återljöd än en gång av deras genom märg och ben trängande klang. Denna gång blandades den dock med ljudet av ett skärande mänskligt skri, så sönderslitande och ohyggligt i sin ångest, att jag ber Gud att aldrig mer behöva höra dess like.

De fångna kvinnorna hade hittills förhållit sig fullkomligt passiva – efter vad jag tyckte mig förstå, fullständigt förlamade och nästan idiotiska av en förfäran, allt för stor för att finna uttryck, vare sig i ord eller rörelse. Dödsbleka och med vitt uppspärrade, glasartade ögon stirrade de omkring sig, utan ett försök till flykt eller motstånd.

Men i detsamma som lurarna ljöd hade de båda vaktare som fasthöll den mellersta av fångarna – den ljusa unga kvinnan – med en plötslig rörelse, så snabb att jag ej ens hunnit iakttaga den, förrän den redan var utförd, slagit sina långa, hårbevuxna armar omkring den olyckliga, lyft upp henne och med brutal kraft kastat henne raklång på ryggen på det stora svarta stenblocket, där de fasthöll henne utsträckt mellan sig, ehuru hon med förtvivlans kraft kämpade emot och vred sig som en mask för att slita sig ur deras händer – en ohygglig och upprörande syn. – Hon skrek vilt och som i fullkomligt vansinne, till dess de hesa, rosslande ljuden knappast mer hade något mänskligt i sin klang – – och med detta fasansfulla skrik, trummornas buller och lurarnas bedövande, långdragna vrålande blandade sig ett i mina öron ännu förfärligare ljud – – ett skallande, i ordets hela bemärkelse mångstämmigt djävulskt gapskratt, som bar vittne om de känslor, varmed de varelser, som här var församlade, åsåg den olyckligas dödsångest. Då jag ett ögonblick vände bort blicken från den ohyggliga gruppen framför altaret, såg jag med fasa uttrycket i alla dessa ansikten, alla dessa ögon girigt riktade mot en enda punkt – den punkt, där en kvinnas vita nakna kropp i krampaktiga ryckningar vred sig under de djävulska bödlarnas händer på den svarta stenen. – –

Jag satt som förlamad, som förvandlad till sten av en förfäran och avsky, som ej kan uttryckas med ord. För första gången i mitt liv kände jag, att helvetet inte blott är en teologisk fabel, avsedd att skrämma svaga själar till lydnad och rättfärdighet – jag tyckte mig ana att även människonaturen inom sig hyser ohyggliga möjligheter, vilka, där de ohejdat får utveckla sig, ställer allt vad en upphettad medeltidsfantasi kunnat dikta i skuggan. Hos dessa varelser fanns intet av det vi vant oss kalla mänskligt. –

Allt tilldrog sig vida fortare, än jag hinner nedskriva det. Jag hade knappast hunnit rätt fatta, vad jag nu skildrat, förrän det hemska skådespelets andra akt började. Den vithårige mannen, som åter vänt sig mot församlingen, höjde långsamt och befallande sin stav; lurar och trummor tystnade och liksom ofrivilligt upphörde även den fångna att skrika, ehuru hon fortfarande våldsamt vred sig som i krampryckningar under de jättestarka händer, som fasthöll henne.

Nu böjde den gamle mannen sig ned över henne och såg henne tyst in i de vilt uppspärrade, av vansinnets skräck lysande ögonen. Jag kunde ej se hans ansikte men hennes så mycket tydligare. Med häpnad såg jag, hur dess uttryck förändrades. De förvridna dragen återfick något av sin naturliga skönhet; de dödsbleka kinderna färgades så småningom av en tilltagande rodnad; de krampaktigt spända lemmarna slappnade och sjönk liksom domnande tillbaka på stenen – till slut skildes läpparna av ett vällustigt leende, ögonen slöts till hälften, huvudet föll tillbaka – och då nu väktarna, på ett tecken av den gamle, släppte sitt tag om hennes lemmar låg hon där utsträckt liksom till hälften domnande, med utbredda armar, skön som bilden av en vilande nymf och till utseendet vilje- och medvetslös. – –

Nu reste sig den gamle och tog ett steg åt sidan, så att ljuset fullt föll på den liggande gestalten. Liksom åkallande höjde han händerna mot det flammande ansiktet över altaret, i det han med hög röst uttalade några ord, som jag ej kan återge. Därpå gav han ett tecken, och trummorna började sakta mullra, med alltjämt tilltagande styrka.

– – Vid detta ljud började den vedervärdiga varelsen vid altarets fot att sakta röra på sig. Hans långa, med vitgul ragg bevuxna armar sträckte ut sig; det oformliga huvudet lyftes liksom vädrande, den stora munnen öppnade sig med ett smackande ljud, visande två rader vita, skarpa tänder, och de runda, grodlika ögonen fick ett spänt och ivrigt uttryck, som på ett djur, vilket spanar efter rov. Med ett egendomligt morrande ljud hasade han sig, stödd på händerna, långsamt framåt golvet ett stycke men började därpå krypa på alla fyra, som en lurande katt. – –

Med ens tog han ett språng och kastade sig över den på stenblocket liggande kvinnan, vilket han omslingrade med sina aplika armar som om han velat kväva henne. Jag kunde knappast återhålla det skri av fasa, som ville bana sig över mina läppar, då jag såg honom hugga tänderna i hennes strupe och liksom suga sig fast där med de tjocka, uppsvällda läpparna, som en igel hänger sig fast vid såret. –

Vad som redan försiggått kunde berett mig på något ohyggligt – men vad jag nu såg övergick vida vad jag någonsin kunde tänka eller drömma. Jag kan knappt ens förmå mig att nedskriva det här.

Ett ögonblick vred sig den arma konvulsiviskt i detta fasansfulla famntag; därpå sjönk lemmarna slappt tillbaka – hon var antagligen död.

I detsamma ljöd åter lurarna, starka och skallande som domens basuner. Det raggiga odjuret släppte sitt tag som den övermätta igeln släpper sitt, föll tungt och ovigt till marken och krälade åter bort till altaret där han hukade sig ned och blev sittande, slickande sina blodiga läppar och sakta morrande för sig själv. På stenblocket kvarlåg hans offer, med blodet forsande ur det gapande, trasiga såret på halsen. – –

Vad som nu följde, vill jag blott beskriva i korthet – detaljerna vägrar min penna att återge.

Vid åsynen av blodet tycktes ett fullkomligt vanvett gripa hela församlingen. Somliga fäktade vilt med armar och ben, andra hoppade som besatta upp och ned på samma fläck, andra åter kastade sig till jorden och rullade där, morrande och bitande omkring sig som galna hundar. Men flertalet instämde med vild kraft i den kör jag förut hört, och männens dova brummande tillika med kvinnornas gälla gläfsande fyllde hela valvet, beledsagat av trummornas dövande larm och de båda återstående fångarnas förtvivlade ångestskrik.

Under allt detta steg den gamle mannen fram till den döda, doppade båda sina händer i blodet och stänkte det vitt omkring, varefter han åter sträckte händerna mot det flammande anletet på väggen.

Därpå gav han ett tecken; de båda vaktare, som fasthållit den olyckliga döda, steg fram, kastade sig på ömse sidor om henne och började girigt suga det alltjämt strömmande blodet. På den vithåriges förnyade tecken följdes dessa av de andra – och om skådespelet redan förut varit motbjudande och förhatligt, blev det nu mångdubbelt vid åsynen av alla dessa blodbesudlade, grymma ansikten och blodfläckade, nakna kroppar. –

Jag hade sett nog och mer än nog; jag kände nu blott en längtan, ett begär – att så fort som möjligt lämna detta åt helvetets och vanvettets makter vigda ställe. Benen vägrade att bära mig – men med uppbjudande av hela min viljekraft lyckades jag dock klättra uppför trappan. Uppkommen tände jag på min lykta och återfann utan svårighet den knapp, vars tryckning öppnat den dolda dörren, vilken jag omsorgsfullt tillslöt efter mig. Ännu på avstånd hörde jag ett svagt genljud av den djuriska orgie som ännu pågick – – möjligen i ännu förfärligare och mera upprörande form – därnere i det svarta djupet där onämnbara skändligheter ruvade.

Utmattad som efter en lång sjukdom, skälvande av en invärtes frossa, nådde jag slutligen mitt rum och kastade mig på sängen. – Nu först – – ett par dagar efter – – har jag kunnat besluta mig för att nedskriva denna skildring, som dock föga återgiver mer än de yttersta konturerna av det gräsliga jag såg, hörde och – – anade.

Som sagt: helvetet är för mig inte längre någon teologisk fabel, jag har själv stått vid dess rand och sett djävlarna driva sitt spel därnere.

En annan gång är det kanske jag som blir deras offer.

Här är *allt* möjligt – så mycket vet jag nu. Och – jag erkänner det – ännu har jag inte haft mod att åter undersöka den hemliga trappan, för att se om den ändå möjligen kan erbjuda mig det tillfälle till flykt vari jag ser min enda räddning – om jag skall behålla liv och förnuft. –

Till det yttre är allting sig likt – och då greven om kvällen sitter mitt emot mig, artigt konverserande på sitt vanliga intressanta vis, är mig det hela stundom som en dröm. – Bredvid mig här på bordet ligger Londons adresskalender och juristmatrikeln; här är mina anteckningar angående fastighetsköpet i Purfleet – här är uppslagsböcker av alla slag, talande om nittonde seklets trygga, ordnade, borgerliga förhållanden. Och några famnar under mig i slottets dolda, hemlighetsfulla gömslen – vem vet vilken djävulsorgie, vildare än allt vad medeltidslegendernas lössläppta fantasi kunnat ana, – som just nu förs där? –

Däruppe – – – är *hon*, med sin dragande, snärjande trollmakt, för vilken jag fasar, på samma gång som jag ej kan frigöra mig från densamma – – – och *där nere* – helvetet med alla dess djävlar.

Gud vare mig nådig! Här är sannerligen stor nöd å färde! –

* * *

Den 25. – – Jag har varit, och är ännu, alltför djupt skakad av vad jag nyligen genomlevt för att ha kunnat förmå mig att skriva. Nu känner jag det dock som en plikt att ej längre försumma dessa anteckningar, vilka stundom syns mig såsom den enda fasta punkt jag har att hålla mig vid för att ej helt och hållet förlora förmågan att skilja mellan dröm och verklighet. Hela mitt liv här liknar mera en ohygglig feberfantasi än något som en levande människa verkligen kan komma att uppleva i civilisationens tidevarv. I nittonde seklet! – – jag upprepar dessa ord för mig själv allt emellanåt, som vore de en trollformel som kunde få allt omkring att smälta bort och försvinna – men den verkar ej. Vad jag sett, hört och erfarit är tyvärr alltför verkligt för att det skulle kunna förjagas och utplånas med en fras. London står där det står – miljoner människor trängs på dess gator, tusentals tidningar lämnar dagligen dess tryckpressar och flyger ut i världen för att förkunna sekelslutets triumferande kultur, telegrafen för bud om nya segrar på vetenskapens och odlingens fält – – – människorna är så starka och trygga i hägnet av ett ordnat samhälle och dess grundmurade lagar – – – och under tiden fortlever i dessa bortglömda bergsbygder – och vem vet på hur många andra ställen! – – vad vi skulle kalla det mörkaste barbari som en hemlighetsfull, oförneklig makt, vars välde möjligen – det förefaller mig så ibland – sträcker sig längre än någon av oss anar. Jag har kommit på många underliga tankar på sista tiden. Ord, som greven tillfälligtvis låtit undfalla sig – framkastade antydningar, lösryckta yttranden, vilka jag sökt sammanställa till ett helt, och iakttagelser, vilka var för sig inte betyder så mycket, men tillsammans torde kunna betyda så mycket mer – allt låter mig dunkelt ana förhållanden och möjligheter, åt vilka jag ännu för några veckor sedan skulle ha gapskrattat om någon vågat i min närvaro komma fram med något sådant, men vilka nu syns mig i ett helt annat ljus. – – Vilket häpnadsväckande perspektiv öppnar sig därvid inte för tanken! – Men om detta är här inte rätta platsen eller tiden att yttra sig. Kommer jag någonsin med livet härifrån, skall det bli min uppgift att vidare fullfölja den mörka ledtråd, jag tycker mig ha funnit och som – så förefaller det mig nu – torde föra till lösningen av många dunkla samhällsgåtor. Lyckas det mig, så har jag inte levt förgäves. –

– Jag vet knappast, om jag misstar mig, om det möjligen kan bero på min egen upprörda stämning – – men det har förefallit mig som om grevens sätt mot mig under de senaste dagarna undergått en nästan omärklig, men dock bestämd och – det tycks mig så – olycksbådande

förändring. Hans artighet är lika siratlig och förekommande som alltid, men den har fått en anstrykning av ironi – hans ord har ofta en sarkastisk klang som ger dem en obehaglig dubbelmening – och då jag ett par gånger plötsligt sett upp och mött hans blick, har dess hånfullt stickande, lurande uttryck kommit mig att rysa.

Därtill kommer annat, som varnar mig att vara på min vakt och ständigt beredd på det värsta.

Allt sedan den dag, då jag, på hans bestämda yrkande skrev till Hawkins och Vilma, att jag skulle stanna här några veckor, har jag ej mottagit några brev, ej heller har det erbjudits mig tillfälle att avsända några sådana. Då jag ett par gånger yttrat en önskan att få meddela mig med de hemmavarande, har greven förbindligt försäkrat, att han skulle underrätta mig, så snart ett tillfälle yppade sig att sända post, samt bett om ursäkt för de primitiva förhållanden som i den vägen är rådande häruppe.

”Vad har en gammal enstöring som jag med den yttre världen att skaffa!” säger han. ”Vem skulle skriva till mig och till vem skulle jag skriva? – Vägarna är långa häruppe i bergsbygden och översvämningarna har just nu förstört många broar och försvårat all samfärdsel. Ni får ursäkta oss, käre unge vän, om våra anordningar och det lugn, varmed vi finner oss i mycket som möjligen skulle kunna avhjälpas, om vi vore mindre förnöjsamma, är alltför gammaldags! – Emellertid hoppas jag att kommunikationerna snart skall bli bättre, då vårfloden hunnit lägga sig.”

Jag fann detta rimligt nog, och då jag i mitt sista brev härifrån sagt Vilma något angående de här rådande in- eller rättare outvecklade postförhållandena, visste jag, att hon ej skulle synnerligen oroa sig över min tystnad, liksom jag ej heller hade någon anledning att oroa mig för de hemmavarande.

Men lugn är jag dock inte, det skall Gud veta! – Endast *den* omständigheten att jag blott ett par dagar efter grevens nyss anförda yttrande, då jag letade bland en del gamla tidskrifter och tidningar på en hylla i biblioteket, plötsligt påträffade fem à sex tidningsnummer – både franska och engelska samt ett n:r av *Times* – som bar ett vida senare datum än de sista greven lämnat mig till genomläsande – redan *den* omständigheten var ju ägnad att framkalla vissa egendomliga reflexioner angående postgångens verkliga beskaffenhet och de uppgifter greven givit mig. Därtill kommer att greven åtskilliga gånger under samtalets gång kommit att nämna politiska tilldragelser och andra händelser, angående vilka han tydligen var väl underrättad, ehuru de inträffat under allra senaste tid. Han har alltid funnit sig och sagt, att han hört dessa nyheter genom vänner, som han träffat på sina utflykter i grannskapet – men det är och blir dock egendomligt att dessa hans vänner och grannar kan vara så väl underrättade, ifall det verkligen till följd av översvämningar och andra naturhinder vore omöjligt att fortskaffa post hit.

Härtill kommer ytterligare en omständighet, märklig nog i sig själv och ytterligare ägnad att rubba mitt förtroende till grevens uppgifter och avsikter – ifall jag verkligen vore benägen att hysa något förtroende till honom vidare.

För några dagar sedan, då vi skilts för natten, märkte jag först betydligt senare, i själva verket först sedan jag redan gått till sängs och sovit en god stund, att jag glömt min klocka i biblioteket. Jag hade av någon anledning tagit den av mig och lagt den framför mig på skrivbordet, då jag under eftermiddagen varit sysselsatt med att göra anteckningar och utdrag ur ett tyskt juridiskt arbete.

Jag steg upp, tog på mig tofflor och litet kläder och gick att hämta den, medtagande ljuset. Den låg också just där jag mindes mig ha lämnat den, strax till höger på skrivbordet, men till hälften dold av några lösa papper. Då jag flyttade dessa, varseblev jag emellertid två eller tre brev, förseglade och adresserade med grevens stil, som låg strax där bredvid. Med häpnad läste jag adresserna på dessa brev. Jag vill ej anteckna dem här, blott i korthet anmärka att de bar namn, kända i hela Europa och tydande på hemliga förbindelser och kombinationer av i såväl politiskt som socialt och kulturellt avseende djupt ingripande och betydelsefull art, – i synnerhet då jag sammanställde dem med vissa vid tillfället av mig

knappt förstådda yttranden, som greven låtit fälla.

Det var – det erkänner jag, – onekligen frestande att öppna ett eller annat av breven och se i vad mån innehållet bestyrkte mina dunkla misstankar, men ehuru man möjligen kunde anse åtskilligt som man eljest fördömer, ursäktligt och till och med tillåtet under de förhållanden vari jag finner mig försatt, kunde jag ej förmå mig att tillgripa denna utväg.

Då jag lade papperen tillbaka, märkte jag emellertid att dessa tydligen var öppna brev, vilka greven antagligen efter min bortgång varit sysselsatt med att genomläsa och besvara, och som han sedan glömt att lägga undan.

Redan vid det översta blev min blick ovillkorligen hängande – ty där läste jag med tydliga, raska bokstäver ett datum – – endast *tre dagar tidigare än det närvarande!*

Alltså intet skäl att beklaga sig över den långsamma postgången! – Varför hade han velat föra mig bakom ljuset i detta avseende? Den frågan liksom så många andra, måste jag tills vidare avstå från att besvara.

På det högsta förvånad och inte så litet uppbragt drog jag inte i betänkande att ta närmare kännedom om den skrivelse, som först på ett så egendomligt sätt spelat mig i händerna. Förhållandet mellan mig och greven tar mer och mer formen av en tyst tvekamp, i vilken jag som den betydligt svagare, onekligen anser mig berättigad att använda vapen som jag under andra förhållanden skulle sky att tillgripa.

Brevet var på franska och bar som underskrift ett namn, väl bekant i de senaste årens politiska krönika.

Brevskrivaren erkände artigt mottagandet av en högst betydande penningsumma (beloppet var angivet) samt åberopade sig å "ärade skrivelsen av den 16 maj" – således i förliden vecka – i det han försäkrade att däri givna upplysningar och instruktioner redan delgivits "vederbörande". Efter åtskilliga dunkla hänsyftningar, till vilka jag helt och hållet saknar nyckeln för närvarande, och med nämnandet av en hel del endast med initialer betecknande personligheter, slutade brevet med följande fraser:

"Alla förberedelser till den stora katastrofen pågår med oförtröttat nit. Vår heliga sak vinner dagligen nya anhängare. Alla känner att Mänsklighetens Utvalda alltför länge suckat över det olidliga tvång, som pålagts dem av en bornerad och föraktlig numerär majoritet. Vi har vuxit ifrån denna trälmoral och torde snart vara mogna att förkunna Jokala-Adonais stora frigörande budskap.

Världen tillhör De Starka!" – – Detta är grevens favoritfras, vilken han vid alla tillfällen upprepat och utlägger. Det förefaller mig till och med som inlade han i densamma en hemlighetsfull betydelse, som jag inte rätt fattar eller genomskådar, ehuru jag då också tycker mig uppfånga en skymt därav.

Det var dock inte detta, ej ens det betydelsefulla namn med vilket brevet var undertecknat, som gjorde intryck på mig för ögonblicket, utan snarare det faktum att greven under denna tid, då jag mer än en gång talat med honom om min önskan att skriva hem och han ständigt försäkrat mig, att detta ännu ej lät sig göra, *alltjämt oavbrutet både själv skrivit och mottagit brev.* Talet om den oregelbundna postgången, om hans avskildhet från världen, om de dåliga vägarna och översvämningarna har således helt enkelt varit – – – – lögn. Han har blott *inte velat* att jag skulle skriva, och tagit sina mått och steg för att förhindra det.

Jag stod just i begrepp att kasta en blick på de övriga breven – under ett av dem läste jag med oerhörd bestörtning namnet på en mycket framstående engelsman, vars djärva och genialiska politiska bana på senare tid väckt lika mycken gensägelse, som beundran – men plötsligt erfor jag det onämnbara intryck som säger mig att jag måste fly – fly, för att inte falla. Jag kände, att *hon* nalkades och att hon redan på avstånd bemäktigade sig själ och sinnen, så att jag måste uppbjuda all min kraft och all min vilja för att undkomma. Jag störtade ut, utan att vidare fråga efter vikten av de upptäckter jag kunnat göra – – och kände mig först säker då jag låst dörren till min kammare i dubbelt lås bakom mig. –

Det är något som säger mig att så länge jag inte frivilligt öppnar denna dörr för henne, är jag åtminstone *där* i säkerhet.

* * *

Det var ett par dagar senare som *det* inträffade, vilket kanske mer än allt annat låtit mig känna, att mitt liv här hänger på en tråd, och på samma gång inger mig den livligaste oro för framtiden.

Jag satt vid mitt arbete i biblioteket på aftonen, då greven inträdde och, efter att ha hälsat på mig, med den älskvärdaste ton meddelade mig, att han nu fått ett tillfälle att sända bud till Bistritz, och att jag således kunde skriva hem om jag så önskade.

Ehuru jag hade mina tankar för mig angående detta "enastående tillfälle" till meddelande med den yttre världen, yttrade jag en uppriktig och oförställd glädje över den erhållna underrättelsen och reste mig för att hämta papper och kuvert inne hos mig. Greven sade hastigt:

"Här finns allt ni behöver, värderade unge vän! – ni skriver bäst här – – och tiden hastar en smula", varpå han öppnade en låda och framtog vad jag önskade. Därpå tillade han, som om det varit den naturligaste sak i världen:

"Postgången här är så långsam och osäker, att ni gjorde bäst i att skriva tre brev under olika dato – – jag skall bedja postmästaren ombesörja deras avsändande på passande tid – för att underrätta era vänner när de kan vänta er." Jag såg en smula häpen på honom, oviss om jag förstått honom rätt, och han återtog fryntligt: "Skriv i *första brevet*, att ni i det närmaste avslutat ert arbete här, och att ni antagligen skall kunna återvända hem om några få dagar – skriv i det *andra* att ni skall lämna slottet följande morgon – – och skriv i det *tredje* – låt se – jo, skriv i det tredje, att ni redan är *på väg och befinner er i Bistritz* – – på detta inbesparar ni mycket besvär och era vänner onödig oro. Skulle ni senare finna anledning att förlänga er härvaro kan breven lätt kontramanderas."

Jag stirrade på honom i mållös förvåning över denna, minst sagt, egendomliga anordning, och ämnade protestera, – men då jag mötte hans blick, såg jag däri ett uttryck som kom mig att tystna.

Vartill tjänade i själva verket alla protester! – Jag är i hans våld – och mitt enda hopp är att hålla honom vid gott lynne och ej onödigtvis väcka hans misstankar. Jag fruktar, att han redan anar, att jag vet *för mycket* – och i så fall släpper han mig svårligen levande ur sina händer.

Jag stammade följaktligen något osammanhängande som fick betyda ett samtycke, samt frågade när han önskade, att jag skulle datera breven?

Han betänkte sig ett ögonblick och tycktes räkna efter.

"Datera det första den tolfte juni", sade han därpå. "Det andra den nittonde – – och det tredje – – – låt se – – – det tredje den tjugoandra. Det bör slå in."

Det föreföll mig ett ögonblick som om jag hört min dödsdom avkunnas – men jag skrev helt lugnt som han önskat, endast tilläggande att alla vidare detaljer skulle meddelas muntligen.

Gud hjälpe mig! – Det tycks mig som vore mina dagar i ordets hela bemärkelse räknade – men det är ännu långt dit och ännu torde jag kunna med list eller våld finna ett tillfälle till flykt.

* * *

Den 29. Något rätt egendomligt har inträffat, men som möjligen kan bli av nytta för mig. Den gravlika tystnad och stillhet som förut ostörd härskat i slottet har plötsligen blivit avbruten. Igår, då jag kom in i matsalen – vilken som jag förut antecknat, har utsikt över borggården – varseblev jag till min obeskrivliga förvåning, att ett zigenarband slagit läger på den sistnämnda. Efter vad jag inhämtat i mina böcker, finns tusentals av dessa zigenare i Ungern och Siebenbürgen. De står till en viss grad utom lagen och bibehåller strängare än deras övriga stamförvanter i Europa sina egna urgamla seder och bruk. Dock erkänner de stundom en eller annan mäktig adelsman eller bojar som sin skyddsherre och antar då även hans släktnamn och betraktar sig till en viss grad som hans vasaller. De är vilda, djärva och samvetslösa samt, så vitt man kunnat upptäcka, även utan egentlig religion, ehuru mycken vidskepelse råder bland dem.

Genom dessa människor skulle jag möjligen kunna få brev avsända. Jag hälsade på dem och tilltalade dem genom fönstret för att inleda bekantskapen; de avtog sina hattar under djupa bugningar och vördnadsbetygelser, men förstod naturligtvis lika litet vad jag sade, som jag förstod vad de svarade mig – – – –

Breven är skrivna. Till Hawkins skrev jag blott några rader, bedjande honom meddela sig med Vilma, genom vilken han skulle få närmare upplysningar.

Till Vilma skrev jag följaktligen tämligen utförligt, ehuru med snabbskrift för att ingen obehörig skulle kunna läsa det. – – Jag redogjorde för min ställning här, naturligtvis utan att inlåta mig på de enskildheter som endast skulle skrämma och oroa henne onödigtvis, sade henne, att greven föreföll mig till en viss grad sinnesrubbad och besatt av fixa idéer – att en av dessa idéer var att kvarhålla mig här mot min vilja, samt att jag av många skäl omöjligt längre ville finna mig i detta, varför jag anhöll att Hawkins antingen direkt eller genom någon av våra många korrespondenter ville ha godheten att ofördröjligen sätta sig i förbindelse med vår beskickning i Wien, brittiske konsuln i Budapest eller annan lämplig myndighet o.s.v. för nådiga åtgärders vidtagande. Vad man än eljest kan ha att anmärka mot vårt "härliga England", som greven kallar det – visst är, att hon vet att skydda sina undersåtars rättigheter på främmande ort och att ingen fåfängt vädjar till hennes beskydd. Det är visserligen obehagligt att på detta sätt få lov att öppet trotsa greven – men inför den situation, i vilken jag befinner mig, måste alla betänkligheter vika.

* * *

Jag har lyckats överlämna breven åt zigenarna. Jag kastade ned dem tillika med ett par guldmynt och försökte genom tecken låta dem förstå att jag önskade få dem avsända. En av karlarna tog upp dem, tryckte dem mot sitt hjärta, bugade sig djupt och pekade mot väster – han förstod mig tydligen. – – Mer kan jag inte göra. Jag återvände till biblioteket, där jag under väntan på grevens återkomst skrivit detta – – – – –

* * *

Den 31. Just då jag skrev de sista orden på föregående sida inträdde greven. Han hälsade med sin vanliga förbindliga artighet, vilken dock mera och mera för mig har något nästan hemskt och ängslande, då jag vet och anar vad den i själva verket döljer, samt slog sig ned på andra sidan bordet. Jag sade något om de ovanliga gästerna på borggården, bifogande ett par banala fraser, angående det intresse, man alltid måste känna för detta märkvärdiga och gåtlika folk.

"Ett gott folk", genmälde han. "Väl för oss, om de vore mångtaligare än de är! – Mycket vore då annorlunda. De har genom århundraden såsom trogna väktare bevarat många den dolda Vishetens skatter, vilka eljest skulle gått förlorade, och vi är dem tacksamma därför. I tidernas fullbordan skall deras trohet inte bli obelönad."

Jag visste ej rätt vad jag skulle svara på detta – ty såsom mönster för medborgerliga dygder har man hos oss i västra Europa näppeligen vant sig att betrakta "Skymningsfolket", och deras s.k. "visdom" gäller bland oss för det mesta som den grövsta och mörkaste vantro – men greven besparade mig mödan och förtog mig samtidigt all lust att vidare diskutera denna fråga genom sitt nästa yttrande.

Han framdrog ur bröstfickan två brev, i vilka jag med obeskrivliga känslor igenkände mina egna, betraktade dem uppmärksamt och anmärkte med sin blidaste och artigaste ton:

"Hövdingen lämnade mig nyss dessa brev, som jag naturligtvis ansåg mig skyldig att tillvarata, ehuru de inte är adresserade till mig och jag ej vet vem som skrivit dem – – – – Vad ser jag!" – han hade öppnat det ena av breven – "detta tycks vara från *er*, min bäste Harker, och till vår gemensamme vän, den gode Peter Hawkins i Exeter! Det andra däremot –", han bröt förseglingen och hans ansikte mörknade vid åsynen av de egendomliga skrivtecknen –, han gav mig en ljungande blick, – "det andra är en usel, anonym skrivelse, en skymf mot gästvänlighet och förtroende – – – – – den är inte undertecknad – gott! – alltså angår den varken er eller mig."

Han höll papperet intill lågan på ett ljus som han tänt medan han talade; det flammade upp och han kastade det i kaminen. Därpå återtog han:

"Brevet till Hawkins – – – *det* skall jag naturligtvis befordra, då jag ser, att det är undertecknat med ert namn. Era brev, käre unge vän, är mig naturligtvis heliga, och ni borde veta, att de är det i mina händer. Jag ber er tusen gånger om förlåtelse, för att jag råkat bryta det! Ni är väl god och förser det med ny adress?" – Han räckte med en artig bugning ett nytt kuvert.

Jag hade naturligtvis ej annat val än att tyst skriva dit adressen och räcka honom brevet, varpå han lämnade rummet. Då jag några ögonblick senare tänkte gå in till mig, fann jag dörren till biblioteket låst på utsidan. Intet överraskar mig numera, och jag återvände därför med all den sinnesro som stod mig till buds till skrivbordet och försökte fördjupa mig i arbetet. Det ville dock inte lyckas, ty i själva verket kände jag mig fylld av en dov förtvivlan, som inte gav mig någon ro. Jag gick av och an på golvet, åter och åter genomtänkande min belägenhet, vilka mer än berättigade de dystraste farhågor för framtiden. Slutligen kastade jag mig utmattad på soffan och där måste jag ha somnat, ty jag vaknade vid att greven återkom, ett par timmar senare, tydligen vid bästa lynne. Då han märkte, att jag sovit, sade han förbindligt:

"Ah, min vän, ni är trött – ni behöver gå till vila! – Sängen är den bästa vännen! – Jag kan i alla händelser inte ha det nöjet att njuta av ert sällskap i afton, ty jag har mycket att göra. Sov gott, jag ber! –"

Jag sade honom ett kort godnatt, varvid jag märkte, att han åter ironiskt betraktade mig, samt gick in till mig, där jag till min egen förvåning somnade nästan i samma ögonblick som jag lagt huvudet på kudden. Förtvivlan har sitt eget lugn.

* * *

3 juni. En ny upptäckt av obehagligaste slag! –

Då jag idag öppnade min kappsäck för att framtaga litet postpapper och ett par kuvert, vilka jag tänkte stoppa på mig för den händelse jag oväntat skulle få tillfälle avsända något brev, fann jag till min obeskrivliga häpnad, att allt papper försvunnit – och inte nog därmed, även alla mina anteckningar – med undantag av denna bok, som jag lyckligtvis ej förvarat där och vanligen burit på mig – mitt pass, mitt kreditiv, alla mina memoranda angående tågtider, hotell o.s.v. – med ett ord, *allt* som kunde vara av nytta för mig vid hemresan och utan vilket denna i själva verket måste erbjuda de största svårigheter – – allt detta var också försvunnet. Inga penningar eller värdeföremål var rörda och allt annat på sin plats.

Gripen av en plötslig tanke skyndade jag emellertid till det skåp där jag hängt mina resekläder och som jag inte öppnat på flera dagar.

Min reskostym var borta – ävenså min ulster, min filt, till och med min resmössa och min paraply! –

– Jag stod som träffad av åskan. Hur hade detta tillgått, och vad var avsikten därmed? – Min första tanke var naturligtvis att skynda till greven, anmäla stölden och bedja honom ofördröjligen träffa anstalter för tjuvens upptäckande – men några ögonblicks eftertanke sade mig, att jag däri skulle handla ytterst oklokt.

Till dessa rum kom ingen utan hans vetskap och medgivande; inte ens zigenarna skulle troligen våga begå en så djärv stöld så gott som under hans ögon. Den gamla dövstumma Natra kunde jag knappt misstänka – och varken hon eller zigenarna skulle antagligen just ha valt dessa föremål, då andra och värdefullare funnits till hands. Min resväska, en present av en tacksam klient, är ju försedd med verkligt dyrbara toalettsaker av silver och kristall, sådana som jag själv knappast skulle tänkt på att skaffa mig – i min plånbok ligger en tämligen ansenlig summa i österrikiska sedlar, – även ett rätt dyrbart cigarrfodral låg i kappsäcken alldeles bredvid de försvunna papperen. Allt detta hade lämnats orört – med ett ord, allt tydde på att det inte var någon vanlig tjuv som sålunda lagt beslag på mina tillhörigheter, och att vanlig vinningslystnad inte varit anledningen till stölden. Passet, resekreditivet och de övriga papperen skulle väl knappast synts en zigenare synnerligen lockande. Men det kunde ju möjligen finnas *någon annan* för vilken dessa saker kunde vara av värde –

Jag beslöt att tills vidare tiga och avvakta händelsernas utveckling – inte låtsas om att jag märkt något. I själva verket har jag inte en aning om, *när* denna stöld verkligen ägt rum och det kan lika gärna ha varit för en vecka sedan som omedelbart innan jag upptäckte den –

Men vad betyder egentligen allt detta? –

Att det är greven själv som ligger under det hela kan jag knappast betvivla. Men det vore ju löjligt att föreställa sig, att han för egen räkning satt sig i besittning av mina enkla reseffekter, lika litet som *mitt* pass och *mitt* kreditiv för sin egen förestående resa till England – ty båda delarna torde han utan ringaste svårighet kunna anskaffa i sitt eget namn.

Avsikten skulle således vara att omöjliggöra *min* avresa – eller rättare min flykt – att på det mest verksamma sätt avskära återtåget, även om jag skulle bli i stånd att på en eller annan hittills oupptäckt väg lämna slottet.

Utan pass och i den lätta vardagsdräkt som är det enda jag har kvar, torde jag, även om jag lyckas komma härifrån, få rätt svårt att ta mig fram genom Europa utan att bli anhållen som landstrykare och utsatt för Gud vet vilka obehag och trakasserier. – – –

Men varför – – varför i himmelens namn gör han allt detta? – Vad är hans egentliga avsikt? – Med vilka planer umgås han? – Fåfängt bryr jag min hjärna med dessa frågor, utan att kunna finna något svar.

Visst är, att ställningen blir allt mera outhärdlig för varje dag! –

Den 6. Gud vet, vad som egentligen försiggår här för närvarande. I den del av slottet där jag med eller mot min vilja måste tillbringa mina dagar, råder alltjämt samma gravlika tystnad – intet steg hörs i korridoren och inga stämmor väcker de gamla valvens genljud till liv. Men från borggården klingar zigenarnas hårda och sträva röster, och intill sent på natten brinner deras eldar, medan underliga ljud tränger hit upp, som från spadar och järnspett – det förefaller mig som bedrivs något hemlighetsfullt arbete i något av de underjordiska källarvalven, ehuru jag från fönstren ej kan upptäcka var – – – Greven ger endast undvikande svar, då jag ett par gånger sökt leda samtalet i denna riktning, och detta bekräftar min förmodan, att det verkligen gäller något av vikt, ty eljest hade ju intet varit naturligare än att han givit mig den önskade upplysningen.

Bland zigenarna har jag nu upptäckt en hel del individer av en helt annan typ – samma avskyvärda bestialiska, lågt stående människotyp, närmast besläktad med chimpansen och gorillan, som jag först lagt märke till bland grevens tidigare stamfäder och sedan med fasa återsett under förhållanden, vars minsta detalj är med eldskrift inpräglad i min hjärna – – – Mellan dem och zigenarna tycks största sämja råda, och de tycks gemensamt delta i det hemlighetsfulla arbete, vilket tydligen är anledningen till deras vistelse här. Blotta åsynen av dessa varelser inger mig en obeskrivlig och nästan oförklarlig vedervilja – det är som såge jag i dem alla mänsklighetens lägsta, råaste drifter förkroppsligade, och jag ryser ofrivilligt blott jag i tankarna framkallar deras bild för mitt minne. – Zigenarna däremot är ett vackert folk – i synnerhet kan några av deras kvinnor (av vilka omkring ett tjog befinner sig i det band som slagit läger här på borggården) kallas verkliga skönheter. Då jag ser dessa båda till det yttre så vitt skilda raser tillsammans, tydligen förenade av någon egendomlig frändskap, tycker jag mig nästan spåra de båda källor ur vilka ätten Draculitz härskarblod flutit. – –

* * *

Den 8 juni. Idag på morgonen väcktes jag vid niotiden av ett åsklikt buller. Jag störtade upp i kläderna ut i matsalen. Första blick genom fönstret visade mig den enkla förklaringen av det dån som uppskrämt mig. Fyra stora flakeller rustvagnar, sådana som bönderna här begagnar till foror (vi mötte åtskilliga dylika på vägen från Bistritz), höll på borggården; det var tydligen då de rullade över vindbryggan och genom portvalvet, som det buller uppstod som väckte mig. De var lastade med stora packlårar hopslagna av stora bräder, vilka zigenarna och deras medhjälpare var sysselsatta med att avlasta och uppstapla i ett hörn av gården. Lårarna var,

att döma av den lätthet varmed de handskades med dem, tydligen tomma och gav även ett ihåligt ljud då de nedsattes.

Vagnarna var vardera förspända med sex kraftiga hästar, och körsvennerna, präktiga figurer i slovakernas pittoreska dräkt, bredskyggiga filthattar, höga stövlar, fårskinnspälsar och långa stavar, stod i en grupp något avsides från de övriga och betraktade med gapande nyfikenhet och förundran slottets väldiga murar och höga torn, som reste sig runt omkring dem.

Dessa människors hitkomst syntes mig vara en vink av försynen. Jag sprang hastigt utför trappan, fullt övertygad om att denna gång finna stora porten öppen – men till min bittra missräkning fann jag den fortfarande låst och riglad som förut. Jag skyndade därpå åter upp och till fönstret, genom vilket jag gjorde tecken åt slovakerna för att förmå dem komma närmare, samt antydde att jag önskade meddela mig med dem. Min avsikt var att förmå någon av dem att medta ett brev, som jag i största hast tänkte skriva i biblioteket. De såg på mig, tycktes rådpläga med varandra samt därpå ställa några frågor till zigenarna. Den man som mottagit mina förra brev kom hastigt fram till dem och sade något, varåt de andra skrattade. Från denna stund var det mig inte möjligt att vidare tilldra mig deras uppmärksamhet; både rop och tecken var förgäves; de låtsade sig inte ens höra mig, utan vände sig bort.

Då äntligen vagnarna var avlastade, såg jag den man som tycktes vara zigenarnas hövding ge bönderna penningar, varpå de vände sina hästar och körde bort med samma dån och rassel, som då de kommit. Då jag fullkomligt insåg, att det inte skulle tjäna till något, gjorde jag intet vidare försök – jag förstår nu mer än väl att jag hädanefter endast får lita på mig själv och inte hoppas på hjälp av någon utomstående.

* * *

– Ibland försöker jag intala mig, att jag ser sakerna alltför mörkt, och att grevens infall att kvarhålla mig här endast bör räknas till de despotiska nycker, vilka man bör vänta sig av en natur som hans. Hade jag ej sett eller erfarit *mer än detta* – kunde jag glömma vad jag verkligen upplevt – – – skulle det kanske lyckas mig. Men ingen dag går, utan att jag ånyo på ett eller annat sätt påminns om att mörka, hemlighetsfulla makter här driver sitt spel, makter av vilka man kan frukta allt. Numera lämnar jag nästan aldrig den lilla del av slottet där jag dock känner mig mest skyddad och mest hemmastadd. Men inte ens här är jag säker – – – Tre eller fyra gånger på sista tiden har jag plötsligt vaknat på natten med en alldeles bestämd förnimmelse av att någon stått utanför min dörr och sakta vridit på låset. – – Jag låser den nu alltid på insidan – och jag har svurit att inte öppna den för vem det vara må – – men vem vet hur länge jag har kraft att hålla den eden? – Jag känner i hela min varelse *vem det är* som står därute – – – – – men jag känner också, att i den stund jag öppnade för *henne* vore jag räddningslöst förlorad. – – Ofta i sömnen tycker jag mig höra henne upprepa: "*Korset! – Tag bort korset! – det gör mig illa*", – som då. Men jag har föresatt mig att inte ta bort det. Det kan ju vara löjligt – men det förefaller mig som vore det mitt sista skydd – – – Vidskepelse! – – men under förhållanden som dessa kan man knappast undgå att bli vidskeplig; här räcker vardagsförnuftet och den s.k. förnuftstron inte längre till.

* * *

Den 10 juni. – En ny upptäckt, som på det högsta upprört mig. Detta går för långt. Min obenägenhet att onödigtvis reta greven har hittills tilltäppt min mun, framför allt därför att jag insett, att jag alls inte skulle kunna vinna något genom att tala. Nu är det emellertid en fråga mellan mig och mitt samvete, om jag får tiga längre, eller om jag inte så gott först som sist bör riskera allt och trotsa honom. – – – Men låt mig tills vidare med lugn anteckna fakta.

Vi hade som vanligt tillbringat aftonen i biblioteket under samtal angående en del politiska underrättelser som de under dagen verkligen anlända tidningarna (vilka dock ej var åtföljda av något brev till mig) medfört. Greven har ytterst utpräglade åsikter, men jag skulle verkligen ej kunna säga, vilket politiskt parti han egentligen tillhör. I vissa fall syns han mig utpräglat liberal, för att inte säga radikal, i andra åter är de åsikter han uttalar så ytterligt föråldrade, att knappast ens benämningen konservativ passar för att beteckna dem. De socialistiska och anarkistiska rörelserna tycks för tillfället mest av allt intressera honom, och han har mer än en gång uttalat en belåtenhet över vissa företeelser på detta område som på det högsta förvånat mig.

"Präktigt folk, präktigt folk", sade han härom dagen, då vi händelsevis kom att tala om ett visst anarkistattentat, vilket av så gott som hela den civiliserade världen stämplats med oblandad avsky. Han gned sina händer och ögonen lyste med en egendomlig glans.

"Jag förstår er inte riktigt, herr greve", vågade jag invända. "Den råa massans välde kan väl aldrig överensstämma med de åsikter som ni – – –"

"Den råa massan!" avbröt han mig livligt. "Den råa massan, min unge herre – ha, ha, ha! *Den* får aldrig något värde, *den* är aldrig annat än ett redskap, ett blint redskap i starkare händer, som härskar genom den! Men all den visdom som ligger i *den* sanningen är det inte allom givet att förstå; den fattar blott de *vetande*. Ah! – ni engelsmän skryter av er frihet, er liberalism, ert framåtskridande som ni kallar det, det finns blott två eller tre bland er som förstår vad *verkligt* framåtskridande är, och att er pöbel-liberalism är framåtskridandets värsta fiende! –"

– –

Dylika yttranden hör jag ofta av honom och jag kan inte neka att de intresserar mig, ehuru det ännu inte varit mig möjligt att finna den innersta, ledande tanken i hans resonemang, ty så snart man söker avlocka honom ett bestämt uttalande, drar han sig tillbaka och tar sin tillflykt till fraser, så allmänna och svävande, att de kan tydas alldeles som man själv behagar.

Vi hade emellertid setat rätt länge tillsammans under liknande samtal, då han sade mig godnatt och vi gick var till sitt. Jag hade emellertid ovanligt svårt att sova, och i soluppgången steg jag upp, öppnade mitt fönster och satte mig att läsa, i hopp att på det viset åter kunna bli sömnig, då det var mig olidligt att längre vända mig av och an i sängen.

Dagen blev sedan strålande vacker, men morgonen var dimmig, som ofta här bland bergen, och från den höjd där slottet ligger såg man intet av dalen nedanför. Egendomligt nog syntes från mitt fönster de högsta tornspetsarna färgade av soluppgången, under det att dimman som ett lätt flor svepte sig kring murarna några fotlängre ned, allt mera tätnande mot slottets grundvalar. Jag glömde min bok för att iaktta detta egendomliga skådespel, där jag satt med armbågarna stödda på fönsterkarmen och framåtlutad i fönstret. Därvid kom jag också att tänka på den underliga syn jag sett samma natt som den unga kvinnan antagligen blev mördad under mitt fönster – den smygande grå gestalten, som ljudlöst kom och försvann, utan att jag kunde upptäcka varifrån eller varthän. Det var ljusare nu, men även nu hindrade dimman från att fullt klart se den framskjutande stenkant som tjänat det hemlighetsfulla vidundret till väg.

Plötsligt – jag trodde till en början, att det hela var ett verk av min inbillning, påverkad av en alltför livlig hågkomst – tyckte jag mig tydligt se något röra sig därnere. Ett par sekunders spänd förväntan övertygade mig att jag ej sett miste. Det kom verkligen åter en gestalt sakta smygande på stenlisten – alldeles från samma håll som den föregående, och lika ljudlöst som denna. Den föreföll mig dock mindre skräckinjagande än den syn jag förut haft – ty dels var det nu ljusare, dels gick den upprätt och jag kunde således tydligt se att det var en *människa*, som med lätta, varsamma steg smög sig fram utmed muren på denna svindlande väg.

Jag drog mig ljudlöst så mycket tillbaka i fönsternischen, som det var mig möjligt utan att förlora honom ur sikte samt iakttog honom med andlös spänning.

Långsamt och försiktigt men utan tvekan kom han närmare. Då han kommit tillräckligt nära, för att jag skulle kunna urskilja enskildheterna av hans utseende, kunde jag blott med möda återhålla det utrop av häpnad som var nära att undslippa mig.

Mannen var iklädd min egen reskostym och företedde för övrigt – föreföll det mig åtminstone – en så slående likhet i längd, växt och åtskilliga andra detaljer, med mig själv, att det nästan förekom mig som om jag sett min egen vålnad. Han höll huvudet nedböjt, så att jag ej kunde se hans ansikte tydligt; – men jag såg, att han var ung och mörk – att han på samma gång var djärv, vig och försedd med goda nerver, därför talade den halsbrytande väg han valt.

Jag följde honom med ögonen ända till dess jag tydligt såg honom stanna vid den glugg – strax invid västra tornet – där jag förut sett den smygande grå gestalten försvinna, och från vilken jag sedan själv varit vittne till det egendomliga uppträdet vid den mördade flickans upptäckande och bortförande. Här böjde han sig ned och kröp in. – – –

* * *

Det är mig efter detta fullkomligt tydligt, att man vid stölden av mina kläder haft något särskilt syfte för ögonen, och jag bryr min hjärna för att uttänka vad detta syfte kan vara. Att man i första rummet velat omöjliggöra flykten för mig är ju tydligt; men detta är säkerligen inte allt. Åsynen av denne man, vid flyktigt påseende till och med i mina egna ögon så slående lik mig och iklädd mina egna, här på orten naturligtvis rätt ovanliga och lätt bemärkta kläder (en ljusgrå, smårutig helkostym samt en liten resmössa av samma tyg) – tyder, enligt min oförgripliga tanke, därpå att man på detta sätt söker åvägabringa ett *alibi* – att man av ett eller annat skäl önskar skaffa bevis på att jag, just vid den tid jag i själva verket hölls fången här på slottet, visat mig på annat håll – eller också raka motsatsen. Det hemlighetsfulla sätt varpå min dubbelgångare återvände till slottet, i stället för att helt enkelt passera vindbryggan och borggården, bevisar också att man härvid ansett en ytterlig försiktighet av nöden. På ett eller annat sätt måste denna knappast alnsbreda stenkant stå i samband med någon hemlig trappa, stig eller underjordisk gång, vilken från det förfallna sydöstra tornet leder ned i dalen på slottets baksida. På denna väg kan således en med slottets hemligheter förtrogen person mycket väl osedd av alla lämna huset och återvända dit, ehuru alla kända ingångar bevisligen varit stängda och vindbryggan uppdragen.

Grevens rädsla för öppna fönster efter solnedgången skulle i själva verket på detta sätt få en mycket naturlig förklaring. Han har ej velat riskera, att jag skulle få se mer än det varit honom bekvämt att jag skulle se. Hade jag lytt honom, skulle jag naturligtvis inte heller kunnat ana något av detta.

Den upptäckt jag nu gjort är ej blott för mig i högsta grad obehaglig – ty vem vet, i vilka illdåd jag på detta sätt ovetande kan bli invecklad såsom medbrottsling – utan även mera oroande i avseende på min personliga säkerhet än något av vad jag hittills iakttagit.

Om det skulle ingå i grevens planer att förr eller senare låta mig i all tysthet försvinna – och det anar mig, att jag sett och vet alltför mycket för att han skulle vilja släppa mig levande härifrån – så har han genom denna anordning funnit ett alldeles förträffligt sätt att trygga sig för alla misstankar och möta alla anklagelser.

Antag att Hawkins eller Vilma, oroade av mitt långa uteblivande, genom utrikesdepartementet och legationen i Wien låta anställa vissa efterforskningar – eller antag att man hitsände ett par detektiver för att sköta saken – – – – vad skulle man egentligen få veta? –

– Att en ung, resande engelsman, omkring sex fot lång samt ovanligt mörklagd och iklädd en så och så beskaffad resdräkt, första dagarna av maj färdades med diligens till Bergpasset, där han möttes av grevens ekipage. Senare erhållna brev från Tom Harker bevisar, att han just vid denna tid anlände till slottet, samt att han där mottogs med artighet och välvilja. Greven bekräftar dessa fakta. Vidare skriver T.H. att han på en viss utsatt dag skall lämna slottet; han avsänder *ännu* ett brev på hemvägen, *från Bistritz* – och därmed hör man inte mera talas om honom. Greven vet naturligtvis ingenting. Efterforskningar i trakten visar att T.H. flera gånger varit synlig där – troligen att han på utsatt tid medföljt diligensen till Bistritz och blivit igenkänd på hotellet. Sedan försvinner alla spår. T.H. är och förblir borta, men det är till full evidens bevisat, att han välbehållen lämnat slottet Draculitz och begivit sig på hemvägen. Vad som sedan hänt kan åtminstone inte läggas greven

till last. I sanning – planen är väl uttänkt – djävulskt klokt anordnad. Här gäller att sätta list mot list – – – men list är tyvärr knappast nog, där styrkan och makten är så uteslutande på ena sidan som här. En snar flykt är i själva verket den enda utsikten till räddning – och även *den* utsikten är onekligen tämligen klen för närvarande. Men jag låter inte modet falla – med Guds hjälp skall jag väl ännu finna en utväg. – – –

Tills vidare skall jag i alla händelser, så vitt det låter sig göra, noga bevaka den svindlande vägen över bråddjupet här nedanför.

* * *

Den 13 juni. I natt såg jag honom åter, omedelbart före soluppgången. Han kom från samma ställe som förut. Dock kunde jag, trots alla ansträngningar inte se *hur* eller *var* hans äventyrliga vandring egentligen började. Avståndet är så långt att man i den skumma morgongryningen och den dimma som då nästan regelbundet lägrar sig över dalen, inte kan se tydligt vad som försiggår i sydöstra tornets mörka skugga. Då jag fått fullt klart för mig, var hans utgångspunkt egentligen är, skall jag göra ett försök att närmare undersöka själva tornet – ehuru jag onekligen känner en viss fasa vid tanken på att ännu en gång ge mig ut på upptäcktsfärd i denna gamla borgs hemlighetsfulla irrgångar. Varje föregående försök i den vägen har medfört upptäckter och erfarenheter som jag helst skulle vilja glömma om jag kunde. Det finns saker, som man knappast vågar återkalla i minnet, av fruktan att på fullt allvar bli från förståndet.

* * *

Den 16 juni. Äntligen har jag lyckats få se honom både komma och gå. – Jag hade beslutet att vaka hela natten om så behövdes, och sade greven därför, att jag kände mig ovanligt trött och illamående efter att ha arbetat mer än vanligt ihållande under dagen. Han gjorde inga invändningar och vi skildes omedelbart efter supén, i det jag gick in till mig och greven till sina rum. Jag hade föresatt mig att vaka hela natten om så behövdes – släckte därför mitt ljus och slog mig ned vid fönstret, som jag öppnade på glänt.

Jag behövde inte vänta länge. Natten var klar och svagt månljus. Kort efter klockan elva hörde jag i den eljest ljudlösa tystnaden ett svagt prassel, och då jag försiktigt böjde mig fram, såg jag en skugglik gestalt skrida fram längs muren i riktning från gluggen invid västra tornet. Jag följde honom med ögonen på den svindlande vandringen och såg honom åter försvinna i närheten av östra tornet. Därpå svepte jag mitt täcke om mig och satte mig att vänta.

Det blev en lång väntan – så lång, att jag somnade där jag satt och först vaknade i dagningen, högst förargad över att ej bättre ha kunnat genomföra min avsikt. Klockan var nära fem, och det var fullkomlig dager. Jag tog för givet, att den hemlighetsfulla nattvandraren längesedan återvänt. Men alldeles i detsamma varseblev jag något som rörde sig mitt på själva den lodräta väggen nedanför sydöstra tornet.

Jag grep blixtsnabbt min kikare. Riktigt! – det var en människa – en karl, – iklädd den ljusgrå dräkt jag så väl kände; jag kunde knappast betvivla, att det var densamme som jag förut sett. Med andlöst intresse följde jag hans rörelser. Men det var mig inte ens med kikarens hjälp möjligt att se, på vad sätt det lyckades honom att klänga sig uppför den till utseendet fullkomligt tvärbranta klippan, vilket han dock tycktes göra med största ledighet, ungefär lika lätt som en fluga kryper uppför en vägg. Det måste finnas några hemliga, knappast synliga trappsteg eller fotfästen anbragda där – men nog vill det starka nerver och ett lugnt huvud till för att begagna sig av denna väg. Den *finns* emellertid, och med den en möjlighet till flykt även för mig – detta är huvudsaken och i själva verket en upptäckt av alldeles omätlig vikt – – –

Plötsligt förlorade jag honom ur sikte, ehuru jag hela tiden hållit kikaren riktad på honom och skarpt iakttagit hans rörelser. Han försvann som om klippan öppnat sig och uppslukat honom, och det var först några ögonblick senare som han åter syntes – denna gång på själva stenkanten, omedelbart invid tornet, ehuru det är mig alldeles omöjligt att säga hur han kommit dit. Den saken bör väl emellertid kunna upptäckas, och jag ger mig ingen ro förrän jag lyckats däri.

Han fortsatte sedan sin vandring utefter hela slottets fasad på vanligt sätt samt försvann genom gluggen vid västra tornet. Att man på den trappan, som för till denna glugg, kan komma såväl till grevens enskilda våning som till slottskapellet och kryptan samt – sannolikt – även till borggården, upptäckte jag redan på mitt första strövtåg inom dessa hemlighetsfulla murar.

Vad jag nu skulle vilja veta – ja, vad jag ovillkorligen *måste* veta, är:

1) Huruvida trappan, som för till de nedre våningarna från lönndörren i det åttkantiga kabinettet, möjligen står i samband med någon gång, genom vilken man skulle kunna nå denna glugg – jag vill minnas, att jag vid mitt nattliga nedstigande i förbigående lade märke till en korridor, ledande i den angivna riktningen; samt

2) Huruvida det i sydöstra tornet finns någon nedgång till den plats där jag i natt såg den okände klättra uppför klippan. Vid närmare eftertanke förefaller mig det senare nästan osannolikt, då man ju i så fall hellre valde den vida bekvämare och mindre livsfarliga vägen *inom* slottet, än den svindlande stigen på en alnsbred murkant omedelbart ovanför det gapande bråddjupet. Det har från början helt säkert ej varit meningen att göra denna väg *lätt*, då i så fall även fiender på densamma kunnat intränga och falla besättningen i ryggen. För min del kan jag ej neka, att jag ryser en smula vid tanken på att nödgas begagna den, men i valet mellan denna utväg och de fasansfulla möjligheter som lurar här i slottet kan jag inte tveka. – – – – –

* * *

Den 17 juni. Greven sade mig igår, att han måste vara borta hela dagen, och jag har begagnat tillfället att utforska östra tornet. – –

Den enda väg på vilken detta kan ske, var *genom tavelgalleriet och våningen en trappa upp*; ty alla andra vägar är stängda – något varom jag idag ytterligare förvissade mig, innan jag beslöt mig för att verkligen bege mig dit upp. Lekamligen har jag inte varit däruppe sedan den natten då jag vid kornblixtens flammande sken mottog den kyss, vilken alltsedan dess bränt som förtärande eld i mina ådror – – – men – i tankar och fantasi har jag varit där så mycket oftare – – – och det är just därför jag med all den viljekraft som ännu står mig till buds stritt mot det vansinniga begär, de hemliga, lockande röster som oupphörligt i tysthet frestat mig att ännu en gång beträda dessa gemak. Det är något som säger mig, att *hon* väntar mig där, och att jag där förgäves skulle kämpa mot hennes makt. – –

Men det har hittills blott varit i skymningen eller om natten, som hon visat sig för mig – – eller som jag varit medveten om hennes närhet. I fullt dagsljus har jag ännu aldrig sett henne och inte heller känner jag då så starkt som eljest den nästan oemotståndliga dragning, som annars vill tvinga mig att uppsöka – – – eller kalla på henne.

Det var detta som gav mig mod att ännu en gång bege mig dit upp. – Solen sken klart genom de dammiga rutorna däruppe; tavelgalleriet badade i ljus – men jag vågade inte stanna ett ögonblick för att betrakta porträtten – – ty i samma sekund som jag öppnade dörren, tyckte jag mig se den större bilden i fonden till hälften resa sig och sträcka armarna mot mig och kände denna elektriska darrning i hela min varelse, som varnade mig för en annalkande fara – – – En hallucination – säger mitt nyktra förnuft, som ännu inte helt och hållet förstummats. Det måste ju vara så, men – – – – för mig är faran på det hela taget densamma – och mer än någonsin måste jag bibehålla min köld och fattning.

Jag skyndade genom galleriet och till de rum, vilka jag flyktigt sett den morgon då jag upptäckte den mördade flickan nedanför bråddjupet och förtvivlad sökte en utväg. Till vad jag då nedskrev har jag egentligen intet att tillägga. Rummen är stora, vackra samt inredda med en viss kylig lyx i kejsartidens smak samt i bleka, fina, nu ännu mer förblеknade färger. Vad jag dock nu först lade märke till var att de stora väggspeglar jag sett vid mitt första besök, i själva verket ej innehöll något glas. De stora, med lagerkransar och örnar samt andra emblemer skulpterade, svartnade guldramarna omslöt endast ett stycke gråmålad, på väggen spänd väv, skickligt schatterad, så att den vid ett flyktigt på-

seende kunde gälla för en spegel, åtminstone en matt och anlupen samt av damm betäckt sådan, för vilken jag också mycket riktigt tagit densamma. Då jag mindes den våldsamma, till raseri stegrande avsky som greven uttryckt vid åsynen av min rakspegel, fann jag denna egendomliga väggdekoration fullt förklarlig. – –

Jag skyndade hastigt genom en lång file av rum, alla inredda ungefär på samma sätt. Luften var överallt olidligt instängd och kvav, och även denna gång kände jag något av den egendomliga yrsel som hotade överväldiga mig vid mitt första besök där. – – –

Slutligen, längst bort i våningen och i samma rum, från vilken den dörr ledde, genom vilken jag vid mitt förra besök kommit ut i korridoren och till trappan i porttornet, stannade jag vid ett par stora, tillslutna dubbeldörrar, vilka enligt min beräkning måste föra in till tornet. De var inte låsta, ehuru det rostiga låset blott ovilligt och knarrande gav vika för min tryckning.

Dörren gick upp, och jag såg framför mig en stor, rund tornsal, liknande den på motsatta sidan. Här intogs dock rummets mitt av en stor, förgylld och fint skulpterad säng, vars urblekta draperier av blekblå blomsterströdd brokad uppehölls av kärleksgudar, under det att pilar, koger och andra liknande emblemer, sammanbundna av rosenslingor och band, bildade de överallt i slösande mängd anbragda ornamenten. Överst på sänghimmelen – vilken ej täckte hela bädden, utan endast bildade ett slags panelram över huvudgärden – tronade en förgylld Amor, lekande med pilen – och själva rummets tak framställde en blekblå vårhimmel med lätta skyar, mellan vilka lekande amoriner skymtade fram, under det att de med lätt och säker hand tecknade väggdekorationerna i blekblått, vitt och rosa återgav samma motiv. Man kunde trott sig vara i fru Venus eget sovgemak.

Jag gick fram till bädden, vilken såg ut som om någon helt nyss lämnat den. Men först på nära håll märkte jag, att dammet låg tjockt på sidentäcket och de fina spetsprydda lakanen samt att spindlar spunnit sina nät mellan kogren och pilarna på sänggavlarna – – En människoålder, om inte mer, hade helt visst förgått, sedan någon sist sovit i denna bädd. Och den hemska fläck som avtecknade sig på den mjuka kuddens gulnade örngott var nu svartbrun – – – en gång hade den varit röd – röd, som rödaste hjärteblod. Helt visst hade ett liv flutit bort med detta blod, som genomblött kudden och droppat ned på golvet, där det som en svartnad pöl ännu skvallrade om ett längesedan begånget brott.

Rysande drog jag mig till minnes grevens skildring av den sköna furstinnans sista dagar och allt vad han snarare antytt än meddelat. Utan tvivel var det här som den äkta mannen, vilken hade den plebejiska svagheten att vara svartsjuk, utfört sin djävulska hämnd på den sköna varelse han helt och hållet fått i sin makt. *"Ingen har sett, ingen har hört något. – – Ingen vågade göra några frågor. Hon låg död på sin säng – det var allt – de klädde henne i den dräkt hon bär på porträttet och lade henne i kistan. Hon ligger begraven i kapellet, där de flesta av Draculitz barn vilar – – men som ni ser, käre vän, är hon alltjämt lika skön!"* – –

Jag tyckte mig åter höra grevens stämma, med dess djävulskt hånande, cyniska klang – – jag tänkte på allt vad jag sett och erfarit, sedan jag först hörde denna berättelse – på det skådespel jag bevittnat i den underjordiska hålan, och kände mitt blod isas vid de bilder min fantasi ofrivilligt frammanade. Vad hade väl försiggått, vilka scener av onämnbar gräslighet hade väl utspelats i detta rum och bevittnats av alla dessa leende amoriner, mitt bland den segrande kärlekens symboler? – – Jag såg åter för mig den ohyggliga vrångbild av djur och människa som störtat sig över den olyckliga unga kvinnan där nere i djupet – jag såg hennes vita kropp krampaktigt vrida sig i det förfärliga famntaget och såg hennes blod flyta – – –

I sanning, det måste vila en förbannelse över dessa murar. Marken här bränner mig under fötterna och luften blir mig snart omöjlig att andas. – – –

* * *

– Jag skyndade till ett fönster och slog upp det. Nedanför gapade en avgrund av flera hundra fots djup – – antagligen var det här, som furstin-

nans älskare i vansinnig ångest sökt och funnit döden. Här, åt öster, stupade klipporna rakt ned i en lavin, på vars botten den vita forsen skummade. Jag besinnade mig och gick tvärs över rummet till det fönster på motsatta sidan, som var närmast slottets fasad. Härifrån kunde jag helt och hållet överse denna och även se ned på den klippvägg uppför vilken den hemlighetsfulla gestalten – – min dubbelgångare – klättrat i natt.

Jag hade medtagit min kikare, – och då jag böjde mig ut, varseblev jag tydligt i klippan uthuggna steg, ehuru så skickligt anbragda, att de för blotta ögat (och antagligen ännu mer nerifrån sedda) liknade naturliga ojämnheter i berget. I samband med dessa var här och där grova järnkrokar anbragda, antagligen som stöd för händerna vid uppklättrandet. Omedelbart under den plats där jag stod sköt en grov bastion ut från tornet, och här tyckte jag mig skymta en rämna eller öppning i muren, som jag dock från denna höjd ej närmare kunde iakttaga. På andra sidan om bastionen vidtog omedelbart den framskjutande stenlist som lopp längs hela fasaden och tydligen var avsedd att tjäna till väg för de djärva klättrare, vilka på detta sätt ville lämna eller återvända till slottet. Anordningen är utomordentligt väl uttänkt och genomförd. För mig gäller nu blott att finna en väg, på vilken jag kan komma från grevens våning och mitt eget sovrum till den glugg genom vilken man kommer ut på stenkanten. Sedan hoppas jag på Guds bistånd. – –

– – Jag hade nu sett, vad jag ville se, och då jag hade en känsla av, att varje ögonblick som jag dröjde i dessa rum för mig innebar en dödlig fara, skyndade jag att stänga fönstren och avlägsna mig samma väg jag kommit. En kort undersökning visade mig, att ingen för mig åtkomlig väg från tornets övre våning leder ned till den plats där stenlisten utmynnar. Alla dörrar med undantag av dem jag redan öppnat – är låsta och riglade. –

* * *

Den 19 juni. Jag kan blott anteckna vad jag upplever, utan att söka förklara det, ty sammanhanget och den inre betydelsen av de företeelser, som här möter mig, är och blir mig fortfarande till största delen en gåta. – Gud allena vet, huruvida jag någonsin kommer härifrån med livet; men gör jag det, så svär jag, att de fasor jag här genomgått inte skall bli utan frukt! Jag kan ännu ej klart formulera allt vad jag anar och misstänker – men det förefaller mig, som hade under dessa förfärliga veckor fliken av en mörk förlåt lyftats, bakom vilken en oerhörd fara för hela mänskligheten lurar, osedd och oanad av de flesta. Att utforska och blotta verkliga arten och omfånget av denna fara skall bli min uppgift – en uppgift som jag dock inte känner mig i stånd att lösa *ensam*. Men faran är av den art, att alla goda och rättänkande människor måste sluta sig samman för att bekämpa den utan avseende på parti eller trosbekännelse. Om det förhåller sig som jag anar – – – – – men härom blir för långt att tala här. Låt mig blott i korthet uppteckna de sista dagarnas tilldragelser. – –

Jag företog igår en ny upptäcktsfärd. Greven sade mig i förrgår kväll, att han måste vara frånvarande hela följande dagen, bad mig ordna och inpacka en del papper och böcker, vilka skulle medtagas till London, samt upprätta en förteckning över desamma, något vartill jag naturligtvis gärna samtyckte. Jag fann vid mitt inträde i biblioteket på morgonen, att en stor packlår blivit inflyttad och de ifrågavarande böckerna o.s.v. uppstaplade på soffan – och jag kan ej neka, att kontraster mellan dessa alldagliga och naturliga förberedelser för en prosaisk flyttning slog mig som något nästan barockt i samband med allt vad jag eljest här sett och upplevt. Vem kan väl föreställa sig Mefistofeles försedd med kappsäck och köpande rundresebiljett –?– Så ungefär förefaller det mig, då jag tänker mig greven inpackande sina tillhörigheter och beredande sig att överflytta sina penater till andra omgivningar, i egenskap av välbeställd husägare i London – – – Zigenarnas närvaro står emellertid tydligen i samband med denna hans förestående avresa. De är tydligen, så att säga, ett slags representanter för "Karpaternas bäraregille" eller expressbyrå och sysslar nu som bäst med inpackningen av grevens lösören –. Jag ser dem då och då komma bärande med en av

de stora packlårar, som slovakerna hitfört, och dess innehåll tycks vara mycket tungt, att döma av den ansträngning det tydligen kostar dem att lyfta och flytta den. De tomma lårarnas antal minskas dagligen, och de andra placeras på motsatta sidan av borggården, i närheten av portvalvet, antagligen för att underlätta pålastning och bortförande. – – Tre à fyra ovanligt resliga, nästan jättelika karlar, som jag förut sett bland zigenarna, men vilka jag tyckte mig igenkänna från den fasansfulla scenen i hålan, har även under de sista dagarna deltagit i arbetet; deras styrka är förvånande, och för dem tycktes lyftandet av de största tyngder endast vara en lek.

Idag var emellertid till min förvåning gården tom på människor, ehuru lårarna fortfarande stod kvar.

Jag grep mig genast an med det arbete greven anförtrott mig och hade inom ett par timmar avslutat den önskade förteckningen.

Allt var tyst som i graven; varken ljud eller rörelser i slottet. Jag tände en cigarr och gick ut i matsalen för att gå ett par slag på golvet, innan jag grep mig an med inpackningen. Gamla Natra hade längesedan dukat av bordet efter min frukost samt försvunnit på sitt vanliga ljudlösa sätt – av erfarenhet visste jag, att hon ej åter skulle visa sig på några timmar. Plötsligt föll det mig in, att intet tillfälle kunde vara bättre än det som nu erbjöds mig, att ännu en gång undersöka den hemliga trappan och se huruvida den inte möjligen kunde erbjuda det så länge fåfängt sökta tillfället till flykt.

Jag gav mig inte tid till överläggning; ty hade jag besinnat mig för länge, skulle jag troligen knappast kunnat förmå mig att ännu en gång gå denna väg, vid hågkomsten av de gräsliga ting jag vid mitt förra nedstigande kommit att bevittna.

Sedan jag sett till, att min revolver var i god ordning och i fullt brukbart skick, gick jag in i det åttkantiga kabinettet, tryckte på knappen och såg dörren i panelen öppna sig lika snabbt och ljudlöst som förut. Därpå tände jag min lilla lykta och gick beslutsamt nedför trappan. Den var emellertid inte nu mörk, som den varit på natten, utan svagt upplyst av ett par smala fönstergluggar. Jag behöll emellertid för säkerhets skull lyktan och lyste försiktigt framför mig för varje steg.

Vid den trappavsats jag mindes från min nattliga vandring stannade jag. Det var här som mitt öra först nåtts av de hemlighetsfulla och skräckinjagande lurtonerna ur djupet, och jag hade därför knappast givit akt på den närmare omgivningen, ehuru jag, som ofta händer, nästan omedvetet bevarat en bild av vad jag sett, så att jag nu mycket väl igenkände det, ehuru jag ej skulle kunna säga, att jag mindes det.

Jag befann mig i en liten slags välvd förstuga, från vilken korridorerna utgick åt höger och vänster, eller nogare uttryckt i västlig och östlig riktning. Jag valde den som ledde åt väster – ty det är ju invid västra tornet, som den glugg är belägen, genom vilken man kommer ut på stenlisten utefter södra fasaden.

Gången var lång och smal, men här och där upplyst av små smala gluggar, knappast mer än springor i den tjocka muren. Efter ungefär fem minuters förlopp såg jag framför mig en stängd dörr. Med klappande hjärta lade jag handen på låset. Den gav vika –

Försiktigt sköt jag upp dörren. Sånär hade jag ropat högt av glädje, – ty nu såg jag, att den förde ut till den trappa på vilken jag vid mitt första, minnesvärda strövtåg kommit från kapellet upp till grevens våning – just den trappa, invid vilken den glugg är belägen, vilken jag nu anser som min enda säkra möjlighet till räddning.

Jag gick försiktigt ett stycke uppåt trappan och förvissade mig om, att jag haft rätt. Jag såg tydligt solskenet lysa in genom gluggen och kände det fiska luftdraget därifrån, alldeles som jag gjort den minnesvärda dagen. Snart stod jag på det ställe varifrån jag bevittnat det egendomliga uppträdet vid den mördade flickans lik; jag kröp denna gång längre ut och såg, att man verkligen utan svårighet härifrån kan komma ut på stenlisten, vilken i själva verket är tillräckligt bred för att erbjuda ett någorlunda säkert fotfäste, – ehuru det långa avståndet och den svindlande höjden ingalunda gör denna vandring till en lek. En ögonblicklig yrsel, ett enda felsteg – – – och allt vore förbi. I själva verket ryser jag

vid tanken på att nödgas tillgripa denna utväg – – – – Men jag känner mig dock obeskrivligt mycket lättare om hjärtat, sedan jag vet, att den verkligen står mig öppen. För att ytterligare försäkra mig därom tog jag, sedan jag återvänt till utgångspunkten, nyckeln till dörren i korridoren och stack den i min ficka. Dörren är så tung och gångjärnen så rostiga, att den hålls stängd av sin egen tyngd, då man omsorgsfullt skjuter till den och det är därför möjligt, att de varelser – – – vilka de nu må vara – som begagnade sig av denna väg, inte lägger märke till att nyckeln saknas, då dörren är försedd med gammaldags järnhandtag å ömse sidor, medelst vilka den kan öppnas och tillslutas. – – – –

Då jag på ett tillfredsställande sätt avslutat dessa experiment, föll det mig in, att jag gärna, då jag nu så oväntat befann mig i närheten, skulle vilja kasta en blick på det gamla kapellet och den därunder befintliga, egendomliga kryptan.

Trappan för, som jag förut antecknat, till ett i väggen inbyggt galleri eller ett slags läktare i kapellet, samt vidare därifrån ned till kryptan. In i själva kapellet tycks man, egendomligt nog, inte kunna komma på denna väg. Ingången till detsamma är antagligen från borggården samt möjligen från någon annan del av slottet; men från läktaren kommer man endast ned i den under kapellet belägna kryptan, vilken, så vitt jag kan bedöma, tycks sträcka sig under hela västra flygeln.

Jag kände en stark lust att ännu en gång ta denna intressanta del av den gamla byggnaden i betraktande, och gick därför försiktigt utför den smala trappan, vilken, som jag väl mindes, utmynnade bakom den ofantliga sarkofagen på kryptans södra sida.

Då jag kommit förbi denna, stannade jag förvånad och såg mig omkring.

Allt var som jag mindes det – väggarnas otympliga, halvt utplånade bilder, de tunga pelarna, de framskymtande gravmonumenten inom sidovalven – – – men hela golvet var uppbrutet, de stora stenflisor som täckt detsamma stod stödda mot pelarna eller vräkta hit och dit och den under desamma varande jorden var delvis borttagen, delvis uppgrävd och sammanförd i högar. Kvarlämnade järnspett, stänger, hackor och spadar visade, att arbetet blott tillfälligtvis blivit avbrutet och snart skulle återupptas.

Här var således tydligen en del av förklaringen på zigenarnas och deras stallbröders och medhjälpares rastlösa verksamhet under de senaste dagarna, liksom även på de egendomliga ljud, vilka stundom nått mitt öra.

Med stigande förvåning varseblev jag strax invid det valv som antagligen utgjorde uppgång till borggården, två eller tre av de stora packlårarna. – Ett par av dem hade locken påskruvade, den tredje var öppen och locket stod stött mot muren strax invid densamma.

Gripen av en oemotståndlig nyfikenhet klättrade jag med någon svårighet över stenhällar och ojämnt uppkastade jordhögar bort till den ännu orörda del av golvet, där lårarna hade sin plats. Därvid lade jag märke till, att marken i kryptan tydligen länge gjort tjänst som begravningsplats – ty delar av halvt förmultnade människoben var överallt blandade med den nyligen uppgrävda mullen, och än en gång snavade jag till och med över en någorlunda väl bibehållen dödskalle, som rullade framför fötterna på mig. Jag såg nu också, att ett par av sarkofagerna i sidokapellen blivit delvis nerbrutna och jorden under dem uppgrävd.

Endast den del av kryptan, där packlårarna blivit ställda, var fullkomligt orörd. Här var stengolvet kvar och jag såg nu även, att golvet i det låga och vida valv jag förut lagt märke till, starkt sluttade uppåt, vilket bekräftade min förmodan, att detta valv utgjorde uppgången till borggården.

De båda tillslutna packlårarna var mig närmast och jag tog dem därför först i betraktande. Det var helt vanliga packlårar, av tjocka furuplankor, samt försedda med starka handtag av grovt rep. Locken var omsorgsfullt påskruvade och då jag försökte rubba dem ur stället, föreföll de mig tunga och orörliga som om de varit av sten.

Den tredje packlåren var något större än de andra och föreföll mig även omsorgsfullare gjord. Jag lade märke till, att en hel del små hål var borrade i locket, vilket som sagt, stod lutat mot väggen strax där bredvid.

Nyfiken böjde jag mig fram för att se vad som fanns i låren. Jag tror egentligen, att jag omedvetet väntade att få se några av de dyrbarheter som jag erinrade mig från den sagolika skattkammaren i tornet, och jag skulle knappast ha förvånats, om jag funnit den fylld till randen med guldmynt eller slipade stenar – men visst är, att jag studsade tillbaka som träffad av ett slag mitt i ansiktet vid den syn jag verkligen såg.

Packlåren var till hälften fylld med jord, vars fuktiga, unkna luft slog mig till mötes, då jag böjde mig ner över densamma. Och på denna jord låg en människa utsträckt till hela sin längd; – – en gammal man med yvigt vitt hår, bistra drag och vita mustascher – med andra ord greven själv. Han låg orörlig med slutna ögon, utan tecken till liv – jag kunde inte ens märka att han andades.

Min första instinktiva rörelse hade varit att blixtsnabbt dra mig tillbaka och huka mig ned bakom låren, men efter ett par minuters förlopp och då allt förblev tyst och stilla, reste jag mig åter ljudlöst och böjde mig försiktigt fram för att ännu en gång närmare iaktta den vilande mannen.

Intet tvivel – det *var* greven, till och med iklädd den dräkt jag ännu kvällen förut sett honom bära, men i mina ögon syntes han vara död och jag kunde överhuvud allra minst tänka mig att en levande människa – vore hon än aldrig så excentrisk – frivilligt skulle välja en sådan viloplats som denna. Min tanke ilade blixtsnabbt till zigenarna, vilkas frånvaro idag redan förut väckt min förvåning. Kunde det inte tänkas, att detta laglösa släkte mördat sin "länsherre" och sedan dragit bort med så mycket av dyrbarheterna som de bekvämligen kunde medföra för att sedan återvända och hämta det övriga? – Enligt all mänsklig sannolikhet skulle ett dylikt brott aldrig bli upptäckt, än mindre bestraffat – och vad vore naturligare än att tillfället blivit alltför frestande för Ziganis aldrig av något överflöd på medborgerliga dygder utmärkta söner! –

Det vore orätt att förneka, att min första känsla var en stor lättnad, även om själva brottet väckte min avsky. Greven hade under de sista veckorna mer och mer för mig blivit blott en fångvaktare, vilken vilket ögonblick som helst kunde förvandlas till bödel. Vore han blott borta, stod vägen till frihet och räddning mig öppen – och efter allt vad jag redan sett och gissat mig till kunde jag knappast anse det öde som drabbat honom oförtjänt.

Dessa tankar flög blixtsnabbt genom min själ medan jag böjde mig över packlåren och i den svaga skymningen ansträngde mina ögon för att se så mycket som möjligt.

– Var han verkligen död? – Eller låg han försänkt i en sömn, så djup att den liknade döden? – Varför hade han i det senare fallet valt detta underliga och föga lockande viloläger? –

Så orörlig han än låg, liknade han dock knappast en död. Dragen hade sitt vanliga uttryck av bister kraft, ansiktets linjer hade inte slappnat och blekheten syntes mig knappast vara dödens, utan blott hans vanliga matta hudfärg. Vidröra honom vågade jag ej – ty om han vaknat skulle jag otvivelaktigt bittert fått umgälla detta intrång på ett område som han med all säkerhet ansåg vara fridlyst.

Efter något ögonblicks betänkande beslöt jag att återvända till mitt rum och där avvakta morgondagen. Visade han sig inte då vore tiden inne för mig att på ett eller annat sätt begagna tillfället till flykt – en flykt vilken i så fall borde bereda betydligt mindre svårigheter än jag föreställt mig.

Visserligen funderade jag ett ögonblick på att nu genast, utan ett ögonblicks uppskov, begagna mig av den väg jag redan upptäckt. Men denna väg var förknippad med en alltför ögonskenlig livsfara för att jag inte skulle föredra en annan ifall en sådan stod mig öppen. Vore greven verkligen död, borde jag väl på ett eller annat sätt kunna upptäcka de nycklar, som öppnade husets portar samt riskerade då inte heller att i sista stunden bli överraskad och upptäckt av honom – vilket jag nu måste befara.

Innan jag återvände, tog jag hans egendomliga viloplats i närmare skärskådande och gjorde därvid ett par upptäckter, i sig själv obetydliga, men dock ägnade att ge mig åtskilligt att tänka på.

Locket till den stora låren stod som sagt stött mot väggen strax bredvid densamma. Redan förut hade jag märkt de små hål som var anbragda i detsamma. Nu observerade jag även en annan egendomlighet: det var på *inre* sidan försett med ett *halvt dussin starka järnmärlor, motsvarande lika många grova hakar*, ävenledes anbragda på *insidan* av själva låren. Genom denna anordning kunde locket tydligen tillslutas och öppnas *inifrån* utan att någon på utsidan kunde märka annat än att detsamma var tillskruvat liksom på de övriga lårarna.

Det förefaller mig nu otvivelaktigt, att packlåren på ett eller annat sätt är avsedd att tjäna till *gömställe för någon som önskar hålla sig dold.* En skickligare och bättre anordning för detta ändamål låter knappast tänka sig.

Men varför har man då till *hälften fyllt den med jord?* – En halmbädd hade varit vida lämpligare. Och skulle man nödvändigt välja jord, varför då inte hellre ta torr sand än denna ohyggliga, av de dödas ben och all orenlighet uppfyllda kyrkogårdsmull, vars kvävande lukt besvärade mina lungor som om den varit förgängelsens egen andedräkt? –

Sannerligen, vart jag vänder mig vid varje steg i detta gamla spöknäste möts jag av nya gåtor, dem mitt förnuft fåfängt söker reda.

* * *

Då intet vidare stod att upptäcka som kunde tjäna till förklaring på de frågor varmed jag bryddе min hjärna, återvände jag samma väg jag kommit och nådde i sinom tid utan vidare äventyr det åttkantiga kabinettet samt tillslöt den krångliga dörren efter mig.

Det övriga av dagen tillbringade jag i feberaktig spänning, ehuru jag tvang mig själv att avsluta det arbete jag åtagit mig – något måste jag i alla händelser företa mig, om den ovisshet vari jag befann mig inte skulle göra mig galen.

Då skymningen föll på, hade jag slutat inpackningen av böckerna; men den inre spänning, vari jag befann mig, hade också nått sin höjdpunkt. Jag kunde inte sitta stilla, utan gick av och an i rummen, ur stånd att sysselsätta mig med något. Gamla Natra smög ljudlöst in

126

och tände ljus i kronorna och på kaminhyllan som vanligt; därpå dukade hon mitt bord, satte fram mat och försvann. Jag försökte äta, men förmådde inte svälja en bit – hela min varelse tycktes upptagen av frågan:

"Skall han komma, eller skall han inte komma –?" –

Klockan blev åtta, nio, tio – intet hördes av, allt var tyst som graven.

Slutligen – just då jag i hart när olidlig sinnesrörelse nästan beslutat att ännu en gång vandra den långa vägen utför lönntrapporna och ned i kryptan för att se om han ännu låg kvar där och om han var levande eller död, – öppnades hastigt dörren till korridoren och han stod framför mig – frisk och sund, med till och med mer än sin vanliga spänstiga kraft och sitt uttryck av okuvlig viljekraft och energi.

"Här har ni mig, käre vän", sade han livligt. "Jag hoppas, dagen ej blivit er lång. Själv har jag haft mycket att syssla med och är nu trött och längtar att vila – men jag ville hälsa på er först och se, hur ert arbete fortskridit. – – Ah – ni har redan avslutat det? – Jag är er oändligt förbunden. Skulle ni i morgon vilja göra mig den stora tjänsten att på samma sätt upprätta en förteckning över innehållet i detta skåp" – han visade på det skåp mellan fönstren som innehåller de egendomliga, antagligen för fysikaliska och kemiska experiment avsedda instrument, glas och porslinskärl, varom jag förut talat – – "så fördubblar ni min tacksamhet. Jag är själv alltför upptagen för att göra detta."

Jag stirrade på honom utan att kunna svara. Han föreföll mig spänstigare och kraftigare, för att inte rent av säga yngre, än jag någonsin sett honom; han talade fort och ögonen lyste med ett egendomligt sken – det låg över hela hans person, något av ett vilt djurs nervösa, spända vaksamhet då det ser rovet nalkas.

Jag stammade slutligen något om att jag tyvärr inte kände vare sig namnen eller användningen av de flesta av de föremål som förvarades i skåpet, varför jag svårligen kunde upprätta en lista över desamma.

"Redskap, käre vän, idel redskap, med vilka vetenskapsmannen lyckas göra den döda natu-

ren till sin levande tjänare", genmälde han hastigt. "Men ni har rätt – naturligtvis känner ni varken deras namn eller bruk – det var tanklöst av mig att förutsätta det. Ni i västern har ännu mycket att lära – ni har ej trängt längre än till försalen i vetandets underbara palats, där liv och död ligger fördolda i elementer – Gott, gott. Jag skall göra det själv. Nu säger jag er emellertid godnatt. Jag behöver vila. Även i morgon blir för mig en arbetsam dag och jag torde knappast återse er förrän på kvällen. Till dess – farväl!" –

Han räckte mig handen och avlägsnade sig lika skyndsamt som han kommit. Men hans utseende liknade mera en yngling som ilar till ett med brinnande lidelse motsett kärleksmöte, än en gubbes, som söker vila efter en ansträngande dag. – – –

* * *

Den 20 juni. Ännu en gång har jag varit nere i kryptan – – dragen dit av en obetvinglig nyfikenhet och ännu en annan känsla som jag knappast kan beskriva –

Han låg åter där – till utseendet livlös, men även i detta tillstånd föreföll det mig som om han sett yngre och kraftigare ut än förr. – Och då han sent på kvällen kom för att hälsa på mig fick jag i ännu högre grad samma intryck. Han har blivit fylligare och de magra kinderna har fått mera färg. Ögonen lyser med en hård, olycksbådande glans. Jag vet inte hur det kommer sig, men han inger mig i detta tillstånd en till den grad ökad känsla av rent av vidskeplig fruktan och vedervilja, att jag knappast kan behärska mig – jag vill skrika högt vid hans blotta vidrörande och ryser vid ljudet av hans steg. Hans andedräkt har dessutom på sista tiden fått en egendomlig frän och vidrig lukt, som förpestar hela hans närhet och fyller mig med obeskrivlig vämjelse. Mer än någonsin känner jag i hans sällskap som befunne jag mig i närheten av ett farligt djur – – –

Hans sätt mot mig är dock fortfarande lika förbindligt, ehuru jag inte kan frigöra mig från känslan av en viss hånande ringaktning under den släta ytan.

Idag sade han till mig:

"Tiden går fort, käre vän, och snart är det ögonblick inne då vi måste skiljas. Ni återvänder till ert sköna England –", det låg en egendomligt gäckande klang i dessa ord, eller var det blott en inbillning? – "Och jag går att ägna mig åt ett arbete vars beskaffenhet gör det ytterst osannolikt, att vi skall återse varandra. Det är till och med möjligt, att jag måste lämna slottet före er, – – men mitt ekipage står till er disposition och skall föra er till Bistritz då tiden är inne, även om jag själv inte skulle vara här. Jag är er mycket tacksam för det nöje er närvaro berett mig!" –

Hans ord skulle gjort mig överlycklig, då de innebar löftet om ett snart och naturligt slut på den fångenskap vari jag försmäktat – – – men det var något i tonen och uttrycket i hans ögon som gjorde, att jag ej kunde tro honom. Jag kan ej frigöra mig från det intrycket, att han aldrig ämnar släppa mig levande härifrån – – *jag vet för mycket!* –

Emellertid sade jag några förbindliga ord till svar, men framkastade samtidigt det förslag att jag, ifall han själv skulle resa bort, också skulle lämna slottet – – varför inte redan idag eller i morgon såvida han inte längre behövde mina tjänster? –

"Omöjligt, käre vän", sade han beklagande. "Min kusk och mina hästar är för tillfället borta."

"Jag går gärna till fots och sakerna kunde ju gärna skickas sedan", invände jag med föga diplomatisk iver.

"Till fots, käre vän? – Har ni då så bråttom? –" Han såg mig i ögonen med ett ironiskt leende som kom mig att rysa och blodet att stiga upp i mina kinder. "Ni känner inte Karpaterna. Även om det kunde tänkas, att jag tillät en gäst lämna mitt hus ensam och till fots, så blev denna vandring förvisso er sista. Vargarna i våra skogar – ", han gick till fönstret och öppnade det på glänt – "lyssna! – – –"

Han lyfte handen och som på en given signal ljöd ett avlägset, gläfsande tjut långdraget och olycksbådande genom skogen. Det var så gott som första gången sedan första kvällen av min närvaro som jag hörde detta ljud, som kom håren att resa sig på mitt huvud.

"De är inte att leka med, dessa nattens barn – inte att leka med, unge vän", sade han, i det han på ett egendomligt sätt fixerade mig. "Mer än *en* vandrare har aldrig nått sitt mål, medan hans ben vitnat bland bergen. – Ni är tryggare här." Hans leende påminner om en hund som visar tänderna, och jag kände, att frågan om min avresa helst borde läggas åsido tills vidare. Att han verkligen själv bragt den på tal, som något vilket förstods av sig själv, är ju på sitt sätt lugnande. Kunde jag blott frigöra mig från mitt intryck, att han ständigt driver samma grymma spel med mig som katten med råttan, skulle jag helt lugnt låta sakerna ha sin gång och vänta till dess han själv behagar permittera mig. Men vem vet, om jag inte därigenom försummar just det ögonblick då jag verkligen ännu skulle kunna finna räddning i flykten? – Jag är villrådig och vet ej rätt vad jag bör göra.

* * *

Den 23 juni.

Zigenarna och deras medhjälpare återkom igår och återtog sitt arbete. Så vitt jag kan förstå, lider detta dock mot sitt slut, ty de flesta packlårar tycks vara fyllda; locken är påspikade och lårarna uppställda kring gården. Greven har endast på helt korta besök varit här inne; hans väsen är fortfarande märkvärdigt nervöst – om jag skall kalla det så, och hans utseende på ett anmärkningsvärt sätt förändrat; det är ingen inbillning, då jag säger, att han ser åtskilliga år yngre ut, än då jag först kom hit. Man skulle tro, att blodet livligare rörde sig i hans ådror, hyn är mindre vaxblek samt har fått en skiftning i brons, och ögonen är livligare och mera glänsande, stundom med en egendomligt stark skiftning i rött. Han ser onekligen ståtlig ut, – – men den känsla av vedervilja och förskräckelse som han inger mig har snarare förökats än minskats till följd av denna förändring; han förefaller mig mera främmande och oroväckande än någonsin och varje gång jag tillfälligtvis möter hans blick, då han förstulet fixerar mig, går en rysning genom mitt blod. – – –

* * *

Den 24 juni.

– Gud vare mig nådig – – – – Mot yttre faror kan man värja sig med mod och beslutsamhet, men de inre, de som hotar på grunden av ens eget väsen – mot dem hjälper varken det ena eller det andra. Den fästning som hyser förrädare inom sina vallar är hemfallen åt undergången, hur fast dess grundvalar än må vara murade. – – Jag har ej här velat tala om den hårda kamp jag sedan veckor genomkämpat dag och natt – – vartill skulle det tjäna! – men om jag dukar under och denna bok genom någon underlig ödets skickelse blir bevarad och senare skulle komma i någon deltagande människas händer, vill jag åtminstone ha antecknat här *att jag kämpat*. Men en förtvivlad strid, en strid mot övermakten. – –

Vem och *vad* hon egentligen är, är mig fortfarande en gåta – att grevens förklaring inte var förenlig med verkliga förhållandet har jag längesedan insett, men då jag söker sammanlägga, vad jag själv sett och erfarit och därav bildar ett för mig helt, svindlar min tanke och det blir mig omöjligt att komma till någon slutsats – – – såvida jag inte skall ge allt förnuft på båten och tro på det otroliga – – –

– Jag ryser vid tanken på henne, men själva rysningen blir till lidelsefull trånad och brännande begär. – – Så som *hon* måste de hemlighetsfulla väsen ha varit, vilka i forna tider enligt sagorna lockat kristna riddare in i berget, att där glömma både heder och tro. – – Ibland tycker jag mig själv vara ett slags modern Tannhäuser, innesluten i denna gamla borg som i ett förhäxat berg – – och *hon* är den mäktiga fru Venus, vars åsyn bedårar den starkaste och berusar den lugnaste och oskyldigaste – – –

I tre dagar har jag nu varit fast besluten att fly härifrån; tillfälle har inte saknats, vägen känner jag, om den också är full av faror, och gång på gång har jag stått i begrepp att utföra min plan. Men då smyger sig över mig – jag skriver det med kväljande blygsel och självförakt – håg-komsten av vita armar, av en svällande barm, av läppar vilkas kyssar aldrig hör upp att bränna på mina, sedan jag en gång smakat deras ljuvhet – – all min viljekraft domnar bort och förlamas – jag *måste* se henne ännu en gång.

Och detta är ju det förunderliga, ofattliga – – – som jag inte vill tro, men ändå måste tro – – – *att hon alltid kommer*, kallad av min tanke, lika visst som om jag högt kallat henne vid namn och hon väntande stått utanför dörren, färdig att träda in.

Innan jag hinner sansa mig, är hon där – hennes blå ögon bränner i min själ, i min hjärna, och fantasi och verklighet blir till ett, då sans och sinnen förgår mig under hennes famntag – – Det är fåfängt, fåfängt, fåfängt att söka kämpa mot en makt varmed hon besegrar mig, min vilja smälter som vax inför henne och hela min varelse ligger i stoftet vid hennes fötter.

Blott i *ett* har jag hittills kunnat motstå henne, och fastän mitt förnuft säger mig att detta är en orimlighet, är det något starkare än förnuftet som låter mig känna, att detta varit min enda räddning, det enda bålverket mellan mig och en fullkomlig, räddningslös förnedring.

– Krucifixet! –

Jag kan inte resonera därom, jag förstår det ej, men jag *vet*, att det varit mitt skydd – att det länge sedan skulle varit förbi med mig om ej denna symbol av den högsta renhet, kärlek och uppoffrande självförsakelse med en hemlighetsfull kraft hållit det onda på avstånd – – åtminstone *så* mycket, att det ej *helt och hållet lyckats besegra min vilja och mitt samvete*.

Vi protestanter anser ju katolikernas tro på korsets undergörande kraft hart när som avguderi. Men vi värderar och erkänner dock det som korset representerar, som mänsklighetens högsta, ädlaste skatt. – Jag är inte teolog och förstår föga eller intet av filosofiska eller dogmatiska spetsfundigheter, – men vad man själv erfarit, måste man tro. Och ju mera jag tänker därpå, ju mera tvingas jag att ställa det underbara sätt varpå jag hittills undergått den lekamliga och andliga undergång som här på alla sidor och gång på gång hotat mig, i samband med denna obetydliga småsak, som en from gammal kvinna av enkel, kristlig välvilja hängde om min hals i den stund, då hon trodde mig gå en överhängande fara till mötes.

– – Kalla det vidskepelse vem som vill, men jag kan inte glömma, att det var då grevens mordiska händer nästan redan slutit sig om min strupe, som han vid det tillfälliga vidrörandet av korset släppte sitt tag och stod framför mig som förvandlad till människa från ett rasande vilddjur. Det var korset – därom är jag fullt övertygad – som skyddade mig vid överfallet i trappan, då det vedervärdiga vidundrets dräglande gap redan sugit sig fast vid min hals – och varje gång jag varit nära att räddningslöst hänge mig åt det sinnesrus som skulle göra mig helt och hållet till hennes viljelösa slav och kanske sänka mig i en djupare förnedring än jag själv kan ana – har det varit *korset* som stått emellan oss. Eller viskar hon inte så frestande ljuvt, så bedårande lovande och lockande alltjämt i mitt öra detta: *"Tag bort korset! – tag bort det! – det gör mig illa! –"* som ville hon säga, att endast detta, – *endast detta* fordrades, för att hon skulle helt och hållet tillhöra mig? – – –

Hittills har jag kunnat stå emot. Detta har varit den enda punkt där min förlamade vilja kunnat resa sig till motstånd. Jag förstår det inte själv, och det finns till och med stunder, då jag nästan föraktar mig själv för den barnsliga vidskepelse, varmed jag sålunda hakar mig fast vid ett litet föremål av trä och mässing som här helt visst kan köpas på varje marknad för några få öre. – Ibland har jag känt mig manad att lägga av det, om också endast för några timmar, för att övertyga mig själv, att det hela endast är en fantasi och att mitt verkliga skydd är något djupare och mera sammanhängande med mitt bättre jag och min manliga värdighet än detta. Detta är i själva verket en svaghet att tro därpå – det inser jag – – men inte dess mindre kan jag inte frigöra mig från denna känsla av att jag utan detta skydd – denna barnsliga amulett – – – – vore ohjälpligt hemfallen åt undergången.

Men fly måste jag – – ty vad vet jag hur länge jag ännu har såpass mycket kraft kvar som jag *ännu* äger! – – –

Först då halva Europa ligger emellan oss – i Englands sunda, prosaiska atmosfär – i Vilmas läkande, blida närhet – skall jag kunna tillfriskna från det tärande, dövande gift jag sugit från dessa läppar – dessa underbara läppar – som jag – – som jag fruktar, och dock – –

* * *

Den 28 juni.

Bort härifrån! – Marken i detta förbannelsens hemvist bränner mig under fötterna och luften kväver mig – kväver mig som hennes kyssar – – men nej – jag vill inte tala om, inte tänka på hemresa – själva tanken är en fasa. – – – –

* * *

– Jag skriver detta – möjligen de sista ord av min hand som kommer att stå i denna bok – sent på natten i mitt eget sovrum – den enda plats där jag ännu känner mig säker. Det är min fasta föresats att i daggryningen, så fort det blir tillräckligt ljust, våga det förtvivlade försöket att på den svindlande vägen över bråddjupet vinna min frihet. Men dessförinnan vill jag här tillägga några ord, för den händelse jag själv skulle omkomma, men denna bok på ett eller annat sätt kommer de människor tillhanda, som minns och sörjer mig. Jag vill inte försvinna spårlöst, ej heller lämna mitt rykte i grevens händer – jag är skyldig, att så vitt det är mig möjligt låta mina kära veta på vad sätt jag dukat under och hur jag tänkt på dem i det sista.

– Jag har skrivit Vilmas namn och adress på första bladet i denna bok samt på såväl tyska som engelska tillagt en bön, att en var som finner den måtte ofördröjligen befordra den till den angivna adressen, jämte uppgift om de omständigheter varunder den kommit i avsändarens händer. Mer kan jag inte göra och jag inser alltför väl hur föga sannolikt det är att detta mitt sista budskap någonsin skall hinna sin bestämmelseort om jag själv går under. Men jag har i alla fall gjort vad jag förmått.

– Vilma, min ljuva, trofasta älskling, mycket av vad som här står skall utan tvivel vålla dig smärta. Men jag känner dig, känner ditt stora hjärta och ditt ljusa förstånd och vet därför också att du skall förstå att förlåta mig. *Du vet*, att jag ej varit dig otrogen – ty den stora, innerliga kärlek jag hyser till dig har intet med det låga sinnesrus att skaffa som här hållit mig fången och från vilket jag nu flyr, med uppbjudande av mina sista krafter, som den febersjuke släpar sig bort i hopp att möjligen hinna den höjd där en renare luft skall fylla hans lungor och motverka det smygande giftet i hans blod. Med mitt sista andetag skall jag älska och välsigna dig, min älskade, min rena, ljuva brud, mitt livs lycka och min tröst ännu då döden står mig för ögonen.

Lever jag – så skall vi en gång tillsammans läsa dessa rader och tillsammans tacka Gud för min räddning. Men dör jag, så är detta min sista hälsning, mitt testamente till dig. Då du läst, vad jag skrivit, skall du förstå, att jag dukat under för makter, starkare än jag, och även inse, att dessa makter innebära en fara som det åligger varje ren och ädelsinnad människa att bekämpa med alla de krafter som Gud givit henne att bruka. – – Jag kan nu inte närmare förklara mig – – men jag ger dig rätt att förfara med dessa mina anteckningar som du finner för gott. Rådför dig med någon, till vars klokhet och goda vilja du hyser förtroende, helst med någon av samhällets ledande, mest inflytelserika och i mänsklighetens tjänst verksammaste män. Du finner på sista bladet här i boken några namn – – – tiden tillåter mig ej att ingå på några närmare saker. Gud give dig kraft och nåd att finna rätta och bästa sättet att tillgodogöra de erfarenheter som kostat mig så dyrt. Min själ tillhör dig i det sista – vad som än må hända med min kropp.

* * *

Jag vill blott i korthet lämna en redogörelse för de sista dagarnas händelser. – –

Då jag ser de fläckade och suddiga raderna på föregående sida står det åter klart för mig, hur jag i sista ögonblicket kämpade – som så ofta förut – mot den vansinniga lidelse som plötsligt flammade upp inom mig, då hennes bild frammanades för mitt minne. Och då – som förut – kände jag också lika plötsligt hennes närhet, denna oförklarliga utstrålning fån hela hennes varelse, vilken verkar som en berusande ånga på mina sinnen. – – – Hon stod bakom min stol – då jag vände mig om, mötte jag blicken ur hennes underbara ögon och kände som vanligt min vilja och min personlighet smälta till ett intet därvid – därnäst – – hennes armar om min hals, hennes ansikte helt nära mitt – hennes frestande läppar – hon drog mitt huvud mot sin barm – – – jag vill ej dröja vid dessa minnen, ty de döljer ett smygande gift som jag måste sky om jag skall ha kraft utföra det jag föresatt mig – jag vet det – – – – Hennes smekningar var lidelsefullare, mera berusande än någonsin, och jag – – ja – jag var berusad – –

Gång på gång hörde jag henne viska i mitt öra – *"Jag älskar dig!* – Men tag bort korset! – Jag ber dig, tag bort korset! *Jag kan ej kyssa dig, som jag vill* – – ty korset gör mig illa! –" – – Ännu hade jag dock kraft att motstå henne, ehuru det föreföll mig – jag minns det som en dröm – som om mina händer nästan ville lyfta sig av sig själva, mot min vilja, för att efterkomma hennes bud – – – det var dock något inom mig som gjorde motstånd – Gud vare lov! – –

– Till slut nästan kastade hon sig över mig och klängde sig fast vid mig med en styrka som lät mig känna som skulle jag kvävas – – hennes vilda brännande kyssar föll tätt på mina ögon, mina läppar, min hals – – mitt huvud svindlade, sansen förgick mig – jag måste ha förlorat medvetandet – –

– Jag vet ej, hur lång tid som förgick, men som i en dröm hörde jag en röst – – grevens röst – som med hårt och hånande tonfall sade:

"Bort! – du mödar dig förgäves – tiden är inte kommen än. Giv dig till tåls ett par dagar ännu – – *då jag inte behöver honom längre, tillhör han dig, och då* – – –"

Jag hörde ett skratt – – ett klingande, underbart skratt, som ljudet av en glasklocka – – *hennes* stämma – – men det isade i mitt blod och gör det ännu vid hågkomsten – det var intet mänskligt däri – – –

Strax därpå hörde jag greven utropa:

"God afton, unge vän! – Ni har somnat vid ert arbete, ser jag!" och då jag öppnade ögonen, stod han framför mig vid skrivbordet och betraktade mig skarpt. – Jag kände mig matt och svag – – som domnad i alla lemmar, och då han uppmanade mig att gå till vila, lydde jag honom nästan mekaniskt. – Och i denna stund vet jag knappast om detta, som jag minns, var dröm eller verklighet. Men var det en dröm, så är det en av de drömmar som goda makter sänder människor för att varna dem. Dock tror jag ej, att det var en dröm – –

* * *

Under de följande dagarna gav greven mig åtskilliga uppdrag att utföra – papper att ordna, ytterligare böcker och instrument att inpacka och så vidare. Han lät mig även genomse, rätta och renskriva ett par brev, avfattade på engelska av honom själv och ställda till engelsmän, ehuru adressaternas namn var mig obekanta. De var hållna i hemlighetsfulla och tvetydiga ordalag och tycktes handla om gemensamma angelägenheter av yttersta vikt, ehuru jag saknade den nyckel som varit nödvändig för att kunna förstå dem. Det föreföll mig dock som om greven inte längre brydde sig om att iaktttaga någon särskild försiktighet gentemot mig – – som ansåg han mig inte längre farlig. I hans ögon var jag kanske redan en för världen förlorad man – – en död, av vilken man ej längre behövde befara, att han skulle yppa några hemligheter – – –

* * *

Igår tycktes zigenarna ha avslutat sina arbeten. Tidigt på morgonen körde åter ett par stora med sex hästar förspända forvagnar in på borggården, varefter några av de till allt utseende ytterst tunga packlårarna med stor ansträngning lyftes upp på desamma och kördes bort. Under dagens lopp avhämtades på samma sätt flertalet av de övriga. Körsvennerna var slovaker, men jag lade märke till, att några av zigenarna medföljde varje fora och att de sistnämnda var väl beväpnade.

Då skymningen föll på, återstod, så vitt jag kunde se, endast tre packlårar, uppställda i närheten av portvalvet. De flesta zigenarna hade avlägsnat sig och det folk som fanns kvar i borggården tillhörde den egendomligt motbjudande typ som jag förut beskrivit. Ett ögonblick föll det mig in, att det ju kunde finnas en möjlighet för mig att i denna allmänna villervalla och i skydd av det tilltagande mörkret smyga mig ut och obemärkt lämna slottet – det syntes mig inte osannolikt, att porten under dessa förhållanden kunde lämnats öppen och utan tillsyn. Ljudlöst och försiktigt begav jag mig utför trappan – men porten var stängd som alltid och

dessutom *bevakad* – – – ty då jag vände mig om efter ett fruktlöst försök att öppna den, mera kände än såg jag i den djupa skymningen närheten av något levande – jag hörde en flåsande andedräkt, såg något skymta mot fönstret och snuddade, då jag hastigt sprang mot trappan, mot en stor hårig hand, som tycktes gripa efter mig, men som jag våldsamt stötte tillbaka. – Andlös och flämtande nådde jag matsalen, i det jag ännu i sista ögonblicket hörde tassande bara fötter springa efter mig i korridoren och något famla på dörren, mot vilken jag stödde mig med hela min styrka. Jag tyckte mig höra ett hest mumlande eller grymtande ljud därutanför samt urskilde tydligt tassandet av allt flera fötter – men intet allvarligt försök gjordes att spränga upp dörren och efter en stund blev allt åter tyst, som om mina förföljare avlägsnat.

Så mycket var mig dock tydligt – att greven varit beredd på, att jag skulle göra ett försök att hemligt lämna slottet och tagit sina mått och steg för att förhindra det. Jag ryste – och ryser ännu – vid tanken på det öde som säkerligen drabbat mig, om jag inte varit tillräckligt snabb på foten för att undgå mina förföljare. Döden fruktar jag inte – – – men i *denna* form skulle jag inte vilja möta den.

– Sent på kvällen inträdde greven. Han syntes glad och upprymd, gick hastigt av och an i rummet, talade fort och gned oupphörligt de långa naglarna mot varandra på det sätt som är honom eget och som allt från första stunden varit mig så särskilt motbjudande. Ännu en gång måste jag förvånas över hans märkvärdigt föryngrade utseende och den spänstiga kraften i hans rörelser. Om den yviga lejonman av krusigt hår som täckte hans huvud ej varit snövit, liksom de långa mustascherna, kunde man mycket väl ha tagit honom för en man på knappast fyllda fyrtio år.

”Ja, min käre, unge vän”, sade han med sin vanliga förbindliga ton, ”nu är snart alla mina förberedelser till resan avslutade. Ännu har jag dock viktiga affärer här i grannskapet att ordna – de kommer möjligen att uppta mig hela dagen i morgon – – – och då jag sålunda är osäker om att hinna tillbaka i tid för att säga er farväl, gör jag det redan nu i stället. Mitt ekipage står till er disposition i morgon – vid vad tid önskar ni resa? –"

Frågan kom för mig så överraskande, att jag verkligen var oförmögen att svara. Jag stirrade blott på honom och stammade något, jag vet inte vad, om tågtider – – Bistritz o.s.v. Mitt hjärta slog så hårt, att jag kände mig nära att kvävas och allt gick runt för mig.

Då jag åter kom till besinning, såg jag, att greven betraktade mig med ett egendomligt gäckande småleende, medan han fortfarande artigt tycktes invänta mitt svar.

"Passar klockan tolv er?" återtog han. Ni hinner då i god tid för att följa med nattåget till Budapest. – Gott, jag skall då säga till, att vagnen är här framme vid porten klockan tolv, och om möjligt skall jag då även själv vara här att önska er lycklig resa. Men skulle jag bli förhindrad, så säger jag er i alla händelser nu farväl. Farväl förträfflige unge vän" – han räckte mig handen – "farväl, och mottag en gammal mans hjärtliga tack för de många angenäma stunder ni berett honom! De kan ej varken uppvägas eller lönas med guld – men er tid är i alla fall dyrbar och i vårt hus plägar vi ej mottaga något för intet – ni borde därför tillåta mig", – han öppnade en låda i skrivbordet och framtog en gammaldags börs av rött silke, vilken han räckte mig, – "att lämna *detta* som en obetydlig ersättning – – och dessutom *detta*", – han tog något ur bröstfickan, – "som ett litet minne av er härvaro och av Draculitz tacksamhet. – – En obetydlighet – – men i alla fall en gammal familjeklenod, som har sitt värde – jag hoppas den för er skall bli en erinran om inte alltför oangenäma stunder –"

Tonen hade en egendomlig klang och då jag hastigt såg upp, mötte jag en obehagligt lurande, stickande och hånfull blick, vilken dock genast övergick till ett förbindligt leende. Jag såg nu, att vad han räckte mig var en gammaldags ring prydd *med ett hjärta av juveler med en stor rubin i mitten*; ett fullkomligt motstycke till det smycke, vars olycksbådande glans för mig nästan blivit till ett med den fruktansvärda makt, som i trots av förnuft, vilja och samvete betvingat min varelse. Jag stirrade förfärad, stum,

utan att kunna säga ett ord på den klenod han fortfarande sträckte emot mig och som i vaxljusets sken sköt långa mångfärgade blixtar vilka, så föreföll det mig, på ett hemlighetsfullt sätt borrade sig in i min hjärna och förlamade dess tankar och viljekraft, så att jag kände mig som gripen av en svindel och nära att förlora medvetandet. – – –

Blott med en pinsam ansträngning lyckades jag lösrycka blicken från det gnistrande föremålet, och i samma ögonblick var förtrollningen för denna gång bruten, ehuru jag fortfarande kände mig allt för häpen och förvirrad av vad som inträffat för att fullt kunna återvinna fattningen. Börsen hade jag nästan ofrivilligt mottagit då han räckte mig den; den tyngde i min hand och då jag betraktade den, såg jag, att den var full av guldmynt.

"Ni överskattar mina ringa tjänster, herr greve", sade jag med mödosamt tillkämpat lugn. "Jag kan verkligen inte mottaga – –"

"Inte ett ord vidare –", avbröt han mig med en befallande handrörelse och en ton som inte tålde någon motsägelse. "Ni tillåter mig att avgöra den saken. Och denna småsak", – han sköt ringen över bordet till mig, – "skall det vara mig en sann glädje att veta i er ägo. *Bär den – – – och tänk på Draculitz!* – – Den har före er burits av många lyckliga – den har bland oss i själva verket betraktats som ett slags amulett – – – men ni praktiska engelsmän tror inte på något sådant. Bär den emellertid – och lycka till! – Livet har ännu ljuva stunder i beredskap åt er – ni är en vacker gosse, *ung* och *älskvärd*. – Lycka till! – Jag kunde avundas er – ja, sannerligen kunde jag inte avundas er!" Han tystnade ett ögonblick och hans ögon blänkte till med den egendomligt röda glans som jag förut lagt märke till, de påminde mig genom en fantastisk idéförbindelse om rubinen som han nyss räckt mig. "Men farväl nu, min käre Thomas Harker", tillade han vänligt. "Om vi inte träffas mer – – och det kan ju hända – – så *tag med er Draculitz välsignelse!* – Alltså – – – i morgon, klockan tolv." –

Han grep min hand och fasthöll den ett ögonblick i ett grepp, fast som ett skruvstäd och kallt som is eller polerad metall; det sände en egendomlig förlamande dallring genom min arm och jag kände ett ögonblicks vilt begär att stöta honom ifrån mig och springa min väg, vilket jag dock lyckades bekämpa. Därpå släppte han mig och gick mot dörren.

"Bär ringen för min skull, unge vän – *bär den för min skull*", upprepade han i det han vände sig om med handen på låset, "och tänk på Draculitz då ni kommer i åtnjutande av den lycka som den enligt våra traditioner bereder den som bär den! –"

Han kysste med en gammaldags siratlig rörelse på fingret åt mig, och försvann genom dörren.

Jag stod som bedövad, omslaget hade kommit för plötsligt. Kunde det verkligen vara möjligt att all min oro, alla mina dystra aningar varit utan grund? – Var min befrielse verkligen så nära och skulle jag inom några få timmar som en vanlig resande få lämna detta slott, där jag sedan veckor varit en fånge och upplevt ting, dem ett helt livs erfarenheter ej skulle vara i stånd att utplåna ur min håkomst? Jag kunde inte fatta det, men å andra sidan föreföll det mig nästan löjligt att betvivla vad greven själv nyss så lugnt och som den naturligaste sak i världen sagt mig. Om allt gick efter uträkning, skulle jag redan följande kväll vid samma tid sitta i en bekväm kupé på nattåget till Budapest – – och allt vad jag här genomlevt skulle ligga bakom mig, som en mörk, ofattlig dröm. – – –

Jag satte mig vid bordet och dolde ansiktet i händerna; mitt huvud svindlade, men inom mig tackade jag Gud. Jag tänkte på dig, min Vilma, och kände mig redan omsluten av dina trofasta, milda armar. – – Därpå reste jag mig för att gå in till mig och ordna mina tillhörigheter.

Ringen låg kvar, där greven lagt den. En nästan oemotståndlig impuls drev mig att ta upp den och prova den på mitt finger, det var nästan som en osynlig makt dragit min hand till den. Som den nu låg återkastade stenarna inte längre ljuset och jag betraktade den lugnt och med det intresse som man alltid ägnar en vacker och egendomlig klenod, under det att jag halvt omedvetet för mig själv återupprepade grevens ord om dess lyckobringande egenskaper. Nästan mekaniskt tog jag upp den och vände den i handen.

– I samma ögonblick blixtrade åter den röda strålen till och borrade sig – jag kan ej beskriva det annorlunda – som en levande eldstrimma in i min hjärna; en glödande ström tycktes fylla mina ådror, en lidelsefull åtrå mot vilken allt vad jag förut erfarit var ett blekt bländverk flammade upp inom mig och sopade som en storm bort både tankar och besinning – – jag sjönk – så vitt jag nu kan minnas, ty det hela står för mig som en feberdröm – halvt medvetslös tillbaka på stolen, i det min fantasi fylldes av bilder och föreställningar dem jag ej vill nedskriva – jag kände mig nära att kvävas – och lyfte händerna till min hals för att lösgöra radbandet, som tycktes hämma min andedräkt – – – Men därvid släppte min blick den flammande stenen, vilken hittills hållit den fången – – – ännu en gång var förtrollningen bruten – jag vaknade till medvetande och besinning och kastade mig, matt och maktlös men med en känsla av oändlig blygsel och förtvivlan, framstupa över bordet – –

– Jag vet ej, hur länge jag låg så, men det var sent på natten, då jag åter reste mig och gick in till mig, där jag med feberaktig iver ordnade allt för den förestående avresan. Därpå somnade jag djupt. – – Då jag vaknade såg jag med obeskrivlig häpnad, att klockan *redan var ett!* – – – Jag hade försovit mig – sovit över den för resan utsatta timmen, utmattad som jag var av den förgående aftonens överväldigande själsrörelser och själsskakningar. Efter en brådskande toalett skyndade jag ut i matsalen och till fönstret.

Borggården låg öde och tom i det klara solskenet. Zigenarna var borta och varje spår av deras närvaro undanröjt; de sista stora packlårarna, vilka ännu vid skymningens inbrott stått orörda kvar, var även försvunna – en djup tystnad rådde överallt – – och av grevens ekipage syntes ej heller ett spår. Om det verkligen varit där på den utsatta tiden, hade det åter kört bort.

Förargad och orolig skyndade jag ned i förstugan, i tanke att själv uppsöka kusken och säga till om avresan; ingen tid var i själva verket att förlora, ifall jag skulle hinna till Bistritz före nattågets avgång.

Porten var låst – – – alla riglar förskjutna och till och med den tunga kedjan fasthakad, vilket förut ej varit fallet vid mina fåfänga försök att komma ut denna väg! –

I stigande oro och otålighet sprang jag åter uppför trappan. Då jag kom in i matsalen slog det mig för första gången, att bordet ej var dukat och ingen frukost framsatt – något som förut aldrig inträffat och som naturligtvis idag måste överraska mig i dubbelt mått med anledning av den förestående långa resan.

En ohygglig aning, åt vilken jag ännu knappast själv kunde ge gestalt, isade mitt blod. Hastigt skyndade jag in i det åttakantiga kabinettet och tryckte på den knapp som stod i samband med lönndörren.

Den verkade ej.

Dörren förblev stängd och alla mina försök att öppna den var förgäves. Mekaniken hade på ett eller annat sätt råkat i olag – – eller också med avsikt avstängts – – sannolikt det senare.

Det dröjde några ögonblick, innan jag kunde fatta vad denna upptäckt i själva verket innebar för mig – – överskåda hela vidden av min olycka och det ohygglig, hjärtlösa förräderi, för vilket jag fallit offer.

Nu först var jag verkligen fången – fången som råttan i fällan, med varje möjlighet till flykt och räddning avskuren.

Till en början kunde jag inte tro det. Jag sökte intala mig själv, att allt måste vara en tillfällighet – möjligen ett missförstånd – – och ehuru den stigande ångesten och harmen nästan försatte mig i feber, beslöt jag att vänta några timmar för att se, om inte det hela finge en förklaring av mera tillfredsställande art än den mina farhågor ingivit mig. – – –

* * *

Det var långa timmar som nu följde. – Jag förmådde inte sitta stilla, utan gick av och an i rummen, förtärd av en brinnande otålighet som jag blott med uppbjudande av hela min viljekraft lyckades hålla någorlunda i tygeln.

Jag lade märke till, att rummen redan – det var ingen inbillning – fått en isande prägel av övergivenhet. Skrivbordet var tomt, alla grevens uppslagsböcker o.s.v. borta – bokskåpen delvis tömda samt låsta, med nycklarna urtagna. Själ-

va bläckhornet och skrivmaterialen var försvunna – – endast *ringen* låg kvar på bordet, dunklet glödande som elden glöder under askan. I den upphetsande stämning vari jag befann mig antog den nästan skepnaden av ett levande, illvilligt väsen, vars röda, ondskefulla ögon med hemlig skadefröjd följde och iakttog mig. – –

* * *

Klockan blev sex – sju – åtta; skymningen begynte falla på. Samma gravlika tystnad alltjämt. Jag började känna mig matt av hunger, men ingen kom att duka bordet, ehuru den vanliga måltidstimmen länge sedan var förbi. Gång på gång gjorde jag åter försök att öppna lönndörren – – – men den var och förblev stängd.

Jag kunde nu inte hysa några tvivel längre. Greven var borta och hade med avsiktlig, kallblodig grymhet kvarlämnat mig här – kanske för att omkomma av hunger och törst i denna oerhörda grav – kanske också för att hemfalla åt ett ännu värre öde –

Ty med det tilltagande mörkret tycktes min själ bli allt mera klarseende och jag tyckte mig ana – – – vad jag knappast kan eller vill nedskriva här. Sannerligen, mörkrets makter har sammansvurit sig mot mig – i vilken avsikt vet och förstår jag ej – – – men faran, ser och känner jag; den ruvar både utom och inom mig och ser på mig med hemlighetsfullt glödande och frestande ögon, som stenen i ringen därinne. Hur vet jag, hur länge jag kan stå emot –? – – – Lockande röster viskar redan i mitt inre, talar i mitt blod, de väcker min fasa, men lockar ändå – –

– Jag känner, jag *vet*, att *hon* inte är långt borta – att jag blott behöver kalla på henne – – –

– Snärjande vita armar, underbara berusande läppar – – hur de lockar och drar! – – –Jag känner, att jag blott behöver öppna min famn för att sluta henne däri – – –

"Då jag är borta, skall han helt tillhöra dig – –"

– Var det inte så, han sade, greven – eller drömde jag det –? –

Men nej, nej – jag ville inte – – vill inte – – sälja min själ. – Ännu är jag en man – jag vill ej lyssna till de röster som viskar om sällhet – – om njutningar – om en lycka inför vilken allt vad plikt och samvete kan bjuda syns blekt och färglöst. – –

– Jag vill ej sätta denna förbannelsens ring på mitt finger, vill ej låta dess orena trollmakt omtöckna mina sinnen – ehuru jag vet, att jag endast har att välja mellan detta och – – döden – –

Vad har jag skrivit? – Jag vet det knappast själv – – men det må stå. Om dina rena ögon någonsin vilar på dessa rader, Vilma, så vet du, att jag är död och att det bästa hos mig – min odödliga själ – var dig trogen i det sista – trots allt.

* * *

Mitt beslut är fattat och jag har redan träffat förberedelser att sätta det i verket.

Jag har skurit lakanen i min säng i remsor och bundit dem samman till ett rep – starkt nog, tror jag, att bära min tyngd. Med detta rep skall jag, så snart det blir tillräckligt ljust, från fönsterposten här försöka fira mig ned till den framskjutande stenlisten nedanför. Det är ett förtvivlat företag – men kan möjligen lyckas. Om inte – nåja – bråddjupet är brant och högt – – men där nere väntar dock intet värre än döden. Och hellre dö som en hederlig karl än leva som – – – jag vet inte vad – i onämnbar förnedring.

Det ljusnar allt mer.

Jag har fastgjort repet – allt är i ordning. Om några minuter vågar jag försöket.

Farväl, för sista gången farväl, min Vilma – förlåt mig vad jag förbrutit mot dig, men tro att jag alltid älskat dig – *endast dig!* – –

Andra avdelningen.

Kyrkogården i Whitby.

FÖRSTA KAPITLET.

En brevväxling.
(Brev från Vilma Murray till Lucy Western.)

Den 9 maj.

Käraste min Lucy –

Förlåt mitt långa dröjsmål, men jag har varit så överhopad av arbete att det verkligen varit mig alldeles omöjligt att skriva förr. Vid denna tid på året, då examenstiden och avslutningen nalkas, har vi stackars lärarinnor knappast tid att andas. – Snart är emellertid allt detta överståndet och då hoppas jag få träffa dig – jag längtar till dig och till det härliga, fria havet, vid vars strand jag snart skall få ströva omkring med dig och tala om allt det myckna som inte ryms i ett brev. Och utom allt annat arbete har jag på sista året tagit mig för att studera stenografi, då jag därigenom hoppas framdeles kunna vara Tom till nytta. Av samma anledning övar jag mig också med skrivmaskinen – det fodras lång tid och mycken övning innan man fullt behärskar det instrumentet, må du tro! – Jag har emellertid föresatt mig, att inte ge mig förrän jag vunnit verklig skicklighet i såväl ena som andra avseendet. Tom skall då kunna diktera sina anföranden för mig; jag antecknar dem med snabbskrift och renskriver den sedan på skrivmaskinen – på det viset hoppas jag kunna bespara honom ett biträde. Vi roar oss ibland med att skriva till varandra med snabbskrift, och Tom sade mig, att han skulle skriva sin dagbok under den utländska resan på detta sätt, för övningens skull. I sommar skall jag göra sammaledes, och om jag också inte upplever något märkligt, så blir övningen lika nyttig för det. Tom har uppmanat

mig att försöka tillägna mig den snabbhet i upp-
fattningen och det goda minne som erfordras
för att bli en tidningsreferent. Jag skall roa mig
med att intervjua folk, beskriva vad jag ser så
målande och livligt som möjligt och anteckna
samtal o.s.v. Det påstås, att man med en smula
övning skall kunna erinra sig allt, även det obe-
tydligaste, som man upplevt under dagen. Vi får
väl se! – – Allt detta intresserar dig kanske högst
obetydligt, kära min Lucy – – men jag hade föga
annat av intresse att skriva om. Dagarna här går
sin enformiga gång, indelade som de är i regel-
bundna rutor – så att säga – – av lektioner och
fristunder och lektioner i ständigt samma väx-
ling. Man känner sig på det hela rätt dygdig och
plikttrogen under en sådan tillvaro, men kvick
och intressant blir man egentligen inte.

– Från Tom har jag nyss haft några rader. Han
är lyckligt och väl anländ och skildrar sina om-
givningar som högst egendomliga och roman-
tiska; ännu kan han ej med bestämdhet säga, när
vi får vänta honom tillbaka. Han säger ledsamt
nog, att postgången däruppe i bergsbygden är
högst oregelbunden och att han ej torde få till-
fälle att skriva ofta, men jag får väl höra så myck-
et mer då han väl är hemma igen. Jag är i alla fall
bra glad att han fick göra denna resa, som bör
bli ett välkommet och välgörande avbrott i hans
trägna arbete.

Nej, nu måste jag sluta – – – skolklockan
ringer. Farväl, min egen Lucy, jag ger dig i tan-
karna en innerlig kyss. Det är alldeles för länge
sedan, jag hörde något av dig – du är och för-
blir en oförbätterlig brevskriverska. Allehanda
dunkla rykten har varit i omlopp – – – man talar
om en viss lång ståtlig, ung herre med lockigt
mörkt hår o.s.v. – – Skriv för all del snart! – –

Din gamla trofasta *Vilma.*

———

Lucy Western
till Vilma Murray.

London, onsdag morgon.
Älskade Vilma! – Hur *kan* du säga, att jag är en
oförbätterlig brevskriverska? – Har du kanske

inte fått *två* brev från mig sedan vi sist träffades
och det jag idag fick från dig var bara ditt *fjärde!*

Förresten säger jag som du, att jag egentligen
ingenting har att skriva om – ja, det förstås, jag
kunde berätta om en hel del baler och midda-
gar och ridturer och besök i tavelgallerier och på
konserter och teatrar – – – allt det där är ju roligt
nog, medan det pågår, men vad skall man egent-
ligen skriva om sådant? – Det skulle bestämt
inte intressera dig det bittersta. – Säsongen är
rätt briljant i år och jag *har* onekligen roat mig
duktigt. – Men vad är det, du pratar om unga
herrar med lockigt hår? – Det finns miljontals
sådana här i London. Men, din skvallerbytta,
vem han nu är, menar du antagligen välborne
herr Arthur Holmwood, lord Godalmings son.
Han har varit rätt mycket med oss – – hans mor
och lilla mamma var ungdomsvänner (hon är
död nu) och de har alltid en hel hop att tala om
med varandra. Han följde oss på sista populära
symfonikonserten och det är det som givit folk
anledning att prata. – – Förresten gjorde jag för
en tid sedan bekantskap med en annan herre,
som klippt och skuren för *dig*, om du inte alla
redan varit förlovad – ser bra ut, av god familj,
förmögen – – med ett ord ett så kallat gott parti.
Han lär vara oerhört begåvad – förresten läkare,
tjugonio år gammal, men redan förestånda-
re för en stor vårdanstalt för sinnessjuka. Han
och herr Holmwood är gamla vänner och det
var den sistnämnda som presenterade honom
för mig; han gjorde sedan visit här och hälsar på
oss litet emellan. Jag har aldrig sett någon som
gör intryck av en så oerhörd viljekraft och på
samma gång av ett så orubbligt lugn. Jag undrar
alls inte på att han imponerar på sina patien-
ter – då han ser en i ansiktet, förefaller det, som
kunde han läsa ens hemligaste tankar. Han har
ett präktigt huvud – vacker panna, djupt liggan-
de mörka ögon och en bestämd mun med nå-
got framskjutande underläpp och kraftig haka
– vad man kallar ett intressant utseende. Han
kommer säkert att låta tala om sig här i världen.
– – En annan ny bekantskap som vi gjort under
säsongen är en ung, oerhört rik amerikanare –
från Texas eller nya Mexiko eller något annat
ställe på civilisationens utkanter. Också han är

en god vän till herr Holmwood, som lärt känna honom på sina resor. Han är en av de älskvärdaste människor jag någonsin sett, så käck, frisk, glad och barnsligt öppenhjärtig, att jag inte tror, det kan vara möjligt att vara tillsammans med honom utan att hålla av honom. Därtill ser han utmärkt bra ut – ett slags idealiserad *cowboytyp*, – lång, smärt, välväxt och smidig, med vackra, djärva drag och långa ljusa mustascher – en riktig romanhjälte; med ett ord, han kunde bli farlig för litet var – d.v.s. om man *inte förut sett någon annan, som man tyckte bättre om*. Han har upplevt de otroligaste äventyr och talar om dem som det naturligaste i världen. Alla flickor svärmar för honom; men jag har egentligen inte kunnat märka, att han givit någon av dem företrädet. För min del är jag ju – – – det vill säga, jag tycker – – – jag menar – – ja, jag vet inte, vad jag menar egentligen. Men Arthur är ju i alla fall så oändligt – –

– Seså, nu står det där ändå – – – fast jag inte ämnade säga något, och ju egentligen inte heller har något att säga. Kära min Vilma, vi har ju berättat våra hemligheter för varandra, sedan vi inte var längre än *så* – – – sovit i samma bädd, skrattat och gråtit tillsammans – – vore jag nu hos dig och vi satt tillsammans framför brasan i skymningen som i gamla, goda tider, så skulle jag bestämt viska något i ditt öra – på papperet går det inte lika lätt att säga det, och ändå känner jag ett sådant behov att tala med dig – så där riktigt ur hjärtat, du förstår. Ja, Vilma, du gissar nog – – Han har ingenting sagt, jag är inte viss om att han älskar mig – – – men ändå – – – så älskar jag honom – älskar honom med hela min själ. Är det inte underligt, Vilma? – Jag vet att människor kallar mig kokett – jag tror inte, att jag verkligen är det, åtminstone om koketteri skall vara liktydigt med hjärtlöshet och beräkning – – men visst är det förfärligt roligt att bli avhållen och beundrad och en smula bortskämd – och jag vill så gärna, att alla skall tycka om mig, att jag nog kanske ibland är vänligare mot en och annan, än jag *borde* – därför att herrar nu en gång för alla är så förskräckligt egenkära och genast tror, att man är förälskad i dem, så snart man visar dem en vänlig min! – – Men visst är, att jag aldrig frågat det allra minsta efter någon enda bland dem – förrän nu – – och nu tycker jag ibland, att jag inte skulle kunna leva, om *han* inte håller av mig. Om du kände honom Vilma! – – han är den bäste, ädlaste, mest finkänsliga och ridderliga människa på jorden. Jag kunde berätta dig så många drag av honom – – sådana där riktigt fina, nobla drag – men det skulle bli för långt – – Och om du kunde se, hur vacker och ståtlig han är! – Ingen annan kan ens på långt håll jämföras med honom. Men det är ju barnsligt att prata på detta sätt. Med dig har jag ju emellertid lov att vara så dum och barnslig jag vill, eller hur, Vilma? – – Jag läser inte igenom brevet, ty då skulle jag ofelbart riva sönder det – – jag vill i alla fall, att du skall veta, vad jag verkligen känner och tänker. Jag har ju alltid biktat mig för dig, min Vilma, sedan jag var en liten yrhätta i korta kjolar och redan då ett mönster av alla dygder. Håll fortfarande av din dumma Lucy en smula – är du rar! – Och skriv snart, snart! – Jag kan inte säga, hur jag längtar efter ett brev från dig.

Nu *måste* jag sluta. Godnatt du söta Vilma! Jag kysser dig i tankarna och kramar och håller av dig. Godnatt! – Tänk på mig då du läser din aftonbön – – och be för min lycka. Det tar visst bättre, än om jag gör det själv.

Din
Lucy.

———

LUCY WESTERN
TILL VILMA MURRAY.

– Tack, tack, tack för ditt sista brev – du är och blir och kommer i alla evigheters evighet att förbli en ängel. Men hur skall jag nu någonsin kunna rymma allt vad jag har att säga dig i ett brev!!! –

Du har säkert bett Gud bra för mig, ty jag är så gränslöst – –

– Nej, det var ju inte där jag skulle börja. – Säg Vilma, har du någonsin hört talas om en flicka som haft *tre* friare på en dag? – Tänk bara, *tre!* – Det är ju på det hela mycket sorgligt, då man i alla fall inte kan gifta sig med mer än en – de andra två blir ledsna och man skulle rent av vilja hugga sig själv i tre delar om det kunde göra dem lyckligare – – men nog *är* det i alla fall en smula smickrande för ens självkänsla, du? Och det innan man hunnit fylla tjugo år. Men nu måste jag berätta alltsammans för dig, fastän du måste lova att *aldrig* nämna ett ord därom till någon själ! Egentligen gör det mig så obeskrivligt ont om dem – men nu skall du höra – –

Nummer ett kom strax efter frukosten. Det var han – doktorn – med den vackra pannan och de djupa ögonen – – som jag berättade dig om sist. Han med dårhuset. – Han var så lugn och behärskad till det yttre, att jag till en början alls inte anade oråd, inte ens då han höll på att sätta sig på sin vackra nya cylinderhatt, som han ställt på en stol. Sedan tog han fram en lansett och började leka med den – för att visa sig obesvärad förstås – på ett sätt som gjorde mig så nervös, att jag höll på att skrika högt, jag tror, att han märkte det, ty han stack in mordvapnet, reste sig och gick ett par slag på golvet samt kom därpå åter fram till mig, satte sig och började utan alla omsvep, enkelt och manligt, säga mig vad han hade på hjärtat. Han talade om, hur kär jag blivit honom, fastän vi endast känt varandra en helt kort tid, och om hur olika hans liv och verksamhet skulle gestalta sig, om jag ville stå vid hans sida för att hjälpa och uppmuntra honom i utövandet av hans ofta tunga och hårda kall. Han var mycket allvarsam och djupt rörd, ehuru han behärskade sig. Själv var jag så gripen och upprörd, att jag inte kunde hålla tårarna tillbaka. Då han såg mig gråta, avbröt han sig hastigt, såg allvarligt på mig och sade därpå:

”Jag förstår – – – det vore själviskt av mig att göra er mera ont, än jag redan gjort. Förlåt mig! – Men ett måste ni dock låta mig fråga – tror ni inte, att ni möjligen skulle kunna lära er att älska mig med tiden – – om ni också inte gör det nu?”

Jag skakade på huvudet utan att kunna säga ett ord.

Han satt alldeles tyst ett ögonblick och jag såg, att hans hand darrade, då den låg på bordet. Han förde den över ögonen och återtog därpå med sänkt ton och utan att se på mig:

”Jag vet mer än väl, att jag inte har någon rätt att söka tilltvinga mig ert förtroende, fröken Lucy, men – –”, han tvekade ett ögonblick – ”men – jag blygs inte att erkänna, att jag älskar er högre än mitt liv – – och – – – så länge en kvinnas hjärta är fritt, äger man ju ändå ett slags rätt att hoppas; – säg mig – förbjuder ni mig att göra *det?* – Är det, ni nu sagt mig, alldeles oåterkalleligt? – Eller, för att tala rent ut – – är det någon annan, som – –”

Hans ton och hela hans sätt var så finkänsligt och vackert – – jag kände, att det var min plikt att säga honom sanningen, ehuru det kostade på – – jag gjorde det inte alls bra; men jag stammade i alla fall något om, att det verkligen *fanns* någon som – – –

Han reste sig genast, stod ett ögonblick tyst liksom för att samla sig och sade mig därpå stilla och allvarligt farväl. Jag räckte honom oförvilligt båda händerna och viskade ”förlåt mig!”

”Jag har ingenting att förlåta er, fröken Lucy”, sade han allvarsamt, med en röst som skälvde en smula. ”Det är helt och hållet mitt eget fel, om jag varit nog dåraktig att ta er älskliga vänlighet för något annat. Gud give er all den lycka ni förtjänar! – Om ni någonsin behöver en vän, så räkna på mig som en av de trognaste ni äger – lova mig det! – –”

– Ack, Vilma, jag kan inte låta bli att gråta, medan jag skriver detta – förlåt om brevet blir en smula oläsligt. Du kan inte föreställa dig, hur usel och liten jag kände mig! – Han må förlåta mig hur mycket som helst, så känner jag ändå, att det var mitt fel – – det är förfärligt att ha krossat en god och ädel mans hjärta utan att tänka på vad man gjorde! – Jag tror inte, jag kan skriva mer just nu, jag känner mig så bedrövad – fastän jag ju verkligen är så lycklig, så lycklig! – – –

* * *

Senare.

– Arthur har nyss gått – ack, Vilma, hur skall jag någonsin kunna förtjäna den lycka, jag fått? – Kunde jag bara bli så god och ren och änglalik, som han tror mig vara – men jag är rädd, att jag ändå i grunden alltid förblir samma enfaldiga, tanklösa, Lucy – han anar inte, hur dålig jag verkligen är! – – –

Men jag måste ju berätta dig fortsättningen. Nummer två kom en stund efter *lunchen*. Och vem tror du *han* var! – Ingen annan än den präktige, älskvärde "Texas Jack" – (som ungherrarna i societeten döpt min miljonär från Texas av pur avundsjuka). Hans verkliga namn är *Quincey P. Morris* och han är minst sagt, fullkomligt lika väl uppfostrad, om också inte så fullt så konventionell, ytlig och banal som några av dem, som gör sig lustiga över honom. Det är något så obeskrivligt käckt, friskt och ungdomligt över hela hans väsen, att han verkar som en fläkt frisk luft i ett kvavt rum, bara han kommer in i en salong – och de flesta andra ser ut som tillgjorda modejournalsfigurer bredvid honom. Egentligen skulle man alltid vilja tänka sig honom till häst och sprängande fram över prärien – – som titelplanschen i någon förtjusande "indianbok", sådan som man svärmade för i sin ljusgröna ungdom. – – – Han både beter sig och talar som en väluppfostrad engelsk gentleman förresten, men då han märkt att det roar mig, använder han ibland i min närvaro en hel hop märkvärdiga amerikanska ord och vändningar, som alltid passar precis in på vad han har att säga – jag misstänker, att han hittar på de flesta av dem för tillfället.

– Nå – han kom således och träffade mig ensam (som de alltid gör – men nej, det är inte sant, ty *Arthur* försökte två gånger utan att – men det kommer sedan) – – ty mamma hade nyss gått ut.

Han tog utan vidare omsvep min hand, så snart vi satt oss ned och började på det mest älskvärt rättframma sätt, du kan tänka dig.

"Kära fröken Lucy – jag vet mer än väl, att jag inte är värd att få knyta skobanden på era söta små skor en gång – men väntar ni, till dess ni finner en karl som är *det*, så lär ni allt få slå er i kompis med de där sju fåvitska jungfrurna, ni vet, är jag rädd. – – Därför så anser jag det inte vara alltför fräckt av mig att så gott först som sist rent ut fråga er på samvete om ni inte skulle ha lust att löpa i par med mig och låta oss tillsammans dra lasset uppför den långa backen? – Jag skulle nog ta tyngsta delen på min anpart, det kan ni lita på!"

Jag blev så häpen, att jag alls inte förstod honom till en början, men så gick det upp för mig, vad han egentligen menade. Han såg emellertid så glad och trygg och frimodig ut, att det alls inte gjorde mig så ont om honom, som det gjort om den stackars dr Seward, och jag svarade helt skämtsamt, att jag inte var "inkörd" än och därför helst föredrog att inte dra några lass, vare sig tunga eller lätta. Friheten var alltid bäst! –

Nu blev han med ens allvarsam och bad mig förlåta, att han uttryckt sig så lättsinnigt, då det i alla fall gällde något så allvarligt som hela hans livs väl och ve. Och så kom det som en brusande ström – han lade bokstavligen sin själ och sitt hjärta för mina fötter, den präktige, hederlige gossen. Aldrig mer skall jag tro, att en man inte kan vara allvarlig och känna djupt, därför att han för det mesta skämtar både med sig själv och alla andra och muntert och käckt ser hela världen i ögonen. Jag kände mig fullkomligt överväldigad – men inte dess mindre måtte han sett något i mitt ansikte som hejdade honom, ty han avbröt sig tvärt och återtog efter ett ögonblicks paus med manlig rättframhet och innerlighet, för vilken jag kunde ha älskat honom om jag haft någon kärlek att ge:

"Lucy – jag vet, att ni är en god och ärlig flicka. Jag skulle inte vara här i denna stund och inte tala med er, som jag gör, ifall jag inte vore övertygad om *det*. – Säg mig därför öppet och ärligt – som mellan goda kamrater – finns det någon annan, som ni håller av? – Är det så, så lovar jag att aldrig vidare besvära er med en halvdragen ande om mina egna känslor – – men vara en trofast vän och bror hela livet igenom, ifall ni ger mig lov därtill! –"

Han kramade mina händer och såg mig in i ögonen. Mina stod fulla av tårar – jag har aldrig känt mig så djupt gripen i hela mitt liv, men jag kände, vad jag var skyldig honom och sade helt enkelt:

"Ja, käre herr Morris – – – det finns verkligen någon som jag älskar – ehuru jag ännu inte vet, om han älskar mig eller om han någonsin kommer att göra det. Men då jag känner, som jag gör, kan jag omöjligt bli någon annans hustru! –"

Det kostade på att säga, må du tro, och jag

kände, hur jag rodnade ända upp till hårfästet, – men jag var ändå glad, att jag hade mod därtill.

Han såg ett ögonblick på mig och riktigt lyste upp – du kan inte tro, hur vacker och god och manlig han såg ut. Därpå kramade han åter mina händer och sade varmt och innerligt:

"Ni är en pärla! – *Aldrig* skall ni behöva ångra, att ni varit så uppriktig mot mig. Det är bättre att älska er förgäves än att vinna vilken annan flicka som helst i världen. Gråt inte för min skull, liten! – Det svider förstås en smula, men smärtan går nog över i sinom tid – jag är inte den förste som fått gå genom livet med en kula i kroppen och jag hoppas kunna sköta mig, som det anstår en karl i alla fall. Ni skall inte få blygas för mig, det lovar jag. Och en riktig vän har ni i mig, så länge ni lever, det kan ni lita på – ärliga vänner är det mera ont om än friare, fast ni kanske inte tror det nu. – – –" Han tvekade ett ögonblick och tillade därpå: "Jag skulle vilja be er om en sak, men ni får inte bli ledsen på mig, om ni också säger nej. Då man känner för någon, vad jag känner för er, så är det för livet. Jag kommer aldrig att be någon annan kvinna att bli min hustru och det blir en tämligen enslig väg jag kommer att vandra till himmelriket. – – Skulle ni inte vilja ge mig en enda kyss? – Det vore något att minnas ibland i mörka stunder – sådana har vi väl lite var. Ni kan ju göra det, om ni vill, ty han – – den där andre – – som måste vara en bra och präktig karl, eftersom ni älskar honom – han har ju ännu ingenting sagt och ni är ju fri. En kyss betyder inte mycket för er – – men för mig vore det en skatt för livet."

Jag vet inte, om du tycker, att jag gjorde orätt, Vilma, – men han såg så snäll och ung och barnslig och på samma gång så allvarlig och manlig ut, då han sade detta, att jag inte kunde säga nej. Jag böjde mig fram och kysste honom, som om han varit min bror. – –

– Han reste sig genast och jag med – han stod fortfarande med båda mina händer i sina och såg ned på mig med sina klara grå ögon, som ser så bottenärliga ut. Och så sade han:

"Jag håller era händer, och ni har skänkt mig den kyss, jag bad er om. Den blir ett band mellan oss, som intet kan upplösa. Nu är vi vänner

för alla tider. Tack för er uppriktighet och ert förtroende! – Kalla på mig om ni behöver en vän, och jag skall komma från världens ände, om så skulle vara. Farväl! –"

Han kysste mina händer, tryckte dem hårt, tog sin hatt och gick rak och smärt ur rummet, utan att se sig om eller tveka. Ack, varför skulle en sådan man just gå och förälska sig i mig, stackare, då det finns tusen oändligt mycket vackrare och bättre som skulle dyrka själva jorden han trampar på? Det skulle jag bestämt göra, om jag vore fri – – men jag *vill* inte vara fri! – – Jag kan endast innerligt be Gud skänka honom all den lycka, han förtjänar.

* * *

P.S. – Å, jag glömmer ju nummer tre – –

Men om nummer tre behöver jag ju inte säga något, eller hur?

Förresten kan jag inte beskriva *det*. Allt var så förvirrat, jag minns varken, vad vi sade eller gjorde. Det förefaller mig, som hade bara en minut förgått, sedan han kommit in i rummet, då jag var i hans famn och kände hans kyssar på mitt ansikte. Jag är mer lycklig, än ord kan uttala – – och aldrig kan jag tacka Gud nog som sänt mig en sådan älskare, en sådan make, en sådan vän, ett sådant stöd för livet.

Farväl, kära min Vilma! – Jag kramar dig i tankarna! –

Din

Lucy.

---

25 maj.

– Sömn och matlust dåliga. – Efter vad som tilldrog sig igår, känner jag mitt huvud absolut tomt – allt förefaller mig likgiltigt. –

För dylika åkommor finns emellertid endast *ett* botemedel – arbete. – – Bland mina patienter har jag för närvarande ett fall av särskilt intresse, som mycket sysselsätter mig. – – *R.M. Renfield.* Ålder: 59 år. Ovanligt kraftfull – sangviniskt temperament, stor kroppsstyrka, god hälsa, – – intelligent, har fått en vårdad uppfostran. Periodisk melankoli, åtföljd av hallucinationer och en annan fix idé, vars verkliga art jag ännu ej lyckats upptäcka, då han endast antydningsvis vill yttra sig därom. Det skulle inte förvåna mig, om han förr eller senare skulle visa sig farlig och våldsam, och jag har givit order att han noga skall bevakas tillsvidare.

Brev från
Quincey Morris till
Välborne Arthur Holmwood.

Måndag.

Käre Arthur. – Vi har undfägnat varandra med jakthistorier vid min lägereld på prärien, förbundit varandras sår efter det misslyckade landningsförsöket på Marquesaöarna och druckit skålar för kära hemmavarande vid Titicacas strand. Nu har vi nya historier att förtälja varandra, andra sår att förbinda och framförallt en annan skål att dricka. – Har du något emot att göra detta vid min lägereld i morgon afton? – Jag tvekar ej att bjuda dig, ty jag vet, att en viss ung dam är upptagen på annat håll i morgon och att du således är ledig. Jag bjuder endast *en* annan gäst – vår gamle vän och jaktkamrat från Korea, Jack Seward. Han har lovat att komma. Vi önskar båda tillsammans få tömma en bägare för den lyckligaste man i hela vida världen och för den brud, han vunnit. Gud give er båda ett långt och lyckligt liv! – Vi lovar dig ett hjärtligt välkommen, ett broderligt handslag och välönskningar så ärliga som ditt eget redliga hjärta. Vi svär att se till att du kommer lyckligt hem, ifall du skulle råka titta för djupt i glaset, till ära för ett visst par sköna ögon. Gör mig alltså den glädjen att komma! –

Din gamle vän
Quincey P. Morris.

*Lokaltelegram från
Arthur Holmwood till Q.P. Morris.*

Antages med tacksamhet. Jag har hälsningar att framföra som skall värma bådas era hjärtan!

A.H.

ANDRA KAPITLET.

Vilma Murrays dagbok.

Whitby – juli.

– – Äntligen är jag fri – fri från de dammiga gatorna och det tryckande evigt enahanda skoltvånget. Vad det smakar att få andas ut! – –

Lucy mötte mig vid stationen, vackrare och älskligare än någonsin, och vi åkte genast till det hus, där de hyrt rum för sommaren. Denna gamla stad är förtjusande. Den lilla floden Esk flyter genom en djup dal, vilken vidgar sig då den närmar sig havet. Tvärt över densamma går en stor viadukt, genom vars valvbågar landskapet ser avlägsnare ut än det verkligen är. Dalen är klädd i den ypperligaste grönska och höjderna på dess sidor så branta, att då man befinner sig på höglandet därovanför, ser man tvärt över dalen, om man inte befinner sig tillräckligt nära för att se ned i den. Husen i den så kallade "gamla staden" (vi får bo i den nya) är alla tegeltäckta och uppstaplade det ena över det andra, som på gamla gravyrer av Nürnberg.

Högt ovanför staden ligger ruiner av Whitby kloster, som plundrades redan av danskarna och dit en del av Walter Scotts poem "Marmion" är förlagd. Ruinen är ståtlig och ofantlig stor – full av pittoreska och romantiska bitar. Mellan klostret och staden ligger en annan kyrka – stadens sockenkyrka som jag tror – omgiven av en stor, gammal kyrkogård, överfull av gravar och gravstenar. Det påstås, att det spökar både där och i ruinerna. Kyrkogården är emellertid i mitt tycke det vackraste stället i Whitby; den ligger mycket högt och man har därifrån en praktfull utsikt såväl över hamnen som utåt viken och Kettleness udde, som sträcker sig ett gott stycke ut i öppna sjön.

Sluttningen är så skarp, att åtskilliga jordskred inträffat där och en hel del gravar blivit förstörda. På ett ställe skjuter till och med en del av de gamla gravstenarna ut över den djupt nedanför liggande gångstigen. –

Kyrkogården är bevuxen med stora, gamla

142

träd samt genomskuren av sandgångar, på vilka säten är placerade. Här sitter människor hela dagen för att njuta av den härliga utsikten och den friska havsluften. Det är också min favoritplats och jag tänker ofta komma hit med mitt arbete – – – i själva verket sitter jag där just nu och skriver, medan jag emellanåt lyssnar till vad två gamla fiskare har att säga varandra, som tagit plats på en stor gravsten strax bredvid. Så vitt jag kunnat märka, gör dessa gubbar rakt ingenting mer än att sitta här och prata med varandra och röka sina pipor så lång dagen är. –

* * *

Nedanför mig ligger hamnen, infattad av de båda låga pirerna med sina fyrtorn på ömse sidor om inloppet. Den är vacker vid flodtiden, men vid ebbtiden ligger större delen av bottnen bar och man ser tydligt Esks flodfåra som en bred strimma i sanden. Utanför hamnen är på ena sidan ett farligt grund, vars skarpa klippor man tydligt urskiljer vid ebben; detta grund utmärks av en klockboj, vars melankoliska toner vinden för med sig så snart det börjar blåsa. – – De har förresten åtskilliga sägner här om klockringning som hörs långt ute från sjön, då ett fartyg går förlorat. Jag måste fråga de gamla sjöbussarna om detta. En av dem har just rest sig och kommer hitåt. – –

* * *

Gubben är ett riktigt original. – Hans ansikte är fårat och knöligt som en gammal trädstam; han berättade, att han redan var ute på Grönlandsfiske då Wellington slog Napoleon vid Waterloo – alltså måste han vara så där bortåt en hundra år. Då jag frågade honom om klockringningen ute på sjön och om den Vita frun uppe i ruinerna, sade han kort:

”Bry sig bara aldrig om’et, fröken. Allt tocke’ där har blivit urmodigt nu för tiden. På min tid kunde en förstås ännu både se och höra ett eller annat, men det är länge sedan det. Står det något om’et, så är det bara lögner, som de där tidningsherrarna hittar på. Di frågar inte ett dugg efter vad dom säger, sir fröken, för di har betalt för’et, – och ju värre di ljuger, ju mera får dom.

Neej, – Vita frun hon aktar sig allt, hon – hon tycker inte om di här turisterna, di kallar, ska jag säga fröken” – han blinkade menande med ena ögat – ”och vänta får dom.”

För att anslå ett lämpligare samtalsämne, frågade honom om valfiskfångsten i gamla tider, och här vid lag syntes han benägen att vara meddelsam. Men i detsamma slog klockan sex och han utbrast:

”Si så där ja – nu får en allt ge sig hemåt igen, för dotterdotter min, som jag bor hos, tycker inte om att vänta med kvällsvarden, ska jag säga fröken, och det tar tid för gamla ben att kravla sig utför trapporna. *Jag* känner mig just som lite sugande, med förlov sagt.”

Han tog åt hatten och stultade bort, varefter jag såg honom så fort sig göra lät linka utför ”trapporna” – – ett av stadens mest egendomliga och karaktäristiska drag. Dessa trappor för från staden upp till kyrkan – många hundra trappsteg – jag har inte försökt räkna dem – som slingrar sig uppför berget i en stor båge. Jag undrar, om de inte ursprungligen stått i något samband med klostret. –

– – Jag måste också gå hem nu. Lucy och hennes mor skulle också göra några visiter i staden och därför gick jag ensam hit. Men vid det här laget är de nog hemma igen.

* * *

1 augusti.

– Lucy och jag var uppe på kyrkogården ett par timmar på förmiddagen. Vi pratade en hel del med min gamle sjöbjörn och hans båda oskiljaktiga vänner. Den förstnämnde betraktades tydligen som ett orakel av de båda andra och sätter ingalunda sitt ljus under ena skäppo.[1] Han har ytterst bestämda åsikter i alla möjliga avseenden och tål inga motsägelser.

Lucy var förtjusande i sin vita klänning; hon har fått så god färg, sedan hon kom hit, och ser på det hela friskare och starkare, riktigt strålande ut. Den inre lyckan gör väl också sitt till. Hon är uppfylld av sin Arthur och jag kan inte säga,

---

1 Idag sällsynt variant av bibliska uttrycket ”inte sätta sitt ljus under skäppan”, inte dölja våra goda gärningar. Matteus 5:15.

143

hur glad jag är, att se hur varmt och innerligt hon älskar honom. Hon är så god och söt, det älskliga och kvinnligaste väsen man kan tänka sig, med alla möjliga förträffliga och älskvärda egenskaper liksom slumrande inom sig – – men nästan alltför vek och lättledd, så att jag ofta varit bekymrad för hennes framtid. Hon behöver ovillkorligen ett stöd och hela hennes utveckling berodde egentligen på den mans karaktär som på allvar skulle vinna hennes hjärta. Arthur Holmwood tycks, så vitt jag kan förstå, just äga de egenskaper som erfordras för att hon vid hans sida skall växa till en verkligt god, ädel och rättänkande kvinna och en lycklig hustru. Om en självisk, lågsinnad och samvetslös man lyckats vinna hennes hjärta (och hennes livliga fantasi är så lätt påverkad, hon tar så lätt intryck av sin omgivning, att detta mycket väl kunnat inträffa så vida den ifrågavarande mannen ägt de yttre egenskaper som fordrats för att blända och inta henne, samt därtill en tillräckligt stark vilja) – om en sådan man, säger jag, lyckats vinna hennes lilla ömma, lättrörda hjärta, så hade hon med all sannolikhet också blivit en helt annan människa. Den lilla böjelse för fåfänga och behagsjuka, som i hennes första ungdom utgjorde hennes förnämsta fel och gav hennes verkliga vänner anledning till bekymmer, hade då antagligen vunnit i styrka och förkvävt åtskilligt av det myckna goda och ädla som nu spåras hos henne. Hon är oändligt intagande och ingen kan väl undgå att älska henne. På män – vare sig de är gamla eller unga, bildade eller obildade – utövar hon omedvetet en rent hypnotisk eller magnetisk dragningskraft. Den förfelade inte ens sin verkan på mina gamla, råbarkade fiskargubbar på kyrkogården, och jag såg med hemlig förlustelse, hur de veknade och ljusnade under inflytandet av hennes soliga leende och strålande ögon. Med gamla är hennes sätt alltid särskilt förtjusande och jag tror, att alla tre gubbarna blev stormkära i henne på fläcken – till och med min sjöbjörn från slaget vid Waterloo. Åtminstone motsade han henne ej, som han eljest tycks göra med alla människor.

Vi började tala om gravarna och de många inskrifterna runt omkring oss. Då bröt gubben ut:

”Ja, ä’ det inte så en hederlig karl kan reta gallfeber på sig att si dom och läsa alla de lögner där står! – Monimenterna lutar ju både hit och dit – de är rent av färdiga att ramla omkull, bara för di skäms så illa, för alla de historier där står! – – Titta bara, står där inte på var och eviga en: Här vilar eller helgat åt minnet av –? – och så är det ju rakt inte några lik i största parten av dom, – för si di vilar på havsens botten eller har blivit uppätna av fiskarna för länge se’n som anstår rediga sjömän – och med minnet av dem lär det nog också vara si och så. Lögner alltihop, från början till slut.”

Gubben såg sig omkring med självbelåten min – han var tydligen en ”esprit fort” i sin krets.

”Åh, det kan väl aldrig vara ert allvar!” inföll jag för att få honom i gång igen. ”Inte kan *allt* som står här på gravstenarna vara osanning! –”

”Inte? – Åhjo, det kan väl vara en fem, sex som säger sant, men många är de inte. Titta nu bara på den här” – han pekade på en av de närmaste stående och jag läste:

TILL MINNE AV
EDWARD SPENCELAGH
FÖRSTE STYRMAN

MÖRDAD AV SJÖRÖVARE PÅ
KUSTEN AV ANDROS

15 APRIL 1854, I EN ÅLDER AV
30 ÅR 4 MÅN.

”Nåå – vad var det, jag sa’? –” återtog gubben med triumferande ton. ”Vem tror herrskapet väl förde *honom* och lade honom här? – Lögn, vart eviga ord. Och som jag här står, så kunde jag peka på ett dussin som ligger under böljan blå där uppe vid Grönland” – han pekade mot norr – ”fast det står ’*här vilar*’ på gravarna deras. Jaha, fröknarna har unga ögon, ni kan själva läsa namnen – – jag behöver inte läsa dom, för jag vet ändå, var dom står – – där borta har vi Tom Lowry – – jag kände far hans före honom – – gick över bord från *Lively* utanför Grönlands kust anno tjugo – – och Harry Woodhown där – han drunknade vid kap Farewell artonhundraelva – och John Paxton – han förliste med *Sire-*

nen i Finska viken året efter. – Tror man kanske, att alla di där gi sig hit till Whitby kyrkogård, då det blåser alle man på däck till yttersta domen? – Sällan! –"

"Ja, men varför skulle de egentligen komma hit?" – vågade jag invända.

"Varför? – så hon frågar. Di skall väl ha monimenterna med sig, vet jag, för att visa vad di var för folk i livstiden. Det kan ju ett barn begripa. På den dagen blir det bäst att ha klara papper och därför är det så mycket värre, som det står idel lögn på gravstenarna, begriper hon."

"Tror ni verkligen, det blir nödvändigt för dem att ha stenarna med sig? –"

"Va' skulle dom eljest vara till –? – Kan hon säga mig det? – Vafalls? – va' skulle dom eljest vara till? Jag bara frågar."

"Åh, det är väl för deras släktingars skull – det är en glädje för dom att ära de dödas minnen."

"Jaså. Det är en glädje för dem. Kan hon säga mig, hur det kan vara en glädje för dom att läsa en hoper förb. lögner och veta, att varenda kotte också *vet*, att det är lögn? – Titta bara hit – han pekade på en flat gravsten vid våra fötter där vi satt. "Läs vad där står", sade han hånfullt.

Jag kunde det ej från min plats, men Lucy böjde sig fram och läste:

TILL MINNE AV
GEORGE CANON
VILKEN I TRON PÅ EN FRÄLSARE OCH PÅ EN
SALIG UPPSTÅNDELSE STILLA AVLED
GENOM OLYCKSHÄNDELSE VID
KETTLENERS KLIPPA
D. 29 JULI 1863.
VÅRDEN RESTES AV EN SÖRJANDE MODER.
Han var sin moders ende Son
och hon var en Änka.

"Jag kan verkligen inte se något löjligt i detta", sade Lucy en smula förebrående, då hon slutat.

"Jaså, hon kan inte det, mitt socker? – Hon kan inte det? – Ha, ha! – Ja, si det är nu därför, att hon inte vet, förstås, att hon inte vet, att den däringa Sörjande Modern var en riktig ragata, som aldrig kunde tåla pojkstackarn, därför att han var vanskaplig – – han var puckelryggig,

må veta – – och han var så rasande på henne, att han tog livet av sig, för att hon inte skulle få ut livförsäkringen efter hans död. Han sköt sig med ett gammalt skrälle till muskedunder, som di brukat skjuta kråkor med! Kan nog tänka att det var "olyckshändelse" det! – Och vad den *Saliga Uppståndelsen* anbelangar, så har jag då med dessa mina öron hört honom säga, att han helst ville fara till helvetet, för mor hans var så gudfruktig och gudsnådig – den leda konan – att *hon* förstås nog var klar att fara till himla, då hon kolade av, och henne ville han helst slippa träffa mer. – –Nå, kan man inte kalla *det* för lögn, vafalls? Kan man inte kalla *det* för lögn? – Då vet jag inte, vad herrskapet begär. Och tror inte herrskapet, att ängeln Gabriel får svårt att hålla sig för gapskratt, då stackarn här kommer linkande uppför himmelrikets trappor med gravstenen balanserande på puckeln och vill lägga fram den som salighetsbevis? – Tror inte herrskapet det? –"

Jag hade något svårt att besvara denna kinkiga samvetsfråga, och Lucy reste sig hastigt, i det hon utbrast:

"Ack, varför skulle ni berätta den otäcka historien! – Detta är just min favoritplats – men jag tycker, det är förfärligt att tänka, att jag sitter på en stackars självmördares grav! –"

"Åh, det betyder ingenting, mitt socker – – rakt ingenting – – det vore en ren glädje för pojkstackarn, om han visste, att en så vacker tös (jaja, ursäkta jag tar mig den friheten, ta inte illa upp) satt på hans grav. Jag har setat här, jag, i många herrans år och aldrig haft ont av det. Oroa hon sig bara inte, vare sig för dom som ligger där eller inte ligger där! – Di gör henne nog ingenting. – – Men si där har vi klockan – nu får jag gi mig hem igen. Mjuka tjänare, goda herrskapet!" –

Han stultade bort.

Lucy och jag satt ännu kvar däruppe och allt var så vackert och fridfullt, att vi ofrivilligt tog varandra i hand. – – Hon berättade mig nu utförligare sin kärlekshistoria och förlovning – talade om Arthur och deras förestående giftermål och hur lyckliga de var. Det gjorde mig så gott att höra – – men på samma gång ont. – Det är så

145

förfärligt längesedan jag hörde något från Tom! Han har visserligen själv berett mig på, att det kunde dröja med breven, men hur det än är, kan jag ej hjälpa, att jag känner mig orolig över denna långa tystnad. Gud bevare honom åt mig, var han än är! –

* * *

Den 25 juli.

– Jag har gått hit upp ensam idag, ty jag kände mig så nedstämd och orolig. – – – Intet brev idag heller! – – Det är nu nära två månader sedan Tom reste, och jag har blott haft två helt korta brev från honom. Gud give, att allt måtte stå väl med honom – min älskade! – Jag har aldrig förr, då vi varit skilda åt, känt mig så underlig och beklämd till mods. Men han har ju inte heller någonsin förut varit så långt borta och i för mig så helt och hållet främmande och okända förhållanden! – Dock, det är barnsligt att oroa sig och jag skall söka bli förståndigare. Bra gärna skulle jag dock vilja träffa den snälle, gamle notarien Hawkins och höra, vad han tänker om Toms långa tystnad – – Han håller av Tom som vore han hans eget barn och jag har det största förtroende till hans klokhet och erfarenhet. –

Klockan har just slagit åtta – allt är så fridfullt och ljuvligt. Jag hör bräkandet av får och lamm och klingandet av koskällor från betesmarkerna bakom mig, under det att regementsmusiken nere på hamnpiren spelar en melankoliska, vaggande vals. Om jag blott visste, var Tom är och om han tänker på mig i afton! –

———

TREDJE KAPITLET.

UR DÅRHUSLÄKARENS ANTECKNINGAR.

Den 5 juni.

– Fallet Renfield intresserar mig allt mera, ju mera jag studerar patienten. Det är mig nu tämligen klart, att hans övervägande egenskaper är själviskhet, förbehållsamhet och en oerhörd viljekraft. Den senare är för närvarande tydligen riktad på ernåendet av något visst mål, men jag har ej ännu kunnat komma underfund med, vad det egentligen är.

Han utvecklar en förvånande kärlek till djur, men denna tar stundom så egendomliga former och uttryck, att jag alls inte är säker på, att den inte i grunden är en abnorm grymhet. För övrigt väljer han högst besynnerliga favoriter. Just nu vurmar han för flugor. Han lockar dem in i sitt rum med socker och andra sötsaker och deras mängd är nu så stor och besvärlig, att jag verkligen måste göra honom föreställningar. Han åhörde mig mycket lugnt, funderade några ögonblick och sade därpå:

”Får jag några dagar på mig? – Jag lovar, att flugorna skall minskas.”

Naturligtvis gav jag honom den önskade tillåtelsen. Jag måste noga ge akt på, vad han företar sig. – –

* * *

Den 18 juni.

Renfield har nu slagit sig på spindlar. Han fångar så många han kommer över och förvarar dem i pappersaskar, där han matar dem med sina flugor, vilka han fortfarande lockar till sig utifrån i stora svärmar. Det förefaller mig alltjämt, som hade han någon hemlig tanke eller avsikt med detta, vilken jag dock fåfängt söker avlocka honom.

* * *

Den 1 juli.

Renfield. Hans spindlar börjar nu bli nästan lika besvärliga som flugorna och hans vårdare beklagar sig över dem. Jag sade honom därför idag, att han ovillkorligen måste inskränka antalet. Detta tycktes bedröva honom, men han lovade åter efterkomma tillsägelsen om han blott finge tillräcklig tid på sig. Jag lovade honom detta och tillade, att han ju alltför gärna finge behålla några stycken, men inte så många som hittills. Detta gladde honom tydligen. – – –

Medan jag var inne i rummet väckte han min vämjelse genom att fånga en stor spyfluga, som kom insnurrande efter att möjligen ha mättat sig på något as eller annat avskräde – samt med en god smak förtära densamma.

Då jag oförbehållsamt visade mitt ogillande, såg han ytterst förvånad och förnärmad ut och började resonera med mig om saken. Han försäkrade mig, att flugan var både välsmakande och hälsosam – den var "liv och kraft" och gjorde honom starkare och mera levande.

Detta gav mig en idé, som jag skall söka fullfölja. Det gäller nu att se, hur han tänker bära sig åt för att göra sig av med spindlarna. – – Det förefaller mig, som höll han på att utarbeta något djupsinnigt matematiskt problem; han har ständigt en anteckningsbok till hands, i vilken han gör anteckningar – för det mesta siffror, vilka han uppställer i långa kolumner och hopsummerar, för att sedan åter hopsummera de sålunda erhållna större talen. På detta sätt tycks han fylla sida efter sida.

* * *

Den 8 juli.

Det är onekligen metod i *Renfields* galenskap och min outvecklade idé tilltar i klarhet. – – –

Jag har med flit undvikit att besöka honom under några dagar, för att låta saken ha sin gång och inte oroa honom. Han har nu lyckats fånga en sparv och delvis tämja den. Spindlarna har fått en god avnämare, men de som återstår lider ingen nöd, ty han lockar fortfarande in svärmar av flugor och jag tror nästan, han svälter sig själv för att kunna förse dem med lockbete och föda. – –

* * *

Den 19 juli.

Renfield har en hel koloni av sparvar och flugorna och spindlarna får uteslutande tjäna dessa till näring – – – Idag då jag kom in till honom sprang han emot mig och sade, att han hade något att be mig om – en stor, en stor tjänst – han nästan kröp som en hund i sin ödmjukhet och iver att vinna mitt medgivande till det han önskade. Jag frågade vad det var och han svarade i ett slags extas:

"Bara en kattunge – – en liten, mjuk, slät, lekfull kattunge – – – som jag kunde få leka med och uppfostra – – och mata – mata – mata!" –

Jag var visserligen inte oförberedd på denna anhållan, ty jag hade lagt märke till hur hans favoriter alltjämt tilltog i storlek och livaktighet; – men jag kände mig inte vidare tilltalad av tanken att hans nätta sparvkoloni skulle tillintetgöras på samma sätt som hans flugor och spindlar. Jag sade därför att jag skulle tänka på saken och frågade om han inte hellre skulle vilja ha en fullvuxen katt.

Han kunde inte dölja sin iver och glädje då han utbrast:

"Åh, en katt! – En stor katt! – det var härligt! – Jag vågade inte be er om det, ty jag var rädd, att ni skulle säga nej. Men ingen kunde väl missunna mig en kattunge – en liten, liten kattunge? –"

Jag skakade på huvudet och sade, att jag var rädd, att det inte lät sig göra – emellertid lovade jag ännu en gång att tänka på saken.

Hans ansikte mulnade och han gav mig en skygg och ondskefull blick som varnade mig att vara på min vakt. Det skulle alls inte förvåna mig om karlen plötsligt skulle visa sig vara i besittning av fullt utbildad men periodiskt slumrande mordmani. Jag måste vara på min vakt och anbefalla hans vårdare fördubblad vaksamhet.

Emellertid får man se hur saken vidare utvecklar sig.

Kl. 10 e.m. samma dag. – – Besökt R. ännu en gång; han satt hopkrupen i ett hörn och tycktes grubbla på något. Då jag kom in, rusade han upp, sprang fram och kastade sig på knä, för mig, samt bönföll mig på det bevekligaste att låta honom få en katt. Han påstod, att hans liv berodde därav o.s.v. – – Jag sade honom emellertid att det åtminstone för närvarande ej kunde komma i fråga. Då han såg, att jag inte lät beveka mig, vände han mig tvärt ryggen samt återtog sin plats i den vrå där jag funnit honom, där han blev sittande gnagande på sina fingrar, utan att svara ett ord vidare då jag tilltalade honom. Hans tillstånd förefaller mig rätt oroväckande och jag skall besöka honom tidigt i morgon bittida. –

* * *

Den 20 juli.

Jag var inne hos Renfield redan innan hans vårdare besökt honom på morgonen. Han var redan uppstigen och tycktes vara vid det bästa lynne – gnolade på en melodi, medan han bredde ut sitt socker i fönstret, och tycktes ned iver bereda sig till den vanliga flugfångsten. Emellertid såg jag mig förgäves omkring efter hans fåglar. De syntes ingenstans till och då jag frågade efter dem, svarade han helt kort, att de flugit bort. Det föreföll mig emellertid som om det måste ligga något under detta. – Jag tog en hastig överblick av rummet, men märkte intet ovanligt – utom ett par fjädrar på golvet, samt på hans huvudkudde en bloddroppe. – Jag kunde dock ej märka, att han gjort sig något illa och sade därför ingenting, men tillsade vårdaren att hålla ögonen på honom och rapportera om något ovanligt inträffade. – –

* * *

Kl. 11 f.m.

Vårdaren har just varit här för att meddela mig, att Renfield plötsligt gripits av ett häftigt illamående samt kräkts upp en massa fjädrar.

”Min tro är den, herr doktor”, sade han, ”att karlen ätit upp sina fåglar och det till på köpet med hull och hår!” –

* * *

Kl. 11 e.m.

– Jag gav Renfield en stark dosis morfin i afton, och då han var väl insomnad satte jag mig i besittning av hans annotationsbok för att i lugn och ro kunna genomse hans anteckningar. Vad jag där funnit bekräftar mina misstankar och bekräftar min förut på grund av gjorda iakttagelser uppställda teori. Hans mordmani är tydligen av högst egendomlig art och kräver en ny beteckning. Jag skulle vilja kalla honom zoophag eller livätare – – Hans fixa idé tycks vara, att han genom att i sig uppta och absorbera så många liv som möjligt, på ett eller annat sätt skulle kunna förskaffa sig själv odödlighet, – och för att nå detta mål på det verksammaste och bekvämaste sättet experimenterar han alltjämt med att låta de lägre organismerna uppgå i de högre. Han låter varje spindel förtära flera flugor och varje fågel flera spindlar; därpå önskade han sig en katt som i sin ordning skulle för-

tära alla fåglarna. Vilka skulle väl de övriga länkarna i kedjan varit? – Jag nästan undrar, om det ej ur ren vetenskaplig synpunkt lönade mödan att låta honom fortsätta experimentet. – Fallet vore onekligen av stort intresse att studera, men jag vet knappast, om jag anser mig berättigad att göra det då patientens tillstånd därigenom antagligen skulle försämras och varje utsikt till vederfående minskas. Läkarens ställning i dylika fall är ju alltid ytterst delikat. Man äger ju egentligen ej rätt att helt kallblodigt begagna sina patienter som experimentalfält för nya teoriers bevisande – – men vad vore å andra sidan vetenskapen utan dylika experiment? – – Se på vivisektionen och den storm av ovilja den väckt! – Men vad har vi inte lärt av den i alla fall! – – Psykiatrin är ännu i sin linda och varje nytt ljus över densamma vore ju till hela mänsklighetens välsignelse. Men jag vill ej tänka för mycket på detta, ty då kunde jag lätt frestas att göra vad mitt samvete kanske sedan ogillade. – –

– Vilken egendomlig logik i alla fall i hans resonemanger! – Dessa är nästan alltid märkvärdigt skarpsinniga inom ett visst begränsat område. Det skulle vara intressant att veta hur många liv han anser motsvara *ett* människoliv. –

– Han har mycket ordentligt avslutat sin räkenskaper och börjat ett nytt konto igår. –

Mig förefaller det som om hela mitt liv avslutats, då jag måste säga det ljusa hopp farväl som skänkt det ett nytt värde. Jag har i själva verket också börjat ett nytt konto, vare sig med vinst eller förlust, det kan endast den stora räkenskapsföraren därovan avgöra! –

– Jag kan inte harmas på dig, min Lucy – som dock aldrig kan bli min – och inte heller på min gamle, trofaste vän som varit noglycklig att vinna det jag måste försaka. Jag måste blott sträva efter att leva, så att du ej behöver blygas, utan snarare kan vara stolt över att ha varit älskad av mig! –

– Arbete – arbete – arbete – så heter livets lösen och räddning.

Kunde jag blott med samma ihärdighet och skarpsinne som den stackars galningen därinne fullfölja mitt föresatta mål – eller hade jag min egen lycka eller min egen framgång till syfte – – – så vore det lättare för mig.

FJÄRDE KAPITLET.

VILMAS DAGBOK.

Den 26 juli.

Jag är så orolig och beklämd nu för tiden, att det är mig lättnad att få skriva – som då man viskar till sig själv för att känna sig mindre i mörkret.

Jag är så ängslig – – både för min kära lilla Lucys skull och för Toms. Jag har en obeskrivlig och oförklarlig känsla av att vi hotas av någon olycka – jag vet inte vad eller varifrån! – –

Det är nu tre veckor, sedan jag sist hörde något av Tom – men igår sände mig den snälle notarien Hawkins ett brev, som han nyss erhållit från honom. Det är endast ett par rader, daterade Draculitz och helt kort upplysande att han följande dag skulle lämna slottet. – Det är inte likt Tom att inte också skriva till *mig* – – – han måste ju veta, hur orolig hans tystnad gör mig – och överhuvudtaget är hela brevet inte likt honom – det gör ett egendomligt främmande intryck på mig, ehuru det är hans stil. Jag vet inte rätt, vad jag skall tänka eller vad det är jag fruktar – – allt är kanske endast en inbillning av mig och oroar mig onödigtvis. – – Ett eller annat brev kan ju också ha gått förlorat, då postgången i dessa ociviliserade trakter ju, enligt vad han själv sagt mig, är högst oregelbunden och oberäknelig. Det är nog dumt och orätt av mig att oroa mig som jag gör – – – men jag kan ju inte hjälpa det.

– Lucys tillstånd bidrar nog också att göra mig nervös. Hon har åter börjat gå i sömnen, som hon gjorde som barn. – Fru Western har talat med mig därom och vi har kommit överens, att jag oförmärkt skall låsa dörren till vårt rum om kvällarna och gömma nyckeln under min kudde, så att hon inte kan komma ut. Den snälla fru Western har en orubblig övertygelse att sömngångare *alltid* spatserar på takåsen eller på yttersta kanten av ett bråddjup, varifrån de, då de plötsligt väcks, med ett förtvivlat skri ”störtar ned i djupet” och krossas till atomer. Hon är djupt bekymrad och denna oro är högst skadlig för henne, då hon ju har hjärtlidande, som förvärras av alla sinnesrörelser. Hon säger

mig, att Lucys far (vilken för övrigt, efter vad jag hört av andra, lär varit en tämligen vidlyftig och äventyrlig herre) – även hade denna vana och att man ständigt måste bevaka honom, för att han ej mitt i natten skulle stiga upp och gå ut. – Han lär för övrigt varit ytterst intresserad av magnetiska experiment och ägde själv – efter vad som berättas – en högst förvånande magnetisk förmåga.[1] I våra dagar skulle han antagligen varit en stor hypnotisör. Det berättas en hel del vidunderliga historier om honom – många förmodligen helt och hållet uppdiktade, men andra möjligen grundade på verkliga förhållanden med fullt naturlig förklaring, liksom mycket annat man hör berättas från forna tider. Emellertid är det ju ej så underligt om Lucy fått en överdrivet nervös känslighet i arv efter honom. – –

Bröllopet är nu utsatt till hösten och Lucys tankar är helt och hållet upptagna av hennes utstyrsel samt anordningen av hennes blivande hem. Vi har mycket att tala om med varandra, ty också jag går ju i liknande funderingar, ehuru Tom och jag naturligtvis kommer att ha allt oändligt mycket enklare och får vara mycket sparsammare, om det skall ”gå ihop” för oss.

Herr Holmwood – välborne Arthur Holmwood, lord Godalmings ende son – väntas nu hit inom kort – så snart som han blir i stånd att lämna London, då hans far varit opasslig en tid. Lucy räknar tydligen timmarna till dess han kommer och talar dagligen om hur hon gläder sig åt att få föra honom upp till kyrkogården för att visa honom sin favoritplats där och den härliga utsikten. Antagligen är det denna väntan som oroar henne och jag hoppas hon blir lugnare och starkare då hennes fästman kommer hit.

* * *

Den 28 juli.

Fortfarande inga underrättelser från Tom! – Enligt min beräkning borde han vid denna tid nästan vara hemma – och som han av en eller annan anledning blivit fördröjd, kan jag inte

---

1 Anton Mesmers (pseudovetenskapliga) teori om ”animal magnetism”, ett slags livskraft. Det Mesmer och hans efterföljare sysslade med när de ”magnetiserade” sina patienter var egentligen hypnos.

tänka mig annat än att han skulle ha skrivit –
om också blott ett par ord. Han är eljest så öm
och omtänksam, så rädd för att vålla mig oro, att
jag alls inte fattar denna tystlåtenhet. – – – *Jag
är mycket orolig*, men kan intet göra och måste
därför söka vara tålig.

– Lucy är mera nervös än någonsin och går
nästan varje natt i sömnen. Min oro för henne
hindrar mig att sova och jag spritter upp vid
minsta ljud. Hennes fästman har måst ytterli-
gare uppskjuta sin hitresa, ty hans far har hastigt
insjuknat. Lucy är bedrövad över uppskovet,
men vackrare och mera intagande än någonsin.
Hon har fetmat litet sedan hon kom hit och
hennes kinder har fått en förtjusande rosenfärg
– vi kan ej vara nog tacksamma, att hennes all-
männa hälsotillstånd ej tycks lida av den nervö-
sa överretning, vari hon för övrigt tycks befinna
sig, – ty hon är av naturen allt annat än stark.
Gud bevare henne, den söta, älskliga varelsen! –

* * *

På kvällen samma dag.
Gud give, att intet ont hänt min älskade gosse! –
Jag kan ej beskriva hur beklämd och ängslig jag
varit hela dagen; det är, som kände jag på mig att
någon stor fara hotar honom eller att han träf-
fats av någon olycka. Folk påstår, att det är dår-
skap att tro på aningar. – – Men då man älskar
någon med hela sin själ, förfaller det mig omöj-
ligt, att man inte skulle ha någon känning av vad
som angår eller berör honom. – – Ack, om jag
hade någon att tala och rådgöra med! – Jag vill ej
plåga mina kära vänner här med min oro, och på
samma gång blir den för mig själv mera pinsam,
därigenom att jag inte kan meddela mig med
någon. Det lilla, som Tom sagt mig om slottet,
greven och alla förhållanden där, är inte synner-
ligen lugnande, om det också inte egentligen ger
anledning till några särskilda farhågor. Emeller-
tid måste jag söka kväva min ångest – – kanske
får jag redan i morgon brev från honom! – –

* * *

Den 3 augusti.
– Åter flera dagar gångna – närapå en vecka – –
och inte ett ord från Tom! Notarien Hawkins,

till vilken jag skrivit, har inte heller hört av ho-
nom och medger att detta börjar se en smula un-
derligt ut. Han ber mig emellertid att vara lugn
(det är lätt att säga! –) samt lovar att vidta "lämp-
liga åtgärder" såvida Tom inte låter höra av sig
eller inställer sig inom de närmaste dagarna.
Gud give han inte måtte vara sjuk! – Men även i
så fall borde han väl kunnat underrätta oss. – – –
Ju oftare jag genomläser hans sista brev, ju min-
dre tillfredsställer det mig. Jag har en alldeles
tydlig förnimmelse av att *det är något han döljer
för oss!* Det hela är alls inte likt honom, ehuru det
obestridligen är hans stil. Min oro är obeskrivlig
och jag måste anstränga hela min viljekraft för
att dölja den för Lucy och hennes mor.

Lucy fortfar med sina nattliga vandringar och
det har kommit något spänt och oroligt i hennes
uttryck även då hon är vaken, som jag inte rätt
kan förklara. Det är, som vaktade hon ständigt
på mig – – och om nätterna märker jag hur hon,
sedan hon prövat dörren och funnit den låst, går
omkring och tycks söka efter nyckeln överallt.

* * *

Den 6 augusti.
Ytterligare tre dagar – och ännu inga underrät-
telser. Jag vet knappast hur länge jag skall kunna
uthärda min ångest. Jag har skrivit till notarien
Hawkins och bett honom så vitt möjligt höra
sig för på konsulaten i Wien och Budapest –
han har vänner och korrespondenter på båda
ställena – men ovissheten är förfärlig! – Jag kan
blott be Gud dag och natt om tålamod. Själv
kan jag ju tills vidare ingenting göra – jag vet
varken, vart jag skall skriva eller vart jag skall
resa för att söka min stackars vän.

– Lucy förefaller mera nervös och lättrörd än
någonsin. Det är bestämt åska i luften, ty vär-
men har varit tryckande hela sista veckan, idag
är himlen grå, havet grått, klipporna grå och en
ängslande stillhet överallt. Horisonten är dold i
grå dimma och ehuru havet just nu ligger nästan
spegellugnt hörs ett dovt brus som högt uppe i
luften. –

– Jag sitter och skriver på min vanliga plats
på kyrkogården med den stora utsikten fram-
för mig. Nu ser jag min gamle sjöbjörn komma

stultande – han styr kosan rätt på mig, och på
det sätt, varpå han tar åt hatten, kan jag se, att
han har något att säga – – – –

* * *

Gubben var sig märkvärdigt olik idag; jag har
aldrig sett honom så mild och medgörlig. Han
slog sig ned bredvid mig på bänken och började
efter några förberedande harklingar:

"Det var något som jag skulle säga henne,
mitt socker. Si, jag har nog talat lite gudlöst om
de döda och tocke där ibland, det vet jag – – men
jag vill inte, hon ska komma ihåg det, då jag är
borta en gång. För si, jag menar inte just något
med det i allmänhet – det är bara så till sägandes
ett talesätt. Vi gamla, som står med ena foten i
graven, vi vet nog, att det är en allvarsam sak att
dö, det är det visst det – – – men hon ska inte
tro, att jag är rädd för döden, mitt socker; jag har
mina papper klara, och när vår Herre blåser alle-
samman på däck, så ska Swales inte svika. Livet
är ju när allt kommer omkring bara så till sägan-
des en väntan på vad som komma skall – jaha,
det är det – – och döden är det enda som vi abso-
lut kan räkna på här i världen. Och för min del så
är jag inte ledsen, om den också skulle komma
idag, för min tid är nog snart ute och nittioåtta
år är så mycket som någon kan begära i denna
jämmerdalen. Kanske Vår Herre redan skickat
ut budet som skall hämta mig – han är kanske
allaredan på väg medan vi sitter här och talar.
Kanske kommer han där utifrån sjön med storm
och skeppsbrott och mycken veklagan – – Si! –
si!" utbrast han plötsligt, "sannerligen är det inte
något i luften – hör hon hur det vrålar och tjuter
redan där uppe i skyn? – som smakar och luktar
och känns som Död. Jojo men – – det ligger Död
i luften – det misstar man sig inte på. Här blir
många hus öde i natt. Och vill Herren med sam-
ma kalla bort mig, så ske hans eviga vilja – det är
inte mig emot. Gamle Swales har klara papper!–"

Han lyfte på hatten och höll den sedan ett
ögonblick för ansiktet, som om han varit för-
sänkt i bön. Efter några minuters tystnad res-
te han sig mödosamt samt skakade hand med
mig, bad Gud välsigna mig och stapplade bort.
Det hela rörde mig djupt.

– Strax därpå kom kustvakten förbi med sin
kikare under armen. Han stannade som vanligt
för att prata med mig, men han höll hela tiden
ögonen på ett främmande fartyg ute på redden,
som tycktes vålla honom mycket huvudbry.

"Jag begriper inte vad det är för en friseglare
egentligen", sade han. "Så vitt jag kan se, är far-
tyget ryskt, men Gud allena vet, vad det är för
folk ombord – de styr som krabbor och tycks
inte veta, vart de ämnar sig. Titta bara! – – hon
ändrar kurs med varje vindstöt och en skulle tro
att hon inte lyder roder längre. Jag är rädd vi får
höra talas mera om henne innan vi blir många
timmar äldre – sanna mina ord!"

<hr>

FEMTE KAPITLET.

Urklipp ur Daily Telegraph, 9 augusti.
(Inhäftat i Vilma Murrays dagbok.)

Från vår specielle korrespondent.
Whitby den 8 augusti.
En av de svåraste stormar i mannaminne rasa-
de här igår och i natt och anställde en oerhörd
förödelse.

Luften hade i flera dagar varit tryckande varm
och man väntade åska. Lördagen var emellertid
ovanligt vacker och de många sommargästerna
anordnade en mängd utfärder till de otaliga na-
tursköna punkter i Whitbys omgivningar vilka
vanligen görs till föremål för dylika – Mulgrave
Woods, Robin Hoods vik, Staithes o.s.v. Ång-
båtarna *Emma* och *Searborough* gjorde lustturer
uppåt kusten och även Whitby var besökt av en
ovanlig mängd lustresande. Det vackra vädret
höll i sig till eftermiddagen, då promenerande
från den högt belägna kyrkogården (från vil-
ken man har en synnerligen vidsträckt utsikt)
lade märke till egendomliga molnbildningar i
nordost. Vinden var för tillfället sydvästlig och
högst obetydlig. Tjänstgörande kustvakt inrap-
porterade genast saken, och en gammal fiskare,
vilken i mer än ett halvt sekel iakttagit alla väx-
lingar i väder och vind där på platsen, förutsade
med stor bestämdhet en våldsam och plötsligt
utbrytande storm.

Solnedgången var så ovanligt praktfull, att massor av åskådare samlades på klipporna och den gamla kyrkogården för att njuta av den storartade synen. Innan solen försvann bakom Kettleness svarta klippmur i väster, tycktes hela himmelen stå i lågor, och de egendomligt formade molnen skiftade i alla färger – eldrött, purpur, orange, blekrött, violett och guldgult i alla schatteringar, under det att här och där nästan fullkomligt svarta molntappar avtecknade sig mot den lysande bakgrunden, som väl utklippta silhuetter. Det härliga skådespelet var inte förlorat för de många målare, vilka för sommaren slagit sig ned i Whitby, och troligen kommer åtskilliga av dessa studier under titeln ”Före stormen” eller ”Annalkande oväder” att figurera på nästa konstutställning.

Mer än en av kaptenerna på de i hamnen liggande fartygen beslöt att kvarstanna där till dess stormen gått över. Vid skymningens inbrott hade emellertid vinden lagt sig; det var blekstilla och tryckande varmt, under det att luften kändes laddad med elektricitet. Ute på sjön syntes mycket få ljus, ty de kustångare, som vanligen håller sig tätt under land, hade nu försiktigt givit sig längre ut och de flesta fiskarbåtar hade underlåtit att gå ut. Det enda fartyg som var i sikte var en utländsk skonare, vilken redan under de närmast föregående dagarna visat sig ute på redden och väckt en viss uppmärksamhet genom sina egendomliga manövrer. Den hade nu alla segel uppe och tycktes på väg västerut. Det saknades inte kommentarier över den okunnighet och oförsiktighet som lades i dagen av det främmande fartygets officerare, och man försökte signalera till detsamma, men utan framgång. Skonaren låg, så länge man kunde se den, med alla segel uppe, ehuru slaka, och sakta rullande i dyningen, på det eljest nästan spegelblanka vattnet.

Mot tiotiden blev luften allt mera tryckande och tystnaden så djup, att man tydligt hörde fårs bräkande och hundars skällande långt inne från land. Hela naturen tycktes försänkt i ångestfull förbidan.

Strax efter midnatt hördes emellertid ett egendomligt ihåligt dån långt ute på havet och högt uppe i luften. Det tilltog i styrka, ehuru inte en vindfläkt förnams och luften alltjämt var lika kvav och tryckande.

Men plötsligt, nästan utan en föregående varning, bröt stormen lös – och med en hastighet, som ej kan beskrivas och som ingen kan föreställa sig utan att ha sett det med egna ögon, förändrade skådespelet helt och hållet karaktär. Vågorna reste sig med stigande raseri, den ena högre än den andra och inom få minuter liknade den nyss så lugna vattenytan en sjudande kittel – eller kanske snarare ett vrålande och rasande vilddjur, sökande vad det uppsluka månde. Oerhörda, vitskummiga vattenmassor vräkte högt upp mot klipporna och bröt sig över piren, så att den vita fraggan yrde kring fyrtornens lanternor och stundtals förmörkade dem. Stormens rytande överdövade varje annat ljud, utom de väldiga åskskrällar, vilka allt emellanåt kom hela luften att skälva, under det att de tätt på varandra följande blixtarna upplyste det hemska skådespelet med en skarpt bländande och uppflammande, men genast åter försvinnande glans.

Vindens styrka var så oerhörd att till och med mycket kraftiga män hade mycket svårt att hålla sig upprätta, då de var utsatta för dess fulla raseri; och om ej myndigheterna vidtagit den välbekanta åtgärden att avspärra pirerna för alla nyfikna åskådare, skulle säkert en mängd olyckshändelser ha inträffat.

För att ytterligare öka stormens fasor började senare på natten massor av havstjocka driva in över land – vita, fuktkalla töckenskyar, vilka följde varandra i ett långt, böljande tåg och vilka man ej behövde mycken fantasi för att omskapa till de ute på havet drunknades andar, vilka med isande, dödskalla händer klängde sig fast vid de levande och ville dra dem med sig. Man ryste oförvilligt vid denna beröring. Då tjockan lättade, såg man åter havet upplyst av blixtarna – en syn av oförgätligt, och obeskrivligt om ock förfärande majestät. De bergshöga vågorna sprutade sitt skum högt mot himmelen och stormen förde det med sig som regn; här och där syntes en olycklig fiskarbåt som fördröjt sig ute och nu med seglen i trasor i rasande fart sökte hamn och skydd – och då och då glänste de vita vingarna av en vinddriven sjöfågel, kämpande för sitt liv i stormen.

Den nya strålkastaren, som nyligen blivit uppsatt på Östra Klippan, hade ännu inte blivit använd eller avprovad. Lotsstationens officerare skyndade nu att sätta apparaterna i brukbart skick samt lät dess ljus falla över inloppet. Man hade den glädjen att på detta sätt vägleda två fiskarbåtar, vilka eljest otvivelaktigt blivit krossade mot pirerna, men nu verkligen lyckades klara den trånga passagen mellan fyrtornen. De hälsades av hurrarop från den på stranden församlade mängden – så kraftiga och enstämmiga, att de för ett ögonblick verkligen hördes över stormens dån och åskans rullande.

Snart varseblev man vid det elektriska ljusets sken en tämligen stor skonare med alla segel uppe – – – tydligen samma fartyg som förut iakttagits. Vinden hade nu helt och hållet gått över till ostlig och en rysning genomlopp den tätt packade åskådarskaran på stranden, då man klart insåg den överhängande fara, av vilken det olyckliga fartyget hotades.

Mellan skonaren och hamnen låg nämligen det farliga klippgrund, som redan vållat så många goda seglares ofärd – och med vinden blåsande från detta håll, tycktes det fullkomligt omöjligt, att fartyget skulle kunna löpa in i hamnen utan att lida haveri. Flodtiden var nu inne, men vågorna gick så höga, att man i de djup som bildades mellan dem tydligt kunde urskilja grunden, och skonaren, som fortfarande förde alla segel, drev med vinden – som en gammal sjöbuss drastiskt uttryckte sig – "rakt åt h–te".

Just då spänningen bland åskådarna nått sin höjd, kom havstjockan åter drivande in över land och svepte allt som i ett bårtäcke. Strålkastarens ljus hölls fortfarande koncentrerat på inloppet och framförallt på Östra hamnpiren med vågbrytaren, där man varje ögonblick andlöst väntade att fartyget skulle stöta på.

Emellertid kastade vinden plötsligt om till nordost, tjockan lättade, och – *mirabile dictu* – man såg med häpnande blickar det främmande fartyget, vilket med alla segel uppe slungades från våg till våg som ett nötskal, blixtsnabbt löpa in i hamnen mellan de båda fyrtornen utan att törna mot de å ömse sidor framskjutande stenpirarna. Ljuset från strålkastaren följde den djärva seglaren och en rysning genomlopp folkmassan vid den syn som uppenbarades i dess skarpa sken – – ty fastbunden vid rodret syntes ett lik, vars hängande huvud ohyggligt slängde hit och dit vid varje rullning av fartyget! Ingen annan varelse syntes på däck. Så vitt man kunde se, hade fartyget, som genom ett underverk, av vind och vågor oskadat drivits in i hamnen, utan annan anledning än en död mans hand! – –

Allt skedde inom kortare tid än som behövdes för att beskriva det. Skonaren flög som en pil tvärt över hamnen och drevs av vågorna ett gott stycke upp på land just invid den sandbank som högflod och stormar uppkastat i sydöstra hörnet, nästan omedelbart under Östra Klippan – – eller vad som i dagligt tal kallas Tate Hill-piren.

Stöten var naturligtvis ytterst våldsam och en stor del av stormasten föll över bord med den vidhängande riggen. Men det egendomligaste av allt var dock att nästan i samma ögonblick som fartyget stötte på, sprang en stor, gulaktig hund upp på däck, nästan som om han kastats upp av själva stöten, störtade förut och hoppade i land. Innan någon kunde fastta honom, hade han rusat uppåt stigen till kyrkogården samt försvunnit i mörkret.

Tate Hill-piren var för ögonblicket tämligen folktom, då de flesta av åskådarna befann sig på klipporna eller på hamnens motsatta sida. Tjänstgörande kustvakten var följaktligen den förste som skyndade till platsen och klättrade ombord på det strandade fartyget. Man såg honom skynda akterut, stanna vid rodret och böja sig ned samt därpå hastigt studsa tillbaka, liksom gripen av häpnad och förfäran. Detta eggade ytterligare nyfikenheten och man började springa åt det håll där fartyget drivit i land. Vägen från Västra Klippan, över vindbryggan och runt hamnen till Tate Hill-piren är tämligen lång, men er korrespondent kan dock berömma sig av att ha varit en av de första på platsen. I egenskap av tidningskorrespondent tilläts jag även gå ombord, vilket förvägrades större delen av de övriga tillstädeskomna. Jag var således en av de få som verkligen med egna ögon såg den döde sjömannen medan han ännu var fastbunden vid rodret. –

Intet under att kustvakten studsade tillbaka vid denna syn – ty den hörde verkligen till dem, vars like man inte ofta skådar.

Mannen var helt enkelt med båda händerna fastsurrad vid ratten. Mellan den ena handen och trädet syntes ett krucifix, under det att det radband vid vilket detsamma var fästat slingrats kring båda handlederna; det fasthölls av de rep med vilka händerna var bundna.

Karlen hade möjligen intagit en sittande ställning, men då ratten vridits kring till följd av seglens påverkan och fartygets rörelser, hade han släpats fram och tillbaka, så att repen genomskurit köttet ända in till benen.

Allt antecknades noga. Den läkare som omedelbart efter mig anlände till platsen – D:r J.M. Caffyn, 33 Elliot Place – förklarade, efter gjord undersökning, att mannen måste ha varit död minst två dagar. I hans rockficka fann man en väl korkad flaska, innehållande ett sammanviket papper, vilket befanns utgöra ett slags tillägg eller bilaga till skeppsjournalen. Kustvakten ansåg, att karlen bundit sina egna händer vid ratten och dragit till knutarna med tänderna. – –

Det behöver knappast sägas, att den döde styrmannen aktningsfullt blivit förflyttad från den post han så hjältemodigt fyllt till det sista, samt under avvaktan av likbesiktningen bisatt i stadens bårhus. Egendomligt nog har inga andra lik blivit funna ombord.

Stormen har redan delvis lagt sig – folkmassorna håller på att skingras och himmelen rodnar mot soluppgången över Yorkshires ödsliga hedar. I nästa nummer hoppas jag kunna meddela några vidare upplysningar om det strandade fartyget och dess besättning."

ORKANEN I WHITBY.

Angående denna fruktansvärda storm och de egendomliga tilldragelser som stod i samband med densamma skriver vår korrespondent vidare:

Whitby den 9 augusti.

Den vidare utvecklingen av "Spökskeppets" (som folkhumorn redan döpt den ilanddrivna skonaren) historia är nästan lika överraskande som dess märkliga inlöpande i hamnen här.

Skonaren hade befunnits vara ett ryskt fartyg från Varna, benämnt *Demeter*, samt lastat med ett större parti trälårar fyllda med jord, enligt fraktsedeln "avsedd för tekniska ändamål". Lasten var emellertid för vidare befordran konsignerad till en välkänd advokatfirma – Billington & C:o – *här i Whitby*, och firmans huvudman, notarien S.F. Billington, har idag formligen i sin klients namn tagit godset i besittning, varjämte ryske konsuln, såsom redarens ombud, lagt beslag på själva fartyget, betalt hamnavgift för detsamma m.m.

Det egendomliga sammanträffande, som fört den stormdrivna båten i land just på den plats dit den ursprungligen var destinerad, utgör allmänna samtalsämnet i staden. Man intresserar sig mycket för den stora hunden, som tycks varit den enda överlevande på det olyckliga fartyget, och Djurskyddsföreningen – vilken räknar många nitiska anhängare i Whitby – har gjort ivriga försök att uppspåra honom. Hittills har dock dessa bemödanden varit förgäves. Möjligen har djuret i sin skräck styrt kosan utåt heden och håller sig dolt där. Dock tror man sig ha bevis för att hunden senare varit inne i staden – en stor dogg, tillhörig en kolhandlare vid Tate Hill-piren, fanns tidigt denna morgon död utanför sin herres bostad. Den har tydligen varit i slagsmål med en farlig och vildsint motståndare, ty strupen var avbiten och magen uppsliten, så att en del av inälvorna fallit ut.

* * *

Senare.

Tack vare vederbörande myndigheters tillmötesgående har jag blivit i tillfälle att genomgå skonarens skeppsjournal, vilken noggrant förts till tre dagar före skeppsbrottet. Dess märkligaste del är dock det i flaskan funna tillägget, vilket idag förelades likbesiktningskommissionen. En egendomligare historia ur livet, än dessa båda dokument tillsammans bildar, vet jag mig knappast ha påträffat. Som inte skäl finns till förhemligande av densamma, har jag fått tillstånd till dess offentliggörande och bifogar följaktligen en avskrift, varvid endast några oviktiga detaljer rörande fartygets kurs o.s.v. utelämnats.

Min enskilda övertygelse är, att den stackars kaptenen lidit av en fix idé, vilken så småningom utvecklats till akut galenskap. Verkliga arten av den hårresande tragedi, som utspelats å det olycksdömda fartyget, torde aldrig bli känd, lika litet som den roll kaptenen själv därvid spelat, men ett och annat hemskt sidoljus kastas onekligen däröver av de här bilagda anteckningarna, vilka jag nedskriver efter diktamen av en av ryska konsulatets tjänstemän, vilken godhetsfullt erbjudit sig att tjänstgöra som översättare.

Utdrag ur skonerten
Demeters skeppsjournal.
(Varna till Whitby.)

Den 6 juli.
Slutat lastningen. Gick till segels vid middagstiden. Frisk ostlig bris. Besättningen, fem man, förste och andre styrman, kocken och jag själv, skeppsbefälhavare.

* * *

Den 12 juli.
Passerat Dardanellerna. Tulltjänsteman ombord – – – vid nattens inbrott inlöpte vi i arkipelagen. – –

* * *

Den 13 juli.
Passerat Kap Matapan. Märkbar förstämning och missnöje bland folket. Kunde dock ej förmå dem att omtala, vad som givit anledning därtill. – – – – –

* * *

Den 14 juli.
Fortfarande dålig stämning bland folket. Styrmannen på min tillsägelse försökt utforska orsaken, men endast erhållit undvikande svar. De

medger blott att "något är på tok" och gör korstecknet. Förste styrman blev förargad på en av dem idag och slog till honom. Jag väntade mig ett häftigt uppträde men saken förlopp lugnt.

* * *

Den 16 juli.
Styrmannen anmälde idag på morgonen, att en av besättningen saknades. Karlen – Peter Vassiljewitsch – hade vakten mellan 11-1 på natten; avlöstes av Fedor Michailitsch, men återvände ej till skansen och hördes sedan inte vidare av. Förstämningen bland folket ytterligare ökad genom detta olycksfall. Alla sade, att de väntat sig något liknande, men ville ej ge skäl för sin förmodan – framkastade dock antydningar om att allt inte stod rätt till och att det fanns Något ombord, som varslade olycka. Förste styrman högst uppbragt på besättningen; jag fruktar, att obehagliga uppträden förestår, då han har ett häftigt och obändigt lynne.

* * *

Den 17 juli.
Matrosen Ivan Petrowitsch Olgaroff anhöll att få tala enskilt med mig, då han hade något viktigt att säg mig. Med upprörd ton anförtrodde han mig, att det otvivelaktigt fanns en främmande ombord, som antagligen höll sig dold i lastrummet. Andra bland besättningen hade flera gånger tyckt sig uppfånga en skymt av honom, men nu hade han själv sett honom och det tillräckligt tydligt för att kunna svära på saken om så erfordrades. Han hade haft vakten mellan 11-1 samt då, medan han höll sig i lä av skylightet vid en övergående regnby, tydligen sett en ovanligt lång, mager karl, som inte liknade någon bland besättningen, komma uppför kajuttrappan och gå förut. Han följde försiktigt efter den främmande, men fann, då han kom till fören, att denne försvunnit. Han sökte honom överallt, men förgäves; alla däcksluckorna var tillslutna och ehuru det var tämligen mörkt, påstod han, att ingen kunnat gå förbi honom utan att han märkt det. Ivan Petrowitsch var på det högsta uppskrämd och full av vidskepliga föreställningar; han är eljest en stadgad och tro-

värdig man, och det är så mycket mer att befara, att hans galenskap skall inverka på de övriga. För säkerhets skull skall jag idag låta noga genomsöka fartyget från för till akter. – –

* * *

Den 18 juli.

Lät igår kalla alle man på däck och sade dem att jag, för att överbevisa dem om att ingen obehörig fanns ombord, beslutit att låta genomsöka fartyget. Förste styrman förargad – – påstod att man skämde bort folket genom att på detta sätt rätta sig efter deras enfaldiga inbillningar; han skulle nog åta sig att pränta förnuft i dem med en handspak. Jag lät honom emellertid ta rodret, under det jag och folket, försedda med lyktor, på det noggrannaste genomsökte varje vrå av fartyget. Lastrummet var lätt undersökt, ty då lasten endast utgörs av de stora fyrkantiga packlårarna, som stuvats tätt intill varandra, finns inga oregelbundna vrår, där någon kunde hålla sig dold. Folket syntes belåtet, då vi genomsökt det hela, och jag märkte, att de vid bättre mod återgick till arbetet.

* * *

Den 22 juli.

Hårt väder i flera dagar. Folket fullt upp att göra. Allt väl ombord för övrigt. Passerat Gibraltar.

* * *

Den 24 juli.

Jag börjar tro som folket, att det vilar ett olycksöde över fartyget. Redan förlorat en man och Biscayabukten framför oss med hög sjö och svårt väder – och nu i natt ännu en man spårlöst försvunnen. Han, liksom den förste, hade vakten från 11-1, blev avlöst, men återvände ej till skansen och hördes ej vidare av. Panisk förskräckelse bland folket; de har begärt att få göra dubbel vakt, då ingen vågar vara ensam – – –

* * *

Den 28 juli.

Fyra dagar i helvetet – – full orkan och sjön som en skummande fors. Ingen fått en blund i ögonen; folket utmattat; knappt i stånd att göra

sina vakter. Andre styrman erbjöd sig att både sköta rodret och hålla vakten en del av natten, så att de övriga skulle få vila litet. Stormen bedarrat något, men mycket hög sjö. – –

* * *

Den 29 juli.

Ny olycka. Andre styrmannen försvunnen; genomsökt fartyget utan att finna ett spår av honom. Stor oro bland folket. Förste styrman och jag överenskommit att hädanefter gå beväpnade och fördubbla vår vaksamhet.

* * *

Den 30 juli.

I Engelska kanalen. God vind, alla segel uppe. Uttröttad; sov djupt. Väcktes av förste styrman, som meddelade mig den häpnadsväckande underrättelsen att såväl *roderkarlen som vakthavande matros spårlöst försvunnit under natten.* – – – Endast jag själv, förste styrman och 2 man av besättningen återstår för att sköta fartyget. Gud nåde oss, arma människor, hur skall väl detta sluta?

* * *

Den 1 augusti.

Två dagars tjocka; inte ett fartyg i sikte. – – – Hade hoppats att här i kanalen kunna signalera efter hjälp eller gå i någon hamn; båda delarna omöjliga efter nuvarande förhållanden. Som vi har för litet folk att sköta seglen, måste vi låta fartyget driva för vinden. Om vi strök segel, skulle vi ej kunna hissa dem igen. –

* * *

Den 2 augusti. Midnatt.

Vaknade efter några minuters sömn vid att höra ett dovt skrik. Mörkt; tjocka; kunde inte se något. Rusade upp på däck; stötte samman med styrmannen. Han säger, att han likaledes hörde skriket och genast sprang upp, men vakten var borta. Ännu en! – Nådig Herre i himlen, hjälp oss! – Styrman säger, att vi passerat Dover; tjockan lättade ett ögonblick och han såg ljusen på North Foreland strax innan han hörde karlens skrik. I så fall är vi ute i Nordsjön och Gud allena vet, hur vi skall finna vår kurs i tjockan, som alltjämt följer oss. Jag har en förkänning av att vi gör vår sista resa.

* * *

Den 3 augusti.

Gick upp vid midnattstid för att avlösa rorgängaren, men fann ingen där. Det var obetydlig vind och fartyget slingrade inte. Jag tordes dock inte lämna rodret, och jag ropade av alla krafter på styrman. Några minuter senare kom han upprusande på däck, dödsblek och med vilda ögon samt halvklädd. Jag fruktar storligen, att hans förstånd blivit rubbat. Han kom tätt intill mig, som om han fruktat att själva luften skulle höra hans ord, och han viskade hest i mitt öra:

"*Han* är här – – djävulen – – jag har själv sett honom – – jag såg honom för en stund sedan, då jag hade vakten. Han liknar en människa, lång och mager, blek som ett lik och med ögon röda som eldkol – – – Han stod i fören och såg ut åt havet – – Jag smög mig bakom honom och körde kniven i honom – – men kniven gick tvärt igenom honom, som om det varit tomma luften." – – Han höjde kniven och högg vilt framför sig med den. Därpå fortsatte han: "Men här ombord skall han finnas, och jag ger mig inte förrän jag fått tag i honom – – – Han är i lastrummet, – kanske håller han sig gömd i någon av trälårarna där. Jag skall öppna dem allesammans och se efter – – – Sköt du rodret, broder."

Han lade fingret på munnen och avlägsnade sig med menande min. Som vinden frisknade i, kunde jag inte lämna rodret. – Jag såg honom strax därpå komma upp på däck med en lykta och några verktyg, samt gå ned i lastrummet förut. – Han är vansinnig, stackars olycklige man, och jag kan inte hejda honom. Packlårarna kan han inte skada; de är införda som "jord" i fakturan och tunga som sten. Jag stannar alltså här, sköter rodret och nedskriver detta i skeppsjournalen. Bara tjockan lättar, skall jag skära av repen, ligga bi och signalera efter hjälp.

* * *

Senare, samma dag.

– – Allt hopp ute. Just då jag börjat hoppas, att styrman skulle lugna sig – ty jag hörde honom hamra och bulta på något i lastrummet och tänkte mig att kroppsansträngningen skulle göra honom gott – hörde jag plötsligt ett vilt skrik, som isade mitt blod, och i nästa sekund kom han uppstörtande på däcket som en rasande galning, med vilt uppspärrade ögon och ett ansikte förvridet av fasa.

– "Fräls mig! – fräls mig! –" skrek han i det han sprang fram och grep tag i mig. Därpå stirrade han omkring sig i dimman och tillade: "Kom med, broder, innan det blir försent! – – *Jag har sett honom* – jag känner hemligheten – – men havet skall frälsa mig från honom – – det finns ingen annan utväg! – – Kom med!" – –

Innan jag hann svara eller göra något för att hålla honom tillbaka hade han sprungit upp på relingen och störtat sig i sjön.

Jag tror mig nu också känna hemligheten. Det är naturligtvis denne galning som mördat de övriga, den ena efter den andra; och nu har han själv följt efter dem – –

Gud hjälpe mig! – Hur skall jag kunna redogöra för och förklara alla dessa gräsligheter då jag kommer i hamn? – Hur skall jag få någon att tro mig? –

– *När* jag kommer i hamn! – men kommer jag väl någonsin så långt? – –

* * *

Den 4 augusti.

Alltjämt tjocka. – Jag vet, att solen måste vara uppe, men ser den ej. – – Jag vågade ej gå underdäck i natt, vågade ej lämna rodret. Stannade därför här på min post hela natten. Och i nattens skymning, just då dagen började gry, såg jag – *Det* – *Honom* – – ! – Gud förlåte mig, men styrmannen gjorde rätt som gav sig över bord. Hellre dö som en människa – – hellre dö i böljan blå, som det anstår en sjöman! – – Men kaptenen får inte lämna sitt fartyg; jag måste stanna här till det sista! – Lura honom skall jag ändå; min odödliga själ skall han inte få, hur det än må gå med den usla kroppen. – – – – Jag har föresatt mig att binda mina händer vid ratten innan krafterna sviker mig – och med dem skall jag fastbinda *det* som djävulen själv och hela hans anhang

måste sky – – – Sedan må det gå som det vill.
– Jag skall som sagt frälsa min odödliga själ och
min heder som ärlig sjöman och skeppskapten.

* * *

– Jag känner, att krafterna börjar svika – jag har
inte fått varken mat eller dryck på två dygn – nu
börjar det mörkna igen och jag måste göra det
som skall göras innan natten kommer – – – –
Får *Han* se mig i ögonen en gång till, så får jag
kanske ingen tid att handla – – – – – Blir farty-
get vrak så hittar någon kanske denna flaska och
förstår vad jag – – – – Finner ingen den – – nå,
då har jag i alla fall dött på min post. – –

Gud och den heliga jungfrun och alla helgon
förbarma sig över en stackars okunnig männ-
iska, som sökt göra sin plikt – –" –

* * *

Här slutar anteckningarna. Allt det övriga är
och kommer naturligtvis alltid att förbli höljt
i mörker. Var mannen måhända vansinnig och
begick med egen hand de mord varom han ta-
lar? Man skulle kunna tänka sig det, ty anteck-
ningarna röjer, i synnerhet mot slutet, en tydlig
sinnesförvirring, i förening med de vidskepliga
föreställningar som är de östeuropeiska folken
egna. Emellertid betraktas kapten här på orten
alltjämt som en hjälte och man har beslutat an-
ordna en synnerligen högtidlig begravning på
stadens bekostnad. – – Samhällets ledande män
har beslutat att kistan, åtföljd av en hel proces-
sion av båtar, skall föras ett stycke uppåt floden,
varefter man återvänder till Tate Hill-piren
samt bär den uppför trapporna till den gamla
kyrkogården på klippan. Mer än hundra båtä-
gare och sjökaptener har redan antecknat sig på
den utlagda listan och kommer att följa främ-
lingen till graven.

Av den stora hunden har intet spår kunnat
upptäckas. Man beklagar på det högsta detta,
ty så som sinnesstämningen för närvarande är,
vore man benägen att på fläcken adoptera ho-
nom såsom "stadshund" och tillförsäkra ho-
nom en ärad och sorgfri ålderdom på samhällets
bekostnad. –

Begravningen skall äga rum i morgon – och

därmed faller, antagligen för alltid, ridån för
denna "Havets hemlighet".

———

SJÄTTE KAPITLET.

Vilma Murrays dagbok.

Whitby den 8 augusti.

– Lucy var mycket nervös och orolig i natt, och
jag kunde inte heller sova. – Stormen var förfär-
lig och havets åsklika dån överröstade alla an-
dra ljud; hela huset skälvde och det föreföll mig
som kunde det vad ögonblick som helst störta
samman. Egendomligt nog vaknade Lucy inte –
men två gånger steg hon upp i sömnen och bör-
jade klä sig. Jag lyckades båda gångerna hejda
henne i tid samt klädde av henne och lade henne
till sängs utan att hon vaknade. Det är bra egen-
domligt – så fort hon hejdas eller möter något
motstånd tycks den starka impuls, som drivit
henne att handla, helt och hållet försvinna och
hon ger efter utan ringaste motstånd. – –

Vi steg tidigt upp och gick ned till stranden
för att se på det främmande fartyget, vilket på
ett så förunderligt sätt av stormen drivits in i
hamnen. Vår jungfru var helt och hållet upp-
fylld av denna nyhet och utbredde sig därutöver
med största vältalighet medan hon hjälpte Lucy
med toaletten. Den stackars kaptenens kropp
har redan blivit förd till bårhuset, men vi besåg
själva fartyget, som ligger ett gott stycke uppe
på land strax invid Tate Hill-piren. Det har
rämnat av stöten och stormasten jämte en hel
del tågverk och lösa spiror har fallit överbord.
– – Mig intresserade det hela mycket; men jag
är nästan ledsen att vi gick dit, ty synen och be-
skrivningen av skeppsbrottet som lämnades oss
av ett ögonvittne upprörde Lucy på det högsta.
Hon är så känslig och hennes fantasi så lättrörd,
att man aldrig kan beräkna, vad som skall ver-
ka alltför starkt på henne. – – Hon blev alldeles
kritvit i ansiktet och började darra som ett asp-
löv, i det hon oupphörligt upprepade: "Låt oss
gå – låt oss gå! – Det är så förfärligt! – O, de arma
människorna, de arma människorna!" – –

Blåsten hade lagt sig och luften var frisk och angenäm efter ovädret, men sjön gick ännu mycket hög och vågorna såg nästan kolsvarta ut mot det kritvita skummet. Jag föreslog Lucy, att vi skulle göra en liten morgonpromenad uppåt kyrkogården, då utsikten över havet borde vara härlig efter stormen. Vi begav oss alltså uppför trapporna. – – Men här inträffade åter något som jag på det högsta beklagar, därför att det i betänklig grad ökade den nästan hysteriska sinnesrörelse, vari Lucy redan blivit försatt. Halvvägs uppför trapporna, såg vi en liten hop karlar långsamt komma utför desamma från kyrkogården, bärande något emellan sig på några bräder, över vilket de kastat sina rockar. De gick långsamt och såg allvarliga ut. Vi kunde naturligtvis ej undgå att möta dem. – – Då de blev oss varse, stannade de emellertid och en av karlarna – den ene av de gamla fiskarna, som vi så ofta talat med däruppe – sade ett par ord åt de andra och kom sedan ned till oss:

”Jag tänkte, att jag borde säga ett par ord för att fröknarna inte skulle bli rädda”, började han, i det han tog åt hatten, ”ja, vi skall ju alla den vägen vandra och ingen vet, när vår Herre kallar oss – och gamle Swales, han hade ju nu, som man säger, åldern inne – – – det hade han – – men kry och pigg var han till det sista – jag talte nu senast med honom igår aftse och då sa’ han: ’det blir ett Herrans väder, Robinson’, sa’ han, ’i natt kommer Herren nog att kalla många raska gossar till sig’, sa’ han – just di ordena sa’ han – ’jag går upp till kyrkogården’, sa’ han, ’för att hålla utkik, när dombasunen ljuder’ sa’ han – – det föll mig så i minnet, sir fröknarna, då vi nu hittade honom där. – –”

”Har det hänt gamle Swales något?” – avbröt honom Lucy häftigt.

”Ja, vad den saken beträffar, så nog har det *hänt* honom något –”, genmälde karlen långsamt, ”men si, precis hur det gått till, det får vi väl inte veta förr’n på yttersta dagen – – och om den dagen och den stunden vet ingen – – men otäckt såg det ut – och nog tycker en, att han kunnat få dö som en ann’ kristen i sin säng, – så gammal som han var – nittinie år och sju månader så visst som en dag, och han sa’ alltid att

han inte gav sig, förr’n han fått fylla dom hundra – men människan spår och Gud rår, det är ett sant ord det – – och nu så får han väl fira sin födelsedag i himmelrike kan jag väl tänka. –”

”Är gamle Swales *död?*” inföll Lucy upprörd. ”Hur har det gått till?”

”Ja, sir fröken, det är justament det som ingen kan säga – vi har nu varit goda vänner och kamrater si så där bortåt en trettio år och för alla di gånger som vi setat här på kyrkogården – – ja, fröken har själv sett oss, så fröken vet, jag inte ljuger – men aldrig tänkte jag, att jag skulle få si en sådan syn – – si, jag gick hit upp tidigt, för att si på sjön – den är grann då den går så här högt, och så ville jag si om det var några seglare i sikte och kanske någon som hissat nödflagg – – och vad får jag si i stället – – vad får jag si, tror fröken? – Jo, när jag kommer dit bort till sätet vid Georg Canons grav, så sannerligen sitter inte Swales där – *stendöd*, kan fröken tänka sig, stel som en pinne allaredan – och det var ingen fridfull hädanfärd han haft heller, fast den varit bråd – – och ’för en ond, bråd död bevare oss milde Herre Gud’, som di läser i kyrkan – – för ögonen stod runda och vita i huv’et på’n, så att det var hemskt att se’t och mun stod öppen, den med, som han velat ge till ett skrik – – rakt vettskrämd sir han ut stackarn – Gud allena vet, vad han sett för syn däruppe i mörkret, en skulle tro, det varit fan själv och att han givit upp andan i förskräckelsen – ja, kanske fröknarna vill titta på honom själva, för det är i all fall eget att si – – –.”

Han gjorde en rörelse liksom för att lämna vägen fri för oss, men Lucy grep mig hårt i armen.

”Åh nej, *nej, nej!*” – nästan skrek hon – ”jag vill inte, – vill inte – *vill inte se det!* – åh, så förfärligt! – stackars, stackars gamle Swales! – Åh, Vilma, Vilma, låt mig gå hem!” Hon brast i häftig, hysterisk gråt, och det dröjde en god stund innan jag lyckades lugna henne tillräckligt för att kunna tänka på att återvända. Karlarna väntade några ögonblick vördnadsfullt, men tog därpå åter upp sin börda och fortsatte vandringen nedåt staden. Därvid måste de gå alldeles förbi oss; båren till och med snuddade vid vår kläder, och jag såg hur Lucy skakades av en våldsam rysning i det hon höll händerna för ögonen.

Jag hade velat göra detsamma, men stirrade som hypnotiserad på det dystra tåget. – – De hade, som jag förut sagt, täckt över den stackars döda kroppen med ett par rockar, men som den stelnat i sittande ställning gjorde själva de linjer som syntes under betäckningen ett egendomligt hemskt och underligt intryck av något onaturligt förvridet, ej överensstämmande med dödens fullkomliga ro. Ansiktet såg jag – Gud vare lov ej – – men av den läkare som förrättade likbesiktningen hörde jag att dess uttryck verkligen varit i hög grad förfärande – man kunde ej frigöra sig från den tanken att den stackars gamle mannen i sista ögonblicket sett någon fasansfull syn och i ytterlig skräck sjunkit tillbaka på bänken där de fann honom – doktorn säger också att hans död mycket väl kunnat vara föranledd av någon skrämsel; många tecken tydde därpå. Det är hemskt att tänka sig den stackars gubben ensam däruppe på kyrkogården i storm och mörker. Dödsängeln, som han talade om, har kommit till honom i en mera förfärande gestalt än han föreställt sig den – han tycktes eljest så villig och beredd att dö! – –

Denna händelse har på det högsta upprört oss. – – Jag fruktar, att Lucy kommer att få allvarsamt ont därav. Hon hade ett svimningsanfall med konvulsiviska ryckningar då vi kommer hem, och jag tror, att man borde tala vid någon läkare om hennes tillstånd. Men detta vill hon alls inte tillåta – hon har till och med en gång för alla tagit ett heligt löfte av mig att ej nämna något för hennes mor. Den söta tant Western är i själva verket bra klen och doktorn har sagt mig, att hennes hjärta är angripet och att hon måste aktas för alla sinnesrörelser. – – Jag känner min ställning här med dessa kära människor rätt ansvarsfull och vet ej vad som är rättast att göra eller inte göra. Jag önskar mycket att herr Holmwood kunde komma hit, ty då kunde jag rådgöra med honom. Men han är alltjämt nödsakad att stanna hos sin far, vars tillstånd är tämligen oroande. – –

– Ack, om jag hade min Tom här – hans lugna, klara omdöme vore i detta som i många andra fall mitt bästa stöd! – – Men därpå vågar jag knappast tänka – då blir jag alltför upprörd och

orolig. *Något måste ha inträffat* – annars vore det inte möjligt, att han lät så lång tid gå utan att meddela sig med oss! Herr Hawkins börjar nu också bli orolig på allvar – han håller av Tom och betraktar honom som en son. – – Han har avsänt en detektiv till Budapest och skrivit till åtskilliga personer där – – men ännu har intet hörts av. Jag kan blott be Gud om kraft och tålamod tills vidare! –

* * *

Den 10 augusti.

Idag har den sorgligt omkomne sjökaptenens begravning ägt rum med mycken högtidlighet; det var verkligen en gripande syn. Flera hundra båtar slöt sig till processionen uppför floden, och så gott som hela staden deltog i det liktåg som sedan följde den av åtta sjökaptener burna kistan uppför trapporna till graven. Alla fartyg i hamnen och en mängd enskilda offentliga byggnader flaggade på halv stång. – –

Lucy yrkade själv på att få bevista begravningen, annars hade jag inte velat föreslå det, av fruktan att det skulle uppröra henne, och hon ville också nödvändigt, att vi skulle ta plats på vår vanliga bänk samt tycktes helt och hållet ha förgätit att det var här som man funnit vår stackars gamle vän död efter den förfärliga natten. – – Naturligtvis ville jag inte påminna henne därom, ehuru jag själv fann tanken därpå högst upprörande och helst skulle valt en annan plats. Emellertid såg man onekligen det hela bäst från detta ställe. Vi steg upp på bänken och kunde då se bättre än de flesta av de närstående samt över deras huvuden. Ceremonin var enkel, men rörande. En för oss störande tillfällighet minskade dock något det högtidliga intrycket. En beskedlig båtkarl, som hyr ut sin båt åt besökande nere vid hamnen och som vi väl känner, hade tagit plats alldeles invid oss. Han har en stor hund, allmänt omtyckt för sin vänlighet och sitt fridsamma och godmodiga sinnelag – – jag tror aldrig, jag hört honom skälla eller morra förr. Idag var han emellertid, som om han varit tokig – reste borst och visade tänderna som i yttersta raseri eller rädsla, samt höll sig alltjämt häftigt skällande, ett gott stycke ifrån oss, ehuru hans husbonde oupphörligt lockade på honom. Karlen tröttande slutligen, sprang fram till hunden, tog honom i nackskinnet, ruskade honom duktigt och slängde honom sedan nästan framför våra fötter på den stackars självmördarens flata gravsten, på vilken, som jag förut beskrivit, "*vår bänk*" (som vi kallar den) har sin plats. Egendomligt nog tystnade hunden i samma ögonblick som han vidrörde stenen samt kröp ihop med svansen mellan benen och alla tecken till ytterlig rädsla, skälvande i hela kroppen. Det gjorde mig ont om det stackars djuret, men det tjänade till intet att tilltala eller smeka honom – han såg alltjämt lika skygg och förskrämd ut. Lucy är annars så kär i alla djur och jag såg, att hon tyckte synd om hunden – men hon gjorde intet försök att lugna honom, utan stirrade på honom med ett egendomligt ångestfullt uttryck i sina vackra ögon. Jag är mycket rädd att detta skall gå igen i hennes drömmar och ytterligare oroa henne. Hon är nästan alltför känslig och mottaglig för intryck stackars liten – allt upprör och påverkar henne på ett sätt som utgör min ständiga förvåning och förskräckelse. De senaste dagarnas tilldragelser – fartyget styrt av en död hand, som i trots av storm och vågor funnit sin väg till hamnen som genom ett underverk – den döde fastbunden vid rodret med krucifixet mellan sina händer – gamle Swales död – den gripande begravningen och den rasande, förskrämda hunden – – – allt detta är blott alltför ägnat att oroa och uppskaka henne och ge upphov till oroliga drömmar. Jag förställer mig, att en lång promenad skulle göra henne gott; hon skulle kanske sova lugnare om hon vore kroppsligen uttröttad – – Jag tror, att jag skall föreslå det i afton.

* * *

Senare.

Vår promenad var högst angenäm och Lucy tycktes verkligen ha blivit mycket uppfriskad därav. Lustigt nog gjorde vi därunder också en ny bekantskap, som intresserade oss båda. Lucy och hennes mor lever här som sommargäster i största tillbakadragenhet, men fru Western har dock åtskilliga gamla vänner och anförvanter här i sommar, med vilka de emellanåt sammanträffar. Bland dessa är sir Charles Mortons familj – den välkända parlamentsledamoten. Lady Morton är kusin till fru Western och en mycket älskvärd dam. Hennes båda döttrar är gifta och det är endast ett par av sönerna som för tillfället befinner sig här. John, den äldre, är jurist och Frank, den yngre, officer vid gardet, för tillfället tjänstledig som konvalescent efter en svår sjukdom. Lucy är barndomsvän med båda dessa unga herrar och tycker mycket om dem. De är inte synnerligen begåvade, men älskvärda och godmodiga samt i besittning av skaror av goda vänner, vilka oavlåtligt förökas genom nya bekantskaper de gör varhelst de färdas fram genom livet. –

Vi gjorde, som sagt, en skön promenad utåt klipporna längs kusten och var rätt trötta då vi anträdde hemvägen, varför Lucy föreslog att vi skulle vila litet på kyrkogården innan vi begav oss utför trapporna ned till staden. Till vår överraskning anträffade vi på vår vanliga bänk löjtnant Frank Morton (vilken eljest knappast någonsin kan lämna tennisplanen) i sällskap med en främmande, medelålders herre med högst intressant och distingerat utseende, med vilken han var inbegripen i livligt samspråk. Sedan vi utbytt hälsningar, presenterade löjtnanten den främmande som baron – – – (jag kunde inte uppfatta namnet som hade en underlig, utländsk klang, men skall sedan ta reda därpå) och vi slog oss alla fyra ned på bänken. Löjtnanten tog plats bredvid mig och den främmande bredvid Lucy, med vilken han genast anknöt ett livligt samtal. Under tiden anförtrodde löjtnant Frank mig med något sänkt röst att hans, efter vad det tycktes, tämligen nya bekantskap var en "väldigt trevlig människa – riktigt vad jag kallar en världsman, ni förstår, fröken Murray, som sett och varit med om litet av vart." Han berättade vidare att de tillfälligtvis gjort bekantskap i Stora Hotellets tidningsrum, att den främmande hade introduktionsbrev till en hel del mycket framstående och förnämt folk, att han var ivrig jägare och att de "festat betydligt" tillsammans – med ett ord, en hel hop upplysningar som lämnade mig ungefär lika klok som jag varit förut. Därpå såg han på klockan och förklarade, att han måste träffa någon nere i staden på utsatt tid, "men er, min käre baron, lämnar jag här i bästa sällskap tills vidare!" varpå han skyndsamt avlägsnade sig.

Jag fick nu tillfälle att närmare ta den främmande i skärskådande – hittills hade jag nästan varit tvungen att vända honom ryggen. Jag vet egentligen inte, om han kan kallas en vacker karl, men visst är, att jag aldrig sett ett intressantare och mer imponerade utseende. Han tycks vara mellan fyrtio och femtio år, ovanligt lång och kraftigt byggd, en ståtlig gestalt med mörkt, krusigt, något gråsprängt hår, örnnäsa, långa svarta mustascher och ovanligt genomträngande, egendomligt djupa, svarta ögon. Han för sig som en militär och ser ut som vore han van att befalla. För övrigt lade jag märke till hans enkla, men särdeles eleganta och välsittande promenadkostym och hans oklanderliga linne – något som inte utmärker de flesta utlänningar.

Då löjtnant Frank avlägsnat sig, reste baronen sig och blev stående framför oss flickor, i det han lätt stödde sig mot en av de närstående gravstenarna och såg ut över staden och viken.

"En härlig utsikt", sade han lätt, i det han artigt vände sig mot mig. "Fröken Western säger mig, att detta är er favoritplats; ni har god smak. Jag hoppas, ni ej måtte anse det som något intrång ifall jag någon gång skulle tillåta mig att uppsöka er här?"

Han såg på Lucy och det föreföll mig som om hans blick uttryckte en nästan alltför oförställd beundran – men tonen var fullkomligt vördnadsfull, och Lucy tycktes känna sig endast angenämt berörd därav.

"Åh, ni är alltför välkommen!" sade hon skrattande. "Min kusin Frank – Löjtnant Morton – brukar alltid förvåna sig över min dåliga smak; han finner det oförklarligt, att man hellre vill sitta här bland gravarna – – med *denna* utsikt för ögon! – än därnere på tennisplanen med en mässingssextett tutande i öronen på sig och ingenting annat än en hop tråkiga människor att se på."

"Utsikten *här* är onekligen betydligt att föredra", genmälde han med en lätt tonvikt – han såg en sekund ut över havet, men lät därpå blicken stanna vid Lucys förtjusande ansikte, vackrare än någonsin denna afton, då rörelsen i fria luften givit henne mera färg än vanligt och det barnsliga nöje som den nya bekantskapen berett henne även gav ökat liv åt hennes uttryck och rörelser.

Samtalet fortsattes, under det att baronen gjorde oss åtskilliga frågor angående ruinerna och stadens föregående historia; han uttryckte sig med en bildad och världsvan mans angenäma ledighet och på en vacker, flytande engelska. Då Lucy komplimenterade honom för det senare, tilläggande att ingen skulle kunna tro, att han inte vore född engelsman, sade han livligt:

"Jag är det i själva verket – min mor var engelska. Det gläder mig, gläder mig obeskrivligt att ni tycker mig tala ert vackra språk väl! England skall hädanefter bli mitt hem – jag är här för att ordna en arvsangelägenhet, samt kommer troligen att bosätta mig här och anta det namn som burits av min mors släkt. Jag skulle vilja bli helt och hållet engelsman, som jag redan är det i hjärtat!"

Hans blick vilade fortfarande med nästan djärv beundran på Lucy – jag märkte att hon rodnade under den, men hans sätt tycktes inte misshaga henne. Tvärtom föreföll hon mig mera road och upplivad än jag på länge sett henne.

Solen hade nu gått ner och det började blåsa kallt från havet; jag sade Lucy, att det nu vore tid för oss att gå hem. Baronen följde oss till porten och tog där avsked av oss i det han uttryckte en förhoppning att snart få träffa oss.

"Vilken förtjusande intressant människa!" utbrast Lucy så fort vi kommit inom dörren. "Åh, vad det är roligt att någon gång få se något *nytt!* – – något annat än det eviga, eviga enahanda – så dödande tråkigt och banalt!" – – Hon bredde ut armarna och drog djupt efter andan. Det var något egendomligt främmande, otåligt i hennes ton, varav jag mot min vilja kände mig sårad.

"*Tråkigt och banalt* –", upprepade jag – "och jag, som tyckt att vi haft det så ljuvligt här! – Men det är sant – *du* är inte lärarinna i en flickpension, Lucy – *där* lär man sig minsann vara tacksam för sådana 'banala' småsaker som frihet, ro, frisk luft, vacker natur – – och framför allt samvaron med kära vänner, som man kan lita på och hålla av! –"

Min ton var något bittrare än jag själv visste av, ty hon ryckte till, vände sig mot mig och stirrade några ögonblick häpen på mig. Därpå kastade hon sig gråtande om min hals.

"Åh, vad har jag sagt, Vilma!" utbrast hon häftigt – "hur *kan* du ta det så! – Inte menade jag – åh, förlåt, söta älskade, kära Vilma –! – Det *lät ju förfärligt* – men jag tänkte – jag menade inte – – jag vet alls inte, vad jag menade! – Förlåt mig, förlåt! –"

Hennes sorg var så uppriktig och hon själv så söt och öm i sin ånger, att jag å min sida förebrådde mig, att jag kunnat visa mig så snarstucken. Vi kysste varandra under tårar och försoningen var snart fullständig. Sedan började vi diskutera vår nya bekantskap och var fullkomligt överens om att finna honom mer än vanligt intressant. Då vi härnäst träffar löjtnant Frank, skall vi närmare utfråga honom angående den främmande. – –

Promenaden och sammanträffandet med den intressante främlingen tycktes gjort Lucy gott. Hon sover nu lugnt och stilla och jag hoppas – – – –

* * *

Senare. Jag blev så sömnig att jag måste lämna meningen oavslutad, jag vet ej mer hur jag *ämnat* avsluta den, men med all säkerhet var det inte så som jag nu måste göra det. – – Lucys tillstånd oroar mig verkligen mycket! – Jag önskar att jag kunde rådgöra med någon, men med vem skulle det väl vara. – Här i min omgivning finns ingen, till vilken jag hyser tillräckligt förtroende. – – Men jag skall nedskriva vad som nyss inträffat. – – Jag blev, som sagt så sömnig att jag inte kunde fortsätta med min skrivning, utan i stället gick till sängs och genast somnade. Jag vet ej hur länge jag sov, men då jag vaknade, sken månen klart i rummet och luften kändes ovanligt sval. – – Då jag yrvaken och förvånad satte mig upp, såg jag att rullgardinen var uppdragen – jag hade själv fällt ner den, då jag tyckt mig märka att månljuset oroar Lucy

– och ställt fönstret öppet, så att havsvinden blåste in i rummet och lyfte de vita gardinerna. I fönstret stod Lucy, i nattdräkt, med bara fötter och utslaget hår, som böljade för vinden; hon sträckte ut armarna och talade för sig själv, jag hörde henne säga:

"Jag kommer, jag kommer – – men dörren är stängd – jag kommer."

Till min fasa såg jag att hon gjorde en rörelse som för att kasta sig ut; i ett ögonblick var jag ur sängen och hade gripit henne om livet. Hastigt drog jag henne, i trots av hennes motstånd, från fönstret och bort till sängen; därpå sprang jag för att stänga fönstret och åter dra ned gardinen. – – Då jag kom tillbaka, satt hon i sin långa vita dräkt på sängkanten och stirrade förvirrad omkring sig.

"Vad är det, Vilma – vad är det? –" frågade hon ängsligt medan jag tände ljus. "Vad ville han?"

"Du har drömt, du har gått i sömnen", sade jag lugnande – "skynda dig att krypa under täcket, kära barn, jag är rädd du alldeles förkyler dig – se så – nu skall jag gå och se om jag kan skaffa dig något värmande. Ligg bara vackert still!"

Jag såg att hon skakade av köld och skyndade ned i matsalen där jag hastigt tog en flaska vin ur skåpet, med vilken jag återvände dit upp. Hon satt nu upprätt i sängen och stirrade med ett underligt spänt uttryck mot fönstret.

"Drick det här och lägg dig sedan genast", sade jag så myndigt jag förmådde, i det jag slog vin i glaset och höll det till hennes läppar.

Hon lydde mekaniskt, men sedan hon lagt sig och jag svept täcket om henne, sade hon åter, med egendomligt frånvarande uttryck:

"Det var något som – – – vad kunde det vara han ville?"

"Vem?"

"Han – – han som ropade – – å, jag vet inte vad det var, jag drömde visst bara –"

"Det gjorde du – – men nu skall du sova, liten, och inte drömma mer – hör du det?"

"Ja – du är så snäll, Vilma" – mumlade hon, redan till hälften insomnad.

Då jag förvissat mig om att hon verkligen

163

sov, klädde jag mig tyst och satte mig sedan att skriva, jag vågar inte sova mer i natt, utan måste vaka över henne. Intet av hennes anfall har oroat mig så mycket som detta; det var också i många avseenden olikt de övriga. Aldrig förr har jag sett henne öppna fönstret, ej heller har hon sagt något – och då man lagt hinder i vägen för vad hon velat företa sig, har hon utan motstånd givit efter. Ej heller har hon sedan hon vaknat tyckts ha något minne av vad som passerat. – – Detta med fönstret är en verklig fara; ty skulle hon verkligen få den idén att vilja kasta sig ut, kunde hon allvarsamt skada sig, då vårt rum ligger i tredje våningen – och i alla händelser löper hon alltid risken av en livsfarlig förkylning. Hennes bröst har aldrig varit starkt – – jag måste försöka att få tala litet enskilt med den läkare de anlitat här, ehuru han inte inger mig något synnerligt förtroende. Då fru Westerns tillstånd förbjuder mig att meddela henne något som kan oroa henne, känner jag ansvaret nästan alltid tryckande. Mitt förnämsta hopp är, att herr Holmwood – Lucys fästman – snart måtte komma hit!

11 augusti. Lucy vaknade, Gud vare lov, frisk och glad, utan att, så vitt jag kunnat märka, ha lidit någon skada av sin oförsiktighet i natt – – hon har nu gått ut med sin mor – – jag bad att få stanna hemma, då jag hade angelägna brev att skriva – men egentligen därför att jag kände mig i behov av att – kosta vad det ville – vara *ensam* en stund.

Posten idag medförde nämligen underrättelser som på det högsta oroat och upprört mig. Jag vet knappast vad jag skall tro eller tänka – – utom att intet, *intet* i världen kan förmå mig att tvivla på min älskades heder och rättrådighet. Gud vare lov, notarien Hawkins, som känner honom nästan lika väl som jag, är av samma åsikt. Han skriver att de ingångna underrättelserna "i intet avseende förmår rubba hans förtroende till Thomas Harker", – att ett eller annat missförstånd måste föreligga, men att det hela "onekligen ger anledning till allvarliga farhågor, för vilka han gärna skulle vilja förskona mig, om han ej visste att den totala frånvaron av alla underrättelser ovillkorligen måste oroa mig mer än något annat." Däri har han rätt – – – men denna ovisshet är *förfärlig!* – Jag kan ej – hur jag än bemödar mig – hindra mig själv från den tanken att de *ännu döljer något för mig* – att notarien Hawkins i sin välvilja och skonsamhet ej sagt mig allt som detektiven meddelat honom. Varför sände han mig ej hans brev, i stället för att endast omtala dess innehåll? – Det är något dunkelt och svävande i hans redogörelse, som fyller mig med den största ångest – Men jag måste tvinga mig själv till lugn och självbehärskning – för Toms skull, om inte för min egen. Till en början vill jag här avskriva notarien Hawkins brev:

"Exeter den 10 aug. 18 – – –

Högtärade fröken!

Jag har idag från min agent i Budapest erhållit vissa meddelanden, vilka jag skyndar att delge er, då jag med varmaste deltagande tänker på den oro som det tills vidare oförklarliga uteblivandet av alla underrättelser angående vår gemensamma käre och värderade unge vän, Thomas Harker, måste förorsaka er.

Som ni torde påminna er, erhöll jag den *25:te sistlidna juni* ett kort meddelande från Thomas Harker, daterat *Bistritz* den 22:dra i samma månad, vari han omtalade att han *den 19:de lämnat slottet Draculitz* samt inom kort skulle personligen infinna sig i Exeter. Egendomligt nog erhöll jag omkring *den 8:de juli* ett nytt *odaterat* brev, avstämplat i Bistritz den 5:te vari Harker helt kort bad mig meddela sig med er, då jag genom er skulle erhålla närmare underrättelser. På därom gjord förfrågan svarade ni, att ni inte erhållit något sådant brev eller överhuvudtaget på flera veckor hört något från er fästman, samt att detta vållat er den livligaste oro. Under antagande att något eller några brev möjligen gått förlorade, beslöt vi då gemensamt att avvakta sakens vidare utveckling, då jag för min del var övertygad att Harker på ett eller annat sätt – möjligen genom något uppdrag av min klient, greve Draculitz – blivit fördröjd, men snart skulle infinna sig och själv förklara sammanhanget.

Jag upprepar endast dessa fakta för att återkalla dem i ert minne, högtärade fröken, i samband med de upplysningar som nu ingått från min agent, privatdetektiven Edward Tellet.

I Bistritz erinrade man sig på värdshuset fullkomligt väl att en ung, mörklagd engelsman någon av de första dagarna i maj legat där över natten, mottagit ett brev från greve Draculitz samt farit vidare följande dag med diligensen till Bukowina; även kusken, som körde ifrågavarande diligens bekräftade detta, samt meddelade att den resande i Borgopasset mötts och avhämtats av grevens ekipage.

Såväl värdfolket på hotellet som kusken var dock överens om att besagde engelsman, vilken de försäkrade sig fullkomligt väl kunna igenkänna, *inte återvänt denna väg.* Om han gjort det, måste det ha skett till fots och han hade då inte heller tagit in på värdshuset. Båda delarna ansåg de, i betraktande av de lokala förhållandena, i hög grad osannolika.

Min agent beslöt då att företa närmare undersökningar på ort och ställe. Då det inte var honom möjligt att i Bistritz få hyra ett åkdon för färden till slottet, följde han med diligensen till Borgopasset samt tillryggalade den återstående vägen till fots. Själva slottet befanns stängt och till allt utseende obebott. Tellet tog in i en ungefär en timmes väg därifrån liggande by, och han lyckades påträffa en tysktalande skollärare, med vars tillhjälp det blev honom möjligt att vidta de efterforskningar han önskade.

Härvid konstaterades att greven redan i *slutet av juni* ansågs ha lämnat slottet, som det antogs, för längre tid. Folket tyckte betrakta såväl honom som hans stamgods med vidskeplig förskräckelse, och Tellet – vilken uppträdde som kringresande landskapsmålare, fick tillfälle att uppteckna en del högst egendomliga sägner om honom och hans släkt m.m., vilka dock i allmänhet bär osannolikhetens och överdriftens prägel i högsta grad och med all säkerhet inte förtjänar någon tilltro. –

Detta torde även kunna sägas om de uppgifter han lyckats inhämta angående den unge utlänning, (Harker), vilken i ett par månader som grevens gäst vistades på slottet. En del av vad som berättades om honom är i själva verket så vidunderligt och orimligt samt så föga överensstämmande med vår kära gemensamma väns beprövade karaktär och rättrådighet, att man

utan vidare torde kunna förvisa det till diktens område. Jag vill därför ej här upprepa dessa om grov överdrift och missuppfattning vittnande historier, vilka i intet avseende förmår rubba mitt på mångårig bekantskap grundade förtroende till Thomas Harker. Så mycket tycks emellertid verkligen vara bevisat att Harker vid och *efter* den tid då hans brev till mig var daterade flera gånger varit synlig i trakten under tämligen egendomliga förhållanden, vilka jag *för hans egen skull* skall låta Tellet noggrant undersöka.

Jag kan ej neka att allt detta ger anledning till allvarliga farhågor, från vilka jag gärna skulle vilja förskona er, högtärade fröken, men jag vet att den totala frånvaron av alla underrättelser sannolikt torde oroa er mer än dessa meddelanden, vilka i alla händelser visar att Harker ännu vid den uppgivna tiden befann sig i trakten och vid god hälsa. Ett egendomligt faktum är att – som Tellet konstaterat – en större penningsumma så sent som den 15:de *juli blivit lyft på Harkers kreditiv* hos det bankirhus i Budapest, på vilket jag givit honom anvisning, samt att man på banken tydligt vill erinra sig att den person, till vilken pengarna utbetalades, var en ung, mörklagd man i ljusgrå resekostym – vilket signalement ju tämligen stämmer in på Harker. Möjligen – jag skulle t.o.m. vilja säga troligen – har greven, vilken efter alla tecken att döma fattat ett synnerligt förtroende till Harker, anförtrott honom ett eller annat uppdrag av konfidentiell natur som han ej kunnat avsäga sig, och det är högst sannolikt att det brev, vari H. meddelat mig eller er detta, på ett eller annat sätt gått förlorat. Då han å sin sida tror oss vara underrättade om saken, har han naturligtvis ej ansett nödigt vidare skriva därom. Även Tellet medger att denna förklaring är antaglig. Han skall emellertid fortsätta med sina efterforskningar, vilka naturligtvis förs med *största försiktighet och diskretion.*

I hopp att snart kunna få nöjet meddela er säkrare och gladare underrättelser samt i det jag livligt uppmanar er att ej onödigtvis oroa er, har jag äran förbli er ödmjuka tjänare.

Med största högaktning
Peter Hawkins."

Han menar så väl, den hederlige gubben, och jag vet att han håller av Tom som om han vore hans egen son – – men det är gott och väl att be mig inte "onödigtvis oroa mig!" – Hur skulle jag kunna undgå att göra det? – Allt vad han skriver endast ökar min oro och låter mig ännu klarare inse hur välgrundad den verkligen är. Och – som sagt – – jag känner på mig att han inte sagt mig hela sanningen. Det ligger något bakom detta – – Vilka är då de egendomliga förhållanden varunder Tom skulle varit synlig? – – Jag kan inte beskriva den ångest varmed allt detta fyller mig. – – Men jag måste ge mig till tåls och be Gud uppehålla mig och skydda min älskade, var han än må befinna sig! – Mer kan jag inte göra. De kära vänner, hos vilka jag befinner mig, vill och får jag inte plåga med dessa mina enskilda angelägenheter. Både Lucy och hennes mor är alltför känsliga och ömtåliga för att inte det deltagande de skulle känna för mig skulle göra dem skada. Och vad vunne jag själv egentligen därmed? – Sådana bördor bär man bäst under *tystnad – och bön*. Man blir blott sorgsen av att beklaga sig – – ehuru det nog känns som en lättnad ibland. Men, Gud vare lov, jag känner att jag också *här* kan vara till någon nytta, och det skall bli min strävan att lägga alla egna bekymmer åsido tills vidare för att helt ägna mig åt min kära lilla Lucy. Jag kan knappt själv förklara de mörka aningar som plågar mig i avseende på henne. Egentligen ligger ju hennes framtid, mänskligt talat, så ljus och strålande framför henne – – ibland skulle jag kunna avundas henne, då jag hör henne tala om sin Arthur och den lycka hon hoppas få vid hans sida, den trygga, sorgfria tillvaro de tillsammans går till mötes – eller ser henne så glatt syssla med förberedelserna till sitt bröllop, under det att jag – – men därom skulle jag ju inte tala mer! – –

12:te augusti. Lucy och jag har tillbringat eftermiddagen på vår favoritplats på kyrkogården. Vi såg en härlig solnedgång och strax därpå månen gå upp över havet, som i afton var nästan spegelblankt men gick i stora lugna dyningar; luften var varm och mild – en obeskrivligt ljuvlig afton. Strax efter solnedgången infann sig löjtnant Morton i sällskap med den främmande baronen (jag har nu inhämtat att han är österrikare och hans namn *Székély* – han tycks ha för avsikt att bosätta sig i England, där han, om jag förstått rätt, nyligen ärvt någon egendom).

De båda herrarna slog sig ned hos oss och jag var rätt glad däråt, ty i min nuvarande sinnesstämning är det mig lättare att behärska mig och dölja min inre oro då jag är i sällskap med flera, än då jag och Lucy är ensamma och vårt samtal, som naturligt är, tar en förtroligare vändning.

Med anledning av ett kringvandrande zigenarband som i dessa dagar gästar staden och slagit läger på den stora allmänningen här ovanför, kom vi att tala om detta egendomliga folk, och baronen berättade oss på ett högst intressant och underhållande sätt en hel del om zigenarna i hans hemland. – – Han påstod bestämt att de är i besittning av en hel del hemligt vetande och sedan urminnes tid behärskar naturkrafter, om vilka "Västerns folk", som han kallar dem, ännu inte har någon föreställning, ehuru – jag citerar hans egna ord – "en och annan stråle från de stora sanningar som regerar världen under de senaste årtiondena börjat genomtränga den s.k. *vetenskapens* förstockade mörker."

"England berömmer sig av att vara framåtskridandets, frihetens och de stora vetenskapliga upptäckternas land", sade han vidare. "Men era tänkare och vetenskapsmän har ännu mycket att lära – de liknar människor som vuxit upp i en trång dal och med orubblig säkerhet uppgjort sitt världssystem uteslutande på grund av de iakttagelser de kunnat göra inom detta begränsande område. De vill ej låta övertyga sig om, att det kan finnas en hel värld bortom de bergväggar som i århundraden begränsat utsikten för *dem* – – De talar om ting, som skulle vara *stridande mot naturlagarna* – – som om något, *vilket verkligen tilldrar sig i världen*, skulle kunna vara i strid med världsalltets lagar! – De förgäter, dessa inbilska lärda, hur många sådana lagar, vilka varit förborgade för deras förfäder, de själva redan kommit på spåren! – Har t.ex.

inte *elektriciteten* alltid funnits – kände inte urtidens vise mer om dess undransvärda krafter än någon av dessa senare tiders barn kan ana? – Det var ingen ny kraft som danades då västerns folk äntligen började vakna ur den dvala, vari dessa högre förmögenheter varit fångna, och inse dess stora och genomgripande betydelse! – Och tro mig, det finns ännu *många*, det finns *otaliga* krafter och lagar av liknande art, ännu blott kända av några få *vetande* – – det är blott den inbilske dåren som vågar påstå att allt som genomsnittsmänniskan inte förstår och fattar, allt som inte kan inrangeras i de trånga facken av deras så kallade *vetenskaper* – – är dårskap!"

Han hade rest sig medan han talade och stod framför oss, klart upplyst av månskenet; hans stora mörka ögon lågade – då han blev rätt ivrig, föreföll det mig till och med som om de ibland rent av skiftat i rött – och hela hans utseende var obeskrivligt imponerande, om också möjligen, enligt våra lugna och stadgade engelska begrepp, en smula teatraliskt.

Det var för övrigt egentligen till Lucy han talade och det förvånade mig ej att hans ord tycktes göra ett djupt intryck på henne; hon satt litet framåtböjd, med halvöppna läppar och de vackra ögonen oavvänt riktade på honom. Det var först senare som jag kom att tänka på att allt detta möjligen kunde allt för starkt på verka hennes livliga fruktan och lättrörda sinne.

Löjtnant Frank, som tydligen började finna samtalstonen något för högstämd, gäspade en smula samt sade skämtande något om att de "hemliga naturkrafter" varöver zigenerskorna förfogade huvudsakligast torde stå i samband med deras vackra ögon – han hade själv märkt att de inte vore att leka med – och *den* sortens magi ville han på intet sätt bestrida!

"Ni skämtar, käre vän", sade baronen med egendomlig ton och en lätt axelryckning, "men den *magi* ni talar om är kanske något helt annat och verkligare än ni föreställer er. Hos kvinnorna har naturen nedlagt många av sina finaste och mäktigaste krafter, tsiganis brukar dem *medvetet* – – *de* vet – dessa nattens döttrar – att sådana gåvor är människor givna för att *härska* – att de, rätt använda, är detsamma som *makt!* – Men det finns också *andra* kvinnor, bland alla folk, i alla länder, som äger denna hemlighetsfulla makt – – ja, jag kallar den hemlighetsfull, därför att så få känner de lagar, enligt vilka den verkar, men de seende, de invigda, de känner dem och vet också att bruka dem! – – Hos många ligger denna underbara gåva slumrande hela livet igenom – – de anar inte själva att de är kallade att *härska* – att styra människors hjärtan, att leda länders och rikens öden, att omskapa världen om de så vill – *om de så vill!* Ni, till exempel, min fröken", han vände sig hastigt till Lucy och såg henne skarpt in i de stora, vidgade ögon varmed hon mötte hans blick och liksom tycktes sluka hans ord, *"ni har den makten – det beror endast av er egen vilja att bruka den!"* –

Om tonen varit annorlunda, skulle hans yttrande kunnat få gälla för en något närgången, men på det hela tämligen banal artighet; – nu låg det i hans uttryck något så egendomligt imponerande att jag ofrivilligt ryste till, och Jag såg till och med i månskenet hur Lucy bleknade och hastigt förde handen till hjärtat, i det hon drog djupt efter andan. Det märkligaste är, att ingen av oss för ögonblicket fann något sårande eller otillbörligt i hans beteende, lika litet som det föll oss in att finna det löjligt. Han själv tycktes dock inse att han gått för långt och tillade genast med förändrad ton och världsmannens lätta artighet:

"Men förlåt mig! – dessa ämnen intresserar mig så livligt att jag alltför lätt glömmer att andra inte gärna kan finna dem intressanta. – Det är min käpphäst, om ni så vill – dessa människoandens slumrande förmögenheter, och den revolution de skulle åstadkomma om varje rikt utrustat väsen förstod att utbilda sina gåvor och i fullt mått bruka sin makt! Men unga älskvärda damer som ni", han bugade sig leende för oss båda, "känner er naturligtvis inte i behov av större makt än den ni redan dagligen är i tillfälle att utöva och som vi å vår sida alltför gärna underkastar oss!"

"Bravo! väl sagt!" utbrast löjtnanten. "Ni utlänningar är mig ena baddare att kunna säga artigheter, inte sant, Lucy? I det avseende är vi stackars engelsmän ena riktiga klåpare bredvid er!"

"Åh, jag vet inte", sade Lucy med ett tankspritt leende, i det hon för en sekund såg bort på honom och därpå åter fäste blicken på baronen, som fortfarande betraktade henne med ett uttryck som jag inte rätt kan beskriva eller tyda. Han är tydligen mycket betagen i henne, liksom de flesta män ju blir det, däri ligger intet ovanligt, och som han är utlänning, är hans sätt att visa sin beundran ett annat än vi är vana vid, detta är väl den verkliga förklaringen på vad som kan förefalla mig en smula överraskande och stötande i hans beteende. Lucy å andra sida är tydligen intresserad av honom (vilket ju ej heller är underligt), han har gjort ett visst intryck på hennes lättrörda fantasi, men hon älskar sin Arthur alltför djupt och innerligt för att detta skulle vålla mig den minsta oro.

Då vi gick hem, var hon mycket tyst och svarade blott enstavigt på mina yttranden och frågor. En gång sade hon, halvt som för sig själv och utan sammanhang med vad vi nyss talat om:

"Förunderligt — — *människoandens slumrande förmögenheter* – tänk om –"

"Om vad? frågade jag, då hon tystnade utan att avsluta meningen.

"Åh – ingenting" – sade hon hastigt. "Ja – jag vet inte vad det egentligen var jag ville säga — — —"

Då vi kommit hem, var hon fortfarande ovanligt tyst och tankspridd och tycktes grubbla över något. Då hon, som vanligt, ordnade sitt vackra hår för natten, blev hon plötsligt stående orörlig framför spegeln, stirrande på sin egen bild som om hon sett den för första gången. Från den plats där jag satt kunde jag också iakttaga spegelbilden, ehuru hon själv vände ryggen åt mig och knappast tycktes erinra sig min närvaro. Hon lyfte ljuset, så att dess sken föll på hennes ansikte ovanifrån och jag tyckte mig aldrig förr ha sett henne så bedårande vacker. Det tjocka, vågiga, guldblonda håret föll i rika massor över hennes vita axlar och bara armar och bildade som en ram kring ansiktets fina oval, de rosiga kinderna och de förunderligt strålande, klarblå ögonen under de penslade mörka ögonbrynen, som ger så mycket uttryck åt hennes drag. Jag tänkte för mig själv att det verkligen ej är underligt om alla karlar blir mer eller mindre förälskade i henne, i synnerhet som hon är söt att se på!

Plötsligt satte hon ifrån sig ljuset, vände sig om och sade med ett barnsligt allvar som kom mig att skratta högt:

"Vilma du; det är allt bra roligt att vara vacker!"

"Tycker du verkligen det, du egenkära flicka", sade jag skämtsamt.

"Joo, det tycker jag visst det", genmälde hon med samma allvar. "Det vore *förfärligt* att vara ful! – tänk – att veta att människor rent av tyckte att det vore obehagligt att se på en! – – Och det var förresten sant vad han sade: det ger en viss makt att se bra ut. Det har jag ofta känt, fastän jag aldrig riktigt gjort mig reda för det. Men jag vet mycket väl att människor är vänligare mot mig än de skulle vara, om – – om jag nu till exempel vore vindögd och uppnäst och koppärrig eller något annat rysligt i den vägen. Det är nog inte *rätt*, förstås, men jag känner själv på samma vis. Då man *lär känna* folk riktigt, kan man ju inse, att en ful och obehaglig människa kan vara mycket ädlare och bättre än en vacker – – men då man först gör deras bekantskap, så kan man ju inte hjälpa att man tycker bäst om den vackra – eller hur? –"

"Du har nog rätt på sätt och viss", sade jag, "skönheten är ett bra introduktionsbrev här i livet, och de som äger den gåvan har nog i många fall mindre svårigheter att övervinna än andra."

"Ja, – och mera tillfällen att göra människor glädje, att göra gott" – inföll hon livligt i det hennes vackra ögon strålade av ett inre ljus som gjorde dem ännu vackrare. "Till och med fattiga! – de möter en bestämt med mindre misstroende då man är vacker, vet du! – – Arthur intresserar sig så mycket för sociala reformer och sådant där; han vill så gärna förbättra arbetarnas ställning och – och allt det där – – du vet – – och han klagar så mycket över att fattigt folk ofta möter dem som mest vill dem väl med så mycken misstro. – – Tänk, Vilma" – hon föll på knä bredvid mig som ett barn – "tänk, om jag kunde *hjälpa* honom med allt det där – – i afton, då han där borta talade om den *makt* som kvinnorna har, så tänkte jag genast på det — — — att jag kanske verkligen kunde *hjälpa* Arthur, åh, tänk vad det skulle göra mig lycklig och stolt!" – Hon kramade mig så hårt att jag höll på att kvävas. "Jag förstår mig just inte mycket på politiken *nu*", fortsatte hon, "men då Arthur blir parlamentsledamot – ja, kanske *minister* till slut – – – så skall jag studera allt det där – – och du *vet* att man läser om framstående mäns hustrur, som haft förmågan att inta folk och vinna anhängare åt sin mans parti – – – tänk, så härligt att känna att man verkligen *hade makt att göra det!*" –

"Du lilla ärelystna barn!" sade jag skrattande i det jag kysste henne. "Gå nu i alla fall snällt och lägg dig och dröm om den tid som statsministerns fru håller politisk salong och i all hemlighet styr Europas riken med dina små söta fingrar! Jag hoppas jag måtte få uppleva det. Men dessförinnan råder jag dig allt att ta dig en liten repetitionskurs både i geografi och historia – du hade bedrövligt skrala betyg i båda delarna, om jag minns rätt!"

"Du stygga Vilma! – Ja, *lärd* och *snillrik* blir jag nog gudnås aldrig – – men vet du vad" – hon satte munnen till mitt öra och viskade skälmaktigt, *"jag tror inte att männen bryr sig en smula om det – – – bara man är vacker!* – Jaha – det låter rysligt – men det *är* sant! – om du varit med om två säsonger, som jag – så skulle du veta det lika bra som jag!"

Hon skrattade barnsligt, sprang upp och började göra toalett för natten. Det var något i hennes ton som skorrade en smula i mina öron – något en liten, liten smula *ofint* – jag kan inte rätt uttrycka vad jag menar – – – men jag är kanske alltför noga i dylika fall – och just för att jag håller så mycket av henne, lilla kära Lucy – vill jag så gärna att hon skall vara riktigt god, finkänslig och kvinnlig allt igenom. – – Jag sade emellertid ingenting, och hon fortsatte att prata lika livligt som hon förut varit fåordig.

"Egentligen var det ju rätt näsvist av den där baronen att säga så där, då vi ju knappast känner varandra", återtog hon. "Eller vad säger du? Han är förskräckligt intressant, alldeles som en människa i en roman – men kanske han ändå bara är en äventyrare, man vet så litet om de där utlänningarna! – – och ibland – – ibland är jag nästan rädd för honom. Då jag tänker på hans ögon – –"

Hon tystnade plötsligt och stirrade med ett underligt främmande uttryck framför sig – jag såg att hon ryste. Hela hennes stämning var som med ett slag förändrad; hon blev åter lika fåordig och tankspridd som hon varit vid sin hemkomst, hela den barnsliga, nästan övermodiga munterheten var försvunnen. Dessa tvära omslag har något för mig mycket oroande – det är som kastades hon ständigt från den ena ytterligheten till den andra. – –

Jag låtsade mig emellertid inte märka något, manade henne att så fort som möjligt gå till sängs, vilket hon även gjorde, ehuru alltjämt med samma tankspridda frånvarande uttryck. Sedan jag ordnat skärmen framför hennes bädd så att ljuset ej skulle beröra henne, har jag nu setat uppe och skrivit detta – jag kunde ej gå till vila förrän jag sett att hon sov. Hon slumrar nu lugnt och stilla som ett barn – – – jag släcker ljuset och lägger mig – jag börjar känna mig mycket trött.

* * *

13:de augusti. Inga brev, inga underrättelser – min Gud, hur skall jag längre kunna uthärda att inte onödigtvis uppröra mig själv genom att här skriva om detta. Idag har jag dock åter skrivit till notarien Hawkins och bett honom säga mig *allt*, även om det skulle smärta mig, intet kan vara värre än denna ovisshet och vad jag därvid ser för mig i min inbillning! – – Nu kan jag intet göra och tills vidare har jag lagt allt i Guds hand, viss att det är Hans vilja som sker. – –

* * *

Vi har idag gjort en högst intressant utflykt till zigenarlägret uppe på allmänningen, en halvtimmes promenad från staden. Lucy sov gott i natt – åtminstone kunde jag inte märka annat – och uttalade genast på morgonen en livlig lust att besöka lägret. Då vi varit där en gång förut och vi båda hade åtskilligt annat att göra idag, som egentligen föreföll mig viktigare, gjorde jag några invändningar, men Lucy ville alls ej lyssna till dem, inte ens då jag påminde henne, att det biträde, som madame Stéphanie (hennes sömmerska i London) lovat sända hit för att inhämta order o.s.v. angående en hel del av toaletterna till hennes utstyrsel, troligen skulle komma just idag. Hon blev otålig och upprepade flera gånger retligt: "De kan vänta!" – varför jag ej ansåg löna mödan att insistera längre. – –

Vi begav oss således av genast efter frukosten; det var en härlig morgon, ehuru kanske väl varm – (det känns alltjämt som vore det åska i luften och jag misstänker att det är detta som gör Lucy så nervös) – och promenaden var förtjusande, då man från vägen hela tiden har utsikt över havet och de pittoreska klipporna. Lucy var tämligen fåordig och av vad hon yttrade kunde jag märka, att hennes fantasi starkt sysselsattes av vad baronen föregående afton berättat oss – antagligen var det detta som hos henne väckt en så oemotståndlig lust att ännu en gång se zigenarna, ty då vi förra gången var där, i sällskap med några bekanta bland badgästerna, väckte de underliga, vilda människorna endast avsmak och rädsla hos henne. Dessa zigenare liknar nämligen inte våra vanliga, som man ser vid kapplöpningar och dylikt (och vilka, efter vad jag hört, sedan lång tid tillbaka levt i England, visserligen som kringvandrande, men dock under jämförelsevis ordnade förhållande och med engelska familjenamn – de stora familjerna Stanley, Lovell m.fl. är ju allmänt kända) – – utan är tydligen tillfälliga besökande från ett eller annat avlägset land. De gör ett betydligt vildare, opålitligare och mera ociviliserat intryck, talar ett främmande språk – två eller tre engelska zigenare, som slutit sig till dem, tjänstgör som tolkar – och bär vida egendomligare, brokigare och mera trasgrant pråliga dräkter än vi är vana att se. Dessutom använder de inte de stora, täckta, grant målade och ibland med en viss komfort inredda vagnar, i vilka flertalet av de engelska zigenarna färdas kring landet, utan usla, öppna kärror och magra hästkrakar, vilka de – efter vad jag hört – säljer och byter var helst de kommer.

Lägret, som ligger i en dalsänka på den stora öppna allmänningen, består av ett tiotal bruna, trånga tält, kring vilka kärrorna blivit uppställda som ett slags barrikad. Stadsborna och badgästerna har under senaste dagarna oupphörligt vallfärdat dit ut, men denna morgon var vi de enda besökande. Egendomligt nog fick jag ett intryck av att vi var *väntade* – men detta är naturligtvis endast inbillning eller rättare, de väntar förmodligen *ständigt* främmande, och den lilla svartbruna byting, vilken på långt håll syntes stå liksom spejande utåt vägen där vi kommer för att, i samma ögonblick som han varseblev oss, pilsnabbt skynda i förväg till lägret, högt ropande något som vi naturligtvis ej kunde förstå, gör antagligen hela dagen tjänst som vaktpost för att varsko sina stamförvanter då besökande kommer i sikte. Emellertid kan jag ej minnas att jag vid vårt förra besök lade märke till något liknande; ej heller mottogs vi då med en tillnärmelsevis lika ödmjuk, jag skulle nästan vilja säga krypande vördnad, som nu kom oss till del och som verkligen på det högsta förvånade oss. Jag säger vi – men sanningen likmätigt måste jag erkänna att deras artighet uteslutande tycktes gälla Lucy och att min personliga andel därav var ytterst ringa. Jag måste ovillkorligen tänka på hennes egna ord kvällen förut och småle för mig själv vid detta nya, slående bevis på "skönhetens makt" även över de mest outvecklade själar – –
– I själva verket har jag också sällan sett Lucy så förtjusande som just denna morgon. Hon var vitklädd som vanligt, i en enkel kikédräkt med öppen jacka över en lätt sidenblus, rutad i blekgrönt och ljust turkosblått – – det var något så *daggfriskt* över det hela tillsammans med hennes rosiga kinder, klarblå ögon och guldskimrande hår; – hon såg verkligen ut som en ängel, eller något annat slags högre väsen, bland de svartmuskiga, trasgranna människorna, och det var egentligen alls inte underligt om de kände lust att falla ner och tillbedja henne. Det var också i själva verket nästan bokstavligen vad de gjorde. Vid ingången till lägret kom oss – som det förefoll mig – så gott som hela stammen till mötes, män, kvinnor och barn – och i samma ögonblick som Lucy trädde inom inhägnaden, kastade sig – till hennes stora förlägenhet – hela sällskapet framstupa på marken framför henne i det de som med en mun på sitt språk upprepade något slags hälsningsformel, vilken för mina ögon lät som *"Peräsche wo rajtula"* eller något i den vägen. Därpå reste de sig, och en stor, ståt-

lig, svartmuskig karl, antagligen hövdingen, steg ensam fram ur kretsen, bugade sig djupt, förde fållen av hennes klänning till sina läppar (han var *inte vidare renlig*, och jag log invärtes vid att se den ängsliga blick, varmed Lucy efter denna hyllningsgärd granskade den fläck han vidrört på kjolen) – samt gjorde därpå med båda händerna en stor åtbörd, liksom för att antyda att lägret och allt som däri var stod till hennes förfogande. Strax därpå framträdde på ett tecken av honom en av de män, vilka redan vid vårt första besök tjänstgjort som tolk, samt frågade vördnadsfullt vad "mylady" önskade av sina ödmjuka tjänare. –

Lucy tvekade ett ögonblick och såg på mig, men sade därpå beslutsamt.

"Man har sagt mig, att ert folk besitter många underbara hemliga krafter. Jag skulle vilja se något prov därpå – något mer och annat än vad ni vanligen visar främlingar."

Tolken upprepade orden för hövdingen, vilken åter bugande lade handen på hjärtat och därpå med befallande ton yttrade några ord till sitt folk. Tvenne flickor (otroligt smutsiga och okammade, men mycket vackra och klädda med en viss vild, om ock trasgrann prakt) – skyndade bort till ett av tälten samt återkom med några präktigt broderade sidenkuddar – betydligt renare än vad jag kunnat vänta mig i denna omgivning – vilka de lade på marken och ordnade till ett slags divan framför vilken de bredde en bleknad, men dyrbar orientalisk matta. På denna improviserade tron inbjöd hövdingen med tydliga tecken Lucy att ta plats. Mig ignorerade de fullständigt; och då Lucy ett ögonblick tvekade, bad jag henne halvhögt för all del sitta ned, vilket hon också gjorde, medan jag halvt förargad, halvt road av den tydliga sidvördnad, varmed jag behandlades, ställde mig bakom henne, fast besluten att se till, att man inte spelade henne något ovärdigt taskspelarspratt och missbrukade hennes godtrogenhet. Det hela föreföll mig nästan som en repetition till *Preciosa* eller *Trubaduren,*[1] och jag skulle knappast blivit förvånad, om hela det svart-

muskiga sällskapet, sedan det ordnat sig i tillbörligen pittoreska grupper, uppstämt en eller annan välkänd operakör. De drog sig emellertid endast något tillbaka och bildade en halvkrets kring den öppna plats där vi befann oss.

Hövdingen gick nu in i det något större tält, där kuddarna förut hämtats. Några ögonblick förgick; därpå kom han åter ut, ledande vid handen en ung kvinna, vars utseende genast tilldrog sig vår odelade uppmärksamhet.

Hennes skönhet var i själva verket bländande, men på samma gång av så främmande och sällsam art, att den nästan verkade skrämmande; huden var mycket mörkt olivbrun, nästan grönaktig, ögonen enligt europeiska begrepp onaturligt stora och mörka, med tjocka, oerhört långa, svarta ögonhår, vilka bildade som en strålkrans kring ögat, då hon såg upp; ögonbrynen var svarta, starkt svängda; näsan liten, men starkt böjd och pannan låg, samt – enligt *våra* föreställningar – vanställd av ett tatuerat blått märke. Munnen var tämligen stor, men välbildad och med mycket vita, skarpa tänder. Håret var blåsvart och hängde i fyra otroligt tjocka och långa flätor utför ryggen; kring huvudet bar hon en i flera varv virad smal guldsnodd, från vilken större och smärre guldmynt – åtminstone såg de ut som guld – hängde. Av hennes dräkt för övrigt syntes inte mycket, ty hon var från halsen och till fötterna insvept och draperad i en stor, citrongul, guldbroderad, mjuk silkessjal eller duk, som lätt smög sig efter kroppens yppiga former på samma gång som den blygsamt dolde dem. Endast de med tunga guldringar prydda armarna var bara. Som hon så stod där, föreföll hon mig som en levande gestalt ur *Tusen och en natt.*

Då hon kom fram till Lucy, böjde hon sig ända till marken för henne och reste sig åter, mjuk och smidig som en stålfjäder, till dess hon stod upprätt. Därpå sade hon med djup, välklingande röst några ord, som tolken genast översatte.

"Hon säger: vad befaller min härskarinna? – Säg, och det skall ske."

"Jag skulle vilja" – sade Lucy, vars ögon med barnslig nyfikenhet och intresse granskade den präktiga, egendomliga gestalten, "säg något som

<hr>

1 *Preciosa*, opera av Carl Maria von Weber (1796-1826). *Il trovatore*, opera av Giuseppe Verdi (1813-1901).

kan övertyga mig om att ni verkligen, som man har sagt mig, är i besittning av hemliga och underbara krafter – – – förfogar över – – naturgåvor – – som andra inte äger – att ni kan göra underverk, med ett ord."

Tolken översatte vad hon sagt och därpå zigenerskans svar.

"Hon säger: Önskar min härskarinna inga underverk. Men världen är stor och alla är inte givet att känna den hemligheten. Min härskarinna hör tvivelsutan själv till de vetande; jag ser det i hennes ögon." Lucy gjorde en rörelse av överraskning. "Må det behaga henne att själv läsa i det Fördoldas Bok och se vad hon där finner."

Zigenerskan, som stått väntande till dess han slutat tala, drog i detsamma ur de veck som täckte hennes barm ett runt, glänsande föremål, som hon, djupt bugande, räckte Lucy. Jag såg nyfiket över den senares axel, det var en kula, antingen av glas eller någon starkt polerad metall eller sten.

"Hon säger –", sade tolken, "ni min härskarinna fäster blicken på denna kula och ser vad hon ser."

Lucy, som småleende och halvt motvilligt tagit kulan, höll den framför sig och fäste blicken på densamma. Några sekunder förgick; plötsligt hörde jag henne utstöta ett halvkvävt utrop och såg henne göra en rörelse, uttryckande ytterlig häpnad. Hon såg ännu några ögonblick på kulan – därpå lät hon den hand som höll den sjunka och såg rakt framför sig.

Zigenerskan som ingen gång tagit den gåtlika, lågande blicken ifrån henne, sade åter några ord med sin djupa, melodiska stämma. Tolken översatte.

"Hon säger: Önskar min härskarinna se mer?"

Lucy nickade mekaniskt. Zigenerskan vinkade hastigt åt en av de andra flickorna, som genast framsatte ett lågt bord, ungefär en aln i fyrkant, men blott några få tum högt, på mattan framför Lucy. Vid detta bord, som var av något egendomligt, ljusgrått träslag, starkt polerat, strödde hon med en blixtsnabb rörelse fin vit sand ur en korg, så att skivan helt och hållet betäcktes därav.

Nu hukade sig den gulklädda ned framför bordet och förde med egendomliga, långsamma rörelser händerna några gånger fram och åter över detsamma i luften. Därpå sade hon några ord åt tolken.

"Hon säger: Se – har dessa tecken något att säga ditt hjärta?" –

Lucy böjde sig fram och även jag. Båda såg vi tydligt – jag kan inte förklara det, blott säga vad jag såg – fina streck bildas i sanden, som om någon osynlig varelse skrivit däri med ett finger eller en fin pinne – – – Det blev ett *A* – ett *R* – ett *T* – – ett *H* – ett *U* – – ett *R* – – – *Arthur*. Lucy vände sig till hälften om och vi såg nästan förfärade på varandra.

"Taskspeleri – – – någon kan ha sagt dem det" – viskade jag hastigt åt Lucy.

Zigenerskan såg upp, och om en blick kunnat bränna mig till aska, sutte jag inte nu här – så mycket är säkert. Därpå förde hon båda händerna i luften över den sandbeströdda skivan; hon vidrörde den ej, därom är jag alldeles säker – men skriften försvann, som då man skriver på havsstranden och bokstäverna utplånas av vågorna. Därpå yttrade hon åter något.

"Hon säger", återtog tolken – "må min härskarinna själv bestämma vad som skall skrivas på tavlan. Tänk – önska – befall – och det skall ske som du vill."

Lucy satt ett ögonblick tyst, efter att ha rådfrågat mig med ögonen. Därpå nickade hon, till tecken att hon bestämt sig.

I nästa ögonblick såg vi åter de hemlighetsfulla skrivtecknen visa sig i sanden. Denna gång stavade vi – bokstav efter bokstav – till orden: *Den tjugofjärde maj*.

"Vår förlovningsdag", viskade Lucy knappast hörbart till mig. "Det är ändå förunderligt. Men jag måste försöka ännu en gång."

Hon gjorde ett tecken åt zigenerskan som denna tycktes förstå, åter utplånades skriften och åter såg vi, medan Lucy framåtlutad böjde sig över skivan, nya bokstäver bildas. Denna gång ett *T* – ett *H* – ett *O* – ett *M* – ett *A* – – ett *S* – – och så vidare, tills namnet stod färdigt:

"*Thomas Harker.*"

Det var nu jag, som ej kunde återhålla ett utrop. Lucy vände sig åter till hälften om och våra ögon möttes med en allvarlig och nästan förskräckt fråga i bådas. Jag för min del kan ej neka, att jag kände mig häftigt upprörd, och jag såg att Lucy skälvde som ett asplöv i nervös sinnesrörelse. Själva frambringandet av bokstäverna kunde ju vara en taskspelarkonst – jag hade mer än en gång sett nästan lika märkliga saker – och Arthur Holmwoods namn samt hans förlovning med den vackra fröken Western var tillräckligt bekanta för att de en eller annan skvallerväg skulle kunnat leta sig fram till det kringvandrande folket, som antagligen har hemliga förbindelser överallt – men genom vilka hemlighetsfulla krafter de kunnat läsa Toms namn i Lucys fördolda tankar – – – det är och förblir en oförklarlig gåta. Jag greps av en nästan oemotståndlig lust att fråga den svartögda sierskan, om hon kunde lämna mig några vidare upplysningar om min stackars vän – men något, jag vet inte vad – möjligen den egendomligt avvisande, likgiltiga, ja nästan fientligt ringaktande hållning, som dessa underliga människor redan från början iakttagit gentemot mig, höll mig tillbaka – – kanske också en instinktlik fruktan för att få höra något som – *även om jag inte trodde därpå* – skulle ge ytterligare näring åt min oro, samt onödigtvis uppröra Lucy, med vilken jag hittills undvikit att tala om mina farhågor och orsakerna därtill.

Zigenerskan, som oavbrutet hållit sina brinnande ögon fästade på Lucy, yttrade nu med låg röst några ord till tolken, som genast återgav dem.

”Hon säger: Detta är lek – – – men min härskarinna är intet barn! Önskar hon, vars ögon hör till *seende*, om också ännu inte fullt öppnade, – önskar hon inte skåda djupare in i det för vanliga dödliga fördolda Riket? – Hon äger blott att befalla:”

”Vad menar hon?” – frågade Lucy med halvhög, upprörd röst. ”Jag förstår henne inte!” –

Tolken växlade åter några ord med zigenerskan.

”Hon säger: Vill min härskarinna skåda det *kommande* och lära känna den makt som är henne given – skåda den sällhet som är henne beredd? – Vill hon att jag skall öppna hennes ögon? – Hennes ande slumrar än – vill hon att jag skall väcka dem? – Må hon befalla!” –

Lucy satt några sekunder orörlig – jag kunde ej se hennes ansikte, men jag kände instinktlikt att något egendomligt försiggick inom henne. Jag såg hennes fina händer nästan konvulsiviskt krama den blanka kulan, som hon ännu höll, och därmed kom jag plötsligt att tänka på hur skadligt allt detta måste verka på hennes lättrörda inbillning och ömtåligt organiserade natur. Jag lade varnande handen på hennes axel.

”Lucy”, sade jag sakta, ”tycker du inte att vi haft nog av detta? – Din mor blir ängslig om vi dröjer längre, det är tid att gå hem!”

Hon rörde otåligt på axlarna, liksom för att skaka av min hand, men svarade ej. Zigenerskan stod nu litet framåtböjd och släppte ej en sekund Lucys blick, som hon tycktes fasthålla och liksom suga i sig med de stora, underligt skimrande ögonen, vilkas uttryck ingav mig en oförklarlig känsla av obehag och ångest.

”Hon hypnotiserar dig” – sade jag hastigt med en ton som jag fåfängt sökte göra skämtsam. ”Låt henne inte göra det! – Din mor skulle inte tycka om det – – kom, jag ber dig!” –

”Låt mig vara” – sade hon otåligt, men med en ton som om hon talat i sömnen, i det hon sköt undan min hand. Därpå tillade hon, vänd till zigenerskan:

”Vad vill du visa mig?”

Tolken översatte hennes fråga och zigenerskan svarade några ord.

”Hon säger”, återtog tolken, – ”'*Livets Hemlighet*', härskarinna! – men då måste du tillstädja mig att tala till dig utan att bruka en annan tunga. Får din tjänarinnas ande tala till din ande och uppenbara för dig den dolda vishetens lag? – ge blott ett tecken!” –

Lucy nickade. I samma ögonblick gjorde zigenerskan en befallande åtbörd åt båda sidor – de svartmuskiga åskådarna drog sig ljudlöst tillbaka, nästan som om de sjunkit i jorden eller upplöst sig i luft, platsen var tom och vi tre ensamma. Ofrivilligt tog jag själv ett par steg åt sidan, så att jag kunde se Lucys ansikte – men då jag ville närma mig, gjorde zigenerskan en avvisande gest och – hur underligt det än förefaller mig själv – jag kände mig *absolut ur stånd att vidare flytta mig från stället* – nästan som om jag gripits av en plötslig lamhet, som band mina lemmar på ett för mig alldeles ofattligt sätt, ehuru jag fortfarande såg och iakttog allt, ända till minsta detalj, av den egendomliga scen som nu följde.

Zigenerskan gled – jag kan inte använda något annat uttryck, ty den ormlika rörelsen var nästan omärklig – ljudlöst allt närmare Lucy, som, tillbakalutad mot kuddarna oavvänt stirrade på henne med stora uppskärrade ögon. Då den sköna, mörka häxan – ty som en sådan föreföll hon mig nästan i detta ögonblick – kommit på endast ett par stegs avstånd, hukade hon sig ned, halvt knäböjande, med framsträckt hals och underligt lysande ögon – läpparna drogs till ett underbart leende – hon förde blixtsnabbt händerna till halsen, löste en flik av det guldskimrande gula draperiet och lät det falla, lämnande hennes yppigt sköna formfulländade gestalt blottad till midjan, samt sträckte sig därpå med utbredda armar och samma gåtfulla, halvt gäckande, halvt hånande leende på läpparna mot Lucy, som om hon velat omfamna henne, men dock utan att beröra henne. Solen, som ett ögonblick varit skymd av moln, sken fram i detsamma, och sällan har den väl belyst ett egendomligare skådespel – den smärta, vitklädda, guldblonda Lucy, i sin oskuldsfulla, blomlika skönhet, tillbakalutad på de scharlakansröda, fantastiskt broderade orientaliska kuddarna – och på knä framför henne den andras bronsfärgade, yppiga gestalt, det guldglänsande draperiet, de skimrande guldmynten i det korpsvarta håret och på den mörka, svällande barmen ett enda, gnistrande smycke – – – – ett klumpigt hjärta av diamanter med en stor, blodröd rubin i mitten, som återkastade solstrålen med nästan pinsamt brännande och bländande glans. – Huruvida stenarna var äkta, vet jag naturligtvis ej – men i alla händelser överträffade de i prakt alla andra liknande jag sett. Den stora röda stenen tycktes formligen skjuta lågor och jag såg att Lucys blick liksom magnetiskt drogs till densamma och sedan inte lämnade den. Nästan omedelbart märkte jag en egendomlig förändring hos henne – en förändring som jag dock fåfängt skulle försöka beskriva, liksom jag fåfängt söker klargöra för mig själv vari den egentligen bestod. Jag såg hennes ögon vidgas och få en förunderlig glans; kinderna fick allt starkare färg, läpparna öppnades till hälften och hon andades djupt – hela uttrycket blev så småningom ett helt annat än jag varit van att se. Egentligen blev hon vackrare än jag någonsin sett henne – – men det var ändå något besynnerligt främmande över henne, som nästan gjorde ett hemskt intryck på mig – – något äldre – – mognare, mindre oskyldigt – – ja, jag vet inte vilka ord jag skall begagna för att återge min mening – – – Jag vet knappt hur lång tid som gick; det var kanske endast några minuter, kanske också mycket mer – – – så småningom tycktes hon liksom domna, lemmarna sjönk maktlösa mot kuddarna, huvudet föll tillbaka – ögonen nästan slöts och ett underligt leende svävade kring de halvöppna läpparna – hon bredde omedvetet armarna som till ett famntag och bröstet hävdes av djupa, flämtande andetag. I denna stund föreföll hon mig nästan som en helt annan varelse än den hon eljest är, och – – jag kan ej förklara det – förändringen väckte hos mig en känsla av harm och blygsel, nästan av vämjelse – som om jag blivit vittne till något skamligt och förnedrande.

Intrycket blev så pinsamt att jag med en kraftig viljeansträngning lyckades frigöra mig från den underliga förlamning som hållit mig fången.

”*Lucy!*” nästan skrek jag högt, ”Lucy – för Guds skull, Lucy – vakna! – Vad är det med dig? – Vakna!” –

Jag hörde själv hur sträv och ångestfull min röst lät – på henne tycktes den verka som en elektrisk stöt. Hela hennes varelse skakades av en häftig rysning, ansiktet förvreds av smärta och hon blev dödsblek – zigenerskan hade blixtsnabbt sprungit upp och vände sig mot mig med en åtbörd av rasande harm, som om hon velat kasta sig över mig och i ett ögonblick vimlade hela platsen omkring oss av mörka, hotande gestalter, liksom sprungna ur jorden. Men jag var halvt utom mig av en sinnesrörelse, som jag nu knappast förstår; jag kände ingen rädsla,

blott ett allt uppslukande begär att så fort som
möjligt få Lucy därifrån. Jag grep henne i armen
och ropade ännu en gång hennes namn – hon
föreföll mig avsvimmad, men öppnade ögonen
vid ljudet av min röst – jag såg hur färgen kom
tillbaka på hennes kinder; hastigt reste hon sig
och såg sig förskräckt och undrande omkring.

"Vad är det? – – har jag varit sjuk? – Har jag
gått i sömnen igen" – stammade hon förvirrad,
i det hon klängde sig fast vid mig.

"Du mådde visst illa av sömnen" – sade jag så
lugnt jag förmådde tala – "det är bäst vi skyndar
oss hem, så att du får vila."

Jag såg nu att zigenerskan försvunnit och att
de av hennes folk som omgav oss återtagit sitt
vördnadsfulla och jämförelsevis alldagliga utse-
ende – man skulle kunnat tro att allt som nyss
försiggått varit en dröm.

"Ja, ja – låt oss gå" – sade Lucy ivrigt och
nästan ångestfullt. "Jag – jag mår inte bra, jag
är så trött – – kom, kom!" – –

Hon nickade hastigt åt de kringstående, som
bugade sig till jorden med samma uttryck av un-
derdånig vördnad som då vi kom, och drog mig
hastigt med sig bort. Hemvägen tillryggalade
vi fort, men utan att växla många ord – säkert
var vi båda upptagna av försöket att klargöra de
många underliga intryck vi mottagit under det-
ta besök i "Skymningsfolkets" läger.

För min del brann jag dock av begär att få
veta inte blott Lucys åsikt och uppfattning av
det hela, men ännu mer hur mycket hon själv
mindes därav och vad hon verkligen erfarit. Jag
avhöll mig emellertid tills vidare från alla frå-
gor för att inte ytterligare uppröra henne och ge
henne tid att lugna sig.

Då vi kom hem, sade hon sig vara mycket
trött och lade sig att vila på soffan, där hon näs-
tan genast föll i en djup sömn. Innan hon som-
nade sade hon flera gånger – "gå inte ifrån mig!"
varför jag satte mig bredvid henne. Hon sov
oroligt och talade mycket i sömnen, men så fort
och oredigt att jag ej förstod något därav.

Till slut hörde jag henne, liksom i ångest och
med halvkvävd röst ropa "Arthur! – Arthur! –
hjälp!" – och tyckte mig därför göra bäst i att
väcka henne. Hon satte sig förvirrad upp, tog

sig om pannan och stirrade med ett frånvaran-
de, ångestfullt uttryck på mig.

"Kommer inte Arthur snart?" frågade hon
ivrigt.

"Du vet ju, att han måste uppskjuta sin resa
till nästa vecka, emedan lord Godalming ännu
är alltför klen för att han skulle vilja lämna ho-
nom", sade jag med så alldaglig ton som möj-
ligt, ehuru hennes uttryck oroade mig.

"Men han måste komma –! han *måste!*" – ut-
brast hon häftigt. "Åh Vilma, jag längtar så för-
färligt efter honom. Det händer bestämt något
förskräckligt om han inte kommer! – Skriv till
honom du, Vilma, och säg, att han måste kom-
ma – genast!" –

Jag sökte resonera med henne och visa hen-
ne hur orimligt det var av mig att göra något
sådant, då vi ju visste att hennes fästman verkli-
gen behövdes där han var och ingen trängande
nödvändighet egentligen påkallade hans närva-
ro före den tid han själv bestämt. Men jag talade
för döva öron; hon liknade ett uppskrämt barn,
med vilket man fåfängt söker tala förstånd, och
alla mina goda skäl föll på hälleberget.

"Ingen trängande nödvändighet! – hur kan
du vara så ovänlig, Vilma?" – sade hon gråtan-
de. "Då jag säger dig att han *måste – måste* kom-
ma! Jag *dör* om han inte kommer!" – och hon
snyftade som om hennes hjärta skulle brista.

"Men Lucy – är du sjuk?" – frågade jag be-
kymrad, jag har aldrig sett henne sådan förr.

"Sjuk? – vad menar du med det? Jag är visst
inte sjuk. Jag bara längtar efter Arthur! – Tycker
du det är så underligt?" –

"Skriv du själv till honom och fråga om han
inte kan komma något förr än han tänkt", sade
jag slutligen trött, på hennes barnsliga omed-
görlighet. "Det kan naturligtvis inte komma i
fråga att *jag* gör det; vad skulle han tänka?" –

"Åh Vilma, så ovänligt av dig!" utbrast hon
ännu en gång. "Jag säger dig ju att han *måste*
komma – och om du skriver, så förstår han att
det inte bara är – – är ett infall av mig, utan verk-
ligen nödvändigt. Men jag skall inte be dig mer
– – Jag *skall* skriva." –

Hon gick genast till skrivbordet och rafsade
ihop några rader samt ringde därpå på husjung-

frun och bad henne så fort som möjligt bära brevet på posten. Det var något feberaktigt och oroligt över henne, som alls inte var henne likt, men efter en stunds förlopp syntes hon lugnare och sedan hon setat en stund vid fönstret, tydligen försjunken i tankar, reste hon sig hastigt, kom fram till mig, lade armen om min hals och kysste mig.

”Jag är stygg, Vilma” – sade hon halvt skämtande, halvt allvarligt. ”Men var inte ledsen på mig – jag skall bli snäll nu igen. Jag vet inte vad som kom åt mig nyss. Jag drömde visst något – – – Låt oss nu tala om zigenarna. Var det inte förunderligt?” –

”Jo – verkligen förunderligt” – svarade jag utan att förråda något av den förvåning, som det tvära omslaget i hennes sätt vållade mig. Hon talade nu helt enkelt och naturligt, med sin vanliga lätta, glättiga ton, men jag visste inte huruvida jag vågade fråga henne något, för att inte åter oroa henne.

”Ja, kan du fatta hur de gjorde det? – – – Du såg ju skriften i sanden? – Tror du verkligen att det var taskspeleri?” –

”Jag vet inte vad jag skall tro” – sade jag dröjande. ”Man ser ju verkligen så mycket märkvärdigt i den vägen.” –

”Ja – det har jag också sett. Men detta var mer – – nåja, det finns ju tankeläsning också och så många andra underliga saker nu för tiden. Jag kan förstå att hon t.ex. kunde läsa vad jag *tänkte* – men jag förstår inte vem eller vad det var som skrev orden i sanden!” –

Vi fortsatte nu att tala om detta en stund, granskande saken ur alla synpunkter och påminnande varandra om alla berättelser vi hört om tankeläsning, hypnotisk suggestion m.m., men kom dock till den slutsatsen att vad vi denna dag bevittnat var egendomligare än något varom vi hört talas.

”Och så den märkvärdiga flickan” – sade Lucy slutligen, i det hon drog djupt efter andan. ”Just så tänker jag mig att – Kleopatra måste ha sett ut. Eller – –”, hon rynkade ögonbrynen och förde handen till pannan som då man mödosamt söker återkalla en håkomst, som undflyr ens minne. ”Jag vet inte – – – jag kan inte säga

vad det var hon påminde mig om – –.” Hon satt ett ögonblick tyst och jag såg att hon ryste. Därpå frågade hon med förändrad ton: ”Men vilken kan det ha varit som Arthur talade med?” –

”Arthur?” –

”I det gula rummet – den mörka flickan, som grät – – – ah! – du såg det ju inte – det glömde jag.”

”Vad såg jag inte?”

”Arthur och henne – – – jag såg det i kulan – – den blanka kulan, som hon gav mig.”

”Såg du – – i kulan, säger du?” – ”Ja – så tydligt som jag ser dig. *Hon* satt vid bordet – – det såg ut som ett hotellrum – – det låg ressaker kringströdda överallt – hon höll händerna för ansiktet, och *han* – –”

Hon tystnade plötsligt och stirrade åter framför sig med rynkade ögonbryn.

”Det *var* Arthur”, återtog hon efter några ögonblicks uppehåll – ”det var ingen inbillning – Åh Vilma, jag *måste* säga dig det – – han – han – han föll på knä bredvid henne – och drog henne intill sig och kysste – *kysste* henne, Vilma! – åh!” –

Hon slog händerna för ansiktet och jag hörde henne snyfta.

”Du inbillade dig bara att du såg honom”, sade jag. ”Naturligtvis fanns det någon bild i glaskulan – något sådant som man ju ibland ser i papperspressar och sådant – och du inbillade dig.” –

Hon lät händerna falla och satt en sekund med slutna ögon. Därpå såg hon på mig och smålog – sitt vanliga strålande leende.

”Jag är bra enfaldig, inte sant, Vilma? – naturligtvis var det bara inbillning – det *kunde* ju inte vara annat! – men då man håller av någon som jag håller av Arthur – – – Ja, du är så förståndig, du Vilma – du oroar dig visst aldrig för din Tom, eller hur? – Du är alltid lika säker på att han älskar dig? – Du litar alltid på honom?”

”Ja, Gud vare lov, det gör jag” – sade jag med ett allvar, vars hela djup hon inte kunde fatta.

”Ja, ni har ju varit så länge förlovade ni – det är ju nästan som att vara gifta” – sade hon, ”men säg mig –”

”Du glömmer att berätta mig något om det som – – som kom sedan” – inföll jag, angelägen att ge samtalet en annan riktning.

"Sedan – vilket sedan?" –

"Sedan vi sett den underliga skriften i sanden – – då –"

"Då jag måtte ha svimmat – menar du? – – Jag minns ingenting – – utan – – – låt se – –" hon rynkade åter ögonbrynen och tycktes anstränga sitt minne till det yttersta – – "Jag tycker mig minnas – något rött – – som då man stirrat på snö – du vet – – rött och ljust – – ljust – – något som – – idel rosor – – som om jag sjunkit i rosor – – mjukt – – och så – – –", hon slöt ögonen och satt tyst några sekunder. Därpå skakade hon på huvudet och tillade: "Nej, det är bara oredigt alltsammans – – hu! – jag vill inte tänka på det!" – hon ryste åter. "Jag svimmade ju? – jag minns en känsla som om något bränt – – bränt i min hjärna –"

"Det var förfärligt varmt", sade jag, uppriktigt glad att finna att det underliga och i mitt tycke skugglika uppträde, vari hon spelat en huvudroll, inte lämnat någon hågkomst hos henne. "Jag tror att zigenerskan försökte hypnotisera dig – och att du svimmade av värmen och det starka solskenet."

"Jag minns ingenting" – upprepade hon – "bara det där underliga röda – – och så hörde jag dig ropa *Lucy!* långt borta – och vaknade."

"Gud ske lov, du tycks inte ha farit illa av det", sade jag, i det jag kysste henne. "Och nu, då du är utvilad och det börjar bli svalt och gott mot aftonen, kanske vi gör ännu en promenad – uppåt kyrkogården om du vill. Jag längtar alltid efter solnedgången! – – och kanske" tillade jag utan att vidare tänka på vad jag sade, blott i avsikt att förströ henne – "kanske träffar vi baronen däruppe i kväll igen, och kan berätta honom om vårt äventyr hos hans vänner zigenarna. Han kan kanske ge oss en naturlig förklaring på dessa underverk!" –

Lucy hade rest sig för att gå tvärt över rummet; då jag nämnde baronen blev hon stående mitt på golvet och stirrade på mig med något av den stela, underliga blick jag kände från hennes sömngångartillstånd:

"Nej, nej, nej" – utbrast hon därpå häftigt. "Nej – jag vill inte se honom – inte träffa honom! – jag *avskyr* honom! Hur kan du vilja – –

vet du då inte att han – – – att han – –" hon stammade, tystnade – tog sig åt pannan, såg sig förvirrad omkring och sade därpå med en helt annan röst: "Jag vet inte vad jag säger – jag är visst yr i huvudet än – – Jo, visst vill jag gå ut – – jag längtar efter luft!" –

"Vi kan ju gå utåt hamnpiren i afton" – föreslog jag, högst bekymrad över hennes underliga, ombytliga väsen.

"Ja – det bli skönt" – – sade hon tankspritt – "bara inte till kyrkogården – – jag är så trött på den – –"

Vi tog våra hattar och har nu gjort en ljuvlig, uppfriskande promenad utåt piren, varefter vi läst och arbetat tillsammans med den rara fru Western, som tyvärr varit klenare än vanligt idag. Vi skiljdes tidigt åt och som jag ej var sömnig, har jag roat mig med att uppteckna dagens händelser. Lucy sover redan lugnt och gott, jag hör hennes jämna andedräkt och den verkar lugnande även på mig. Det är bäst för mig att tänka så litet som möjligt på mig själv och mina egna bekymmer just nu. – –

* * *

14 augusti.

Hur skall jag längre kunna uthärda den oro som förtär mig? – – alltjämt inga brev, inga underrättelser – – inte ens från notarien Hawkins till svar på mitt brev, vari jag bad honom meddela mig *allt* vad han fått veta av detektiven – – *Vad har väl hänt?* – Något förfärligt måste det vara, ty det är inte möjligt att Tom så länge skulle lämna mig i ovisshet annars! – – Den enda tanke, den enda förklaring varvid jag hakar mig fast, är den svaga möjligheten att *ett brev förkommit*, vari han underrättat mig om en eller annan oförutsedd resa, som han blivit nödsakad att göra – möjligen på grevens uppdrag – – – och att han därför tror mig veta var han är och varför han inte skriver. – – Jag *måste* försöka tro detta, annars vet jag inte hur jag skall kunna leva. – – Men framför allt, det känner jag, måste jag hålla fast vid min föresats att så mycket som möjligt leva i det närvarande och ej ens *här* ge luft åt min oro och min farhåga. Det är som blev de ännu mera levande och verkliga då. – –

Vad jag har att anteckna från idag är förresten rätt märkvärdigt i förhållande till gårdagens tilldragelser.

Lucy fick genast på morgonen ett telegram från sin fästman:

"Ditt brev mottaget. Längtar efterkomma kallelsen, men tyvärr omöjligt för ögonblicket till följd av oförutsedda tilldragelser – vidare skriftligen.

Arthur."

– Lucy blev mycket upprörd av detta och tillbringade hela dagen i ett tillstånd av stor nervös spänning och oro. Jag sökte förströ henne på alla sätt, men intet ville lyckas. Äntligen kom aftonposten och med ett brev från herr Holmwood, vilket hon givit mig lov att avskriva, då det på ett högst egendomligt sätt bekräftar verkligheten av den syn, hon påstod sig haft hos zigenarna igår. Det kan knappast förklaras såsom ett blott och bart tillfälligt sammanträffande – eller, om det vore ett sådant, är ju ett sådant sammanträffande i och för sig ett underverk! – Han skriver:

"Älskade! – Jag har redan avsänt ett telegram till svar på ditt kära brev idag, men jag måste ytterligare förklara, varför jag ej kan följa mitt hjärta och genast skynda till dig! – – Du minns, att jag talat med dig om min syster Mary, som för ett par år sedan gifte sig med attachén vid österrikiska legationen i London – furst Koromeszo, till börden rumän. Jag ville dock ej säga dig då, att detta giftermål var en stor sorg för oss alla, – ty fursten åtnjöt inte det bästa rykte, och hans antecedentia var ej av den art, att min far med lugn ansåg sig kunna anförtro sin enda dotters öde i hans händer. Han var emellertid en vacker, på sitt sätt intressant och ovanligt intagande man och min stackars syster lidelsefullt förälskad i honom. Allt motstånd visade sig fruktlöst, och min far måste slutligen, ehuru med blödande hjärta, ge sitt samtycke. Bröllopet ägde rum samtidigt med, att fursten utnämndes till legationssekreterare i Konstantinopel. – – Mary har de senaste åren varit så gott som förlorad för alla, ty hon kunde aldrig

rätt förlåta vår opposition mot hennes giftermål, och de brev vi erhållit från henne har varit ytterst få, kyliga och knapphändiga. Oroande rykten angående deras husliga förhållanden och furstens levnadssätt har emellertid nått oss tid efter annan och, som jag fruktar, inte litet bidragit att undergräva min stackars fars hälsa. – – Flera månader hade nu förgått, utan att vi hört ett ord från Mary, då jag för ett par dagar sedan plötsligt genom ett telegram från Paris kallades att möta henne här i London på bestämd ort och timma igår. – – Den utsatta mötesplatsen var ett hotell, och det var med klappande hjärta jag begav mig dit igår förmiddag. Då jag nämnde mitt namn, blev genast förd till henne. Rummet där hon mottog mig var i största oordning, kläder och reseffekter kringströdda överallt – hon själv satt vid bordet, sysselsatt med att skriva – – då jag inträdde, såg hon upp, ropade: 'Arthur!' – och dolde ansiktet i händerna. Jag sprang fram, föll på knä bredvid henne och drog henne intill mig – – hon grät, som om hennes hjärta skulle brista, stackars liten, och jag var inte mindre upprörd, ty jag förstod av allt, att någon olycka inträffat. Det dröjde länge, innan hon blev tillräckligt lugn för att kunna tala. – – – Allt vad hon anförtrodde mig, kan jag här inte upprepa, då hon bett mig bevara det som en hemlighet mellan oss båda. Huvudsumman av det hela är emellertid, att hennes man är en ännu större usling än vi kunnat föreställa oss och att hon varit fullt berättigad att lämna honom – som hon nu gjort – för alltid. Som han är katolik, torde det emellertid bli svårt att erhålla laglig skilsmässa, men vi måste sätta alla krafter i rörelse för att befria henne från detta odjur – – Min stackars far är emellertid fortfarande mycket svag, och ehuru vi ej sagt honom allt, har Marys oväntade återkomst på det högsta upprört och skakat honom – jag kan således omöjligt lämna någon av dem just nu, hur gränslöst jag än längtar att få skynda till min egen älskling – mer än någonsin då jag hör att du längtat efter mig, ehuru du inte säger det, som om du ej vore fullt frisk. Med Guds hjälp hoppas jag emellertid få komma till dig inom en vecka, sedan jag ordnat allt för min stackars Mary och, som jag hoppas kunnat flytta min far under hennes vård till Ring, vårt gamla familjegods i Surrey, vars luft jag tror skall göra honom gott. – – Posttiden är inne och jag måste sluta, om du skall få detta idag. Farväl så länge, min egen älskling, – jag kysser dina kära ögon och händer i tankarna, sänd mig med omgående några ord!

Alltid din

Arthur."

* * *

Lucy kom till mig med brevet öppet i handen, så fort hon läst det. Hennes kind hade högre färg än vanligt, och ögonen såg skrämda ut.

"Läs det – – du får läsa det –", sade hon hastigt. "Är det inte förfärligt –?"

"Om hans syster, menar du? – Stackars olyckliga unga hustru! – Ja, visst är det synd om henne" – sade jag, sedan jag hastigt genomögnat brevet.

"Nej, nej – inte det – men ser du inte – förstår du inte – det var ju det jag såg! – Hos zigenarna – minns du inte?" sade hon otåligt.

Jag erinrade mig nu den beskrivning hon givit mig, på vad hon tyckte sig ha skådat i den blanka kula, zigenerskan lämnat mig – en "ung, mörk flicka" i ett rum vilket "såg ut som ett hotellrum" – och hur den unga damen tröstades i sin sorg av Lucys trolovade under förhållanden, vilka på det nogaste överensstämde med den skildring, han i sitt brev gav över sammanträffandet med systern

Jag såg stum på henne, verkligen ur stånd att säga något.

"Du ser, att det är verkligt – – de är inga taskspelare", sade hon hastigt. "Då är också allt det andra sant. –"

Hon höll händerna för ögonen och jag såg, att hon ryste.

"Vilket – vad menar du? –"

"Det andra – – åh – jag vet inte, vad jag menar – – – det flyr bort, då jag vill minnas det – – – – Ack, Gud, Gud – att inte Arthur skall kunna komma till mig!"

Hon brast i nästan hysterisk gråt, och det dröjde länge, innan jag lyckade lugna henne.

Också jag önskar innerligt, att hennes fäst-

man måtte komma; hans närvaro skulle verka lugnande på henne, därom är jag övertygad. Besöket hos zigenarna var ett olyckligt felgrepp, det inser jag alltför väl, och vad hon där upplevde har alltför starkt angripit hennes lättretliga nerver och fantasi – men jag ser ej, hur jag skulle kunnat förhindra det, då hon själv så bestämt påyrkade att få gå dit. Emellertid sover hon nu lugnt – jag vågar aldrig lägga mig, förrän jag sett henne väl insomnad – och i morgon skall jag föreslå fru Western, att vi får göra en eller annan liten utflykt på ett par dagar. Ombyte av luft skulle säkert göra dem båda gott och här finns så många intressanta platser i grannskapet.

* * *

15 augusti, kl. 4 på morgonen.

– Ingen sömn för mig mer i natt – därför kan jag så gärna skriva som företa mig något annat, ehuru jag nästan är alltför upprörd för att kunna skriva så klart och redigt, som jag skulle vilja. – – Jag har haft en förfärlig skrämsel, ett ohyggligt äventyr – Gud vare lov, att det inte blev ännu värre; jag ryser vid tanken på vad som skulle kunnat hända – –

– Jag gick till sängs och somnade så gott som genast, sedan jag skrivit de sista raderna på föregående sida. Jag vet ej precis hur länge jag sovit, men det kan på sin höjd ha varit en timme, då jag plötsligt vaknade och satte mig upp i sängen med en känsla av olidlig ångest, av att något förfärligt inträffat. Det var mörkt i rummet och jag gav mig inte ens tid att tända ljus utan störtade yrvaken upp och bort till Lucys bädd. Jag trevade över den – den var tom och kall. – – Darrande som ett asplöv drog jag eld på en sticka; hon fanns inte i rummet! – Dörren var stängd men inte låst – och nyckeln, som jag lagt under min huvudkudde satt i låset. Hon hade tydligen åter gått i sömnen och denna gång lyckats leta reda på nyckeln samt ljudlöst smugit sig ut. Vart? – Blotta frågan fyllde mig med ångest. Jag ville ej oroa hennes mor och skyndade därför att med skälvande fingrar kasta på mig litet kläder för att själv gå ut och söka henne. I detsamma föll det mig in att se efter vilken dräkt hon själv påtagit; det kunde alltid bli mig till någon ledning och låta mig sluta till den avsikt som påverkat henne i drömmen. Morgonrocken borde betyda att hon ännu befann sig inom huset – promenaddräkten att hon givit sig ut.

Men såväl morgonrocken som promenad- och vardagsdräkten befanns på sin plats.

"Gud vare lov, hon kan inte vara långt borta" – tänkte jag – "hon är ju bara i sin nattdräkt!"

Jag skyndade utför trappan och in i förmaket. Där fanns ingen. I stigande oro genomsökte jag hela huset, utom fru Westerns eget sovrum, vars dörr alltid är låst om natten, då kammarjungfrun har en egen nyckel till densamma. Där kunde hon således inte vara. Allt var tyst som graven och min ängslan tilltog för varje ögonblick. Slutligen sprang jag ned i vestibulen och undersökte stora porten. Den var olåst, ehuru värdfolket är ytterst noga med att den skall låsas varje kväll klockan elva.

– Lucy hade tydligen lämnat huset, oklädd som hon var!

Jag gav mig inte tid att närmare överväga enskildheterna av vad som inträffat och vad som kunde befaras – en oerhörd förfäran isade mitt blod. Hastigt kastade jag en lätt schal över huvudet, ryckte till mig en stor aftonkappa som hängde i förstugan, svepte den om mig och skyndade ut.

Klockan slog ett, då jag kom ut på torget, och inte en människa syntes till. Jag skyndade utåt Västra Terrassen, då det föreföll mig troligt, att Lucy tagit den vägen, vilken hon vanligen föredrog – men ingenstans syntes en skymt av den vita gestalt, jag vid varje steg väntade att få se. Då jag kom till Terrassens yttersta kant, ovanför hamnpiren, stannade jag och hämtade andan; mitt hjärta slog, som om det velat kväva mig. Från denna plats har man tvärt över hamnen, utsikt över Östra Klippan, trapporna och kyrkogården. Det var fullmåne, men stora mörka skyar drev stundtals över himlen och landskapet skiftade därför oupphörligt i skarpaste ljus och skugga. Just för ögonblicket låg kyrkan och dess omgivningar svept i djupaste skymning. Några sekunder senare framträdde klosterruinen i klar belysning – och så småningom flyttade sig den skarpa ljusa strimman, så att även kyrkan och kyrkogården blev synliga. Mitt hjärta stod nästan stilla då jag plötsligt såg något vitt framskymta, just där jag visste – ehuru jag på det stora avståndet inte kunde se det – att vår favoritbänk var belägen. I månskenet avtecknade sig den vita fläcken med stor skärpa mot den mörka omgivningen. Jag tyckte mig tydligt se att det var en mänsklig gestalt, och vad var väl på det hela sannolikare än att Lucy begivit sig dit, ehuru jag ryste vid tanken på den långa väg hon därför måst tillryggalägga? – Det dröjde blott ett par sekunder innan allt åter var svept i skugga – men utan ett ögonblicks betänkande flög jag utför trappan till hamnpiren, över fisktorget och till bron, vilket var den enda väg, på vilken jag härifrån kunde nå kyrkogården.

Staden låg som utdöd; jag mötte inte en levande varelse, och glad var jag – ty i det tillstånd vari jag befann mig och vid dessa timmar på dygnet ville jag inte gärna, att någon skulle se mig.

Avståndet föreföll mig oändligt; mina knän skälvde, och andedräkten var nära att tryta mig, då jag strävade uppför de oändliga trapporna till kyrkogården. Det föreföll mig som om mina fötter varit av bly, ehuru jag skyndade så mycket jag förmådde.

Äntligen nådde jag den punkt i trappan, varifrån man genom en öppning i klipporna kunde se bänken. Jag stannade ett ögonblick och andades ut. Månen hade just åter gått i moln, men nu såg jag dock tydligt en smärt, vitklädd gestalt vilande på bänken, och – – bedrog mig väl mina ögon? – en annan, längre och mörkare, som tycktes luta sig över densamma – – Förskräckt och upprörd vid tanken på att någon främmande möjligen påträffat Lucy i detta tillstånd, påskyndade jag mina steg och nästan flög uppför de återstående trappstegen. Klipporna skymde nu utsikten för mig, och då jag äntligen kom upp på kyrkogården, hade jag ännu kyrkan mellan mig och vår bänk, så att jag ej kunde se dem – – Aldrig har väl sekunder synts mig så långa! – Andfådd och flämtande skyndade jag om hörnet – månen sken fram i detsamma, och nu såg jag tydligt min stackars Lucy vare sig avsvimmad eller sovande, halvliggande på bänken, med huvudet bakåtlutat mot ryggstödet. Men hon var fullkomligt ensam – ingen levande varelse syntes i hennes närhet. Det måste ha varit något slags skugga som jag i den ovissa, växlande dagern tagit för en mänsklig gestalt – ehuru jag kunnat svära på att jag såg den.

Då jag böjde mig över henne, såg jag, att hon fortfarande sov. Läpparna stod halvöppna, under ögonlocken skymtade man en strimma av vitögat, och hon andades – – inte på sitt vanliga jämna, lugna sätt, utan i djupare, ansträngande andedrag, som om hon strävat att få så mycket luft som möjligt i lungorna och likväl känt sig nära att kvävas. Medan jag betraktade henne, lyfte hon liksom mekaniskt handen till strupen och drog den broderade kragen på sin nattdräkt tätare om halsen, i det hon ryste som av köld. Jag tog hastigt av mig den schal jag bar över huvudet, svepte den om hennes axlar och fäste ihop den tätt kring halsen med en stor säkerhetsnål – men i min nervösa oro måtte jag ha gjort henne illa, ty hon rörde sig i sömnen och jämrade sig. Därpå satte jag mina skor på hennes bara fötter och försökte sedan väcka henne. Till en början gjorde mina ansträngningar inte ringaste verkan; hon låg fortfarande som i en dvala – men då jag gång på gång ropade hennes namn, rörde hon sig allt oroligare och suckade djupt. I min otålighet och oro för att hon skulle förkyla sig eller att någon skulle komma och få se henne där, skakade jag henne slutligen rätt eftertryckligt. Äntligen öppnade hon ögonen, och jag såg, att hon kände igen mig. – Helt visst var detta uppvaknande mitt i natten på en månbelyst kyrkogård ytterst uppskakande för henne; men hennes vanliga behagfulla älsklighet övergav henne inte ens under dessa prövande förhållanden. Hon började darra och klängde sig fast vid mig som ett barn – men då jag med bestämd ton sade henne, att hon måste stiga upp och följa med mig hem, då jag sedan skulle förklara allt för henne, lydde hon mig utan ett ord. Så snart jag förmått henne att resa sig, tog jag av mig kappan och svepte den om henne. Därpå anträdde vi hemvägen.

Lyckan stod oss fortfarande bi, ty vi mötte inte heller nu en enda människa, inte ens en poliskonstapel – – Jag var full av oro för Lucy – ej blott vid tanken på den menliga inverkan denna nattliga utflykt skulle kunna utöva på hennes hälsa, då hon otvivelaktigt blivit genomkyld av nattluften och den tämligen starka blåsten – hennes händer och fötter var kalla som is – men även av fruktan, att hennes rykte skulle kunna lida ifall någon sett henne och en eller annan underlig historia skulle komma i svang – som det så lätt händer i småstäder. Det var en oändlig lättnad, då jag verkligen åter fått henne under tak och i säng. Jag täckte väl över henne, gav henne ett glas vin och satt hos henne, till dess hon åter somnat. Så vitt jag kan se, sover hon nu lugnt. – –

Ja, Gud vare lov att allt avlupit som det gjort! Jag ryser vid blotta tanken på vad som kunnat ha inträffat. Hur lätt kunde hon inte ha snavat nere på piren och fallit i vattnet – – hur lätt kunde hon inte i sitt medvetslösa tillstånd ha störtat utför klipporna! – för att inte tala om alla andra förfärande möjligheter. Jag är dock inte lugn, förrän några dagar hunnit förgå, så att vi får se, om förkylningen har några ledsamma följder. – –

Innan hon somnade, bad hon – bönföll på det mest bevekande sätt – att jag inte skulle tala ett ord med någon människa, allra minst med hennes mor om vad som inträffat. Jag tvekade att lova detta – men vid tanken på hennes mors tillstånd och den försiktighet det kräver, gav jag ändå det åstundade löftet. Jag vet dock ej, om jag gjort rätt däri. Gud give att jag hade någon att rådfråga mig med – – jag känner min ställning här nästan alltför ansvarsfull! –

* * *

Senare, samma dag.

Gud vare lov, allt står väl till, Lucy sov, till dess jag väckte henne, och nattens äventyr tycks, förunderligt nog, ej det ringaste ha bekommit henne illa. Tvärt om – hon syntes mig vackrare och mera blomstrande denna morgon än hon gjort på länge. – Ledsamt nog tycks jag emellertid verkligen i min fumlighet ha gjort henne illa med nålen – det kunde ha blivit allvarsamt nog, ty i brådskan har jag verkligen stuckit den tvärs igenom den fina huden på halsen. Där syns två små fina, röda punkter och det hade kommit litet blod på linningen till hennes nattdräkt. – Hon tycks emellertid knappast känna det, och

181

då hon såg hur ledsen jag var, smekte hon mig bara och skrattade. Lyckligtvis kan det inte gärna lämna något ärr, därtill är det för obetydligt.

* * *

16:de augusti.

Väcktes tvenne gånger i natt av, att Lucy var uppe och försökte komma ut. Jag hade dock nu vidtagit det försiktighetsmåttet att binda nyckeln vid min hand, så att hon ej kunde komma åt den. Hon föreföll oroligare än vanligt då hon ej kunde genomföra sin avsikt, och det dröjde länge innan hon åter somnade lugnt. Idag ser hon dock frisk och glad ut och tycks ha glömt det hela. På äventyret i förrgår natt har hon inte en enda gång hänsyftat – då jag ett par gånger sökt föra samtalet på detta, har hon alltid lyckats ge det en annan vändning. Ej heller talar hon mer om sin längtan efter fästmannen – överhuvudtaget tycks hennes stämning ha undergått en egendomlig, men på det hela angenäm förändring. Hon syns mindre nervös och lever på det hela taget mera i ögonblicket än hon gjort på sista tiden.

Senare på kvällen. Ett brev från notarien Hawkins – – – Det har ej bidragit att lugna mig, som jag hoppats, det skulle göra – – – – Jag har fortfarande intryck av, att han döljer något för mig. Han skriver, att det ej lönar mödan sända mig detektivens brev, då de upplysningar denne lämnat "ovillkorligen tarvar kontroll", – samt att han "väntar vidare meddelanden". Därtill ber han mig vara lugn och ej fästa mig vid om "oroande rykten" skulle komma till mina öron, då han för sin del är "fullt övertygad, att de är ogrundade". – *Vilka* rykten? – Vad betyder väl allt detta? – Gud hjälpe mig! – Den gode, förträfflige gamle mannen menar väl – men vad vet väl en gammal, förtorkad ungkarl om, hur jag känner och lider – och vad tjänar det till att be mig *vara lugn*, då varje ord han säger blott ökar min oro? – Jag tror aldrig, jag härdar ut längre – jag *måste* resa till Exeter och själv tala med honom – – – Men så länge herr Holmwood dröjer att komma, kan Lucy inte undvara mig; jag känner mig på sätt och vis ansvarig både för henne och hennes söta mor, som jag är skyldig så mycken tacksamhet allt sedan jag var barn! –

Det är tämligen sent, men Lucy har inte kommit in ännu – hon reste sig, just då jag fått notarien Hawkins brev, och sade plötsligt, att hon skulle göra en liten aftonpromenad, medan jag läste posten. Jag förmodar hon gått uppåt kyrkogården, men önskar hon snart ville återkomma – solen är nere och det börjar bli kyligt. – – –

* * *

17:de augusti.

Lucy kom hem trött och föreföll ovanligt tyst och tankspridd hela aftonen; då jag frågade var hon varit, stirrade hon liksom frånvarande på mig och svarade: "Jag vet inte" – Då hon märkte min förvåning, besinnade hon sig, skrattade lite och tillade; "Jo – naturligtvis på Östra Klippan och kyrkogården" – men tog sig på samma gång åt pannan med ett uttryck, som om hon ej varit fullt säker, på vad hon sade. Hennes beteende förvånade onekligen mig, men förmodligen har hon i sin ensamhet setat och drömt om sin fästman däruppe, så att hon glömt allt annat. Vad som bestyrker mig i denna tro är att jag, då jag kom upp på vårt rum, dit hon gått en stund före mig, fann henne med herr Holmwoods porträtt i handen och märkte att hon gråtit. – Det är bara olyckligt, att hans familjeförhållanden just nu skall fördröja hans hitkomst, ty det vore i alla avseenden gott för Lucy, om han vore här. – – – – Hon somnade lugnt, men senare på natten väcktes jag av en plötslig känsla av fuktig kyla, och då jag satte mig upp i sängen fann jag gardinen uppdragen och Lucy sittande vid det öppna fönstret. Hon stödde huvudet mot fönsterkarmen och i det klara månskenet kunde jag se, att hon sov. – – Jag sprang genast upp för att stänga fönstret och söka få henne i säng, men hade så när skrivit till, då i detsamma en stor läderlapp, som tycktes ha setat hopkrupen på fönsterblecket, flög upp och i stora tysta svängningar svävade bort åt hamnen till – – Jag har en särskild vedervilja mot dessa djur, som påminner mig om råttor; de lär ju emellertid vara fullkomligt oskadliga. – – – Lucy var denna gång omöjlig att väcka; men då jag ropade hennes namn och allvarligt tillsade henne att gå tillbaka till sin bädd, suckade hon djupt, reste sig mekaniskt och skred som ett andeväsen sakta över rummet. Jag stoppade väl om henne – hon sov alltjämt lugnt, men jag märkte, att hon andades tyngre än vanligt. – – På morgonen tycktes hon alls inte ha någon hågkomst av vad som passerat, och jag ville inte oroa henne genom att tala därom; men hon ser blek och medtagen ut och har förlorat en del av den livlighet hon tycktes ha återvunnit på den sista tiden. – –

* * *

18:de augusti.

Vi har tillbringat nästan hela dagen på kyrkogården – jag föreställde mig, att den friska havsluften där skulle göra Lucy gott, och vi tog våra böcker och arbeten med oss dit upp. Lucy föreföll matt och tankspridd – hon har blivit blekare, och ehuru jag ej kan upptäcka några bestämda sjukdomssymptom hos henne, fruktar jag mycket, att hon inte är frisk. Det förefaller, som om hon grubblade över något, som hon ej vill meddela mig – och detta är så olikt henne, att det i och för sig är nog för att oroa mig. – –

Då vi i solnedgången gick hem, stannade vi som vanligt, då vi kommit uppför trappan till Västra Terrassen, för att ännu en gång beundra utsikten. Solen höll just på att sjunka bakom Kettleness udde och såväl klosterruinen som kyrkan och kyrkogården på Östra Klippan upplystes av ett underbart rosenskimmer. På vår bänk, som vi för en stund sedan lämnat, satt en ensam, mörk gestalt orörlig, säkert, liksom vi, helt och hållet försjunken i beskådande. – Jag lade särskilt märke till Lucy, men plötsligt kände jag, att hon ryste till och hörde henne säga för sig själv med en egendomligt avmätt ton, som om hon talat i sömnen:

”Hans röda ögon – – alltid desamma –”

Jag vred litet på huvudet för att obemärkt kunna iakttaga henne. Hon stirrade rakt framför sig med något av det stela uttryck, som tillhör hennes sömngångartillstånd, och då jag följde hennes blick tycktes den mig vara fästad på kyrkans fönster, vilka verkligen lyste som eld och tycktes flamma och glöda, då solen just i detsamma sjönk bakom horisonten. Då ljuset slocknat drog hon en djup suck och tycktes liksom vakna ur en dröm.

”Hu, det blåser kallt från sjön” – sade hon, i det hon drog den lätta schal hon bar, tätare om halsen. – –

* * *

19:de augusti.

I natt fann jag åter Lucy vid det öppna fönstret. Det är fåfängt att försöka vaka ut henne; hon sover, märkvärdigt nog, lugnt som ett barn så länge jag är vaken, men så snart sömnen överväldigar mig – vilket den naturligtvis alltid gör, förr eller senare, hur jag än spjärnar emot – så tycks hon av en oemotståndlig impuls drivas att stiga upp och vandra omkring i rummet. I natt, då jag sprang upp ur sömnen, var det nästan mörkt i rummet, ty en tät tjocka hade drivit in från havet och lägrat sig över staden – men jag kände genast att fönstret var öppet, och då jag skyndat dit, fann jag Lucy, kall och nästan stel, halvliggande i den stora länstolen där bredvid, naturligtvis endast iklädd sin tunna nattdräkt, som till på köpet var öppen i bröstet, som om hon själv slitit upp den för att svalka sig eller få luft – – – I skymningen såg jag till en början intet klart – den kalla grå dimman stod som en mur utanför fönstret, så tät att man inte ens urskilde fyrarna vid hamnen – Lucy andades tungt, som en vilken håller på att kvävas, med djupa, stönande andetag – och då jag famlade över hennes mjuka, smärta kropp, kändes den kall och däven, som om jag rört vid en död. Jag vet inte, vilken obeskrivlig, vidskeplig fasa som kom över mig – jag tycke mig nästan känna håret resa sig på mitt huvud, och jag hade en förnimmelse som om något hemlighetsfullt, ohyggligt väsen osynligt dvalts i mörkret bredvid oss – – jag var *mörkrädd*, som jag inte varit, sedan jag var litet barn. – – I en hast fick jag ljuset tänt och fönstret igen. – Men Lucy kunde jag inte väcka; hon föreföll mig snarare avsvimmad än sovande – eller också i något slags magnetisk dvala. Det hjälpte varken att ropa hennes namn eller skaka på henne. – Jag måste nöja mig med att svepa väl om henne med filtar och schalar där hon låg samt lägga en mjuk kudde under hennes huvud. Då jag skulle dra ihop nattlinnet över hennes barm, kom jag att se på de små hålen efter nålen, som jag så oskickligt sårat henne i halsen med; – märkvärdigt nog är de inte läkta

183

än, utan snarare större än förut – kanterna är litet uppsvällda och vitaktiga, liksom *sugna* – – jag kan inte beskriva det annorlunda – – man kan kalla dem upphöjda vita fläckar med en röd prick i mitten. Hon har alls inte klagat över att de vållat henne någon smärta, men då jag lätt vidrörde dem, stönade hon i sömnen. Om de ej läker inom de närmaste dagarna, skall jag bestämt påyrka att hon låter en läkare sköta om dem. – – Sedan jag gjort allt vad jag kunde för hennes bekvämlighet, satte jag mig att vaka över henne. Efter ungefär en halvtimmes förlopp öppnade hon ögonen och stirrade några sekunder på mig utan att igenkänna mig. Hon föreföll förfärligt matt och tycktes knappt kunna hålla sig upprätt samt drog plågsamt efter andan. Jag försökte förmå henne att svälja litet vin, smekte henne och talade ömt till henne. Så småningom märkte jag på uttrycket i hennes ögon att hon började återkomma till sig själv – – men på samma gång brast hon i en hysterisk gråt, som inte ville upphöra, så att hela henne kropp skakades av långa, djupa snyftningar. Då jag frågade varför hon grät skakade hon blott på huvudet och viskade: "Jag vet inte." –

Slutligen fick jag henne i säng, och fram emot morgonen föll hon äntligen i en lugn, naturlig sömn. Jag var emellertid så uppskakad och gripen av detta nya anfall av hennes onda, att jag ej längre ens ansåg mig äga rätt att förtiga saken för hennes mor. Jag beslöt att redan samma dag tala med henne – och då hon på aftonen själv tycktes söka ett tillfälle att få tala enskilt med mig (Lucy var utgången, utan att säga något om vart hon ämnade sig) – trodde jag rätta ögonblicket vara kommet för att öppna mitt hjärta för henne. Det blev emellertid annorlunda. Den söta, älskade varelsen! – Hon hade å sin sida något att anförtro *mig* som en gång för alla tillslöt mina läppar. Doktorn har sagt henne att hennes dagar är räknade – hennes hjärtsjukdom har gjort sådana framsteg att hon på sin höjd kan leva några månader. Hon ville ej bedröva Lucy med detta och tog löfte av mig att inte heller säga något, men hon önskade meddela mig åtskilliga önskningar angående vad som skulle göras med hennes smycken, papper o.s.v. efter hennes död

samt även få min hjälp med ordnandet av desamma. – Hon besvor mig att vaka över Lucy och vara hennes vän som hittills. – Hon hoppas få leva till dess hon sett Lucy lycklig som Arthur Holmwoods maka och trygg i hans beskydd. – – – Gud vare lov att jag ej meddelat henne min oro och mina farhågor! – En häftig sinnesrörelse skulle otvivelaktigt vara ödesdiger för henne under dessa förhållanden. – Jag måste fortfarande bära bördan ensam så gott sig göra låter, ehuru ansvaret börjar kännas nästan alltför tryckande. – Jag kysste hennes kära händer – ack, så tunna och genomskinliga sen! – och lovade allt vad hon önskade – hur kunde jag väl annat? –

Sedan jag torkat mina ögon och återvunnit min självbehärskning efter detta skakande samtal, tog jag min hatt och gick att uppsöka Lucy. Jag förmodade att hon som vanligt gått till kyrkogården, men fann henne till min förvåning inte på vår vanliga plats. Jag satte mig emellertid själv där för att vila ut några ögonblick efter det besvärliga trappstigandet. Solen var redan nedgången, men himmelen skiftade i förtjusande blekgrönt, gult och rosenrött, som en mogen persika, och luften var varm och mild; – det var en ljuvlig afton – om man blott haft tillräckligt lätt hjärta och tillräcklig sinnesro för att kunna njuta därav, vilket tyvärr inte var fallet med mig. –

Då Lucy alltjämt inte syntes till och det började skymma, reste jag mig och begav mig åter på hemvägen. Men just då jag vek om hörnet på kyrkan, såg jag framför mig en herre och en dam, som just tycktes i begrepp att skiljas – – han lyfte artigt på hatten och hon böjde på huvudet samt skyndade därpå utför trapporna, under det att hennes ledsagare vände sig om och fördjupade sig i en av kyrkogårdens skuggiga alléer. Det var något hos dem båda som föreföll mig märkvärdigt bekant, ehuru det nu var alltför skumt för att tydligt igenkänna någon på detta avstånd. Jag skulle velat svära på att herrn inte var någon annan än baronen, som vi nu ej sett till på flera dagar – – och damen – – det måste naturligtvis ha varit ett misstag – men hon liknade på ett förvånande sätt – Lucy! Innan jag hann utför trapporna, hade hon emellertid försvunnit – och då jag kom hem, fann jag Lucy själv sittande i länstolen vid fönstret i vårt rum, till utseendet till hälften inslumrad.

"Har du varit hemma länge?" frågade jag, sedan jag hälsat på henne.

"Jag vet knappt" – sade hon trött. "Var har *du* varit?"

"På kyrkogården. Jag tänkte att jag skulle träffa dig där! – Men var *har* du varit?"

"Åh––", hon drog på orden och strök sig över pannan – "jag –– jag har –– bara gått och gått" –– därpå tillade hon efter ett ögonblicks uppehåll, som om hon besinnat sig – "Jag var uppe i ruinen – i klostret tror jag. Det är kallt där" – hon ryste lätt. "Jag vill inte gå dit mer."

"Var du ensam?" – frågade jag, så likgiltigt jag kunde.

"Ensam? – Ja." ––

Härpå hade jag intet vidare att svara eller fråga och hela hennes ton och sätt, så främmande, frånvarande och egendomligt, uppmuntrade mig inte att fortfara. Jag gick ned för att hjälpa fru Western ordna tebordet, och då Lucy en stund senare infann sig i förmaket, var hon åter sig lik, ehuru alltjämt blekare och tystare än hon var för ett par veckor sedan. ––

Det är något i allt detta som obeskrivligt oroar mig – ehuru jag knappt kan göra mig reda för vad jag egentligen fruktar eller anar. Tankar flyger ibland genom min själ som – – – ja, som jag inte ens vill nedskriva här – och vilka jag väl också gör bäst i att bekämpa.

Gud vare med oss alla! – Kunde man blott alltid rätt fast tro på Hans kärleksfulla ledning i allt, så vore man besparad många bekymmer.

SJUNDE KAPITLET.

I.

Brev från Samuel F. Billington & C:ni, innehavare av Whitbys juridiska byrå, till herrar Carter, Paterson & C:ni, London.

Den 20 augusti.
H.H. Carter, Paterson & C:nis advokatbyrå, London
"Härmed översänds faktura å fraktgods, vilket vi under Er adress avsänt pr norra Stamba-

nan f.v.b. till *Carfax*, nära *Purfleet*. Huset (nyligen inköpt av en av våra klienter) är f.n. obebott, men nycklarna närslutes som ilgods.

Ni torde ha godheten låta deponera packlårarna i den del av fastigheten, vilken å närsluten karta betecknats med A, med andra ord, den förut såsom kapell använda, numera delvis förfallna delen av byggningen.

För nödiga utgifters bestridande samt undvikande av tidsförlust sändes härmed postanvisning å tio (10) pund sterling, för vilka godhetsfullt torde redovisas. Ni torde ha godheten avhämta godset vid Kings-Crosstationen 4.30 i morgon eftermiddag samt omedelbart överföra samma till destinationsorten.

Nycklarna torde kvarlämnas å lämplig plats i husets förstuga eller vestibul, där ägaren (vilken är försedd med dubbelnyckel) kan återfinna desamma vid sin ankomst till platsen.

Ni torde godhetsfullt ursäkta att vi manar till synnerlig skyndsamhet, då åtskillig tidsförlust på grund av förekomma omständigheter ledsamt nog ej kunnat undvikas.

Med utmärkt högaktning.

S.F. Billington & C:ni.

2.

Från Carter, Paterson & C:ni, London.

Den 22 augusti.

H. H. Billington & C:ni, Whitby.
"Edert ärende jämte anvisning å £ 10 mottaget, som härmed erkännes. Överskottet £ 1:17, 6 återsändes pr postanvisning.

Godset mottaget samt enligt anvisning deponerat å fastigheten Carfax i Purfleet.

Med utmärkt högaktning.

Carter, Paterson & C:ni.

Vilma Murrays dagbok.

Den 23:dje augusti.

Jag känner mig gladare än vanligt idag. Lucy förefaller mig avgjort bättre. Hon sov lugnt i natt liksom även föregående natt, och det förefaller mig som hade hennes kinder återfått en smula färg, ehuru hon ännu är märkvärdigt blek och genomskinlig i jämförelse med vad hon var vid min hitkomst. Även hennes sinnesstämning är förändrad; hon har förlorat det betryckta och ängsliga utseende som gjort henne så olik sig de sista dagarna och på samma gång är hon betydligt livligare och mera meddelsam. Jag börjar hoppas att det som oroat mig endast berott av något tillfälligt illamående. – –

Idag vidrörde hon själv för första gången vad som tilldrog sig den oförgätliga natten, då jag fann henne på kyrkogården. Vi var där uppe tillsammans på förmiddagen, på vår vanliga plats. Hon stampade lätt med klacken på den flata gravstenen framför oss och sade leende: – "Mina fötter gjorde inte mycket buller då! – – Stackars gamle Swales skulle förmodligen ha sagt att jag var rädd för att väcka upp George. – –"

Jag frågade henne försiktigt om hon hade någon håkomst av vad hon drömt den natten.

Hon rynkade pannan på det förtjusande sätt som är henne eget och klär henne så väl, funderade några ögonblick och sade därpå:

"Drömde – jag vet inte om jag drömde – jo, visst var det en dröm – men den föreföll som verklighet – – – jag tyckte bara att jag *måste* gå hit – – *hit* upp – – – jag vet inte varför, ty jag var förfärligt rädd för något på samma gång – jag vet inte vad. – – – Jag gick naturligtvis i sömnen – – men ändå tycker jag mig minnas att jag passerade genom gatorna och över bron – – det var en fisk som slog i vattnet just i detsamma och jag böjde mig över broräcket för att se på den – – och så hörde jag en mängd hundar tjuta – – det föreföll mig som om alla stadens hundar tjutit i kör – just då jag gick uppför trapporna – – Och sedan – –" – hon tystnade och stirrade ett par sekunder framför sig med vitt uppspärrade ögon, som om hon sökt uppfånga en skymt av något långt borta – "sedan – – ja – sedan vet jag inte – jag har som en håkomst av något som var – – var – – mycket ljuvt och ändå – – mycket plågsamt" – hon ryste lätt och strök sig över ögonen – "det förefaller mig som om jag sjunkit – sjunkit i djupt, grönt vatten – det sjöng i mina öron – – som jag hört folk säga att det gör då man håller på att drunkna – – – och så var det

något som lyste rött – rött – det var som min själ lämnat kroppen – jag kan inte beskriva det annorlunda – och svävat i luften – ja, skratta inte – men vet du, jag tycker precis att jag minns att *västra fyrbåken en gång var under mig* och jag hörde vågorna brusa långt nere. – – Så kände jag som en jordbävning – – och kom tillbaka och märkte att du höll på att skaka mig vaken. Men det underligaste är att jag precis tycker att jag *såg* dig göra det innan jag *kände* det. Ja – du tycker väl att jag bara pratar galenskaper – – – Men det är så förvirrat alltsammans."

Hon skrattade en smula förläget. För min del hade jag ingen lust att skratta – jag lyssnade andlöst och med känslor för vilka jag inte kan göra mig själv reda. Det hela gjorde ett hemskt intryck på mig och då jag ansåg det klokast att ej låta hennes tankar och fantasi dröja vid detta ämne, ledde jag omärkligt samtalet på andra vägar. Emellertid är det alldeles förvånande hur hon med ens återfått hälsa och krafter. Hon är en annan människa, eller rättare hon är åter sitt verkliga jag och jag märker nu först riktigt hur förändrad hon varit på sista tiden. Måtte blott förändringen bli varaktig! Dessa plötsliga och omotiverade omslag är i alla fall oroande.

———

Den 22 augusti.
Fallet Renfield. Egendomlig förändring i patientens tillstånd. Omkring kl. 8 igår afton började han visa tecken till stigande oro, gick av och an i rummet och vädrade i luften som en hund. Vårdaren lade märke till hans egendomliga beteende och sökte inleda honom i samtal. Pat. vanligen aktningsfull, stundom ödmjuk i sitt förhållande till vårdaren, ville denna afton alls inte lyssna till honom samt behandlade honom med stor högdragenhet. Yttrade bland annat: "Jag kan inte tala med er nu – har inte tid. *Mästaren är nära!*"

Vårdaren tror honom vara gripen av något slags fix, religiös idé. I så fall torde han – i betraktande av hans övriga tendenser och arten av hans galenskap – behöva vaktas väl och kan lätt bli farlig. En ovanligt stark karl med mordmani och religiöst vanvett är i själva verket en fruktansvärd företeelse och av en sådan kan man vänta sig vad som helst.

Klockan nio besökte jag honom själv. Han behandlade mig på samma sätt som vårdaren – högdraget och ringaktande; – antydde ett par gånger att det överhuvudtaget var under hans värdighet att sysselsätta sig med mig. Talade i dunkla häntydningar om sig själv som "en av de Utvalda" o.s.v. – – Tydligen börjande storhetsvansinne. Om ett par dagar anser han sig antagligen vara Gud Fader själv, stackars kräk. – –

Under en halvtimmes tid tilltog hans sinnesrörelse och oro märkbart. Jag gav obemärkt noga akt på honom. Plötsligt fick hans ögon det uttryck av slughet som ofta utmärker dårarna, då de gripits av en eller annan idé. Han lugnade sig med ens, satte sig på sängen och stirrade slött framför sig. För att undersöka huruvida hans apati var verklig eller låtsad började jag fråga efter hans favoriter – ett ämne som eljest aldrig undgår att intressera honom. Idag låtsade han sig emellertid till en början alls ingenting höra, men slutligen sade han otåligt:

"Åt h–te med kräken, jag frågar inte efter dem mera nu."

"Vad för slag?" sade jag. "Frågar ni inte efter era spindlar?" Det är spindlarna som för ögonblicket har överhanden och anteckningsboken fylls fortfarande med siffror. – Härpå blev hans enda svar:

"De, som väntar bruden, fröjdas åt brudtärnornas åsyn – men då bruden nalkas, vänds allas ögon till henne allena."

Han vägrade envist att ge någon vidare förklaring och förblev sittande i samma ställning på sängen så länge jag var kvar i rummet.

* * *

Jag är trött och förstämd i kväll – tankarna dröjer mot min vilja vid Lucy och hur olika allt *kunnat* vara. – – De sömnlösa nätterna är mina värsta fiender. Om jag inte kan sova i natt skall kloralen – – den moderna Morfeus – – men nej! – Jag får ej låta detta bli en vana. – Jag har

tänkt på Lucy och skall ej vanhedra hennes minne genom att fegt undfly den smärta det vållar mig. Vad betyder en smula lidande mer eller mindre? – –

* * *

Senare. Gott att jag stod vid min föresats. Jag hade redan ett par timmar förgäves vänt mig i bädden, då nattvakten kom upp för att säga mig att Renfield lyckats undkomma. Jag kastade på mig kläderna och skyndade ned utan att förlora ett ögonblick. Karlen är alltför farlig för att få vara lös. Vårdaren inväntade mig i R:s rum. Hade besökt patienten 10 minuter tidigare och sett honom skenbarligen insomnad i sängen. Hörde kort därefter ett misstänkt ljud av klingande glas; sprang genast dit, men hann blott se R. försvinna genom fönstret, varpå han genast sände bud på mig, medan han själv genom fönstret iakttog patienten, då han ansåg detta klokare än att löpa risken av att förlora honom ur sikte. Vårdaren är en storväxt och fetlagd man och kunde ej komma ut genom fönstret; för mig, som är smärtare och vigare, erbjöd det inga svårigheter. Vårdaren sade mig att patienten begivit sig åt vänster och springande avlägsnat sig i rakt linje från vårdanstalten. Jag följde samma väg, och i samma ögonblick som jag kom utanför trädplanteringen såg jag i lyktskenet tydligt en vit gestalt svinga sig över muren till Carfax gamla park. Jag återvände så fort sig göra lät till anstalten, förde några karlar med mig och återvände till muren. Vi hade medtagit en stege och var snart inne i de förfallna och igenvuxna planteringar som omger den gamla obebodda gården. Jag bad karlarna försiktigt följa efter och smög mig själv förut. Vid husets motsatta sida upptäckte jag ganska riktigt snart Renfield, klädd i blotta linnet och lutad mot den järnbeslagna dörren till det gamla kapellet. Han talade med hög röst för sig själv – till en början vågade jag mig inte tillräckligt nära för att uppfatta vad han sade, men snart märkte jag att han inte hade varken ögon eller öron för annat än det som för ögonblicket upptog honom, samt smög mig försiktigt närmare. Jag hörde honom då säga:

– – "att göra Din vilja, Herre och mästare!

– Befall och jag lyder. – – Jag är din slav, din tjänare – din trogna tjänare – jag har dyrkat dig länge, fastän på avstånd – – – din vilja är min lag – – – Glöm inte din trogna tjänare, mäktige Herre och Mästare, då du kommer i ditt rike! – Låt också mig få del av dina gåvor! – Glöm inte din trogna tjänare!" – o.s.v.

Tydligen ett fall av fullt utvecklad religiös galenskap. Vi smög oss på honom, men han stred som ett vilt djur innan vi lyckades övermanna honom. Han är förfärligt stark, liksom de flesta galningar, och syntes fullständigt ursinnig. Gott att vi kom i tid; han kunde lätt ha anställt en eller annan förfärlig olycka. Jag förebrår mig att jag ej förutsett detta och tagit mina mått och steg därefter. Emellertid har vi nu varit nödsakade att anlägga tvångströja och sätta honom i madrasserad cell. Han är fortfarande fullkomligt ursinnig och hans skrik ohyggliga. Stundtals tiger han, men torde just då vara som mest farlig.

De enda tydliga ord jag hört honom uttala yttrade han just nyss.

"Tålamod Herre, tålamod – det kommer, det kommer, det kommer – *Världen tillhör De Starka!*"

Stackars karl, jag har alltjämt väntat att hans galenskap en vacker dag skulle få ett eller annat våldsamt utbrott.

* * *

Den 26:te augusti.
Renfield lugnare, åtminstone. De första dagarna var han alltjämt lika våldsam. Men igår afton, omedelbart efter solnedgången, lugnade han sig plötsligt och började mumla något för sig själv, varav vi endast uppfångade: "*Jag kan vänta – jag kan vänta.*" Vårdaren anmälde saken för mig och jag besökte honom genast. Han bär alltjämt tvångströja och hålles i den madrasserade cellen, men blodkongestionen åt huvudet är, att döma av utseendet, mindre, och ögonens uttryck förnuftigare. Jag befallde att man skulle avta tvångströjan. Vårdaren tvekade, men efterkom naturligtvis tillsägelsen. Patienten lugn; kom fram till mig och viskade med en listig blinkning:

"De tror att jag skall göra er illa; därför är de rädda! – Sådana fånar! – Som om *jag* kunde göra *er* illa! – Fånar!"

Det gläder mig naturligtvis att han anser den saken så utan all fråga – men i alla händelser är det nog bäst att inte räkna för mycket på hans välvilja, stackare.

I afton ville han för övrigt inte tala. Jag frågade om han fortfarande önskar en kattunge, eller kanske en fullvuxen katt – men inte ens detta anbud frestade honom.

"Kattor! – vad bryr jag mig om kattor!" sade han med djupt förakt. "Jag kan vänta, vänta – vänta!"

Det skulle ej tjänat till något att söka genomtränga de förvecklade irrgångarna i hans fantasi, och jag lämnade honom för natten. Vårdaren anmälde sedan att han var fullkomligt lugn till dess dagen började gry, men då fick han ett nytt anfall av raseri, så våldsamt att det helt och hållet utmattade honom. Han ligger nu i ett slags dvala.

* * *

Tre nätter efter varandra har nu detsamma inträffat. Han är våldsam på dagen, men lugn från solnedgången till soluppgången. Skulle vilja upptäcka anledningen till detta. – – I natt har jag beslutit försöka ett experiment, för att om möjligt finna den riktning som hans sjuka tankar tar. Vi lämnar honom tillfälle att undkomma, men håller oss beredda att genast följa efter honom.

* * *

Då vår fågel fann buren öppen, tycktes han förlora lusten att flyga sin kos. I alla händelser är han nu på det hela betydligt mindre våldsam. Jag har givit order att han skall slippa tvångströjan och endast stängas in i den madrasserade cellen under natten, till en timme före soluppgången. Hans stackars kropp skall sålunda åtminstone – – – Man ropar mig. Patienten har åter lyckats undkomma. – –

Senare. Renfields flykt tillgick denna gång så, att han slugt väntade till dess vårdaren inträdde för att inspektera rummet för natten. Då slog han honom hastigt till marken samt skyndade ut genom den olåsta dörren samt gången och förstugan, där ingen befann sig för tillfället, då man ej tänkt sig möjligheten av något rymningsförsök. – – Jag gav genast order att några av karlarna skulle följa efter honom. Han tog samma väg som sist och upptäcktes även nu hopkrupen invid porten till det gamla kapellet. Då han varseblev mig, blev han ursinnig och skulle otvivelaktigt ha mördat mig om folket ej lyckats övermanna honom. Egendomligt nog lugnade han sig plötsligt, just då paroxysmen var på sin höjd. Förändringen var så oväntad att jag ofrivilligt såg mig omkring för att finna någon anledning till densamma, men intet anmärkningsvärt syntes till utom en stor läderlapp, som tydligen blivit uppskrämd av bullret och på ljudlösa vingar kretsade över våra huvuden. Renfield följde djuret med ögonen så länge det var i sikte och – vare sig att hans förvirrade tankar genom denna obetydliga anledning fått en annan riktning eller av något annat skäl – han blev som sagt med ens helt spak, och efter några ögonblicks förlopp sade han högdraget:

"Ni behöver inte hålla mig. Jag går själv."

Han höll ord samt återvände utan vidare rymningsförsök till anstalten. Det är emellertid något olycksbådande i själva hans lugn, och jag skall fördubbla min vaksamhet samt förmana vaktkarlarna att göra detsamma. Att intränga i en dåres föreställningar är i allmänhet ingen lätt sak, ty dennes hjärna fungerar på ett helt annat sätt än det normala och är mottaglig för helt andra inflytelser. Emellertid skulle jag gärna vilja veta vad som kunnat föranleda den plötsliga dragningskraft som det gamla huset med ens fått för honom och vilka idéer (om de kan kallas idéer) som han förbinder med detsamma. Stället är förresten särdeles ägnat att göra ett visst intryck på folk med lättrörd fantasi och benägenhet för romantiska föreställningar. Det är tydligen ett gammalt herresäte som i forna tider legat i förnäm avskildhet ett gott stycke ut på landet, ehuru i närheten av London. Nu har den stora staden som ett månghövdat, smygande odjur upphunnit det, slagit sina kvävande armar omkring det och med sin stinkande andedräkt orenat dess murar och förgiftat dess sekelgamla träd. Det är ett halvt underverk att det fått stå så länge i sitt nuvarande skick – ty byggnadstomterna stiger här alltjämt i värde. Men efter sista ägarens självmord har det varit en långvarig process mellan arvingarna, efter vad jag hör; den vinnande parten lär vara en medellös stackare och har väl nu till sist varit glad att få realisera fastigheten till vad pris som helst – det påstås att den nu skall vara såld och att den nye ägaren tänker bosätta sig där. Andra vill veta att det är någon avlägsen medlem av familjen som inköpt stället och har för avsikt att nedslå sina bopålar där, sedan huset undergått en välbehövlig restauration. – – –

———

Utdrag ur privatdetektiven
Edward Tellets rapport till notarien
Peter Hawkins.

Allt vad jag hittills lyckats upptäcka leder således till samma slutsats, och med all aktning för er på föregående kännedom om vederbörandes karaktär grundade övertygelse, tillåter jag mig härvidlag fortfarande vara av annan mening samt påminna er att man i fall sådana som det närvarande städse bör vara beredd på det oväntade. Det är min tills vidare orubbliga övertygelse, att Harkers försvinnande varit fullkomligt frivilligt och av honom själv planlagt. Under sin vistelse på slottet syntes han – som jag redan förut meddelat er – ofta i trakten och sökte – något varom jag själv övertygat mig – i allmänhet mycket dåligt sällskap. Ett par kärleksintriger av mindre hedrande art tycks ha uppretat folket emot honom, och vederbörande var därför mindre förbehållsamma i meddelanden än vad eljest skulle varit fallet, då man vid dylika efterforskningar vanligen har en hos allmänheten djupt rotad misstro att övervinna innan man lyckas framlocka de önskade upplysningarna. På värdshuset i den lilla byn Zolyva, ungefär en timmes väg från slottet, var den "gråklädde främmande herrn" en ofta sedd gäst; han deltog i de dryckesgillen som anordnades av några tämligen illa kända mindre godsägare (i själva verket knappast annat än bönder), skogvaktare och lägre tjänstemän, vilka där håller ett slags klubb, varest det även spelas rätt betydligt. H. lär därvid – enligt vad min vän skolläraren anförtrott mig – ha gjort värdens vackra dotter sin kur på ett iögonenfallande sätt och antogs vara hennes gynnade älskare. Flickan försvann en natt från hemmet och återfanns följande dag död – antagligen mördad – i närheten av slottet. Allmänna meningen lär med bestämdhet utpeka H. som gärningsmannen; men i dessa laglösa, avlägsna trakter väcker dylika tilldragelser mindre uppseende än annorstädes, och då ingen anmälan gjorts till vederbörande myndigheter har ej heller någon rättslig undersökning anställts och inga avgörande bevis förebragts. Överhuvudtaget betraktas såväl slottet Dr. som dess invånare med en så vidskeplig rädsla i hela omnejden, att man har svårt att skilja på överdrift och verklighet i vad som berättas. Jag har därför med största varsamhet upptagit alla meddelanden angående detsamma. Upplysningarna angående T.H. torde dock vara mera tillförlitliga, då de inhämtats på själva platsen och av ögonvittnen. Enligt dessas samstämmande uppgifter torde det få anses obestridligt att:

1. H. under hela tiden av sin vistelse på slottet ofta varit synlig i trakten samt framför allt på värdshuset i byn Zolyva:

2. att han där sällskapat med en del tämligen ruskiga personer och kända spelare samt att man sett honom spela;

3. att han stått i ett kärleksförhållande till den sedermera som död återfunna flickan, Marya Vasarhély (detta bekräftas av den dödas syster, som varit hennes förtrogna), samt

4. att han ännu i *början av juli* upprepade gånger varit sedd i trakten, men sedan försvunnit. Greve Draculitz lär, som jag i mitt brev av den 7 augusti hade äran meddela, *i slutet av juni* ha lämnat slottet och detta står – som jag själv på platsen övertygat mig – faktiskt för närvarande obebott och tillstängt. Jag har även (genom min tolk skolläraren) meddelat mig med ett par av de formän som fortskaffat grevens bagage, och dessa bekräftar de uppgivna data;

5. att, som jag ävenledes förut haft äran meddela, en större penningsumma *den 15 juli blivit lyft på Harkers kreditiv i Budapest*, och att det signalement man där gav mig å den person som uttagit pengarna, rätt väl stämmer med den beskrivning jag från andra håll erhållit å vederbörandes utseende. Visserligen kunde den banktjänsteman, med vilken jag talade, ej bestämt säga sig igenkänna Harkers fotografi då jag förelade honom detsamma, men detta faktum torde vara av ringare betydelse, då han antagligen inte så synnerligen noga lagt märke till den besökande och endast i allmänna drag påminde sig det intryck hans personlighet gjort på honom.

Ni torde själv, högtärade herr notarie, lätt kunna dra de slutsatser, vilka ovillkorligen tränger sig på en vid sammanfattandet av dessa fakta. Emellertid skall jag enligt er önskan fullfölja mina efterforskningar till dess jag – om möjligt – finner ett bestämt spår som kan leda till upptäckande av den försvunnes nuvarande vistelseort.

Jag anser mig ej böra förtiga för er, herr notarie, att jag meddelat mig med kolleger såväl i Wien som Budapest angående saken och att dessa herrars åsikter i det närmaste sammanfaller med mina egna. Det torde ingalunda vara ovanligt att en länge till utseendet oförvitlig och aktningsvärd ung man under förändrade förhållanden plötsligt lägger i dagen karaktärsdrag som förut varit dolda för hans närmaste omgivning samt visar sig föga förtjänt av det förtroende varmed han förut hedrats. T.H. torde härvidlag endast vara en ibland många.

Vad greve Draculitz själv beträffar, fäster man i väl underrättade kretsar naturligtvis intet avseende vid de vidskepliga överdrifter varmed folkfantasin utsmyckat hans personlighet. Greven säges vara en originell och egendomlig personlighet, men misstänks – detta helt och hållet oss emellan – starkt för politiska stämplingar samt för att stå i hemligt förstånd med kontinentens anarkistiska samfund och andra föreningar av hemlighetsfull och samhällsomstörtande art. Jag nämner detta senare endast emedan det *möjligen* skulle kunna ge en ledtråd i avseende på T. Harkers försvinnande – för den händelse nämligen att greven i honom kunnat finna en hemlig meningsfrände eller möjligen proselyt. – –

Jag skall emellertid, som sagt, vidare fullfölja de inledda undersökningarna samt i sinom tid ha äran meddela er resultatet.

Med utmärkt högaktning er ödmjuka tjänare,
Edward Tellet.

Vilma Murrays dagbok.

30 augusti.
Sista dagen av min vistelse här – i morgon måste jag återvända till skolan och mitt dagliga arbete – med hur tungt hjärta, vet Gud allena! – Intet ord, inte en skymt av underrättelse från Tom – och notarien Hawkins söker alltjämt fåfängt lugna mig med försäkringar (dem han själv tydligen inte tror!) – att det ej finnes någon anledning till oro! – Han upprepar vad han redan många gånger sagt, att ett brev med all säkerhet gått förlorat och att Tom troligen begivit sig längre inåt landet för att utföra något uppdrag, som greven anförtrott honom. Det *kan* ju vara så – jag måste försöka tro det om jag skall kunna leva – men för var dag som går blir denna förklaring mig allt mera osannolik. – – Notarien Hawkins har varit nödsakad att resa till en badort i Normandie för sin hälsa och hemkommer ej på ett par veckor – alltså kan jag ej träffa honom i Exeter, dit jag eljest varit så gott som besluten att fara innan jag återvände till London. Jag ville yrka på att få se detektivens brev, som han än under en, än en annan förevändning undanhållit mig – men jag måste fortfarande ha tålamod – – och *vänta!* –

Gud vare lov, emellertid, att jag lämnar Lucy med så mycket mera lugn än jag ännu för ett par veckor sedan kunnat göra det. Hon är fortfarande bättre, har återfått mycket att sitt blomstrande utseende och nästan helt och hållet upphört att gå i sömnen. Hennes fästman väntas hit inom de närmaste dagarna och sedan återvänder de tillsammans inom kort till Hillingham, deras egendom i närheten av London. – – Bröllopet är nu utsatt till slutet av september, men kommer att firas i största stillhet, då fru Western ej tål vid att se mycket folk omkring sig. –

Vi hade idag besök av löjtnant Morton. Han berättade bland annat att den österrikiske baronen rest och beklagade sig över den tomhet han lämnat. För min del är jag nästan glad, att han är borta – ehuru jag egentligen ej kan ge något rimligt skäl därför. Han intresserade mig i början, men ju mera jag såg av honom, ju mindre kände jag mig tilltalad av honom – – och jag kan ej frigöra mig från den misstanken att han försökte göra Lucy sin kur och t.o.m. vann ett visst inflytande över henne. De träffades – har jag sedan haft skäl att anta – vida oftare än jag visste av, och det är obestridligt att Lucy blivit lugnare och gladare sedan han försvunnit från skådeplatsen. Lucys svaghet för beundran och smicker är och blir mig oförklarlig och kunde utgöra en verklig fara för henne om hon i grunden vore mindre renhjärtad och rättänkande än hon är – men hon rår helt säkert ej därför. Det är hos henne ett medfött begär att *behaga*, som dock ej kan kallas koketteri, då det är utan all beräkning eller avsikt. Visst är att jag med glädje motser den dag då hon i en god makes kärlek skall finna det skydd och det stöd hennes veka, barnsliga natur bättre än de flesta behöver! –

Brev från Lucy Western
till Vilma Murray.

Den 3 september.
Det är så underligt tomt utan dig, min Vilma, jag saknar dig överallt och skulle sakna dig ännu mer, om jag inte hade Arthur här. – Ja, han kom verkligen igår! – och nu begriper jag inte hur jag kunnat vara så länge utan honom. Jag känner mig som en annan människa i hans närhet – det vill säga, en bättre människa. Men tyvärr – han kan inte stanna mer än ett par dagar. Hans fars sjukdom ger honom så mycket att göra och tänka på att han inte är herre över sin tid, säger han, och jag måste väl finna mig däri och trösta mig med att vi snart inte behöver skiljas mer! –

Lilla mamma har nu bestämt att vi reser härifrån på samma gång som Arthur – det vill säga, i början av nästa vecka. Adressera därför ditt näs-

ta brev till Hillingham. Stackars min Vilma – nu
är du i den gamla trampkvarnen igen, med läxor
och lektioner och odrägliga flickungar hela dyg-
net om! – men snart, snart hoppas jag du också
skall få börja reda ditt eget lilla bo och bli lika
lycklig som jag!

Ja, visst är jag lycklig – sover hela natten ige-
nom, drömmer ingenting och är hungrig som
en varg. Är du nöjd nu?

Jag har inte sagt något åt Arthur om alla dum-
heter jag hade för mig då du var här – nattliga
promenader på kyrkogården, à la vita frun o.s.v.
– – det skulle bara göra honom ledsen – och kan
du säga mig vad *det* skulle tjäna till? Förresten
vill jag helst själv slippa tänka på allt det där; det
är som en svår dröm alltsammans och ibland
tror jag alls inte att det verkligen är *jag* som upp-
levt det. Jag var bestämt lite tokig den där tiden
– – – nej – jag vill inte tänka på det mer –

Så, nu ropar han på mig. Vi skall gå uppåt
klipporna – *inte* till kyrkogården, jag har fattat
ett slags avsky för den sedan du är borta – – – nej,
vi skall gå åt andra hållet och se på solnedgång-
en.

Jag kysser dig hundrafemtio gånger i tankar-
na och är och blir din gamla vanliga

oförståndiga men lyckliga

Lucy.

———

Den 5 september.

Blott några rader, käraste, för att tacka för
ditt brev och säga dig att jag med anledning
av ett brev som jag idag erhållit från notarien
Hawkins, reser över till Dieppe för att träffa ho-
nom – det är något som angår Tom – jag hinner
inte säga mer idag. Möjligen reser jag sedan vi-
dare – du skall få höra av mig så snart det blir mig
möjligt att skriva. Fröken Wilson (föreståonda-
rinnan) har mycket vänligt gått in på att ge mig
tjänstledighet för en tid och Mary Brown har
åtagit sig att sköta min tjänst tills vidare.

Farväl så länge – Gud välsigne dig! – Jag får
nog inte komma på ditt bröllop – men är det

Guds vilja, så träffas vi åter med glädje längre
fram.

Din trofasta Vilma.

———

ÅTTONDE KAPITLET.

Lucy Westerns dagbok.

Hillingham, september.

Jag lovade Vilma att följa hennes exempel och
emellanåt anteckna vad jag upplever och tänker
på – det är nog en god idé, ty jag har ett för-
skräckligt dåligt minne – och då jag träffar Vil-
ma igen, blir det roligt att kunna påminna sig
ett och annat, som man gärna skulle vilja prata
om. Jag kan egentligen inte tala med någon an-
nan som med henne – vi har ju känt varandra
allt sedan vi var små. Med Arthur är det något
annat. Honom *älskar* jag; – men just då man
älskar någon, är det så mycket man inte kan
säga honom – man vill så ogärna göra honom
ont; och jag vet att Arthur skulle bli orolig och
bedrövad om jag talade med honom om – – –
Ja, jag vet knappt om vad – – Jag önskar Vilma
vore här. Jag vet inte hur det kommer sig, men
jag känner mig så underlig och ängslig till mods
sedan några dagar. Kanske det är havsluften jag
saknar – det förefaller mig som kunde jag inte
andas sedan vi kom hit. Och nätterna – – – jag
gruvar mig för att somna; jag drömmer så un-
derligt, alldeles som den där tiden i Whitby. Då
jag vaknar, känner jag mig aldrig utvilad, utan
tröttare än då jag lade mig. Jag önskar mamma
ville låta mig sova i hennes rum – jag känner mig
rent av mörkrädd – som då jag var liten – fastän
jag vet att alla skulle skratta åt mig om jag sade
det. Jag skall försöka finna någon förevändning
och övertala mamma.

* * *

Återigen en förfärlig natt. – – Mamma vill inte
höra talas om att jag skulle ligga inne hos henne.
Hon är själv klen och ofta sömnlös och påstod
att hon endast skulle störa mig. – Jag vågade inte
säga henne att det verkligen mera var för min

egen skull än hennes som jag föreslagit detta; det skulle bara oroa henne. Det är ju förresten barnsligt av mig, ty egentligen *är* det ju ingenting – ingenting verkligt, menar jag. Åtminstone inte vad människor *kallar* verkligt – men drömmar är ju på sitt sätt också en verklighet. Man lider i drömmen lika mycket som då man är vaken – eller kanske snarare mycket mer – – och så den känsla som de lämnar. – Jag minns intet av vad jag drömt; då jag försöker påminna mig det, smälter det liksom bort för mig, som då man andas på en spegel; jag tycker att jag ser det så tydligt – men så är det borta, alldeles borta – – Jag förstår inte vad det är, men jag har en ständig tryckande känsla, som om jag gjort något orätt – – mot Arthur. *Arthur som jag älskar!* – – Eller älskar jag då honom inte lika mycket som förut? Ack, Gud, Gud, visst gör jag det – mer, mer än någonsin! – Men jag har så förfärliga tankar ibland. – – Han vet inte hur dålig jag är – då skulle han inte kunna hålla av mig som han gör. –

Men jag är tokig som skriver så här – idel galenskaper. Jag är litet trött och nervös, det är alltsammans. Ombyte av luft – – och så allt bråk och alla bestyr för min utstyrsel, som jag inte vill att mamma skall trötta mig med. Igår var jag hela förmiddagen inne i staden och for som en skottspole mellan modister och linnesömmerskor, till dess jag var alldeles förbi av trötthet. Det har förstås sin roliga sida också. Jag var uppe och provade hos madame Stephanie; hon syr som en ängel, den människan, det är då visst och sant. Den där middagstoaletten av pärlgrått sammet med stålbroderier och insättningar av blekröd *chiffong* är rent av bedårande; jag såg själv att den klädde mig fast jag var litet för blek just då. Hon föreslog att garnera den mattgröna med *blått* – – det förefaller mig en smula vågat och jag måste tänka på saken. Det är *förskräckligt* ansvarsfullt då man måste bestämma allting själv! – Madame Stephanie påstår visserligen att *allting* klär mig – men jag vet inte – om jag vågar lita på henne. – –

Just då jag stigit i vagnen vid hennes port, kom en herre fram och hälsade på mig – *baron Székély.* Det är som om jag mötte honom överallt nu för tiden: han tycks vara allestädes närvarande. Första gången jag var inne i staden efter vår hemkomst såg jag honom också i parken – och två, tre gånger sedan dess har jag också sett honom – på de mest olika ställen. Nu stannade han bredvid vagnen och talade med mig en god stund. Han ser onekligen oerhört distingerad ut; och hans ögon är – tror jag – de vackraste jag någonsin sett. Eller är de egentligen *vackra?* – Det är något i deras uttryck som ibland nästan gör mig rädd; han tycks se tvärt igenom en – – – på samma gång är de så märkvärdigt – märkvärdigt, – – Jag vet inte vad jag egentligen ville säga. – – Jag är så trött efter att ha sovit så illa i natt – – jag tror att jag rent av somnat där jag sitter och slumrat en stund – det kommer ofta över mig en sådan där oemotståndlig sömnaktighet nu för tiden. – – Då jag ser på klockan märker jag att jag verkligen måste ha sovit en hel timme. Men jag känner mig inte utvilad ändå – – det är förfärligt vad jag är matt och trött beständigt. Om jag inte vore så rädd för att oroa mamma, skulle jag be henne skicka efter doktorn; men hon tror alltid strax att jag är dödssjuk. Jag är egentligen bara lite nervös, det är alltsammans och det skulle säkert göra mig gott att få något stärkande. Jag har blivit så blek och glåmig på de sista dagarna att jag blir riktigt ledsen bara jag ser mig i spegeln – och i morgon kommer Arthur och jag ville så gärna *se bra ut för hans skull!* – –

* * *

På natten. Jag har sovit hela eftermiddagen och känner mig nu så vaken att jag föresatt mig att sitta uppe så länge som möjligt – helst hela natten; jag har en fasa för att somna, ty det är som om *allt ont kommer över mig i sömnen* – – – jag kan inte förklara hur jag känner, men det är som en fix idé, som jag inte kan frigöra mig ifrån. Det ohyggliga mörkret! – – Jag har tänt så många ljus som möjligt i rummet – – fyra på skrivbordet, två på toaletten, fyra i armarna på den stora spegeln – – och ampeln i taket – – jag känner mig tryggare då det är riktigt ljust. Men ändå förefaller det mig alltid som vore det någon – eller något – – *som lurade på mig utanför fönstret* – bakom rullgardinen. Om jag nu skulle dra upp den – –

och se ett ansikte – – ett förfärligt ansikte med brinnande ögon – – tryckt mot rutan? – – Hu! – varför skall jag tänka på sådant! – Jag önskar i alla fall att mitt sovrum inte låge på nedre botten och att parken inte vore så enslig och mörk just här utanför – – men dumheter! – Det har ju aldrig hänt något här, alla de år vi bott här – – Förresten glömmer jag att det är månsken nu.

Månskenet påminner mig om kyrkogården i Whitby. – Hur vitt det låg på gravstenarna där och vilken lång silverstrimma det drog över havet! – Jag längtade alltid dit upp – det var som om något drog mig dit, med eller mot min vilja. – – Den gamla bänken – nu i kväll lyser månen också på den – – som då – – jag ser det så tydligt. Det kommer som en dimma från havet, vit sval dimma – hur har den kommit in i rummet? – Ljusen lyser så matta; jag ser knappast mer – – vad det doftar av kaprifolium och jasminer – – doftar för starkt – – – jag – – –

* * *

På morgon. Vilka galenskaper jag skrev igår kväll! – Jag måste gjort det till hälften i sömnen. Ty jag somnade verkligen, trots mina föresatser – somnade som en stock – och det löjligaste är att jag måste ha klätt av mig utan att veta av det eller minnas det, ty då jag vaknade i morse låg jag mycket ordentligt i min säng och ljusen var släckta, ehuru jag inte har ringaste hågkomst av att ha släckt dem. – – – Jag har inte heller någon hågkomst av att ha drömt något – men jag är förfärligt matt och slö idag – ännu mer än igår. Det gör ont i halsen – – jag hoppas att det inte är något på tok med mina lungor – det är som kunde jag aldrig andas ut riktigt; men det är kanske bara nervöst. Bra besynnerligt är det också, att de där små fula röda märkena på min hals (där Vilma stack mig med schalnålen!) inte vill läkas. De gör inte det minsta ont, men jag är rädd att jag gnider dem i sömnen, ty ett par gånger – senast nu i natt – har jag märkt ett par bloddroppar på halslinningen strax invid dem. – –

Jag är förfärligt blek – till och med mamma, som är så närsynt, anmärkte det vid frukosten. Måtte inte Arthur finna mig alltför hemsk då han kommer! – Jag måste försöka krya upp mig, så att han inte blir ledsen. Allt beror nog på ombytet från den sköna havsluften till den tyngre luften här i närheten av London – – och på överansträngning; det är så oändligt mycket att ordna och tänka på just nu – och jag ser tydligt att mamma inte tål vid att oroas därmed.

Åh, vad det skall bli ljuvligt då allt detta är förbi! – och jag och Arthur – *bara vi två* – ensamma, långt härifrån, på någon härlig plats nere i södern! – – Jag kan ibland knappast tro att jag skall få uppleva det. Tre veckor ännu.

Intet brev från Vilma. Hennes sista oroade mig, jag vet inte rätt varför; det förefoll mig så underligt och onaturligt att hon så hals över huvud måste resa, just då skolan börjat – hon hade inte en tanke därpå då vi skildes åt. – –

———

BREV FRÅN ARTHUR HOLMWOOD
TILL DR SEWARD.

Albemarle-hotellet, måndag afton.

Bäste vän – vill du göra mig en stor tjänst? – Jag tvekar ej att begära den av dig, ty jag känner ditt redliga hjärta. Lucys hälsotillstånd oroar mig allvarligt. Vistelsen i Whitby bekom henne förträffligt; vid mitt sista besök där fann jag henne frisk och blomstrande, ehuru möjligen något magrare än förut, samt vid strålande lynne. Så mycket större var min häpnad och oro då jag vid min hitkomst fann henne helt förändrad – rent av oförklarligt förändrad, i betraktande av den korta tid som förgått. Hon är blek och avfallen, klagar över ständig trötthet och – vad värre är – hon förefaller mig ytterligt nedstämd och jag kan ej frigöra mig från den föreställningen att hon grubblar över något, ehuru hon själv helt och hållet förnekar detta samt överhuvudtaget – som jag väl märker – för min skull gör våld på sig till det yttersta och anstränger sig för att visa en glättighet som inte är naturlig. Du kan nog föreställa dig, vilken smärta allt detta skall vålla mig – så mycket mer som jag just nu, till följd av min stackars fars sjukdom, som tycks dra ut på längden, har alltför mycket att sköta och ansvara för för att kunna stanna hos henne och vårda henne som jag ville. Till råga på allt är fru Westerns tillstånd sådant att jag ej vågar tala med *henne* om min oro. Hon har själv sagt mig att hennes hjärtlidande betänkligt utvecklat sig – hon har fått sin dom och kan på sin höjd leva ett par månader; men Lucy vet inte av detta och modern vill inte heller att hon *skall* veta det. Emellertid inser du väl att den stackars fru Western så mycket som möjligt måste förskonas för alla sinnesrörelser – och ehuru Lucy inte känner hela vidden av den fara som hotar modern, förstår hon detta fullkomligt och gör därför med rörande självuppoffring allt för att dölja sitt eget tillstånd för henne. Följaktligen är det inte heller möjligt att konsultera en läkare för Lucy med moderns vetskap. Allt detta gör mig förtvivlad – jag blir alldeles utom mig bara jag tänker därpå. Det är också i ren förtvivlan som jag nu vänder mig till dig, kära gamla vän. Du är den enda som kan hjälpa mig. Som vän till familjen kan du, utan att fru Western behöver oroas, besöka dem, och därvid få tillfälle att bilda dig en åsikt om Lucys befinnande. Jag har sagt henne att jag ämnar rådfråga dig – hon gjorde några invändningar (jag anar orsaken, kära gamla vän) – men samtyckte slutligen. Jag vet mer än väl att det är ett plågsamt uppdrag jag ger dig; men jag vet också att du gärna åtar dig det – – för *hennes* skull! – Det vore mig en oändlig lättnad om jag finge höra din tanke. Far ut till Hillingham i morgon, vid tretiden, som gällde det blott en vanlig visit; fru Western kommer att finna det helt naturligt, och efter *lunchen* skall Lucy på ett eller annat sätt bereda dig tillfälle att tala ensam med henne. Jag kommer troligen senare på eftermiddagen och vi kan följas åt hem. Jag har ingen ro förrän jag fått höra din åsikt. Vi väntar dig med säkerhet.

Vännen
A.H.

Seward, vårdanstalten, Purfleet.
Min far sämre, måste resa ögonblickligen. Skriv utförligt – telegrafera om nödigt.

Arthur.

BREV FRÅN DR SEWARD TILL
A. HOLMWOOD.

Tisdag afton.

Käre gamle vän. – Enligt löfte skyndar jag att meddela dig resultatet av mitt besök på Hillingham. Jag ber dig emellertid ihågkomma att jag varken haft tid eller tillfälle till någon grundligare undersökning, varför mitt omdöme tills vidare måste vara tämligen ytligt. Emellertid har jag ej kunnat konstatera något bestämt organiskt lidande eller kända sjukdomssymptom. Men patientens utseende oroar mig allvarligt och ger onekligen anledning till farhågor, hon är betänkligt förändrad sedan jag sist såg henne, och en dylik förändring måste ovillkorligen ha någon orsak. Det vänskapliga förhållande vari vi hittills stått till varandra försvårar emellertid en mera genomgående undersökning, sådan som torde bli nödvändig – utan tvivel skulle hon själv villigare och lättare underkasta sig densamma om läkaren vore en för henne främmande person. Jag har därför på eget bevåg – men i full förlitan på ditt gillande – tillskrivit min gamle vän och lärare, professor Van Helsing i Amsterdam, den världsbekante nervspecialisten, vilken torde äga större erfarenhet än någon annan nu levande läkare i dylika, mera invecklade fall. Av privata skäl – jag hade en gång den lyckan att kunna göra honom en stor tjänst – vet jag att han gärna för intet ställer sitt vetande till min disposition; men som jag förmodar du föredrager att behandla saken affärsmässigt, har jag sagt honom vem du är och i vilket förhållande du står till patienten samt att du bestrider kostnaderna för hans hitresa o.s.v. Han är, som du antagligen hört, en av samtidens främsta forskare på åtskilliga områden, och ett par av hans naturvetenskapliga upptäckter har varit epokgörande. Inte dess mindre anses han av många för en stor fantast – ett namn varmed det snille som har mod att gå sina egna vägar så gärna betecknas av den blinda auktoritetstrons ängsliga anhängare. På den psykiska forskningens ännu föga uppodlade fält är han obestridligen en av de förnämsta arbetarna och hans studier har i detta fall säkert sträckt sig längre och djupare än de flestas. Han är med allt detta en sällsynt fördomsfri, oförskräckt och sanningsälskande människa, en verklig filantrop, hjärtegod, ädel och uppoffrande som få – med ett ord, han hör till dem till vilka man kan hysa ett oinskränkt förtroende, och det vore mig en verklig lättnad att veta en för många så dyrbar varelse som fröken Western under hans upplysta vård.

Till sist några ord om mitt besök hos henne och vad därvid passerade.

Jag fann henne glad, t.o.m. upprymd och skämtsam, men förstod snart att det var för moderns skull som hon anslagit denna ton. Utan tvivel anar hon något, även om hon ej fullt gjort sig reda för fru Westerns kritiska tillstånd och de försiktighetsmått som måste iakttagas med avseende på henne. Vi åt vår frukost på tre man hand och, tack vare ömsesidiga bemödanden, under muntert och angenämt samspråk. Efter frukosten gick fru Western in till sig för att vila en stund – och så snart dörren tillslutits efter henne, så att fröken Western och jag var ensamma, bad hon mig stiga in i vardagsrummet, där hon med ett uttryck av oändlig trötthet och en lång suck lät sig sjunka ned i en länstol, i det hon höll handen för ögonen. Jag begagnade tillfället att göra ett par frågor angående hennes befinnande, åberopande mig på dig och din oro för henne. Hon såg upp med sitt älskliga leende.

”Ack om ni visste vad jag tycker det är odrägligt att tala om mig själv!” sade hon. ”Men det är ju för Arthurs skull! Fråga mig vad ni vill – jag skall svara så gott jag kan!”

Jag bad henne vara övertygad att jag som läkare skulle hålla varje förtroende hon kunde vilja göra mig heligt o.s.v. Härvid såg hon på mig med en viss förvåning och svarade:

”Naturligtvis – men jag har inga 'förtroenden' att göra er – naturligtvis kan ni tala om allt för Arthur!” –

Jag gjorde nu åtskilliga frågor och en förberedande undersökning av hjärta, lungor o.s.v. Som jag redan sagt dig, kunde därvid inga oroande symptom upptäckas. Hon är betydligt blodlös men förefaller mig egentligen inte anemisk. Klagar över svårighet att andas, samt tung, dvallik sömn med plågsamma drömmar, vilkas detaljer hon dock är ur stånd att ihågkomma vid uppvaknandet. Lär som barn varit fallen för att gå i sömnen; denna benägenhet återkom efter många års frånvaro i Whitby under sommarens lopp – hon omtalade att hon t.o.m. en gång på natten gick ut till Östra Klippan, där hon återfanns av fröken Murray – men sedan hon kom hem försäkrar hon att hon ej haft några liknande anfall. Detta torde emellertid vara osäkert. Möjligen är hon något hysterisk – jag kan ej med bestämdhet yttra mig härom, innan jag nogare fått iaktaga henne. I alla händelser lyder min diagnos tills vidare på en eller annan egendomlig rubbning i nervsystemet och det är därför jag anser Van Helsing vara rätta mannen att behandla henne. Jag har bett honom komma så fort sig göra låter och skall ofördröjligen meddela mig med dig så snart jag får höra av honom.

Med uppriktig tillgivenhet, gamle vännen

John Seward.

––––––

BREV FRÅN PROFESSOR VAN HELSING
TILL DR SEWARD.

Käre vän – tack vare sammanträffande lyckliga omständigheter är jag oförhindrad att genast hörsamma min goda och avhållna unga väns kallelse. Beställ rum åt mig på Great Eastern-hotellet och låt ordna allt så att jag i morgon förmiddag kan besöka patienten. Troligen måste jag återvända redan med kvällståget, men om så erfordras återkommer jag senare och stannar längre. Farväl, min gode John. Dina vänner är mina vänner och jag själv din tillgivne och städse förbundne,

Abraham Van Helsing.

––––––

DR SEWARD TILL ARTHUR HOLMWOOD.

Broder Arthur – Van Helsing har varit här och är redan rest. Vi följdes åt till Hillingham, där fröken Lucy – på förhand underrättad om besöket – med kvinnlig diplomati lyckats förmå sin mor att anta en förmiddagsbjudning i grannskapet, så att vi fick träffa henne ensam.

Van H. underkastade patienten en grundlig undersökning (vid vilken jag naturligtvis inte var närvarande), men förklarade sig ännu inte kunna ge något bestämt omdöme. Han anser sig böra se henne ännu en gång och skall därför återkomma om ett par dagar. Tills vidare har han givit mig vissa förhållningsregler samt ålagt mig att dagligen besöka och noga observera patienten. Jag fruktar att han finner fallet tämligen allvarsamt – jag känner hans sätt – men det tjänar till intet att söka avlocka honom något uttalande då han föresatt sig att tiga. Du kan emellertid vara övertygad att saken är i goda händer och att han nog skall tala då rätta stunden är inne; tills vidare är det nog att veta att han *tänker*.

Besöket avlöpte för övrigt lyckligt. Fröken Lucy mottog oss i förmaket. Hon var något mindre blek än då jag sist såg henne, för övrigt älsklig och intagande som alltid; hon gjorde tydligen ett djupt intryck på Van Helsing och han tog inte ögonen från henne under hela vår samvaro. De utgjorde en egendomlig kontrast – hon så ung, späd och fin, nästan genomskinlig, man skulle kunna säga eterisk i sin vita dräkt – och han i sin kraftfulla ålderdom, bredaxlad och grovlemmad, med sitt skalliga filosofhuvud, sina buskiga ögonbryn och sitt stora vita skägg, som han oupphörligt stryker då han funderar på något. Till min stora glädje märkte jag att han genast tillvann sig hennes förtroende; det låg något barnsligt tillitsfullt i hennes ton och sätt då hon tilltalade honom, som var obeskrivligt rörande och ej heller förfelade sin verkan på honom. Jag beundrade den takt varmed han förstod att leda samtalet så att den nervösa oro varmed hon till en början mottagit oss (helt naturligt under sådana omständigheter) – så småningom helt och hållet försvann och hon med otvunget intresse lyssnade till vad han sade och svarade därpå. Med en nästan omärklig övergång bragte han så småningom talet på sitt besök och anledningen därtill och slutligen

sade han skämtsamt på sin flytande, men något brutna engelska:

"Min kära unga miss, jag har den stora glädje att er bekantskap göra, därför att ni är så mycket avhållen – och de som mycket älskar gör sig ofta onödiga bekymmer. Man säger mig att ni är nedstämd, att ni är blek som döden – paff!" – han knäppte med fingrarna – "det är inte så farligt! Dessa unga herrar mycket överdriver – – men vi skall dem visa att de sig misstagit. Och hur skulle väl *han*" – han pekade på mig med sitt långa pekfinger – "hur skulle väl han – den gossen där – kunna veta något om unga damer? – Han har sina dårar att sköta och han sköter dem väl! – – – men unga damer! – Han har ingen fästmö, ingen hustru, ingen dotter, han är ganska oerfaren – – och de unga, de förtror sig inte till de unga utan hellre till de gamla, som jag – – de gamla, som sett mycket av livets sorg och vad som förorsakat den. – Därför, min kära, unga miss – vi sänder honom, denna gode John, ut i trädgården att röka den lilla cigarrett – – och vi båda – vi talar med varandra."

Jag fattade naturligtvis vinken och försvann samt strövade sedan omkring i trädgården till dess professorn ropade på mig. Han såg allvarsam ut och sade halvhögt: "Ett egendomligt fall, min gode John, i hög grad egendomligt – här är åtskilligt att överväga. – Det intresserar mig, intresserar mig mycket – – och hon – det stackars älskliga barnet – intresserar mig ännu mer. Men jag måste ha tillfälle att noga observera henne om jag skall kunna göra något för henne. Jag kommer tillbaka och stannar tills vidare så snart jag fått ordna allt därhemma."

Detta var allt vad han ville säga, med undantag av vad jag redan meddelat dig. Du vet således nu lika mycket som jag. Emellertid ser du nu att saken som sagt är i goda händer och du kan vara övertygad att jag å min sida inte skall försumma något. Jag beklagar dig djupt, min stackars vän, som på detta sätt slits mellan tvenne lika dyra plikter – efter vad jag hör, lär din stackars fars tillstånd alltjämt vara lika oroande – men jag lovar att genast låta dig veta om Lucy skulle bli sämre samt att överhuvudtaget hålla dig noga underrättad om hennes befinnande. Var således inte orolig – så länge du inte hör något från mig, har du ingen särskild anledning därtill.

Vännen

J.S.

———

Lucy Westerns dagbok.

Tisdag.

Vad jag känner mig lugn och trygg efter den gode gamle professorns besök! – Tack vare honom, dr Seward, och Arthurs kära, dagliga brev, känner jag mig inte längre så förfärligt *ensam* som jag gjort allt sedan Vilmas och Arthurs avresa. Det var det värsta – jag vågade ju inte tala med mamma och ville inte heller oroa Arthur – – nu är det som om en börda blivit avlyftad och den ohyggliga ångesten är borta. – I natt sov jag så gott och drömde om Arthur – det är ju underligt att jag eljest så sällan drömmer om honom, då han är så mycket i mina tankar om dagen! Professorn sade att jag framför allt skulle sträva att stärka min *vilja* – att jag bestämt måste föresätta mig att *vilja* vara frisk. Han rådde mig att varje kväll, då jag lagt mig, med en bestämd viljeansträngning fästa mina tankar vid det som var mig mest kärt och heligt *och hålla dem kvar där* – inte låta dem ströva omkring hit och dit på måfå och ännu mindre låta dem dröja vid sådant som oroade och plågade mig. Jag sade att man ju inte kan råda över sina tankar!

”Det är just det man måste lära, lilla fröken” – sade han i det han såg mig på en gång strängt och vänligt in i ögonen, som om han kunnat läsa i min själ. ”Tankarna hör till de naturens krafter till gott eller ont, som människan *måste* lära sig behärska om hon ej till sitt fördärv skall behärskas av *dem*. Gud give att alla mer och mer lärde sig inse vikten av den sanningen! – Nu handskas de med dessa mäktiga krafter som barnet i sin okunnighet handskas med en stark elektrisk apparat – vad under att det kommer olyckor och gränslös förvirring åstad! – Men allt detta är främmande för er, mitt kära barn – förlåt en gammal man, som alltför gärna talar om det som är honom viktigast! – – ja, jag skall en annan gång tala mer med er därom – men nu är

inte tid därtill. Tro emellertid gamle Van Helsing, då han säger er att det viktigaste av allt för er är inte medicin, inte ombyte av luft – intet, intet, utom att fästa er vilja och alla era tankar vid det ena; att ni skall vara *frisk, god och lycklig!*”

”Om det hjälpte att tänka och vilja!” sade jag.

”Det hjälper, det hjälper, bara man tänker riktigt och riktigt vill”, sade han med eftertryck.

”Men då man drömmer – det rår man ju inte för”, sade jag.

”Rår för, rår för – – människan rår för allt – livet är som plastisk lera i hennes händer”, sade han. ”Det är *det* de inte vill förstå. – Drömmens värld är också en värld, och om anden ger sig ut på resa i den utan att ha rustat sig för de faror där kan möta, är det lika stor och brottslig dårskap som att ge sig ut på forskningsfärd i en okänd världsdel utan vapen, vatten och proviant – – men detta skall ni bättre lära er förstå framdeles. Kära barn – brukar ni inte läsa er aftonbön?”

”Jo – visst gör jag det”, sade jag.

”Som en formalitet, antagligen, en gammal vacker vana sedan barndomen”, sade han, i det han genomträngande betraktade mig. Jag kände att jag rodnade, ty det är nog så som han sagt. ”Men tänk nu på, kära barn – tänk nu på härnäst ni läser den där aftonbönen, att det är något mer än blott en ceremoni, något mer än en vacker vana – – – att bönen är en bestämd viljans handling, genom vilken ni bringar ert högre jag – vad ni kallar er själ – *i samband med alla världsalltets goda och höga makter och under deras beskydd.* Låt ingen trötthet, ingen dåsighet avhålla er från detta. Det är vad de gamla kallade att anbefalla sin själ i Guds hand. De hade sina egna uttryck, de gamla, men meningen var i alla fall den rätta. – Låt inte er lilla själ utan roder driva ut på sömnens mörka hav. För er är det kanske viktigare än för de flesta – om jag förstår er rätt, kära barn – att där hålla rätt kurs.”

Jag återger så mycket jag minns av hans ord, men mycket av vad han sade förstod jag ej klart; han talade emellertid ännu en lång stund med mig och jag kände mig förunderligt stärkt därav och skall försöka följa hans råd. – Igår kväll, då jag bad Gud bevara mig under natten, var det verkligen som om orden fått en alldeles ny betydelse för mig – det var som om en underbar kraft genomströmmat mig, som om jag känt mig lyftad högt över jorden och allt som annars ängslar mig. Eljest går mina tankar hit och dit innan jag somnar; jag kan inte fästa dem vid något, jag tänker på mina nya klänningar, på anordningar i vårt blivande hus, på obetydligheter jag hört och sett under dagen – tusen saker – ofta kommer tankar som plågar mig, som jag blygs över – nästan som om någon viskade dem till mig, jag kan inte frigöra mig från dem – det har aldrig fallit mig in, att man verkligen kunde vara ansvarig även för sådant. Jag önskar han sagt mig mera om detta – – bättre förklarat vad han menade. Jag tänker så ofta på de orden: *i samband med alla världsalltets goda och höga makter och under deras beskydd.* Det ligger som en kraft i dem – – men jag känner ändå att jag inte fullt förstod honom. Jag har ju alltid varit dum, då det gällt sådana där filosofiska, djupsinniga saker – – och nu är jag så matt och klen – dummare än någonsin – – ibland förmår jag knappast tänka alls – – Om Vilma vore här – det skulle göra mig så gott att få tala med henne. – Det är en så vacker afton; parken är full av månsken och luften mild som i juli. Jag har inte varit ute förut idag – jag måste gå dit ut en stund. – –

SEWARD TILL VAN HELSING.

Tisdag.
Ärade vän – vid besöket på förmiddagen idag fann jag patientens tillstånd särdeles tillfredsställande. Sömnen hade varit god; hon kände sig stärkt och syntes gladare och lugnare. Även utseendet var friskare. Hon yttrade sig med mycken värme om er och gläder sig åt att återse er. Vidare i morgon.

Med vördnad och tillgivenhet.

Seward.

LUCY WESTERNS DAGBOK.

Onsdag.
Jag är mattare idag igen – – det ligger som en slöja över mina tankar, jag skulle bara vilja sova och sova. – – Kanske jag var för länge i parken igår afton, men där var så skönt – månskenet låg som silver över gräset och stjärnorna lyste som juveler uppe i trädtopparna. Jag satte mig på min favoritplats, bersån vid slutet av terrassen; jag måste ha somnat där och ha sovit rätt länge – månen var nära att gå ned då jag vaknade och jag kände mig så underligt yr i huvudet och kall som is. – – Det var oförståndigt av mig – jag tror inte jag törs tala om det för doktor Seward. För en gång kan det ju inte betyda så mycket.

SEWARD TILL VAN HELSING.

Onsdag.
Tillståndet mindre tillfredsställande idag. Patienten blek, dåsig, obenägen att tala, synbarligen förstämd. Kunde ej upptäcka någon orsak till förstämningen. Hoppas intet hindrar er snara hitkomst.

Seward.

LUCY WESTERNS DAGBOK.

Onsdag kväll.
Madame Stéphanies biträde var här i eftermiddag för att rådgöra med mig; vi höll på ett par timmar med att granska de modeller hon medfört. – Jag är förfärligt villrådig – *skall* jag låta garnera den elfenbensfärgade sammetsklänningen med plymgarnityr i samma färg eller med svart pälsverk? Det senare är kanske mera *chic* – men plymbårderna ser så lätta och poetiska ut – – det är inte gott att veta! – Juvelerarens biträde var också här för att höra min mening om juvelgarnityret som Arthur låter infatta på nytt åt mig – – Godalmingska familjejuvelerna. De är förtjusande – – vi kom överens om att låta montera den ena colliern som diadem i stället – – ett diadem av bara stjärnor – hänförande! – Han hade med sig en modell, som jag provade. Lilla mamma var alldeles betagen – jag såg själv att de klädde mig, fastän jag är så blek och glåmig nu för tiden – – – men jag blir väl vackrare igen då jag kommer till Italien, det härliga Italien! – –

Allt detta har tröttat mig förfärligt – – jag skall bara göra en liten månskenspromenad och sedan lägga mig. Det är så strålande vackert att jag inte kan stå emot – det formligen *drar* mig dit ut i parken, så trött jag är. – – –

———

Torsdag.

Tillståndet betänkligt – stor kraftlöshet, oförklarlig försämring. Påskynda om möjligt hitkomsten.

Seward.

———

NIONDE KAPITLET.

BREV FRÅN DR SEWARD TILL ARTHUR HOLMWOOD.

Torsdag.

Käre Arthur – De underrättelser jag har att meddela dig idag är tyvärr ej fullt så tillfredsställande som gårdagens – dock hoppas jag att ingen anledning till allvarligare oro föreligger. – Lucy föreföll idag kraftlösare och mera apatisk än igår, utan att jag egentligen kunnat finna någon anledning till denna försämring; men vid nervösa åkommor är dylika växlingar ej ovanliga. Det finns emellertid, som du vet intet ont, som ej har något gott i släptåg. Fru Western hade själv blivit orolig över Lucys befinnande och rådfrågade mig i egenskap av läkare beträffande henne. Detta gav mig ett osökt tillfälle att omnämna det min gamle vän och lärare, den store nervspecialisten Van Helsing, under närmaste dagarna skulle komma på besök till mig, varför jag föreslog att konsultera honom. Hon ingick beredvilligt på förslaget, och du inser nog hur mycket detta underlättar det hela. Vi kan nu gå och komma utan fruktan för att oroa henne på ett sätt som i hennes nuvarande hälsotillstånd lätt kunde bli ödesdigert och därigenom i sin ordning ofördelaktigt återverka på Lucy.

Jag hoppas innerligt att alla övriga svårigheter skall lösas på samma sätt. – – Jag skriver eller telegraferar som vanligt – hör du ej av mig, så bliv ej orolig – det betyder endast att jag dröjer för att kunna meddela dig så mycket säkrare underrättelser.

Hastel. vännen

J.S.

———

Lördag.

Jag mötte Van Helsing vid stationen enligt överenskommelse. Han frågade genast om jag telegraferat till Arthur Holmwood. Då jag sade att jag ej velat göra detta, förrän han (Van H.) själv fått se Lucy och yttra sig om hennes tillstånd, nickade han och sade:

”Mycket rätt, käre vän – mycket rätt. Hans hitkomst nu skulle endast oroa henne och försvåra arbetet för oss.”

Därpå bad han att få genomgå mina anteckningar, där jag omsorgsfullt redogjort för patientens symptomer och mina egna iakttagelser under de gångna dagarna. Han läste dem långsamt, nickade gång på gång för sig själv och strök sitt skägg – jag såg att han noga övervägde saken.

”Hm” – hörde jag honom mumla. ”Ärftliga anlag för somnambulism – nervöst – hysteriskt temperament! – hm! aj! aj! – oförklarlig kraftnedsättning utan synbar anledning – – Illa att jag måste resa – borde tagit i med allvar genast! – Men ännu är ingen tid förlorad, om också ögonblicken är dyrbara. – – Låt oss då genast fara dit ut, min gode John” – tillade han högt. ”Jag har resväskan med, för den händelse något skulle behövas – – i fall som detta måste man vara beredd på allt.”

Under färden sökte jag ännu en gång utfråga honom beträffande hans åsikt. Han svarade en smula otåligt:

”Käre vän, jag är intet orakel och tyvärr ingen trollkarl heller – jag kan ju ha mina tankar, grundade på lång erfarenhet, men jag måste själv se och undersöka – grundligare än jag hittills gjort – innan jag vågar uttala en bestämd mening. Jag råder dig att själv se och observera och anteckna allt – allt! – Även den obetydligaste iakttagelse kan vara av oberäkneligt värde ifall som detta. Och framför allt! – låt dig inte förblindas av någon fördom, någon förutfattad mening, käre vän! – *Håll ditt sinne och dina ögon öppna* och erkänn villigt varje sanning, även om den skulle synas dig stå i strid med de teorier på vilka du grundat ditt vetande. Världen är stor och vi människor mycket små, mycket, mycket små."

Fru Western tog emot oss. Hon sade sig vara "litet orolig" för Lucy, men ingalunda så mycket som man kunnat befara. Naturen har visligen ordnat det så, att själva döden motverkar sina egna fasor genom den känslans och iakttagelseförmågans minskade livlighet som den kroppsliga svagheten medför. Så tycks, egendomligt nog, denna eljest så ömma och nästan överdrivet omsorgsfulla moder, för vilken i hennes nuvarande hälsotillstånd varje våldsam sinnesrörelse vore ödesdiger, knappast i stånd att märka den olycksbådande förändring hennes dotter undergått; hon, eljest den minst själviska bland människor, tycks nu mera knappast mottaglig för andra intryck de rent personliga. Sålunda skyddar naturen instinktlikt sig själv från förstörelse – något som vi kanske alltför litet betänker då vi lättsinnigt anklagar andra för egoism. Denna kan måhända i många fall äga ett djupare berättigande än vi anar – vara ett nödvändigt pansar inom vilket en alltför känslig natur förskansar sig mot ett angrepp som den eljest ej skulle kunna uthärda. – – Men till saken!

Fru Western gjorde, tack vare denna lyckliga likgiltighet eller oförmåga att inse situationens verkliga allvar, alls inga invändningar då jag bad henne ej vara närvarande vid vårt besök hos Lucy. Hon bad en av jungfrurna föra oss till den sistnämndas sovrum samt vara till hands såvida något skulle behövas, samt sade därpå vänligt att hon skulle gå att vila en stund, för att sedan sammanträffa med oss i förmaket.

Flickan förde oss följaktligen till Lucys rum, belägna på nedre botten, åt parksidan. De är tre – ett yttre vardags- och arbetsrum och innanför

detta ett mindre bad- och toalettrum. På andra sidan toalettrummet lär hennes kammarjungfru ha sitt sovrum.

Rummen är inredda med all den smakfulla lyx, varmed en rik och konstälskande mor älskar att omge sitt enda, tillbedda barn, allt är hållet i ljusa, glada färger, konstnärligt uttänkt och genomfört – den vackraste och mest passande ram man gärna kan tänka sig för en ung, intagande varelse i livets strålande vår; allt talar om glädje, lycka, och ljusa förhoppningar. Så mycket mera skärande verkade kontrasten vid den syn som nu mötte våra blickar. Ty den varelse som låg utsträckt på den låga, svällande med ljust blommigt siden klädda schäslongen, mitt i denna raffinerade, poetiska elegans, var blott en blek skugga av den forna Lucy. Hon var klädd i en lång, vid morgonrock eller peignoir av något mjukt, vitgult siden med rika spetsgarneringar, helt visst ägnad att under vanliga förhållanden framhålla och förhöja glansen av hennes skära hy och rosiga, ungdomliga skönhet. Nu påminde den mig om en svepningsdräkt och hon själv – Gud i himmelen! – skall jag väl någonsin glömma den skärande smärta varmed mitt hjärta sammankrympes vid denna syn? – hon själv liknade en död – men en död, utan dödens ro och fridfulla skönhet.

Vid mitt besök dagen förut hade jag funnit henne blek, kraftlös och i oroande grad apatisk – men den förändring detta enda dygn medfört i hennes utseende slog mig med häpnad och förfäran och är mig ännu i denna stund fullkomligt oförklarlig.

Hon låg med slutna ögon och halvöppen mun samt tycktes andas med svårighet – hennes blekhet stötte i grönt, med blygrå skiftningar under ögonen och vid tinningarna – själva läpparna, ja, själva tandköttet var färglöst – intet lik, vars sista blodsdroppe förrunnit på slagfältet, kunde vara blekare. Hon rörde sig ej, tycktes ej höra då vi tilltalade henne och gjorde intet försök att svara, inte ens en rörelse som visade att hon var medveten om vår närvaro.

Några sekunder stod vi båda slagna av fasa – vi båda erfarna läkare, som sett döden och kämpat med honom i så många skepnader! – Ett ögonblick möttes våra ögon – Van Helsing lyfte båda händerna mot himmelen med en åtbörd av förfäran; därpå var han åter helt och hållet den lugne, överlägsne vetenskapsmannen. Med snabba, tysta rörelser och viskande ord antydde han för mig vad som borde göras, vad han önskade framtaget ur sin väska o.s.v. – och lika snabbt gick jag honom tillhanda. Det gällde i första rummet att bibringa patienten något stimulerande medel, och Van Helsing hade även haft det förutseendet att medföra ett sådant. Hon tycktes dock vara oförmögen att svälja – upprepade försök misslyckades och tycktes blott öka svårigheten att andas.

"Tjänar intet till att plåga henne", mumlade Van Helsing. "Öppna hennes kläder, medan jag tar fram stetoskopet – jag måste undersöka – –"

Jag knäppte hastigt upp morgonrocken; hon bar endast sin lätta nattdräkt under den. Då jag slog det rika spetskråset åt sidan, såg jag att hon om halsen bar ett brett, svart sammetsband, fästat med ett juvelspänne, som jag också förr lagt märke till. Då det var av yttersta vikt att skaffa henne så mycket luft som möjligt, lossade jag detsamma och märkte då ett egendomligt rött märke på strupen, omedelbart över pulsådern. Van Helsing var redan fullt upptagen av sina undersökningar. Han mumlade allt emellanåt för sig själv och skakade på huvudet. Jag vidrörde hans arm och pekade på märket.

Han såg förströdd dit, men i detsamma hörde jag hur han med ett väsande ljud drog in andedräkten mellan tänderna – ett sätt han har då han blir överraskad eller bragt ur fattningen. Jag iakttog honom med spänt intresse. Själv skulle jag under vanliga omständigheter knappast ha fäst något avseende vid det lilla märket – egentligen blott två röda punkter med något ansvällda, vita kanter – det kunde helt enkelt ha frambragts genom ett eller annat insektsting – men detta fall var så egendomligt och patientens tillstånd så oförklarligt att även den minsta obetydlighet blev av vikt. Dock var jag inte förberedd på den verkan upptäckten gjorde på Van Helsing. Han syntes en sekund absolut förlamad – vare sig av häpnad eller skräck, vill jag lämna osagt. Därpå mumlade han sakta:

"Så, så, så – – – satan och hela hans anhang! – borde tänkt mig det – –"

Han böjde sig ned, iakttog noga de små märkena, lyssnade vid hjärtat, kände ännu en gång på pulsen och reste sig därpå hastigt med ett uttryck som visade att han fattat sitt beslut.

"Här är ingen tid att förlora", sade han halvhögt och brådskande till mig. "Hon dör av blodbrist – svaghet – hjärtverksamheten är i det närmaste förlamad. Här måste göras en blodöverföring, och det genast. Du eller jag, min vän John?"

"Jag är yngre och starkare, herr professor", sade jag lugnt.

"Gör dig då i ordning. Jag har till all lycka allt som behövs i väskan."

I detsamma knackade någon på dörren till vardagsrummet – Jag hade förut hört, men knappast lagt märke till rullandet av en vagn, som stannat framför porten, samt hastiga steg i vestibulen och trappan.

"Här kommer ingen in", sade Van Helsing kort och befallande.

Inte dess mindre öppnades dörren hastigt och någon inträdde. Det var Arthur Holmwood, blek och upprörd. Jag skyndade emot honom.

"Gud i himmelen – hur är det med henne, John? – Jag läste mellan raderna i ditt brev – har varit nära vansinnig av ångest – min far något bättre idag – jag måste hit för att själv se – – – Är det där professor Van Helsing? – Jag är er så obeskrivligt tacksam för att ni velat komma!"

Van Helsing, vars ansikte mörknat vid det olämpliga avbrottet, hade, medan han talade, oavvänt betraktat honom, liksom mätt hans kraftfulla, ungdomliga gestalt med blickarna och därvid gillande nickat några gånger. Nu räckte han honom handen och sade allvarligt, med dämpad stämma:

"Ni är välkommen, min unge herre – – – ni kommer i rätta stunden. Det står illa till med vår lilla fröken – – – så, så, min gosse, tag det inte så illa" – ty Arthur hade bleknat och sjunkit ned på en stol som om han varit nära att förlora medvetandet. "Med Guds hjälp skall vi väl besegra det onda. Ni skall själv få hjälpa henne – – ni kan göra mer för henne än någon annan, om ni blott har mod därtill."

"Vad? – Vad kan jag göra?" – sade Arthur ivrigt, med hes stämma. "Säg mig vad det är, då gör jag det – – mitt liv tillhör henne – jag ger min sista blodsdroppe."

"Inte den sista – inte den sista, min unge herre", avbröt honom Van Helsing med en viss vemodig humor. "Så mycket begär jag inte – inte den sista!"

"Vad skall jag göra?" Hans ögon glänste och han såg sig omkring med högburet huvud och ett uttryck av okuvlig energi. Van Helsing klappade honom gillande på axeln.

"Bra, bra" – sade han, "ni är en man, unge vän, och det är en man vi behöver. Ni är bättre än både jag och vännen John här."

Arthur såg frågande på honom och professorn fortfor:

"Hon lider av blodbrist, vår lilla fröken – hon är svag, mycket svag, och hon måste ha mera blod för att få kraft att leva. Jag och vännen John här – – vi har haft en liten konsultation, vi hade just beslutat oss för vad vi kallar blodtransfusion – det vill säga att man överför blodet från friska fulla ådror till de stackars ådror som saknar blod. John här – vännen John – – han erbjöd att ge sitt blod och jag samtyckte därtill, ty han är yngre och starkare än jag" – Arthur grep min hand och tryckte den tyst – "men nu, då ni kommit, är ni bättre än någon annan. Ni är ännu yngre och ni är kraftigare och sundare än någon av oss."

"Mitt liv för henne – om så behövs" – sade Arthur med en röst, halvkvävd av sinnesrörelse, "Ni förstår väl?"

"Jag förstår, min käre gosse, jag förstår", sade Van Helsing. "Ni blir en gång glad över att det varit er förunnat att göra så mycket för den ni älskar. – – Vänta nu här ett ögonblick, medan vi ordnar allt därinne. Sedan måste ni lyda mig – blint. Liv och död beror därav."

Vi lämnade Arthur i vardagsrummet och återvände till sovrummet. Lucy låg i samma ställning som vi lämnat henne; hon öppnade ögonen och betraktade oss en sekund, men tycktes vara alltför svag för att ens försöka säga något.

Van Helsing ordnade med snabb och skicklig hand sina instrument och alla nödiga apparater på ett litet bord. Därpå blandade han till ett litet opiat, böjde sig över Lucy och sade glatt och vänligt, som om han talat till ett barn:

"Se så, lilla fröken, här är er medicin – – drick den snällt, så blir ni bättre. Gamle Van Helsing skall lyfta upp er litet, så går det bättre att svälja – – se det gick ju bra!"

Hon hade verkligen gjort en ansträngning för att svälja och lyckats.

Det dröjde förvånande länge innan opiatet började göra verkan – vilket i och för sig ytterligare bevisade hennes svaghet. Äntligen märkte vi att hon sov. Van Helsing inkallade nu Arthur, bad honom ta av sig rocken och tillade:

"Ni kan få ge henne en liten kyss – en enda! – och lätt – så lätt – så lätt – medan vi flyttar bordet. Hjälp mig min gode John!"

Ingen av oss såg dit medan han böjde sig över henne.

Van Helsing utförde operationen med beundransvärd snabbhet och skicklighet. Redan efter några minuters förlopp syntes färgen på Lucys kinder mindre dödsblek, och ehuru Arthur å sin sida blev allt blekare, strålade han av glädje då han märkte detta. Jag iakttog honom dock med en viss oro – blodförlusten tog tydligen på hans krafter. Jag ryste vid tanken på den oerhörda, gåtlika rubbning som den arma flickans kroppskonstitution måste ha undergått, då det som så försvagade Arthur blott till en ringa del förmådde återställa henne.

Professorn stod till utseendet lugn och kall, med klockan i handen och ögonen fästade ömsevis på Arthur och ömsevis på patienten. Jag hörde mitt eget hjärta slå – så tyst var det i rummet.

Slutligen sade Van Helsing sakta:

"Rör er inte – ett ögonblick. Nu är det nog. John – se till honom – jag skall sköta om henne."

Jag förde Arthur ut i rummet och förband hans arm. Han var mycket utmattad – själsspänningen hade väl även gjort sitt till. Då Van Helsing slutat sitt sysslande med patienten i sovrummet, kom han in till oss och sade:

"Tag nu den modige unge älskaren med dig, min vän John – ge honom portvin och låt honom vila en stund. Sedan skall han fara hem, sova mycket och äta duktigt, så att naturen får hjälp att ersätta vad han förlorat. Här bör han inte stanna – – men håll – ett ögonblick – ni är naturligtvis ivrig att få veta resultatet av vad som nu gjorts, min käre gosse. Jag tror ni kan vara glad och lugn – – ni har räddat hennes liv denna gång, och med Guds hjälp skall vi väl se till att det ej råkar i fara igen. – Vi har gjort allt som kunnat göras. Då hon kommer till medvetande, skall jag säga henne allt och ni kan vara viss att hon ej kommer att älska er mindre för det. Nu farväl med er!"

Då jag följt Arthur, återvände jag till sovrummet. Lucy tycktes fortfarande sova, men andedräkten kom jämnt och lugnt och hyn hade återfått något av sin naturliga färg. Van Helsing, som täckt över henne med filtar och täcken, stod bredvid bädden och betraktade henne skarpt.

"Vad är er tanke om det där märket på hennes hals?" frågade jag honom sakta, sedan jag några ögonblick stått tyst bredvid honom och givit akt på hennes lugna andetag.

"Vad är din egen tanke, gode vän?" frågade han kort.

"Det föll mig ett ögonblick in, att det där såret – om det är ett sår – möjligen kunnat förorsaka den blodförlust som utmattat henne så. Men jag insåg genast att det var en löjlig idé – – hela bädden skulle varit genomdränkt av blod om så varit händelsen."

"Mycket riktigt; den skulle det" – sade Van Helsing torrt, ehuru med ett uttryck som jag ej rätt förstod. "Emellertid – – emellertid måste jag återvända till Amsterdam redan i kväll. Det är böcker och annat som jag måste hämta. Du, min gode John, du stannar här. Du vakar hos henne i natt – – du släpper henne inte ur sikte ett ögonblick."

"Skall jag skicka efter en sjuksköterska?" frågade jag.

"Vi båda är bättre än några sjuksköterskor. Du måste, som sagt, vaka här i natt – se till att hon får passande näring och att intet oroar henne. Du får inte sova – inte en blund – kom ihåg det. Vi får sova sedan, du och jag. – Jag återkommer så fort det blir mig möjligt. Jag måste skaffa en vikarie för min praktik och mina föreläsningar – ordna åtskilligt, som måste ordnas. Sedan stannar jag här – och då kan vi börja på allvar."

"Börja!" sade jag. "Vad menar ni?"

"Vi får se" – sade han med den ton jag så väl kände och som visade att det ej skulle tjäna något till att fråga mer. "Emellertid måste jag tala några ord med kammarjungfrun innan jag ger mig av."

Han tryckte på knappen till ringklockan i yttre rummet och ett ögonblick senare inträdde kammarjungfrun. Det var en ung, vacker människa med ett hövligt och tillmötesgående sätt – hon föreföll intelligent, men det var inte dess mindre något i hennes utseende som ej syntes mig förtroendeingivande. Vi läkare vänjer oss ju vid att tämligen hastigt uppfatta och bedöma de karaktärer, med vilka vi kommer i beröring.

Hon svarade emellertid redigt och utan tvekan på de frågor Van Helsing gjorde henne. Någon tillfredsställande förklaring på det avmattningstillstånd, vari vi funnit fröken Western, kunde hon ej ge. Fröken led ibland av svimningar – hon hade flera gånger sett henne avsvimmad och försökt väcka henne med under sådana förhållanden vanliga medel, men de hjälpte ej – fröken vaknade emellertid alltid av sig själv om man "lät henne vara"; hon – kammarjungfrun – hade haft en syster som "hade det alldeles på samma sätt." Undrade emellertid om inte fröken "hade något åt lungorna", då hon ofta tycktes ha svårt för att andas – – kunde dock med bestämdhet säga att fröken aldrig haft någon blodstörtning – aldrig spottat blod, "som lungsjuka plägar göra." Men, tillade hon dröjande – fröken var kanske nog oförsiktig – – om det ursäktades att hon tog sig friheten säga det – det tillkom ju inte henne, o.s.v. – Uppmanad att säga ut vad hon menade, sade hon att fröken ju lätt kunde förkyla sig då hon dröjde så länge ute om kvällarna – det var ju kyligt i parken vid den här årstiden o.s.v. Närmare utfrågad, sade hon att fröken ofta brukade gå ut sent, ibland mitt i natten, man kunde från hennes vardagsrum genom den stora glasdörren komma direkt ut på terrassen samt ned i parken, och såväl hon (kammarjungfrun) som andra i huset hade mer än en gång under de klara månskensnätterna sett henne promenera där – – det var ju så vackert, men hon – kammarjungfrun – hade ofta tänkt att fröken borde vara varmare klädd, ehuru hon inte vågat säga något – – En gång hade hon försökt; men fröken hade bara stirrat på henne och sagt: ”Jag förstår inte vad du menar!” – så att hon nog vet av att fröken tyckt det vara närgånget av henne – – men morgonrocken var ju så tunn och då fröken var klen så tyckte hon – – Förresten var *hon* inte den som ville ta sig några friheter, det hade aldrig någon sagt om henne – – och inte heller var *hon* den som frågade efter vad folk pratade – – människor var ju alltid så elaka – – men vem ville väl höra på skvaller o.s.v.

”Var god och håll er till saken”, sade Van Helsing strängt. ”Det där hör inte hit. Förresten kan ni gå nu. Jag vet vad jag behöver veta.”

Hon rodnade, knyckte litet på nacken och avlägsnade sig nigande, utan att säga något.

Van Helsing gick ett slag i rummet försänkt i djupa tankar – han strök sitt skägg och drog ned sina buskiga ögonbryn till dess de nästan dolde ögonen.

”Det stämmer, det stämmer” – hörde jag honom mumla. ”Arma barn – stackars olyckliga barn! – Nå – det blir en kamp på liv och död – – men, med Guds hjälp” – han teg några ögonblick; därpå hörde jag honom åter mumla några lösryckta ord – – ”inte med kött och blod – – utan med furstar och väldigheter – – hm, hm – – de som makt haver i vädret. – – Underligt, underligt! – – Sannerligen, mörkrets makt är stor – –”

Han kom fram till bädden, lyssnade ett ögonblick på hennes hjärta, kände på pulsen och nickade därpå åt mig.

”Allt går bra”, sade han med låg röst. ”Nu anförtror jag henne åt dig, min gosse! – Kom ihåg” – han lyfte högtidligt varnande fingret, ”du ansvarar för henne! – Vakta henne som din egen själ – släpp henne inte en sekund ur sikte i natt. Det gäller mer än du anar, mer än jag nu kan förklara eller förstå. Om detta är vad jag förmodar – jag säger *om!* – så är fallet av den betydelse och de iakttagelser vi här kan göra av den vikt

att alla andra intressen måste ge vika. Vi har ju andra plikter, både du och jag, min goda John – men nu är vår plats *här!* – Jag måste, som sagt, tillbaka till Amsterdam – – jag var ej beredd på detta då jag reste – men jag återkommer så fort som möjligt – redan i morgon afton om det låter sig göra. Men du vakar hos henne i natt – så visst som du någonsin hoppas få en lugn sömn mera här i livet!”

”Ni kan lita på mig”, sade jag, djupt skakad av det högtidliga allvaret i hans ton. ”Var viss om att jag ej lämnar min post.”

Jag bad honom därpå ombesörja att några rader, som jag i hast skrev till min underläkare, skulle komma denne tillhanda, vilket han lovade. Därpå avlägsnade han sig.

* * *

Då jag meddelade fru Western att jag skulle vaka hos hennes dotter under natten, ville hon till en början alls inte höra talas därom. Då opiatet upphört att verka – frampå eftermiddagen – vaknade Lucy av sig själv, tydligen utan hågkomst eller medvetande av att något ovanligt passerat. Hon var förunderligt återställd – visserligen ännu matt, men inte i påfallande grad, samt lugn och till och med glättig. – Hennes mor, som naturligtvis inte hade någon aning om den fruktansvärda kris hon genomgått, nästan skrattade åt vår överdrivna ängslan och fann det fullkomligt onödigt att någon skulle sitta uppe hos Lucy, ehuru hon föreslog att kammarjungfrun skulle sova i det yttre rummet för att vara till hands genast såvida något behövdes. – Jag vidhöll emellertid med stor bestämdhet min avsikt, i det jag försäkrade att professor Van Helsing tagit löfte av mig att ej under denna natt vika från patientens sida, varför den goda frun gav med sig. Jag beredde mig följaktligen på att genomvaka natten. Då jag superat tillsammans med fru Western, återvände jag till Lucys rum och tog med min bok plats i en länstol, från vilken jag kunde se henne där hon låg. Hon gjorde inga invändningar, utan smålog vänligt mot mig varje gång jag mötte hennes blick. Efter en stunds förlopp märkte jag att hon började bli sömnig; hennes ögon föll ihop och jag trodde henne redan vara insomnad då hon till min förvåning gjorde en häftig rörelse, liksom för att skaka av sig den dvala som börjat smyga sig över hennes sinnen. Detta upprepades flera gånger med allt kortare mellanrum och tydligen med allt större ansträngning å hennes sida för att hålla sig vaken. Hon hade otvivelaktigt föresatt sig att inte somna, och detta föreföll mig så egendomligt att jag ej kunde motstå mitt begär att få veta orsaken, ehuru jag eljest föresatt mig att inte tala med henne eller uppmuntra henne att tala.

”Vill ni inte sova?” frågade jag, då jag för fjärde eller femte gången sett henne med en verkligen pinsam ansträngning rycka upp sig ur den lätta slummer, vari hon ett ögonblick fallit.

”Nej, nej – – jag är rädd.”

”Rädd för att sova? – Varför det? – Sömn är alltid välgörande.”

”Ack nej – inte då man är som jag – om sömnen är – är – är – är början till något förfärligt – –”

”En början till något förfärligt! – Vad i all världen menar ni?”

”Jag vet inte – – nej, nej – – jag vet inte – – jag kan inte säga – – – det är just det som är så förfärligt. Det är alltid medan jag sover, som den här svagheten kommer över mig – – jag fasar vid blotta tanken därpå!”

”Ni har svåra drömmar?” – framkastade jag på försök.

”Drömmar – åh, jag vet inte – ja, kanske det är drömmar – – onda drömmar – – men jag minns ingenting. Jag vet bara att jag inte vill somna!”

”Men, kära barn” – sade jag – hon såg så ung och rörande hjälplös ut att orden gled över mina läppar utan att jag tänkte därpå – ”i natt kan ni sova lugnt. Jag är ju här för att vaka över er – – – jag lovar er att intet ont skall hända er.”

”Åh – om jag vågade lita på det!”

”Jag lovar i alla händelser att genast väcka er om jag ser minsta tecken till att ni drömmer något som oroar er”, sade jag allvarligt.

”Ni lovar det? – Ni lovar det verkligen? – Åh, vad ni är god och snäll mot mig! – Hur skall jag kunna tacka er nog!” – Hon räckte mig sin lilla vita, smala hand; bådas våra ögon var våta.

”Nu skall jag sova – ack, så gott – jag är så trött, så trött!”

Hon sjönk tillbaka på kudden med en lång suck, slöt ögonen och var inom få sekunder insomnad.

Jag vakade hos henne hela natten. Hon sov som ett barn – rörde sig knappast, utan låg där med halvöppna läppar och ett uttryck av djupaste frid, under det att bröstet sakta hävdes och sänktes av jämna, lugna andetag – en livgivande, styrkande, välsignad sömn – ostörd av alla onda drömmar. Jag betraktade henne med obeskrivlig rörelse – denna ljuva, älskliga varelse, mitt hjärtas första och enda kärlek – för vilken jag dock aldrig får hoppas att bli mer än *vännen och läkaren*. – – Men det vore ovärdigt och omanligt att klaga över detta, då det just i *denna* egenskap blivit mig förunnat att strida emot och med Guds hjälp avvärja den hemlighetsfulla fara varav hon hotas. Det borde vara nog för mig – och är det ju också, på sätt och vis. – – ”Anden är villig, men köttet svagt.”

Hennes kammarjungfru avlöste mig tidigt på morgonen och jag lämnade henne för att skynda in till staden på några timmar – jag hade mycket att ombestyra där. Jag telegraferade till Van Helsing och skrev några ord till Arthur, för att meddela båda att patientens tillstånd var ytterst tillfredsställande och att natten varit god. Därpå måste jag med energi ägna mig åt mina plikter, vilka tog större delen av dagen i anspråk. Underläkarens rapport angående Renfield tillfredsställande; han har ej haft något utbrott av våldsamhet på flera dagar, men tycks i tysthet ruva över något. Obs: bör fortfarande på det noggrannaste bevakas, ehuru utan att han själv märker det. – – Medan jag åt middag fick jag telegram från Van Helsing, med uppmaning att ej under några omständigheter försumma att även denna natt vaka hos Lucy. Jag inser verkligen ej fullt nödvändigheten av detta; men Van Helsing handlar tydligen efter en klart uppgjord plan och jag rättar mig naturligtvis därefter, då jag en gång överlämnat fallet åt honom. Det skall dock på det högsta intressera mig att höra hans diagnos – då han finner för gott att meddela mig den. Själv står jag onekligen helt och hållet undrande och spörjande, utan att kunna passa in de iakttagelser jag gjort i någon av de för mig kända sjukdomskategorierna. En ovanlig form av hysteri vore troligen vad jag själv skulle kalla Lucys tillstånd – men hur mycket har man egentligen förklarat med en vetenskaplig fras? – Van Helsing har ojämförligt mycket större erfarenhet än jag på de hemlighetsfulla nervsjukdomarnas område och jag har fullt förtroende för honom.

Det mötte naturligtvis ännu större svårigheter att idag övertyga de båda damerna – Lucy och hennes mor – om nödvändigheten av att vaka hos den förstnämnda; jag måste på det bestämdaste åberopa mig på Van Helsings befallning och det var endast ytterst motvilligt som fru Western gav sitt samtycke. Emellertid lyckades jag genomdriva saken och skriver nu detta vid Lucys bord, medan hon lugnt slumrar på några stegs avstånd från mig. Min närvaro tycks givet inverka lugnande på henne – och redan detta är nog för att berättiga densamma.

* * *

En ansträngande dag. Lucy vaknade, Gud vare lov, synbarligen styrkt och återställd av sin lugna nattsömn, så att jag utan oro kunde lämna henne på förmiddagen – som väl var, ty vid min återkomst till inrättningen fann jag att tre à fyra nya patienter anmälts, vilka måste underkastas en grundlig undersökning, samt att en mängd andra viktiga bestyr hopat sig, vilka ej kunde överlämnas åt underläkaren. Jag hade således fullt upp att göra till sent på eftermiddagen. Just då jag stod i begrepp att sätta mig till bords för att äntligen få en smula föda – varav jag var i stort behov, då jag fastat allt sedan tidigt på morgonen – hörde jag tumult och skrik i bottenvåningen. Då jag öppnade dörren för att skynda ned, möttes jag av brandrök och såg vaktkarlarna komma springande från alla håll. Eld hade plötsligt utbrutit i Renfields rum – det är ännu omöjligt att säga huruvida den varit anlagd av honom, eller om någon felaktighet vid värmeledningen varit orsaken. R. hade ej haft tillgång till tändstickor eller elddon av något slag – så vitt man vet och hans vårdare kunnat

upptäcka – men egendomligt syns, att det var i eller omedelbart invid hans bädd som elden tycktes ha börjat. Bädden är i det närmaste förstörd och väggen invid densamma starkt kolnad – men som ett värmeledningsrör verkligen går fram där, kan man ju alltid tänka sig en svag möjlighet till att något fel i detsamma föranlett olyckan, hur osannolikt det än av många skäl syns. – Vårdaren hade nyligen varit inne och då funnit R. lugnt liggande på bädden. En halvtimme senare hörde han patienten sjunga och skrika; då han skyndade tillstädes, slog en tjock rök honom till mötes i samma ögonblick som han öppnade dörren (vilken han till all lycka hade nog sinnesnärvaro att genast stänga, sedan han med ett tryck på den elektriska knappen tillkallat hjälp). Patienten befann sig då mitt i rummet, hoppande och dansande och till utseendet ytterst upprymd samt sjungande med full hals. (Han har eljest de senaste dagarna förhållit sig ovanligt lugn.) Då hjälp hunnit anlända och elden släckas – vartill behövdes ett par timmar, då hela träpanelningen måste brytas ned – gjorde jag ett försök att förhöra Renfield, som under tiden förts till ett annat rum. Han var helt lugn och obesvärad, men ytterst högdragen och omeddelsam. Angående eldens uppkomst kunde eller ville han ej lämna några upplysningar. Han skrattade blott försmädligt och upprepade flera gånger: "Fega stackare! – fega stackare!" – i det han betraktade mig med en blick av djupaste förakt. Då jag anslog en annan ton och frågade om han ej blivit skadad av branden, svarade han blott: "*Mig* skadar intet! – Jag går Mästarens ärenden!" – vilket emellertid tycktes mig antyda att han, driven av en eller annan fix idé, anlagt elden, ehuru det är fullkomligt omöjligt att förstå hur han därvid gått tillväga. Men dårars slughet övergår vida de s.k. förnuftigas förutseende. Han måste emellertid bevakas nogare än någonsin, ehuru omärkligt.

Jag är ytterst upprörd av detta ohyggliga tillbud, vars följder i en anstalt av denna art kunnat bli oberäkneligt olycksbringande. Hela eftermiddagen och aftonen upptogs av de mått och steg som med anledning av tilldragelsen blev nödvändiga, och jag kände mig, uppriktigt sagt,

mot aftonen så utmattad, att jag med dubbel
ledsnad mottog ett telegram från Van Helsing,
där denne meddelade mig att han med anled-
ning av ett svårt sjukdomsfall bland sina patien-
ter även denna gång blivit förhindrad att resa
(jag hade eljest med säkerhet hoppats att han
skulle avlösa mig i kväll) samt förmanade mig
att åter vaka hos "patienten på Hilllingham un-
der iakttagande av alla försiktighetsmått."

Jag begav mig emellertid naturligtvis dit ut så
fort jag avslutat mina övriga göromål. Lucy var
ännu uppe då jag kom och mottog mig med den
älskligaste vänlighet. Hon såg skarpt på mig och
sade, halvt allvarligt, halvt skämtsamt:

"I natt blir det ingen vaka av. Ni ser ju alldeles
utarbetad ut – och jag är ju alldeles frisk – jag
försäkrar att jag är frisk. Skall någon vaka, så blir
det snarare jag, som vakar över er."

Jag ville ej disputera med henne, utan supe-
rade som vanligt med de båda damerna samt
förklarade mig sedan färdig att börja min vaka
när som helst. Nu blev dock Lucy allvarsamt
ledsen, och för att ej onödigtvis uppröra henne,
samtyckte jag till att lägga mig på soffan i hennes
yttre rum, varifrån jag i alla händelser kunde se
henne.

"Jag får väl nöja mig med det", sade hon en
smula retsamt, "ty jag inser väl att intet kan för-
må er doktorer att gå till sängs som annat folk så
länge det finns en patient inom synkretsen! Om
jag vill något skall jag ropa på er och då kan ni ju
vara hos mig inom ett ögonblick."

* * *

Jag befinner mig alltså nu här i hennes vardags-
rum och hon sover redan djupt och stilla. Själv
skulle jag blott alltför gärna vilja sova – jag kän-
ner mig fullkomligt uttröttad och min hjärna
visar symptomer av den slapphet som följer
överansträngning. Det var en verklig olycka att
det där eldsvådetillbudet just skulle inträffa *idag*
– men vad tjänar det till att tala om sådant; en
läkare har inte lov att vara trött så länge någon
behöver honom. I själva verket är jag alls inte sä-
ker på att min härvaro nu längre *är* nödvändig,
ty Lucy tycks mig verkligen vara fullkomligt på
bättringsvägen – men jag lämnar ändå inte min

post förrän Van Helsing givit mig lov därtill.
Jag är honom ansvarig för hans patient, och om
något oförutsett skulle inträffa, skulle jag aldrig
förlåta mig själv. Hellre en överdriven försiktig-
het än den minsta skymt av vårdslöshet.

Rummet är olidligt varmt – jag begriper inte
vad kammarjungfrun tänkt på då hon gjorde
upp en så ofantlig brasa vid denna milda tem-
peratur. Värmen och den kvava, instängda luf-
ten sluter tyvärr ett alltför verksamt förbund
med min trötthet och jag måste oupphörligen
strida mot den sömnaktighet som vill överväl-
diga mig. – – Jag tror jag måste öppna fönstret
en smula; Lucy kan inte gärna fara illa därav,
snarare motsatsen. Luften härinne är verkligen
tryckande.

Det är ett härligt månsken ute, ehuru månen
är på återgång. Parken ser ut som en dekoration
till *En midsommarnattsdröm* – man skulle knap-
past förvånas om man såg grå töckenartade an-
deväsen sväva fram i den lätta dimman under
de stora träden därute – ja, jag tyckte mig själv
nästan se dem, så levande var illusionen! Det är
något trolskt över en sådan här septemberkväll;
– till och med en lugn, prosaisk människa som
jag kan ej fullt frigöra sig från den inverkan den
utövar på ens fantasi – eller ens nerver, vilket väl
är ungefär ett och detsamma. Då man ser vad
nervsystemet – nervsystemet – – Jag vet inte vad
jag egentligen ämnade skriva – måste ha slumrat
in ett ögonblick. Detta går aldrig an – måste se
till att Lucy – –

* * *

Skall jag någonsin kunna förlåta mig själv eller
fullt återvinna mitt självförtroende? – Vad mås-
te soldaten känna, som slumrat in på sin post
och låtit fästningen överrumplas av fiender? –
Det är vad som hänt mig – och om jag lever till
hundra år skall jag inte glömma denna läxa.

Men vilken är då denna fiende, store Gud,
denna lömska hemlighetsfulla fiende, som
smyger sig över de sovande då allt ligger sänkt i
djupaste frid? – Jag står mållös och rådvill inför
denna gåta.

Men låt mig anteckna det hela. – Jag minns
intet, sedan jag skrev de sista raderna här ovan,

förrän jag plötsligt vaknade vid att någon vidrörde mig, där jag satt inslumrad vid bordet. Det var Van Helsing. Jag var ögonblickligen fullt vaken – det lär man sig på hospitalet.

"Så, så, min vän", sade han allvarligt. "Du har slumrat, ser jag, hur står det till med patienten?"

"Gott, hoppas jag", sade jag i det jag hastigt reste mig. "Hon mådde förträffligt igår kväll och ville inte tillåta mig att – –"

Van Helsing lyfte handen, avbrytande vad jag tänkt säga.

"Låt oss se!" sade han kort.

Vi begav oss tyst in i sovrummet; Van Helsing tecknade åt mig att jag skulle dra upp gardinen, under det att han själv med lätta ljudlösa steg gick fram till sängen.

Klockan var omkring sex – professorn måste ha kommit hit ut direkt från nattåget – han var i själva verket ännu resklädd – och solen stod tämligen lågt på himmelen, så att den lyste rakt in i rummet.

I samma ögonblick som jag drog upp gardinen hörde jag Van Helsings korta, väsande andhämtning och mitt hjärta genomilades av en isande fruktan. Jag var med ett par steg över rummet, i det jag hörde honom med ett uttryck av fasa framstöta ett "*Gott im himmel!*" som bekräftade mina värsta farhågor. Han pekade på sängen – jag kände mina knän skälva under mig.

Där, på sängen, låg den arma flickan, till utseendet avsvimmad – blekare och mera dödslik än någonsin. Själva läpparna var vita och tandköttet tycktes ha dragit sig tillbaka från tänderna, så att dessa syntes längre och skarpare än annars – alldeles som fallet stundom är med lik efter en lång och svår sjukdom. Det var en hjärtslitande syn – för mig fullkomligt förkrossande; jag kände mig som träffad av ett dövande slag, ur stånd att tänka. Van Helsing stampade med foten i ett slags raseri.

"Fort – hämta konjak – brännvin – sprit – vad som helst", sade han brådskande.

Jag flög till matsalen och återvände med en flaska. Han fuktade de stackars vita läpparna – gned händer, armar, hjärta – lyssnade ett ögonblick.

"Ännu inte för sent", sade han med samma andlösa brådska, utan att höja rösten. "Hjärtat slår, ehuru knappast märkbart. Ja, kära vän – all vår möda har varit förgäves – här blir att börja från början igen. Nu finns ingen Arthur – denna gång blir det din tur."

Han började, medan han ännu talade, plocka fram de för blodöverföringen nödiga instrumenten ur sin väska och ordna allt för operationen; jag avtog mekaniskt min rock och vek upp skjortärmen, fortfarande halvt bedövad. Denna gång var det ej möjligt att använda något opiat, ej heller behövdes det; patienten syntes fullkomligt medvetslös. Inom några få sekunder kunde operationen företagas.

Efter en stunds förlopp – minuterna syntes mig rätt långa, ty känslan av att ens blod droppe för droppe förrinner är ohygglig, hur gärna och villigt man än offrar det – viskade Van Helsing:

"Rör dig inte – – jag fruktar att hon skulle kunna vakna då krafterna återkommer – och det vore ytterst farligt just nu. Jag skall försöka en morfininjektion."

Han utförde den lilla operationen snabbt och skickligt; verkan tycktes vara god, ty svimningen övergick så småningom till en naturlig sömn, under det att patienten fortfarande låg orörlig.

Det var med obeskrivliga känslor jag så småningom såg något av livets färg återvända till de stackars bleka läpparna och kinderna.

Ingen, som inte erfarit det, kan föreställa sig vad det vill säga att känna sitt eget hjärteblod strömma in i den kvinnas ådror som han älskar och se henne därvid långsamt återvända till livet. Från denna stund är det dock – även om hon aldrig får veta det, vilket jag hoppas – något mer och heligare än min blotta kärlek som sammanbinder oss.

Professorn gav noga akt på mig.

"Nu är det nog", sade han plötsligt.

"Redan?" invände jag. "Ni tog mer av Arthur."

"Han var hennes trolovade – det var i sin ordning. Du, min gosse, har mycket att göra ännu, både för henne och andra – det får vara nog med detta."

Han ägnade sig nu åt Lucy, medan jag själv med fingrarna tilltäppte mitt sår till dess han

skulle få tid att förbinda mig. Jag kände nig matt
och yr i huvudet; då armen blivit omsedd, gick
jag till matsalen för att skaffa mig ett glas vin.
Innan jag lämnade rummet viskade han till mig:

"Du säger naturligtvis intet om detta." Jag
nickade. "Om vår unge älskare återkommer –
inte ett ord. Det skulle blott oroa honom – kan-
ske göra honom svartsjuk. Vem vet? – Alltså, vi
tiger. Så!"

Då jag återkom, betraktade han mig skarpt
och noga.

"Du är inte så medtagen som jag fruktade",
sade han. "Vila nu en stund, ät en god frukost
och sedan får vi tala vidare om detta. Jag stannar
hos *henne*."

Jag lydde honom bokstavligen, ty jag kände
instinktlikt att det viktigaste just för ögonblick-
et var att hålla mina krafter uppe. Det hela hade
kommit så plötsligt att jag alltjämt kände mig
som bedövad och ur stånd att fullt fatta vad som
hänt. Hur Lucy kunnat förlora så mycket blod
som hon måste ha gjort för att befinna sig i ett
sådant tillstånd, utan att ringaste spår därav
kunnat upptäckas i rummet – vad som förorsa-
kat denna oerhörda försämring och i vad sam-
band det hela stod med min egen försumlighet,
då jag låtit mig överväldigas av sömnen – allt var
och blev en gåta.

Då jag frukosterat, återvände jag till Lucys
rum. Hon tycktes sova lugnt och Van Helsing
väntade mig i det yttre rummet.

"Käre professorn", sade jag, "ni ser framför er
en förkrossad människa – inga förebråelser ni
kan göra mig kan vara så bittra som de jag gör
mig själv – men om ni visste –"

"Så, så, gode vän", sade han lugnande, "jag
vet, jag vet – gamle Van Helsing förstår nog, han
har ögon och hjärta" – han klappade mig fader-
ligt på axeln, "men här gäller det inte så mycket
att förebrå sig vad som redan skett, som att dra
all lärdom man kan därav för framtiden – – varje
iakttagelse är här av största vikt – större vikt än
du anar – berätta mig därför nu lugnt och med
största noggrannhet hur allt tillgått."

Jag redogjorde för gårdagens tilldragelser; han
åhörde mig med spänd uppmärksamhet, nicka-
de allt emellanåt och mumlade ett och annat i

skägget. Då jag slutat lyfte han ett finger för att
mana mig till tystnad samt gjorde åtskilliga an-
teckningar i sin lilla anteckningsbok.

"Ja – ingen är allvetande, utom Gud Fader",
sade han slutligen. "Här kunde jag ju med lika
rätt förebrå *mig* att jag inte förutsett alla möjlig-
heter – men man lär, man lär, så länge man le-
ver! – Alltså! – Vi får tacka den gode guden, min
kära gosse, att jag av en lycklig tillfällighet kom
att resa redan igår afton, så att jag kunde vara
här idag. Annars hade det varit ett ännu svårare
uppvaknande för dig!"

"Tala inte därom!" sade jag rysande. "Om ni
ej varit här –"

"Men nu var jag här – och nu hoppas vi att
det stackars barnet därinne ännu en gång må
vara återvunnet åt livet. Nu återstår dock ännu
mycket att göra – och det värsta är att man ändå
i det stora hela famlar i mörkret, med blott en
ljusglimt här och där. Ack, min gode John,
min gode John, om våra ärade herrar kolleger
vore en smula mindre förstockade i sin så kall-
lade vetenskaplighet – en smula mindre fångna
i sina en gång antagna teorier – om de inte så
förnämt föraktade och åsidosatte alla iaktta-
gelser, som inte kan inpassas i deras system! –
Ack, ack, deras system! – Som om inte alla sto-
ra, viktiga upptäckter som blivit gjorda sedan
världens begynnelse måst kämpa sig fram i trots
av vedertagna teorier! – Var skulle vi vara nu
om människoöden aldrig vågat sig utom deras
råmärken? – och just nu, min gode John, just
nu, då horisonten vidgar sig på alla sidor och de
töcken som så länge begränsat vår syn, börjar
skingras litet – just nu sitter de där i sina länsto-
lar och vägrar att se ut genom fönstren, därför
att de en gång för alla bestämt att man inte *kan*
se längre än man hittills gjort. De skakar sina
visa huvuden och talar om vidskepelse och över-
tro så snart det gäller fakta, som en liten smula
avviker från deras egen begränsade erfarenhet!
– Och dock behövde vi så väl sluta oss samman
just nu – alla goda tänkande människor – för att
med öppna sinnen och obundna av fördomar
och förutfattade meningar bekämpa de osedda
fiender, som tränger in på oss från alla sidor!"

Han hade talat sig varm och jag återgiver här

hans ord så noga som jag kan minnas dem, därför att de syns mig så karakteristiska för mannen. Han är och blir en svärmare – men inte dess mindre måste envar böja sig såväl för hans genialitet som för hans vetenskapliga grundlighet och skärpa på de områden han behärskar och där ingen nu levande kan mäta sig med honom.

"Men du förstår mig inte, min gode John", återtog han efter ett ögonblicks uppehåll. "Och jag kan inte närmare förklara mig just nu. Vad jag menar för ögonblicket är endast att man inför företeelser som denna" – han visade med en handrörelse mot rummet där Lucy låg – "mer än eljest känner önskvärdheten av samverkan med andra, som studerat det fördolda själslivets område. En ensam man förmår så litet göra – man kan ju endast experimentera – – och rådföra sig med de gamla. De var inte så dumma, de gamla, som den unga världen gärna vill tro! – – Emellertid – – – allt vad du nu sagt mig, kära vän, stämmer med mina egna iakttagelser och vad jag redan tänkt mig. Jag skall försöka ta mina mått och steg i överensstämmelse därmed."

Han bad mig tills vidare kvarstanna hos Lucy, i det han sade sig snart skulle vara tillbaka, samt avlägsnade sig därpå; jag hörde honom i vestibulen fråga efter vägen till närmaste telegrafkontor.

Lucy sov lugnt till tämligen sent på förmiddagen; hon vaknade naturligt och föreföll någorlunda återställd, ehuru betydligt svagare än dagen förut. Själv tycktes hon inte ha något minne av att något ovanligt tilldragit sig.

Van Helsing återkom efter ett par timmars frånvaro; han förklarade sig nöjd med Lucy samt sade till mig:

"Far nu hem, min gode John – far hem, vila dig, ät och drick! – I natt stannar *jag* här. Vi båda måste tillsammans sköta henne – det duger inte att tillkalla någon tredje. Lita på mig – jag har goda skäl för vad jag säger. Fråga ingenting, men tro allt vad du behagar – vad du behagar – gärna för mig det otroligaste som kan falla dig in. Vad som är troligt eller otroligt här i världen, det beror bara på olika synpunkter. God natt, god natt!"

Jag kom hem i tid att göra min rond – allt

väl; till och med Renfield har förhållit sig exemplariskt. Jag skriver detta innan jag går till vila, men nu blir sömnen mig övermäktig. Gud vare lov, att jag i natt kan sova med lugn och gott samvete.

* * *

Jag for ut till Hillingham på eftermiddagen idag; så snart mina ämbetsplikter medgav. Träffade Van Helsing vid bästa lynne; Lucy ännu blek, men betydligt starkare och tydligen vid gott mod. Kort efter min ankomst anlände en större låda – försändelse från utrikes ort – adresserad till Van Helsing. Han öppnade den ivrigt; den var fylld med ett slags vita, starkt luktande blommor, som jag till en början ej igenkände.

"Detta är till er, fröken Lucy", sade han.

"Till mig, herr professorn!"

"Ja, mitt kära barn – – men inte att leka med. Dessa blommor är medicin åt er – – ja, ja, rynka inte er vackra näsa för det, mitt barn – det är inte meningen att laga till någon elak dekokt åt er, bara pryda er lilla jungfrukammare, så att ni får inandas lukten – den är hälsosam för er, den skall komma er att sova lugnt – den skall förjaga alla onda drömmar – – den liknar doften av Lethes vatten, eller kanske ungdomskällan, som spanjorerna sökte i Florida, för att först finna den då det var för sent!"

Medan han talade hade Lucy undersökt blommorna. Hon sköt hastigt undan lådan och utbrast halvt skrattande, halvt förargad:

"Ni skämtar visst bara med mig, herr professor – de har ju den avskyvärdaste löklukt! – det är väl inte ert allvar att jag skall ha dem i mitt rum!"

"Nej, min lilla fröken, *jag skämtar inte*", sade Van Helsing med stark tonvikt och ett allvar som förvånade mig, i det han nästan strängt såg henne in i ögonen. – "Jag skämtar inte och ni måste lyda er gamle doktor – *lyda*, hör ni, om inte för er egen skull så för andras!" – Lucy såg upp på honom med en skrämd och häpen blick – vilket ej var att undra på – och han återtog med mildare tonfall: "Seså, seså, kära barn, bli inte rädd. Allt, vad jag gör, gör jag för ert bästa – det tror ni ju? – De här blommorna

211

är hälsobringande – tro mig då jag säger det – mycket hälsobringande just för er; de skall ge en god, lugn sömn, ur vilken ni skall vakna starkare och gladare än då ni somnade – hör ni det? – Jag skall ordna dem i ert rum – men tyst! – vi säger intet åt andra, för att slippa onyttiga frågor och nyfikenhet. Vi får lov att lyda – – och att lära sig tiga är en del av lydnaden! – Lyd er gamla doktor, säger jag än en gång, lyd honom som ett gott barn, så skall er lydnad till sist föra er frisk och lyckligt i de älskande armar som väntar er. – – – Sitt nu här stilla och lugnt en stund – – – och du, min vän John, kom med mig och hjälp mig ordna blommorna – blommorna, som kommit hela vägen från Haarlem, från min vän Van der Pools glashus – där han odlar medicinalväxter hela året om. Jag telegraferade efter dem igår, annars vore de inte här nu."

Vi gick in i sovrummet, medtagande blommorna, i vilka jag nu tyckte mig igenkänna den vilda löken – *Allium urscinum* – eller i alla händelser en närbesläktad art. Lukten var stark, frän och på det hela rätt obehaglig. Jag vill inte förneka att min vördade lärares tillvägagående föreföll mig tämligen besynnerligt – men jag har en gång för alla beslutat att låta honom hållas, då jag i alla händelser själv varken kan bilda mig något begrepp om den hemlighetsfulla sjukdomens verkliga art eller föreslå något botemedel. Emellertid sattes verkligen mitt förtroende till Van Helsings klokhet och medicinska skarpblick denna afton på ett hårt prov.

Då vi kommit in i sovrummet, framtog han ur fickan en rulle fint segelgarn, med vilket han på förhand tycktes ha försett sig. Med tillhjälp av detta garn började han snabbt och tämligen skickligt binda en lång krans eller girland av de vita, starkt luktande blommorna; då denna var färdig, gjorde han en liknande, men betydligt kortare. Därpå stängde han fönstret och såg till att alla krokar var väl pålagda, samt tog sedan en hand full av blommor, med vilka han gned fönsterposten och allt trävirke kring fönstret; till sist fäste han blomstergirlanden korsvis tvärs över själva fönstret. Då detta var gjort, gned han på samma sätt dörrfodret och Lucys bädd samt ordnade till sist, med min tillhjälp, stora

buketter av blommorna i de två, tre blomstervaser som fanns i rummet, vilka han placerade i närheten av sängen. Det hela föreföll mig till slut så barockt att jag inte förmådde tiga längre.

"Min kära professor, jag vet naturligtvis att ni har goda skäl för allt vad ni företar er", sade jag skämtsamt, "men – – – nog är det lycka att ni inte har någon av våra mer skeptiskt anlagda kolleger här för ögonblicket! – – Man skulle nästan kunna tro att ni sysslade med att besvärja onda andar!"

"Ja, vem vet", var hans enda svar, avgivet med orubbligt lugn.

Vi återvände nu till damerna och väntade till dess Lucy gjort sin toalett för natten. Då hon lagt sig, gick professorn ännu en gång in till henne och fäste själv den mindre kransen kring hennes hals. Hon skrattade en smula, men gjorde inga invändningar; jag såg att hans allvar och bestämdhet gjorde intryck på henne.

"Kom ihåg att ni inte får röra den" – var Van Helsings sista ord, sedan ha ordnat kransen så som han ville ha den. "Det är kanske en smula obehagligt, men ni vänjer er snart därvid. Kom ni ihåg att ni skall sova lugnt – och även om lukten av blommorna skulle kännas en smula tryckande, *så får ni inte öppna fönstret eller lämna rummet!* Kom ihåg det! – Lova mig att ni gör som jag sagt!"

"Det lovar jag", sade Lucy allvarligt i det hon såg upp på honom med ett uttryck av rörande, barnsligt förtroende. "Jag skall göra allt vad ni vill – ack, hur skall jag någonsin kunna tacka er båda för all er godhet mot mig? – Vad har jag gjort för att förtjäna sådana vänner?"

Vi lämnade rummet tillsammans och återvände till staden i min droska.

"I natt tror jag vi båda kan sova lugnt", sade Van Helsing, "och vi behöver det – det har varit ansträngande dagar. Jag skulle förresten helst stanna där i natt – – men man måste tänka på den stackars frun, som inte anar dotterns fara och som mitt yrkande att ytterligare få kvarstanna skulle ha oroat alltför mycket. Nå, nå – – vi skall vara där i god tid i morgon bittida. Jag sade kammarjungfrun att ingen fick gå in till lilla fröken eller störa henne innan jag kom.

– – Med Guds hjälp skall vi finna allt gott och väl i morgon – – tack vare mina trollkonster. Ha, ha! – tack vare mina trollkonster, min gode John – och i trots av alla medicinska fakulteter och deras oomkullrunkeliga teorier!"

Han syntes så fullkomligt lugn och förtröstansfull att det egentligen bort frambringa samma stämning hos mig själv – men egendomligt nog gjorde det snarare motsatt verkan. Jag vet inte hur det kom sig, men jag måste ovillkorligen tänka på min egen lugna trygghet för ett par dagar sedan – – och allt vad därpå följde! – Om man trodde på aningar – – men därmed är man ju redan inne på dårskapens område. Den spänning vari jag levt dessa sista dagar medför naturligtvis en reaktion – jag gör nog bäst i att inte alltför noga analysera mina känslor och förnimmelser just för ögonblicket.

TIONDE KAPITLET.

Ur dr Sewards anteckningar.

(Fortsättning.)

Låt mig i korthet anteckna dagens händelser.

Jag avhämtade enligt överenskommelse Van Helsing på hotellet vid sjutiden på morgonen; litet före åtta var vi framme vid Hillingham. Det var en härlig morgon, full av den rena friskhet som är hösten egen och varmed den liksom sätter kronan på årets långa verksamhet. Löven har redan börjat skifta i alla färger, men sitter ännu kvar på träden.

Fru Western kom oss till mötes i vestibulen – hon är alltid tidigt uppe. Hon hälsade oss med stor hjärtlighet, sägande:

"Jag kan glädja er med att Lucy haft en god natt – – hon sover ännu, det kära barnet – jag tittade i dörren för en stund sedan, men hon rörde sig inte och jag ville inte gå in av fruktan att störa henne."

Professorn smålog och gav mig en triumferande blick. Därpå gned han förnöjd sina händer.

"Så, så", sade han belåten. "Jo, jag tänkte nog

att min diagnos var riktig och behandlingen likaså. Det gläder mig, det gläder mig mycket att höra."

"Ni får inte ta åt er hela förtjänsten, bäste professor", genmälde fru Western leende. "Om Lucy sovit gott, så har hon nog åtminstone delvis mig att tacka för det!"

"Hur så?" frågade Van Helsing, plötsligt uppmärksam. "Har ni –"

Han avbröt sig tvärt och betraktade henne forskande.

"Jo – – jag vet inte rätt hur det kom sig – – men jag vaknade mitt i natten och kände mig så märkvärdigt orolig – det var rent av som om något *tvingat* mig att stiga upp och gå in till henne för att se hur hon hade det – – ja, det var verkligen rätt eget, jag är eljest inte fallen för sådana inbillningar – – men denna gången tror jag rent av att det var en försynens skickelse –"

"Nå?" – jag såg att Van Helsing lyssnade till varje ord med stigande spänning. "Och ni såg – –?"

"Hon sov, det kära barnet – sov så tungt att hon inte hörde mig. Men det var oerhört kvavt i rummet, och – kan ni tänka er – jag begriper inte vad det var för ett barnsligt infall, men hon har alltid varit tokig i blommor – jag har så ofta sagt henne hur skadligt det är att ha sådana i sovrummet – men ni vet hur ungdomen är! – Jo, hon hade rent av *fyllt* hela rummet med en massa farliga, starkt luktande blommor – de stod litet varstans – ja, hon hade till och med några i sängen hos sig – – det var *nog* för att ta livet av en liten klen stackare som hon, och jag kan inte vara nog tacksam för att jag råkade komma in. Jag skyndade mig naturligtvis att ta bort skräpet – – hon hade till och med dekorerat fönstret med dem! – och så öppnade jag fönstret på glänt för att släppa in litet frisk luft. Det är därför jag anser mig kunna tillräkna mig förtjänsten om hon i natt haft en riktigt god, styrkande sömn. Jag är säker på att ni blir nöjd med henne."

Hon nickade vänligt och återvände till sitt arbetsrum, där hon brukade inta en lätt, tidig frukost före sin morgonpromenad.

Jag hade hela tiden givit akt på Van Helsing och märkt hur han bleknade. Dock lyckades han behärska sig till dess den stackars frun försvunnit – det var till och med med ett artigt leende på läpparna som han öppnade dörren för att låta henne passera. Men i samma ögonblick som hon var borta, sträckte han armarna mot höjden och skakade dem med en åtbörd av förtvivlan.

"Gud, Gud!" – stönade han, "vad har vi arma stackare – vad har det olyckliga barnet därinne förbrutit för att förtjäna denna hemsökelse! – Denna stackars mor, som utan att förstå det, utan att ana det, i sitt hjärtas välmening arbetar på att förstöra sitt barn till kropp och själ – – och ingen vågar säga henne sanningen för att inte sätta hennes liv på spel – – men kom, kom, min gode John – här är inte tid att klaga – ingen tid att förlora, om det skulle vara som jag befarar – – här måste handlas – djävulen och alla hans hantlangare skall inte vara oss övermäktiga, så vitt det ges en möjlighet –"

Medan han ännu talade, hade han gripit sin väska, som han vid inträdet ställt ifrån sig, och styrt kosan mot Lucys dörr.

Ännu en gång drog jag upp gardinen medan Van Helsing stannade vid bädden.

"Som jag tänkte", sade han med ett strängt och sorgset uttryck, i det han visade på det stackars vaxbleka, medvetslösa ansiktet på kudden.

Därpå gick han utan ett ord till dörren, som han låste, samt framtog och ordnade instrumenten till en ny blodöverföring. Jag hade genast insett nödvändigheten därav och började mekaniskt dra av mig rocken, då han hejdade mig med en handrörelse.

"Nej", sade han kort. "Du opererar idag. Det är min tur – du är redan försvagad och har ej haft tid att återhämta dig."

Han avtog hastigt rocken och rullade upp skjortärmen.

Allt förlöpte i vanlig ordning. Så småningom återtog de askbleka kinderna en smula färg och andedräkten blev jämnare och kraftigare. Då allt var förbi, var det jag som höll vakt hos patienten, medan Van Helsing vilade.

– –

Innan jag återvände hem, hörde jag Van Helsing säga till fru Western att Lucy haft ett återfall av sitt onda – han kallar det svimningsanfall för att inte oroa henne mer än som är oundvikligt – samt att man måste behandla henne med stor försiktighet. Intet finge ändras eller bortflyttas ur sovrummet utan hans uttryckliga medgivande; blommorna var medicinalväxter, vilka han själv anskaffat för ändamålet och inandandet av deras doft en del av den kur han hade för avsikt att låta Lucy genomgå "för att stärka hennes nerver".

Därpå förklarade han att han med fru Westerns medgivande ville kvarstanna på Hillingham tills vidare – han skulle själv vaka, om så behövdes, de närmaste nätterna, samt underrätta mig då jag borde infinna mig. Som jag torde få mer än vanligt mycket att göra och ombesörja under de närmaste dagarna och har ett par tre fall bland mina egna stackars patienter, som kräver hela min uppmärksamhet, mottog jag med tacksamhet anbudet och avvaktar kallelsen.

Förhållandet med Lucy är mig emellertid nu mera gåtlikt än någonsin. Vad i Guds namn betyder väl allt detta? – Jag börjar nästan frukta att mitt myckna sysslande med sinnessjuka angripit min egen hjärna.

———

Fyra lugna, fridfulla dagar och nätter. Jag börjar känna mig så stark och frisk, att jag knappast är som samma människa. Det är alldeles som då man vaknar från en svår dröm och ser solen skina och känner den friska morgonluften – – – Alltsammans är verkligen som en dröm – – jag minns bara något förvirrat – en förfärlig ångest – – mörker – – och så ett plågsamt återvaknande till liv, som när en dykare skall höja sig till ytan och hela vattenmassan trycker på honom. – – Ja, jag kan inte beskriva det, och professorn säger att jag inte skall tänka på det. – – Den snälle professorn – vad jag håller av honom – – sedan han kom hit, har alla mina svåra drömmar försvunnit – – de underliga ljuden som brukade skrämma mig så – flaxandet och krafsandet utanför fönstret – de avlägsna rösterna, som ändå var så nära mig, liksom mina egna öron – – och som befallde mig att göra – – – jag vet inte vad – –alltsammans är borta nu. Jag är inte mer rädd för att sova; jag pinar mig inte för att kunna hålla mig vaken, jag sover gott och vaknar glad och utvilad. Professorns blommor har jag lärt mig riktigt tycka om – det kommer en ny låda till mig var dag, direkt från Haarlem. – – I dag måste professorn resa – han blev kallad till Amsterdam på en dag. Han har telegraferat till dr Seward – men jag behöver visst inte att någon vakar hos mig nu; jag känner mig så trygg och lycklig, jag tackar Gud för mammas skull att jag är så mycket bättre! – I natt vaknade jag ett par gånger – professorn hade slumrat in i sin länstol – – men jag kände mig inte det minsta rädd, fastän det flera gånger föreföll mig som om någon knackat på fönstret – – jag somnade ifrån det och sov så gott ända till morgonen.

———

Åter ett beklagligt utbrott av den stackars Renfields galenskap, vilket jag denna gång fruktar får mera omfattande följder. Han har åter lyckats rymma, och vi har tyvärr ännu ej kunnat gripa honom. Det är onekligen en högst klandervärd efterlåtenhet hos hans vårdare som gjort detta möjligt, och om något liknande inträffar ännu en gång, måste jag avskeda honom, ehuru han eljest är en av mina bästa och pålitligaste karlar – men han är tydligen för trögtänkt och långsam i vändningarna; Renfield lyckas ständigt överlista honom. Sista tiden har R. i själva verket visat sig så lugn och förnuftig, att man kunnat anse sig berättigad att något mindre strängt bevaka honom – men han är aldrig att lita på. – – Jag satt i mitt arbetsrum efter middagen, sysselsatt med en del räkenskaper som blivit försummade till följd av de många besöken på Hillingham m.m., då dörren plötsligt rycktes upp och Renfield instörtade samt ögonblickligen rusade på mig. Han var beväpnad med en stor kökskniv och tydligen i ett tillstånd av fullständigt ursinne. Jag lyckades i en hastig vändning få bordet emellan oss, eljest hade det

antagligen varit slut med mig med detsamma – nu lyckades han emellertid tillfoga mig en rätt allvarsam skråma tvärs över ena handleden, men innan han hann lyfta kniven igen, hade jag sträckt honom till marken med ett väl riktat knytnävslag. Han föreföll avdånad, och då karlarna i detsamma rusade in, tillkallade av bullret, tillsade jag att han skulle avväpnas och genast föras till sin cell. Underläkaren hade också skyndat till, och då mitt sår blödde betydligt, lät jag honom förbinda det. Medan vi ännu höll på därmed, hörde vi buller och skrik, och strax därpå kom en av karlarna uppspringande för att anmäla att Renfield – som återfått medvetandet – plötsligt lyckats slita sig lös, just då man bar honom över vestibulen, samt rusat ut i det fria, innan man lyckats åter fastta honom. – – Vi har nu genomsökt parken vid Carfax, dit han förut tagit sin tillflykt, men så vitt vi kunnat upptäcka finns han inte där. Det är redan mörkt och det torde inte vara möjligt att återfinna hans spår under natten. Jag har emellertid meddelat mig med polisen och vidtagit alla nödiga försiktighetsmått – befarar dock storligen att den stackars varelsen skall ställa till en eller annan olycka, innan vi åter får honom inom lås och bom. Jag förebrår mig att jag, upptagen som jag varit på annat håll och av andra tankar, möjligen inte ägnat honom all den tillsyn han behövt på sista tiden. Men en läkare är dock inte mer än människa.

———

Den 19 september 18– kl. 10.45 f.m. Plötsligt hemkallad, måste ovillkorligen resa. Överlämnar patienten åt dig. Infinn dig här i afton – vidtag alla nödiga anordningar. Vaka ej absolut nödvändig, men besök patienten under natten och förvissa dig om befinnandet. Av största vikt. Återvänder om möjligt på nattåget och infinner mig omedelbart.

Van Helsing.

Nyss mottagit Van Helsings försenade gårdags-telegram – utreser omedelbart – skriver medan jag väntar på droskan. Högst orolig med anledning av telegrammets försenande – fatal tillfällighet. Mycket kan inträffa på en natt, som jag lärt av bitter erfarenhet. Hoppas dock det bästa då patientens tillstånd ju undergått en betydande förbättring. – Fortfarande inga underrättelser angående Renfield.

Anteckning av Lucy Western.

19 september på natten. – Jag skriver detta och lägger det där man kan finna det, så att ingen må bli oskyldigt misstänkt för min skull. Det är vad som hänt i natt. Jag känner som skulle jag dö av mattighet, men jag måste skriva, om jag också dör därav.

Jag gick till sängs i vanlig tid och ordnade blommorna som professorn sagt. Dr Seward kom inte – – jag somnade – vet inte hur länge jag sov – väcktes av något som slog mot fönstret – eller kanske jag drömde det – jag är så förvirrad, kan inte skriva redigt. Önskade professorn varit här – – – Beslöt hålla mig vaken om möjligt. Strax därpå öppnades dörren sakta och mamma tittade in. Då hon såg att jag var vaken, kom hon fram och satte sig vid sängen – sade så ömt och vänligt att hon varit orolig för mig, då doktorn uteblivit, och därför kom för att se hur det stod till med mig. Jag blev så glad – rädd att vara ensam – bad henne stanna. Hon lovade det och lade sig på sängen bredvid mig utan att ta av sig morgonrocken. Vi höll varandra i famn – det kändes så tryggt och gott. Något slog mot fönstret igen – det var som om vingar flaxat och något krafsat på rutan. Mamma ryckte till och frågade: "Vad var det?" – "Någon fågel", sade jag. Hon blev lugn, men jag kände hennes stackars hjärta slå så hårt, så hårt – hon tålde ingen skrämsel, stackars lilla mamma – – Vi höll båda på att slumra in,

då ett förfärligt slag träffade fönstret – – glaset klingade, gardinerna rycktes ned och tog med sig blommorna – – i öppningen efter den sönderslagna rutan syntes ett förfärligt ansikte, vilt, ohyggligt, med stripigt hår och skägg och stirrande ögon. – Mamma skrek högt och satte sig upprätt i sängen – då hon ansträngde sig för att komma upp, grep hon också tag i kransen, som jag bar om halsen och slet av den. – – Hon satt ett ögonblick upprätt, pekade på det förskräckliga ansiktet i fönstret, försökte säga något, men fick bara fram ett ohyggligt rosslande – – så föll hon baklänges – hennes huvud träffade mig i pannan så hårt, att det svartnade för mina ögon – – allt i rummet gick runt – – jag såg ansiktet försvinna från fönstret, men den vita dimman drev in som en rök – jag måtte ha svimmat, ty jag vet intet mer – mammas kropp tyngde mig som bly – – jag minns intet mer – – Hur länge jag låg så, vet jag inte nu; till slut vaknade jag – allt var tyst, mamma låg bredvid mig – hennes stackars hjärta hade upphört att slå – – jag själv har visst inte långt kvar att leva – jag har försökt ringa, men ingen kommer – hela huset är som dött, men jag hör hundar tjuta långt borta – – – jag orkar inte stiga upp, men har skrivit detta på ett tomt blad i min bibel – jag stoppar det i barmen, så finner du det då du kommer för att se till mig. – – Gud hjälpe mig – jag är så svag – – kan inte mer. Farväl. Arthur, farväl älskade, farväl om jag dör i natt – – Gud välsigne dig alltid, alltid.

Ur dr Sewards anteckningar.

20 september. Jag känner det vara en plikt att anteckna allt som rör denna sorgliga och allt mer hemlighetsfulla historia – eljest skall Gud veta att jag inte har någon synnerlig lust att skriva. Men, som Van Helsing säger, varje än så obetydlig iakttagelse kan ju bidra att kasta ljus över någon vrå i det mörker där vi trevar och är således av värde. – –

– Jag lämnade droskan i allén efter ankomsten till Hillingham och gick till fots det återstående av vägen. Ringde på den stora porten, men väntade förgäves att någon skulle komma och öppna – allt var tyst som en grav. Jag bultade på porten och ropade högt – den var och förblev låst, ej heller kunde jag höra någon röra sig i huset. Jag förbannade tjänstefolkets försumlighet, men efter några minuters förlopp började jag gripas av onda aningar; denna tystnad bådade intet gott. För övrigt visste jag att varje ögonblick var dyrbart, ifall någon fara verkligen hotade Lucy eller om hon haft ett nytt anfall av sin hemlighetsfulla sjukdom. Det föreföll mig i min ångest som om jag kommit till en dödens hemvist och mitt blod rördes vid tanken på vad som kunde döljas bakom denna envist stängda port. Jag skyndade runt om huset i hopp att finna köksvägen öppen. Även här var allt stängt – intet spår, intet ljud av någon levande människa, fastän klockan nu var nära fyra på eftermiddagen.

Plötsligt hörde jag någon komma springande från trädgårdssidan, jag vände mig hastigt om – det var trädgårdsmästaren (som jag sett några gånger vid mina besök på stället) och en av hans arbetare. Båda såg ytterligt upprörda ut, ehuru jag egentligen ej lade märke därtill förrän senare.

"Hur hänger det här ihop?" sade jag brådskande. "Jag kan inte få någon att höra, fastän jag bultar på stora porten och köksdörren här –"

"Åh, herre Gud, herre Gud", utbrast trädgårdsmästaren – det var då som jag märkte hans förstörda utseende – "här har säkert hänt någon förfärlig olycka – vi kom just för att säga – jag har skickat pojken till polisen – men för Guds skull, goda herrn, herrn är ju doktor, vill herrn inte komma med – det kunde kanske göra något –"

"Sedan, sedan", sade jag, alltför otålig och ångestfull för att fullt fatta innebörden av hans förvirrade tal – "kom med mig runt huset och låt oss se om vi inte kan öppna något fönster – jag *måste* komma in, hur det nu skall gå till –"

"Herre Gud, herre Gud, de är nog mördade allesammans! Ja, har jag inte alltid sagt nådig frun att här borde gå nattvakt, men inte ville hon höra på det, var det likt det – –"

"Varför tror ni att de skulle vara mördade?" frågade jag under det att vi hastigt började vår rond kring huset.

"Varför – ja, här har varit bovar i natt, skall jag säga doktorn – jag kommer ju just för det – kammarjungfrun, Elise, som doktorn väl påminner sig – – hon ligger död där nere i parken – mördad herr doktor! – stendöd – med halsen avskuren – jag träffade själv på henne för en liten stund sedan då jag tillfälligtvis kom att gå den vägen – – det är eljest inte ofta man går just åt det hållet, men se, det var så att jag –"

"Vad säger ni – kammarjungfrun? – Fröken Lucys kammarjungfru?" – avbröt jag honom tvärt. "Mördad påstår ni?"

"Ja – för så vitt hon inte tagit livet av sig själv, men det ser inte så ut. – Visst var hon litet konstig och gick sina egna vägar, men – på det viset tar en väl knappast livet av sig själv ändå – ja, om doktorn vill komma med och se – –"

"Inte nu", sade jag, ytterligt oroad av denna nya förveckling. "Inte innan vi fått se hur det står till här i huset egentligen. Det är inte naturligt att allt är stängt och tyst så här dags på dagen – Gud give att – –"

Vi hade nu hunnit till terrassen och den lilla verandan till vilken man har utgång från Lucys vardagsrum. Orden dog på mina läppar – ty i samma ögonblick som vi vek om hörnet såg jag mina mörka farhågor bekräftade. Redan ett flyktigt ögonkast visade mig att Lucys fönster var sönderslaget och rullgardinen där innanför nedryckt. En isande ångest sammanpressade mitt hjärta och fötterna nästan vägrade att bära mig. Karlen vid min sida framstötte en halvkvävd ed och arbetaren, som egentligen blott var en pojke, yngre och lättare än vi båda, skyndade hastigt i förväg. Inom ett par sekunder stod vi båda vid fönstret.

Med vilken känsla jag såg in i detta rum vill jag ej söka beskriva. Om det verkligen är sant att en oerhörd själsskakning kan göra en människas hår vitt inom få timmar, borde mitt sannerligen ha blivit det under denna förfärliga dag.

Allt i rummet syntes orubbat, ehuru rullgardinen, som jag nyss nämnt, tycktes ha blivit nedryckt eller ock fallit ned av sig själv, i fallet medtagande de korsvis spända blomstergirlander vid vilka den gode Van Helsing fäst så stor vikt. Eljest tydde intet på att någon med våld och på olagliga vägar trängt in i rummet. Allt var fridfullt och stilla, prydligt och vackert som jag alltid ser det – en passande hemort för oskuld och ungdom!

Men på den vita bädden i rummets motsatta ände varsnade jag med häpnad inte *en* utan *två* utsträckta orörliga gestalter – Lucy och hennes mor. Båda tycktes sova – – men om det var livets eller dödens sömn, kunde jag inte på detta avstånd urskilja.

Att sticka in handen, lyfta av hakarna, slå upp fönstret och svinga sig in i rummet var ett ögonblicks verk. De båda karlarna iakttog det hela med andlöst intresse, men stannade på min befallning utanför.

Jag störtade fram till sängen. – Hur skall jag kunna beskriva vad jag där såg? – Där låg de båda – lika bleka, lika orörliga – skillnaden var blott att fru Westerns ögon, ehuru redan brustna, stod vidöppna och att hennes stelnade drag bar uttryck av obeskrivlig fasa, under det att läpparna ännu tycktes anstränga sig för att framstöta det ångestskri, i vilket hon tydligen utandats sin sista suck.

Lucy var inte mindre blek än hon, men hennes ögon var slutna och dödens frid tycktes redan ha satt sin prägel på hennes älskliga anlete. Hennes nattröja var öppen i barmen och halsen bar – de båda små hål jag förut lagt märke till, syntes tydligt, ehuru kanterna nu syntes vita och liksom trasigare än då jag sist sett dem.

Var hon verkligen död – – eller dröjde möjligen ännu en gnista av liv kvar inom denna bleka vålnad av den varelse jag älskat högst på jorden? – Om så var, kunde varje sekund bringa vågskålen att sänka sig åt ena eller andra sidan. Vad som kunde göras, måste göras ofördröjligen. Jag såg mig omkring med en känsla av förtvivlad hjälplöshet – ensam kunde jag intet göra, och jag hade ej medtagit mina instrument – jag hade i själva verket *intet* till hands av det jag i detta kritiska ögonblick skulle ha behövt.

Just i detsamma hörde jag – halvt som i en dröm – rullandet av vagnshjul utanför byggningen och strax därpå portklockans pinglande i det tysta huset.

"Gå och se vem det är", sade jag hastigt åt trädgårdsmästaren. "Säg dem –" men, han var redan borta. Det förefaller mig som om blott ett par sekunder förgått – under det att jag bemödade mig att upptäcka något livstecken hos Lucy – då jag hörde någon vid fönstret och strax därpå med obeskrivliga känslor förnam Van Helsings röst invid mig.

"Vad har hänt? – men därom får vi tala sedan. Låt mig undersöka henne. Ge mig min väska – där – så –."

Han föll på knä framför sängen och utbrast strax därpå:

"Ännu är det inte för sent – fort – konjaken –."

Jag räckte honom flaskan och han började gnida Lucys läppar, tandkött och händer, i det han sade till mig:

"Detta kan jag sköta ensam – det är allt som kan göras för ögonblicket – gå du och säg till tjänsteflickan att värma ett bad. Hon är kall som is – hon måste värmas innan vi företar något annat."

Jag insåg att det ej tjänade till något att just då säga honom något angående mina farhågor i avseende på husets övriga innevånare. Jag vände mig till trädgårdsmästaren, som alltjämt full av nyfikenhet och deltagande väntade i rummet.

"Kom med mig", sade jag till honom.

Så snart vi var utom dörren frågade karlen:

"Kanske doktorn vill att jag skall skicka pojken efter hustrun min och min dotter? – En kan ju inte veta –"

Förslaget var gott och jag antog det genast för att inte förspilla tiden onödigtvis.

Gossen sprang att utföra sitt ärende och vi fortsatte vår väg till kök och jungfrukammare, inte utan hemska aningar i avseende på de upptäckter som där möjligen väntade oss. Under tiden berättade karlen utförligare för mig hur han för ungefär en timma sedan haft sin väg åt en föga besökt del av parken – han hade då varseblivit något ljust, som skymtade fram bland buskarna, gått ditåt och till sin fasa och häpnad varseblivit kammarjungfrun, Elise Robinson, liggande på ryggen i gräset med ett gapande sår i halsen samt, efter vad det tycktes, redan död för flera timmar sedan. Han hade genast skickat en av sina arbetare till närmaste polisstation för att anmäla saken samt därpå själv sprungit upp till gården för att underrätta "herrskapet" om vad som inträffat.

"Jag väntade att där skulle vara en faslig uppståndelse, då Elise naturligtvis borde ha saknats för länge sedan", slutade han med all den viktighet som är personer av hans klass egen under liknande förhållanden. "Men doktorn skall få se att det varit inbrott här och att de gjort av med de andra flickorna med – – jag tänker allt silvret är sin kos, jag, och Gud vet vad förresten – –."

I min feberaktiga iver att så fort som möjligt anskaffa vad som behövdes för Lucy räkning hörde jag knappast på vad han pratade. Vi hade nu hunnit ned i köksregionerna, där även kökspigans rum var beläget. De andra, kokerskan och de båda husjungfrurna, hade, efter vad min ledsagare visste upplysa, sitt sovrum två trappor upp.

Inte spår av oordning syntes någonstans – men allt var fortfarande tyst som graven. Sedan vi utan att få något svar knackat på kökspigans dörr, öppnade vi densamma och steg in.

Flickan låg på sängen, djupt insomnad, men så vitt man kunde se, fullkomligt oskadad. Vårt inträde väckte henne ej och till min förvåning vaknade hon ej heller, då jag tämligen omilt skakade lemmarna och ropade på henne. Hon tycktes vara försänkt i fullkomlig dvala. Min första tanke var att hon blivit kloroformerad, och jag kan ännu ej med bestämdhet säga huruvida detta inte verkligen var händelsen – dock märktes ingen kloroformlukt i rummet, ej heller kunde jag av hennes andedräkt känna, att något annat narkotiskt medel blivit använt för att söva henne. Jag hade emellertid för ögonblicket inte tid att sysselsätta mig med henne, utan bad trädgårdsmästaren att gå upp och se till de andra – vilka antagligen befanns i samma tillstånd, då de inte hörts av – samt skyndade själv upp till badrummet, vilket, som jag visste befann sig i samma korridor som Lucys sovrum. På vägen mötte jag trädgårdsmästarens hustru och dotter – tvenne välmenande och tjänstaktiga, men för tillfället nästan hypnotiskt upprörda och pratsamma fruntimmer. Utan att lyssna till deras utrop, beskärmelser och frågor, bad jag

dem skyndsamt elda upp badrummet och anordna ett varmt bad samt följde själv med dem för att visa vad som borde göras. Till all lycka var vattnet i behållaren ännu tämligen varmt och det dröjde i själva verket inte lång stund – ehuru minuterna syntes mig oändliga – innan allt var i ordning.

Jag skyndade nu att underrätta Van Helsing, och utan vidare tidsförlust bar vi med de båda kvinnorna till hjälp Lucy till badrummet och lade henne i badet. Medan professorn och jag gned hennes lemmar, hörde vi en ringning på portklockan. Jag förmodade att det var något bud från polisstationen och skickade flickan att öppna; hon återkom emellertid genast och viskade till mig att det var en främmande herre, som bad att få tala med mig, då han hade hälsningar från herr Holmwood. Jag återsände henne för att säga att han i så fall måste vänta, då jag för ögonblicket omöjligt kunde tala med honom. Hon avlägsnade sig med detta bud, och, upptagen som jag var av vad vi hade för handen, glömde jag, uppriktigt sagt, det hela.

Under hela min långa erfarenhet, tror jag ej jag sett en läkare inlägga en sådan oerhörd energi i kampen för människoliv som Van Helsing nu gjorde. Jag visste för övrigt lika väl som han att det gällde en tvekamp med döden, som endast tum för tum kunde drivas tillbaka och dock varje ögonblick stod beredd att återta sitt rov. Då han ett ögonblick slutat för att vila sig och hämta andan, sade jag något liknande. Han svarade med djupt allvar och ett uttryck som jag inte förmådde tyda:

"Vore det inte annat – – så skulle jag gärna låta naturen ha sin gång och det arma barnet få ro – – – ty jag ser intet ljus över hennes livs horisont – – men det är – – "

Han avslutade ej meningen, utan återtog med förnyad iver det avbrutna arbetet.

Vi märkte inom kort att behandlingen började göra verkan. Vid användande av stetoskopet förnams kraftigare hjärtrörelser och även lungorna började arbeta med mera kraft. Van Helsing strålade av tillfredsställelse, och då vi lyfte henne ur badet och svepte henne i varma filtar viskade han åt mig:

”Det draget var inte dumt. Ska få se att vi vinner partiet den här gången med.”

Vi bar nu Lucy till ett annat, angränsande rum, som fruntimren under tiden gjort i stånd. Trädgårdsmästaren, som nu infunnit sig, var oss behjälplig och viskade därvid med häpen min till mig, att han funnit de övriga tjänarna lika hårt insomnade som kökspigan samt fåfängt ansträngt sig för att väcka dem, men att han däremot ej kunnat upptäcka spår av våldsamheter, än mindre av att något bortstulits ur huset. Jag sade honom att vi senare skulle undersöka, men att vi för närvarande måste helt och hållet och med åsidosättande av allt annat ägna oss åt fröken Lucy.

Sedan vi lagt Lucy till sängs, lyckades vi förmå henne att nedsvälja några droppar konjak, varpå Van Helsing svepte väl om henne, satte en av kvinnorna att vaka över henne och tecknade åt mig att följa sig ut ur rummet. Hon var fortfarande medvetslös, och ehuru livsvärmen och livsfunktionerna till en del återvänt, var hennes tillstånd ännu fullt ut lika betänkligt – om inte mer – som vid något av de föregående anfallen.

”Här måste konsulteras, min gode John”, sade Van Helsing, i det han drog mig med sig in i matsalen och stängde dörren efter sig.

Persiennerna hade blivit uppdragna och rummet låg i halvskymning – dock tillräckligt ljust för oss.

”Ja – nu är frågan – vad skall vi ta oss till?” återtog han. ”Vart skall vi vända oss? – Här måste naturligtvis företas en ny blodöverföring, annars kan det arma barnet inte leva en timma. Men du har redan släppt till så mycket du kan undvara – – jag likaså. Vi behöver våra krafter för hennes skull. Kvinnfolken därinne litar jag inte på, och det skulle förresten bli ett förb. väsen. Var skall vi i hastigheten få tag i någon, som är tillräckligt stark och sund och på samma gång villig att släppa till en smula blod för att rädda henne?”

Vi ryckte båda till, då en röst, kommande från soffan i andra ändan av rummet, svarade:

”Har herrarna något att anmärka mot *mig?*”

Jag hade så när ropat högt av glädje och överraskning – ty den talande var ingen annan än Quincey Morris, vår amerikanske vän. Van Helsing hade rynkat ögonbrynen, men han ljusnade genast då han såg den glädje, varmed jag hälsade nykomlingen.

”Men hur i all världen kommer *du* hit?” sporde jag, i det vi tryckte varandras händer.

”Ombud för Arthur. Han blev orolig, då han ej hörde av dig på ett par dagar, och telegraferade till mig att jag skulle fara hit ut och höra hur det stod till.”

”Du kommer som efterskickad”, sade jag.

”Det ante mig, då jag hörde vad ni pratade nyss. Sjung bara ut – vad är det som skall göras? – här ser ni den som är villig till vad det vara må.”

Van Helsing steg fram, tog hans hand och såg honom allvarligt i ögonen, i det han sade:

”En modig och redlig man har ingen ädlare gåva att ge än sitt blod – och det är just det vi behöver. Ni är en man – så mycket kan jag se. Nå – hin Onde må göra sitt värsta, men Gud sänder oss i alla fall män, då det göres behov.”

Han redogjorde nu i korthet för vad som skulle göras, och därpå företog vi ännu en gång den så ofta upprepade operationen, vid vars detaljer jag nu inte har hjärta att uppehålla mig. Det hela tog längre tid än vanligt, ty Lucys krafter syntes av en eller annan anledning så nedsatta att blodöverföringen inte på en god stund gjorde åsyftad verkan. Den kamp naturen måste utkämpa, innan livet slutligen vann en avgörande seger över döden, var förskräcklig att åse och höra. Slutligen började dock både hjärta och lungor återta sin normala verksamhet – Van Helsing gav henne en morfininsprutning och hon sjönk småningom i lugn sömn.

Då allt var förbi och jag förbundit Morris samt givit honom ett glas vin och förmanat honom att vila en timme på soffan, gick jag för att göra mig underrättad om hur förhållandena under tiden gestaltat sig i det på ett så oförklarligt sätt hemsökta huset.

Jag fann att trädgårdsmästarfrun med tillhjälp av sin dotter och ett par andra kvinnor från grannskapet – där ryktet om de hemlighetsfulla och uppskakande tilldragelserna på Hillingham naturligtvis spritt sig som en löpeld – flyttat den stackars fru Westerns lik från Lucys rum till hennes eget, samt där redan var i färd med att göra den döda de sista tjänsterna och ordna allt på ett passande sätt. En flyktig undersökning var tillräcklig för att visa mig att kroppen inte bar ringaste spår av yttre våld, och med den kännedom jag förut besatt angående arten av hennes sjukdom, ansåg jag att hennes plötsliga död borde kunna förklaras på fullt naturligt sätt – i synnerhet som man såväl av det sönderslagna fönstret som av hennes eget ansiktsuttryck, stelnat i döden som ett bevis för vilka hennes sista förnimmelser varit, kunde sluta sig till att hon varit utsatt för en eller annan häftig skrämsel.

Jag lämnade således likrummet och begav mig två trappor upp till tjänsteflickornas rum. Lucys tillstånd och de åtgärder som måste vidtas för hennes vederfående hade hittills så helt och hållet upptagit mina tankar, att jag knappast skänkt mer än en flyktig uppmärksamhet åt de övriga detaljerna av det sorgespel, som här tycktes ha uppförts under skydd av nattens mörker och tystnad; men nu erinrade jag mig allt vad jag förut hört utan att rätt ge akt därpå samt påskyndade instinktmässigt mina steg i känsla av att jag här möjligen försummat en plikt både som människa och läkare, då de stackars flickornas dvala med all säkerhet inte var naturlig och de sannolikt var i behov av vård.

I kokerskans rum, dit jag först inträdde, fann jag emellertid före mig tre herrar, av vilka jag igenkände den ena som en ung, nyligen i trakten bosatt privatpraktiker; de andra presenterade sig själva, då jag nämnt mitt namn, som distriktets poliskommissarie och ett av hans biträden. Vi växlade några ord angående vad som inträffat. Poliskommissarien sade, att hans folk redan satt sig i rörelse för att finna mördarens spår – ty ett mord hade under synnerligen upprörande förhållanden ägt rum, därom hyste han efter besiktning av den döda flickans kropp inte ringaste tvivel – men att han mötts av oväntad svårighet, vilken dessutom gjorde hela saken betydligt mera invecklad än den i början förefallit honom – nämligen det tillstånd vari han funnit den mördades kamrater, vilka han i första rummet velat förhöra och som bort kunna lämna värdefulla upplysningar.

"Doktor Brown här", tillade han, "har försökt väcka dem, men ehuru han påstår att det inte syns minsta spår av yttre våld, ej heller av att något sömnmedel blivit dem bibragt, är det absolut omöjligt att få liv i dem."

"Min första tanke var naturligtvis kloroform", inföll den unge läkaren – "men dess verkningar skulle naturligtvis ej ha kunnat vara så långvariga – – det föll mig också in, att man på ett eller annat sätt kunde ha givit dem opium, men som ni själv ser, herr doktor, visar de inte ringaste symptom av opiumförgiftning – de sover lugnt och stilla och andhämtningen är fullt normal, liksom temperaturen och alla övriga förhållanden."

Jag undersökte en av de sovande – en trettioårig, kraftig kvinna – och måste ge honom rätt. Hennes tillstånd skilde sig i intet avseende från vanlig sömn – utom i det enda, visserligen högst väsentliga – att hon inte stod att väcka. Upprepade försök övertygade oss nästan att hon var fullkomligt känslolös; till och med då man stack henne tämligen djupt i armen med en nål, förrådde inte ringaste ryckning att hon erfor någon smärta. Den unge läkaren och jag växlade förvånade blickar.

"De övriga är alldeles på samma sätt", anmärkte han med låg röst till mig. "Jag har aldrig sett ett egendomligare fall. Det skulle vara i hög grad intressant att veta, hur länge de befunnit sig i detta tillstånd. Vad kan klockan vara nu?"

Han tog fram sin klocka, men innan han hunnit se på densamma, slog ett i rummet varande väggur fem.

Sista klockslaget hade knappast hunnit förklinga, förrän den sovande till vår obeskrivliga häpnad öppnade ögonen, sträckte på sig, gäspade och satte sig upp i sängen. Då hon i detsamma varseblev oss, skrek hon till och drog förskräckt täcket ända upp till hakan.

"Bli inte rädd", skyndade jag att säga – "ni känner ju igen mig – doktor Seward? – –"

"Ja, ja – – men för Guds skull, vad står på? – Har jag försovit mig? – Varför är doktorn och" – hon såg ängsligt på de andra herrarna.

"Lugna er, lugna er", sade jag – "ni har verkligen försovit er – – det har hänt något ledsamt i huset, och vi skulle vilja tala litet med er – – fru Western är illa sjuk –”

”Å herre Gud!”

”Vi skall lämna er på en stund, om ni vill vara god och stiga upp och kläda er – så får vi talas vid sedan.”

Hon stirrade häpen och yrvaken på mig samt tycktes knappast fatta vad jag sade, men jag tecknade åt de övriga, och vi avlägsnade oss samt stängde dörren.

Utkomna på trappavsatsen hörde vi buller av röster och bara fötter inne i de båda andra flickornas rum – även de hade tydligen samtidigt vaknat och i största förvirring störtat upp ur sängen. Några minuter senare kom såväl de som kokerskan ut, ivriga och upprörda samt tydligen efter att ha gjort en ovanligt brådskande toalett. Deras häpnad och sinnesrörelse blev inte mindre, då jag så skonsamt som möjligt meddelade dem vad som inträffat. Underrättelsen om fru Westerns död tycktes gripa dem djupt, och de började bitterligen gråta. De ville genast skynda ned, men poliskommissarien, som hela tiden uppmärksamt fixerat dem, lade sig emellan.

”Först måste jag tala några ord med er, mina damer”, sade han hövligt men bestämt. ”Var god och visa mig ett rum, där vi kan vara ostörda en stund.”

Kokerskan såg förorättad ut och knyckte på nacken, men den äldre av husjungfrurna öppnade skyndsamt ett gästrum strax invid där vi stod och bad oss stiga in.

För det förhör poliskommissarien nu underkastade de tre kvinnorna, är här inte rätta platsen att redogöra, då utförlig rapport däröver redan varit synlig i tidningarna. Det var mig tydligt att han misstänkte dem och trodde deras sömn ha varit fingerad, men såväl jag som dr Brown är beredda att på läkareed intyga, att detta ej kunnat vara fallet, hur litet vi än kan förklara verkliga förhållandet.

I betraktande av det uppskrämda tillstånd vari de naturligtvis befann sig, svarade de emellertid förvånande klart och redigt på de frågor som ställdes till dem. I själva verket hade de ytterst litet att upplysa. De hade gått till sängs i vanlig tid, efter att ha tillsett att alla luckor var stängda (där sådana fanns) eller rullgardinerna neddragna samt porten stängd för natten. Intet ovanligt eller misstänkt hade då synts till. Kammarjungfrun hade gått in till sig – om hon *sedan* gått ut, hade detta skett utan någon annans vetskap. Men – – här växlade de blickar och tycktes ej rätt vilja fram med vad de hade på hjärtat.

”Men – hon brukade kanske det?” inföll poliskommissarien genast.

”Åh, ja – det kunde ju hända. Hon gick sina egna vägar för det mesta, Elise – en visste aldrig rätt var en hade henne, stackare. Men vem kunde tro att det skulle ta en sådan ändalykt. – Jaja, ja, ja – krukan går så länge till brunnen att hon spricker” – kokerskans ton uttryckte den medvetna dygdens överlägsenhet.

”Såå – – hon hade förmodligen en fästman, som hon gärna promenerade litet med på vackra kvällar – sådant har man väl sett”, framkastade poliskommissarien.

”Fästman – åh, ja. Gud bevars – det kan väl hända – inte för det *jag* vet något – och *jag* har aldrig varit den som hört på skvaller, det skall ingen kunna säga – men när flickor ger sig till att springa ute om nätterna, då vet en väl litet var vad klockan är slagen. Jag sade en gång åt Elise, att det blev hennes olycka, men det blev förstås inte väl upptaget – och nog är jag den, som vet att tiga, när det inte tjänar något till att tala”, o.s.v.

Några vidare upplysningar stod ej att avvinna varken henne eller hennes kamrater. Den döda flickan hade tydligen ej varit omtyckt, ehuru ingen kunde ge några bestämda skäl för den misstro de hyste till henne.

Medan förhöret ännu pågick, knackade trädgårdsmästarens dotter på dörren och meddelade att även kökspigan hade vaknat och var ”rakt som ifrån sig” av förskräckelse över allt som inträffat.

Jag bad min nya kollega, dr Brown, se till flickan och återvände själv till det rum där Lucy nu befann sig, orolig över att ha blivit så länge uppehållen.

Då jag så tyst som möjligt inträdde i sovrummet fann jag henne fortfarande försänkt i djup slummer. Van Helsing satt i den stora länstolen vid fönstret med ett pappersblad i handen. Han hade tydligen redan satt sig i besittning av dess innehåll och tycktes försänkt i djupa tankar; hans min uttryckte en viss grad av tillfredsställelse. Han räckte mig papperet med orden:

"Det föll ur fröken Westerns barm då vi gjorde henne i ordning till badet."

Då jag läst det, kunde jag blott häpen stirra på honom. Först efter några minuters tystnad lyckades jag få fram:

"Men vad i Guds namn betyder allt detta? – Var hon – eller är hon sinnesrubbad – har skrämseln – –? – vad kan väl egentligen ha hänt i natt?"

Van Helsing tog papperet, vek ihop det och sade långsamt:

"Ja, min gode John – – den frågan torde inte vara så lätt att besvara. Jag har min åsikt för mig, men den kan jag först längre fram meddela dig. Men vad vi nu i första rummet måste tänka på är – dödsattesten."

"Dödsattesten?"

"Ja – för fru Western. Om vi inte går försiktigt tillväga, kommer antagligen medikolegal besiktning att förordnas – – i så fall måste det där papperet företes och med det oändliga förvecklingar och obehag – tillräckligt för att döda den stackars flickan där – hon är inte i det tillstånd att hon skulle kunna underkastas ett förhör."

Detta insåg jag lika väl som han, men jag insåg även att saken nu, då polisens uppmärksamhet redan var väckt, torde erbjuda betydligt större svårigheter än han andades. Jag skyndade därför att meddela honom de tilldragelser varom han ännu svävade i okunnighet – kammarjungfruns mord, det oförklarliga tillstånd vari de övriga tjänsteflickorna återfunnits samt den stora sannolikheten för att ett inbrott ägt rum i huset.

Han lyssnade med spänd uppmärksamhet och slog ett par gånger den ena handen i den andra som han brukar göra då han grips av en plötslig idé. Sedan han gjort mig ett par frågor till ytterligare fullständigande av mina meddelanden, betänkte han sig några ögonblick och sade därpå:

"I alla händelser kan såväl du som jag och den läkare som förut skött henne intyga, att den avlidna fru Western lidit av långt framskriden hjärtsjukdom och att en häftig sinnesrörelse – av skrämsel eller annan anledning – varit fullt tillräcklig att döda henne. Då du säger att poliskommissarien redan är i huset, kan vi ju tala med honom – – huvudsaken är blott att Lucy inte för närvarande blir oroad. Med de där kvinnorna måste jag också tala några ord – – och den döda – – henne måste jag se. Här kräves mycken eftertanke och stor försiktighet, allt vad du sagt mig bekräftar blott min övertygelse att krafter här är i rörelse som ej kan bekämpas med vanliga medel – – men gå nu och säg åt något av fruntimren att komma hit och stanna hos Lucy – så kommer jag sedan efter."

Jag gick, grubblande över mångahanda – inte minst över min vördade gamle vän och lärares lilla svaghet att vilja spela orakel, vilken under nuvarande förhållanden föreföll mig något retsam. Emellertid antar jag att han har goda skäl för sin förtegenhet och ingen som känner honom kan på allvar misstänka honom för något som har minsta anstrykning av charlataneri. Men en smula fantast är och blir han i trots av allt sitt snille och sin lärdom.

I vestibulen mötte jag Quincey Morris, ännu något blek, men för övrigt fullt sig själv efter en stunds välbehövlig vila. Han visade mig ett till Arthur Holmwood adresserat telegram, som han just var på väg att avsända och vari han i korthet meddelade denne fru Westerns frånfälle, samt att Lucy varit sämre, men åter befann sig bättre och att såväl jag som Van Helsing befann oss hos henne. Därpå sade han:

"Hör på Jack, jag brukar inte tränga mig in där jag inte har något att göra – – men det här är intet vanligt fall. Du vet att jag älskat henne – den stackars flickan därinne – och skulle velat göra henne till min hustru – – nå, gott, allt det där är nu förbi – men i alla fall kan jag aldrig känna för någon annan vad jag känner för henne och därför tycker jag mig ha ett slags rättighet – – – Vad fattas henne egentligen? – Holländaren – den präktige gubben, en riktig gammal hedersknyffel – talade om en *ny* blodtransfusion – eller vad ni nu kallar det – och att ni båda redan förlorat så mycket som ni tålde vid – således har jag mina skäl att anta att ni båda redan gjort vad jag gjorde i förmiddags. Inte sant?"

Jag nickade instämmande.

"Och antagligen Arthur också – han såg fasligt medtagen ut då jag träffade honom sist. Har jag gissat rätt?"

Jag nickade åter.

"Och hur länge har detta pågått?"

"Åh – en tio, tolv dagar – på sin höjd ett par veckor."

"På sin höjd ett par veckor! — — Således har den där stackars lilla varelsen, som vi alla håller av, inom den krya tiden fått fyra starka karlars blod i sina ådror. Och ändå ligger hon där så eländig att jag aldrig sett maken — — utom en gång på Pampas då mitt favoritsto en natt blev angripet av en sådan där stor blodsugare som de kallar vampyr där borta – det stackars kräket låg där alldeles maktlöst på morgonen och det var inte annat att göra än skjuta henne. Men här i landet finns gudskelov inga odjur av *den* sorten. Jack Seward – säg mig uppriktigt – på vad sätt har hon förlorat allt det där blodet? – Jag vet nog att ni doktorer inte skvallrar ur skolan — — men du förstår –"

Det gjorde mig ont om den stackars gossen – ingen kunde bättre än jag fatta den ångest han kände; men jag kunde ej säga honom mer än jag själv visste. Jag skakade på huvudet.

"Ja, käre vän – det är just frågan", sade jag dystert. "För min del erkänner jag öppet att jag står alldeles rådvill. Van Helsing tar saken mycket allvarsamt, men Gud allena vet vad han verkligen tänker; jag kan inte ens gissa mig till det. Ledsamt nog har våra anordningar för hennes ändamålsenliga vård och tillsyn gång på gång korsats av de mest oberäkneliga tillfälligheter. Men nu stannar vi – en av oss eller båda – här och viker inte från platsen förrän allt står väl till – eller motsatsen."

"Räkna på mig, om ni behöver förstärkning", sade han, i det han räckte mig handen. "Låt mig bara veta om det är något jag kan hjälpa er med, så gör jag det på fläcken."

Vi tryckte varandras händer och han gick för att avsända sitt telegram. Jag sände trädgårdsmästarens hustru upp att vaka över Lucy och få

ögonblick därefter sammanträffade jag och Van Helsing i matsalen med poliskommissarien, för vilken vi i korthet redogjorde för vad vi hade att meddela honom, varpå han försäkrade oss att han skulle göra allt vad som på honom ankom för att Lucy ej skulle bli personligen inblandad i de plågsamma undersökningar, som måste företas.

"Min åsikt är den", sade han, " att det hela varit en planlagd sak från början. Huset här ligger ensamt i den stora parken och det var allmänt bekant att det endast beboddes av fruntimmer samt att här fanns gott om silver och dyrbarheter. Det är egentligen märkvärdigt att ett inbrott inte skett för länge sedan. Möjligen har kammarjungfrun varit bovarnas medbrottsling och de har röjt henne ur vägen för att hon ej skulle förråda något – eller också har man lockat ut henne under någon förevändning – det ser emellertid misstänkt ut. Hur de lyckats söva de andra tjänsteflickorna torde herrar läkare kunna säga bättre än jag – jag trodde ett ögonblick att det hela var en komedi, men dr Brown försäkrar mig att denna dvala var verklig – möjligen har kammarjungfrun efter avtal blandat något sattyg i deras mat eller dryck på aftonen — — nå, nå – allt det där kommer kanske i dagen i sinom tid. De är fullkomligt rediga och överensstämmande i sina vittnesmål. Alla fyra hade – detta är en rätt viktig punkt för *min* uppfattning av saken – på eftermiddagen haft tillåtelse att besöka ett zigenarläger på allmänningen här utanför och kom först hem vid sextiden igår afton. Under tiden har kammarjungfrun – som efter vad jag kan förstå, varit ett hår av hin både i ett och annat avseende – mycket väl kunnat göra anstalter. Då alla är lyckligt och väl insomnade, smyger hon sig ut — — detta är min förklaring, ser herrarna – för att underrätta sina snygga kompanjoner att kusten är klar. Sedan har de förmodligen gjort processen kort med *henne* och så givit sig hit. Men förmodligen har de misstagit sig på fönster, då de just slagit ut det som hörde till frökens sovrum – i alla händelser har de först gjort ett försök *där*, och det är ju inte att undra på, om gamla frun dött av skrämsel och fröken svimmat, då jag hör att båda varit mycket klena till hälsan på senare tiden. Saken är, som sagt så tillvida fullkomligt klar, och om herrarna vill skriva en dödsattest och på ämbetsed intyga, vad ni nu sagt mig, så behöver vi alls inte oroa fröken på något vis. Antagligen har hon inte heller något av vikt att upplysa. Efter min uppfattning har det endast gjorts ett försök med det sönderslagna fönstret och bovarna har dragit sig tillbaka, då de sett att det fanns folk i rummet. Kammarjungfruns fönster, som ligger åt samma sida, var *öppet* – d.v.s. hakarna var ej pålagda, ehuru fönstret var tillskjutet – hon har förmodligen själv smugit sig ut den vägen och det var dit de ämnade sig, fastän de råkade gå miste. Nåja, stackarn, hon har fått sota för det onda hon gjort, om det nu verkligen är som jag tror. Det egendomligaste är emellertid att vi ej kunnat upptäcka att något verkligen blivit bortstulet. Här på buffén till exempel" – han visade ditåt med en handrörelse – "står, som herrarna ser, en massa gamla, massiva silversaker – kan någon förklara varför de inte tagit dem med sig? – Och inte en låda, inte ett skåp är uppbrutet i hela huset, så vitt jag kunnat finna. Husjungfrun, som är bäst inne i förhållandena, påstår att rakt ingenting saknas. Och ändå måste de haft god tid på sig. Ja, det är en underlig historia – en förbannat underlig historia – men vi skall väl få ljus i den så småningom."

Jag hade med största intresse åhört honom och hans bevisning syntes mig fullkomligt klar och övertygande. Van Helsing hade även lyssnat utan ett ord. Nu frågade han plötsligt:

"Zigenare – – ni sade något om ett zigenarläger?"

"Ja – det har legat ett sådant där band här i närheten de sista tio, tolv dagarna. De hade myndigheternas tillstånd att slå sig ned på allmänningen och har stått under bevakning – man har inte heller hört klagas över några oregelbundenheter i grannskapet – men det har varit ett fasligt spring med folk ditut för att låta spå sig och sådant. En hel hop fina ungherrar från London har också varit därute – de hade tusan så vackra kvinnfolk, det kan inte nekas. Men – – nej, jag tror knappast att de haft något att göra med det här inbrottet. Det är nog snara-

re övat folk från London. Jag tänkte nog på tattarföljet att börja med, och det är ju inte alldeles omöjligt att de haft en hand med i spelet – – det som ser misstänkt ut är att hela sällskapet brutit upp och givit sig av i natt – jag skickade strax folk ditut för att hålla ett öga på dem – – men det hela liknar inte zigenarna. De vågar sig sällan på sådana där större företag – stjäl på sin höjd ett par höns eller något i den vägen här och där."

"Hm" – sade Van Helsing, i det han långsamt strök sitt skägg. "Kunde jag få se den mördade flickan?"

"Alltför gärna, herr professor – jag hade i alla händelser tänkt anmoda herrarna att besiktiga liket. Under nuvarande förhållanden är det en högst lycklig tillfällighet att tvenne framstående läkare finns på platsen."

Han förde oss till ett litet avsides liggande rum i källarvåningen – antagligen något slags tvättstuga – där man lagt den döda på ett långt bord. Hon befann sig ännu i fullkomligt samma tillstånd som hon blivit funnen, iklädd en ljus bomullsklänning med vit botten och rosenröda prickar, ett vitt förkläde och en liten kokett mössa på det omsorgsfullt friserade håret. Klänningen var emellertid starkt skrynklad samt fläckad av gräs och jord; livstycket var uppslitet, så att barmen delvis blottats, och i strupen syntes ett stort sår, från vilket blod runnit ned och fläckat det ljusa tyget ända till midjan.

Van Helsing böjde sig ned och betraktade uppmärksamt såret. Även jag hade genast frapperats av dess ovanliga utseende. Strupen var inte avskuren som med en *kniv* eller något annat skarpt instrument, utan snarare söndersliten eller sargad. Våra ögon möttes – mina med en häpen fråga, hans med ett uttryck som jag ej förstod och ännu inte kan tyda.

"Högst egendomligt" – sade jag. "Vad är er tanke om det här, herr poliskommissarie?"

"Tja – jag vet inte vad jag skall säga – det är eget nog, jag lade märke till det förut – det ser nästan ut som bettet av ett djur."

Van Helsing nickade utan att säga något.

"Om det kunde tänkas att de haft en hund med sig – en stor dogg eller något i den vägen – och tussat den på henne", funderade poliskom-

missarien. "Det vore ett djävulskt påfund – –
men den, som praktiserat så länge som jag, vet
att en del av det där slöddret är i stånd till vad som
helst. Om de ville göra sig av med henne, vore ju
det sättet förresten lika gott som något annat."

Van Helsing sade alltjämt intet – han undersökte fortfarande såret.

"Vad är er tanke, professor?" sade jag en smula otåligt.

"Strupen är avbiten" – sade han kort. "Men
jag tror knappast att det varit en hund."

"Det är egendomligt att det ej syns spår av andra bett", anmärkte poliskommissarien. "Om
hon värjt sig med händerna – – och en uppretad hund skulle antagligen ej nöjt sig med att
endast avbita strupen. Ett högst egendomligt
fall" – han nästan gned händerna i yrkesmässigt
intresse och belåtenhet. Antagligen såg han en
blivande ryktbarhet hägra i fjärran.

"Om ni tillåter, skall jag senare göra en grundligare undersökning", sade Van Helsing med
tankspridd ton – "för närvarande – jag måste
återvända till min patient – fröken Western;
hennes tillstånd är fortfarande rätt betänkligt.
Farväl så länge!"

Han avlägsnade sig och jag följde några
ögonblick senare, efter att ytterligare ha växlat
några ord med poliskommissarien.

Då jag kom upp, fann jag att Lucy vaknat.
Hon såg sig några ögonblick förvirrad omkring;
därpå tycktes hennes minne delvis återkomma
– hon satte händerna för ögonen och jämrade:

"Mamma! – mamma!"

Några minuter senare såg hon upp.

"Är det verkligen sant – *är* hon död?" – frågade hon. "Eller drömde jag att hon – – att hon
föll tillbaka och – – var död?"

Så skonsamt och ömt som möjligt meddelade
vi henne vad som hänt. Ingen av oss ville göra
henne några direkta frågor, men av vad hon själv
sade kunde vi sluta oss till att hon inte hade något klart minne av vad som förefallit. Hon upprepade blott:

"Hon kom in till mig och lade sig på sängen –
– – så satte hon sig upp – – jag minns inte vad det
var – – – mitt huvud är så oredigt – – men hon föll
tillbaka och – – så förstod jag att hon var död."

Vi försökte trösta henne och vårt deltagande
syntes göra henne gott, hon grät stilla och efter
en stund föll hon åter i sömn. Van Helsing och
jag satt tysta på var sin sida om bädden och iakttog henne.

Då hon sovit vid pass en timma, inträffade
något rätt egendomligt. Hon rörde sig oroligt i
sömnen, trevade i barmen och framtog det papper som Van Helsing givit mig att läsa, men sedan, med en finkänslighet som jag förstod, återställt till den plats där han funnit det. Hon slet
papperet mitt itu. Van Helsing sträckte sig tyst
fram och tog det från henne, men hon fortfor
att röra händerna som om hon slitit papperet i
mindre stycken samt lyfte dem slutligen liksom
för att kasta ifrån sig bitarna.

Van Helsing iakttog henne med stor uppmärksamhet och jag såg att han rynkade ögonbrynen som om han grubblat över något.

* * *

21 september.

Hon sov oroligt i natt – tycktes ovillig att somna och avgjort mattare varje gång hon vaknade
ur sömnen. Van Helsing och jag turades om att
vaka hos henne och ehuru Quincey Morris intet sagt, vet jag att han gick som nattvakt kring
huset hela natten. Intet oroande inträffade för
övrigt. Tjänstefolket hade återtagit sina vanliga
plikter och en viss grad av ordning inträtt i det
skövlade hemmet – detta hem, som ännu för få
månader sedan var så lyckligt och där nu ligger
tvenne döda och – – – jag fruktar det slutligen
– – en döende.

Ty då dagen grydde, visade den oss blott ännu
tydligare de härjningar som det gångna dygnet
frambragt i Lucys utseende och tillstånd. Hon
är fortfarande så svag att hon knappast förmår
lyfta huvudet från kudden och den obetydliga
näring hon kunnat inta tycks ej stärka henne.
Emellertid slumrar hon in och egendomligt
nog, ser hon då starkare och mera levande ut,
kinderna får en smula färg och andhämtningen
är kraftigare. Då hon vaknar blir hennes uttryck
ett annat – hon är på sätt och vis mera lik sig – –
men ser ut som en döende.

På middagen telegraferade vi efter Arthur,

och Morris for för att möta honom vid stationen. Då han anlände var klockan nära sex; solen var i nedgående och dess röda sken fyllde rummet och gav färg åt de dödsbleka kinderna. Arthurs rörelse vid hennes åsyn var överväldigande – ingen av oss förmådde säga ett ord. Under de närmast föregående timmarna hade hon allt oftare försjunkit i det dvallika tillstånd som omöjliggör varje meddelande; men Arthurs närvaro tycktes verka stimulerande, ty hon såg livligare ut och talade mera sammanhängande och redigt än hon gjort någon gång sedan vår hitkomst. Även han gjorde våld på sig och lyckades behärska sin rörelse.

Klockan är nu nära tolv på natten och han och Van Helsing sitter hos henne. Jag skall avlösa dem om en kvart och vaka till sex medan de vilar. Jag fruktar att det blir sista gången vi gör henne denna tjänst – – själsskakningen har varit för stark, kraftuttömningen för stor – – om inte ett underverk inträffar, fruktar jag att det arma barnets timmar är räknade. Gud hjälpe och uppehåller oss alla!

––––––

ELFTE KAPITLET.

Budapest den 18 september.
Kära min Lucy, du har säkert undrat över min långa tystnad, men det har ej varit mig möjligt att skriva. En hel livstid av hopp och förtvivlan, ångest, ovisshet, glädje, sorg och växlande erfarenheter av alla slag har för mig innefattats i dessa veckor – de minnesvärdaste i mitt liv. En gång skall jag berätta dig allt detta – nu bliver det för långt och allt vad jag skulle vilja säga dig kan för övrigt inte rymmas i ett brev. Men nu längtar jag obeskrivligt att höra något om *dig*. Hur är det med dig? – Är du frisk och glad och lycklig? – Jag föreställer mig att du nu är mitt uppe i tillredelserna till ditt bröllop; det var ju bestämt att det skulle bli en av de sista dagarna i september. Hur är det med din mor? – Jag

tänker så ofta på er båda och på den tid jag tillbringat med er i Whitby. Jag hoppas du helt och hållet upphört att gå i sömnen nu. Jag förebrår mig, att jag ej tog mod till mig och talade därom med din mor – min övertygelse är att du alltid borde ha någon sovande i rummet hos dig, eller i alla händelser i rummet utanför. Jag tänkte skriva därom, men min avresa från London blev så brådstörtad att jag glömde allt annat – måtte denna försummelse ej ha haft några ledsamma följder! – På Hillingham finns intet hav och inga klippor, där du kan riskera ditt liv; men kvällarna är kyliga nu och du kunde ådra dig en farlig förkylning om du verkligen åter skulle gå ut som du gjorde i Whitby – jag ryser ännu vid minnet av den natten! – Gud vare lov att allt gick som det gick.

Skriv snart, om också blott några ord, jag vet ej hur det kommer sig, men jag har känt mig så orolig för din skull de sista dagarna.

Härnäst mer om mig själv, hur jag kommit hit och varför jag är här – det är en lång och underbar historia. Min adress är *engelska konsulatet, Budapest* – tills vidare.

Din *Vilma.*

––––––

22 september. Endast vanan och en bestämd föresats gör det möjligt för mig att skriva i afton – så att säga under själva skuggan av dödsängelns vingar. Den skuggan vilar tungt över detta hårt hemsökta hus i kväll – – men låt mig hålla mig till fakta.

Jag vakade, som överenskommet var, hos Lucy mellan tolv och sex i natt, medan Arthur och Van Helsing vilade; vi hade bestämt oss förr att avlösa varandra var sjätte timma. Arthur vägrade dock till en början att lämna henne, men Van Helsing övertalade honom, i det han påpekade hur nödvändigt det var för honom att just för hennes skull skona sina krafter så vitt sig göra lät – – Jag blev således ensam med henne; hon låg till utseendet i halvslummer, blek som döden. Van Helsing hade även här genomfört sina anordningar med blommorna, som han spänt korsvis över fönstret och hängt som ett halsband om hennes hals. Hon andades tungt och det var med en smärta, som ej kan fattas i ord, som jag iakttog hennes ansikte, vars förbleknade skönhet blott var en skugga av vad den varit. Hela hennes utseende hade i själva verket – det såg jag tydligt – undergått en ödesdiger och olycksbådande förändring, kanske till större delen beroende av tandköttets egendomliga krympande, så att tänderna – hennes vackra, vita tänder, jämna och pärllika som ett barns! – med ens syntes längre och skarpare än förr, – i synnerhet tycktes mig detta vara fallet med ögontänderna – vilket på det egendomligaste sätt förändrade själva hennes uttryck i synnerhet då hon sov.

Då jag setat en stund, rörde hon sig oroligt i sömnen och nästan samtidigt hörde jag ett dovt slag på fönstret, efterföljt av ett ljud som av flaxande vingar – – Med tanke på vad som nyligen tilldragit sig, smög jag mig blixtsnabbt dit och tittade ut genom springan mellan fönsterkarmen och rullgardinen. Så vitt jag kunde se, fanns där intet annat än en stor fågel – möjligen en läderlapp, men i så fall av ovanlig storlek – som slog mot rutan, fladdrade bort och kom tillbaka – troligen lockad av ljuset bakom gardinen. Det föll mig in att man möjligen i detta kunde finna en förklaring på det sönderslagna fönstret under föregående natt – vad Lucy tyckt sig *se* var antagligen blott ett alster av hennes uppskrämda fantasi – men detta är nu av mindre betydelse. Då jag återvände till sängen, märkte jag att Lucy ändrat ställning samt i sömnen ryckt av sig blomsterkransen, som hon bar om halsen. Jag lade åter tillbaka blommorna så gott sig göra lät samt satte mig att på det nogaste iakttaga henne.

En stund senare vaknade hon och jag gav henne något styrkande som Van Helsing föreskrivit. Hon tycktes ha en viss svårighet att svälja, men lydde mig mekaniskt. Jag lade märke till att den energiska kamp hon hittills kämpat för sitt liv och hälsa betydligt slappats – hon syntes nu fullkomligt liknöjd. Egendomligt nog tryckte hon de starkt luktande blommorna tätt intill sig så fort hon vaknade, medan hon i sitt sovande tillstånd gjorde allt för att befria sig från dem. Detta såg jag gång på gång upprepas – ty hon föll allt emellanåt i en tung, dvalliknande sömn, för att snart åter vakna.

––––––––––––––––––––––––––––––

Vid sextiden inträdde Van Helsing – Arthur sov och han hade av medlidande underlåtit att väcka honom! Han drog in andan på sitt betecknande sätt då han såg Lucys ansikte – betraktade henne några ögonblick tyst samt bad mig därpå dra upp rullgardinen för att insläppa mera ljus. Han böjde sig nu över henne och granskade henne noga. Därpå tog han bort blommorna och löste den mjuka vita silkesduk han svept om hennes hals. Jag såg att han i detsamma ryckte till och jag hörde ett halvkvävt utrop: *"Mein Gott!"*

Han tecknade åt mig och jag böjde mig också över henne, i det jag genombävades av en egendomlig rysning.

De små hålen på hennes strupe, som ännu på aftonen varit tydligt synliga, hade nu med ens fullkomligt försvunnit!

Flera minuter stod Van Helsing tyst och orörlig, stirrande på henne med ett uttryck av strängt, nästan förfärande allvar. Därpå vände han sig till mig och sade lugnt:

"Hon är döende – det är inte många timmar kvar nu. Men mycket beror på ifall hon dör under sömnen eller vakande – – kom ihåg det. Väck den stackars gossen därinne – han bör få vara hos henne till det sista – och jag lovade honom det."

Jag skyndade till matsalen, där han lagt sig på soffan, och väckte honom. Då han såg solskenet sila in genom de stängda luckorna, förebrådde han sig att han sovit så länge, men jag försäkrade honom att han ej behövts förut. På samma gång sade jag honom så skonsamt som möjligt att Van Helsing trodde slutet vara snart förestående. Han slog händerna för ansiktet och dignade ned på soffan – jag såg att han skakades av snyftningar, men vände mig bort. Först några ögonblick senare lade jag handen på hans axel.

"Kom nu, kära vän", sade jag – "behärska dig – för *hennes* skull!"

Van Helsing hade med sin vanliga omtänksamhet ordnat allt i sovrummet och till och med borstat Lucys hår, så att det låg lockigt och glänsande på den vita kudden – hon var rörande skön i sin genomskinliga blekhet. Då Arthur kom in, öppnade hon ögonen, log matt emot honom och räckte honom handen. Han tog den och knäböjde bredvid sängen; några minuter betraktade de oavvänt varandra och i denna stund syntes hon mig åter vara den forna Lucy. Så småningom slöts ögonen och hon somnade – till en början lugnt och fridfullt som ett barn. Men efter en stunds förlopp inträdde åter den egendomliga, hemska förvandling jag flera gånger bevittnat under natten. Andedräkten blev tyngre, nästan rosslande – munnen stod halvöppen, visande de långa, spetsiga tänderna – hela uttrycket var ett annat. Plötsligt öppnade hon ögonen, men med en sömngångerskas stela stirrande, hårda blick – sträckte ut armarna och till hälften viskade, med ett trånande, jag hade så när sagt vällustigt uttryck, som slog mig med häpnad, så helt och hållet olikt hennes vanliga väsen var det:

”Arthur – älskade – åh, att du äntligen kommit – kyss mig, kyss *mig!*”

Arthur böjde sig fram för att kyssa henne – men i samma ögonblick grep Van Helsing honom, till min outsägliga häpnad, i axlarna och ryckte honom tillbaka samt fasthöll honom som i ett skruvstäd.

”Inte så sant ditt liv är dig kärt, gosse! – Inte så sant du hoppas frälsa din odödliga själ – – och hennes!”

Han sköt undan Arthur, som hastigt rest sig, och ställde sig emellan dem båda, liksom beredd att kämpa till det yttersta.

Arthur stod ett ögonblick som slagen av åskan, ur stånd att tala eller svara – men innan vreden hann ta sig uttryck, påminde han sig var han befann sig och gjorde våld på sig.

Jag höll ögonen fästa på Lucy och såg med en häpnad som ej låter sig beskrivas hennes ansikte ett ögonblick förvridas och vanställas av raseri – hon skar tänderna av vrede och ögonen sköt blixtae – – i nästa sekund slöt de sig åter – – hon sov.

Vi stod alla orörliga, ur stånd att finna ord för de känslor och tankar som rörde sig inom oss.

En halvtimma förgick – då öppnade hon åter ögonen – milda och ljuva som vanligt – sträckte ut sin stackars lilla vita, genomskinliga hand och grep Van Helsings, vilken hon förde till sina läppar.

”Min vän” – sade hon, knappast hörbart, men med ett obeskrivligt gripande tonfall – – ”min gode, trofaste vän! – Åh, skydda *honom* – – och ge – – mig frid!”

”Jag lovar – – – jag svär det!” sade han med djup rörelse, i det han böjde sig över henne. Därpå vände han sig till Arthur.

”Kom mitt barn”, sade han med obeskrivlig ömhet, ”tag hennes hand och kyss henne på pannan – endast på pannan.”

Han gjorde så – deras ögon möttes i stället för deras läppar i ett sista farväl.

Lucys ögon slöts åter – efter några minuters förlopp började andedräkten åter bli tung och rosslande – – plötsligt skakades hon av en krampryckning – allt var tyst.

”Det är förbi” – sade Van Helsing högtidligt efter några sekunders förlopp. ”Hon är död.”

Jag tog Arthur under armen och förde bort honom. Han vacklade in i matsalen och sjönk ned på soffan där, fullkomligt tillintetgjord.

– –

En stund senare återvände jag till sovrummet. Van Helsing stod vid bädden och betraktade den döda med ett uttryck av förfärande allvar. Vad mig själv beträffar, såg jag med en viss känsla av glädje och lättnad att döden redan – som så ofta händer – återskänkt det dyra ansiktet mycket av dess ursprungliga skönhet. Pannan och kinderna hade återfått sina mjuka linjer och själva läpparna syntes fylligare och mindre bleka. Man skulle tro att blodet, som ej längre behövdes för hjärtats pulsslag, strömmat till ytan för att minska dödens avskräckande blekhet. I sömnen hade hon liknat en död – – nu, då livet flytt, låg hon där som en sovande.

Jag betraktade henne med obeskrivlig rörelse.

”Ah!” – utbrast jag slutligen – ”äntligen har hon fått ro, det arma barnet. Allt är förbi!”

”Ja, den som kunde tro *det!*” sade Van Helsing dystert. ”Men ack! – det är kanske snarare nyss börjat!”

Jag såg förvånad och nästan uppbragt på honom.

"Vad menar ni, herr professor?" sade jag. "Tror ni på helvetet?"

"Inte i teologisk mening, min gode John, Men – – ja, vi får se – vänta – vi får väl se."

Mera kunde jag ej förmå honom att säga – och i själva verket ville jag inte höra mer. I detta ögonblick skulle jag ej med tålamod kunnat lyssna till hans fantastiska utläggning av världsproblemen. Och jag vågar påstå, att inte ens den mest fanatiska präst skulle velat neka Lucy en plats i himmelriket – ty om någon varit en ängel på jorden, utan en ond tanke i sin själ – så var det väl hon.

* * *

23 september.

Begravningen skall äga rum i morgon. Den måste påskyndas, ty Arthur har idag fått telegram, att hans far avlidit på morgonen och måste därför återvända hem så fort som möjligt. Jag har vidtagit alla de sorgliga formaliteter, som under våra nuvarande samhällsförhållanden är oundvikliga, innan den stackars döda kroppen kommer till ro i sitt sista vilorum. Lucy och hennes mor skall naturligtvis begravas tillsammans i familjegraven vid Hampstead. Begravningsentreprenören och hans folk är för närvarande allena härskande i huset och det välvilligt beskyddande och affärsmässiga sätt, varpå de sköter sina sysslor, verkar stundom rent av skärande parodiskt på min kanske alltför ömtåliga finkänslighet. – Den kvinna som haft till uppgift att göra Lucy de sista tjänsterna, anmärkte med yrkesmässig förtrolighet, jag hade sånär sagt kollegial ton till mig:

"Det ska jag säga doktorn, att vackrare lik har jag aldrig svept – det är ett rent nöje att se henne. Vi får sannerligen heder av henne!"

Arthur har varit alltför överväldigad av sin dubbla sorg för att kunna ta någon del i de praktiska anordningarna – han har varit upptagen av att skriva brev m.m., under det att Van Helsing och jag på eget bevåg ordnat det övriga, då ingen annan varit befogad därtill i husets nuvarande upplösningstillstånd. Van Helsing företog sig

till och med att genomse Lucys enskilda papper och då jag gjorde invändningar samt framkastade några tvivel angående lagligheten av ett sådant tillvägagående sade han lugnt:

"Jag vet, jag vet, käre vän – – men lagen har intet med detta att göra; detta är intet vanligt fall, det vet du väl. Vi var överens om att en likbesiktning måste undvikas, det finns annat, som även måste undvikas – – det kan finnas papper – – anteckningar – sådana som detta."

Han framtog och visade mig den anteckning Lucy haft gömd i barmen.

"Så snart du finner namn och adress på fru Westerns juridiska ombud, så försegla hennes papper och skriv till honom. För min del så vakar jag här och i fröken Lucys forna rum hela natten och ser efter vad jag kan finna. Det vore inte önskvärt att det arma barnets hemligaste tankar skulle komma i främmande händer."

Jag var av samma tanke, och sedan jag tagit avsked av Arthur, som för åtskilliga angelägenheters skull måste resa in till staden och stanna där över natten, började jag genomse fru Westerns papper. De var alla systematiskt ordnade och det dröjde blott en kort stund innan jag fann hennes juridiska ombuds adress i notarien Marquand (advokatfirman Marquand, Wholeman och Lidderdale). Då jag skrivit till honom och förseglat brevet, inträdde Van Helsing.

"Jag har funnit vad jag sökt", sade han – "det är inte mycket – några få brev och en dagbok, i vilken hon endast skriver några rader. Jag skall genomse dem sedan – men tills vidare säger vi intet därom. Jag skall sedan tala med den stackars gossen Arthur och begära hans tillstånd att använda dem som mig för gott syns. – Och nu, om du slutat, min gode John, så besöker vi henne ännu en gång för att göra vad som ännu måste göras – – – och sedan går vi till ro för resten av natten. Vi behöver båda vila – vi har mycket att göra i morgon."

Vi begav oss tillsammans till likrummet. Begravningsentreprenören hade onekligen väl fullgjort sitt värv, – rummet hade blivit förvandlat till ett verkligt *"chapelle ardente"* med tillhjälp av en mängd kandelabrar med brinnande höga vaxljus samt en oerhörd massa härliga vita blommor. En lätt, vit slöja var bredd över ansiktet; då Van Helsing lyfte densamma, kunde jag ej återhålla ett utrop av häpnad och vi stirrade båda som förtrollade på den underbara skönhet, som plötsligt uppenbarades för våra blickar. Döden hade återskänkt Lucy all den bländande fägring hon fordom ägt, ja, snarare ökat den – och de förflutna timmarna hade långt ifrån att prägla denna fägring med förgängelsens insegel, gjort den mera levande och blomstrande än någonsin – det var mig nästan omöjligt att tro att jag verkligen såg ett lik framför mig.

Van Helsing sade intet, hans uttryck var mörkt och tankfullt – han hade ju inte älskat henne som jag och det var därför intet under om hans ögon förblev torra.

"Vänta här – jag kommer strax tillbaka" – sade han kort i det han lämnade rummet.

Strax återkom han med en låda full av den vitblommande vilda löken, vilken som vanligt anlänt under dagens lopp, men förut ej blivit öppnad. Han tog ut blommorna och spridde dem här och där bland de övriga på båren – i synnerhet kring den dödas huvud, samt även på andra ställen i rummet. Till sist drog han fram en liten guldkedja, vilken han tycktes bära om halsen, innanför skjortan, samt lösgjorde därifrån ett litet krucifix av guld, som han omsorgsfullt placerade över de ännu i döden så sköna, nästan småleende läpparna. Då allt var fullbordat, bredde han åter slöjan över ansiktet på den döda – och vi lämnade rummet. Just då vi gick ut, mötte vi tvenne kvinnor – en av husjungfrurna och en främmande, som använts av begravningsentreprenören; de skulle vaka hos den döda.

Tidigt på morgonen väcktes jag av att han stod vid min bädd.

"Se" – sade han mörkt och bittert, i det han höll upp det lilla krucifixet framför mig. "Detta blev bortstulet i natt."

"Bortstulet! – – vad – har – men ni har det ju där!"

"Därför att jag tvang den stackars eländiga varelse, som stulit det, att återlämna det, den olyckliga, som plundrat den döda – – och de levande."

"Men – – vem?"

"Kvinnor – människorna – vakthustrun, som begravningsentreprenören sänt. Jag kände en märkvärdig oro och gick dit in så snart det dagades. – Husjungfrun sov – den andra stod just i begrepp att lämna rummet då jag kom – det var något i hennes uppsyn som gjorde mig uppmärksam; jag befallde henne att stanna, vilket hon högst motvilligt gjorde – – Fönstren stod på vid gavel. Jag frågade vem som öppnat det? – Hon skyllde på husjungfrun och sade att det varit alltför kvavt i rummet – man brukade alltid ha fönstren öppna i likrum o.s.v. Jag gick genast fram och lyfte slöjan över ansiktet, och – som jag anat – korset här var *borta*. 'Vem har tagit bort korset, som låg här igår kväll?' frågade jag strängt. 'Korset – jag har inte sett något kors!' – Hon höll sig fräck i början, men jag såg, att hon var orolig och att hon inte kunde se mig i ögonen. 'Har det varit där, så har det väl fallit ned bland blommorna då' – återtog hon stammande, i det hon gjorde min av att vilja söka. Nu var jag säker på min sak, sade henne rent ut att hon stulit det – att du kunde bevittna, att det varit där då vi lämnade rummet – och frågade om hon ville att jag skulle låta tillkalla poliskommissarien samt ange henne för honom? Då föll hon till föga, tog fram korset ur barmen och besvor mig för Guds skull att inte göra henne olycklig – hon var en ärlig människa, men – – det hade 'kommit över henne som en galenskap', påstod hon – hon begrep själv inte hur hon kunnat göra sådant – det hade aldrig, aldrig hänt henne något liknande förr o.s.v. – – Nå – – hon föreföll mig på det hela uppriktig och jag lovade att låta nåd gå före rätt, med villkor att hon sanningsenligt sade mig vad som försiggått under natten. Hon berättade då under många tårar att både hon och husjungfrun efter en stund funnit luften i rummet olidligt kvav och blomsterdoften kvävande; de hade kommit överens om att öppna fönstren, ehuru begravningsentreprenören (på min uttryckliga tillsägelse) hade sagt att de skulle vara stängda. Strax därpå hade husjungfrun somnat i stolen där hon satt. 'Jag blev också som yr i huvudet' – fortsatte hon, 'det var mest som en svimning––men det gick över efter en stund. Då jag vaknade till var det som den där frestelsen ansatte mig – för se, vi hade sett på liket då vi kom in och jag såg att det där lilla korset var av guld – – och se, vi är så hårt ansatta för hyran, se – – det kom för mig med ens, som ett skott, att jag skulle ta det, jag kunde rakt inte stå emot, det riktigt *tvang* mig till det – å herre Gud, att en ska göra sig så olycklig!' – Hon grät bittert och jag tror verkligen hon menade uppriktigt – – den olyckliga – hon får nog sitt straff, om också inte av mänsklig rättvisa – – *jag* skonar henne – hon visste inte vad hon gjorde! – det vet människor sällan, då de ger vika för frestelsen – de anar inte vilka makter det är som arbetar på deras undergång – vid Gud, de vet det inte! annars skulle de mera vara på sin vakt. Om de anade vilken rullande lavin av ofärd över sig och andra, ja, över ofödda generationer de sätter i rörelse var gång de dukar under för 'frestelse' som de kallar det – – väljer det onda i stället för det goda! – Ack, vad är alla era prästers helvetesstraff mot sanningen – om människor blott *kände* den!"

Han var djupt upprörd, men som jag ej kände mig vara förmögen eller benägen att just då närmare utforska hans mening, sade jag blott:

"Gott att ni återfått er klenod i alla fall – det är ju lätt att lägga den tillbaka, och då är ju på det hela taget ingen skada skedd."

"Ingen skada sked, min vän John – åh, *skada, skada* – – den skada som skett, den är ohjälplig – – nu har vi intet annat att göra än – vänta!"

Han lämnade mig mera undrande än någonsin. Det är mig i själva verket alldeles omöjligt att utfundera vilka de idéer verkligen är, med vilka han för närvarande umgås. Att de på ett eller annat sätt står i samband med Lucys egendomliga sjukdom och ur medicinsk synpunkt egentligen oförklarliga död, är tydligt; men om han ställer denna i samband med något hemlighetsfullt brott, vars förövare han ännu hoppas komma på spåren, eller var det hela blott än en yttring av hans i mycket fantastiska och av en underlig mystik genomträngda världsåskådning, är mig omöjligt att säga.

På förmiddagen mottog jag rapport från min underläkare. – Gud vare lov att han är så pass erfaren och pålitlig att jag med någorlunda lugn kan överlämna anstaltens angelägenheter åt honom för en tid – ty själv har jag inte sinnesro tillräckligt för att ännu kunna sköta mina plikter där som de bör skötas. Ännu har man ej funnit något spår av den olycklige Renfield, ehuru han överallt efterspanas av polisen. Jag är glad – då man ej lyckats fastta honom – så länge han inte hörs av; jag går i en ständig bävan för en eller annan förfärlig tilldragelse, i vilken han skulle spela huvudrollen – och min oro gäller i själva verket mera samhället i sin helhet än honom personligen.

Vid middagsbordet inställde sig fru Westerns juridiska rådgivare och ombud, notarien Marquand, en välvillig och förståndig man, som gillade allt vad vi gjort och för övrigt befriade oss från alla vidare omsorger angående praktiska detaljer. Vid lunchen meddelade han oss – vad vi redan visste – att fru Western länge varit fullt beredd på sin plötsliga bortgång samt därför med hans tillhjälp bragt alla sina jordiska angelägenheter i fullkomlig ordning. Dessutom omtalade han att hon – med undantag av en mindre fastighet, vilken Lucys far innehaft såsom fideikommiss och vilken nu, efter Lucys död, övergår till en avlägsen gren av släkten – testamenterat hela sin betydliga förmögenhet i såväl löst som fast utan undantag eller förbehåll till – Arthur Holmwood, nu, efter faderns död, lord Godalming.

"Uppriktigt sagt", fortfor han, "gjorde vi åtskilliga invändningar samt påpekade att eventualiteter ju *kunde* inträffa, vilka skulle kunna sätta hennes enda dotter och lagliga arvinge på bar backe eller utgöra ett beklagligt band på hennes frihet. Hon ville emellertid inte höra talas om detta – – och vi hade naturligtvis inte annat val än att efterkomma hennes bestämda önskan. Som sakerna nu ställt sig, var detta i hög grad lyckligt – ty då fröken Western överlevde sin mor, om också blott några timmar, skulle förmögenheten såväl som lösöret naturligtvis ha övergått till *henne*, men efter hennes frånfälle och då hon avlidit utan testamente, skulle det hela sedan övergått till avlägsna släktingar, med vilka den avlidne herr Western i själva verket stod på spänd fot och vilka ej kunde sägas ha några *moraliska* rättigheter att ärva hans dotter. Jag är i högsta grad belåten med utgången, min bästa sir, i högsta grad belåten!"

Hans uppriktiga "belåtenhet" över denna på det hela oviktiga detalj i det gripande sorgespel vi bevittnat var ett nytt bevis på människonaturens medfödda oförmåga att bedöma eller uppfatta något annat än ur den begränsade synpunkt som hennes egen personlighet och dess intresse erbjuder. Den hederliga juristen lämnade oss efter en stunds närvaro, men sade sig skulle återkomma senare för att träffa Arthur.

Den senare återkom vid femtiden – om möjligt, mera böjd och förkrossad än då han lämnade oss. Det här även varit ett hårt slag för honom att just nu förlora sin far, vid vilken han var ömt fästad och på vars vederfående han alltjämt hoppats – samt att ej ens få vara närvarande vid dennes dödsbädd, då han hittills så troget vårdat honom. Han yttrade genast en önskan att få se Lucy – – – Jag följde honom till dörren, men ville där dra mig tillbaka – han tecknade åt mig att fortfarande göra honom sällskap samt viskade i brutna meningar till mig:

"Du – älskade henne också – gamle vän – – – jag vet det – – hon höll av dig – Jag kan aldrig tacka dig för allt du gjort för henne, fastän – – jag kan inte tänka redigt – –"

Rösten svek honom plötsligt; han slog armarna om mig, lade huvudet på min axel och utbrast med ett uttryck av hjärtslitande smärta:

"Ack, Jack, Jack! – vad skall jag ta mig till? – Jag känner det som jag förlorat allt, allt – – det finns intet i världen för mig att leva för nu längre!"

Jag tröstade honom efter bästa förmåga, ehuru själv skakad i mitt innersta. Men mellan män och vänner krävs inte många ord – en handtryckning, en arm om skuldran, en blick – mera behövs ej för att man skall förstå varandra.

Jag stod tyst till dess hans stormande rörelse något lagt sig. Därpå viskade jag sakta i hans öra:

"Kom och se på henne!"

Vi gick båda till den bädd där hon vilade och jag slog tillbaka den slöja som dolde hennes ansikte. Gud i himmelen! – – hur överjordiskt skön hon låg där – varje timme tycktes blott öka hennes fägring. Den nästan skrämde mig ett ögonblick och Arthur stod som förstenad – jag kände att han började darra; slutligen viskade han med ett uttryck av förfäran:

"Hon kan inte vara död. Jack, Jack – – för Guds barmhärtighets skull – – om hon endast skulle vara skendöd? – *Om*."

Samma uppskakande tanke hade redan förut fallit mig in och med Van Helsings tillhjälp hade jag förut på förmiddagen i all stillhet vidtagit alla de försiktighetsmått som vetenskapen erbjuder i dylika fall. Jag sade honom nu detta samt försäkrade honom att livet oåterkalleligen flytt, men att det stundom inträffade att en död på detta sätt återvann hela sin ungdomliga skönhet (jag kan dock, uppriktigt sagt, ej påminna mig något fall, då det skett i så hög grad som det närvarande), i synnerhet hos unga människor, som genomgått en eller annan synnerligen plågsam sjukdom.

Mina försäkringar syntes lugna honom och jag var tacksam därför – ty den ringaste skymt av tvivel skulle, som jag väl förstod, varit tillräckligt att förgifta hela hans liv och fylla det med en ständigt smygande, spöklik ångest, alltför ohygglig att tänka på. Han föll på knä bredvid bädden och blev liggande där, med ögonen oavvänt fästa på det undersköna ansiktet i dess ljuva, orörliga ro. Slutligen reste han sig. Jag sade åt honom att han borde säga henne sitt sista farväl nu – ty begravningsentreprenörens folk skulle på kvällen lägga henne i kistan, vars lock sedan, tidigt följande morgon, skulle påskruvas.

Han böjde sig över henne och tryckte en kyss på hennes läppar.

"Farväl, älskade – – evigt älskade!" hörde jag honom viska. "Jag är din – din till döden. Och du – –"

Han framtog ur bröstfickan en liten ask, vilken han öppnade, för att därur i sin ordning framtaga en tung, slät vigselring.

"Det är ett barnsligt infall, om du vill" – sade han med låg röst till mig – "men jag vill att hon skall vila i graven som min maka, då hon ej fick vara det som levande." Han tog hennes hand och lyckades – ehuru med viss svårighet – trycka ringen på ringfingret, som han därpå ömt kysste.

"*Min* – evigt min" – viskade han, i det han omsorgsfullt ordnade de vita draperierna och blommorna, så att handen till hälften doldes och ingen obehörig behövde lägga märke till den nya prydnad den bar som sinnebild av en kärlek, vilken trotsat graven.

Jag var djupt gripen och såväl Arthur som jag drog oss tillbaka till våra rum på en stund. Då jag senare för Van Helsing omtalade det intryck Lucys anblick gjort på Arthur (jag kunde dock ej förmå mig att nämna något om ringen, vilket ju ej heller angick någon annan än oss båda) – sade han blott allvarligt:

"Intet under – – – jag skulle själv kunna tvivla – – men hon sover säkert den sömnen, ur vilken ingen mänsklig makt kan väcka henne – ännu!"

– –

Vid middagen träffades vi åter och bemödade oss något så när underhålla ett samtal. Jag omtalade att poliskommissarien besökt mig samt meddelat mig att man ännu ej funnit minsta spår av flickan Elise Robinsons mördare, i trots av de ivrigaste spaningar. Att i trots av det förmenta inbrottet inte något av ringaste värde saknats i huset gjorde saken ännu mer invecklad samt försvårade betydligt brottslingarnas efterspanande. Om vare sig penningar eller värdeföremål bortstulits, kunde de lättare ha spårats – nu hade man knappast minsta ledning att hålla sig till.

Van Helsing satt tyst och åhörde min berättelse utan ringaste anmärkning. Då jag vidare började tala om de övriga tjänarnas alltjämt oförklarliga dvala under den ödesdigra natten, sade han blott:

"Ja – – däri ligger det – däri ligger det – –"

Han uppehöll sig dock inte vidare vid detta, utan vände sig till Arthur med ett artigt:

"Lord Godal – –"

"Åh, för Guds skull, kalla mig inte det!" utbrast Arthur häftigt – "inte än åtminstone. – Förlåt mig, bästa professor, förlåt mig – men min förlust är ännu så –"

"Jag vill ej påminna er därom", sade professorn vänligt – "men – jag vet ej rätt vad jag skall kalla er. Herr Holmwood finns inte längre – men – jag har lärt känna och hålla av er även som – Arthur."

Arthur räckte honom sin hand.

"Kalla mig vad ni vill", sade han varmt – "så länge ni betraktar mig som en vän. Jag har inga ord för att uttrycka min tacksamhet för all er godhet mot – – mot – min stackars älskling."

Han tystnade ett ögonblick, men återtog genast: "Hon förstod bättre än jag att värdera den – – och – och om jag ett ögonblick visade någon ovilja då – då så –" – han sökte efter ord, men professorn nickade till tecken att han förstod honom – – "så måste ni förlåta mig!"

"Jag förlåter er visst, min käre gosse", sade Van Helsing vänligt och allvarligt; – "det var ej gott för er att fatta, vilka skäl jag kunde ha för att handla som jag gjorde. Men jag ber er tro att jag *hade* skäl och därtill goda sådana – – ehuru jag ännu inte kan – inte får – inte bör förklara dem för er. Vi gamla läkare – – vi får ju se och höra och veta så mycket som går de andra förbi – – därför är det ju inte underligt om våra handlingar ibland måste förefalla en smula oförklarliga och stötande. Men jag hoppas och tror att den tid skall komma, då ni förstår mig – – ja, då ni skall tacka mig, som *hon* gjorde, det arma barnet därinne – då hon tog mitt löfte att beskydda er mot en fara, som ni varken känner eller förstår – så vitt min stackars förmåga räcker. Och för hennes skull, om inte för min egen, ber jag, att ni vill ha en smula förtroende till mig – fastän det inte var mig möjligt att rädda *henne!*"

"Jag har det mest obetingade förtroende till er, herr professor", sade Arthur rörd. "Över liv och död råder Gud allena och jag vet – jag har sett – att ni gjort allt vad i människoförmåga stått att rädda Lucy. Det finns intet som jag ej skulle vilja göra för att bevisa er båda min tacksamhet."

Professorn klarade strupen ett par gånger, och sade därpå:

"Vågar jag framställa en anhållan till er redan nu, min käre gosse?"

"*Om* ni vågar!"

"Ni vet ju, att fru Western testamenterat all sin kvarlåtenskap till er?"

"Nej – har hon verkligen det, den stackars kära människan? – Det har jag inte hört."

"Jo – allt tillhör er och ni har rättighet att göra därmed vad ni behagar. – Därför ber jag er nu om tillstånd att få genomgår och läsa alla fröken Lucys efterlämnade papper – – Tro mig" – då Arthur gjorde en ofrivillig rörelse av överraskning – "det är inte av nyfikenhet jag ber om detta. Jag har mina skäl – skäl som hon, det arma barnet, helt visst skulle ha gillat. Jag har dem här" – – han drog fram en omsorgsfullt ombunden packe ur bröstfickan. "Jag har ej läst dem – men jag vill ej att främmande ögon skulle se dem. Jag visste ej då, att allt här var er tillhörighet – men nu, då jag vet det, ber jag er om tillstånd att tills vidare få behålla detta – jag ber att ni inte ens själv skall läsa dessa papper förr än jag genomgått dem; ni kan vara övertygad om att de är i gott förvar hos mig. Det är inte omöjligt att jag här kan finna nyckeln till mycket som synts oss oförklarligt – men som är viktigt – mera viktigt än ni anar – för både er och oss alla. Det är mycket begärt, men – ni ger mig ju det tillstånd jag begär – – för Lucys skull?"

Arthur tvekade ett ögonblick, men sade därpå hjärtligt:

"Gör vad ni finner bäst, herr professor! Jag är säker, att ni ej begär något, som min älskling skulle ha ogillat. Jag skall ej göra er några frågor – förrän ni själv vill tala."

"Ni gör rätt, min käre gosse" – sade Van Helsing med djupt allvar. "Om allt är som jag tror och anar, är vi här en hemlighet på spåren, som gäller mångas – – gäller hela mänsklighetens väl och ve. Men här duger det ej att fara med tomma ord – de skulle blott skada – därför tiger jag. Det kommer väl den stund, då vi måste handla – jag anar att tunga stunder förestår oss alla och en hård kamp – men med Guds hjälp skall vi väl vinna seger. Gör vi det ej – då, mina kära gossar – – då har vi i alla fall gjort vår plikt som män!"

Han räckte oss båda händerna och vi tog dem med en känsla av djup rörelse – ehuru ingen av oss egentligen förstod vart han syftade. Men hans allvar var så imponerande och allt vad vi tillsammans genomlevt – vars hågkomst helt visst stod levande för oss alla i denna stund – så hemlighetsfullt, upprörande och utomordentligt, att det måhända blott var naturligt om vi båda kände som om vi slutit ett högtidligt förbund för att bekämpa en osynlig och okänd, men inte dess mindre förhatlig fiende.

Vi skildes åt i god tid och allt är tyst i huset. Arthur önskade att i natt få sova i det rum som fordom var *hennes*. Jag är ej viss på att detta är nyttigt för honom i den överretade stämning vari han befinner sig – – men det har ej tjänat till något att göra några invändningar. För att vara honom nära, har jag låtit bädda åt mig i den döda kammarjungfruns rum. I rummet mitt emot slumrar Lucy i sin vita dräkt – ännu lika överjordiskt, nästan förfärande skön. Vi läkare vänjer oss vid att ej frukta dödens närhet – för mig har den inga fasor.

* * *

24 september. Allt är förbi – mor och dotter vilar sida vid sida i den gamla familjegraven, under det att Arthur återvänt till Ring och tagit Quincey Morris med sig. – – Dessa dagar har varit så påkostande både för kropp och själ, att jag nästan känner mig till mods som då man vaknar från ett svårt feberanfall; jag kan ännu inte finna mig fullt till rätta med världen och dess vardagliga plikter – – jag går som i en dröm. Jag vet knappt om inte den sista natten med dess oväntade och skakande sinnesrörelser varit värre än allt det andra vi genomlevt. – – Men låt mig, trogen min vana, uppteckna allt såsom det tilldragit sig.

Jag hade gått till vila efter att ha avslutat mina anteckningar på föregående sida, och redan hunnit somna gott, då jag plötsligt väcktes av ett skrik som genljöd genom huset; det kom tydligen från något av rummen i min omedelbara närhet; strax därpå hörde jag ett tungt fall. Yrvaken och upprörd, skyndade jag att tända ljus och kastade på mig litet kläder samt störtade ut. Mitt intryck var att det varit Arthurs röst jag hört, men fullt säker var jag ej därpå. – Jag såg vid första ögonkastet att dörren till hans rum – Lucys rum! – stod öppen, men det var mörkt därinne; däremot strömmade ett starkt ljus ut i korridoren från likrummet, vars dörr ävenledes stod öppen på vid gavel. Då den varit tillsluten, då vi passerade korridoren för att bege oss till vila, fann jag detta vara tillräckligt skäl för att först skynda dit. En uppskakande syn mötte mina ögon. Kistans lock var avlyftat och den slöja som betäckt Lucys ansikte kastad åt sidan – även de blommor som prytt henne var delvis i oordning och några av dem hade fallit på golvet bredvid katafalken. Strax nedanför densamma låg Arthur utsträckt – – död eller avsvimmad, vilketdera kunde jag i första ögonblicket inte se – han hade tydligen störtat baklänges till marken och hans händer höll ännu ett par av de vita blommorna krampaktigt omslutna.

Min första, blixtsnabba tanke var att han, driven till förtvivlan av sin sorg, tagit sitt eget liv vid den älskades kista; jag kastade mig på knä bredvid honom, öppnade hans kläder och lyssnade vid hans hjärta – det slog ännu, ej heller kunde jag upptäcka något vapen eller minsta skymt av något sår – så vitt jag kunde se, var han endast avsvimmad. Med uppbjudande av hela min styrka lyfte jag upp honom och bar honom över korridoren in till mig, där jag lade honom på min säng, fuktade hans panna med kallt vatten och gjorde allt för att väcka honom till liv igen.

Jag var så upptagen av detta att jag ej märkte att Van Helsing kom in i rummet, förrän han vidrörde min axel. Även han hade hört skriket och skyndat ned. Jag sade honom med ett par ord vad jag visste, och vi biträdde varandra i våra ansträngningar att återkalla vår stackars vän till medvetande. Först efter en god stund lyckades det. Men i samma ögonblick som han vaknade ur sin svimning, störtade han upp från sängen – ännu vacklande av yrsel och mattighet – med ropet ”Lucy, Lucy! – för Guds skull – Lucy! – hjälp – hon lever! – hör ni inte – hon lever! – hjälp!”

Blott med yttersta svårighet lyckades vi lugna honom, han kämpade till en början som en vansinnig för att slita sig lös, då vi sökte fasthålla honom, men efter några minuter sansade han sig tillräckligt för att kunna tala någorlunda sammanhängande och kasta något ljus över vad som passerat.

Han berättade brådskande och i avbrutna meningar, att han ej kunnat sova och slutligen gripits av en så övermäktig längtan att ännu en gång skåda Lucys ansikte, att han stigit upp och gått in i likrummet, där denna natt ingen vakade, ehuru det var upplyst som vanligt. Locket till kistan var inte fastskruvat, blott löst pålagt; han lyckades med någon ansträngning lyfta av det.

”Jag såg henne ligga där” – sade han lidelsefullt – ”skönare, älskligare än någonsin – jag

föll på knä vid kistan och böjde mig över henne – då – det är sant, *sant* vad jag säger! – det var ingen dröm – då öppnade hon ögonen och såg på mig – log mot mig som hon kunde le – och slog armarna om min hals – drog mig till sig – jag hörde henne viska ”min – *min!*” och kände hennes läppar *här*” – han vidrörde sin hals – ”Då skrek jag högt, ropade på hjälp – jag visste att hon *måste* ha hjälp – för Guds skull, Jack – professor – – rädda henne – hjälp henne – hon lever ju, lever, åh Gud – – skynda, skynda!”

Jag växlade en häpen och förfärad blick med Van Helsing, som blivit dödsblek – därpå skyndade vi båda in i likrummet. Vad Van Helsing tänkte vet jag inte – för mina tankar svävade ett ögonblick de otroligaste möjligheter.

Under de båda timmar, som följde, uttömde vi alla läkekonstens medel för att väcka en skendöd till liv eller att konstatera den verkliga döden. Det var ett upprörande, hjärtslitande arbete – – jag glömmer inte dessa timmar, om jag så levde till hundra år, glömmer inte Arthurs förtvivlade ångest och mina egna känslor. Men den övertygelse, till vilken jag kom – Van Helsing tycktes i själva verket hysa den hela tiden – var att den stackars Arthur varit utsatt för en hallucination, ett verk av hans sjukligt överretade fantasi. Ty Lucy *var* död och *förblev* död – därom var intet tvivel. Själva de armar, som han påstod sig ha känt om sin hals, var stela och oböjliga som marmor – inte det avlägsnaste livstecken kunde förnimmas – utom den underbara, onaturliga skönhet, över vilken förgängelsen ej tycktes äga någon makt – det är ett fenomen, vars like jag aldrig vet mig ha iakttagit och vars verkan på hennes trolovades inbillning jag väl förstår – – därför att jag själv alltjämt måste värja mig mot densamma.

Det värsta kom dock sedan – då vi måste söka övertyga Arthur samt avvinna honom hans medgivande att begravningen skulle få äga rum. Då han till sist gav med sig, var det med det uttryckliga villkoret att kistans lock inte finge påskruvas och att i gravvalvet alla anordningar måtte träffas för att underlätta ett eventuellt uppvaknande. Härtill var alla villiga – även begravningsentreprenören gjorde knappast några invändningar, hur mycket än ett sådant tillvägagående stred mot den spöklika etikett, som vars första hovmarskalk han fungerade. Lucys utseende – om möjligt friskare och mera levande nu än de första dagarna efter hennes död – var i själva verket så förvånande, att det ovillkorligen måste göra intryck även på den mest skeptiskt anlagda natur. Och ehuru jag själv – som läkare och efter de undersökningar jag gjort – knappast längre kunde hysa skymten av ett tvivel, var dock blotta tanken på möjligheten av ett misstag så upprörande, att man till vad pris som helst borde avvärja detsamma.

De båda kistorna fördes således i vederbörlig ordning och under alla vanliga högtidligheter till kyrkogården, där jordfästningen ägde rum i familjen Westerns griftvalv – ett ståtligt mausoleum i kyrkogårdens ena hörn. Det egentliga gravvalvet är under en stor stenhäll i golvet, dit man nedstiger på en trappa, sedan stenen upplyfts. Fru Westerns kista placerades där bredvid hennes makes – men Lucys däremot på en låg katafalk i det övre valvet, egentligen endast avsett att tjäna till bårhus före bisättningen. Locket lades löst på kistan och i dess närhet placerade vi – sedan prästen och alla främmande avlägsnat sig – en flaska vin och ett par burkar starkt koncentrerade födoämnen jämte ett par varma täcken.

Jag kan ej beskriva vilket hemskt intryck dessa förberedelser gjorde på mig – – – men onekligen skulle det varit ännu hemskare att lämna henne där utan att ha vidtagit dessa försiktighetsmått, hur djupt övertygad jag än är, att de är onödiga. Men blotta tanken på skendöd innebär något så förfärande, att man ej nog kraftigt kan väpna sig däremot.

Arthurs tillstånd var hjärtslitande. Han var i själva verket knappast tillräknelig under dessa timmar – och jag undrar ej därpå. Jag har lovat honom att dagligen besöka gravvalvet, om möjligt, t.o.m. mer än en gång på dygnet – han har lämnat mig en nyckel till detsamma samt en liknande till Van Helsing och kyrkväktaren, vars bostad är strax invid kyrkogårdsmuren. – – Till all lycka – ty jag fruktar allvarsamt, att han blivit från förståndet, om han stannat här – måste han nästan omedelbart efter begravningen resa, då hans närvaro ovillkorligen påfordras i hemmet; jag hoppas, att ansträngningen blott skall göra honom gott. – – Ännu i sista stunden talade han i de mest exalterade ordalag om den operation, genom vilken *en del av hans blod förflyttats till Lucys* ådror – samt förklarade att de därigenom verkligen blivit till *ett* – hon var och blev hans maka *inför Gud och i all evighet.* Jag såg, att detta gjorde ett i hög grad pinsamt intryck på Van Helsing, liksom även jag själv onekligen kände mig obehagligt berörd – – – men ingen av oss skall någonsin yppa ett ord om de *senare* operationerna, det har vi svurit på inför varandra. – – Då Arthur och Quincey Morris avrest, återvände Van Helsing och jag till London. Han fortsätter till Amsterdam i natt för att där vidta åtskilliga nödvändiga anordningar, men återvänder sedan hit, där han en tid skall bli min gäst – – han säger sig ha några vetenskapliga forskningar att utföra här i London, vilka antagligen kommer att ta tid. Även hans järnnatur har till en viss grad lidit av dessa veckors oerhörda andliga och lekamliga överansträngning – då vi väl befann oss i vagnen, brast han i ett nästan hysteriskt gapskratt, som han knappast tycktes kunna hejda och som på mig, i den stämning, vari jag just då befann mig, verkade obeskrivligt upprörande; det föreföll mig som om han plötsligt blivit vansinnig. Jag märkte dock snart att det endast var en nästan olidlig nervös överretning, som gav sig luft på detta sätt, och hans första ord, då han återvunnit herraväldet över sig själv, bekräftade detta.

”Du tror, att gamle Van Helsing blivit galen, min gode John”, sade han, flämtande efter andan – ”och sannerligen, vansinnig kunde mången bli för mindre än vad vi upplevt – – ja, människonaturen är ett underligt ting – – här är nu mitt hjärta tungt som bly av sorg över henne, det arma kära barnet – jag har givit mitt blod, mitt arbete, mina krafter, alla mina tankar åt hennes räddning – – allt förgäves – – och tungt, tungt också vid tanken på *honom,* den stackars gossen – – så lik min egen, om Gud låtit honom leva – samma ögon, samma hår – du förstår nu, varför jag måste älska honom, som vore jag hans far! – – och mitt hjärta blöder för honom,

känner hans smärta som vore den min egen – –
– och ändå skrattar jag! – Ack, min gode John,
det finns stunder, då hela jordelivet förefaller
som ett hjärtlöst gyckel, en ohygglig parodi –
– hon där, den stackars olyckliga flickan – – så
skön och ljuv ännu i döden, att man tror henne
leva – inte sant? – prydd med blommor som en
brud, lagd till ro i marmorgriften, där så många
av hennes släkt vilar – – tillsammans med den
moder, som älskade henne och som hon älskade
– – och klockornas klang – bing, bång! – och
de fromma männen med sina mässkåpor och
böcker och sina böner och välsignelser och löf-
ten om en salig uppståndelse – – och vi alla i vår
sorg med böjda huvuden – ha, ha! – Vad betyder
det alltsammans? – Hon är död – – ja, visserli-
gen är hon död – vem kan tvivla på det?”

Jag betraktade honom med förvåning; det
var en bitter ironi i hans ord, som skorrade mig
i öronen och på samma gång föreföll mig full-
komligt obegriplig; han var sig inte lik.

”Och han, stackars gosse” – återtog han med
samma egendomliga bitterhet – ”sade han inte,
att blodtransfusionen i själva verket gjort ho-
nom till *ett* med henne? – Sade han inte det?”

”Jo – det sade han”, medgav jag, ”men – ur-
säkta mig – jag kan omöjligt finna något att
skratta åt i allt detta. Den tanken var honom en
tröst, som han väl behövde, stackars Arthur.”

”Ja, visserligen – visserligen. Men *vad är väl
den tanken för oss andra då*, min gode John – vad
är den för oss andra? Också vårt blod har flutit i
hennes ådror. Om *han* blivit till ett med henne
därigenom – vad är då vi? Jaja – jag ser att du
inte har mod att tänka, tänka till slut – och ändå
vet du ej allt vad den innebär. *Men jag vet det!*
– – Och det är det, som tvingar mig att skratta –
mot min vilja, ty mitt hjärta är, som sagt, tungt
som bly. – Jaja! – Skratt eller gråt – det kommer
på ett ut. Underligt, underligt. Visheten styr allt
i enlighet med sina eviga lagar – – men vi stack-
are, vi har ännu bara kunnat stava oss till ett ord
här, en mening där – att lära oss läsa rent i den
stora lagboken – – det är vår främsta uppgift här
på jorden!”

– –
Nu är han borta tills vidare och vi alla skingra-

de. Gud allena vet, hur och när vi träffas igen.
Det lyckliga ljusa hemmet på Hillingham står
öde – – och Lucy vilar i sina förfäders ståtliga
marmorgrift – ensam – – men, Gud vare lov,
långt från London och den rökmättade, gifti-
ga atmosfär – där solen går upp i skönhet över
Hampsteads vida allmänning och vilda blom-
mor växer och doftar!

Jag slutar alltså nu en avdelning av min dag-
bok – – börjar jag någonsin en ny, så handlar
den om andra människor och andra förhål-
landen. Mitt livs roman, liksom mitt hopp om
lycka här på jorden är – *förbi*. Plikten och arbe-
tet återstår!

Hemlighetsfull tilldragelse. Från Hampstead med-
delar man oss, att traktens invånare är i hög grad
upprörda med anledning av en serie egendom-
liga händelser, snarlika dem, vilka för ett par år
sedan inträffade i Kensingtontrakten. Gång på
gång har det hänt, att små barn, vilka lekt på
Heden, på ett oförklarligt sätt försvunnit och ej
kunnat återfinnas förrän efter ett par dagars för-
lopp, samt då i ett ytterligt medtaget tillstånd,
som knappast torde kunna förklaras på fullt na-
turligt sätt. Barnen har i allmänhet varit för små
för att kunna göra reda för sig, men egendom-
ligt nog förklarar de alla med en mun, att de följt
med ”den vattla damen”. Det senare torde möj-
ligen kunna förklaras så, att det först saknade
barnet gav denna förklaring på sitt försvinnan-
de och att de övriga tagit efter honom; – men att
finna tillfredsställande skäl för det tillstånd, vari
de återfunnits, torde vara svårare. Ett par av de
små – eljest ovanligt kraftfulla barn – lär i själva
verket vara så medtagna, att man hyser allvarliga
farhågor för deras vederfående. Alla föräldrar i
trakten är i uppror och polisen varskodd, men
dess spaningar har hittills inte lett till något re-
sultat. Vad som ger anledning till allvarliga far-
hågor är det högst egendomliga faktum, att alla
de små, ehuru för övrigt oskadade, på halsen bär
tydliga spår av att ha blivit bitna – möjligen av
något råtta eller mindre hund, men även möjli-
gen av något främmande djur, som undkommit

vare sig ur zoologiska trädgården eller från något menageri.

* * *

Ännu en gång de försvunna barnen. Igår på morgonen återfanns en liten gosse, vilken saknats sedan i förrgår, död under en buske å Hampstead-heden. Läkare tillkallades, men förmådde blott konstatera dödsfallet. Även på detta barn syntes märken efter ett bett – tvenne nästan omärkliga, röda, i kanterna ljusare och något uppsvällda fläckar eller hål i halsen, omedelbart över pulsådern. Även ett annat av de förut återfunna barnen har dött, och man hyser allvarliga farhågor för ett par av de kvarlevande. Verklig panik råder i trakten, och polisen har fördubblat sin vaksamhet. Det ser nästan ut som stod man här inför ett brott, men vem är i så fall den brottslige? – Vi har hört flera förmodanden framkastas, men ingen bär sannolikhetens prägel. Man får hoppas, att de kraftiga spaningar, som bedrivs av polisen, ej torde bli fruktlösa. Som bekant ägde just i denna trakt – på godset Hillingham, hos numera avlidna fru Western – för någon tid sedan ett mord rum under egendomliga omständigheter, utan att man ännu kunnat upptäcka gärningsmannen. Det var då en ung flicka, kammarjungfru på stället, som anträffades död – egendomligt nog även hon *sårad i halsen,* vilket möjligen kunde ge anledning att misstänka något samband mellan detta illdåd och de senare inträffade.

* * *

En femtonårig gosse, som för några dagar sedan försvann från sitt hem i närheten av Hampstead-heden återfanns igår i ytterligt utmattat tillstånd i en avlägset liggande skogsdunge. Han föreföll avsvimmad, och den tillkallade läkaren påstod, att det tillstånd, vari han befann sig, endast kunde förklaras genom en ytterst häftig blodförlust. Emellertid syntes intet spår av blod i hans närhet eller på hans kläder, ej heller kunde vid genomgående undersökning minsta yttre skada upptäckas – om man undanta, att även han, egendomligt nog, liksom de förut omtalade barnen, på halsen visade *tvenne små*

röda punkter med upphöjda vita kanter, liksom härrörande från bettet av något mindre djur. Gossen fördes till sitt hem och vårdas f.n. där, men efter vad man meddelar oss, är kraftlösheten så stor, att man hyser allvarliga farhågor för följderna. Han har nu återkommit till medvetande, men tycks ej kunna göra reda för vad som föregått. Han säger sig blott dunkelt erinra sig att, *ett fruntimmer i skymningen tilltalat honom* och bett honom visa sig vägen till en uppgiven plats i närheten. Han vet, att han villigt efterkom hennes önskan, men säger sig ej påminna sig något vidare.

Då man sätter denna i och för sig tämligen egendomliga tilldragelse i samband med åtskilliga andra, vilka under loppet av några få veckor ägt rum i samma trakt, kan man ej undgå att finna ett inre samband mellan desamma, vilket tycks tyda på ett gemensamt ursprung. Vi tillåter oss därvid även i våra läsares minne återkalla det märkliga med inbrottsförsök förknippade mord, som för någon tid sedan inträffade på godset Hillingham i närheten av Hampstead och för vars närmare detaljer vi då omständligt redogjorde. Detektiva polisen har allt sedan dess varit i oavbruten verksamhet för att efterspana brottslingarna, men så vitt vi vet har man hittills inte lyckats finna ringaste spår som kunnat leda till desammas uppdagande. Även då förklarade den tillkallade läkaren, att det dödande såret i halsen mycket väl kunnat föreskriva sig från något djur och de betydligt mindre sår som sedan iakttagits å senare offer torde med tämlig säkerhet kunna tillskrivas ett eller annat smärre rovdjur, ehuru åtskilliga andra omständigheter å andra sidan tycks tyda på ett annat ursprung. I alla händelser har man här tydligen att göra med en fasa av hemlighetsfull och allvarlig art, vilken det åligger myndigheterna att med uppbjudande av alla krafter bekämpa.

———

Oktober. I enlighet med mitt löfte till Arthur har jag dagligen avlagt ett besök i Lucys griftvalv. – Det är en smärtsam plikt, som ständigt ånyo uppriver det sår, som endast kunde läkas genom att jag ägnade hela min energi och alla mina tankar åt annat – – men å andra sidan dras jag dit bort av en oemotståndlig makt och skulle troligen ej kunna hålla mig därifrån även utan mitt löfte till Arthur. Ty i själva verket – vetenskapen står svarslös inför detta fenomen, men det är inte dess mindre verkligt – i själva verket är det inte döden som möter mig där, utan livet; blott med uppbjudande av allt mitt sunda förnuft, all min viljekraft, kan jag övertyga mig själv, att den älskade varelse, jag skådar där, är vad man kallar *död* – ty av förgängelsen visar hon ännu ej ett spår. Skönare, mera tjusande och strålande i ungdomlig fägring, vilar hon alltjämt i kistan – stel, kall och medvetslös, utan spår av hjärtverksamhet eller andra livsfunktioner – – men dock för blotta ögat mera levande än i den stund då hon utandades sin sista suck. Ofta syns det mig omöjligt att hon *kan* vara död och jag påminner mig alla de underbara berättelser om skendöda, vilka man äger i behåll – – men efter alla de undersökningar som såväl jag som Van Helsing gjort, kan jag ej tvivla på att hon är det, ehuru jag fåfängt söker förklara hennes nuvarande tillstånd.

– –

För några dagar sedan, då vi verkligen helt och hållet uppgivit hoppet att återfinna den olycklige, påträffades Renfield av arbetarna, som sysslar med reparationerna på det gamla huset här mitt emot. Han satt, då de på morgonen kom till platsen, hopkrupen vid porten till kapellet, och hade somnat in. Tillfrågad, sade han dem helt lugnt att han hade sitt hem *här*, samt lät utan motstånd föra sig hit. Han befinner sig i ett egendomligt apatiskt tillstånd, fullkomligt likgiltig för allt, samt vägrar – eller är verkligen oförmögen – att lämna några upplysningar om var han varit eller vad han förehaft under den tid han varit försvunnen härifrån. Han tycks emellertid, att döma av utseendet, ej ha slitit ont, ty han är välfödd och kroppsligen vid bättre hälsa och krafter än någonsin. – För mig är det en obeskrivlig lättnad att åter ha honom inom anstaltens fyra väggar utan att han – åtminstone så vitt man vet – förorsakat någon allvarsam olycka.

Tredje avdelningen.

Det gamla huset i London.

FÖRSTA KAPITLET.

Ur Vilma Murrays dagbok.

Budapest den 10 september. För första gången på flera dagar har jag tid och ro att skriva här – allt har hittills förefallit mig som en orolig dröm. – – Min brådskande avresa – mitt sammanträffande med den gode gamle notarien Hawkins i Dieppe – de upprörda meddelanden han – dock först sedan jag med tårar besvurit honom att säga mig *allt* – gjorde mig angående detektivens upptäckter – eller misstag – mitt förslag att resa hit och själv tala med herr Tellet och, om möjligt, även själv anställa efterforskningar – –

allt detta blev för långt att utförligt skildra, och jag behöver sannerligen ej teckna mig det *till minnes*, ty vad jag känt och genomgått under denna tid är med eldskrift inristat i mitt hjärta. Notarien Hawkins ville först alls inte höra talas om att jag skulle resa, men då han såg hur fast mitt beslut var, gav han med sig, samt gjorde med verklig faderlig godhet allt vad i hans makt stod för att underlätta mitt företag och utjämna alla svårigheter. Tack vare hans omtänksamhet är jag nu här, mottagen och omhuldad som en medlem av familjen hos dessa goda, förträffliga människor – den sedan många år här bosatte engelske köpmannen och fabriksägaren Atkinson och hans hjärtegoda lilla tyska hustru. Herr Atkinson är en gammal vän till notarien

Hawkins och hans hustru har vistats mycket i England både före och efter sitt giftermål. Jag kände mig alltså från första stunden fullkomligt hemmastadd hos dem, och det förefaller mig nu som om jag känt dem hela mitt liv – jag kan ej nog tacka Gud som i min stora nöd och ångest låtit mig finna ett sådant hem och sådana hjälpare. Vad jag eljest skulle tagit mig till på detta främmande ställe – så främmande att det förefaller mig som en annan värld – vet jag inte. Ty jag inser först nu hur litet jag i själva verket kan uträtta på egen hand – – skall jag väl någonsin kunna uträtta något?

Min känsla uppreste sig till en början mot att sätta mig i förbindelse med eller vidare anlita detektiv Tellet – hans brev, som notarien Hawkins endast med stor svårighet kunde förmås att visa mig, föreföll mig så hjärtlösa och så djupt kränkande i avseende på Tom, att jag kände ett verkligt hat mot den, som kunde tänka och känna sådant. – – Men notarien Hawkins bad mig betänka, att Tellet ju ej hade någon personlig kännedom om Toms karaktär eller föregående liv och att han blott resonerade från de fakta han ansåg sig ha upptäckt – – vilket jag också efter något besinnande måste medge. Därtill såg jag hela vikten av att just *han* om möjligt blev den som måste konstatera min stackars väns fullkomliga oskuld. På Toms heder får inte falla skuggan av ett tvivel – detta är min orubbliga föresats, om jag så skall sätta livet till för att bevisa att allt som lagts honom till last endast berott på ett eller annat förfärligt misstag. *Intet* kan ens för ett ögonblick rubba *mitt* förtroende till hans redliga, högsinnade, omutliga, rättrådiga karaktär, så som jag känt honom sedan vi var barn. Notarien Hawkins sade detsamma – – men *han* kunde naturligtvis ej säga det med samma bergfasta visshet som *jag*, och det gjorde mig lycklig att se, hur min fasta förtröstan stärkte honom – jag kunde inte undgå att märka, att detektivens meddelande förut gjort honom orolig och osäker.

Allt i denna sak är fortfarande en förfärlig gåta, och Gud allena vet om det någonsin skall lyckas oss att finna det lösande ordet till densamma! – Herr Tellet, med vilken jag sammanträffade några dagar efter min ankomst hit och som gentemot mig personligen visade sig ytterst aktningsfull och finkänslig, står, som jag väl ser, fortfarande kvar vid sin övertygelse och kommer helt visst även att göra det så länge inga nya fakta eller någon ny ledtråd kommit i dagen. Jag kan ju ej inge honom *min* på många års förtrolig och innerlig bekantskap grundade, *orubbliga* övertygelse om *omöjligheten* av ett sådant uppträdande å Toms sida, som det han under sina spaningar anser sig ha upptäckt – vad är väl ett älskande hjärtas övertygelse gentemot en detektivs fakta! – men jag hoppas i alla händelser att min närvaro och vad jag sagt honom om Tom gjort ett visst intryck på honom – det förefaller mig så; visst är att han försäkrat att han ännu en gång skall återuppta de i Bistritz och trakten kring Borgopasset påbörjade efterspaningarna. Kunde man blott spåra och identifiera den person, som i banken härstädes lyft pengar på Toms kreditiv, så är jag för min del övertygad, att man finner nyckeln till gåtan. Men herrarna på banken säger sig blott ha ett flyktigt minne av denna person och kunde ej med bestämdhet säga att han inte liknade Toms porträtt.

Jag vet blott att allt annat är mig likgiltigt, allt annat får stå tillbaka för den uppgift, som nu är mig förelagd. Då mitt hjärta inte brast vid genomläsandet av detektivens brev och rapporter, med alla de ohyggliga beskyllningar och insinuationer de innehöll och så hänsynslöst uttalade – – så hoppas jag det skall vara starkt nog att uppehålla sig även framdeles. Det är möjligt, att Tom inte längre finns bland de levande, det är troligt att han fallit offer för ett skändligt illdåd – – men *hans minne* skall i alla händelser stå rent och obefläckat inför människor. För detta skall jag strida och arbeta till mitt sista andetag. Gud give mig nåd och kraft därtill!

* * *

11 september. En egendomlig ljusglimt – framtiden får visa om det möjligen kan bli mer – – Men låt mig ordentligt anteckna allt! Herr Atkinson föreslog idag, att vi tillsammans skulle göra en utfärd i vagn till ett bekant utvärdshus på ungefär en mils avstånd härifrån. Vädret är vackert och som min lilla snälla värdinna med förtjusning upptog förslaget, hade jag naturligtvis intet att invända – det är mitt ständiga bemödande att ej med min egen smärta och oro fördystra deras lyckliga tillvaro och jag säger därför om möjligt aldrig nej till de förströelser och utflykter de föreslår.

Vi begav oss alltså av och var efter ungefär en timmes färd framme på ort och ställe – en liten by, inte långt från stranden av Donau. Värdshuset, ett omtyckt förlustelseställe, ehuru av enklaste slag enligt vanliga europeiska begrepp, äges av en gammal judinna. Vi tog plats på verandan, där förfriskningar av åtskilliga slag framställdes för oss, samt roade oss med att betrakta det brokiga och livliga folklivet i trädgården, där några kringvandrande zigenarmusikanter slagit sig ned och svartmuskiga, livliga ynglingar och flickor i pittoreska nationaldräkter dansade till deras vilda, egendomliga melodier, under det att andra gruppvis tog plats vid borden och trakterade varandra med vin o.s.v. under muntert glam och sorl.

Hur föga jag än var stämd för glättighet, gjorde det mig dock ett nöje att betrakta denna för mig så ovanliga tavla – i mitt tycke mera lik en scen ur någon operett än en vardaglig verklighet. Efter en stund upphörde musiken och en av musikanterna började gå omkring bland folket för att insamla åhörarnas frivilliga bidrag. Jag lade inte vidare märke till honom förrän han stod mitt framför oss – men då var det också som om jag plötsligt träffats av ett slag och jag kunde med möda återhålla ett utrop av häpnad.

Ty han *liknade i själva verket Tom* i så hög grad, att man mycket väl kunnat ta dem för tvillingar. Tom är ovanligt mörk för att vara engelsman – och denne unge man var, kan man väl säga, ovanligt ljus för att vara zigenare. Men dragen var nästan desamma, håret växte lika tjockt och lockigt – ehuru betydligt längre – kring det egendomligt formade hårfästet, ögonbrynen hade samma form och ögonen samma färg. Framför allt var längden och själva figuren i det närmaste desamma. Med ett ord, hans oväntade åsyn verkade på mig som ett stygn i hjärtat och jag stirrade på honom i mållös förvåning,

glömsk av allt annat, till dess jag märkte att mina båda vänner med leende undran betraktade mig och jag i största hast lade ett silvermynt i den unge mannens framsträckta hatt, varpå han avlägsnade sig.

Fru Atkinson började skämtande bry mig för den vackra zigenaren, men jag vet knappt vad jag svarade – jag var som den vilken i halvmörker ser något otydligt skymta förbi, utan att lyckas fasthålla detsamma. Tankarna dansade runt i mitt huvud – jag kunde ej fullt klargöra för mig själv vad som egentligen inträffat eller betydelsen därav; jag hade blott en otydlig förnimmelse av, att något genast borde företas, jag visste ej rätt vad.

Med ens stod det klart för mig.

”Tellet – – detektiven Tellet” – stammade jag – ”ack, låt oss genast resa hem – – jag *måste* tala med honom!”

Min ångestfulla ton måste ha gjort intryck på dem – hur föga jag än var i stånd att förklara mig – ty herr Atkinson reste sig genast.

”Naturligtvis, bästa fröken Murray, om ni önskar det” – sade han vänligt, ”jag går att säga till att vagnen genast kör fram.”

Några ögonblick senare rullade vi åter mot staden. Jag hade nu hunnit sansa mig något och sade dem att jag i zigenaren tyckt mig igenkänna en person som länge fåfängt efterspanats och vars upptäckande kunde vara av största vikt både för mig och andra.

De var genast ytterst intresserade, men underlät i sin taktfulla finkänslighet att vidare utfråga mig – och glad var jag, ty i själva verket hade jag hela tiden handlat snarare efter instinkt än efter någon klart uppgjord plan. Jag skulle själv inte kunnat säga vad jag egentligen tänkte eller trodde.

På herr Atkinsons förslag for vi genast till den adress detektiven uppgivit. Men här väntade oss en missräkning – herr Tellet var inte hemma.

Med darrande hand skrev jag i hast några tämligen osammanhängande rader, däri jag bad honom utan tidsförlust göra sig närmare underrättad angående en ung zigenare, vilken som musikant denna eftermiddag uppträtt på värdshuset vid floden och vars likhet med min efterspanade fästman på det högsta överraskat mig. Jag beskrev mannen och hans sällskap så noga som möjligt och sade honom, att tanken på möjligheten av en personförväxling vid hans åsyn gripit mig med hela övertygelsens makt.

Herr Atkinson lämnade biljetten till Tellets värdinna, vilken med många försäkringar lovade att genast lämna honom den, så snart han återkommer.

Intet mer var att göra och vi återvände hem, där jag nu tillbringat hela aftonen i en feber av oro. Tellet har ej synts till. Jag har ej kunnat bära min ångest ensam, utan känt det som en lättnad att få anförtro mig åt mitt goda värdfolk, vilka redan förut känt de yttre konturerna av min historia och orsaken till min närvaro.

———————————————————————

* * *

Senare. Jag blev avbruten genom herr Tellets ankomst. Han åhörde uppmärksamt min berättelse, men tycktes ej fästa något synnerligt avseende därvid – jag kände tydligt på mig, att han tog det hela som ett alster av min alltför livliga och upprörda fantasi och påpekade – ehuru med all skonsamhet, det förnekar jag ej – att endast det faktum att jag tyckt mig finna en tillfällig likhet mellan en kringvandrande zigenarmusikant och min trolovade ju egentligen alls inte bevisade något. Så mycket säger mig naturligtvis mitt eget sunda förstånd, och jag kan ej heller anföra några verkliga skäl – det vill säga, några skäl som skulle verka övertygande på honom – för den känsla som säger mig att man i denna verkliga, slående likhet skulle kunna finna en förklaring på vad som eljest är och förblir oförklarligt. För mig är ju vad som helst möjligt, *utom* att Tom skulle ha gjort sig skyldig till något brottsligt eller ohederligt – men jag känner med förtvivlan hur litet *min* övertygelse betyder för den som inte känt honom. – – Herr Tellet lovade emellertid att på det nogaste göra sig underrättad om den unge zigenaren, huruvida det kunde upplysas att han under sommaren uppehållit sig i trakten kring Draculitz m.m. Men jag ser och känner alltför väl, att han anser bevisen på Toms brottslighet alltför ovedersägliga för att

något skulle rubba hans övertygelse. Han säger mig visserligen inte detta med tydliga ord, tvärtom, han är själva grannlagenheten – men, som sagt! – jag *känner* det – känner det som en isande kyla i själva den atmosfär, som omger honom. Sanningen måste dock en gång komma i dagen – Gud kan inte låta orättvisan triumfera. *Om också Tom är död* – och jag *måste* ju tro att han är det, då han inte låter höra av sig! – så får i alla fall inte någon fläck låda vid hans minne. Att rentvå detta, att fullt bevisa hans oskuld, förefaller mig nu som min enda uppgift här på jorden. – – Jag har skrivit till notarien Hawkins och berättat honom allt – det är ju tyvärr inte mycket, men dock något. Kan det bevisas, att denna zigenare någon gång under sommaren befunnit sig i närheten av det gamla slottet, så vore redan mycket vunnet – åtminstone så mycket att Tellet kunde finna skäl att åter uppta sina forskningar där i trakten. Nu har han helt och hållet överflyttat sin verksamhet hit – jag förstår ej rätt av vad skäl, men han antyder att de spår han funnit tills vidare fört honom hit.

Jag kan ej göra något tills vidare – – blott be Gud om tålamod och upplysning.

* * *

Bistritz den 15 september.
Här sitter jag nu i samma rum, där min stackars vän för mer än fyra månader sedan skrev till mig! – – jag har talat med den goda gamla värdinnan (som till all lycka kan tala tyska, så att vi kan göra oss begripliga för varandra) och hon säger sig fullkomligt minnas Tom och allt som tilldrog sig under hans vistelse här.

”Ack, kära fröken”, sade hon, då jag uttryckte min förvåning och frågade, om hon lika väl erinrade sig alla de gäster, vilka under årens lopp tog in på värdshuset, ”här kommer så sällan långväga resande – det är mest traktens folk eller i alla fall landsmän – en sådan gäst som den fina unga engelska herrn, det är en riktig händelse för oss som vi talar om länge efteråt, må ni tro – – och om honom har vi särskilt talat, därför att vi alltid sade att intet gott skulle komma av den resan. Ja, Gud skall veta att jag varnade honom – här i detta rum föll jag på mina knän för honom och besvor honom vid den heliga jungfrun och alla helgon att åtminstone uppskjuta resan ett par dagar – det gjorde jag – – och då han inte ville lyssna till mig, bad jag honom åtminstone ta mitt krucifix med sig – – som ett skydd mot det onda! – Jag minns det om om det varit igår!"

Hon började nu göra mig en mängd frågor om Tom, och då jag öppet sade henne, att jag var hans trolovade och kommit hit för att söka finna spår av honom, alldenstund han på ett oförklarligt vis försvunnit efter sin vistelse på slottet Draculitz och hans vänner helt naturligt fruktade att någon olycka träffat honom, stirrade hon förfärad på mig, gjorde korstecknet och upprepade flera gånger:

"Jag sade ju det! – jag sade ju det! – – det är som det står i sagan: till vargens håla för många spår, men inga därifrån. Vad hade den arme unge mannen i det avgrundsnästet att göra? – – Be för hans själ, kära fröken – jag fruktar storligen att ni aldrig ser honom levande åter!"

Jag kunde ej förmå henne att närmare förklara sig och märkte väl, att en eller annan vidskeplig fruktan band hennes tunga, så att hon ej vågade säga mig mer om greven och hans förhållanden – vad hon sagt var dock mer än nog för att på det högsta uppröra mig och bekräfta mina värsta farhågor. Ty även om man fråndrar alla de överdrifter, varmed en vidskeplig folkfantasi utsmyckar alla hemlighetsfulla tilldragelser eller ovanliga personligheter, kan man ju med tämlig visshet påstå att ingen rök är absolut utan eld – – och det dåliga rykte, som greven och slottet tydligen åtnjuter i hela den kringliggande nejden, syns mig i högsta grad olycksbådande, framför allt i förening med min stackars Toms oförklarliga försvinnande – – – Men jag måste återgå till de senaste dagarnas skakande tilldragelser och de omständigheter som förde mig hit. Allt vad jag upplever sedan en tid är så mycket mera likt en vild, orolig dröm än den lugna, regelrätta tillvaro, varvid jag hittills varit van, att jag mer än någonsin känner ett behov av att så klart och redigt som möjligt fasthålla de fakta, som utgöra grundvalen till det hela.

Det var dagen efter den då jag talat med herr Tellet och meddelat honom mitt sammanträffande med den unge zigenaren på värdshuset, som jag på aftonen plötsligt fick en biljett från honom, vari han bad mig så fort som möjligt infinna mig på en viss uppgiven adress, då han hade något av största vikt att meddela mig.

Fru Atkinson erbjöd mig med sin vanliga godhet och tjänstvillighet att vara mig följaktig och jag mottog med tacksamhet anbudet. Vi lät genast hämta ett åkdon och begav oss skyndsamt till det uppgivna stället – ett förfallet hus vid en ruskig och smutsig bakgata i ett, som fru Atkinson sade mig, av stadens sämst kända kvarter. Jag kände mig rätt illa till mods, men såg med verklig lättnad att Tellet väntade oss vid porten. Han tillsade kusken att vänta samt förde oss ett stycke längre bortåt gatan, i stället för att genast gå in i huset.

"Jag måste tala ett par ord med er först, fröken Murray" – sade han – "och därinne" – han pekade mot det förfallna huset – "finns ingen plats där vi kan vara ostörda. Jag förmodar att jag kan tala öppet i fru Atkinsons närvaro?"

Jag nickade bekräftande.

"Här har inträffat något högst egendomligt", sade han, "något som onekligen på sätt och vis bekräftade den åsikt jag redan förut på goda skäl gjort mig om fallet – men en hel del är fortfarande svept i dunkel. Emellertid måste ni bereda er på en upprörande syn och jag ber er på förhand väpna er med lugn och sinnesstyrka. Ett mord har ägt rum under egendomliga förhållanden, och vi – mina kolleger här på platsen och jag – litar på er för att kunna identifiera den mördade."

Jag kände hur jag bleknade; min första tanke gällde naturligtvis Tom.

"Ett mord?" – stammade jag upprörd.

"Ja – ett mord. Jag förstår naturligtvis vad ni fruktar, fröken Murray, och det står tyvärr ej i min makt att lugna er, utan att konfrontera er med den mördade. Jag skulle gärna bespara er denna syn – – – men det går ej för sig. Ert vittnesmål är här av avgörande vikt – och om jag rätt bedömt er karaktär – ursäkta – att jag säger det! – så hör ni ej till de fruntimmer som onödigtvis ställer till scener i dylika fall."

"Jag är färdig att göra vad ni önskar", sade jag med så mycket lugn som det var mig möjligt att visa; jag insåg väl att här ej var rätta platsen att tala om den isande ångest som fyllde min själ och som jag måste uppkalla all min viljekraft för att bekämpa.

"Gott", sade han i det han ett ögonblick skarpt fixerade mig. "Låt oss då gå dit upp."

Fru Atkinson, den goda själen, tryckte ömt och deltagande min hand – men jag var ej i stånd att besvara hennes vänlighet eller yttra ett ord – så stark var den själsspänning, vari jag befann mig.

Detektiven gick före oss uppför den mörka och ruskiga trappan. Huset föreföll mig till större delen obebott; ett par dörrar, som stod halvöppna, visade ödsliga och tomma rum, där månskenet genom smutsiga och sönderslagna fönsterrutor föll in på med damm och all slags orenlighet betäckta golv, utan alla möbler. Blott på ett par ställen hörde vi ett mummel av låga röster innanför låsta dörrar. På de tvenne trappavsatser vi passerade stod emellertid poliskonstaplar posterade, och då vi äntligen hunnit vindsvåningen, kom en civilklädd herre oss till mötes och växlade halvhögt några ord med vår ledsagare. Han bugade sig därpå hövligt för oss samt öppnade en av de dörrar som hade utgång åt trappavsatsen.

"Denne herre är chefen för hemliga polisen här i staden" – sade Tellet till mig. "Var så god och stig in."

Den lägenhet vari han införde oss bestod av tvenne rum, ett yttre och ett inre, båda ytterligt tarvligt möblerade samt i hög grad osnygga. Tellet stannade ett ögonblick i det yttre, där ett par simpla fotogenlampor spred ett svagt och rökigt sken i den kvava och obehagliga luften.

"Jag måste än en gång upprepa, fröken Murray", sade han med vänlig och deltagande ton, "att jag på det högsta beklagar den nödvändighet, vari jag ser mig försatt, att nödgas underkasta er detta plågsamma prov – men – det kan tyvärr inte undvikas. Jag ber er ännu en gång – uppkalla all den själsstyrka, varav ni helt visst är i besittning, och låt inte någon tillfällig känsla fördunkla ert lugna och sansade omdöme, som här är av största betydelse."

"Säg intet mer, jag ber" – det var allt vad jag förmådde få fram – ty dessa förberedelser pinade mig outsägligt. "Låt mig se."

Han tog den ena av lamporna och gick före mig in i det inre rummet – en usel vindskammare omedelbart under taket och vars hela möblering bestod av ett rankigt bord, en trälår, som tydligen även tjänat till sittplats, och en gammal rostig järnsäng, full av trasor.

På detta eländiga läger låg en gestalt utsträckt, vars stela linjer under det skynke man brett däröver redan på avstånd talade dödens omisskänneliga språk. Mitt hjärta stod still vid denna syn – vilken förfärlig upptäckt väntade mig väl här?

Den ungerske polismannen hade nu även inträtt i rummet. Medan Tellet höll lampan så, att det ljus fullt och klart skulle falla på den döde, lyfte ungraren hastigt skynket som hittills dolt dennes ansikte.

I sanning, en förfärlig och uppskakande syn – och dock var min första känsla därvid endast en lättnad, så obeskrivlig, att jag blott med svårighet kunde återhålla ett rop av glädje.

Ty vad jag såg var inte vad jag fasat för att få se – vad jag efter detektivens många försiktigt förberedande ord nästan väntade att få se!

På den smutsiga bädden låg en kraftig ung man – död och stel, med ett ohyggligt gapande sår i strupen. De glasartade, brustna ögonen stod vidöppna, fasansfullt stirrande, och även munnen stod öppen som till ett skrik – – men hur vanställt än ansiktet var, igenkände jag genast den unge zigenarmusikanten från värdshuset vid floden, vars påfallande likhet med Tom så överraskat och gripit mig.

"Åh, den olycklige!" utbrast jag ofrivilligt. "Har han blivit mördad? – vem har gjort det? – Vad –"

"Ni känner således igen honom?" frågade Tellet. Jag märkte nu att såväl han som den ungerska polismannen med spänd uppmärksamhet iakttog mig.

"Ja, visst känner jag igen honom – det är ju zigenaren, om vilken jag talade med er", sade jag rysande.

"Ni är säker på det?" inföll Tellet hastigt, i det han växlade en blick med ungraren, vilken, som jag sedan fann, fullkomligt förstod engelska, ehuru han inte talade det flytande.

”Fullkomligt säker. Jag sade er ju att han påfallande liknade – – – åh, herr Tellet, ni skrämde mig förfärligt – – av er ton och vad ni sade trodde jag nästan att – att – – det är ju hjärtlöst av mig, jag känner det, men vet ni att jag var färdig att skrika högt av glädje då jag såg, vem den döde verkligen var – jag hade berett mig på – –”

Det var mig omöjligt att tala sammanhängande, så stort och överväldigande var det plötsliga omslag min stämning undergått.

Jag såg att de båda polismännen åter växlade blickar, vilkas innebörd jag inte förstod. Därpå sade ungraren med låg röst något som jag inte uppfattade, i det han till min stora lättnad åter lät skynket falla över det stackars döda, hemska ansiktet.

Tellet ställde lampan ifrån sig på bordet och vände sig med allvarlig uppsyn och ännu allvarligare ton till mig.

”Den unge mannen där, som ni påstår er igenkänna, fröken Murray”, sade han, ”har en längre tid i hemlighet bevakats av härvarande polis såsom misstänkt för anarkistiska och samhällsomstörtande stämplingar av farligaste slag. Man tror sig ha bevis för att han varit medlem av ett vitt utgrenat, hemligt sällskap, varom jag för närvarande inte kan säga er något vidare, liksom jag överhuvudtaget måste på det bestämdaste förbehålla mig, att ni båda, mina damer” – han vände sig till fru Atkinson, som varit en tyst och, som hon sedan anförtrodde mig, skräckslagen åskådarinna till det hela – ”iakttag fullkomlig tystlåtenhet beträffande allt vad som här kommit till er kännedom – det torde vara *säkrast för er själva*”, tillade han med en betydelsefull tonvikt på orden. ”Med anledning av dessa misstankar har min kollega här emellertid tagit den mördades effekter i beslag och av vissa skäl skulle vi – innan de förseglas – önska att ni, fröken Murray, ville ta en del av dem i betraktande. Jag hoppas ni inte har något däremot?”

”Nej, naturligtvis inte”, sade jag förvånad – ”ehuru jag inte inser – –”

”Gott”, sade han utan att avvakta slutet på meningen. ”Vill ni då vara god och stiga dit ut.”

Jag var glad att få lämna den kvava vindskammaren och den dödes hemska närhet och efterkom därför genast uppmaningen. Det yttre rummet förekom mig i all sin torftighet både stort och luftigt i jämförelse med det jag nyss lämnat.

”Var god och sitt ned”, sade Tellet, i det han drog ett par rankiga stolar närmare bordet och ställde lampan på detsamma. Ungraren gick till dörren, såg ett ögonblick ut, liksom för att förvissa sig om, att ingen lyssnade därutanför, samt fattade därpå posto där bredvid, liksom för att bevaka ingången. Då han tillfälligtvis förde handen till bröstfickan, märkte jag de blänkande beslagen på en revolver, som stack upp ur densamma.

Tellet hade under tiden gått bort i rummets andra ända och där öppnat en medelstor, järnbeslagen kista, som hade sin plats i ett hörn, samt ur densamma framtagit åtskilliga föremål, med vilka han nu kom fram till oss.

”Var god och se noga på dessa saker, fröken Murray”, sade han, i det han hastigt ordnade dem på bordet.

Jag stirrade några ögonblick därpå utan att begripa något. Det var några ark postpapper, en vanlig, avlång anteckningsbok, ett större, hopvikt papper, en resehandbok, några skrivsaker, en packe visitkort – – dessutom såg jag att han hade några kläder kastade över armen och ett paraply i handen.

Plötsligt undföll mig ofrivilligt ett utrop av häpnad – mina ögon hade halvt omedvetet fallit på en namnstämpel i ena hörnet av de framlagda postpappersarken.

”*Peter Hawkins, advokatbyrå och inkasseringsaffär, Exeter!*” läste jag högt. ”Men vad – hur – hur har det här papperet kommit hit?”

”Ja, det är just frågan, fröken Murray” – sade Tellet, i det han skarpt betraktade mig. ”Var nu god och se på det övriga!”

Med händer som skälvde av sinnesrörelse, men utan att dock kunna göra mig fullt reda för vad jag egentligen tänkte eller fruktade, tog jag det ena efter det andra av de på bordet liggande föremålen och betraktade dem noga. Vad jag därvid kände, vill jag ej försöka beskriva – det finnes stunder och erfarenheter dem man i alla fall aldrig glömmer, levde man så i hundrade år.

Först grep jag det stora, sammanvikta papper, som, till hälften instucket i ett gråbrunt konvolut, låg mig närmast. Jag vek upp det – – det var ett pass, utfärdat för "brittiska undersåten Thomas Wilford Harker" – med de vanliga upplysningarna angående vederbörandes ålder, stånd, utseende o.s.v.

Jag kände hur jag bleknade, i det jag lät papperet sjunka och min blick mötte detektivens.

"Det är min fästmans pass" – sade jag lugnt, men med en röst som jag inte själv kände igen, så förändrad och hes tycktes den mig. "Var har ni – *var* har ni funnit det?"

"Jag skall lämna er alla önskade upplysningar, fröken Murray, så fort ni sett på alla dessa saker" blev svaret, under det han fortfarande oavvänt och med nästan besvärande skärpa betraktade mig. Jag kunde inte förstå den egendomliga hållning han iakttog gentemot mig, men han gav mig ej tid att närmare tänka däröver. Först senare insåg jag, att han i själva verket misstänkte mig för att hela tiden spela en slug och väl genomförd roll.

Den lilla notisboken var Toms – den han ständigt brukade bära på sig och som jag otaliga gånger sett honom använde, ehuru den ej till sitt yttre företedde något, varigenom jag kunnat skilja den från tusen andra liknande. Men de anteckningar, som i det närmaste fyllde den, var skrivna med hans stil – därom var intet tvivel – och då jag närmare granskade dem, fann jag noggrannare uppgifter om tågens avgångs- och ankomsttider, lämpliga hotell m.fl. memoranda, vilka tydligen hade avseende på hans resa från England till Siebenbürgen i början av maj.

Mina ögon fylldes av tårar, då jag stirrade på dessa anteckningar – de föreföll mig i detta ögonblick nästan som en hälsning från andra sidan graven. De sista orden på sista sidan var: *"Obs! diligens från Bistritz till Bukovina via Borgopasset – avgår från värdshuset Gyllene Kronan kl. 3 e.m. den fjärde maj. Grevens ekipage möter i Borgopasset, varifrån 2-3 timmars väg till Draculitz."*

De prosaiska orden återkallade så livligt det glada intresse, varmed han berett sig på denna ödesdigra resa, och den glädje, varmed jag själv

sett honom avresa, att jag ej kunde återhålla tårarna, utan högt snyftande dolde ansiktet i händerna. Nu först kände jag, att jag verkligen alltjämt hyst mera hopp än jag själv vetat av – åsynen av dessa livlösa ting hade givit det dödsstöten. Jag såg hastigt på det övriga; allt hade tillhört Tom, allt var mig väl bekant – till och med den ljusgrå, rutiga reskostymen, filten, ulstern och resmössan, som detektiven nu till sist lade på bordet. Paraplyt hade varit min gåva till honom på hans senaste födelsedag; det hade en egendomlig krycka av svart agat och hans namnchiffer – T.H. – graverat på en silverplåt på skaftet.

"För guds skull, herr Tellet", utbrast jag slutligen – "pina mig inte på detta sätt – säg mig hellre genast och rent ut vad ni vet om honom – jag kan bära allt utom denna ovisshet – – är han – – död?"

"Jag fruktar det, fröken Murray", sade han med en mera deltagande ton än förut. "Men jag säger er uppriktigt, att jag ännu ej har några bestämda bevis därför. Förlåt om jag plågar er; men det är i ert intresse lika mycket som mitt eget, att sanningen skall komma i dagen. Är ni alldeles säker på att den mördade mannen därinne verkligen är den zigenare, varom ni förut talat med mig?"

"Nästan fullkomligt säker – i ett sådant fall och då han naturligtvis" – jag kunde ej återhålla en rysning – "nu är rätt mycket förändrad mot då jag såg honom, kan man ju alltid missta sig. Men som jag sade er – skälet varför jag fäste mig vid hans utseende var hans märkvärdiga likhet med – herr Thomas Harker – – och här" – jag drog fram det lilla läderetui med Toms porträtt som jag vanligen bar på mig – "kan ni ju själv övertyga er om detsamma."

Jag räckte honom etuiet. Han kastade en blick på porträttet.

"Är detta likt?" – frågade han hastigt och med förändrad ton.

"Mycket likt – det bästa som finns av honom och dessutom det sist tagna", sade jag.

"Mera likt än detta?" Han framtog hastigt ett fotografi ur plånboken och räckte mig det. Det var ett porträtt av Tom, taget för tre eller fyra år sedan.

"Ja" – sade jag, "det där är – – var – – är inte likt honom *nu* – han är ju flera år äldre nu – – men som ni ser" – det hade just i detsamma slagit mig själv – "ser man likheten med zigenaren ännu tydligare på *det* porträttet än på *detta*. Han liknade egentligen, då jag tänker efter, mera herr Harker sådan han var som yngre än han nu gör – eller gjorde."

"Ja – det är obestridligt – alldeles obestridligt" – sade han med förströdd ton, i det han alltjämt jämförde de båda porträtten. "Det är – är – – han! – – Bästa fröken Murray" – sade han hastigt, "tillåter ni att jag behåller detta porträtt ett par dagar? – Det vore av största vikt för mig. Om man skickat med detta förut, skulle kanske mycket – – men det är kanske ännu inte för sent. Min klient, notarien Hawkins, sände mig detta porträtt på samma gång som han försåg mig med andra nödiga upplysningar – – och jag har varit nog idiotisk att inte komma att tänka på att det möjligen kunde finnas ett *bättre* – – Nå – jag får ju låna det? – jag försäkrar än en gång att det är av yttersta vikt."

"Gärna", sade jag, i det jag lösgjorde fotografiet ur etuiet – "ni kan få behålla det tills vidare, om det kan vara av någon betydelse för era efterspaningar – – jag har en dubblett därav. Men säg mig, säg mig – –"

"Intet – intet kan jag säga er just nu, min bästa fröken – om ett par dagar, kanske redan i morgon – – men nu är varken tiden eller rätta stället därtill. Så mycket kan jag emellertid nämna tills vidare, att jag, efter vad jag nu erfarit, finner mig föranlåten att med fördubblad iver återuppta de delvis nedlagda spaningarna efter herr Thomas Harker. Jag har anledning misstänka, att vi verkligen hittills följt ett delvis falskt spår och att vi måste börja om från början igen – men i alla händelser skall jag vidare meddela mig med er – – var lugn och lita på att ni snart får höra av mig! Tillåt mig nu följa er till vagnen!"

Jag insåg, att det ej skulle tjäna till något att säga något vidare för ögonblicket – och dessutom var jag så upprörd och förvirrad av allt vad jag under dessa timmar upplevt, att jag själv kände behov av lugn och eftertanke, innan jag åter talade med honom. Fru Atkinson och jag lämnade således rummet, och herr Tellet följde oss artigt utför trappan och till vagnen.

Jag sov inte mycket den natten – men under det att jag oroligt vände mig på mitt läger, klarnade mina tankar och min uppfattning av vad som tilldragit sig allt mer och mer. Jag tyckte mig nu tydligt inse – så otroligt det än syntes mig – att Tellet i den mördade landstrykaren verkligen *trott sig återfinna Tom* – att han först så småningom under gången av vårt samtal insett sitt misstag och att detta var den verkliga förklaringen till hans egendomliga beteende gentemot mig. Han hade naturligtvis, uppfylld som han var av de för mig så sårande misstankar, vilka han uttalat med avseende på Tom, antagit att jag ännu inför den döde haft mod och själsnärvaro tillräckligt att med en yttersta ansträngning uppehålla skenet och rädda min trolovades heder – och hur upprörande denna tanke än var för mig, måste jag vid närmare besinnande medge, att den ju från hans synpunkt sett innebar en viss grad av sannolikhet. Så vitt jag kunde fatta, hade min oförställda sinnesrörelse och överraskning vid åsynen av de välkända föremål, som tillhört min stackars Tom och vilkas plötsliga återfinnande under dessa omständigheter ej kunde tydas som annat än ett olycksbudskap angående hans öde, dock övertygat honom om motsatsen och – som jag av hans sista ord kunde sluta mig till – fört hans misstankar i en annan riktning. Detta var på sitt sätt en tröst för mig – men eljest sökte jag fåfängt en ljus punkt i detta mörker. Att Tom var död – sannolikt på det skändligaste mördad och rånad – kunde jag numera knappast betvivla, ej heller hyste jag mycket hopp att någonsin lyckas upptäcka det verkliga förloppet vid hans försvinnande i detta främmande land, som nu föreföll mig så hemskt och fientligt. Men så länge det ännu fanns en skymt av sannolikhet eller möjlighet, så länge min krafter räckte och min gode gamle faderlige vän, notarien Hawkins, ej tröttnade att förse mig med de ekonomiska medel, utan vilka dessa fortsatta efterspaningar ej skulle varit mig möjliga – så länge skulle jag aldrig upphöra med min strävan att åtminstone rentvå hans *minne* från minsta skymt av misstanke – det lovade jag mig själv heligt under dessa timmar, då jag tyckte mig smaka all dödens bitterhet och för evigt säga farväl åt min ungdom och allt vad jag hoppats av glädje och lycka i livet!

* * *

Redan vid middagstiden följande dag anmäldes herr Tellet, som lät fråga, om jag kunde ta emot honom – vilket jag naturligtvis ivrigt bejakade.

Jag skyndade ned till förmaket, där han väntade mig. Jag lade genast märke till att han var resklädd samt hade lagt ifrån sig ytterkläder och resväska på en stol vid dörren, som om han haft mycket bråttom och genast ämnat sig bort.

Han kom mig till mötes halvvägs över golvet och gav mig knappast tid att hälsa, förrän han kort och brådskande sade:

"Jag reser till Bistritz med middagståget. Kan ni resa med, eller föredrar ni att dröja till i afton? – I senare fallet skall jag naturligtvis möta er vid stationen – – men ni förlorar mycken tid, och tid är dyrbar – jag förbannar min egen dumhet, som redan låtit mig förlora så mycket – – Reser vi med middagståget, ligger vi över natten i Klausenburg och är framme i Bistritz i morgon eftermiddag; far vi med nattåget, hinner vi inte fram till Bistritz förrän i övermorgon. Men ni hinner väl knappast bli färdig – – tåget går om en timma?"

"Jag skall vara färdig – naturligtvis skall jag vara färdig – lita på det" – sade jag ivrigt. "Då ni önskar att jag skall resa med, antar jag, att ni har goda skäl därtill."

"Mycket goda – – men nu har jag inte tid till några förklaringar – – jag måste ännu uträtta åtskilligt före avresan. Men det gläder mig – gläder mig mycket – att ni kommer med. Vi återser varandra vid stationen – kom ihåg – 1.45. Farväl, farväl!"

Innan jag rätt hunnit besinna mig, hade han redan lämnat rummet.

Att packa det nödvändigaste i en resväska, underrätta de goda Atkinsons – som fullkomligt gillade mitt beslut – och skicka efter en fiacre[1] var knappast en halvtimmes verk. På ut-

1 En hyrbar, liten hästdragen kärra.

satt tid var jag vid stationen, där min reskamrat redan stod och väntade. Han mottog mig med oförställd tillfredsställelse och utvecklade i sitt bemödande att skaffa mig en god plats mera omtänksamhet och artighet än jag trott honom om – det föreföll mig verkligen, som om jag stigit betydligt i hans aktning genom min snabba beredvillighet att resa.

Resans detaljer överhoppar jag. Dess egentliga intresse för mig var, att jag nu färdades samma väg som min stackars älskade Tom färdats några månader tidigare – – jag hade ännu hans livliga skildring därav i levande hågkomst och detta kastade ett egendomligt vemodsfullt skimmer över allt vad jag såg.

Så länge vi befann oss i kupén, rörde sig vårt samtal – vilket egentligen inskränkte sig till några få ord – endast om likgiltiga ämnen. Jag förstod att herr Tellet ej ville inlåta sig på någon utförligare förklaring, förrän vi kunde tala utan fruktan för obehöriga lyssnare, och ansträngde mig därför att betvinga min oro och otålighet. Det var också först efter den supé, som vi tillsammans intog i ett enskilt rum på hotellet i Klausenburg, som jag erhöll den önskade förklaringen, vilken dock på det hela taget inte förklarade mer än en liten del av det som synts mig dunkelt och gåtlikt.

"Jag känner, att jag är skyldig er en förklaring, fröken Murray", började han – "men jag säger er på förhand, att hela denna sak är så invecklad och egendomlig, att jag själv ännu inte ser allt fullt klart. Det vill säga – det är punkter, som – – Men jag erkänner uppriktigt att jag följt ett falskt spår – sådant händer den bästa och skulle i detta fall antagligen ha hänt vem som helst. Vem kunde väl också räkna på något sådant som den här likheten! – sådana tillfälligheter bringar de bästa beräkningar på skam. Ser ni – jag har redan länge haft mina ögon på den där gynnaren – zigenaren – fast oss emellan sagt, så vet jag egentligen inte om han verkligen var zigenare heller – – det var en sådan där tvetydig existens, som det nu för tiden finns så gott om – han uppträdde i många olika skepnader, och så som förhållandena stod, ansåg jag mig berättigad att verkligen ta honom för den person jag hade till

uppgift att efterspana – – signalementet stämde
fullkomligt och jag hade lyckats spåra honom
hela vägen hit – beviskedjan var i det närmaste
fullständig. Mina kolleger där i Budapest – rätt
slipade karlar förresten – tog honom för engels-
man, fastän han ibland – liksom den dagen ni
såg honom vid värdshuset – slog sig ihop med
zigenarmusikanterna. Men de visste att han
hade ett engelskt pass och förresten fullkomligt
klara papper. – – Ni måste medge, att det ej var
så underligt om jag tog för givet, att han verkli-
gen var den jag söker. ”

”Ja, jag förstår det” – sade jag en smula kyligt
– ”men ni skulle ej kunnat göra det misstaget
om ni haft någon personlig kännedom om herr
Harker – – och jag tycker därför, att ni gjort
klokt i att fästa något mera avseende vid de per-
soners omdöme, som verkligen känt honom –
notarien Hawkins till exempel. En hederlig och
rättänkande man, som alltid för en oförvitlig
tillvaro, kan dock inte gärna med ens förvandlas
till en fulländad skurk!”

Han ryckte lätt på axlarna.

”Ack, min bästa fröken, vi detektiver får min-
sann se så mycket, att just ingenting förefaller
oss omöjligt”, sade han kort. ”Men i detta fall
har jag tagit miste – det erkänner jag gärna – och
därför är det mig nu också en hederssak att få
reda på sanningen. Vi börjar från början igen i
Bistritz och – – – På vad sätt karlen där – den
mördade menar jag – kommit i besittning av
herr Harkers effekter, vill jag låta vara osagt.
Men ett spår *måste* naturligtvis finnas, en led-
tråd, som jag naturligtvis skulle ha upptäckt,
om jag inte under mitt uppehåll där borta varit
så himla idiotiskt säker på min sak – den störs-
ta dumhet en detektiv kan begå. Man måste ha
ögonen öppna åt alla sidor. – – Emellertid vill
det tyckas, som vore den här saken vida mer
komplicerad och vittomfattande än man från
början kunnat tro. Om jag inte missta mig, så
gäller det här mycket mer än blott enskilda in-
tressen. Jag har därför telegrafiskt bett notarien
Hawkins om tillåtelse att få tillkalla en kollega –
en av de främsta inom yrket, fastän folk kanske
inte så ofta hör hans namn nämnas – – de affä-
rer *han* reder ut hör vanligen till dem, som inte

får talas om, därför att det inte är enskilda, utan
statshemligheter det gäller.”

”Nå – det kan väl inte vara fallet här” – sade
jag en smula likgiltigt. Hans pratsamhet börja-
de trötta mig, och jag var ej i den stämning, då
man gärna talar – därtill var mitt hjärta alltför
tungt. Vad som för honom blott var ett intres-
sant ”fall” var för mig en livssak.

”Jo, vem vet” – sade han förbehållsamt. ”Det
är besynnerliga saker jag fått reda på de här sista
dagarna. Här på kontinenten pågår just nu en
hel del bakom kulisserna, som de allra flesta inte
har en aning om. Det är den ena komplotten in-
uti den andra – alldeles som de där kinesiska as-
karna, ni vet. Och det är bara några få som hål-
ler trådarna till det hela – men det är en hel hop
dockor de sätter i rörelse, och det på så skilda
håll, att ingen skulle tänka på ett sammanhang
mellan dessa rörelser. De har agenter överallt.”

”Vilka menar ni med *de?*” frågade jag.

”De – – som håller trådarna! – jag har mina
skäl att tro, att han – gamle greven där borta
på Draculitz – var en av dem, och det en av de
förnämsta till på köpet. Som jag förut hade den
äran att meddela notarien Hawkins, misstänkte
jag att den försvunne Harker låtit använda sig
av honom – och på sätt och vis hade jag ju också
rätt, ty om det inte var han själv, så var det i alla
fall hans dubbelgångare. Men det är en inveck-
lad historia allt igenom, som jag nu inte kan ge
mig närmare in på. Jag hoppas att Barrington
Jones skall vara i Bistritz om ett par dagar – om
någon människa skall kunna skaffa ljus i saken,
så är det han. Han hör till de styvaste i hela pro-
fessionen.”

Det gladde mig att höra, ty jag hade verkli-
gen förlorat en god del av mitt förtroende till
herr Tellets egen skicklighet som detektiv – i
alla händelser kunde jag ej annat än inse, att
det långa dröjsmål, som hans envisa fasthållan-
de vid sin en gång fattade idé förorsakat, be-
tydligt minskat möjligheten att verkligen finna
min stackars väns spår och bevisa hans oskuld.
Jag aktade mig emellertid för att förråda den
misstro jag kände, ty otvivelaktigt hade det som
han själv sade, nu blivit en hederssak för honom
att gottgöra sin försummelse, och jag hoppas,

att han med vida större intresse än förut skall bedriva sina efterspaningar. Gud vare lov i alla fall att jag själv är här! – Direkt och personligen kan jag ju egentligen inte göra något – men jag har dock en känsla av att min närvaro i alla fall verkar som en sporre på dem, som är i bättre stånd att handla än jag. – – Och dessutom – hur skulle jag väl kunna uthärda att i fullkomlig overksamhet avvakta utgången!

Vi fortsatte vår resa följande morgon och ankom på utsatt tid till Bistritz, där vi, som sagt, tog in å värdshuset "Gyllene Kronan", varifrån min stackars Tom skrev till mig den 3 maj. Jag räknar det egentligen som det sista brev jag fått från honom – de senare var blott några korta rader och jag kan ej själv säga på vad sätt jag fann dem otillfredsställande. – – Det föreföll mig alltjämt som om det inte varit *han*, utan en främmande som talat till mig. För övrigt var det knappast naturligt och alls inte likt honom att vara så förbehållsam med avseende på sin omgivning och de förhållanden varunder han levde. Han, vars största glädje det eljest var att meddela mig allt som intresserade eller sysselsatte honom! – Jag har länge halvt omedvetet känt, att det måste ligga någon hemlighet under allt detta – nu är jag fullkomligt övertygad därom.

* * *

September. – – Telegram idag på morgonen:

"B.J. och jag anländer båda till Bistritz med aftontåget. Beställ rum!

P. Hawkins."

Jag kan ej säga hur tacksam och lycklig jag känner mig – så lycklig jag kan vara i denna förfärliga ovisshet. Det rör mig obeskrivligt att den goda gamla notarien själv velat trotsa alla den långa resans vedermödor för att skänka mig sitt stöd och sitt bistånd under dessa prövande förhållanden. Gud välsigne honom för all hans faderliga godhet mot oss! – Löna den kan vi aldrig – – – Ännu igår kände jag mig så ångestfull och övergiven i detta främmande land, bland idel främmande människor – hur annorlunda skall det inte bli, då jag har denna trofasta och erfarna vän vid min sida!

* * *

Senare. Våra längtansfullt väntade resenärer har anlänt. Herr Tellet och jag var dem till mötes vid stationen – redan på långt håll upptäckte jag notarien Hawkins vita huvud i kupéfönstret. Så fort han hälsat på mig, presenterade han sin reskamrat. Löjtnant Barrington Jones är en medelålders, spenslig man med rödaktiga mustascher, gråblå ögon och kortklippt ljust hår – egentligen ett obetydligt utseende, åtminstone så länge han tiger – men högst intelligent och förtroendeingivande, då man talar med honom. Han säger emellertid inte mycket, men man ser att han lägger märke till allt. – – I morgon skall han tillsammans med herr Tellet genomgå alla de upplysningar som hittills kunnat inhämtas.

Som de resande var trötta efter den långa resan, skildes vi tämligen tidigt åt, och jag skriver detta, innan jag går till sängs. Det är förunderligt hur mycket lättare om hjärtat och mera hoppfull jag känner mig än jag på länge gjort – ehuru – – Gud skall veta att jag alltför väl inser, hur litet det egentligen finnes att *hoppas*. Om Tom ännu finnes bland de levande, hade han naturligtvis inte lämnat mig att genomleva dessa dagar och nätter av ångest! – Detta säger jag mig tusen gånger – och dock kan jag på djupet av mitt hjärta inte fatta eller tro att han verkligen *är död* – – som han ju måste vara. Hur skulle väl eljest hans tillhörigheter ha kommit i den mördade äventyrarens händer?

<hr>

VÄRDSHUSETS
FLYGANDE HÄSTAR.

September.

Det är i de underligaste, mest romantiska omgivningar som jag återta mina anteckningar. Allt är så främmande, så olikt allt vad jag förut sett eller tänkt mig, att jag ibland knappast vet om jag drömmer eller är vaken. – Det är på ett litet värdshus uppe i bergsbygden, någonstädes på gränsen mellan Siebenbürgen och Bukovina – ett "värdshus", som i själva verket lika litet liknar ett vanligt, låt vara tredje eller fjärde klassens hotell, som ett iltåg liknar en oxkärra – som vi befinner oss för ögonblicket. Vi – det vill säga notarien Hawkins, de båda detektiverna och jag. Vi passerar här för excentriska engelska turister, och excentriskt måste sannerligen den "turist" vara, som för sitt nöje väljer detta ställe till vistelseort – ty här måste man avsäga sig till och med de mest primitiva fordringar på snygghet och komfort, för att inte tala om den bekvämlighet, vi kulturmänniskor för övrigt vant oss vid. Detaljerna bryr jag mig inte om att närmare skildra. – – Vi befinner oss emellertid nu här sedan igår afton, då vi kom hit med diligens, som från Bistritz passerar Borgopasset på väg mot Bukowina. För mig hade den storartat natursköna trakten ett smärtsamt intresse, då jag redan tycker mig känna dem genom Toms skildring. Det var denna väg han färdades till det olycksaliga ställe, där hans spår förloras i mörker. Draculitz slott ligger endast omkring en timmas väg därifrån. Byn heter Zolyva – och det var hit som herr Tellet trodde sig ha spårat Tom – här, som han – – jag vill knappast skriva det – påstods ha sällskapat med tvetydiga karaktärer och personligheter ur grannskapet samt deltagit i deras dryckesgillen! – Endast den som aldrig känt Tom kunde för ett ögonblick sätta tro till något så helt och hållet olikt hela hans karaktär. Frestas och fela kunde väl han som alla andra – men inte på *detta* sätt. Jag tror mig med glädje märka, att löjtnant Barrington Jones i detta avseende delar min tanke, ehuru han inte säger mycket. Det är på hans önskan som vi begivit oss hit. Troligen återvänder jag och notarien Hawkins om ett par dagar till Bistritz, för att där avvakta vidare underrättelser från detektiverna – men löjtnant Jones ansåg det lämpligt, att vi följde med för att ge sällskapet en mera alldaglig, så att säga turistenlig prägel och avvända alla misstankar att vi kommit hit för något särskilt ändamål. Han ansåg detta så mycket nödvändigare som herr Tellet redan är känd här sedan sina föregående undersökningar – ehuru han då uppträdde som kringresande artist och även nu spelar denna roll.

Trakten här omkring är storartat skön, och

för att uppehålla vårt anseende som turister anser vi oss förbundna att ta alla nejdens sevärdheter i betraktande. Idag skall vi göra en utflykt till Draculitz slott, vilket nu påstås stå helt och hållet tomt och övergivet. Jag kan ej beskriva med vilka känslor jag motser mitt besök på detta ställe – – Det förefaller mig – ehuru jag vet att det är dåraktigt av mig – – som måste *jag*, om också ingen annan, där upptäcka något spår av den vi söker. Kärlekens blick är skarpare än någon annans. Jag bereder mig med nästan smärtsam spänning på vad denna dag och de följande skall medföra.

* * *

På kvällen.

Vi är återkomna från vår utflykt.

Vägen till det gamla slottet går genom en vild, skogbevuxen bergsbygd, där man skulle kunna tro att aldrig marken trampats av en människofot. En stor mängd vidunderliga sägner lär också vara i svang angående denna trakt; "djävlar och skogstroll" lär husera där – efter vad man tror sig veta i trakten – jämte en hel del andra väsen av hemlighetsfull och övernaturlig art. Herr Tellet säger, att folket här överhuvudtaget är oerhört vidskepligt, men att många av de historier, som berättas av eljest trovärdiga och sanningsenliga människor, knappast kan förklaras som idel hjärnspöken. Snarare tror han att illasinnade människor på ett eller annat sätt vetat begagna sig av folkets övertro för att i dess skydd ostraffat begå en del brottsligt ofog. Att den gamla greven stod i livlig förbindelse med en mängd hemlighetsfulla föreningar i hela Europa och troligen höll en hel del dolda politiska trådar i sina händer, lär man i Wien och Budapest vara fullt övertygad om, ehuru ingen ännu lyckats finna några bevis härför.

Åtskilliga hemlighetsfulla mord lär i lång tid ha begåtts här i trakten, av vilka en del tillskrivs "judarna", vilka gärna beskylls för allt ont som inträffar här i landet, ehuru de – efter vad herr Tellet säger – i själva verket är vida fredligare och laglydigare än de flesta andra av statens oroliga medborgare – – och en del åter de ohyggliga och övernaturliga väsen vilka särskilt lär ha sitt tillhåll här i bergsbygden. Tron på trolldom är allmän här, och den tysktalande skolläraren, som i de flesta fall varit herr Tellets sagesman, säger sig känna många aktningsvärda och sanningsenliga personer, som med bestämdhet påstår sig vid ett eller annat tillfälle ha blivit förhäxade, så att de känt sig tvungna att mot sin vilja utföra handlingar, vilka de själva ogillat, eller blivit slagna med lamhet och dylikt utan att kunna förklara hur det tillgått.

Befolkningen är mycket blandad och företer en mängd från varandra vitt avvikande typer, bland vilka *"zekelerna"* lär vara de mest kända för slughet, elakhet och kroppsstyrka. Namnet påminde mig på ett egendomligt sätt om den äventyrliga baronen i Whitby – men detta är naturligtvis blott en tillfällig idéförbindelse – – Stackars älskade Lucy, hur väl jag minns min oro för henne och den egendomliga makt denna människa så oförklarligt tillvällt sig över hennes själ – jag hoppas hon aldrig måtte sammanträffa med honom förrän hon är Arthurs lyckliga maka. Men detta hör ju egentligen inte hit.

Det var under färden till det gamla slottet (vilken företogs på ett högst egendomligt åkdon, ett mellanting mellan flakvagn och höskrinda – andra förekommer inte i dessa bygder) som herr Tellet berättade allt detta för oss jämte mycket mer som han hört och erfarit under sin vistelse här. Löjtnant Jones åhörde allt med uppmärksamhet, men utan att, så vitt jag kan minnas, göra en enda anmärkning. Han är överhuvudtaget en ytterst tystlåten person, men som han – jämte en massa andra språk – även kan ungerska, är det dock han som för det mesta får spela rollen av tolk.

Klockan var omkring tolv, då vi över skogstopparna plötsligt varseblev det högt liggande gamla slottets mörknade torn. Det ligger i själva verket på en nästan fristående klippa, delvis tvärbrant, delvis kringfluten av en strid skummande fors, som på östra sidan störtar sig ned i dalen. Vi såg slottet först från höjden av en tämligen brant bergås på dess norra sida begränsad av en ränna, i vilken strömmen forsade vit.

Vi stannade några ögonblick för att betrakta den egendomliga uråldriga borgen, vilken i själva verket mera liknade ett fäste än en förnäm mans boning. Allt var tungt, mörkt, massivt och hotande – det låg en stämning över det hela, som på det egendomligaste sätt sammansnörde mitt hjärta.

Det slog mig med ens att i en omgivning som denna måste även det otänkbaraste vara möjligt – här var en främmande värld med främmande begrepp, inför vilka kulturmänniskan stod tyst och slagen av ångest som om hon blivit plötsligt förflyttad sex eller sju århundraden tillbaka i tiden.

Vad hade väl min stackars Tom känt och genomlevt inom dessa murar? Skulle det bli oss möjligt att här återfinna det minsta spår av honom?

Sådana var de frågor, som flög genom min själ och gjorde mig föga benägen för samspråk under det att vi, efter att ha kvarlämnat vårt åkdon på höjden av backen, till fots vandrade utför densamma.

Vår körsven hade hela tiden visat sig ytterst ovillig och motsträvig samt förklarade rent ut, att han ej ville köra längre än till den punkt där vi stannat – ehuru han vägrade att ge några skäl för sitt beteende. Han korsade sig blott upprepade gånger och mumlade för sig själv – som löjtnant Jones sade oss – något om "Gudlösa främlingar."

Till vår glädje fann vi vindbryggan inte uppdragen och inte heller den stora porten i porttornet låst, vilket tycktes oss antyda, att människor ännu fanns inom slottet, ehuru allt såg i högsta grad förfallet och övergivet ut och gräset växte högt mellan stenarna på borggården.

Med vilka känslor jag såg mig omkring på dessa dystra murar kan jag ej beskriva. Hit hade min älskade kommit, full av glada förhoppningar och livligt intresse – på dessa stenar hade hans ögon vilat, genom den stora huvudporten hade han inträtt och där hade han – som han skrivit till mig – mottagits och på det vänligaste hälsats välkommen av sin värd – men när, hur och under vilka förhållanden hade han väl lämnat detta hus?

Medan jag sålunda stod försjunken i tankar och lät blicken långsamt överfara den fyrkantiga gårdens långa, oregelbundna fönsterrader, hade mina manliga ledsagare gått åt skilda håll för att om möjligt finna någon som kunde lämna dem tillträde till slottet. Det föreföll osannolikt att inte åtminstone någon gammal tjänare eller tjänarinna kvarlämnats för att bevaka och vårda stället, som ju dock i intet avseende kunde kallas en ruin och vars väl förvarade och tillslutna tillstånd tycktes antyda, att man på intet sätt fullkomligt övergivit detsamma.

Herrarna fördjupade sig i de olika portvalv och gångar som från skilda håll öppnade sig utåt gården, och jag hörde dem emellanåt ropa och bulta på dörrar, än här, än där, dock utan att synas vinna något som helst gensvar, utom det eko som återkastades av de åldriga murarna. Själv gick jag, medan jag väntade, långsamt omkring på den stora gården, med intresse iakttagande allt, då det ju i alla avseenden så fullkomligt skilde sig från vad jag hittills varit van att se – om inte möjligen som dekoration i någon romantisk opera.

Under mitt kringströvande kom jag således åter till det väldiga torn, vars nedre del utgjordes av det djupa portvalv, från vilket man kom ut på vindbryggan – den enda väg, på vilken man så vitt jag kunnat se, kunde lämna eller vinna tillträde till slottet.

Tornet var på hela andra sidan – d.v.s. den som vetter åt borggården – bevuxet med praktfull uråldrig murgröna, mellan vars täta, glänsande blad blott några få, små, djupa fönstergluggar liksom förstulet tittade fram.

Nederst på ena sidan, strax till vänster om portvalvet, varseblev jag en helt låg, välvd dörröppning, halvt dold av den yppiga grönskan. Den lilla porten såg så romantisk och måleriskt ut att jag ej kunde motstå lockelsen att försöka om den möjligen kunde vara olåst.

Till min stora glädje och överraskning satt nyckeln i låset och gav genast vika för min tryckning. Jag märkte också först nu, att gräset här syntes nedtrampat, bildande ett slags gångstig, vilken tydligt visade, att människor brukade passera här. Det roade mig att tänka att jag kanske, då allt kom omkring, skulle bli den av vårt sällskap, som lyckades upptäcka de slottets fördolda invånare, som de övriga fortfarande sökte förgäves.

Utan tvekan öppnade jag således den lilla ekporten och inträdde i ett litet välvt rum, vilket tycktes mig fordom ha utgjort portvaktens bostad. En grov träbänk utgjorde nu dess enda inredning; damm låg tjockt över allt – dock såg jag tydligt i detsamma spår av bara fötter. På rummets ena vägg var en gammaldags spis, där kol och aska samt halvbrända vedträ ännu låg kvar. På motsatta väggen var en dörr, vilken stod på glänt och till vilken jag genast styrde mina steg.

Den förde till en liten vindeltrappa, vilken åter utmynnade i en egendomlig lång, smal gång eller korridor, svagt upplyst av en rad små, parvis sittande, välvda fönster alldeles uppe i takkanten. Golvet var inte stenlagt, utan bestod endast av jord eller tilltrampad lera, och forsens dån hördes här med stor tydlighet, ty jag förmodade att muren är omedelbart gränsande till densamma.

Trappan utför vilken jag kommit, slutade i ett litet valv eller välvd förstuga, från vilken även en annan trappa förde uppåt, förlorande sig i mörker. En smal dörr, som nu stod öppen, förde härifrån ut i den gång jag nyss beskrivit, i vars motsatta ända jag såg ytterligare ett mörkt valv öppna sig.

Jag stod några ögonblick tvekande, huruvida jag skulle gå rakt fram genom korridoren, eller uppför den smala vindeltrappan till vänster om mig. Jag beslöt mig dock för det förra – egentligen därför att den mörka och smala trappan, från vilken en unken och osund luft slog mig till mötes, syntes mig föga lockande och det dessutom föreföll mig sannolikare, att jag skulle finna de människor jag sökte i ändan av korridoren.

Det var en klar, solig septemberdag; men här nere rådde dock skymning, då dagern blott sparsamt silade in genom de högt sittande små fönstren, knappast mer än springor i de oerhört tjocka väggarna och dessutom skymda av – tycktes det mig – århundradens damm och spindelvävar.

Det hela föreföll mig oerhört intressant, och det var med en livlig känsla av nyfikenhet som jag skyndade framåt den långa gången, utan en tanke på att något slags fara här kunde hota mig samt i min iver helt och hållet förgätande, att mitt plötsliga försvinnande från borggården ovillkorligen måste vålla mitt sällskap den största överraskning och även en viss grad av oro.

Då jag nu hunnit slutet på korridoren kom jag fram till ett litet mörkt valv – snarlikt en tunnel – som utgjorde dess avslutning och på samma gång ingången till ett stort runt rum med jordgolv, svagt upplyst av tre eller fyra högt sittande gluggar. Murarna bestod av ofantliga stenblock och tycktes tillhöra slottets djupaste grundvalar; även här hörde man med nästan dövande styrka forsens brus.

Jag hade så säkert väntat mig att här finna en eller annan människobostad, ja till och med i tankarna tydligt sett för mig ett trevligt gammaldags kök med någon liten spisande gumma i landets pittoreska dräkt, en passande portvakterska och trotjänarinna i en förfallen borg, att jag med obehaglig överraskning och häpnad stannade vid ingången och såg mig omkring.

Den plats dit jag kommit var tydligen helt enkelt en gammal, nu troligen obegagnad rotkällare, som aldrig varit avsedd till boningsrum. De högt sittande små gluggarna uppe vid taket stod öppna och ett friskt luftdrag spelade in och kom spindelvävarna uppe i takkanten att fläkta som trasiga fanor i ett gravkapell – men inte dess mindre kändes en vämjeligt kvävande lukt därinne, som av gammal ruttnande kål och dylikt – – jag tyckte mig även kring väggarna skönja uppstaplade högar av rotfrukter, eller något liknande, som jag inte kände ringaste böjelse att närmare undersöka. Jag såg visserligen till vänster om mig ännu en port eller dörr – men antagligen förde denna endast in till någon annan källare, och att genomforska en hel rad av dylika innebar egentligen inte något lockande.

Tämligen besviken i mina förväntningar vände jag således om samma väg jag kommit. Nu först kom jag också att tänka på att jag helt säkert vid detta lag hunnit saknas av mitt sällskap, som möjligen haft bättre lycka än jag i sina efterforskningar. Jag påskyndade alltså mina steg – och om jag kan säga att det verkligen under loppet av denna dag funnits någon stund, då

jag *inte* i tankarna sysselsatt mig med min stackars älskade Tom, vars bild eljest oavlåtligt följt mig, så var det just i detta ögonblick. Så mycket underbarare och oförklarligare var vad som nu hände mig.

Jag hade hunnit ungefär en tredjedel av den långa gången, då jag plötsligt stannade, som träffad av ett slag – – Det tjänar förresten alls intet till att söka skildra de känslor, som under dessa ögonblick uppfyllde mig – språket äger inga ord för dem, och människor skulle endast le och skaka på huvudet, om jag försökte beskriva vad jag erfor. Själv vet jag blott, att det var fullkomligt verkligt, på samma gång som jag säger mig, att det ej kan ha varit annat än vad man kallar hallucination – – för mig var det som om jag med ens fått andra ögon – – men det tjänar, som sagt, intet till att försöka beskriva det obeskrivliga. Därmed menar jag själva förnimmelsen – den syn – jag måste kalla det en syn – som jag såg kan jag däremot mycket väl beskriva, ty den är som fotograferad på min hjärna.

Jag såg nämligen helt plötsligt i korridorens andra ända en människa till hälften resa sig från golvet, stödjande ryggen mot muren och ena handen mot marken. Han lutade huvudet tillbaka mot muren och satt några sekunder med slutna ögon; hela hans uttryck och hållning talade om smärta – hans dräkt var oordnad, skjorta och krage uppslitna samt halsduken borta; allt tydde på att han nyss varit inbegripen i någon fruktansvärd strid. Och i denna människa igenkände jag så tydligt – som jag igenkände min egen bild i spegeln – *Tom*.

Ett ögonblick stod jag som förlamad – därpå störtade jag emot honom med ett rop – jag var fullt övertygad, att det var honom själv jag såg och att han just i detta ögonblick undgått en överhängande livsfara. Min enda, halvt instinktlika tanke var: Gud vare lov att vi just nu är här för att hjälpa honom! – Jag tvivlade inte en sekund på att allt vad jag såg var fullt verkligt. Och då jag ett ögonblick senare stod på den fläck där jag nyss sett honom och endast såg – – – tomma luften – då svindlade min hjärna och jag måste i min ordning stödja mig mot muren för att inte falla. Men medan jag stod där, med slutna ögon, plågsamt klappande hjärta och varje nerv spänd till det yttersta, nåddes mitt öra av ett ljud – svagt, obeskrivligt, oändligt långt borta och dock så tydligt att jag inte ett ögonblick kunde tveka om vems röst det var – den röst som är mig kärast av alla – – och den rösten ropade med hjärtskakande uttryck: *Vilma! – Vilma! – var är du?*

"Här, älskade, här! – jag kommer!" – ropade jag högt – "jag kommer!"

Min röst gav genljud i valvet och klangen väckte mig åter till besinning – återkallade mig, så kändes det, från en annan värld. Jag är av naturen ingen fantasimänniska – som lärarinna har jag dessutom i många år fått vänja mig vid att väga ord och tankar på förståndets lugna vågskål och undertrycka varje livlig och omedelbar känsla innan den tagit sig ett uttryck; jag tror därför inte, att jag hör till dem som låter inbillningar hänföra sig – – och jag känner i denna stund att allt vad jag såg och förnam var *verkligt*, hur föga jag än kan förklara det. Det vill säga – – jag vet ju, att det inte *kan* ha varit Tom själv, som jag såg, då jag har mina sunda sinnens vittnesbörd på att han inte lekamligen fanns där – men jag kan ej frigöra mig från den övertygelsen att allt vad jag såg och hörde verkligen stod i något hemlighetsfullt samband med honom – var, så att säga, ett budskap från honom – ett budskap vars innebörd jag ännu alltjämt strävar att tyda. Jag vet ej, om jag bör ta det som en hälsning från en annan värld eller som ett tecken att han ännu finnes i *denna*, ehuru han lider och längtar efter mig! – Gud upplyse mig om allt detta – ingen människa kan råda eller hjälpa mig. – – – Men jag måste fortsätta med min berättelse.

Jag har aldrig känt mig så nära att falla i vanmakt som i det ögonblick, då jag stod på den plats, där jag nyss sett Tom utsträckt, och stirrade på det tomma golvet framför mig. – Jag ställde mig några minuter mot väggen och dolde ögonen med handen – det föreföll mig som om jag varit på väg att bli vansinnig.

Då jag hämtat mig något, började jag halvt mekaniskt att undersöka stället något närmare, i ett slags oklar förhoppning att därigenom finna någon förklaring på det oförklarliga.

Jag befann mig helt nära den dörr, genom vilken jag kommit och strax innanför vilken de tvenne trapporna utmynnade. Plötsligt föreföll det mig som om jag hört ett ljud av tassande fötter i den ena av dessa – inte den utför vilken jag själv kommit utan den andra, vilken på andra sidan av ett slags murpelare tycktes slingra sig uppåt i mörkret. Skrämd och upprörd som jag var, var min första impuls att så fort som möjligt skynda därifrån och uppsöka mina vänner; men just i detsamma föll min blick på ett föremål, vars åsyn kom mig att glömma allt annat. Det var en liten bröstnål i form av en flygande fågel, sammansatt av små gammaldags rosenstenar – en bröstnål som tillhört Toms far och som jag hundrade gånger sett honom bära!

Den låg på marken, omedelbart invid muren, samt hade blivit så pass djupt nedtryckt i jordgolvet, att en tillfälligtvis förbipasserande med all säkerhet ej lagt märke till densamma – jag skulle ej gjort det själv, såvida jag ej genom en egendomlig skickelse kommit att stanna just på detta ställe.

Skälvande av sinnesrörelse tog jag upp den och synade den noga.

Intet tvivel! – jag skulle igenkänt den bland tusen. På den lilla silverplatta, som bildade baksidan, syntes ännu en halvt utplånad inskrift: P.H. 12/1 1817. Nålen hade varit en födelsedagspresent från Toms farmor till hennes trolovade – kapten Paul Harker – och sedan förvarats som familjeklenod i släkten. Jag erinrade mig så livligt första gången Tom visade mig den och berättade dess historia – och nu återfann jag den här under de vidunderligaste förhållanden, som ett stumt, men ovedersägligt och vältaligt vittne till att dess ägare en gång vandrat den väg jag nu av en slump kommit att beträda!

Nu först insåg jag hela vikten av min upptäckt och kände att jag utan ett ögonblicks förlust måste meddela mina följeslagare densamma. Jag skyndade därför uppför den lilla trappan – men hade knappast hunnit halvvägs, då jag till min outsägliga fasa kände mig gripen om livet bakifrån och till hälften buren, till hälften dragen utför densamma – i den skymning som rådde i trappan kunde jag intet tydligt urskilja – men mina famlande händer påträffade ett par *nakna, håriga armar* och jag kände med nästan vansinnig ångest och avsky ett par tjocka läppar tryckas mot min nacke samt liksom leta efter strupen.

Jag skrek högt, skrek så att det gav genljud i valvet, samt värjde mig med uppbjudande av mina yttersta krafter, i det jag bakåt riktade slag på slag mot min angripares huvud – – med oerhörd ångest kände jag dock hur jag släpades allt längre och längre ned samt hur den vämjeliga munnen – jag ryser då jag tänker därpå – med kyssar – om jag skall kalla det så – sökte kväva min röst, så att den heta, flämtande, avskyvärt stinkande andedräkten gjorde mig illamående – – – – Hu – jag förmår inte tänka, inte skriva mer om detta.

Det hela räckte säkert blott några ögonblick, men de föreföll mig oändliga. Just då jag förtvivlad kände att krafterna var nära att svika mig på samma gång som min brutala angripare hunnit släpa mig ända till foten av trappan, hörde jag otydligt ljudet av steg och röster – kände mig våldsamt kastas till marken och förlorade medvetandet.

Då jag vaknade, såg jag notarien Hawkins välvilliga, bekymrade ansikte lutas över mig, under det att hastiga ord och meningar växlades mellan tvenne andra personer, i vilka jag först småningom igenkände de båda detektiverna.

”Försvann – som om jorden uppslukat honom” – sade herr Tellet med andfådd, upprörd stämma – ”den uslingen!”

”Såg du honom?”

”Otydligt – han kilade undan som en råtta till sitt hål. I mörkret däruppe kunde jag inte se vart han tog vägen. – Det tjänade till intet att följa efter längre.”

”Helt säkert en vansinnig, som undsluppit sina väktare”, hörde jag notarien Hawkins säga.

”Eller en brottsling, som håller sig dold här” – sade kapten Jones. ”De har många underliga historier om slottet här, efter vad jag har hört. Och alla kan inte gärna vara dikt. Jag misstänker att det är åtskilligt som inte står rätt till här. Men – – man får väl se – fröken Murray, det gläder mig att se att ni börjar hämta er från er skrämsel. Jag hoppas ni ej skadat er på något vis.”

”Hur känner ni det, mitt kära barn”, sporde notarien Hawkins med bekymrad och faderlig ton, i det han vänligt klappade min skuldra.

”Tack, tack”, sade jag, i det jag hastigt satte mig upp – jag märkte nu först att den gode mannen till hälften knäböjt bredvid mig och stödde sig mot sin skuldra. ”Det är ingenting” – men i detsamma jag försökte resa mig, skrek jag till – jag kände en olidlig smärta i foten och förmådde inte stödja på den; den var tydligen ur led.

”Vi måste låta kusken köra ända ned till vindbryggan”, sade herr Tellet hastigt, ”och sedan får vi försöka bära er till vagnen. Jag skall gå och säga till honom. Ni får på inga villkor försöka att gå.”

Allt ordnades som han sagt, och med mina ridderliga och tjänstaktiga vänners tillhjälp befann jag mig snart – ehuru inte utan svårighet och mycken smärta – förflyttad till åkdonet och upplyft i detsamma, varpå kusken tillsades att köra långsamt hemåt.

Det plötsliga angreppet i trappan och den våldsamma själsskakningen jämte svimningen hade helt och hållet kommit mig att glömma det märkliga fynd jag gjort. Då jag nu för mina bekymrade reskamrater skulle redogöra för mina förehavanden under den tid vi varit åtskilda, stod det hela plötsligt för mitt minne, och jag kunde ej återhålla ett utrop. Jag förde hastigt handen till bröstet, där jag lyckligtvis fäst nålen strax innan det ohyggliga anfallet – – till min obeskrivliga glädje fann jag den där ännu.

”Se vad jag funnit! – se!” – utbrast jag ivrigt, utan att tänka på att mina trofasta vänner ej utan förklaring kunde fatta vikten av den upptäckt jag gjort. Först deras undrande miner återkallade mig till medvetandet härav, och nu redogjorde jag så klart och omständigt som möjligt för min ensliga upptäcktsfärd vilken utan deras lyckliga mellankomst i rätta ögonblicket helt visst fått ett fasansfullt slut.

Jag nämnde dock i instinktsmässig skygghet intet om den syn jag sett – den hade gripit mig själv alltför djupt för att jag skulle kunna uthärda att höra den diskuteras av andra. Jag sade blott, att jag tillfälligtvis kommit att stanna i gången och att min blick då fallit på det välkända föremålet.

Jag visade dem inskriften och omtalade klenodens historia. Alla tre åhörde mig under tystnad, men med djupaste intresse.

"Onekligen ett ovärderligt spår" – anmärkte Tellet då jag slutat – "ehuru herr Harker kunnat tappa den, där ni återfann den, medan han ännu vistades på slottet, och allt kan ha gått helt naturligt till – – men efter vad som för övrigt hänt idag, är det tydligt att våra spaningar måste bedrivas på ett helt annat sätt än hittills. Då jag sist var här, var det mig inte möjligt att vinna tillträde till slottet; vindbryggan var uppdragen, och det påstods allmänt, att ingen levande varelse längre fanns kvar på platsen samt att själva borgen till större delen låg i ruiner. Förresten berättades så många vidunderliga amsagor om stället och dess ägare, att jag, uppriktigt sagt, knappast fann det löna mödan att närmare undersöka huruvida det kunde finnas något grand av sanning i det hela.

Jag märkte att kapten Jones förstulet smålog för sig själv, men han sade intet. Under det övriga av färden satt han tyst, med uttrycket av en person, som i huvudet genomgår ett invecklat räkneproblem.

De båda andra herrarna berättade under tiden om de strövtåg de företagit i det gamla slottet. Överallt hade de träffat på låsta dörrar och ingenstädes sett spår av någon mänsklig varelse. Den lilla port, som jag händelsevis påträffat, tycktes i själva verket vara den enda tillgängliga, som förde till byggnadens inre – och efter vad jag sett var den förmodligen endast avsedd till nedgång till någon gammal förrådskällare eller dylikt. Notarien Hawkins och detektiven avhandlade livligt dagens händelser och i synnerhet den förstnämnda framkastade en mängd förmodanden – båda var livligt berörda av vad som tilldragit sig och fulla av iver att närmare utforska det gamla slottets hemligheter.

Jag lyssnade med intresse till deras samtal en stund, men så småningom började vägen synas mig oändlig. Plågorna i min fot tilltog med varje ögonblick, och det obekväma åkdonet tillät mig ej heller att inta någon ställning som kunde lindra desamma. Vägen hade redan på ditfärden synts mig under all kritik; nu vållade mig varje grop eller sten, varje oförutsedd stöt så våldsamma smärtor, att jag blott med ansträngning av min yttersta viljekraft kunde återhålla tårarna.

"Ni lider förfärligt, fröken Murray", sade plötsligt kapten Barrington Jones med låg röst – "Stanna!" ropade han därpå med befallande ton till kusken, vilken genast höll in hästarna.

"Vi måste hålla stilla en stund", fortfor kapten Jones till de övriga – "fröken tål inte vid denna steniga väg. Hon måste ha några minuters ro, innan vi far vidare."

Jag gav honom en tacksam blick – mer förmådde jag inte, så medtagna var mina krafter.

"Vi måste verkligen överväga vad som är att göra", sade kapten Jones. "På värdshuset finns, som vi vet, ingen av de bekvämligheter, som en sjuk under sådana förhållanden behöver, och här måste genast skaffas en läkare."

Han sade några ord på landets språk till kusken, och ett längre samtal – naturligtvis obegripligt för oss andra – utspann sig mellan dem.

Därpå satte kusken åter hästarna långsamt i gång, men då vi en stund därefter kom ut på stora vägen mellan Bistritz och Bukovina, märkte jag med förvåning att han vände åt motsatt håll mot det varifrån vi kommit.

"Jag orkar aldrig göra den långa färden till Bistritz!" – utbrast jag nervöst och – jag fruktar det – tämligen retligt. "Låt mig för all del fara tillbaka till värdshuset – jag frågar inte efter något annat än att få en bädd att ligga på."

"Förlåt att jag tar mig den friheten att handla mot era önskningar, fröken Murray", sade kapten Jones lugnt. "Jag har just av kusken hört, att inte långt härifrån, ehuru upp bland bergen – dock inte längre väg än den som återstår oss till värdshuset – finnes ett kloster, där systrarna av S:t Josefs orden gjort sjukvården till sin särskilda uppgift. De mottager även främlingar – med ett ord – de håller ett slags sjukhus och är till stor hjälp och välsignelse – efter vad min vän här säger mig – i denna trakt, där inga verkliga läkare finns på många mils omkrets. Ni tillåter väl, att vi för er dit?"

Jag hade verkligen inte krafter nog att göra några invändningar, ty smärtan gjorde mig halvt vanmäktig, och det föreföll mig för ögonblicket fullkomligt likgiltigt, vart man förde mig.

Jag låg så bekvämt som det lät sig göra i det fjäderlösa, besynnerliga åkdonet, och mina tre ledsagare gjorde allt för att mildra färdens besvärligheter – men inte dess mindre måste jag ha svimmat av smärta, innan vi hann fram, ty min första förnimmelse var att jag varsamt lyftes av många vänliga armar samt kort därefter nedlades på en bädd, där jag åter förlorade medvetandet vid känslan av att något med stark och kvävande lukt hölls för min näsa och mun, så att jag var tvungen att inandas detsamma.

Då jag åter slog upp ögonen såg jag mig förvånad omkring, oviss om jag var vaken eller drömde.

Jag befann mig i en liten vitmenad cell, vilande på en hård, men ytterst renlig och inte obekväm bädd; min skadade fot var omlindad med våta, kalla omslag och vilade utanför täcket på en låg träpall eller taburett – – man hade kastat en grov filt däröver, och invid bädden satt en ung flicka i nunnedräkt, vars uppgift tydligen var att byta om omslagen, ty hon hade ett kärl med kallt vatten bredvid sig – – På väggen mitt för mig hängde ett stort krucifix – eljest fanns inte ringaste spår till prydnad i rummet, som dock genom sin vithet och oerhörda renlighet gjorde ett fridfullt, välgörande intryck.

Den unga klostersystern log vänligt emot mig, då hennes svarta ögon mötte min blick; men då jag tilltalade henne på tyska, skakade hon blott på huvudet och sade ett par ord på ett språk som jag ej förstod; senare fick jag höra att hon var rumänska. Hon bytte med lätt och skicklig hand om de kalla omslagen på min fot och reste sig därpå, i det hon – så vitt jag kunde förstå – med tecken för mig antydde att hon snart skulle återkomma, varefter hon lämnade rummet.

Strax därpå inträdde en äldre nunna med vacker och värdig hållning, som tilltalade mig på tämligen god franska, bad mig vara välkommen till dem samt sade mig, att den skada jag ådragit mig var av så pass allvarlig art, att jag troligen skulle få lov att hålla mig alldeles stilla några veckor, innan jag kunde stödja på foten. Då jag vid denna underrättelse ej kunde återhål-

la ett utrop av häpnad och otålighet, sade hon milt:

”Det är Guds vilja, min dotter – och Guds vilja är alltid den bästa för oss. Vem vet vad de välsignade helgonen haft för avsikt med er, då de fört er till denna avsides plats – – intet sker förgäves här i världen!”

–––––––––––––––––––––––––––––––

Dessa hennes ord vill jag söka bevara i mitt minne, då tiden syns mig lång, och detta tvungna avbrott i mitt fullföljande av den uppgift som syntes mig själv så maktpåliggande, outhärdligt – – ”Intet sker förgäves här i världen” – – Ja, det är nog så, och då jag nu är tvungen till overksamhet, måste jag ju också tro att Gud haft en bestämd avsikt därmed och att jag med barnsligt förtroende bör överlämna allt i hans hand. Mina trofasta hjälpare och vänner, notarien Hawkins och de båda detektiverna, fortsätter emellertid spaningarna och jag vet, att de gör det lika väl mig förutan – det är blott min egen otålighet och nervösa oro som gör mig tiden så lång.

* * *

Jag har skrivit detta med många avbrott, liggande på min bädd i den lilla cellen, där jag nu tillbringat två dygn. Nunnorna är verkliga änglar av godhet och självuppoffrande omsorg; dessutom har de i sitt väsen en viss barnslig naivitet och omedelbarhet som verkar synnerligen älsklig och tilltalande. De är så okunniga om den yttre världen, att de med nästan komisk nyfikenhet söker göra sig underrättade om dess seder och bruk. Flera av dem kan tala tyska, ett par är infödda italienskor, med vilka jag även kan meddela mig på deras eget språk, och några få uttrycker sig någorlunda på franska. Ingen enda förstår eller talar ett ord engelska. De flesta tillhör emellertid landets egna barn och åtskilliga bland dessa senare kan absolut inte uttrycka sig på annat språk än sitt eget.

* * *

En vecka senare.

Idag har jag haft besök av notarien Hawkins, som nu av sina affärer tvingas att återvända till

England. Han försäkrade mig att de båda detektiverna emellertid med oförminskad energi och intresse fortsätter sina spaningar, samt framför allt att *mitt* egentliga syfte redan kan anses så gott som vunnet, då båda nu förklarar sig fullt övertygade att ett misstag på person ägt rum och att Tom sannolikt varit offer för en med djävulsk slughet anlagd och genomförd plan, avsedd att kasta skulden på honom och leda misstankarna åt orätt håll. Det är ju underligt att jag kan känna detta som ett glädjebudskap, då därmed sannolikheten att återfinna min älskade vid liv ytterligare förminskats – men i själva verket har jag redan länge – om jag också inte velat medge det för mig själv – insett att det knappast kan finnas något hopp för mig om ett återseende i *detta* livet – – Hans goda namn vill jag dock ha räddat – och om jag blott lyckats däri, så är denna resa inte förfelad.

Jag sade med många tårar min gode, faderlige vän, notarien Hawkins, farväl – – känner mig rätt ensam och övergiven, sedan han är borta, men är dock tacksam att få tillbringa denna tålamodsprövande tid i så gott skydd som hos de goda älskvärda nunnorna. Det är i synnerhet en liten österrikiska, syster Agatha, som vunnit hela mitt hjärta – en liten, livlig, svartögd varelse, som man knappast skulle tro äga någon egentlig kallelse för klosterlivet – men som dock med liv och själ och lust och intresse går upp i den verksamhet som sjuksköterska, för vilken hon tycks äga medfödda anlag. Så vitt jag kan finna, utövar dessa goda systrar en vidsträckt barmhärtighet bland ortens fattiga och ociviliserade befolkning; syster Agatha berättar mig ständigt om "sina kära sjuka" och tycks i minsta detalj känna deras förhållanden och familjeliv. De besöker dessa sjuka på flera mils omkrets och sjukvården är, som jag förstår, ingalunda den enda hjälp de lämnar dem. Det är en vacker, fridfull, nyttig och lycklig tillvaro de för på det hela taget, avskilda från hela den övriga världens ävlan och oro i denna vilda bergsbygd. Man kunde nästan avundas dem – för den, som sagt alla förhoppningar om jordisk lycka farväl, vore en sådan fristad som detta kloster med sina enformiga andaktsövningar och sin stilla, välsignelsebringande verksamhet, en ljuvlig tillflyktsort – – – Men på längden skulle jag nog inte känna mig tillfredsställd här. Även för oss protestantiska kvinnor finnes tillfälle nog till liknande verksamhet, blott vi vill uppsöka den – – – och vi kan ägna oss däråt utan att offra vår självständighet och vår personliga frihet.

* * *

Klostret har även en avdelning för sjukvård inom sina egna murar och på denna avdelning, vilken de dagligen har under sina egna ögon, koncentrerar sig framför allt de goda systrarnas intresse. Lilla syster Agatha är ständigt fullproppad med anekdoter om den eller den bland patienterna; hon säger sig "älska" dem alla och jag är alldeles övertygad om att hon verkligen gör det på fullt allvar – – För närvarande intresserar hon sig mest för en liten tvåårig flicka som blivit illa skållad av kokhett vatten, samt en stackars karl som legat här i flera veckor i en svår hjärnfeber och nu, då han håller på att tillfriskna, helt och hållet tycks ha förlorat minnet.

Systrarnas besök och lilla syster Agathas vänliga pladder om sina skyddslingar är i det närmaste den enda underhållning som bestås mig. Jag har knappast några böcker, utom ett par, tre som jag medförde i min resväska, ej heller något handarbete som kan utföras i liggande ställning. Notarien Hawkins har lovat sända mig några tidningar och tidskrifter – – Men postgången här uppe är i det närmaste sådan som den var på medeltiden – d.v.s. här förekommer alls inte någon regelbunden post; endast någon gång, då bud sänds till Bistritz för att skaffa förstärkning i medikamentsförrådet, medförs vid återfärden ett och annat brev från nunnornas anförvanter samt ett par klerikala tidningar. Själv har jag ännu inte blivit lyckliggjord med någon postförsändelse sedan min hitkomst.

* * *

Min fot förbättras dagligen och man lovar mig att jag – mot all förväntan – redan om några dagar skall få försöka gå några steg, stödd på en käpp. Jag gläder mig åt detta som barnet åt julafton.

* * *

Jag har gjort syster Agatha några frågor angåen-
de det gamla slottet, utan att dock själv yppa nå-
got angående mina egna erfarenheter där eller
de sorgliga idéförbindelser det har för mig. Hon
är rätt väl underrättad i ortens krönika, då hon
så mycket umgås med folket och obehindrat ta-
lar deras språk.

Angående slottet hade hon mycket att med-
dela, men det mesta därav tycktes mig omisskän-
neligen tillhöra sagans område. Naturligtvis
finnes där en "vit fru" som irrar fredlös omkring
i de gamla korridorerna och stundom påstås visa
sig i fönstren under månljusa nätter, det påstås
också att ingen manlig varelse kan skåda hen-
ne utan att gå från förståndet och att hon redan
lockat en hel mängd unga män i fördärvet, så
att de spårlöst försvunnit och aldrig vidare hörts
av. – Denna vidskepliga historia kom mig dock
att rysa, så smärtsamt berörde den det alltjämt
blödande såret i mitt inre.

Hon berättar även att enligt en annan sägen
den gamla borgen skulle vara stamhåll för ett
band djärva och farliga förbrytare, vilkas höv-
ding påstås ha förskrivit sig till djävulen – (här
korsade hon sig andäktigt). Efter vad hon hört,
skulle medlemmar av detta band vara kring-
spridda över allt i trakten som till det yttre fred-
liga bönder och ingen har någonsin kunnat spå-
ra förövarna av en mängd ohyggliga brott, vilka
sedan lång tid tillbaka begåtts här i nejden.

Med ett ord, alla samstämmande vittnesbörd
visar att Draculitz slott och dess stolte ägare inte
åtnjuter det bästa rykte – hur mycket sanning
som ligger till grund för dessa vidunderliga sa-
gor, torde ingen kunna säga.

Lilla syster Agatha njuter emellertid som ett
barn av att få berätta dem och hennes svarta
ögon blir allt större och blankare ju orimligare
hennes historier är.

* * *

Idag har jag varit uppe och gått några steg över
rummet, stödd på en käpp, och syster Agathas
arm. Det goda barnet var alldeles överlyckligt
över detta framsteg och kvittrade som en få-

gel i sin glädje. Alla mina andra vänner bland
nunnorna kom också in för att bevittna och
lyckönska mig till den stora tilldragelsen.

* * *

Syster Agatha är djupt bedrövad idag – ty den
stackars lilla brända flickan dog i natt, i trots av
all den ömma omvårdnad, man ägnat henne.
Den stackars vansinnige – ty efter vad syster
Agatha säger, tycks han verkligen vara vansin-
nig – – är dock lugnare och tycks även kropps-
ligen allt mer återvinna sina krafter.

Jag har så litet att sysselsätta mig med just nu,
att alla klostrets små enformiga tilldragelser,
växlingar mellan hopp och oro för den eller den
patienten samt de små meningsskiljaktighet-
erna och det oskadliga skvallret, som utgör det
eljest nästan alltför stillastående klosterlivets
krydda, också för mig börjar synas högviktiga
samt begränsar min andliga synpunkt liksom de
höga bergen begränsar den lekamliga.

* * *

En rätt egendomlig tilldragelse, igår sade syster
Agatha plötsligt till mig:

"Miss Murray, ni är så lärd, ni kan så många
språk – vi förundrar oss alla över er och själva
moder abbedissan har sagt att de engelska da-
merna måste vara de lärdaste i hela världen och
skulle kunna göra oändligt mycket gott om de
blott hade den rätta tron – – – säg – ni kan ju
alla språk eller hur?"

"Visst inte, kära syster Agatha", sade jag san-
ningsenligt, "ni vet ju att jag är lärarinna och
därför varit nödsakad att lära mig de språk, vari
man vanligen undervisar i våra skolor – franska,
tyska och italienska – – men ni kan ju själv lika
många – många som *jag* inte kan – –"

"Ack ja – våra dialekter här – det är ju ing-
enting – – – men ni, kära miss – ni som kan så
många *bildade* språk – kan ni säga mig vad '*mej-
lav*' betyder?"

"*Mej-lav?* – vad är det för språk?"

"Jag vet inte – jag hoppades att ni skulle kun-
na säga det."

"Varför det?"

"Åh, det är bara sådant som han oupphörli-

gen upprepar, den stackars karlen – ni vet, *han*
– – min patient – – hjärnfebern. Det är just det
sorgliga med honom, att vi inte alls kan förstå
honom och han inte heller oss. Han talar och
talar – – ser så bevekande och förtvivlat på oss
– det är något han vill säga, det syns så tydligt –
men – vi vet inte vad han vill säga oss. Och det
språk han talar är intet av dem vi känner här."

"Det är ju egendomligt", sade jag intresserad.
"Ni kan alltså inte gissa er till vad landsman han
är?"

"En ryss kanske – eller polack – – kanske till
och med från Norge eller Finland. Eller kanske
någon av de arma kristna från Armenien, som
turkarna förföljer! Han såg ut som en flykting
då de förde honom hit – alldeles utmärglad,
blodig och sönderriven. Men under hela sin
sjukdom bara talade och talade han – i yrsel, ni
förstår – och aldrig ett ord som vi förstod. Det
var hjärtslitande, kära miss – tänk er bara! – Nu
är han bättre, lovad vare Guds moder och alla
helgon – – – men på sätt och vis är det ännu
sorgligare nu – – det är något han vill säga eller
bedja oss om – men vad skall vi göra?"

Vi började nu tala om annat, och det var först
på natten som jag plötsligt vaknade med en för-
nimmelse av, att någon ropat hennes ord i mina
öron samt att de nu hade en helt annan klang.

"*Mej-lav!*" – jag upprepade det högt för mig
själv – "åh, naturligtvis – '*my love*' – med hennes
tyska uttal – '*my love*' – – *min älskade* på engelska
– – att jag inte förstod det genast!"

Jag var så ivrig att få meddela den upptäckt jag
trodde mig ha gjort att jag knappast kunde sova
under natten, och så snart syster Agatha kom
för att besöka mig, sade jag henne att jag kom-
mit att tänka på att de ord hon upprepat för mig
mycket väl kunde vara engelska och upplyste
henne om vad de i så fall betydde. Därpå frågade
jag om jag inte kunde få besöka den sjuke för
att själv övertyga mig, huruvida han verkligen
var en landsman till mig och om jag kunde vara
honom till någon tjänst.

Själv lika ivrig som jag, om inte mer, skynda-
de hon bort för att framställa min anhållan för
modern – föreståndarinnan. Högst nedslagen
återkom hon efter några få minuter med den
underrättelsen att denna inte alls ville ge sitt till-
stånd. Den allmänna sjuksalen, där patienten
låg, var i en helt annan del av klostret, och vä-
gen dit – utför åtskilliga trappor – ansågs alltför
ansträngande för min ännu svaga fot. Dessut-
om fruktade man att åsynen av en främmande
skulle uppröra den sjuke på ett sätt som kunde
medföra olycksdigra följder, då hans hjärna
ännu befann sig i ett ytterst ömtåligt och retligt
skick.

Jag insåg giltigheten av dessa skäl, men kunde
dock ej helt och hållet släppa tanken på att möj-
ligen kunna vara en olycklig landsman till nå-
gon hjälp. Några ögonblicks eftertanke gav mig
en ny idé. Jag skrev orden: "*är ni en engelsman?*"
– på ett papper och bad syster Agatha förfråga
sig hos föreståndarinnan, huruvida denna hade
något emot att dessa ord visades för den sjuke.

I stället för att svara med budet infann sig fö-
reståndarinnan själv. Hon var högst intresserad
av den ledtråd jag trodde mig ha funnit till den
sjukes nationalitet och förklarade att det skulle
lyfta en sten från hennes hjärta, ifall man verkli-
gen fann en möjlighet att meddela sig med ho-
nom – – men tvekade dock att utsätta honom
för någon sinnesrörelse, som kunde bli farlig
i hans närvarande, ytterst ömtåliga tillstånd.
Emellertid ansåg hon efter moget övervägande,
att den feberaktiga oro, vari han ständigt befann
sig och den plåga det tydligen vållade honom,
att ej kunna meddela sig med sin omgivning,
sannolikt ännu menligare torde inverka på hans
sinnestillstånd, och att han möjligen skulle bli
lugnare såvida vårt experiment lyckades.

Hon gav alltså sitt tillstånd – – och jag tillade
blott till vad jag redan skrivit orden – "*skriv då
ja på detta papper, eller giv något annat tecken åt
budet, så torde ni få tillfälle att meddela er med
landsmän!*"

Föreståndarinnan själv manade ännu en gång
till försiktighet och därpå flög syster Agatha
ivrigt bort för att utföra sitt barmhärtighets-
ärende.

Det dröjde länge innan hon återkom och
såväl föreståndarinnan som jag började bli all-
varsamt oroliga, i tanken att experimentet möj-
ligen varit olycksbringande för patienten.

Äntligen återkom hon, strålande och med tårar i ögonen.

"Åh, miss Murray, åh, moder föreståndarinna – – om ni varit där! – Den stackars, stackars mannen! – – Först bara stirrade han på papperet – – det var som om han inte alls förstod det och jag tänkte allt hopp var ute – – men så – med ens – började stora tårar rulla utför hans stackars bleka kinder, han knäppte ihop händerna – så här – – och såg uppåt med en *sådan* tacksamhet! – ack, om ni sett det! – man måste tacka den heliga Guds moder för hans skull och gråta med honom. – – Han läste det tre – fyra gånger – mycket långsamt – stavade som ett barn; jag hörde honom mumla orden för sig själv – – han förde handen till pannan – – så här – – och satt en lång stund – – – så räckte han ut handen efter pennan som jag höll, och skrev – det gick långsamt, han måste besinna sig på var bokstav, och ni ser hur han skrivit – men där står det – kan ni läsa det? – är det rätt?"

Hon räckte mig ivrigt papperet, som jag lika ivrigt mottog och granskade.

Med stora, osäkra bokstäver, som ett barns handstil, och egendomliga stavfel, men dock fullt läsligt och begripligt, stod där:

"*Ja, ja, ja – engelsman – Gud välsigne er hjälp!*"

Jag översatte det gripande budskapet för de båda andra. Syster Agatha simmade i tårar och även föreståndarinnan syntes djupt rörd.

"Lovad vare den heliga jungfrun och S:t Elisabeth, vår skyddspatronessa!" sade hon. "Vad var det jag sade er, mademoiselle Murray – den gode Guden hade sin avsikt med att sända er hit bland bergen, som han gjorde!"

"Vördade moder föreståndarinna", inföll nu syster Agatha ödmjukt bedjande, "ni tillåter väl att jag för ännu ett budskap till den stackars mannen – han lider säkert förfärligt av ovisshet och otålighet just nu, och det är inte nyttigt för honom. Ack, att miss Murray ännu inte skall vara så frisk att hon kan gå till honom! – Men, kära miss, skriv ett litet gott budskap, som jag kan få bringa honom – inte sant, jag får det, vördade moder?"

"Jo, min dotter – även jag fruktar att en längre väntan nu skulle skada honom. Skriv vad ni finner klokast och bäst för att lugna honom, mademoiselle – – Den stackars olycklige! – vad han måste ha lidit! – Han har kanske något viktigt meddelande som han vill sända vänner eller anförvanter."

Jag besinnade mig några ögonblick och skrev därpå:

"*Den som skriver detta, en landsmaninna till er, är själv sjuk och kan inte komma till er, men skriver gärna vad ni önskar, ifall ni vill meddela er med någon som är orolig för er skull.*"

Jag uppläste detta för de båda nunnorna, som förklarade sig nöjda därmed. Föreståndarinnan tillade dock:

"Fråga om hans namn."

Jag tillade denna fråga och Agatha skyndade åter bort.

Efter en lång väntan återkom hon, något mindre strålande än förra gången.

"Ack, den stackars olycklige, han har visst förlorat minnet – jag ser hur det plågar honom", sade hon nästan gråtande. "Han anstränger sig och anstränger sig, men – – ja, se där är papperet, ni kan se om han skrivit så att ni kan förstå!"

Jag tog papperet och läste, skrivet med samma darrande, famlande handstil och egendomliga stavning, där bokstäver överallt var uteglömda eller helt andra i deras ställe:

"*Namn borta – allt borta – om möjligt hjälp – svårt – stackars – glömt –*"

Orden innehöll en omisskännelig bekräftelse på syster Agathas förmodan, att den stackars mannen till följd av sin svåra hjärnsjukdom förlorat minnet och därmed till en viss grad också förlorat sig själv. Vi överenskom att under dessa förhållanden ej annat var att göra än ge sig till tåls och så småningom söka återvinna den så hårt prövade åt livet och medvetandet. Föreståndarinnan föreslog själv att jag dagligen – till dess jag själv kunde besöka honom – skulle sända min landsman några vänliga rader på hans eget språk samt – om man vid närmare eftertanke fann det lämpligt – så småningom söka klargöra hans eget tillstånd och den tid som förgått under hans sjukdom för honom.

Nunnorna berättade mig nu att vedhuggarna funnit honom bland bergen, fullkomligt medvetslös och tydligen halvt ihjälhungrad, att döma av hans utmärglade tillstånd. De hade fört honom till klostret, där man genast ägnat honom nödiga omsorger och återkallas honom till livet – – men blott för att genast se honom insjukna i en våldsam hjärninflammation, vilken under många veckor hållit honom svävande på gravens brädd. Jag frågade vad intryck hans personlighet gjort på dem, då jag av stil och uttryckssätt knappast kunde ta honom för en person med uppfostran. De sade att han varit illa klädd, i tunna, sönderrivna kläder, men att hans utseende, händer o.s.v. tydde på, att han sett bättre dagar; de tog honom för en tiggare, möjligen någon politisk flykting eller dylikt. Han hade ej haft några penningar på sig, ej heller något annat av värde, som kunde bevisa hans identitet.

Det var en stor glädje för mig om jag kunde på ett eller annat sätt bli ett redskap till den stackars mannens räddning. Säkert någon vilsekommen stackare, en förlorad son, som ömma hjärtan kanske bittert saknar i ett avlägset hem. Jag längtar till den dag då jag skall få träffa honom – – men tills vidare blir denna egendomliga korrespondens ett dagligt intresse för mig. Jag har fått en ny vän, tycks det mig.

* * *

Ännu har jag inte fått träffa honom, men enligt överenskommelse skriver jag alla dagar till honom. Syster Agatha säger mig att breven tydligen gör honom mycket stor glädje och att det förefaller henne som om den hoptrasslade härvan i hans inre med deras tillhjälp allt mera reder ut sig. Han gör mig allt flera frågor samt tycks nu ha fullkomligt klart för sig var han är, att han varit illa sjuk en lång tid och att hans minneslöshet endast är en följd av sjukdom, som sannolikt försvinner då han blir fullt frisk.

* * *

Jag intresserar mig dagligen allt mer för min stackars okända vän där nere i klostrets sjuksal. Allt vad syster Agatha berättar mig om honom är så rörande! – Han är, säger hon, som en skendöd, vilken så småningom vaknar till liv igen. Hela denna tid har han varit avskild från hela världen, ej kunnat meddela sig med någon – hur han än ansträngt sig för att tala, så har ingen förstått honom. Nu är jag på detta egendomliga sätt hans tolk och genom mig kan han även tala med sin omgivning. Hans skriftliga meddelanden är nu något redigare och mera sammanhängande än förut, men såväl stil som stavning (ehuru inte själva uttryckssättet egentligen) antyder att han knappast torde kunna räknas till den s.k. bildade klassen. En rörande finkänslighet och ett varmt hjärta talar dock så gott som ur varje rad. – – Nyligen skrev han: *"Jag vill gärna tacka den lilla – ängel mot mig."* – – Jag framförde hälsningen till syster Agatha, som djupt rördes därav. På alla frågor angående sitt namn, sitt föregående liv och de omständigheter, som fört honom till denna avlägsna plats, svarar han blott *"vet inte – borta, allt borta"*, och jag har upphört att framställa sådana till honom, då syster Agatha tyckt sig finna, att de blott plågar och oroar honom, utan att lyckas väcka något minne till liv. Hon säger att han kan ligga orörlig i flera timmar med rynkade ögonbryn och handen mot pannan, under en nästan synbart smärtsam ansträngning att återkalla något av det förflutna. I hans hjärnas nuvarande svaga och överretade tillstånd måste sådant verka ytterst menligt på honom, och vi har därför, som sagt kommit överens om att inte vidare plåga honom därmed.

Syster Agatha säger mig att han var fullkomligt vild i sin yrsel och talade oupphörligt. Egendomligt nog påstår hon sig då ha uppfångat tyska ord och fraser, blandade med det för henne främmande språk som vi nu upptäckt vara engelska. Då jag frågar henne vad dessa fraser innebar, korsar hon sig och säger att hon helst inte vill tala om detta; det var blott feberfantasier och sådana bör en sköterska blott bemöda sig att glömma. Hon påstår att det blott sällan är i verkligheten som i romanerna, där människan i feberyrsel förråder sina innersta och heligaste hemligheter – – vad verkliga feberpatienter talar om i sin yrsel är, försäkrar hon, endast alster av en sjuk hjärna – – stundom också den förvirrade hågkomsten av någon tillfällig skrämsel eller någon i sig själv obetydlig tillfällighet, vars intryck förstoras och utsmyckas av en lössläppt fantasi.

* * *

I morgon har jag fått lov att äntligen sammanträffa med min okända vän. Min fot är nu så återställd att jag, stödd av någon av systrarna och med tillhjälp av en käpp, redan några dagar kunnat företa rätt långa vandringar i korridorerna och till och med hälsat på syster Agatha i hennes lilla trånga vita cell. Föreståndarinnan har nu givit sitt tillstånd till att jag får gå till trappan i ändan av korridoren och sedan skall de bära mig ned. Detta är en stor händelse i min enformiga tillvaro och i själva verket även för klostrets övriga invånare. För de snälla nunnorna tror jag i själva verket, att detta varit en hel liten roman, som verkat högst livande på deras fromma sinnen.

* * *

Jag avbröts där genom ett besök – – löjtnant Barrington Jones, som lät fråga om jag kunde ta emot honom. Han och herr Tellet har redan ett par gånger varit här för att efterhöra mitt befinnande samt lämnat mig tidningar och tidskrifter som notarien Hawkins sänt för min räkning under deras adress. – – Dock har jag de föregående gångerna ej kunnat växla mer än ett par ord med dem, då mina krafter ej medgivit längre samtal.

Löjtnant Jones kom nu för att meddela mig att han och hans "kompanjon" för närvarande lämnar trakten för att åter bege sig till Bistritz, Budapest och Wien. Han dolde inte för mig att deras spaningar, vad min stackars kära Tom beträffar, inte lett till något resultat. Han tycks verkligen ha spårlöst försvunnit; och jag fruktar att ett evigt mörker kommer att vila över hans öde. Vad jag själv erfarit på slottet har berett mig på det värsta. – – I mitt hjärta och min kärlek kommer han evigt att leva – och, Gud vare lov, även hans heder och hans goda namn är nu räddade inför världen! Löjtnant Jones anser det fullkomligt bevisat, att det varit den hemlighetsfulle unge man, som mördades i Budapest, vilken uppträtt under Toms namn, använt hans pass och lyftat penningar på hans resekreditiv – och naturligtvis även densamma vilken varit synlig i trakten kring Draculitz och där umgåtts med illa kända och tvetydiga personligheter. – – – Löjtnant Jones har lovat mig att noggrant inrapportera allt detta och så att Tom blir fullkomligt rentvagen från alla misstankar, vilka häftar vid honom. Härmed måste jag vara nöjd och anse mitt värv avslutat. Så snart min hälsa tillåter, återvänder även jag till England – men det torde nog, efter vad mina goda sköterskor försäkrar, ännu dröja ett par veckor, innan min skadade fot tål vid att färdas med de fortskaffningsmedel och på de vägar, som här står oss till buds.

Löjtnant Barrington Jones tycktes för övrigt knappast känna någon missräkning över det förfelade resultatet av sina spaningar. Det föreföll mig i själva verket som om han egentligen aldrig på allvar hyst någon förhoppning att finna Toms spår – – men han antydde att han i stället funnit *andra* spår, vilka för *honom* troligen är av större vikt. Vart dessa spår leder eller vad de betyder, därom har jag knappast en aning och jag har svårt att bekämpa en viss bitterhet vid tanken på hur föga ett enskilt människoöde egentligen tycks betyda här i världen. – – Allt går sin gång, hur många hjärtan som än brister och hur många redliga män som stupar i striden.

Allt vad jag kunde fatta av löjtnant Jones lätt framkastade antydningar var – så vitt jag inte alldeles misstagit mig – att han här lyckats komma en eller annan viktig politisk komplott på spåren och att det är denna upptäckt som föranleder hans plötsliga avresa. Han sade sig för övrigt troligen snart återvända till denna trakt för ytterligare efterforskningar och meddelade mig för övrigt, att han på anmodan av notarien Hawkins ordnat allt för min avresa, så att jag själv utan svårighet skulle kunna anträda den när helst jag önskade. Om jag telegraferade från Bistritz till en uppgiven adress i Budapest, skulle han antingen själv vara mig till mötes vid min ankomst dit eller sända någon pålitlig person i sitt ställe – – Med ett ord, han var mycket deltagande, mycket välvillig och tjänstaktig, och jag förebrår mig själv, att jag kanske inte var nog tacksam. Han föreföll mig, under den lugna ytan, egendomligt upprörd, nervös och förströdd, som om han hela tiden innerst varit upptagen av något helt annat – det låg, om jag så får säga, överhuvudtaget något nästan triumferande över hela hans person, som han knappast förmådde dölja. I trots av all hans vänlighet och tjänstvillighet märkte jag mycket väl, att min stackars älskades öde nästan helt och hållet förlorat allt intresse för honom – han hade tydligen vida viktigare saker att tänka på – – – Toms försvinnande är för en man av hans prägel blott en länk i en viss kedja av omständigheter, vilken så småningom leder honom till ett givet mål. – – Det är naturligt, men – – – hans besök har gjort mig melankolisk; det släckte den sista hemliga gnista av hopp, som jag ännu, mig själv nästan ovetande, hyst i mitt hjärta. Nu är allt förbi och jag känner min förlust och ensamhet i hela dess tyngd. – – Gud hjälpe mig att använda det återstående av mitt liv till lycka och glädje för andra – – – för egen del hoppas jag inte mer på något sådant. – –

* * *

– – Underbara är Herrans vägar och underbart det sätt varpå ett människoliv inom loppet av några få timmar kan växla mellan den djupaste smärta och den mest himmelska glädje. –

Jag vet ej, hur jag skall kunna skriva om vad som hänt, det förunderliga jag upplevt inom loppet av ett enda kort dygn – – Hela världen är med ens förvandlad för mig och hela min varelse skälver ännu av överväldigande sinnesrörelse. – – –

Jag har återfunnit den förlorade, den älskade, vilken jag redan sörjt som död – och återfunnit honom här, i min omedelbara närhet, på det enklaste, naturligaste sätt, så att jag nu knappast kan fatta, att jag förut varit så blind och inte för länge sedan gissat det. – – – Men det var ju också så mycket som ledde mina tankar på andra spår – den främmande handstilen, det egendomliga uttryckssättet – – ack, jag kunde ju inte tänka mig, att min stackars vän lidit så mycket, att han förlorat ända till minnet av de enkla lärdomar han inhämtat som barn – att han bokstavligen måste börja från början och lära på nytt. Ack, min stackars älskling, vad måste han inte ha li-

dit! – Vad har han inte genomgått! – Jag ryser vid blotta tanken därpå, och dock skall jag säkert aldrig få veta hela sanningen. En barmhärtig glömska har brett sin slöja över hans pinade sinnen – – han minns intet, intet av de senaste månadernas tilldragelser och lidanden – de är som bortstrukna ur hans själ.

Men låt mig anteckna allt ordentligt; det är minnen för livet, minnen varav man inte vill förlora den minsta detalj. Blir jag någonsin frestad att knota eller klaga över livets små vedervärdigheter och prövningar, skall jag slå upp denna bok och återkalla den stund då Gud i sin oändliga nåd återskänkte mig det käraste, det som jag aldrig skulle vågat hoppas på – – och blygas över min oförnöjsamhet! – –

Min okände vän – – – den stackars förolyckade engelsmannen, vilken jag skänkt så många deltagande tankar! –

Så nära har vi varit varandra under flera veckor och andligen levt i ett slags egendomlig gemenskap – utan att ana – – –? –

Det var idag på förmiddagen, som jag skulle få besöka honom –

För de goda, vänliga nunnorna var denna tilldragelse ett av de intressantaste kapitlen i den lilla oskyldiga roman, som under dessa sista veckor utspelats under deras ögon och av dem följts med en spänning, som endast kan fattas av den, som på nära håll lärt känna deras stilla, händelselösa tillvaro – – och det låg en viss högtidsstämning över hela klostret – så föreföll det mig – då jag vid tolvtiden, stödd av syster Agatha, långsamt vandrade utåt den långa korridoren, som leder till trappan. Föreståndarinnan övervakade noga allt och själva abbedissan hedrade den högtidliga akten med sin närvaro. – – De fröjdade sig alla som barn, då jag visade mig kunna gå ensam, endast stödd på käppen, en god sträcka av vägen.

Vid själva trappan lyfte mig två kraftfulla systrar – verkliga valkyrior, från Bayerska höglandet, – på sina armar och bar mig varligt utför densamma. Sedan återstod ytterligare ett stycke korridor, hörande till den egentliga sjukvårdsavdelningen – – – och då var vi framme vid sjuksalens dörr.

"Nu går jag in för att förbereda honom –", sade syster Agatha ivrig och andfådd – "han väntar er nog sedan länge, men jag måste ändå låta honom veta, att ni kommer nu – annars blir det för plötsligt för honom!" –

Det goda barnet – i själva verket tror jag, att hon ej ville gå miste om den ringaste detalj av det stundande sammanträffandet och därför skyndade att i förtid vara på platsen! –

Stödd av föreståndarinnans arm och omedelbart efterföljd av abbedissan inträdde jag i den långa, ljusa, vitkalkade sjuksalen med dess många enkla sängar, sins emellan åtskilda av skärmar. Där fanns blott två eller tre patienter utom "min engelsman" för närvarande, och ingen var farligt sjuk. Den patient jag kom för att besöka, befann sig längst bort i salens andra ända och man hade med ett par större skärmar avskilt hans plats, så att han inte var synlig från den sida av rummet där dörren var belägen.

Jag gick långsamt tvärs över salen och till hörnet av skärmen – – – Skall jag väl någonsin glömma den syn jag såg? – –

Jag hade börjat en vänlig hälsning på engelska, men orden stelnade på mina läppar och jag grep krampaktigt tag i den vänliga nunnan, som stödde mig och som förskräckt slog armen om mig, då jag med ett halvkvävt rop segnade ned mot hennes axel. Och i samma ögonblick träffades mina öron av ett annat rop från den bleka, avtärda man, som satt tillbakalutad i länstolen vid fönstret – – Tom! –

– Ja – *det var han* – gulblek, avmagrad, hålögd, med håret bortklippt efter sjukdomen och ett stort gråsprängt, svart skägg – nästan oigenkännlig för var och en, vilken ej som jag kände varje drag i detta ansikte, varje växlande uttryck i dessa goda, allvarliga, mörka ögon, vilka vid min åsyn vidgats nästan med ett uttryck av fasa. Ett ögonblick förde han båda händerna till huvudet och stirrade på mig med en vansinnigs uttryckslösa, glasartade blick – – – i det sista sträckte han armarna emot mig, gjorde ett försök att resa sig och sjönk avsvimmad tillbaka i stolen.

De nyfikna och upprörda nunnorna skockade sig omkring oss – medan syster Agatha och ett par andra bemödade sig att återväcka den avsvimmade till medvetande, skyndade de andra att bereda mig en viloplats, då de såg, att även jag var nära att falla i vanmakt. Det dröjde några minuter, innan jag i korthet kunde ge dem den förklaring de ivrigt väntade – och då jag sade dem, att deras patient var min trolovade, vilken under en resa i dessa trakter spårlöst försvunnit och som man trott vara mördad, kände deras deltagande och intresse inga gränser. De blandade trofast sina glädjetårar med mina och lovprisade Maria och alla helgon för min skull lika varmt, som om de varit mina verkliga systrar – –

Men knappt hade jag hunnit något återhämta mig, förrän jag greps av en ny oro för Toms skull vid tanken på den skada denna våldsamma och oväntade sinnesrörelse kunde göra honom. Denna min oro delades även av sjukvårdssystrarna, och förestånderskan föreslog, att jag skulle hålla mig dold, till dess man lyckats återkalla konvalescenten till medvetande, samt sedan låta det bero av hans tillstånd, huruvida jag åter skulle visa mig för honom eller ej.

Det dröjde länge, innan han åter vaknade till liv, och det var ångestfulla minuter jag tillbringade utsträckt på bädden närmast skärmen till hans avdelning. Slutligen hörde jag syster Agatha säga:

"Ah – – nu öppnar han ögonen!" och strax därpå hörde jag med bävande hjärta ännu en gång den kära röst – – ehuru, ack, så svag och matt! – som jag trott vara tystad för alltid.

"Vilma! –" sade han med ett hjärteknipande uttryck – "var är du, Vilma? – Jag såg dig ju nyss! – har de tagit bort dig? – – är du nu borta igen? –"

Jag hörde den stigande oron i hans röst, vars uttryck blev alltmera ångestfullt – – och i detsamma tecknade föreståndarinnan åt de mig omgivande nunnorna, att de skulle hjälpa mig att stiga upp och komma fram till honom.

Vilket återseende! – min Gud, hur skall jag någonsin kunna tacka dig nog? –

Åter förenade som genom ett underverk, hade vi inte många ord att säga varandra. Han tog mina båda händer och förde dem till sina läppar; jag böjde mig ned och kysste honom – och sedan såg vi varandra länge, länge in i ögonen.

”Tala inte mycket med honom”, viskade föreståndarinnan till mig–”men säg honom vad som kan göra honom lugn och nöjd–förklara i korthet så mycket ni kan, men blott det nödvändigaste.”

Jag såg honom alltjämt in i ögonen – såg hur lidandet grävt djupa fåror kring dem – men såg också att han var fullkomligt sig själv och att hans själ var klar och redig.

”Du har varit illa sjuk, älskade”, sade jag sakta till honom. ”Du måste nu iakttaga stor försiktighet för att bli fullt stark och frisk igen – – men jag är *här*, i din närhet – jag kommer snart tillbaka, då jag nu lämnar dig för att du måste vila – och sedan får vi träffas så mycket vi vill. Låt oss därför nu endast glädjas åt att ha återfått varandra – – tänk inte på något annat än det! – – – och försök inte minnas något annat, inte bekymra dig för något. Ditt minne kommer tillbaka då du blir starkare. Du har haft hjärnfeber – du förstår mig ju?”

Han nickade, utan att ett ögonblick vända ögonen från mitt ansikte.

”Och därför måste du vara försiktig – inte tänka, inte oroa dig. Lovar du det?”

”Ja, ja, älskade – allt vad du vill. Allt är” – – han sökte efter ord och stammade litet – ”allt är – är gott och lätt – – då du är här. Jag är inte orolig.”

”Då skall du försöka sova nu – i morgon kommer jag åter till dig – och då hoppas jag du är mycket starkare. Farväl till dess – älskade!”

Jag böjde mig åter ned för att kyssa honom, och han lade med en barnsligt rörande hjälplöshet huvudet mot min axel och vilade så några sekunder.

”Så gott” – viskade han. ”Så gott – – min Vilma!”

* * *

Jag har avsänt brev till den adress i Budapest, som löjtnant Jones gav mig, samt bett honom per telegraf underrätta notarien Hawkins om det underverk som inträffat. Nu återstår blott att vänta och ha tålamod – men det är inte svårt under dessa förhållanden.

De goda systrarna hade inrett en liten cell på nedre botten, i sjuksalens närhet åt mig, och jag flyttas dit idag.

Tom har haft en lugn och god natt, säger mig syster Agatha, och hans hälsotillstånd tycks ej på något sätt ha lidit av den själsskakning, för vilken han igår var utsatt. Om en stund skall jag åter bege mig till honom och hoppas då få stanna längre än igår.

* * *

Ljuvliga, underbara dagar! – jag tillbringar nu nästan all min tid hos Tom, och han förbättras för varje dag, ja, jag kan väl säga, för varje timma. Vi kan tala med varandra om allt, och det tycks göra honom gott att äntligen kunna meddela sig med någon, då han så länge levt som dövstum bland människor som omgivit honom. – – Han minns fullkomligt tydligt allt *ända till sin avresa från England* – men från den stunden är hans minne som ett oskrivet blad. Jag har berättat honom så mycket, som jag kan och anser rätt att meddela honom, för att han ej onödigtvis skall grubbla däröver – – jag har sagt honom, att han på uppdrag av notarien Hawkins företagit en utrikes affärsresa – att vi blivit oroade vid uteblivandet av alla underrättelser från honom samt att jag genom en ren tillfällighet återfunnit honom här som konvalescent efter en svår hjärninflammation, till följd av vilken han åtminstone delvis förlorat minnet. Han är nöjd med denna förklaring och vi har kommit överens om, att det ej tjänar till något att åtminstone för närvarande söka utforska det förflutna – – vi har helt och hållet lagt det åsido tills vidare. – – Jag har så mycket annat att berätta honom – – om allt som tilldragit sig därhemma under hans frånvaro – min vistelse i Whitby, Lucys sömngångaräventyr och mycket, mycket annat. – – Lilla kära Lucy – hon är kanske redan gift nu; det förefaller mig som en hel evighet sedan jag hörde något av henne. – – Hit hinner aldrig några brev – – man lever som i en värld för sig och jag begär intet annat nu, då Gud skänkt mig en lycka som jag upphört att hoppas på.

* * *

Flera dagar har gått utan att jag skrivit här. – – – Tom har upptagit all min tid och mina tankar och jag tycker mig ej ha annat att skriva än att jag är lycklig. Dock börjar jag nu med oro vänta något meddelande från notarien Hawkins och löjtnant Jones – – det är nästan tid därpå.

* * *

Jag blev avbruten på det mest oväntade sätt – – man anmälde gäster – – och då jag inträdde i klostrets mottagningsrum, fann jag där – notarien Hawkins själv, åtföljd av löjtnant Jones och tvenne främmande herrar! För de senare hade jag i första häpenheten ingen tanke egentligen – men djupt gripande var det för mig att återse den käre gamle mannen – som jag verkligen lärt mig älska som en far – under så helt förändrade förhållanden. Hans glädje var rörande och visade mig bättre än någonsin hur varm hans känsla för Tom verkligen är. – – Han frågade strax efter de första hälsningarna om han kunde träffa Tom, och sedan jag förfrågat mig hos syster Agatha och föreståndarinnan samt själv med några ord förberett Tom på detta oväntade återseende, förde jag den kära gästen till honom. Då jag förstod att de gärna ville tala enskilt med varandra, återvände jag själv till samtalsrummet, där löjtnant Jones för mig presenterade de båda andra herrarna såsom pastor Williams och herr Merton – båda engelsmän. Vi samtalade en stund om likgiltiga ämnen, resans besvärligheter, den vackra trakten o.s.v., men till sist sade löjtnant Jones helt kort:

”Jag skulle vilja tala några ord enskilt med er, fröken Murray – ursäkta mina herrar!”

De andra bugade sig artigt, reste sig och drog sig tillbaka till andra ändan av det tämligen stora rummet.

”Förlåt, att jag besvärar er, bästa fröken” – sade detektiven så snart de var utom hörhåll, i det han till yttermera visso sänkte rösten – ”men saken är av större vikt än ni kan föreställa er. Har er fästman meddelat er något angående sitt uppehåll på slottet och de omständigheter, varunder han lämnade detsamma? – Men det behöver jag väl knappast fråga.”

Jag sade honom nu, hur det förhöll sig med Tom samt att det ej skulle tjäna till något att söka avvinna honom några upplysningar angå-

ende hans vistelse på slottet eller något som stod i samband därmed, då han så fullkomligt förlorat minnet av denna tid, att han inte med yttersta ansträngning kunde erinra sig något därom. Vi hoppades dock, att minnet framdeles skulle återkomma och då – ”Ja, då – är det kanske för sent” – sade han otåligt. Hans ansikte uttryckte en livlig missräkning, som han blott med uppbjudande av sin ovanliga viljekraft förmådde återhålla. ”Fördömt – jag ber tusen gånger om ursäkt, bästa fröken, det undslapp mig oförtänkt – men man kan verkligen bli en smula rasande, då ett värdefullt – ett absolut ovärderligt vittne så här dyker upp, då man alls inte väntar det – – då så besagda vittne vid närmare efterseende befinns ha förlorat *minnet!* – – Det är en *stor* missräkning – det kan jag inte förneka. Här har jag nu trådarna i min hand till ett av de märkligaste fall i våra dagar – – det fattas bara ett par länkar, så vore allt komplett – – och de länkarna – just *de* länkarna borde herr Harker vara rätta mannen att lämna oss – – och så!” – han ryckte på axlarna och slog ut med händerna på ett uttrycksfullt sätt.

”Ja, herr Harker rår verkligen inte för det”, sade jag småleende.

”Det inser jag – inser naturligtvis” – genmälde han tankspridd – ”men – rasande otur är det! – – Ni är säker på att han inte har något annat som kunde ge oss ledning – några papper, några anteckningar?”

”Nunnorna sade mig att han absolut inte hade något av värde på sig då han fördes hit” – var mitt svar. ”Han var medvetslös och –”

”Naturligtvis – – nåja, det kunde man ju tänka sig. Men om man kunde få fatt i de uslingar som gjort både detta och mycket annat – och säkert kommer att låta höra av sig på många andra sätt inom kort. De håller på att koka ihop en helvetessoppa därute i Europa som sannerligen – – – men det hör inte hit – – i alla fall hade det varit en ren försynens skickelse att just i denna stund få tag i någon som kunde kasta en smula ljus över ett par mörka punkter. Nånå – – vi får väl hoppas att herr Harker kryar till sig med tiden och att minnet då klarnar – –”

I detsamma inträdde notarien Hawkins, strålande av välvilja och tillfredsställelse samt belåtet gnidande sina händer.

"Fullt sig själv, fullt sig själv, den kära gossen", sade han – "bara den där lilla minnesslöheten, som ju betyder mindre då den endast berör en kortare tid – och faslig avfallen och medtagen är han – – minst tio år äldre, stackars pojke; men det ger sig väl det med, bara vi får hem honom och får pyssla om honom som han behöver. Ett gott hem och en liten snäll hustru – – – men det var just det vi skulle tala om – – – Ett par ord mellan fyra ögon, fröken Murray."

Han förde mig avsides, där vi tog plats vid ett fönster, medan de tre herrarna stannade där vi lämnat dem. Där meddelade mig den käre gamle mannen, att han gjort sitt testamente samt insatt mig och Tom till ensamma arvingar av hela sin betydande förmögenhet.

"Jag är en gammal ensam man", sade han, "och jag har ju så gott som uppfostrat Thomas – hans far var min bästa vän – och alltid betraktat honom så gott som mitt eget barn. Nu är min stackars brorson död, som eljest bort vara min arvinge, och därför anser jag mig ha rätt att göra vad jag vill med det jag har."

Han tillade att han hoppades det vi ville göra hans hem, som nu syntes honom ödsligt och tomt, till vårt och sålunda bereda honom en lycklig ålderdom – – något vartill jag naturligtvis rörd samtyckte. Till sist ryckte han efter mycken tvekan fram med vad som framför allt tycktes ligga honom på hjärtat. Han önskade nämligen att vi – Tom och jag – ofördröjligen skulle låta viga oss, då han ansåg att detta skulle göra vår nuvarande ställning angenämare och undanröja alla svårigheter.

"Förresten", slutade han till hälften skämtsamt, "vet man ju aldrig vad som kan hända här i världen – – jag har nu gjort det där omtalade lilla testamentet till förmån för *herr och fru Thomas Harker*, och jag skulle resa härifrån betydligt lugnare om jag lämnade det herrskapet här efter mig, såvida det inte är i stånd att göra resan tillsammans med mig. Nå, hur är det, lilla fröken – – är ni rädd för ansvaret – eller går ni in på mitt förslag?"

Rörd, överraskad och bestört som jag var, kunde jag dock blott ge *ett* svar på denna hemställan.

"Gärna –" sade jag – "om ni verkligen anser, att det är bäst för Tom."

"Ni är en präktig flicka. Vad Tom beträffar, så har jag redan talat med honom – hans enda tvekan är, huruvida han har rättighet att begära så mycket av er. Han anser sig vara en bruten man för livet – – och i vissa avseenden kanske han också är det; fullt densamma som förr blir han kanske aldrig mer –"

"Åh, han *är* densamma!" inföll jag ivrigt – "densamma i själ och hjärta och sinnelag – – vad allt det övriga beträffar, så skall det bli min högsta lycka att få vårda honom – –"

"Gott, gott, kära – – – barn, jag hoppas ni måtte få leva ett långt och lyckligt liv tillsammans. Och gamle Hawkins har sörjt för att han ej skall behöva arbeta för sitt bröd mer än krafterna tillåter."

* * *

Allt blev således överenskommet som vår faderlige välgörare önskat. Han hade tänkt på allt – – – av de båda engelsmän han medtagit från Budapest var den ene en resande engelsk prästman och den andre en vid konsulatet anställd ung jurist; den sistnämnde, tillika med löjtnant Barrington Jones, skulle tjänstgöra som vittne vid den improviserade vigseln.

Jag har nyss haft ett långt, allvarligt samtal med min älskade Tom, varunder vi helt och hållet öppnat våra hjärtan för varandra. Han sade mig sina betänkligheter – betänkligheter vilka endast har sin grund i överdriven finkänslighet och omsorg om mitt väl – och jag sade *honom* – – vad jag inte ens vill skriva här – därtill är det för allvarligt. Gud give oss båda nåd att bli för varandra allt det vi i denna stund hoppas och önskar! – –

I morgon förmiddag skall vi vigas – och notarien Hawkins anser att vi redan om ett par dagar bör försöka att komma åtminstone till Bistritz, samt därifrån så småningom vidare till Budapest och Wien, där Tom kan erhålla den vård han behöver och någon framstående specialist anlitas.

Med saknas skiljs vi från de kära klostersyst-
rarna, våra räddande änglar – – men vi kan och
bör ej längre ta deras gästvänskap i anspråk. Jag
själv är nu fullt återställd och kan röra mig utan
svårighet – – och Tom torde nog kunna uthärda
resan, om vi färdas långsamt; han har blivit be-
tydligt starkare på de senaste dagarna. – – – No-
tarien Hawkins har i sin översvallande hjärte-
glädje och godhet skänkt en betydande summa
till klostret, och nunnorna är överlyckliga, ehu-
ru bedrövade över att mista oss – – Jag tror dock,
att vår närvaro och alla därmed förknippade
omständigheter kommer att förse dem med
samtalsämnen under hela deras återstående
livstid. – De goda, barnafromma varelserna! –

* * *

Min bröllopsdag.

– – Jag är Toms hustru. Det är allt, vad jag vill
skriva på detta blad.

* * *

Bistritz, tre dagar senare.

Resan har gått lyckligt, ehuru den var ansträng-
ande – – – men Tom har, Gud vare lov, inte lidit
därav. Snarare tycktes förändringen ha gjort
honom gott. Jag gav i hemlighet noga akt på ho-
nom då vi passerade Borgopasset och det ställe
där vägen viker av till Draculitz – – men ehuru
trakten hör till dem, vilkas vilda och storslagna
skönhet man aldrig borde kunna glömma, då
man en gång sett den, kunde jag ej märka, att
den hos honom framkallade ringaste hågkomst;
han iakttog allt med den intresserade nyfiken-
heten hos en främling. – – I Bistritz tog vi in på
"Gyllene Kronan" – men jag hade bett notarien
Hawkins förbereda den goda gamla värdinnan
på vår ankomst samt sagt henne, att Tom till
följd av en svår sjukdom helt och hållet förlorat
minnet och att hon ej ens borde försöka göra sig
igenkänd av honom. Med stor spänning iakttog
jag emellertid deras möte – men inte heller nu
förrådde min stackars vän med en min, att hen-
nes åsyn väckte något minne hos honom, ehuru
han vänligt besvarade hennes hälsning. – – – –
Vi bodde i samma rum – i själva verket det lilla
värdshusets bästa och enda – ur "västeuropeisk"

synpunkt beboeliga – där vi båda förut tillbring-
at en natt på färden till Borgopasset. Jag hade
förut hyst en viss fruktan för att detta skulle visa
sig vara ett farligt experiment genom de oroan-
de idéassociationer, det kunde uppväcka, och
följde därför med ängslan varje skiftning i Toms
ansikte sedan vi inträtt där. Han var mycket
medtagen av den ansträngande resan och lade
sig genast på sängen samt somnade inom några
få minuter. För att ej störa honom satte jag mig
tyst vid bordet och tog en bok. Han sov lugnt
och stilla ungefär en timme; därpå vaknade han,
sade ett par vänliga ord, men blev fortfarande
liggande på sängen – – rummet erbjöd för övrigt
egentligen ingen annan viloplats, lämplig för en
konvalescent. Några ögonblick senare hörde jag
honom säga, som för sig själv:

"Det är bra egendomligt!"

"Vad är egendomligt?" frågade jag, i det jag
hastigt vände mig mot honom.

"Åh – – – Jo – säg Vilma, har inte du också
den där känslan av att du ibland tycker dig ha
förut upplevt något – – – eller sett ett ställe dit
du kommer – fastän du inte kan minnas, att du
varit där?"

"Jo, det har nog hänt mig" – sade jag, i det
jag uppmärksamt betraktade honom – – "men
varför – –"

"Det föreföll mig nyss, då jag vaknade, allde-
les som om jag en gång förut varit i det här rum-
met – – och som –", han förde åter handen till
pannan och ansiktet fick det pinsamt grubblan-
de uttryck som jag så väl känner – "som om jag
här upplevt något – – något – – – åh, det svinner
undan för mig, så snart jag söker fasthålla det –"

"Tänk inte mer på det –" sade jag, efter att ett
ögonblick ha tvekat huruvida jag kanske rent ut
borde säga honom sanningen och upplysa ho-
nom om de förhållanden, varunder han förut
gästat detta hus. Men jag hade hittills avsikt-
ligt undvikit att nämna slottet Draculitz eller
överhuvudtaget ingå i några detaljer angående
hans resa, ej heller hade han – egendomligt nog
– gjort mig några närmare frågor beträffande
detta – varför jag ansåg klokast att låta det hela
vila, till dess han fått mera krafter och framför
allt till dess jag fått tala med den framståen-

de läkare, som vi bestämt oss för att rådfråga i Wien.

"Tänk inte mer på det –", upprepade jag, i det jag gick fram till honom och smekte hans panna. "Det är kanske bara en dröm och du tröttar ditt stackars huvud med sådana funderingar!"

Han log matt och kysste min hand; men jag såg, att han hela dagen var mera tankfull, tyst och grubblande än eljest.

* * *

Wien, en vecka senare.

Så långt har vi då hunnit på vår långsamma färd mot hemmet. Vi har gjort många uppehåll under vägen och överhuvudtaget företagit så korta dagsresor som möjligt. I Budapest mottogs vi med överströmmande välvilja av mina goda vänner, Atkinsons, och även här har goda vänliga människor varit oss till mötes och tagit sig oss an – – tack vare notarien Hawkins förutseende anordningar och vittomfattande affärsförbindelser.

Även löjtnant Barrington Jones har vi träffat här; han besöker oss allt emellanåt, och jag känner mig ibland frestad att skratta, ibland att förarga mig över den uppmärksamhet han ägnar Tom. Han iakttar honom oavlåtligt, ehuru förstulet, inleder honom i samtal och är – som jag väl märker – ständigt på sin vakt för att om möjligt, utan att han själv märker det, avlocka honom en och annan "upplysning". Jag kan ju egentligen ej förtänka honom detta, då det ju hör till hans yrke och vi ju har alla skäl att önska att så mycket ljus som möjligt kastas över de mörka hemligheter som det gamla slottet döljer – – men inte desto mindre pinar det mig, då Tom själv är så fullkomligt omedveten om hans avsikt. – – –

Jag har nu talat med läkaren – den berömda specialisten professor Rothstein, till vilken notarien Hawkins skaffat oss särskilda introduktionsbrev och med vilken han även själv talat på genomresan. – Professorn mottog mig ytterst välvilligt och lät mig noga redogöra för allt vad jag visste. Han säger mig, att dylika fall ingalunda är ovanliga och att det finns gott hopp att Tom med tiden skall återvinna sina fulla själskrafter.

Dock anser han det ovisst huruvida hågkomsten av den tid, vars minne nu utplånats hos honom – tiden omedelbart före hans insjuknande – någonsin kommer att återvakna; det troligaste är att detta evigt kommer att bilda så att säga ett tomrum i hans medvetande. Han avrådde även på det bestämdaste från alla försök att genom frågor och dylikt återuppväcka dessa slumrande hågkomster samt varnade överhuvudtaget för alla hänsyftningar på vad som passerat under denna tid, då han enligt all sannolikhet undergått någon stor själsskakning. Endast i det fall att någon oberäknelig tillfällighet, någon yttre anledning hos honom själv framkallade ett absolut begär att vinna klarhet i denna sak, kunde man våga försöket att tala med honom därom. Under alla andra förhållanden var ovillkorligen rådigast att genom sysselsättning, lämplig förströelse o.s.v. bringa hans sinne i jämvikt. – –

Professorn har sedan flera gånger själv besökt Tom samt givit honom åtskilliga råd om lämpligaste sättet att återvinna kroppskrafter och hälsa. Jag ser att han noga studerar Tom och det förefaller mig som funne han detta "fall" (som läkare säger) mer än vanligt intresseväckande. Han har även noga utfrågat mig beträffande vad vi vet om Draculitz och dess ägare samt den tidpunkt då Tom vistades där – – vilket ju tyvärr inte är så särdeles mycket. Med löjtnant Jones, som han träffat hos oss, har professorn blivit nära bekant, och jag har anledning tro att de tillsammans noga avhandlar Toms historia och de slutsatser man kan dra därav. Jag längtar outsägligt att komma till England och i ro i vårt stilla hem, där vi kan få vara i fred för alla deras förfrågningar och undersökningar!

* * *

London, en vecka senare.

Äntligen här! Resan genom Europa har förefallit mig oändlig och jag har levt i en ständig oro för att till och med denna långsamma färd med många uppehåll skulle bli alltför ansträngande för min stackars Tom. Han är svagare än man kan föreställa sig och den minsta sinnesrörelse eller själsskakning – även av de obetydligaste orsaker – framkallar genast den tryckande huvudvärk och nervösa oro som jag så mycket fruktar. Nu är vi dock Gud vare lov, snart vid vår resas mål – – blott ett par dagar skall vi vila ut i London och därpå styr vi kosan *hem* – – till det fridfulla Exeter, där vår faderliga vän väntar oss med öppna armar!

En underrättelse, som djupt smärtat och upprört mig, mötte mig här, Lucy – min kära, strålande, varmhjärtade Lucy, som jag hela denna tid tänkt mig som en lycklig hustru och över vars långa tystnad jag under dessa förhållanden inte ens förvånat mig – Lucy – – *är död!* – Det förefaller mig själv ofattligt, men det är dock så. En av våra gemensamma ungdomsvänner, som jag händelsevis träffade på gatan, berättade det för mig nästan omedelbart efter min ankomst hit.

Hon dog vid samma tid som hennes bröllop skulle ha stått – – och nästan samtidigt avled även den stackars goda fru Western – som jag gissar, till följd av den sinnesrörelse, som Lucys oväntade död förorsakade henne, ty jag vet vilka faror varje sådan själsskakning innebar för henne i hennes ömtåliga hälsotillstånd. Isabella – den vän som meddelat mig detta – – tyckte sig minnas att de båda dödsfallen för övrigt ägt rum under synnerligen sorgliga förhållanden – – hon sade något om mord och inbrott, varom hon läst i tidningarna, men erinrade sig intet bestämt; här i London glömmer människorna så fort!

Jag kan inte säga hur allt detta gripit och upprört mig. Jag måste försöka träffa eller på ett eller annat sätt meddela mig med någon som stått fru Western och Lucy närmare – någon som kan säga mig något om deras sista stunder. Det är hjärtslitande att tänka på hur vi skildes, vissa att inom högst ett par veckor återse varandra – – och nu har redan dödens ogenomträngliga förlåt fallit oss emellan!

Jag har skrivit några ord till Lucys trolovade, Arthur Holmwood – numera lord Godalming, då även *hans* far gått bort under denna tid, som jag hör. Jag känner hans adress, som jag så ofta sett på Lucys brev, och jag vet att han känner *mig* genom henne, ehuru vi inte personligen sammanträffat. Jag hoppas han skall svara mig utförligt och säga mig allt vad jag längtar veta!

Hur mycket har inte hunnit tilldra sig, hur mycket är inte förändrat på dessa få, korta månader! – Det är som om en hel livstid förgått sedan Lucy skrev och meddelade mig sin förlovning. Allt, även hennes lycka och framtid, stod då i vårens ljusa knoppning – – nu är det höst och vårens grönska och blommor – ett minne blott.

* * *

Exeter – – Oktober.
I mitt eget fridfulla hem! – I hamn, äntligen i hamn, efter alla dessa stormar! – Hur skall jag nog kunna tacka Gud för alla hans rika gåvor!

Här sitter jag nu som Toms lyckliga maka – han själv så mycket bättre sedan vi befinner oss här – vår faderliga vän överflödande av finkänslig godhet och välvilja mot oss – och vår tillvaro, vår framtid, mänskligt talat, tryggade för alla bekymmer. Hur föga kunde jag ännu för några veckor sedan tänka mig något sådant! – Hur kunde jag – – –

* * *

Jag avbröts av ett brev – ett egendomligt brev, som både överraskat och gripit mig.

Jag trodde att det var från lord Godalming, ehuru det på gammaldags manér klippta och förseglade kuvertet och den besynnerliga stilen förvånade mig; men ännu mer förvånad blev jag, då jag brutit det och därunder såg ett helt och hållet främmande namn: *Abraham Van Helsing.*

Brevet lydde så:

"Högt ärade fru!
Genom vår vän, lord Godalming, har jag fått veta er adress och det förtroliga förhållande, vari ni stått till vår djupt beklagade och begråtna fröken Lucy Western. Då jag av lord Godalming blivit bemyndigad att genomse vår arma väninnas – ty Gud skall veta att även jag, gammal och grå som jag är, varit hennes vän! – efterlämnade brev och papper, har jag även bland desamma funnit flera brev från er hand, högt ärade fru, vilka till fullo bekräftar och bevisar att ni stått hennes hjärta nära och ägt hennes fulla förtroende. Jag har även i desamma funnit antydning-

ar angående andra omständigheter, vilka torde stå i samband med hennes sista djupt beklagliga sjukdom och beträffande vilka det skulle vara av stor vikt och intresse för mig, såsom hennes läkare, att erhålla närmare upplysningar. Då jag dessutom av lord Godalming hör att ni själv, högt ärade fru, är angelägen att få veta något om vår stackars unga väninnas sista dagar och ett sammanträffande alltså för oss båda torde vara av intresse, vågar jag i ödmjukhet föreslå att ni tillåter mig göra er ett besök när som helst så faller er lägligt. Vill ni alltså ha den godheten att per brev eller telegram låta mig veta när jag får infinna mig hos er, vore jag er storligen tacksam. Jag medför då även de varmaste hälsningar från lord Godalming (hos vilken jag för tillfället befinner mig på ett kort besök), samt ett litet minne av den bortgångna. Lord Godalming är för närvarande själv av sjukdom hindrad att vare sig skriva eller personligen infinna sig hos er – och jag kommer alltså å hans vägnar. Min adress under de närmaste dagarna eller till dess jag får höra något från er högt ärade fru är" – (här följde adressen på lord Godalmings familjegods.) – "Jag hoppas innerligen det måtte bli er lägligt att emotta mig inom kort, det gäller saker av stor vikt för mig och många. Förlåt om jag säger att jag läst era brev till fröken Lucy och därför vet att ni är en god och klok kvinna; ni är för mig inte någon främling och jag hoppas ni ej heller vill anse mig som en sådan, då jag varit fröken Lucys vän samt allt fortfarande är lord Godalmings och d:r Sewards, vilken senare ni troligen känner, om också blott till namnet. I hopp att snart på motse några ord från er, har jag äran teckna

med djupaste högaktning er vän
Abraham Van Helsing."

Det måste således vara den läkaren som vårdat stackars Lucy under hennes sista sjukdom – namnet och vissa egendomliga vändningar i språket tycks antyda att han är utlänning. Antagligen vill han av mig höra något närmare om Lucys egendomliga benägenhet att gå i sömnen m.m., varom jag vet mig ha talat i mina brev till henne och varom hon troligen även berättat ho-

nom. Under allt vad jag själv genomgått sedan jag skildes från Lucy i somras – det förefaller mig som vore det år sedan dess! – har jag nästan glömt den oro jag kände för henne och de egendomliga iakttagelser jag gjorde under min vistelse hos henne i Whitby. Det skall bli mig en verklig tillfredsställelse – om ock en smärtsam sådan – att träffa doktor Van Helsing. Jag har telegraferat att han är välkommen när som helst – jag har alltför mycket att göra och ordna i mitt nya hushåll just nu för att lämna hemmet och han kan alltså alltid vara säker på att träffa mig.

Toms tillstånd är fortfarande – Gud vare lov – tillfredsställande; han kan t.o.m. till sin egen stora glädje biträda "onkel" Hawkins – den kära gamla mannen yrkar på att vi skall kalla honom "onkel", då han betraktar oss som en ersättning för den brorson han förlorat – – – med ordnande av en del papper o.s.v., ehuru han fortfarande måste avhålla sig från allt tankearbete, vilket genast framkallar tryckning på hjässan och svår huvudvärk – – en tydlig maning till försiktighet.

* * *

Telegram nu på morgonen att professor Van Helsing anländer under dagens lopp. Jag motser hans besök med en viss spänning. Lucys död är och blir mig oförklarlig. Hennes tillstånd oroade mig visserligen ibland under vår samvaro i Whitby – – men hon var sedan betydligt bättre, då vi skildes åt, och hennes sista brev försäkrade mig, att hon nu kände sig fullkomligt återställd. Vad kan ha förorsakat denna plötsliga katastrof? – – Då jag återkallar mina minnen från Whitby, gripes jag av mörka aningar, vilka jag ej rätt kan fatta i ord. Men det tjänar till intet att grubbla över detta – – inom några få timmar skall jag ju få veta allt.

* * *

Professor Van Helsing har varit här och åter rest, dock för att, som han själv sade snart återkomma. Vi har ännu mycket att tala om.

Jag är emellertid så upprörd, så förvirrad, så helt och hållet bringad ur fattningen genom allt det vidunderliga han meddelat mig, att jag knappast är i stånd att skriva därom. – Du

274

gode Gud, är väl sådant möjligt? Är "mörkrets makter" verkligen något annat än ett bildlikt talesätt, en kvarleva från forna tiders vidskepliga föreställningar? – Kan de ännu i denna dag inverka på människors öden och överrumpla den olycklige, som ej är på sin vakt, för att göra honom till ett viljelöst redskap för utförandet av sina egna syften? – Mitt lugna, sansade förstånd vägrar att tro på det – – och dock – – då jag tänker på allt vad jag själv såg och hörde under min vistelse i Whitby, tänker på vad professorn, denna lugna, allvarliga vetenskapsman, berättade mig – – då vet jag ej längre vad jag bör tänka – min hjärna svindlar och bönen "Fräls oss ifrån ondo" får en ny, djupt allvarlig betydelse för mig.

Klockan var omkring två, då någon ringde på porten och jungfrun strax därpå lämnade mig ett visitkort, på vilket lästes: *Professor Abraham Van Helsing, Amsterdam.* Jag skyndade ned i förmaket, dit han blivit införd; han stod vid fönstret, men kom mig genast till mötes med framsträckta händer. Han är en gammal man, troligen närmare sjuttio år, men med kraftfull och imponerande hållning samt ett par ögon, som tycks se rätt igenom en; mig ingav han redan i första ögonblicket en känsla av obeskrivligt förtroende, och det föreföll mig lika naturligt att tala med honom som om vi känt varandra i tjugo år.

"Fru Thomas Harker – eller hur?" var hans första ord.

Jag böjde samtyckande på huvudet

"Förut fröken Vilma Murray?" – Jag gjorde åter ett instämmande tecken.

"Det är Vilma Murray jag kommit för att träffa – – Vilma Murray, det arma barnet Lucy Westerns trofasta väninna. Det är för den dödas skull jag är här."

Jag räckte honom åter handen sägande:

"Om ni behövde någon rekommendation, herr professor, så kunde ni inte förete någon bättre än att ni varit min stackars Lucys vän och läkare."

Därpå bjöd jag honom att ta plats, och så snart vi satt oss började han.

"Ack, min bästa fru Vilma, jag kommer till er i hopp att få vissa upplysningar. – Jag har läst era brev till Lucy Western. Det kan måhända synas er ogrannlaga – – men jag hade ingen annan utväg; ingen kunde säga mig vad jag *måste* veta – – – både för den dödas och de levandes skull.. Jag läste era brev, och allt sedan har jag sökt er utan att lyckas finna er – ända till dess en tillfällighet, er vänliga skrivelse till vår vän, den stackars Arthur Holmwood, plötsligt gav mig nytt hopp och visade mig vägen till er. – Förlåt mig nu om jag besvärar er med några frågor, som kanske syns er alltför närgångna! – Jag har ej annat val än att framställa dem och det står er ju fritt att vägra att svara –"

"Jag skall gärna säga er allt, vad jag vet, herr professor", sade jag hjärtligt. "Jag vet, att ni ej skall missbruka något förtroende!"

"Tack, tack – ni är en god och ädel kvinna – det visste jag förut" – sade han varmt. "Ni var hos henne i Whitby en längre tid i somras – det vet jag. Hon förde en dagbok – – ni ser förvånad ut – den började först efter er avresa, och som jag tror, efter ert exempel och på er inrådan – – och i denna dagbok hänsyftar hon mer än en gång på vad som inträffat en viss natt då hon gått i sömnen och ni räddat henne. Det vore för mig av största vikt att få höra mer om detta av er själv – – hon har visserligen också, det arma kära barnet, talat med mig om, att hon brukat gå i sömnen, men utan att ingå i några detaljer. Jag vore er oändligt förbunden –"

"Herr professor" – avbröt jag honom – "ert brev sade mig ju att ni kom för att tala med mig om Lucy, och jag förstod att ni också skulle vilja veta *detta* – – jag har därför i natt för er räkning gjort ett utdrag ur den dagbok jag själv förde under mitt uppehåll i Whitby – med uteslutande av allt som ej kan ha något intresse för er. Här" – jag tog det lilla pappershäftet ur min sykorg – "har ni det. – Då ni genomsett det, kan ni göra mig vilka vidare frågor ni själv önskar."

"Åh, fru Vilma, hur skall jag tacka er? – – Får jag verkligen läsa detta? Tillåter ni att jag läser det här – nu genast?"

"Naturligtvis – om ni så önskar. Läs det medan jag går att se till lunchen – som ni väl gör mig den glädjen att inta här – – – och sedan kan vi vidare tala därom."

Han bugade sig, tog plats vid fönstret och fördjupade sig genast i mina anteckningar, under det att jag avlägsnade mig – mindre för att "se till lunchen", som i själva verket redan var framdukad, än för att lämna honom fullkomligt ostörd en stund.

Då jag efter ungefär en halvtimmes förlopp återvände till förmaket, fann jag honom med stora steg gående av och an i rummet; han hade betydligt högre färg än då jag lämnade honom och hans ansikte uttryckte en hög grad av sinnesrörelse.

Så snart han varseblev mig, skyndade han mig till mötes och grep båda mina händer.

"Ack, min goda, förträffliga fru Vilma!" – utbrast han, "hur skall jag kunna uttrycka allt vad jag är er skyldig? – De här papperen" – han skakade dem i sin iver – "är som solsken i mörka natten. De öppnar porten för mig. Jag är bländad, jag är yr, jag står förvirrad vid så mycket ljus – – – och dock finns där skyar nog, skall Gud veta – – – men detta förstår ni ej, mitt barn. Ni anar inte vilken tjänst ni gjort mig – – men glöm inte att om gamle Van Helsing kan göra något för er eller dem som står er nära, så är han er gäldenär för all tid! – Glöm inte det!"

Jag bad honom nu komma ut i matsalen och inta litet nödiga förfriskningar före resan, då tåget skulle avgå inom en timma, och vi följdes åt dit ut.

Tom var inte närvarande; jag fruktade att åsynen av en främmande skulle oroa honom, och han hade själv föredragit att stanna på sitt rum; notarien Hawkins var bortrest – vi kunde således samtala fullkomligt obehindrat, och professorn begagnade sig av tillfället för att göra mig en hel del frågor angående mig själv och mina egna förhållanden.

"Vi är gamla bekanta nu, min goda fru Vilma", sade han hjärtligt. "Jag vet mycket om er alla redan och skulle vilja veta mer. Då ni lämnade Whitby, var ni ännu ogift, och er trolovade befann sig på en längre utrikes resa – – genom ert brev till fröken Lucy vet jag att även ni varit utrikes. Berätta mig nu litet mer om er själv och allt detta, berätta mig litet om er man! Jag vet att han är en lycklig man som vunnit en sådan hustru – – men jag skulle gärna vilja veta lite mer."

Hans väsen var så förtroendeingivande, hans blick så god och klok och genomträngande att mitt hjärta nästan ofrivilligt öppnade sig på vid gavel för honom, och det var mig en verklig lättnad att få berätta honom de senaste månadernas historia samt min fortfarande oro för min stackars älskade Tom.

Då jag skildrade de förhållanden och det tillstånd vari jag återfunnit den sistnämnde, stegrades hans uppmärksamhet och jag såg att han, som man säger, var idel öra. Han gjorde mig åtskilliga korta frågor, strök sig gång på gång eftertänksamt om hakan och mumlade åtskilligt för sig själv som jag inte uppfattade. Slutligen sade han:

"Min goda, älskliga fru Vilma, ännu en gång måste jag säga er, att ni inte själv anar, hur mycket ni intresserar mig! – Ser ni, jag är en gammal doktor, som hela mitt liv framför allt sysslat just med sådana åkommor som den varav er gode man lider – – – jag är vad man kallar specialist på sådant – – – och i detta fall är det åtskilligt som gör saken av ännu större intresse för mig än om det vore ett vanligt sjukdomsfall. Jag skulle gärna vilja se honom, om ni tillåter – – jag kunde kanske göra honom gott – – men en annan gång – jag kommer snart åter, och ännu har jag inte utfört halva mitt ärende här – – era så intressanta, så oväntat intressanta anteckningar kommer mig att glömma allt annat. Men se här – – – se vad jag har med mig åt er."

Han framtog ett litet läderetui, som han räckte mig. Med djup rörelse och tårade ögon läste jag den inskrift det bar på locket:

"Till Vilma Murray – en hälsning från Lucy" – stod där med gyllene bokstäver.

Jag tryckte på fjädern och locket öppnade sig. Etuiet innehöll en ovanligt vacker briljantring, som Lucy fått av sin mor vid sin första nattvardsgång och som jag ofta sett henne bära. Då jag tog upp den och närmare betraktade den, såg jag att orden *"Till minne"* var ingraverade på ringens insida. Med djup rörelse betraktade jag de i dubbel bemärkelse dyrbara gåvan.

"Så vänligt – så obeskrivligt vänligt av lord Godalming!" sade jag med tårades ögon. "Säg honom hur högt jag värderar denna hälsning både för *hennes* skull, som vi båda älskat, och för hans egen! – Jag skall för övrigt själv skriva till honom. Sade ni att han var sjuk?"

"Ja, tyvärr – han har varit lidande allt sedan det stackars barnets död – Gud give vi måtte kunna rädda honom!"

"Rädda honom?" – utbrast jag förfärad. "Är det *så* allvarsamt? Han är ju ung och kraftfull!"

"Ung visserligen, min goda fru Vilma – men kraftfull – tyvärr inte mer!"

Han suckade med ett uttryck av djupt bekymmer på sitt goda, kraftfulla ansikte.

"Jaja, jaja" – – återtog han efter ett ögonblicks tystnad – "det finns mycket mellan himmel och jord som filosofien ej kan drömma om – sade gamle Shakespeare – – och det är ett sant ord, ehuru vi, som kallar oss filosofer, nu för tiden verkligen åter börjar 'drömma' om mycket, som man på *hans* tid kände till, fastän det sedan av ett materialistiskt släkte en tid blivit kastat i skräpvrån – – Ja, stackars Arthur – – stackars unge man – – hans friska unga liv, så fullt av vackra löften, det – det – – man skulle ibland kunna vara frestad att tro på ett blint och grymt öde, som regerar världen – om man inte visste att allt lyder eviga lagar som det är människornas uppgift att lära känna och behärska – – olyckan är blott att vi känner dem för litet och att det just är de så kallade vetenskapsmännen med sin lilla lärdom och sina fastvuxna teorier som vill hindra människorna från att lära sig mer. – – Men det där hör inte hit. Det var något annat jag skulle säga er, kära fru Vilma, och ni får inte misstycka att en gammal man ger ett råd som kanske tycks er dåraktigt och närgånget. Ger ni mig förlåtelse på förhand?"

"Ja, ja, kära professor – – säg vad ni vill."

"Då ber jag er, som en gammal vän – jag får ju räkna mig som en gammal vän till er? – Tack! – då ber jag er, ber er rätt allvarligt – att inte tills vidare *bära den där ringen?* Lovar ni mig det? – Jag kan inte förklara orsaken, varför jag ber er om detta, men jag försäkrar att jag har goda skäl. Vill ni lova det?"

"Ja, gärna" – sade jag, ehuru onekligen tämligen överraskad av denna anhållan. "Det är väl inte möjligt", tillade jag hastigt, "att Lucy – stackars lilla Lucy! – lidit av någon sjukdom som ni anser smittosam och att det är därför – –"

"Smittosam – – ja och nej, mitt kära barn! – inte smittosam i vanlig bemärkelse visserligen – – – men, som jag nyss sade er: vi är ännu alla barn, som blott känner de allra första begreppen av naturens många hemlighetsfulla krafter och lagar. Vi vet så litet – – kan blott gissa oss till – – hur de verkar i många fall. Jag har nu ägnat ett liv åt att utforska en del av dessa dolda lagar – – – och hur mycket vet jag? – – Men som sagt: ni gör bäst i att inte bära ringen – – ännu så länge åtminstone. Det är alltid säkrast."

"Jag lovar att inte bära den" – sade jag, nästan skrämd av hans allvarliga ton och uttryck. "Men – vill ni inte säga mig litet mer om Lucy? – jag längtar att få höra något om hennes sista sjukdom och död – – det förefaller mig så oförklarligt, så ofattligt – –"

"Ja, kära fru Vilma" – – han tystnade och såg några minuter fast på mig med allvarlig och genomträngande blick. Därpå återtog han, liksom en vilken plötsligt fattar ett beslut: "Vi är ju nya bekanta, men, som jag sade, ändock gamla vänner på sitt sätt – – jag tror mig känna människorna en smula, och jag tror att ni ej blott är god, utan klok och stark – – – jag skall berätta er det hela. Det kommer att ta tid" – han såg på klockan, "men – jag reser då hellre med ett senare tåg. Det kan vara av yttersta vikt att ni känner till allt detta."

Han satte sig bättre till rätta i stolen och började den sorgliga, för mig över all beskrivning gripande och i sig själv så upprörande och förfärande historien om min stackars Lucys lidande och död.

* * *

(*Anmärkning av utgivaren:* Van Helsings berättelse, såsom återgiven av fru Harker, uteslutes här, då densamma redan är bekant för läsaren genom en föregående skildring.)

* * *

Vad jag kände och tänkte vid allt detta, kan jag inte här nedskriva. Ännu vet jag knappast *vad* jag verkligen skall tro eller tänka. Professorn är

utan tvivel en god, ädel och rikt begåvad man
– – – därpå kan jag inte ett ögonblick tvivla;
men han kan ju, som många andra snillrika
människor, vara en smula fantast och utrustad
med en alltför livlig inbillning – – jag känner
honom inte tillräckligt för att veta hur därmed
förhåller sig. De fakta han omtalat kan vara fullt
riktiga, men därför behöver de slutsatser han
dragit därur inte vara det. Allt kan ju ha sin fullt
naturliga förklaring.

"Ja, men vad *är* fullt naturligt?" – – Kan vi väl
med våra begränsade sinnen och vårt ännu mera
begränsade vetande under alla förhållanden
våga bedöma detta? – Hur många naturkrafter
kan inte finnas, om vilkas verksamhet vi ännu
inte äger någon föreställning? – Hur mycket av
det som nu för *oss* är välkänt och vardagligt skul-
le inte av våra förfäder förklaras onaturligt och
omöjligt? – – Hur mången upptäckare har inte
blivit smädad och förföljd, endast därför att han
varit mera klarseende än andra?

I själva verket såg, hörde och upplevde jag
själv under min vistelse hos Westerns i somras
verkligen så mycket, för vilket jag fåfängt söker
en "naturlig" förklaring – d.v.s. en förklaring i
full överensstämmelse med de naturlagar som
jag känner och förstår – – att jag knappast har
rätt att ställa mig tvivlande, då en annan, som
sett och iakttagit mer, därav dragit slutsatser
som förefaller mig otroliga. – – Intet i skapel-
sen är nyckfullt eller regellöst, även om det kan
synas oss så, därför att vi blott ser en flik av san-
ningen – och som professor Van Helsing sade:
det ligger i hela mänsklighetens intresse, ja, det
är en livsfråga för oss *alla*, att vi tillkämpar oss en
allt klarare insikt angående arten av de krafter,
såväl till gott som ont, vilka är verksamma runt
omkring oss och med vilka vi har att räkna. Hur
fruktansvärt stort blev inte det egna ansvaret om
det verkligen vore som professorn antydde – –
att det till stor del beror på oss själva huruvida
vi drar till oss de onda eller de goda makterna
– att sympati och antipati verkar på det andliga
området i ännu större grad än i den omgivning
vi kan se och bedöma! – Hur mycket större blev
inte vår ansvarighetskänsla om vi verkligen
trodde detta! – – Om själva tankarna, om själ-

va ens halvt omedvetna själsriktning, som han
sade, vore krafter till gott eller ont, som vi alltför
litet förstår att behärska och begagna som Gud
velat att vi skulle göra det!

Jag svindlar vid alla dessa nya föreställning-
ar som strömmar in över mig och som kanske
dock endast är de gamla i ny och klarare form.

Professorn har lovat att snart återkomma och
då även undersöka Tom och ge mig några råd
med avseende på honom.

* * *

En vecka senare.
Vi har gjort en stor, en oersättlig förlust – vår
käre, faderlige vän, den gode gamle notarien
Hawkins är inte mer!

Ännu för fyra dagar sedan var han fullkomligt
frisk – endast någon gång klagade han över yrsel
och dåsighet och gladde sig åt att Toms dagligen
tilltagande krafter lät hoppas, att denne snart
skulle kunna ta verksam del i affärernas sköt-
sel, för vilken han själv påstod sig börja bli "för
gammal". Men i förrgår, då vi skulle äta frukost,
väntade vi förgäves på honom. Som han eljest är
själva punktligheten, sprang jag genast upp till
hans sovrum för att se vad som kunde vara orsa-
ken till detta dröjsmål – – – och fann honom då
till min bestörtning liggande i sin säng, till ut-
seendet fridfullt insomnad, men i verkligheten
kall och död – – Han hade träffats av en hjärt-
förlamning och hans lugna oförändrade utseen-
de vittnade om att döden kommit hastigt och
smärtfritt. – – Själv tycktes han länge ha varit
förberedd på sin bortgång, ty alla hans papper
m.m. var omsorgsfullt ordnade. Det testamente
till Toms och min fördel, varom han talat, var
fullkomligt lagligt uppsatt och bevittnat; vår
ställning i yttre avseende är således – som det va-
rit hans avsikt, den trofasta gamle vännen – fullt
betryggad; men i vårt hem och i våra hjärtan
lämnar hans bortgång en oerhörd tomhet. För
mig, som förlorat både far och mor i min späda
barndom, är denna förlust oändligt smärtsam –
och för Tom betyder den om möjligt ännu mer
genom det ökade ansvar det pålägger honom
och som han under nuvarande förhållanden
inte känner sig vuxen. Jag ser att han grubblar

över detta och att det oroar honom. – – I övermorgon måste vi resa upp till London till begravningen – – – vår gamle vän har nämligen i sitt testamente förordnat att han skall begravas på samma kyrkogård som hans far är begraven. Jag motser med ängslan de kommande dagarna och den inverkan Tom skall röna därav. Varje rubbning i vardagslivets jämna fridfulla gång är skadlig för honom, det märker jag så väl – – och professor Rothstein i Wien varnade mig ju särskilt för alla sinnesrörelser.

Jag känner det som om jag förlorat mitt stöd nu då den gode gubben är borta, med vilken jag kunde fritt tala om allt vad jag hade på hjärtat. Med Tom själv kan jag ju ej tala om den oro jag hyser för honom. Emellertid vill jag söka hoppas det bästa och framför allt göra vad på mig beror för att hålla min stackars älskade Tom vid gott mod. Den förfärliga brist på självtillit som nu utgör hans plåga, är en direkt följd av den själsskakning han undergått – den tillhörde eljest ej hans lugna, fasta karaktär, som med all sin anspråkslöshet fullkomligt väl kände sin egen kraft och ej onödigtvis misstrodde den.

* * *

Tre dagar senare.
Jag har ingen att anförtro mig till och måste därför – som hjältinnan i vissa romaner – lätta mitt hjärta genom att skriva här om vad som upprör och oroar mig.

Livet står aldrig stilla. Ännu för ett par veckor sedan tyckte jag mig ha kommit i en lugn hamn, där inga stormar mer kunde nå mig – – men nu har vinden vänt sig och jag märker att vågorna kan gå högt även här.

Jag är djupt bekymrad i kväll – det förefaller mig som såge jag all min nyfunna lycka hotad av en hemlighetsfull fara som jag varken förstår eller kan avvärja och jag vet ej rätt vart jag skall vända mig och finna råd. Men hjälpen kommer ju vanligen då man bäst behöver den – och det vore orätt av mig att misströsta eller förtvivla, efter allt det underbara jag fått uppleva. Dock – var dag har nog sin egen plåga, och den börda man just för ögonblicket bär förefaller vanligen vara den tyngsta av alla.

Vi återkom sent igår afton från begravningen, som var enkel och gripande – – vi och ett par gamla vänner samt biträdena här på kontoret var de enda sörjande. Tom och jag stod bredvid varandra och tryckte obemärkt varandras händer då kistan sänktes i jorden – vi kände båda att vi förlorat vår bäste och trognaste vän.

Då vi återkom från kyrkogården föreslog Tom att vi skulle göra en liten promenad i parken; han längtade efter frisk luft och trodde att det skulle förströ mig att se de ridande och promenerande. Där var emellertid tämligen folktomt och det hela gjorde ett dystert intryck med de fallande löven och den blygrå himmelen. Vi satt där en stund, men gick snart därifrån och nedåt Piccadilly. Tom höll mig under armen på det sätt som han varit van att göra allt sedan han var skolgosse och jag skolflicka – – det är visserligen ingalunda *comme il faut* (– man kan ju ej hålla på att i åratal trumfa etikett i skolflickor utan att själv bli en smula pedantisk på kuppen –) men vad gjorde det! – Tom är min man – – och ingen människa kände oss eller frågade efter vad vi företog oss.

Plötsligt klämde Tom min arm så att det gjorde ont, på samma gång som jag hörde honom utstöta ett dovt utrop. Förfärad vände jag mig om. – Jag hade just varit sysselsatt med att beundra en strålande vacker, något extravagant klädd ung dam i ett elegant ekipage, vilket höll stilla framför ett konditori, och hade därför just då inte vidare givit akt på honom.

"Vad är det, käraste?" frågade jag hastigt.

Till min förskräckelse såg jag att han var dödsblek och att hans ögon, onaturligt uppspärrade, stirrade framför sig med ett uttryck av stel fasa och förvåning. Jag följde hans blick – – den tycktes fäst på en lång, ståtlig herre med distingerad och militärisk hållning, en egendomlig, mörk, rovfågelsliknande fysionomi och långa, svarta mustascher, vilken just stannat för att hälsa på och artigt tilltala den unga damen, vilken nådigt log emot honom.

Nu var det min tur att rycka till, jag hade igenkänt baron Székely – vår hemlighetsfulla bekantskap från Whitby.

All den ångest, jag genomlevt för Lucys skull,

279

och den oförklarliga känsla, jag haft av att denna man på ett eller annat sätt stod i samband därmed och utövat ett egendomligt och inte välgörande inflytande på min stackars lilla väninna, stod med ens för mig och blandade sig med den ängslan Toms beteende förorsakade mig; jag måste göra våld på mig för att bibehålla det lugn och den självbehärskning, jag i detta ögonblick bättre än någonsin behövde. Tom måste naturligtvis vara min första omsorg. Jag lyckades hejda en förbirullande droska och nästan tvang honom att stiga upp i den – hans blekhet hade nu blivit så förfärande, att jag varje ögonblick fruktade att han skulle falla avsvimmad till marken, och jag drog en suck av lättnad då jag verkligen hade honom i vagnen.

Jag gav kusken adressen på det hotell, där vi tagit in, och vi rullade bort genom människovimlet.

Tom satt tillbakalutad och föreföll knappast medveten om vad som försiggick omkring honom. Då jag tilltalade honom, svarade han ej – jag tror knappast att han hörde mig. Efter några ångestfulla minuter lyfte han båda händerna till pannan på det sätt jag så väl känner till, och jag hörde honom halvhögt säga:

”Gud – Gud – vad är detta? – vad är detta?”

Halvt utom mig av ångest, insåg jag dock att jag ej finge oroa honom med frågor. Jag satt tyst, iakttagande honom med spänd uppmärksamhet. Ännu en stund bibehöll hans blick det ohyggligt stirrande uttryck, som först skrämt mig – – så småningom slöts ögonen – hans huvud sjönk tungt mot min axel – han sov.

Lyckligtvis var det tämligen långt till hotellet – det förgick väl tjugo minuter innan vi hann fram, och en stund dessförinnan slog Tom åter upp ögonen, satte sig upp och sade med den naturligaste röst i världen:

”Åh, har jag sovit? – kan du förlåta en så ohövlig man, Vilma? – Jag skäms verkligen – – men jag var så trött – vi var ju så tidigt uppe i morse.”

Med ett ord – han tycktes *fullkomligt ha förgätit allt som nyss passerat,* alldeles som han förut glömt allt som tilldragit sig under hans vistelse på slottet och under tiden omedelbart före hans sjukdom. Han var fortfarande mycket blek, och

då vi steg ut ur vagnen, greps han av en lätt yrsel, så att han vacklade och grep fast i mig för att inte falla. Jag låtsades emellertid om intet för att inte oroa honom – men Gud skall veta att det var med ångestfullt hjärta jag anträdde hemfärden med honom. Denna plötsligt påkommande minnesslöhet förefaller mig så hemsk och oroande; den visar omisskännligen – så förefaller det mig – att hans hjärna på ett eller annat sätt fortfarande är angripen och att ringaste rubbning i de alldagliga förhållandena framkallar faran av ett återfall. Jag var högst tvivelsam huruvida jag verkligen borde företa återresan med honom redan samma kväll, som vi från början bestämt, eller vila över natten på hotellet. Slutligen bestämde jag mig för det första – ty bullret och människovimlet i denna stora stad är i och för sig skadliga för honom och den jämförelsevis obetydliga ansträngning som järnvägsresan medför, borde uppvägas av den lugna och trygga vilan i vårt eget stilla hem, där jag obeskrivligt längtade att vara tillbaka med honom.

Allt gick, Gud vare lov, lyckligt; han sov lugnt, på det hela taget, ehuru han ett par gånger talade högt i sömnen – något om ”*korset!* – *korset!*” jämte annat som jag inte förstod, i det han med händerna famlade på täcket och vid sin hals, liksom sökande något. Mot morgonen blev han lugnare och nu, medan jag skriver detta, sover han fortfarande gott – jag har ej velat väcka honom, då vilan ovillkorligen måste vara välgörande för honom.

Oupphörligt tänker jag på vad som inträffade igår och söker finna anledning till Toms egendomliga sinnesrörelse. Det förefaller mig som om baron Székélys anblick väckt någon hemlig idéförbindelse till liv inom honom – någon hågkomst från den tidpunkt varöver glömskan för alltid tycks ha kastat sin slöja. Kan han ha träffat denna människa – för vilken jag alltid känt en oförklarlig och instinktlik misstro – därborta? – Eller påminde han honom blott om någon eller något, som djupt upprört honom? – Kanske var det inte ens *han,* utan den unga flickan i vagnen, vars åsyn så uppskakade honom? – Jag trevar helt och hållet i mörkret, utan varje ledtråd, då jag inte ens med en antydan vågar leda hans egna tankar på detta ämne. Jag önskar innerligt att professor Van Helsing ville upprepa sitt besök, som han lovade – – – det vore mig en obeskrivlig lättnad att få tala med honom just nu.

Emellertid tjänar det till intet för närvarande att grubbla över allt detta – jag oroar mig blott förgäves, så att jag blir nervös och missmodig – och just nu måste jag framför allt beflita mig om att vara stark och lugn – endast sålunda kan jag vara Tom till verklig hjälp.

Jag har ännu åtskilligt att ordna i hushållet, papper att genomse, o.s.v. – – – jag skall göra detta nu, ehuru jag inte har någon egentlig lust därtill – i hopp att därigenom återvinna den jämvikt jag måste bibehålla om jag rätt skall kunna fullgöra mina plikter.

* * *

Jag förmådde inte skriva igår – – därtill var jag alltför upprörd, alltför överväldigad. Nu vill jag i korthet anteckna vad som tilldrog sig.

Tom sov till långt fram på middagen, och under tiden sysselsatte jag mig med att ordna ett skåp, där åtskilligt blivit undanställt vid vår hitkomst och medan vi var upptagna av att ordna vårt nya hem. Bland annat även den resväska jag använde under min resa till Siebenbürgen och ur vilken jag – som jag nu minns – i brådskan vid ankomsten endast framtog de toalettartiklar jag omedelbart behövde, för att sedan nogare ordna det övriga innehållet. Jag har haft så mycket att tänka på sedan dess att det hela fallit ur mitt minne – (vilket eljest inte liknar de ordentliga vanor vari jag sätter min stolthet!) Jag tog nu fram den och plockade upp innehållet – ett par resehandböcker, några tidningar, en roman som varit avsedd till reslektyr, men aldrig blivit öppnad – – Det var egentligen syster Agatha som i sin älskvärda hjälpsamhet packade den åt mig före vår avresa från klostret.

Till min överraskning fann jag på väskans botten ett litet paket, avlångt och omsorgsfullt inlagt i ett av klostrets rättroende klerikala tidningar samt ombundet med ett av de snören, vilka nunnorna själva tillverkar, då en så ”modern” lyxartikel som segelgarn är okänd däruppe i bergsbygden. Paketet har således omisskän-

neligen prägel av att ha blivit sammanlagt i klostret – – och efter den första överraskningen erinrade jag mig verkligen dunkelt att syster Agatha sagt något om att hon ”*lagt sakerna i min väska*”, ehuru jag i avskedets brådska och sinnesrörelse ej fäst något vidare avseende därvid eller också antagit att hennes ord hade avseende på mina egna effekter. Jag mindes nu även att förestånderskan i förbigående sagt något om ”några värdelösa småsaker” som den stackars sjuke – (Tom) – burit på sig då han fördes till klostret och som tillvaratagits av nunnorna. Antagligen var det dessa saker som syster Agatha omtänksamt nedlagt i min väska vid avresan.

Med en viss nyfikenhet löste jag upp snöret och vecklade upp papperet. Inom ett par sekunder låg paketets innehåll framför mig på bordet.

Det utgjordes av tvenne föremål: ett enkelt radband med vidhängande mässingskrucifix – båda tämligen illa medfarna – samt en avlång bok i mjukt sidenband, det senare mycket fläckat och slitet. Då jag öppnade boken såg jag att den var fylld med stenografiska tecken och redan en flyktig blick på första sidorna visade mig att jag i själva verket höll i min hand den resedagbok som Tom vid avresan sagt sig skulle föra för min räkning. Med tårade ögon och obeskrivlig rörelse läste jag – halvt utplånat, men dock fullt läsligt – på första bladet *mitt eget namn jämte adress*, samt därunder – naturligtvis med vanliga bokstäver – en på tyska och engelska skriven bön att ”envar som händelsevis funne denna bok ville ofördröjligen befordra densamma till den uppgivna adressen jämte uppgift om de omständigheter varunder den kommit i avsändarens händer.”

Min stackars älskling! – här hade jag således beviset för att han, tydligen under intrycket av någon överhängande, dödlig fara, haft mig i tankarna och velat sörja för att jag även i värsta fall ej skulle lämnas i fullkomlig ovisshet om hans öde. Och här hade jag kanske även nyckeln till allt annat som hittills för oss varit höljt i dunkel – kanske just den fingervisning jag behövde för att finna rätta sättet att behandla min stackars vän och bekämpa de faror, som ännu hotade hans andliga och lekamliga hälsa.

281

Min första tanke var att skynda med detta fynd till den faderlige, erfarne vän, hos vilken jag hittills aldrig förgäves sökt deltagande hjälp och råd – – min andra, en bitter känsla av ensamhet och hjälplöshet vid hågkomsten av att han var borta för alltid! – I detta fall, då jag ju ej kan tala med Tom om vad som så nära rör hans eget befinnande, är jag verkligen i största behov av hjälp och råd. – – Vi har nog båda åtskilliga gamla vänner här i staden, där vi ju vuxit upp från barndomen; men inga släktingar numera som står oss *så* nära att jag skulle kunna rådföra mig med dem i ett fall som detta.

Jag bläddrade litet i boken och såg ord och meningar som fyllde mig med häpnad och förfäran – läste här och där en sida – och sjönk slutligen, skälvande och överväldigad av fasa, tillbaka i stolen där jag satt i det jag höll händerna för ögonen.

– –

Jag kände att jag måste vara ensam, fullkomligt ensam och viss om att ej bli störd eller avbruten, innan jag vågade på allvar fördjupa mig i denna bok. Under dagens lopp var detta omöjligt – tusentals små bestyr och omsorger tog mig i anspråk och framför allt fick jag inte låta Tom ana något om denna för mig så skakande uppenbarelse av ett förflutet, som för honom själv – – Gud vare lov! – – nu doldes av en barmhärtig glömskas ogenomträngliga täckelse. – – Jag uppsköt således läsningen till kvällen – och det var först då jag sett Tom lugnt insomnad, som jag återtog den, vakande i rummet näst intill det där han sov. – – Hans tillstånd på eftermiddagen oroade mig rätt mycket – – han är tankspridd och frånvarande och det förefaller mig som om han grubblade över något – – även klagar han över huvudvärk – jag *måste* tala med någon läkare, vilket jag alltjämt uppskjutit i hopp att professor Van Helsing skulle återkomma. Men vår gamle vän, dr Gray, är död, och jag har ej något förtroende för den unga läkare som kommit i hans ställe. Jag kan ej säga hur orolig och villrådig jag känner mig – – allra helst nu – – Åh – – denna förfärliga bok! – Lika förfärlig vare sig den innehåller en skildring av verkliga förhållanden – vilket syns mig omöj-

ligt – eller endast är ett alster av en sjuk fantasi, en överretad hjärna. – – Det senaste syns mig mest troligt – – och i så fall har jag i sanning skäl att bedja Gud om mod, tålamod och kraft! – Min arma, älskade, olyckliga Tom! – Vad han måste ha lidit! – Ty i själva verket har han dock genomlevt allt detta förfärliga, *känt* det, pinats därav, vare sig det i vanlig mening är verkligt eller ej. Helt visst ligger *någon* förskräcklig verklighet till grund för det hela; han har varit utsatt för någon oerhörd själsskakning, som helt och hållet rubbat jämvikten i hans sunda, kraftiga, sansade natur. *Allt* vad han tyckte sig uppleva kan jag ju inte tro på – – han har tydligen redan kämpat med sjukdomen då han nedskrev det – – men då jag återkallar min egen förfärande erfarenhet från det gamla slottet samt allt som tros och berättas därom i trakten, vet jag inte vad jag skall tänka! – Hade jag blott någon att rådgöra med!

Radbandet och krucifixet är naturligtvis desamma, som han fick av den vänliga värdshusvärdinnan i Bistritz och varom hon också berättade mig – desamma som han, enligt vad dagboken upplyser, ständigt burit – – – De har i alla händelser varit honom till tröst och jag skall alltid gömma dem som ett heligt minne, även om jag ej kan tillskriva dem den undergörande kraft, som han trott sig finna hos dem.

Ack, min stackars älskling! – – Jag vågar ju inte ens forska i din egen själ av fruktan att väcka spöken till liv – – men jag ser med stigande ångest, att du fortfarande lider, och vet inte hur jag skall kunna hjälpa dig! – – Den österrikiska professorn anbefallde fullkomlig ro och framför allt – *intet återuppväckande av det förflutna*. Jag har sökt rätta mig efter hans råd. Men vad skall jag göra, då yttre händelser tillstöter, som helt oförutsett, och på ett sätt som jag inte ens förstår, plötsligt kullkastar allt vad jag lyckats bygga upp?

Jag har tänkt så mycket på det som inträffade på vår gamle väns begravningsdag. Jag kan omöjligt betvivla att det var åsynen av vare sig den främmande unga damen eller den österrikiska baronen – ty det *var* han, därom är jag alldeles säker – – som så häftigt upprörde Tom och åstadkom den plötsliga försämringen i hans tillstånd. – Om jag visste! – – – Det var alltid något hemlighetsfullt och inte förtroendeingivande med denna baron Székély – – jag kände på mig att det var en dålig människa och jag *kan* ej annat än sätta hans inflytande i samband med Lucys oförklarliga tillstånd i Whitby – – Men av Toms dagbok kan jag inte finna att han sammanträffat med någon sådan person. Om inte! – – – greven skulle ju överflytta till London!

Skulle det kunna vara *han?* – I så fall undrar jag inte på den verkan hans åsyn hade på min stackars Tom. Helt visst måste den väcka förfärliga minnen – – – av vad art de vara må. – Men nej, det kan inte vara han, beskrivningen stämmer inte; *han* var en vida äldre man – – – och för övrigt lärde vi ju – som jag nu påminner mig – känna baronen redan i Whitby. – – Omöjligt är det ju dock inte att Tom helt flyktigt kan ha sammanträffat med honom under resan och att hans blotta anblick därför väckte orediga hågkomster till liv.

Det förefaller mig ibland som *måste* det finnas någon osedd, sammanbindande tråd mellan alla de vidunderliga tilldragelser vi på detta sista år upplevt – – men det är kanske blott en inbillning. Dock – då jag tänker på allt vad professor Van Helsing sade mig – – på Lucys död och allt som försiggick före densamma – – på vad jag själv upplevde och hörde där borta i Karpaterna – – och på denna dagbok, med alla dess uppskakande bilder ur en värld, helt och hållet främmande för våra lugna välordnade förhållanden – – så förefaller det mig – – jag vet ej hur jag skall uttrycka mig – – som skymtade jag ett underligt sammanhang – ej precis i yttre, men väl i inre måtto. Vad jag önskar att professor Van Helsing snart ville återkomma – endast med honom skulle jag kunna tala om allt detta; han skulle åtminstone inte skratta ut mig. – – Om han dröjer alltför länge, tror jag att jag skriver till honom och ber honom påskynda sin hitkomst. Men i så fall skulle jag vilja låta honom läsa Toms anteckningar och höra hans åsikt om dem. Därför måste jag renskriva dem, så att de är tillgängliga när helst de behövs.

Med tillhjälp av Toms skrivmaskin hoppas jag detta skall låta sig göra utan alltför mycken tidsförlust; det skall bli mitt arbete under de närmaste kvällarna – – – ehuru jag ryser vid tanken för att ännu en gång fördjupa mig i dessa förfärliga – – feberfantasier, måste jag väl kalla dem, ty i sin helhet *kan* de inte vara sanna.

* * *

Fyra dagar senare.
Jag har varit alltför orolig för Toms skull och alltför upptagen av mitt arbete med dagbokens renskrivande för att kunna skriva här. – – – Såväl det ena som det andra har försatt mig i en stämning som nästan skrämmer mig – det är som vore allt overkligt omkring mig och min fantasi är full av skrämmande bilder och föreställningar, vilka jag fåfängt söker bekämpa. Toms tillstånd är allt annat än tillfredsställande – ack, min stackars älskling, då jag nu dag efter dag sysslar med de upprörande skildringarna av den mörka värld där han så länge dvalts – vare sig i fantasin eller verkligheten! – förefaller han mig som en den där levande stigit ned till helvetet och skådat dess gräsligheter – jag skulle ej förvåna mig om han, liksom Dante, aldrig mer kunde småle. Allt detta har han genomlevt, och om han blott inbillat sig det hela, så har det dock varit lika verkligt för *honom* i alla fall. – – Allt sedan vår hemkomst från London är han inte densamma som förut. Lika god och kärleksfull mot mig – ack, mer god och kärleksfull än jag kan säga! – och på det hela taget inte heller ur stånd att lugnt och praktiskt sköta sina dagliga göromål, då han ju till all lycka fortfarande har notarien Hawkins gamla biträden till hjälp i allt vad till advokatbyrån angår – – – men det ligger som en tyngd över honom beständigt – hans ögon har ett frånvarande, grubblande uttryck, och så fort han inte märker att jag ger akt på honom för han förstulet handen till pannan och stirrar framför sig med rynkade ögonbryn på det sätt jag allt för väl känner – –

Om nätterna talar han i sömnen, och sedan jag läst hans dagbok, kan jag bättre fatta vilka bilder som då fyller hans stackars oroliga själ. Gud hjälpe oss i denna oroliga nöd, som han hjälpt oss förr. –

283

* * *

Tom var ovanligt orolig i natt – tre särskilda gånger satte han sig plötsligt upp i sängen och tycktes vilja stiga upp (ehuru fortfarande insomnad!) – – En gång, då jag varsamt hejdade honom, sjönk han tillbaka med en stönande suck, som gjorde mig ont i själen att höra, så mycket lidande uttryckte den – och mumlade: "Hejda honom, för Guds skull hejda honom! – – han är här – – *här* – – ett brott, ett brott att tiga längre" – – jämte en hel del annat som jag ej fullt kunde uppfatta, men som tydde på en pinande oro, en känsla av någon försummad plikt, som vilade tungt på hans samvete – en känsla av att han kan göra eller säga något för att förekomma en hotande olycka. – – Jag vakade hela natten i rummet utanför, där jag avslutade renskrivningen av hans dagbok – – hur jag var till mods, medan jag ännu en gång genomgick dessa skakande sidor och på samma gång hörde honom ångestfullt stöna och våndas som under trycket av en hemlighetsfull mara, vill jag inte försöka skildra. – Något oerhört har han tvivelsutan genomlevt där borta, något som skakat hans varelse ända in i dess grundvalar – – ack, vågade jag blott tala med honom därom! – Ibland förefaller det mig som måste det vara bättre ifall jag verkligen gjorde det.

Vem vet vilken börda som i hemlighet trycker hans stackars själ! Kanske vore det också för *honom* en lättnad att få meddela sig med någon – – Men läkarens föreskrifter var så bestämda och risken är så stor – – Jag vågar inte på egen hand.

* * *

Hjälpen kommer förunderligt, då nöden är som störst. Just då jag skrev de sista orden, ringde det och tjänsteflickan kom med ett kort samt förfrågan om jag tog emot – – *professor Van Helsing!* – Jag kunde ha ropat högt av glädje, och då den ståtlige, vördnadsvärde gamle herrn visade sig i dörren ett ögonblick senare, sprang jag emot honom med framsträckta händer och utstötte ett ofrivilligt utrop av glädje.

"Såså, mitt barn – det gläder en gammal man att se sig vara välkommen", sade han med sin obeskrivligt lugnande och förtroendeingivande ton, i det han faderligt klappade min hand, som han tagit mellan båda sina. Jag kunde ha omfamnat honom i detta ögonblick – han föreföll mig som en räddningens ängel, och jag glömde helt och hållet hur kort vår bekantskap i själva verket var.

"*Välkommen*, herr professor! – – ack, jag kan inte säga er *hur* välkommen ni är!" utbrast jag med tårar i ögonen. "Ni vet inte hur jag längtat efter er!"

"Har ni längtat efter mig, lilla fru Vilma? – längtat efter gamle Van Helsing – nå, det var gott att höra, ty man längtar endast efter sina verkliga vänner – – men fastän det å ena sidan gläder mitt hjärta, så fruktar jag att det å andra sidan betyder att allt inte står så gott till här som jag skulle önska. Jag skulle kommit för länge sedan, men viktiga göromål hindrade mig – – Nå, hur är det, min goda fru Vilma – vad är det som gamle Van Helsing kan hjälpa er med? – Kom ihåg att vi är gamla vänner nu!"

"Ack ja – om jag verkligen får betrakta er som en sådan, kära herr professor!" – sade jag. "Jag är i så stort behov av råd och hjälp!"

"Nå, låt höra då – låt höra – – berätta alltsammans för mig", sade han, i det han gick före mig inåt rummet och slog sig ned i en länstol strax invid mitt sybord samt tecknade åt mig att själv ta plats mitt emot. Det var något så gudomligt tryggt och naturligt i hela hans väsen, att hans blotta närvaro verkade lugnande och styrkande på mig – jag kände mig inte längre ensam om att bära det ansvar och den börda som tryckte mig.

"Hur var det nu?" – återtog han uppmuntrande, då jag tvekade, oviss om hur eller var jag skulle börja. "Hur är det med den gode mannen – – den gode herr Thomas Harker? – ni är orolig för honom? – Han hade varit illa sjuk, sade ni, då vi sist talade med varandra, men var nu återställd – är hans hälsotillstånd mindre tillfredsställande nu?"

"Han var bättre – nästan alldeles frisk – – men det har inträffat så mycket – – först och främst är vår kära gamla vän, vår välgörare, nästan vår adoptivfar – notarien Hawkins – ni minns kanske hans namn från mina brev till Lucy – – – han har helt plötsligt avlidit. Detta var en stor sorg för min man, som hade honom att tacka för allt – – – och hans död upprörde honom mycket."

Han nickade. "Naturligtvis. Nå – vidare?"

"Sedan – nästan omedelbart därefter – inträffade något annat, som vållade honom en häftig själsskakning."

"Så, så – det var illa – – – efter en svår hjärnfeber, sade ni – – det var inte bra – – – vad var det då som inträffade? – Eller kanske ni inte vill säga mig det?"

"Ack jo – – men – – jag *kan* knappast säga det – jag vet det knappast själv. Jag tror – – att han såg någon som påminde honom om något förfärligt – någon som troligen var verkliga anledningen till hans hjärnfeber. Men jag vet det ej med säkerhet. Jag vet bara att han allt sedan dess varit helt förvandlad, på ett sätt som vållar mig den förfärligaste oro."

Han gjorde mig åtskilliga frågor och jag redogjorde så gott jag kunde för Toms tillstånd. Ännu hade jag ej kunnat besluta mig för att tala om dagboken – det föreföll mig som måste han anse mig för en toka och Tom för en vansinnig, om jag på allvar förelade honom dessa anteckningar.

Slutligen frågade han emellertid, i det han betraktade mig med en genomträngande blick:

"Ni har således alls ingen föreställning om vad som tilldragit sig där borta på det gamla slottet i Karpaterna? – Ni vet *intet* om de förhållanden varunder herr Harker lämnade stället – intet om dess invånare eller dylikt? – Skrev han då inte till er, min goda fru Vilma, medan han vistades där?"

"Jo – ett par brev – – helt korta och förbehållsamma – inte som han brukade skriva. Men – –"

Jag tystnade, ur stånd att avsluta meningen.

"Nå – men – vad?"

"Jag måste säga er det, herr professor. Sedan ni sist var här har verkligen något kommit i dagen som kastar ett slags ljus över dessa förhållanden – men – – jag fruktar att man ej kan fästa något egentligt avseende därvid."

Jag berättade honom nu om de funna anteckningarna och min egen förmodan att de, till större delen åtminstone, endast återgav de förvirrade föreställningar som alstrats i min stackars väns redan sjuka hjärna och tagit sin följd av de egendomliga omgivningar vari han fann sig försatt. Dock måste jag erkänna att vad jag själv upplevt på det gamla slottet till en viss grad bekräftade riktigheten av Toms skildringar. Jag hade redan vid första genomläsandet av dagboken häftigt gripits av beskrivningarna på hans äventyr i den underjordiska gången och trappan – – – tydligen samma gång dit jag genom en egendomlig tillfällighet förirrat mig – – – och jag kunde ej annat än inse att det odjur i människohamn, som där anfallit honom, troligen var fullkomligt identisk med den vidriga varelse som senare även anföll mig och vars beröring jag ej kunde tänka på utan obeskrivlig fasa och vämjelse. Under de gångna dagarna hade jag mycket grubblat över allt detta – – – inte minst över den underbara syn jag haft på samma ställe, vilken ju till punkt och pricka överensstämde med Toms berättelse om överfallet i trappan och det sätt varpå han sedan vaknat från sin svimning, liggande på golvet omedelbart utanför den dörr, som jag så väl mindes. Det var där jag fann hans bröstnål som ett hemlighetsfullt tecken att jag snart skulle återfinna *honom själv* – ehuru jag inte förstod det då! – – På mina egna sinnens vittnesbörd kunde jag inte tvivla; och även om jag ville kalla det hela en hallucination, var och blev den överensstämmelse mellan vad jag sett eller tyckt mig se och dagbokens beskrivning, varom jag vid tillfället ju ej haft någon föreställning, lika underbar. – – – Den teori jag på grund av allt detta uppgjort för mig själv, lydde så: – allt vad dagboken innehöll *före* överfallet i trappan var troligen överensstämmande med verkligheten; däri fanns egentligen inte heller något orimligt eller otroligt, om ock mycket egendomligt – – men *efter* denna händelse, då min stackars vän antagligen ådragit sig en häftig hjärnskakning och möjligen andra skador, torde den sjukdom som sedan angrep honom så småningom ha utvecklats och till en början funnit ett uttryck i dessa förvirrade och skräckinjagande fantasier, vari vad han verkligen sett och iakttagit sammanblandas med rena inbillningsfoster.

Allt detta sade jag inte professorn, ehuru jag finner lämpligt att här teckna mig det till minnes. Jag berättade honom, som sagt, blott om det sätt varpå boken kommit mig tillhanda och den vikt jag – efter mina iakttagelser – ansåg att man borde tillmäta densamma. Han lyssnade uppmärksamt – gjorde flera frågor angående mitt eget besök på slottet och de sägner jag hört i orten angående detsamma och tycktes egendomligt djupt och starkt berörd av vad jag sålunda meddelade honom. Han strök sig gång på gång om hakan, rynkade ögonbrynen och mumlade otydliga ord, bland vilka jag blott kunde urskilja *"wunderbar!"* och *"mein Gott!"* – åtskilliga gånger upprepade.

Slutligen sade han:

"Min goda, lilla fru Vilma – – – det är mer än en slump, det är Guds egen underbara skickelse som fört oss båda tillsammans – – liksom det överhuvudtaget inte finnes någon slump här i världen annat än för den ytlige och lättsinnige – – Men stundom är skickelsen så tydlig, att även ett barn borde kunna se den. Allt vad ni säger mig berör mig djupare än ni kan ana. Sist jag var här gav ni mig, så gott som utan att ana det, nyckeln till en mörk hemlighet som jag länge arbetat på att genomtränga – – – och nu – – – det skulle inte överraska mig om ni nu gjort ännu mer, både för mig och andra – – ja, kanske för hela mänskligheten. – – Säg mig – – dessa anteckningar av er gode herr man – – tillåter ni mig att ta del av dem? – Om ni verkligen önskar att jag skall behandla honom såsom läkare, torde det nog vara nödvändigt – – men ni vill kanske inte – –"

"För ingen annan än er, herr professor, skulle jag till något pris vilja visa dem", sade jag – "och jag har verkligen tvekat att göra det, men – det föreföll mig i alla fall troligt att ni skulle vilja se dem, och därför har jag under dessa dagar renskrivit dem åt er. Jag skall genast hämta dem. Jag bereder er på att det är en rätt ansenlig lunta."

Då jag återkom, stod han med Toms porträtt (vilket hade sin plats på bordet bredvid honom) i handen och betraktade det noga.

"Ett gott ansikte, min lilla fru Vilma", sade han allvarligt. "Ett gott, redbart ansikte – – både förstånd och hjärta – – inte mycket fantasi, åtminstone under nuvarande förhållanden – – men en pålitlig, rättskaffens medborgare, en i alla avseenden oförvitlig man, över vilken en god hustru kan vara stolt."

"Det är jag också" – sade jag, i det mina ögon fylldes av tårar – – – "men ack, herr professor – – – att se detta klara, ljusa förstånd omtöcknat, hans fasta vilja förvandlad till obeslutsamhet, hans lugna, manliga allvar förvandlat till dystert grubbel, hans" – – – gråten överväldigade mig och jag förmådde inte säga mer.

"Så, så, mitt barn", sade han milt, i det han lugnande klappade mig på axeln. "Låt oss hoppas det bästa! Först och främst måste jag se dessa anteckningar – – – och sedan tala med honom själv. Är det dem ni har där? – och allt detta har ni renskrivit? – ni är en märklig liten kvinna!"

Han tog den pappersbunt jag räckte honom, såg ett ögonblick på den och sade därpå:

"Detta kräver tid – – och jag skulle helst vilja gå genom det ostörd och i ensamhet. Jag stannar på hotellet här över natten – – ta papperen med mig dit med er tillåtelse – – och säger er i morgon min tanke därom. Passar det er?"

Jag kunde ej säga annat än att jag var honom oändligt tacksam, då han ville skänka oss så mycket av sin dyrbara tid; men han lät mig inte ens tala till slut.

"Ingen tack, ingen tack" – sade han. "Det är jag som får tacka. Farväl till i morgon."

Han gick, medtagande papperen, vilka han, medan han talade, på sitt egendomligt obesvärade sätt slagit in i dagens tidning, som just låg på bordet – det är delvis just därför att han själv gör sig så helt och hållet hemmastadd, som man redan från början känner sig så förtrolig med honom, som om man känt honom i hela sitt liv.

– –

Jag känner mig förunderligt lugn och lätt om hjärtat efter hans besök – – och dock har min stackars älskling i afton varit dystrare, fåordigare och mera frånvarande än någonsin. Mot mig visar han sig till och med ömmare, mera hängiven än vanligt – – men jag ser att han lider djupt och att han tärs av någon inre oro, för vilken han inte kan finna uttryck. Då jag inte vågar tala med honom om hans tillstånd, vet jag ej huruvida det möjligen är hans minne som så småningom vaknar eller om han plågas av inbillade föreställningar. – – Gud vare lov att professor Van Helsing är här!

* * *

En händelserik dag. – – Vi hade knappast slutat frukosten och Tom – mycket blek och hålögd efter en orolig natt – hade just gått in i sitt arbetsrum, då professor Van Helsing anmäldes.

Första blicken sade mig att han befann sig i en ytterst upprörd sinnesstämning; han var blekare än vanligt och såg trött ut, men hans skarpa kloka ögon hade en egendomlig glans och alla hans rörelser en nästan nervös livlighet. Så fort tjänsteflickan hunnit stänga dörren, kom han fram till mig och grep båda mina händer i ett fast tag.

"Fru Vilma", sade han, "det är en underbar värld vi lever i. Här har jag nu sysslat med lösandet av vissa problem i trettio år, och så för slumpen – – – men nej, det finns ingen slump – så för den eviga visheten, som leder alla våra vägar utan att vi vet det, mig en vacker dag hit till Exeter, där jag plötsligt får klaven till det hela i mina händer då jag minst väntar det."

"Toms papper" – – var allt vad jag kunde säga.

"Toms papper, min kära, lilla fru Vilma – – – Toms papper är värda sin vikt i guld, och det tiotusen – – all världens rikedom kunde i själva verket knappast betala dem – – Tom är en mänsklighetens välgörare – – en av dem vilka det blivit förunnat att med eget lidande rädda tusenden från undergång! – Åh, lilla fru Vilma – – då man som jag alltjämt sysslar med tillvarons nattsidor är man ibland nästan frestad att tvivla på det godas seger i världen – – Men då man ser något som detta – hur, genom en skenbar tillfällighet, en man som på en gång äger alla de bästa betingelserna – en lugn, sansad, mogen man, med tillräcklig livserfarenhet, med den uppövade människokännedom som juristens yrke skänker, och därtill med tränad iakttagelseförmåga och vana att skriftligen anteckna sina iakttagelser – – då man ser hur en sådan man, säger jag, genom en följd av de mest osannoli-

ka sammanträffanden plötsligt föres till denna avlägsna, nästan okända vrå av vårt stora, civiliserade Europa och där blir satt i tillfälle att se och uppleva vad vi andra endast teoretiserar oss till – – då blygs man för sin vantro och erkänner att ljusets makter ändock är de starkaste, blott vi stackars blinda människor inte i vårt oförstånd rent av motarbetar deras syften! – Hur underbart, hur över måttan underbart, allt detta är för mig – – – *just nu* – det kan ni inte föreställa er! – Era egna oskattbara iakttagelser under det arma barnet Lucys sjukdom – – och nu därtill detta, som jag aldrig kunnat hoppas eller tänka! – Åh, vilket material, min lilla fru Vilma, vilket material! – – Hela långa natten har jag läst, läst om igen och åter om igen – – – allt har passat i vartannat, som nyckeln passar till låset – – oerhört, oerhört! – Nu kan man börja kanske på allvar – –"

"Men Tom" – – insköt jag – – "tror ni då – –"

"Ack förlåt, mitt kära barn – – ja, sådan är själviskheten – – jag var så upptagen av det förunderliga uppslag er mans anteckningar givit mig, att jag så när glömde honom själv och er naturliga oro för honom. Låt oss nu i stället tala därom – – – Först och främst, min goda fru Vilma, vill jag säga er – – ehuru ni kanske knappast vill tro mig, ty för den som inte närmare studerat dessa tillvarons nattsidor är det mycket som syns både orimligt och otroligt däri – att enligt min bestämda övertygelse dessa anteckningar endast innehåller rena sanningen – – de är inga inbillningsfoster, inga feberfantasier, utan verkligt upplevda fakta."

"Herr professor" – – jag sökte efter ord, ty i själva verket var min häpnad så stor att jag förstummades och ej visste vad jag skulle säga.

"Jaja, jaja, mitt kära barn – – jag begär inte att ni skall tro mig utan vidare", sade han lugnt; "och den saken skall vi inte vidare disputera om. Vi skall i stället tala litet om er man. – – Ni sade ju att ni konsulterade Rothstein i Wien? – – och han tillrådde att ni så mycket som möjligt skulle avhålla er från alla försök att väcka er mans slumrande minne? – – att ni på alla sätt skulle söka förströ honom och avleda hans tankar från att dröja vid denna period, som för honom är liksom utplånad? Inte sant?"

287

"Jo – just så."

"Rothstein är en skicklig man, en god läkare – – men detta fall torde höra till dem som ligger utom området för hans erfarenhet. För övrigt har han ju inte haft tillfälle att någon längre tid iakttaga herr Harker. – – – Nå! – ni har nu emellertid följt det råd som min kollega där nere i Wien givit er; ni har samvetsgrant beflitat er om att ignorera – är det inte så – att det överhuvudtaget funnits något tomrum i er mans medvetande – – ni har, så fort ni tyckt er märka att hans tankar dragits åt detta håll, gjort allt vad i er makt stod för att ge dem en annan riktning? – – Gott. Ni följer med? Under dessa förhållanden tillfrisknar han till en början ögonskenligen; hans lynne blir gladare, hans tankekraft redigare, han börjar kunna återta sina vanliga sysselsättningar – med ett ord – han är, endast med undantag av den där enda, mörka punkten i hans minne, fullkomligt sig själv igen?"

Jag nickade, utan att rätt förstå vart han egentligen ville komma.

"Så inträffar" – han böjde sig fram och talade med ökat eftertryck – "en tillfällighet som efter vad ni själv säger, tydligen vållar honom en våldsam själsskakning. Vill ni ha godheten att noga och i minsta detalj berätta mig allt vad ni minns om denna tillfällighet? – ni säger att han såg något som påminde honom om något förfärligt – jag vill minnas att era ord föll så. Beskriv för mig, min kära fru Vilma – beskriv för mig vad som försiggick vid detta tillfälle – utelämna intet."

Jag redogjorde nu efter bästa förmåga för vår vandring uppåt Piccadilly; hur jag plötsligt känt Tom rycka till och krama min arm, de ord jag hört honom yttra och min förmodan att någon av de båda personer, på vilka hans blick just i detsamma med ett så egendomligt uttryck varit fäst, måste ha genom någon idéförbindelse väckt ett eller annat förbleknat minne, vilket på det djupaste upprört honom – samt beskrev vidare hans plötsliga insomnande i vagnen och huruledes han vid uppvaknandet ej tycktes ha ringaste hågkomst av vad som passerat. Först ett par dagar efteråt lade jag märke till att hans stämning undergått en anmärkningsvärd förändring – att han ej blott under natten varit orolig; talat i sömnen och tydligen plågats av svåra drömmar, utan även om dagarna synts allt mera betryckt, grubblande och sorgsen, ehuru jag ej vågat fråga honom om anledningen därtill, för att ej ytterligare oroa honom.

Professorn åhörde mig utan att yttra ett ord, ehuru han då och då nickade med huvudet. Då jag slutat sade han:

"Ja, min lilla kära fru Vilma – ni hör till de sällsynta fruntimmer, som av naturen ser och iakttager det som verkligen *bör* iakttagas – – det är så många som huvudsakligen håller sig till bisakerna här i världen – – – och ni säger inte heller mer än som behöver sägas. Allt det där är mycket bra. Skall jag nu säga er *min* tanke innan jag själv talar med er man?"

"Jag vore er oändligt tacksam, om ni själv" – – – sade jag tveksamt.

"Det är alltid riskabelt att vilja spela profet, ty alla kan missta sig" – sade han godmodigt – "men – jag skulle gärna vilja vinna ert förtroende för framtiden, då jag kanske inte alltid kan ge er skäl för handlingar, som kanske kommer att förvåna er – – och därför skall jag säga er vad jag tänker om er goda mans tillstånd efter vad ni nu sagt mig – – – få se om jag inte bedömt det rätt. – – – Ser ni, min kära fru Vilma – – – min tro är den, att den själsskakning, för vilken han varit utsatt vid det tillfälle ni beskrivit, verkligen verkade som en stöt på hans domnade själsförmögenheter. Minnet vaknade, och ehuru det åter domnade av omedelbart efteråt, så har uppvaknandet helt visst fortfarit helt sakta och omärkligt allt sedan dess. Tro mig, fru Vilma: *han minns nu vad han genomlevt under den tid som förut stått som ett tomt blad i hans medvetandes bok* – – han minns det, men han vågar inte tala därom med någon, inte ens med er –"

"Vågar!" utbrast jag – "varför skulle han inte våga? – Vi har aldrig haft några hemligheter för varandra – – han vet hur mycket jag älskar honom och tror på honom och att intet kan rubba – –"

"Sakta, sakta mitt kära barn! – det är helt visst intet misstroende å hans sida. Men kom ihåg hur utomordentliga, hur oerhörda de erfarenheter i själva verket är, vilka minnet nu framkallar för hans inre syn. *Han* vet intet om dagboken, som blivit räddad och som ni läst – – han tvivlar kanske till och med på sig själv och tror sig på väg att bli vansinnig – – eller fruktar att *ni* skall tro honom vara det!"

Jag avbröt honom med ett utrop av smärta. Denna förklaring hade inte fallit mig in – – – och den var dock så naturlig, så övertygande! Men om så var – – – vad måste han inte ha lidit, min stackars älskade, under dessa dagar, då jag gått tyst vid hans sida av idel skonsamhet, medan han famlat i mörker och förtvivlan av brist på ett vägledande, förtroendefullt ord!

"Åh, herr professor!" – utbrast jag – "hur skall jag kunna förlåta mig själv!"

"Ingen är allseende, kära fru Vilma – – inte ens kärleken", sade han tröstande. "Men nu skall jag tala med honom – – jag kan ju träffa honom idag, eller hur?"

"Jag skall hämta honom", sade jag. Jag skyndade in till Tom, som satt vid sitt skrivbord med huvudet lutat i händerna – hela hans hållning uttryckte en djup nedslagenhet, som skar mig i hjärtat att se.

Nu var dock varken tid eller stund att uttrycka vad jag kände; jag sade honom blott att Lucys läkare, professor Van Helsing, om vars besök jag förut berättat honom, åter var här och gärna ville göra hans bekantskap.

Med en suck reste han sig och följde mig in i förmaket. Jag såg professorns skarpa, genomträngande blick vila på honom en sekund, som om han velat läsa i hans innersta själ – därpå tryckte han hjärtligt Toms hand och yttrade några vänliga ord om mig och mitt förhållande till Lucy, som varit ursprungliga anledningen till hans besök, samt övergick därpå till att tala om henne.

"Ni kände henne också, det stackars kära barnet", sade han sedan de tagit plats. – "Det var med anledning av hennes sjukdom som jag först kallades till England – – jag är, som ni möjligen hört, herr Harker, en smula specialist i de egendomliga nerv- och hjärnsjukdomar, vilka särskilt utmärker vår tid. – Jaja, en sådan får höra många underliga historier och se mycket som andra aldrig drömmer om – – – man får lära sig att inte låta binda sig av förutfattade åsikter, utan hålla sinnet öppet för mera upplysning, från vad håll det än må komma. Ni har kanske hört att åtskilliga rätt egendomliga omständigheter var förknippade med det stackars barnets död?"

"Nej – jag har intet hört!" – sade Tom, vars intresse tydligen blivit väckt. "Det gjorde mig mycket ont att höra att hon var död – – jag kände henne redan då hon var liten flicka. Vilka var de egendomliga omständigheter – –"

Här reste jag mig sakta och lämnade rummet, full av beundran för den takt, varmed professorn lyckats leda Tom in på ett område, från vilket övergången till hans eget andliga och kroppsliga befinnande vore lätt funnen.

– –

Jag dröjde med avsikt länge borta; jag förstod att det samtal som nu pågick måste ta tid.

En timme förgick, utan att jag hörde något annat ljud än det avlägsna mumlet av röster, som från förmaket nådde in till mitt lilla vardags- och arbetsrum, dit jag tagit min tillflykt. Jag skälvde av sinnesrörelse och oro – det kändes som om hela mitt livs öde skulle avgöras i denna stund. Då det var mig omöjligt att sysselsätta mig med något annat, tog jag fram Toms dagbok och började åter genomläsa den. Det föreföll mig, som om den fått en helt ny betydelse, sedan jag hört att en man som professor Van Helsing ansåg de skildringar den innehöll vara sanna och tillförlitliga. Jag tänkte på vad han sade mig med anledning av Lucys död, vilket då så djupt berörde mig – och jag satte åtskilliga av hans yttranden, vilka jag *då* knappast förstått, i samband med Toms fruktansvärda erfarenheter på det gamla slottet samt bävade i min innersta själ vid tanken på de förfärliga möjligheter, som härvid dunkelt hägrade för mitt sinne.

"Fader, som är i himmelen – – – *fräls oss från det onda!*" – bad jag tyst, med en känsla av att de välkända orden fått en ny, djupare betydelse för mig än de någonsin haft.

Plötsligt öppnades dörren. Innan jag rätt hann besinna mig, låg Tom på knä framför mig och omslöt mig med sina armar, under det att professorn från tröskeln betraktade oss båda med rörd och välvillig blick.

"Vilma – älskade" – stammade Tom med en röst, halvkvävd av rörelse – "du vet – du känner – –"

Jag böjde mig över honom – ett ögonblick vilade hans kära huvud mot mitt bröst och vi slöt varandra fast – fast i famn, som om vi aldrig mer skulle släppa varandra.

Då jag lösgjorde mig ur hans famntag och såg honom i ansiktet, såg jag det upprört och allvarligt, men utan en skymt av den dystra oro, som på senare tid förmörkat det och sönderslitit mitt hjärta. Det var den forna Tom, min egen Tom, min ungdoms älskade, min make, mitt stöd – jag såg framför mig.

"Ja, mitt kära barn" – hörde jag nu den kära gamla professorns stämma, "jag hade gissat rätt, som ni ser – – – Han, den stackars gossen här, har sagt mig allt; vi har haft mycket att tala med varandra och har dock ännu inte på långt när talat slut. Också *ni* kan nu fint och öppet tala med varandra om allt, som så länge fyllt och tyngt era stackars hjärtan – – – Men med andra skall vi inte tala därom. Gud har varit mycket nådig mot er hjärtans kär, min lilla fru Vilma – – han har fört honom levande och oskadad ur lejonets egen kula – – – men sådant sker inte utan avsikt. Vi har nu en uppgift framför oss och en plikt att fylla, som inte får försummas, skulle den också kosta oss båda liv och välfärd – ja, sannerligen en uppgift, inför vilken många skulle bäva – – men vi får inte bäva eller dra oss tillbaka – – och vi skall inte heller göra det – – eller hur min kära gosse?"

"Nej – herr professor – – det skall vi ej" – sade Tom med djupt allvar i det han reste sig och räckte professorn handen. "Och hon här" – han räckte mig sin andra hand – "skall inte hålla mig tillbaka då hon får veta allt – om jag känner henne rätt."

Då vi något återvunnit vårt lugn och vår självbehärskning, tog professorn avsked, med löfte att återkomma senare på aftonen. Sedan han gått hade jag och Tom ett långt, långt samtal varvid vi riktigt öppnade våra hjärtan för varandra. Han sade mig att allt tillgått alldeles som professorn gissat. Av den egendomliga tilldragelsen i Piccadilly hade han, märkvärdigt nog,

fortfarande intet minne, ej heller hade han ringaste föreställning om vad som kunnat förorsaka den själsskakning han då erfarit; han visste blott att efter vår hemkomst otydliga bilder och föreställningar så småningom börjat framstå för hans själ – – – som när dimman en höstmorgon så småningom lyfter sig från landskapet och än ett, än ett annat föremål börjar framskymta, onaturligt förstorade och förändrade, så att det hela liknar en sagovärld, där man känner sig bortkommen och nästan skrämd, ehuru man i själva verket vet, att man befinner sig i en välkänd bygd. Dessa bilder blev allt tydligare och i samma mån för honom allt mera oroande och förfärande – ty så oerhört och orimligt syntes honom allt detta, vilket han dock med allt större säkerhet tyckte sig ha upplevt, att han på fullt allvar började tro sig nära att bli vansinnig. Med mig ville han inte tala om den gnagande ångest, som förtärde honom och som tilltog för varje stund som det förflutna tydligen framstod för hans själ och till och med förföljde honom i hans drömmar – – Om dessa drömmar kunde han ännu inte tala, min stackars vän – – då jag läst hans dagbok, kunde jag gissa mig till deras art! – Gränslöst har han lidit, och jag ryser vid tanken på hur lätt detta lidande, som han ansåg sig pliktig att helt och hållet sluta inom sig själv för att skona mig, verkligen kunnat frambringa den själssjukdom som han befarade.

Gud vare lov att den goda professorn kom just då han gjorde det! Det förefaller mig som om en centnertyngd blivit lyft från mitt hjärta – – och för min stackars älskling är lättnaden om möjligt ännu större.

Vad vi för övrigt talade med varandra – – – därom skriver jag intet här; det är skrivet i mitt hjärta, bland dess ljuvaste och heligaste minnen.

Senare på aftonen återkom professorn som han lovat. Han var orolig för den verkan dagens starka sinnesrörelser kunde ha haft på Tom och gladde sig över att finna honom så lugn och vid så gott mod. Emellertid rådde han honom bestämt att under de närmaste dagarna iakttaga så mycken stillhet som möjligt och överhuvudtaget – så vitt det stod i hans makt – inte låta sina tankar dröja vid de upprörande minnen som nu blivit väckta till liv, förrän han hunnit återvinna mera kroppslig och andlig jämvikt.

"Sysselsätt er med era dagliga göromål, min kära gosse", sade han, "läs, promenera, njut av naturen och gläd er åt ert goda hem och er goda hustru, till dess den stackars hjärnan hunnit återkomma till sitt normala tillstånd – – den har inte farit väl av allt detta grubblande i tysthet – – vi måste fara skonsamt med den. – – – Men sedan – – – om några dagar, högst en vecka, hoppas jag – skall jag återkomma och vi får då vidare rådgöra om allvarliga ting, som ej tål att alltför länge uppskjutas. Jag skall emellertid ta era märkliga dagboksanteckningar med mig och med ledning av dem – ni har ju givit mig lov att använda dem – rådföra mig med vänner, som strävar till samma mål som jag och för vilka – liksom för mig – dessa era anteckningar torde bli en ovärderlig fingervisning och hjälp för vinnande av vårt syfte: att oskadliggöra en samhällets fiende och straffa en brottsling samt på samma gång rädda otaliga oskyldiga, olyckliga varelser från undergång!"

Därmed sade han oss farväl för denna gång – och vi skildes med rörda hjärtan från den man, som verkligen kommit till oss som ett Guds sändebud – en hjälpare i nöden.

* * *

Några lugna, stilla dagar har förflutit, varunder vi båda känt oss som människor, vilka vaknat från en svår dröm. Vi har återfunnit varandra i helt förtroende, ingen av oss bär i tysthet den tunga bördan av ett lidande, som man ej vågar meddela den andra, och om mörka skuggor hägrar på avstånd, har vi med full föresats vänt bort blicken från dem för att i stället fästa den på det myckna som fyller oss med glädje och tacksamhet i det närvarande.

Men friden är alltid ett övergående tillstånd på denna jord – och det anar mig, att denna korta mellantid av ljuvlig ro efter alla stormar nu nått sitt slut. Måtte vi blott vara beredda att möta de krav, som livet kan komma att ställa på vårt mod och vår offervillighet!

Det var idag på förmiddagen; jag satt just i mitt arbetsrum och Tom var utgången, då tjäns-teflickan anmälde att en herre – – hon räckte mig hans kort – – frågade om jag kunde ta emot honom.

Jag såg på kortet och ryckte till med en känsla av obetvinglig ångest – detta namn verkade på mig som den första vindstöt, vilken bådar en annalkande storm!

"Kapten Barrington Jones, privatdetektiv",

var vad jag läste – och med ens stod Karpaternas mörka fjällmassor, den gamla borgen med dess dystra hemligheter, min förtärande ångest för Toms skull, med ett ord, allt vad jag lidit och upplevt under den tid som nu syntes så långt borta – åter klart för mig.

"Bed honom vara god stiga in."

Dörren öppnades några ögonblick senare, och kapten Jones inträdde – prydlig, välrakad, artig och förbehållsam som alltid. Jag kunde dock knappast tänka mig att han hörde till dem vilka ger sig tid till blotta hövlighetsvisiter, och det låg därför antagligen en viss nervös spänning i det sätt, varpå jag hälsade honom välkommen och bad honom sitta ned.

"Vad för er till Exeter, kapten Jones?" – frågade jag, sedan vi växlat de första hövlighetsfraserna och gjort oss vederbörligen underrättade om varandras befinnande. "Jag trodde er fortfarande vara hundratals mil härifrån."

"Jag har för tillfället avslutat mina arbeten därborta", genmälde han, "eller rättare – – jag har där lyckats finna ett spår som fört mig direkt hit."

"Till Exeter?"

"Ja – – – och *hit* – hit till detta hus. Förlåt, min bästa fru Harker, om jag går rakt på saken. Det var inte uteslutande för nöjet att få återse er och herr Harker – ehuru detta verkligen *är* ett nöje, i synnerhet som ert utseende tydligt vittnar om att ni befunnit er väl sedan vi sade varandra farväl en viss minnesvärd dag! – – utan för en viss angelägenhets skull, som jag idag tog mig friheten att göra er ett besök."

"Om jag kan stå till tjänst med något" – – sade jag en smula stelt – blotta tanken på att åter indragas i denna mörka virvel av brott och hemligheter plågade mig obeskrivligt, ehuru jag på sätt och vis genom professor Van Helsings ord var förberedd på att vi ännu skulle få en roll att spela i det dystra drama, vars första akt varit förlagd till det gamla slottet i Karpaterna, under det den andra – – – när och var skulle väl ridån gå upp för *den?*

"Saken är den", återtog han utan alla omsvep, "att jag av avlidne notarien Peter Hawkins – – jag får på det uppriktigaste beklaga sorgen – erfor först igår med verklig ledsnad dödsfallet – det var en ärans man, om också en smula gammaldags i sina åsikter och sitt sätt att sköta affärerna – – – att jag av avlidne notarien Hawkins hörde något – som jag då inte hade vidare anledning att fästa mig vid – angående ett husköp, som han förmedlat för greve Draculitz. Det har nu blivit av största vikt för oss att få klart för oss, var den ifrågavarande fastigheten egentligen är belägen. Vet ni något därom fru Harker? – – är det här i Exeter?"

"Nej – i London, om jag inte minns orätt", sade jag. "Det var för denna angelägenhets skull som min man reste ditut; jag träffade honom inte omedelbart före avresan och hörde *då* inte någonting närmare om saken – det var rätt vanligt, att han företog längre resor på uppdrag av notarien Hawkins. Men jag har hört det sedan."

"Erinrar ni er möjligen adressen?" – – Han böjde sig framåt och tonen förrådde en livlig spänning.

"Jag tror mig kunna skaffa er den – – men, kapten Jones" – tillade jag motsträvigt – "jag måste säga er – ehuru jag gör det ogärna, då jag helst såg att min man om möjligt finge vara helt och hållet utanför allt detta – men jag anser det vara min plikt att säga er, att ni *nu* torde kunna få alla upplysningar ni önskar och behöver i detta fall av honom själv. Sedan någon tid är hans tillstånd så förbättrat, att han fullkomligt återfått minnet och – –"

Han lät mig inte tala till slut.

"*Återfått minnet,* säger ni!" utbrast han ivrigt. "Jag ber tusen gånger om förlåtelse för att jag avbryter er, fru Harker – – men menar ni vad ni säger – har er man verkligen återfått minnet så

att han erinrar sig vad *som tilldrog sig under hans vistelse på Draculitz och kan göra reda därför?*"

"Ja – just det menar jag. Men han är ännu tämligen svag och hans hjärna ömtålig – en del av dessa hågkomster är av ganska plågsam natur."

Jag vet inte om jag misstog mig, men det nästan tycktes mig som om jag märkt en glimt av belåtenhet i hans ögon vid dessa ord. Det föreföll mig som om han velat säga något, men han blott nickade till tecken att han ivrigt väntade fortsättning.

"Och därför är det fortfarande nödvändigt att blott med yttersta försiktighet framkalla dessa minnen – – han bör ej onödigtvis upproras – –"

"Jag förstår, jag förstår – – jag skall handskas med honom som vore han av glas, var säker på det, bästa fru Harker – – – ingen kan vara angelägnare än jag att skona honom – – – Herre Gud, fru Harker, han är ju ett vittne som inte kan uppvägas med guld om det är sant som ni säger – – – Om jag hade hundra tusen pund upplagda här på bordet i detta ögonblick, så tog jag det inte i stället för denna upplysning!"

Han syntes för första gången sedan vår bekantskap verkligen bragd ur jämvikten; han steg upp, gick av och an på golvet och gned ivrigt sina händer.

"Kan jag tala med honom nu – – – idag – – nu genast?"

Jag betänkte mig ett ögonblick.

"Jag tror knappast att jag vågar tillåta det utan att ha rådfört mig med hans läkare " – sade jag därpå. "Risken är så stor och vi hade inte förutsett detta – – om rörelsen skulle förorsaka ett återfall – – det är förresten så många egendomliga omständigheter förknippade med detta – – –"

"Egendomliga omständigheter! – Jo, jag skulle nästan tro det – – det är inte annat än egendomliga omständigheter från början till slut" – inföll han otåligt. "Jag förstår er försiktighet, fru Harker, men ni vet inte heller vad det gäller och hur dyrbara ögonblicken är. Emellertid – – – om ni bara nu för ögonblicket kan skaffa mig reda på den där adressen – – husköpet ni vet – – och så många därmed sammanhängande upplysningar som möjligt – så får jag vara nöjd och tacksam för idag; det är i alla fall mer än jag hoppades – jag hade, då jag kom hit, ingen annan tanke än att möjligen bland gamla Hawkins efterlämnade papper kunna finna en eller annan notis angående denna affärstransaktion. – – Så kan ni ju konsultera er läkare och förbereda herr Harker en smula på saken. Här har ni min adress" – han räckte mig ett visitkort varpå han med blyerts tillagt ett par ord – "om ni skulle vilja telegrafera eller skriva – – i alla händelser återkommer jag om – – – låt se – – – idag onsdag, i morgon torsdag – – på fredag, om det passar er. Men – – – upplysningarna angående fastighetsköpet –"

"Dem skall jag skaffa er genast" – sade jag, tacksam för hans grannlagenhet och den frist han givit mig för att förbereda Tom och rådfråga professor Van Helsing. "Vänta ett ögonblick!"

Jag skyndade upp till mitt sovrum, där jag i ett låst skåp förvarade Toms dagbok, samt återvände strax därpå med densamma.

"Här är några anteckningar, som min man fört under vistelsen på slottet", sade jag, "och –"

"*Anteckningar!*" Han gjorde en ofrivillig rörelse för att störta sig över dem, men gjorde våld på sig, ehuru jag såg att han rent av skälvde av sinnesrörelse – "min bästa fru Harker – – ni tillåter väl –"

"Nej, nej" – sade jag till hälften skrattande åt hans iver – "jag kan ej lämna dem ifrån mig – har ej rätt att göra det, åtminstone inte nu – – förresten är de förda med snabbskrift –"

"Snabbskrift! – vem kan inte det", insköt han nästan föraktfullt, i det han åter liksom tvungen av en osynlig makt till hälften sträckte handen efter boken och åter drog den till sig.

"Nej – ni får den inte nu – – men här finns vissa anteckningar angående det av greve Draculitz förmedlade fastighetsköpet, om jag minns rätt."

Jag bläddrade i boken, fann den sida jag sökte och läste högt:

"Den ifrågavarande fastigheten är belägen i förstaden *Purfleet!*"

Jag hörde ett kort utrop, men då jag såg upp mötte jag blott hans ivrigt intresserade blick och han tecknade åt mig att fortfara.

"Vid en föga trafikerad bigata", läste jag vidare. "Har ursprungligen varit ett gammalt herregods, men är nu kringbyggt och mycket förfallet samt torde kräva en genomgripande reparation. Den omgivande parken, i hög grad vanvårdad och förvuxen, innefattar omkring tolv tunnland. Hela tomten är omsluten av en hög mur, starkt byggd av stora, huggna stenar, delvis rätt förfallna. Inkörsporten, av smitt järn, betydligt rostigt. Ställets namn är –"

"*Carfax!*" utbrast kapten Jones ofrivilligt. "Jag visste det! – men var god och fortsätt, fru Harker. Jag blir er evigt tack skyldigt för detta! –"

"Carfax!" – läste jag vidare, "vilket anses vara en förvrängning av det franska *Quatre Faces*, då manbyggnaden är fullkomligt fyrkantig och ligger rakt i de fyra väderstrecken. Träden är gamla – – ni bryr er kanske inte om denna beskrivning, kapten Jones", tillade jag, "då ni redan tycks känna stället. Men förresten" – jag räckte honom boken – "ni kan ju genomögna denna sida, som blott innehåller de ifrågavarande uppgifterna – ni läser naturligtvis inte mer än detta."

"Naturligtvis – jag tackar er obeskrivligt för ert tillmötesgående. Ni tillåter kanske också att jag tar en avskrift av detta?"

Häremot hade jag intet att invända.

Han tog boken, genomläste uppmärksamt den uppslagna sidan, samt framtog därpå en anteckningsbok i vilken han, som jag kunde se, ävenledes med snabbskrift avskrev det hela.

"Ni gav mig ju lov att läsa *hela* sidan, fru Harker?" – sade han därpå, i det han med ett förstulet leende såg upp på mig.

"Hela sidan – ja – där står ju endast om husköpet."

"Ja, det har endast avseende på husköpet – men jag begär ju ingen indiskretion om jag räknar de sista par raderna dit också" – han läste: *"Det passar mig, passar mig förträffligt", sade greven då jag slutat. "Att det är gammalt och förfallet är intet fel i mina ögon. Det är just den tillflykt jag behöver."* – – Just den tillflykt jag behöver!" – upprepade han med egendomligt tonfall. "Ah! – det stämmer, stämmer fullkomligt. Min goda fru Harker – jag kan blott ännu en gång upprepa att ni gjort mig en ovärderlig tjänst.

Men hur kom det sig att dessa högst värdefulla anteckningar inte omnämndes vid vår senaste samvaro, då, som jag vill minnas, frågan om vad som kunnat förefalla under den period, som er man förlorat minnet av ofta avhandlades?"

Jag berättade honom nu hur dagboken återfunnits samt några ytterligare detaljer angående Toms tillstånd och de upplysningar varmed han, då hans minne nu helt och hållet klarnat, fullständigat sina anteckningar. Han har nämligen sagt mig, att han verkligen lyckades lämna slottet på den svindlande och livsfarliga väg han tänkt sig – men vid själva nedstigandet från tornet, på de i klippan uthuggna trappstegen, måste han ha gripits av en svindel och fallit – dock inte från en så betydande höjd att han allvarligt skadat sig. Han måste emellertid ha legat medvetslös några timmar, ty då han vaknade till liv, stod solen högt på himmelen och det var ett gott stycke lidet fram på förmiddagen. Hans första tanke var att så fort som möjligt komma bort från slottets grannskap och därför skyndade han att fördjupa sig i småskogen samt vandrade hela dagen och ännu efter skymningens inbrott utan att stöta på någon människoboning eller se spår av någon väg. Natten tillbringade han i skogen och så fort dagen grydde fortsatte han sin vandring, ehuru han för varje stund kände krafterna allt mera svika sig och hans huvud omtöcknas. Hur eller när han helt och hållet uppgav försöket att komma vidare vet han inte – alla dessa hågkomster är dunkla och förvirrade och svek honom till sist fullkomligt. Han vet intet vidare, förrän han en dag såg de vita klosternunnorna omkring sig och syster Agathas vänliga ansikte, lutat över hans bädd – han säger att han aldrig kan glömma den känsla av förtvivlan som bemäktigade sig honom, då han fann att ingen förstod honom och att han omöjligt kunde klargöra för sig själv, var han befann sig eller hur han kommit dit – hela resan och vad därmed sammanhängde var som utstruket ur hans minne och han tyckte sig ännu helt nyss ha varit här i Exeter och tillsammans med notarien Hawkins – – Det hela var en enda förvirrad, plågsam dröm för honom, varunder han oupphörligt pinades av omöjligheten att sända mig något meddelande eller få någon upplysning av betydelse om allt detta.

Kapten Barrington Jones lyssnade med stort intresse till min berättelse, och då han slutligen reste sig för att ta avsked, sade han med ovanligt allvar:

"Ja, min bästa fru Harker – – – jag är ingen religiös människa i allmänhet taget – – men nog kan man säga att man spårar vår Herres ledning i allt det här, om man överhuvudtaget gör det någonstans. Jag hoppas att er man, då jag kommer tillbaka, skall vara både villig och i stånd att ge mig alla de upplysningar han kan – – – ty jag försäkrar att det här gäller ett fall då alla hederliga människor borde sluta sig tillsammans och offra alla enskilda känningar och betänkligheter för det allmänna bästa. Det gäller så att säga inte den eller den personen – – – fastän det nog gör det med, förstås – – utan hela samhällets väl."

Jag studsade vid att höra ord som så noga återkallade vad professor Van Helsing yttrat vid sitt avsked – det förefoll mig egendomligt att två så olika människor som kapten Jones och professorn i nästan samma ordalag och med samma nästan högtidliga allvar talade om en hemlighetsfull fara för hela mänskligheten, i vars bekämpande det även ålåg oss att efter måttet av våra svaga krafter delta – "en samhällets fiende, som måste oskadliggöras", sade ju professor Van Helsing. Att denna fiende antingen måste vara greve Draculitz själv eller stå i något samband med honom, inser jag efter genomläsandet av Toms upprörande skildringar och av mycket annat – – men i vad form och på vad sätt den *fara* hotar av honom de talar om – – det kan jag ännu inte rätt fatta. Dock torde jag väl i sinom tid få veta det – kanske redan inom de närmaste dagarna.

"Jag kommer således om fredag", var de sista ord kapten Barrington Jones sade. "Vid den tiden hoppas jag att ni hunnit rådgöra med herr Harkers läkare samt även förbereda honom själv på mitt ärende. Jag är övertygad att han vid allvarlig eftertanke skall finna att allt detta är ett fall där alla personliga hänsyn måste vika. Om jag inte mycket missta mig, har han därborta antagligen hört och sett tillräckligt för att förstå vad jag menar. Emellertid skall jag å min sida vidta vissa åtgärder – vilka möjliggjorts genom de upplysningar – vida över vad jag kunnat hoppas – som ni idag lämnat mig. Jag har den äran att rekommendera mig – var övertygad, bästa fru Harker, att jag är er ofantligt förbunden!"

––––––––––––––––––––––––––––––––

Sedan han gått, satt jag en stund försänkt i tankar, i det jag i minnet noga genomgick allt som passerat samt på samma gång sökte klargöra för mig själv huruvida jag handlat rätt och vad nu vidare vore att göra.

Det stod snart fullkomligt klart för mig att intet meddelande av dagbokens innehåll till någon utomstående kunde komma i fråga, förrän vi inhämtat professor Van Helsings tanke därom. För det första var vi skyldiga honom detta, då vi först givit *honom* tillstånd att begagna sig av dessa anteckningar – och för det andra kände jag nu mer än någonsin hur väl vi var i behov av hans erfarna råd och bistånd under dessa förhållanden, vilka så långt avvek från de vanliga.

Jag tog därför hatt och kappa och skyndade till telegrafstationen, där jag avsände ett telegram till professorn med anhållan att han så fort hans tid medgav ville komma till oss för en viktig angelägenhets skull.

Vid sextiden på aftonen fick jag hans svar:
"Anländer torsdag morgon till Exeter."

Jag har nu beslutat att inte säga något åt Tom om kapten Jones besök förrän professorn kommit. Vi har i alla händelser en hel dag på oss för att rådgöra oss och fatta vårt beslut – – ty kapten Jones återkommer ju först om fredag. Jag skulle helst önska att han och professorn träffades här, ty nu förefaller det mig som om de båda, varandra ovetande, arbetade för samma mål – och om ernåendet av detta mål verkligen är så viktigt som de båda påstår, borde de säkert kunna uträtta mer tillsammans än var för sig. Rätt egendomligt är det emellertid att medan kapten Jones alltjämt tycks antyda att det är någon farlig, vitt utgrenad politisk konspiration eller dylikt som han är på spåren, så måste man av professorns yttranden snarare dra den slutsatsen att den hotande faran snarare är av moralisk art. – –

Men det tjänar till intet att fundera över detta tills vidare. För mitt prosaiska, sunda vardagsförnuft är det mesta av vad som tilldragit sig och vad jag erfarit på sista tiden fullkomligt ofattligt, otroligt och obegripligt, liksom det är oförenligt med allt vad jag hittills ansett mig böra tro och tänka. Men då en man, sådan som professor Van Helsing, visar sig djupt genomträngd av en övertygelse avvikande från min egen, är jag mycket mera benägen att skjuta skulden på min okunnighet och inskränkthet än på hans omdömesförmåga. Och jag kan inte neka att Toms dagbok i högst betydlig grad skakat och ändrat min uppfattning av vad som är möjligt och inte möjligt i denna värld. Möjligheterna står ju onekligen i förhållande till ens eget vetande, och det är blott ett bevis på inskränkthet att möta varje ny erfarenhet med ett tvivel blott på den grund att den är *ny*.

* * *

Torsdag afton.
Professor Van Helsing infann sig på utsatt tid på förmiddagen – en ytterst passande tid, ty Tom hade just gått till sitt kontor, där han nu dagligen tillbringar några timmar, och jag fick således tillfälle att tala ensam med honom. Jag omtalade genast vad som föranlett mig att telegrafera till honom samt beskrev kapten Jones besök och redogjorde något närmare för det sätt, varpå vi först blev bragda i beröring med den sistnämnde – hur han på detektiven Tellets begäran tillkallats för att överta spaningarna efter Tom eller, kanske rättare, för utredande av de hemlighetsfulla förhållanden, varunder Tom försvunnit, samt huruledes han – – så föreföll det mig åtminstone – under loppet av dessa spaningar uppdagat ett eller annat av sådan betydelse, att han funnit sig föranlåten att fortsätta sina undersökningar på egen hand, ännu sedan jag genom en underbar skickelse sammanträffas med Tom i klostret – jag påminde honom även därom att vi ännu vid vår avresa från Siebenbürgen var i okunnighet om befintligheten av den senare återfunna dagboken och att de slutsatser, till vilka kapten Jones kommit, således måste vara grundade uteslutande på hans egna, själv-

ständiga iakttagelser som möjligen kunde i rätt betydande mån påverkas av de nya upplysningar han kunde vinna genom Tom.

Professorn åhörde mig under tystnad; blott ett par gånger förrådde han genom ett kort utrop eller oartikulerat ljud det intresse, varmed han tydligen följde min framställning. Först då jag slutat sade han:

"Allt i denna sak är förunderligt, mitt kära barn – – och inte minst detta sammanträffande. Verkliga förhållandet är att jag och mina vänner, med vilka jag rådgjort, just stått i begrepp att sätta oss i förbindelse med denne Barrington Jones, vilken inom sitt yrke njuter stort anseende – – men det svarades oss, att han för tillfället var upptagen av viktiga efterforskningar på utrikes ort och sannolikt ej på längre tid skulle vilja åtaga sig något nytt uppdrag. Vem kunde tänka sig, att våra vägar skulle mötas här! – – Men i själva verket är det ju fullkomligt naturligt – – min vän Harkers dagbok innehåller sannolikt nyckeln till det hela. Jaja, min lilla fru Vilma – – de många skilda trådarna börjar löpa tillsammans – de börjar löpa tillsammans! Nu måste jag ha ett litet samtal med min vän Harker – – och sedan skall vi i morgon tillsammans med kapten Jones uppgöra vår fälttågsplan. Jag har en del fakta att meddela honom, som han, så detektiv han är, möjligen inte har en avlägsen aning om."

Tom hälsade vid sin återkomst professorn med oförställd glädje, och de hade under eftermiddagen ett långt samtal, vilket, långt från att skada Tom, tycktes ha verkat ytterst välgörande på honom – ty då de båda herrarna tillsammans infann sig vid middagsbordet, hade Toms ansikte ett uttryck av beslutsamhet och energi och hans ögon en glans som jag inte på länge sett. Under aftonens lopp avsände jag på professorns anmodan ett telegram till kapten Jones med uppmaning att säkert infinna sig på utsatt tid i morgon, då vi torde ha viktiga meddelanden att göra honom. – – Även professorn avsände ett par telegram, ehuru han ej sade oss till vilka de var ställda.

Aftontidningarna kom strax efter middagen och vi slog oss ned vid lampan i förmaket för att genomögna dem. Plötsligt utstötte professor Van Helsing ett halvhögt utrop, i det han sprang upp och kastade tidningen ifrån sig på bordet.

"Ännu en! – Ännu en!" utbrast han häftigt. "Gud i himmelen! – hur länge skall detta pågå! – och hur mycket sker inte i tysthet, varom tidningarna aldrig får veta något! – Sannerligen, man känner sig som en brottsling för varje ögonblick man låter förgå obegagnat! – Läs, min vän Harker – – läs, min lilla fru Vilma – läs vad här står – – och säg mig sedan era tankar!"

Han vek ihop tidningen, så att en viss artikel blev synlig och lade den framför oss, så att jag och Tom kunde läsa den gemensamt. Den hade till rubrik:

"Dödsfall under egendomliga omständigheter. En ung flicka, *Mary Wood,* arbeterska vid en fabrik för konstgjorda blommor, fanns igår död i den lilla vindskammaren hon en längre tid bebott tillsammans med en kamrat. Den senare märkte först på morgonen vad som inträffat och anmälde genast dödsfallet för vederbörande myndighet. Medikolegal besiktning anställdes omedelbart, vilket ledde till det egendomliga resultatet att *ehuru intet tecken till yttre våld kunde upptäckas, dödsorsaken måste anses vara en total blodbrist, sådan som endast kunde förklaras genom fullkomlig förblödning.* Emellertid syntes intet spår av blod – med undantag av ett par obetydliga droppar, knappast större än ett knappnålshuvud, på kudden – – i rummet, och den döda kroppen var, som sagt, till det yttre fullkomligt oskadad. Fallet har väckt det största uppseende bland de läkare, som haft tillfället att undersöka detsamma, men ehuru åtskilliga förmodanden framställts har ingen tillfredsställande förklaring ännu avgivits.

Den avlidnas kamrat upplyste, att Mary Wood sedan ungefär en veckas tid sett blek och lidande ut, ehuru hon själv sagt sig vara fullkomligt frisk. Även på fabriken hade man lagt märke till hennes förändrade utseende, då hon förut varit ovanligt kraftig och blomstrande. Hon hade ofta 'stigit upp om natten' samt ett par gånger funnits avsvimmad vid det öppna fönstret samt överhuvudtaget visat sig 'underlig'. Kamraten hade tillskrivit detta ett kärleksförhållande, vari hon trott den avlidna stå till en 'fin herre', med vilken hon visste att Mary haft åtskilliga möten, ehuru han, henne veterligt, aldrig besökt Mary i hennes bostad.

Den ifrågavarande natten hade hon, vittnet, sovit ovanligt tungt – vilket eljest enligt hennes eget påstående inte var hennes vana – och varken hört eller sett något ovanligt. Då hon vaknade, låg Mary död och stel 'som en marmorbild' i sin säng. Mer hade hon inte att upplysa. Undersökning pågår emellertid.

Efter vad vi låtit oss berätta skulle egendomligt nog ett par liknande dödsfall under den senaste tiden ha ägt rum i andra delar av London, ehuru desamma, till följd av de avlidnas samhällsställning, inte gjorts till föremål för polisundersökning. De ovanliga och i själva verket oförklarliga fallen lär emellertid rätt livligt ha diskuterats i läkarekretsar, och man är oviss huruvida ett brott av synnerligen ovanligt och raffinerad art eller en hittills okänd, möjligen epidemisk sjukdom föreligger."

Tom hade läst artikeln högt, under det jag följt raderna med ögonen; nu sköt han tidningen ifrån sig och blev sittande orörlig och dödsblek med den vidgade och förfärade blicken fäst på professorns upprörda ansikte. Det föreföll mig som om de meddelat sig med varandra utan ord och fullkomligt förstått varandra.

"Ja – det är tid att handla" – sade han slutligen med hes och upprörd stämma. "Men, herr professor – vi – – vi är i alla fall blott svaga människor, och *de* – –"

"Är starkare? – – utan tvivel – – men om vi också går under – så har vi gjort vår plikt som män."

De räckte varandra tysta händerna och såg varandra i ögonen med djupt allvar.

"Jag förstår er ej fullt", sade jag, "men då *jag* läste det där, måste jag ovillkorligen tänka på – vår stackars Lucy."

"Just på henne, fru Vilma – – – just på henne", sade professorn upprörd. "Samma orsak och samma verkan! – och det stannar helt säkert inte vid detta. Ni har förmodligen inte följt med tidningarna under den tid ni varit borta – – – ni har inte hört om barnaroven på Hampstead-he-

den, som alltjämt är oförklarade – – ni har inte hört talas om den vita damen, som lockar oerfarna ynglingar med sig i skymningen och lämnar dem medvetslösa och döende i någon avlägsen skogsdunge – –"

"Vilka rövarhistorier!" sade jag leende, ehuru jag ögonblicket förut varit djupt upprörd. "Nej, allt det där har jag verkligen inte hört, och – –"

"Ni tar det som ett skämt, men jag menar allvar, fru Vilma", sade han. "Jag försäkrar er att det också *är* allvar – – längre fram skall jag förklara det hela för er, åtminstone säga er allt vad jag själv vet. Nu är det emellertid sent – och i morgon måste vi ha friska krafter och klara huvuden – –"

* * *

Kapten Barrington Jones anlände med tolvtåget och for direkt hit. Han såg upphettad och ivrig ut – – jag trodde knappast att något på jorden verkligen kunde bringa honom så pass ur jämvikten – och hans första ord var:

"Får jag tala med herr Harker?"

Jag förde in honom i Toms arbetsrum, där även professorn befann sig, samt presenterade honom för den senare.

"Särdeles angenämt för mig att få göra er bekantskap, herr professor", sade kapten Jones artigt. "Fast vi inte träffats förut, har vi, om jag inte missta mig, ändå arbetat tillsammans ett par gånger. Det var ju ni som gjorde en del undersökningar och gav ett värdefullt utlåtande i fallet Hogenchild i Rotterdam – inte sant?"

"Mycket riktigt", genmälde professorn. "Den gången lyckades ni i alla fall få en oskyldig frikänd, om ni också inte lyckades upptäcka den verkliga brottslingen. Men – uppriktigt sagt – jag tror ni skulle haft bättre tur, om ni fäst en smula mer avseende vid vissa antydningar, som jag tog mig friheten privat framkasta, ehuru jag av naturliga skäl ej ville framställa dem i mitt officiella utlåtande."

"Ah, min bäste professor" – sade kapten Jones med en lätt axelryckning, "i det fallet måste jag ha min tanke för mig. Vi detektiver måste framför allt hålla oss till *fakta* – det skulle aldrig gå väl, ifall vi gav fantasin fria tyglar och förlorade oss i lösa förmodanden och obevisade hypoteser – – ehuru onekligen en viss grad av fantasi är oundgänglig för att man skall bli en någorlunda duglig detektiv. Men –"

"Men ni vill inte erkänna att mina teorier kunde vara grundade på vad ni kallar 'fakta'", inföll professorn småleende. "Nåja – – låt oss inte disputera om detta. Vi har annat och viktigare att tala om idag. Jag känner ert ärende till vår vän Harker" – kapten Jones gjorde en rörelse av överraskning – "och skall med er tillåtelse med några ord meddela er skälen varför också *jag* anser mig ha en smula med saken att göra. Det är i alla avseenden högst viktigt att vi båda kommer till fullt samförstånd. I själva verket är det ungefär samma sak vi arbetar för, ehuru vi så att säga börjat från olika ändar."

Vid denna punkt reste jag mig och lämnade oförmärkt rummet; Tom och jag hade kommit överens om att min närvaro vid den kommande överläggningen var överflödig. Om man önskade meddela sig med mig, skulle jag inte vara långt borta.

– –

Överläggningen varade länge. Det var ungefär halvannan timme senare som kapten Jones inträdde i vardagsrummet, där jag satt med mitt handarbete. Han såg mycket allvarlig ut och hans blick hade det inåtvända, egendomligt frånvarande uttryck som jag förut lagt märke till.

"Jag måste resa nu, fru Harker, och ville blott säga er farväl", sade han. "Jag torde emellertid snart återkomma – ni slipper mig inte så lätt."

"Jag hoppas ni är nöjd med de upplysningar ni erhållit?" – sade jag, i det jag räckte honom handen till avsked.

"Nöjd – – ja, det vore märkvärdigt annars. Jag har fått veta åtskilligt som framställer en del förhållanden i ett helt nytt ljus, men å andra sidan fullständigt bekräftar vad jag redan ansåg mig veta. Den där gamle professorn är en präktig karl – med en märkvärdigt skarp blick – – – skada bara att hans sunda omdöme en smula omtöcknas av en hop överspända teorier, som han kallar vetenskapliga, men som oss emellan sagt är rena galenskaper."

"Ni tror således inte – –"

"Min bästa fru Harker, en människa som jag *tror* ingenting – men jag *vet* att allt här i världen – även det som ser mest oförklarligt ut – *har* en fullt naturlig förklaring, bara man ger sig tid att ta reda på den. Nåja – – han säger så med, professorn, men våra åsikter om vad som är naturligt skiljer sig en smula från varandra. Det betyder på det hela ingenting. Er man har ju – om man får tro hans dagboksanteckningar, vilka ju förresten delvis kan vara påverkade av en börjande hjärnaffektion – upplevt en del högst märkliga ting därborta på det gamla rövarnästet – – men jag, som också gjort mina undersökningar där, tar mig friheten att förklara alltsammans på ett fullt naturligt sätt – – liksom en del andra företeelser, med vilka vi mera omedelbart har att skaffa för närvarande. Nå – det där hör inte hit just nu. Det är emellertid en sak jag skulle vilja fråga er om, om ni ursäktar min efterhängsenhet. Herr Harker har visserligen med största klarhet och reda delgivit mig sina erfarenheter, jag är honom synnerligen tacksam därför – men det är *en* punkt som fortfarande är dunkel och angående vilken han ej kan lämna några upplysningar. Det är den där tilldragelsen i Piccadilly, som delvis tycks ha varit orsaken till att han återfått minnet. Angående själva tillfället tycks han emellertid inte erinra sig någonting."

"Ja – det är rätt egendomligt" – sade jag tankfullt.

"Men ni, fru Harker, ni var ju med honom – skulle ni inte vilja ha godheten att ännu en gång säga mig så noga som möjligt vad som egentligen inträffade?"

"Ja, gärna – men i själva verket inträffade just ingenting. Vi gick helt sakta framåt gatan, då han plötsligt stannade och grep mig i armen; då jag betraktade honom, märkte jag att han blivit mycket blek och hörde honom mumla något sådant som 'Gud, Gud – vad betyder detta?' eller något liknande. Det övriga har ni ju redan hört."

"Och ni kunde alls inte upptäcka vad som givit anledning till hans plötsliga sinnesrörelse?"

"Det föreföll mig som om han med förskräckt min stirrat på ett par personer på motsatta sidan

avgatan—men som ni vet är det alltid fullt av folk
där och jag kan ju mycket väl ha misstagit mig."

"Och dessa personer?"

"Den ena var en ung dam – högst elegant och
mycket vacker – en smula extravagant klädd – i
en stor vit filthatt med vita strutsfjädrar och en
vit klädeskappa med fjädergarnityr –"

"Lade ni märke till ekipaget och livréet – han
satt ju i en vagn, vill jag minnas att ni sagt?"

"Ett särdeles präktigt ekipage – grå hästar och
grått livré med silver – jag lade särskilt märke
därtill därför att det hela var så ovanligt. Jag
hade just själv betraktat den unga damen då
Tom kramade min arm – –"

"Och kan ni beteckna platsen?"

"Ett stort konditori eller damkafé – jag minns
inte namnet, men" – jag beskrev läget så gott
jag kunde.

"Valentinis. Gott: jag skall förfråga mig där –
men det kan ju på det hela vara överflödigt. Jag
känner henne redan."

"Ni känner henne?"

Han nickade kort.

"Jag känner henne", upprepade han med
egendomligt tonfall. "Franske legationssekre-
terarens fru, förresten, om det intresserar er –
det är ingen hemlighet, ni kan se henne vilken
dag ni vill i Hyde Park – – de grå hästarna och
livréet känner alla människor. Men – hon talade
ju med någon? – Lade ni märke till den perso-
nen också?"

"Ja, det gjorde jag visst", sade jag – det hade
just fallit mig in att jag glömt nämna detta då vi
sist talat om saken. "Ty egendomligt nog kände
jag honom – det var en utlänning, en österrikisk
baron Székély, som jag några gånger i somras
såg i Whitby."

"Ah!" – kom det långdraget. "Ni är säker på
att ni kände igen honom?"

"Så gott som fullkomligt säker. Jag tvekade
inte ett ögonblick om att det var han – men det
var endast några sekunder jag såg honom – na-
turligtvis ägnade jag hela min uppmärksamhet
åt min man, då jag märkte att han var illamå-
ende."

"Naturligtvis. Men ni kan beskriva den där
baronen, då ni sett honom förut?"

"Ja – han är ovanligt lång – mörk, krokig näsa,
gul hy, ovanligt svarta ögon – – – egendomliga
ögon – egentligen vackra, men" – jag fann mig
ur stånd att återge det intryck dessa underliga
ögon gjort på mig och tystnade därför ett ögon-
blick. "Förresten vad man kallar ett ytterst dis-
tingerat – aristokratiskt – utseende."

"Och ni träffade honom i Whitby. – Hur
kom ni att göra hans bekantskap där? – Vad vet
ni vidare om honom?"

"Det var löjtnant Frank Morton – Sir Charles
Mortons son – som presenterade honom för oss
– – mig och min numera avlidna väninna, frö-
ken Western. Så vitt jag minns rätt, sade löjtnant
Morton oss att han var österrikare – de hade helt
tillfälligtvis gjort bekantskap på hotellet – – och
jag tror att han – baronen – yttrade något om att
han ämnade bosätta sig i England – – Jag undrar
just om min man möjligen kunnat samman-
träffa med honom under sin resa till Draculitz,
men nu, sedan jag genomläst hans dagbok, har
jag inte funnit ringaste antydan om någon så-
dan bekantskap, vilken han naturligtvis skulle
ha omnämnt. Min första tanke var naturligt-
vis att baronens åsyn framkallade någon håg-
komst, som upprörde honom – – – men jag tror
nu, att det hela måste ha varit en tillfällighet."

Kapten Jones, som medan jag talade gjort
några anteckningar reste sig hastigt.

"Ja, bästa fru Harker, tusen tack för vad ni nu
meddelat mig", sade han, i det han brådskande
stack in anteckningsboken och grep sin hatt.
"Alla detaljer är av värde i ett fall som detta.
– – Löjtnant Morton. Sir Charles Mortons son
– vid gardet, inte sant? – – – Tusen tack! – farväl,
farväl tills vidare."

Han avlägsnade sig och jag gick över vestibu-
len till Toms rum och knackade på dörren. Tom
öppnade för mig.

Dagboken och en mängd andra papper låg
på bordet och professorn satt med allvarlig och
tankfull uppsyn där bredvid, sysselsatt med att
skriva. Jag lade märke till att även åtskilliga tid-
ningar var utbredda på bordet, som om man
nyss läst i dem, och ett hastigt ögonkast visade
mig att flera artiklar i desamma var märkta med
blåkrita.

Då jag inträdde, lyfte professorn huvudet och gav mig en vänlig blick.

"Goddag, min lilla fru Vilma", sade han. "Det ser underligt ut, att vi karlar så här stänger oss inne för att rådpläga – – men ni vet väl att det inte är av misstroende till er, mitt kära barn – ingen har visat större prov på själsstyrka och ihärdighet än ni – och vi begär inte bättre än att få er till vår medarbetare – – i alla händelser, till vår förtrogna. En god kvinnas råd och hjälp är guld värt! Men vår vän Tom här, han vill gärna förskona er från allt som kan oroa och bedröva er och det vore kanske bäst för både er och honom om ni i ro finge sköta era husliga angelägenheter och göra ert hem till en ljus och fridfull tillflykt för oss alla, utan att de dystra hemligheter, åt vilkas uppdagande vi män måste ägna oss, behöver kasta sin skugga över er tillvaro eller grumla er rena själ –"

"Ack, kära professor", sade jag leende, "ni karlar kan då aldrig lära er fullt förstå oss kvinnor, hur kloka ni än är. Tror ni verkligen – – tror *du* Tom, som känner mig så väl – att ni skulle bespara mig ett ögonblicks oro – att jag skulle kunna gå här i frid och ro och sköta mina husliga angelägenheter som om ingenting hänt, då jag i alla fall *vet*, att ni är inbegripna i ett förehavande, under vilket ni kanske blir utsatta för faror och obehag, vilkas vidd jag inte känner, men som jag antagligen skulle föreställa mig tusen gånger värre än de verkligen är? – Då misstar ni er verkligen! – Naturligtvis begär jag inte att få veta något som ni av andra skäl kan anse viktigast att förtiga för mig – – – men föreställ er bara inte att det för min *sinnesfrid* är nödvändigt att man håller mig i okunnighet. Därtill vet jag redan alltför mycket – intet som ni kan meddela mig lär väl vara mer upprörande än vad jag redan läst i Toms dagbok och vad ni, herr professor, berättat mig om min stackars Lucys död."

"Sant, sant, mitt kära barn", sade professorn rörd, under det att Tom sakta lade sin arm om mitt liv och drog mig intill sig. "Vi karlar är alltid lite klumpiga och har verkligen svårt att fullt förstå, hur ni kvinnor känner – – vi glömmer så lätt att man ej *besparar* er något genom att söka *dölja* det för er – – ert hjärta och er fantasi är

dock alltid i verksamhet och ni anar och gissar er till mer än vi någonsin skulle kunna förklara för er. Här gäller det emellertid saker som sätter både förstånd och hjärta på prov. – Men jag vet, min lilla fru Vilma, att man hos er kan räkna på såväl det ena som det andra! – Så – sätt er nu här" – han visade på länstolen vid bordet, strax bredvid hans egen plats, "så skall jag i korthet söka klargöra det nödvändigaste för er – – – det övriga får ni nog veta så småningom."

Jag tog plats, under det att Tom stödde sig mot ryggstödet av min stol och emellanåt smekte mitt hår, då hans känsla sade honom att detta lugnande vidrörande skulle göra mig gott.

"Det talas så mycket om vår tids upplysning, min lilla fru Vilma", återtog professorn – "och om vetenskapens framsteg och upptäckter i detta vårt nittonde sekel. Nåja – de har varit stora underbarn, om man så vill – de har omskapat världen inom snart sagt loppet av tvenne mansåldrar – de har vidgat världsrymden omkring oss och uppenbarat för oss naturlagar och naturkrafter som våra förfäder knappast anat, eller också – där de ej kunde förneka deras verkningar – – hänskjutit till vad de kallade det övernaturligas område. Vad under, om vi, som genomlevt, sett, erfarit och studerat allt detta, börjar vakna till möjligheten av att det *ännu* kan ges oändligt många lagar och krafter som det först blir våra efterkommande beskärt att i deras fulla vidd lära känna, tillämpa och behärska? – Eller om vi tänker oss att mycket av det som i saga och sägner blivit oss bevarat från svunna tider, kanske inte då allt kommer omkring är idel hjärnspöken och övertro, som det blivit kallat av en materialistisk tidsålder, utan endast manifestationer av dessa krafter och lagar som vi ännu inte känner? – Jag för min del hör till dem, ser ni, som hyser den övertygelsen. Då jag hör något berättas eller själv upplever något som tycks mig gå utom vad vi kallar det *naturligas* område – då rycker jag inte på axlarna och säger: Dumheter – idel inbillning, övertro, vidskepelse – – hallucinationer – vad ni vill, blott inte verklighet – utan jag tänker: min gode Abraham, här står du kanske inför ett fenomen, som, noga prövat och undersökt, kan leda dig en förut okänd naturkraft på spåren – akta dig för materialistens blindhet och skeptikerns trångsinne – håll ditt sinne öppet och pröva allt! – – Så har det också varit med många av de gamla sägner, åt vilka den så kallade upplysningen länge hånlett – – – det ligger mer sanning och mer allvar i dem än de vill tro, dessa förstockade lärde, som inte kan se annat än sina egna teorier. – – De må gärna för mig kalla mig svärmare och fantast – gamle Van Helsing går sin egen väg och ser med sina egna ögon! – – men det var inte om mig vi skulle tala just nu, lilla fru Vilma – jag måste endast säga er detta för att ni skall förstå mig sedan. – Ty endast ur denna synpunkt sett blir mycket av det som vår vän Tom här upplevt, liksom vad jag själv och även ni iakttagit och erfarit i avseende på vår stackars lilla fröken Lucy, fullt begripligt – endast i de gamla sägnernas belysning och med tillhjälp av det forntida forskare och lärda förtäljer, kan vi fatta sammanhanget mellan så vitt skilda tilldragelser, som vad vår gode vän Tom såg och hörde därborta på det gamla slottet i Karpaterna och vad vi själva sett och hört här i vår närhet – sammanhanget mellan – –"

"Mellan Toms förfärliga erfarenhet och stackars Lucys död?" utbrast jag ofrivilligt. "Men för Guds skull, professor – – – ni kan väl inte vilja påstå, att det finns något sammanhang, något – – –"

Här kände jag Toms hand sakta stryka mitt hår och jag tystnade.

"Jo, mitt kära barn" – återtog professorn – "det finns ett sammanhang – samma hemliga krafter har i båda fallen varit i verksamhet, och vad mera är, de är fortfarande i verksamhet och måste bekämpas av alla krafter som står goda, rättänkande människor till buds. Det är detta som jag inte tröttnar att upprepa och inprägla hos dem, vilkas omdöme syns mig nog moget och vilkas blick på tingen är tillräckligt oförvillad av fördomar för att erinra dem om vad det gäller! – Under mina studier på det dolda själslivets område liksom under min långa läkareverksamhet har jag gång på gång påträffat företeelser och sjukdomsfall vilka obestridligen tyckts mig tyda på ett ursprung *bortom* de så kallade 'naturliga' orsaker som vetenskapen på sin nuvarande ståndpunkt – – märk väl, på sin *nuvarande* ståndpunkt! – är i stånd att ange; andra har gjort liknande iakttagelser och även dragit snarlika slutsatser därav, och vi är nu, Gud vare lov, en liten, men någorlunda väl rustad skara, som gjort till sin livsuppgift att utforska och undersöka dessa mörkrets makter samt lära känna de naturlagar som uppenbarar sig i dem. Till dess detta lyckas, är vi lika räddningslöst hemfallna åt andlig och lekamlig undergång så snart vi råkar i konflikt med dem som våra förfäder var det så snart en förhärjande farsot vann inträde i landet. – – Nu har den moderna bakteriologin ju skänkt oss vapen att bekämpa faran på *det* området – – men oändligt mycket återstår, oändligt mycket! – – Nåja, ni förstår kanske nu, kära fru Vilma, vart jag vill komma, ty jag sade er ju något om detta även första gången, då jag talade med er om det arma barnet Lucys död. Ni såg då på mig med en viss misstro – – jag märkte det väl, och det var ju ej att undra på, så förunderliga var de ting jag hade att säga er; men ni känner mig nu bättre, hoppas jag, inte sant? – Ni vet att gamle Van Helsing kan missta sig, men att han i alla fall handlar efter en ärlig övertygelse och i enlighet med ärliga forskningar – – ni vet att jag inte pratar i vädret, utan har verkliga skäl för vad jag säger?"

"Behöver ni fråga mig det, kära professor?" – sade jag – i det jag räckte honom handen och mötte blicken ur hans kloka, genomträngande ögon.

"Tack, det är gott att veta att ni tror på mig – detta är ting om vilka man överhuvudtaget inte kan tala med dem som möter en med tvivlande och misstroget sinnelag", sade han allvarligt. "Ty här krävs djupa studier, och alla skäl, alla iakttagelser, som under åratal förberett ens eget sinne för den övertygelse man uttalar, kan man inte i hast och korthet delge en annan – – man måste begära att till en viss grad bli trodd på sitt ord. – – Men till saken! – Ni har nog, min kära fru Vilma, som barn och kanske även som vuxen hört och läst om sagolika vidunder, hälften djur, hälften människor, vilka drivit ett grymt spel med de olyckliga, vilka hemfallit under deras välde – – ni har hört om varulvar, om vampyrer, om de hemlighetsfulla, illvilliga naturväsen som på avlägsna platser leder människorna vilse och lockar dem till undergång – sagorna vimlar av sådana, och barn läser om dem med en rysning som inte är utan sitt välbehag – ty människoöden har en naturlig dragning till det okända. Hittills – ännu för kort tid tillbaka – – nöjde man sig med att helt och hållet förvisa dessa varelser till fantasins värld – man såg i dem på sin höjd blott symboler, allegorier, förebildande det ondas makt och frestande lockelse – – – Men – – liksom häxprocesserna och mycket annat, varom man rysande läste och hörde förtäljas i sin barndom och vari man endast såg bevis på forna tiders okunnighet och mörka övertro, nu inför hypnotismens och suggestionens obestridliga fakta framstår i ny och överraskande belysning – så är det också med de gamla sagogestalterna. Folkfantasin har kanske utsmyckat dem med överdrivna och vidunderliga attribut – – åtminstone i somliga fall – – men inte dess mindre – ja, jag ser att ni förvånas, min lilla fru Vilma, att ni frågar er själv, om gamle Van Helsing när allt kommer omkring ändå inte har en skruv lös! – Inte dess mindre tyder alla våra iakttagelser allt tydligare på att de gamle på det hela taget såg med mera oförvillade sinnen än vi och de flesta av deras fabler i själva verket blott är en omklädnad för sanningen, vilkens räckvidd de själva inte förmådde bedöma. Man har gjort stor orätt, man har bedrövligt tagit fel, då man så överlägset åsidosatt och förbisett vad vi haft att lära av dessa gamla!"

Han gjorde en kort paus, lutade sig därefter fram över bordet, på vilket hans armar med sammanknäppta händer vilade, och återtog med stark tonvikt på orden:

"Ty ser ni kära, lilla fru Vilma – sagans vidunder lever i själva verket ännu – hemlighetsfulla väsen, som ej kan inrangeras under de naturlagar vi *ännu* känner eller med våra begränsade och ofullständiga instrument kan iaktta, men som inte dess mindre representerar verkliga, i världsalltets ordning ingående krafter – – krafter till gott eller ont, till förstörelse eller förkovran – vilka vi måste lära känna och betvinga om de ej skall bli fördärvbringande för oss – – – lik-

som vi i våra dagar redan hunnit göra den mäktiga naturande, som vi kallar *elektriciteten*, till vår tjänare och vän, ehuru våra fäder endast med bävan eller vantro iakttog hans verkningar på vitt skilda områden, mellan vilka de ej såg något samband. Det finns i världsrymden oändligt många andra krafter, var säker på det, lilla fru Vilma, som ännu ej funnit en plats i vårt system – – – vi har blott hunnit så långt att vi åter börjat ana deras tillvaro! – Men redan detta är mycket. Har ni aldrig tänkt på hur egendomligt det är att *vår* tidsålder egentligen är den enda sedan vad *vi* kallar världens begynnelse, som fördristat sig att helt och hållet förneka tillvaron av dessa hemlighetsfulla naturväsen? – Även för de mest upplysta, de visaste människor, har dessas existens förut stått som ett obestridligt faktum, grundat på otaliga iakttagelser – – – Men vi vill vara visare än alla andra i allt och blir kortsynta av idel klokhet! – – Nåja – – de existerar emellertid – för oss gåtlika väsen, vanligen fientligt sinnade mot människorna och olycksbringande då de kommer i beröring med dem. En annan gång skall jag, om ni så önskar, berätta er mer om detta. – Nu ber jag er blott min kära fru Vilma, att noga övertänka vad ni själv iakttagit under er vistelse i Whitby, då ljusets och mörkrets makter ännu kämpade om det arma barnet Lucys själ – och vad er gode man här, min vän Tom, vars sannfärdighet ni känner, sett och upplevt på slottet i Karpaterna. Ni medger väl att här finns tillräckligt som inte kan förklaras ur vad vi kortsynt vant oss vid att kalla fullt naturlig synpunkt – – – det vill säga, i enlighet med de naturens lagar som för oss är kända och förtrogna?"

Detta medgav jag gärna.

"Vad gör man alltså, min lilla fru Vilma, då man står inför ett faktum som syns oförenligt med de naturlagar man känner? – Vad gör man? Jo – man antar *antingen* att man själv misstagit sig – – eller om man är fullt säker att intet misstag kunnat äga rum – – att man står inför en eller annan ännu inte uppdagad naturlag, med vilken den för oss så förvånande företeelsen står i samband. Så gör jag i detta fall. Det stackars barnet Lucys sjukdom var inte det första liknande fall som kommit till min kännedom – – men det första som jag hade tillfälle att så genomgående studera. Därför var ock mycket av vad jag företog blott ett trevande mörker; jag följde de gamla och de förde mig på det hela rätt – – men hade jag vetat vad jag nu vet, hade jag troligen – med Guds hjälp – lyckats rädda hennes liv. Dock saknade jag ännu många länkar i kedjan. De länkarna fann jag helt oförutsett i min vän Toms dagbok här – – och mer därtill. Den bekräftade vad jag länge anat och ledde mig vidare på det spår jag redan upptäckt; era egna anteckningar, kära fru Vilma, blev mig också en god hjälp. Med ett ord: jag tror mig nu kunna säga att det hela ligger tämligen klart för mig och att jag därmed också klart ser vad som nu vidare är att göra. Vi har här att bestå en kamp mot ett – eller flera – av dessa de gamla sagornas så kallade 'vidunder' – ett farligt, med för oss till större delen okända krafter och förmögenheter utrustat väsen, för vilket de olyckor och det fördärv det kan bringa över människorna är ett livsvillkor – en varelse med all en människas, klokhet, slughet och förlägenhet, men med mer än mänsklig styrka och ondska; ett väsen, med ett ord, sådant som de gamle benämnde *vampyrer* och betraktade såsom det fruktansvärdaste av alla de gåtlika existenser vilka driver sitt spel på gränsen mellan det kända och det okända – – jag har här” – han tog ett papper från bordet – ”ur gamla böcker sammanfört vad som av ålder berättas om dessa varelser och skulle vilja läsa det för er” – han gav mig en frågande blick över glasögonen – ”om ni vill höra det.”

Jag böjde samtyckande på huvudet – det hela föreföll mig så häpnadsväckande att jag ej förmådde yttra ett ord. Professorn hade visserligen under vårt första samtal, då han skildrade Lucys död för mig, framkastat vinkar om dunkelt verkande orsaker och hemlighetsfulla inflytelser, vilka människonaturen under vissa förhållanden vore underkastad – han hade sagt tillräckligt för att djupt uppröra mig och ställa mycket av vad jag upplevt, sett och hört under min vistelse hos Lucy i ett nytt och förfärande ljus för mitt minne – – men det var dock ett ofantligt avstånd mellan dessa dunkla antydningar och den bestämda, i mitt tycke vidunderliga förkla-

ring han nu avgivit. Mitt förnuft vägrade att anta densamma, ehuruväl min känsla i varmt och obetingat förtroende slöt mig till den vördnadsvärde gamle vetenskapsmannen, vars stora lärdom och vittskådande snille gjort hans namn känt och ärat i hela den civiliserade världen i förening med epokgörande upptäckter, på samma gång som hans redbarhet och sanningskärlek var höjda över alla tvivel. Med ett ord, jag visste inte vad jag borde tänka, och i pinsam ovisshet såg jag upp på min man för att om möjligt hämta råd och upplysningar ur hans kära ögon, där jag aldrig sökt dem förgäves. Hans blick mötte min med djupt, nästan högtidligt allvar, och han tog sakta min hand i sin samt kvarhöll den under det följande.

Professorn återtog:

”Jag förstår vad ni tänker, min kära fru Vilma – – jag vet av egen erfarenhet, vilket intryck ett påstående, sådant som det jag nu gjort, gör på ens sinne då man är oförberedd därpå. Ingen kan ha förhållit sig mera skeptisk gentemot dessa företeelser än jag själv gjort, ända till dess en sorglig erfarenhet påtvungit mig en övertygelse mot vilken jag länge velat värja mig! Kanske hade det varit bättre, om jag inte förhållit mig så tvivlande – kanske hade jag då bättre kunnat förebygga – – – men det tjänar till intet att återkalla det förflutna och förebrå sig det som inte längre kan hjälpas. Vår uppgift nu tillhör framtiden – – – Att varelser sådana som de varom jag nyss talat verkligen existerar, därom gives, enligt min bestämda åsikt, knappast längre något tvivel – Några av oss kan åberopa sina egna sinnens vittnesbörd i avseende på deras tillvaro och det fördärvbringande inflytande de utövar på människors öden – ehuru detta inflytande helt visst är vida större, vida mer omfattande än någon nu anar – – – Men även om vi inte hade denna dyrköpta erfarenhet, äger vi iakttagelser och anteckningar från det förflutna, tillräckligt rikhaltiga och tillräckligt samstämmande för att övertyga varje tänkande människa att det här inte kan vara fråga om blotta inbillningsfoster. De sägner, de begrepp, vilka är gemensamma för snart sagt alla jordens folk, måste ovillkorligen innehålla ett visst grand av sanning – åtminstone är detta *min* övertygelse, vars riktighet jag under mångåriga studier ofta haft tillfällen att pröva. Till dessa sägner hör även tillvaron av det fruktansvärda väsen som benämns *vampyren* – – Vi återfinner, märkvärdigt nog, tron på detta vidunder, om ock i något växlande skepnad, hos så gott som alla kända folkstammar. I det gamla Grekland, i Rom, i det forna Germanien, i Frankrike, bland de gamla kelterna, vilka bevarat så många av urtidens traditioner, med ett ord, i hela Europa, i Indien, i Ryssland, i det avlägsna Kina – överallt återfinner vi samma sägner; den följer de isländska bärsärkarna på deras härnadståg likaväl som de vilda djävulsdyrkande hunnerna – – – slaverna, saxarna, magyarerna – alla känner de vampyren och fruktar honom. Långt ute på Stilla Oceanens öar, i Nya Zeeland, på Java – – – överallt berättar de gamla om vampyrer – det hemlighetsfulla väsen, som återvänder från graven för att suga de levandes blod och på samma gång vinna herraväldet över deras själar. Jag har här" – han såg åter i de papper han höll – "som sagt en sammanfattning av det väsentligaste i dessa sägner, vilka enligt min övertygelse inte får betraktas som tom övertro, utan snarare som ett aggregat av förfädernas visdom och erfarenhet, om ock med delvis feberaktiga tillsatser och överdrifter – – – tills vidare har vi dock ingen annan verklig ledtråd i kampen mot denna fruktansvärda fara än dessa uppgifter – – Enligt folktron således är vampyren ett slags gengångare – – ett väsen, som en gång varit människa, men såsom sådan hemfallen åt onda lidelser – grymhet, sinnlighet, blodtörst – allt som förnedrar människan och vanhelgar Guds avbild i henne – – – Nåväl! – Denna varelse dör – – det vill säga undergår den förvandling, det upphörande av de kroppsliga organens verksamhet som vi kallar död. Men den av sina lidelser jordbundna varelsen förmår inte – eller vill inte – frigöra sig från den kropp vilken är dess föreningslänk med jordelivet. Den dröjer fortfarande vid densamma – och till följd av någon lag som vi inte känner, lyckas den även efter någon tid återta densamma i besittning, ingjuta ett slags nytt liv i den och ännu en gång bruka den som verktyg för de oheliga njutningar, vilka varit dess högsta lycka – de lidelser och drifter vilka nu mer än någonsin som en rasande eld förtär dess inre och ständigt kräver ny näring. Men för att kunna vidmakthålla detta skenliv, denna spöktillvaro, måste den ständigt ånyo förstärka sin livskraft med levande människoblod – – den varma pulserande ström som är livets hemlighetsfulla källa. Vampyren törstar ständigt efter blod, mera blod – och i den mån han kan tillfredsställa sin törst, tilltar också hans styrka. Därför kräver han med omättlig lystnad ständigt nya offer – och finner dem även. Ty det är en lag – påstår de gamla sägner som jag följer – att vampyren intet förmår över de själar hos vilka han inte finner något med sig besläktat, eller över dem vilka är nog starka i sin renhet och godhet att kunna motstå hans lockelser – – – men ej blott förhärdade syndare, utan även de *svaga*, de *ytliga*, de *moraliskt omyndiga* blir lätt hans offer, lika väl som de vilka på djupet av sitt eget väsen – kanske till och med omedvetet för dem själva – gömmer slumrande eller för världen fördolda frön till de lidelser, vilka är vampyrsläktets särmärke – grymhetens och vällustens pestsmitta. Där han finner sådana naturer, fäster han sig vid dem, omger dem med sitt inflytande, frestar och drager på tusen sätt, till dess de helt och hållet låter behärska sig av hans vilja och frivilligt hänger sig åt honom, utan att i sin förblindelse veta eller ana hur han under den vällustens domning, vari han försätter sina offer, suger deras hjärteblod."

Vid dessa ord kände jag hur Tom – som jag tror omedvetet – kramade min hand så att det gjorde ont; jag såg åter upp på honom, och vid åsynen av hans spöklika blekhet och uttrycket i den blick varmed han stirrade ut i rymden, stod plötsligt hågkomsten av vad han genomlevt i det gamla slottet levande för mig med ny och fasansfull betydelse – Jag ryste och dolde ögonen med handen – det var mer än dödens fara han undgått, det kände jag nu! – Men, Gud vare lov – han hade bestått provet – jag kunde i sanning vara stolt över min make.

"Jag vill inte längre uppehålla mig vid denna skildring, av så många skäl upprörande för oss alla" – återtog professorn med halvkvävd röst och djup rörelse. "Det arma barnet Lucy! – mitt hjärta sönderslites vid tanken på henne! – men – vill Gud – – skall frälsningens och befrielsens stund slå även för henne – – – Men jag återgår till de gamla krönikorna – vi får själva pröva huruvida de talar sant – Enligt dem söker vampyren, som sagt, ständigt nya offer, men äger ingen makt över dem som med kraft och allvar motsätter sig hans lockelse; ej heller kan han – sägs det – inträda i en mänsklig boning utan att någon av husets folk först inbjuder honom dit – ehuru han, då detta en gång skett, kan gå och komma som han vill. Då han är ett andeväsen, om ock ännu bunden vid jorden, äger han till sitt förfogande många av de naturens krafter som ännu är för oss okända; han är inte bunden av tid och rum som människorna – han kan, påstås det, själv anta vad gestalt honom lyster, ehuru blott för kort tid, och han utövar ett egendomligt herravälde över en del av de lägre djuren, vilka tycks vara honom underdåniga – – Mycket av detta kan ju vara rena fabler – men för min övertygelse framstår huvudsaken såsom ett faktum. Jag för min del, det erkänner jag öppet, tror på vampyrens tillvaro – ehuru jag väl vet att de flesta av mina kolleger, om de hörde en sådan förklaring av mig, skulle anse mig mera lämpad för ett dårhus än en professorsstol! – Och vad mera är: jag tror att en oändlighet av företeelser, vilka nu förefaller oss gåtlika, skulle finna sin rätta förklaring om vi en gång för alla antog teorien om dylika och andra besläktade väsens tillvaro, vilka ingriper i människornas öden och ständigt strävar att dra dem inom sfären för sitt inflytande. Vad ligger det egentligen för orimligt däri? – Har inte kyrkan i två tusen år predikat sin djävulslära, utan att fromma människor funnit något upprörande eller orimligt däri?"

"Men Gud – – hur kunde Gud tillåta" – – stammade jag, ur stånd att finna de ord jag sökte för min tanke.

"Vad vet vi kortsynta varelser om Guds avsikter och hushållning, min kära fru Vilma? – Hur mycket känner vi av världsalltets lagar och den uppgift det onda har däri? – Hur kan vi säga att inte till och med det som syns *oss* ont, kan vara ett medel i hans hand, för ernående av ett mål, för stort för oss att ana? – har Gud inte skapat rovdjuret och den giftiga ormen, och har han väl skapat dem förgäves? – Ack, lilla fru Vilma, vi vet så litet, så litet – världen är så stor och vi människor så små! – Ett blott vet vi – då Gud – – den eviga, skapande kraften – i våra själar nedlagt känslan av gott och ont, så som den talar hos de bästa och renaste bland oss – – då måste det också vara en av vår varelses innersta lagar att kämpa *för* det *goda* och *mot* det *onda* med alla våra krafter och all vår håg här på jorden! – Kanske är det just därigenom vi utvecklas till det vartill vi är skapade – – det som ligger bortom det okända, som vi kallar död!"

Han liknade i detta ögonblick en inspirerad profet, och jag kände mitt hjärta vidgas vid de stora tankar och syner hans ord framkallade.

"Ännu har jag många anteckningar här", återtog han efter några ögonblicks tystnad. "Det är bäst vi genomgår det hela tillsammans, om vi skall arbeta för samma mål – – – En viktig, ja, kanske den viktigaste punkten återstår. Det är inte nog med att vampyren sprider död och fördärv omkring sig genom sin egen omedelbara inverkan; enligt vad de gamla sägnerna försäkrar, går verkningarna av hans djävulska strävan efter nya offer ännu längre – och detta är det mest fasansfulla, mest upprörande av allt som dessa gamla berättelser innehåller – de olyckliga, som fallit i hans våld, förblir ännu i döden honom underdåniga och *förvandlas i sin ordning till hans likar* med samma drifter och begär – – – Så alstras oavlåtligt nya skaror, vilka i sin ordning sprider fördärv och undergång på tusen oberäkneliga sätt – så sprids giftet i allt vidare och vidare kretsar! – – Ja, så berättar fornsägnerna. Vi, nutidens barn, måste nu granska deras halt och skilja sanningen från sagan – – För min del har jag ägnat mycken tid åt dessa studier, redan innan jag kunde ana att allt detta en gång skulle få ett så smärtsamt, så personligt intresse för mig. Ännu, fastän de senaste veckorna kastat ett så bländande ljus över många dunkla punkter, trevar vi jämförelsevis i mörkret; ännu känner vi blott föga om de lagar som dessa hemlighetsfulla och illvilliga väsen lyder – – – och det är just därför jag fäster sådan vikt vid dessa gamla krönikor och är så angelägen att utröna i vad mån de förtjänar tilltro. Mycket av vad de innehåller måste synas oss barnsligt och löjligt, men vem vet – detta kan ju blott bero av framställningens naiva och för oss främmande form samt därav att de gamla kanske inte själva fattade hela innebörden av och sambandet i de iakttagelser de gjort. Se nu till exempel här, fru Vilma" – han tog från bordet en gammal bok, som han slog upp och räckte mig, i det han pekade på några rader – "detta är en gammal engelsk översättning av en ännu mycket äldre, nu ytterst sällsynt tysk bok – från början av femtonhundratalet – vari en hel del av vad vi nu i vår klokhet kallar folkvidskepelse bedrives. Här talas om *vampyren* och de medel som anses skydda mot densamma. Läs själv!"

Jag läste, ehuru med en viss svårighet att förstå de gammaldags bokstäverna och det ännu mera gammaldags stavningssättet:

"Mot vampyren äre thesse bepröfvade medel att iakttaagha:

Item – then ört then der aff samlighe Biörnlöök kallas, är för alle vampyrer understyggeligh ock warder aff them skydd, varför thensamme varhelst then anbringas är ett gott skyddsmedel mot vampyren.

Item, den wild töörnroseqvist lagder uppåå vampyrens kista skal så länge then håller sigh frisk, ther qvarhålla vampyren, såå thensamma inte mäcktar lämna kistan.

Item thet heliga krucifix eller korsets tekn kan vampyren icke fördraga, utan är thetta alltid och allestäds, jämte mycken bön och fasta, thet bästa skyddsmedel mot vampyren.

Item, sammaledes med thet heliga Brööd, thet Hostia kallas, eller vår Herres lekamen.

Item, thet träd thet der Flygrönn kalas, vilket många kraftiga egenskaper besitta."

Jag såg upp på professorn då jag kommit till slutet av sidan.

"Ja, det låter ju som barnsligheter i våra öron", sade han. "Men vem vet vilka ännu uppdagade vetenskapliga sanningar som i alla fall kan ligga till grund för dessa påståenden! – I mörkret är ju varje skymt av ljus välkommet. Under vår arma Lucys svåra prövotid, gjorde jag vissa experiment med dessa 'barnsliga' skyddsmedel, och ehuru en följd av oförutsedda händelser gjorde det omöjligt att genomföra försöken, tycktes de dock, så vitt jag kunde iakttaga, utfalla gynnsamt nog – – – *förklara* det kan jag ju inte!"

"Och ni tror således verkligen att Lucy" – jag kunde inte fullborda meningen.

"Jag tror, efter vad jag sett och omsorgsfullt iakttagit, att vi här står inför ett fall som endast kan förklaras genom antagande av hemligt verkande orsaker, vilka står utom den vanliga erfarenhetens område. – – – Jag fann hennes tillstånd från första stunden egendomligt – – – misstänkte sedan att hon, som föreföll mig att vara i hög grad vad vi kallar *sensitiv*, blivit utsatt för någon hypnotisk och suggestiv påverkan, som bundit hennes vilja under en annans – och jag leddes sedan, steg för steg, från iakttagelser till iakttagelser, till den slutsats jag uttalat – – Hon var ett gott, älskligt, renhjärtat barn, uppvuxet utan kännedom om det onda i världen och i hennes egen natur – – en skyddad och hägnad blomma – – men svag och njutningslysten och med nedärvda anlag, vilkas utveckling endast lyckliga förhållanden förhindrat – – ett lätt – ett alltför lätt offer för ett väsen, sådant som det vars tillvaro jag anser mig äga rätt att betrakta såsom fullt bevisat. Hur vill man eljest förklara denna oerhörda blodfattigdom, där ingen blodförlust kunde påvisas? – Då hon – – dog – – fanns det, försäkrar jag som läkare, inte mer blod i hennes ådror än det finnes saft i en urkramad citron! Om – – – men jag vill inte trötta er med medicinska detaljer – – Hon dog, det arma barnet – – döden är ingen olycka under vanliga förhållanden, den är blott ett steg i utvecklingen mot höjden och ljuset – – men för henne –"

Han tystnade.

"För Guds skull, professor, vad vill ni säga?" utbrast jag förfärad och gripen över all beskrivning. "Ni menar väl inte att hon –"

"Vampyrens offer blir hans hjälpare och likar" – sade han långsamt och allvarligt. "Jag såg henne själv i hennes kista, hur hon för varje timma, varje dag på ett mot naturen stridande sätt återfick skönhet – hälsa – liv – – hur hennes kinder blev mera blomstrande, hennes läppar rödare, tänderna blev mera vassa och starka, under det att uttrycket av oskuld och renhet, som varit det fagraste av hennes fägring, allt mera förvandlades till hårdhet och vällustig trånad – – – det var en fasansfull syn för mig, som anade vad detta betydde – – Och nu – – läs dessa tidningsartiklar, fru Vilma, och säg vad ni tänker."

Han räckte mig ett par tidningsnummer, och jag läste de med rött betecknade artiklar, där åtskilliga hemlighetsfulla omständigheter i samband med små barns försvinnande, var skildrade. Jag kunde ej finna något samband mellan dessa artiklar och Lucys död och sade detta.

"Ni har ej läst uppmärksamt", sade professorn. "Läs om igen! Är det verkligen intet av detta som påminner er om vad ni själv upplevde i Whitby?"

"Ah!" utbrast jag plötsligt. "De små hålen på halsen – – – Alldeles som Lucy! – men det var ju jag själv som sårade henne, då jag fäste schalen om henne!"

"Det var ett misstag av er. Dessa små till utseendet så ovanliga sår var märken som hennes okända mördare lämnat – det var genom dem som han sedan han helt och hållet underkuvade hennes vilja och fick henne i sitt våld med kropp och själ, sög hennes hjärteblod – – – hennes liv! – tänk ni – – erinra er vad vår vän Tom här såg och upplevde på Draculitz slott! Hade han inte varit starkare än Lucy inför frestelsen – – så vore han inte här i denna stund!"

"Men – – jag förstår inte – – tror ni således att samma – – – samma vidunder – – – som angrep Lucy, angripit dessa barn –"

"Inte han, fru Vilma – – – men hans offer, hans verktyg – – – de små barnen var lätta att locka – det var hennes lärospån – deras späda blod var nog för att tillfredsställa den nyss väckta törsten – – men nu! – nu söker hon andra offer – – och tyvärr! – hon har redan funnit vad hon sökt!"

"Vem – vad menar ni?"

"Jag menar, fru Vilma" – sade han högtidligt – "att hon, som vi bar till graven, höljd i oskuldens vita dräkt och smyckad med de blommor som är helgade åt ungdom och oskuld – – – hon

har nu blott *en* trånad, *en* strävan – att dra till sig den, vilken redan i livet var en del av hennes själ och som ännu vid hennes bår bedyrade att de var *ett* – att hans blod genomströmmat hennes ådror och att han tillhörde henne, endast henne, i tid och evighet. Jag ryste då jag hörde de orden, fru Vilma – – jag ryste då han satte sin ring, den oupplösliga föreningens vårdtecken, på hennes döda finger – – jag anade redan då – – men sedan dess har jag sett min aning gå i fullbordan, fru Vilma – jag har sett den går i fullbordan!"

"Lord Godalming?" – – stammade jag förfärad. "Ni sade att han – var sjuk? –"

"Sjuk, fru Vilma – ja, sjuk som den vilken förblöder ur ett hemligt sår! – Hela hans själ trår blott efter henne – – och hans öron är döva för alla varningar. Han tillbringar större delen av sin tid *där* – – på Hillingham, det ställe som han mest av alla borde sky – – och då han är där, besöker han varje dag det griftvalv där hon vilar. Jag skulle vilja ge mitt liv för att rädda hans – – Men – jag fruktar att allt är förgäves. Och detta är inte allt – – på långt när inte allt. Den smygande fiende, som ej vet av något förbarmande, är i verksamhet överallt – runt omkring oss; dagligen kommer nya berättelser, nya brott – – tidningsskrivarna skildrar dem med begärlighet och allmänheten läser dem med ännu större begärlighet – men ingen ser det hemliga sambandet emellan dem, eller, om de ser det, förstår de ej att tillskriva det dess verkliga orsak. Vår vän, Barrington Jones, som för egen räkning och under följandet av andra spår kommit i beröring med samma fenomen som jag, har därav dragit helt andra slutsatser – – – Nånå – – jag respekterar varje ärlig övertygelse och sanning kan ju nås på många vägar. Om ett är vi alla överens – nödvändigheten att med jämförande av våra olika iakttagelser och förenade krafter sträva till det ondas bekämpande och stävjande. – – Det är en plikt mot samhället – ty dess hemliga fiender hotar detsamma även på andra områden, som jag nu inte vill vidröra. Jag har tröttat er länge nog, min kära fru Vilma – – men om jag skulle tala med er, måste jag ju tala fullt öppet, så att ni kunde fatta orsakerna till våra handlingar, då de eljest skulle förefalla er oförklarliga. För övrigt kan ni av er gode man, vår förträffliga Tom Harker här, få alla de upplysningar ni vidare önskar. Han och jag har tillsammans noga genomgått allt. Nu måste jag säga er farväl – – – efter vad jag överenskommit med min vän Tom, träffas vi åter om några dagar hos en annan vän till mig, doktor Seward, om vilken ni, fru Vilma, kanske hört Lucy tala – – – han var också en vän till henne, och vi sammanträffar även med andra, vilka liksom vi arbetar på att uppdaga en mörk hemlighet och rädda olyckliga. – – – Alla delar inte *min* övertygelse om orsaken till det onda, men alla är ense om verkningarna och de plikter de ålägger oss. Till dess – farväl mina kära vänner – mina kära barn! – Gud vare med er!"

Tom följde honom till dörren; själv satt jag som förlamad, ur stånd att tala eller röra mig, så överväldigad och gripen var jag av allt som försiggått – jag kände ett ögonblick som om jag inte själv vetat huruvida det var dröm eller verklighet. – – – Nu är det sent på kvällen; jag har haft ett långt samtal med Tom och han har sagt mig att han för sin del är fullt övertygad att professorns slutsatser och förmodanden är riktiga, hur vidunderliga de än må synas. Han har därvid påmint mig om de förfärliga tilldragelser han själv bevittnat och omöjligheten av att finna en s.k. naturlig förklaring på sådana företeelser – – – men jag vet alltjämt inte vad jag skall tro eller tänka. Att med berått mod sätta tro till dessa gamla amsagor – – jag kan inte kalla dem annat – om varulvar och vampyrer – – det är och blir mig dock till en viss grad omöjligt. Att vi omges av en andevärld, med vilken vår egen innersta varelse står i av oss själva oftast omedveten beröring och av vilken vi påverkas mer än vi anar – det är jag fullt beredd att tro, ja, i själva verket är jag fullt och fast övertygad därom; att vi ännu blott känner föga av de många hemliga krafter som verkar i naturen och att oändligt mycket återstår oss att lära, det tror jag också fullkomligt. Men att Gud skulle tillstödja tillvaron av sådana väsen som dessa s.k. vampyrer, vilkas enda syfte och uppgift vore att göra ont – – – det kan jag knappast förmå mig att tro. – – Dock – jag säger än en gång – jag vet för litet för att äga rätt att

ställa mig tvivlande, då andra, så mycket klokare och lärdare än jag, säger sig vara övertygade.

Emellertid är jag glad att ha nedskrivit allt detta medan jag ännu hade det i färskt minne – – Jag avvaktar med spänning sammankomsten hos dr Seward. Det skall bli i högsta grad intressant att höra andras mening om dessa vidunderliga företeelser; jag är särskilt nyfiken att höra vad kapten Barrington Jones kan ha att säga. – – Hans avskedsord till mig angav tydligt nog att han ser det hela i ett helt annat ljus än professor Van Helsing. De är också så olika som tvenne människor gärna kan vara – den ena representerar helt och hållet det nyktra, kyligt iakttagande och skarpt genomträngande förståndet – den andra det varma hjärtat, den djupa, livliga känslan och det vittskådande, för vardagslivets naturer stundom obegripliga snillet. Om de kan och vill samverka bör de tillsammans kunna uträtta mycket.

ANDRA KAPITLET.

Dr Sewards anteckningar.

Oktober.

Just då jag återkommit från mitt besök hos den stackars Arthur Holmwood – lord Godalming ville jag säga – vars tillstånd på det högsta oroar mig och syns mig ge anledning att frukta det värsta, kom portvakten upp för att fråga om jag ej kunde ta emot en herre i ett viktigt ärende. Då jag av kortet såg att den besökande var Barrington Jones, den kände detektiven, svarade jag jakande – ehuru jag eljest inte tar emot någon främmande vid denna tid, som är avsedd uteslutande för mina patienter och anstaltens angelägenheter. Då vi emellertid flera gånger förut haft med varandra att göra i allvarliga och invecklade fall, vet jag att han inte kommer utan anledning, och jag hade därför ingen tvekan att låta allt annat stå tillbaka för att mottaga honom. En intressant typ förresten; hans iakttagelse och kombinationsförmåga gränsar till det abnorma, på samma gång som han, egen-

domligt nog tycks vara utan fantasi – en själs-
förmögenhet som dock enligt mitt förmenande
borde vara nästan oundgänglig för en person av
hans yttre; men den ersättes förmodligen hos
honom av andra egenskaper vilka gör honom
samma tjänst. – – Sedan vi hälsat på varandra
och jag bett honom ta plats, framförde han som
vanligt utan omsvep och tidsförlust sitt ärende.

”Jag vill veta något om den här gamla gården
mitt emot, doktorn”, sade han på sitt rättfram-
ma sätt, i det han med en handrörelse visade
åt det håll, där man mellan parkens träd ser en
skymt av murgrönsklädda murar och gammal-
dags skorstenar. ”Jag kommer till er därför att
ni antagligen kan säga mig något av verklig be-
tydelse, utan att undfägna mig med en hop löst
skvaller, sådant som man förmodligen eljest
skulle servera mig här i grannskapet, ifall jag
gjorde några sådana förfrågningar.”

”Uppriktigt sagt, kapten Jones, så fruktar jag
att vad jag kan meddela just inte är stort annat
än skvaller heller”, sade jag. ”Det vill säga, i det
stora hela – men gör era frågor och jag skall svara
efter bästa förmåga och låta reflektionerna göra
sig själva.”

”Tack, det är just vad jag önskar. Lösa förmo-
danden och slutsatser på otillräckliga premisser
får jag mer än nog av.”

Han framställde nu på det korta och rediga
sätt som är honom eget sina frågor och jag sade
honom det lilla jag visste – nämligen att den
gamla gården länge stått obebodd till följd av
någon invecklad arvstvist – att den under som-
marens lopp, efter vad det påstods, växlat ägare,
antingen den blivit såld eller definitivt övergått
till någon av arvingarna – –

”Det där vet jag”, avbröt han. ”Den såldes i
våras genom Peter Hawkins & C:s agent till en
ungersk greve eller siebenbürgisk magnat, greve
Mavros Draculitz. Men frågan är: vem innehar
den egentligen nu? Bor någon där? – Jag har
hört vad som pratas i grannskapet – säg mig nu
vad ni *vet*, doktor.”

”Någon sådan greve har här inte hörts av, så
vitt jag vet. Men gården har på sista tiden under-
gått en omfattande reparation och borde – att
döma av den mängd hantverkare och den kvan-

titet möbler som passerat här förbi under loppet
av de senaste veckorna – nu ha fått vad annon-
serna kallar tidsenlig inredning i tämligen stort
tilltagen skala. Jag har hört sägas att den lär vara
uthyrd – min sagesman påstod t.o.m. att det
skulle vara någon medlem av diplomatiska kå-
ren som hyrt den, men i anseende till traktens
föga fashionabla karaktär för övrigt tillåter jag
mig betvivla detta. Som jag emellertid oupp-
hörligt själv måste passera parkportarna på min
väg till och från anstalten, har jag ju inte kunnat
undgå att göra en del iakttagelser, med eller mot
min vilja – jag är inte vidare nyfiken av mig, men
man kan ju inte precis sluta till ögonen för det
man har mitt för näsan. Men mina iakttagelser
har antagligen inte något synnerligt värde ur de-
tektivsynpunkt, och som sagt – – av skvaller får
ni nog tillräckligt på annat håll.”

”Beror på vem som skvallrar. Vad *ni* sett eller
hört torde nog ha sin betydelse – – sådant vet
man aldrig så noga. Var god och låt höra!”

”För det första har jag som sagt sett en stör-
re massa tämligen värdefulla möbler föras dit;
för det andra har jag flera gånger sett ekipage
av en här i trakten eljest okänd elegans köra in
eller ut genom parkportarna, varav jag dragit
den naturliga slutsatsen, att vederbörande i alla
händelser är förmöget folk och består sig med
vad man i dagligt tal kallar gentilare umgänge.”

”Hm! Har ni lagt märke till något särskilt vid
de där ekipagen?”

”Åh, än ett, än ett annat. En charmant öppen
landå med grå hästar och grå livréer –”

”Såå –”

”Och en charmant ung dam inuti vagnen – –
en smula extravagant – – uppriktigt sagt har jag
i mitt stilla sinne hänfört henne till en viss sort
– – ni förstår – liksom hela villan i mitt tycke har
något visst – – jag vet inte vad – mindre förtro-
endeingivande.”

”Får man fråga varför?”

”Åh – fullt aktningsvärt folk med eleganta va-
nor och stora tillgångar slår sig vanligen inte för
ro skull ned i sådana här avlägsna, ruskiga och
mindre välkända stadsdelar. Man misstänker ju
lätt, att det är något som av en eller annan anled-
ning inte fullt tål dagens ljus –”

"Som en vårdanstalt för sinnessjuka, till exempel?"

"Det är en annan sak. Mina patienter hör tyvärr till det slags växter som mest frodas i förskämd jordmån – – ett betydande antal är just här från närmaste omgivning – – – men förresten kan det ju vara en fördom, det erkänner jag gärna. Men det är i alla fall något – – – det är inte bara eleganta ekipage som passerar de där parkportarna utan också en hel hop högst egendomliga och misstänkta individer – – synnerligen fram på nattsidan. Ett par gånger, då jag kommit hem sent, har jag verkligen berett mig på att bli överfallen, men hittills har intet i den vägen hörts av. Ja – jag beredde er ju på att det inte var annat än skvaller jag hade att meddela er."

"Det hör till mitt yrke att skilja vetet från agnarna", anmärkte han mera träffande än artigt. "Något av värde finner man ju alltid. Har ni något mer att meddela?"

"Just ingenting, såvida det inte möjligen skulle intressera er, att den gamla gården därborta tycks utöva en särskild dragningskraft på en av mina patienter; han har redan flera gånger rymt och alltid tagit sin tillflykt dit. Därigenom fick jag också anledning att närmare undersöka stället – det vill säga, i dess dåvarande, högst förfallna skick."

Han gjorde mig några frågor och jag beskrev platsens läge jämte andra detaljer samt gjorde på hans begäran ett lätt utkast till planritning av detsamma. Därpå tackade han mig och tog avsked, i det han yttrade:

"Jag har fått veta ungefär vad jag ville veta. Men ni gjorde mig en tjänst, doktor, om ni fortfarande i all stillhet ville hålla ögonen på den där lokalen och lägga märke till vad ni ser. Det kan vara av vikt – – – och jag vet att ni är en tystlåten människa, som inte onödigtvis pratar om allt vad ni upplever."

Jag känner honom för väl för att göra honom några frågor – – det skulle ej ha tjänat till något. Men i alla händelser har jag fått en viss bekräftelse på, att allt inte står fullkomligt riktigt till därborta. Det är inte för ro skull som en person som Barrington Jones så särskilt intresserar sig för vad som försiggår bakom ett par låsta parkportar. – – Men saken angår inte förresten mig och detektivromaner är mig överhuvudtaget en styggelse – gift för svaga hjärnor och ur psykiatrisk synpunkt absolut förkastliga. Den spänning dessa kriminalhistorier framkallar i hög grad –

* * *

Onekligen ett egendomligt sammanträffande. Jag blev avbruten genom underrättelsen att den stackars Renfield, vars tillstånd nu en tid varit tämligen lugnt och apatiskt, plötsligt fått ett anfall av mordiskt ursinne och kastat sig över vaktkarlen som ett vilt djur samt försökt att sönderslita honom med tänderna. Vi hade fullt upp att göra innan vi lyckades att få bukt med den rasande människan, vars krafter under dessa anfall blir jättelika. – – – Det var sent innan allt var överståndet och den stackars karlen blev förflyttad till den madrasserade cellen; jag hade just satt mig vid middagsbordet då ett sjukbud anmäldes. Mary, min gamla trotjänarinna, kom själv med viktig och hemlighetsfull min för att lämna mig ett kort, på vilket jag med förvåning läste namnet:

"*Comtesse Ida de Gonobitz-Vàrkony.*"

"Känner inte den damen" – sade jag. "Vad är egentligen meningen?"

"Det är en betjänt – en tocken där riktigt dryg en" – (Marys favorituttryck för personer som hon ogillar) – "som lämnade mig det. I livré gudbevars – det går inte för mindre, skall man tro. Han bad att få tala med herr doktorn. Det var mycket angeläget, sade han. Me-en" – – hon drog på det då hon såg mig i begrepp att lägga bort servetten och resa mig, samt sänkte rösten till en menande viskning: "min tro, vet doktorn, är den att det är från *dem där borta*" – hon pekade med tummen över axeln, något så när åt det håll där Carfax kunde antas vara beläget.

"Såå" – sade jag intresserad. "Be karlen komma upp! I mitt mottagningsrum –"

"Vet doktorn vad" – Mary kom litet närmare och talade med den förtroligt förmanande ton som alltid påminner mig om att hon vårdat och agat mig som liten gosse – "om jag vore i hans ställe, så skulle jag hålla mig för god att ha något med en tocken där att göra.”

”Med en tocken där, Mary?” upprepade jag litet retsamt. ”Vad menar du?”

”Åh, han förstår mig nog. Men, gudbevars, – – – han får väl skylla sig själv” – – hon avlägsnade sig stött, mumlade något om ”stora karlen”, vilket jag tog som en antydan att hon välvde ansvaret för vad som kunde komma att ske på mina egna axlar.

Det var med en verklig känsla av nyfikenhet som jag inträdde i mottagningsrummet.

Den person som väntade mig där var emellertid tämligen alldaglig. En lång karl med helt ordinär Londonsk betjäntfysionomi, iklädd enkelt, mörkblått livré av traditionellt snitt. – – Då jag tilltalade honom, svarade han med omisskännelig Londondialekt och den vältränade lakejens vördnadsfulla men på samma gång självmedvetna tonfall.

”Fru grevinnan anhöll att herr doktorn ville göra henne ett besök – om möjligt genast. Hon har fått ett av sina anfall.”

”Förlåt, min gode vän”, sade jag; ”ni har visst gått galet. Jag är dårhusläkare här och har i allmänhet ingen annan praktik, med undantag av några få patienter bland de fattiga här i grannskapet. Er matmor, som jag inte har den äran att känna, menade nog inte mig – – det var någon annan läkare hon befallt er att hämta. Dr Williams i n:o 58 – – ett par hus härifrån – är – –”

”Förlåt, herr doktor”, inföll den livréklädde, ”men mina order var bestämda. Jag tillsades att hämta *dr John Seward* – överläkaren här på vårdanstalten. Det är ju dr Seward jag har den äran att tala med?”

Jag jakade.

”Fru grevinnan anhöll på det allra förbindligaste om ett besök. Hon bad så mycket om ursäkt för att hon besvärade doktorn så sent – – – men då vägen inte var längre –”

Han tystnade, aktningsfullt inväntande mitt svar.

”Vägen?” sade jag, ehuru jag mer än väl förstod varifrån han måste vara kommen – här i trakten hör livréklädda betjänter just ej till de vardagliga företeelserna. ”Var bor er grevinna?

Jag har, som sagt, inte den äran att känna henne.”

”På Carfax – här mitt emot, på andra sidan gatan. Fru grevinnan anhöll – –”

”Gott, gott, jag kommer – vänta ett ögonblick”, sade jag.

Frestelsen att få kasta en blick inom det gamla husets hemlighetsfulla murar var mig för stark och förmådde mig till ett medgivande, som jag nog – sanningen att säga – ej gjort under andra förhållanden. Jag gick ett ögonblick in till mig, gjorde ett par förändringar i min toalett – man blir ju lätt en smula vårdslös och självsvåldig då man lever som ungkarl – och tog därpå hatt och rock för att följa min livréklädda vägvisare.

Det hade blivit tämligen sent, och det var mörkt under den gamla parkens stora träd, sedan vi passerat muren och grindarna, som avstängde Carfax område från gatan. Månen var visserligen uppe, men i den dimmiga och rökfyllda luften verkade dess sken blott som en svag skymning. Emellertid visade oss en stor, gammaldags lykta, anbragt över det gamla husets port, vägen uppför allén; den lyste dunkelt röd mot den blåaktiga, töckniga atmosfären, och en mera fantastisk och romantisk anlagd människa än jag kunde möjligen ha funnit något hotande och olycksbådande i dess sken – för min del önskade jag blott att den brunnit litet klarare, då jag oneklien med ett visst intresse iakttog allt omkring mig. Egendomligt nog har jag aldrig beträtt detta område annat än vid skymning, vilket naturligtvis bidragit att öka det hemlighetsfulla intryck den gamla gården gjort på mig redan genom sitt läge och sitt ovanliga utseende. Jag vet ej hur den skulle förefalla mig vid full dager; ja, i dagsljuset förgår i allmänhet många illusioner – men visst är, att det hela denna afton syntes mig vara en passande illustration till en novell av Hoffmann eller Edgar Allan Poe. Den gamla portalen med sina tunga pelare på ömse sidor om trappan, belyst av lyktans matta, rödgula sken och omgiven av den sekelgamla murgröna, som delvis täcker murarna och vars mörka blad, våta av fukt, glittrade på ett egendomligt sätt, där de uppfångade ljuset, tycktes mig vara just av den art, som i romaner plägar bilda inträdet till en rad av spännande och överraskande äventyr – och jag erkänner gärna att mitt hjärta slog litet fortare än vanligt, då porten öppnades, och jag såg framför mig en gammaldags vestibul, egendomligt dekorerad i en tämligen bisarr smak – jag kan i själva verket ej egentligen för mig själv klargöra det egendomliga intryck den gjorde på mig av något främmande och barbariskt, ty jag hade inte tid att noga iakttaga enskildheterna – men totalintrycket kvarstår emellertid som jag sagt. Här mottogs jag av en artigt bugande person av omisskännelig hovmästaretyp, som hjälpte mig av med rocken och därpå upplyste mig att han skulle ha äran föra mig upp till fru grevinnan. – – – Vi vandrade uppför den gamla ektrappan, genom en korridor, samt stannade vid en dörr, på vilken min gamle ledsagare med en diskret hostning knackade. Den öppnades genast av en brunett ung dam i vit mössa och förkläde, som nigande, med ett parisiskt:

"Madame la comtesse vous attend!" bjöd mig stiga in.

Jag befann mig i ett slags antichambre eller liten tambur, belyst av en hängande lykta av järn med färgat glas, rummet var sparsamt möblerat med några tunga stolar av gammaldags form, och mitt emot den dörr, genom vilken jag kommit, befann sig en annan, täckt av ett tungt draperi i bjärta färger – bland vilka gult var den förhärskande – och med ett egendomligt, barbariskt mönster, påminnande om de prov jag på etnografiska utställningar sett av outvecklade naturfolks naiva konst.

Kammarjungfrun trippade tvärt över rummet, drog förhänget åt sidan och antydde med en åtbörd att jag skulle stiga in.

Jag erkänner, att det var med en betydlig portion nyfikenhet jag efterkom uppmaningen. Jag hade egentligen inte den avlägsnaste föreställning om vad jag här skulle få se – – allra minst kunde jag på förhand ha föreställt mig vad jag verkligen *fick* se.

Utan att vidare göra mig reda för skälen för ett sådant antagande, hade jag alltjämt halvt omedvetet i "grevinnans" gestalt sett för mig den ungdomliga mondänt eleganta skönhet, vilken jag

flera gånger sett passera i sitt stilfulla ekipage med de grå livréerna, på väg till eller från Carfax.

Denna dam var, som sagt, särdeles fager att skåda, om också inte egentligen regelbundet vacker – ett runt, mjukt, nästan barnsligt ansikte med stora livliga ögon, en pikant profil och med en omisskännelig prägel av "Pariserchick" – vare sig stora världens eller den s.k. "halvvärldens" – över hela sin person, från de vajande plymerna på hennes extravaganta, men klädsamma hattar och till de små välsittande handskarna – mer hade jag ej haft tillfälle att skåda i förbifarten. Det var inte utan ett visst pikant intresse jag berett mig på att nu få se den unga skönheten på närmare håll.

Det var emellertid en helt annan syn som nu mötte mina blickar – och det intryck jag mottog var så starkt och egendomligt, att jag ett ögonblick tvärstannade vid dörren, utan att hälsa och ur stånd att finna passande ord.

Rummet var stort och högt samt syntes ännu större tack vare de egendomliga, gammaldags, på väv målade tapeterna (tydligen en kvarleva från det gamla husets ursprungliga inredning), vilka i bleknade, men ännu klara färger framställde ett sydländskt landskap – indiska dômer och pagoder mellan palmer och fantastiskt lövverk, bland vilket diverse tigrar, leoparder, apor, påfåglar och guldfasaner tycktes föra en ostörd och lycklig tillvaro, obekymrade om de grupper av rödrockade officerare samt damer och herrar i kostymer från "Ostindiska kompaniets" glansdagar vilka promenerade eller slagit sig ned i gräset i deras omedelbara närhet. Mitt för ingångsdörren hade ett glänsande sällskap tydligen samlats för att åse den dans som utfördes av några grant utstyrda bajadärer, och längre bort syntes en österländsk potentat i sin "howdah" på ryggen av en väldig elefant, som gravitetiskt skred fram genom djungeln. – – Ett vitlackerat, fint snidat gallerverk med smäckra pelare bildade panel och infattningar till de olika väggfälten och var tydligen avsett att frambringa den angenäma illusionen att man befann sig i en trevlig paviljong med utsikt i det fria åt alla sidor – sannolikt en fantasi av en eller annan hemvänd "nabob" som ursprungligen ägt huset och på detta sätt velat framtrolla en färgrik, orientalisk värld i det dimhöljda Londons närhet. Det hela verkade som en storartad teaterdekoration, vars enskildheter jag först så småningom uppfattade; i första ögonblicket var jag blott medveten om totalintrycket och hade egentligen endast ögon för den mänskliga varelse – det underbara väsen, hade jag så när sagt – som utgjorde medelpunkten i denna konstrikt anordnade scen.

Rummets möblering var tydligen ny, men hade valts i överensstämmelse med dess ursprungliga dekorering och bestod huvudsakligen av lätta, fantastiska stolar av rotting och bambu, ett par, tre låga, med pärlemor inlagda bord samt låga, stoppade divaner, försedda med en myckenhet svällande sidenkuddar i lysande färger – – ljusblått, rosenrött, purpurrött eller gräsgrönt i mångfaldiga skiftningar. Det var ur ett slags mjukt näste, bildat av dylika kuddar och ännu bibehållande intrycket av hennes kropp, som en kvinna reste sig vid mitt inträde och långsamt kom emot mig i den opalskimrande taklampans klara, men dämpade sken.

En dårhusläkare måste framför allt lära sig självbehärskning och jag vågar säga att jag inte så lätt förlorat fattningen i allmänhet – men jag gjorde det verkligen denna gång. Ty något så sällsamt skönt, så på en gång bländande och nästan skrämmande som denna kvinna har jag aldrig skådat. Jag säger med flit *skrämmande* – ty hennes skönhet var av en så främmande typ, hela hennes väsen så egendomligt, att hon föreföll mig som en varelse från en okänd värld. Att beskriva henne tjänar egentligen inte mycket till, ty jag skulle fåfängt med ord söka återge vad det var hos henne som egentligen frambragte detta intryck. Att säga att hon var lång och smärt, på en gång finlemmad och yppig, med egendomligt mjuka och smidiga rörelser – att hennes mörka, sammetslena hud skiftade i grönt och hennes tjocka, svarta hår i blått som korpens vingar – att hennes ögon var nästan onaturligt stora, bottenlöst mörka och skuggade av oerhört långa, svarta ögonfransar, som lät vitögats blåaktigt skimrande emalj framträda med dubbelt egendomlig effekt – allt detta och vad jag vidare skulle kunna tillfoga om den

lilla, starkt böjda näsan, de bågformiga ögonbrynen, de svällande läpparna, de vita tänderna, blir dock blott en samling av ord, fullt korrekta i avseende på vad de skall beskriva, men inte dess mindre – jag känner det – fullkomligt ur stånd att klargöra den verkan det hela åstadkom och som jag allt sedan dess fåfängt försökt analysera. Ty min känsla inför denna sköna varelse var inte blott det naturliga välbehag som den fulländade skönhetens åsyn inger de flesta människor – det blandade sig i denna förnimmelse en annan, av rakt motsatt art, för vilken jag ej kan finna något namn. – I själva verket var det blott en flyktig, nästan instinktlik rörelse – – något av vad man erfar inför en okänd naturföreteelse, som möjligen kan innebära en okänd fara – – – men intrycket kvarstår dock och jag kan ej avhålla mig från att grubbla däröver. Vi, som ständigt sysslar med själslivets abnorma, hemlighetsfulla och komplicerade företeelser, får lätt en dum ovana att tillmäta varje, om än så övergående själsrörelse en kanske överdriven betydelse. – – Men åter till min skildring – jag vill ej till något pris försumma att anteckna varje detalj av denna egendomliga erfarenhet, medan jag ännu har allt i friskt minne.

Hon reste sig, som sagt, från divanen i rummets motsatta ända – omedelbart under scenen med de dansande bajadärerna – och kom långsamt emot mig över det med en orientalisk matta betäckta golvet. Härunder hade jag tid att betrakta henne. Vad själva utseendet beträffar, kunde hon i själva verket mycket väl ha stigit ned från ett av de målade, fantastiska väggfälten, ty typen var fullkomligt exotisk och passade bättre hemma bland palmer i en indisk djungel än i en Londonsk förstadsvilla, låt vara av tämligen enastående slag. Men kostymen, ehuru väl till en viss grad excentrisk och ovanlig, var dock fullt modern. Håret var uppsatt och friserat i nyaste Parisstil – vilken förresten lät dess rika, vågiga yppighet komma till sin fulla rätt – och dräkten utgjordes av vad våra eleganta damer kallar en *"teagown"* – ett slags mellanting mellan den bekväma morgonrocken och våra mormödrars veckrika *roberondi* – en dräkt som mer än någon annan ger fritt spelrum åt en artistisk fantasi och ett raffinerat koketteri, genom en skenbar vårdslöshet, i förening med allt vad dagens mod har mest måleriskt och pikant för att förhöja den kvinnliga skönhetens trollmakt.

I första ögonblicket lade jag blott märke till att kostymen var i hög grad elegant och dyrbar samt särskilt lämpad för arten av hennes mörka egendomliga skönhet; senare iakttog jag den närmare och såg att den var gjord av något tjockt, mjukt, orientaliskt siden med ett högst egendomligt och effektfullt mönster; på den starkt citrongula bottnen bildade fina, skimrande guld- och silvertrådar en fortlöpande serie av större och mindre spindelnät, vilka tycktes överspänna densamma i alla riktningar, under det att fantastiska spindlar, några kolsvarta, andra i lysande färger, översållade det hela och vid varje rörelse tycktes krypa ut och in mellan klänningens rika, släpande veck, på ett sätt som otvivelaktigt skulle gjort de flesta unga damer bland mina bekanta ytterst nervösa. Vid halsen, där den originella dräkten, för övrigt rikt garnerad med dyrbara spetsar, öppnade sig för att löst falla nedåt över en svart, med fina guldränder genomvävd underklänning, sammanhölls den dessutom av en egendomlig agraff, bildad av tvenne svarta, av gnistrande briljanter översållade spindlar av en valnöts storlek. – Alla dessa detaljer iakttog jag, som sagt, först senare; i första ögonblicket var min uppmärksamhet helt och hållet upptagen av själva den kvinna, åt vilken denna färgskimrande, praktfulla dräkt blott bildade ett passande omhölje. – – Jag stod där tämligen tafatt och handfallen, häpen över den oväntade uppenbarelsen och dessutom en smula villrådig om vad jag borde säga eller göra, samt, inte minst, ehuru jag nu först kom att tänka därpå, oviss på vilket språk jag egentligen skulle uttrycka mig. Grevinnan – ty det vill verkligen tyckas som om det var hon – tog mig emellertid snart ur denna ovisshet. Det var på franska – – ehuru en franska, i vilken en egendomlig brytning spårades, som hon tilltalade mig.

"God afton, min herre – – herr doktor John Seward – – inte sant? – – Jag är er oändligt förbunden för att ni velat komma!"

Hon räckte mig handen – en smal, men kraftig hand, med egendomligt långa, böjliga fingrar, överlastade med ringar. Rösten var djup, men välklingande, ehuru med ett ovanligt, för mina öron främmande tonfall.

"Grevinna de Gonobitz-Várkony?" – sade jag med en blick på hennes kort, som jag alltjämt behållit i handen.

"Det är jag. Ni talar franska, monsieur?"

Tack vare mina medicinska Parisstudier och rätt trägen övning även senare kunde jag med någorlunda gott samvete bejaka frågan.

"Det är gott. Ha godheten att ta plats, monsieur."

Hon gick med lätta, spänstiga steg över golvet, sjönk åter ned på divanen och tecknade åt mig att slå mig ned på en bredvid stående stol.

"Ni önskade rådfråga mig, madame?" sade jag med den mest yrkesmässiga ton jag kunde åstadkomma, i det jag uppmärksamt betraktade henne.

Hon svarade inte genast, utan tycktes vara helt och hållet upptagen av att ordna sin dräkt, i det hon med vårdslöst behag kröp upp bland kuddarna och drog fötterna under sig. Först då hon lyckats inta den bekvämt halvliggande ställning hon önskade, vände hon sig, stödd på armbågen, mot mig.

"Ja, monsieur. Jag lider. Man har sagt mig att ni är skicklig – – ni skall kanske kunna skaffa mig någon lättnad."

"Det vore mig en glädje, madame" genmälde jag, " men till en början måste jag säga er, att det antagligen är ett misstag som förskaffat mig äran att bli hitkallad. Jag är visserligen läkare – – – men det är huvudsakligen själssjukdomarna som jag sysselsätter mig med."

"Det är bra. Jag visste det, monsieur. – Alla sjukdomar är själssjukdomar – inte sant?"

Frågan och den blick ur hennes förunderliga ögon varmed den beledsagades bragte mig ett ögonblick ur fattningen.

"Alla sjukdomar, madame menar ni?"

"Är själen frisk, så är kroppen det även – – All läkarkonst som utgår från andra föreställningar är ju endast charlataneri – – – som ni väl vet, monsieur."

Hon lutade sig litet tillbaka på kuddarna, så att hennes huvud vilade mot dem, under det att de outgrundliga ögonen oavvänt betraktade mig – till hälften beslöjade av de långa ögonhåren – med en gåtfull, jag skulle nästan vilja säga gäckande blick, som mot min vilja gjorde mig egendomligt förvirrad. Jag visste bokstavligen inte vad jag egentligen skulle svara – och dock är jag tämligen van vid besynnerliga patienter och deras excentriska frågor.

"Vill ni kanske ha den godheten att beskriva ert lidande för mig", sade jag slutligen hest, med undvikande av all vidare diskussion angående olika läkarmetoder.

Hon teg ett ögonblick, under det att hon fortfarande betraktade mig med samma halvt forskande uttryck.

"Ah, monsieur – – helt och hållet läkare, ser jag – – – det är bra. Det ger förtroende. – – – Men beskriva – – det är inte så lätt. Patienten kan inte bedöma arten av sitt onda – – – det tillkommer läkaren att göra."

"Men fru grevinna" – sade jag en smula otålig, "läkaren måste dock ha någon ledning – han är ingen trollkarl, han måste få upplysning om vissa fakta –"

"Ah! – – och denna upplysning – – – den väntar han av patienten? – – det är bekvämt – – för läkaren! – Ni får ha överseende med mig, herr doktor, jag är en främling, jag känner inte ert lands vanor. – – Ni vill ha en beskrivning? – Nåväl! – – jag lider förfärligt, jag har outhärdliga smärtor, jag faller i vanmakt, jag ser saker som inte finns – jag är – – är sömnlös – jag – har hjärtklappning, kramp, nervattacker – – vad vill ni väl mer? – – är det nog?"

"Mer än nog" – sade jag halvt skrattande, halvt förargad – jag började nästan misstänka att jag var utsatt för någon mystifikation och att hennes högvälborenhet med avsikt roade sig med att sätta mitt tålamod på prov. "Allt det där kan ju bero av ett halvt dussin orsaker och behandlas på lika många olika sätt. Låt oss ta litet i sänder – ni måste tillåta mig att göra några frågor och ni får nöja er med att besvara dem."

"Gott – som ni vill. Gör era frågor."

Hon lade sig litet mera tillbaka, sträckte bekvämt ut sig och tillslöt ögonen, i det hon samtidigt sträckte upp armarna – vilka de vida klänningsärmarna lämnade bara – och sammanknäppte händerna bakom huvudet. Under vanliga förhållanden skulle jag väl knappast ha funnit mig i att en patient betett sig på detta sätt under en konsultation – men dessa förhållanden var allt annat än vanliga och jag var nyfiken att se hur äventyret vidare skulle utveckla sig.

Jag gjorde några frågor, vilka hon besvarade nonchalant, men klart och redigt. De upplysningar hon lämnade tycktes tyda på en eller annan nervöst hysterisk affektion – emellertid märkte jag under gången av vårt samtal – om det kan kallas ett samtal – att hon, ehuru hon i allmänhet uttryckte sig flytande och redigt, ingalunda var språket fullt mäktig och att hon ofta förgäves sökte efter passande ord och fraser, då vi kom utom den vanliga samtalstonens område. Då en stund förgått, slog hon plötsligt upp ögonen – de var så stora, mörka och på samma gång egendomligt strålande att det verkade ungefär som då man plötsligt öppnar en blindlykta – – och såg mig rakt i ansiktet.

"Vi förstår varandra dåligt, monsieur – det är mitt fel. Men vi lär nog förstå varandra om ni vill behandla mig – – ty ni kommer ju tillbaka?"

"Om ni så önskar" – sade jag, något dröjande och halvt ofrivilligt – "jag vet egentligen inte – –"

"Jag skall säga er något. Jag begär inte allt på en gång – endast litet lindrar just nu. Jag har haft ett krampanfall – – jag vet att jag ej får sova en blund i natt, och då lider jag outsägligt. Hjälp mig att sova – det är allt vad jag behöver. – Sömn, sömn! – det är nog för denna gång."

"Gott – – jag skall skriva – –"

"Nej, nej – – ingen medicin – – inga gifter! – De passar för charlataner. Hade jag velat ha sådana, hade jag sänt efter en annan läkare. Men ni, herr doktor, ni känner nog andra medel – magnetism – hypnotism – suggestion – – vad kallar ni det? – Jag vet att ni använder sådana."

Jag såg förvånad på henne. I själva verket är jag ju en tämligen god hypnotisör, men i allmänhet använder jag inte denna förmåga i min praktik, då denna behandling, egendomligt nog, inte tycks lämpa sig för sinnessjuka. I avseende på nervpatienter har jag emellertid ett par gånger gjort det med överraskande gott resultat – men dessa fall har varit av så enskild natur, att jag ej trott dem vara kända utom den ytterst begränsade kretsen av de sjukas närmaste omgivning.

"Ni önskar bli hypnotiserad?" – sade jag för att vinna en smula mer betänketid.

"Ja – för att få sova. Var god och gör det nu genast! Jag längtar efter ro."

Hon hade åter till hälften slutit ögonen, men jag märkte att hennes blick under de långa ögonfransarna med spänt intresse iakttog mig.

"Nå – gott – vi kan ju försöka" – sade jag dröjande.

"Börja då" – sade hon befallande, i det hon lade sig bättre tillrätta på divanen och fäste de nu vidöppna ögonen på mig med ett underligt, nästan hotande uttryck. "Låt se, om er vilja är starkare än min!"

Det var en egendomlig utmaning, men det verkade eggande på mig – som det kanske varit hennes avsikt att den skulle göra. Jag böjde mig fram över henne, såg henne in i ögonen och koncentrerade hela min viljekraft på den uppgift jag föresatt mig. Jag gick för övrigt tillväga alldeles som jag brukar i dylika fall, men kände snart på mig att jag mötte ett oväntat motstånd. De stora mörka ögonen – i vilka pupillen, som det nu vid närmare påseende föreföll mig, var onaturligt utvidgad – mötte alltjämt min blick med samma vidöppna intensitet, och kring läpparna svävade liksom skuggor av ett gäckande leende.

"Ni är inte stark nog, doktor" – mumlade hon slutligen knappast hörbart. "Tag min hand, så går det kanske bättre – –"

Jag kan i denna stund knappast säga varför jag efterkom hennes begäran; det skedde nästan omedvetet och ofrivilligt, så mycket vet jag. Jag tog hennes hand och kände de smala muskulösa fingrarna med ett egendomligt fast grepp slingra sig om mina. Utan tvivel är hon i hög grad magnetisk, ty beröringen gav mig fullkomligt samma känsla som om en svag elektrisk ström passerat uppför min arm. Förnimmelsen var egendomlig, men hastigt övergående. Jag fördubblade nu mina bemödanden och det före-

föll mig verkligen som om jag nu kommit i en förut saknad "rapport" till patienten; några ögonblick senare slöt sig långsamt och liksom motvilligt de stora ögonen, och, ehuru handen behöll sitt fasta tag, antydde den jämna andedräkten att hon sov.

Jag suggererade henne nu på vanligt sätt så att hon, då hon vaknade, skulle känna sig bättre – att hon skulle gå till sängs i god tid och sova gott hela natten, samt att hon skulle vakna stärkt och vid gott mod följande dag. Därpå befallde jag henne att vakna.

Hon slog genast upp ögonen.

"Det gjorde gott! – ah! – vad jag mår väl!" – sade hon, i det hon släppte min hand och sträckte sig som ett självsvåldigt barn. "Ni är en utmärkt hypnotisör, herr doktor – – jag hoppas ni ofta vill upprepa detta."

Misstog jag mig, eller var det åter något gäckande i tonen och uttrycket? – Jag kan inte fullt komma på det klara med mina intryck. Visst är att jag lovade återkomma, så snart hon hade behov av mig, varvid hon påminde mig att jag måste "behandla henne, till dess hon blivit fullt återställd." Egentligen vet jag knappast om jag bör åtaga mig denna praktik – den går alltför mycket utom ramen av min vanliga verksamhet. – – I alla händelser skall jag återvända dit i morgon afton, som jag lovat – – sedan får vi se.

Eget att den där hypnotiseringen verkligen angripit mig på ett sätt som jag aldrig förut känt; jag har hela dagen idag varit oförklarligt dåsig och på samma gång nervös. – – – Jag har somnat ett par gånger vid skrivbordet t.o.m., något som eljest aldrig hänt mig. Förresten måste det egendomliga besöket och den hemlighetsfulla "grevinnan" ha verkat livligare på min fantasi än jag själv visste av, ty jag måste rent av anstränga mig för att inte tänka på henne och i minnet genomgå det hela, även då jag för övrigt är upptagen av arbete som gör anspråk på hela min uppmärksamhet. – – – Förmodligen var jag en smula överansträngd efter att ha sysslat så länge med den stackars Renfield och därför mera mottaglig för intryck än vanligt. Det hela var ju förresten i hög grad dramatiskt – utan tvivel anlagt på att verka på fantasin. – – Jag skulle gärna vilja veta litet mer om vad som ligger bakom allt detta. London liknar det gamla Rom däri att alla slags dunkla nationaliteter där bygger tempel åt sina nationalgudar – – – det skulle inte förvåna mig om denna s.k. grevinna vore en förklädd prästinna i en eller annan modern Astartes eller Moloks tjänst; polisrapporterna har stundom underliga ting att förmäla om sådant, och vi läkare stöter ju också ibland på ett och annat, varom vi inte talar. Civilisationen döljer ännu åtskilligt bakom de prydliga kulisserna, som inte tål dagens ljus!

Men, som sagt – jag är vad fruntimren kallar "nervös" idag och fallen för underliga fantasier. För att lugna mig har jag nedskrivit detta, där jag tvungit mig att vara så noggrann och detaljtrogen som möjligt – men det har inte precis haft åsyftad verkan – snarare motsatsen, är jag rädd. Jag ser nu ännu tydligare för mig det egendomliga rummet med sin teaterhorisont, sina målade palmer och dimmiga himmelsblå kupoler – – och mitt i denna dekoration, en smidig, mörk förtrollerska med ögon som natten, höljd i skimrande spindelnät och omgiven av juvelernas långa mångfärgade blixtar; jag hör än en gång denna underliga altstämma med de djupa vibrerande tonfallen som så föga passar tillsammans med det mjuka glidande språket. Vilket motiv för en romanförfattare! – Skada att jag endast är en prosaisk dårhusläkare, som vant mig att så vitt möjligt se allt med det kritiska förståndets kalla blick.

Man kallar mig – Renfield har ett nytt anfall. Han var lugn, säger de, till dess jag kom hem i natt, men just då jag öppnade porten hörde jag honom vråla och skrika som en besatt – – – sedan dess har han legat i ett slags dvala.

* * *

Jag hade nästan föresatt mig att låta hela saken falla och inte vidare gå dit över, åtminstone inte så vida man inte särskilt kallade mig; ty jag har i själva verket mer än tillräckligt att göra här och ingen tid övrig att agera husläkare för mer eller mindre tvetydiga polska, vallakiska eller rumänska grevinnor – men då allt kommer omkring är ett löfte ett löfte – och jag går väl därför i alla fall till Carfax i afton samt låter det övriga bero på hur jag finner min "patient" och vad jag förresten ser och hör. – – Onekligen är jag en smula nyfiken på min sköna utländska och skulle gärna vilja veta vad det är för slags societet hon samlar omkring sig. Idag, då jag kom hem från ett sjukbesök, såg jag åter ekipaget med de grå livréerna och den vitklädda damen köra in genom de stora gallerportarna till Carfax park. Jag undrar vad min skarpsinniga vän, Barrington Jones, skulle dra för slutsatser av de meddelanden jag skulle kunna göra honom?

Jag hade på f.m. ett kort besök av Van Helsing, som jag inte sett på flera dagar. Jag har inte klart för mig, vad det egentligen är som sysselsätter honom just nu; men han framkastade idag vinkar om en eller annan storartad upptäckt, vilken antagligen står i samband med det vetenskapliga arbete, varmed han sysslat allt sedan den arma Lucy Westerns död och vartill – som jag tror – de egendomliga iakttagelser han gjorde vid hennes sjukbädd delvis givit uppslaget. I själva verket är hennes sjukdom och död ännu oförklarade – och då dylika företeelser just faller inom området för min gamle lärares forskningar, undrar jag inte över det uteslutande intresse, varmed han ägnat sig åt detta arbete. Han skulle egentligen under denna tid ha varit min gäst, men föredrog sedan att hyra sig en egen bostad, mera centralt belägen. En del av sin tid ägnar han även åt vår stackars vän Arthur Holmwood – lord Godalming, menar jag – vilkens tillstånd, efter hans trolovades död blivit allt mera oroande. Van Helsing yrkade på, att han skulle lämna Hillingham, vars dystra minnen var ägnade att ytterligare öka den exalterade stämning, vari han alltjämt befinner sig – samt följde honom själv till Ring, familjegodset i Berkshire. Arthur har emellertid ej kunnat förmås att kvarstanna där, utan har nu återvänt tillbaka till Hillingham, där han förklarar sig vilja stanna. Han lider alltjämt av den fixa idén att Lucy inte är död och besöker flera gånger i veckan det gravvalv, där hon vilar – det påstås t.o.m. att han ibland tillbringar nätterna där. Efter så lång tids förlopp kan det naturligtvis inte längre bli fråga om någon skendöd – men egendomligt nog har kroppen ännu inte visat något spår av förvandling, vilket naturligtvis bidrager att öka vår stackars väns olyckliga villa. Fallet är i högsta grad anmärkningsvärt och har redan väckt uppmärksamhet i medicinska kretsar – man har på omvägar låtit förhöra sig, huruvida det inte skulle vara möjligt att få företa en närmare undersökning av den döda, men Arthur vägrar naturligtvis att lyssna till varje sådant förslag. –

– – Van Helsing har tydligen bildat sig en eller annan bestämd åsikt om saken, men har ännu inte meddelat sig med mig därom. Den gamle hedersmannen, som jag älskar och vördar lika mycket som jag i många fall beundrar honom som vetenskapsman, har i alla tider haft en viss liten svaghet för att vilja spela orakel och är numera hemlighetsfull än någonsin. Han har dock förberett mig på att han snart kommer att ha viktiga meddelanden att göra mig. – – Han var två tredjedelar snille och en tredjedel fantast, och *alla* hans teorier torde knappast stå sig inför den vetenskapliga kritikens skarpa prov – men inte dess mindre torde han i många fall, där andra vetenskapsmän kommer till korta, se klarare än flertalet.

Det skulle verkligen intressera mig att höra Van Helsings omdöme om min patient där borta på Carfax.

Klockan är nio. Det är tid för mig att gå dit. Naturligtvis kan jag inte underlåta det, då jag inte har något verkligt skäl därtill.

* * *

Gott att jag gick. Jag vet egentligen inte vad det var för en hemlig misstanke att hennes sjukdom egentligen blott var en förevändning, en mystifikation, att hon på ett eller annat sätt gycklade med mig, som var nära att avhålla mig. Men hon är verkligen sjuk, och då är det min plikt både som läkare och människa att bistå den, som vänder sig till mig för att få hjälp.

Jag gick som förra gången uppför den mörka allén, vägledd av den röda lyktan vid porten. Det gamla huset såg mera spöklikt ut än någonsin med sina mörka murgrönsklädda murar; men jag märkte nu ett matt ljussken ur några av fönstren. – – – På min ringning öppnades dörren genast av min gamle bekante, betjänten – även hovmästaren uppenbarade sig omedelbart därefter och jag fördes med samma ceremoniösa högtidlighet en trappa upp, dock denna gång till en annan dörr än förut; dock mottogs jag även här av den franska kammarjungfrun, nigande och artig.

"Herr doktorn måste ursäkta att fru grevinnan i afton måste ta emot i sitt sovrum. Hon är mycket lidande – ah! – mycket lidande idag, monsieur!"

Hon öppnade sakta en dörr, strax invid den, genom vilken jag förra gången inträtt, samt drog undan ett förhänge, som hon lät falla bakom mig, på samma gång som jag åter hörde henne stänga dörren; själv följde hon inte med in.

Jag befann mig i ett sovrum, inrett med stor lyx samt upplyst av en hängande taklampa med blodröd kupa. Allt i rummet hade samma färg, i mitt tycke föga lämpad för den lugna, rogivande stämning man gärna söker i en sängkammare – ett starkt lågande rött, vilket genomträngde och fyllde hela atmosfären. Jag påmindes ovillkorligen om en scen i den sista stora julpantomimen på Drurylaneteatern, där man (enligt programmet) infördes i "Rubingemaket i Bergadrottningens palats" – och det föref...ll mig nästan som om denna effekt avsiktligt eftersträvats av den som låtit inreda rummet. Det hela röjde i mitt tycke en mera bisarr än ädel smak. Tak och väggar var klädda med rubinrött siden; två av de stora väggytorna täcktes nästan helt och hållet av ofantliga speglar, infattade i röd plysch – mattan hade samma röda färg, och såväl fönster som dörrar täcktes helt och hållet av röda draperier, under det att själva sängen var så beklädd, draperad och madrasserad med siden och sammet i denna djupa, lysande färg, att den mera liknade ett för något dyrbart smycke avsett etui än ett vanligt viloläger. Ur hygienisk synpunkt var hela anordningen naturligtvis absolut förkastlig, så mycket mer som luften i rummet föref(ll mig ovanligt kvav och genomträngd av en stark, egendomlig, för mig främmande parfym – men det passade onekligen gott till den mörka, flammande skönhet, som dess anordning antagligen var beräknad att framhäva och förhöja.

På sängen låg min patient – inte avklädd, men svept i en morgonrock av djupröd, pälskantad sammet. Hon låg på rygg med armarna utsträckta utefter sidorna, orörlig som bilden på ett gravmonument; ögonen var slutna och det tjocka svarta håret, inte så konstrikt friserat som sist, föll i tvenne väldiga flätor nedåt axlarna och över bröstet.

Jag gick fram till sängen. Hon öppnade inte ögonen, men sade långsamt och avbrutet, med en röst som tycktes komma från ett stort avstånd, så svag var den:

"God afton, doktor. – – Ni är välkommen. – – Hon är död nu. Ni måste göra henne levande. – – Gör ert bästa. "

Jag böjde mig över henne, vidrörde hennes hand, kände på pulsen – handen var iskall och stal och pulsen fullkomligt omärklig; om jag inte hört henne tala, skulle jag i själva verket ovillkorligen ha trott henne vara död. Jag grep hastigt till stetoskopet för att undersöka hjärtat. För att kunna göra detta måste jag öppna morgonrocken; detta gick lätt nog, då den endast vid halsen var hopfäst med ett par stora guldhäktor; men jag fann till min förvåning att hon var fullkomligt oklädd under densamma, så att den nakna, fulländat sköna gestalten som en mörk bronsbild avtecknade sig mot det mjuka, svarta pälsverk, med vilket den vida dräkten var fodrad. Ingen hjärtrörelse eller annat livstecken kunde förnimmas och hela kroppen visade dödens kyla och stelhet. Död kunde hon dock omöjligt vara, då jag nyss hört hennes röst, så mycket sade mig mitt förnuft, oberoende av alla medicinska iakttagelser. Jag måste förutsätta ett katalytiskt anfall, men i så fall av tämligen enastående art. Jag såg mig ett ögonblick omkring, oviss om vad jag egentligen först borde företa samt sökande en ringklocka eller klocksträng, då jag ovillkorligen tyckte mig behöva inhämta närmare upplysningar av kammarjungfrun – det föreföll mig på det hela högst egendomligt, att man på detta sätt lämnade mig fullkomligt ensam med en patient, vars tillstånd omöjliggjorde alla frågor samt överhuvudtaget väl borde ha synts husets folk tillräckligt oroande för att nödvändiggöra en sjuksköterskas eller annan vårdarinnas närvaro. Ingen klocka syntes emellertid till, och jag stod just i begrepp att gå till dörren för att ropa någon, då jag hejdades av den svaga, nästan överjordiska rösten.

"Ropa ingen" – sade den på samma långsamma, avbrutna sätt som förut. "Ni ensam, doktor – – kom hit."

Jag gick hastigt fram till sängen och böjde mig över henne. Egendomligt nog kan jag knappast säga om hennes läppar rörde sig eller ej – orden hördes dock tydligt, men ungefär som då man hör någon tala i telefon på mycket långt håll.

"Tag hennes hand" – – fortfor stämman. "Befall livet – – lägg er vilja – all er kraft i det – – vill – vill – befall!"

Det blev åter tyst. Med håkomst av mitt förra experiment och i betraktande av de utomordentliga förhållanden, vilka i själva verket kom all min erfarenhet på skam, tyckte jag mig ej riskera någon genom att följa anvisningen. Jag tog plats vid bädden, tog hennes ena, iskalla hand i min och sökte koncentrera all min viljekraft på den enda uppgiften – – att väcka henne ur detta dödsliknande tillstånd.

"Ni måste – först – magnetisera henne" – – – ljöd rösten åter – "anknyt den – – magnetiska – strömmen mellan – –"

Hon tystnade åter; jag hade emellertid förstått meningen och företog nu de vanliga magnetiska strykningarna – varvid jag dock hade en ovanlig förnimmelse av domning i fingerspetsarna, som överraskade mig. Efter en stund fattade jag åter hennes hand. Den låg tung, kall och utan rörelse i min, som om den varit av bly. Jag fäste min blick på hennes ansikte och samlade hela min energi på tanken att väcka henne till liv.

Efter några minuters förlopp började jag åter erfara den egendomliga känsla av kraftuttömning, som jag känt vid mitt förra försök att hypnotisera henne och som jag aldrig förut känt vid liknande tillfällen. Det förefoll mig som om min livskraft bokstavligen strömmat bort eller sugits ut på något oförklarligt sätt – som om jag ofrivilligt dragits mot något, liksom järnet drages till magneten eller den ena kvicksilverkulan mot den andra. Jag kan nu efteråt göra mig reda för detta egendomliga fenomen, som förefaller mig lika intressant som tills vidare oförklarligt; men vid tillfället reflekterade jag ej däröver – jag kände blott att jag måste uppbjuda alla mina krafter för att uppnå det mål jag föresatt mig. Förmodligen är det något hos denna egendomliga kvinna, som gör henne svårare att påverka än andra genom denna hemlighetsfulla kraft – – eller också är hon i besittning av en så ovanlig receptivitet att hon, så att säga, konsumerar mera kraft än andra. – – Båda delarna låter sig tänkas som förklaring på den ovanliga avmattning försöken att hypnotiskt eller magnetiskt behandla henne medför. Det hela är och blir i många avseenden, som sagt, oförklarligt samt intresserar mig därför så mycket mer. Jag har vid flera tillfällen kunnat konstatera att min förmåga som såväl hypnotisör som magnetisör är tämligen enastående – även Van Helsing har sagt mig detta och det var egentligen under den tid jag studerade för honom, som jag själv upptäckte och experimenterade med denna förmåga under hans ledning. Jag har dock alltid haft en instinktlik motvilja mot att i vidsträcktare grad begagna mig därav; men det tycks som skulle omständigheterna nu, nästan mot min vilja, tvinga mig till vad jag hittills undvikit.

Men låt mig noga anteckna den vidare utvecklingen av detta egendomliga experiment.

I detta fall kunde det naturligtvis ej bli fråga om hypnotism i vanlig bemärkelse, och experimentet var därför så mycket intressantare. Patienten var, så vitt jag kunde märka, fullkomligt medvetslös, och om hon överhuvudtaget skulle påverkas, måste detta ske genom utvecklande av en stark, magnetisk *rapport* mellan oss båda, som gjorde henne mottaglig för den av mig använda viljekraften och den därav alstrade suggestionen. Fast kvarhållande hennes hand i min och med blicken oavvänt riktad på hennes ansikte, böjde jag mig fram över henne och upprepade med korta mellanrum och låg röst orden:

"Ni skall vakna. Jag vill att ni skall vakna. Hör ni det? Jag vill att ni skall vakna."

Hur lång tid som förgick, vet jag ej, ty, som sagt, mina egna sinnen greps av en underlig domning och jag var knappast medveten om annat än hennes ansikte, handen som jag höll och min intensiva önskan att tvinga henne tillbaka till livet eller liksom ingjuta något av mitt eget liv i henne. Jag kände, utan att lägga märke därtill, hur min egen hand blev kall, hur armen domnade och hur egendomligt stickande smärtor genomilade både den och själva skuldran; det förefoll mig till slut, som om det inte varit jag som fasthållit *henne* utan *hon* som fasthållit mig med ett järnfast grepp. Den röda atmosfären omkring mig tycktes flamma och låga, som om den varit levande eld; det surrade i mina öron och plötsligt stod med egendomlig klarhet för mig mina känslor under det Van Helsing utförde den operation varigenom mitt blod överfördes i den arma Lucy Westerns ådror; det förefoll mig (jag söker så noggrant som möjligt anteckna allt, men hågkomsten är tämligen oredig) – det förefoll mig plötsligt som om jag ännu en gång genomlevde detsamma, och genom en egendomlig hallucination tyckte jag mig på kudden framför mig inte längre se den patient, till vilken jag blivit kallad, utan en annan, så olik henne som möjligt – den bleka, medvetslösa Lucy med sin genomskinliga hy och sitt guldblonda hår. – Det var en verklig sinnesvilla, så stark att jag kunnat svära på dess verklighet. – Jag tyckte mig i själva verket se alla de symptom jag förut iakttagit hos Lucy – hur livets värme och uttryck så småningom återvände till den skenbart livlösa kroppen – – hur de vita kinderna fick en skymt av färg och bröstet hävdes av kraftigare andetag – med ett ord – det var en fullständig hallucination, högst egendomlig att iakttaga hos sig själv – jag vet mig aldrig ha upplevt något liknande. Den utländska grevinnan och hennes hemlighetsfulla, exotiska skönhet fanns i detta ögonblick inte till för mig; jag såg blott Lucy och kände ett brinnande begär att återkalla *henne* till livet, kände med underlig glädje hur mitt blod rann bort för att fylla hennes ådror. En underlig mattighet betog mig mer och mer – det förefaller mig nästan som om jag verkligen för några sekunder förlorat medvetandet. Plötsligt ryckte jag till vid en tryckning av min hand – det var som om ett moln skingrats och jag såg åter min patient framför mig och kände livets värme i den hand jag höll. Min blick var fortfarande fäst på det mörka ansiktet på kudden – – just nu öppnades långsamt de stora svara ögonen och såg rakt på mig; hon lyfte matt den andra handen och strök sig över pannan; därpå smålog hon mot mig.

"God afton doktor" – sade hon med sin naturliga, djupa stämma och den egendomliga brytning jag förut lagt märke till. "Det var gott att ni kom."

"Ni har varit avsvimmad", sade jag. "Brukar ni ofta ha dylika anfall?"

Hon smålog åter och betraktade mig med samma förstulet gäckande uttryck som jag förut lagt märke till.

"Avsvimmad? – ja, naturligtvis – – Mitt huvud värker, och så" – hon gjorde en betecknande åtbörd. "Men jag vet intet om det. Jag vaknar – – *et voilà!* – allt är borta. Ni måste bota mig – säg – vill ni det? – Lova att komma var dag. Lova det! – ni måste det."

Jag betänkte mig ett ögonblick.

"Ja, jag skall komma", sade jag därpå, "men med ett villkor, ni måste göra vad jag föreskriver, annars kan jag ej vara er till någon nytta."

"Ah! – vad ni föreskriver! *Bon* – men jag har sagt er att jag ej vill ha några gifter."

"Ni skall slippa dem. Men jag måste se er mer och studera er sjukdom, innan jag kan yttra mig bestämt om vad som bör göras."

"Och därför kommer ni var dag – en liten stund – inte sant? – Vid denna tid. Ni studerar – ni upptäcker vad ni kan – – – gott! – och till slut finner ni det medel jag behöver. Det är just vad jag önskar. Tack! – Kom då i morgon – – ni behöver inte stanna längre nu. Ni är trött – jag ser det. Jag är en besvärlig patient. Farväl!"

Hon räckte mig handen – densamma som jag så länge hållit, men som nu kändes varm och kraftig, under det att min egen fortfarande var kall och liksom domnad.

Jag tvekade ett ögonblick. För en läkare var det ju egentligen löjligt att på detta sätt låta avskeda sig, liksom efter en kunglig audiens, utan att ha fått tillfälle att närmare undersöka det egendomliga fall, för vars behandlande han blivit tillkallad – men jag fann det bäst att denna

gång rätta mig efter hennes önskan. Jag kände för övrigt behov av att närmare övertänka det hela, utan dessa förvirrande omgivningar och i en sundare och nyktrare atmosfär; vad jag upplevt i detta hus förefaller mig vid lugnare eftertanke löjligt likt ett äventyr ur Tusen och en Natt, där läkaren nattetid kallas till en skön och hemlighetsfull patient, i ett hemlighetsfullt palats – ty till ett sådant tycks den gamla villan verkligen ha förvandlats, åtminstone så vitt jag kunnat se – – och där blir vittne till förunderliga ting, dem han med all sin lärdom är ur stånd att förklara. Men naturligtvis finns det en fullkomligt naturlig och ur vetenskaplig synpunkt antaglig förklaring till dessa företeelser, och det skall på det hela taget bli av stort intresse att närmare undersöka desamma. – – Det dödsliknande tillstånd vari hon befann sig vid min ankomst kan svårligen ha varit simulerat, ehuru läkaren ju alltid måste vara på sin vakt mot dylika bedrägerier, i vilka i synnerhet hysteriskt nervösa patienter stundom kan utveckla en otrolig fintlighet och uthållighet. Men det är mig å andra sidan omöjligt att enligt någon känd teori förklara den inverkan min hypnotiska – – eller magnetiska – jag vet knappast själv vad jag skall kalla den – – behandling utövade på henne, lika litet som de förnimmelser jag själv därvid erfor. Att jag under detta experiment utsattes för inverkan av en stark, mig okänd kraft, är fullkomligt otvivelaktigt; jag har ännu ej fullt lyckats frigöra mig från dess verkningar eller hämta mig från den egendomliga avmattningen och nedsättningen av alla livsfunktioner, varav jag var medveten under den stund jag höll hennes hand. – – Det hela är med ett ord högst egendomligt; jag har inte kunnat finna exempel på något liknande fall i några av mina böcker eller tidskrifter. – – Men jag skall, som sagt, ägna mera uppmärksamhet än hittills åt dessa fenomen, vilka jag förut blott tillfälligtvis iakttagit.

Då hon, som jag nyss beskrivit, räckt mig handen till avsked, sträckte hon sig efter en liten ringklocka, som jag förut ej märkt, då den hade sin plats på ett lågt bord, till hälften dolt av sänggardinerna. Hon ringde och kammarjungfrun inträdde nästan omedelbart.

"Visa herr doktorn vägen", sade hon kort till den inträdande. "Till parken" – tillade hon påminnande, just då kammarjungfrun stod i begrepp att dra undan förhänget och öppna dörren.

"Det är min bror", fortsatte hon, vänd till mig, "som önskar få äran göra er bekantskap, herr doktor. Han är orolig för mig – – Jag beklagar, att jag ej kan få presenterar er för varandra – – men han känner er redan. – – Ni har ju den godheten att skänka honom några ögonblick?"

Jag bugade mig, inte litet förvånad över denna oväntade anmodan – kanske mest över att den omtalade "brodern", om han fanns i huset, inte visat sig förut, då det väl varit naturligast, att han mottagit mig vid min ankomst och sagt mig några ord angående sin systers tillstånd.

"Er bror, fru grevinna?" – sade jag frågande.

"Min bror – – furst Koromeszo – – han väntar er. God natt, monsieur – än en gång – välkommen i morgon – – *klockan nio.*"

Hon låg till hälften upprest och framstupa i bädden, stödd på armbågarna och fullt belyst av lampans blodröda sken – jag ser henne alltjämt för mig så, med de förunderliga ögonens egendomligt djupa glans och det gåtlika leendet på läpparna. Hon påminde mig i denna ställning om en sfinx – kanske är hon helt enkelt en stor skådespelerska – vem vet?

Jag bugade mig än en gång till avsked och följde därefter kammarjungfrun, som trippade före mig utför den breda gamla trappan med dess tunga snidade stenbalustrad, prydd av grinande, sköldbärande heraldiska lejon vid trappavsatserna, och som jag nu såg tämligen förfallen. Vid husets restaurering tycktes man överhuvudtaget ha gått tämligen nyckfullt till väga – under det att vissa delar helt och hållet omskapats och inretts med nästan furstlig lyx – som det rum jag nyss lämnat – bibehåller andra helt och hållet den ålderdomliga prägel, som överensstämmer med det skick, vari jag först sett stället, och man tycks blott nödtorftligen ha reparerat det oundgängligaste. Jag märkte först nu att det rutiga marmorgolvet i vestibulen var i hög grad ojämnt och att väggarnas en gång praktfulla stuckbeklädnad på flera ställen var sprucken samt anlupen av fukt och mögel. Totaleffekten är dock fortfarande imponerande och pittoresk och vid första ögonkastet märker man knappast bristerna.

Min lilla svarthåriga vägviserska trippade tvärt över vestibulen och knackade på en dörr – eller rättare, ett par stora dubbeldörrar på vänstra sidan om ingången. Det var den ståtliga hovmästaren som öppnade.

"Var god och stig in, sir", sade han bugande. "Fursten väntar er."

Till min förvåning hörde jag ljudet av livligt samtalande röster – huset hade förut liksom vid mitt första besök förefallit mig så gott som utdött. Det rum, vari jag först inträdde, var tydligen endast ett slags tambur eller antichambre, sparsamt möblerat med några spinkiga rokokomöbler på ett bonat golv samt en gammal dunkel spegel i svängd ram med svartnad förgyllning på väggen. Några ytterkläder låg vårdslöst kastade på ett par av stolarna – över en annan stolrygg hängde en fruntimmerskappa av vitt kläde, garnerad med något slags vitt fjäderbräm – jag kunde inte i första ögonblicket få klart för mig, vad det var för en håkomst detta originella plagg egentligen framkallade hos mig, men det föreföll mig som om jag bestämt sett det förut. I nästa ögonblick hade jag, följande hovmästarens bugande och pantomimiska maning, trätt över tröskeln till det angränsande rummet – en tämligen stor salong med gipsornament i taket, vitmålade väggar med mörknade guldkanter, gammaldags vitlackerade och förgyllda möbler, klädda med urblekt siden, en stor gammaldags ljuskrona i taket och några liknande lampetter på väggarna; mitt för ingångsdörren befann sig en stor spegel. Jag lade halvt omedvetet märke till allt detta, men kan nu i minnet fullkomligt återkalla det hela. På höger hand förde dubbeldörren till ett annat, ävenledes upplyst rum, från vilket även förnams röster; jag var emellertid alltför upptagen av det sällskap jag såg framför mig för att skänka de övriga någon uppmärksamhet.

I salongen befann sig vid pass ett dussin personer, gruppvis fördelade. Längst bort i fonden satt några herrar kring ett bord sysselsatta med att spela kort; mitt i rummet, där mjuka fåtöljer var placerade kring ett större bord, satt tvenne damer och tre herrar, halvhögt konverserande – och i ett hörn ytterligare ett par, tre herrar, som tydligen att döma av deras miner hade något av stort intresse att avhandla med varandra. Det var en av dessa sistnämnda, som hastigt reste sig och kom mig till mötes.

"D:r John Seward?" – sade han artigt på engelska, ehuru med stark utländsk brytning. "Jag är Elemar Koromeszo – mycket förbunden – – – ni har haft godheten besöka grevinnan Vårkony? – – anser ni någon fara?"

Han talade långsamt, liksom sökande efter orden, med långa uppehåll mellan satserna och sluddrande uttal. Jag misstänker starkt att han tagit sig något för mycket till bästa, i synnerhet som jag såg en iskylare med champagnebuteljer i ett hörn och halvtömda glas här och där på borden – men han syntes för övrigt fullkomligt redig och de egenheter jag anmärkte kunde möjligen också bero av ovana att uttrycka sig på engelska. Jag iakttog honom med en viss nyfikenhet, medan han talade. Det var en ovanligt vacker karl med regelbundna drag och förnämt utseende; åldern kunde vara omkring trettio eller något däröver; ansiktet såg egentligen ungt ut, men det låg något slappt och utlevt över det hela, som verkade oangenämt, och uttrycket var inte förtroendeingivande. Egendomligt nog fick jag genast ett intryck av att jag sett honom förr, ehuru jag omöjligt kan påminna mig när, hur eller var detta skulle ha skett. Men London är ju fullt av utlänningar och det är ju alltför möjligt, att jag tillfälligtvis passerat honom på gatan eller i någon av parkerna utan att då särskilt lägga märke till honom. Jag skulle förresten nästan vilja påstå att jag hört själva namnet förr – det förefaller mig som om det återkallade något, jag vet inte rätt vad – – – men detta är naturligtvis en inbillning.

"Jag har ännu ej haft tillfälle att tillräckligt iakttaga grevinnan för att kunna yttra mig med någon bestämdhet", genmälde jag försiktigt.

"Men ni har väl godheten att fortfarande ägna henne er vård?" sade han förbindligt. "Även om hon inte – – i vanlig mening – – – är egentligen

sjuk – – är det dock – – med hennes säregna organism – – ni förstår – lugnande – tillfredsställande – – att veta henne under en skicklig läkares överinseende – – ni är väl så god och åtager er?"

"Åtminstone tills vidare, om ni så önskar", sade jag. "Fru grevinnans tillstånd har emellertid förefallit mig så pass egendomligt, att jag skulle förorda tillkallandet av en nervspecialist."

"Ah" – han betraktade mig plirande – "ni anser hennes – – lidande – – vara av – nervös natur?"

"Inte osannolikt – – men, som sagt – – jag har ännu inte haft tid att bilda mig ett bestämt omdöme."

"Ni skall få tillfälle därtill, men – – – min bästa doktor. Så mycket tillfälle ni önskar. – – Det är också vad jag – – vad vi önskar – – grevinnan själv och – – och hennes närmaste. Jag hoppas således att ni hädanefter vill betrakta er själv som – – husläkare här å stället. – Som grevinnans husläkare, menar jag. Grevinnan har uttalat sin stora belåtenhet med den behandling ni hittills underkastat henne."

I betraktande av att jag endast en gång förut "behandlat" hennes högvälborenhet och den s.k. behandlingen då var av en beskaffenhet, som knappast torde kunna inrangeras under medicinernas namn, fann jag mig föranlåten att endast besvara denna artighet med en stum bugning. Det hela föreföll mig en smula mystiskt och jag bryr fåfängt min hjärna för att finna någon anledning, varför dessa egendomliga människor fallit på den idén att särskilt hedra *mig* med sitt förtroende. Möjligen skall jag finna förklaringen längre fram – tills vidare får jag nöja mig med att endast iakttaga.

Vi hade här blivit stående under vårt samtal; nu vände fursten sig till hälften mot rummet och sade med lätt ton:

"Vi är några vänner, som vanligen sammanträffar här – – grevinnan tar emot varje afton efter klockan nio – – då hon inte är – lidande – – som idag. I så fall har hon uppdragit åt mig att vara värd. – – Tillåter ni att jag presenterar er, herr doktor, för några bland våra vänner här?"

"Om ni ursäktar, furste, skulle jag föredra en annan afton", sade jag, ty jag började känna en överväldigande matthet och dåsighet och tyckte det vara hög tid att återvända hem. "Jag anser mig inte längre kunna vara borta från mina ordinarie patienter."

"Som ni vill – men i morgon afton då? – Jag hoppas grevinnan skall vara tillräckligt – – – återställd – för att själv göra *les honneurs*. Ah! – mycket förbunden! – à propos – ni tillåter väl att jag gottgör det besvär ni så vänligt gjort er" – – – han tog ur bröstfickan ett kuvert som han räckte mig.

"Tack – det kan vi ju tala om en annan gång – ännu har jag intet uträttat" – sade jag en smula kyligt avvisande; det låg något sårande i hans sätt, ehuru jag ej rätt kunde säga vari detta bestod, och jag kunde ej förmå mig att mottaga penningar av honom.

"Som ni behagar" – sade han nonchalant, i det han åter stoppade på sig kuvertet. "Ja – *au revoir* då, bästa doktor! – gläder mig mycket att ha gjort er bekantskap. De engelska läkarna har gott rykte i hela världen. De är gentlemän – inga charlataner. Man vet, då man vänder sig till en av dem – – – att man kan förlita sig både på hans skicklighet och – – – hans *grannlagenhet* – – à propos, bästa doktor Seward" – han följde mig ett par steg mot dörren och sänkte rösten – "Jag behöver naturligtvis ej säga en man som er att *grannlagenhet* – – *förtegenhet* – – *diskretion* – – med ett ord – – i vissa fall kan vara av ännu större värde än till och med medicinsk skicklighet. Det förstår ni ju – inte sant?"

"Fullkomligt", sade jag. "Jag har den äran att rekommendera mig!"

Han hade följt mig ut i den lilla antichambren där hovmästaren, uppsträckt och högtidlig, alltjämt väntade med min hatt och överrock.

"Gott, gott – – förträffligt. Tala är silver, men tiga – guld! – Ni har ju det ordspråket här i landet också, vill jag minnas? – Ett förträffligt ordspråk, vars riktighet ni utan tvivel ofta fått besanna – – – Farväl, farväl – – tills i morgon, bästa doktor!"

Vi skildes med ömsesidiga hövlighetsbetygelser och hovmästaren följde mig till porten. Just som han stod i begrepp att öppna, klappade någon utifrån på densamma – två korta hårda slag, som av en käppkrycka eller något liknande. Hovmästaren ryckte till, mumlade något för sig själv och öppnade med brådskande iver, i det han slog upp porten på vid gavel och djupt bugande trädde åt sidan, på samma gång som en ovanligt högväxt, medelålders man med imponerande utseende och militärisk hållning visade sig på tröskeln. Som jag ej ansåg det passande att stanna längre, gick jag förbi honom med en lätt hälsning, vilken han hövligt men likgiltigt besvarade. I förbifarten lade jag märke till att han under den dyrbara, öppna pälsen var iklädd s.k. "civil högtidsdräkt", eller med andra ord, frack och vit halsduk som om han kommit från något större sällskap, samt att ett par ordensstjärnor blänkte på frackuppslaget. Därpå stängdes porten bakom mig och jag vandrade långsamt utför den mörka allén, i vars fond de stora grindarnas järngaller skarpt avtecknade sig mot den upplysta gatan därutanför.

Klockan var omkring elva vid min hemkomst, underläkaren rapporterade att allt stod väl till och jag var glad däröver, ty jag kände mig märkvärdigt trött och angripen – dr Morton (mitt biträde) anmärkte också, att jag var ovanligt blek och frågade om jag kände mig illamående. Jag sade honom att jag blott kände ett oövervinnerligt begär att få sova. I själva verket gav jag mig inte tid att kläda av mig utan somnade på soffan här i mitt arbetsrum nästan i samma ögonblick som jag satte mig ned – förmodar jag, ty jag har inte ens något minne därav. Jag vaknade plötsligt som ur en dvala då klockan slog ett och kände mig då fullt utvilad. Sedan jag lagat en kopp te åt mig på min lilla spritkokare, har jag nu sysselsatt mig med att nedskriva detta, vilket på det hela syns mig tillräckligt anmärkningsvärt för att förtjäna antecknas, medan jag ännu har allt i färskt minne. – Då jag nu genomläst vad jag skrivit förefaller det mig dock egentligen blott som en samling lösryckta och delvis obetydliga iakttagelser, där själva den sammanbindande tråden saknas – men jag vet av erfarenhet, att man ej bör förakta dylika iakttagelser; det kommer vanligen en dag då man ur de många spridda dragen ser ett helt framträda, som man kanske förut förgäves sökt – – – Allt sedan Lucys sjukdom och död och de skakande sinnesrörelser dessa tilldragelser medförde, har jag känt en egendomlig likgiltighet för den yttre världen, som kanske inte varit fullt sund; jag bör kanske vara tacksam mot de omständigheter som halvt mot min vilja tvingar mig att träda ut ur min tillbakadragenhet och omfatta nya intressen.

———————————————————————

Underligt i alla fall hur levande tanken på Lucy är hos mig i natt; det är som om det gamla, halvt läkta såret plötsligt åter börjat smärta och blöda. Tydligare än någonsin känner jag att med henne allt hopp om vad man kallar lycka här på jorden för mig försvunnit; jag hör inte till dem som kan älska mer än en gång. Detta har jag länge vetat – jag förstår inte själv varför det just nu plötsligt syns mig så bittert. Vad man kallar *lycka* borde ju dock på det hela vara en bisak i en mans liv; en verksamhet som min erbjuder tillfredsställelse av annat och säkerligen varaktigare slag. Detta borde vara nog för mig; jag har tänkt och föreställt mig att det skulle vara det. Och dock – hur ödslig är ej min härd, hur glädjelös och tom min tillvaro. Det är som jag började först nu förstå vilken plats kvinnan är skapad att fylla i mannens liv. – De många erotiska aberrationer jag under loppet av min praktik haft tillfälle att iakttaga och behandla har givit mig ett slags avsmak för hela detta område; jag börjar tro att jag hittills nästan för mycket underkänt lidelsens – den sunda, starka lidelsens fullt berättigade krav och dess betydelse för mannens harmoniska utveckling – – – jag inser nu först hur ensidig min egen varit. – – De lösa förbindelser, i vilka mina kamrater sökt och funnit en övergående ersättning för äktenskaplig lycka, har aldrig för mig haft någon lockelse – – tvärtom, de har synts mig löjliga, osmakliga och förnedrande. Men – – – det kunde ju bli en fråga om man inte på det hela taget vore mera människa, i en viss bemärkelse, om – – – Nej, jag vill inte skriva meningen till slut. Vi läkare får en obehaglig vana att dissekera allt, även oss själva. – – Det är mig dock inte möjligt att inte till en viss grad söka analysera arten och ursprunget av den brännande, smärtsamma åtrå, varmed min fantasi just i

natt framkonstruerar Lucys bild för mig. – – I hennes egen närhet kände jag aldrig något liknande – denna feberaktiga, förtärande längtan – ej heller vet jag mig förr ha erfarit något därmed jämförligt.

Det kommer för mig med en egendomlig rättelse att *mitt blod dock flutit i hennes ådror* – – att hon i alla fall några timmar, om inte mer, *levt med mitt liv* – – varit *ett* med mig.

Van Helsings yttranden på hennes begravningsdag upprörde mig – väckte min harm, de syntes mig ett helgerån, en kränkning av det rena oskuldsskimmer, i vilket hennes minne stod för min själ. Men han hade dock rätt, den gamle. Med samma rätt som Arthur ansåg sig kunna kalla henne sin maka, kunde ju också *jag* göra det – – även jag hade en del i henne.

———————————————————————

Men vad är allt detta? – jag börjar tro att jag yrar. För en gång skall jag ta min tillflykt till min gamla vän – – eller fiende, ty jag har sedan länge fruktat och skytt honom som en sådan – – *kloralen*. Jag måste sova för att återvinna jämvikten – sova djupt och länge.

———————————————————————

Jag har låtit underläkaren veta att jag ej vill bli störd förrän vid tolvtiden på förmiddagen. Lyckligtvis finns intet fall för ögonblicket som ovillkorligen påkallar min personliga närvaro. Mina nerver är överretade och intet är viktigare än att lugna dem, om jag skall kunna sköta mina åligganden.

* * *

En läkare kan inte ordinera för sig själv, det är en gammal känd sanning; jag fruktar därför att jag verkligen måste bekväma mig till att rådfråga mig med någon kollega – det förefaller mig, som lede jag av någon allvarlig rubbning i nervsystemet, och för en man i min ställning, med en verksamhet sådan som min, där lugn och självbehärskning samt en orubblig sinnets jämvikt är ett oundgängligt villkor, är detta en betänklig sak. Sinnets jämvikt är just vad jag saknar, och det är första gången i mitt liv som jag gör denna förödmjukande erfarenhet, varför den kanske oroar mig mer än den egentligen behövde göra.

325

Jag vet inte i vad mån de egendomliga förhållanden, vari jag under de senaste dagarna fått en inblick, kunnat bidra till den stämning vari jag befinner mig – det är nog inte omöjligt att de haft sin del däri, men att jag sålunda påverkats av en tillfällig rubbning i det jämna förloppet av mitt dagliga liv bevisar tillräckligt att allt inte är som sig bör. – – – Jag skall till en början tala litet med Van Helsing, vars erfarenhet i dylika fall torde vara större än de flestas. Jag har väntat besök av honom alla dagar, men han har inte synts till – jag vet egentligen ej vad han har för sig; på hotellet svarades det att han var bortrest. – – Tills vidare vill jag anteckna de sista dagarnas tilldragelser så noggrant som möjligt; kanske skall jag därvid även själv vinna mera klarhet över ett och annat.

Min sista anteckning, ser jag, är från natten efter mitt andra besök på Carfax. – Tack vare en god dosis kloral, sov jag gott – i alla händelser djupt och ostört – ett gott stycke in på förmiddagen; kände mig dock tämligen matt och olustig och måste uppbjuda hela min viljekraft för att sköta de vanliga göromålen – egendomligt nedstämd samt alltjämt förföljd av tankar på Lucy, från vilka jag inte tycktes kunna frigöra mig, ehuruväl jag inser hela faran av att sålunda hänge mig åt föreställningar, som alltför lätt kan ta formen av fix idé. – – Ofattligt, vad som egentligen så plötsligt åter kallat dessa känslor, vilka jag trodde för alltid vilar i hennes grav, till liv! – Är det beröringen med denna sällsamma kvinna och hennes omgivning, som på ett egendomligt sätt påverkat och uppjagat min fantasi? – Det måste vara så, ehuru jag inte förstår sammanhanget. Men det förefaller mig, som om den oförklarliga oro som förtär mig egentligen bestämt kunde dateras får mitt första besök på Carfax. Möjligen är det också blott ett tillfälligt sammanträffande. Jag var, som jag vill minnas, trött och överansträngd den aftonen, och den ytterligare ansträngning som krävdes för att hypnotisera patienten, var antagligen mer än mina nerver tålde vid. Visserligen har jag hittills knappast av egen erfarenhet vetat vad nerver ville säga – – – men det finns väl hos var och en någon svag punkt, vilken ej ostraffat överskri-

des. Endast på detta sätt kan jag förklara vad jag dessa sista dagar *erfarit*; i mitt fullt normala tillstånd skulle jag troligen varken sett eller hört vad jag nu *med bestämdhet tyckt mig se och höra*. En dårhusläkare blir misstrogen även gentemot sig själv i dylika fall; han lever ständigt omgiven av människor, för vilka en fullkomligt inbillad värld är fullt verklig och aktuell och vet hur liten den del av det psykiska och fysiska maskineriet behöver vara som råkat i olag, för att hallucinationen skall få hela verklighetens styrka. – – – Det är inte precis angenämt att studera dessa fenomen på sig själv – men jag gör det inte dess mindre med ett visst intresse och bemödar mig att göra det med samma lugn och kallblodighet som gällde det en annan. Dylika observationer kan bli värdefulla nog – och det samma säger jag om de egendomliga företeelser jag blivit satt i tillfälle att iakttaga där borta. Det är en besynnerlig värld som dväljes inom de gamla murarna där, jag vet ännu inte rätt, hur jag skall beteckna den och problemet har något så lockande, att jag oupphörligt åter drages dit, ehuru jag gång på gång föresätter mig att inte återvända. Men till mina anteckningar! – Jag hade fullt upp att göra hela dagen – bland annat ett brev från den stackars Godalmings syster att besvara. – Hon har varit hos släktingar i Irland sedan faderns död, men var nu orolig över att ej på lång tid ha hört något av Arthur och vände sig därför till mig. Jag kunde tyvärr ej lugna henne, i stället tillrådde jag henne att om möjligt komma hit, då hennes närvaro kanske vore det enda som skulle kunna utöva ett välgörande inflytande på honom. Hon var, som jag vill minnas, gift med någon utlänning, men lär nu vara skild från honom och ha återtagit sitt flicknamn; hon bad mig adressera brevet till "fru Holmwood". Det var en eller annan romantisk historia förknippad med hennes giftermål, vill jag minnas – men ehuru hon gifte sig mot faderns och Arthurs önskan, har den senare alltid talat om henne med oföränderlig ömhet och beundran; hennes hitkomst kunde möjligen, om hon har något inflytande över honom, bli hans räddning, ehuru man i ett sådant fall ej kan säga något med bestämdhet. – Stackars Arthur – tanken på hans tragiska öde fyller mig med mera deltagande än någonsin. Han var en gång min lyckliga medtävlare – – – nu är vi kamrater i olyckan. Även för honom är Lucy – – – men nog om detta. Det är ytterligare ett bevis på att allt inte står rätt till med mig, att jag i så hög grad förlorat herraväldet över mina tankar; det har hittills alltid varit min stolthet att i högre grad än de flesta kunna befalla över dem och koncentrera dem på något givet föremål med uteslutande av allt annat. Nu är det mig en verklig ansträngning att samla dem; de strövar än hit, än dit på ett sätt som är mig själv ytterligt oangenämt och i hög grad försvårar varje allvarligare arbete – – till och med något så enkelt som en sammanhängande dagboksanteckning. – – Jag skrev alltså till fru Holmwood, besvarade ett par andra brev, gjorde min rond hos patienterna – (obs: Renfield har nu återgått till sin gamla passion för spindlar – han visade mig med stolthet ett par jättelika sådana som han förvarar i gamla cigarrlådor och göder med de flugor han fångar) – – samt rådgjorde med underläkaren angående ett par nyanmälda fall. Med ett ord, jag lyckades ehuru med ansträngning verkligen fullgöra ungefär lika mycket arbete som jag vanligen medhinner, ehuru jag denna gång sovit bort åtskilliga timmar. Också var jag fullkomligt uttröttad då jag vid sjutiden satte mig vid mitt ensliga middagsbord samt beslöt därför att inte gå över till Carfax utan i stället unna mig den vila jag kände mig väl behöva. Sedan jag ätit lade jag mig på soffan i mitt arbetsrum och slumrade in; men egendomligt nog – jag vaknade på slaget nio och kände mig då så styrkt och utvilad att det föreföll mig både löjligt och onödigt att svika ett bestämt givet löfte, i synnerhet då det blott gällde att gå tvärs över gatan och tre eller fyra minuters väg uppför allén. – Jag kände dessutom en viss skräck för ensamheten och dess mjältsjuka fantasier och – jag erkänner det – en viss nyfikenhet. Med ett ord, jag gick.

Just som jag trädde ut genom porten här, körde ett ekipage förbi mig och vände in genom järngrindarna till Carfax – grå hästar och grå livréer – jag kände igen det i gasskenet och kände ett visst nöje vid tanken på att jag nu sannolikt skulle få tillfälle att verkligen se min pikanta

skönhet på närmare håll. Vagnen körde före mig uppför den dunkla allén, mellan vars träd dess lyktor kastade fantastiska skuggor och dagrar; den åkande hade redan hunnit stiga ur, då jag hann fram, men då dörren öppnades för min ringning, såg jag mycket riktigt hovmästaren artigt hjälpa den dam, jag väntat att få se, av med kappan – en vid, vit klädeskappa med fjädergarnityr, vilken jag nu igenkände som densamma jag sett kvällen förut utan att kunna påminna mig varför den då föreföll mig så bekant. Hon hade således varit där, ehuru jag inte kunde påminna mig att jag sett henne. – – Medan hon hastigt ordnade sin toalett framför en väggspegel och jag själv med betjäntens tillhjälp avtog mina ytterkläder, betraktade jag henne förstulet. Hon var onekligen högst intagande – ännu vackrare än hon synts mig då jag endast sett henne i förbifarten, samt klädd med största elegans, i stor toalett, med juvelsmycken på den djupt blottade halsen och de bara armarna samt i det mörka, friserade håret. Medan hon ännu stod där slätande sina långa handskar, ringde det åter och tvenne herrar inträdde – – små, svartmuskiga figurer med en utpräglat främmande ansiktstyp och stickande svarta ögon i citrongula fysionomier – för övrigt, vad klädsel och hållning beträffar, av oklanderlig elegans. De hälsade henne med ivrig och ödmjuk artighet, varpå ett ytterst livligt ehuru dämpat samtal utspann sig mellan dem på ett – så vitt jag kunde fatta – för mig främmande språk. Medan de var upptagna härav vände hovmästaren sig till mig med ett sirligt:

”Fru grevinnan anhåller att herr doktorn idag ville ha godheten stiga in här” – varpå han öppnade dörren till den salong där jag varit kvällen förut, innanför den lilla antichambren.

Rummet var fortfarande tämligen sparsamt upplyst – jag fann det redan vid mitt första besök jämförelsevis skumt, med blott ett halvt tjog vaxljus eller så tända i den stora kristallkronan och vägglampetterna – men sällskapet därinne betydligt större än föregående afton. De flesta sittplatserna var upptagna och samtalande grupper stod här och där på golvet. Där fanns både herrar och damer, men herrarna i avgjort övervägande antal – överhuvudtaget mellan fyrtio och femtio personer, skulle jag tro. Vilken nationalitet de flesta tillhörde, skall jag inte kunna säga, men under aftonens lopp fick jag tillfälle att övertyga mig att jag själv var den enda engelsmannen. Franska tycktes vara det gängse samtalsspråket, men ehuru alla talade det med stor ledighet, tror jag ej att jag misstog mig i min förmodan att flertalets modersmål var ett annat. Flera gånger under aftonen hörde jag personer förstulet sinsemellan växla ord på för mig okända språk; tvenne gånger även på tyska, vilket allt gav mig anledning anta att sällskapet överhuvudtaget hade en ytterst kosmopolitisk karaktär.

Denna iakttagelse gjorde jag emellertid först senare. Mitt första intryck var blott att den här församlade societeten överhuvudtaget hade en omisskännelig prägel av mondän elegans, i förening med en viss egendomlighet som jag inte ens nu är i stånd att definiera, ehuru den – så att säga – slog mig till mötes i själva den atmosfär som fyllde rummet, som en främmande parfym, om vilken man knappast vet om man finner den obehaglig eller angenäm.

Vid mitt inträde vändes allas blickar mot mig, men de flesta återtog genast det samtal vari de varit inbegripna – de hade tydligen väntat något intressantare. Jag märkte dock, att åtskilliga huvuden stacks tillsammans, och kunde av uttrycksfulla blickar som sändes mig sluta mig till att man frågade sig vem den nykomne var. Ögonblicket därefter kom emellertid den unge man som kvällen förut presenterat sig som furst Koromeszo, hastigt över golvet och hälsade mig artigt välkommen.

”Förtjust, bästa doktor, att se er här – – grevinnan har väntat er med otålighet. Inte som patient – nej, nej! – hon är, kan jag med glädje försäkra er, idag – tack vare er effektfulla behandling igår – – fullt återställd. Men hon hoppades att ni med ett visst intresse skulle ta del i – – iakttaga – – vissa fenomen – – experiment – – vetenskapliga experiment – varmed vi i afton hade för avsikt att sysselsätta oss en stund.”

”Vetenskapliga experiment?” – upprepade jag förvånad. ”Nåja – sådant är ju alltid av intresse. Förmodligen något föredrag – populärt – vilken gren av –?”

”Åh – det får ni se. Det får ni se sedan, bästa doktor. Det blir för långt att förklara nu. Tillåt mig föra er till grevinnan.”

Han förde mig tvärt igenom de på golvet spridda grupperna till motsatta hörnet av salongen, vilket, som jag nu först märkte, delvis skymdes av en gammalmodig skärm i bleka rokokofärger och mörknad förgyllning. Tre eller fyra herrar och ett par damer hade grupperat sig kring detta hörn, sittande eller stående. De sittande reste sig och alla drog sig litet tillbaka, då vi närmade oss, så att den person, vilken förut bildat medelpunkten i kretsen, blev synlig. Det var, som jag väntat mig, grevinnan Gonobitz-Vårkony – och ehuru jag var förberedd på att få se henne, erkänner jag att åsynen av hennes bländande, sällsamma skönhet även denna gång verkade på mig som en elektrisk stöt, överraskande och för ett ögonblick nästan bedövande. Vad det egentligen *är* hos henne som utövar denna verkan, kan jag inte förklara eller analysera. Skönhetens makt är på det hela inte svår att förstå; men hos henne är det något mer än detta – något – fientligt – – nästan skrämmande – på en gång tilldragande och frånstötande. Dock, jag söker fåfängt analysera vad som ej kan skildras med ord. Hon satt lätt tillbakalutad i en stor, förgylld länstol, med händerna löst sammanknäppta i knät, i samma ställning som den kända statyn av kejsarinnan Agrippina. – Den dräkt hon bar – jag lägger alltid märke till hennes dräkt, ty den utgör mer än hos de flesta vackra kvinnor en del av hennes skönhet och tycks oskiljaktig från den verkan densamma frambringar – tycktes även beräknad att ytterligare framhäva denna likhet, ty den var av klassiskt snitt, av något tungt, mjukt, gulvitt ylle, kantat med fina guldsnoddar, konstrikt veckad och draperad för att på en gång höja och dölja kroppens formsköna linjer och yppiga växt, Halsen var djupt blottad och armarna bara ända till axeln; omedelbart under barmen sammanhölls klänningens veck av ett smalt guldbälte med gnistrande juvelspänne; ett liknande smycke blixtrade som ett diadem i det i antik stil uppsatta nattsvarta håret, och kring halsen bar hon en smal guldkedja med ett hjärta av briljanter, i vars mitt en ovanligt stor rubin lyste med sällsam glans, avtecknande sig mot den mörka, sammetslena huden. Överhuvudtaget syntes hon mig i denna kostym skönare än någonsin förut – Kleopatra kan ha sett så ut – mörk som en österländsk natt och på samma gång strålande.

Hennes plats var omedelbart under en av de gamla spegellampetterna, och skenet från dess fyra vaxljus upplyste henne klart samt framkallade vid den minsta rörelse hon gjorde mångfärgade blixtar från de juveler hon bar. Det var så mycket mer verkningsfullt, som rummet, som jag nyss sagt, för övrigt var tämligen skumt.

Hon reste sig ej för att hälsa på mig, men mottog mig med en lätt böjning på huvudet och orden:

”Ni kom ändå, doktor!” – Därvid fäste hon de stora svarta ögonen på mig med en blick som tycktes läsa i mitt innersta; det är ju möjligt att det blott är en fantasi av mig – men åtminstone just då tyckte jag mig tydligt känna att hon visste, hur nära det varit att jag svikit mitt löfte och inte kommit, och jag erfor en djup blygsel vid hågkomsten därav – i själva verket förlorade jag fattningen till en grad, som sällan plägar vara fallet med mig. Jag stammade något, jag vet knappt vad, trasslade in mig i en onödig förklaring och tystnade plötsligt, allt mera förvirrad av den blick varmed hon – så att säga – fasthöll mina ögon.

”Gott, gott”, sade hon efter ett ögonblicks paus, varunder hon oavvänt betraktade mig. ”Jag visste att ni skulle komma i alla fall. Jag hade föresatt mig att ni skulle vara här i afton. Det finns människor här, som det bör vara av intresse för er att lära känna – och – – det finns också andra skäl – – Tag plats.” – Hon visade på en taburett i närheten, och jag satte mig nästan viljelöst.

Dörren öppnades i det samma, och den unga dam, som anlänt på samma gång som jag inträdde, följd av de båda svartmuskiga herrarna. Fursten skyndade fram för att mottaga henne, de växlade hastigt några ord; andra skockade sig så småningom kring dem – det föreföll mig, som en eller annan viktig nyhet plötsligt spritt sig i salongen, viskad från mun till mun – jag såg bestörta eller triumferande miner, menande blickar utväxlades, och livliga, hastigt återhållna åtbörder förrådde en häftig sinnesrörelse, som man dock bemödade sig att dölja.

Några sekunder senare skyndade den sköna nykomna fram till grevinnan, vilken fortfarande blivit sittande och med ett egendomligt nästan föraktfullt leende iakttagit det hela.

”*Ah, ma chère belle!*” utbröt nykomlingen ivrigt – ”har ni hört – vet ni –”

”Ja – jag vet” – sade grevinnan lugnt. ”Jag vet allt” – hon sänkte rösten, så att jag ej kunde uppfatta de följande orden.

”Ni är underbar! – Ni vet allt! – Det är då verkligen sant? – Man har ännu ej fått någon bekräftelse – – till legationen hade ingen officiell underrättelse kommit. Men Scklick och Rubinsky försäkrar – –”

Hennes blick föll på mig och hon tystnade hastigt.

”Doktor Seward” – sade grevinnan med en lätt handrörelse mot mig. ”Min läkare – – som i afton har den vänligheten att vara min gäst. Madame de Saint-Amand –”

”Ah! – *doktor Seward!* – förtjust att göra er bekantskap, herr doktor.” Den vackra frun log emot mig med en artig böjning på huvudet, under det att hennes livliga ögon överfor mig med ett egendomligt granskande uttryck.

Hon tycktes vara i begrepp att tillägga något, då ånyo en allmän rörelse uppstod i salongen. Jag hade ej hört dörren öppnas, men då jag vände mig om, följande riktningen av de närståendes blickar, varseblev jag mitt i rummet samma högväxta, ståtliga man, som jag aftonen förut mött, då jag stod i begrepp att lämna huset.

Även om hans utseende varit mindre betydande och egendomligt och hans hållning mindre befallande och överlägsen, skulle man ej ett ögonblick ha kunnat betvivla att han i detta sällskap spelade en framstående, för att inte säga ledande roll. Det märktes på de djupa bugningar, varmed han hälsades där han gick fram, den vördnad, varmed såväl damer som herrar vek åt sidan för honom, och den nästan krypande underdånighet, varmed de båda gulhyade unga män som anlänt samtidigt med mig just i det ögonblicket då jag varseblev honom, lyssnade till något som han tycktes ha stannat för att säga dem.

Han stod mitt under ljuskronan, och jag hade tillfälle att nogare iakttaga honom än vid vårt flyktiga möte föregående dag. Överhuvudtaget vet jag mig knappast någonsin ha sett en människa med ett intressantare och mera distingerat utseende – för att begagna mig av tvenne vedertagna, tämligen banala uttryck, vilka dock i själva verket för ögonblicket är de enda, vilka syns mig någorlunda sammanfatta totalintrycket av hans personlighet. Hos mannen själv fanns emellertid ingenting banalt; han föreföll mig som en av de människor, på vilka naturen själv satt härskarens prägel och vilka blott behöver visa sig för att bli åtlydda. Den resliga, kraftfulla gestalten – säkert betydligt över sex fot och åtminstone i detta sällskap huvudet högre än allt folket – den djärva, rovfågelliknande profilen, den skarpa, genomborrande blicken ur de djupt liggande ögonen under täta, svarta ögonbryn, den stolta hållningen och det uttryck av okuvlig kraft och energi, som var utbrett över hela hans väsen – allt bildade ett helt av i hög grad imponerande och egendomlig verkan.

Han var iklädd en engelsk gentlemans vanliga, oklanderliga salongsdräkt och förde sig med en förnäm världsmans lugna ledighet; men icke dess mindre var det i hans hållning och utseende något, som knappast fullt överensstämde med den tid och de omgivningar, vari han befann sig. Jag kunde inte avhålla mig från tanken på hur mycket bättre en rovriddares hjälm eller en medeltida österländsk despots fantastiska, juvelprydda huvudbonad och pittoreska dräkt skulle ha passat honom än den moderna, alldagliga kostym han nu bar. Jag hade förut lagt märke till hur typer, tydligen tillhörande en förgången civilisation – eller om man så vill, ett förgånget barbari – på detta sätt i gamla släkter kan spåras och återkomma efter generationer – en egendomlig naturens lek, vilken enligt min övertygelse även har sin motsvarighet på själslivets

område, ehuru fenomenen där är mindre lätta att iakttaga och konstatera. – – Denna man, vars första anblick redan i så hög grad väckte mitt intresse, föreföll mig med ett ord som en dylik gengångare från en länge sedan svunnen tid – en kraftigare, djärvare, mindre reflekterande och mindre samvetsöm tid än vår, då den med säregna gåvor utrustade individen utan betänkande och utan protester intog sin plats som de svagares borne härskare och förtryckare. Det skulle vara intressant nog att få veta från vilken avlägsen anherre han ärvt dessa egendomliga rasdrag och i vad mån de förut uppenbarats inom den släkt han tillhör. Det skulle förvåna mig, om denna släkt inte på ett eller annat sätt ristat sitt märke i världshistorien – och antagligen med blodiga runor. Den som företrädesvis sysslar med psykologi blir ju alltid mer eller mindre fysionomist.[1] Det var något i denna märkliga mans ansikte, då man närmare gav akt därpå – jag gjorde dessa iakttagelser först senare – som talade om våldsamma, men möjligen slumrande lidelser – om en inneboende hårdhet, till och med grymhet, vilken dock hos honom måhända endast tagit formen av en hänsynslös viljekraft och ett skoningslöst genomdrivande av egna syften och intressen, även på bekostnad av andras välfärd. Så föreföll det mig åtminstone.

Han talade några ögonblick med de båda unga männen, avskedade dem därpå med en handrörelse, varvid de bugande drog sig tillbaka, och gick därpå rakt fram till det hörn där grevinnan befann sig.

Hon hade hittills inte rört sig från sin plats och knappast ändrat ställning för att hälsa de inträdande; nu reste hon sig långsamt och gick honom ett par steg till mötes. Med förvåning iakttog jag den plötsliga förändring hennes väsen undergått. Hittills hade hon setat där stolt och likgiltig som en drottning samt blott med en lätt böjning på huvudet besvarat varje hälsning; även de få ord hon yttrat till mig och den vackra

---

1 Fysionomiken var en pseudovetenskaplig lära som på 1800-talet betraktades som vetenskap: Genom att studera ansiktsdragen och kroppens struktur drog man slutsatser om personens karaktär. Frenologin (studiet av skallformen) var en närbesläktad disciplin.

fransyskan hade uttalats med en viss tankspridd liknöjdhet som om hennes tankar på det hela taget varit upptagna av helt annat. Nu uttryckte i stället hennes min, hennes hållning, själva hennes rörelse, en egendomlig underdånighet, parad med en stark och allt behärskande sinnesrörelse. De stora ögonen tycktes bli ännu större, brinnande av en underlig inre glöd, läpparna stod halvöppna liksom flämtande, och rubinen i det smycke som vilade på den mörka, yppiga barmen sköt långa blodröda blixtar, då bröstet hävdes och sänktes. På samma gång var det i hennes sätt att röra sig något nästan mekaniskt, snarare som hon följt någon oemotståndlig dragningskraft än sin egen fria vilja. Det var intet tvivel om att den nykomne på ett eller annat sätt utövade ett starkt inflytande på henne; det hela gjorde på mig ett lika pinsamt som överraskande intryck och jag avvaktade med spänning, vad som nu skulle följa.

Långsamt och med framsträckta händer gled hon honom till mötes; då blott ett par steg skilde dem åt, förde hon båda händerna till barmen, böjde huvudet djupt och neg ända till golvet som om hon hälsat en furste. Därpå reste hon sig, mjuk och smidig som en fjäder och yttrade med djup, vibrerande stämma ett par ord som jag ej lyckades uppfatta eller i alla händelser inte förstod – antagligen någon välkomsthälsning – även han bugade sig med en viss nedlåtande artighet och svarade något som likaledes var mig obegripligt. Några ögonblick stod de sålunda mitt emot varandra – det mest anmärkningsvärda människopar det någonsin varit min lott att skåda – samtalande med låg röst. Alla hade vördnadsfullt vikit åt sidan och dragit sig tillbaka, så att de nu bildade medelpunkten i en tämligen vid krets och på samma gång tydligen utgjorde föremålet för hela sällskapets spända och vördnadsfulla intresse. Jag själv hade ofrivilligt rest mig, påverkad av den egendomliga, förväntansfulla stämning som tycktes ligga i luften; jag kände att här försiggick något, till vars fulla förståelse jag saknade nyckeln – – Sedan samtalet pågått några minuter fick jag egendomligt nog plötsligt det intrycket, att man talade om mig. Grevinnan vände en sekund huvudet åt det håll där jag stod och främlingens mörka, genomträngande blick strök i detsamma blixtsnabbt över mitt ansikte. Ett par minuter senare fick jag bekräftelse på min förmodan, i det han med en rörelse av ridderlig artighet bjöd henne armen och därpå förde henne fram till mig.

”Grevinnan säger mig, att hon står i stor tacksamhetsskuld till er, herr doktor” – sade han på franska med en lätt bugning och en furstes förbindliga, något nedlåtande artighet. ”Som en gammal vän till henne känner jag behov att förena mina tacksägelser med hennes och på samma gång uttrycka min egen glädje över det tillfälle som erbjudes mig att göra personlig bekantskap med en framstående vetenskapsnamn, vars rykte inte är min främmande.”

”Ni gör mig alltför mycken äran, monsieur” – svarade jag. ”Jag har knappast ännu haft tillfälle att vara grevinnan till någon verklig tjänst – och vad min vetenskapliga verksamhet beträffar –”

”Ah – ni är alltför blygsam! – Den som läst er förträffliga, högst anmärkningsvärda avhandling om *Hallucination och illusion* vet mer än väl, vilken plats ni intar – och kanske mer kommer att inta – på den vetenskapliga forskningens område. Ni är vad man kallar en framtidsman, min bästa doktor – och era kolleger kommer med tiden allt mer att inse det. Det är mig en verklig tillfredsställelse att få göra er bekantskap.”

Jag stirrade häpen på honom, ur stånd att framstamma mer än ett intetsägande – ”Ni är alltför god!” – ty hur smickrande hans yttrande än kunde vara, så föreföll det mig ännu mera överraskande. Avhandlingen, vilken i våras var införd i Medicinsk Tidskrift, väckte ju onekligen en viss uppmärksamhet inom medicinska kretsar samt framkallade åtskillig diskussion; den refererades även högst välvilligt i ett par utländska facktidskrifter, men gjorde överhuvudtaget ingalunda något ovanligt uppseende och torde, enligt min övertygelse, knappast ens till namnet vara känd av en större allmänhet. Det är i själva verket ju endast ett lösbrutet fragment ur det större arbete i samma och besläktade ämnen, varmed jag redan några år sysslat.

”Ni är där inne på ett intressant område”, återtog den främmande. ”Vetenskapsmännen har hittills alltför litet sysselsatt sig med dessa fenomen – och då de iakttagit dem, har de utgått från oriktiga förutsättningar."

"Ni menar?"

"Jag menar, att de ej kan frigöra sig från förutfattade åsikter och fördomsfritt bedöma de olika fakta, som kommer inom området för deras observation. Ni, herr doktor, har emellertid tagit ett stort steg framåt då ni medgivit att långt ifrån alla hallucinationer – – jag begagnar det ord ni själva föredrar – – kan förklaras såsom rena sinnesvillor, beroende av ett abnormt hjärntillstånd. Ni har åtminstone antytt möjligheten av en annan förklaring. Det är alltid ett framsteg, då man betänker att en hel del författare ej dragit i betänkande att förklara alla dylika företeelser som symptom av latent vansinne. I så fall skulle en stor mängd av de personer, vilka mänskligheten sedan århundraden tillbaka betraktat som lärare och profeter, helt enkelt vara sinnesrubbade. – Jag läste med stort intresse era uttalanden i denna fråga."

Jag åhörde honom med stigande förvåning. Han hade tydligen verkligen läst min avhandling – min första tanke var naturligtvis att han på sin höjd av någon tillfällighet lärt känna dess titel samt med den skicklighet att tillgodogöra sig varje flyktigt uppfångad upplysning som ofta utmärker högtstående personer, begagnat sig härav för att säga mig en artighet.

"Jag sysslar själv med en del små experiment på den psykiska forskningens område", återtog han innan jag kom mig för att svara något. "Och de flesta av de personer som samlas här intresserar sig även livligt därför. Jag antar att ni, herr doktor, ej har något emot att bevittna ett par dylika experiment – – – det står er fritt att sedermera göra vilket bruk ni behagar av era iakttagelser. Det skulle i själva verket vara mig kärt, om vissa företeelser på detta sätt kunde få en sakkunnig och vetenskaplig utredning från fullt kompetent håll."

Jag bugade mig utan att svara. Även den unge fursten hade ju förut gjort liknande antydningar – jag började bli betydligt nyfiken på arten av de "experiment", varom man talade i så hemlighetsfulla och förblommerade ordalag.

"Alltså – jag hoppas att ni med all den skarpa, kritiska observationsförmåga, som utgör den verkliga vetenskapsmannens styrka, iakttager och bedömer samt bildar er ett omdöme om allt vad ni i afton kan komma att få se" – sade han med en artighet i vilken jag kanske endast inbillade mig att höra en anstrykning av lätt ironi. "Vi återser varandra. Kom, fru grevinna!"

Han bjöd henne åter armen och avlägsnade sig; jag såg den högresta gestalten långsamt skrida fram genom de olika grupperna vilka över allt vördnadsfullt drog sig åt sidan för att lämna rum för dem; slutligen försvann de genom den dörr, till vilken jag redan vid mitt första besök lagt märke och som nu var täckt av ett förhänge.

– –

Jag har nedskrivit det föregående så i minsta detalj omsorgsfullt som möjligt och med åtskilliga avbrott, för att pröva säkerheten av mitt minne. Allt står fullkomligt klart för mig och bekräftar min egen övertygelse att jag den kvällen – oavsett en viss naturlig förvåning och nyfikenhet i avseende på den egendomliga omgivning vari jag fann mig försatt – befann mig i en fullkomligt normal och på intet sätt exalterad eller nervös sinnesförfattning. Jag skall bemöda mig att även nedskriva det följande noggrant så som det *fortfarande står för min hågkomst* – mer kan jag inte göra. Jag har gång på gång i minnet på det noggrannaste återkallat varje enskildhet, och hur mycket mitt lugna förstånd än söker övertyga mig, att jag måste ha varit underkastad vare sig en oerhörd sinnesvilla eller en med nästan övernaturligt skicklighet genomförd mystifikation, så förblir själva intrycket lika klart och oföränderligt. Detta intryck är i själva verket av så skakande och upprörande natur, att jag blott med svårighet kan förmå mig att fästa det på papperet; men jag antar det vara en plikt mot mig själv att göra detta – att så mycket som möjligt hålla mig vid vad som åtminstone förefaller mig själv som fakta och ej lämna inbillningskraften onödigt spelrum.

– –

"Seansen blir utan tvivel av ovanligt intresse i afton" – yttrade en egendomligt hes och skrovlig stämma tätt invid mig i samma ögonblick

som grevinnan och hennes ledsagare försvunnit
bakom förhänget.

Jag vände mig hastigt mot den talande. Det
var en underlig och fantastisk figur, jag såg – en
liten, puckelryggig man med oformlig stort hu-
vud på oproportionerligt breda axlar, gulbrun
hy, mot vilken det yviga, vita håret och de tjocka
svarta ögonbrynen skarpt kontrasterade, samt
djupt liggande svarta, av en fanatisk eld brin-
nande ögon. Ansiktet skulle egentligen ha kun-
nat kallas vackert, om dragen inte varit alltför
stora; gestalten var inte större än ett tio års barn
och nådde mig knappt till armbågen. Den lille
mannen var för övrigt klädd med utsökt ele-
gans; en solitär av oerhörd storlek och glans
gnistrade på hans breda vita skjortbröst och
knappast mindre dyrbara juveler i de tre eller
fyra ringar, som prydde hans långa, välformade
händer. Men detta var inte allt; även i öronen
bar han ett par tämligen stora, med blixtrande
diamanter besatta ringar, vilka inte litet förhöj-
de det bisarra totalintrycket av hans egendomli-
ga personlighet.

”Jag sade” – återtog han förbindligt, då jag
vände mig emot honom, ”att seansen helt säkert
blir av ovanligt intresse i afton. De atmosfäris-
ka förhållandena är synnerligen gynnsamma;
manifestationerna blir otvivelaktigt praktfulla
– mer än vanligt upplyftande och övertygande.
Föråt, min herre, men om jag inte misstar mig,
är det första gången ni bevistar våra samman-
komster här?”

Jag medgav att så var förhållandet.

”Även jag föredrar i allmänhet en mindre krets”,
återtog han, i det han sänkte rösten till ett för-
troligare tonfall. ”I ett sällskap av så blandad
beskaffenhet – – – sammansatt med ett ord av så
många heterogena element som detta – – – vet
man aldrig vilka fientliga inflytelser som kan ut-
vecklas. Jag har sett exempel på att även de kraf-
tigaste medier absolut förlamats – absolut för-
lamats, min herre, genom inverkan av ett eller
annat osympatiskt element, vars närvaro ingen
anat – – nej, jag försäkrar er, min herre, inte ens
den person, från vilken denna olycksbringande
inverkan emanerat. Förunderligt! – det är som i
kemin, min herre, absolut som i kemin. Oför-

enliga element – – – men det har ni naturligtvis
själv erfarit lika väl som jag. Man har överhu-
vudtaget inte med allvar studerat dessa mani-
festationer utan att göra den erfarenheten? Inte
sant?”

”Otvivelaktigt”– genmälde jag mera diploma-
tiskt än sanningsenligt. Jag ville gärna, att han
skulle fortfara att tala utan att jag behövde röja
min okunnighet; ett par ord som han yttrat hade
kastat ett plötsligt och oväntat ljus över ställ-
ningar och förhållanden, som hittills varit mig
dunkla, och jag väntade på vidare upplysning.

”Det värsta är”, fortfor han, ”att ogynnsam-
ma och osympatiska element ej blott verkar för-
lamande – så att säga negativt – det händer ju
så lätt, som ni nog vet, att verkan också blir en
positiv – – – fientliga krafter attraheras – – följ-
derna kan bli oberäkneliga. Man utsätter sig för
en verklig fara. Dessa illvilliga intelligenser för-
fogar ju, även då de står på en jämförelsevis låg
ståndpunkt, över fruktansvärda naturkrafter,
dem vi blott styckevis känner till.”

Jag nickade instämmande, ehuru jag, upp-
riktigt sagt, ej förstod hälften av vad han egent-
ligen menade.

”Vad som ur min synpunkt sett är mera be-
klagligt än allt annat – i betraktande av den
ledsamma verkan det utövar på personer med
mindre erfarenhet och mindre fast rotad över-
tygelse”, fortfor han, i det han ytterligare sänkte
rösten, ”är att till och med verkligt framstående
medier under dylika förhållanden så lätt lockas
till ett bedrägligt förfarande som eljest är dem
absolut främmande. Hur detta tillgår, är tyvärr
ännu en outredd gåta. Själva Eusapia Palladi-
no,[1] vars mediala gåvor torde vara höjda över allt
tvivel – – ja – – ni minns naturligtvis de beklag-
liga förhållanden, varunder hon blev – vad den
stora mängden kallar – avslöjad? De oinvigda
kan naturligtvis inte fatta i vad mån en illvillig
suggestion under dylika förhållanden kan verka
på ett så ytterligt sensitivt temperament – – –
Men grevinnan – grevinnan intar naturligtvis

---

1 Eusapia Palladino (1854-1918; originaltexten stavar ef-
ternamnet Paladino) var en berömd italiensk spiritist och
medium. 1895 avslöjades hon som bedragare av författa-
ren Frederic W.H. Myers och fysikern Oliver Lodge.

en ställning helt och hållet *à part*. Hon kan inte jämföras med någon annan. Enligt min övertygelse finns för närvarande inte hennes like i världen – – – ja, jag skulle vilja påstå, att det aldrig funnits hennes like. Hon är ett fenomen, inför vilket alla teorier förstummas. Man kan blott iakttaga henne och häpna. Det är storartat, min herre – sublimt!"

Den lille mannen kastade huvudet tillbaka och fäste sina brinnande ögon på taket med ett uttryck av verklig extas. Han föreföll mig i detta ögonblick mer än till hälften förryckt.

"Att en personlighet sådan som vår stora herre och mästare" – återtog han efter ett ögonblicks paus, "för sina underbara manifestationer lyckats finna ett så fulländat, så utsökt, så sällsynt fullkomligt danat instrument – – ty i hans händer är hon ett instrument, min herre, ett härligt instrument för, kan jag väl säga, återgivande av sfärernas harmonier – – att han funnit ett sådant instrument – det är i sanning en tilldragelse av världshistorisk betydelse. Från deras samverkan daterar sig en ny era i det mänskliga själslivets historia. Har jag inte rätt häri? – Ty man kan ju i själva verket säga att mästaren –"

"Mästaren?" – upprepade jag halvt ofrivilligt.

"Markisen – markisen av Caraman-Rubiano – vår store herre och mästare – vem annars?" – sade han med en viss otålighet – "man kan ju i själva verket säga att till och med *hans* oerhörda vetande och utomordentliga gåvor vore till en viss grad ofruktbara och otillgängliga, om han ej i denna underbara varelse funnit den tolk som är honom värdig. Först genom henne kan mänskligheten i någon mån fatta och mäta den makt han besitter. Först genom henne – – –"

Han tvärtystnade och jag vände mig häpen om. En djup, långdragen, egendomligt vibrerande ton genljöd genom rummet – en ton som av en jättevioloncell,[1] småningom tilltagande i styrka till dess den tycktes fylla hela luften, och därpå åter bortdöende till det svagaste pianissimo.

"Vad var det?" frågade jag ytterligt förvånad, då jag fåfängt såg mig om efter något, som kunde ha frambragt detta underbara ljud.

Den lilla mannen med briljantörhängena svarade ej. Han stod med händerna sammanknäppta över bröstet, uppåtvänt ansikte och stel blick och tycktes inte ens höra vad jag sade.

Då jag såg mig omkring, märkte jag på alla omgivande ansikten något av samma uttryck – en spänd, högtidlig, halvt lycklig, halvt ångestfull förväntan, utan spår av överraskning. Det förut livliga och sorlande samtalet hade efterträtts av en djup tystnad. Jag såg ett par damer hålla näsduken för ögonen: själv erfor jag en nervös spänning av egendomligaste slag – något liknande vad jag ibland känt före ett åskväder, då luften varit oerhört mättad med elektricitet.

I detsamma slocknade plötsligt och utan att jag kunde märka någon orsak därtill så gott som alla ljusen. Ett par förblev brinnande, men förändringen var så hastig och oförberedd att den verkade som en nästan fullständig förmörkelse i det stora och tämligen låga rummet. Samtidigt märkte jag en stark, nästan bedövande doft och såg i skymningen luften omkring mig full av större och mindre fallande föremål, vilka jag även kände lätt och mjukt återstudsa från mitt huvud och axlar. Halvt mekaniskt grep jag på måfå efter dem, kände något svalt och fuktigt och fann till min bestörtning att jag fått händerna fulla av blommor. Belysningen var alltför svag för att jag med full tydlighet skulle kunna iakttaga dem – men då jag förde dem tätt till mitt ansikte fann jag att de var stora, vita, starkt doftande, med tjocka, vaxlika blad, friska som om de nyss avplockats samt våta av dagg, så att de kändes kalla mot kinden. Det exemplar jag lyckades föra med mig hem har jag undersökt, men utan att kunna konstatera arten. Sannolikt är det någon tropisk orkidé, av vilka ju finns oändliga varianter, till stor del ännu okända, men som sagt, jag kan ej härom yttra mig med någon bestämdhet.

Det är inte möjligt att genom någon beskrivning ge en föreställning om det sällsamma intryck det hela gjorde; jag kände mig några ögonblick fullständigt huvudyr och ur stånd att reflektera över vad som försiggick. Allt står ännu för mig som en dröm, ehuru fullkomligt tydligt. Den egendomliga företeelsen upphörde

---

1 Violoncell, annat ord för violininstrumentet cello.

lika plötsligt som den börjat och varade på sin höjd några sekunder, varunder blommorna föll tätt som snöflingor. Strax innan de slutade att falla upplystes rummet gång på gång av ett hastigt uppflammande, flämtande sken, liknande kornblixt eller de blixtar som uppstår vid kontakt mellan elektriska trådar. Men ens tycktes hela luften omkring oss stå i lågor; horisontella, zickzackformiga strimmor, skiftande i blått, rött och gult, dansade med våldsam hastighet upp och ned och tycktes passa i varandra som taggarna i något överjordiskt maskineri; hela atmosfären tycktes vara i en häftigt dallrande rörelse; det susade för mina öron och jag kände mig nära att förlora medvetandet, på samma gång som den nervösa spänning jag förut känt ökades till hart när olidlig grad. Jag slöt ögonen och famlade ofrivilligt efter ett stöd. I detsamma kände jag någon fatta min hand och hörde den lilla puckelryggens röst kraxa:

"Härligt – inte sant, min herre – härligt! – jag sade er ju att manifestationerna skulle bli storartade i afton. – – Ni är överväldigad – – ja, de elektriska fenomenen verkar synnerligen starkt på vissa naturer. Men de har nått sin klimax för denna gång – ni skall få känna de välgörande verkningarna inom kort. Man blir som pånyttfödd – absolut pånyttfödd. Det är den verkliga ungdomskällan – – det fluidum som skänker odödlighet och död – – den livgivande och dödande gnistan!"

Jag hörde honom otydligt, som då man tilltalas av någon innan man fullt hunnit vakna – men hans ord inpräglades inte dess mindre omedvetet i mitt minne, så att jag nu är fullkomligt viss på att jag återgiver dem riktigt. Medan han ännu talade, erfor jag plötsligt en obeskrivlig känsla av lättnad och välbehag; det var som om jag befriats från ett outhärdligt tryck; mitt bröst vidgades, och jag drog djupt efter andan, insupande med fulla drag den underbart friska och välgörande luft som genomströmmade rummet, som om man öppnat fönstret en solig, doftande sommardag, då det nyss fallit regn.

"Ja – det är rätt – andas – – andas djupt – – djupt – djupare" – hörde jag den lilla mannen säga i avbrutna satser, i det han tydligen själv fö-

regick mig med gott exempel och samvetsgrant fyllde sina lungor med den friska ozonmättade luften. Då jag öppnade ögonen, såg jag honom bredvid mig med huvudet starkt tillbakalutat, slutna ögon och öppen mun. Allt var stilla i rummet; de tvenne ljus, som från början lämnats brinnande, brann ännu – golv och möbler var delvis betäckta av de stora vita blommorna, och runt omkring mig såg jag människor med slutna ögon och halvöppna munnar, helt och hållet upptagna av att *andas* – endast andas – i långa, jämna drag – man kunde nästan tro sig bevista någon hemlighetsfull, religiös ceremoni, så djupt var det allvar som låg utbrett över alla dessas ansikten. Egendomligt nog gjorde det hela inte heller på mig något löjeväckande intryck; jag kände mig i stället oemotståndligt manad att följa dessa exempel, ja, det föreföll mig som om jag skulle kvävas, om jag inte gjorde det. Det förefaller mig själv löjligt, då jag nu nedskriver detta; men i den stämning, vari jag just då befann mig, tycktes det mig vara det naturligaste i världen. Jag slöt åter ögonen och började med egendomligt välbehag liksom de övriga att andas i långa, djupa drag. Den känsla jag efter ett par sekunder därvid erfor är mig omöjlig att beskrivna, lika litet som jag kan finna någon förnuftig, än mindre fysiologisk förklaringsgrund för densamma. Det föreföll mig – jag antecknar så noga det är mig möjligt mina egna sensationer – som om hela min kropp svällt ut och förlängts, som om den helt och hållet fyllts av luft och på samma gång blivit lätt som en fjäder. Alla sinnen tycktes mig på samma gång förunderligt skärpta och jag hade slutligen en förnimmelse av att jag svävade på en betydlig höjd, med en känsla av välbefinnande, lycka och frid, vars like jag förut aldrig erfarit. Patienter, hemfallna åt opiumrökande, har ett par gånger för mig sökt skildra den njutning deras last berett dem i något så när liknande ordalag – – jag känner för övrigt själv hur föga språket äger uttryck för förnimmelser, vilka går så helt och hållet utom det vanligas område. Jag söker ingen förklaring, ty jag vet att det är fåfängt – allt vad jag upplevt under dessa timmar är och måste tills vidare förbli en gåta.

Jag vet själv inte hur länge jag befann mig i detta tillstånd – jag öppnade plötsligt ögonen med en känsla av att de träffats av en nästan bländande flod av ljus och såg nu, att förhänget till det inre rummet dragits åt sidan samt att ett starkt sken verkligen strömmade ut därifrån. Samtidigt kände jag att min lilla puckelryggiga vän tog mig under armen och sakta drog mig med sig mot den öppna dörren, dit även det övriga sällskapet strömmade, buret av en gemensam rörelse – som det uppdämda vattnet strömmar genom en öppnad slussport.

Jag var fortfarande medveten om en egendomligt exalterad stämning, vilken nu, då jag med det nyktra förståndets blick ser tillbaka på det hela, förefaller mig som en osund överretning, vilken antagligen alstrat hallucinatoriska föreställningar och gjort mig abnormt mottaglig för vissa intryck av ovanlig styrka och livlighet, men som då för ögonblicket endast gav mig en känsla av förut okänd kraft och välbefinnande, sådan som framkallas av vissa starkt stimulerande medel. Jag kan ej påminna mig att jag reflekterade över vad som tilldragit sig eller över vad som vidare skulle komma att inträffa – allt syntes mig fullt naturligt, som det plägar göra i drömmar. Drömlikt och oklart är även det minne jag har av de svagt upplysta rum och korridorer vi passerade – jag tror i själva verket att det endast var *ett* rum, omedelbart innanför salongen, samt en därifrån utmynnande, välvd korridor, vars stengolv genljöd under våra fötter, men är ej säker därpå. Den lilla puckelryggiga mannen höll mig fortfarande under armen och jag tycker mig minnas, att den unge man som presenterat sig för mig som furst Koromeszo samt den vackra fransyskan befann sig i min omedelbara närhet – men inga ord växlades mellan oss; överhuvudtaget försiggick allt under djup tystnad, och då jag i minnet återkallar det hela, ser jag för mig alla dessa ansikten med samma uttryck av spänning och förväntan, en underlig glans i alla dessa vidöppna, stirrande ögon och en återhållen, men feberaktig brådska i deras rörelser, vilka på samma gång – så förefaller det mig – hade en egendomlig, mekanisk stelhet och kantighet, som om de varit en samling viljelösa automater, satta i rörelse av ett dolt men kraftigt maskineri. Som sagt, detta är det intryck jag får, då jag i minnet uppkallar bilden av det hela; vid själva tillfället var jag ej medveten därom. Jag fördes som sagt, med strömmen, och vet knappt hur lång tid som förgick, innan jag, även nästan utan att veta hur jag kommit dit, befann mig i ett litet urgammalt kapell – utan tvivel detsamma, vid vars port vi ett par gånger återfunnit den olyckliga Renfield och vilket är sammanbyggt med manbyggnaden på Carfax åt parksidan, ehuru otvivelaktigt betydligt äldre än själva boningshuset.

I den stämning, vari jag befann mig, var jag, som sagt, ej i stånd att göra några noggrannare detaljiakttagelser – jag medför blott ett allmänt intryck av låga, mörknade valv i vad man kallar gammalnormandisk stil, tunga pelare och arkaistiska väggmålningar – allt blott delvis synligt i det rådande halvdunklet. Jag följde fortfarande mekaniskt min ledsagare, den lilla puckelryggiga mannen, som tycktes väl hemmastadd på stället; jag såg de övriga så småningom fördela sig på de tunga, klumpiga bänkar, vilka var uppställda utmed stora gången, så ljudlöst och stilla, att de nästan tycktes smälta bort och försvinna i skymningen på ömse sidor om oss; själva fortsatte vi ända till främsta bänkraden, där jag hörde fursten viska ett artigt:

”Var god och tag plats, herr doktor – och ni, käre Maestro – – madame de Saint-Amand, detta är er plats idag” – – och så vidare, till dess bänken var fylld. Jag befann mig mellan fransyskan och min vän med briljantörhängena, som av fursten titulerats *Maestro*. Jag såg hur alla böjde sig ned, dolde ansiktet i händerna och tycktes försjunka i bön eller betraktelser – liksom vid en vanlig gudstjänst – och utan att tänka därpå följde jag ofrivilligt deras exempel. Knappt hade jag emellertid slutit ögonen, förrän jag förföll i ett högst egendomligt tillstånd, nästan omöjligt att beskriva – det förefaller mig nu som om jag med ens förlorat allt medvetande av den yttre världen och helt och hållet uppgått i den förnimmelse av vällustig sällhet som genomträngde mig och för vars noggranna definition varken patologi eller psykiatri erbjuder några fullt tillfredsställande termer. Detta tillstånd varade antagligen helt kort, ehuru jag därunder förlorade varje känsla av tid och rum, lika fullständigt som om jag fallit i en djup sömn – – plötsligt väcktes jag med förnimmelsen av en stark elektrisk stöt; då jag öppnade ögonen var allt mörkt; jag hade en fantastisk känsla av att jag ensam svävade någonstädes i den oändliga rymden; jag tyckte mig glida fram utan eget bemödande, men med stor hastighet, som om jag förts framåt av en omärklig, men mäktig luftström – – så småningom började jag se stjärnor framträda ur dunklet, först svagt, som då natthimlen varit betäckt av en dimma, som efter hand skingras, sedan allt tydligare; jag igenkände de väl kända stjärnbilderna Karlavagnen över mitt huvud, Venus närmare horisonten, lysande med bländande glans så som hon i själva verket gjort de senaste månaderna – – med ett ord, hela stjärnhimlen, sådan den ter sig vid denna tid på året, eller skulle te sig ifall man iakttog den från en ballong eller ett skyhögt kyrktorn. – Då jag såg nedåt, tyckte jag mig blott urskilja ett oredigt töcken; hastigt lyckades jag emellertid sänka mig mer och mer mot detta, det fick allt mer karaktären av ett rödaktigt eldsken, eller rättare av rökmoln, underifrån upplysta av eld. Därpå började tindrande ljus framträda, än i långa regelbundna rader, än samlade till gnistrande konstellationer, dock alla svepta i ett lätt töcken; jag begrep (eller tyckte mig begripa) att jag såg London under mig, men kände ingen förvåning däröver – allt föreföll mig fullkomligt naturligt. Luftströmmen förde mig hastigt bort – jag såg ljusen bli färre och allt mera spridda; därpå tyckte jag mig glida fram över topparna på stora träd och kände den egendomliga, fuktigt kryddiga lukten av fallna löv och vissnande gräs och örter, som tillhör senhösten. Med ens såg jag framför mig ett svagt, blåaktigt, dallrande sken, vilket sedan koncentrerades till en mängd glänsande, liksom matt fosforescerande punkter eller fläckar, och kände samtidigt att jag med ökad fart fördes ditåt, ej blott av den luftström, som hittills burit mig, men även av en stark inre åtrå, motsvarande en yttre oemotståndligt dragning av en eller annan mäktigt verkande kraft, ungefär som då ett flytande spån med allt starkare fart föres fram mot vattenfallet, som skall uppsluka det och vars dragning det ej kan motstå. – – Med ens tyckte jag mig känna fast mark under fötterna; jag såg att jag befann mig på en stor kyrkogård och att det var gravkullarna vilka upplystes av – eller rättare själva lyste med detta egendomligt i grönblått skiftande, fosforliknande sken, vilket tycktes utstråla från dem och liksom en svag nimbus omge dem, mattare hos några, starkare hos andra, men överallt med samma dallrande rörelse, ungefär som man en vårdag ser ångan från den uppvärmda jorden dallra i solskenet. – – I detta obestämda ljus igenkände jag Hillinghams kyrkogård och såg själva kyrkans gråvita murar svagt avteckna sig i mörkret. Egendomligt nog – ty jag kan ju ej betvivla att det hela var en synvilla, ehuru jag ej förmår förklara hur den framkallats – befann jag mig på den sidan av kyrkogården som jag ej förut besökt, d.v.s. motsatta sidan mot den, där Westernska gravkoret befinner sig – men icke dess mindre kunde jag ej hysa ett ögonblicks tvivel om var jag befann mig, därtill var omgivningarna och ställets allmänna drag mig alltför väl bekanta. Jag såg framför mig den västra av de fyra långa alléer, som korsar kyrkogården och sammanlöper vid kyrkan; Westernska graven befinner sig i slutet av den östra, omedelbart vid kyrkogårdsmuren, och jag måste således för att komma dit passera så gott som kyrkogårdens hela längd och förbi själva kyrkan. Att det var *dit* jag drogs av den hemlighetsfulla makt, som jag varken kunde eller kände någon maning att emotstå, var mig fullt medvetet, och dit skyndade jag även, lyst av gravarnas flämtande, överjordiska ljus – klart nog för att jag halvt omedvetet skulle kunna iakttaga gravvården och inskriften, dem jag ej förut vet mig ha sett, då jag som sagt ej besökt denna del av kyrkogården. – – Då jag kommit förbi kyrkan, såg jag i slutet av den mörka allén ett starkt blåaktigt sken – jag kände att det endast kunde komma från Lucys grav och att det drog mig till henne som lågan drar fjärilar. – – Porten till griftvalvet stod öppen – även detta syntes mig helt naturligt – och ljuset strömmade ut därifrån och fyllde hela dess inre med ett blåvitt, skälvande skimmer. – – I detta ljus såg jag katafalken med Lucys kista, rikt prydd med de vita blommor som den stackars Arthur Holmwood ännu dagligen bär dit och vilkas bedövande doft – det är en av hans underliga fantasier att nästan uteslutande vilja använda orangeblommor, lyckans och kärlekens symboler – fyllde luften och blandade sig med gravvalvets unkna lukt, som den ej förmådde undantränga. – – Locket på kistan var avlyftat och stod stött mot sidan av katafalken; över själva kistan och den däri vilande var nu, som före begravningen, en stor vit slöja utbredd, även den prydd med utströdda orangeblommor – under det skira tyget urskilde jag tydligt den vitklädda gestalten, vilande på vita kuddar som en sovande. Alltjämt driven av samma mäktiga, oemotståndliga impuls, steg jag hastigt uppför trappstegen till katafalken och lyfte slöjan; det förefoll mig som skulle jag dö om jag inte finge se hennes ansikte. – – Jag visste att döden inte ännu lyckats sätta sin prägel därpå, och jag såg ännu i minnet för mig dess överjordiska skönhet så som jag sett den vid mitt sista besök i mausoleet. – – Vad jag nu såg var något mer än detta – aldrig, medan hon levde, var hon så bländande, bedårande skön – och aldrig verkade hennes skönhet med så oemotståndlig makt på mina sinnen – – Hon låg där som en slumrande, med hälsans rodnad på sina kinder, och läppar, svällande och röda som mogna frukter. – – Inte ens då jag med hjärtat blödande av det ännu friska såret sade henne mitt sista farväl hade jag en tanke på att beröra dessa läppar med mina; jag kände att de även i döden tillhörde den man som var min vän och att jag ej fick svika min plikt mot honom – själva tanken på min jordiska kärlek förefoll mig då som ett vanhelgande av hennes rena bild. Nu tänkte jag inte på detta, det hade ingen plats i min själ – – allt försvann inför den brännande heta åtrå, som fyllde hela min varelse och drog mig till henne; orangeblommornas tunga doft gjorde mig yr – jag böjde mig över henne, slog mina armar om henne och tryckte en kyss på hennes läppar – de döda läppar, vilka jag aldrig fått kyssa som levande – – jag kände hennes ge-

stalt ett ögonblick med dödens stela kyla i min famn, kände att läpparna isade mig som om jag kysst en marmorbild – det ingav mig ingen fasa och varade dessutom blott ett ögonblick – plötsligt kände jag hur hon genomilades av en häftig darrning – ljuset som omgav oss skiftade färg, flämtade och blixtrade – med ens blev det mörkt och i mörkret kände jag svindlande ett par mjuka armar med kvävande styrka slingras om min hals, kände mig pressas mot en svällande barm, kände de marmorkalla läpparna med ens brinnande heta suga sig fast vid mina i en lidelsefull kyss, som förtog mig andedräkt och besinning och kände mig åter genomströmmas av den nästan kvalfulla känsla av vällustig sällhet jag förut erfarit – – – plötsligt tyckte jag mig höra en viskning – Lucys röst, men med ett tonfall jag aldrig hört av henne, så smältande, tjusande ömt: – ”Du kom – *äntligen!* – jag har väntat länge! – – kände du inte att ditt blod i mina ådror ropade dig? – stanna – stanna!” – – och därpå trycktes de sköna läpparna åter mot mina – jag kände hur hon tryckte sig allt fastare intill mig och tyckte mig åter genomleva den stund, då mitt blod droppe för droppe flöt ur mina ådror i hennes. – – – En obeskrivlig mattighet överväldigade mig, en ljuvlig domning omtöcknade alla sinnen – det förefaller mig som om jag dignat ned över kistan, alltjämt omsluten av hennes armar – – – allt försvann för mig och jag måste ha varit fullkomligt medvetslös, ty då jag åter vaknade till medvetande, fann jag mig till min obeskrivliga bestörtning sittande tillbakalutad i den stora länstol där jag vid min ankomst sett grevinnan sitta; någon – jag fann sedan att det var fursten – stödde mitt huvud, och en liten grupp av människor var samlad omkring mig, vilka alla iakttog mig med spänt intresse – bland dem den lilla puckelryggige med briljantörhängena och den vackra fransyskan. Grevinnan själv stod framför mig med framsträckta händer och de underbart strålande ögonen oavvänt riktade på mitt ansikte; något längre bort stod den ståtliga, främmande man, som jag hört nämnas markis de Caraman-Rubiano, något framåtlutad med de korslagda armarna stödd mot en stolsrygg – även han betraktade mig oavvänt med sina genomborrande ögon, jag fick plötsligt en obehaglig känsla av att jag för alla dessa människor endast var ett intressant subjekt för ett eller annat experiment, vars verkningar de iakttog med samma livliga, men kyliga uppmärksamhet som den, varmed vivisektören observerar det djur han gjort till föremål för sina försök – men det är väl möjligt att detta intryck endast var en verkan av det på en gång nervöst överretade och förslappade tillstånd vari jag befann mig.

Då grevinnan mötte min blick, fasthöll hon den ett par sekunder med sina gåtlika, outgrundliga ögon – därpå lät hon händerna sjunka och vände sig till hälften mot markisen, vill vilken hon yttrade ett par ord på ett språk som jag ej förstod. Han svarade endast med ett egendomligt småleende, reste sig därpå och kom fram till mig.

"En tillfällig vanmakt, herr doktor", sade han med sin förbindligt förnäma världsmannaton. "Jag hoppas ert illamående endast varit av övergående natur – – ni har ett synnerligen känsligt temperament och troligen har ni också varit en smula överansträngd – inte sant. Det händer så lätt inom ert yrke. Jag har ofta märkt att de elektriska fenomenen på ett oberäkneligt sätt afficierar eljest kraftiga naturer då deras energi av andra orsaker lidit någon tillfällig nedsättning. – – – Det betyder emellertid ingenting, det kan jag av erfarenhet försäkra er – ehuru ni som läkare utan tvivel kan bedöma detta ännu bättre än jag. En natts vila kommer att göra underverk. – Ni skall få se att ni sover gott utan kloral i natt", tillade han med egendomlig betoning, i det han såg mig skarpt i ögonen. "I övermorgon vid samma tid hoppas jag att ni åter gör oss det nöjet att bevista vår lilla sammankomst – – vad ni sett i afton var ju en ren bagatell – – tyvärr hindrade ert illamående er att ta del i de mera intressanta experimenten. – – Jag är, som jag förut antytt för er, i hög grad angelägen att en man med er vetenskapliga bildning och er framställningsförmåga måtte få bevittna dem och – om så erfordras – bringa dem till allmänhetens kännedom. Alltså – – välkommen i övermorgon! – och till dess – farväl!"

Han räckte mig handen och avlägsnade sig med en lätt böjning på huvudet för de övriga, vilka djupt bugande mottog denna avskedshälsning.

Jag hade rest mig, ehuru fortfarande med en känsla av yrsel och egendomlig mattighet, då han kom fram till mig. Nu först lade jag märke till att större delen av sällskapet avlägsnat sig och att de kvarvarande endast utgjordes av sex eller sju personer. Grevinnan stod kvar där hon stått vid mitt uppvaknande, några steg framför mig – även de övriga stod liksom väntande på något – först efter några ögonblicks förlopp gick det upp för min omtöcknade hjärna, att de antagligen väntade på att även jag skulle säga farväl och gå; det var säkerligen hög tid, ty en instinktlik känsla sade mig att det var långt lidet på natten.

Jag bugade mig alltså för grevinnan, varvid jag med en viss förvåning märkte att hon utbytt den vita, klassiskt draperade dräkten mot den vida pälsbrämade, blodröda sammetsrock hon burit vid mitt besök i hennes sovrum; jag märkte även att hennes olivbruna hud syntes mattare än eljest och att det låg ett drag av trötthet över det mörka, sköna ansiktet och de underbara ögonen.

"God natt, doktor" – sade hon med sin djupa altstämma till svar på min avskedshälsning. "Sov gott – kom ihåg att ni skall sova. I övermorgon – *au revoir!*"

"Jag följer er, doktor" – sade den lille puckelryggige då jag vände mig för att säga honom farväl. "Godnatt, grevinna – – en oförgätlig afton! – – Godnatt, min kära Elemar – madame de Saint-Amand, får jag inte den äran att följa er till er vagn? – Ni stannar? – Ah – man avundas er! – Godnatt, kära vänner, god natt, god natt!"

Några minuter senare befann vi oss på väg utför allén. Dagen började redan svagt gry i öster; luften hade den råa, fuktiga kyla som utmärker de tidigaste morgontimmarna vid denna årstid – hela naturen andades en dyster beklämning, ett rysande obehag – själv gick jag halvt som i sömnen och som i sömnen hörde jag alltjämt den flödande strömmen av min egendomliga ledsagares outtröttliga talförhet.

"En underbar afton, min kära doktor" – hör-

de jag honom säga. "En världshistorisk afton,
skulle man till och med kunna kalla det. Man
har dock inte levt förgäves, då man fått uppleva
något sådant! – Man känner som om man blivit
förd upp på ett högt berg och fått kasta en blick
över gränsen – gränsen, ser ni, som skiljer den
nya världen från den gamla! – – Det är upplyf-
tande, min kära doktor! – Man känner sig växa –
växa i jämnhöjd med stjärnorna, då man börjar
fatta vilka krafter människoanden bär inom sig
– – så länge burit utan att ana det – – och vilken
förvandling världen skall undergå, då man en
gång med fullt medvetande lär sig bruka dessa
krafter!"

"Utan tvivel" – svarade jag mekaniskt, då han
tycktes vänta att jag skulle säga något.

"Dessa manifestationer i afton" – började han
åter efter ett ögonblicks paus – "men det är ju
sant – – ni var ej i stånd att iakttaga vad som
föregick – – men otvivelaktigt gjorde ni därvid
inte mindre märkliga erfarenheter – – – det är
en av de intressantaste faserna av det dolda själs-
livet – jag skulle med obeskrivligt intresse höra
vad ni – – – Men nej, jag förstår, ni känner er
inte benägen att meddela något – – – förlåt en
ogrannlagenhet som endast har sin grund i det
oerhörda intresse, varmed jag omfattar dessa fö-
reteelser! – – Denna underbara kvinna" – Det
påstås att hon härstammar från Faraonerna och
att de gamla egyptiska mysterierna i två tusen år
som ett hemligt arv bevarats inom hennes släkt
– – jag skulle vilja tro det – – – Dessa ögon, min
kära doktor – – kan man inte tro, att all urtidens
visdom bor i deras djup? – Och vem kan undra
på att de, även då de är slutna, ser mer än andra
någonsin ser vakande – att tid och rum ej finns
till för dem! – Som *clairvoyante* är hon –"

"Hon *är* således *clairvoyante?*" avbröt jag ho-
nom.

"*Clairvoyante* – fjärrskåderska – sibylla –
profetissa – vad ni vill. Hennes gåvor är så ut-
omordentliga, så egendomliga, att de ej låter
klassificera sig. Hon är ett undantagsväsen, i full
besittning av alla de hemliga krafter, de andliga
förmögenheter som hos andra ännu blott finns
som slumrande frön eller knappast spirande
groddar! – Ni såg henne ju i afton – – men nej,

ni såg henne ej – – ni såg till exempel ej det bevis
hon gav på att tyngdlagen ej existerar för hen-
ne – hur hon inför våra ögon höjde sig i luften
och sakta, med slutna ögon och korslagda ar-
mar, svävade kring kapellet, minst tre fot över
golvet! – Ni såg och hörde ej – – – men utan
tvivel får ni inom kort själv se och iakttaga – de
är själva angelägna – – vi är alla angelägna att
dessa fenomen skall underkastas den skarpaste,
mest vetenskapliga kritik – – därför är en veten-
skapsman som ni oss så välkommen. Den stora
hopen är så okunnig – och så skeptisk, just till
följd av sin okunnighet. Vi behöver vetenskaps-
männens ögon och vetenskapsmännens pennor
för att sprida kännedomen om dessa storartade
sanningar i vidare kretsar – – visserligen, för den
stora, outvecklade hopen blir ju alltid deras in-
nersta kärna fördold! – – Men just därför mås-
te massorna lära sig *vördnad för de utvalda*, de
invigda, som behärskar dessa hemlighetsfulla
krafter och därför också är de enda som äger rätt
att behärska världen – – – – Denna vördnad,
min bästa doktor, vilken var en naturlig instinkt
hos forntidens mera ofördärvade folk och ut-
gjorde deras styrka och storhet – den har, som ni
vet, försvunnit under påverkan av de naturvid-
riga jämlikhetsbegrepp, vilka som en smygande
sjukdom angripit nutidens folk –"

"Naturvidriga?" – upprepade jag förvånad.

"Ja, jag sade naturvidriga – finner ni uttrycket
för starkt, kära vän? – En vetenskapsman som
ni bör dock inse dess berättigande. Var, annat
än inom det förkonstlade, urartade moderna
samhället, finner ni väl i naturen eljest något
motsvarande det jämlikhetsbegrepp, som ger
den fysiskt eller intellektuellt underlägsna,
den på en lägre utvecklingsgrad stående varel-
sen samma rättigheter som de högst begåvade
bland hans släkte? – Ingenstädes – det måste
ni medge! Jag kunde anföra exempel – men de
blev alltför många. – – Naturens lag är att mas-
san endast är till för de högst utvecklade indivi-
dernas skull – – först då världen åter kommer
till insikt om detta, skall mänskligheten åter se
storverk uppstå ibland sig, sådana som dem vi
häpnar över då vi ser deras från urtider bevarade
kvarlevor – Egyptens pyramider – Indiens och

Centralamerikas underbara tempel – vittnar
om en civilisation, oändligt överlägsen den var-
av människor nu berömmer sig i sin fåvitskhet!
– – Ah! detta så kallade lagbundna, demokratis-
ka samhällsskick, där varje trälnatur anser sig ha
rätt att tänka och döma, rätt att leva och njuta i
samma mån som de högst utvecklade – – vilken
löjlig – vilken beklagligt löjlig och föraktlig syn,
min kära doktor!"

Han gjorde ett ögonblicks uppehåll och åter-
tog därpå:

"Onekligen ett högst kuriöst psykologiskt
studium i alla fall att iakttaga, hur de här åkall-
ade kristliga idéerna och samhällsidealen så
småningom lyckats genomtränga och förgifta
mänskligheten samt under snart två årtusenden
fördröja dess höga utveckling! – – Och ännu mer
intressant att se hur de nu går sin upplösning till
mötes just genom verkningarna av de begrepp
de själva alstrat – – sannerligen en Nemesis di-
vina. – – Det är *kristendomen*, som gjort pöbeln
till en faktor som måste räknas med – som pre-
dikat allas lika rättigheter både ur social och mo-
ralisk synpunkt. – – De gamla visste bättre än
så! – De hade sina heliga, privilegierade kaster,
vilka ensamma ägde tillträde till de högsta mys-
terierna – – massan följde med blind vördnad
deras bud och överlät både tänkande och styrel-
se åt dem. Nu anser sig var och en berättigad till
att bilda sig ett omdöme, att hysa en övertygelse
– – och vad blir följden? – Ateism på det religi-
ösa området, anarki på det politiska – – det är
massans begrepp om frihet! – Och i sin blinda
dumhet begriper de inte ens att den frigörelse
från kristendomens idéer, vilken de betraktar
som ett framsteg, i själva verket innebär deras
egen dödsdom. Ty med kristendomen faller all
denna falska humanitet, som värnat och vårdat
de svagare – – de som egentligen blott är till för
att gå under – all denna så kallade människo-
kärlek, som endast belastat mänskligheten med
en oerhörd massa odugliga individer! – – – Ja,
det är löjligt nog – – – men för oss, herr doktor,
för oss som hoppas på och strävar för det nya
världsskicket – – för oss är emellertid de båda yt-
tersta antipoderna – ateismen och katolicismen
– absolut våra bästa bundsförvanter – de arbetar

oss båda i händerna, ehuru på olika sätt! – Inte
sant? – Den ena undergräver alltmer de kristna
samhällsidealen, utan att ana hur mycket annat
som kommer att störta med dem – – och den
andra gör allt för att kvarhålla eller återföra mas-
san till den auktoritetstro, som lägger all makt
i händerna på ett fåtal. Det är kolossalt intres-
sant, kära vän, kolossalt intressant, för den som
lärt sig förstå, vilka krafter det i själva verket är
som arbetar under ytan!"

Jag återger hans ord, som märkvärdigt nog
stannat i mitt minne och i vilka jag nu, då jag
nedskriver dem, tycker mig skymta en mening
som jag då ej förstod – ty i själva verket var jag
knappast medveten om att jag lyssnade till dem
medan han talade. Vi hade nu hunnit till min
egen port – i det halvt drömmande tillstånd,
vari jag befann mig, hade jag sånär gått förbi
den, men min puckelryggiga vän hejdade mig.

"Här går er väg, kära doktor", sade han – "och
jag ser att ni behöver vila – – Ja, erfarenheter så-
dana som dem vi gjort i afton drar stora växlar
på ens vitalitet – jag känner det själv – det är ju
också naturligt, fullt naturligt, då man betänker
hur mycket av vår egen livskraft som måste åtgå
för att möjliggöra dessa manifestationer. – Jag
försäkrar er, kära doktor, att varje gång som fe-
nomenen är av musikalisk natur, känner till ex-
empel jag fullkomligt tydligt en högst betydan-
de kraftnedsättning, åtföljd av en motsvarande
minskning i min produktionsförmåga – – det är
som en blodtransfusion – den bilden bör vara
fullt begriplig för en man av ert yrke, kära vän –
jag är fullt medveten om att en del av min inne-
boende energi tagits i anspråk – strömmar bort
– så att säga för tillfället leds i en annan ström-
fåra – – högst intressant och på samma gång
suggestivt – – detta lån av besläktade element
för åvägabringande av ett önskat resultat! Emel-
lertid är jag tacksam att manifestationerna just i
afton inte var av den art att de i nämnvärd grad
påverkade *min* personlighet; det skulle fallit sig
olägligt. – – À propos, min bästa doktor – – jag
behöver inte fråga om ni är musikaliskt mottag-
lig, det ser jag" – han gjorde en lätt åtbörd mot
min panna – – "ovanligt starkt utvecklat sinne
för harmoni. – – Ni tillåter kanske – vore mig

en glädje" – – Han stack handen i bröstfickan och framdrog en liten, ytterst elegant plånbok, i vars ena hörn ett litet monogram av guld, besatt med helt små briljanter, var anbragt; han sökte ett ögonblick och räckte mig därpå ett kort, på vars baksida han först skrev några ord. Jag tog det mekaniskt, kastade en blick på namnet och studsade.

"Guiseppe Leonardi" – läste jag överraskad – "väl inte den berömde –"

"Ni är artig, kära vän – men gott, gott – jag är nog den ni menar."

"Cleopatras kompositör – den världsberömde violinisten?"

"Leonardi – – till er tjänst, kära vän. Jag kände ju från första stund att vi var vänner. Då gör ni mig också glädjen att bevista min konsert i morgon – eller rättare idag. Inte sant? – Kortet där" – han pekade därpå – "skall bereda er plats."

Jag hade under tiden halvt mekaniskt vänt på kortet och på dess baksida läst orden:

"Pour admettre mon ami dr J. Seward.
Leonardi."

"Ni är alltför god", stammade jag förvirrad.

"Ni kommer? Tack, tack! Ni gör mig en tjänst därmed. Det är mig ett absolut behag att försäkra mig om ett visst antal sympatiska, verkligt förstående åhörare. Varje sådan lägger omedvetet ny kraft i min stråke – bokstavligen, kära vän, bokstavligen! – – – ni kommer alltså? – – gott, gott."

Vi hade stannat mitt under den stora båglampa som alltid brinner vid vårdanstaltens port; det blåvita skenet upplyste skarpt hans underliga gestalt, det stora huvudet, det yviga snövita håret, den österländskt mörka hyn och den lilla dvärglika, missbildade figuren. Briljantörringarna och de stora juvelerna i hans skjortbröst, som skymtade under den öppna överrocken, gnistrade i det elektriska ljuset – det hela verkade fantastiskt och sagolikt, som en uppenbarelse från en främmande värld på den smutsiga, dimmiga, alldagliga Londongatan i denna gryningens osköna timma. Jag hade en underlig förnimmelse av att det hela var en dröm – och

att jag förr eller senare måste vakna. – – Plötsligt skar ett långt, gällt, genomträngande skrik genom den disiga luften – ett skrik, uttryckande en så oerhörd fasa och förtvivlan att håret bokstavligen reste sig på mitt huvud.

"Vad var det?" – jag grep min puckelryggiga vän i armen. "Det kom där bort ifrån – – parken vid Carfax! – Vad kan ha hänt? – Det var en kvinna som skrek! –"

"Någon nattfågel helt säkert – någon nattfågel, kära vän" – sade han brådskande, ehuru jag märkte att hans bruna hy växlat färg och fått en egendomligt blygrå skiftning samt att de svarta, djupt liggande ögonen oroligt irrade av och an. "Det är tid att komma till ro – – – farväl, farväl – sov gott –"

"Det var ingen fågel, det var en människa i största nöd", sade jag upprörd – "se – – där kommer polis – – låt oss följa med dem och undersöka – – kanske ett brott –"

"Nej, nej" – – han ryckte sig hastigt lös – "nej – om så vore – – det finns saker, min unge vän, som man gör bäst i att inte blanda sig i. Det angår mig inte. Jag vill intet veta – – god natt, god natt!"

Han skyndade bort och var redan utom synhåll då ett par poliskonstaplar hann fram. Den ena av dem kände mig och hälsade hövligt.

"Hörde doktorn något?", frågade han.

"Ett skrik – det tycktes komma från parken där."

"Just det ja. Nå, vi får väl undersöka, då. Jobling – men det blir väl som vanligt. – – Det är inte första gången, skall jag säga doktorn", tillade han hastigt, "och vi måste naturligtvis för ordningens skull söka genom parken, det är givet det – men där finnes aldrig någonting, det är det egna i saken. Jag har talt med betjänten därborta, men han påstår att det är ugglor – harugglor, säger han, som håller till i de gamla träden. Ja, f-n vet vad en skall tro – inte har jag hört några ugglor låta på det viset, så mycket jag vet – – men seså, raska på nu, Jobling, fram med lyktan – – – god natt, herr doktor!"

Jag såg dem öppna de stora järngrindarna och försvinna mellan träden; min första impuls hade varit att följa dem, men en dödande matthet förlamade mina lemmar – jag längtade blott efter vila och vände därför mina steg hemåt, i det jag upprepade för mig själv att saken på det hela inte angick mig och att min närvaro i alla händelser ej skulle vara av någon särskild nytta. – Senare har jag hört att polismännens förmodanden fullkomligt bekräftats; ehuru de noga genomsökte parken, fann de intet spår av något misstänkt. – Själv vacklade jag – så vitt jag kan påminna mig – som en sömngångare, eller rättare som en drucken upp till mitt sovrum, där jag genast måste ha kastat mig på sängen och insomnat. Allt vad jag vet är att jag vid åttatiden vaknade, liggande där och ännu fullt påklädd. Jag kände mig fullt utvilad och styrkt, ehuru jag blott kunde ha sovit ett par, tre timmar, samt skyndade att stiga upp för att ej väcka min gamla Marys undran och ogillande. Då hon kom med mitt rakvatten, fann hon mig halvklädd och skenbarligen sysselsatt med min toalett som vanligt vid denna tid.

Allt vad jag genomlevt under natten – – – eller tyckt mig genomleva – stod genast vid uppvaknandet klart för mitt minne och det har blott varit med en ytterlig viljeansträngning jag under dagens olika göromål kunnat frigöra mina tankar därifrån. Det har varit mig en lättnad och skall, hoppas jag, verka lugnande på mina ännu upprörda nerver att här nedskriva vad jag minns. Ännu är jag långt ifrån att kunna fatta något lugnt och lidelsefritt omdöme över de företeelser vartill jag varit vittne; de är och förblir underbara, vare sig de förklaras å ena eller andra sättet. – – – Då jag klätt mig, fann jag här på golvet en av de stora vita blommor, som igår afton regnade ned över oss – den hade antagligen fastnat i mina kläder utan att jag märkt det. Den var nu vissen, men utandades fortfarande en stark, dövande doft. Jag har som sagt undersökt den, men ej lyckats hänföra den till något känt släkte. I alla händelser är den ett bevis på att åtminstone *detta* ej var någon hallucination. – – Möjligheten av ett skickligt utfört taskspelarknep är emellertid ingalunda utesluten. Emellertid förtjänar det hela att studeras, och jag skall bemöda mig att göra det så opartiskt och lidelsefritt som möjligt. Blotta uttrycken "seans" – "clair-

voyante" – "trance" o.s.v. har alltid i mitt tycke haft en bismak av charlataneri, och jag har känt en verklig avsmak för att ägna något allvarligt studium åt dessa s.k. fenomen, då det förefallit mig som om det fenomenala där vid lag huvudsakligen legat i människors lättrogenhet och dårskap. Det är ju emellertid ett obestridligt faktum att framstående vetenskapsmän, sådana som Crookes, Wallace, Van Helsing m.fl., efter allvarlig prövning kommit till helt andra resultat. Detta visar åtminstone att man knappast äger rättighet att avfärda dessa företeelser med blott en axelryckning, då man inte ägnat dem mera uppmärksamhet än t.ex. jag kunnat göra. Jag har idag bläddrat i Wallaces bok om "Moderna underverk", som länge legat orörd på min hylla och av mig endast betraktats såsom ett intressant bevis på de partiella rubbningar, vilka även en eljest överlägsen intelligens kan vara underkastad. – – – Jag ser att han anför åtskilliga exempel på företeelser, vilkas äkthet *han* anser fullt bevisad och vilka i sin allmänna karaktär är nära besläktade med en del av de fenomen jag iakttog igår afton. – – – Men en dårhusläkare är alltför van att umgås med folk som ser syner, på vilkas verklighet de anser sig kunna svära, för att i nämnvärd grad påverkas av påståenden. – – Dock måste jag medge att saken ställer sig något annorlunda, då man själv ser och hör än då man lyssnar till vad andra – även de trovärdigaste – påstår sig ha sett och hört.

Emellertid har jag situationen där borta någorlunda klar för mig. Den gamla villan i sitt delvis förnyade skick är tydligen medelpunkten för ett av dessa halvt mystiska, halvt mondäna, åt s.k. "ockultism" i en eller annan form hängivna sällskap, vilka egendomligt nog just i våra praktiska och materialistiska dagar växer upp som svampar överallt. Jag har hittills inte haft tillfälle att personligen på nära håll iakttaga dessa underliga sekelslutsföreteelser, och då en egendomlig slump nu – – –

* * *

Jag minns ej längre, hur jag ämnade avsluta meningen; det betyder i alla händelser ingenting – – – Jag blev avbruten av ett telegram, under-

343

tecknat *"Mary Holmwood"* med anhållan att jag så fort det blev mig lägligt ville infinna mig på Hillingham. Som jag för ögonblicket inte har någon patient vars tillstånd är så omedelbart oroande att jag inte kan lämna anstalten, och som jag dessutom kände ett starkt behov av luft, ombyte och verksamhet, beslöt jag att genast efterkomma kallelsen – – i alla händelser hade det nog inte dröjt länge innan jag begivit mig dit ut; tanken på den stackars Arthur förföljer mig mer än någonsin. Det är ett tragiskt samband mellan våra öden, det känner jag med dagligen tilltagande tydlighet. Underligt att denna rena, oskuldsfulla, barnsligt veka och kvinnligt ljuva varelse, som vi båda älskat och vars inflytande medan hon levde blott var till välsignelse för oss båda, även om hon blott kunde tillhöra *en* av oss – att hon, säger jag, nu då hon är död är på god väg att bli en förbannelse för oss! – Ordet är starkt, kanske överdrivet, men det undslapp mig ofrivilligt vid tanken på vad jag såg därute idag och den hemliga fasa varmed det fyllt mig – – en fasa liknande den varmed den som hos sig själv tyckt sig märka spirande frön till en ohygglig sjukdom, iakttar dess långt framskridna härjningar hos en annan.

Under färden ditut genomlevde jag åter i minnet så livligt alla intryck från de förfärliga dagar, då Van Helsing och jag bokstavligen brottades med döden om Lucy – – jag mindes framför allt den morgonen då jag fann fru Western död, Lucy döende, kammarjungfrun mördad, och hela huset försänkt i en dödsliknande dvala – – alla dessa förhållanden, vilka i själva verket hittills förblivit oförklarade. Jag vet att polisen i trots av de ivrigaste spaningar ej lyckas finna ringaste spår av den eller de som förövat dådet. För egen del var jag under den närmast följande tiden verkligen alltför upptagen av min egen andel i detta sorgespel för att ha mycken tanke över för annat; det tragiska förloppet av Lucys sjukdom och vår egen fullkomliga makt- löshet gentemot dess hemlighetsfulla symptom ställde helt och hållet allt annat i skuggan. I själ- va verket torde det alltjämt vara outrett huruvi- da alla dessa händelser stod i något verkligt inre samband med varandra. Otvivelaktigt torde

vara att fru Westerns död omedelbart förorsaka- des av en häftig skrämsel – i det papper, vi fann hos Lucy, beskrev hon ju förloppet, det sönder- slagna fönstret, det skräckinjagande ansikte de tyckt sig se i öppningen m.m. – men vad som är och förblir oförklarat är det tillstånd, vari vi fann tjänsteflickorna samt det egendomliga för- hållandet att inte ringaste spår av inbrott eller stöld för övrigt syntes i huset. Lika litet kan man förklara vad allt detta haft att göra med Lucys eget gåtlika borttynande. I själva verket vilar ett ogenomträngligt dunkel över de flesta detal- jer av detta sorgespel, och jag fruktar starkt att detsamma kommer att bli händelsen med det som nu åter utspelas därute. Arthurs tillstånd är dock inte så gåtlikt som Lucys var; stackars gos- se, alla symptom tyder blott alltför klart på en begynnande sinnessjukdom, ehuru det på detta stadium torde vara omöjligt att förutsäga vad förlopp den kommer att ta. Oförklarligt är dock åtskilligt annat, varom jag först idag erhållit närmare kännedom – och här torde en grund- ligare undersökning bli av nöden – – – men allt i sinom tid.

Det var Arthurs gamla betjänt, hans fars tro- tjänare, som tog emot mig.

"Hur står det till, Brand?" frågade jag, då han hjälpte mig av med rocken.

"Tackar som frågar, herr doktor", sade han med en vördnadsfull bugning. "Nog går det an med *mig* – – men med mylord är det dåligt – – – mycket dåligt, gunås – – – Miss Mary – – jag menar – fru Holmwood bad att doktorn skulle vara god och stiga in i södra kabinettet."

Han öppnade dörren till detta rum, vilket ligger på andra sidan om matsalen och har sär- skild ingång från vestibulen samt står i samband med växthuset. Fru Western plägade inta sina frukostar där i gamla tider.

En smärt, svartklädd dam reste sig från ett bord, betäckt med tidningar och tidskrifter, och kom mig till mötes.

"Dr Seward?" sade hon. "Det var vänligt av er att komma så snart. Jag är Mary Holmwood."

Hon liknar Arthur – samma fina, aristokra- tiska typ, förnäm ända ut i fingerspetsarna – men förefaller mig att vara av en vida kraftigare natur än han. Jag minns att han berättat mig, hur folk brukade skämta med dem, då de båda var barn, i det man sade dem, att de blivit bortbytta i vaggan, och att *han* egentligen bort vara flickan, *hon* gossen. Nu kan man lika lite kalla honom *omanlig* som henne *okvinnlig* – men det är dock ett drag av vekhet hos honom, som systern saknar, under det att han å sin sida saknar den prägel av lugn och samlad styrka som kännetecknar systerns personlighet.

"Sitt ned", fortfor hon, i det hon med en åtbörd anvisade mig plats i en länstol vid det bord där hon setat. "Tack för vad ni varit för Arthur under denna tid! Tack för ert brev! Jag skulle varit här förr om jag haft en aning om hur det stod till med honom. Han bör inte vara ensam."

"Ingen kan vara gladare än jag över att se er här, min fru", sade jag. "Jag önskar, att jag påkallat er hjälp förr – men dels kände jag inte er adress – – dels är det verkligen först på allra sista tiden som jag ansett mig befogad att uppträda som *läkare* gentöver min stackars vän."

"Ni menar –?"

"Jag menar, att jag först nyligen fått klart för mig hur abnormt och oroande hans sinnestillstånd verkligen är. Efter den häftiga själsskakning, som hans fästmös död vållade honom, fann jag intet överraskande i det svårmod, varav han tycktes lida – – jag hoppades, att tiden, som bäst läker de flesta sår, också skulle läka detta samt att fullkomlig ro och en viss grad av ensamhet på det hela borde verka mera välgörande på honom än något annat. Hans sorg var alltför naturlig för att ge anledning till någon egentlig oro – – Då vi skildes efter fröken Westerns begravning, reste han, som ni vet, till Ring, och jag antog, att de nya plikter och åligganden som där väntade honom efter hans fars död skulle – –"

"Han försummade helt och hållet dessa plikter, dr Seward. Då han kom tillbaka, rörde han sig ibland oss som en sömngångare, fullkomligt likgiltig för allt och alla – – – jag och min kusin Carbyon måste ombestyra allt. Men också vi ansåg att detta var fullt naturligt, då han nyss träffats av ett hårt slag. Han sade själv, att han helst ville vara ensam; därför reste jag till Irland. Jag ångrar det bittert nu – – men det tjänar ju till

intet att tala om sådant. Det är om hans nuvarande tillstånd jag ville rådgöra med er. Det är förfärligt – inte sant?" –

"Ni finner honom förändrad?"

"En skugga av sig själv. Min käcka, glada Arthur! – – – Säg mig uppriktigt, dr Seward; ni anser honom naturligtvis sinnessjuk?"

"Åtminstone i stor fara att bli det", sade jag allvarligt, "och detta ställe är naturligtvis den minst lämpliga vistelseort han gärna kunde ha valt. Allt här är särskilt ägnat att underhålla de sjukliga fantasier, som mer och mer tycks anta formen av verkligt fixa idéer. – – Ni vet naturligtvis, att han fortfarande inbillar sig att hans trolovade inte är död?"

"Ni är således verkligen säker på att hon är det?" – sade hon med en egendomligt forskade blick.

"Säker! – min bästa fru Holmwood! – efter så många veckors förlopp! – För övrigt har jag själv gjort allt som kunnat göras för att förvissa mig om att döden verkligen inträtt; jag har talat med de mest erfarna bland mina kolleger om detta egendomliga fall – – alla säger detsamma. Hon *kan* inte vara skendöd – – ehuru – ehuru" – en plötslig hågkomst kom mig att rysa och avbryta meningen.

Hon tycktes knappast lägga märke därtill; med armarna korslagda på bordet satt hon lätt framåtlutad och stirrade med tankfull blick framför sig.

"Arthur har, som jag tror, inga fiender" – sade hon efter några ögonblicks tystnad – "och vartill skulle också en så grym lek tjäna – – – vem skulle vinna något därpå? – Men jag ser att ni inte förstår mig, dr Seward. Ni har endast tillfälligtvis sett Arthur på sista tiden, efter vad ni säger. Jag har blott varit här i huset ett par dagar, men under den tiden har jag ändå haft tillfälle att se och höra mycket, varom *ni* kanske inte har någon föreställning. Det var därför jag tog mig friheten bedja er komma hit idag. Ni vet naturligtvis att Arthur – som jag hört av gamla Brand – dagligen besöker sin fästmös grav och att han flera gånger tillbringat natten där?"

"Jag har hört det och talat med honom själv därom – men det var först då jag gjorde det som jag kom till insikt om, att man tyvärr ej längre kan betrakta honom som fullt normal och tillräknelig. Förut ansåg jag mig ej ha rättighet att –”

”För min del har jag inga betänkligheter” – avbröt hon mig. ”Hans utseende skrämde mig, och då jag hört vad Brand hade att meddela, sade jag Arthur uppriktigt min tanke – – Han var fullkomligt lugn och förnuftig men sade blott: 'Du kan ju förstå Mary, att jag inte kan lämna henne ensam i gravvalvet, då hon när som helst kan vakna och kanske dö av förskräckelse då hon ser var hon är – jag har läst om liknande fall!'”

”Men inte efter så lång tid!” inföll jag. ”Det är omöjligt –”

”Jag övertalade honom att låta mig följa med till kyrkogården”, fortfor hon utan att fästa sig vid mitt avbrott. ”Jag såg henne – – dr Seward – – jag undrar egentligen ej på min stackars Arthur – det var en förfärlig syn!”

”Förfärlig?”

”Förfärlig, därför att man kände sig stå inför det som strider mot naturen – hennes åsyn kom mig att rysa – – jag – – jag har sett något sådant en gång förr – –”

”En gång förr?” – upprepade jag förvånad.

”Ja” – sade hon kort. ”Inte här i England – – I en by i Moldau. – – Jag är inte vidskeplig, dr Seward, lika litet som ni förmodligen själv är – men då jag mindes, vad jag då såg och vad jag hörde folket berätta, och tänkte på Arthurs tillstånd – – då – – började jag nästan fråga mig, om inte det omöjligaste verkligen kunde vara möjligt. Ni tror naturligtvis inte på spöken?”

”Det beror till en viss grad på vad man menar med spöken”, sade jag. ”Jag tror att det finns människor som *ser* spöken – lika tydligt som jag ser er – och för dem är de naturligtvis också en verklighet; men för min del anser jag dessa syner endast som alster av en på ett eller annat sätt sjukligt afficierad hjärna.”

”Ja – det är också min tro. Men – – – om de i alla fall är fullt verkliga för den som ser dem, så – – – överhuvudtaget är det ju ej så gott att säga vad som är sken eller verklighet här i världen. Vi är ju i alla fall beroende av våra sinnen – – –

Det är inte bara Arthur, det är andra – – – gamle Brand, till exempel – – som bestämt påstår att hon lever; att hon besöker honom här, då han inte kommer till kyrkogården. De försäkrar att de sett henne – – – och i natt – – – i natt såg jag henne själv.”

”Ni – *ni såg henne?*”

”Jag såg henne, dr Seward – ehuru jag är fullkomligt villig att tro att vad jag såg var ett alster av en sjukligt afficierad hjärna – – – så vida – så vida det inte ligger något annat under allt detta och någon tillåtit sig att uppföra ett hjärtlöst gyckelspel – – Arthur gick tidigt in till sig och lovade mig att gå till sängs; allt var tyst i huset; jag satt uppe och läste – men vid halv tolvtiden greps jag av en sådan oro för honom att jag helt tyst smög mig dit in för att se om han sov – – ja, ni vet att hans rum ligger här mitt emot, på andra sidan vestibulen –”

Jag nickade, det var Lucys forna rum.

”Gamle Brand sover numera i rummet utanför. Han låg tungt insomnad – – – det brann en nattlampa i Arthurs rum – – och – – dr Seward – – det är så visst som att jag nu sitter här att jag genom dörren såg Arthur sittande i den stora länstolen vid fönstret – tillbakalutad, med slutna ögon; i hans knä satt – – – en kvinna – vitklädd – smärt – jag såg henne blott på ryggen – som höll armarna om hans hals och huvudet tätt tryckt intill honom, så att det till hälften dolde hans ansikte –”

Jag gjorde en rörelse av ovilja. Det hela började med ens stå för mig i ett annat ljus och jag tyckte mig skymta en förklaring som hittills ej fallit mig in.

”Skändligt!” – utbrast jag. ”Någon usel varelse som begagnat sig av hans svaghet – – Min bästa fru Holmwood, det upprör mig att ni skall ha blivit utsatt för –”

”Tyst!” sade hon i det hon lyfte handen för att hejda orden på mina läppar, under det att hennes stora mörkblå ögon lugnt och allvarligt såg mig i ansiktet. ”Jag förstår fullkomligt vad ni tänker – – ni vet att jag inte är någon oerfaren flicka – tvärtom!” – rösten fick ett uttryck av obeskrivlig bitterhet – ”jag känner världen – kanske mer än ni! – – Men förklaringen är inte fullt så enkel som ni tror. – – Jag blev stående som förlamad – – i detsamma lyfte hon huvudet, vände sig om och såg på mig – – – med ett uttryck av hat och raseri som jag inte kan glömma – – – det var inte mänskligt, det var – – det var demoniskt – ögonen lyste röda och jag såg de vita tänderna – som på ett retat djur – – jag blev *rädd*, dr Seward – – det föreföll mig som om hon skulle störta sig över mig – – men i stället gled hon ur hans famn, stod ett ögonblick mitt på golvet med handen sträckt emot mig och gick därpå långsamt ut genom glasdörren till verandan – – jag märkte nu först att den stod öppen. Jag såg henne klart hela tiden och – – – ni tror mig inte, dr Seward, men – – jag kan endast säga vad jag såg. *Det var fröken Western* – eller åtminstone någon som på ett hår liknade henne, sådan jag några timmar förut sett henne i sin kista.”

”Omöjlig!”

”Jag skulle sagt detsamma, om någon berättat mig vad jag nu berättat er”, sade hon lugnt. ”Men jag vet med mig själv att jag ingalunda hör till dem som lider av en alltför livlig fantasi – – Det var antingen hon – – – eller *någon som med avsikt spelade hennes roll*, det är fullkomligt säkert. Att det skulle varit hennes 'vålnad' – det förmodar jag att ni anser lika otroligt som jag. Folket här påstår, som sagt, att det spökar här – att hon går igen, som de säger. Men vare sig det är sken eller verklighet, så är den fara Arthur svävar i tydligen en mycket verklig och påtaglig. – – – Då jag hunnit hämta mig litet från min förvåning och förskräckelse, skyndade jag fram till honom. Han var medvetslös – – avsvimmad – – kall som is – jag skulle kunnat tro honom vara död – – jag väckte gamle Brand, lät kalla hushållerskan, lyckades få honom att svälja några droppar konjak och fick honom i säng – – men det dröjde ett par timmar innan han vaknade. – – Av Brand hör jag att han ett par, tre gånger förut blivit funnen i ett liknande tillstånd – vem vet för övrigt hur ofta han kunnat ha dylika anfall utan att någon vetat av det! – Det var oroande nog om det gällde en vanlig sjukdom – – men efter vad jag nu med egna ögon sett är jag övertygad – – ja, jag vet egentligen knappast varom jag är övertygad, jag vet

inte vad jag skall tro – utom att saken är mycket, mycket allvarsam, hur den än förklaras.”

Hon tystnade, stödde armbågarna på bordet och hakan i händerna samt betraktade mig med allvarlig och frågande blick.

Jag satt tyst, verkligen för ögonblicket ur stånd att varken bilda mig eller uttala någon åsikt – vad jag hört hade helt och hållet slagit mig med häpnad. Alla de oförklarliga uppträden jag bevittnat här i samma hus under Lucys sjukdom, allt vad jag själv genomlevt och genomkämpat under de sista veckorna, allt vad jag sett och hört i det gamla huset på Carfax, de underliga människor jag där sammanträffat med, den skakande dröm – vision – hallucination, eller vad jag skall kalla det, som så djupt upprört mig – allt detta drog hastigt genom mitt minne som ett förvirrat, oredigt panorama, mellan vars skilda delar jag oklart tyckte mig skymta ett hemlighetsfullt sammanhang, utan att dock kunna finna eller fasthålla den ledande tråden i det hela.

”Vad ni berättat är så egendomligt, min bästa fru Holmwood”, sade jag slutligen, ”att jag – uppriktigt sagt – måste ha litet tid på mig för att tänka över det. Om man verkligen skulle ha att göra med en hjärtlös mystifikation – det är ju inte absolut otänkbart, ehuru osannolikt och orimligt, då det är svårt att uttänka något motiv för en sådan – så vore på det stora hela en skicklig detektiv rätta mannen att ta saken om hand. – – Men å andra sidan” – – jag tvekade, ur stånd att finna de rätta orden för vad jag ville säga. – –

”Å andra sidan – – – om det *verkligen skulle vara hon*, dr Seward – om hon inte skulle vara död – – – om Arthur i alla fall skulle ha rätt? – – –”

”Men det är ju omöjligt – orimligt! – om man skulle förutsätta det oerhörda, att hon verkligen hela denna tid varit skendöd – befunnit sig i ett kataleptiskt tillstånd – – hur skulle hon i så fall tidtals kunna återvakna till medvetande – – lämna gravvalvet – komma hit – – – och så återfalla i dvala – – nej, min goda fru Holmwood, något sådant kan man inte ens ifrågasätta. Det vore stridande mot alla naturens lagar.”

”Känner ni alla naturens lagar, dr Seward? – Det tror jag är mer än någon människa kan påstå. Jag skall säga er något: det är mycket som förefaller omöjligt här i vårt civiliserade samhälle, som syns än mindre otänkbart, då man kommer ett stycke utom den s.k. civilisationens råmärken. Den civiliserade världen är egentligen bara en mycket liten punkt i det stora världsalltet – – ja, till och med en jämförelsevis liten del av t.ex. det lilla Europa. Det behövs bara att man färdas ett par, tre dagsresor, så befinner man sig i en annan värld, där allt mäts med en annan måttstock och döms efter andra lagar. Människorna där står naturen närmare än här – – – vi kallar dem okunniga och vidskepliga, men kanske deras kunskap bara är av annan art än vår? – Därnere i sydöstra Europa – – – i Rumänien – i Ungern – i Bulgarien – överallt på Balkanhalvön med ett ord, finner människorna en hel del andra saker fullkomligt naturliga, som man här otvivelaktigt skulle anse stridande mot naturens lagar. Jag har själv hört och sett – – – – – mer än jag kan eller vill berätta – – här skulle man bara tro mig vara galen. – – Ja – på det hela taget är det kanske underligt att jag inte är det." Hennes ansikte mörknade och stämman fick en djupare klang; jag fick intrycket av att hon ofrivilligt väckt ett plågsamt minne till liv. – "Men", återtog hon strax därpå med förändrad röst, "jag är, som jag sade er, en mycket praktisk och vardaglig människa, varken fallen för överdrifter eller fantasier – – det har varit min räddning. – Emellertid – jag har sett en hel del och är därför kanske inte fullt så skeptisk som – ni själv till exempel. Säg mig, doktor Seward, anser ni det omöjligt, att det skulle kunna finnas ett tillstånd som egentligen varken vore liv eller död – – – enligt våra vanliga begrepp? – Ja, jag menar nu inte *skendöd*, så som ni läkare förstår det – – men ett slags tillstånd, då en varelse, som egentligen haft alla sina intressen, alla sina lidelser och all sin strävan koncentrerad här på jorden, skulle vara oförmögen att helt lämna densamma, fastän de kroppsliga funktionerna av en eller annan anledning avbryts – – vilket ju är vad man kallar att *dö*. – Därnere – – i de ociviliserade länderna, som man kallar dem – – där tror de att det finns sådana varelser. De kallar dem 'odöda'. Och jag tror också på dem."

"Ni tror på dem!"

"Jag tror på dem – – därför att jag upplevt saker, som endast kan förklaras genom tillvaron av sådana väsen. Varelser som återvänder från graven –"

"Gengångare – vålnader således?"

"Nej, nej – – inte vad ni menar med gengångare. De lever verkligen – men inte med samma liv som vi – de kommer tillbaka till dem de älskat och strävar att dra dem till sig. Jag – jag ser på er att ni i tysthet undrar om jag inte är en smula förryckt, som sitter här och på fullt allvar talar om sådant. Men – – jag säger er än en gång att jag såg henne – – Lucy Western – Arthurs fästmö – lika tydligt i hans rum i natt som jag några timmar förut såg henne i sin kista på kyrkogården. Då jag såg henne *där* ryste jag vid åsynen av hennes skönhet – – ty jag kände inom mig, att den varken tillhörde livet eller döden, och – – som sagt – – jag har sett något liknande förr. Och då jag sedan – – i natt – såg honom – – min stackars Arthur – i hennes armar – – då *förstod* jag – – Det blir en kamp på liv och död – – jag är inte stark nog att föra den ensam – ni måste hjälpa mig, dr Seward!"

Jag kan inte beskriva hur jag var till mods, medan jag lyssnade till henne. Hon talade lugnt, behärskat, utan tecken till exaltation; hennes kloka, allvarliga ögon såg mig rakt i ansiktet – hon var tydligen fullt övertygad om sanningen av vad hon sade. Att förutsätta en tillfällig sinnesrubbning hos denna sunda, harmoniska natur förefaller orimligt – men i den vägen bör man ju vara beredd på allt. Efter ett ögonblicks betänkande sade jag henne med all den vänliga uppriktighet som hennes förtroende förtjänade, att jag inte var beredd att utan vidare anta denna i mitt tycke vidunderliga förklaring, men att hon kunde vara övertygad om, att jag skulle göra allt vad i mänsklig makt stod för Arthur – i första rummet rådföra mig med vår gemensamme vän, Van Helsing, vilken skött Lucy Western under hennes sista sjukdom. Härmed förklarade hon sig nöjd.

"Jag begär inte att ni skall tro mig, dr Seward", sade hon lugnt. "Jag vet mer än väl hur orimligt det jag berättat måste synas er – men jag måste i alla fall säga er allt vad jag hade på hjärtat."

Därpå gjorde jag ett kort besök hos Arthur – kort, därför att jag fann honom sovande och ej ville störa honom, men långt nog för att visa mig att den hemlighetsfulla sjukdom, varav han lider, gjort förfärande framsteg på de sista få dagarna. Det var gripande att se honom ligga där, på samma ställe där jag för icke så länge sedan sett Lucy – och nästan lika blek och tärd som hon. Sannerligen, man skulle tro att det vilade en förbannelse över detta olyckliga hus – – detta hus, som ännu för så kort tid tillbaka var det lyckligaste hem. – Överhuvudtaget förefaller det mig ibland som om jag sedan en tid blivit indragen i en strömvirvel av abnorma, upprörande och oförklarliga företeelser, inför vilka allt mitt vetande kommer till korta och där det är ytterst svårt, för att inte säga omöjligt, att alltid bibehålla det lugn och den andliga jämvikt, som är nödvändigare för läkaren än för någon annan. Sir John Herschel påstår visserligen att inga företeelser är mera välkomna för vetenskapsmannen än just de, vilka tycks kullkasta alla vedertagna teorier och står i strid med alla kända lagar, då det är *dessa* företeelser vilka öppnar fältet för nya upptäckter och vidgar den andliga synkretsen. Jag är kanske inte tillräckligt forskare för att fullt kunna känna det så, eller också är jag personligen alltför starkt afficierad av dessa tilldragelser för att kunna betrakta dem med det överlägsna lugn som framför allt erfordras om erfarenheten skall bli fruktbärande. – Tills vidare nöjer jag mig med att samvetsgrant anteckna allt. – – – Jag skulle vilja träffa Van Helsing och uppriktigt säga honom allt samt höra hans åsikt; om någon kan urskilja den ledande tråden i detta dunkla virrvarr, så är det han – och efter allt vad jag nu upplevt, känner jag mig mindre böjd än förr att kalla honom fantast. Jag vet ej var han befinner sig eller vad han har för sig för ögonblicket – egendomligt nog tycks han inte heller ha besökt Arthur på de senaste dagarna. Jag har skrivit några rader till honom och bett honom så fort som möjligt meddela sig med mig.

– –

Sedan jag sagt fru Holmwood farväl, begav jag mig, dragen av en oemotståndlig makt, till kyrkogården. – – Jag lät min vagn köra till motsatta sidan mot den där Westernska gravkoret befinner sig, steg av och gick in – – framåt den stora allén, som för till kyrkan. – – Jag sökte något och det var med egendomlig, nästan pinsam spänning som jag granskade gravsten efter gravsten bland dem som kantade vägen.

Plötsligt stannade jag; jag hade funnit det sökta. Litat avsides, djupt nedsänkt i det ännu höga och gröna, ehuru vissnade gräset, varseblev jag en liten obetydlig, helt alldaglig sten på en försummad gravkulle. Stenen var mossbelupen och inskriften nästan utplånad, men man kunde dock läsa den:

TILL MINNE AV
ANNABELL LEE

stod där. Jag igenkände den fullkomligt, men visste på samma gång att jag aldrig sett den med mina lekamliga ögon, liksom jag är fullkomligt säker på att jag aldrig i verkligheten besökt denna del av kyrkogården. Men i en dröm – eller var det en syn? – hade jag förut skådat denna lilla bortglömda grav; vid det flämtande överjordiska sken som utströmmade från själva gravkullen hade jag förut läst detta namn och omedvetet lagt märke därtill, därför att det påminde om hjältinnan i Poes gripande poem. Jag erkänner att jag kände mig isas av en rysning. Vad betyder egentligen allt detta? – – Vilka hemlighetsfulla makter är det väl som driver sitt spel med mig?

* * *

Jag kommer från konserten – signor Leonardis konsert. Jag hade så när glömt den, då de intryck jag mottog vid besöket på Hillingham var tillräckligt starka för att förjaga och utplåna alla andra. – – Men vid hemkomsten fann jag min puckelryggiga väns kort på mitt skrivbord, och i den stämning vari jag befann mig var ju den erbjudna förströelsen välkommen. Sedan jag slutat min rond, ätit middag och gjort litet toalett, begav jag mig alltså till den angivna platsen – den nybyggda Ceciliasalen vid – *Square*. Jag har inte varit där förut och var nyfiken att se själva lokalen. Det har talats och skrivits en hel

349

del om densamma och tidningarna har gjort ett stort nummer såväl av de något mystiska förhållanden, som sammanhänger med dess uppbyggande, som av den dyrbarhet och originalitet varmed arbetet utförts. Det påstås att en högst betydande summa av en enskild musikälskare donerats för ändamålet, men ingen tycks veta hur saken egentligen förhåller sig. Konsertsalongen är emellertid ett faktum; endast de mest framstående musici får uppträda där, men åt dem upplåtes den kostnadsfritt, dock med villkor att deras ansökan om rättighet att använda salen förelägges och prövas av en "styrelse", vars medlemmar emellertid döljer sig med en sträng anonymitets slöja, antagligen för att ej kunna ställas till ansvar för det tämligen godtyckliga sätt, varpå de utövar sin rättighet att medge eller vägra den begärda tillåtelsen. Många konstnärer vägrar också att underkasta sig de föreskrivna villkoren hellre än att utsätta sig för ett avslag. Men det hela har slagit an. Hur det är, anses det vara ett slags utmärkelse att få uppträda där – konserterna har blivit en modesak och det är *comme il faut* att besöka dem – inte minst därför att biljettpriserna är betydligt högre än det eljest brukliga.

——————————————————————

Filen av eleganta ekipage sträckte sig långt nedåt gatan och jag hade att vänta en god stund, innan turen kommit till mig, om jag ej stigit ur och gått den återstående biten till fots. Byggningens yttre är originellt – jag vet inte, om man kan kalla det vackert, och tidningarna har fört en livlig polemik angående denna smakfråga – en polemik vilken otvivelaktigt varit en ytterligare, förträfflig reklam för företaget. Det hela gör på mig samma främmande, delvis frånstötande intryck som en hel del andra alster av konst och konstindustri i dessa sekelslutsdagar. Man vet inte rätt, om det är något verkligt nytt i tanke, känsla och åskådningssätt, som söker att arbeta sig fram och finna uttryck i nya former, eller en blaserad och utlevad fantasis jäktande efter originalitet till vad pris som helst. Den verkan som syns mig eftersträvas, är frambringandet av en viss raffinerat sensuell stämning – så raffinerad, att den föraktar hela den yppiga, färgstarka, sin-

nesretande lyx, varmed ett föregående decennium sökt frambringa en liknande effekt. Allt är här präglat av en fint beräknad, skenbar enkelhet, fina, spinkiga, sällsamt fantastiska former, sparsamma ornament, i vilka människogestalter, underligt stiliserade, utgör växtformer i de egendomligaste kombinationer – därtill färger i schatteringar och sammansättningar, varom man aldrig förr drömt, och framför allt en massa vitt, vars användande tycks vara beräknat att breda en viss spöklik, sjuklig kyla över det hela. Med ett ord ——— det förefaller mig som, *le dernier cri* av en nervös och överretad tid, ett uttryck av nervösa och överretade själars osunda längtan efter nya sensationer. Men jag erkänner, att jag kanske inte är nog estetiskt bildad för att förstå saken – jag kan blott yttra mig om den verkan denna nya konststil utövar på mig personligen. ——— Ceciliasalen är ett typiskt praktexemplar av denna sekelslutsarkitektur och ornamentik. Intet där är banalt eller konventionellt i vanlig bemärkelse – lika litet – jag kan inte avhålla mig från denna jämförelse – som mina stackars patienters idéer och fantasier i allmänhet kan kallas konventionella. Det hela påminde mig ovillkorligen om vissa föreställningar och visioner, vilka mer än en gång mött mig i min praktik, och detta bidrog naturligtvis inte i ringa mån att öka den egendomliga verkan det gjorde på mig.

I biljettluckan – en stor, egendomligt svängd nisch i den yttre vestibulen, i vars konstruktion man redan spårade den ängsliga omsorg att undvika varje skymt av det vanliga och konventionella som genomgick det hela – satt en blek ung dam med svällande, mycket röda läppar, burrigt rödblont hår och en vid, löst fallande blågrön dräkt – som direkt nedstigen ur en tavla av Burne-Jones eller Rosetti, vilket förmodligen också var den effekt man velat åstadkomma. Då jag framvisade det kort signor Leonardi givit mig, betraktade hon mig en sekund med en tragisk blick, full av djup mening, och sade därpå med sänkt röst och hemlighetsfullt uttryck:

"Trappan till vänster."

Jag inträdde nu genom en bred, av ett förhänge täckt valvbåge i den inre vestibulen, eller "förhallen" som jag sett den kallas i tidningarna, vilkas noggranna och sakkunniga beskrivningar jag ej bryr mig om att här fullständiga med mina egna iakttagelser. – Allt är som sagt väl beräknat för att frambringa ett sällsamt och drömlikt intryck, som befunne man sig i en främmande värld. – – Den eleganta publik som trängdes här tycktes även röna inverkan av den åsyftade stämningen. Man talade blott i viskningar och det diskreta prasslande, varmed damernas mjuka sidendräkter släpade över den blekgröna mattan, störde knappast tystnaden mer än om det i stället varit vindens sus bland de jättelika sagoblommor, som på upprätta stänglar dekorerade väggarna. – – I fonden befann sig tre valvbågar, ävenledes täckta av draperier. Jag vände mig till den vänstra, dit två eller tre andra personer även styrde kosan – – Innanför draperiet förde en trappa av polerad vit marmor upp till en öppen pelargång eller loggia, badande i klart månsken och med utsikt över ett vidsträckt, månbelyst landskap – allt naturligtvis en konstnärligt dekorativ anordning av arkitekten, men i hög grad effektfullt och överraskande; man fann sig med ens förflyttad till en helt ny omgivning och det var inte lätt att föreställa sig, att Londons dimmiga gator och rastlösa folkliv blott var några steg avlägsna från denna fridfulla, åt skönheten helgade plats. – – Tre eller fyra unga flickor av samma typ och i samma dräkt som biljettförsäljerskan vandrade långsamt fram och åter i den månbelysta klostergången; en av dem kom oss till mötes, tog tyst våra ytterplagg och öppnade därpå ljudlöst en dörr samt gjorde tecken åt oss att stiga in. Jag lät de övriga – en dam och tvenne herrar, vilka föreföll mig att vara hemmastadda på stället – gå förut och inträdde själv sist. Dörren tillslöts bakom oss och vi befann oss på ett slags balkong, försedd med egendomligt formade, men bekväma och med mjuka kuddar försedda säten. Genom tidningarnas skildringar visste jag till en del, vad jag hade att vänta, men verkligheten gjorde icke desto mindre ett överraskande intryck. Salongen liknar i sin konstruktion en teatersalong, men i stället för loger löper tvenne rader tämligen högt sittande balkonger, större och mindre, kring väggarna. Parkett och orkes-

terplatser finns ej; i stället upptages hela den del av salongen, som plägar vara anslagen åt dem, av en storartad vinterträdgård, vilken ovanifrån sett och i den mystiska halvdager, som råder i salongen, gör intryck av en sydländsk park, ur vars dunkla gömslen mörka cypresser, luftiga palmer och glänsande lagerträd höjer sina karakteristiska profiler. Den upphöjda scenen är anordnad som en murad terrass, även den dekorerad och inramad av stora lagerträd, myrten och palmer; fonden, som blott delvis urskiljs mellan grenarna, framställer även här ett mästerligt återgivet månskenslandskap; över sig tycker man sig se den djupblå, praktfulla stjärnhimmelen och ovanför muren i salongens fond lyser den stjärnklara fullmånen med fullkomligt illusorisk effekt. Hela anordningen är så väl uttänkt, så konstnärligt genomförd, att man blott med ansträngning kan övertyga sig själv att vad man ser blott är en vacker villa; stämningen är av obeskrivligt poetisk och bedårande verkan och man överlämnar sig gärna åt dess trollmakt.

Jag satt stilla i mitt hörn, försjunken i åskådande, medan salongen långsamt fylldes, så vitt jag kunde se, till sista plats. Belysningen var för svag för att man skulle kunna närmare urskilja några detaljer; man hörde blott ett svagt sorl av viskande röster och frasande klänningar och såg då och då en lång blixt från något briljantsmycke eller paljetterad solfjäder, som uppfångat ljuset. Mina kamrater i logen växlade då och då halvhögt några ord, som jag inte lyssnade till. Efter en stund öppnades åter dörren ljudlöst och ytterligare tvenne personer inträdde, utbytte tyst en hälsning med de andra och tog plats bakom dem. Just i detsamma tycktes den konstgjorda månen fördunklas av en sky; kornblixtar flammade upp vid den avlägsna horisonten i fonden och vid deras flämtande sken såg jag en fantastisk skugga framträda på terrassen, i vilken jag tyckte mig igenkänna min puckelryggiga vän från Carfax. Strax därpå höjde sig i skymningen de underbara tonerna av en violin – toner, sådana jag aldrig förr hört framkallas av en människohand, ehuru jag haft tillfälle höra samtidens största mästare och virtuoser. Det var konsten i sin högsta fulländning, buren av en nästan demonisk inspiration och kraft. Kompositionen var mig obekant – jag erinrar mig ha läst eller hört någonstädes att Leonardi endast spelar sina egna kompositioner; visst är att den var av sällsam och överväldigande skönhet, lika djärv som originell. – Naturligtvis verkade den ännu starkare i denna omgivning, denna stämningsfulla *mis en scène* – det föreföll mig som om själva luften skälvde och vibrerade omkring mig av den lidelsefulla spänning, vari denna musik försatte publiken – jag hörde då och då i min närhet ett flämtande andetag, en halvkvävd snyftning, ett utrop – – själv var jag redan förut upprörd och min sinnesrörelse stegrades nu till det olidliga; då jag slöt ögonen tyckte jag mig åter sväva genom luften på en oändlig höjd – – åter kände jag mig oemotståndligt dras som mot en osynlig magnet, kände mig plötsligt omsluten av mjuka kvinnoarmar och domnade bort i vällustig medvetslöshet med en kvävande berusande kyss på mina läppar. – – Musiken omvälvde mig alltjämt, fyllde luften omkring mig med ett hav av lågor – – då den upphörde vaknade jag plötsligt och med en känsla av skärande smärta åter till medvetande.

Någon viskade fort och ivrigt tätt invid mig. I mitt halvvakna tillstånd lade jag knappast märke därtill, men så småningom fick de ord jag hörde mening för mig och jag förstod att det var franska man talade.

"Två miljoner francs" – var det första jag tydligt urskilde. "Men det är en bagatell – – vi har dem redan. Fader Eustache säger att det kommer att behövas minst trettio – – men markisen garanterar – – –"

"Ryssland har ju ännu inte sagt sitt sista ord", inföll en annan röst. "Det gör för övrigt alldeles detsamma – gruvorna är redan värda miljarder och där finns oändligt mycket mera guld än de ännu anar. Ni kan vara lugn – om blott rustningarna blir avslutade, lovar jag att stämningen *här* skall bli sådan att det endast behövs en gnista för att tända på – och sedan – *finis Britannia!*"

"Sch! – man kan höra er" – inföll varnande en tredje röst.

"Bah! – *här* finns endast vänner!"

Då musiken upphörde, hade månskenet åter

brutit fram. Jag vände försiktigt på huvudet för att se, vad det kunde vara för människor som i *denna* omgivning och *denna* stämning kunde tänka på och avhandla affärer. Jag såg bakom mig, närmast muren, de tvenne svartmuskiga herrar, som jag dagen förut sett hos grevinnan, nu åtföljda av en tredje – en egendomlig fysionomi, vad jag skulle vilja kalla en verklig äventyrartyp – ett skarpt, magert ansikte med stickande svarta ögon, med orolig blick, stripigt svart hår, tunna svarta mustascher och på en gång fräck och osäker uppsyn.

Åsynen av dessa människor återkallade mig plötsligt och på ett obehagligt sätt till verkligheten. Det påminde mig åter om det intryck jag från början mottagit – nämligen att det låg något tvetydigt, något inte fullt tillförlitligt över hela den krets, som samlades hos den sköna, hemlighetsfulla grevinnan. Jag erinrade mig plötsligt allt vad jag hört och läst om dessa egendomliga främlingskolonier, av vilka den värld som kallas London hyser så många inom sina murar – jag mindes Barrington Jones förfrågningar och antydningar – min stämning var bruten, och då jag nu såg åtskilliga andra personer resa sig och tyst lämna salongen, följde jag deras exempel – jag fruktade att ännu en gång höra dessa toner, vilka med egendomlig trollmakt behärskade min själ och framkallade känslor och föreställningar, vilka jag måste bekämpa om jag inte andligen och lekamligen skall gå under.

I den månbelysta loggian med dess illusoriska utsikt över ett vidsträckt i månljusets töcken slumrande landskap såg jag åtskilliga par långsamt vandra fram och åter, tätt slutna till varandra eller viskande i skuggan. Musikens vällustmättade stämning, dess lidelsefulla harmonier och av passion vibrerande tongångar tycktes mig liksom ha funnit ett synligt uttryck i dessa mjukt sammanslingrade linjer, dessa gestalter som tycktes färdiga att helt uppgå i varandra. Det föreföll mig som om jag med ens förflyttats till ett Venustempels vita pelargång, där man inte utan fara kunde dröja. – Plötsligt stod en ensam, vit gestalt i min väg, klart upplyst av den konstgjorda månens bleka sken. Jag ryckte tillbaka, med möda kvävande ett skri, i det jag ofrivilligt öppnade mina armar; jag skulle kunna svära på, att det var Lucy jag såg framför mig, ehuru jag inser, att det blott var min upprörda fantasi, som åter spelade mig detta spratt och förlänade en främling hennes gestalt och drag. I alla händelser såg jag i denna främling hennes levande avbild – samma ögon, samma hår, samma ljuva, bedårande leende! – Det var en skakande villa, som upprörde mig i mitt innersta – jag stödde mig ett ögonblick mot väggen med händerna för ansiktet – då jag såg upp, såg jag den vita gestalten långsamt avlägsna sig och förstod, att den syn jag tyckt mig se blott var en av konsertsalens gäster som nu återvände till sin plats. – – – Svindlande och yr skyndade jag utför trappan och ut i det fria. Londons fuktiga dimma slog mig till mötes – jag kände mig till mods som då man vaknar från en underlig dröm. Men sådana drömmar är farliga – det känner jag och skulle känna, även om jag inte genom mina arma patienters ögon så ofta skådat ned i den mörka avgrund dit de för.

Icke dess mindre dras jag åter till randen av denna avgrund; jag känner mig bunden som av en förtrollning, från vilken jag fåfängt söker frigöra mig. Vilken ond makt är det som sålunda fått mig i sitt våld? – Som läkare vill jag gärna skylla på överansträngning – nervös depression – med ett ord: jag skulle kunna finna många namn för mitt tillstånd, men intet av dem är för mig själv tillfredsställande. Gud hjälpe mig! – En dårhusläkare, som oupphörligt måste kämpa mot hallucinatoriska föreställningar och hos sig själv iakttaga symptom av en börjande sinnessjukdom – – kan man tänka sig något på en gång mera tragiskt och mera löjligt?

––––––––––––––––––––––––––––––

På hemvägen köpte jag en tidning, vars sensationella nyheter med full hals utropades av försäljarna. Åter igen två eller tre "dödsfall under gåtlika omständigheter". Man börjar nästan tröttna på den rubriken, så ofta förekommer den nu för tiden. Jag läser i allmänhet inte dylika artiklar, reporterstilen och tidningsmännens sätt att ockra på allmänhetens osunda begär efter sensationella skildringar äcklar mig – men denna gång gjorde jag det. Vad som mest frapperade

mig var den ohyggliga överensstämmelsen mellan vissa detaljer vid dessa dödsfall och förloppet av Lucys sjukdom. Det är alltid detsamma: en ung, blomstrande flicka börjar plötsligt och utan all synbar anledning tyna bort och finnes en vacker dag död i sin säng, läkaren kan inte upptäcka annan dödsorsak än fullständig blodbrist – – och därvid får det bero. Vetenskapen står rådlös och polisen har inte någon egentlig anledning att ingripa, ty om ett brott föreligger, är detta av så hemlighetsfull art att det trotsar alla efterspaningar. Gud vet vad man egentligen skall tro – Jag har genomgått mina anteckningar från tiden för Lucys sjukdom och död och ser därvid klarare än någonsin hur mycket av vad som då föregick som *ännu* är höljt i mörker. Van Helsing hade tydligen bildat sig en åsikt och handlade i överensstämmelse med densamma – men inte ens han förmådde ju rädda henne. – – Tidningens telegramavdelning meddelar förresten åtskilliga egendomliga nyheter – dårhusmässiga uppträden och pöbelupplopp, föranstaltade av antisemiter, både i Ryssland, Galizien och södra Frankrike – plundrade butiker, ihjälslagna människor – allmän osäkerhet till liv och egendom – och de vidunderligaste amsagor om "ritualmord", bortrövade barn och andra onämnbara förbrytelser, vilka alla på fullt allvar skrivs på de stackars judarnas räkning, under det att inflytelserika tidningar hetsar till ett allmänt utrotningskrig mot "israeliterna". Man skulle tro sig vara mitt i mörkaste medeltiden! – Därtill tycks det vara utom all tvivel att jesuiterna i all tysthet vinner allt större terräng; deras undermineringsarbete mot frihet och upplysning låter inte tala om sig, men då och då inträffar en skenbart obetydlig händelse som antyder vad som i hemlighet föregår – – liksom de bubblor vilka stiger upp till vattenytan och visar var förruttnelseprocessen pågår djupt nere på sjöbottnen. Nu har man åter, tycks det, kommit en s.k. "orleanistisk" komplott[1] på spåren – och

––––––––––

1 År 1898-99 gick vilda rykten om en kommande militärkupp mot Frankrike, anförd av Ludvig Filip Robert, hertig av Orléans (1869-1926), vilken gjorde anspråk på att vara Frankrikes kung. Dessa rykten bidrog till ett mordförsök på hertigen 1898, utfört av en anarkist.

samtidigt hyllar de fria republikanerna i Frankrike med hänförelse slaveriets och despotismens representant i Östern – – – deras högt ärade och älskade nye bundsförvant, det "heliga" Ryssland! – Det är en underlig tid vari vi lever, det är visst och sant. – – – Ibland förefaller det mig som alla de vansinniga fantasier, alla de galna idéer, hela den värld av förryckta och sönderstyckade föreställningar, vari jag som dårhusläkare under åratal varit nödsakad att intränga vid vården av mina stackars patienter, nu börjar ta form och gestalt och vinna praktisk tillämpning i de stora världshändelsernas gång och utveckling. Mycket av det som nu dagligen händer är egentligen galnare än de barockaste fallen som alstrats av någon stackars galnings upphetsade hjärna. Det otänkbaraste blir tänkbart och blir möjligt i dessa sekelslutets dagar.

* * *

Ett brev från Van Helsing. Han beklagar att inte ha träffat mig då jag sist sökte honom, han har varit bortrest i viktiga angelägenheter "berörande våra gemensamma intressen", skriver han, "angående vilka jag har märkliga ting att meddela dig." Den gode gubben – det är verkligen en liten svaghet hos honom att vilja spela orakel och uttrycka sig i hemlighetsfulla och gåtlika ordalag. Men det må förlåtas honom i betraktande av de stora tjänster han verkligen gjort vetenskapen och mänskligheten på många områden. Visst är att det skall bli mig en glädje att träffa honom – han är den enda människa, till vilken jag fullt skulle kunna anförtro mig för närvarande – vem vet – kanske den ende som förmår hjälpa mig. Ty sannerligen jag är i stånd att hjälpa mig själv. – – – Spindelnäten, de skimrande gyllene spindelnäten, vari hon var insvept vid vårt första sammanträffande, var symboliska – det förefaller mig själv som vore jag ibland en stackars sprattlande fluga som fastnat i dem och fåfängt sökte frigöra mig. Jag känner alltför väl att jag gjorde rättast mot mig själv i att inte mer gå dit bort – och ändå vet jag inte vad det är för en *advocatus diaboli* inom mig som oupphörligt åter lyckas övertyga mig om att jag *bör och måste gå* – om inte annat, så för att studera

de egendomliga former, varunder livet därunder utvecklar sig och om möjligt finna nyckeln till gåtan.

Van Helsing frågar mig för övrigt om han om några dagar – han skall senare bestämma timme och stund och underrätta mig därom – får sammanträffa här hos mig med några personer, "vilka arbetar för samma mål som vi", säger han. Jag erkänner uppriktigt att jag inte vet vad det är för ett mål varom han talar, och ännu mera gåtlikt är vad han vidare skriver om "nödvändigheten att organisera en verklig sammanslutning mellan oss alla, som sätter mänsklighetens väl över alla personliga hänsyn och betänkligheter." – – Till dessa senare hopps jag visserligen att jag kan räkna mig, men för övrigt svävar jag i fullkomlig okunnighet om arten och syftet av den sammanslutning varom han talar. Emellertid har jag naturligtvis skrivit att han är välkommen med så många av sina vänner som han behagar. Han säger sig ställa denna begäran till *mig* därför att hans egen hyrda bostad är trång och olämplig och det för övrigt skulle väcka uppseende, som han framför allt är angelägen om att undvika, ifall sammankomsten ägde rum på ett hotell. Man skulle nästan kunna tro, att det vore fråga om en politisk konspiration – men politik är vad Van Helsing minst av allt intresserar sig för. Jag avvaktar med en viss grad av intresse sakens vidare utveckling, men känner egentligen inte någon livligare nyfikenhet. Förmodligen är det helt enkelt fråga om bildande av något nytt, vetenskapligt samfund för bedrivande av forskningar inom ett eller annat område. Det är mig egentligen så likgiltigt alltsammans – då allt kommer omkring förhåller sig all vår s.k. vetenskap till världsalltets oändliga möjligheter ungefär som de begrepp, vilka en intelligent myra torde kunna göra sig om människans andliga och lekamliga förmögenheter, sedan hon med sina känselspröt så noggrant som möjligt undersökt och genomforskat den eller de människor, med vilka hon kommit i närmare beröring. – – Myrorna, som ju har ett fast organiserat statsskick och ett ordnat samhällsliv i förening med en högt uppdriven mekanisk och industriell skicklighet, har antagligen också en

354

hel hop teorier som för dem utgör en tillfredsställande och uttömmande världsförklaring – – Vad är vi annat än myror allesammans, vi stackars människor som knogar på var sitt strå till vår lilla stack i ett hörn av den oändliga världsrymden! – Kan det finnas något löjligare än att vi vill göra denna obetydliga tuva och de företeelser som utvecklar sig på densamma till en måttstock för världsalltets lagar och möjligheter?

Mina besök i det gamla huset därborta har gjort åtskilligt för att rubba min tro på det mänskliga förnuftets ofelbarhet – eller rättare, min tro på att vi verkligen funnit det sista, avgörande ordet i avseende på vad vi kallar naturens lagar. Vad jag själv sett, hört, erfarit och förnummit går alldeles givet utom området för dessa lagar – såvida jag inte skall tro mig vara offer för ett så oerhört självbedrägeri att det mer än tangerar verklig sinnesrubbning. – – Men jag måste anstränga mig för att inte grubbla över detta – – då fruktar jag att gränsen snart vore överskriden. Jag är redan inne på en farlig väg då jag börjar fråga mig själv – som det hänt ett par gånger på sista tiden – huruvida en del – åtminstone *en del* – av de vidunderliga, fantastiska eller ohyggliga syner, av vilka jag då och då liksom uppfångar en skymt genom mina stackars patienters ögon, inte möjligen kunde vara något verkligare än blotta alster av en förvildad och sönderbruten inbillningskraft – om de inte kunde ha sin rot i något annat, djupare än de degenererade hjärnceller, vilkas tillvaro anatomens krav och forskarens mikroskop kan konstatera? – Tänk om dessa stackare, som vi i vår överklokhet kallar *sinnessjuka*, blott genom någon tillfällighet fått förnimmelsens synpunkt förflyttad en liten smula åt höger eller vänster om den punkt, som vi en gång för alla beslutat kalla den *normala?* – Om de såg och hörde vad som verkligen existerar, men inte är förnimbart för oss? – Sådant kunde tänkas. Procenten av de människor, som samhället brännmärker som *vansinniga*, är ju i själva verket redan så stor, att det inte fordras så synnerligen otänkbart mycket för att de skulle utgöra majoriteten. Vem har egentligen rättighet att förklara deras föreställningar för vad vi kallar *galenskap?* – Var

är gränsen? – – Många naturfolk vårdar dårarna såsom särskilt inspirerade varelser, klarsyntare än andra. Ja, vem vet?

* * *

Det är i alla fall en förunderlig känsla, detta att med sin blotta vilja kunna inverka på och behärska en varelse som eljest behärskar alla med vilka han kommer i beröring. Det ligger något av berusning i utövandet av denna hemlighetsfulla makt, även då man, som jag, känner att man endast utövar den till pris av en del av sin egen livskraft.

Ytterligare tvenne gånger har jag nu sett henne ligga där, stel, kall, till utseendet livlös på de blodröda dynorna; jag har hållit hennes hand i min, känt den så småningom bli varm och levande, känt hjärtat börja slå i den marmorkalla barmen – allt under inflytande av den oerhört koncentrerade vilja, varmed jag låtit hela kraften av min personlighet strömma in över henne och liksom uppfylla henne. Jag vet inte om det är det egendomliga purpurskimmer, vari allt i hennes sovrum är insvept, eller den oerhörda avmattning och kraftuttömning, varav jag alltid är medveten under denna process, som alltid ända till illusion återkallar de känslor jag erfor under den operation då mitt blod genom Van Helsings förmedling överfördes i Lucys ådror. Åter och åter genomlever jag denna stund med dess egendomliga förnimmelse av smärtsam vällust – eller vällustig smärta, vilket man vill kalla det. Blodet, det röda varma blodet i våra ådror, det är dock själva essensen av hela vår varelses finaste och starkaste krafter – det är i djupaste bemärkelse *livet*; det är ju underligt nog att vetenskapen verkligen funnit ett medel att överföra en del av denna hemlighetsfulla livskraft från den ena varelsen till den andra, så som verkligen sker vid *blodtransfusionen*. Det vore intressant att spekulera över *hur pass mycket* av de fysiska och andliga egenskaper, vilka tillsammans bildar människans personlighet, som på detta sätt verkligen kunde överföras från den ena till den andra; man skulle kunna tänka sig att en serie experiment i denna riktning möjligen kunde leda till märkliga resultat, och jag erkänner att mina tankar på sista tiden på ett egendomligt sätt sysslat med detta problem. Det tycks på sätt och vis vara något liknande som spökar i min stackars patient Renfields omtöcknade hjärna. Hans fixa idé är ju att han genom att i sig uppta och absorbera *så många liv som möjligt* på ett eller annat sätt skall kunna förskaffa sig själv odödlighet. Det är därför han – som jag förut antecknat – på det enda sätt som står honom till buds alltjämt experimenterat med att låta lägre organismer undan för undan uppgå i högre stående, genom att tjäna dem till näring. Han fångade till en början flugor, vilka han vårdade och matade till dess de uppnådde en oerhörd storlek; därpå fångade han spindlar, vilka han matade med flugorna – till sist sparvar, som han själv slukade levande sedan de förtärt alla spindlarna, då jag nekade honom den katt han önskade sig – – – – – Han gjorde med fullkomlig logisk konsekvens reda för sina tankegångar, och jag minns, att jag kände mig starkt frestad att av rent vetenskapligt intresse låta honom fortsätta experimenten för att se vart det slutligen skulle föra honom. Jag avstod därifrån därför att jag ej ansåg det överensstämmande med min plikt som läkare mot en patient som blivit mig anförtrodd. Hos honom utmynnar dessa idéer tidtals i en våldsam mordmani, vars följder kunde bli oberäkneliga, om han inte ständigt vore underkastad bevakning och ändamålsenlig behandling. Men i avseende på honom, liksom på det stora flertalet av dem vi kallar sinnesrubbade, gäller vad jag nyss skrev: – det förefaller mig ofta, i synnerhet på senare tid, som om det inte vore så alldeles visst att alla de idéer som uppstår hos dem får stämplas som *dårskap* i ordets vanliga bemärkelse. Denna tanke på *blodet* – den koncentrerade livskraften – den hör till dem som kanske snarare bör kännetecknas som lösryckta gnistor, vilka kanske en gång kan flamma upp till ett ljus, vilket kastar sitt sken över vidsträckta, hittills för vetenskapen okända områden. – – – Då jag å ena sidan känner hur det innersta av min varelse genom en kraftig viljeansträngning verkligen kan bringas så i samband med en annans innersta livsprincip att själva livsfunktionerna påverkas därav och hon i

själva verket för stunden *lever med mitt liv* – och jag å andra sidan minns hur Lucy gång på gång återkallades från själva gravens port genom att en ny ström av varmt, levande, pulserande blod leddes in i hennes blodfattiga ådror – då föresvävar mig dunkelt vissa möjligheter som kommer mig att häpna. Lucy dog visserligen – men vem vet om hon någonsin behövt dö om vi, hennes vårdare och läkare, fullt behärskat det område, på vilket vi då blott tvekande och famlande vågade oss in? Och hennes död – – – den liknar i alla händelser inte den förgängelsens och fasornas konung som eljest är mänsklighetens gissel. Ibland föresvävar mig den tanken att hon kanske, då allt kommer omkring, alls inte är död – ehuru inte heller *skendöd* så som vi läkare eljest förstå detta ord. Vem kan säga hur mycket det unga, kraftfulla brännande blod som gång på gång satt hennes pulsar i rörelse, ännu på något oförklarat sätt gör sitt till för att skänka henne den gestalt den underbara livaktighet den fortfarande bevarar? – – *Odödlighet* – hur har inte människor sedan urminnes tider strävat efter ernående av detta högsta goda! – – Om hemligheten nu vore nära sin lösning? – Jag kan inte fullt reda de tankar som sedan en tid rör sig i min hjärna – men ur detta kaos skymtar förunderliga ting. Den starka glödande purpurfärgen varmed hon älskar att omge sig är också blodets färg – livets färg. Och varje gång jag sitter där med min hand omslutande och omsluten av hennes, känner jag hur *livet* strömmar från mig till henne – – – och erinrar mig hur *blodet* förr en gång strömmat från mina ådror i en annans, som därigenom också återvanns till livet. Då förvandlas hon på ett hemlighetsfullt sätt för mig till Lucy – – hon *är* Lucy – Lucy, som tillhör mig – jag tar henne helt i besittning och känner hur min varelse uppgår i hennes till dess mina sinnen omtöcknas och jag förlorar allt medvetande om vad som omger mig, liksom sjönk jag i heta, blodröda vågor – – till dess jag vaknar vid att känna livets värme i den förut dödskalla hand jag hållit, vid att se ett par nattsvarta ögon, som inte är Lucys, långsamt öppnas och stråla med underlig glans; under det att en djup, vibrerande stämma säger sitt: ”Tack, doktor. Ni gör mig gott! – Jag kunde inte leva utan er – ni är stark – det är styrka jag behöver. – –"

– –

Igår – hågkomsten därav for som ett glödande järn genom hela min varelse – – – igår släppte hon inte min hand som hon brukar göra vid uppvaknandet; hon kvarhöll den och jag kände hennes långa, smidiga fingrar gripa om den med ett fastare tag, medförande den egendomliga stickande domning i hela armen som hennes vidrörande nästan alltid framkallar; på samma gång såg jag hennes ögon vidgas och lysa på ett sätt som jag förut inte iakttagit – det föreföll mig som om de skimrat röda, med något av rubinens sällsamma glans, och jag kunde inte vända bort blicken från dem. Så låg hon några minuter med ett underligt leende på läpparna, mellan vilka de vita tänderna skymtade, under det att jag – matt och kraftlös som jag alltid är efter den ansträngning jag genomgått – utan tanke eller vilja stirrade på henne.

"Ni offrar mig mycket av er tid, doktor" – sade hon slutligen med sitt långsamma, främmande tonfall. "Mycken tid och mycken kraft. Den är dyrbar – jag vet hur dyrbar den är. Guld är inte nog för att uppväga sådana tjänster. Guld skall ni få – – så mycket ni önskar – – – men – – det är inte nog. – – Vad mer? – –"

Jag stirrade alltjämt på henne utan att finna ord att svara. Allt var ett kaos inom mig; det förefaller mig nu, fastän jag tydligt minns allt, som om jag inte varit medveten om något annat än hennes ögon och den underbara, röda glans som utstrålade från dem.

"Vad mer?" – – upprepade hon långsamt. "Ingen tjänar *mig* utan lön – –"

Det grepp, varmed de smidiga fingrarna fasthöll min hand, blev ännu fastare – – hon drog mig till sig, så att jag mer och mer måste böja mig över henne – hennes ögon såg alltjämt in i mina vidöppna, strålande – jag kände den starka, främmande parfymen av hennes hår och hud – plötsligt möttes våra läppar – – – hennes var brännande heta och liksom sög sig fast vid mina; jag greps av en yrsel – plötsligt släppte hon min hand och sköt mig sakta ifrån sig. Jag reste mig, förvirrad, skamsen, vacklande, ännu

yr, och sökte fåfängt efter ord – en ursäkt – jag vet inte vad.

Hon låg helt lugn och betraktade mig oavvänt med de stora, strålande ögonen – större och mera strålade än någonsin.

"Ni är ett barn, doktor" – sade hon långsamt. "Ett barn – – och ändå så gammal. Ni har inte kysst många kvinnor. Så mycket bättre – – – Godnatt – – – Jag sade er ju att ingen tjänar mig utan lön. Gå nu."

Hon gjorde en avskedande handrörelse i det hon alltjämt betraktade mig med den underliga, på en gång genomträngande och halvt gäckande min, som stundom ger hennes skönhet en så främmande, nästan skrämmande prägel. – Jag lydde henne mekaniskt; då jag kom ut på trappavsatsen greps jag av en så häftig yrsel att jag måste sluta ögonen och stödja mig mot väggen några sekunder; det föreföll mig, som om jag befunnit mig på ett skepp i stark sjögång, och jag kunde knappast hålla mig upprätt.

"Hur står det till, bästa doktor? – ni befinner er inte väl?" – hörde jag i detsamma yttras av en röst, vars smekande artighet jag igenkände. Då jag såg upp stod furst Koromeszo framför mig och betraktade mig med ett egendomligt uttryck i sina svarta sammetsögon.

"En tillfällig svindel" – sade jag med en röst som jag fåfängt sökte göra klar och stadig.

"Ah! – – en svindel. Det är en obehaglig åkomma. Blodet stiger en åt huvudet – – – jag känner till det där. Atmosfären i grevinnans rum är prövande – för den som inte är van därvid. Den är inte sund. Hon är passionerad för värme – det är ett verkligt livsbehov hos henne. Man skulle kunna säga att elden är hennes element – – – en verklig salamander – men vi andra, bästa doktor, vi andra, vi – – får så lätt svindel i en sådan luft. Och så hennes parfymer – – – de slår också åt huvudet. Jag har känt detsamma – – – Hur är det nu? – Ni befinner er bättre? – Vad det gläder mig! – Tillåter ni att jag bjuder er armen? – Bara utför trappan –"

"Nej tack", sade jag kort – hans sätt retade mig utan att jag rätt kan säga varför, och med en kraftig ansträngning lyckades jag verkligen åter vinna herraväldet över mig själv. "Det är förbi nu."

"Ah, verkligen?" – han följde mig utför trappan. "Det gläder mig så mycket. Tillåter ni inte att jag bjuder er någon förfriskning? – Ett glas champagne? – inte? – – Åh, men det skulle ni försöka – det skulle ni verkligen. Det finns ingen bättre medicin – om ni ursäktar att jag säger så. Ni läkare kan ju, efter vad det påstås, inte ordinera för er själva. Ni måste ovillkorligen ha ett glas champagne – ni är helt blek."

Det var något i hans ton och blick som verkade på mig som en förolämpning, ehuru jag omöjligt kan säga vad det egentligen var som gjorde detta intryck; i alla händelser hade det det goda med sig att jag helt och hållet återfick det lugn och den fattning jag förlorat.

"Ni kan ha rätt", sade jag obesvärat i det jag såg honom i ögonen. "Ett glas champagne kunde kanske vara rätt välgörande. Atmosfären i grevinnans rum är verkligen inte hälsosam och den behandling hon erfordrar tar onekligen på krafterna, då man, som jag, har ett rätt ansträngande dagsarbete av annat slag bakom sig."

"Naturligtvis, naturligtvis" – han såg litet åt sidan och tonen hade förlorat den klang av maliciös missaktning som stuckit mig. "Var god och stig in, bästa doktor – var god och stig in. Vår lilla krets är samlad som vanligt – som ni ser – –"

Han öppnade artigt dörren till salongen och jag följde hans manande åtbörd. Allt var sig likt och jag igenkände flera av de ansikten jag förut lagt märke till samt hälsades vänligt av de två, tre personer med vilka jag kommit i mera direkt, personlig beröring. Sällskapet bestod denna afton nästan uteslutande av herrar och jag såg flera spelbord än vanligt.

Fursten förde mig till ett litet serveringsbord som tycktes ha blivit för tillfället inflyttat i ett hörn av rummet; under detsamma stod en präktig gammaldags vinkylare av silver och på bordet champagneglas. Han tog en flaska ur vinkylaren, öppnade den med van hand samt fyllde ett par av de stora slipade glasen med den fradgande drycken. Därpå sköt han det ena till mig och tog själv det andra.

"*A votre santé, monsieur!*" – utropade han, i det han tömde glaset – på samma gång som jag

och fyllde genast åter dem båda. "Ett till, herr doktor! – åh, ni ser redan bättre ut. Det är som jag säger – champagne är gudarnas nektar – – åh, doktor, ni är en präktig karl – ni kan inte tro vad jag tycker om er! – Räck mig er hand – låt mig skaka den – en ärlig handtryckning *à l'anglaise* – och så tömmer vi ännu en bägare – en bägare för värdinnans – den frånvarande, men säkert i allas hjärtan närvarande värdinnan – välgång! – – Mitt herrskap!" – han höjde rösten och vände sig utåt rummet – "Mina herrar! – låt oss alla på gammal riddaresed tömma ett glas till värdinnans – till grevinnan Idas ära! – *Hennes skål!*"

Det låg något vilt, överretat och onaturligt i hans ton som på mig gjorde det obehagligaste intryck; nu, som vid vårt första sammanträffande föreföll han mig halvt berusad – jag ångrade att jag låtit förleda mig att följa honom, men nu fanns intet annat val än att hålla god min. Vid hans tillrop sprang alla upp, herrarna vid spelborden avbröt sitt spel och man trängdes kring bordet, där glasen skyndsamt fylldes bräddfulla av beredvilliga händer.

"Efter urgammal sed, mina herrar", återtog fursten, som mer och mer tycktes elda upp sig själv till ett slags feberaktig extas, varunder hans eljest något slappa väsen och vackra, men livlösa drag tycktes undergå en fullkomlig förvandling – "efter urgammal sed – efter Székélys lag – i det namn vi alla känner – tömmer vi våra glas för henne, som representerar vad vi högst ärar och tillber! *Jokala ho! – Perescke wo rajtula!*"

"*Perescke wo rajtula!*" upprepade alla de övriga i korus, i det de tömde sina glas efter att först ha lyft dem högt i luften samt därpå med starkt klingande stötte dem mot varandra, så att de sprang sönder. Egendomligt nog betedde de sig vid detta så oskickligt – såvida det inte rent av skedde avsiktligt – att de alla mer eller mindre sårades av glasskärvorna, några blott med lätta skråmor, andra med djupare rätt allvarsamma snitt, så att blod började flyta. Ingen tycktes dock fästa ringaste avseende därvid – tvärtom (detta är anledningen varför jag tror att den skenbara vårdslösheten, så orimligt det än kan synas, var avsiktlig) – alla höjde ännu en gång

de blödande händerna i luften och slog dem där
mot varandra i takt, som jag sett barn göra i vissa
danslekar, under det att de på ett slags vild melo-
di upprepade några ord eller en formel, som för
mina öron lät ungefär som:

"Jokala hai
Perescke wo!
Sintala mai
Sintala ho
Jokala hai! hai! hai!"

Sången – eller vad jag skall kalla den – upprepa-
des två à tre gånger, alltid beledsagad av samma
vilda handrörelser samt ett taktmässigt stam-
pande med fötterna. De sista orden framstöttes
med oerhörd kraft och liknade mer än något
annat en samling vilda djurs gläfsande samt
gjorde på mig ett ohyggligt intryck, vilket inte
minskades vid åsynen av den nästan frenetiska
hänryckning vari den underliga nationalsången
– jag förmodar att det var en sådan – försatte
alla dessa människor. Det var en underlig syn
att se dessa till dräkt och hållning för övrigt så
korrekta herrar med uttryck och åtbörder som
förde tanken till en eller annan vild, halvbarba-
risk stam på civilisationens utkanter, hos vilka
alla känslor och lidelser ännu tar mer primitiva
former. Intet är överhuvudtaget egendomliga-
re än dessa utbrott av nedärvda passioner och
åskådningssätt, så att säga kvarlevor från en kul-
turens urperiod, vilka plötsligt kommer i dagen
under påverkan av en eller annan stark sinnes-
rörelse. Jag skulle förresten gärna vilja veta, vad
nationalitet eller nationaliteter flertalet av dessa
människor egentligen tillhör; det är något för-
underligt främmande över dem alla, ehuru jag
alls inte är säker på, att de sinsemellan är stam-
förvanter.

Den exalterade stämningen lade sig emeller-
tid lika hastigt som den framkallats. Alla återtog
sina platser – fursten ringde på en liten klocka
samt tillsade lugnt den inträdande betjänten
att sopa upp glasskärvorna; därpå frågande han
artigt, som om alls intet passerat, vilket kunde
kräva en förklaring:

"Spelar ni baccarat, kära doktor?"

Jag skakade på huvudet.

"Skada! – det är ett vackert spel. Ni är kanske
överhuvudtaget inte intresserad av spel?"

"Inte för tillfället åtminstone", sade jag kort.

"Hur så? – – tilltalar sällskapet er kanske inte?
– jag försäkrar er, bäste doktor, att här är idel
hedersmän –"

"Det betvivlar jag alls inte. Men ni tillåter
mig väl att ta avsked nu. Uppriktigt sagt är jag
trött."

"Ah! – ni är trött. Så naturligt! – Förlåt att jag
uppehållit er. Jag förstår fullkomligt er längtan
att få bli ensam – – att få samla er – – – som
sagt – dessa svindelanfall – jag känner dem! –"
Hans svarta ögon vilade på mig med samma
egendomligt lurande uttryck, som då han först
tilltalat mig, och tonen hade samma för mig på
ett oförklarligt sätt kränkande och retsamma
klang. Det förefaller mig nu efteråt som om det
varit hans avsikt att reta mig – att locka mig till
att förgå mig på ett eller annat sätt – men en un-
derlig, slö matthet, som mer och mer smög sig
över mina sinnen, gjorde mig oemottaglig och
liknöjd för alla dylika försök. Om det inte vore
så orimligt, skulle jag vilja påstå, att den smula
champagne jag förtärt slog mig åt huvudet – jag
kände mig dåsig och tung och längtade blott att
få sova, att vila ut som efter en oerhörd kropp-
sansträngning.

Fursten betraktade mig ett ögonblick med ett
på en gång nyfiket och gäckande leende. Därpå
tillade han artigt:

"För all del, bäste doktor, låt mig ej uppehålla
er! – er hälsa är så dyrbar – så viktig – – glöm för
all del inte att grevinnan behöver er! – godnatt,
godnatt! Jag hoppas vi återser er i morgon och
att ni då fått vila ut!"

Medan han talade, följde han mig till dörren,
där han bugande sade mig godnatt.

Jag har antecknat allt från detta besök, ehuru
jag känner, att detaljerna står där lösryckta och
skenbart osammanhängande – – i det tillstånd,
vari jag befinner mig, är det mig ej möjligt att
finna ord, som på ett tillfredsställande sätt an-
tyder, vad jag dock så tydligt känner, nämligen
att det mellan allt detta finnes ett hemligt sam-
manhang och att varje småsak är en länk i en

kedja, vars början och slut jag dock ännu inte kan urskilja.

Vilket underligt uppträde – vilka underliga människor – vilken underlig, främmande värld där borta bakom de gamla murgrönsklädda murarna! – Hur har jag egentligen kommit in i allt detta och vart för den väg, dit mina steg förirrat sig?

* * *

Jag hade slutat min rond och mina viktigaste göromål idag, då man anmälde att en främmande önskade träffa mig. Jag lät tillsäga, att man skulle föra honom till mitt enskilda mottagningsrum, och sedan jag utbytt arbetsrocken mot en något prydligare samt tvättat mina händer, gick jag att mottaga min gäst.

Vid första anblicken fann jag rummet tomt och stod just i begrepp att åter stänga dörren för att efterhöra, huruvida något misstag ägt rum, då ett lätt buller kom mig att se litet åt sidan. Jag varseblev då först på en stol invid dörren en blank, välborstad, ytterst elegant cylinderhatt samt ett par likaledes eleganta handskar och några steg därifrån en herre, som visserligen vände ryggen åt mig, men som jag dock ögonblickligen igenkände.

Det var min puckelryggiga vän med briljantörhängena – – – signor Leonardi, "fiolspelarnas konung", som han vanligen kallas av tidningsskrivarna. – Han satt till hälften dold av en japansk avdelningsskärm i närheten av fönstret samt hade tagit plats i en låg korgstol, ur vilken hans stora huvud med det yviga, vita håret stack upp som en jättechampinjon, under det att den lilla kroppen var helt och hållet osynlig. Han satt något framåtlutad och tycktes så helt och hållet upptagen av något som han höll i knät framför sig, att han ej märkte mitt inträde, förrän jag med ett par ord hälsade honom välkommen. Då vände han på huvudet, nickade lätt åt mig och sade med en ton som om jag blott för något ögonblick lämnat rummet och nu återvänt:

"Oerhört intressant detta, kära doktor – – oerhört intressant. – – Dessa fysionomier – – är det vänner till er? – – anförvanter?"

Jag såg nu, att han var sysselsatt med att genomse ett stort fotografialbum, vari jag förvarar de fotografier jag vanligen periodvis låter ta av mina patienter medan de är under min vård.

"Vänner, om man så vill" – sade jag. "Åtminstone är det min strävan att vara en verklig vän för dem, stackare. Det är fotografier av mina patienter."

"Patienter? – – Ah, jag förstår! – Ni har en hel vårdanstalt för så kallade sinnessjuka. För sådana som dåraktiga människor kallar dårar – – det förklarar allt. Jag tycket mig just i dessa ansikten finna ett genomgående drag – – en absolut frånvaro av borgerlig alldaglighet – – – som verkade ytterst välgörande. Världen är i allmänhet så dödande banal i våra dagar, min kära doktor. Inte sant? – Det ligger något så enerverande i detta eviga enahanda."

"Åh, jag vet inte det", sade jag, i det jag slog mig ned i en länstol bredvid honom. "Den jämna vardagligheten är enligt *min* erfarenhet just det bästa botemedel som finns för överretade nerver. Det är också enligt den principen vi vanligen behandlar våra patienter."

"Ett stort misstag, min kära doktor – eller kanske misstaget snarare ligger däri att så många av era högst aktningsvärda och värderade kolleger med förvånande kortsynthet – förlåt ordet! – envisas att betrakta och behandla det tillstånd som ni kallar nervositet som en sjukdom – – något som måste bekämpas och beklagas. Nerverna, min käre doktor – – nerverna utgör det finaste, det mest subtila i den fysiska organismen – – och ju känsligare, ju mera sensitiva de är, ju högre är det plan på vilket den mänskliga individen befinner sig. Ju högre kultur – – ju känsligare nerver! – Det ena förutsätter det andra."

"Ja – men det anses ju allmänt att detta just är en av vår moderna kulturs mörkaste skuggsidor", sade jag – "och enligt min övertygelse bevisar det att denna s.k. kultur befinner sig på avvägar i ett eller annat avseende. En fullkomligt sund människa – –"

"Sund, käre vän, sund – – om ni visste vad det ordet förargar mig!" – Han lade i sin iver ifrån sig boken, reste sig och började gå av och an på golvet, beledsagande sina ord med stora livliga åtbörder, vilka kom hans lilla fantastiska person att synas ännu mer fantastisk. "'Sunt' förnuft – 'sund' utveckling – – en 'sund' själ i en 'sund' kropp! – tatata! – allt synonymer för medelmåttan, käre vän – allt fraser, uppfunna av bornerade hjärnor – vilka med inskränkthetens despotism vill göra sina egna förnimmelser och erfarenheter till den norm efter vilken allt skall bedömas! – Jag protesterar på det bestämdaste mot de andefattigas rättighet att spela domare i dylika fall. Föreställ er, käre vän, föreställ er en värld av idel gråsparvar, som företar sig att stifta lagar för lärkan, näktergalen och örnen! – – – så ungefär, men ännu mera upprörande, syns mig genomsnittsmänniskornas pretentioner, då de fördristar sig att bedöma vad som bör kallas 'sunt och normalt' i avseende på fysik och intellektuell utveckling. Vi har hunnit ett stycke på väg från urcellen, käre vän, men bara ett stycke, ett helt litet stycke – några kortare, andra längre. De som hunnit längst – – – ja, efter den stora massans omdöme är de naturligtvis inte 'normala' – – – inte 'fullkomligt sunda' – – – eller hur? – Men tänk er, min käre doktor, tänk er bara rätt livligt – som en man med er intelligens bör kunna göra det – – – ett sådant sakernas tillstånd som att undantaget i stället blev regel – – att det i stället blev *flertalet* som uppnått den nervernas känslighet, den förnimmelsens skärpa, den andens frigörelse från *nya* begrepp och fördomar som av den stora massan *nu* stämplas såsom abnorm – – – hur blev det då, käre doktor, hur tror ni det blev då? – Då torde ju hända att synpunkten blev en annan!"

"En värld av idel galningar således – är det ert ideal?" sade jag, halvt skrattande, halvt förargad – hans paradoxer både roade och retade mig, på samma gång som det på ett högst egendomligt sätt berörde mig att sålunda av en annan höra uttalas vad jag själv under senare tid emellanåt kommit att tänka, ehuru jag alltid förjagat tanken som ett förflutet och osunt infall.

"Galningar, säger ni, käre doktor? – – Ja, det är just frågan. Vem har egentligen rätt att förklara en annan människa för en galning?"

"Det finns väl ändå en måttstock" – började jag.

"En måttstock för vad den fullt utvecklade människovarelsen bör känna, tänka och förnimma? – ah, min kära doktor – tror ni verkligen att samhället – det moderna, respektabla, så kallade ordnade samhället, vars högsta strävan är att alltid vandra på inskränkthetens gyllene medelväg – att det samhället verkligen ännu är vuxet uppgiften att bestämma denna måttstock? – Ni glömmer kanske hur många av de andar vilka mänskligheten nu vårdar som sina främsta snillen, upptäckare och reformatorer, som faktiskt av sin samtid – den tidens 'sunda' människor! – förklarats *vansinniga?* – Snillet i och för sig, kära doktor, är ju ur den stora hopens synpunkt alltid något abnormt? – Det erkänner ni? – Men ni tvekar att ta steget fullt ut och se den möjlighet i ögonen att t.ex. era patienter här" – han slog ett slag på den bok han nyss lagt ifrån sig – "helt enkelt kan vara varelser hos vilka, som jag nyss sade, nervernas känslighet och förnimmelsernas skärpa nått en högre utveckling än hos andra? – Ni talar, ni som många andra, om sekelslutets nervositet, som vore det en olycka! – ack, ack, käre vän, det är ju förunderligt att ni läkare – till och med en man med era högt utvecklade förmögenheter, min gode Seward – – – skall envisas att vara så döva och blinda – så fast beslutna att fördröja mänsklighetens verkliga utveckling!"

"Och på vad sätt anser ni då att vi borde befrämja den utvecklingen?" – frågade jag.

"På vad sätt? – – – Jag är inte läkare, käre vän. Men om jag vore det – om jag nu till exempel vore en ung, rikt utrustad man – som ni – vilken redan lyckats ernå rykte och anseende och därtill – – inte minst – en ställning, som gav mig exceptionella tillfällen att med det bästa möjliga material anställa alla experiment, då skulle jag antagligen känna mig manad att *anställa dessa experiment* och sedan med hela auktoriteten av mitt namn och anseende delge världen – åtminstone den del av världen som betyder något – de outvecklade räknar vi inte med – – – resultatet!"

Han hade stannat framför mig med händerna på ryggen och betraktade mig skarpt med sina brinnande svarta ögon.

"Jag skulle säga människorna", återtog han med stigande iver – "att all denna klagan över vad de kallar sekelslutets nervositet är en dårskap och alla strävanden att motarbeta densamma ett brottsligt attentat mot individens omedvetna strävan till fri och fullkomlig utveckling! – Och jag skulle – – i ert ställe, käre vän – långt ifrån att i enlighet med den kälkborgerliga medelmåttans maximer söka 'bota' de egendomligt konstruerade varelser som av samhällets myndigheter ställts under mitt överinseende i stället – –"

Han tystnade och såg mig åter med en egendomlig blick rakt i ögonen.

"I stället – vad?" – frågade jag med en känsla av underlig beklämdhet.

"I stället använda den makt man lämnat i mina händer, för att så vitt möjligt ytterligare utveckla den känslighet, de förmögenheter vari dessa människor skiljer sig från den stora hopen."

"Ni tycks nästan vilja tillråda mig att på ett oförlåtligt sätt missbruka det välde min ställning som läkare här givit mig" – sade jag allvarsamt. "Men det är naturligtvis ej ert allvar – eller också missförstår jag er helt och hållet. Det kan inte vara er mening att jag – för att kalla saken vid sitt verkliga namn – – – i stället för att med alla till buds stående medel söka återskänka dessa stackars varelser den intelligensens och sinnenas jämvikt som de förlorat, borde göra motsatsen – med ett ord – göra dem ännu galnare än förut?"

"Jo, käre vän – just det. Just det menar jag. Endast att jag skulle vilja påminna er att begreppet *galenskap* är något fullkomligt relativt – – för att inte säga fullkomligt godtyckligt. Ett själstillstånd, ett handlingssätt som förefaller den ena människan beundransvärt kan förefalla den andra som ren galenskap; det ser man alla dagar. För den tröga, vardagliga, fantasilösa människan är själva hänförelsens eld, sinnenas rus, de fint danade, känsliga nervernas vibrationer, ja, själva den upphöjda, av fördomar och hävdvunna så kallade moraliska begrepp fördunklade blick på tingens sanna väsen, som utmärker den verkliga övermänniskan – allt detta är ga-

lenskap. Vi å vår sida kan ju med lika mycket rätt förklara dem för vilka hela den värld av förnimmelser och njutningar som *vi* behärskar är tillsluten för – idioter. Det är, som sagt, helt och hållet relativt. Och era så kallade patienter här, käre vän – – – som sagt" – han gick åter fram till bordet och slog upp det stora albumet – "som sagt – så gott som alla dessa ansikten tyder på en utveckling som absolut skiljer sig från den banala – på förmögenheter och förnimmelser av fullkomligt säregen art. Och då jag tänker mig alla dessa undantagsvarelser genom en lycklig tillfällighet samlade på ett ställe där deras från den stora massan avvikande egendomligheter ej behöver att bringa dem i kollision med de av det s.k. samhället fastställda ordningsreglerna – – – på ett ställe där en verkligt insiktsfull och sympatisk behandling skulle sätta dem i tillfälle att utan fara och obehag följa sin innersta naturs ingivelser till deras yttersta möjlighet – – då, käre vän, ser jag i er ställning här ett verksamhetsfält, så storartat att man svindlar vid tanken därpå. Det ligger i er makt att inom dessa murar skapa en ny värld – ett helt och hållet nytt släkte till och med, med nya passioner, nya förnimmelser och nya förmögenheter! – Storartat, käre doktor – storartat!"

"En ny värld – ett nytt släkte? – Jag förstår er knappast?" sade jag.

"Ja, ett nytt släkte till och med – Här" – han bläddrade i boken – "ser jag fysionomier – gestalter – – både manliga och kvinnliga – präglade av styrkan och den fysiska skönhetens harmoni – utan tvivel mäktiga av att känna och inge kärlek – – att smaka dess njutningar – – varför skulle det förmenas dem? – Och tänk er blott: vilka säregna, utsökta, ja, hittills okända former skulle lidelsen under sådana förhållanden kunna ta – vilka varelser skulle inte kunna alstras! – I ert ställe, käre doktor, skulle jag anse mig skyldig mänskligheten detta storartade experiment! Har ni verkligen aldrig tänkt därpå? – Det s.k. civiliserade samhället har rent av gjort till sin uppgift att producera ett så stort antal medelmåttor som möjligt genom alla dessa äktenskap där även naturens kraftigaste och ursprungligaste drifter bär den kalla konventionalismens prägel – – – liksom det på alla andra områden kväver och återhåller de stora, väldiga yttringarna av mänsklighetens inneboende krafter. Men här – – – i denna lilla värld, där ni, käre doktor, är enväldshärskare, där ni ej behöver stå till svars för någon – – här skulle ni i icke ringa mån kunna motverka denna konventionalismens pestsmitta – här kunde ni låta de ursprungliga passionerna få fritt lopp under betingelser, som det blott berodde på er själv att göra så gynnsamma som möjligt. Ni talade nyss om att göra dessa människor mera vansinniga än de redan är och jag svarade er att vansinne är ett helt och hållet relativt begrepp! – Hur vet ni, käre doktor, att detta, som ni söker underkuva och dämpa hos era patienter, inte snarare är något som mänskligheten behöver – – – en ny kraftig insats i dess liv? – Men jag ser att jag chockerar er, käre vän – – – ni är upprörd – dessa tankar är kanske helt och hållet nya för er? – de förefaller er häpnadsväckande – – kanske till och med motbjudande? – Det är ofta så med nya tankar. Men man vänjer sig vid dem. De behöver tid att gro – – –”

”Jag hoppas uppriktigt, bäste signor Leonardi”, sade jag, ”att era konstnärliga paradoxer ej skall finna någon passande jordmån i mitt huvud – – – Jag fruktar att den skörd de skulle bära ej skulle bli till synnerlig båtnad för någon. Men en konstnärsfantasi har ju sina egna privilegier – – Ni har nog förresten ingen föreställning om vad det verkligen skulle innebära ifall man sökte tillämpa era teorier och ge dessa stackars varelser frihet att – som ni säger – helt och hållet följa sina drifter och ohejdat följa naturens ingivelser. Resultatet blev helt enkelt att förvandla större delen av dem till rasande djur och detta hus till ett helvete på jorden.”

”Helvetet, käre vän, är också ett helt och hållet relativt begrepp”, genmälde han. ”Det som för den ene är ett helvete är en himmel för den andre; vem har rättighet att påtvinga andra sina åsikter i det fallet? –”

Jag kände mig inte hågad att vidare diskutera denna svårlösta fråga; för att ge hans tankar en annan riktning vände jag ett blad i albumet och visade honom Renfields porträtt under åtskilliga stadier av hans sjukdom.

”Här är till exempel en av mina patienter”, sade jag, ”på vilken jag knappast tror att ni själv skulle våga tillämpa era frihetsteorier. I *hans* galenskap är det onekligen en hel del metod – men jag tror ej att den är mäktig någon vidare utveckling till mänsklighetens bästa i alla fall – – – *Min* erfarenhet är att de flesta av de idéer som rör sig i mina stackars patienters förvirrade hjärnor blott är så att säga spillror av en sönderbruten individualitet – ungefär som de drömmar vilka vi i sömnen sammanfogar av lösryckta intryck och hågkomster.”

”Ett ytterst intressant utseende, min käre doktor”, sade den lilla mannen i det han uppmärksamt betraktade det senast tagna porträttet samt granskande jämförde det med de föregående. ”Ytterst intressant. Tillåter ni?” – han sträckte handen efter ett förstoringsglas som låg på bordet och betraktade ännu en gång fotografierna genom detta. ”Man kan läsa mycket i detta ansikte. – En stor upptäckare, skulle jag föreställa mig – naturvetenskapsman – kemist – fysiker – eller vad?”

”Så vitt jag vet har han inte utmärkt sig på något av dessa områden. Han är helt enkelt en privatman med någon förmögenhet, vilken utan bestämt yrke eller sysselsättning levt på sina räntor, efter vad jag har hört. Han har för övrigt fått en god uppfostran och rest mycket, men enligt vad det påstås alltid varit excentrisk – – en stor egoist, förresten, sluten och förbehållsam samt utrustad med en ovanlig viljekraft för att inte säga envishet. Han tycks, så vitt jag kunnat finna, ej ha knutit några närmare förbindelser eller överhuvudtaget känt behov av att stå i något vänskapligt förhållande till sina medmänniskor – – Hit fördes han för några månader sedan av en avlägsen släkting, då han visat tydliga prov på sinnesrubbning och började bli farlig för sin omgivning. Själva fallet som sådant har intresserat mig rätt mycket, då det företett ovanliga och egendomliga faser – – men personligen tror jag knappast att man kunnat kalla honom vare sig sympatisk eller intressant. En kall, cynisk egoist, utan alla ideella intressen – så har han förefallit mig. Hans idéer är emellertid rätt originella.”

Jag redogjorde nu i korthet för dessa idéer och tog till och med, då den lilla mannen med alla tecken till djupaste intresse bad mig därom, fram mina dag för dag förda anteckningar angående Renfields symptom samt lät honom ta del därav.

"Ni ser således", sade jag slutligen, "att den stackars karlen lyckats hopkonstruera en hel, så att säga vetenskaplig teori, vilken han med logisk konsekvens tillämpar. Det är i själva verket en rätt egendomlig idé detta, att man genom att i sig uppta och absorbera så många liv som möjligt skulle i oändlighet kunna förlänga sitt eget samt öka summan av sin egen vitalitet med de sålunda absorberades. — — Ni ser att han ordentligt fört bok över det antal flugor hans spindlar förtärt, det antal spindlar som fåglarna förtärt o.s.v. Olyckligtvis måste jag på ett omilt sätt avbryta den vidare gången av hans forskningar, som ni nog förstår — — det kunde ju eljest på sitt sätt varit intressant nog att se vilka länkar han tänkt sig i kedjan."

"Kolossalt, käre doktor, kolossalt! – jag återkommer ännu en gång till vad jag nyss sade: – det är av undantagsvarelser som vi alla borde lära! – – – Och ni behandlar dessa människor som dårar – Min käre vän – vet ni då inte, att denna tanke om de lägre organismernas uppgående i de högre – om deras tillvaro endast och allenast för detta ändamål – att denna tanke är den största, den mest epokgörande, den underbaraste, som vårt århundrade alstrat! – Ah! – jag misstog mig inte då jag tyckte mig spåra en stor upptäckare, en vetenskapsman, i detta ansikte! – – Denna förmåga att tillgodogöra sig de krafter – vare sig fysiska eller intellektuella – som ligger obrukade, eller i alla händelser ofruktbara hos varelser med vilka man kommer i beröring – det är den som kommer att ge framtidens övermänniska, sådan vi hoppas att hon skall framväxa ur nutidens kaotiska strävande, hennes verkliga prägel av skapelsens herre. De starkaste är ämnade att behärska världen och de skall göra det! – De svaga – – de är blott till för deras skull. De är flugor och spindlar – skapade att förtäras! – Det är denna tanke som vår stora Mästare — —"

Han hejdade sig plötsligt, gav mig en hastig,

genomträngande blick och återtog med förändrad ton:

"Men jag tröttar ut er, käre doktor, med mitt prat. Ser ni, då jag har den sällsynta lyckan att träffa någon, med vilken jag kan meddela mig i dessa för mig så intressanta ämnen, blir jag lätt alltför pratsam — — det är ju en svaghet som följer med åren — — — Ack ja — — detta att åldras – det är en sorglig sak, käre doktor – en onaturlig, vidrig sak! – Kan man egentligen tänka sig något orimligare? – Först mellan fyrtio och femtio år har man ju nått en viss grad av mognad; man börjar bli människa; man börjar känna sig själv och sina krafter – man har samlat erfarenhet, man har lärt att leva och njuta så som den gröna omogna ungdomen inte kan det — — man är med ett ord hemmastadd i världen och förstår den — — och så – just då – börjar man *åldras!* – ens själsförmögenheter förslöas långsamt men säkert – och även om *lusten* och *behovet* att njuta är oförminskat, så förlorar man – kan det finnas något mera naturstridigt? – själva förmågan och betingelserna för att göra det!"

"Ja – det kan inte nekas att den mänskliga tillvaron skulle synas tämligen misslyckad och ändamålslös, så vida man inte tänkte sig en fortsatt utveckling under andra förhållanden", sade jag.

"En fortsatt utveckling, käre vän! – Naturligtvis — — intet i världsalltet förgås, det lär oss ju vetenskapen redan på sin nuvarande bristfälliga ståndpunkt. Men en utveckling under helt andra betingelser! — — I en värld där sinnenas njutningar, sådana vi nu förstår dem, inte längre har någon plats! — — För den som lärt sig med kulturmänniskans raffinerade intensitet att uppskatta dessa njutningar, skulle denna fortsatta existens, denna så kallade utveckling, inte äga något värde. Nej – på denna härliga jord, för vilken vi är skapade och med den kropp och de sinnen som är så väl avpassade för jordiska förhållanden – *här* måste man vinna medel att förlänga tillvaron så länge den äger behag för oss! – Men det är ju endast ett litet fåtal som skapats så harmoniska, så rikt utrustade att livet för dem är en obetingad välgärning – liksom det också endast är ett litet fåtal, vilkas tillvaro är av någon verklig betydelse för världen. Och detta fåtal, käre vän

– – – detta fåtal, mänsklighetens utvalda – för dem bör döden, den alldagliga, osköna, godtyckliga döden – den bör inte finnas till. Den är en anakronism – en orimlighet – lika väl som ålderdomen."

"Vetenskapen har dock ännu inte lyckats finna något universalmedel mot varken det ena eller det andra", sade jag.

"Vetenskapen! – Hm! – – Vetenskap, min käre doktor – vetenskap är ett ytterst tänjbart begrepp. Vad *ni* menar med vetenskap är måhända något helt annat än jag menar – och kanske vi ändå har rätt båda två, då allt kommer omkring. Men, som sagt – jag avundas er de tillfällen, de enastående tillfällen till observationer och experiment, som er verksamhet här erbjuder!"

Jag såg förvånad på honom.

"Jag har ju redan tillräckligt tydligt antytt att jag ej anser mina patienter utgöra ett lämpligt experimentalfält för dylika försök", sade jag en smula otåligt. "Och förresten tillstår jag uppriktigt, att jag verkligen ej inser vari de experiment egentligen skulle bestå eller vad som genom dem skulle bevisas. Rätt intressanta psykologiska studier kan man naturligtvis göra, men för övrigt – – – det abnorma är och förblir abnormt – –"

"Ja, min käre doktor – men det är just i avseende på vad som bör kallas *abnormt* eller ej som våra åsikter skiljs" – inföll han ivrigt. "Vad ni kallar abnormt är möjligen just i mina ögon det normala. Här i England bedrivs ett verkligt avguderi med vad ni engelsmän kallar sunda förnuftet – *'common sense'* – – Och enligt min uppfattning, enligt min fasta oryggliga övertygelse, är detta s.k. sunda förnuft, detta prosaiska, beräknande, moraliserande, praktiska, kälkborgerliga 'sunda förnuft', som England representerar, en oerhörd olycka för mänskligheten –"

"En olycka för mänskligheten! – Förlåt, bäste signor Leonardi – – men nu förstår jag er verkligen ej –"

"Nej – därför att ni är engelsman, käre vän, och engelsmannens – även den mest begåvade, mest upplyste engelsmans – andliga horisont begränsas alltid ohjälpligt av vissa – vissa – – hur skall jag säga – vissa hävdvunna begrepp, vissa moraliska fördomar –"

"Som, det måste ni i alla fall medge, gjort vårt folk till ett av de kraftigaste och mäktigaste i världen! –"

"Ja – tyvärr, min käre doktor, tyvärr! – Den kälkborgerliga, demokratiska moralen, som mäter allt efter en så kallad etisk måttstock – – – den inskränkta 'kristliga' världsåskådningen – – de löjliga idéerna om alla människors lika rättigheter – – – allt detta har gjort England till en världsmakt – vem vill förneka det! – Men därför måste också alla, som hoppas på den nya mänsklighetens framträdande, i England, med dess pöbelmoral, dess fördomar och dess tokiga frihetsideal se den verkligen utvecklingens, det verkliga framåtskridandets värsta fiende – en fiende, som måste motarbetas, störtas, tillintetgöras till vad pris som helst! – – Ja, naturligtvis inte landet, inte folket som sådant – ett härligt land, min herre, ett präktigt folk med stora möjligheter – – – men det nuvarande England som världsmakt och tongivande! – Tro mig, min herre, dess roll är snart utspelad – – de krafter, som arbetar på dess undergång är alltför väldiga – – – och sedan kommer ordningen till de nationer, vilka bättre är den nya mänsklighetens uppgifter vuxna. – – – Ja, ni är naturligtvis alltför upplyst, käre doktor, för att känna er personligen berörd av vad jag säger. För *oss* finns intet annat fädernesland än världen! – – –"

Jag har kanske alltför utförligt uppehållit mig vid och sökt återge den egendomlige lille mannens yttranden; men verkliga förhållandet är, att jag därvid alltjämt sökt efter den hemliga, inre mening, som jag otydligt skymtat utan att kunna fasthålla eller sammanfatta den. Av vad han vidare yttrade tycktes framgå, att han på ett eller annat sätt anser sig som ett slags missionär för vad han kallar "det *Kommande*", varvid han med många dunkla och för mig obegripliga häntydningar talade om "den nya konsten", "den nya tanken", med mycket annat, vilket han tycktes tillmäta en hemlighetsfull, nästan magisk betydelse i avseende på en blivande mänsklighetens pånyttfödelse. Han antydde även att Ceciliasalen och de konstprestationer, som där utfördes, härvidlag hade någon mystisk betydelse – – – men det var mig inte möjligt att förmå honom till något bestämt eller tydligt uttalande, som kunde ge mig en klar föreställning om hans verkliga mening. Jag vet knappt själv i denna stund, om jag skall anse honom för ett excentriskt geni eller helt enkelt för en överspänd, halvgalen pratmakare. Mycket av vad han sade var onekligen i hög grad märkligt och tankeväckande – – – Men ännu mera fullkomligt obegripligt och osammanhängande. Möjligen saknade jag själva den ledtråd, som varit nödvändig för att finna vägen i denna labyrint. Han framkastade gång på gång antydningar om tillvaron av en eller annan mäktig, hemlighetsfull organisation, vars beskaffenhet och syften han tycktes förutsätta att jag borde känna – – ett hemligt brödraskap eller något liknande; han begagnade termer och uttryck, som var mig fullkomligt främmande – med ett ord, jag kunde inte frigöra mig från misstanken, att han på ett eller annat egendomligt sätt missuppfattat de förhållanden, varunder vi från början sammanträffat – Jag stod gång på gång i begrepp att rent ut säga honom detta samt bedja honom tydligare förklara sig – men varje gång gav han, vare sig med avsikt eller ej, samtalet en annan riktning, så att jag ej fann det tillfälle jag sökte – – På det hela är mig anledningen till hans besök en gåta; jag förstår ej vad som egentligen kan ha varit hans ärende till mig, lika litet som jag egentligen förstår det intresse varmed han tycks omfatta mig. Men sannolikt är det blott en av de oberäkneliga nycker, som tillhör det så kallade konstnärliga temperamentet.

Innan han gick, frågade han, om han kunde få bese vårdanstalten, och jag förde honom omkring och visade honom så mycket därav, som jag vanligen visar för besökande. Han syntes högeligen intresserad och på hans enträgna begäran lät jag honom även se och tala med några av patienterna – naturligtvis endast de lindrigaste fallen. Han gjorde sig noga underrättad om allt och då jag visade honom sällskapsrummen samt omtalade, att jag stundom där plägade anordna små musikaliska soaréer och andra nöjen för de av patienterna, som är i

stånd att ta del därav, råkade han i ett slags extas och utbrast:

"En förtjusande idé, min käre doktor! – en storartad tanke! – vilken inspiration! – Ni låter mig ju komma hit och spela för dem någon gång? – Inte sant? – jag får det?"

Jag betänkte mig ett ögonblick.

"Ni är alltför god, signor Leonardi – tro inte, att jag inte förstår att uppskatta värdet av ett sådant anbud från en världsberömd konstnär som ni – – – Men – jag fruktar att er konst vore bortkastad på dessa åhörare. Något enklare – vida alldagligare och banalare torde på det hela passa dem – vara gott nog åt dem."

"Gott nog! – ack, min herre, ni fattar inte – ni fattar inte – – – det är inte *dem* – – inte vad som möjligen skulle kunna tillfredsställa eller förströ *dem* som jag tänker på; det är ju mig själv – – – jag har ju redan sagt er, att det för mig är en livssak, en absolut livssak att försäkra mig om lämpliga åhörare – – – – att varje sådan bokstavligen lägger ny kraft, ny inspiration i min stråke – – det är en växelverkan, vars art jag ej skulle kunna definiera, men som dock är fullt naturlig – – – den har sin motsvarighet på alla områden! – Ser ni, alldagligheten, prosan, den tunga medelmåttan och respektabiliteten, som här i London omger mig, den verkar på mig som en tryckande atmosfär – – som er egen kvävande dimma! – Men betänk då blott vilken skatt av originalitet, av fullkomligt nya, självständiga intryck, som skulle öppna sig för mig, om ni gåve mig tillfälle att åvägabringa en levande växelverkan mellan mig och dem, era – – – – patienter, som ni kallar dem! Det vore av den allra största betydelse för mig – så väl i egenskap av komponerande som exekverande konstnär. Jag skulle bli er evigt tacksam! – Jag ber, jag besvär er – – låt mig spela för dem! Låt mig få spela för dem!"

Hans svarta ögon glödde och han grep mig i armen så hårt, att det gjorde ont.

"Förlåt, bäste maestro", sade jag – "det är mig verkligen omöjligt att nu genast ge er ett svar – – jag måste övertänka saken. Mina patienters bästa måste vara min första omsorg – – – jag är verkligen inte säker på, att inte er musik kunde verka alltför upprörande på dem. Men – – som sagt, jag skall överväga ert vänliga förslag – – och i alla händelser kan ni vara övertygad, att jag till fullo uppskattar dess värde!"

Han gjorde ännu ett par försök att avtvinga mig ett bestämt medgivande, men då jag fortfarande vägrade, tog han avsked i det han försäkrade mig, att jag ovillkorligen vid närmare betänkande *måste* samtycka till hans begäran.

Ännu har jag verkligen ej fullt klart för mig om jag skulle handla rätt däri eller ej. Den musik som presteras vid dessa aftonunderhållningar har varit av oskyldigaste slag, delvis t.o.m. utförd av patienterna själva – huvudsakligen folkvisor, ett och annat potpurri över kända melodier, några små salongsstycken, ett par av Mendelsohns *Lieder* o.s.v. Signor Leonardis musik är onekligen av helt annan art – – men det är ju inte gott att veta på vad sätt den skulle beröra dessa stackars brustna och ostämda strängar – – – I dylika fall är det inte lätt att veta, hur mycket man får tillåta sig att experimentera med mänskliga subjektet. Men – vad är väl hela vår berömda medicinska vetenskap annat än ett enda kolossalt experiment?

* * *

I afton mottog hon mig i pagodrummet, som hon kallar det – det egendomligt dekorerade rum där jag första gången såg henne. Hon bar också samma dräkt som då – – – kanske av alla den som bäst framhäver hennes underbara, hemlighetsfulla skönhet – den guldskimrande dräkten med spindlarna.

Hon satt tillbakalutad på sina mångfärgade sidenkuddar och räckte mig handen utan att resa sig.

"Sitt ned, min vän" – sade hon med denna egendomliga, djupa altstämma, som alltid tycktes mig väcka ett underligt genljud i det innersta av min varelse, i det hon visade på en av de stora fantastiska bambustolarna bredvid divanen. "Sitt ned – låt oss prata. Jag behöver er inte som läkare i afton – jag mår väl. Vi skall gå dit ned sedan. Men jag ville inte ta emot er där – – – tillsammans med de andra. Jag sade till att de skulle föra er hit. Det var hit ni kom den första kvällen,

då jag sände bud på er. Minns ni det? Eller har ni glömt det redan?"

Hon såg på mig med denna blick – halvt gäckande, halvt smekande – som jag så väl känner och vars egendomliga verkan på mig jag lika litet kan beskriva som jag kan frigöra mig därifrån.

"Nej, grevinna, jag har inte glömt det" – sade jag. "Det var en minnesvärd afton för mig. Ni bar samma dräkt då som nu – det minns jag också."

"Ah! – ni har ett gott minne. Ja – jag tycker själv om denna dräkt – – – Spindeln är ett heligt djur – – den är visare och skickligare än de flesta människor – – ur sitt eget inre spinner den fina, starka trådar, som alla era maskiner inte kan göra efter – – den spänner upp nät som omfattar hela jorden – – – den fångar de vingade väsen, vilkas blod är dess näring och gör den stark och lätt, så att den flyger utan vingar, svävar vart den vill utan att ändå förlora sitt fäste – – – ah! – jag älskar spindeln, den kloka, tysta spindeln, och därför bär jag den på min dräkt. – Jag vet att ni undrade därpå då ni såg det –"

"Undrade – ?"

"Ja – era blonda misser här i England är ju rädda för spindlar! – – Och ni själv, min vän – – – ni är också litet rädd. Ni tänker ibland: – ah – hon – Ida – hon är också en sådan spindel, en farlig spindel – – hon sitter där tyst och mörk i sin vrå i det gamla huset och spinner, spinner, spinner – – spinner nät för att snärja och fånga! – säg? – har ni inte tänkte det, min vän? –"

Hon böjde sig litet fram och såg mig in i ögonen. Jag stammade något, jag vet inte vad; hon hade ju i själva verket läst i mina tankar.

"Åh, jag vet det", återtog hon utan att ta blicken ifrån mig. "Men jag är inte vred på er, min vän. Kanske jag verkligen *är* en spindel – – – men de trådar jag spinner är bara tankar – – – tankar – – – som knyter min själ till andras – – – tvärt över avgrunder och djup, som tycks skilja oss åt – – – För mig finns inga sådana svalg. – Jag slår strax en brygga över dem – lätt som luft, fin som en solstråle – – – och så glider jag över – – – till er – – – min vän – – – till er – – – till er – – –"

Rösten sänktes mer och mer till en viskning –

ögonen tycktes bli allt större och mera strålande och, innan jag hann besinna mig eller fatta hennes mening, hade hon glidit ned från divanen till golvet vid mina fötter och smugit sig tätt intill mig – i nästa sekund kände jag hennes mjuka, starka armar om min hals, hennes smidiga gestalt i min famn och ännu en gång den brännande, berusande kyssen på mina läppar, som berövade mig sans och besinning – – – Plötsligt ryckte jag till vid en skarp smärta – Jag hade stuckit mig på en av de juvelprydda, valnötsstora spindlar, vilka som spännen sammanhöll hennes klänning – då jag tryckte henne intill mig hade den, jag vet ej hur, rispat mig på halsen. Hon lösgjorde sig hastigt ur min famn och jag hörde ett dovt utrop.

"Du blöder – ah! – jag skall – – –"

I nästa ögonblick kände jag, hur hennes mjuka läppar trycktes mot det sårade stället – hela min varelse skälvde vid denna beröring som vid en elektrisk stöt – det svartnade för mina ögon och jag tyckte mig sjunka i ett bottenlöst djup. – – Hur länge detta tillstånd varade vet jag ej; men då jag åter såg upp, kände jag att mitt huvud vilade mot en kudde och att jag låg tillbakalutad i den stora stolen. *Hon* hade återtagit sin plats i soffan, där hon vilade halvliggande med huvudet stött i handen och ögonen uppmärksamt fästade på mig. Då hon mötte min blick, smålog hon.

"Ni är ett barn" – sade hon åter med samma på en gång ömma och gäckande ton, som jag en gång förut hört henne uttala ungefär samma ord. "Ett stort barn! – känner ni er bättre nu? – Nej – sitt stilla!" – jag hade gjort en häftig rörelse för att resa mig. "Tyst – jag vill inte höra något." Hon höjde manande handen för att tysta de lidelsefulla ord, som ville bana sig över mina läppar. Ty i detta ögonblick kände jag, att det var *henne* jag älskade – – – Allt vad jag känt för Lucy var blott en blek skugga mot den lidelse, som nu liksom en eldström fyllde min själ; jag hade velat kasta mig för hennes fötter – men hennes blick och ton höll mig tillbaka och behärskade mig helt och hållet.

"Ni är ett barn" – upprepade hon än en gång. "Ni måste lyda – – – *lyda*, hör ni! – Seså – luta

er tillbaka ännu några ögonblick – – – giv mig er hand, min vän – – slut ögonen – sådär! – ni arbetar för mycket, ni tänker för mycket – – ni är överansträngd; ni behöver vila."

Jag kände hennes smala fingrar sluta sig om min hand och fasthålla den med det egendomliga, fasta grepp, jag känner; inom några sekunder hade jag åter den förnimmelse jag förut erfarit, ehuru det denna gång föreföll mig som om någon hemlighetsfull kraft strömmat från henne till mig i stället för motsatsen – jag fylldes av ett onämnbart välbehag, en känsla av oändlig lycka, vari min varelse helt och hållet domnade bort – jag tror att jag föll i sömn – – – Då jag vaknade kände jag mig förunderligt styrkt, glad och lätt om hjärtat, liksom föryngrad; det föreföll mig som om jag blivit befriad från en olidlig tyngd, vilken länge tryckt mig – jag kan inte beskriva detta tillstånd, det förekommer mig ännu som om jag undergått en förvandling – hela världen syns mig en annan – vida ljusare och skönare än förut. Jag inser nu, hur mycken tid jag förspillt med fruktlös sorg över förlusten av något som i alla fall inte var annat än en dröm – – nu vinkar mig den fulla, rika verkligheten – – nu först skall jag leva – – jag har varit en dåre, ett barn, som skjutit ifrån mig den njutningens skummande bägare, i vilken livets hemlighet vilar. *Lycka och njutning* har för mig hittills blott varit tomma ord – – nu först fattar jag att det är dessa ord som innebär allt som gör livet värt att leva.

Då jag satte mig upp, såg jag att hon fortfarande satt kvar på divanen – jag mötte hennes blick, stor och strålande – den tycktes mig full av underbara löften, men hon sade intet. Först sedan vi under några sekunder under tystnad betraktat varandra, reste hon sig.

"Gott – nu har ni vilat, min vän" – sade hon med ett förunderligt tonfall av smekande ömhet. "Nu är ni stark – inte sant? – kom nu – följ mig dit ned. Våra vänner väntar oss."

Hon räckte mig handen – jag förde den till mina läppar och hon drog den ej tillbaka utan strök den i stället sakta över mina ögon – –

Därpå sade hon sakta:

"Kom – ge mig er arm!"

Hon tog den – stödde sig lätt på mig – jag kunde känna hennes hjärta klappa – – vi gick genom rummet, utför trappan och in i salongen på nedre botten – allt syntes mig en dröm, men jag vet, att det var verkligt – –

Den stora salongen var som vanligt svagt upplyst, men gästerna färre än de plägar vara. Hon antydde med en rörelse, att jag skulle föra henne till det hörn av rummet, där hon brukar sitta vid mottagningarna. En liten grupp var redan samlad där, som reste sig då vi närmade oss – furst Koromeszo, madame de Saint-Amand, min puckelryggiga vän och ett par andra. I fönsternischen såg jag en högväxt gestalt, vilken jag igenkände som markisen. Han vände ryggen åt oss och samtalade med en herre, vars utseende föreföll mig bekant – sedan ihågkom jag, att det var densamma, som tagit plats bakom mig vid mitt besök i Ceciliasalongen och vilkens egendomliga yttranden då fyllt mig med förvåning.

Först sedan grevinnan hälsat de övriga, vände markisen sig om och närmade sig. Även denna gång hälsade hon honom med det uttryck av djup, nästan underdånig vördnad, varmed hon vid mitt första besök mottagit honom; därpå förde han henne litet avsides och de växlade med låg röst några ord, under det att de övriga återtog sina platser och det vid vårt inträde avbrutna samtalet. Jag märkte nu till min förvåning att detta tydligen rört sig kring signor Leonardis besök på vårdanstalten och det förslag han gjort mig, vilket allt han tycktes ha beskrivit för de övriga.

”Vi talade just om er, herr doktor”, sade den livliga madame de Saint-Amand, i det hon artigt gjorde plats för mig på kanapén bredvid sig. ”Vår maestro här har skildrat det oerhört intressanta besök han nyligen gjort hos er – den underbara värld där ni är enväldshärskare. Det är som en dröm! – Då han konserterar där, måste ni tillåta mig att vara med. Det bleve ett minne för livet!”

”Ett dystert minne, fruktar jag, madame – ni har kanske aldrig besökt ett dårhus? – jag kunde tro det. Jag försäkrar er att de intryck ni där skulle mottaga ej vore av den art, som man frivilligt framkallar. Och signor Leonardi bör ha sagt er,

att jag ännu alls inte samtyckt till hans vänliga förslag. Jag fruktar att hans musik skulle verka alltför upprörande på mina stackars skyddslingar.”

”Upprörande!”– inföll Leonardi ivrigt. ”Ack, käre vän – vad tror ni om mig – jag skulle spela vad som bäst passade dem – – var övertygad därom; jag skulle endast göra dem gott – – bereda dem en stund av verklig, oblandad lycka – verklig, oblandad lycka, fullständig harmoni, sådan som de kanske inte på länge smakat! – Jag skulle ge form och gestalt åt allt, som oredigt rör sig inom dem – jag skulle göra underverk – – ni skulle tacka mig, tacka mig – det försäkrar jag, käre vän!”

”Ja, min vän – – – ni måste samtycka till vår maestros förslag” – hörde jag yttras bakom mig av den underbara stämma, som nu tycktes mig vara mitt eget hjärtas länge försummade röst. ”Han har sagt mig vad han erbjudit er – –”

Grevinnan trädde fram i kretsen, intog sin vanliga plats och fortsatte efter ett ögonblicks uppehåll, i det hon såg mig in i ögonen.

Inför hennes blick och ton kände jag de betänkligheter jag hittills hyst försvinna. På det hela kan de ju sägas ha varit en smula överdrivna – egentligen grundade på det starka och säregna intryck, som jag själv erhöll av signor Leonardis musik vid mitt besök i Ceciliasalen. Men denna musik var då utan tvivel avsiktligt beräknad att frambringa just en sådan stämning – detta är i själva verket intet skäl varför den inte, som han själv försäkrar, en annan gång skulle kunna verka endast välgörande och lugnande. Mina patienter är ju vana vid musikaliska prestationer och jag har haft allt skäl att vara nöjd med de hittills anställda försöken i den vägen. Det kan omöjligt skada dem att för en gång få höra en verklig konstnär i stället för de välvilliga amatörer, som hittills ställt sina små talanger till deras tjänst.

Jag vill inte påstå att jag då, i ögonblicket, hade allt detta så klart för mig som nu, då jag efteråt genomtänker det; men i alla händelser kände jag instinktlikt, att det skulle vara löjligt att längre vidhålla min vägran.

Jag sade alltså, att jag vid närmare betänkande

med tacksamhet mottog anbudet – – jag hade i alla händelser tänkt anordna en av de vanliga musiksoaréerna under loppet av nästa vecka.

"Det är för långt, alldeles för långt att vänta, kära doktor" – inföll fiolspelaren med en röst, som tycktes darra av iver. "Min tid är ständigt upptagen – – i nästa vecka är jag upptagen – – har ingen tid – – men i morgon – – – i morgon afton är jag ledig – – låt det bli i morgon?"

"Ja, varför inte i morgon?" sade grevinnan, i det hon böjde sig litet fram mot mig. "Varför inte i morgon?"

"Jag vet intet egentligt skäl, varför det inte kunde bli i morgon", genmälte jag. "Förberedelserna är snart gjorda, och om det passar er bättre, signor Leonardi – –"

"Det passar mig – passar mig förträffligt!" utbrast den lille mannen förtjust. "Åh, jag är er obeskrivligt tacksam, kära vän – jag har nu satt mig detta i huvudet – jag skulle ha blivit förtvivlad om ni nekat."

"Och ni nekar nog inte heller *oss* att vara närvarande?" inföll madame de Saint-Amand med låg, bedjande röst.

"Ja, kära vän – – ni tillåter ju *oss* att vara närvarande?" upprepade grevinnan med sin underbara stämma i det hon såg mig fast i ögonen.

Jag teg ett ögonblick – detta förslag kom alltför överraskande; min första impuls var att svara ett obetingat *nej*.

"Säg inte det", återtog hon, liksom svarande på mina tankar. "Vi oroar inte era – – patienter. Vi vill blott höra vår maestro här – under dessa förhållanden blir hans musik något oförgätligt. Ingen behöver se oss eller ens veta av vår närvaro. Ni bereder plats för oss i rummet innanför musiksalongen – ni fäller ned portiererna. Vi är där inkognito – – ni har berett oss en njutning, för vilken vi skall bli er tacksamma – – mycket tacksamma – – och ingen kommer att lida därav. Ni kan ej säga nej. Rummet innanför mu-

siksalongen – – ni har förr haft gäster där. Ah! – – jag ser att jag övertygat er."

Om jag numera kunnat förvånas över något i detta hus, skulle jag häpnat – nu väckte hennes underbara kännedom om förhållanden, dem hon omöjligt på fullt naturlig väg kunnat få veta något om, knappast mer än en flyktig överraskning. Det föreföll mig som det enklaste och naturligaste i världen, att hon skulle tala om rummet innanför musiksalongen som om hon ofta varit där.

I själva verket har jag ett par gånger låtit anförvanter till mina patienter på detta sätt osedda bevista de av mig anordnade musiksoaréerna, vid vilka även de mera musikaliskt begåvade bland patienterna uppträtt. Men dessa gäster har då haft ett personligt intresse för föreställningen och orsaken till deras närvaro har varit allt annat än blotta nyfikenheten.

Men i själva verket finns intet verkligt skäl, varför inte också andra skulle kunna bevista dessa föreställningar. Patienterna är fullkomligt okunniga om de främmandes närvaro och behöver varken störas eller oroas av dem. Till rummet innanför musiksalongen kommer man genom den enskilda trappa, som jag själv vanligen begagnar – –

Med ett ord – – – jag har givit mitt samtycke – – om med rätt eller orätt vet jag knappast. En känsla som jag inte rätt kan förklara gör mig orolig och beklämd – – – Men överhuvudtaget är det så länge sedan jag förlorade det lugn och den sinnesro, som förr uppehållit mig under alla livets växlingar, att jag borde hunnit vänja mig därvid. – – – Idag förefaller det mig som ginge jag i sömnen – – – hennes sista blick, hennes handtryckning då vi skildes – – – – vad betydde, vad lovade den? – – – Vart dras jag – – var skall detta sluta? – Men lika gott – det får gå som det vill – – det finns ögonblick för vilka man gärna offrar ett liv. – –

På spåret.

FÖRSTA KAPITLET.

TOM HARKER BERÄTTAR.

Till följd av vissa omständigheter, vilka senare skall förklaras, inträder här en lucka i den fortlöpande följd av anteckningar, varav vi hittills i så gott som oförändrad form begagnat oss, då det synts oss vara en bjudande plikt att åt offentligheten överlämna de underbara och djupt skakande erfarenheter, som kommit oss till del. Mina trofasta och värderade vänner Van Helsing och Quincey Morris har givit mig i uppdrag att efter bästa förmåga fylla denna lucka genom att i korthet redogöra för de händelser, vilka omedelbart ansluter sig till de avbrutna anteckningarna och så att säga bilda avslutningen av det drama, vari vi alla varit medspelande. Att detta drama här, liksom i verkligheten, lämnar mycket oförklarat och därför i mångens ögon saknar ett tillfredsställande slut, är inte vårt fel, utan verklighetens. Det är endast i dikten som alla frågor blir besvarade och alla gåtor finner en lösning. Det verkliga livet slutar däremot ofta med en fråga, på vilken endast evigheten torde lämna svar – och människoöden tycks liksom vissa floder, förlora sig i sanden, innan de hinner målet för sitt lopp.

För min egen del är jag ingen diktare och måste därför inskränka mig till att helt enkelt omtala, vad jag själv och mina vänner upplevt, samt lämna åt andra att därav dra slutsatserna.

När fjorton dagar hade förgått efter Van Helsings sista besök hos oss i Exeter utan att vi hört något vidare från honom angående den beramade sammankomsten hos dr Seward, vilken jag och min kära Vilma med livligaste intresse emotsett, då vi därvid hoppats få närmare förklaring på mycket, som förut synts oss nästan ängslande dunkelt och gåtlikt. Det var en afton under denna tid som vi satt tillsammans vid brasan i mitt arbetsrum. Lampan var ännu ej tänd, ty eldskenet gav tillräckligt ljus i rummet och som jag arbetat ovanligt strängt under dagen var mina ögon så trötta, så att jag föredrog skymningen. Jag satt tillbakalutad i min stora länstol bredvid kaminen och Vilma tätt invid mig. Vårt samtal hade rört sig om det förflutna och framför allt om den långa tid, vilken så helt och hållet varit utplånad ur mitt minne; jag beskrev för henne hur egendomligt hågkomsterna från denna tid så småningom åter börjat skymta för min själ, ungefär som man skymtar föremålen i en dal djupt under sina fötter då den dimma som hittills insvept dem så småningom börjar lätta, till dess med ens hela landskapet ligger fullt synligt för ens blickar. Jag talade ännu en gång och utförligare än jag ännu kunnat göra det, om den fasa jag till en början känt för dessa hågkomster, vilka syntes mig vidunderliga foster av en sjuk inbillning, så att jag på allvar ansåg mig vara sinnesrubbad – en tanke, som vållade mig outsägliga själskval, så mycket svårare som jag ansåg mig böra förtiga mina farhågor både för henne och för varje annan.

Hon smekte ömt min hand och teg några ögonblick; därpå sade hon:

”Det är en sak, varom jag ofta velat fråga dig, Tom, men hittills har jag inte vågat, av fruktan att oroa dig. Nu är du, Gud vare lov, fullt återställd, fullt dig själv igen – det kan inte medföra någon fara – – – – Säg mig, Tom – har du alls intet minne av vad som tilldrog sig på vår käre gamle vän, notarien Hawkins begravningsdag? – vi har alla med flit undvikit att tala med dig därom hittills – men kanske hågkomsten därav

också så småningom vaknar hos dig – – – och då
kunde du förklara något, som jag ofta grubblat
på och som kanske är av större vikt än någon av
oss tänkt. Minns du – – – på notariens begrav-
ningsdag? – –"

"På begravningsdagen?" – upprepade jag för-
vånad. "Låt mig se" – – – jag höll handen för
ögonen – "vad tilldrog sig då? – Vi reste upp till
London – jag minns resan fullkomligt väl, det
förekom intet ovanligt under den – – – och själ-
va begravningen – – där var inga andra gäster
än du och jag, gamle Robinson, herr Murray
Wilmington med sin hustru och kontorsperso-
nalen. Jag minns det alltsammans mycket väl –
– och sedan – – sedan promenerade vi en stund
i parken, vill jag minnas, ehuru den gjorde ett
dystert intryck med sina fallande löv och tom-
ma vägar. Så gick vi upp åt Piccadilly – – – det
var där jag, som du sagt mig, fick ett litet svin-
delanfall, så att du i en droska förde mig till sta-
tionen. Jag vaknade upp på vägen – – och se-
dan minns jag fullkomligt tydligt vår hemfärd
och allt som tilldrog sig. Jo, den dagen minns
jag fullkomligt – jag förstår inte vad du menar.
Skulle något då ha tilldragit sig, som behöver
någon särskild förklaring eller som du inte vågat
tala med mig om?"

"Innan du greps av det där svindelanfallet,
älskade" – sade hon milt och försiktigt. "Minns
du inte att något inträffade strax förut – – att
du – att du *såg någon på gatan*, vars åsyn tycktes
förorsaka dig en häftig sinnesrörelse?"

"Nej, Vilma", sade jag förvånad och upprörd.
"Av något sådant har jag inte den avlägsnaste
håkomst. Är det verkligen möjligt – misstar du
dig inte? – Troligen var jag överansträngd den
dagen – och min käre, gamle vän och välgörares
begravning hade upprört mig; det var egentli-
gen ej på något sätt underligt, att jag greps av ett
svindelanfall – jag var ju då ännu inte fullt åter-
ställd, som du vet. Du satte kanske mitt illamå-
ende i samband med någon tillfällighet, som i
sig själv var utan all betydelse – tror du inte det?"

"Jag misstar mig inte" – sade hon milt och be-
stämt. "Och för att övertyga dig, skall jag hämta
min dagbok och låta dig själv läsa den beskriv-
ning av vad som verkligen inträffade, som jag

nedskrev, medan jag ännu hade det hela i friskt
minne."

Hon lämnade rummet och återkom efter ett
par minuter, varpå hon tände lampan och ställ-
de den så att jag bekvämt kunde läsa vid den.
Därpå gav hon mig den bok, varom hon talat
och som hon slagit upp vid en viss sida.

Jag började läsa. De som med tålamod och
intresse hittills följt gången av denna berättelse,
torde erinra sig den skildring av det omtalade
mötet i Piccadilly, som redan blivit dem före-
lagd. För mig var den ny och jag läste den med
underliga och blandade känslor. Den återkall-
ade inte det avlägsnaste minne i min hjärna och
det var med djup smärta jag läste de ord, varmed
min kära, trofasta hustru avslutat beskrivning-
en: – – "*Denna plötsligt påkommande minneslö-
het förefaller mig så hemsk och oroande; den visar
omisskänneligen att hans hjärna fortfarande är
angripen och att ringaste rubbning i de alldagliga
förhållandena framkallar faran av ett återfall – –*"

Dessa ord väckte en ängslande genklang i mitt
hjärta. Jag hade känt mig så lycklig, så oändligt
tacksam över att, som jag själv trodde, helt och
hållet ha återvunnit mina andliga, liksom mina
lekamliga krafter; den minnesförlust som jag
varit underkastad föreföll mig som en naturlig
och fullt förklarlig följd av den svåra hjärnfe-
bern jag genomgått, och de läkare jag rådfrågat
hade med en mun försäkrat, att dylika fall är
ytterst vanliga och sällan medför några menli-
ga följder för framtiden. Men detta upprepade
inträffande av samma fenomen fyllde mig med
onämnbar ångest. Vem kunde väl ge mig trygg-
het för att mitt minne inte på samma sätt kunde
svika mig när som helst, kanske i avseende på
förhållanden och omständigheter, som kunde
bli i hög grad olycksbringande både för mitt ju-
ridiska anseende och för andras välfärd!

"Jag minns intet, Vilma", sade jag med djup
nedslagenhet. "Och om allt detta verkligen
passerat så som du beskriver det – vilket jag ju
knappast kan betvivla, då jag känner din sam-
vetsgrannhet och din observationsförmåga – så
– – är jag knappast rätta mannen att fortfarande
sköta de åligganden jag åtagit mig. Åt en man i
min ställning anförtros många familjehemlig-

heter, många svårutredda och grannlaga värv
– – för allt detta fordras framför allt ett klart
huvud och ett skarpt minne – – – en jurist som
finner sig sakna dessa egenskaper är knappast en
hederlig karl, om han det oaktat fortsätter att
utöva sitt yrke."

Hon böjde sig ned och kysste mig på pannan.

"Älskade, jag borde kanske inte ha talat med
dig om detta", sade hon – "men jag fruktade att
du förr eller senare skulle bli påmind därom – –
kapten Barrington Jones skulle otvivelaktigt ha
nämnt det nästa gång vi sammanträffat, ty han
tycktes fästa en synnerlig vikt vid detta möte – –
och – – jag ville ej att man skulle finna dig oför-
beredd. Men nu skall vi inte tala mer om detta
i afton. Sök att inte heller tänka därpå. Kanske
klarnar det hela för dig en vacker dag – kanske
– – det är ju möjligt – var det verkligen också en-
dast ett tillfälligt sammanträffande   jag miss-
förstod kanske din sinnesrörelse och satte den
otvivelaktigt i samband med de personer, som
väckt min egen uppmärksamhet. Men jag kan
inte frigöra mig från det bestämda intrycket, att
det var åsynen av dessa personer som upprörde
dig. – – Dock, låt oss som sagt inte tala mer om
saken nu – – – här kommer Wilson med teet.
Luta dig nu tillbaka i stolen en stund, min egen
Tom, och vila medan jag gör det i ordning."

Hon smekte ömt mitt hår och gick tvärt över
rummet till det lilla tebordet, på vilket jungfrun
just höll på att ordna servisen.

Jag gjorde som hon sagt – lutade mig tillbaka
i stolen och stirrade tankfull in i brasan.

Men nu inträffade något märkvärdigt.

Plötsligt, medan jag satt så, tanklöst lyss-
nande till tékökets tilltagande sus bakom mig
i rummet, tycktes mig detta med ens växa till
ett dövande dån, ett slammer och brus, som
fyllde hela luften omkring mig. Brasans glöd
försvann för min syn – skymdes undan som av
ett töcken – och i stället såg jag tydligt framför
mig bilden av en gata, full av människor, vagnar
och hästar. Men mitt i detta brusande, rörliga
vimmel drogs min blick magnetiskt till en enda
gestalt – en högväxt man, som småleende lyfte
på hatten och artigt bugande tilltalade någon.

Jag hörde mig själv ropa högt och därpå mås-

te jag ha förlorat medvetandet. Ty då jag åter
vaknade, kände jag att min panna var våt och
såg Vilmas ångestfulla, bekymrade ansikte luta
sig över mig.

"Hur är det, älskade? – Åh, vad du skrämde
mig!" – sade hon ömt. "Nej, rör dig inte – ligg
stilla ännu en stund och låt mig badda ditt hu-
vud."

"Jag är inte sjuk, Vilma" – sade jag, i det jag
hastigt och med en kraft som förvånade mig
själv, reste mig från stolen. "Det var endast för-
våningen – förskräckelsen – – – nu minns jag
allt, Vilma. Minnet har kommit tillbaka. Jag ser
det för mig alltsammans. Allt vad du beskrivit,
men vida tydligare. Vilma – – – det var han – –
han själv – han är här mitt ibland oss!"

"Vem? – greven? – – det föll mig in – men
på samma gång syntes det mig så otroligt. Sade
jag inte att den herre jag såg var samma baron
Székély, som vi lärde känna i Whitby – du läste
det i mina anteckningar nyss."

"Baron Székély! – jag känner ingen baron
Székély – – men *honom* känner jag – skulle
känna honom bland tusen. Han är föryngrad,
förvandlad. Gud allena vet genom vilka konst-
grepp – han ser yngre ut, ett tiotal år yngre minst
– men *det är han* – – – Till London stod ju hans
håg, hit skulle han bege sig – jag har varit blind
och döv, jag har intet förstått, intet erinrat mig
– – men nu – nu klarnar allt. Du lärde känna
honom i Whitby, säger du? – – och Lucy – – Åh,
jag anar, jag anar mer än jag kan säga – – här
måste finnas en tråd i allt detta, en ledande tråd
om jag blott kunde finna den! – Jag minns hur
jag ryste, då han talade om London – – om dess
människomassor, dess täta dimma, i vars skydd
så många brott begicks utan att någonsin upp-
täckas – – jag minns hur hans ögon lyste av en
ohygglig eld, då han talade om förfärliga mord
– om sönderstyckade kvinnor – om blod, som
rinner och rinner, droppar och doppar, i till-
slutna rum, där döda ögon fåfängt söker mörd-
aren! – – om allt detta varom han läste i tusen
tidningar och böcker – – jag minns hur jag då
kände, att jag borde varna min käre, gamle vän,
att han ej omedvetet borde bli ett redskap för
detta odjurs förflyttande till den plats, där hans

mordiska galenskap kunde bli mera ödesdiger än på någon annan – – – men jag fick ju inte tid, inte tillfälle därtill – min stackars hjärna har ju varit förmörkad av ett töcken, som ingen hågkomst kunnat genomtränga – och inte ens då Van Helsing talade med oss och jag började fatta verkliga arten av den dödsfara jag genom ett underverk genomgått – – inte ens då stod verkliga sammanhanget klart för mig. Men nu, Vilma, nu är ingen tid att förlora – här måste handlas. Vi måste tala med van Helsing, med Barrington Jones – – det går inte an att spekulera och drömma längre, medan hundratals oskyldiga varelser kanske hotas av ett fasansfullt öde, som man kunde avvända om blott –"

I detta ögonblick då min sinnesrörelse nått sin spets, ringde någon på portklockan. Vilma och jag såg på varandra, gripna av samma tanke. Att Van Helsing eller ett eller annat bud från honom skulle inträffa just nu, var ju egentligen ingalunda oförberett; vi hade i själva verket redan länge förundrat oss över, att vi ej hört något av honom, då den tid han själv utsatt för vårt sammanträffande länge sedan var förfluten – men inte dess mindre föreföll det oss som ett halvt underverk, då vi i nästa ögonblick verkligen hörde hans röst i förstugan just i den stund då hans närvaro syntes oss mest efterlängtad och önskvärd.

"Åh, Tom – det är verkligen han!" – utbrast Vilma i det hon drog djupt efter andan. "Men vad vill det säga – jag hör flera steg – – han är inte ensam!"

I det samma öppnades dörren och vår tjänsteflicka anmälde:

"Professor Van Helsing och några andra herrar ber att få tala med herr Harker!"

"Låt dem stiga in" – sade Vilma. "Och tänd litet mera ljus – – så där – nu kan du gå."

Van Helsings resliga, något korpulenta gestalt och vita huvud syntes redan i dörren.

"Goddag, mina vänner, mina kära barn" – ropade han redan på avstånd, i det han hastigt skyndade fram och tryckte Vilmas båda händer i sina. Sedan han med samma hjärtlighet hälsat mig, vände han sig till sina ledsagare.

"Jag har fört med mig dessa vänner – – våra medarbetare, mina kära barn – – vi har mycket att säga varandra – – Barrington Jones känner ni redan – ah – han är en skeptiker, den gode Barrington, men fakta talar, fakta talar, och vi skall övertyga honom – – Tellet känner ni också se'n gammalt – – Men här är en kär, ung vän, som ännu är en främling för er – ödet har på underliga vägar fört oss tillsammans för att verka för ett gemensamt mål – – ni, min lilla fru Vilma, känner säkert hans namn – vår stackars lilla fröken Lucy har nämnt det för er – Quincey Morris!"

Barrington Jones och Tellet hade redan hälsat oss båda som gamla bekanta medan han talade – nu framträdde den unge amerikanen, en lång, ståtlig, vacker ung karl med ett käckt och sympatiskt utseende, och räckte oss stillatigande handen.

"Ja, jag har hört Lucy tala om er, herr Morris", sade Vilma vänligt. "Det gläder mig att få göra er bekantskap. – – Kära professor, ni kan inte föreställa er, vilken glädje det är för oss att se er! – vi har länge väntat på underrättelser från er. Men sitt ned, sitt ned – sätt er här vid brasan allesammans, så skall jag laga till litet gott té åt er, innan vi talar om något annat."

"Té är en god dryck, en härlig dryck, lilla fru Vilma", sade Van Helsing i det han slog sig ned i den länstol jag nyss lämnat. "Den livar sinnet utan att berusa, som skalden säger – – – det är kulet ute i kväll – – en kopp té skall smaka gott."

Medan de övriga tog plats och Vilma sysslade vid tébordet, återtog Van Helsing:

"Ni har väntat på underrättelser från mig, kära vänner – jag vet det. Enligt överenskommelse skall vi ju långt före detta ha sammanträffat i London – – men jag har varit tvungen att ändra mina planer. Oförutsedda ting har inträffat och därför kommer jag nu i stället hit. Sedan vi druckit vårt goda té och fått vila litet – ty vi har gjort en lång och ansträngande resa idag – – skall vi tala om allt detta."

Jag lade märke till att alla fyra i själva verket såg trötta, allvarliga och tankspridda ut och att det endast tycktes vara med en viss ansträngning, som de förmådde sig att uttala de alldagliga och konventionella fraser, som hövligheten fodrade av dem. Själv var jag så uppfylld av den upptäckt jag nyss gjort, att jag med en viss otålighet avvaktade slutet på alla de små gästfrihetens vedertagna ceremonier, vilka Vilma, liksom alla kvinnor, ansåg sig skyldig både sig själv och sina gäster att obrottsligen iakttaga.

Äntligen var kopparna tömda och téattiraljen utflyttad. Jag såg på Vilma att hon nu kände sig tillfredsställd – hon hade uppfyllt all rättfärdighet och i trots av den oro och nyfikenhet varmed hon, liksom jag, väntade att få höra verkliga anledningen till detta överraskande besök, hade hon avhållit sig från att besvära sina gäster med frågor, till dess hon praktiskt fått uppfylla en värdinnans plikter gentemot dem. Sådan är nu en gång för alla kvinnornas natur – och vem skulle väl vilja ha dem annorlunda än de är, med alla de inkonsekvenser och tillbedjansvärda barnsligheter, som gör dem på en gång så obegripliga och så älskliga?

Nu reste sig Van Helsing och ställde sig mitt i kretsen med ryggen mot brasan.

"Kan vi vara ostörda här?" – frågade han allvarligt. "Eller tillåter ni, min kära Harker, att vi förflyttar oss till ert arbetsrum, där vi sist talade tillsammans? – Det ligger mera avlägset och lämpar sig kanske på det hela bättre för allvarliga överläggningar."

"Alldeles som ni önskar, käre professor" – sade jag, i det även jag reste mig. "Behagar herrarna att stiga dit över? – Rummet ligger här på andra sidan korridoren."

"Tack, tack – det är blott ett infall av mig", sade Van Helsing medan vi gick. "Jag har en känsla av att ett rum som detta" – han visade med en handrörelse kring salongen – "inte passar för avhandlande av allvarliga ting. Allt härinne – all dessa småsaker, dessa små fantastiska, kvinnliga handarbeten och anordningar, dessa kuddar och draperier – allt, allt talar om lycka och hemtrevnad, om ett stilla, fridfullt liv – – det stämmer inte överens med de saker, varom vi måste tala idag!"

Då vi kommit in i mitt arbetsrum, bad han oss alla ta plats kring det stora fyrkantiga biblioteksbordet mitt på golvet. Själv satte han sig vid ena kortändan, med mig och Vilma på ömse sidor om sig; amerikanaren satt mitt emot honom med de båda detektiverna till höger och vänster om sig.

Då vi alla satt oss, lade Van Helsing framför sig på bordet en stor portfölj, som han vid inträdet i salongen lagt ifrån sig och sedan där tagit upp och burit med sig. Han öppnade den och började bläddra i de papper den innehöll – papper som jag delvis igenkände, ty det var samma anteckningar, tidningsurklipp och utdrag ur böcker, som han vid ett föregående besök visat mig och Vilma.

"Ja, mina kära vänner", började han allvarligt efter några minuters väntan – "vi har kommit tillsammans här för att rådgöra om en ytterst viktig, ytterst allvarlig angelägenhet. Det gäller att uppspåra en samhällets fiende, att oskadliggöra såväl honom som hans medhjälpare samt rädda otaliga oskyldiga och försvarslösa varelser från undergång. Om detta är vi alla överens – inte sant?"

Han såg sig omkring och läste ett jakande i alla de blickar, som mötte hans.

"Om själva arten av den fara vi går att bekämpa, kan ju meningarna vara delade", återtog han. "Våra båda vänner här" – han nickade åt de båda detektiverna – "har delvis en annan uppfattning därav än jag – gott, må de behålla den, så länge de blott är av samma tanke som jag angående själva faran och vår plikt i avseende på densamma. Du, min kära Tom Harker, och ni, min kära fru Vilma, känner mina åsikter och delar dem, då ni av smärtsam erfarenhet lärt er hur väl grundade de är. Ni, min gode Quincey Morris, torde kanske ännu inte ha bildat er någon bestämd åsikt, men så vitt jag kunnat förstå, är ni mest böjd för att ansluta er till vår vän Barrington Jones – med ett ord, ni anser att det här endast gäller uppsnappandet av en vanlig brottsling, eller kanske rättare, ett band av brottslingar med ofantliga hjälpmedel och vitt förgrenade förbindelser i alla länder. Det kommer ju på det hela på ett ut – ty i alla händelser är vi ju överens om, att vi står inför företeelser av säregen och enastående art, och då *ni* å er sida vägrar att tro dessa företeelser vara vad ni kallar övernaturliga, är *jag* fullkomligt av samma tanke – skillnaden är blott, att jag för min del anser det ovisst för varelser med så begränsad iakttagelseförmåga som vi människor att vilja bestämma, var det naturliga slutar och det s.k. övernaturliga – – varmed de flesta ju egentligen menar det orimliga – vidtar. Jag är för min del övertygad att allt vad som här inträffat varit *fullkomligt naturligt* – ty allt här i världen är underkastat naturens eviga lagar – felet är blott att vi ännu inte känner alla dessa lagar så väl som vi i vår blinda förmätenhet inbillar oss. Men detta har jag redan ofta nog upprepat – ni känner alla mina tankar och även, åtminstone delvis, mina grunder för den åsikt jag bildat mig. Vi diskuterar således inte vidare denna fråga, min gode Barrington Jones, utan är överens om att samverka till avvändande av en hotande samhällsfara så långt våra krafter och vårt förstånd räcker till."

"Alldeles det, herr professor", genmälde Barrington Jones tryggt. "Era vampyrer och allt det där lämnar jag gärna i sitt värde – men jag är ytterst tacksam för er medverkan och de iakttagelser ni gjort. Skurkar är skurkar, antingen de nu är spöken eller kött och blod – namnet gör ingenting till saken, klämmer ni efter dem på ert sätt så klämmer jag efter dem på mitt – huvudsaken är att de blir klämda! – och det så det förslår!"

"Gott, gott", sade Van Helsing. "Men om vi skall arbeta tillsammans, måste vi emellertid handla efter en bestämd plan. Och i avseende på denna plan, min käre Jones, blir frågan; blir det ni eller jag som skall ta ledningen? – Ty det är högst sannolikt, ja, till och med fullkomligt säkert, att våra åsikter om vad som härvidlag är mest ändamålsenligt torde vara tämligen skiljaktiga, beroende av den olika synpunkt, varur vi betraktar själva frågan. Jag hyser den största beundran för den skarpsinnighet och kombinationsförmåga, som förskaffat er den framstående plats ni nu innehar inom ert yrke – men jag är absolut av den åsikten, att den fiende, vi bekämpar, är oåtkomlig med alla vapen och beklagar att ni inte inser deras otillräcklighet i detta fall i detta fall. Ni å er sida anser – jag vet det mycket väl, käre vän – Van Helsing för en gammal svärmare och fantast, om inte rent av för ett stycke

charlatan" – han såg godmodigt leende på kapten Jones över sina glasögon – "nå, nå – jag ser att ni inte vill vara med om det sista – det är då väl det – – men det andra har nog sin riktighet. Ni rycker med ett ord på axlarna åt mina teorier och anser det hela som idel vidskepelse – – jaja, jaja, jag vet det mycket väl och ur er synpunkt sett är det inte heller så underligt. Men jag tror nu fullt och fast, att dessa mina teorier ändå är de enda riktiga och måste handla därefter. Hur skall vi nu lösa frågan, käre Barrington Jones?"

"Den är lätt löst", sade kapten Jones med sin lugna, humoristiska, något torra ton. "Tag ni gärna ledningen, herr professor, och vad ni finner för gott – – – era små andebesvärjelser och trollerier gör i alla händelser ingen skada, och jag kan ju alltid i all tysthet behålla min tanke för mig och handla därefter, när jag finner det nödvändigt – – vi kommer i alla händelser inte att motverka varandra, och som ni torde erinra er, har vi förut arbetat tillsammans efter samma metod och kommit till ett gott resultat. Vi rådplägar som goda vänner, hjälper varandra så vitt möjligt är och drar nytta av varandras iakttagelser. Om det kan vara er till någon tillfredsställelse, herr professor, så vill jag gärna öppet erkänna att, ehuru jag tror mig ha i min hand en hel mängd trådar, varom ni kanske inte har någon aning, så är det ändå i hela denna affär åtskilligt som fortfarande är mig omöjligt att på ett tillfredsställande sätt förklara. Vem vet – kanske kommer era små trollkonster och ert 'ockulta' vetande (det är ju så ni kallar det där, som ingen människa kan förstå?) oss till hjälp just vid den punkt, där en stackars detektivs sunda bondförstånd börjar stå stilla. Vi kan ju i alla fall försöka. Med ett ord – jag är villig att i det stora hela fullkomligt rätta mig efter er, herr professor, alltid med förbehåll, att jag öppet får säga mina tankar och ha ett ord med i laget, där det kan behövas. Är ni med om det?"

"Fullkomligt, käre vän. Jag är övertygad att ni i sinom tid skall inse att de varelser, med vilka vi här har att skaffa, är av annan art än de brottslingar, som ni är van att uppspåra, och måste mötas med andra vapen. Men i alla händelser blir er erfarenhet och skarpsinnighet säkerligen för oss av allra största nytta och jag är synnerligen glad, att vi får räkna på er medverkan. – Den saken är således klar – såvida ingen av våra övriga vänner här har något att invända?"

"Jag för min del instämmer till alla delar med kapten Jones", sade Tellet.

"Ingen kan hysa ett mera obegränsat förtroende till professor Van Helsings erfarenhet, klokhet och stora vetande än jag", instämde Quincey Morris, "och vi vet alla att kapten Barrington Jones inom sitt yrke åtnjuter ett anseende, som lär vara lika ovanligt som välförtjänt. För min del är jag varken någon berömd lärd eller någon skicklig polisman – men gäller det att prygla upp en skurk eller skicka honom en kula genom skallen, så anmäler jag mig som rätta mannen! Emellertid, innan vi går vidare, bäste professor, så tillåt mig en fråga: Varför ser jag inte John Seward här? – jag var fullt övertygad om att träffa honom."

"Ja, det är också för mig lika överraskande som oroande att behöva sakna honom vid denna sammankomst", sade Van Helsing allvarligt. "Jag hoppas innerligt att ingen olycka träffat honom, den präktige gossen! Men Gud allena vet hur det förhåller sig. På hans medverkan hade jag säkert räknat. Han har själv tillsammans med mig bevittnat tilldragelser, för vilka jag hoppats att han personligen skulle redogöra inför er alla – hans vittnesbörd borde väga tungt till förmån för mitt påstående beträffande arten av de faror vi har att bekämpa – – – Det hade varit min avsikt att vi alla skulle sammanträffa hos honom – det var en bestämd överenskommelse oss emellan; men de sista brev jag tillskrivit honom har blivit obesvarade, och då jag i förrgår själv besökte vårdanstalten, svarades det mig utan vidare förklaring, att han var bortrest och att man ej med säkerhet visste, när han skulle återkomma, lika litet som man kunde säga vart han begivit sig. Jag anhöll att få tala med underläkaren – men –"

"Men vad, herr professor? – *Fick* ni verkligen tala med honom?" inföll Barrington Jones ivrigt då Van Helsing gjorde ett litet uppehåll.

"Jo – jo, jag fick tala med honom", sade Van Helsing långsamt. "Men – – med ett ord, jag kan inte förklara – – han gjorde på mig ett intryck som – – ett högst egendomligt intryck. Inte förtroendegivande – – det förvånade mig att min vän Seward kunnat välja en sådan medhjälpare."

"Och de upplysningar han lämnade er?"

"Var i hög grad svävande – – jag fick det bestämda intrycket, att det låg något under allt detta, som man avsiktligt sökte dölja mig."

"Alldeles!" – utbrast kapten Jones med nästan triumferande ton. "Jag skulle vilja svära på, att allt inte står rätt till där borta på vårdanstalten."

Vi såg alla förundrande på varandra.

"Inte står rätt till! – vad menar ni?" – inföll Morris häftigt. "För Sewards ärlighet ansvarar jag med mitt liv, om så behöves. Vi har känt varandra i många år!"

"Jag menade inte heller något i minsta mån nedsättande för honom – långt därifrån", genmälde Jones lugnt. "Tvärtom – om något är på tok, så lär det nog vara hans skinn, som det i första rummet gäller – – – – Det är något f-nstyg som pågår där borta, det slår aldrig fel – – jag har haft mina misstankar och hållit ögonen på den där trakten tid bortåt, skall jag säga – – och det skulle inte alls förvåna mig, om man vid närmare påseende där skulle upptäcka både ett och annat, som kanske står i närmare samband just med de angelägenheter, som vi kommit hit för att avhandla, än någon tror."

"Tala inte i gåtor, människa, utan säg då rent ut vad det är ni tror eller misstänker!" utbrast Morris otåligt. "Svävar Seward i någon fara eller tror ni, att någon olycka hotar honom, så får vi inte sitta här och förnöta tiden med prat. Då måste något göras och det ofördröjligen. Jag håller av Jack Seward som en bror – det skall ingen säga att jag lämnar honom i sticket, hända vad som hända vill!"

"Lugna er, lugna er, min bäste herr Quincey Morris – – – låt oss gå i ordning med frågorna. Här duger inte att förhasta sig. Jag kan inte säga, att jag vet något bestämt, och för mina misstankar, liksom för grunderna för de samma, skall jag redogöra i sinom tid – sedan vår vän professorn här haft godheten ge oss en liten överblick av sakernas nuvarande ställning – vad vi vet och inte vet, vad som blivit gjort och vad ännu återstår att göra. Först sedan vi alla har saken fullkomligt klar för oss och inga misstankar är möjliga, kan vi närmare diskutera frågan – då får var och en säga sin mening."

"Jag har här" – professorn tog ett papper ur portföljen – "uppsatt en promemoria, i vilken jag efter bästa förmåga sammanfattat huvudpunkterna och framställt mina egna åsikter om deras betydelse. Med er tillåtelse, mina vänner, skall jag med ledning därav sammanfatta de erfarenheter vi gjort och de resultat vartill vi kommit."

Han satte sig bättre tillrätta i stolen, jämkade litet på glasögonen och började, i det han då och då kastade en flyktig blick på det papper han höll.

"Själva kärnpunkten i den angelägenhet som samlat oss här är ju – i korthet sagt – det vi alla under loppet av några månader gjort en del högst egendomliga och delvis djupt smärtsamma erfarenheter, vilka, då de sammanförs, ovillkorligen tycks tyda på en samverkan mellan onda och samhällsfientliga element – hur man än må kalla dem – för min del skulle jag vilja sammanfatta dem under benämningen Mörkrets Makter – vilka med användande av hemlighetsfulla medel lyckas ernå högst förfärande och olycksbringande resultat. Vi tycker oss ha spårat dessa resultat i företeelser såväl inom det enskilda som det offentliga livet, och vi anser oss ha skäl att anta att verkningarna sträckt sig vida längre och djupare än vi kunnat iakttaga dem. Det är ju också er åsikt, kapten Jones?"

"Otvivelaktigt. Det är ett vitt förgrenat band – ett hemligt sällskap med politiska syften av den mest samhällsvådliga art – därpå har jag de säkraste bevis."

"Häri torde ni nog ha rätt – vi återkommer senare till denna sida av saken. Efter vad jag lyckats inhämta, torde det knappast finnas något tvivel om tillvaron av ett mäktigt brödraskap, förfogande över oerhörda hjälpmedel för befrämjandet av vissa syften, som man ju kan kalla politiska om man så vill, då de ju även på det mest ingripande sätt beröra folks och staters inbördes förhållanden och de senares omgestaltning på

en större skala än ens någon Napoleon kunnat drömma om. Men dessa syften är på sätt och vis en bisak, eller kanske rättare en naturlig följd av dessa fördolda makters verksamhet – huvudsaken är – så vitt jag kunnat förstå, ett omdanande av alla hittills existerande rättsbegrepp – – i korthet sagt i en total moralisk omvälvning, varigenom allt vad mänskligheten kallat *Ont* får rang, heder och värdighet av det högsta *Goda*. – – En närmare utveckling av vad detta innebär skulle föra mig långt denna gång – jag vill blott säga er att detta brödraskap, varom de flesta av er väl knappast har någon aning, redan på sina ställen framträtt i dagen med fullt organiserad sammanslutning och öppet, om ock delvis under symboliska och allegoriska former, predikat sina läror. De har avsatt de protestantiska och katolska nationernas – eller med andra ord, de kristnas Gud, och tillber det ondas princip, som våra kyrkoläror sammanfattat i begreppet Djävulen. I Paris firas *Den Svarta Mässan* – visserligen inte öppet, men dock allmänt bekant och ostraffat, med de mest upprörande och enligt våra begrepp hädiska ceremonier – – – i hemlighet torde den firas på otaliga ställen där ingen misstänker tillvaron av en dylik skändlighet – utom de invigda. Men om läran inte öppet predikas, så skönjs dess verkningar så mycket tydligare. Och jag anar att vi kommer att skönja dessa ännu tydligare, i ännu mycket mera förfärande gestalt, innan seklet är ute."

Han talade med gripande allvar och jag märkte att hans ord gjorde ett djupt intryck på alla. För mig kastade de ett egendomligt, blixtlikt ljus över mycket, som jag upplevt på det gamla slottet – ord och antydningar som greven låtit falla stod plötsligt för mig i ny belysning – jag såg åter för mig det fasansfulla uppträde jag bevittnat i den underjordiska grottan – den olyckliga unga kvinnan, vridande sig i det vedervärdiga odjurets dödsbringande famntag – det fruktansvärda lågande ansiktet över altaret, som inte liknade något jag förut skådat i denna världen och som jag inte tyckte mig kunna skildra med ord, därför att språket saknade uttryck för det särskilda något som gjorde det så skräckinjagande – jag mindes alla detaljerna av denna ohyggliga scen som om jag sett dem igår och vid detta minne skakades jag av en häftig rysning. Ja, visserligen – sådan måste i sanning den gudstjänst vara som firades till den förkroppsligade ondskans ära!

"Redan vid det arma barnet Lucy Westerns dödsbädd", återtog professorn efter ett ögonblicks uppehåll, "anade det mig att de upprörande fenomen vi där hade tillfälle att iakttaga inte var enastående utan endast manifestationer av en illvillig makt vilken ej skulle nöja sig med detta offer. Vidare efterforskningar bestyrker mig i denna förmodan. En egendomlig slump – eller skall jag säga en underbar försynens skickelse? – – bragte i mina händer anteckningar, som kastade ett häpnadsväckande ljus över mycket som förut varit svept i ogenomträngligt mörker. Vägledd av detta ljus företog jag allt mera omfattande undersökningar – alla ledde till samma slutsats, och då jag hunnit till en viss punkt sammanträffade jag där, till min överraskning och glädje, med min vän Barrington Jones, vilken på andra vägar närmat sig samma mål. Vi behövde endast meddela oss med varandra för att finna, i vilken grad den enes iakttagelser bekräftade och kompletterade den andres; vår vän Tellet här hade också upplysningar av högsta vikt att lämna – – alla insåg vi att vi tillsammans borde kunna uträtta mer än var för sig och därför beslöt vi också att hädanefter handla gemensamt.

Jag har redan för er, mina vänner Jones och Tellet, redogjort för det huvudsakliga innehållet av de märkliga anteckningar, som vår förträfflige Thomas Harker fört under sin vistelse på Draculitz, och behöver ej vidare beröra desamma. Era egna omsorgsfullt utförda forskningar där på platsen har i allt väsentligt bekräftat riktigheten av hans skildringar och jag för min del hyser inte avlägsnaste tvivel att desamma alltigenom är lika tillförlitliga, inte minst i de delar, vilka kanske i det stora flertalets ögon skulle synas mest vidunderliga och osannolika.

Alla våra iakttagelser, alla upplysningar vi lyckats inhämta, alla spår vi lyckats finna för åt samma håll. Hela denna rörelse – om jag skall kalla det så – denna oerhörda sammansvärjning mot alla mänsklighetens hittillsvarande högsta strävanden och ideal – allt detta har en *ledare*, som utgör dess sammanhållande och organiserade kraft och dess tänkande hjärna. Han är medelpunkten i det hela – åtminstone så vitt vi hittills kunnat upptäcka. Möjligen står bakom honom andra – – – men med dem har vi tills vidare intet att göra. För oss gäller det att så fort som möjligt uppspåra denna ledare och – så vitt det låter sig göra – avväpna och oskadliggöra honom. Vi vet att han för närvarande befinner sig i London – åtminstone har vi anledning att tro det, ehuru ännu ett par länkar fattas oss i den beviskedja, vilken sträcker sig från Karpaternas ödsliga skogsbygder ända till –"

"Till Piccadilly! –" utbrast jag ur stånd att längre återhålla de ord som länge svävat mig på läpparna. "Ni behöver ej säga mig hans namn, kära professor – jag känner det redan. Ni menar greve – greve Draculitz!"

"Han och ingen annan, min käre Thomas Harker. Mina misstankar väcktes och blev nästan till visshet vid det arma barnet Lucys dödsbädd; men jag famlade alltjämt i mörkret, till dess först er hustrus och sedan era egna anteckningar ledde mig på det rätta spåret. Under tiden hade Barrington Jones och Tellet arbetat på sitt håll, så att säga i motsatt riktning, utgående från de upptäckter de lyckades göra däruppe i bergsbygden under sina spaningar efter en viss ung engelsk advokat, som på ett gåtfullt sätt försvunnit! – – – vi möttes så att säga, på halva vägen – och kunde å ömse sidor meddela varandra viktiga upplysningar. *Deras* spår förde *till* London *mitt därifrån* – vi hyser i själva verket knappast något tvivel om att spåren härrör från samma person – – det vidunder i människohamn som å ena sidan genom sina djävulska konster bringade vår arma Lucy till en förtidig grav och å andra sidan kvarhöll er, käre Thomas Harker, i en fångenskap, från vilken det helt visst aldrig var meningen, att ni skulle undkomma med livet! – Ni hade sett och hört för mycket, min käre gosse – han ville inte, att detta obekväma vittne skulle återvända till England samtidigt med hans egen ankomst dit! – Så mycket är tydligt och klart. Vi vet genom er att han köpte det gamla huset i Purfleet – – – Men här kommer den lucka i bevisföringen varom jag talat. Vi har goda skäl att anta att greven begav sig på väg till England då han lämnade Draculitz; – men här har faktiskt ingen hört hans namn. Nå, det var ju knappast troligt, att han skulle uppträda under detta namn *här* – – han har naturligtvis så mycket som möjligt sökt igensopa alla spår efter sig. Han är med ett ord försvunnen, men i stället uppträder emellertid plötsligt en viss baron Székély –"

Jag hörde ett lätt utrop från Vilma. Hon hade blivit alldeles blek och satt något framåtlutad med de hårt sammanknäppta händerna på bordet, under det att hon med ögonen nästan tycktes sluka orden från Van Helsings läppar.

"Baron Székély! – – Åh, min stackars Lucy!" – – utbrast hon med halvkvävd röst.

"En viss baron Székély", återtog Van Helsing, i det hans blick med ett uttryck av faderlig välvilja vilade på hennes upprörda ansikte – "om vilken ingen egentligen tycks veta varken varifrån han kommer eller vem han egentligen är. Han visar sig först i Whitby, där löjtnant Morton gör hans bekantskap i Stora Hotellets tidningsrum. Han gör intryck att vara en världsman, har introduktionsbrev från framstående personer samt lyckas helt och hållet inta besagda löjtnant, vilken presenterar honom för sin kusin, fröken Western och hennes väninna, fröken Vilma Murray – numera vår kära fru Vilma Harker här. Genom fröken Murrays om beundransvärd iakttagelseförmåga och förstånd vittnande anteckningar vet vi, att främlingen redan från början tycks ha gjort ett djupt intryck på fröken Western, liksom att han så småningom lyckades tillvälla sig ett oförklarligt och oroande välde över hennes vilja och fantasi. Alla de skildringar som föreligger av deras sammanträffande och vad som för övrigt under denna tid passerade tyder enligt min oförgripliga mening på att detta inflytande varit av hypnotiskt slag och att den arma flickan under dessa förhållanden inte längre varit ansvarig för sina handlingar, antagligen inte ens medveten om det ödesdigra inflytande varav hon i hemlighet påverkades. Hon vandrar under natten halvklädd ut till kyrkogården och återfinns där medvetslös på den bänk, där hon brukat sammanträffa med baronen; vid andra tillfällen lyckas hon även under allehanda förevändningar gäcka sin mors och sin väninnas vaksamhet och försvinna, för att efter flera timmars frånvaro ej kunna eller vilja redogöra för var hon varit. Tydligen därtill suggererad av baronen – man måste komma till denna slutsats då man med vaken uppmärksamhet genomläser fröken Murrays samtidigt gjorda anteckningar – yrkar hon på att besöka ett zigenarläger, där en föregiven spåkvinna försätter henne i sömn och för övrigt framkallar åtskilliga fenomen i hög grad ägnade att påverka hennes lättrörda och sensitiva natur. Vad som härvid särskilt frapperat mig, då jag senare genomtänkt det hela, är den roll som *ett i juveler infattat rubinhjärta* tycks ha spelat vid hennes försättande i det tillstånd, som hon själv sökt beskriva för sin väninna, ehuru hon naturligtvis efter uppvaknandet blott oredigt kunde redogöra för sina intryck. Det var i själv verket just det egendomliga sammanträffandet mellan beskrivningen på detta smycke och dess verkningar – fullt förklarliga ur suggestiv synpunkt – och det alldeles liknande smycke, vilket spelade en roll i min vän Harkers erfarenheter på det gamla slottet, som först hos mig väckte tanken på ett hemligt samband mellan de båda dramer, vilka utspelats under så olika förhållanden och på så vitt skilda ställen – med ett ord, gav mig ledtråden till alla de upptäckter jag sedan lyckats göra. – – Men för att återvända till fröken Western, så förlorade hon, till följd av omständigheter som vi alla känner, just vid denna kritiska tid olyckligtvis den trofasta väninna, vilken hittills stått som en skyddande ängel vid hennes sida. Därmed upphör också de noggranna anteckningar, vilka ända till denna tidpunkt ger oss en högst intressant och tillförlitlig bild av vad som föregått. Angående vad som i själva verket föregick mellan fröken Murrays avresa från Whitby och den tidpunkt då Lucys tillstånd började väcka allvarliga farhågor hos hennes närmaste, vet vi däremot föga. Då jag av min vän och lärjunge dr Seward kallades till konsultation angående henne, väckte de symtom jag iakttog genast hos mig den misstanken, att man här möjligen stod inför ett fall av illvillig och samvetslös påverkan sådan som under det senaste årtiondet tyvärr då och då spelat en viss roll såväl i brottmålsannalerna som inom medicinen – – – Jag tog mina mått och steg i överensstämmelse med denna uppfattning, under förutsättning att den skulle bekräftas av vidare observationer. – – Men så småningom blev det mig klart att även andra element här spelade in. Jag jämförde fallet med andra liknande som jag haft tillfälle observera och kom till den slutsats som ni, mina vänner, alla känner, liksom ni känner hela förloppet av den fruktansvärda tragedi som efter en förtvivlad kamp mellan allt vad vetenskap och personlig hängivenhet förmådde uträtta till den arma flickans försvar och den hemlighetsfulla makt som tärde på hennes livstråd, slutade med hennes död under de mest hjärtslitande omständigheter. – Vad som passerade vid detta tillfälle – ni vet det ju alla – bekräftade i alla avseenden vad jag förut tänkt och fruktat samt uppenbarade för mig hela vidden av den fara – endast jämförlig med pesten eller någon annan dödande, hemligt kringsmygande sjukdom – som plötsligt uppenbarat sig mitt ibland oss. – – – Vår stackars Lucy var inte det enda offret. Enligt min fasta övertygelse hade hennes kammarjungfru, den unga flickan, som fanns mördad i parken samma natt som Lucys tillstånd tog sin sista, avgörande vändning, även dukat under för samma hjärtlösa – – jag vill inte säga *förförare*, ty detta innebär ett helt annat begrepp – – låt oss hellre säga *Frestare*, som med djävulska konster och en hemlighetsfull makt, som den svaga människonaturen endast under särskilda betingelser kan motstå, överallt söker nya föremål för tillfredsställandet av på en gång de djuriska lustar och den fruktansvärda törst efter blod, som utgör hans tillvaros främsta mål. – – Tidningarna och polisrapporterna har haft att förmäla om mångfaldiga liknande fall under de sista månaderna och säkerligen har hundratals andra förekommit, om vilka man aldrig hört talas. – Men jag vill inte längre uppehålla mig vi detta – det är ett ämne lika plågsamt som motbjudande för oss alla. Jag vill blott, innan jag går vidare, i korthet omtala, vad de gamla skrifterna har att förtälja om liknande företeelser, och den förklaring som forntidens forskare lämnar oss däröver."

Han återupprepade nu i sammanträngd form, vad han förut berättat mig och Vilma om de gamla sagornas skräckinjagande vidunder, samt sin egen övertygelse att dessa gamla sägner var grundade på verkliga förhållanden. I greve Draculitz såg han en av dessa vidunderliga halvvarelser – på en gång levande och död, på en gång människa och djur – vilka ännu genom sekler efter den lekamliga döden kvarhålls vid jorden genom de våldsamma lidelser, som behärskat dem och som endast på jorden kan finna tillfredsställelse. Dessa varelsers liv förnyas ständigt genom deras offers blod, under det att offren själva genom den fruktansvärda makt deras förförare lyckats vinna över deras själar och begär, efter döden i sin ordning blir hans likar och medhjälpare. Jag ryste vid denna skildring, som jag ryst då han första gången talade med mig härom – ty jag hade under min vistelse på det gamla slottet sett och hört tillräckligt för att känna att hans ord inte var en fantastisk svärmares lösa hugskott, utan uttryckte en fasansfull verklighet. Dock kunde jag knappast undra över, att de båda detektiverna förstulet skakade på huvudet – jag skulle gjort på samma sätt ännu för ett år sedan, innan erfarenheten, som med eldskrift bränt sig in i min själ, övertygat mig om att det i sanning gives mycket mellan himmel och jord, varom en vardagsmänniskas filosofi ej kan drömma.

"Jag har", fortsatte professorn efter ett kort uppehåll, "som sagt, personligen knappast något tvivel om att denna baron Székély, vars olycksbringande välde över vår arma Lucy torde vara så gott som bevisat, är identisk med den greve Draculitz, som vår vän Harker skildrar för oss och som enligt all sannolikhet fortfarande vistas här i London. Men här brister en länk i kedjan. Här i London känner man ingen Draculitz och inte heller någon Székély. Jag och mina vänner Jones och Tellet här har under de sista veckorna bedrivit de mest genomgående efterforskningar – men utan resultat. Det hus i Purfleet, som greven inköpte genom Peter Hawkins förmedling, bebos inte av honom; det har tagits i besittning

av en förnäm utländsk dam, vilken, enligt vad
mina båda ärade vänner här anser sig veta, gjort
sina salar till medelpunkten för en hop politis-
ka konspiratörer med vitt förgrenade, hemliga
förbindelser och syften: de har bevis för att hon
har inflytelserika relationer hos åtskilliga av de
utländska beskickningarna och att för Englands
framtida väl ytterst farliga ränker smidas där.
Men bland dem, som umgås hos henne, finns
varken någon baron Székély eller någon greve
Draculitz – –"

"Men jag" – inföll Vilma hastigt, "jag har ju
själv sett baron Székély här i London – – – för
inte länge sedan. Jag berättade det för er, kap-
ten Jones – jag såg honom samtala med en dam,
som ni sade vara franska legationssekreterarens
fru. – En ung, mycket vacker dam som –"

"Den dagen då vi promenerade uppför Pic-
cadilly tillsammans", avbröt jag henne. "Jag vet
det nu – – – jag minns allt – – – jag såg honom
– såg allt vad du beskrivit – – – det är som om
ett töcken skingrat sig, som hittills undanskymt
det för mig. Och den mannen – – den mannen,
som du kallar Székély – – det var *han* – jag svär
det – det var Draculitz själv! – Han var föränd-
rad – föryngrad – men det var han, han och ing-
en annan!"

"Där har vi alltså den felande länken!" – ut-
brast professorn triumferande. "Där har vi den!
– Ni min kära fru Vilma, vet att ni återsett baron
Székély – och vår gode Thomas här har också
sett honom och i honom igenkänt Draculitz! –
Det är den bekräftelse våra misstankar behövde
för att bli visshet! – Inte sant, min gode Barring-
ton Jones? –"

"Onekligen ett högst värdefullt bevis", sade
denne. "Jag fäste mig vid namnet, då jag sist
hade äran tala med fru Harker, och ämnade in-
hämta vidare upplysningar av löjtnant Frank
Morton, vilken ju varit den som presenterat
baronen för damerna i Whitby – men denna av-
sikt kunde jag inte utföra – ty löjtnant Morton
befanns vid efterfrågan vara försvunnen, utan
att någon kunde ge några upplysningar om vart
han tagit vägen."

"Försvunnen!" – utbrast jag och Vilma som
med en mun.

"Ja – spårlöst försvunnen. Familjen har ej ve-
lat, att saken skulle bli omtalad, men Sir Charles
har gjort allt vad som kunnat åstadkommas ge-
nom penningar och mäktiga relationer, varöver
han förfogar, för att bringa ljus i saken. Det enda
som kunnat upptäckas är – – – att han ganska
livligt umgåtts i den gamla gården i Purfleet –
– – det hölls ett slags spelklubb där påstås det,
som besöktes av en hel hop unga män ur stora
världen och corps diplomatique. Frank Morton
har varit bland dem, så mycket vet man – men
det är också allt. Några förmodar att han rymt,
andra att han begått självmord i förtvivlan över
de oerhörda förluster han gjort – det enda man
med säkerhet vet är emellertid att – – man i själ-
va verket inte vet något alls om saken. Han är
och blir spårlöst försvunnen."

"Ännu en hemlighet som kanske aldrig blir
uppdagad", sade professorn allvarligt. "Men vi
måste tills vidare hålla oss till vad vi *vet*. Genom
Thomas Harker och hans hustrus vittnesbörd
har vi fått den saknade vissheten att baron
Székély och greve Draculitz är samma person.
Att såväl den enes som den andres namn inte
tycks vara känt av någon här i London betyder
föga; den hemlighetsfulla varelse, med vilken vi
har att göra, förfogar över seklers erfarenhet och
slughet – det säger sig självt att han ej här skul-
le vilja uppträda under ett namn, som kunde
väcka hågkomster eller misstankar även i trots
av den oerhörda omsorg, varmed han förstått
att igensopa sina spår. Men inte dess mindre
skall vi uppspåra honom. Tom Harkers dagbok
har visat oss vägen därtill."

"Hur så –?" frågade jag.

"Det skall jag säga er, min gode Tom. Ni var
på slottet under de dagar, som omedelbart fö-
regick grevens avresa. Har ni glömt, vad som då
föregick? – Har ni glömt de stora kistorna, vilka
fylldes med jord ur kapellet och fördes bort av
zigenarna? – Gott. Ni har inte glömt dem. Ni
har helt säkert inte heller glömt, att ni en dag
med egna ögon såg greven liggande försänkt i
djup sömn i en av dessa kistor. Har ni inte tänkt
er något vid detta? –"

"Uppriktigt sagt – nej. Jag har endast undrat
däröver."

"Då skall jag säga er något. Det slags varelser som denna greve – denna den fruktansvärda Attilas ättling – tillhör är de "odöda", som de kallar dem i Ungern och Siebenbürgen – de förfogar visserligen över krafter och hemligheter, som är fördolda för andra dödliga – men de är också till följd av sin natur – – så säger åtminstone mina gamla böcker – – underkastade egendomliga inskränkningar. De påstås inte kunna passera rinnande vatten; de äger ingen makt till det onda annat än från solens nedgång till dess uppgång – och, ehuru de en längre tid kan visa sig bland och umgås med människor, måste de dock, om de ej skall upplösas och förvandlas till stoft, lydande den förgängelsens lag som de delvis lyckats undandra sig, vid vissa bestämda tidpunkter och under en viss tidslängd, åter vila och liksom hämta nya krafter i den helgade jord, där deras kroppar en gång begravts. De söker sig därför alltid till de gravar, där de från början vilat, och uppstår ständigt ånyo ur desamma. Då nu greven, som otvivelaktigt torde vara ett av de mäktigaste, farligaste och mest förslagna av dessa fruktansvärda väsen, av skäl som vi ej känner, men väl kan gissa oss till, beslutat att utbyta den gamla fäderneborgen i Karpaternas öde bergsbygd mot en världsstads myllrande människohimmel, så har han naturligtvis varit full medveten om de svårigheter, som därvid skulle möta honom, samt har funnit ett medel att övervinna dessa svårigheter. Han har låtit fylla de packlådor ni såg, min käre Tom, med den vigda jorden ur kapellet – denna jord som är nödvändig för hans vila; och han har låtit inrätta en av dessa kistor, så att han själv kunnat göra den långa resan i densamma."

Jag kunde inte återhålla ett utrop; hans bevisföring var så klar och övertygande, att den slog mig med den obestridliga sanningens makt. Att det hela var vidunderligt, sagolikt, orimligt, gjorde det inte mindre troligt för mig; efter erfarenheter sådana som mina känner man att ordet "omöjligt" helt och hållet förlorat sin betydelse. Min egen tanke vid en närmare undersökning av den packlår, i vilken jag till min häpnad vid mitt besök i kapellet funnit greven sovande, eller rättare, försänkt i en dödslik dva-

la, hade ju varit att denna lår på ett skickligt sätt blivit anordnad till *gömställe för någon, som ville hålla sig dold*, men som, tack vare de på inre sidan anbragta hakarna och märlorna, när som helst kunde lämna sitt frivilliga fängelse. Varför packlåren varit till hälften fylld med jord, ifall den verkligen varit avsedd för detta ändamål, hade jag då förgäves frågat mig – nu hade jag fått förklaringen och den syntes mig med ens förklara mycket annat, som syntes mig dunkelt.

"Jag förstår nu", sade jag. "Packlårarna fördes av zigenarna till Varna och lastades där ombord på briggen *Demeter*, destinerad till Whitby!"

"Dit den också i sinom tid anlände – men utan sin besättning och med ett stelnat lik vid ratten" – sade professorn allvarligt nickande. "Jag har läst dess skeppsjournal – – läst om de hemlighetsfulla fasor, som dessa arma, till undergång vigda människor hade att genomkämpa, innan de dukade under. Det är en ohygglig historia. Men vem var väl det hemlighetsfulla väsen, som kom och gick ibland dem i skydd av nattens mörker, spridande skräck och död och vansinne omkring sig? Vem var det väl, som styrmannen såg, innan han störtade sig i havet för att åtminstone frälsa sin själ då allt annat var förlorat? – Mot vem var det, som den olyckliga kaptenen, den sista kvarlevande, under de sista fasansfulla timmarna sökte skydda sig genom att med radbandet och dess krucifix binda sina sargade händer vid det styrhjul han inte längre förmådde sköta? – – – – Då den hemlighetsfulla baronen några få dagar efter *Demeters* strandning plötsligt uppenbarade sig i Whitby och då allt som sedan följde var av den beskaffenhet som vi känner, så tycker jag för min del att beviskedjan är tämligen fullständig."

"Det kan inte nekas", sade Barrington Jones, då professorn tycktes vänta på ett svar. "Ni vet, att jag inte tror på era spöken, herr professor – men i alla fall tror jag att gått till *ungefär* som ni räknat ut det. Greven hade otvivelaktigt sina skäl för att vilja färdas inkognito; det har ingått i hans plan att begagna sig av skeppsfolkets vidskepelse och antagligen har han inte tvekat att på ett passande sätt befria sig från vittnen som kunde bli besvärliga. Idén med lådan var fiffigt uttänkt och väl genomförd – – och vad de övriga lärarna beträffar, så har jag mina egna tankar om deras innehåll. Talet om grevens fabelaktiga rikedomar har nog inte varit överdrivet – – efter vad jag hört lär ni själv, herr Harker, ha fått göra en titt i hans skattkammare och funnit den väl försedd?"

Jag såg plötsligt för mig det stora tornrummet med dess ofantliga sädesbingar, fyllda av glittrande guldmynt, de väldiga kistorna, överflödande av juvelgnistrande smycken och lösa, slipade ädelstenar – hela denna sagolika prakt, till hälften dold av århundradens damm och spindelvävar, men ännu bländande – och gjorde en bekräftande rörelse.

"Värdet av vad jag där såg kan med all säkerhet endast beräknas i miljoner", sade jag.

"Just vad jag hört av professorn. – Nå, sådana företag som dem vilka han satt i verket kräver också miljoner – och skulle göra det till och med för en häxmästare! – För att så många hjul skall arbeta ordentligt, måste de också smörjas ordentligt, skall jag säga herrarna. Jag försäkrar herrarna att endast de tidningar vilka mig veterligen underhålls av honom eller hans agenter *här i London* – för att på ett passande sätt bearbeta allmänna opinionen förstås – kostar enorma summor – och då man tänker på att ungefär samma slags arbete pågår över hela världen för närvarande, så – – – – med ett ord – han har otvivelaktigt ett oerhört kapital till sin disposition. Där borta i Karpaterna har han antagligen inte utan stor svårighet kunnat realisera något – det skulle ju också gjort uppseende och att undvika uppmärksamhet har för honom varit ytterst angeläget. Alltså: – jag vill visst inte förneka att packlårarna innehållit *jord*, ty ni har ju själv sett dem fyllas med sådan ur det gamla underjordiska kapellet. Men jord är ett förträffligt *gömställe* – i synnerhet som packlårar, vilka i fakturan angivs såsom innehållande '*jord för tekniska ändamål*', inte gärna kan undergå någon synnerligen genomgående behandling i tullen, utan på sin höjd helt ytligt undersöks. Det har utan tvivel funnits en hel del annat i lårarna, det råder intet tvivel – – om också jorden täckt det hela! – Och fastän jag, som sagt, inte till alla delar kan vara

med om vår goda professors förklaring av saken, så är jag alldeles av samma tanke som han i avseende på den högst viktiga roll, som dessa packlårar torde komma att spela på den punkt dit vi nu kommit. I dem har vi i själva verket nyckeln till situationen. Vare sig lårarna, enligt professors åsikt, endast innehåller jord, men jord utrustad med vissa hemlighetsfulla och magiska egenskaper, absolut nödvändiga för vederbörandes välbefinnande – – – eller denna jord, enligt mitt förmenande endast tjänar till förvaringsrum för dyrbarheter eller guldmynt till betydligt värde – – – så är det lika tydligt att vi, ifall vi kunde uppspåra desamma, också därmed skulle funnit ledtråden till ägarens vistelseort."

"Mycket sinnrikt uttänkt", sade Quincey Morris. "Men vad vet man då om dessa packlårar egentligen?"

"Det är just saken. Vi – Tellet och jag – har nu en tid bortåt, sedan vi fick saken klar för oss – tack vare den fingervisning professor Van Helsing givit oss genom meddelande av vissa upplysningar ur herr Harkers och hans hustrus anteckningar – uteslutande ägnat oss åt dessa efterforskningar. Och resultatet är tills vidare gott. Här" – han framtog ett papper ur plånboken, "har jag min lilla promemoria, som jag skall be att få meddela:

1. *Besök i Whitby* för inhämtande av detaljer rörande briggen *Demeters* strandning den 7:de augusti 189–. Upplysningarna i det stora hela identiska med dem som lämnats genom fru Harker.

2. *Skeppsjournalen.* Avskrift av densamma förvarad hos magistraten. Erhöll beredvilligt tillstånd att genomläsa samt ta kopia av densamma.

3. *Upplysningar angående den sig så kallande baron Székély.* Namnet infört i Stora Hotellets främlingsbok under 10:de augusti. Portiern erinrade sig honom fullkomligt. Han kom som turist, blott försedd med en lätt resväska – förklarade sig först blott ämna stanna över natten, men sade sig sedan vara så förtjust över traktens naturskönhet att han på obestämd tid förlängde sin vistelse där. Han talade förträfflig engelska och var, enligt portierns utsago en ståtlig karl och mycket 'nobel' – vilket torde få uttryckas

så, att han gav bra med drickspengar och överhuvudtaget tycktes ha gott om mynt. Närmare tillfrågad angående hans vanor och dyl. medgav portiern, att baronen plägat komma mycket sent hem, eller kanske snarare mycket tidigt – vanligen inte förrän strax före soluppgången. Två à tre gånger hade han alls inte kommit hem, men under sommaren händer ju detta stundom även med andra resande, och man hade ej särskilt fäst sig därvid. Han reste *den 27:de augusti.*

4. *Besökt Whitbys juridiska byrå* (innehavare Samuel F. Billington & komp.); till vilken på platsen inhämtade uppgifter, *Demeters* last varit konsignerad och vilken i vederbörlig ordning mottagit densamma för vidare befordran. Firmainnehavarna ställde med största beredvillighet sina böcker till mitt förfogande och lämnade alla önskade uppgifter. Packlårarna hade översänts till herrar Carter, Paterson & komp:s advokatbyrå, London, för vidare befordran till Carfax, nära Purfleet, där de enligt fakturan bifogad uppgift skulle deponeras i den gamla gården tillhörande kapellet. Lårarna hade varit 30 till antalet, ganska stora och oerhört tunga. All korrespondens beträffande saken hade gått genom en advokatfirma i Budapest; den verkliga avsändarens namn kände de ej.

5. *Carter, Paterson & komp.* besöktes efter återkomsten till London. Bekräftade till alla delar Billington & komp:s meddelanden. Packlårarna hade genom av dem anskaffat folk översänts till Carfax och avlämnats där i enlighet med Billington & komp:s instruktioner. På tillfrågan om de kunde ge mig anvisning på någon av de karlar, som använts vid godsets överförande (vilket skett under överinseende av ett av deras biträden), svarades att detta onekligen mötte vissa svårigheter, då allt ombestyrts av ovannämnda biträde, en ung man vid namn Wilson, som anskaffat nödiga bärare, förmän o.s.v. – och besagda Wilson senare under hösten försvunnit och inte vidare avhörts; man trodde att han begivit sig till Amerika. Emellertid skulle man genom andra av husets folk efterhöra huruvida man möjligen kunde få några upplysningar angående de bärare etc. som besagda dag användes. Härmed måste jag låta mig nöja tills vidare."

"Förträffligt, käre Barrington Jones!" sade Van Helsing belåten. "Så långt är ju allt gott. Packlårarna har således bevisligen avlämnats vid Carfax – – Carfax har, som vi vet bevisligen genom vår vän Harkers bemedling inköpts av greve Draculitz och av honom betecknats som 'den tillflykt han behövde'. Alltså finns väl knappast något tvivel om att det är där vi bör söka honom. Att hans namn inte är känt där i trakten och att man ej heller hört det nämnas på annat håll i London, bevisar endast att han uppträder under ett annat namn.

Huset är emellertid, som jag redan sagt, nu bebott av helt av andra personer – – men även detta kan ju vara en list. Emellertid återstår ju alltid den möjligheten att han sålt det och själv i stället inköpt någon annan lägenhet, dit han låtit förflytta det fraktgods han från början deponerat i kapellet på Carfax."

"Ja – det är ju onekligen en möjlighet", sade jag tankfullt. "Och i så fall blir det betydligt svårare att spåra honom. För övrigt är det ju alls inte omöjligt att han redan förut, innan han lämnade Siebenbürgen, anknutit affärsförbindelser med någon annan firma av samma slag som han anknutit med Hawkins & komp. – – – Hans kännedom om engelska förhållanden var redan då förvånande och det skulle endast vara överensstämmande med hans slughet om han skaffat sig flera agenter, vilka ej visste något om varandras verksamhet."

Jag berättade nu om den med röda märken försedda karta jag sett i hans rum samt de många brev jag sett honom skriva. Barrington Jones lyssnade med djupt intresse och frågade mig sedan, om jag hade något emot att hämta min dagbok, då densamma antagligen kunde innehålla detaljer, vilka möjligen fallit ur minnet.

Tanken härpå var mig pinsam – jag har inte kunnat förmå mig att själv mer än helt flyktigt genomse denna dagbok sedan jag återfick den, ty de minnen den framkallar är alltför upprörande – men efter någon tvekan samtyckte jag dock. Vilma erbjöd sig genast att hämta boken, vilken hon förvarat, och återkom inom få minuter med densamma tillika med sina egna anteckningar.

"Under förhållanden som dessa får vi låta alla hänsyn till våra egna känslor fara", sade hon milt och allvarligt. "Men du skall inte behöva plåga dig med att genomse dessa papper. Tom – – – jag har genomläst dem tillräckligt ofta för att veta vad jag bör söka – medan ni talat, har jag i tankarna genomgått det hela. Det är särskilt ett par ställen, som jag skulle vilja meddela kapten Barrington Jones; jag är viss om att de för honom skall äga ett särskilt intresse."

Hon bläddrade litet i boken och läste:

"Jag märkte att jag glömt min klocka i biblioteket – – – samt gick att hämta den, medtagande ljuset. Den låg just där jag mindes mig ha lagt den – – – mer än till hälften dold av några lösa papper. Då jag sköt dessa åt sidan, varseblev jag två eller tre brev, förseglade och adresserade med grevens stil, som låg strax där bredvid. Med häpnad läste jag adresserna på dessa brev. Jag vill ej anteckna dem här. De bar namn, kända i hela Europa och tydande på hemliga förbindelser av – – – – djupt ingripande och betydelsefull art – – i synnerhet då jag sammanställde dem med vissa förut av mig knappt förstådda yttranden, som greven låtit falla."

Hon tystnade och såg upp.

Barrington Jones hade medan hon läste lyssnat med spänd uppmärksamhet samt ett par gånger ej kunnat återhålla en svag viskning som uttryck av sin överraskning och tillfredsställelse – jag visste ej rätt vilketdera. Då hon slutat, slog han flata handen i bordskanten.

"Ni är en pärla, fru Harker, en verklig pärla!" utbrast han. "Inte för att detta säger mig något nytt – – men det bekräftar i alla fall – – – det bekräftar – – – – Nå, man bör inte tala högt om dessa saker. Men, min bästa herr Harker – – namnen – – namnen – – nu kan ni ej längre hysa några betänkligheter – –"

"Jag vet knappast", sade jag tvekande – – "Jag har svårt för att tro att dessa personer skulle vara på något sätt delaktiga i – –"

"Inte direkt delaktiga i *de brott* han begått – – – men denne mans verksamhet är av mångsidig art. Jag inte blott tror – jag *vet* att han för vissa politiska syftens befrämjande står i samband med personer, har förbindelser som ingen skulle ana – – – ehuru jag fruktar att resultaten av hans hemliga arbete alltför snart kommer att visa sig – – – Nå – – för att häva era betänkligheter och för att saken må bli helt och hållet oss emellan, så vill jag här på ett papper" – han rev ett blad ur sin anteckningsblock – "skriva ett par, tre namn. Så" – han vek ihop papperet och sköt det över bordet till mig. "Läs dem nu – – det skulle förvåna mig om inte de brev ni nämnt varit adresserade till någon av dessa personer. Ni behöver blott understryka dem ni känner igen och lämna mig papperet tillbaka".

Häremot hade jag naturligtvis intet att anmärka. Jag öppnade papperet och kunde ej återhålla en rörelse av förvåning då jag med blicken överfor de där antecknade namnen. Bland dessa urskilde jag genast de fyra jag sett på grevens brev – men även andra, vilka inte mindre slog mig med häpnad.

I själva verket hade dessa namn och tillfälligheter med breven så gott som fallit mig ur minnet. Jag hade ej tillagt dem någon synnerligen betydelse och hela saken hade förefallit mig som en obetydlighet i jämförelse med alla de övriga, djupt skakande erfarenheter jag under denna tid gjort. Men vid en blick på den lista han uppställt stod allt åter klart för min hågkomst och nu med ny och förfärande betydelse.

"Läs vidare, Vilma" – sade jag med halvkvävd röst. "Där står – – mera."

Hon läste:

"Då jag lade de lösa papperen tillbaka märkte jag att dessa var öppna brev, som greven tydligen efter min bortgång varit sysselsatt med att genomläsa och besvara och som han sedan glömt att lägga undan – – – – – – under dessa förhållanden drog jag inte i betänkande att ta närmare kännedom om den skrivelse som ödet på ett så egendomligt sätt spelat mig i händerna – – vårt förhållande – – har antagit formen av en tyst tvekamp, i vilken jag som den svagare, anser mig berättigad att använda vapen vilka jag under andra omständigheter skulle sky att tillgripa.

Brevet var på franska och har som underskrift ett namn, väl bekant i de senare årens politiska krönika – – Brevskrivaren erkände ärligt emottagandet av en högst betydande penningsumma (beloppet var angivet) samt åberopade sig å ärade skrivelsen av den 16:e maj – – – i det han försäkrade att däri givna upplysningar och instruktioner redan delgivits 'vederbörande' – – – Efter åtskilliga dunkla hänsyftningar, till vilka jag helt och hållet saknar nyckeln, slutade brevet med följande fraser – –"

Här följde det redan förut i dessa papper återgivna utdraget, innehållande bl.a. orden:

"Alla förberedelser pågår med oförtröttat nit – – – – alla känner vi att mänsklighetens utvalda alltför länge suckat under det tvång som ålagts dem av en föraktlig majoritet – – vi har vuxit ifrån denna trälmoral –" o.s.v.

Därefter kom orden:

"Jag stod just i begrepp att kasta en blick på de övriga breven – under ett av dem läste jag med oerhörd bestörtning namnet på en framstående engelsman, vars djärva och genialiska, politiska bana på senare tid väckt mycken både beundran och gensägelse! –"

"Stanna där, Vilma", sade jag. "Det övriga hör inte hit. – – Kapten Jones – – jag behöver endast säga er att detta papper" – jag räckte honom det – "innehåller *alla* de namn vilka jag ej ansett mig böra nämna och som jag ännu ej vill uttala. Ni är väl underrättad."

"Som ni ser, herr Harker. Men jag är också tacksam för den bekräftelse dessa era iakttagelser givit på riktigheten av vad jag lyckats upptäcka. Hur viss man än är på sin sak, så kan det ju alltid komma stunder då man inser möjligheten av ett misstag. Men – – – för att nu återkomma till dessa namn, som ju ej behöver nämnas, så ber jag att få säga ett ord. – Jag är övertygad att ingen av dessa män egentligen har någon andel i de skändliga och upprörande förbrytelser, om vilka vi nyligen talat. – Men det är här fråga om en storartad sammansvärjning av politisk art, vilken – jag kan så gärna öppet säga det – gäller vårt lands vara eller inte vara. Englands makt och inflytande har länge varit kontinentens nationer en nagel i ögat. För att undergräva denna makt och allt vad den representerar är det inte nog att mot oss upphetsa yttre, fientliga element – de skulle ej förmå något mot ett

starkt och enigt England, genomträngt av det manliga allvar, den på djup religiös grund byggda rättrådighet, som länge utgjort vår nations styrka; nej – våra fiender är klokare än så, de har gått till verket med en slughet som väl må kallas djävulsk, då de förstått att värva bundsförvanter – – omedvetna bundsförvanter och delvis blinda redskap – mitt ibland oss. De har förstått att bemäktiga sig en stor del av den press, som förut varit vår stolthet – de har lyckats bearbeta opinionen, de har skapat en ny moral i stället för den gamla, de har på sin sida alla de sämsta och lägsta instinkter, samvetslös vinningslystnad, även mord, likgiltighet för andras rätt m.m., som alldeles bildar samhällets bottensats – – med ett ord – – – det blev för långt att i detalj skildra det undermineringsarbete som här länge fortgått i det tysta och som de flesta varken anar eller skulle vilja tro på – – – Jag vill ej, som sagt, nämna några namn, men skulle jag nämna dem, skulle den stora mängden betrakta mig som en galning – – – Ingen kan föreställa sig utan att ha fått påtagliga bevis därpå, vilket oerhört invecklat maskineri som här blivit satt i rörelse – – – men Gud nåde oss alla om man inte lyckas hejda det i tid! – Då är det kanske ute med England[1] – och dessa högtstående män, dessa statsmän, finansmän och hänsynslösa lycksökare av alla slag som blott trott sig tjäna sina egna syften, skall kanske för sent inse – om de ens någonsin gör det – att de i själva verket endast varit dockor – verktyg i mäktigare händer! – – Ja, jag blir en smula het då jag tänker på allt detta – – men ni, professor Van Helsing, förstår i alla händelser vad en hederlig engelsman måste känna då han fått en inblick i dessa förhållanden och ser för sig vart det hela syftar, vem som håller trådarna och vart det förr eller senare måste bära, *om!*" – – – Han tystnade, tydligen överväldigad av sina egna tankar, samt torkade sig i pannan.

"Jag förstår det, kapten Jones, jag förstår det bättre än ni kanske tror" – sade Van Helsing allvarligt. "För mig ställer sig saken kanske ännu allvarligare, ty jag måste alltid tänka med Paulus, den store andeskådaren: 'vi hava inte strid blott mot kött och blod, utan mot herradömen,

1 Skrivet 1896! – Övers. anm.

mot väldigheter, mot världshärskarna i detta mörker, mot ondskans andemakter.'[1] – – – Märkliga ord, märkliga ord, kära vänner, vilkas fulla betydelse tänkande människor först i våra dagar verkligen börjar inse! – – Måtte de blott inse dem allt tydligare! – ondskans andemakter – – i förbund med allt det onda i denna för våra yttre sinnen förnimbara värld! – – – Här krävs sannerligen strid och vaksamhet!"

"Emellertid har vi nu, efter mitt förmenande, fått huvudpunkterna klara", inföll Barrington Jones, som vanligt en smula obehagligt berörd av vår gode professors avvikelser in på mystikens område. "Vi har konstaterat att den person vilken här i England uppträtt under namn av baron Székély är identisk med den av herr Thomas Harker kända greve Draculitz. Vi har vidare fått tämligen klart för oss att denne person för närvarande måste uppträda under ett annat namn och det blir bland våra första uppgifter att utforska detta namn. Vi har lyckats spåra de hemlighetsfulla kistor, vilkas innehåll, hurdant det än må vara, tydligen är av stort värde för honom, till Carfax – återstår att ta reda på om de ännu finns där, eller, i annat fall, vart de blivit flyttade. Vi torde alla vara överens om att vi måste vara förvissade om deras förvaringsplats för att kunna hoppas på någon framgång vid grevens – vi kan ju kalla honom så – efterspanande. Det är ju mycket möjligt att han inköpt andra fastigheter i London och förflyttat dem dit. I alla fall måste Carfax noga bevakas; stället och det sällskap som samlas där är mig ur många synpunkter misstänkt."

"Och Carfax ligger mitt emot Jack Sewards vårdanstalt", inföll nu Quincey Morris, som tydligen länge blott med svårighet kunnat tygla sin otålighet. "Professor Van Helsing – jag har underkastat mig att tiga under denna långa redogörelse, då jag insett dess vikt och nödvändighet; men jag förmodar att ni, liksom jag, ej glömt de oroande antydningar, som fälldes av kapten Jones i början av vår sammankomst. Jag måste ovillkorligen veta vad grund han har för dessa antydningar. Om något är på tok med Jack Seward, så måste här genast tas i på allvar."

1 Nya Testamentet, Efesierbrevet 6:12.

"Jag stod just i begrepp att tala om detta", genmälde Barrington Jones. "Dr Seward är en präktig karl och skulle vara oss till god hjälp i den här historien – – jag besökte honom för en tid sedan för att höra vad han kunde meddela mig om grannen mittemot och han gav mig verkligen ett par rätt värdefulla upplysningar – lovade att fortfarande hålla ögonen öppna och ge akt på vad som passerade. Jag nästan fruktar att han av tjänstaktighet mot mig blivit indragen i ledsamheten – – – ty det tycks vara utom allt tvivel att han under tiden *efter* vårt sista sammanträffande varit en flitig gäst på Carfax – antagligen för att – – –"

"På Carfax!" – – upprepade Van Helsing förvånad. "John Seward på Carfax! – Därom har han inte nämnt ett ord till mig. Men vi har haft den oturen att inte träffa varandra på sista tiden, fastän vi sökt varandra flera gånger. Jag hade som sagt räknat på att vi skulle få sammanträffa hos honom och det förvånade mig i högsta grad att finna honom bortrest utan att därom ha underrättat mig. Men allt detta kunde ju förklaras – – – oförutsedda tillfälligheter – – Vet ni något vidare, kapten Barrington Jones?"

"Endast vad jag berättat, vad dr Seward själv angår. Men det går konstiga rykten angående själva vårdanstalten där i grannskapet."

"Vad slags rykten?"

"Åh – – naturligtvis överdriver folkfantasin alltid en hel del i dylika fall. Men det påstås t.ex. att hela personalen med ens blivit ombytt, utan att man förut hört någon antydan att något sådant varit påtänkt – – – ja, detta har jag förstås hört av de handlande i trakten, med vilka tjänstpersonalen naturligtvis varit bekanta – – man måste skvallra litet om man skall få veta något. Saken har förresten bekräftats av de patrullerande poliskonstaplarna i distriktet. De har också haft åtskilligt annat att meddela, som förefaller kuriöst nog, då man lägger det ena till det andra. En av konstaplarna hade en kusin bland vaktkarlarna. Denna kusin, med vilken han emellanåt brukade sammanträffa, har inte synts till, ej heller låtit höra av sig på en längre tid. Han hör antagligen till de avskedade, men det är ju rätt eget, att han ej meddelat sig med sin släkting, med vilken han tycks ha stått på synnerligen förtrolig fot – – – Dessutom påstås det att personer åtskilliga gånger nattetid synts passera *mellan vårdanstalten och Carfax park.* Från själva parken har man redan förut ofta hört underliga ljud – – man tror i grannskapet att det spökar där, men polisen vill inte höra talas om några spöken, utan misstänker alltid något helt annat – – – Vad vår vän doktorn beträffar, så tycks det faktiskt vara så att han på en tid ej varit synlig i trakten – där han är ytterst välkänd och populär – och att man vid alla förfrågningar på vårdanstalten endast fått till svar att han är bortrest på obestämd tid. Allt detta är endast lösryckta iakttagelser och meddelanden, som måste upptas med försiktighet – men i betraktande av vad vi redan vet kan de emellertid ge anledning till vissa farhågor."

"Farhågor! – – ja, mer än så" – utbrast Van Helsing. "Min stackars John Seward! – Skulle även han – – – hör, min käre Quincey Morris – har ni hört något från Hillingham nyligen? – Jag visste att Seward åtagit sig att vårda Arthur, och som jag varit upptagen av mångahanda bestyr denna sista tid, har jag med lugn lämnat allt åt honom. Men nu vaknar min oro – vem vet vad som kunnat hända där? – Eller kanske det vore möjligt att Seward funnit nödigt att helt och hållet kvarstanna där en tid för Arthurs skull?"

"Det vore ju en möjlighet!" sade Morris. "Jag tänkte ej därpå. Det skulle ju förklara mycket. Professor Van Helsing – vill ni inte genast, redan nu i kväll, om möjligt, förfråga er angående detta?"

"Jovisst, jovisst, min käre gosse, jag telegraferar till fru Holmwood – stackars Arthurs syster – och ni skyndar till telegrafen och inväntar svaret."

Medan professorn vid mitt skrivbord skrev telegrammet, talade Vilma med Quincey Morris om sin döda väninna och de egendomligt skakande uppträden som föregått och efterföljt hennes död. Jag såg hur den stackars gossen växlade färg därvid och erinrade mig vad Vilma berättat mig om hans kärlek till Lucy Western – denna älskliga, unga varelse, som medan hon levde spred solsken över allt där hon visade sig,

men vars minne egendomligt nog tycktes kasta en olycksbringade skugga över alla dem som älskat henne högst. –

"Här är telegrammet – skynda er nu, min käre gosse" – sade professorn, i det han reste sig och kom fram till oss.

Quincey Morris var utom dörren nästan innan han slutat att tala.

* * *

Medan han var borta, överlade vi allvarligt om de mått och steg som som närmast borde vidtas.

Barrington Jones, Tellet och Van Helsing var fullkomligt överens om att det var trakterna kring Carfax som vi framför allt måste ägna vår uppmärksamhet.

Van Helsing föreslog till att börja med att jag och Vilma – såsom fullkomligt främmande och således minst ägnade att framkalla några misstankar – skulle försöka hyra ett lämpligt hus där i grannskapet samt så fort som möjligt flytta in där för att sålunda bereda de övriga en passande samlingsplats.

"Jag anser det av yttersta vikt att ni är på platsen, min käre Harker", sade han. "Era och er hustrus iakttagelser och anteckningar är vårt viktigaste material – och ni båda är de enda som verkligen kan identifiera greven – vi kan intet göra er förutan. Men nu blir frågan – kan ni på så lång tid – ingen av oss vet hur lång den kan bli – lämna er affär här? – och ni, kära fru Vilma, är det inte ett alltför stort offer att begära av er att ni skall lämna detta goda, trygga, trevliga hem, för att – – –"

"För att hjälpa våra bästa vänner i fullgörandet av ett värv som det är varje hederlig människas plikt att befrämja?" sade hon med sin klara, allvarliga stämma, i det hon räckte honom handen. "Nej, käre professor, jag skulle sörja om ni ej aktade mig värdig att delta i detta värv. Och – – då ni tänker på vad Tom genomgått – – skall ni förstå att jag ej kan ha någon verklig ro – – så länge detta vidunder ännu driver sitt spel här i vår närhet. Vem vet – – vem kan säga – – –"

Rösten svek henne, men jag förstod hennes tankar och vad hon kände – min trofasta, modiga Vilma!

"Vad min affär beträffar, så är det intet hinder i vägen", sade jag. "Jag har förträffliga biträden, vilka kan sköta det hela i min frånvaro – och för övrigt torde jag väl själv kunna resa hit emellanåt på en dag eller par och ordna vad som behöver ordnas."

Sedan Barrington Jones även förklarat sig nöjd med denna anordning, kom vi överens om att redan följande dag resa upp till London och söka finna en passande lägenhet. Barrington Jones kunde, tack vare sin kännedom om trakten, ge oss åtskilliga nyttiga fingervisningar, men ansåg det klokast att han själv inte på något sätt framträdde såsom intresserad av våra förehavanden. Så snart vi blivit väl installerade, skulle vi meddela oss med honom och Van Helsing samt sedan gemensamt vidta de mått och steg som befanns lämpliga för att utforska det gamla husets hemligheter.

Medan vi ännu talade, inträdde Quincey Morris hastigt.

"Här är telegrammet", sade han andfådd, i det han räckte ett papper åt Van Helsing. "Det är just inte vad man kan kalla lugnande. Gud allena vet hur allt detta hänger ihop."

Van Helsing öppnade papperet, genomögnade det hastigt och läste därpå högt:

"Van Helsing, Exeter.
J.S. inte synlig här sedan längre tid, ehuru
dagligen väntad. Kom om möjligt genast.
Viktiga meddelanden. Arthurs
tillstånd ytterst oroande.
M. Holmwood."

"Jag reser med nattåget", sade professorn beslutsamt, i det han hastigt reste sig, ordnade papperen i portföljen och knäppte igen rocken. "Jag har försummat en plikt då jag så länge underlåtit att se till den stackars gossen Arthur – men jag trodde honom så säker i Sewards vård! – Och nu är Seward försvunnen – – store Gud, vem kunde väl tänka att också *han* skulle falla offer för – – – men vad vet jag! – Alltså ännu en gång till Hillingham – – jag anar att det är andra akten av den tragedi som förut utspelats där som vi nu får bevittna. – – Quincey, min käre gos-

se, följer ni mig? – gott. Ni är Arthurs vän och i denna stund är han i stort behov av sådana, det försäkrar jag. Ja, farväl nu, mina kära vänner – mina kära barn! – Gud vare med oss alla i den kamp vi nu går till mötes!"

Några ögonblick senare hade han och Quincey Morris lämnat huset. Barrington Jones och Tellet hade även rest sig för att ta avsked, men Vilma bad dem så enträget att stanna och äta middag med oss, att de samtyckte därtill. Under den återstående delen av aftonen hade vi ännu mycket av intresse att meddela varandra och då Barrington Jones slutligen sade oss god natt och avlägsnade sig medförde han även de renskrivna kopior av såväl min som Vilmas ursprungligen med snabbskriftförda dagböcker, vilka Vilma med hjälp av min skrivmaskin utfört, då hon med rätta ansett dessa anteckningar så dyrbara att de borde förefinnas i mer än ett exemplar. Det var även hon som nu föreslog att kapten Jones skulle få medtaga och genomläsa dem.

"Jag förstår att du måste känna det plågsamt, min älskade", sade hon avsides till mig då hon såg att jag tvekade – "men i detta fall har vi inte rättighet att blott ta våra egna känslor i betraktande. Kapten Jones är en gentleman och skall inte missbruka vårt förtroende, men om han verkligen skall ha någon hjälp och ledning av vad vi genomlevt, så *måste* han läsa dessa anteckningar. Jag är säker på att det är åtskilligt som han kommer att se i ett helt annat ljus då han läser vad vi själva skrivit omedelbart sedan vi upplevt det. – För min del blir jag allt mer av vår käre professor åsikt, att den fiende vi står i begrepp att möta inte kan bekämpas med vanliga vapen, och jag tror att det vore gott för oss alla om kapten Jones vore av samma tanke."

Jag samtyckte således till hennes förslag, och sedan hon, med den fina takt som endast goda och kloka kvinnor äger, sagt Barrington Jones några ord, vari hon, utan att ingå i eller frammana någon polemik, antydde de skäl, som förmådde oss att lämna dessa papper i hans händer, mottog han dem med uttryck av den livligaste erkänsla.

"Jag vågade ej komma fram med en sådan anhållan, då jag förstod att anteckningarna måste vara av i hög grad privat natur", sade han – "men i själva verket är det för mig av större vikt än ni kan föreställa er att äga tillgång till dem – – – och fastän jag anser mig då och då böra lägga en liten hämsko på den hedersgubben Van Helsings idéer, då de bli alltför vittsvävande och stridande mot allt sunt förnuft, så kan jag ju gärna oss emellan erkänna, att det är en hel del i den här historien, som jag för min del knappast kan förklara på vad jag kallar fullt naturligt sätt. Det är förresten inte första gången detta hänt mig under min praktik som detektiv – – – det är många konstiga historier, som kommer till vår kännedom, skall jag säga herrskapet! – Och därför är jag fullkomligt villig att låta vår gode professor experimentera en smula med sina trollkonster – skada kan det i alla fall aldrig. Tack, tack emellertid för förtroendet – papperen är i goda händer, det försäkrar jag!"

Sedan han ytterligare givit oss några råd och anvisningar angående vårt uppträdande m.m. vid besöket i Purfleet – vars resultat jag enligt överenskommelse genast skulle meddela honom – tog de båda detektiverna avsked, lämnande Vilma och mig att med undran och bävan överväga den nya vändning saken tagit och den roll vi själva kunde bli kallade att spela däri.

ANDRA KAPITLET.

Vid fiendens portar.

Några dagar senare satt den anspråkslösa bankbokhållaren Tom Henderson och hans hustru – med andra ord, jag och Vilma – vid frukostbordet i sin lilla nyligen förhyrda möblerade våning i änkefru Marit Browns hus n:r 15 vid Victoriagatan Purfleet. Vi hade haft tur. Victoriagatan utmynnar från Parkgatan (antagligen så benämnd efter den gamla parken vid Carfax) och fru Browns hus är själva hörnhuset mellan dessa båda gator. Från två av våra fönster liksom från hörnbalkongen hade vi utsikt över en del av Carfax park med muren och inkörsporten – – – och två hus längre bort på samma sida

vidtog den mur, som avskilde den Sewardska vårdanstalten – eller, som den i grannskapet rätt och slätt kallades, *dårhuset* – från gatan. Läget kunde således knappast ha varit bättre och detta fick ersätta, vad som brast i själva lägenhetens beskaffenhet.

Purfleet befinner sig för övrigt, som många av Londons tillväxande förstäder, överhuvudtaget i ett föga tilltalande tillstånd – av halvfärdig oskönhet. Bebyggda kvarter omväxlar med tomma tomtplatser, pretentiösa "villor" med ruskiga, nästan fallfärdiga hus av gammalt datum, åtskilliga gränder saknar ännu såväl stenläggning som belysning och här och där vidtar ett stycke ännu helt och hållet oreglerad utmark, där den ursprungliga växtligheten ännu för ett tynande liv bland sophögar, gamla skor och bortkastade konservburkar.

Hyrorna är, tack vare dessa brister tämligen billiga, och det tycktes följaktligen som om åtskilliga smärre hushåll med "begränsade tillgångar" men dock en viss grad av förfining slagit sig ned i denna föga inbjudande trakt. Fru Browns förra hyresgäst hade varit anställd på ett kontor i City; han hade, efter vad den goda frun med flödande tunga berättade, flyttat dit som nygift, men hans unga fru, "en alltför vacker människa", hade efter en tid börjat "tyna bort" – "lungsot eller något i den vägen", upplyste fru Brown – och doktorn hade sagt att hon inte tålde vid luften och ordinerat henne att resa på landet. Hon hade emellertid helt plötsligt dött, innan de hunnit sätta denna föresats i verket, vilket fru Brown tydligen betraktade som ett försynens rättvisa straff för det misstroende man visat Purfleets enligt hennes åsikt ovanligt hälsobringande atmosfär.

"Alla människor säger att här är ovanligt sunt", utlät hon sig. "Och skulle de väl ha anlagt dårhuset här annars? – Ty dårar är väl också folk och nu pjåskas det förresten mer med dom än med många kloka. Tala om *luft!* – Det är ju strax intill Hampstead, vet jag, och duger inte den luften, så får dom göra ocke dom vill – – – Men springa ute om nätterna och sitta halvnakna vid öppna fönster, se *det* kan dom – och se'n ska' det skyllas på luften, gubevars!"

Vi fäste oss inte vidare vid dessa orakelliknande utlåtelser förrän längre fram, då de för oss skulle få en ny och ödesdiger betydelse. Rummen var tämligen otrevliga och möblerade med det anspråksfulla billighetskram som är tusen gånger sämre än verklig torftighet, men vi tog dem i alla fall utan att pruta och flyttade in redan dagen därpå, sedan jag telegraferade adressen till Van Helsing och Barrington Jones som vi överenskommit.

Sedan återstod för oss intet annat än att vänta på meddelande från våra vänner – men ända till den morgon, varom jag nyss talade, hade vi ej hört ett ord från någon av dem.

Under tiden hade vi med nyfikenhet och intresse gjort våra iakttagelser i grannskapet – dock så länge det var ljust endast från våra fönster; ty såväl Barrington Jones som Van Helsing hade ansett det rådligast att ingen av oss visade oss vid full dager, då någon slump ju lätt kunnat föra oss ansikte mot ansikte med den man, vilken jag känt som greve Draculitz och Vilma som baron Székély, ifall han verkligen, som man ju hade skäl att misstänka, skulle besöka eller möjligen vistas i denna stadsdel – kanske till och med, ehuru man ej kunnat få någon visshet därom, vore bosatt på Carfax under ett eller annat antaget namn.

Det gamla huset, halvt framskymtande mellan parkens sekelgamla träd, drog ständigt åter våra blickar till sig med oroande intresse. Då jag förut besökt det för Peter Hawkins räkning, kände jag väl till såväl läget som alla lokaler och kunde säga Vilma, åt vilket håll det gamla kapellet var beläget, där de hemlighetsfulla skatter som greven fört med sig från fäderneborgen i Karpaterna, enligt all sannolikhet ännu var förvarade. Det gav mig en egendomlig känsla att veta mig åter vara i närheten av dessa kistor, som jag under så upprörande förhållanden sett fyllas och bortföras. Föga hade jag då kunnat drömma om genom vilka underliga ödets växlingar jag åter skulle föras på deras spår, eller vad denna upptäckt skulle betyda för mig!

Vi satt, som sagt, ännu kvar vid frukostbordet, då vår lilla nyförvärvade "ensamjungfru" inträdde med ett papper som hon räckte mig.

"Ett telegram till herrn."

Jag öppnade det så fort hon lämnat rummet och räckte det stillatigande till Vilma.

läste hon halvhögt. Våra ögon möttes i en allvarlig blick; det på en gång fruktade och efterlängtade ögonblicket närmade sig således.

"Fyrtiofem Victoriagatan" – sade jag långsamt. "Det förfaller mig som hade jag någon särskild idéförbindelse med det numret – – – – ah, nu minns jag. Jag lade märke till det, då vi var här för att se efter rum. – – Det var den där gamla ruskiga byggnaden – minns du – som stod ensam på en för övrigt obebyggd tomt."

"Ack ja, jag minns – vi talade om, att det visst en gång varit en gammal trevlig arrendegård, som nu upphunnits och kringbyggts av staden, alldeles som Carfax. Vi läste numret på planket kring vad som förmodligen en gång varit en trädgård. Det såg så sorgligt och övergivet ut alltsammans. Jag önskar han valt en annan mötesplats – eller att jag fått följa med dig."

"Barrington Jones vet nog, vad han gör", sade jag."Han har säkert valt platsen med omsorg som den mest passande och vad dig beträffar, vännen min, så vet du nog att ett fruntimmers närvaro på en sådan plats skulle väcka mycket mer uppmärksamhet än en karl."

"Jag har lovat att vara modig och stark", sade Vilma, "och jag skall hålla ord. Men förfärligt är det att tänka, att du kanske än en gång skall sammanträffa med det odjur i människohamn, som redan en gång" – – hon fortsatte ej, men tillade i stället med låg röst: "Dock – Gud skall skydda dig – det känner jag!"

– –

Vid utsatt tid gick jag långsamt framåt gatan i närheten av den utsatta mötesplatsen. Jag hade med mycken omtanke valt min dräkt för att ej på något sätt väcka uppseende vare sig genom för mycken prydlighet eller torftighet – en gammal, tämligen sliten, men ännu snygg överrock, en hatt, som sett sina bästa dagar – med ett ord, den dräkt som en man i små omständigheter, vilken fortfarande bevarar aktningen för sig själv, mycket väl kunde bära vid en aftonpromenad i skymningen vid midvintertid. Som det var tämligen kallt, hade jag en osökt anledning att slå upp rockkragen och dra ned hatten i pannan utan att därför ge mig utseende av "teaterbov".

Jag hann snart fram till den plats, jag erinrade mig och fann genast, att jag inte bedragit mig i avseende på tomtnumret. Det fallfärdiga plank som sträckte sig längs med gatan, bar nummer 46-48.

Själva den gamla byggningen låg några alnar längre in, mitt i den ödemark, som Vilma talat om och som antagligen en gång varit köksträdgård; några gamla, halvt utdöda, knotiga äppelträd och risiga syrenbuskar var allt som nu fanns kvar därav. Det hela gjorde ett i hög grad ruskigt och ödsligt intryck och jag kunde ej avhålla mig från att känna efter om revolvern, som jag försiktigtvis stuckit i fickan, låg lätt åtkomlig på sin plats – ty denna del av gatan var så gott som otrafikerad, då de få byggnader, som befann sig i närheten, tycktes vara varumagasin eller något liknande – i alla händelser inte bebodda.

Jag gick ett slag utefter tomten utan att möta någon. Då jag vände om, såg jag tre personer komma mig till mötes – som det tycktes, två arbetsklädda karlar, samtalande med en patrullerande poliskonstapel.

Just då jag stod i begrepp att gå förbi dem, yttrade den ena av karlarna ett hövligt:

"God afton, herr Henderson."

Det var Barrington Jones röst – men jag lyckades återhålla varje uttryck av förvåning och svarade blott vänligt: "God afton!" varvid alla tre stannande.

"Förlåt, men det var just något jag skulle vilja säga herrn", återtog den av karlarna, i vilken jag igenkänt Barrington Jones. "Kanske herrn tillåter att jag får säga det här, då vi nu råkat träffa på varandra så här händelsevis? – Tackar så mycket. – – Ja, gå på ni båda; jag hinner nog upp er. Det var bara fråga om det där lilla arbetet, som herrn talat med mig om – – –"

Han hade hela tiden talat med hög och tydlig röst och det föll mig in, att orden egentligen inte vore avsedda för mig, utan för någon annan, som händelsevis kunnat befinna sig i närheten.

De båda andra gick hälsande vidare, under det att Jones vände och fortsatte åt samma håll som jag.

"Vi går över på andra trottoaren", sade han med låg röst.

Vi gjorde så och han fortsatte:

"Jag är litet rädd för planket där, oss emellan sagt. Nu går vi till ändan av gatan, där är det mörkare. Jag har mycket att säga er och märkliga ting – –"

Då vi hunnit ett stycke längre bort började han berätta, alltjämt med låg och entonig röst, som om det gällt helt alldagliga saker.

"Det har varit ett sjuhelsikes arbete", sade han. "Men vi har haft tur, Tellet och jag. Det blev för långt att berätta om alla smygvägar vi gått och alla de spår vi följt – den historien kan ni få höra en annan gång – den torde nog roa er. Men, kort och gott – – jag tror jag kan säga att vi nu på pricken vet var de flesta av de där packlårarna befinner sig. Tio, elva stycken, efter min beräkning, torde ännu stå kvar på Carfax, och det inte i kapellet utan i ett slags krypta eller källare under detsamma. Fem har flyttats till ett hus vid Fenchurch Street, som vår vän från Siebenbürgen – bäst att inte nämna några namn – antagligen inköpt. Summa femton, således."

"Men hur har ni fått veta detta?"

"För långt att beskriva i detalj, som sagt. De poliskonstaplar, som haft nattpatrullen här – allesammans har just på sista tiden blivit förflyttade till andra distrikt, så att det var kinkigt nog att få tag i dem – har kunnat intyga att foror med packlårar åtskilliga gånger sent på kvällen eller tidigt på morgonen lämnat Carfax; de har också kunnat ge mig anvisning på ett par av forkarlarna – – – vi har fått genomsöka halva London, men lyckats har detta i alla fall. Nå! – – således antagligen tio kvar på Carfax – härom är jag i alla händelser inte fullt säker, men efter all beräkning är det så – – – – fem vid Fenchurch Street – säger femton. Tre har sedan förts till 197 Chicksandgatan, Mile End – och tre till ett hus i Jamaica-gränd, Bermondsey. Detta allt enligt bestämda uppgifter av de karlar, som haft flyttningen om hand. Således summa tjugoett. En av konstaplarna har emellertid vid ett tillfälle – han hade särskilt av någon anledning lagt märke till datum – sett en forvagn med stora trälårar föras därifrån", han pekade åt Carfax, "som vi ännu ej varit i stånd att uppspåra. Han lade märke till lårarnas storlek och synbara tyngd, och tror att de var tre eller fyra – – – Och tre eller fyra befinner sig med all säkerhet *där*" – han nickade åt det gamla huset på andra sidan planket – n:o 45 Victoriagatan.

"*Där!*" upprepade jag med häpnad.

"Alldeles otvivelaktigt. Jag har tagit reda på allt. Huset är förhyrt av en utlänning – jag har talat med ägaren – som sade sig behöva stillhet och ro för utförande av ett litterärt arbete. Och åtskilliga stora lårar, enligt uppgift innehållande böcker, men efter beskrivningen fullkomligt liknande de lårar, som i Whitby fördes i land från *Demeter*, har sedan förts dit. Nu återstår blott ett: att identifiera hyresgästen – och det är därför jag i afton stämt möte med er här. Jag har fått misstankar riktade på en viss person; denna person bör för närvarande ovillkorligen befinna sig i detta hus – – – och om vi också skall hålla vakt här hela natten, så måste vi se, när han beger sig därifrån, så att jag får visshet om han verkligen är den jag tror. I så fall blir det hela betydligt klarare, och jag förstår en hel del, som hittills varit mig obegripligt."

"Ni tror således verkligen att – *han* greven – – – befinner sig här?"

"Jag *vet* att en person, som här i London – och det till och med i de allra högsta kretsarna – uppträtt under ett helt annat namn och på vilken jag i hemlighet länge hållit ögonen, mellan 5 och 6 idag på morgonen sågs öppna porten där med sin egen medhavda nyckel och att han sedan inte lämnat huset, som bevakats på alla sina sidor. Jag har mina skäl för att tro, att han snart torde visa sig – – – och jag hoppas det då skall bli möjligt att oförmärkt uppfånga en skymt av honom och att ni skall bekräfta mina misstankar att han verkligen är den vi söker. Ni är i själva verket den ende som kan ge oss denna visshet. Skulle han undgå oss idag, så får vi försöka i morgon och alla dagar – – till dess vi lyckas."

"Jag följer er och gör allt vad ni önskar" – var mitt svar. "Om det verkligen är den man ni menar skulle jag igenkänna honom i varje förklädnad och under alla omständigheter. – Men vad skall vi göra om jag verkligen igenkänner honom?"

"Det blir en senare fråga. Huvudsaken är att få hans identitet konstaterad. Sedan får vi rådföra med professorn. – – Uppriktigt sagt, herr Harker", fortfor han, medan vi fortsatte vår väg åt motsatt håll efter att ha vänt vid gathörnet – "så kan jag inte neka att era och er frus anteckningar gjort ett mycket starkt intryck på mig. Jag känner ju er båda och tror mig vara så pass människokännare, att jag kan bedöma värdet av de upplysningar olika personer lämnar mig. Varken ni eller fru Harker hör till dem vilkas fantasi skenar av med förnuftet vid första anledning. Jag tror, att ni verkligen sett, hört och upplevt precis vad ni beskriver och jag medger att en stor del därav inte kan förklaras på vad jag kallar fullt naturligt sätt. Utan att försumma några av de försiktighetsmått som min erfarenhet tillråder mig att använda, anser jag det således högst lämpligt att vår professor får försöka de medel som står honom till buds. Jag har redan skriftligen meddelat honom de upptäckter jag gjort och väntar svar i morgon, då han skall bestämma var och när vi bör sammanträffa. Men nu talar vi inte mer om detta – – – Just här i trakten är det nog bäst att hålla tand för tunga. – – Vi patrullerar nu här tills vidare och håller ögon och öron öppna. Och för säkerhets skull är det bäst vi går på olika trottoarer och åt motsatt håll. – – De andra bevakar huset på motsatta sidan. Jag har varskott polisen att jag har en liten angelägenhet att sköta här, så att de kommer ej att oroa oss."

– –

Det blev en lång väntan; jag glömmer aldrig dessa timmar, då jag i vinternattens mörker som en skiltvakt långsamt vandrade av och an med alla sinnen spända till det yttersta. Det var med en egendomlig känsla av på en gång fasa och tillfredsställelse som jag tänkte på att jag kanske inom få ögonblick åter skulle stå ansikte mot ansikte mot den man, vars bild för mig var oupplösligen sammanvuxen med mitt livs fruktansvärdaste erfarenheter. Jag genomgick ännu en gång mina hågkomster från de veckor jag tillbringat på Draculitz och varje småsak, varje flyktigt yttrande fick för mig en ny och fruktansvärd betydelse. Aldrig förr hade jag med så skakande tydlighet känt försynens underbara ledning och avsikt i allt vad jag genomlevt och den bjudande plikt som dessa enastående och vidunderliga erfarenheter pålagt mig. Att avliva och oskadliggöra det odjur i människohamn, i vars väg ödet nu för andra gången tycktes vilja föra mig, var helt visst den livsuppgift till vilken Gud kallat och förberett mig – – vad sedan, om jag därvid måste offra mitt liv! – det skedde då, som jag av hela mitt hjärta hoppades – till otaliga andras räddning.

Jag kände dock den fiende med vilken jag hade att göra och visste att hos honom fanns ingen barmhärtighet. Om han upptäckte och igenkände mig, vore mitt öde beseglat.

Under sådana tankar gick jag med långsamma steg den korta vägsträckan flera gånger fram och åter. Ibland stannade jag i den mörka portgången mitt emot n:o 45 och ett par gånger sällade sig Barrington Jones till mig där och vi utbytte med låg röst våra iakttagelser.

Just då vi för tredje eller fjärde gången sammanträffat där, vidrörde Jones hastigt min arm och tecknade åt mig att jag skulle hålla mig tyst.

I samma ögonblick hörde jag tydligt ljudet av en dörr som stängdes samt en nyckel som vreds och drogs ur låset. Detta ljud kom från det gamla huset på andra sidan gatan.

Orörliga blev vi stående i det mörka portvalvet med ögonen fästa på den mitt emot liggande porten – i själva verket endast en öppning i planket, begränsad av tvenne illa medfarna grindstolpar.

Skenet från närmaste lykta upplyste någorlunda tydligt stället, ehuru den befann sig ett gott stycke längre bort. Men den resliga gestalt som ett ögonblick senare trädde ut ur porten var mig tillräckligt välbekant för att jag skulle kunnat igenkänna den även vid en vida svagare belysning. Hållning, längd, rörelse – allt motsvarade fullkomligt den bild som outplånligt

var inpräglad i mitt minne – dock föreföll han mig nu, som då jag sett honom i Piccadilly, egendomligt föryngrad – men jag kunde inte ett ögonblick betvivla att det var han.

Han blev ett ögonblick stående i porten, i det han drog på sig handskarna och tände en cigarr; därpå vandrade han långsamt nedåt gatan, i motsatt riktning mot den varifrån jag kommit. Jag gjorde en rörelse för att följa efter honom, men Barrington Jones höll mig tillbaka. Vi följde den högresta gestalten med ögonen till dess den försvann vid ett avlägset gathörn.

"Det var han – alldeles säkert han", sade jag andlös av sinnesrörelse. "Han ser yngre ut – men jag igenkände honom i alla fall fullkomligt."

"Gott", sade Jones kort. "Ni skall få tillfälle se honom ännu bättre om några ögonblick. Jag känner hans vanor. Kom!"

Han skyndade uppåt Parkgatan till och jag följde honom utan att öda tid med några frågor. Inom få minuter var vi framme vid porten till Carfax park och gick därpå uppför den mörka allén, i vars fond en rödaktig lykta lyste.

"Här stannar vi", viskade Barrington Jones då vi blott befann oss ett par famnar från trappan. Han drog mig med sig bakom en av de stora järneksgrupperna, från vilka man hade en förträfflig utsikt över trappan.

Några ögonblick förgick. Klockan slog nio i närmaste kyrkotorn; strax därpå hördes rullandet av hjul, som kom allt närmare. Strax därpå körde ett elegant ekipage med svarta hästar förbi oss och stannade framför trappan.

Ur vagnen steg en högväxt herre; han stannade på första trappsteget för att säga ett ord åt den betjänt som öppnat vagnsdörren, ljusskenet upplyste klart hans ansikte – den starkt böjda näsan, de långa mustascherna, de mörka ögonen med deras egendomliga röda glans – det var greven själv, därom var intet tvivel möjligt – och på samma gång var det den man jag sett i Piccadilly, den man vilken Vilma igenkänt som baron Székély, Lucy Westerns onda genius!

Ett ögonblick senare hade det gamla husets port slutits efter honom och vagnen rullade bort.

Vi återvände utför allén – vid parkporten

väntade oss de båda karlar – den ene av dem i en poliskonstapels uniform – från vilka vi några timmar tidigare skilts på Victoriagatan. I den arbetsklädda mannen igenkände jag nu detektiven Edward Tellet – den andre var mig obekant.

”Jag ser att ni genskjutit honom”, sade den sistnämnde hastigt. ”Vi höll utkik på vår sida, som överenskommet var, och följde efter honom. Han gick den vanliga vägen och vagnen väntade som vanligt vid – gränden. Nå – hur har granskningen utfallit?”

”Det är rätta mannen” – sade Barrington Jones kort. ”Och nu hoppas jag vi snart har honom fast. Men vi måste invänta professorn – jag skall ytterligare sända honom ett telegram – – i morgon får vi säkert höra av honom. – Ni båda och Grey bevakar emellertid såväl utgången här som ingången till n:o 45, så att vi vet, var vi har vår vän då vi behöver honom. Följ efter honom och se till var han stannar för natten. God natt, god natt – – jag har ännu en hel del att ombestyra. I morgon får ni höra av mig, herr Harker.”

Vi hade hunnit till min port, då han yttrade de sista orden, och sedan vi tryckt varandras händer, såg jag honom gå framåt gatan i riktning åt vårdanstalten.

TREDJE KAPITLET.

DE SAMMANSVURNA.

Jag var nyss uppstigen följande morgon då det ringde på porten och tjänstflickan strax därpå knackade på dörren för att säga mig att ett par herrar väntade i förmaket och bad att genast få tala med mig.

Så fort jag hunnit klä mig skyndande jag ned, och det var knappast någon överraskning för mig då jag fann Vilma samtalande med Van Helsing och Barrington Jones.

”Det är ju underbara nyheter – jag fått höra”, sade den gode professorn, som såg blek och ansträngd ut – det föreföll mig verkligen som om han åldrats sedan jag sist såg honom. ”Jag har hört allt av vår förträfflige Barrington här –

handlingens stund är inne – men nu blir frågan: var skall vi börja? – För min del erkänner jag att min oro just nu i främsta rummet gäller den stackars präktige gossen, Quincey Morris. Det är ett förtvivlat företag han givit sig in uti och jag förebrår mig att jag låtit övertala mig att vara honom behjälplig därvid! – – – Men det är sant, min käre Harker – ni vet inte – –”

Han berättade mig nu till min obeskrivliga överraskning att Quincey Morris sedan några dagar befann sig på dr Sewards vårdanstalt för sinnessjuka – således i vårt omedelbara grannskap – men i egenskap av patient. Då ännu ett brev från Van Helsing till dr Seward förblivit obesvarat, hade den unge amerikanens oro för sin vän stigit till det yttersta och han hade själv uppgjort den plan för att vinna kännedom om vad som verkligen tilldragit eller tilldrog sig bakom vårdanstaltens murar, vartill han först efter mycken svårighet lyckats vinna Van Helsings samtycke. Enligt denna plan hade de tillsammans begivit sig dit, och då Van Helsing på förfrågan ännu en gång erhöll det svaret att överläkaren var bortrest på obestämd tid, hade han bett att få tala med underläkaren. Till hans överraskning visade sig nu en helt annan person än vid hans föregående besök – denna gång en elegant ung man med sydländskt, synnerligen fördelaktigt utseende och ytterst förekommande sätt.

Enligt överenskommelse bad Van Helsing nu om ett enskilt samtal, vilket beviljades honom. Han sade sig nu ha kommit dit i avsikt att få en ung släkting, vilken visade tydliga tecken på sinnesrubbning, intagen på vårdanstalten, samt redogjorde för de fingerade symptom varom han och Quincey Morris förut blivit ense. Saken mötte ingen svårighet, försäkrade den unge mannen artigt; de hade någorlunda gott om rum just nu och patienten vore välkommen – ja, om så önskades kunde han genast få kvarstanna. Han beklagade att dr Seward fortfarande var frånvarande, men hans hälsa hade ovillkorligen fordrat en liten rekreationsresa och för att tillförsäkra sig fullkomlig vila hade han inte ens lämnat någon adress. Men han kunde väntas tillbaka när som helst – – och under hans bortavaro hoppades den unge herrn – vilken för

övrigt talade med stark utländsk brytning – att
såväl han själv som hans "mera erfarna kamrat" i
alla händelser på ett någorlunda tillfredsställan-
de sätt skulle kunna fylla hans plats.

"En äventyrare, om jag någonsin sett en så-
dan", sade Van Helsing upprörd. "En charlatan
– med spelarens och vällustingens märke på
sin panna! Vacker som en ängel, men en fallen
ängel! – Gud i himmelen, vad kan egentligen
ha föregått där borta – vad har kunnat förmå
John Seward, den förkroppsligade hedern och
plikttroheten, att anförtro sina patienter i såda-
na händer! – – Här ligger något oerhört bakom!
– – Om jag ej givit Morris mitt hedersord på att
han skulle få genomföra den plan han satt sig i
huvudet, så hade jag måst anse det som en för-
brytelse mot mitt läkarsamvete att lämna detta
hus, sedan jag en gång lyckats komma över dess
tröskel, utan att ha funnit lösningen på gåtan.
Jag måste göra våld på mig för att ej säga den
smilande uslingen mitt i ansiktet vem jag var
och vad jag tänkte om honom, samt absolut
yrka på att få i grund och botten undersöka alla
förhållanden där!"

"Det hade inte tjänat till något!" sade Bar-
rington Jones lugnt. "Ni hade intet officiellt
bemyndigande och han skulle varit i sin lagliga
rätt – såsom representant för vårdanstaltens fö-
reståndare – om han helt enkelt låtit kasta ut er.
De privata vårdanstalterna står inte under sta-
tens kontroll förresten – – – och jag för min del
har sett tillräckligt för att veta att det på sådana
inrättningar kan hända mycket, som man helst
inte talar om. Men det var bra uttänkt och präk-
tigt gjort av Morris! – Jag skulle velat hitta på det
själv, mer kan jag inte säga. – – Som jag förut
sagt – jag har länge haft mina misstankar åt det
hållet och det skulle inte alls förvåna mig om vi
i sinom tid fann, att det är samma spindel som
spunnit alla de trådar vi nu som bäst håller på
att reda. Därför är min bestämda åsikt den att vi
bör smida medan järnet är varmt och inte släppa
vår vän greven – eller vad han nu behagar kalla
sig – ur sikte förrän vi verkligen har honom fast.
Sedan reder sig nog allt det andra. Och Quincey
Morris reder sig nog också – – han är inte ame-
rikan för inte, sådana rår inte själva djävulen på!

– Låt ni honom lugnt vara så länge, herr profes-
sor – – och säg mig i stället er tanke om hur vi
under förhandenvarande omständigheter bäst
bör förfara!"

Efter någon tvekan medgav Van Helsing att
detta förslag kanske verkligen vore det klokas-
te, och vi satte oss ned att allvarligt överväga
ställningen. Att vi redan lyckats få kännedom
om så många av de gömställen som greven dis-
ponerade, var en framgång som vi knappast
vågat hoppas på, ehuru det enligt all sannolik-
het ännu fanns åtskilliga som var oss okända.
Så länge något enda återstod kunde han alltid
undslippa vår vaksamhet; men ännu hade han
troligen ingen aning om att vi var på hans spår
samt iakttog därför sannolikt ingen särskild för-
siktighet, mer än vad hans natur och hela hans
ställning krävde.

"Han, som andra rovdjur, är huvudsakligen
i rörelse om nätterna, för att under dagarna för
det mesta ligga i dödsliknande dvala", sade Van
Helsing. "Jag har detta ur mina gamla skrifter
och det bekräftas såväl av min vän Harkers er-
farenheter som av era iakttagelser, min käre
Jones. Redan på Draculitz förlade han ju sin
egentliga verksamhet till nätterna och alla hans
sinnen syntes då få en högre livaktighet. Här i
London tycks det vara på samma sätt. Han visar
sig visserligen understundom på dagen, då han
inte på annat sätt kan nå sina syften; men det är
i alla fall alltid ett undantag – – – – Jag har med-
delat mig med min gamle vän och studiekam-
rat, professor Arminius i Prag, angående dessa
företeelser, vilka även han under en lång följd
av år studerat. I hela Österrike, Siebenbürgen
och Wallackiet är, som jag förut nämnt, tron
på vampyrens tillvaro allmänt utbredd bland
befolkningen; Arminius har ägnat halva sitt
liv åt insamlandet av dessa sägner och de över-
ensstämmer på ett förvånade sätt med de med-
eltidslegender jag funnit i gamla böcker och
urkunder. Det återstår nu att se hur de gamles
samlade erfarenhet håller stånd vid det prov vi
nu ämnar underkasta den – – – – Ty ni går ju
in på, min gode Barrington Jones, att vi nu går
tillväga på det sätt, som enligt den urminnes tid
bevarade folktron är det enda, på vilket man kan

hoppas att bekämpa detta för alla andra vapen oåtkomliga vidunder?”

”Gör vad ni vill, professor – – blott vi får tag i honom”, sade Barrington Jones.

Professorn redogjorde nu för sin plan. Han var till en början något oviss, huruvida man gjorde klokast i att först uppsöka och skaffa sig tillträde till alla de angivna hus i olika delar av staden, dit greven, enligt de av Tellet insamlade uppgifterna, låtit föra de hemlighetsfulla packlårarna och där man således kunde anta att han även berett passande vilo- och gömställen för sig själv – eller om vi genast, om möjligt redan denna dag, borde söka överraska honom själv på det ställe, dit han vid morgonens inbrott dragit sig tillbaka för att vila. Risken var stor i båda fallen. Det skulle onekligen vara en stor fördel ifall man lyckats sätta sig i besittning av de tillflyktsorter, vilka vår farlige och förslagne fiende med klok beräkning vetat tillförsäkra sig, samt sålunda till en viss grad avskära honom återtåget, då han såg sig upptäckt och förföljd, men då detta inte gärna kunde ske samtidigt och ögonblickligt överallt, och det dessutom, som vi hade allt skäl att anta, fanns åtskilliga andra sådana gömställen, vilka vi ännu inte uppdagat, utsatte vi oss därigenom för faran att i förtid väcka hans misstankar och således se det hela åtminstone tills vidare gå om intet. Samma fara förefanns visserligen i ännu högre grad, såvida vi misslyckades i det planerade försöket att genom djärv överrumpling med ens vinna vårt mål – men – som Barrington Jones anmärkte – – härvidlag måste man så noga överväga, förutse och beräkna allt, att det ej kunde bli fråga om något misslyckande på samma gång som vi måste vara beredda på att företaget sannolikt skulle kosta oss alla livet, *ifall* vi misslyckades. I alla händelser valde vi det senare alternativet, ehuru vi beslöt att uppskjuta försöket ännu en dag, för att genom Tellet och hans medhjälpare få full visshet om, var greven vore att söka, samt dessutom träffa åtskilliga nödiga förberedelser, vilka Van Helsing ej hunnit vidta, då han vid sin avresa från Hillingham ännu ej vetat på vad punkt våra forskningar befann sig.

”Jag skall skaffa vad som behövs”, sade han allvarligt. ”Jag följer de gamla böckerna och Thomas Harkers iakttagelser – mer kan jag inte göra.”

Han skildrade för övrigt Arthurs tillstånd såsom hjärtslitande, men sade sig nu ej vilja säga något mer om de upprörande och förfärande iakttagelser han haft tillfälle göra under sin vistelse på Hillingham.

”Tids nog får vi tala därom, ifall vi överlever morgondagen”, sade han högtidligt. ”Där borta återstår oss ännu en plikt – – men därom sedan! – Nu går vi åt var sitt håll – i Herrans namn, mina barn, och med nedkallande av Hans välsignelse! – Vi är en ringa hop sammansvurna mot mörkrets väldigheter och furstar – – men vi vågar tro att Herren är på vår sida i denna kamp!”

Vi tryckte alla med djup rörelse varandras händer och skildes åt, under överenskommelse att träffas följande morgon i det rum som, efter vad han nu berättade, Barrington Jones sedan en längre tid hyrt och tidtals bebott vid Parkgatan. Ett nytt sammanträffande vid denna ovanliga tid – vi hade bestämt vårt möte till kl. 6 f.m. – i vår bostad skulle väcka alltför stor nyfikenhet å den goda fru Browns och hennes dotters sida.

FJÄRDE KAPITLET.

Dimman låg tung och tjock över London den kulna decembermorgon, då jag några minuter före sex begav mig till den bestämda mötesplatsen. Avskedet från Vilma hade djupt gripit mig – men, Gud vare lov, ingen av oss tänkte ens för ett ögonblick på möjligheten av att jag skulle kunna undandra mig den plikt och den uppgift som så tydligt blivit mig förelagd. Jag visste att min kära hustrus framtid i ekonomiskt avseende var fullt betryggad och hade givit henne noggranna föreskrifter angående affärernas ordnande i händelse av min död – alltså var jag fullkomligt lugn i avseende på alla jordiska angelägenheter och kunde, ostörd av världsliga bekymmer, ägna mina tankar åt vad som låg framför mig.

Det var mörkt som mitt i natten och gatlyktornas sken lyckades blott sprida en svag skymning i dunklet. Emellertid var jag snart framme vid den uppgivna adressen – ett litet oansenligt hus ett stycke bortom vårdanstalten – och stod just i begrepp att gå uppför trappan då jag upphanns av Van Helsing, bärande en nattsäck och insvept i en päls, vars krage dolde hans ärevördiga ansikte och vita hår.

Barrington Jones öppnade dörren på vid gavel redan innan vi hunnit upp och mottog oss med stor hjärtlighet. Jag tyckte mig dock märka en viss ovanlig spänning och nervositet i hans eljest så lugna och trygga sätt.

"Ni är punktliga", sade han i det han såg på klockan. "Hon slog just sex. Vi måste väl ha Tellet och de andra här i rappet. Innan vi fått deras rapport kan vi intet företa – jag tänkte att de skulle varit här för länge sedan och – – Ja, jag erkänner att jag är en smula orolig till dess jag får höra hur de lyckats. Men vi får lugna oss tills vidare – – vi har mycket att tala om – – För det första kan ni väl knappast gissa hur jag tillbringat natten?"

"I alla händelser inte i er säng, käre vän", sade Van Helsing, som nu ställt ifrån sig resväskan och avlagt pälsen, i det han uppmärksamt fixerade detektivens något upphetsade och om trötthet vittnande ansikte. "Ni ser ut som om ni kommer från ett ansträngande arbete."

"Gör så med, professor! Vad skulle ni säga ifall jag nu sade er att jag tillåtit mig att handla en smula på egen hand – – – och att jag har elva av grevens trettio packlårar lyckligt och väl under lås och bom, där han åtminstone inte med första torde hitta reda på dem? –"

"Talar ni allvarsamt? –"

"Fullkomligt allvarsamt. Till en början måste jag ju be er om ursäkt, käre professor, för att jag mot vår överenskommelse gått så självrådigt till väga – men det var ingen tid att förlora och jag skulle ej hunnit meddela er – – det hade varit illa om jag misslyckats och jag kände nog att jag knappast hade rättighet att spela ett så högt spel – – men sedan vi skilts igår eftermiddag, kom

det med ens för mig hur saken kunde utföras och att det kanske i alla händelser vore klokast att handla med samma."

"Nå – vidare?"

"Jag har arbetat som en häst under dessa arton timmar. Detaljerna hinner jag nu ej redogöra för – – kort sagt: – tack vare den smula anseende jag lyckats förskaffa mig inom yrket och den välvilja, varmed höga vederbörande tillmötesgått mina tämligen oförsynta fodringar, fick jag en försvarlig styrka utvalt folk till min disposition – polismän och detektiver allesammans, förstås, men i så kallad 'skyddande förklädnad', lämpad efter omständigheterna – en del som arbetare, en del som sjåare, andra som körare och transportkarlar. Redan vid fyratiden igår eftermiddag hade vi allt i ordning. Vi började vid Fenchurch Street. Det var en smula kitsligt, då jag verkligen inte visste huruvida huset var bebott eller ej – greven kunde ju endast ha hyrt en lägenhet där, en källare eller dylikt – men till all lycka befanns det vara fullkomligt tomt – en gammal kåk, som efter vad jag sedan hörde, länge varit till salu. Jag lät hämta en smed och bröt upp dörren – –"

"Mitt på ljusa dagen – på Fenchurch Street? – Väckte det inte ett oerhört uppseende?"

"Visst inte. Det kan ju, förstår ni, mycket väl hända att en dörr går i baklås och att själva husägaren inte kan komma in, utan sakkunnig hjälp. Allt gick lugnt och fredligt; smeden kom med sina verktyg, jag stod bredvid och svor över det usla gamla låset och mina karlar höll på gatan med vagnarna – – ingen människa så mycket som vände sig om för att titta på oss. Ja, jag fick verkligen idén till det där genom en ovanlig djärv inbrottsstöld som begicks för några år sedan mitt på ljusa dagen och på en av Londons mest trafikerade gator – – – emellertid hade jag naturligtvis inte fått myndigheternas tillstånd till det här lilla experimentet – ni känner vår rotfästade engelska grundsats att varje mans hus är hans borg och allt det där – – – om jag inte förstått att på passande sätt använda en viss trollformel, inför vilken alla dörrar springer upp."

"En trollformel?"

"Ett enda ord, fastän onekligen ett av de längre. Ordet '*Anarkistattentat!*' – – – inför det försvinner alla betänkligheter. Jag tillät mig använda det här och resultatet blev som ni hör! – Nå – resten är snart berättad. Jag betalade min smed och gick till en början ensam in – en kunde ju inte veta hur där var ställt. Men den saken var mycket enkel. De fem lårarna stod i förstugan, som de i det närmaste fyllde, och hade, så vitt jag kunde förstå, inte blivit rörda sedan de fördes dit. Medan karlarna bar ut dem och lastade på vagnarna, visiterade jag hela huset – – jag hade ett litet hopp att finna några papper eller annat liknande. Men där var allt öde och tomt – endast högar av damm i de omöblerade rummen. Han har tydligen endast använt huset som magasin tills vidare. Då mitt folk slutat, stängde jag dörren – – – och så gav vi oss av. Det var alltihop."

"Och lårarna?"

"Fördes enligt överenskommelse till ett varumagasin i City, tillhörande en god vän till mig, med vilken jag kommunicerat. Ni kan tro att telegrafen förtjänade åtskilligt på mig den dagen!"

"Nå, och det övriga?"

"Det övriga gick lika lätt. Jag hade på förhand ombestyrt att folk fanns till hands i närheten på varje ställe. Själv fick jag ju flänga omkring tämligen – men så har vi nu också hela härligheten på ort och ställe. Jag kom hem en halvtimma före er. Intet av husen var inrett eller tycktes ha varit bebott på längre tid – – det är gamla ruskiga kåkar alltihop. Vid Mile End var lårarna – tre stycken – insatta i ett uthus, en vagnbod eller något i den vägen, så att vi hade litet svårt att hitta dem – – men vi fann dem i alla fall till slut. Men inga papper eller annat i den vägen någonstans, ifall de ej finns i kistorna. Han har antagligen dock ännu inte haft behov av att använda dessa gömställen – – – och skulle han nu försöka dem, så torde han allt bli en smula överraskad. – – Nå, förlåter ni mig nu, professor?"

"Naturligtvis, käre vän – – – jag tackar er i stället, rättare sagt – – jag endast beklagar att vi ej vet vart de övriga lårarna blivit förda, ty så länge vi svävar i okunnighet därom, återstår alltid faran att han kan undkomma oss – – och då –"

"Ja – *då* har jag kanske gjort en dumhet. Men jag hoppas att vi skall finna honom där jag har allt skäl att tro honom vara – och då blir det ni, professor, som för befälet. Jag lyder endast order."

Van Helsing hade satt sig vid bordet och höll nu på att lossa remmarna på sin resväska.

"Ja, min käre Jones", sade han allvarligt – "ni känner min övertygelse. Med vanliga vapen förmår man intet mot denna varelse. Skulle ni fängsla honom, skulle han endast försvinna, utan att ni hade en aning om hur det tillgått – och sedan skulle ni i dubbelt mått få röna hans hämnd. För honom gives intet fängelse, inga band och bojor – han känner de hemligheter som behärskar materien och kan ta krafter till hjälp mot vilka vi är som svaga barn – – – Men mellan soluppgång och solnedgång har han blott föga makt till det onda; det är då vi måste överraska och tillintetgöra honom. Ty *tillintetgöras* måste han – och här har jag medlen."

Han plockade fram åtskilliga föremål ur väskan och lade dem på bordet.

"Sex silverkulor – märkta med korsets tecken och Frälsarens heliga namn" – sade han högtidligt. – "Ett krucifix åt er var, kära vänner – – jag bär mitt alltid på mig – – och du, min käre Tom, har redan prövat dess undergörande kraft gentemot det ondas makter – – Denna silverask innehåller – – Men vad är detta?"

Tunga, stapplande steg hördes i trappan, men redan innan de hunnit upp till dörren, ringde det häftigt på klockan.

Barrington Jones skyndade att öppna. Där stod en liten telegrafpojke med bleka kinder och förskrämd uppsyn.

"Var så god herrn", sade han brådskande, i det han räckte Barrington Jones ett telegram, som denne hastigt slet upp.

"Från Tellet – ah!"

Han var helt och hållet upptagen av vad han läste, men jag och Van Helsing hade hastigt rest oss, förvånade och oroade av de underliga ljuden i trappan och ännu mer av gossens beteende. Han hade nämligen inte avlägsnat sig utan i stället dragit sig inåt rummet, i det han med uttryck av yttersta förskräckelse stirrade ut genom dörren.

”Vad är det, min lille gosse? Varför går du inte?” – frågade Van Helsing vänligt, i det han närmade sig dörren.

”Det är de där herrarna” – stammade pojken – ”de – – de – – jag törs inte –”

”Vilka herrar? – – Åh, Gud i himmelen!”

Jag såg Van Helsing vackla ett steg tillbaka, liksom träffad av ett slag. Själv stod jag mållös – men Barrington Jones, som i det samma såg upp från papperet, utstötte ett dovt rop.

I dörröppningen visade sig tvenne män – tvenne spöklika, förfärande gestalter, av vilka den ena och kraftigare stödde och uppehöll den andra, vilken maktlös och sviktande, med slappa lemmar och stirrande ögon mera liknade en död än en levande. Båda var endast halvklädda och de klädesplagg de bar var sönderrivna och i yttersta oordning. Den förstnämnda blödde dessutom ur ett stort gapande sår i huvudet.

Endast dimman och den tidiga timman kunde ha gjort det möjligt för tvenne dylika figurer att passera gatan utan att samla en flock av nyfikna omkring sig.

Ett ögonblick stod vi alla som förlamade, stirrande på varandra; i det nästa hade Barrington Jones, som det nästan tycktes, med samma kraftiga handrörelse dragit de båda främmande in i rummet och skjutit ut pojken genom dörren, vilken han stängde och reglade efter honom, utan att vidare bekymra sig om den lilles fasa och nyfikenhet.

”Du store Gud – – – Morris!” – framstötte han därpå med en röst som om han varit nära att kvävas. ”Var kommer du ifrån, människa?”

”*Från helvetet!*” genmälde den tilltalade hest. ”Men jag har åtminstone fört *honom* där med mig därifrån – jag har – –”

Han vacklade och skulle ha fallit, om inte jag och Barrington Jones uppfångat honom och lyckats lägga honom på soffan. I första ögonblicket visste vi knappast om han var levande eller död.

”Han andas än” – sade Barrington Jones hastigt. ”Hit med vatten – konjak – – där i hörnet – –”

Vi var så upptagna av den sårade och medvetslösa mannen att vi knappast ännu ägnat några tankar åt hans följeslagare, vilken liksom viljelös

låtit sig sjunka ned på första stol vid dörren, där han satt hopfallen med armbågarna på knäna och huvudet i händerna. Det var Van Helsing som nu drog vår uppmärksamhet till honom.

”John!” – hörde vi honom plötsligt skrika. ”Min käre John Seward, min käre son – – – åh, att gamla Van Helsing skulle uppleva den dag då han återsåg dig sådan! – Se, mina vänner båda, se, för Guds barmhärtighets skull – det är John Seward! *John Seward!*”

”John Seward!” upprepade Barrington Jones, i det han släppte den avsvimmades hand och störtade fram till den olycklige vid dörren. Inget möjligt! – ni yrar, professor.”

Jag hade inte personligen känt dr Seward, men väl hört honom beskrivas som en ståtlig, kraftfull och imponerade man i sin bästa ålder, med intressant och intelligent utseende – vad jag nu såg framför mig var knappast ens skuggan av en sådan man – en hålögd, utmärglad, bruten gestalt, med bleka, infallna kinder, snövitt hår och ögon, vilka med vansinnets slöa blick stirrade rakt framför sig utan att se något.

I sanning en gripande, hjärtslitande syn – intet under att den tycktes skaka Van Helsing i hans innersta och till och med bringa den eljest så lugne Barrington Jones ur jämvikten!

”Vilddjurets märke” – – hörde jag Van Helsing mumla med halvkvävd röst under det att han dödsblek stirrade på den beklagansvärde. ”Jag fruktade – – jag anade det! – Gud förlåte mig, om jag försummat något som kunnat göras för att rädda dig, min stackars gosse, mitt hjärtas älskade son!”

Han dolde ett ögonblick ansiktet i händerna och närmade sig därpå den hopsjunkna gestalten på stolen, som tycktes helt och hållet omedveten om vår närvaro.

”John” – sade han med en röst som skälvde av faderlig ömhet och medkänsla – ”John, min käre gosse – känner du inte igen mig – känner du inte gamle Van Helsing?”

Intet svar – inte ens en rörelse till tecken att orden blivit hörda och förstådda. Först några sekunder senare banade sig ett djupt stönande väg över den olyckliges läppar och vi kunde urskilja de dovt mumlade orden:

"Ida – – barmhärtighet – Ida" – – Vi såg alla
på varandra med blickar, vältaligare än alla ord.
Själv skakades jag av en rysning, som isade mitt
blod – jag tyckte mig se framför mig en bild av
mitt eget öde, sådant det kunnat gestalta sig om
inte försynen i form av kärleken till en god och
ren kvinna, hållit sin skyddande hand över mig.

"Här är intet att göra för närvarande", sade
Van Helsing med tillkämpad fattning. "Vi måste blott se till – – – hur är det med den stackars
gossen där borta?"

Han gick hastigt fram till soffan, tog ett ljus
från bordet, lyste på den alltjämt medvetslöse
Morris, vidrörde hans sår med läkarens vana,
lätta hand och sade därpå, i det han vände sig
till Barrington Jones:

"Ett otäckt sår, men som jag tror, inte livsfarligt i och för sig. Giv hit litet linne" – Jones
räckte honom ett par handdukar, som han genast slet i remsor – "så skall jag anlägga ett första
förband. Sedan blir det bäst att jag för dem båda
hem till mig och lämnar dem där tills vidare under passande vård. Harker – ni följer med mig? –
Gott. Skaffa då hit en vagn så fort som möjligt."

"Vänta ett ögonblick", inföll Jones hastigt.
"Telegrammet här – jag höll på att glömma det
– det är från Tellet – något oväntat tycks ha inträffat; hör bara" – han läste:

"Adressförändring, nödsakande ändring i dagens program. Invänta vidare meddelande, fullt
beredd till handling.

Tellet."

"Något nytt djävulstyg", tillade han. "Emellertid tycks de ej ha förlorat spåret. Jag har i alla
händelser intet annat val än att vänta här och ber
er skynda er tillbaka så fort som möjligt; varje
ögonblick kan vara av vikt."

Jag nickade till tecken att jag förstått samt
skyndade bort och lyckades verkligen utan allt
för mycken tidsförlust finna det sökta åkdonet, med vilket jag några minuter senare stannade utanför huset. Jag förklarade för kusken
att en olyckshändelse ägt rum, och han var oss
behjälplig att bära den sanslösa Morris utför
trappan varefter Van Helsing förde ned Seward,
som syntes fullständigt viljelös och utan medvetande om vad som försiggick omkring honom.

Vi satt redan i vagnen, då Van Helsing förklarade att han ändrat sig och att det ur alla
synpunkter vore bättre att föra de båda männen
till närmaste sjukhus – hans egen bostad var för
långt avlägsen och det skulle dessutom kräva tid
att där träffa nödiga anstalter, anskaffa läkare
och sköterska m.m., vilket allt ögonblickligen
fanns att tillgå på ett sjukhus.

"Kör till S:t Lukassjukhuset – det är det närmaste", sade han åt kusken – "och kör fort."

"Jag känner för övrigt överläkaren där och ett
par ord av mig skall vara nog för att för ögonblicket befria oss från nödvändigheten att avge
någon tidsödande förklaring", tillade han till
mig då vagnen satte sig i rörelse.

Då vi for förbi vårdanstalten – knappast urskiljbar i den täta dimman – såg jag med förvåning en flock poliskonstaplar och åtskilliga
nyfikna åskådare vid porten till den mur, som
avskilde dess gård från gatan. Det var mig inte
möjligt att i förbifarten tydligt se vad som föregick, men det förefoll mig som om man varit
sysselsatt med att lägga en skenbart medvetslös
gestalt på en bår eller dylikt.

"Här har inträffat något" – sade jag till Van
Helsing.

"Och kommer att inträffa mer" – sade denne
kort. "Om vi överlever de närmaste tjugofyra
timmarna, torde vi få uppleva märkliga ting,
min gode Thomas – – – var säker på det."

Färden förefoll min brinnande otålighet
oändlig, men var i själva verket inte särdeles
lång. Ungefär tjugo minuter torde dock ha
förgått, innan vi stannade vid sjukhusets port.
Van Helsing steg till en början ensam ur och
gick upp, lämnande mig att stödja den alltjämt
medvetslöse Morris. Då han en stund senare
återvände, var han åtföljd av en ung läkare samt
några karlar tillhörande sjukhusets personal,
vilka omhändertog de båda sjuka. Den unge
läkaren besvarade vördnadsfullt Van Helsings
avskedshälsning och vi rullade åter bort samma
väg som vi kommit.

"Det var nog det bästa som kunde göras",
sade Van Helsing. "Jag sade professor William-

402

son så mycket som han behövde veta och de stackars gossarna får nog den vård de för ögonblicket behöver. Quincey Morris hoppas jag vi kan rädda – – – för min stackars John fruktar jag all mänsklig hjälp kommer för sent. Men varför kör karlen så sakta? – Nu är sekunderna dyra!"

"Dimman är tätare än någonsin", sade jag, "och nu då trafiken är i full gång, kan han väl knappast köra fortare. Men – – – klockan är över tio!"

Farten saktades allt mer och mer och två à tre gånger måste kusken hålla stilla några minuter.

"Jag tror knappast jag sett en värre dimma", sade jag vid ett av dessa tillfällen, i det jag släppte ned fönstret. "En äkta Londonfog – – jag vet inte om det är inbillning – vi har renare luft i Exeter – men den bokstavligen kväver mig – – det förefaller mig som om den luktade brandrök."

"Röken från tusen skorstenar, som inte kan stiga i höjden" – genmälde Van Helsing tankspridd – han som jag, förtärdes av otålighet och de ord vi yttrade till varandra kom helt mekaniskt.

Slutligen tycktes vagnen ha stannat på fullt allvar.

"Kan vi vara framme?" sade Van Helsing. "Man ser ingenting – – men det var en förfärlig trängsel."

I detsamma knackade kusken på fönstret med piskan.

"Gatan är avspärrad", sade han hest i det han lutade sig ned från bocken då vi fällt ned fönstret. "Det är väl så gott jag försöker vända och fara en omväg, ifall herrarna inte föredrar att stiga ur?"

"Avspärrad – varför då?"

"Eldsvåda säger dom – – – – det skall vara dårhuset som brinner."

"*Dårhuset – Sewards vårdanstalt!*" – vi såg på varandra med bleka ansikten.

I detsamma skymtade en reslig poliskonstapel i dimman strax bredvid oss. Van Helsing lutade sig ut och ropade honom an. Han kom genast fram till fönstret och hälsade aktningsfullt – Van Helsings vördnadsbjudande utseende förfelade sällan sin verkan.

"Hör nu, min gode man", sade professorn.

"Jag hör att gatan är avspärrad. Jag är emellertid läkare, och det gäller liv och död för mig att komma fram så fort som möjligt. Kan ni hjälpa oss?"

"Skall göra vad jag kan", sade karlen hövligt. "Men då får herrarna stiga ur. Vagnen kan inte vända här – – men till fots kan jag möjligen lotsa herrarna igenom och kring de närmaste kvarteren."

Vi antog med tacksamhet anbudet, betalade kusken och började under vår välvilliga beskyddares ledning långsamt armbåga oss fram genom den packade folkmassan. Det tog tid innan vi hann ned i en av bigatorna, där trängseln var något mindre, men fortfarande betydlig.

Under det att vi steg för steg närmade oss målet utfrågade vi vår nye vän angående branden. Han hade emellertid inte mycket att meddela. Elden hade, så vitt han visste, först upptäckts för en halvtimme sedan, men då med oerhörd våldsamhet brutit fram på flera ställen samtidigt. Dimman hade försvårat alla iakttagelser och brandbefälet hade genast låtit avstänga platsen – detta var allt vad han kunde omtala. Det var inte hans ordinarie pass, men han hade jämte övriga förstärkningar blivit ditbeordrad för att upprätthålla ordningen.

Jag nämnde något om den folksamling som vi observerat då vi tidigare på morgonen farit förbi vårdanstalten.

"Ja, han hade hört att det inträffat någon ledsamhet där – antingen mord eller dråp, han visste inte vilketdera. En karl hade blivit funnen död strax innanför porten – – – man finge väl veta mer då det hållits förhör i saken."

Därmed måste vi nöja oss. Några minuter senare var vi äntligen framme, efter att ha gått runt om flera kvarter och passerat åtskilliga gårdar och bakvägar. Van Helsing avskedade vår beskyddare med många tacksägelser och en rundlig belöning, varpå vi skyndade att knacka på och begära att bli insläppta.

Porten öppnades genast, men även här såg vi en poliskonstapel framför oss. Då vi nämnde Barrington Jones namn betraktade han oss skarpt. Vi märkte först nu att ett par personer i högre polistjänstemäns uniform även befann sig i förstugan och tydligen just stått i begrepp att lämna huset då vi inträdde.

"Herrarna kan gå upp", sade den ena av dessa. "Det är intet hinder. Robinson, ni kan komma med oss. Allt är klart här."

Porten stängdes efter dem av den tydligen ytterst nyfikna och intresserade tjänsteflickan och vi skyndade uppför trappan till vår väns rum, inom oss undrande vad allt detta månde betyda.

Det var Tellet som öppnade dörren. Barrington Jones satt vid bordet och skrev ivrigt; utom honom befann sig tvenne andra herrar i rummet.

"Nå, äntligen – Gud ske lov!" utbrast Barrington Jones i det han med ett uttryck av oändlig lättnad sprang upp och skyndade oss till mötes. "Jag visste knappast vad jag skulle tro – men förstod att ni måste blivit uppehållna av dimman och den stora branden. Gatorna är naturligtvis så gott som omöjliga att trafikera. – Nå, allt klart förresten? – Gott. Ja, här har hänt en hel del, medan ni varit borta. Men först och främst är här ett telegram som kom till er för en stund sedan, professor. Det regnar sådana idag."

Professorn öppnade hastigt papperet och genomögnade det med ett smärtsamt utrop.

"Också han! – – ännu en, som det ej varit möjligt att rädda", sade han upprörd. "Stackars Arthur Holmwood – lord Godalming – dog i morse! Hans syster telegraferar till mig – – – ber mig komma så fort som möjligt – – – ja – om jag lever skall jag inte dröja – – men vem vet vad närmaste timmarna innebär för oss alla! – Sorg och förödelse vart man vänder blicken – – alla pilar ur samma koger! Men – tiden går, min kära Barrington Jones – vi får sörja de döda sedan. Vad har tilldragit sig här medan vi varit borta? – För det första – vad har vår vän Tellet haft att meddela?"

Barrington Jones redogjorde nu i korthet för de överraskande nyheter han hade att meddela. Tellet och Grey, de båda detektiverna, hade oavlåtligt bevakat det gamla huset vid Victoriagatan, allt sedan de föregående morgon vid fyratiden sett greven inträda där. Efter mörkrets inbrott hade han som vanligt åter visat sig, men denna gång gående begivit sig till Carfax, dit de försiktigt följt efter honom. Då de kände vikten av att särskilt denna natt under inga förhållan-

den förlora honom ur sikte, hade de på Barrington Jones inrådan försett sig såväl med en cykel som med en liten lätt ensitsig droska, sådan som läkarna begagnar, förspänd med en ovanligt snabb häst. Detta senare fortskaffningsmedel hade under en pålitlig persons uppsikt placerats omedelbart i närheten av Carfax port, där det ögonblickligen var färdigt att vid behov användas. Och denna anordning visade sig vara synnerligen välbetänkt.

Redan vid tolvtiden körde nämligen ett ekipage fram till trappan vid Carfax och den i skydd av de stora järneksbuskarna posterade Grey såg greven stiga upp däri, åtföljd av en dam i vit kappa. Vagnen körde långsamt utför allén, under det att Grey omedelbart följde efter densamma på sin cykel. Vid porten, där Tellet tagit plats, vände ekipaget åt höger och rullade bort, alltjämt tätt efterföljt av Grey, som i förbifarten hunnit ge Tellet en tyst signal. Denne hade genast kastat sig upp i droskan och på detta sätt hade de båda lyckats behålla den hastigt bortrullande vagnen i sikte på de vid denna tid tämligen folktomma gatorna. Slutligen stannade den vid en ensligt liggande villa i trakten av Hampstead. De åkande steg ur; greven yttrade några ord till kusken – vagnen körde bort och greven, som framtagit en nyckel och satt den i låset, öppnade artigt dörren för sin följeslagerska, varpå båda inträdde i huset och porten åter låstes efter dem.

Tellet och Grey, som försiktigt hållit sig på avstånd, lade märke till att huset förut varit mörkt, men nu plötsligt blev upplyst. De smög sig närmare och iakttog noga lokalen. Det var en välbyggd, modern villa i egendomlig stil, belägen mitt i en liten trädgård; ingen utgång fanns åt baksidan och hela huset kunde på sin höjd bestå av fyra eller fem rum, jämte en ovanlig hög källarvåning.

De höll vakt där hela natten. Vid fyratiden hördes rullandet av hjul och samma ekipage som fört de resande dit, stannade framför trädgårdsporten. Några ögonblick senare skyndade den unga damen ensam ut ur huset, sprang hastigt upp i vagnen och åkte bort.

De båda detektiverna hade varit beredda att

följa efter, men ansåg sig nu berättigade att anta, att den de egentligen sökte fortfarande fanns kvar i villan, och att det följaktligen var denna de borde bevaka. De stannade på sin post till dess klockan var över fem, då Tellet lämnade Grey där och skyndade att uppsöka en telegrafstation, varifrån han avsände det telegram som Jones mottagit vid sjutiden. Sedan han åter sammanträffat med Grey och av honom hört att ingen, honom veterligen, lämnat huset och att ej ett spår av liv eller rörelse försports därinom, lämnade han honom fortfarande på sin post och körde själv så fort hästen förmådde springa till Barrington Jones bostad för att samråda med denne.

"Saken ställer sig alltså inte fullt så enkel som den tycktes igår", slutade Jones sin redogörelse. "För det första har vi ingen absolut visshet att vederbörande verkligen befinner sig där borta i villan, ty lokalen är ej tillräckligt noga undersökt för att vi skulle kunna vara säkra på att där inte finns några hemliga smygvägar, på vilka han kunnat lista sig undan utan att någon märkt det. För det andra – förutsatt att han *är* där – så är vägen dit bort betydligt längre och tiden är långt framskriden, tack vare allt som uppehållit oss. Därtill vet vi inte om han är ensam där borta eller har några medhjälpare, i vilket fall vi borde vara manstarkare än vi är. Med ett ord – risken är betydligt större och svårigheterna likaså. Men om herrarna är av samma åsikt som jag, så vågar vi väl ändå försöka."

"Därför röstar jag obetingat – ett uppskov blev ännu farligare", sade Van Helsing. "Vad som inträffat idag – Morris och Sewards plötsliga återkomst och vårdanstaltens brand – kommer, om jag inte helt och hållet misstar mig, att utöva ett märkligt inflytande på de förhållanden med vilkas utforskande vi på sista tiden varit sysselsatta. – – Ingen kan gissa eller beräkna hur sakerna nu kommer att utveckla sig – – det blir kanske för oss att börja helt och hållet från början igen – och vem kan säga vilka omätliga olyckor som under tiden kunde anstiftas – Nej, kära vänner – låt oss i Guds namn våga försöket redan idag, och det utan ett ögonblicks förlust! – Solen går tidigt ned vid denna årstid – vi har inte många timmar på oss, om vi ens hinner fram i tid."

"Gott. Tellet – se till att vagnarna väntar i gränden, så beger vi oss dit genvägen över bakgårdarna. Här på Parkgatan kommer ingen fram."

"Och nu, professor, innan vi ger oss av, måste jag berätta ännu en sak. Ni mötte i trappan ett par herrar som kom härifrån. Vilka tror ni de var? – Distriktets poliskommissarie och hans närmaste man. De kom för att meddela mig att en person blivit mördad här på gatan och att man med bestämdhet spårat mördarna hit – telegrafpojken hade antagligen inte kunnat hålla inne med vad han sett – och de anhöll nu om en förklaring. Nå, den fick de – – det vill säga, jag sade dem rent ut, att jag visste var 'brottslingarna' befann sig och gav dem mitt hedersord på att de skulle vara till finnandes när så absolut behövdes. Med det fick de nöja sig. Nåja, det var ju inte precis i enlighet med laga former, men de kände mig ju och jag hade sannerligen inte tid med långrandiga förhör och förklaringar just nu. – – Ja, så var det med det. Hur det än må sluta idag, så har vi en hel hop trassel att reda ut innan allt blir klart. Och nu ger vi oss av. Det var sant – tillåt mig att presentera herrar Wilton och Beauchamp – kolleger och goda vänner till mig som ställt sig till vår disposition – det förföll mig som om vi behövde en smula förstärkning."

Vi hjälpte Van Helsing att åter packa ned de olika föremål vilka han plockat upp på bordet då vi stördes på ett så uppskakande och oväntat sätt, och han förklarade därvid i korthet för oss vartill varje särskild sak skall användas. De märkta silverkulorna utdelade han bland oss, behållande en för Tellets räkning. Barrington Jones, som tycktes vara försedd med en fullkomlig rustkammare, framtog ett halvt tjog pistoler för oss att välja ibland – och sålunda väl rustade begav vi oss slutligen av på vår ödesdigra och farliga färd.

FEMTE KAPITLET.

I rovdjurets håla.

Äntligen stannade vagnen. Dimman var alltför tät för att man skulle kunna urskilja något – men i nästa ögonblick visade sig Tellet vid fönstret.

"Vi är framme", sade han. "Jag har endast låtit vagnen hålla ett stycke från villan – vi har en fyra, fem minuters väg att gå. Om ni stiger ur och sakta går vägen framåt samt stannar då ni kommer till en trädgårdsport av järn, så skyndar jag förut och hör vad Grey har att meddela."

Han försvann i dimman och vi följde långsamt efter i samma riktning. Utan att ha växlat ett ord hann vi den port han beskrivit och där vi stannade i beklämd väntan. Den blev dock inte lång – efter ett par minuter visade sig Tellet, öppnade grinden och sällade sig till oss.

"Allt väl så tillvida", sade han halvhögt. "Grey var på sin post. Ingen har lämnat huset och allt är tyst som en grav. Och vad mera är – Grey har dyrkat upp låset, så att den saken inte behöver uppehålla oss."

"Dyrkat upp låset?" – sade jag förvånad.

"Ja – den konsten måste naturligtvis en detektiv kunna – vi har burit alla nödiga redskap på oss i flera dagar ifall de skulle behövas, och villan här ligger så avsides att man i den här dimman inte behöver frukta att bli gripen på bar gärning och på allvar tagen för en inbrottstjuv. Han var glad att ha något att göra för att hålla sig vaken. – Det var förresten ett helt enkelt lås."

Hans torra och affärsmässiga ton utgjorde en så stark kontrast mot det fruktansvärda värv vi kommit att fullgöra, att jag ej kunde återhålla ett leende, ehuru Gud skall veta att jag ej var skämtsamt stämd.

"Hör på nu, mina vänner", tog Barrington Jones allvarligt till orda, "innan vi går vidare anser jag mig i allas er närvaro högtidligt böra upprepa att jag anser oss ha tillräckliga och fullgiltiga bevis på att den vi här kommit att uppsöka är en farlig brottsling – så farlig att han i ordets hela bemärkelse måtte kallas en samhällets fiende – ej blott hemfallen under lagen, utan på sätt och vis stående utanför densamma. Om detta är vi ju alla överens? – Gott. Då vi dessutom till följd av vad vi vet om honom, har anledning att tro det han, om lagliga former iakttogs, skulle lyckas undandra sig rättvisan, är vi även överens om att ta dess utövande i våra egna händer – vad det än må kosta oss. Är det inte så?"

"Ja!" kom det som med en mun från oss alla.

Jag lade märke till att de båda främlingarna uttalade ordet med särskilt allvar och betraktade dem därför uppmärksammare än jag förut gjort. Båda var jämförelsevis unga män, med allvarliga, för att inte säga dystra ansikten och ett egendomligt uttryck av kall beslutsamhet som förvånade mig. Barrington Jones tycktes lägga märke till min blick och gissa mina tankar, ty han tillade genast:

"Jag borde kanske ha sagt er, Harker, och er, herr professor, att dessa mina båda vänner här har en verklig rättighet att ta del i vårt förehavande i natt. Båda har förlorat de kvinnor de älskat högst – den ena sin trolovade, den andra sin hustru – under förhållanden liknande dem som stod i samband med fröken Westerns död. Båda har sett och igenkänt den usling som krossat deras livs lycka och båda är vissa att återfinna honom här. Mer är ju orimligt att säga. Vi är således alla överens, det är huvudsaken. Ingen av oss skall dra sig tillbaka, vare sig för den fara vi sannolikt utsätter oss för här, eller de följder vår handling senare kan komma att medföra – det är ju så? – Då ger vi varandra ett sista handslag på det."

"Och så i Guds namn – framåt!" – sade professorn, sedan allas händer mötts och tryckt varandra under allvarlig tystnad.

Sakta närmade vi oss huset. Just i detta ögonblick märkte jag att dimman lättat något och antagit en egendomligt rödaktig färgskiftning, liknande återskenet från en ofantlig eldsvåda. Van Helsing märkte det även och jag hörde honom viska:

"Gud vare oss nådig – – det är solen som håller på att gå ned!"

Därpå tillade han med låg röst till de övriga:

"Kom ihåg vad jag sagt er. Han kan endast träffas i hjärtat. Varje annat sår, om än aldrig så dödande, är utan verkan på honom."

Vi sköt upp dörren, som ljudlöst rörde sig på sina hakar, och stod nu i nästan fullkomligt mörker. Barrington Jones tände hastigt den blindlykta han medfört, och vid dess ljus såg vi att vi befann oss i ett slags stor vestibul eller försal, egendomligt dekorerad med bilder och symboler, vilka jag med en rysning igenkände

– jag hade sett liknande i det ohyggliga djävuls-kapellet på Draculitz slott. Men under det att *där* allt talade om oerhört ålderdom, syntes här allt nytt – huset var tydligen helt nyligen färdig-byggt – rappningen och målningen på de tjocka stenväggarna knappast ännu torkade.

Intet tvivel mer – vi hade funnit rovdjurets håla – det näste han inrett åt sig själv efter sin egen smak och för sina egna, oheliga syften! – Denna förstadsvilla, vars visserligen något fantastiska, men banala yttre föga avstack från hundrade andra liknande i Londons omgivningar, bar i hela sin inredning prägeln av den mörkrets ande som i densamma sökt och funnit ett uttryck.

Till höger och till vänster, liksom i fonden, syntes stora dörröppningar, täckta av förhäng-en i barbariskt bjärta färger och med fantastiska mönster. Barrington Jones drog efter ett ögon-blicks tvekan med beslutsam hand undan för-hänget till vänster och lyste in. Rummet var inte synnerligen stort, och inrett i österländsk stil så vitt jag kunde iakttaga i hastigheten och den upp-rörda sinnesstämning vari jag befann mig, med breda svällande divaner försedda med mjuka kuddar i granna färger kring väggarna, samt ett par långa bord. På ett av dessa stod ett par tömda champagnebuteljer och tvenne slipade, egen-domligt formade, stora glas. På golvets tjocka matta lyste något vitt, som kapten Jones tog upp och tyst visade – en lång fruntimmershandske och en till hälften sönderbruten solfjäder av vita strutsfjädrar. Ingen människa syntes till och rummet hade ingen utgång åt motsatta sidan.

Vi undersökte nu rummet till höger. Även detta var tomt samt inrett i det närmaste som det första, med en kring rummet löpande di-van samt tjocka mattor och draperier. Här fanns emellertid en möbel som på det egendomligaste avstack från den orientaliska omgivningen – ett stort amerikanskt skrivbord med uppslagen klaff samt belastat med papper och dokument av allehanda slag. En nyckelknippa satt i låset till bordslådan och allt tydde på att bordet nyli-gen varit begagnat. Jag, som gav akt på Barring-ton Jones, såg hur det vid denna syn blänkte till i hans skarpa ögon; han lyfte lyktan och lyste på de på bordet liggande papperen.

”För Guds skull, uppehåll er inte – vart ögon-blick är av mera vikt än ni föreställer er!” viskade Van Helsing ångestfullt.

”Hur det än går, skall jag åtminstone försäk-ra mig om detta”, genmälde Jones, i det han hastigt ryckte till sig några brev och stoppade dem innanför rocken. ”Det är värt” – – han av-slutade meningen och ingen av oss hade lust att vidare utfråga honom för ögonblicket.

Nu återstod endast den stora, ävenledes av ett förhänge tillslutna fonddörren i vestibulen – och vi kände alla att såvida den vi sökte över-huvudtaget stod att finna inom huset, så måste han finnas *här*.

Själva dörröppningen var vida större än de på ömse sidor om vestibulen, men påminde lik-som dessa genom sina egendomligt tunga lin-jer och uppåt avsmalnande form om de av-bildningar jag sett från egyptiska gravkamrar. Ovanför den av stora huggna stenar bestående dörrinfattningen såg jag vid lyktans svaga sken ett av eldröda lågor omgivet, ofantligt ansikte, målat på muren – ett fullkomligt motstycke till den bild jag sett över altaret i Draculitz under-jordiska slottskapell.

”Här går jag före” – viskade Van Helsing med ett uttryck av strängt allvar. ”Träffar vi honom sovande – eller försänkt i dvala, det är detsamma – – så behövs intet annat redskap än *detta*” – han framdrog under rocken samt befriade från dess slida en lång, smal, mycket spetsig dolk med korsformat fäste. ”Vaknar han – – så måste ni använda de vapen jag anvisat er – – och hoppas på alla goda makters bistånd. Mot *korset* är han i alla händelser maktlös. Och nu – framåt!”

Han drog beslutsamt förhänget åt sidan.

En överraskande anblick mötte oss. Det var i själva verket en gravkammare vi såg framför oss, svagt upplyst av tvenne i egendomligt formade lampor flämtande lågor, placerade på tvenne av svart sten formade, avtrubbade obelisker i rum-mets motsatta hörn, mitt emot ingången. Några breda trappsteg förde ned i det stora, ehuru täm-ligen låga rummet; mitt på golvet stod en sarko-fag eller öppen kista av svart polerad marmor – väldig och massiv, men utan alla prydnader.

En enda blick var nog för att visa mig att vi

funnit den sökte. Jag igenkände honom genast, ehuru han under den tid som gått sedan jag sist stod ansikte mot ansikte med honom på hans fäderneborg, förvandlats från en vithårig åldring till en man i sin första, kraftiga medelålder. Nu, som då jag sett honom i slottskapellet, låg han där på en bädd av jord, vilken nästan fyllde kistan – utsträckt till hela sin längd, som en bild på ett gravmonument, samt insvept i den blodröda, fotsida kåpa som han burit vid den fruktansvärda offerfesten i klipphålan under Draculitz slott.

Vad jag kände vid denna syn och allt vad den återkallade, vill jag inte söka beskriva. Men om jag hyst ett ögonblicks tvekan vid tanken på den bödelsroll vi frivilligt påtagit oss, så försvann den nu. Här var inte fråga om att mörda en sovande – – det gällde blott att dräpa en giftig orm, som, trög och övermätt, i en tillfällig dvala sökte styrka för att ytterligare sprida död och försakelse i allt vidare och vidare kretsar.

Ett ögonblick stod vi alla orörliga och tysta på översta trappsteget. Därpå tillsade Barrington Jones med en hastig viskning de båda främmande att hålla vakt vid dörren och ha sina vapen i beredskap: Tellet och Grey hade redan förut på samma sätt posterat vid yttre ingången. Van Helsing gick nu långsamt utför trappan, under det att Jones och jag följde efter honom. Det var ett ögonblick av fruktansvärd, nästan outhärdlig spänning. Jag såg på Barrington Jones – han var dödsblek, men hans kraftiga ansikte syntes mera beslutsamt och hårt än någonsin. Själv har han sedan sagt mig att för honom, liksom för mig, försvann sista skymten av dröjande tvivel angående det berättigade i vårt förehavande ur hans själ i denna stund, då allt vad han såg bekräftade vad han hittills aldrig fullt velat tro – – nämligen att vi här inte hade att göra med en vanlig förbrytare, utan med en varelse av vida farligare och mäktigare art.

Nu stannade vi vid kistan, och jag såg hur Van Helsing grep fastare tag om sin dolk under det att hans ögon sökte det ställe där han ville träffa. Ansiktet framför oss var som stelnat i sin ondskefullhet – inte ett andedrag förnams, inte en rörelse som antydde att livets pulsar ännu slog inom denna gestalt. Om jag inte en gång förut

sett samma syn, skulle intet kunnat övertyga mig att det inte verkligen var en död, jag såg framför mig.

Då – i samma stund som denna tanke for genom min själ – inträffade det fruktansvärda som vi befarat.

Solen hade gått ned – och mörkrets makter hade återvunnit sitt välde.

Den döde – ty ett ögonblick förut hade han i allt väsentligt verkligen varit död – öppnade ögonen och satte sig upp. Hans blick gled förbi Van Helsing och stannade på mig – jag såg den lysa upp med samma olycksbådande röda glans som jag så väl kände – ansiktet förvreds fruktansvärt, de skarpa vita tänderna blottades, det tjocka svarta håret syntes resa sig som manen på ett retat lejon – och med ett vrålande, som genljöd genom valvet och kom blodet att stelna i våra ådror var han med ett språng ur kistan och kastade sig över mig. – I detta ögonblick hade varje spår av människa försvunnit hos honom – han var helt och hållet det rasande vilddjuret, som endast törstar efter blod och hämnd, då det vänder sig mot sina förföljare.

Jag kände hans järngrepp om min strupe och hans stinkande andedräkt i mitt ansikte – nu, som en gång förr. Det svartnade för mina ögon och jag famlade efter korset vid mitt bröst – på motstånd var inte att tänka, jag var som ett rö inför hans jättestyrka. – – Allt var några ögonblicks verk. Jag hörde skott, förvirrade röster, kände plötsligt något varmt forsa över mina händer och märkte att han släppte det kvävande taget om min strupe – hörde ett tungt fall, ett sista, fasansfullt skrik – – och återvaknade till fullt medvetande för att känna mig stödd av Van Helsings arm och omgiven av alla de övriga.

"Lovad vare Herrens namn!" hörde jag Van Helsing högtidligt utropa, med en röst som ännu skälvde av en oerhörd sinnesrörelse. "Han har hållit sin skyddande hand över oss – mörkrets furste har inte blivit oss övermäktig!"

Jag följde riktningen av allas blickat, halvt yr och förvirrad, som jag ännu var, och knappast i stånd att fatta vad som skett.

Där, utsträckt på marken framför oss, låg den fruktansvärde, badande i det blod som alltjämt forsade ur det av dolken genomborrade hjärtat. Några ögonblick stod vi alla tysta, överväldigade av det oerhörda vi bevittnat och upplevt. Därpå sade Van Helsing med samma högtidliga allvar:

”Bröder – – låtom oss fullgöra ännu en sista plikt. Låt oss lägga honom i den grav, där hans jordiska varelse nu äntligen skall finna ro – i samma vigda jord där hans förfäders ben förmultnat. Även han var en gång en varelse som vi, ehuru sannolikt av Gud från början utrustad med större gåvor än de, vilka kommit de flesta till del – gåvor, avsedda att brukas till välsignelse för mänskligheten och till frälsning för honom själv. Han har haft valet mellan gott och ont, som en och var bland oss – han har valt det onda och fallit, som Lucifer föll i tidernas begynnelse! – Men i korsets tecken skall hans arma skuldbelastade ande nu äntligen finna befrielse från de materiens fjättrar som hållit den kvar på jorden. Guds nåd är oändlig – – och evigheten likaså! – Låt oss be en bön för hans själ, att även den en gång, om ock genom lidande och kval, måtte vinna frid och försoning! – Och nu – – låt oss lägga vad som är kvar av honom i kistan, bröder!”

Tillsammans lyfte vi den mäktiga gestalten från golvet och lade honom i den grav han själv tillrett åt sig. Då vi ordnat hans dräkt och utsträckt de kraftiga lemmarna i dödens ro, steg Van Helsing ännu en gång fram till kistan, löste korset från sitt bröst och lade det högtidligt på den döde. Därpå tog han en handfull jord och strödde den över den liggande gestalten samt knäppte därpå händerna och sänkte huvudet i tyst bön. Vi följde alla hans exempel, och under några ögonblick rådde en djup tystnad i griftvalvet.

Men under dessa minuter tilldrog sig ett underverk inför våra häpnande ögon.

Redan då vi lade den döde i kistan, hade jag med förvåning lagt märke till den förvandling hans yttre på denna korta stund undergått. Han liknade redan en, som varit död i många dagar – – inte en som blott för få minuter sedan ljutit en hastig och våldsam död, då kroppen nämligen längre än eljest bevarar livets utseende. Men nu – medan vi stod där omkring hans sista jordiska vilorum – såg vi med bävan och undran hur den förgängelse, vilken han så länge lyckats trotsa,

med ens gjorde sina rättigheter på allt dödligt gällande. Liksom vissa bergarter hastigt förvittrar och upplöses då de kommer i beröring med luften, så tycktes hans kropp plötsligt upplösas, vittra bort och försvinna. Denna upplösning gick hastigt och var i själva verket så underbar, att vi ej kan göra oss fullt reda för dess olika stadier. Visst är att endast några ögonblick förgått från den stund då vi lade honom i kistan till den då vi med bleka ansikten och förfärade ögon såg på varandra, tvivlande på våra egna sinnens vittnesbörd och undrande om en synvilla gäckat oss alla. Ty i kistan framför oss låg bokstavligen endast en handfull stoft, bland vilket krucifixet ännu lyste med oförminskad glans.

”Av jord är du kommen, jord skall du åter varda” – sade Van Helsing slutligen. ”Vi har sett ett under, bröder – – – och på samma gång ett himmelens tecken, som ger oss visshet och bekräftelse på att vi handlat rätt, ifall någon av oss i klenmodighet tvivlat därpå!”

SLUTORD.

Endast föga återstår att tillägga – ty det är blott i dikten som alla knutar löses och alla gåtor finner sin förklaring i slutet av en berättelse. Vi, som endast skildrat vad vi själva upplevt och iakttagit, måste lämna många frågor obesvarade vid slutet av denna redogörelse för underbara, men inte dess mindre verkliga tilldragelser.

Vad mig själv beträffar, så hade jag i själva verket spelat ut min roll som verksam deltagare i denna tragedi då jag i Van Helsings sällskap lämnade villan. Själsskakningen och de sista dagarnas mattande ansträngningar hade så angripit mitt ännu efter sommarens och höstens fruktansvärda tilldragelser ömtåliga nervsystem, att jag insjuknade i en häftig feber, varunder jag med aldrig tröttande ömhet vårdades av min älskade, trofasta Vilma. Då jag började tillfriskna, var det redan långt lidet på vintern och Van Helsing tillrådde på det bestämdaste, att vi skulle tillbringa våren vid Rivieran och sommaren i Schweiz. Det var först följande höst som vi återvände hem och jag ännu en gång sammanträffade med de vänner, vilka historien delvis skildrat på dessa blad och vid vilka jag tack vare gemensamt utståndna faror och lidanden, är fästad med oupplösliga band. Det var först nu som jag genom Barrington Jones och Van Helsing erfor händelsernas gång under den tid jag själv varit omedveten om detsamma. Under min konvalescens hade man, på Van Helsings uttryckliga yrkande, helt och hållet avhållit mig från att återkalla dessa smärtsamma och upprörande tilldragelser i mitt minne.

Jag erfor således nu, att en viss markis av Caraman-Rubiano, vilken som en ny Cagliostro spelat en framstående roll inom vissa kretsar av den högförnäma och diplomatiska världen under några månader, plötsligt försvunnit, utan att lämna ett spår efter sig. Han hade sällan visat sig ute och varit föga känd utom dessa exklusiva kretsar – men det kunde inte betvivlas att han inom desamma utövat ett mäktigt genomgripande och hemlighetsfullt inflytande. Hans hemlighetsfulla försvinnande sammanföll på det nogaste med den evigt minnesvärda dag, då några behjärtade män vågade uppsöka greve Mavros Draculitz från Siebenbürgen i hans nybyggda villa i närheten av Hampstead – och även träffade honom där. Några dagar efter denna tilldragelse och sedan Barrington Jones till utrikesdepartementet i största hemlighet överlämnat vissa papper, av vilka han under egendomliga omständigheter kommit i besittning, begick den sköna madame de Saint-Amand, en av societetens och diplomatiska corpsens mest lysande stjärnor, självmord, under det att åtskilliga andra, förut högt betrodda diplomatiska agenter, plötsligt och utan all förklaring hemkallades av sina respektive regeringar. Det talades om hemliga arresteringar, om husvisitation, hårresande avslöjanden och mycket annat – – men verkliga innehållet av de dokument varav Barrington Jones en viss decemberdag satte sig i besittning i greve Draculitz skrivrum, har aldrig blivit bekant och hela denna affär är och kommer säkerligen alltid att förbli höljd i ett mystiskt och ogenomträngligt dunkel vad den stora allmänheten beträffar.

Ett liknande dunkel tycks även komma att vila över den stora branden i Sewards vårdanstalt för sinnessjuka och de omständigheter som stod i samband med och föregick densamma. Huset nedbrann i det närmste till grunden; men i ett eldfast skåp i själva källarvåningen (vilken blott föga skadats av elden), återfanns en hel del handlingar rörande vårdanstalten, kassaböcker m.m., samt ett skrin av järnplåt, märkt med dr Sewards namn, i fullkomligt oskadat skick. Då detta skrin öppnades, befanns det, utom en del medicinska avhandlingar och andra manuskript, även innehålla de dagboksanteckningar som vi härmed överlämnat åt allmänheten och vilka på sitt sätt kastar ett ljus över vad som förefallit, ehuru mycket fortfarande måste förbli blotta gissningar. John Seward själv levde ännu några månader, ömt vårdad av sin faderlige vän, Van Helsing, i vars armar han även lugnt och fridfullt utandades sin sista suck kort innan vi återvände till England. Sitt förstånd, i ordets vanliga bemärkelse, återvann han aldrig. Men de ohyggliga syner och föreställningar varav han till en början förföljdes, försvann så småningom och i hans sista stunder beredde sig – så berättade Van Helsing med strömmande tårar – en underbar ro och klarhet över hela hans väsen. I själva dödsögonblicket upplystes hans tärda, åldrade ansikte av ett strålande leende – "han liknade åter den gosse han ännu var då jag först lärde hålla av honom som min bästa lärjunge" – sade gamle Van Helsing – och det var med utropet: "Lucy! – – Arthur!" som han skildes hädan. "Helt visst har Gud i sin nåd tillstått dem att hämta honom", tillade den gode gamle. "De har alla lidit så mycket – men efter jordens storm kommer himmelens ro!"

* * *

Van Helsing berättade vidare hur han, dagen efter vårt ödesdigra besök på villan, begivit sig ut till Hillingham, där han meddelat Mary Holmwood allt som tilldragit sig. Ej blott med hennes medgivande utan på hennes bestämda begäran, begav han sig åtföljd av henne till kyrkogården, för att i det griftvalv, där nu inom få dagar även Arthur skulle bisättas, på det sätt, vi

redan känner, befria den olyckliga Lucys ande
från materiens fjättrar och åter skänka henne
den ro, hon ej funnit i graven.

"Det var en gripande stund", sade den gamle
mannen, "en prövande stund för mig och en vars
minne aldrig skall lämna mig. Vid midnattstid
begav vi oss dit. – Hon låg där i kista, skönare än
någonsin, men med en djävulsk, ohelig skönhet
som skar mig i hjärtat – – den synen gav mig
kraft att utföra den handling, vartill jag kanske
eljest saknat mod – – – ty också jag höll henne
mycket kär, det älskliga olyckliga barnet! – – Jag
gjorde det – – jag och hon – Arthurs syster – –
blottade med vördnadsfulla händer hennes vita
barm, mjuk och svällande som i livet – – – Jag
valde platsen och drev med ett hammarslag
den långa dolken rakt genom hennes hjärta, på
samma gång som Mary lade korset på hennes
bröst – – – Det var ett fasans ögonblick – – hon
slog upp ögonen och såg på oss med ett vilddjurs
blick – hon, den döda! – läpparna drogs tillbaka
från de vita, skarpa tänderna under det att ett
förfärligt skrik genljöd genom valvet – – – men
det var blott ett ögonblick. I det nästa, då blo-
det frustade ut som en länge uppdämd källåder,
sjönk hon tillbaka på sin bädd – inte längre den
yppiga vällustiga skönhet, vars ånga[1] kommit
oss att rysa, utan den stackars bleka, av långt li-
dande härjade flickan med oskuldens glans på
sin panna som vi sett på hennes dödsdag, då hon
lades i kistan. – – – En oändlig frid bredde sig
över hennes ansikte – – det syntes att hon fått
ro! – Vi ordnade hennes dräkt så att ingen skulle
märka vad som skett – sammanslöt hennes hän-
der över korset – de hade redan fått dödens kyla!
– och lämnade vad som var jordiskt och dödligt
åt förgängelsen."

Samma natt hade han, alltjämt biträdd av
systern, i hemlighet gjort den stackars Arthur
samma sista kärlekstjänst – – och nu vilade de
båda älskandes stoft intill varandra i det för all-
tid tillmurade och tillslutna griftvalvet på Hil-
linghams fredliga kyrkogård.

Han kvarstannade ännu ett par dagar på Hil-
lingham, då den stackars ensamma unga kvin-

nan där tycktes honom vara i stort behov av
hjälp och stöd. Och här gjorde han en dag en
egendomlig upptäckt, vilken i sin mån bidrog
att kasta något ljus över det dunkla förflutna.
Posten hade kommit och de satt tillsammans i
vardagsrummet, genomögnande var sin tid-
ning, då han plötsligt hörde henne utstöta ett
skrik. Då han såg upp, låg hon avsvimmad i sto-
len med den utbredda tidningen i sitt knä.

Då han väckt henne till medvetande, visade
hon honom en notis, vari helt kort omnämndes
att den person, vilken under hemlighetsfulla
omständigheter funnits mördad utanför den
Sewardska vårdanstaltens port samma morgon
som den stora branden utbröt där, nu igenkänts
och identifierats såsom en viss furst Koromeszo
– en ung rumän, vilken spelat en viss roll i hu-
vudstadens eleganta värld.

"Enligt vad vi erfarit", fortsatte tidningen,
"var den avlidne för en del år sedan anställd vid
österrikiska legationen här, samt gift med en
dotter till avlidne lord Godalming".

Van Helsing såg förvånad upp. Hon mötte
hans blick.

"Det är sant – – – jag var hans hustru", sade
hon med bruten röst. "Gud vare lov – han är
död! – Men fråga mig intet. Om sådant som jag
genomlevt får man inte tala!" – –

Senare på dagen kom hon till Van Helsing
med ett tillslutet etui i handen, som hon räckte
honom.

"Öppna det inte – jag vill inte se det –", sade
hon. "Men jag vill ha *visshet*. Vill ni göra mig
en tjänst? – Tag detta porträtt – – – försök att få
se den döde, se om det är *han* – och låt mig veta
det. Jag har levt i skräck – – ni kan skänka mig
lugn – äntligen lugn!"

Han lovade, vad hon önskade och reste ge-
nast till staden. Tack vare hans kända namn och
anseende, mötte det inga svårigheter för honom
att få se den mördade, i synnerhet som han öp-
pet sade sitt ärende. En enda blick på porträttet
och den döde var tillräckligt för att visa att
tidningen talat sant; den visade honom något
mera, men något som han inte väntat och som
slog honom med häpnad.

I den dödes stela drag, liksom på porträttet,

<hr>

1 Så står det verkligen i orig. Antagligen en felöversättning
  av engelskans *air* i betydelsen utseende, uttryck, attityd.

igenkände han ögonblickligen den unge man, vilken mottagit honom vid hans besök på Sewards vårdanstalt och själv presenterat sig som underläkaren därstädes! –

Denna betydelsefulla upptäckt ansåg han sig böra meddela vederbörande myndigheter, och detta meddelande ledde med ens de redan påbörjade undersökningarna i en ny riktning. Nu framträdde även Barrington Jones med nya, oväntade upplysningar. Quincey Morris hade under tiden på sjukhuset hunnit hämta sig tillräckligt för att kunna avge sitt vittnesbörd. Han uppgav utan tvekan sig själv om orsaken till furstens död – men efter ett förhör, vilket på hans egen och Barrington Jones begäran fördes inom slutna dörrar, frikändes han från allt ansvar. Vad han upplevt under de förfärliga dagar han tillbringat på vårdanstalten kommer – så har han själv försäkrat oss – evigt att förbli en hemlighet. Även han säger – liksom Mary Holmwood – att det finns ting varom man inte får tala.

”Jag har varit i helvetet och sett djävlarna och djävlarnas överste” – upprepade han med gripande allvar, den enda gång vi talat om detta. ”För sådant har människotungan inga ord.”

Han sade mig dock – då vi senare tillsammans genomgick den stackars Sewards anteckningar – att han ej hade ringaste tvivel om att vårdanstalten antänts av den i dessa anteckningar omtalade dåren Renfield, vilken efter den hemlighetsfulla katastrof, till vilken man kunde gissa sig efter genomläsande av Sewards dagbok, intagit platsen av ett slags föreståndare där.

”Det var dårarna som var herrar där och de kloka som var inspärrade, förstår du” – sade han med en rysning. ”Ja – det var helvetet – jag vet nu hurdana dess fasor kan vara.”

* * *

Under de av Barrington Jones och Tellet med stor energi bedrivna efterforskningarna visade det sig att såväl den hemlighetsfulla härskarinnan på Carfax som signor Leonardi och åtskilliga andra av de personer, vilka förtroligt umgåtts där, spårlöst försvunnit – vare sig de omkommit vid branden eller frivilligt satt sig i säkerhet. Carfax befanns vara tomt och utrymt då det genomsöktes av polisen; de dyrbara, egendomliga möblerna stod kvar, men av människor, smycken, papper eller något liknande, fanns intet spår. Ej heller har det hittills, trots ivriga efterspaningar, lyckats återfinna de felande tio av grevens hemlighetsfulla packlårar. De återstående befanns fullkomligt besanna Barrington Jones förmodan; under det fottjocka jordlagret fanns säckar med guldmynt, ädla stenar och dyrbarheter av alla slag, till ett värde av flera miljoner. Då ingen bevisligen kan anses såsom laglig ägare till denna rikedom, har den tills vidare deponerats i Englands bank, där den antagligen kommer att bereda kommande lagstiftare åtskilligt huvudbry.

De hus som greven inköpt här och där i London, står tomma och förseglade. Men möjligen finns andra, där hans förlorade skatter ännu står i gott förvar och där hans skingrade anhängare funnit en tillflykt. Mörkrets Makter är ej så lätta att utrota. Dock vågar vi hoppas att deras välde åtminstone till en tid är brutet – andra får sedan uppta den strid vi börjat och fullfört till det yttersta av våra krafter.

Det är som ett varningens rop till kommande släkten som jag på min vördade, faderliga vän, Van Helsings, bestämda uppmaning, med Vilmas och Quincey Morris biträde, till ett sammanhängande helt samlat alla dessa spridda anteckningar. Måtte de fylla sitt ändamål!

SLUT.

KOMMENTARER TILL TEXTEN

Den följetongspublicerade texten i tidningen Dagen 10 juni 1899 – 7 februari 1900 är bemängd av inkonsekvenser i utformning och stavning. Första avdelningen inleds med en kapitelangivelse som har behållits här, men avdelningen saknar i övrigt kapitelindelning. Utformningen av kapitelhuvuden och underrubriker (fetstil, kursiv, kapitäler etc.) har till denna utgåva hållits så konsekvent som möjligt med respekt för originaltexen. Stavningen av namn och orter varierar mer som regel än undantag (Tom och Thomas stavas omväxlande Thom och Tomas; Vilma stavas ibland Wilma; Tate Hill skrivs Tatehill och Tate hill etc.). Här har behållits den stavning som förekommer oftast i originaltexten, eller motsvarar samma stavning i *Dracula* 1897. Här följer en lista med korrigeringar av meningar och fraser:

SID. 75: ”... innanför vilken jag såg en liten del av vindeltrappan...” – Orig. har vindstrappan, uppenbar felskrivning. Orden ”vindeltrappan” och ”vinkeltrappan” används i kontexten. • SID. 81: ”Att jag hade bevittnat ännu ett utbrott...” – Fel tempus i orig. • SID. 95: ”... spela puritan – men jag kan inte...” – Orig: ”... spela puritan – och jag kan icke...” • SID. 125: ”Det vore orätt att förneka...” – Orig. ”Det var orätt att förneka...” • SID. 133: ”... mångfärgade blixtar vilka, så föreföll det mig, på ett...” – Orig. ”... mångfärgade blixtar, vilka så föreföll det mig, på ett...” • SID. 175: ”... emedan lord Godalming ännu är alltför klen...” – Orig. har ”lord Edalming” här. • SID. 205: ”... de som makt haver i vädret...” – Orig. ” ... de där makt haver i vädret...” • SID. 253: ”... slottet (vilken företogs på ett högst egendomligt åkdon, ett mellanting mellan flakvagn och höskrinda – andra förekommer inte i dessa bygder) som herr...” – Orig. ”... slottet (vilken företogs på ett högst egendomligt åkdon, ett mellanting mellan flakvagn och höskrinda – andra

förekommer icke i dessa bygder – – som herr...” • SID. 347: ”Men å andra sidan” – – jag tvekade, ur stånd att finna de rätta orden för vad jag ville säga.” – Detta stycke och de två som följer är ett enda stycke i orig, trots att det handlar om replikväxling. • SID. 358: ”... på samma gång som jag och fyllde genast åter dem båda.” – Orig. ”... på samma gång som jag genast åter fyllde dem båda...” • SID. 360: ”Ett stort misstag, min kära doktor...’” – Orig. har större feltryck i det följande partiet, med omkastade rader och bortfallna ord. Här har använts motsvarande text i Tip-Top. • SID. 389: ”... varit upptagen av mångahanda bestyr denna sista tid...” – Tilllagt ”bestyr”, bortfallet ord i orig. • SID. 406: ”... en egendomligt rödaktig färgskiftning...” – Orig. ”rökaktig färgskiftning”, oklart om detta är tryckfel eller inte. • SID. 407: ”Rummet var inte synnerligen stort, och inrett i österländsk stil så vitt jag kunde iakttaga i hastigheten och den upprörda sinnesstämning vari jag befann mig, med breda svällande divaner försedda med mjuka kuddar i granna färger kring väggarna, samt ett par långa bord.” – Orig. ”Rummet var inte synnerligen stort och så vitt jag i hastigheten och den upprörda sinnesstämning vari jag befann mig kunde iakttaga, inrett i österländsk stil, med breda svällande divaner, försedda med mjuka kuddar i granna färger, kring väggarna, samt ett par långa bord.” • SID. 408: ”... försvann sista skymten av dröjande tvivel angående det berättigade i vårt förehavande ur hans själ...” – Orig. ”... sista skymten av dröjande tvivel angående det berättigade i vårt förehavande försvann ur hans själ...” • SID. 410: ”... ett mäktigt genomgripande och...” – Orig. har ”ingripande”. • SID. 411: ”... den visade honom något mera, men något som han inte väntat och som...” – Orig. ”... mera, den visade honom något men något som han...”

TIMAIOS PRESS

... är del av Aleph Bokförlag. Utger tankeväckande och märkliga böcker för dig som är intresserad av kuriosa, spekulationer, idé- och vetenskapshistoria. Förlaget publicerar fakta och skönlitteratur för såväl fackmannen som den intresserade lekmannen. Utgivningen är på svenska och engelska.

www.timaiospress.com

Böcker av och om:
Epikuros — Lucretius — Atomism — Francis Bacon — H.P. Lovecraft — Camille Flammarion — Diogenes Laërtius — Emanuel Swedenborg — Erasmus Darwin — E.T.A. Hoffmann — Platon — Andrew Crosse — Och annat.

... är Aleph Bokförlags nya tidskrift – gratis på nätet! Ett webzine för klassiska och moderna sällsamheter, historiska och nutida märkligheter: Skräck, fantasy & science fiction i bok och film, bisarr vetenskapshistoria, steampunk, verkliga brott... Artiklar publiceras fyra gånger varje år och ligger tillgängliga under tre månader. Därefter utges de i bokform.

www.weirdwebzine.com

Artiklar av och om:

Film- & bokrecensioner — Krönikor — Poltergeisten i fakta och fiktion — Zombier — Dracula — Svensk 1800-tals-science fiction — Gustav Meyrink — Edgar Allan Poe — Jack the Ripper — H.P. Lovecraft — Och mycket annat.